TOM CLANCY

Der Anschlag

(Das Echo aller Furcht)

Buch

Die Weltmächte verhandeln im Zeichen der Kooperation und setzen auf eine friedliche Zukunft. Doch hinter den Kulissen in Ost und West tickt noch immer eine gefährliche Zeitbombe; denn die Abwehrsysteme der Großmächte drohen von den politischen Ereignissen überrollt zu werden. Da löst ein einziger Funke im Krisenherd Naher Osten den nächsten Konflikt aus, der zu einer internationalen Bedrohung auswachsen könnte, und schon übernehmen die längst totgeglaubten »Falken« wieder das Ruder. Ein neues Kapitel des Kalten Krieges beginnt. Für Jack Ryan, Amerikas Geheimagent für Top-Secret-Fälle, ein nahezu aussichtsloser Wettlauf mit der Zeit. Was wird siegen: Vernunft oder blinder Vernichtungswahn?

Tom Clancy ist mit diesem Buch ein unvergleichlich hellsichtiger Politthriller gelungen. Gefährliche politische Verwechslungen und extreme persönliche Konflikte in einer nicht allzu fernen Zukunft entscheiden über die furchtbarste aller möglichen Realitäten: die brutale Rückkehr des Kalten Krieges, eingefangen in einem genialen Szenario.

Autor

Tom Clancys Karriere als Autor sucht selbst in Amerika ihresgleichen. Jahrelang hatte der gelernte Versicherungsmakler die Idee zu einem Technothriller mit sich herumgetragen – bis zum Oktober 1984. In einem unbekannten Verlag erschien damals *Jagd auf Roter Oktober,* ein Romanerstling, der die Bestsellerlisten im Sturm eroberte und inzwischen auch in der Verfilmung mit Sean Connery und Alec Baldwin die internationale Kinowelt begeistert hat. Clancy ist einer der außergewöhnlichsten und erfolgreichsten Autoren der 80er und 90er Jahre.

Außer dem vorliegenden Band sind von Tom Clancy
als Goldmann-Taschenbücher lieferbar:

Im Sturm. Roman (9824)
Die Stunde der Patrioten. Roman (9804)

Tom Clancy

Der Anschlag
(Das Echo aller Furcht)

Roman

Aus dem Amerikanischen
von Hardo Wichmann

GOLDMANN

Titel der Originalausgabe: The Sum of All Fears
Originalverlag: G. P. Putnam's Sons, New York

Umwelthinweis:
Alle bedruckten Materialien dieses Taschenbuches
sind chlorfrei und umweltschonend.

Der Goldmann Verlag, München, ist ein
Unternehmen der Verlagsgruppe Random House GmbH

Sonderausgabe August 2002

Umschlaggestaltung: Design Team München

Druck: Elsnerdruck, Berlin
Verlagsnummer: 45464
TH · Herstellung: sc
Made in Germany
ISBN 3-442-45464-6
www.goldmann-verlag.de

1 3 5 7 9 10 8 6 4 2

Setze den unerschrockensten Seemann, den kühnsten Flieger und den tapfersten Soldaten an einen Tisch, und was kommt dabei heraus? Die Summe ihrer Ängste.

Winston Churchill

Die zwei Thronprätendenten trafen sich mit allen ihren Mannen zu Verhandlungen auf dem Feld am Camlann. Beide Seiten waren voll bewaffnet und argwöhnten sehr, die anderen könnten eine List oder ein Stratagem versuchen.

Die Unterhandlungen verliefen glatt, bis ein Ritter von einer Viper gebissen wurde und sein Schwert zog, um das Reptil zu töten. Als die anderen die blanke Waffe sahen, fielen sie augenblicklich übereinander her. Es folgte ein schreckliches Gemetzel. Die Chronik... [Morte d'Arthur] betont, das Blutbad sei hauptsächlich so ungemein gewesen, weil die Schlacht ohne Vorbereitung und Vorbedacht stattfand.

Herman Kahn: *Vom thermonuklearen Kriege*

Danksagung

Wie immer, gibt es Menschen, denen ich zu danken habe:
Russ für seine engelsgeduldige Unterweisung in Physik (die Schnitzer sind meine, nicht seine); Barry für Einblicke; Steve für seine Denkweise; Ralph für Analysen; John für die Juristerei; Fred für Zugang; Gerry für seine Freundschaft; vielen anderen, die meine endlosen Fragen und Ideen ertrugen – selbst die dummen; und allen friedliebenden Menschen, die wie ich hoffen, daß wir nun endlich über den Berg kommen, und die bereit waren, darüber zu reden.

Prolog:
Der zerbrochene Pfeil

»Wie der Wolf im Pferch.« Diese Zeile von Lord Byron zitierten automatisch die meisten Kommentatoren, wenn sie den syrischen Angriff auf die von Israel besetzten Golanhöhen am Samstag, den 6. Oktober 1973 um 14 Uhr Ortszeit schilderten. Wahrscheinlich hatten die literarisch gebildeten unter den syrischen Offizieren genau das im Sinn, als sie letzte Hand an ihre Pläne für eine Operation legten, die den Israelis mehr Panzer und Artillerie entgegenschleudern sollte, als sich Hitlers Panzergeneräle jemals träumen ließen.

Die Schafe jedoch, die die syrische Armee an diesem grausigen Tag im Oktober vorfand, glichen eher angriffslustigen Widdern als den sanftmütigen Tieren der Pastorale. Obwohl im Verhältnis eins zu neun unterlegen, waren die beiden israelischen Brigaden auf dem Golan Elite-Einheiten. Den Norden der Höhen hielt die 7. Brigade, deren Linien, eine raffinierte, in Starrheit und Flexibilität fein ausgewogene Verteidigungsanlage, kaum nachgaben. Einzelne starke Stellungen wurden hartnäckig gehalten und lenkten die syrischen Vorstöße in felsige Hohlwege, wo sie von Panzerreserven, die hinter der Demarkationslinie lauerten, abgeschnitten und zerschlagen werden konnten. Als am zweiten Tag Verstärkung nachrückte, war die Lage noch unter Kontrolle – wenn auch nur knapp. Am Ende des vierten Tages lag die syrische Panzerarmee, die über die 7. Brigade hergefallen war, in rauchenden Trümmern.

Die Barak-(»Blitz«-)Brigade hielt den südlichen Abschnitt der Höhen und hatte weniger Glück. Hier begünstigte das Terrain die Verteidiger nicht so sehr, und hier schienen die syrischen Verbände auch fähiger geführt worden zu sein. Binnen Stunden war die Barak-Brigade in mehrere Teile zersprengt worden. Zwar sollte sich später erweisen, daß jedes Bruchstück gefährlicher als ein Vipernnest war, doch für den Moment nutzten die syrischen Panzerspitzen die Lücken rasch aus und jagten auf ihr strategisches Ziel, den See Genezareth, zu. Was im Lauf der nächsten 36 Stunden passierte, sollte das israelische Militär auf die schwerste Probe seit 1948 stellen.

Am zweiten Tag traf Verstärkung ein. Sie mußte praktisch Mann für Mann aufs Gefechtsfeld verteilt werden, um Lücken zu schließen oder versprengte Einheiten zu sammeln, die unter der Gefechtsbelastung auseinandergebrochen und, was es noch nie zuvor in der Geschichte des Staates Israel gegeben hatte, vor den angreifenden Arabern geflohen waren. Erst am dritten Tag gelang es den Israelis, ihre Panzerkräfte zu konzentrieren und die drei syrischen Stoßkeile zu umzingeln und dann zu zerschlagen. Die Syrer wurden von einem wütenden Gegenangriff auf ihre eigene Hauptstadt zurückgeworfen und hinterließen ein entsetzliches Schlachtfeld, übersät mit Leichen und ausgebrannten Panzern. Am Ende dieses Tages empfingen die Soldaten der Barak und der 7. Brigade einen Funkspruch des israelischen Oberkommandos:

IHR HABT DAS VOLK ISRAEL GERETTET.

Was keine Übertreibung war. Dennoch erinnerte man sich außerhalb Israels, von Militärakademien einmal abgesehen, seltsamerweise kaum an die heroische Schlacht. Wie beim Sechs-Tage-Krieg erregte der Bewegungskrieg im Sinai die Bewunderung der Welt: die Überquerung des Suezkanals, die Schlacht um die »chinesische« Farm, die Einkesselung der ägyptischen 3. Armee – und dies, obwohl die Kämpfe auf den Golan-Höhen weitaus furchterregender waren und zudem noch näher der Heimat stattfanden. Die Überlebenden dieser beiden Brigaden wußten, was sie geleistet hatten, und ihre Offiziere konnten sicher sein, daß diese Schlacht bei Berufssoldaten, die verstanden, welches Können und welchen Mut eine solche Abwehr erforderte, zusammen mit den Thermopylen, Bastogne und Gloucester Hill in Erinnerung bleiben würde.

Jeder Krieg hat seine ironischen Aspekte, und der Jom-Kippur-Krieg stellte da keine Ausnahme dar. Wie die meisten ruhmreichen Abwehrschlachten war auch diese Aktion im Grunde überflüssig. Die Israelis hatten Nachrichtendienstmeldungen falsch interpretiert, die, hätte man nur zwölf Stunden früher darauf reagiert, sie in die Lage versetzt hätten, existierende Pläne umzusetzen und vor Beginn der Offensive die Truppen auf den Golanhöhen zu verstärken. Zu dem heroischen Abwehrkampf hätte es gar nicht zu kommen brauchen. Unnötig die Verluste, die so hoch waren, daß man sie erst nach Wochen einer stolzen, aber schwergetroffenen Nation bekanntgab. Hätte man den Informationen entsprechend gehandelt, wären die Syrer trotz ihrer starken Ausrüstung mit Panzern und Geschützen noch vor der Demarkationslinie massakriert worden. Doch bekanntlich bringen Massaker wenig Ruhm. Warum die Aufklärung versagte, wurde nie richtig geklärt. Gelang es dem berühmten Mossad nicht, die Pläne der Araber zu erkennen? Oder schlug die politische Führung Israels die Warnungen, die sie erhielt, in den Wind? Diese Fragen erregten natürlich sofort die Aufmerksamkeit der Weltpresse, insbesondere was den ägyptischen Vorstoß über den Suezkanal und den Durchbruch der vielgerühmten Bar-Lev-Linie anging.

Ebenso ernst, aber weniger beachtet war ein grundlegender Fehler, den der sonst so weitsichtige israelische Generalstab Jahre zuvor gemacht hatte. Trotz ihrer Feuerkraft war die israelische Armee mit Artillerie unterversorgt, dies ganz besonders, wenn man sowjetische Maßstäbe anlegte. Anstatt sich auf starke Konzentrationen mobiler Kanonen zu verlassen, stützten sich die Israelis auf große Zahlen von Mörsern mit geringer Reichweite und auf Kampfflugzeuge. Dies führte dazu, daß die israelischen Artilleristen auf dem Golan im Verhältnis eins zu zwölf unterlegen und einem mörderischen Gegenfeuer ausgesetzt waren, ganz zu schweigen von ihrer Unfähigkeit, die belagerten Verteidiger adäquat zu unterstützen. Dieser Irrtum kostete viele Menschenleben.

Wie so oft wurde dieser schwere Fehler von intelligenten Männern und aus guten Gründen begangen. Ein Kampfflugzeug, das die Syrer auf dem Golan angegriffen hatte, konnte schon eine Stunde später seine tödliche Ladung auf die Ägypter am Suezkanal herabregnen lassen. Als erste moderne Luftwaffe hatte die IAF systematisch die Umlaufzeiten ihrer Flugzeuge verkürzt. Das Bodenpersonal wurde ähnlich gedrillt wie die Mechaniker an den Boxen beim Autorennen, und sein Geschick und seine Schnelligkeit verdoppelten praktisch die Schlagkraft jeder Maschine. Das machte die IAF zu einem hochflexiblen und gewichtigen Instrument. Unter diesem Aspekt erschien eine Phantom oder eine Skyhawk natürlich wertvoller als ein Dutzend Geschütze auf Selbstfahrlafetten.

Was die israelischen Planer nicht in Erwägung gezogen hatten, war die Tatsache, daß die Araber von den Sowjets aufgerüstet wurden und daher auch die sowjetische taktische Doktrin eingeimpft bekamen. Die sowjetischen Konstrukteure der SAM-Luftabwehrraketen, deren größte Herausforderung die als überlegen geltenden NATO-Luftwaffen waren, gehörten schon immer zur Weltspitze. Russische Planer sahen in dem kommenden Oktoberkrieg eine hervorragende Gelegenheit, ihre neuesten taktischen Waffen und Methoden zu testen. Und sie versäumten sie nicht. Die Sowjets lieferten ihren arabischen Kunden ein SAM-Netz, von dem die Nordvietnamesen oder die Streitkräfte des Warschauer Paktes damals nicht zu träumen wagten: eine massive Phalanx von tief gestaffelten Raketenbatterien und Radarsystemen, und dazu die neuen mobilen SAM-Abschußgeräte, die zusammen mit den Panzerspitzen vorrükken und den Schutzschirm für die Bodenverbände vergrößern konnten. Die Mannschaften, die diese Systeme bedienen sollten, waren gründlichst ausgebildet worden; viele in der Sowjetunion, wo sie von allem, was Sowjets und Vietnamesen über amerikanische Taktiken und Technologien gelernt hatten, profitierten. Immerhin stand zu erwarten, daß die Israelis die Methoden imitierten. Von allen arabischen Soldaten sollten nur die in der Sowjetunion ausgebildeten Männer den Vorkriegserwartungen gerecht werden, denn sie neutralisierten praktisch zwei Tage lang die israelische Luftwaffe. Wären die Bodenoperationen nach Plan verlaufen, hätte das gereicht.

Hier nimmt die Geschichte ihren eigentlichen Anfang. Die Lage auf dem Golan wurde sofort als sehr ernst eingeschätzt. Die kargen und konfusen Informationen, die von den fassungslosen Stäben der beiden Brigaden eingingen, verführten das israelische Oberkommando zu der Annahme, daß man auf dem Golan die taktische Kontrolle verloren hatte. Der schlimmste Alptraum schien Wirklichkeit geworden zu sein: Unvorbereitet war man überrascht worden. Die Kibbuzim im Norden waren gefährdet. Israelische Zivilisten und Kinder bewegten sich in der Bahn syrischer Panzerverbände, die nach Belieben und praktisch ohne Warnung von den Höhen hinunter nach Galiläa rollen konnten. Die erste Reaktion der Stabsoffiziere war fast panisch.

Ein guter Stabsoffizier jedoch plant auch Panik ein.

In einem Land, für das seine Gegner die physische Vernichtung zum Kriegsziel erklärt haben, kann keine Verteidigungsmaßnahme als zu extrem gelten. Schon 1968 hatten die Israelis die nukleare Option in ihren Kriegsplan aufgenommen. Am 7. Oktober ging um 3.55 Uhr Ortszeit und gerade 14 Stunden nach Beginn der Kampfhandlungen der Befehl für die OPERATION JOSUA per Telex an den Fliegerhorst bei Beer Scheba.

Israel verfügte damals nur über wenige Kernwaffen – und streitet bis heute ihren Besitz ab. Eine große Anzahl wäre auch im Notfall nicht gebraucht worden. In einem der zahllosen unterirdischen Bombenbunker bei Beerscheba lagen 12 recht gewöhnlich aussehende Objekte, die sich von anderen, zur Montierung unter Tragflächen taktischer Kampfflugzeuge gedachten Waffen lediglich durch rot und silbern gestreifte Markierungen an den Seiten unterschieden. Sie hatten keine Leitflossen, und an der stromlinienförmigen Verkleidung aus poliertem Aluminium mit kaum sichtbaren Nähten und einigen Ösen sah nichts ungewöhnlich aus. Das hatte seinen Grund. Ein flüchtiger Beobachter konnte sie leicht für Treibstofftanks oder Napalmbomben halten, Objekte also, die kaum einen zweiten Blick wert waren. In Wirklichkeit aber handelte es sich um zwei Plutoniumbomben mit einer nominalen Sprengkraft von 60 Kilotonnen: genug, um das Herz einer Großstadt zu vernichten, Tausende von Soldaten im Feld zu töten oder – mit Hilfe von separat gelagerten, aber leicht an der Verkleidung zu befestigenden Ummantelungen aus Kobalt – eine ganze Landschaft auf Jahre hinaus zu vergiften.

An diesem Morgen herrschte in Beer Scheba hektischer Betrieb. Nach dem Feiertag Jom Kippur, den die Menschen des kleinen Landes mit Gottesdiensten und Familienbesuchen begangen hatten, strömten noch immer Reservisten auf den Stützpunkt. Die Männer, die die heikle Aufgabe ausführen mußten, Flugzeuge mit ihren tödlichen Bordwaffen zu bestücken, hatten schon viel zu lange Dienst getan. Ihre Konzentration ließ nach. Selbst die Neuankömmlinge litten unter Schlafmangel. Ein Waffentrupp, den man aus Sicherheitsgründen über den Auftrag im unklaren gelassen hatte, versah unter den Augen zweier Offiziere einen Schwarm A-4 Skyhawks mit Kernwaffen. Die Bomben wurden auf Wagen unter die mittleren Aufhängevorrichtungen der vier Flugzeuge gerollt, vorsichtig mit einem Kran angehoben und dann eingehängt. Weniger erschöpften Mitgliedern des Bodenpersonals hätte auffallen können, daß die Entsicherungsvorrichtungen und Leitflossen noch nicht an den Bomben befestigt worden waren. Wer dies wahrnahm, mußte zweifellos zu dem Schluß kommen, daß der für diese Aufgabe zuständige Offizier zu spät dran war – wie fast jeder an diesem kalten und verhängnisvollen Morgen. Die Nasen der Waffen waren mit Elektronik vollgepackt. Der eigentliche Zündmechanismus und die Kapsel mit dem spaltbaren Material, zusammen als »Physikpaket« bekannt, befanden sich natürlich schon in den Bomben. Im Gegensatz zu amerikanischen Kernwaffen waren die israelischen nicht für den Lufttransport in Friedenszeiten bestimmt. Deshalb fehlten ihnen die umfangreichen Sicherungen, die die Firma Pantex bei Amarillo in Texas in US-Kernwaffen einbaute. Das Entsicherungssystem bestand aus zwei Komponenten; eines wurde an der Spitze befestigt, das andere war in die Leitflossen integriert. Im großen und ganzen waren die Bomben für amerikanische oder sowjetische Maßstäbe sehr primitiv – so primitiv wie eine Pistole im Vergleich zu einem Maschinengewehr, aber wie jene auf kurze Entfernung ebenso tödlich.

Nachdem die Entsicherungsvorrichtungen angebracht und aktiviert worden waren, mußten nur noch eine Entsicherungstafel im Cockpit des Kampfflugzeugs installiert und eine Kabelverbindung zwischen Maschine und Bombe hergestellt werden. An diesem Punkt wurde die Waffe »zur Kontrolle vor Ort freigegeben«, das heißt, den Händen junger, aggressiver Piloten anvertraut. Deren Aufgabe war es, sie in einem »Idioten-Looping« genannten Manöver auf einer ballistischen Bahn ins Ziel zu bringen und sich möglichst unbeschadet zu entfernen, bevor sie detonierte.

Der ranghöchste Waffenoffizier auf dem Stützpunkt hatte die Option, gemäß den Umständen und mit Genehmigung der beiden überwachenden Offiziere die Entsicherungskomponenten anbringen zu lassen. Zum Glück war dieser Offizier von der Vorstellung, halbscharfe Atombomben auf einem Flughafen herumliegen zu haben, der jeden Augenblick von arabischen Piloten angegriffen werden konnte, alles andere als begeistert. Trotz der Gefahren, die seinem Land im Morgengrauen dieses kalten Tages drohten, hauchte der gläubige Jude ein Dankgebet, als in Tel Aviv kühlere Köpfe die Oberhand gewannen und den Befehl für die OPERATION JOSUA widerriefen. Die erfahrenen Piloten, die den Einsatz hatten fliegen sollen, kehrten in ihre Bereitschaftsräume zurück und vergaßen die Aufgabe, die man ihnen gestellt hatte. Der ranghöchste Waffenoffizier gab sofort Anweisung, die Bomben zu entfernen und an ihren sicheren Aufbewahrungsort zurückzubringen.

Das zu Tode erschöpfte Bodenpersonal begann, die Bomben abzumontieren. In diesem Augenblick erschien ein anderes Team auf seinem Wagen, um die Skyhawks mit Raketenwerfern des Typs Zuni zu bestücken. Ziel dieses Einsatzes: der Golan. Der Auftrag: Angriff auf die syrischen Panzerkolonnen, die von Kafr Shams aus auf Baraks Sektor der Frontlinie vorstießen. Die Männer beider Trupps drängten unter den Flugzeugen hin und her. Zwei verschiedene Teams versuchten gleichzeitig, ihren Auftrag zu erledigen: Eines war bemüht, Bomben abzunehmen, das andere hängte Zunis unter den Tragflächen auf.

Beerscheba wurde natürlich nicht nur von diesen vier Kampfflugzeugen benutzt. Maschinen, die den ersten Einsatz des Tages am Suezkanal geflogen hatten, kehrten zurück – oder auch nicht. Der Aufklärer RF-4C Phantom war abgeschossen worden, und seine Eskorte, ein Jäger F4-E, erreichte den Stützpunkt knapp mit nur einem funktionierenden Triebwerk und einer zerschossenen Tragfläche, aus der Treibstoff rann. Der Pilot hatte bereits eine Warnung gefunkt: Der Feind setzt eine neuartige Luftabwehrrakete ein, vielleicht die neue SA-6, auf deren Suchradar die Warnanlage der Phantom nicht reagiert hatte. Der Aufklärer war ohne Warnung in die Falle geflogen, und er selbst sei nur mit Glück den vier Geschossen, die auf ihn abgefeuert wurden, entkommen. Noch ehe der Jäger vorsichtig aufsetzte, hatte die Nachricht das Oberkommando der israelischen Luftwaffe als Blitzmeldung erreicht. Der Pilot der Phantom folgte einem Jeep zu den bereitstehenden Löschfahrzeugen, doch als die Maschine zum Stillstand kam, platzte am Hauptfahrwerk der linke Reifen. Die Strebe wurde beschädigt, knickte ab, und die zwanzig Tonnen schwere Maschine knallte auf den Asphalt. Leckender Treibstoff entzündete sich und hüllte das Flugzeug in einen kleinen, aber tödlichen Feuerball. Einen Augenblick später begann die 20-Millimeter-Munition der Bordkanone zu explodieren, und eines der beiden Besatzungsmitglieder schrie in den Flammen. Feuerwehrleute griffen mit Wassernebeln ein. Die beiden Männer, die die Atombomben bewachten, waren dem Brand am nächsten und stürzten auf die Unfallstelle zu, um den Piloten aus den Flammen zu ziehen. Alle drei wurden von Teilen der detonierenden Munition getroffen. Ein Feuerwehrmann drang mutig in das Feuer zu dem zweiten Mann der Besatzung vor und konnte den Schwerverletzten in Sicherheit bringen. Andere Feuerwehrleute luden die blutenden Offiziere und den Piloten in Krankenwagen.

Dieser Brand lenkte die Waffentrupps, die unter den Skyhawks arbeiteten, ab. An Maschine 3 wurde eine Bombe zu früh gelöst und zerquetschte dem Vorarbeiter am Kran die Beine. In dem nun ausbrechenden Chaos verlor das Team die Übersicht. Der Verletzte wurde schnellstens ins Stützpunktlazarett gebracht, und die drei abmontierten Bomben karrte man zurück in ihren Bunker. In der Hektik des ersten Kriegstages fiel offenbar niemandem auf, daß ein Bombenkarren einen leeren Schlitten trug. Unteroffiziere erschienen an der Startlinie, um die Maschinen einer abgekürzten Prüfung auf Flugklarheit zu unterziehen. Vom Bereitschaftsschuppen kam ein Jeep herüber. Vier Piloten mit Helmen und Karten in der Hand sprangen heraus.

»Was, zum Teufel, ist das?« fauchte Leutnant Mordecai Zadin, ein schlaksiger Achtzehnjähriger, den seine Freunde Motti nannten.

»Anscheinend Treibstofftanks«, erwiderte der Unteroffizier, ein freundlicher, kompetenter Reservist von 50 Jahren, der in Haifa eine Autowerkstatt besaß.

»So'n Quatsch!« versetzte der vor Erregung fast zitternde Pilot. »Für den Golan brauch' ich keinen Extrasprit.«

»Ich kann ihn ja abmontieren, aber das dauert ein paar Minuten.« Motti dachte kurz nach. Er war ein *Sabra* von einem Kibbuz im Norden des Landes und erst seit fünf Monaten Pilot. Nun sah er, wie seine Kameraden in ihre Maschinen stiegen und sich anschnallten. Der syrische Angriff rollte auf sein Heimatdorf zu, und er bekam plötzlich Angst, bei seinem ersten Kampfeinsatz zurückgelassen zu werden.

»Scheiß drauf! Schrauben wir das Ding ab, wenn ich zurückkomme.« Zadin kletterte flink die Leiter hinauf. Der Unteroffizier folgte ihm, schnallte ihn fest und warf über seine Schulter hinweg einen Blick auf die Instrumente.

»Alles klar, Motti! Paß auf dich auf.«

»Wenn ich zurück bin, will ich meinen Tee.« Er grinste so diebisch, wie es nur ein Junge in seinem Alter fertigbringt. Der Unteroffizier schlug ihm auf den Helm.

»Bring mir bloß meinen Vogel heil zurück.« Er sprang hinunter auf den Beton und zog die Leiter weg. Dann nahm er eine letzte Sichtprüfung vor. Motti ließ inzwischen die Triebwerke an, ging auf Leerlauf, bewegte Steuerknüppel und Pedale, sah auf Kraftstoff- und Temperaturanzeige. Alles in Ordnung. Er schaute zum Piloten des Führerflugzeuges hinüber und winkte: startklar. Dann zog er das Kabinendach herunter, warf dem Unteroffizier einen letzten Blick zu und salutierte zum Abschied.

Mit seinen achtzehn Jahren war Zadin für die Verhältnisse in der israelischen Luftwaffe nicht besonders jung. Er war wegen seiner raschen Reaktionen und seiner jungenhaften Aggressivität ausgewählt worden und hatte sich seinen Platz in der besten Luftwaffe der Welt hart erkämpfen müssen. Motti flog für sein Leben gern und hatte Pilot werden wollen, seit er als kleiner Junge ein Trainingsflugzeug des Typs Bf-109 gesehen hatte. Er liebte seine Skyhawk. Das war ein Flugzeug für richtige Piloten und kein elektronisches Monstrum wie die Phantom. Die A-4, ein kleiner, schnell reagierender Raubvogel, jagte schon bei der leichtesten Bewegung des Knüppels los. Und nun der erste Kampfeinsatz. Motti hatte überhaupt keine Angst. Es fiel ihm gar nicht ein, um sein Leben zu fürchten – wie alle Teenager hielt er sich für unsterblich, und ein Kriterium bei der Auswahl von Kampfpiloten ist, daß sie keine menschlichen Schwächen zeigen. Dennoch war dies für ihn ein besonderer Tag. Nie hatte er einen schöneren Sonnenaufgang gesehen. Er war von einer übernatürlichen Aufmerksamkeit, hatte alles wahrgenommen: den starken Kaffee zum Wachwerden, den staubigen Geruch der Morgenluft in Beer Scheba, nun den Duft nach Öl und Leder im Cockpit, das leise Rauschen im Kopfhörer und das Prickeln in seinen Händen, die am Steuerknüppel lagen. So einen Tag hatte Motti Zadin noch nie erlebt, und er dachte nicht eine Sekunde daran, daß das Schicksal ihm einen weiteren verweigern mochte.

Die vier Maschinen rollten in perfekter Formation ans Ende der Startbahn 01. Das schien ein gutes Omen für den Abflug nach Norden, einem nur 15 Flugminuten entfernten Feind entgegen. Auf einen Befehl des Kommandanten, der selbst erst 21 war, drückten alle vier Piloten die Schubhebel bis zum Anschlag durch, lösten die Bremsen und sausten los in den stillen, kühlen Morgen. Sekunden später waren sie in der Luft und stiegen auf 5000 Fuß. Dabei bemühten sie sich, den zivilen Flugverkehr um den Ben Gurion International Airport, der seltsamerweise noch in Betrieb war, zu meiden.

Der Hauptmann gab die üblichen knappen Befehle: Aufschließen, Triebwerk, Bordwaffen, elektrische Systeme prüfen. Auf MiG und eigene Maschinen achten. Sicherstellen, daß die Anzeige der Freund/Feind-Kennung IFF grün ist. Die 15 Minuten Flugzeit von Beerscheba zu den Golanhöhen vergingen rasch. Zadin hielt angestrengt nach dem vulkanischen Steilhang, bei dessen Eroberung sein älterer Bruder vor sechs Jahren gefallen war, Ausschau. Den kriegen die Syrer nie zurück, sagte er sich.

»Schwarm: Rechts kurven auf Steuerkurs null-vier-drei. Ziel: Panzerkolonnen vier Kilometer östlich der Linie. Augen auf! Achtet auf SAM und Flak.«

»Führer, Vier. Panzer in eins«, meldete Zadin gelassen. »Sehen aus wie unsere Centurion.«

»Gutes Auge, Vier«, erwiderte der Hauptmann. »Das sind unsere.«

»Achtung, Abschußwarnung!« rief jemand. Augen suchten die Luft nach einer Gefahr ab.

»Scheiße!« rief eine erregte Stimme. »SAM im Anflug, tief in zwölf!«

»Hab' sie gesehen. Schwarm: Formation auflösen!« befahl der Hauptmann.

Die vier Skyhawks zerstreuten sich. Mehrere Kilometer entfernt hielten 12 SA-2-Raketen mit Mach 3 auf sie zu. Auch die SAM drehten nach links und rechts ab, aber so schwerfällig, daß zwei zusammenstießen und explodierten. Motti flog eine Rolle nach rechts, zog den Knüppel an seinen Bauch, ging in den Sturzflug und verfluchte dabei das zusätzliche Gewicht an der Tragfläche. Knapp 30 Meter über dem felsigen Boden fing er die Skyhawk ab und jagte donnernd über die jubelnden Soldaten der belagerten Barak-Brigade hinweg auf die Syrer zu. Als geschlossener Angriff war der Einsatz im Eimer, aber das war für Motti jetzt nicht so wichtig: Er wollte ein paar syrische Panzer abschießen. Als er eine andere A-4 sah, schloß er auf und begann mit ihr den Bodenangriff. Vor ihm tauchten die gewölbten Türme syrischer T-62 auf. Ohne hinzusehen, legte Zadin einen Schalter um und machte seine Waffen scharf. Vor seinen Augen erschien das Reflexvisier der Bordkanone.

»Achtung, noch mehr SAM.« Der Hauptmann klang immer noch gelassen.

Mottis Herzschlag stockte: Ein ganzer Schwarm kleinerer Raketen – sind das die SA-6, vor denen man uns gewarnt hat? schoß es ihm durch den Kopf – fegte über die Felsen hinweg auf ihn zu. Er sah auf die Anzeige seiner Warnanlage; sie hatte die angreifenden Flugkörper nicht erfaßt. Instinktiv ging Motti höher, um Raum zum Manövrieren zu gewinnen. Vier Raketen folgten ihm in etwa drei Kilometer Abstand. Scharfe Rolle nach rechts, spiralförmiger Sturzflug, ein Haken nach links. Das täuschte drei der Raketen, aber die vierte ließ sich nicht abhängen und detonierte ganze dreißig Meter von seiner Maschine entfernt. Motti hatte das Gefühl, als sei seine Skyhawk zehn Meter zur Seite geschleudert worden. Er kämpfte mit der Steuerung und fing das Flugzeug knapp überm Boden ab. Ein flüchtiger Blick ließ ihn erstarren. Ganze Segmente seiner Backbordtragfläche waren zerfetzt. Akustische Warnsignale im Kopfhörer und Leuchtsignale am Instrumentenbrett meldeten das Desaster: Hydraulik leck, Funkgerät defekt, Generator ausgefallen. Doch die mechanische Steuerung funktionierte noch, und seine Waffen konnten mit Batteriestrom feuern. Nun sah er die Quälgeister: eine Batterie von SA-6, die aus vier Flapanzern, einem Radarwagen und einem schweren, mit Flugkörpern beladenen Lkw bestand. Sein scharfer Blick machte sogar die über vier Kilometer entfernten Syrer aus, die gerade hastig eine Rakete auf die Abschußrampe schafften.

Aber auch er wurde entdeckt, und nun begann ein Duell, das trotz seiner Kürze nichts ausließ.

Motti ging behutsam so tief, wie es seine schlagende Steuerung erlaubte, und nahm das Ziel sorgfältig ins Reflexvisier. Er hatte 48 Zuni-Raketen, die in Vierersalven abgeschossen werden konnten. Aus zwei Kilometer Entfernung eröffnete er das Feuer. Irgendwie gelang es dem syrischen SAM-Trupp, noch eine Rakete zu starten. Vor ihr hätte es eigentlich kein Entkommen geben dürfen, doch wurde der Radar-Annäherungszünder der SA-6 von den vorbeifliegenden Zunis ausgelöst,was zur Selbstzerstörung des Flugkörpers in sicherer Entfernung führte. Motti grinste grimmig hinter seiner Maske und feuerte nun Raketen und 20-Millimeter-Geschosse auf den Trupp von Männern und Fahrzeugen. Die dritte Salve traf, vier weitere folgten; Motti machte weiter, um das ganze Zielgebiet mit Raketen zu beschießen. Die SAM-Batterie verwandelte sich in ein Inferno aus brennendem Dieselöl und Raketentreibstoff und explodierenden Sprengköpfen. Ein gewaltiger Feuerball stieg vor ihm auf, den er mit einem wilden Triumphgeschrei durchflog: Die Feinde waren vernichtet, die Kameraden gerächt.

Lange währte das Hochgefühl nicht. Ganze Aluminiumbleche riß der Fahrtwind bei etwa 750 Stundenkilometern aus seiner linken Tragfläche. Die A-4 begann heftig zu vibrieren. Als Motti abdrehte, um zurückzufliegen, knickte der Flügel ganz ab, und die Skyhawk brach in der Luft auseinander. Sekunden später wurde der junge Krieger auf den Basaltfelsen des Golan zerschmettert. Niemand von dem Schwarm kehrte von diesem Einsatz zurück.

Von der SAM-Batterie war so gut wie nichts mehr übrig. Alle sechs Fahrzeuge waren in Fetzen gerissen, und von der 90 Mann starken Bedienungsmannschaft war nur der kopflose Rumpf des Batteriechefs zu identifizieren. Er, wie auch der junge Kämpfer, hatten ihrem Land treu gedient, aber ihre Taten blieben wie so oft unbesungen. Drei Tage später erhielt Zadins Mutter ein Telegramm, in dem stand, ganz Israel habe an ihrem Schmerz teil. Ein schwacher Trost für eine Mutter, die nun zwei Söhne verloren hatte.

Doch es gab ein Ereignis, das als Fußnote zu diesem ansonsten unkommentierten Vorfall in die Geschichte eingehen sollte. Eine nicht scharfgemachte Atombombe, die sich von dem auseinanderbrechenden Kampfflugzeug gelöst hattte, war weiter nach Osten geflogen. Weit von den Trümmern der Skyhawk entfernt, hatte sie sich direkt neben dem Hof eines Drusen in den Boden gebohrt. Drei Tage später bemerkten die Israelis das Fehlen der Bombe, und sie waren erst nach dem Ende des Oktoberkrieges in der Lage, die einzelnen Umstände dieses Verlustes zu rekonstruieren. Die sonst so findigen Israelis standen vor einem unlösbaren Problem. Die Bombe mußte irgendwo hinter den syrischen Linien liegen – aber wo? Welche der vier Maschinen hatte sie getragen? Bei den Syrern Erkundigungen einzuziehen kam nicht in Frage. Und konnte man den Amerikanern reinen Wein einschenken, bei denen man sich das »spezielle Nuklearmaterial« so geschickt und diskret, daß man jederzeit seinen Besitz dementieren konnte, beschafft hatte?

So blieb die Bombe liegen, ohne daß jemand von ihr wußte – bis auf den Drusen, der sie mit Erde bedeckte und weiter sein steiniges Feld bestellte.

1
Die längste Reise

Arnold van Damm lümmelte sich in seinem Drehsessel mit der Eleganz einer in die Ecke geworfenen Stoffpuppe. Jack hatte ihn nie ein Jackett tragen sehen außer in Gegenwart des Präsidenten, und selbst dann nicht immer. Bei formellen Anlässen fragte sich Ryan, ob Arnie den bewaffneten Agenten des Secret Service an seiner Seite überhaupt brauchte. Die Krawatte hing lose unterm aufgeknöpften Kragen; ob die jemals fest geschlungen gewesen war? dachte Ryan. Die blauen Hemden aus dem Sportversandhaus L. L. Bean waren grundsätzlich aufgekrempelt und an den Ellbogen schmuddelig, weil van Damm sich beim Aktenstudium auf seinen unaufgeräumten Schreibtisch stützte. Van Damm war knapp 50, hatte schütteres Haar und ein verknittertes Gesicht, das an eine alte Landkarte erinnerte, aber seine blaßblauen Augen blickten hellwach, und seinem scharfen Geist entging nichts. Das waren die Qualitäten, die man vom Stabschef der Präsidenten erwartet.

Er goß Diät-Coke in einen großen Becher, der auf der einen Seite das Emblem des Weißen Hauses und auf der anderen seinen Namen trug, und musterte den stellvertretenden Direktor der CIA, kurz DDCI, mit einem Gemisch aus Sympathie und Argwohn. »Durst?«

»Ich könnte ein richtiges Coke vertragen«, versetzte Jack grinsend. Van Damms linke Hand verschwand, und dann schleuderte er eine rote Aluminiumdose hinüber, die Ryan knapp über seinem Schoß schnappte. Die Erschütterungen machten das Öffnen riskant, und Ryan hielt die Dose beim Aufreißen demonstrativ auf van Damm gerichtet. Ob man den Mann nun mag oder nicht, dachte Ryan, Stil hat er, und der Posten ist ihm nicht zu Kopf gestiegen. Den wichtigen Mann kehrt er nur heraus, wenn es sein muß, und vor Außenstehenden. Bei Insidern spart er sich das Theater.

»Der Chef will wissen, was da drüben los ist«, begann der Stabschef.

»Ich auch.« Charles Alden, der Sicherheitsberater des Präsidenten, betrat den Raum. »Entschuldigen Sie die Verspätung, Arnie.«

»Das würde uns ebenfalls interessieren«, erwiderte Jack. »Und zwar schon seit zwei Jahren. Wollen Sie unseren besten Vorschlag hören?«

»Klar«, meinte Alden.

»Wenn Sie wieder mal in Moskau sind, halten Sie nach einem großen weißen Kaninchen mit Weste und Taschenuhr Ausschau. Und wenn es Sie in seinen Bau einlädt, nehmen Sie an und erzählen mir dann, was Sie tief unten vorgefunden haben«, sagte Ryan in gespieltem Ernst. »Bitte, ich bin kein rechter Ultra, der nach der Rückkehr des Kalten Krieges jammert, aber damals waren die Russen wenigstens berechenbar. Inzwischen geht es im Kreml so zu wie bei uns

– vollkommen chaotisch. Komisch, ich verstehe erst jetzt, welche Kopfschmerzen wir dem KGB bereitet haben. Die politische Dynamik dort drüben ändert sich von Tag zu Tag. Narmonow mag der trickreichste Ränkeschmied der Welt sein, aber jedesmal, wenn er zur Arbeit geht, hat er eine neue Krise zu bewältigen.«

»Was für ein Mensch ist er eigentlich?« fragte van Damm. »Sie kennen ihn doch.« Alden hatte Narmonow getroffen, van Damm aber noch nicht.

»Ich bin ihm nur einmal begegnet«, dämpfte Ryan.

Alden machte es sich in einem Sessel bequem. »Moment, Jack, ich habe Ihre Personalakte gesehen, und der Chef auch. Ich hätte es fast geschafft, ihm Respekt vor Ihnen einzuflößen. Zwei *Intelligence Stars*, für die Geschichte mit dem U-Boot und für den Fall Gerasimow. Sie sind ein stilles Wasser, das läßt tief blicken. Kein Wunder, daß Al Trent so viel von Ihnen hält.« Jack hatte den *Intelligence Star*, die höchste Auszeichnung der CIA für Leistungen im Feld, sogar dreimal verliehen bekommen, aber die Urkunde für den dritten Stern lag in einem Tresor und war so geheim, daß selbst der Präsident sie nicht kannte und auch nie zu sehen bekommen würde. »Also werden Sie Ihrem Ruf gerecht und reden Sie.«

»Er ist der seltene Typ, der im Chaos erfolgreich agiert. Ich kenne Ärzte, die so sind, Unfallchirurgen zum Beispiel, die noch immer seelenruhig in der Notaufnahme arbeiten, wenn alle anderen Kollegen schon längst ausgebrannt sind. Manche Menschen genießen Druck und Streß, Arnie, und Narmonow gehört dazu. Er muß eine Konstitution wie ein Pferd haben...«

»Das trifft auf die meisten Politiker zu«, merkte van Damm an.

»Beneidenswert. Wie auch immer, weiß Narmonow, wo es langgeht? Ja und nein, würde ich sagen. Er hat eine Ahnung, wo er sein Land hinsteuern will, aber wie er ans Ziel kommt und was er dann anfängt, weiß er nicht. Der Mann hat Mut.«

»Sie mögen ihn also.« Das war keine Frage.

»Er hatte die Möglichkeit, mich so einfach, wie ich gerade die Dose aufgemacht habe, umzubringen, ließ es aber bleiben«, gab Ryan lächelnd zu. »Das nötigt mir einige Sympathie ab. Nur ein Narr könnte den Mann nicht bewundern. Selbst wenn wir noch Feinde wären, verdiente er Respekt.«

»Aha, wir sind also keine Feinde mehr?« Alden grinste ironisch.

»Wie könnten wir Gegner sein?« fragte Jack mit gespielter Überraschung. »Sagte der Präsident nicht, das gehöre der Vergangenheit an?«

Der Stabschef grunzte. »Politiker reden viel. Dafür werden sie bezahlt. Wird Narmonow es schaffen?«

Ryan schaute angewidert aus dem Fenster und ärgerte sich, daß er die Frage nicht beantworten konnte. »Betrachten wir es einmal so: Andrej Il'itsch muß der taktisch ausgekochteste Politiker sein, den das Land je hatte. Aber er vollführt einen Drahtseilakt. Gewiß, er hat mehr Format als alle anderen, aber erinnern Sie sich noch an die Zeit von Karl Wallenda, dem weltbesten Seiltänzer? Der Mann endete platt auf dem Gehsteig, weil er einen schlechten Tag hatte in seinem Beruf, in dem man sich keinen Schnitzer leisten kann. Auch Andrej Il'itsch gehört in diese Kategorie. Schafft er es? Das fragt man sich schon seit acht Jahren. Ja, glauben wir – oder ich – aber ... tja, das ist eine Terra incognita, die wir noch nie betreten haben, und er auch nicht. Jeder Meteorologe kann bei seiner Vorhersage auf eine Datenbasis zurückgreifen. Unsere beiden besten Spezialisten für russische Geschichte haben im Augenblick vollkommen entgegengesetzte Meinungen. Das sind Jake Kantrowitz von der Uni Princeton und Derek Andrews an der Hochschule Berkeley. Gerade vor zwei Wochen hatten wir sie beide in der Zentrale in Langley. Ich persönlich neige zu Jakes Einschätzung, aber die leitenden Analytiker der UdSSR-Abteilung geben Andrews recht. Und da stehen wir. Wenn Ihnen der Sinn nach dogmatischen Auslassungen ist, schauen Sie in die Presse.«

Van Damm knurrte. »Wie sieht die nächste Krise aus?«

»Der Knackpunkt ist die Nationalitätenfrage«, sagte Jack. »Wie wird die Sowjetunion zerfallen – welche Republiken werden sie verlassen –, wann und wie, friedlich oder mit Gewalt? Dieses Problem, mit dem Narmonow täglich zu tun hat, bleibt.«

»Das predige ich schon seit einem Jahr. Wann wird sich eine neue Ordnung abzeichnen?«

»Moment, ich bin derjenige, der sagte, Ostdeutschland bräuchte ein Jahr Übergangszeit. Ich war damals der größte Optimist in Washington und lag um elf Monate falsch. Alles, was ich Ihnen sagen kann, ist wilde Spekulation.«

»Wo schwelt es sonst noch?« fragte van Damm.

»Im Nahen Osten, wie üblich.« Ryan sah die Augen des Stabschefs aufleuchten.

»Dort planen wir bald eine Initiative.«

»Viel Glück«, meinte Ryan sarkastisch. »Daran basteln wir schon seit 1973 unter Nixon und Kissinger herum. Die Lage hat sich zwar etwas abgekühlt, aber die grundlegenden Probleme existieren nach wie vor, und früher oder später wird es dort wieder losgehen. Positiv ist, daß Narmonow sich nicht einmischen will. Mag sein, daß er seine alten Verbündeten unterstützen muß – der Waffenhandel ist für ihn ein Dukatenesel –, aber wenn es zu einem Konflikt kommt, wird er, anders als seine Vorgänger, keinen Druck ausüben – siehe den Krieg am Golf. Denkbar, daß er weiter Waffen in die Region schleust – ich halte das zwar für unwahrscheinlich, kann mich jedoch nicht festlegen –, aber er wird einen arabischen Angriff auf Israel lediglich unterstützen und selbst keine Schiffe umdirigieren oder Truppen in Alarmbereitschaft versetzen. Ich bezweifle sogar, daß er säbelrasselnden Arabern den Rücken stärken wird. Andrej Il'itsch sagt, sowjetische Waffen seien für die Verteidigung bestimmt, und das glaube ich ihm auch – trotz der Hinweise, die wir von den Israelis erhalten.«

»Steht das fest?« fragte Alden. »Das Außenministerium sagt etwas anderes.«

»Das Außenministerium irrt«, gab Ryan fest zurück.

»Dann liegt Ihr Chef aber auch falsch«, betonte van Damm.

»In diesem Fall, Sir, muß ich bei allem Respekt anderer Auffassung sein als der Direktor.«

Alden nickte. »Jetzt verstehe ich, warum Trent Sie mag: Sie reden nicht wie ein Bürokrat. Wie konnten Sie sich als Mann, der sagt, was er denkt, so lange halten?«

»Vielleicht bin ich bloß ein Aushängeschild.« Ryan lachte und wurde dann ernst. »Bitte denken Sie darüber nach. Narmonow hat mit seinem Vielvölkerstaat so viel zu tun, daß eine aggressive Außenpolitik ebenso viele Gefahren wie Vorteile bergen würde. Nein, er verkauft lediglich Waffen gegen harte Währung, und auch nur dann, wenn die Luft rein ist. Das ist ein Geschäft und weiter nichts.«

»Wenn wir also eine friedliche Lösung finden...?« meinte Alden versonnen.

»Finden wir vielleicht sogar Narmonows Unterstützung«, ergänzte Ryan. »Schlimmstenfalls bleibt er im Hintergrund und murrt, weil er nicht mitmischen kann. Aber sagen Sie, wie wollen Sie im Nahen Osten Frieden schaffen?«

»Mit Druck auf Israel«, versetzte van Damm schlicht.

»Das halte ich aus zwei Gründen für unklug. Erstens ist es falsch, Israel unter Druck zu setzen, bevor seine Bedenken über die Sicherheit ausgeräumt sind, und dazu kann es erst kommen, wenn die Grundfragen gelöst sind.«

»Wie zum Beispiel...?«

»Der Kernpunkt des Konflikts.« Die Sache, die alle übersehen, fügte Ryan in Gedanken hinzu.

»Klar, es geht um die Religion, aber diese Narren glauben doch im Grunde an dieselben Dinge!« grollte van Damm. »Letzten Monat habe ich in den Koran geschaut und alles gefunden, was wir in der Sonntagsschule beigebracht bekamen.«

»Wohl wahr«, stimmte Ryan zu. »Für Katholiken und Protestanten ist Christus ja auch der Sohn Gottes, was sie aber nicht davon abhält, sich in Nordirland gegenseitig abzuschlachten. Nirgendwo ist ein Jude sicherer als in Ulster. Dort sind die Christen miteinander so beschäftigt, daß sie für Antisemitismus gar keine Zeit haben. Arnie, für Nordirland und Nahost gilt eine Maxime: Ganz gleich, wie gering *uns* die religiösen Differenzen vorkommen mögen, für die Betroffenen sind sie ein Motiv zum Töten. Und dieser Unterschied muß für uns ausschlaggebend sein.«

»Hm, das stimmt wohl«, gestand der Stabschef widerwillig. Er dachte kurz nach. »Haben Sie Jerusalem im Sinn?«

»Genau.« Ryan trank sein Coke aus und pfefferte die Dose in van Damms Papierkorb. »Drei Religionen ist die Stadt heilig, beherrscht aber wird sie nur von einer, die mit einer der beiden anderen im Streit liegt. Angesichts der explosiven Lage in dieser Region könnte man sich für die Stationierung einer Friedensstreitmacht aussprechen – aber welcher? Denken Sie nur an die Zusammenstöße mit islamischen Fanatikern in Mekka. Arabische Friedenstruppen in Jerusalem würden die Sicherheit Israels bedrohen. Spricht man sich für den Status quo aus, also nur israelische Streitkräfte, nehmen die

Araber Anstoß. Die UNO können wir gleich vergessen. Israel hätte Einwände, weil die Juden in diesem Forum nicht sehr beliebt sind. Die Araber würden sich an den vielen Christen in einer Friedenstruppe stoßen. Und uns gefiele die Sache auch nicht, weil man uns bei der UNO nicht gerade liebt. Der einzig verfügbaren internationalen Organisation mißtrauen alle Beteiligten. Eine Pattsituation.«

»Dem Präsidenten liegt viel an dieser Initiative«, betonte der Stabschef. Offenbar wollte die Administration den Eindruck erwecken, daß etwas getan wurde.

»Dann soll er halt den Papst um Vermittlung bitten, wenn er ihn wieder mal sieht.« Ryans respektloses Grinsen erstarrte für einen Augenblick. Van Damm glaubte, daß er innehielt, weil er nichts Despektierliches über den Präsidenten, gegen den er eine Abneigung hatte, sagen wollte. Doch dann wurde Ryans Gesicht ausdruckslos. Arnie kannte ihn nicht gut genug, um diese Miene zu deuten. »Moment mal...«

Der Stabschef lachte in sich hinein. Ein Besuch beim Papst konnte dem Präsidenten nicht schaden und kam bei den Wählern immer gut an. Anschließend konnte er dann bei einem öffentlichen Essen mit Vertretern von B'nai B'rith, der jüdischen Loge, demonstrieren, daß er ein Herz für alle Religionen hatte. In Wirklichkeit ging der Präsident jetzt, da seine Kinder erwachsen waren, nur noch zur Schau in die Kirche. Und das war ein amüsanter Aspekt: Die Sowjets kehrten auf ihrer Suche nach gesellschaftlichen Werten zur Religion zurück, von der sich die amerikanische Linke schon seit langem abgewandt hatte. Van Damm war ursprünglich ein überzeugter Linker gewesen, aber 25 Jahre praktische Regierungsarbeit hatten ihn eines Besseren belehrt. Inzwischen mißtraute er Ideologen beider Flügel aus Überzeugung. Als Pragmatiker suchte er nach Lösungen, die den Vorteil hatten, tatsächlich zu funktionieren. Sein politischer Tagtraum hatte ihn vom Thema abgelenkt.

»Haben Sie etwas im Sinn, Jack?« fragte Alden.

»Nun, wir gehören doch alle Offenbarungsreligionen an, nicht wahr, und haben heilige Schriften.« Vor Jacks innerem Auge tauchte eine Idee auf.

»Und?«

»Und der Vatikan ist ein richtiger Staat mit diplomatischem Status, aber ohne Militär... nun ja, die Schweizergarde... Die Schweiz ist neutral und noch nicht einmal UN-Mitglied. Dort legen die Araber ihr Geld an, dort amüsieren sie sich... Hm, ich frage mich, ob er da mitmachen würde...« Ryans Miene wurde wieder ausdruckslos, doch plötzlich sah van Damm seine Augen aufleuchten: Ihm mußte etwas eingefallen sein. Er fand es immer faszinierend, so einen Geistesblitz mitzuerleben, zog es aber vor, zu wissen, worum es ging.

»Wie bitte? *Wer* soll bei *was* mitmachen?« fragte der Stabschef etwas gereizt. Alden wartete einfach ab.

Ryan erläuterte.

»Es wird doch hauptsächlich um die heiligen Stätten gestritten, nicht wahr? Ich könnte mal mit Leuten in Langley reden. Wir haben einen guten Draht...«

Van Damm lehnte sich zurück. »Was sind das für Kontakte? Sollen wir mit dem Nuntius sprechen?«

Ryan schüttelte den Kopf. »Der Nuntius, Kardinal Giancetti, ist ein netter alter Herr, der aber nur repräsentiert. Sie sind schon lange genug hier und wissen das, Arnie. Wer mit jemandem sprechen will, der sich auskennt, wendet sich an Pater Riley in Georgetown. Er war mein Doktorvater, und wir verstehen uns gut. Riley hat einen direkten Draht zum General.«

»Und wer ist das?«

»Das Oberhaupt der Gesellschaft Jesu, Francisco Alcalde SJ, ein Spanier. Er lehrte zusammen mit Pater Tim Riley an der Universität San Giovanni Bellarmine in Rom. Beide sind Historiker, und Pater Tim ist der inoffizielle Vertreter des Ordens hier. Haben Sie ihn nie kennengelernt?«

»Nein. Ist er die Mühe wert?«

»Aber sicher. Riley ist einer der besten Lehrer, die ich je hatte, und kennt Washington wie seine Westentasche. Er hat auch vorzügliche Kontakte beim Home Office.« Ryan grinste, aber van Damm verstand den Witz nicht.

»Könnten Sie ein diskretes Mittagessen arrangieren?« fragte Alden. »Nicht hier, sondern irgendwo anders?«

»Ich schlage den Cosmos Club in Georgetown vor. Pater Tim ist dort Mitglied. Der Universitätsclub ist günstiger gelegen, aber...«

»Schon gut. Ist er verschwiegen?«

»Kann ein Jesuit ein Geheimnis wahren?« Ryan lachte. »Sie sind bestimmt kein Katholik.«

»Wie schnell ließe sich das einrichten?«

»Wäre Ihnen morgen oder übermorgen recht?«

»Und seine Loyalität?« fragte van Damm aus heiterem Himmel.

»Pater Tim ist US-Staatsbürger, und er ist bestimmt kein Sicherheitsrisiko. Andererseits ist er Priester und hat einen Eid geschworen, der ihn einer Autorität verpflichtet, die für ihn über der Verfassung steht. Sie können sich darauf verlassen, daß der Mann seinen Verpflichtungen nachkommt, aber vergessen Sie, welcher Art diese sind«, warnte Ryan. »Herumkommandieren kann man ihn auch nicht.«

»Arrangieren Sie das Essen. Riley klingt ganz nach einem Mann, dem ich begegnen sollte. Richten Sie ihm aus, ich wollte nur seine Bekanntschaft machen«, meinte Alden. »Morgen und übermorgen bin ich um die Mittagszeit frei.«

»Wird gemacht, Sir.« Ryan stand auf.

Der Cosmos Club befindet sich in einem herrschaftlichen Haus, das einmal dem Diplomaten Sumner Welles gehört hatte. In Jacks Augen wirkte es nackt, weil ihm 150 Hektar Hügelland, ein Stall mit Vollblütern und vielleicht ein Fuchs fehlte, dem der Besitzer nicht allzu entschlossen nachstellte. Eine solche

Umgebung aber hatte das Anwesen nie besessen, und Ryan fragte sich, warum Welles, der sich in Washington so gründlich auskannte, jenen Bau, der so offensichtlich im Widerspruch zu den Realitäten der Stadt stand, an diesem Platz und in diesem Stil errichtet hatte. Die Kriterien für die Mitgliedschaft in dem laut Satzung für die Intelligenzija gedachten Club gründeten sich nicht auf Reichtum, sondern auf Leistung – in Washington war er als Ort bekannt, wo die Konversation kultiviert und die Küche unterentwickelt war. Ryan führte Alden in ein kleines Privatzimmer im ersten Stock.

Pater Timothy Riley SJ erwartete sie, eine Bruyèrepfeife zwischen den Zähnen und die *Washington Post* vor sich auf dem Tisch. Daneben stand ein Glas mit einem Rest Sherry. Er trug ein ungebügeltes Hemd und ein knittriges Jackett. Seine Soutane, die er bei einem der besseren Schneider in der Wisconsin Avenue maßschneidern ließ, hob er sich für offizielle Anlässe auf. Der steife Kragen war strahlend weiß, und dem Katholiken Ryan schoß plötzlich durch den Kopf, daß er nicht sagen konnte, woraus das Ding gemacht war. Gestärkte Baumwolle? Zelluloid, wie der Vatermörder zu Großvaters Zeiten? Wie auch immer, das einengende Stück mußte den Träger an seinen Platz im Dies- und Jenseits erinnern.

»Hallo, Jack!«

»Tag, Pater Riley.« Ryan machte die Männer miteinander bekannt, sie gaben sich die Hand und setzten sich an den Tisch. Ein Kellner erschien, nahm die Getränkebestellung auf und schloß beim Hinausgehen die Tür hinter sich.

»Nun, Jack, wie gefällt Ihnen der neue Job?« fragte Riley.

»Er erweitert den Horizont«, antwortete Ryan und ließ es dabei bewenden. Der Priester mußte schon über seine Probleme in Langley Bescheid wissen.

»Wir haben einen Friedensplan für den Nahen Osten, und Jack meinte, Sie seien der richtige Mann für ein sondierendes Gespräch«, schnitt Alden das Thema an. Er mußte unterbrechen, als der Kellner mit Getränken und Speisekarten zurückkam. Sein anschließender Diskurs über die Friedensplan-Idee dauerte mehrere Minuten.

»Interessant«, meinte Riley, als er alles gehört hatte.

»Was halten Sie von dem Konzept?« wollte der Sicherheitsberater wissen.

»Hochinteressant.« Der Priester verfiel in Schweigen.

»Wird der Papst ...?« Ryan gebot Alden mit einer Handbewegung Einhalt. Riley ließ sich ungern drängen, wenn er nachdachte. Immerhin ist bei Historikern der Faktor Zeit weniger entscheidend als bei Ärzten.

»Sicherlich eine elegante Lösung«, bemerkte Riley nach einer halben Minute. »Nur die Griechen werden große Schwierigkeiten machen.«

»Die Griechen? Wie das?«

»Am streitsüchtigsten ist im Augenblick die griechisch-orthodoxe Kirche. Wegen der banalsten administrativen Details geraten wir immer wieder aneinander. Seltsamerweise sind die Imams und Rabbis im Augenblick umgänglicher miteinander als die christliche Geistlichkeit. Wie auch immer, die Probleme zwischen Katholiken und Orthodoxen sind vorwiegend verfahrenstechnischer Natur – wem welche Stätte anvertraut wird, wer in Bethlehem die Mitternachtsmesse liest. Eigentlich schade.«

»Sie sagen, der Plan müsse scheitern, weil zwei christliche Kirchen sich nicht einigen können?«

»Ich sprach von Schwierigkeiten, Dr. Alden, nicht davon, daß der Plan aussichtslos ist.« Riley verstummte wieder. »Sie werden die Troika ausbalancieren müssen . . ., aber angesichts der Natur des Vorhabens wird man Sie wohl unterstützen. Die Orthodoxen werden Sie sowieso hinzuziehen müssen; die kommen nämlich sehr gut mit den Moslems aus.«

»Wie das?« fragte Alden.

»Nach der Vertreibung des Propheten Mohammed aus Medina durch vorislamische Heiden gewährte das orthodoxe Katharinenkloster im Sinai ihm Zuflucht. Die Mönche versorgten ihn, als er Freunde nötig hatte. Mohammed war ein ehrenhafter Mann, und das Kloster genießt seitdem den Schutz der Moslems. Seit über tausend Jahren hat trotz aller häßlichen Vorfälle in der Region niemand diesen Ort gestört. Am Islam ist vieles bewundernswert, was wir im Westen wegen der Fanatiker, die sich Moslems nennen, oft übersehen. Er hat edle Gedanken und eine respektable intellektuelle Tradition hervorgebracht, mit der bei uns leider kaum jemand vertraut ist«, schloß Riley.

»Gibt es andere mögliche Probleme?« fragte Jack.

Pater Tim lachte. »Der Wiener Kongreß! Jack, wie konnten Sie den vergessen?«

»Wie bitte?« platzte Alden gereizt heraus.

»1815, das weiß doch jedes Kind. Bei der Neuordnung Europas nach den Napoleonischen Kriegen mußten sich die Schweizer verpflichten, nie mehr Söldner in andere Länder zu senden. Aber da finden wir bestimmt einen Ausweg. Darf ich das einmal kurz darlegen, Dr. Alden? Die Leibwache des Papstes besteht aus Schweizern, so wie früher die des Königs von Frankreich, die dann beim Ausbruch der Revolution getötet wurde. Einem ähnlichen Schicksal entkam die päpstliche Garde einmal nur knapp, aber sie konnte sich so lange verteidigen, bis eine kleine Abordnung den Heiligen Vater im abgelegenen Castel Gandolfo in Sicherheit bringen konnte. Söldner waren der wichtigste Exportartikel der Schweiz und weithin gefürchtet. Die Rolle der Schweizergarde im Vatikan ist inzwischen vorwiegend repräsentativ, war aber früher durchaus stark militärisch. Wie auch immer, Schweizer Söldner hatten einen so abschreckenden Ruf, daß der Wiener Kongreß die Schweiz zu der Verpflichtung zwang, ihre Soldaten nur im eigenen Land und im Vatikan einzusetzen. Dies ist, wie ich sagte, aber nur ein Randproblem. Die Schweiz beteiligt sich bestimmt mit Begeisterung an diesem Projekt, das ihrem Prestige in einer Region, wo viel Geld steckt, nur förderlich sein kann.«

»Sicher«, merkte Jack an. »Besonders, wenn wir das Material stellen – Panzer M-1, Bradley-Schützenpanzer, Elektronik für die Kommunikation . . .«

»Jack, das kann doch nicht Ihr Ernst sein«, sagte Riley.

»Doch, Pater. Allein aus psychologischen Gründen muß die Truppe schwere

Waffen haben. Man muß demonstrieren, daß man es ernst meint. Ist das erst einmal geschehen, kann der Rest der Schweizergarde in seiner Designerkleidung von Michelangelo und bewaffnet mit Hellebarden herumstolzieren und in die Kameras der Touristen grinsen. Aber im Nahen Osten muß man schweres Kaliber auffahren.«

Das sah Riley ein. »Gentlemen, mir gefällt die Eleganz des Konzepts, weil es an das Edle im Menschen appelliert. Alle Beteiligten behaupten, an einen Gott zu glauben, wenngleich unter verschiedenen Namen. Jerusalem, die Stadt Gottes..., hm, das ist der Schlüssel. Bis wann brauchen Sie eine Antwort?«

»Sehr dringend ist es nicht«, antwortete Alden. Riley verstand: Das Weiße Haus war an der Sache interessiert, aber es gab keinen Grund zur Eile. Andererseits sollte sie auch nicht zuunterst in einem Aktenstoß landen. Es handelte sich eher um eine Anfrage über informelle Kanäle, die zügig und diskret zu erledigen war.

»Nun, der Vorgang muß die Bürokratie passieren, und der Vatikan hat die älteste Verwaltung der Welt.«

»Aus diesem Grund haben wir uns an Sie gewandt«, meinte Ryan. »Ihr General kann diese Sesselfurzer bestimmt umgehen.«

»Aber Jack! So spricht man doch nicht von den Fürsten der Kirche!« Riley platzte fast vor Lachen.

»Vergessen Sie nicht, ich bin Katholik und verstehe das.«

»Ich nehme Verbindung auf«, sagte Riley. *Noch heute*, versprach sein Blick.

»Aber diskret«, betonte Alden.

»Diskret«, stimmte Riley zu.

Zehn Minuten später war Pater Timothy Riley auf der kurzen Rückfahrt zu seiner Dienststelle in Georgetown schon in Gedanken mit dem Vorschlag beschäftigt. Ryan hatte Pater Rileys Kontakte und ihre Bedeutung richtig eingeschätzt. Der Pater faßte sein Schreiben in attischem Griechisch ab, der Philosophensprache, derer sich außer Plato und Aristoteles nie mehr als 50 000 Menschen bedient hatten. Er hatte sie beim Studium am Woodstock Seminar gelernt. Er schloß die Tür zu seinem Arbeitszimmer, wies seinen Sekretär an, keine Gespräche durchzustellen, und schaltete seinen Computer ein. Zuerst lud er ein Programm, das die Verwendung des griechischen Alphabets ermöglichte. Riley hatte seine Maschinenschreibkünste dank Sekretär und Computer so gründlich verlernt, daß er für das Dokument – neun zweizeilig beschriebene Seiten – über eine Stunde brauchte. Dann zog er eine Schreibtischschublade auf und gab die Kombination für den in einem Aktenschrank versteckten kleinen, aber sicheren Safe ein. Hier lag, wie Ryan schon lange vermutete, ein Chiffrenbuch, in mühseliger Arbeit handschriftlich erstellt von einem jungen Priester aus dem Stab des Ordensgenerals.

Riley mußte lachen; normalerweise brachte man Geheimcodes nicht mit der Priesterschaft in Verbindung. Als Admiral Chester Nimitz 1944 dem Generalvikar der US-Streitkräfte, John Kardinal Spellman, die Ernennung eines neuen Bischofs für die Marianen nahelegte, holte der Geistliche ein Chiffrenbuch hervor und gab über das Fernmeldenetz der US-Marine die entsprechenden Anweisungen. Wie jede andere Organisation brauchte auch die katholische Kirche gelegentlich eine sichere Nachrichtenverbindung; der Chiffrierdienst des Vatikans existierte schon seit Jahrhunderten. Im vorliegenden Fall war der Schlüssel ein langes Zitat aus einem Diskurs von Aristoteles mit sieben fehlenden und vier auf groteske Weise falsch geschriebenen Wörtern. Ein Chiffrierprogramm erledigte den Rest. Nun mußte er eine neue Kopie ausdrucken. Anschließend schaltete er den Computer ab und löschte so das Kommuniqué. Der Ausdruck ging per Fax an den Vatikan und kam anschließend in den Reißwolf. Die ganze mühselige Aktion hatte drei Stunden gedauert, und als Riley seinem Sekretär mitteilte, er sei wieder fürs Tagesgeschäft verfügbar, wußte er, daß er bis tief in die Nacht würde arbeiten müssen. Im Gegensatz zu normalen Geschäftsleuten fluchte er aber deswegen nicht.

»Das gefällt mir nicht«, sagte Leary leise und schaute durchs Fernglas.

»Mir auch nicht«, stimmte Paulson zu. Er hatte durch sein Zielfernrohr mit zehnfacher Vergrößerung zwar ein engeres Gesichtsfeld, sah aber mehr Details. Nach dem Subjekt fahndete das FBI schon seit über zehn Jahren. Der Mann, dem der Mord an zwei FBI-Agenten und einem Vollzugsbeamten zur Last gelegt wurde, John Russell (alias Richard Burton, alias Red Bear), war in einer Organisation untergetaucht, die sich »Warrior Society« nannte, die Gesellschaft der Sioux-Krieger. Viel von einem Stammeskrieger hatte John Russell indes nicht. Er war in Minnesota geboren, weit vom Sioux-Reservat entfernt, und als kleiner Krimineller im Gefängnis gelandet. Dort hatte er seine ethnische Herkunft entdeckt und sich sein verdrehtes Bild vom amerikanischen Ureinwohner zurechtgezimmert – das Paulson eher an Bakunin als an den Indianerhäuptling Cochise erinnerte. Russell hatte drei terroristische Akte begangen, bei denen drei Bundesbeamte umkamen. Dann war er abgetaucht. Früher oder später aber macht jeder Flüchtige einen Fehler, und diesmal war John Russell an der Reihe. Die »Warrior Society« finanzierte sich mit Drogenschmuggel nach Kanada, und ein FBI-Informant hatte von dem riskanten Unternehmen Wind bekommen.

Sie waren in den gespenstischen Ruinen eines Bauerndorfes sechs Meilen von der kanadischen Grenze entfernt. Das Geiselrettungsteam des FBI, für das es wie üblich keine Geiseln zu retten gab, fungierte als Antiterroreinheit der Behörde. Die zehn Mann des Trupps, angeführt von Dennis Black, unterstanden der administrativen Kontrolle des örtlich zuständigen FBI-Agenten, genannt SAC, und genau an diesem Punkt war es bei der Behörde mit der sonst üblichen Perfektion gründlich vorbei. Der lokale SAC hatte einen komplizierten Plan für einen Hinterhalt ausgeklügelt, der allerdings schon übel begonnen und dann fast in einer Katastrophe geendet hatte: Drei Agenten lagen nach Verkehrsunfällen im Krankenhaus, zwei andere hatten schwere Schußverletzungen erlitten. Im Gegenzug war ein Subjekt mit Sicherheit getötet und ein zweites vermutlich verwundet worden. Die anderen drei oder vier – auch da war man nicht ganz sicher – hatten sich in einem ehemaligen Motel verbarrikadiert. Fest stand jedenfalls, daß entweder in der alten Herberge die Amtsleitung noch funktionierte oder, was wahrscheinlicher war, die Subjekte über ein Funktelefon die Medien verständigt hatten. Das Resultat war eine Riesenkonfusion, die einem Trupp Zirkusclowns alle Ehre gemacht hätte. Der SAC bemühte sich, den Rest seines professionellen Rufes zu retten, indem er die Medien zu seinen Gunsten manipulierte. Nur wußte er noch nicht, daß mit Fernsehteams aus Denver oder Chicago nicht so leicht umzuspringen war wie mit jungen Lokalreportern. Die Profis ließen sich nicht an der Nase herumführen.

»Dem Kerl reißt Bill Shaw morgen den Arsch auf«, merkte Leary leise an.

»Damit ist uns auch nicht geholfen«, versetzte Paulson.

»Was gibt's?« fragte Black über den gesicherten Funkkanal.

»Bewegung, aber keine Identifizierung«, antwortete Leary. »Schlechtes Licht. Die Kerle mögen blöd sein, aber verrückt sind sie nicht.«

»Die Subjekte haben einen TV-Reporter mit Kamera verlangt, und der SAC hat zugestimmt.«

»Dennis, Sie haben doch nicht etwa...?« Paulson fiel fast das Fernrohr aus der Hand.

»Doch«, erwiderte Black. »Der SAC sagt, er hat hier den Befehl.« Der Verhandlungsexperte des FBI, ein erfahrener Psychiater, sollte erst in zwei Stunden eintreffen, und der SAC wollte für die Abendnachrichten etwas zu bieten haben. Black wäre dem Mann am liebsten an die Kehle gesprungen, aber das ging natürlich nicht.

»Ich kann ihn nicht wegen Unfähigkeit festnehmen«, sagte Leary mit der Hand überm Mikrofon. Das einzige, was den Kerlen noch fehlt, ist eine Geisel, fügte er in Gedanken hinzu. Liefern wir ihnen ruhig eine, dann kriegt unser Psychiater wenigstens etwas zu tun.

»Die Lage, Dennis?« fragte Paulson.

»Auf meine Befehle hin sind die Eingreifrichtlinien in Kraft«, erwiderte Dennis Black. »Es kommt eine Reporterin, 28, blond, blaue Augen, etwa einsfünfundsechzig; begleitet von einem Kameramann, farbig, etwa einsneunzig. Ich habe ihm Anweisungen gegeben, wie er sich annähern soll. Der Mann hat Köpfchen und spielt mit.«

»Roger, Dennis.«

»Seit wann sind Sie an der Waffe, Paulson?« fragte Black noch. Laut Dienstvorschrift durfte ein Scharfschütze bei voller Alarmbereitschaft nur 30 Minuten an der Waffe bleiben; danach tauschten Beobachter und Schütze die Positionen. Offenbar war Black der Ansicht, daß irgend jemand sich an die Vorschriften halten mußte.

»Seit 15 Minuten, Dennis, alles klar... Ah, da kommt das Fernsehen.«

Sie lagen nur 115 Meter vom Eingang des Motels entfernt in Stellung. Die Sicht war schlecht. In 90 Minuten ging die Sonne unter. Ein stürmischer Tag; ein heißer Südwestwind fegte über die Prärie. Die Augen brannten vom Staub.

Am schlimmsten war, daß die Querböen eine Geschwindigkeit von über 60 Stundenkilometern erreichten und damit sein Geschoß um bis zu 20 Zentimeter ablenken konnten.

»Team steht bereit«, verkündete Black. »Ermächtigung zum Eingreifen ist gerade gegeben worden.«

»Ein totales Arschloch ist er also nicht«, erwiderte Leary über Funk. Er war so aufgebracht, daß es ihm gleich war, ob der SAC nun mithörte oder nicht. Wahrscheinlich bepißt er sich gerade wieder, dachte er.

Scharfschütze und Beobachter trugen Tarnanzüge und hatten zwei Stunden gebraucht, um ihre Positionen einzunehmen; nun verschmolzen sie mit den knorrigen Bäumen und dem struppigen Präriegras. Leary beobachtete, wie sich das Fernsehteam dem Motel näherte. Die Frau ist hübsch, dachte er, aber ihre Frisur und ihr Make-up haben unter dem scharfen trockenen Wind gelitten. Der Kameramann hätte bei den Vikings Verteidiger sein können und war vielleicht schnell und zäh genug, um Tony Wills, dem sensationellen neuen Halfback, einen Angriffskorridor freizumachen. Leary verdrängte den Gedanken.

»Der Kameramann trägt eine kugelsichere Weste. Die Frau nicht.« Schwachsinn, dachte Leary. Dennis muß ihr doch gesagt haben, was das für Kerle sind.

»Dennis sagt, der Mann sei gewitzt.« Paulson richtete sein Gewehr auf das Gebäude. »Bewegung an der Tür!«

»Passen wir alle auf«, murmelte Leary.

»Subjekt 1 in Sicht«, verkündete Paulson. »Russell kommt raus. Scharfschütze 1 hat Ziel erfaßt.«

»Hab' ihn!« meldeten drei andere Stimmen gleichzeitig.

John Russell war ein Hüne – einssechsundneunzig, gut 110 Kilo schwer –, ein ehemaliger Athlet, der nun verfettete. Sein Oberkörper war nackt; er trug Jeans, und ein Stirnband hielt sein langes schwarzes Haar. Auf der Brust hatte er Tätowierungen, einige vom Fachmann, die meisten aber im Gefängnis mit Kopierstift und Spucke angefertigt. Er war ein Typ von der Sorte, der die Polizei lieber bewaffnet entgegentritt. Die lässige Arroganz seiner Bewegungen verriet seine Verachtung für Regeln und Gesetze.

»Subjekt 1 trägt einen großen schwarzen Revolver«, meldete Leary dem Rest des Teams. Smith & Wesson? spekulierte er. »Äh, Dennis . . ., hier kommt mir was komisch vor.«

»Was?« fragte Black sofort.

»Mike hat recht«, sagte Paulson dann, der sich Russells Gesicht durchs Zielfernrohr genau ansah. »Der steht unter Drogen, Dennis, der hat was drin. Rufen Sie das TV-Team zurück!« Aber dafür war es zu spät.

Paulson hielt Russells Kopf im Fadenkreuz. Für ihn war Russell nun kein Mensch mehr, sondern ein Subjekt, ein Ziel. Wenigstens war der SAC vernünftig genug gewesen, dem Team begrenzte Erlaubnis zum Eingreifen zu geben, so daß sein Leiter für den Fall, daß etwas schiefging, alle ihm angemessen erscheinenden Maßnahmen treffen konnte. Auch Paulson hatte spezifische Anweisungen. Sowie das Subjekt einen Agenten oder Zivilisten lebensgefährdend bedrohte, konnte er mit seinem Finger auf den Abzug seines Gewehrs einen Druck von 2650 Gramm ausüben und damit das Geschoß losjagen.

»Immer mit der Ruhe, alle Mann«, flüsterte der Scharfschütze. Sein Zielfernrohr Marke Unertl war mit Fadenkreuz und Strichplatte ausgerüstet. Erneut schätzte Paulson automatisch die Distanz, achtete weiter auf die Böen und hielt Russells Ohr im Fadenkreuz.

Die Szene hatte eine grausige Komik. Die Reporterin lächelte und bewegte ihr Mikrofon beim Interview hin und her. Der massige schwarze Kameramann hatte seine Minicam am Auge, mit der aufgesteckten grellen Lampe, die von Batterien, die an seinem Gürtel befestigt waren, betrieben wurde. Russell redete eindringlich, aber Paulson und Leary verstanden nichts, weil der Wind zu heftig war. Seine Miene war von Anfang an zornig gewesen, und sie glättete sich nicht. Er ballte die Linke zur Faust, und die Finger seiner rechten Hand schlossen sich automatisch um den Knauf der Pistole. Der Wind preßte die Seidenbluse der Reporterin an ihre durchscheinenden Brüste. Leary fiel ein, daß Russell den Ruf hatte, ein zur Brutalität neigender Sexualathlet zu sein. Aber der Ausdruck des Mannes war sonderbar leer. Einmal starrte er teilnahmslos, dann wieder fuhr er leidenschaftlich auf; diese durch Drogen erzeugte Instabilität mußte den psychischen Druck auf den vom FBI Umstellten noch verstärken. Plötzlich wurde er unnatürlich ruhig.

Leary verfluchte den SAC. Wir sollten uns ein Stück zurückziehen und abwarten, bis die Kerle mürbe sind, dachte er. Die Lage hat sich stabilisiert. Die kommen hier nicht weg. Wir könnten übers Telefon verhandeln und sie hinhalten...

»Achtung!«

Mit seiner freien Hand hatte Russell die Reporterin am Oberarm gepackt. Sie versuchte sich zu befreien, verfügte aber nur über einen Bruchteil der Kraft, die dazu nötig war. Der Kamermann nahm eine Hand von der Sony. Er war groß und stark und hätte Erfolg haben können, aber seine Bewegung provozierte Russell. Die rechte Hand des Subjekts zuckte.

»Im Ziel!« sagte Paulson erregt. Laß das, du Arschloch, dachte er. HÖR AUF! Er durfte nicht zulassen, daß Russell den Revolver zu weit hob. Sein Verstand raste, schätzte die Situation ab. Ein großer Revolver Smith & Wesson, vielleicht ein 44er Kaliber, eine Waffe, die riesige, blutige Wunden riß. Es war möglich, daß das Subjekt nur seinen Worten Nachdruck verleihen wollte. Vermutlich wies er den Schwarzen an der Kamera an, er solle stillhalten; der Revolver schien eher auf den Mann gerichtet als auf die Reporterin, kam höher und höher und...

Der Knall des Gewehrs ließ die Szene erstarren. Paulsons Finger hatte sich scheinbar wie von selbst gekrümmt, aber in Wirklichkeit war es der antrainierte Reflex, der sich durchgesetzt hatte. Das Gewehr bäumte sich unterm Rückstoß auf, und die Hand des Schützen zuckte schon, um zu spannen und nachzuladen. Ein Windstoß hatte Paulsons Geschoß leicht nach rechts abgelenkt. Anstatt Russells Schädel in der Mitte zu durchschlagen, traf die Kugel den Backenknochen. Explosionsartig wurde dem Subjekt das Gesicht weggerissen. Nase, Augen und Stirn lösten sich in einen roten Nebel auf. Nur der Mund blieb übrig, und der stand offen und schrie, während Blut aus Russells Kopf triefte wie aus einer verkalkten Dusche. Sterbend gab Russell noch einen Schuß auf den Kameramann ab, ehe er vornüber gegen die Reporterin fiel. Der Kameramann fiel ebenfalls zu Boden, und die Reporterin stand fassungslos da, hatte das Blut und Gewebe an ihrer Kleidung und in ihrem Gesicht noch nicht wahrgenommen. Russells Finger krallten kurz nach seinem Gesicht, das nicht mehr da war, und wurden dann reglos. »LOS! LOS! LOS!« schrie es in Paulsons Kopfhörer, aber er nahm kaum Notiz, sondern lud nach, während er in einem Fenster des Gebäudes ein Gesicht, das er von Fahndungsfotos her kannte, entdeckte. Ein Subjekt, das eine Waffe hob, die wie ein altes Winchester-Repetiergewehr aussah. Paulsons zweiter Schuß war exakter als der erste und traf die Stirn von Subjekt 2. Sein Name: William Ames.

Die Szene kam wieder in Bewegung. Männer des Geiselrettungsteams in schwarzen Anzügen und kugelsicheren Westen stürmten heran. Zwei schleppten die Reporterin weg, zwei andere trugen den Kameramann, an dessen Brust die Sony noch geschnallt war, in Sicherheit. Ein anderer warf eine Blendgranate durch das zerbrochene Fenster, während Dennis Black und die restlichen drei Teamleute durch die offene Tür rannten. Es fielen keine weiteren Schüsse. 15 Minuten später knisterte es im Kopfhörer.

»Hier Teamführer. Gebäude durchsucht. Zwei Subjekte tot. Subjekt 2 ist William Ames. Subjekt 3 ist Ernest Thorn, der zwei Kugeln in der Brust hat und offenbar schon eine Weile tot ist. Waffen der Subjekte neutralisiert. Tatort gesichert. Wiederhole: Tatort gesichert.«

»Himmel noch mal!« Leary hatte zum ersten Mal in seinen zehn Jahren beim FBI einen Waffeneinsatz miterlebt. Paulson kam auf die Knie, nachdem er seine Waffe entladen hatte, klappte das Zweibein ein und trabte dann auf das Gebäude zu. Der SAC kam ihm zuvor und stand nun mit der Dienstpistole in der Hand bei John Russells Leiche, die zum Glück auf dem Bauch lag. Blut verbreitete sich auf dem rissigen Zement.

»Saubere Arbeit!« lobte der SAC das Team, und das war sein letzter Schnitzer unter den vielen Fehlern, die an diesem Tag gemacht worden waren.

»Sie unfähiges Arschloch!« Paulson stieß ihn gegen die Mauer. »Daß diese Leute tot sind, ist Ihre Schuld!« Leary sprang dazwischen und schob Paulson von dem verdutzten Mann weg. Nun erschien Dennis Black, der keine Miene verzog.

»Machen Sie Ihren Dreck weg«, knurrte er und führte seine Männer weg, ehe es zu weiteren Zwischenfällen kommen konnte. »Was macht der Kameramann?«

Der Schwarze lag mit der Kamera überm Gesicht auf dem Rücken. Die Reporterin kniete am Boden und erbrach sich. Aus gutem Grund: Zwar hatte ihr ein Agent das Gesicht abgewischt, aber ihre teure Bluse war eine blutrote Obszönität, die sie noch wochenlang in ihren Träumen verfolgen sollte.

»Alles in Ordnung?« fragte Dennis. »Stellt das verdammte Ding ab!«

Er legte die Kamera auf den Boden und schaltete die Lampe aus. Der Kameramann schüttelte den Kopf und griff an eine Stelle knapp unterm Brustkorb. »Gute Idee. Schreiben Sie mal an den Hersteller der Weste. Ich glaube...« Und dann verstummte er. Nach einer Weile erkannte er, was geschehen war, der Schock setzte ein. »Mein Gott, was ist passiert?«

Paulson ging zum Fahrzeug, ein schwerer Kombi, und legte sein Gewehr in den Kasten zurück. Leary und ein anderer Agent blieben bei ihm, um ihm über die Streßperiode hinwegzuhelfen – und versicherten, er habe genau richtig gehandelt. Der Scharfschütze hatte nicht zum ersten Mal getötet, aber eines war allen Einsätzen gemein, wie verschieden sie auch gewesen sein mochten: Man bereute, was man hatte tun müssen. Nach einem echten Todesschuß kommt kein Werbespot.

Die Reporterin überfiel die normale posttraumatische Hysterie, und sie riß sich die blutgetränkte Bluse vom Leib, ohne zu bedenken, daß sie darunter nackt war. Ein Agent wickelte sie in eine Decke und beruhigte sie. Inzwischen waren weitere Fernsehteams erschienen und hielten vorwiegend auf das Gebäude zu. Dennis Black sammelte seine Leute ein, ließ die Waffen entladen und befahl ihnen, sich um die beiden Zivilisten zu kümmern. Die Reporterin gewann nach ein paar Minuten die Fassung wieder. Sie fragte, ob das Ganze denn notwendig gewesen sei, und erfuhr dann, daß ihr Kameramann getroffen worden, aber dank der kugelsicheren Weste, die sie entgegen der Empfehlung des FBI abgelehnt hatte, unverletzt geblieben war. Hierauf geriet sie in einen euphorischen Zustand, überglücklich, überhaupt noch am Leben zu sein. Der Schock sollte zwar bald zurückkehren, aber sie war trotz ihrer Jugend und Unerfahrenheit intelligent und hatte bereits etwas Wichtiges gelernt. Sie nahm sich vor, beim nächsten Mal auf einen guten Rat zu hören; ihre Alpträume würden diesen Vorsatz nur unterstützen. Schon nach 30 Minuten konnte sie sich ohne Hilfe wieder auf den Beinen halten, hatte ihr Ersatzkostüm angezogen und berichtete mit ruhiger, wenngleich brüchiger Stimme über ihr Erlebnis. Den größten Eindruck aber machte beim TV-Netz CBS das Videoband; der Chef der Nachrichtenredaktion nahm sich vor, den Kameramann schriftlich zu belobigen. Seine Aufnahmen enthielten alle Elemente einer Sensation – Spannung, Tod und eine ebenso mutige wie attraktive Reporterin – und liefen an diesem sonst relativ ereignislosen Tag in den Abendnachrichten an erster Stelle. Am Tag danach wurden sie in den Frühnachrichten aller anderen Sender gebracht. Jedesmal warnte der Sprecher empfindsame Gemüter vor den schokkierenden Bildern – nur, um allen Zuschauern klarzumachen, daß ihnen ein ganz besonderer Nervenkitzel bevorstand. Und da fast jeder Gelegenheit hatte, sich die Szenen mehr als einmal anzusehen, ließen viele beim zweiten Mal ihre Videorecorder mitlaufen. Zu ihnen zählte Marvin Russell, der Anführer der »Warrior Society«.

Angefangen hatte es harmlos. Er wachte mit Magenschmerzen auf. Der Lauf am Morgen strengte mehr an als sonst. Er war nicht ganz auf dem Damm. Schließlich bist du über Dreißig, sagte er sich, und kein junger Mann mehr. Andererseits war er immer sportlich und energiegeladen gewesen. Vielleicht war es nur eine Erkältung, ein Virus, die Auswirkung vom Genuß unreinen Trinkwassers, eine Magenverstimmung. Da mußt du dich durchbeißen, dachte er, legte mehr Gewicht in seinen Tornister und trug sein Gewehr nun mit geladenem Magazin. Träge bist du geworden, das ist alles, sagte er sich, so was läßt sich ändern. Er war ein sehr entschlossener Mann.

Einen Monat lang wirkte das auch. Gewiß, er fühlte sich noch schlapper, aber das war angesichts der zusätzlichen fünf Kilo im Tornister zu erwarten. Die Extramüdigkeit nahm er als Beweis für seine Kriegertugend; er aß wieder einfache Speisen und zwang sich, früher zu Bett zu gehen. Das half. Die Muskeln schmerzten nicht anders als zu Beginn dieses anstrengenden Lebens, und er schlief den ruhigen Schlaf der Gerechten. Die Befehle seines zielstrebigen Willens an seinen widerspenstigen Körper machten alles noch schlimmer. Warum kam er nicht gegen eine unsichtbare Mikrobe an? Hatte er es nicht schon mit viel größeren und bedrohlicheren Dingen aufgenommen? Der Gedanke bedeutete ihm weniger eine Herausforderung als ein kleines Amüsement. Wie bei allen entschlossenen Menschen lauerte der Konkurrent in ihm selbst; der Körper wehrte sich gegen die Befehle des Verstandes.

Die Beschwerden wollten nicht weggehen. Sein Körper wurde hagerer, gestählter, aber Schmerzen und Übelkeit hielten sich hartnäckig. Das fuchste ihn, und er machte seinem Ärger zunächst Luft, indem er Witze riß. Als seine ranghöheren Kameraden merkten, daß er sich nicht wohl fühlte, führte er als Grund Schwangerschaftsübelkeit an und erntete dafür wieherndes Gelächter. Einen Monat lang hielt er durch, sah sich dann aber gezwungen, die Traglast zu verringern, um seinen Platz vorne bei den Führern halten zu können. Zum ersten Mal in seinem Leben begann er, leise an sich zu zweifeln, und er fand seinen Zustand nicht mehr amüsant. Einen weiteren Monat lang blieb er, abgesehen von der Extrastunde Schlaf, streng bei seinem ruhelosen Pensum, doch es ging ihm weder schlechter noch besser. Vielleicht liegt es nur an meinem Alter, tröstete er sich. Immerhin bin ich auch nur ein Mensch, und es ist keine Schande abzubauen, auch wenn ich mit aller Gewalt versucht habe, in Form zu bleiben.

Schließlich begann er über seinen Zustand zu klagen. Seine Kameraden, allesamt jünger als er, hatten zum Teil fünf Jahre oder länger unter ihm gedient und zeigten Verständnis. Sie hatten ihn wegen seiner Härte verehrt und sahen seine sich abzeichnenden Schwächen als Zeichen, daß auch er nur ein Mensch war, der für sie dadurch noch bewundernswerter wurde. Einige schlugen Hausmittel vor, und schließlich bedrängte ihn ein guter Kamerad, er sei verrückt, wenn er nicht zum Arzt ginge. Sein Schwager habe in England studiert und sei erstklassig. Und so entschlossen er auch war, seinen Leib zu verleugnen, wußte er doch, daß es Zeit war, einen guten Rat zu beherzigen.

Der Arzt wurde seinem Ruf gerecht. Er saß in einem blütenweißen gestärkten Kittel an seinem Schreibtisch, erkundigte sich nach den bisherigen Krankheiten und nahm anschließend eine Untersuchung vor. Auf den ersten Blick schien dem Besucher nichts zu fehlen. Der Arzt sprach von Streß – darüber wußte sein Patient Bescheid – und seine zunehmend ernsteren, oft erst langfristig spürbaren Auswirkungen. Er sprach von gesunder Ernährung, maßvoller körperlicher Betätigung, der Bedeutung von Ruhepausen. Seiner Ansicht nach spielten mehrere kleine Faktoren zusammen, eingeschlossen eine harmlose, aber ärgerliche Magen-Darm-Störung; zu deren Linderung verschrieb er ein Medikament. Der Arzt schloß die Konsultation mit einem Monolog über Patienten, deren Stolz der Vernunft im Weg stand, ab. Sein Patient nickte zustimmend und erwies dem Mediziner den ihm zustehenden Respekt. Auch er hatte seinen Untergebenen ähnliche Vorträge gehalten und war wie immer entschlossen, das Richtige zu tun.

Die Medizin half eine gute Woche lang. Sein Magen wurde wieder besser. Aber fühle ich mich so wie früher? fragte sich der Patient. Besser schon, aber wie ist mir früher beim Aufwachen gewesen? Wer denkt schon an so etwas. Der Verstand konzentriert sich auf wichtige Dinge wie Aufträge und Einsätze und überläßt den Körper sich selbst. Der Leib durfte den Geist nicht beeinträchtigen; er gab Befehle und erwartete, daß sie ausgeführt wurden. Wie konnte man zielstrebig leben, wenn etwas dazwischenfunkte? Und sein Lebensziel hatte er sich schon vor Jahren gesteckt.

Doch die Beschwerden wollten nicht weggehen und zwangen ihn, den Arzt ein zweites Mal aufzusuchen. Diesmal fiel die Untersuchung gründlicher aus, eine Blutentnahme eingeschlossen. Vielleicht ist es doch nicht ganz harmlos, meinte der Doktor und sprach von einer chronischen Infektion, die aber mit Medikamenten zu behandeln sei. Malaria zum Beispiel, früher in der Region weit verbreitet, und einige andere inzwischen von der modernen Medizin besiegte Krankheiten gingen ebenfalls mit Entkräftung einher. Der Arzt wartete nun auf die Labortests und war entschlossen, den Patienten, dessen Lebensziel er kannte und aus sicherer Distanz unterstützte, zu heilen.

Als er zwei Tage später in die Praxis zurückkehrte, merkte er sofort, daß etwas nicht stimmte. Diese Miene hatte er oft genug bei seinem Nachrichtendienstoffizier gesehen. Es ging um etwas Unerwartetes, das die Pläne durcheinanderbrachte. Der Arzt begann langsam, suchte nach Worten, um dem Patienten das Laborergebnis schonend beizubringen, doch der wollte von Schonung nichts wissen. Er hatte ein gefährliches Leben gewählt und verlangte, die Wahrheit so unumwunden zu hören, wie er sie selbst verkündet hätte. Der Mediziner nickte respektvoll und sprach dann offen zu ihm. Sein Patient hörte ungerührt zu. An Enttäuschungen aller Art war er gewöhnt und war auch mit dem Tod, den er selbst oft anderen gebracht hatte, vertraut. Nun war also das Ende seines Lebens in Sicht, in der nahen oder fernen Zukunft. Die Antwort auf eine Frage nach Behandlungsmöglichkeiten fiel optimistischer aus, als er erwartet hatte. Der Doktor beleidigte ihn nicht mit tröstenden Worten, sondern legte ihm – als hätte er die Gedanken des Patienten erraten – die Fakten dar. Es gab Maßnahmen, mit denen man unter Umständen erfolgreich sein konnte. Mit der Zeit würde sich herausstellen, ob sie wirkten oder nicht. Günstige Faktoren waren seine gute körperliche Verfassung und seine eiserne Entschlossenheit. Die Bemerkung des Arztes, daß eine positive Geisteshaltung das A und O sei, hätte der Patient beinahe mit einem Lächeln quittiert. Aber er zeigte lieber den Mut des Stoikers als die Hoffnung des Narren. Und was war schon der Tod? Hatte er sein Leben nicht der Gerechtigkeit gewidmet, dem Willen Allahs, hatte er es nicht für eine große und löbliche Sache geopfert?

Aber da lag der Hase im Pfeffer. Auf Versagen war er nicht eingestellt. Er hatte sich vor Jahren ein Lebensziel gesetzt und war entschlossen, es ohne Rücksicht auf sich selbst oder andere zu erreichen. Auf diesem Altar hatte er alle Alternativen geopfert, die Hoffnungen seiner Eltern, das Studium, ein normales, bequemes Leben mit einer Frau, die ihm vielleicht Söhne geboren hätte – alles das hatte er verworfen und entschlossen einen Weg der Mühsal und Gefahr gewählt, auf ein strahlendes Ziel zu.

Und nun? War alles umsonst gewesen? Sollte sein Leben ohne einen Sinn enden? Durfte er den Tag, in den er alle Hoffnung gelegt hatte, nicht mehr erleben? War Allah so grausam? Während ihm diese Gedanken durch den Kopf gingen, blieb seine Miene gelassen, sein Blick so reserviert wie immer. Nein, dachte er, das läßt Gott nicht zu. Er kann sich nicht von mir abgewandt haben. Ich werde den Tag noch erleben oder zumindest herannahen sehen. Dann hat mein Leben doch noch einen Sinn gehabt.

Es war doch nicht alles umsonst, auch nicht die Zukunft, wie immer sie auch für ihn aussehen würde. Auch was das betraf, war er entschlossen.

Ismael Kati wollte die Anweisungen des Arztes befolgen, alles tun, was sein Leben verlängerte, um den heimtückischen inneren Feind vielleicht doch noch zu besiegen. Er nahm sich vor, seine Anstrengungen zu verdoppeln, bis an die Grenzen seiner körperlichen Leistungsfähigkeit zu gehen, Allah um Führung und um ein Zeichen zu bitten. Diese Krankheit wollte er bekämpfen wie alle anderen Feinde zuvor – mit Mut und totaler Hingabe. Nie in seinem Leben hatte er Gnade geübt, und er plante nicht, sie nun jemandem zu erweisen. Im Angesicht seines Todes war ihm der Tod anderer noch unwichtiger als zuvor. Blind zuschlagen wollte er jedoch nicht, sondern weitermachen wie bisher und auf eine Gelegenheit warten, die, das sagte ihm sein Glaube, sich irgendwo bieten mußte, bevor sein Weg zu Ende war. Seine Entschlüsse waren immer von Intelligenz geleitet gewesen, und das hatte seinen Erfolg ausgemacht.

2
Labyrinthe

Wenige Minuten nachdem der Brief aus Georgetown in einem Dienstzimmer in Rom eingegangen war, legte ihn der Mann vom Nachtdienst einfach auf den Schreibtisch des Zuständigen und bereitete sich dann weiter auf ein Examen über die metaphysischen Diskurse des heiligen Thomas von Aquin vor. Am nächsten Morgen erschien der Jesuit Hermann Schörner, Privatsekretär des Generals der Gesellschaft Jesu, Francisco Alcalde, pünktlich um sieben und begann die über Nacht eingegangene Post zu sortieren. Das Fax aus Amerika war der dritte Vorgang von oben und machte den jungen Geistlichen stutzig. Chiffrierte Nachrichten gehörten zwar zu seiner Arbeit, waren aber selten. Der Code oben auf der ersten Seite zeigte Absender und Dringlichkeitsgrad an. Pater Schörner ging eilig den Rest der Post durch und machte sich dann sofort an die Arbeit.

Pater Rileys Prozedur wiederholte sich nun auf exakt umgekehrte Weise. Der einzige Unterschied war, daß Pater Schörner vorzüglich Maschine schrieb. Er las den Text mit einem optischen Scanner in einen Personalcomputer ein und rief das Dechiffrierprogramm auf. Unregelmäßigkeiten, die bei der Übertragung entstanden waren, führten zu Entstellungen, die sich aber leicht korrigieren ließen, und dann glitt der entschlüsselte Text aus dem Tintenstrahldrucker – natürlich noch in Attisch. Statt Rileys mühseliger drei Stunden hatte dieser Prozeß nur zwanzig Minuten in Anspruch genommen. Der junge Priester kochte Kaffee für sich und seinen Vorgesetzten und las dann über der zweiten Tasse den erstaunlichen Brief.

Francisco Alcalde war ein älterer, aber ungewöhnlich dynamischer Mann. Für seine 66 Jahre spielte er noch recht gut Tennis, und er fuhr gelegentlich mit dem Heiligen Vater Ski. Er war hager und drahtig, über einsneunzig groß und trug einen dichten grauen Bürstenschnitt über den tiefliegenden Augen, die an einen Uhu erinnerten. Alcalde war ein hochgelehrter Mann, der elf Sprachen beherrschte und vielleicht Europas erste Autorität für mittelalterliche Geschichte geworden wäre, hätte er sich nicht für den Priesterberuf entschieden. Vor allem aber war er ein Geistlicher, dessen Pflichten in der Verwaltung zu seinem Wunsch nach Lehre und Seelsorge im Widerspruch standen. In einigen Jahren wollte er seine Stellung als General des größten und mächtigsten katholischen Ordens aufgeben und wieder an die Universität gehen, um junge Menschen zu inspirieren und in der Kirche eines Arbeiterviertels, wo er sich um normale menschliche Probleme kümmern konnte, die Messe zu lesen – als Höhepunkt eines gesegneten Lebens, wie er dachte. Vollkommen war er jedoch nicht; häufig hatte er mit seiner intellektuellen Eitelkeit zu kämpfen und brachte nicht immer die in seinem Beruf erforderliche Demut auf. Nun, seufzte er mit einem Lächeln, die Perfektion ist ein unerreichbares Ziel.

»Guten Morgen, Hermann«, grüßte er auf deutsch, als er eintrat.

»Buon giorno«, erwiderte Schörner und sprach dann griechisch weiter. »Heute liegt ein hochinteressantes Schreiben vor.«

Alcalde zuckte mit seinen buschigen Augenbrauen. Er wies auf sein Arbeitszimmer. Schörner folgte ihm mit dem Kaffee.

»Tennis ist heute mittag um vier«, sagte Schörner und füllte seinem Vorgesetzten die Tasse.

»Wollen Sie mich wieder mal beschämen?« Man erzählte sich im Scherz, Schörner hätte das Zeug zum Profi und könne seinen Verdienst ja an den Orden, dessen Mitglieder ein Armutsgelübde leisten mußten, abführen. »Was steht in dem Brief?«

»Er stammt von Timothy Riley in Washington.« Schörner reichte das Schreiben über den Tisch.

Alcalde setzte seine Lesebrille auf. Seine Kaffeetasse blieb unberührt, während er das Dokument zweimal langsam durchlas. Als Gelehrter nahm Alcalde selten zu etwas Stellung, ohne nachgedacht zu haben.

»Erstaunlich. Von diesem Ryan habe ich schon einmal gehört ... ist er nicht beim Geheimdienst?«

»Ja, er ist stellvertretender Direktor bei der CIA. Wir haben ihn ausgebildet; Boston Hochschule und Georgetown Universität. Er arbeitet vorwiegend in der Verwaltung, war aber an mehreren Außendienstoperationen beteiligt. Wir kennen nicht alle Einzelheiten, aber er scheint dabei nichts Unehrenhaftes getan zu haben. Hier liegt ein kleines Dossier über ihn vor. Pater Riley hält viel von Dr. Ryan.«

»So sieht es auch aus.« Alcalde überlegte. Er war nun seit dreißig Jahren mit Riley befreundet. »Er hält das Angebot für echt. Was meinen Sie?«

»Potentiell ein Gottesgeschenk, finde ich.« Der Kommentar war nicht ironisch gemeint.

»In der Tat. Aber die Sache ist dringend. Was meint der US-Präsident?«

»Ich nehme an, daß man ihn noch nicht informiert hat, aber das wird bald geschehen. Was seinen Charakter betrifft, habe ich meine Zweifel.« Schörner zuckte mit den Achseln.

»Wer von uns ist schon vollkommen?« Alcalde starrte an die Wand.

»Sehr wahr.«

»Wie sieht mein Terminkalender für heute aus?« fragte Alcalde.

Schörner nannte die Termine aus dem Gedächtnis.

»Gut, richten Sie Kardinal D'Antonio aus, ich hätte etwas Wichtiges zu erledigen. Ändern Sie die anderen Termine entsprechend. Um diese Angelegenheit muß ich mich sofort kümmern. Rufen Sie Timothy an, danken Sie ihm und richten Sie ihm aus, daß ich mich der Sache annehme.«

Ryan wachte um halb sechs mißmutig auf. Die Sonne glühte orangerosa hinter den Bäumen vor der fünfzehn Kilometer entfernten Ostküste von Maryland. Seine erste bewußte Handlung war, die Vorhänge zuzuziehen. Cathy hatte heute keinen Dienst im Krankenhaus, aber der Grund fiel ihm erst auf halbem Weg ins Bad ein. Als nächstes schluckte er zwei Tylenol Extrastark. Am Vorabend hatte er wieder einmal zuviel getrunken, wie schon die letzten Tage, ging es ihm durch den Kopf. Aber was blieb ihm anderes übrig? Trotz der immer länger werdenden Arbeitszeiten und der zunehmenden Erschöpfung konnte er immer schlechter einschlafen.

»Verdammt!« Er blinzelte sein Spiegelbild an. Er sah fürchterlich aus. Ryan tappte in die Küche, um Kaffee zu machen. Nach der ersten Tasse würde alles gleich viel besser aussehen. Als er die Weinflaschen auf der Arbeitsplatte sah, krampfte sich sein Magen zusammen. Anderthalb Flaschen, sagte er sich, nicht zwei. Die erste war schon angebrochen gewesen. So schlimm ist es also doch nicht. Ryan schaltete die Kaffeemaschine an und ging in die Garage, wo er in den Kombi stieg und ans Grundstückstor fuhr, um die Zeitung zu holen. Vor gar nicht so langer Zeit hatte er das noch zu Fuß erledigt, aber nun – ach was, sagte er sich, bin ja noch nicht angezogen, nur deshalb nehm' ich den Wagen. Das Radio war auf einen Nachrichtensender eingestellt und gab Ryan einen Vorgeschmack auf die Weltereignisse. Die Orioles hatten wieder mal verloren. Verflucht, und er wollte eigentlich mit Klein-Jack zu einem Baseball-Spiel gehen. Das hatte er versprochen, seit er das letzte Jugendliga-Spiel verpaßt hatte. Und wann, fragte er sich, machst du das endlich wahr? Nächsten April? Mist.

Nun, praktisch lag die ganze Baseball-Saison ja noch vor ihm. Es waren auch noch keine Ferien. Ich komme noch dazu, redete er sich ein. Garantiert. Ryan warf die *Washington Post* auf den Nebensitz und fuhr zurück zum Haus. Die erste positive Nachricht des Tages: Der Kaffee war fertig. Ryan goß sich einen Becher ein und beschloß, aufs Frühstück zu verzichten – wieder mal. Nicht gut, sagte ihm ein warnender Gedanke. Sein Magen war ohnehin schon in miserabler Verfassung, und zwei Becher schwarzer Filterkaffee machten die Sache nicht besser – im Gegenteil. Um die innere Stimme auszuschalten, konzentrierte er sich auf die Zeitung.

Viele wissen gar nicht, in welchem Ausmaß Nachrichtendienste bei der Informationsbeschaffung auf die Medien angewiesen sind. Zum Teil geschieht das aus Gründen der Zweckmäßigkeit. Man tat mehr oder weniger die gleiche Arbeit, und die Geheimdienste hatten nicht alle hellen Köpfe für sich gepachtet. Entscheidender aber war, überlegte Ryan, daß die Medien ihre Nachrichten umsonst bekamen. Ihre vertraulichen Quellen bestanden aus Personen, die entweder ihr Zorn oder ihr Wille dazu trieb, Geheimnisse zu verraten. Aus solchen Quellen kommen, wie jeder Nachrichtendienstoffizier weiß, die besten Informationen. Nichts motiviert so gut wie Zorn oder Prinzipien. Und schließlich gab es bei den Medien, obwohl es dort von Faulpelzen nur so wimmelte, eine nicht geringe Anzahl von gewitzten Leuten, die sich von den guten

Gehältern, die für Enthüllungsjournalisten gezahlt wurden, angezogen fühlten. Ryan wußte inzwischen, welche Randbemerkungen er langsam und sorgfältig zu lesen hatte, und achtete auch auf die Daten der Berichte. Als stellvertretender Direktor der CIA war er im Bilde darüber, welche Redaktionschefs etwas taugten. Die *Washington Post* zum Beispiel war über Deutschland besser informiert als seine eigenen Experten von der CIA.

Im Nahen Osten herrschte immer noch Ruhe. Die Lage im Irak, wo sich endlich eine Neuordnung abzeichnete, wurde stabiler. *Wenn wir nun bloß noch die Israelis zur Vernunft bringen könnten...* Schön, dachte er, wenn es uns gelänge, in der ganzen Region Frieden zu stiften. Ryan hielt so was für möglich. Die Ost-West-Konfrontation, die schon vor seiner Geburt ausgebrochen war, gehörte nun der Geschichte an, und wer hätte das schon für möglich gehalten? Ryan füllte seinen Becher ohne hinzusehen nach; das brachte er selbst fertig, wenn er einen Kater hatte. All diese politischen Veränderungen hatten sich im Laufe weniger Jahre abgespielt; innerhalb einer kürzeren Zeit, als er bei der CIA zugebracht hatte.

Die Sache war so erstaunlich, daß sie noch über Jahre, wenn nicht über Generationen hinweg in Büchern behandelt werden würde. Nächste Woche kam ein Vertreter des KGB nach Langley, um sich über parlamentarische Kontrollmechanismen informieren zu lassen. Ryan hatte sich gegen den Besuch ausgesprochen – der streng geheimgehalten wurde –, weil es nach wie vor Russen gab, die für die CIA arbeiteten und auf offizielle Kontakte mit dem KGB panisch reagieren würden. Ähnliches traf, räumte Ryan ein, auch auf Amerikaner zu, die vom KGB beschäftigt wurden. Der Besuch eines alten Freundes, Sergej Golowko, stand ins Haus. Von wegen Freund, schnaubte Ryan und schlug den Sportteil auf. Ärgerlich, die Morgenzeitungen brachten nie die Ergebnisse der Spiele am Vorabend.

Als Jack ins Bad zurückkehrte, ging es zivilisierter zu. Er war jetzt wach, obwohl sein Magen nun mit der Welt noch weniger zufrieden schien. Zwei Magnesiumtabletten schafften Linderung. Inzwischen wirkte auch das Schmerzmittel. Am Arbeitsplatz würde er mit zwei weiteren Kapseln nachhelfen. Um 6.15 Uhr war er gewaschen, rasiert und angezogen. Bevor er hinausging, gab er seiner schlafenden Frau noch einen Kuß, wurde dafür mit einem zufriedenen Brummen belohnt und öffnete die Haustür in dem Augenblick, als der Dienstwagen die Auffahrt hochkam. Es war Ryan ein bißchen unangenehm, daß sein Fahrer noch viel früher aufstehen mußte als er, um rechtzeitig zur Stelle zu sein. Peinlicher noch, sein Fahrer war nicht irgend jemand.

»Morgen, Doc«, sagte John Clark mit einem rauhen Lächeln. Ryan glitt auf den Beifahrersitz. Dort war der Fußraum größer, und er wollte den Mann auch nicht beleidigen, indem er sich in den Fond setzte.

»Tag, John«, erwiderte Jack.

Hast wieder mal einen in der Krone gehabt, dachte Clark. Wie kann ein so kluger Mann so dumm sein? Und das Joggen hat er auch aufgegeben, spekulierte er, nachdem er einen Blick auf die Wölbung überm Gürtel des DCCI geworfen hatte. Nun, resümierte Clark, er wird halt so wie ich lernen müssen, daß zuviel Alkohol und lange Nächte was für dumme Jungs sind. Schon bevor er in Ryans Alter gekommen war, hatte Clark sich zu einem Musterbeispiel für gesunde Lebensweise gemausert; ein Schritt, der ihm mindestens einmal das Leben gerettet hatte.

»In der Nacht war nicht viel los«, bemerkte Clark, als er anfuhr.

»Wie angenehm.« Ryan griff nach dem Depeschenkoffer und tippte seinen Code ein. Erst als die grüne Leuchte blinkte, öffnete er ihn. Clark hatte recht gehabt; viel lag nicht an. Auf halbem Weg nach Washington hatte er alles durchgelesen und sich einige Notizen gemacht.

»Fahren wir heute abend Carol und die Kinder besuchen?« fragte Clark, als sie die Maryland Route 3 überquerten.

»Stimmt. Heute ist es wieder soweit, nicht wahr?«

»Ja.«

Jede Woche schaute Ryan bei Carol Zimmer, der aus Laos stammenden Witwe des Sergeant der Air Force, Buck Zimmer, herein. Nur wenige Leute wußten von der Mission, bei der Buck ums Leben gekommen war, und nur einigen mehr war bekannt, daß Ryan dem Sterbenden versprochen hatte, sich um seine Familie zu kümmern. Carol war nun Inhaberin eines kleinen Supermarkts der Franchise-Kette 7-Eleven, gelegen zwischen Washington und Annapolis. Zusätzlich zur Witwenpension bot er ihrer Familie ein regelmäßiges und respektables Einkommen und garantierte zusammen mit dem von Ryan eingerichteten Ausbildungsfonds jedem Kind einen Universitätsabschluß. Der älteste Sohn hatte es schon so weit gebracht, aber es würde lange dauern, bis alle Kinder ein Studium beendet hatten. Das Kleinste steckte noch in den Windeln.

»Haben sich die Skins noch mal sehen lassen?« fragte Jack.

Clark wandte nur den Kopf und grinste. Einige Monate nach der Geschäftsübernahme hatten ein paar Schlägertypen aus den Vorstädten, die sich an der Asiatin und ihren Mischlingskindern stießen, begonnen, sich in und vor dem Geschäft herumzudrücken, und den Betrieb derart gestört, daß Carol sich bei Clark beklagen mußte. Clarks erste Warnung war überhört worden. Offenbar hielt man ihn für einen Polizisten außer Dienst und nahm ihn nicht zu ernst. Deshalb hatten John und sein spanischsprechender Freund Ordnung schaffen müssen, und nachdem der Bandenführer aus dem Krankenhaus entlassen wurde, hielten sich die Skins von dem Supermarkt fern. Die Ortspolizei war sehr verständnisvoll gewesen, und der Umsatz war sofort um zwanzig Prozent gestiegen. Clark fragte sich mit einem wehmütigen Lächeln, ob das Knie des Anführers wieder richtig verheilt war. Hoffentlich sucht er sich jetzt eine anständige Arbeit...

»Was machen Ihre Kinder?«

»Eins studiert jetzt, und daran gewöhnt man sich schwer. Auch Sandy vermißt das Kind... Doc?«

»Ja, John?«

»Entschuldigen Sie, wenn ich das sage, aber Sie sehen schlecht aus und sollten ein bißchen langsamer tun.«

»Das sagt Cathy auch.« Ryan hätte Clark am liebsten gebeten, sich um seine eigenen Angelegenheiten zu kümmern, aber einem Mann wie Clark, der dazu noch ein Freund war, sagte man so etwas nicht. Außerdem hatte er recht.

»Als Ärztin weiß sie, wovon sie redet«, betonte Clark.

»Ich weiß. Es liegt halt am Bürostreß. Da laufen ein paar unangenehme Sachen, und...«

»Dagegen ist Sport besser als Saufen. Sie sind einer der klügsten Männer, die ich kenne. Verhalten Sie sich entsprechend. Ende der Moralpredigt.« Clark zuckte mit den Achseln und konzentrierte sich wieder auf den Berufsverkehr.

»John, Sie hätten Arzt werden sollen«, versetzte Jack und lachte in sich hinein.

»Wieso?«

»Kein Patient würde sich trauen, Ihre Ratschläge nicht zu beherzigen.«

»Ich bin der ausgeglichenste Mensch, den ich kenne«, protestierte Clark.

»Stimmt. Keiner hat lange genug gelebt, um Sie wirklich in Rage zu bringen. Wer Sie nur ein bißchen ärgert, ist bereits ein toter Mann.«

Aus genau diesem Grund war Clark Jack Ryans Fahrer geworden. Jack hatte für seine Versetzung aus dem Direktorat Operationen gesorgt und ihn zu seinem Leibwächter gemacht. Unter Direktor Cabot war das Außendienstpersonal um zwanzig Prozent gekürzt worden, und Leute mit paramilitärischer Erfahrung hatten als erste die Kündigung bekommen. Um diesen wertvollen Mann nicht zu verlieren, hatte Ryan, unterstützt von Nancy Cummings und einem Freund im Direktorat Verwaltung, zwei Vorschriften umgangen und eine dritte gebrochen. Außerdem fühlte Ryan sich in Begleitung dieses Mannes, der auch als Ausbilder fungierte, sehr sicher. Clark war obendrein ein vorzüglicher Fahrer und brachte ihn wie üblich pünktlich in die Tiefgarage.

Der Buick glitt auf den reservierten Parkplatz. Ryan stieg aus und fummelte an seinem Schlüsselbund. Der Schlüssel für den VIP-Aufzug hatte sich verklemmt. Zwei Minuten später war er im fünften Stock und ging durch den Korridor zu seinem Dienstzimmer. Das Büro des DDCI grenzte an die lange, schmale Suite des DCI an, der noch nicht zur Arbeit erschienen war. Aus dem kleinen, für den zweiten Mann in Amerikas wichtigstem Geheimdienst überraschend bescheidenen Raum blickte man über den Besucherparkplatz hinweg auf den dichten Kiefernbestand, der den CIA-Komplex vom George Washington Parkway und dem Flußtal des Potomac trennte. Ryan hatte Nancy Cummings nach seiner kurzen Phase als stellvertretender Direktor der Aufklärung (DDI) als Sekretärin behalten. Clark setzte sich ins Vorzimmer und sah Depeschen durch, um sich auf seine Rolle bei der Morgenbesprechung vorzubereiten; es ging um die Frage, welche Terroristengruppe im

Augenblick den größten Lärm machte. Zwar war noch kein ernsthafter Anschlag auf einen hohen Beamten des Dienstes verübt worden, aber die CIA hatte sich nicht mit der Vergangenheit zu befassen, sondern mit der Zukunft. Und dabei hatte sie sich nicht gerade mit Ruhm bekleckert.

Auf seinem Schreibtisch fand Ryan einen Stapel Material, das für den Depeschenkoffer im Auto zu gefährlich war, und bereitete sich für die allmorgendliche Konferenz der Abteilungsleiter vor, die er gemeinsam mit dem Direktor leitete. Neben der Kaffeemaschine in seinem Büro stand ein sauberer Becher, der nie benutzt wurde; er hatte dem Mann gehört, von dem Ryan zur CIA geholt worden war: Vizeadmiral James Greer. Nancy hielt das Erinnerungsstück rein, und Jack begann keinen Arbeitstag in Langley, ohne an seinen verstorbenen Chef zu denken. Nun denn. Er rieb sich Gesicht und Augen und ging an die Arbeit. Was für neue und interessante Dinge hielt die Welt heute für ihn bereit?

Wie viele in seinem Beruf war der Waldarbeiter ein großer, kräftig gebauter Mann, der einsdreiundneunzig groß war und hundert Kilo wog. Der ehemalige Football-Verteidiger hätte anstatt zum Marinekorps auch mit einem Sportstipendium an eine Universität gehen können. Mit einem akademischen Grad aber hätte er zwangsläufig Oregon verlassen müssen, und das hatte er nicht gewollt. Was wollte er dann? Football-Profi und anschließend Bürohengst werden? Kam nicht in Frage. Er hatte sich seit seiner Kindheit im Freien am wohlsten gefühlt und zog nun mit einem guten Einkommen seine Kinder in einer freundlichen Kleinstadt auf. Er führte ein hartes, aber gesundes Leben und war in seiner Firma der Mann, der am exaktesten und sanftesten Bäume fällen konnte und daher die kniffligsten Aufträge bekam.

Der Waldarbeiter ließ die Zweimannsäge laufen, und ein Helfer nahm auf einen stummen Befehl hin seinen Platz auf der anderen Seite ein. Mit der Doppelaxt war bereits eine Fallkerbe in den Stamm geschlagen worden. Nun fraß sich die Säge langsam ins Holz. Der Waldarbeiter achtete auf die Maschine, der Helfer auf den Baum. Dies war eine Kunst und eine Frage der Berufsehre; der Waldarbeiter war stolz darauf, daß er nicht einen Zentimeter Holz mehr verschnitt als notwendig. Nach dem ersten Schnitt zogen sie die Säge heraus und begannen ohne Pause mit dem zweiten, für den sie vier Minuten brauchten. Der Waldarbeiter war angespannt und hellwach. Als er einen Windhauch im Gesicht spürte, hielt er inne und überprüfte, ob er aus der rechten Richtung kam. Für einen jähen Windstoß waren selbst Baumriesen Spielzeug – besonders, wenn sie fast zur Hälfte durchgesägt waren.

Der Wipfel wankte... fast war es soweit. Er nahm die Säge etwas zurück und winkte seinem Helfer zu. Der junge Mann nickte ernst und wußte, daß er nun auf Augen und Hände des Kollegen zu achten hatte. Noch dreißig Zentimeter, dachte der Waldarbeiter. Sie führten den Schnitt sehr langsam zu Ende, eine schwere, in dieser gefährlichen Phase aber unvermeidliche Belastung der Kette. Sicherheitsleute achteten auf den Wind, und dann...

Der Waldarbeiter riß die Säge heraus, ließ sie fallen und wich mit seinem Helfer um zehn Meter zurück. Beide beobachteten den Stamm. Sollte er schnellen, würde es gefährlich.

Doch er neigte sich sauber und wie immer scheinbar quälend langsam. Der Waldarbeiter verstand, warum diese Phase in Dokumentarfilmen am häufigsten auftauchte. Der Baum schien zu ahnen, daß er sterben mußte, er wehrte sich vergebens, und das Ächzen des Holzes klang wie ein verzweifeltes Stöhnen. Mag sein, dachte er, aber schließlich ist es ja nur ein Baum. Der Schnitt öffnete sich, der Baum fiel. Nun bewegte sich der Wipfel sehr schnell, aber die Gefahr drohte an der Schnittstelle, und die behielt er im Auge. Als der Stamm sich um fünfundvierzig Grad neigte, riß das Holz und schnellte über den Stumpf hoch. Die durch die Luft sausende Krone verursachte einen Riesenlärm. Wie schnell, fragte er sich, fällt sie? Schneller als der Schall? Nein, wohl kaum ... mit einem dumpfen Schlag schlug der Baum auf den weichen Waldboden auf, prallte einmal ab und kam dann zur Ruhe. Schade eigentlich, nun war der majestätische Baum bloß noch Holz.

Zur Überraschung des Waldarbeiters kam nun der Japaner herüber, berührte den Stamm und sprach etwas, das ein Gebet gewesen sein mußte. Erstaunlich, dachte er, wie ein Indianer. Der Waldarbeiter wußte nicht, daß der Schintoismus eine animistische, dem Glauben der amerikanischen Ureinwohner nicht unähnliche Religion war. Bat der Fremde den Geist des Baumes um Vergebung? Der kleine Japaner trat auf den Waldarbeiter zu.

»Sie haben großes Geschick«, sagte er und verneigte sich tief.

»Danke«, erwiderte der Waldarbeiter nickend; dies war der erste Japaner, dem er begegnete. Ein Gebet für einen Baum; der Mann hat Stil, dachte er.

»Eine Schande, so ein prächtiges Gewächs töten zu müssen.«

»Ja, da haben Sie wohl recht. Kommt das Holz wirklich in eine Kirche?«

»Ja. Solche Bäume gibt es bei uns nicht mehr. Wir brauchen vier riesige Balken, je zwanzig Meter lang. Hoffentlich liefert dieser Stamm alle«, meinte der Japaner mit einem Blick auf den gefällten Waldriesen. »Die Tradition des Tempels schreibt nämlich vor, daß alle aus demselben Stamm kommen müssen.«

»Finde ich auch«, meinte der Waldarbeiter. »Wie alt ist der Tempel denn?«

»Zwölfhundert Jahre. Die alten Balken wurden vor zwei Jahren bei einem Erdbeben beschädigt und müssen bald ausgetauscht werden. Hoffentlich hält der Ersatz mindestens ebenso lange. Es war ein schöner Baum.«

Unter Aufsicht des Japaners wurde der Stamm in einigermaßen überschaubare Stücke geschnitten. Dennoch war der Abtransport problematisch. Die Firma hatte deshalb Spezialgeräte bereitgestellt und berechnete für diesen Auftrag eine Riesensumme, die der Japaner, ohne mit der Wimper zu zucken, beglich. Der Mann bat sogar um Verständnis für die Entscheidung, den Stamm nicht vom Sägewerk der Firma verarbeiten zu lassen. Das sei eine Frage der Religion, erklärte er langsam und deutlich, und bedeute keine Herabsetzung der amerikanischen Arbeiter. Ein Manager nickte. Ihm war es recht; der Baum gehörte nun den Japanern. Nach einer Lagerzeit sollte er auf ein Schiff geladen und unter amerikanischer Flagge über den Pazifik gebracht werden. Dort würde man ihn dann in Handarbeit und unter religiösen Zeremonien für seinen neuen und besonderen Zweck bearbeiten. Daß er Japan nie erreichen sollte, ahnte keiner der Beteiligten.

»Vollstrecker« ist eine besonders peinliche Bezeichnung für einen FBI-Mann, dachte Dan Murray, aber als er sich in seinem Ledersessel zurücklehnte, spürte er zufrieden die Smith & Wesson Automatic, Kaliber 10, am Gürtel. Eigentlich gehörte die Waffe in die Schreibtischschublade, aber er spürte sie eben gern. Murray, der fast sein ganzes FBI-Leben über Waffen getragen hatte, hatte die kompakte geballte Kraft der Pistole rasch schätzengelernt. Mit solchen Dingen kannte auch Bill Shaw sich aus. Mit diesem Mann hatte das FBI seit langer Zeit wieder mal einen Direktor, der seine Karriere mit der Jagd nach Bösewichten auf der Straße begonnen hatte. Mehr noch, Dan Murray und Bill Shaw waren damals Kollegen gewesen. Zwar war Bill etwas beschlagener, was die Verwaltungsarbeit betraf, aber deshalb hielt ihn niemand für ein Schreibtischwürstchen. Zum ersten Mal war man in den oberen Etagen auf Shaw aufmerksam geworden, als er zwei bewaffnete Bankräuber zum Aufgeben zwang, bevor die Verstärkung eintraf. Er hatte aus seiner Waffe noch nie im Ernstfall gefeuert – das gelang nur einem winzigen Prozentsatz aller FBI-Agenten –, aber die beiden Gauner dennoch davon überzeugt, daß er sie notfalls umlegen würde. Hinter dem Gentleman verbarg sich ein Mann aus Stahl, mit einem messerscharfen Verstand. Aus diesem Grund störte es Dan Murray nicht, als stellvertretender Direktor in der Funktion eines Vollstreckers und Feuerwehrmanns unter Shaw zu arbeiten.

»Und was machen wir mit diesem Kerl?« fragte Shaw mit leiser Empörung.

Murray hatte gerade seinen Vortrag über den »Warrior«-Fall abgeschlossen. Nun trank er einen Schluck Kaffee und zuckte mit den Achseln. »Bill, der Mann ist ein Genie, wenn es um Korruptionsfälle geht, hat aber keine Ahnung, wie man sich verhält, wenn Gewalt angewandt werden muß. Zum Glück ist kein dauerhafter Schaden angerichtet worden.« Da hatte Murray recht. Die Medien waren mit dem FBI überraschend schonend umgegangen; immerhin hatte man der Reporterin das Leben gerettet. Erstaunlicherweise hatte die Öffentlichkeit nicht ganz begriffen, daß die Frau am Tatort überhaupt nichts verloren gehabt hatte. So war man dem SAC vor Ort dankbar, weil er dem Fernsehteam den Zugang zur Szene gestattet hatte, und freute sich, weil das Geiselrettungsteam eingegriffen hatte, als es gefährlich wurde. Nicht zum ersten Mal erntete das FBI bei einer Beinahe-Katastrophe einen PR-Triumph. Es achtete mehr auf die Öffentlichkeitsarbeit als jede andere Regierungsbehörde, und Shaws Problem war, daß die Entlassung des SAC Walt Hoskins einen schlechten Eindruck machen würde. Murray sprach weiter. »Er hat seine Lektion gelernt. Walt ist nicht auf den Kopf gefallen, Bill.«

»War das nicht letztes Jahr ein Coup, als er den Gouverneur erwischte?«

Shaw zog eine Grimasse. Wenn es um Korruptionsfälle ging, war Hoskins in der Tat ein Genie. Seinetwegen saß nun der Gouverneur eines Staates im Gefängnis, und erst mit diesem Coup hatte sich Hoskins die Beförderung zum SAC verdient. »Was haben Sie mit ihm vor, Dan?«

»Versetzen wir ihn als ASAC nach Denver«, schlug Murray mit einem Zwinkern vor. »Das ist eine elegante Lösung. Er käme von einer kleinen Außenstelle in eine große Ermittlungsabteilung und wäre dort für alle Korruptionsfälle verantwortlich. Diese Beförderung nähme ihm die Befehlsgewalt und steckte ihn in eine Abteilung, wo er seine Stärken zeigen kann. Gerüchten zufolge liegt in Denver allerhand an, da wird er gut zu tun haben. Im Verdacht stehen ein Senator und eine Kongreßabgeordnete. Und bei dem Wasserversorgungsprojekt stehen die ersten Zeichen auch auf Sturm. Da soll es um zwanzig Millionen Dollar gehen.«

Shaw pfiff durch die Zähne. »Und die sollen nur an einen Senator und eine Abgeordnete gegangen sein?«

»Wohl kaum; da steckt noch mehr dahinter. Zuletzt hörte ich, es seien auch Umweltschützer geschmiert worden – Leute von privaten Gruppen und aus der Umweltbehörde. Wer ist besser qualifiziert, einen solchen Filz zu entwirren als Walt? Der hat einen Riecher für so etwas. Der Mann kann keinen Revolver ziehen, ohne ein paar Zehen loszuwerden, aber er ist ein erstklassiger Spürhund.« Murray klappte die Akte zu. »Wie auch immer, ich sollte mich nach einer neuen Verwendung umsehen. Schicken Sie ihn nach Denver oder in den Ruhestand. Mike Delaney will hierher zurückversetzt werden, weil sein Sohn im Herbst in Georgetown mit dem Studium anfängt. Die Planstelle wird also frei. Ein sauberer Wechsel, aber die Entscheidung liegt bei Ihnen.«

»Ich danke Ihnen, Mr. Murray«, erwiderte Direktor Shaw würdevoll und grinste dann. »Wie ich diesen Verwaltungskram hasse! Früher, als wir nur Bankräuber jagten, war alles viel einfacher.«

»Vielleicht hätten wir nicht so viele erwischen sollen«, stimmte Dan zu. »Dann würden wir immer noch im Hafenviertel von Philadelphia arbeiten und könnten abends mit den Jungs einen heben. Warum sind die Leute nur so erfolgsgeil? Man kommt nach oben und ruiniert sich dabei das Leben.«

»Wir klingen wie alte Knacker.«

»Sind wir doch auch, Bill«, meinte Murray. »Aber ich kann mich wenigstens ohne eine Armee von Leibwächtern bewegen.«

»Zum Teufel mit Ihnen!« Shaw verschluckte sich und spuckte Kaffee auf seine Krawatte. »Jetzt sehen Sie bloß, was Sie angerichtet haben!«

»Bedenklich, wenn man zu sabbern anfängt, Direktor.«

»Raus! Regeln Sie die Versetzung, ehe ich Sie zum Straßendienst abkommandiere.«

»Bitte, nur das nicht!« Murray hörte auf zu lachen und wurde ernster. »Was macht Kenny eigentlich?«

»Er dient jetzt auf einem U-Boot, USS *Maine*. Bonnie geht es gut; ihr Baby kommt im Dezember. Dan?«

»Ja, Bill?«

»Das mit Hoskins haben Sie gut gemacht. So einen einfachen Ausweg brauche ich. Vielen Dank.«

»Gern geschehen, Bill. Walt greift bestimmt sofort zu. Wenn doch alles so einfach wäre!«

»Behalten Sie die ›Warrior Society‹ im Auge?«

»Freddy Warder bearbeitet den Fall. Warten Sie nur, in ein paar Monaten schnappen wir die Kerle.«

Darauf freuten sich beide. Im Lande waren nur noch wenige Terroristengruppen aktiv. Wenn man zum Jahresende wieder einer das Handwerk legte, war das ein großer Coup.

Im Ödland von South Dakota dämmerte der Morgen. Marvin Russell kniete auf einem Bisonfell und schaute nach Osten. Er trug Jeans, aber sein Oberkörper und seine Füße waren nackt. Russell hatte keine beeindruckende Statur, aber man sah ihm seine Kraft an. Während seines ersten und bisher einzigen Aufenthaltes im Gefängnis, den ihm ein Einbruch eingetragen hatte, war er aufs Krafttraining gekommen. Was als Hobby, um überschüssige Energie loszuwerden, begonnen hatte, führte später zu der Erkenntnis, daß der, der sich im Gefängnis verteidigen will, einzig auf seine Kraft angewiesen ist. Das hatte schließlich zu einer inneren Haltung geführt, die sich seiner Auffassung nach für einen Sioux-Krieger geziemte. Er war nur einszweiundsiebzig groß, wog aber neunzig Kilo. Sein Körper war ein einziges Muskelpaket mit schenkeldicken Oberarmen, der Taille einer Ballerina und den Schultern eines Football-Nationalliga-Spielers. Außerdem war er leicht psychopathisch veranlagt, was er aber nicht wußte.

Das Leben hatte weder ihm noch seinem Bruder besondere Chancen gegeben. Sein Vater war ein Trinker gewesen, der nur gelegentlich und dafür um so schlampiger als Automechaniker arbeitete, um umgehend das verdiente Geld in die nächstbeste Spirituosenhandlung zu tragen. Marvins Kindheitserinnerungen waren bitter: Er schämte sich für seinen ständig betrunkenen Vater, und was seine Mutter trieb, wenn ihr Mann vollkommen besoffen im Wohnzimmer lag, war noch schändlicher. Die Sozialhilfe stellte die Lebensmittel, nachdem die Familie aus Minnesota in das Reservat zurückgekehrt war. Die Ausbildung kam von Lehrern, die jede Hoffnung, etwas zu bewirken, längst aufgegeben hatten. Aufgewachsen war er in einer verstreut liegenden Ansammlung von einfachen Unterkünften, die die Regierung gestellt hatte; sie standen wie Gespenster im wehenden Präriestaub. Keiner der beiden Russell-Jungs hatte je einen Baseballhandschuh besessen. Daß Weihnachten war, merkten sie nur an den Schulferien. Beide waren vernachlässigt aufgewachsen und hatten früh gelernt, sich allein durchzuschlagen.

Das war zunächst gar nicht schlecht gewesen, denn Selbständigkeit gehörte zu den Traditionen ihres Volkes, aber alle Kinder brauchen Anleitung, und an diesem Punkt versagten die Eltern Russell. Ehe die Jungen lesen konnten, mußten sie jagen und schießen lernen; oft kam zum Abendessen auf den Tisch, was sie mit ihren Kleinkalibern erbeutet hatten. Fast ebensooft mußten die Kinder die Mahlzeit selbst zubereiten. Obwohl sie nicht die einzigen armen und vernachlässigten Jugendlichen im Reservat waren, gehörten sie doch zweifellos zur untersten Schicht, und im Gegensatz zu manchen Nachbarskindern gelang ihnen der Sprung in ein besseres Leben nicht. Schon lange bevor sie den Führerschein hätten haben dürfen, saßen sie am Steuer von Vaters klapprigem altem Pick-up und fuhren in klaren, kalten Nächten zig Kilometer weit in andere Städte, um sich auf eigene Faust zu besorgen, was die Eltern ihnen nicht geben konnten. Als sie zum ersten Mal erwischt wurden – von einem Sioux mit Schrotflinte –, ertrugen sie die Tracht Prügel mannhaft und zogen, versehen mit blauen Flecken und einer ernsthaften Ermahnung, wieder heim. Aus dieser Erfahrung lernten sie, von nun an nur noch Weiße zu bestehlen.

Im Lauf der Zeit wurden sie natürlich auch dabei geschnappt, und zwar auf frischer Tat von einem Stammespolizisten in einem Laden auf dem Land. Zu ihrem Pech kam jede auf Bundesland begangene Straftat vor ein Bundesgericht, und ausgerechnet diesem saß ein Richter vor, der neu war und über mehr Mitgefühl als Scharfsinn verfügte. Zu diesem Zeitpunkt hätte eine strenge Lektion die Jungs von der schiefen Bahn abbringen können, aber der Mann stellte das Verfahren ein und schickte sie zur Beratungsstelle des Jugendamts. Monatelang schärfte ihnen dort eine sehr ernste junge Sozialpädagogin, die an der Uni Wisconsin studiert hatte, ein, Eigentumsdelikte verhinderten die Entwicklung eines positiven Selbstwertgefühls. Eine sinnvolle Beschäftigung wäre den Buben sicher besser bekommen. Nach den Therapiesitzungen fragten sie sich lediglich, wie die Sioux sich von diesen weißen Schwätzern hatten besiegen lassen können, und sie planten von nun an ihre Verbrechen sorgfältiger.

Doch nicht sorgfältig genug, denn eine so gründliche Ausbildung, wie sie ein richtiges Gefängnis vermittelt, hätte ihnen die Sozialpädagogin nie bieten können. So wurden sie ein Jahr später wieder geschnappt, diesmal außerhalb des Reservats, und diesmal bekamen sie anderthalb Jahre, weil sie in ein Waffengeschäft eingebrochen waren.

Das Gefängnis war die furchteinflößendste Erfahrung ihres Lebens. Die jungen Indianer, an den freien Himmel und das weite Land des Westens gewöhnt, wurden für ein Jahr zusammen mit hartgesottenen Kriminellen in einen Käfig gesperrt, der ihnen weniger Platz bot, als die Bundesregierung Mardern im Zoo zumißt. In ihrer ersten Nacht hörten sie im Zellblock Schreie und begriffen, daß Vergewaltigungsopfer nicht immer Frauen sein müssen. Dann hatten sie sich schutzsuchend in die Arme ihrer indianischen Mitgefangenen vom American Indian Movement geflüchtet.

Bis zu diesem Zeitpunkt hatten sie an ihre Ahnen kaum einen Gedanken verschwendet. Unbewußt mochten sie gespürt haben, daß Menschen, wie sie es waren, Sekundärtugenden, wie sie im Fernsehen propagiert wurden, fehlten, und wahrscheinlich schämten sie sich ein wenig, weil sie so anders waren.

Natürlich lernten sie, spöttisch über Western zu lachen, in denen die Indianer von Weißen oder Mexikanern dargestellt wurden und Dialoge von Hollywood-Drehbuchautoren plapperten, die vom Wilden Westen soviel verstanden wie von der Antarktis. Aber selbst hier setzte sich bei ihnen ein negatives Bild von sich selbst und ihrem Volk fest. Alle diese Bedenken und Eindrücke wurden durch den Kontakt mit dem American Indian Movement beiseite gefegt. Auf einmal war der weiße Mann an allem schuld. Die Brüder Russell eigneten sich einen Mischmasch aus linksalternativer Anthropologie, einem Schuß Rousseau, einer kräftigen Prise John Ford (dessen Filme immerhin amerikanisches Kulturgut waren) und einer Menge fehlinterpretierter Geschichte an und gelangten zu der Überzeugung, daß ihre Vorfahren ein edles Volk von Jägern und Kriegern gewesen waren, das in Harmonie mit der Natur und den Göttern gelebt hatte. Irgendwie übergangen wurde die Tatsache, daß die Indianerstämme etwa so »friedlich« koexistiert hatten wie die Europäer – »Sioux« bedeutete »Schlange«, ein nicht gerade freundlicher Name – und sich erst in der letzten Dekade des 18. Jahrhunderts über die Präriegebiete des Westens zu verbreiten begonnen hatten. Von den grausamen Kriegen zwischen den Stämmen sprach auch niemand. Früher war einfach alles viel besser gewesen. Die Indianer waren die Herren ihres Landes, folgten den Büffelherden, jagten, führten ein gesundes und erfülltes Leben unter den Sternen und maßen nur gelegentlich in kurzem, heldenhaftem Kampf ihre Kräfte – so wie die Ritter beim Turnier es getan hatten. Selbst der Brauch der Gefangenenfolterung wurde verherrlicht, indem man sie als Gelegenheit für die Krieger darstellte, ihren sadistischen Mördern mit stoischem Mut zu begegnen, was den Quälern immerhin Respekt einflößte.

Bedauerlich und nicht Marvin Russells Schuld war nur, daß er seine edlen Gedanken zuerst von Kriminellen bezog. Zusammen mit seinem Bruder hörte er von den Göttern des Himmels und der Erde, einem von den Weißen und ihrer falschen Sklavenreligion grausam unterdrückten Glauben. Sie erfuhren von der Bruderschaft in der Prärie, davon, daß die Weißen den Indianern ihr rechtmäßiges Eigentum gestohlen hatten. Das Bleichgesicht hatte die Büffel abgeschossen und den Indianern damit die Lebensgrundlage genommen, es hatte einen Keil zwischen die Stämme getrieben, sie aufeinandergehetzt, massakriert und schließlich eingesperrt, bis ihnen kaum mehr als Feuerwasser und Verzweiflung blieben. Wie alle erfolgreichen Lügen enthielt auch diese einen kräftigen Funken Wahrheit.

Marvin Russell begrüßte den ersten orangefarbenen Sonnenstrahl mit einem Gesang, der authentisch gewesen sein mochte oder nicht – genau konnte das kein Mensch mehr sagen, und er schon gar nicht. Die Zeit im Gefängnis war aber keine ausschließlich negative Erfahrung für ihn gewesen. Angetreten hatte er seine Strafe auf dem Niveau eines Drittkläßlers, entlassen wurde er mit dem Realschulabschluß. Marvin Russell war nicht dumm, und niemand konnte ihm zum Vorwurf machen, daß er in ein Schulsystem hineingeboren wurde, das ihn von vornherein zum Scheitern verurteilte. Er las eifrig alle

Bücher über die Geschichte seines Volkes – nun, nicht unbedingt alle; er achtete sorgfältig auf die Tendenz. Alles, was sein Volk auch nur im geringsten negativ darstellte, reflektierte natürlich weiße Vorurteile. Vor der Ankunft der Weißen hatten die Sioux weder Alkohol getrunken noch in armseligen kleinen Dörfern gelebt und schon gar nicht ihre Kinder mißhandelt. Nein, das waren alles Folgen der Intervention des weißen Mannes.

Aber was tun? fragte er die Sonne. Die glühende Gaskugel färbte sich rot in der staubigen Luft dieses heißen, trockenen Sommers, und vor Marvin tauchte das Gesicht seines Bruders auf, die Zeitlupenaufnahmen aus dem Fernsehen. Anders als die große Anstalt hatte der Regionalsender das Videoband in Standbilder aufgelöst und diese separat gezeigt: Der Augenblick, in dem die Kugel Johns Kopf traf, war in zwei Einzelbildern festgehalten, auf denen sich das Gesicht seines Bruders vom Kopf löste. Dann die grausigen Nachwirkungen des Treffers. Der Schuß aus dem Revolver – zur Hölle mit diesem Nigger und seiner kugelsicheren Weste! – und Johns Hände vor der blutigen Masse wie im Horrorfilm. Er sah sich die Sequenz fünfmal an und wußte, daß sie ihm bis ins letzte Detail unauslöschlich im Gedächtnis haften bleiben würde.

Ein toter Indianer mehr. »Sicher, ich habe ein paar gute Indianer gesehen«, hatte General William Tecumseh – ein indianischer Name! – Sherman einmal gesagt. »Aber die waren tot.« John Russell war tot, wie so viele andere, die keine Chance zu einem ehrenhaften Kampf bekommen hatten, abgeknallt wie ein Tier, aber noch brutaler. Marvin war davon überzeugt, daß der Schuß für die laufende Kamera inszeniert worden war. Diese Pißnelke von Reporterin in ihren modischen Fetzen! Der hatte das FBI einmal zeigen wollen, wo es langgeht. Genau wie die Kavallerie bei Sand Creek und Wounded Knee und auf hundert anderen namenlosen und in Vergessenheit geratenen Schlachtfeldern.

Und so wandte Marvin Russell sein Gesicht der Sonne zu, einer der Gottheiten seines Volkes, und suchte nach Antwort. Es gibt keine, sagte ihm die Sonne. Seine Kameraden waren unzuverlässig; diese Erkenntnis hatte John mit dem Leben bezahlt. Welcher Wahnsinn, die Bewegung durch Drogenhandel zu finanzieren, gar selbst Drogen zu nehmen! Als wäre das Feuerwasser, mit dem der weiße Mann die Indianer ruiniert hatte, nicht schon schlimm genug gewesen! Die anderen »Krieger« waren Kreaturen ihrer von Weißen geschaffenen Umwelt und wußten nicht, daß diese sie bereits kaputtgemacht hatte. Sioux-Krieger nannten sie sich und waren doch nichts als Säufer und kleine Kriminelle, die selbst auf diesem anspruchslosen Feld versagt hatten. In einer seltenen Anwandlung von Ehrlichkeit – wie konnte man im Angesicht einer Gottheit unaufrichtig sein? – gestand sich Marvin ein, daß er besser war als sie. Und als sein Bruder. Schwachsinn, beim Rauschgifthandel mitzumachen. Alles nutzlos. Was hatten sie schon erreicht? Zwei FBI-Agenten und einen Vollzugsbeamten umgelegt, aber das war schon lange her gewesen. Und seitdem? Nichts weiter, immer nur mit diesem einzigen Triumph geprahlt. Doch was für ein Sieg war das schon gewesen? Das Reservat, der Schnaps, die Hoffnungslosigkeit, alles war noch da, nichts hatte sich geändert. Wen hatten sie aufgerüttelt, wer hatte nach ihrer Identität und ihren Motiven gefragt? Niemand. Es war ihnen lediglich gelungen, die Unterdrücker aufzubringen, so daß die »Warrior Society« nun selbst in ihrem eigenen Reservat verfolgt wurde und ihre Mitglieder nicht wie Krieger, sondern wie gehetztes Wild lebten. Ihr solltet aber Jäger sein, sagte ihm die Sonne, und keine Beute.

Der Gedanke wühlte Marvin auf. *Ich* werde der Jäger sein. *Mich* sollen die Weißen fürchten. Aber diese Zeiten waren längst vorbei. Ihm kam die Rolle des Wolfes im Pferch zu, aber die weißen Schafe waren nun so stark geworden, daß sie ganz vergessen hatten, daß es Wölfe gab, und sich hinter scharfen Hunden versteckten. Diese Hunde waren nicht mehr damit zufrieden, die Herde zu bewachen, sondern begannen, den Wölfen selbst nachzustellen, bis aus diesen wiederum verängstigte, gehetzte, nervöse Kreaturen geworden waren, Gefangene in ihrer eigenen Wildbahn – wie einstmals die Schafe.

Er mußte also seine Wildbahn verlassen.

Er mußte seine Brüder finden, Wölfe, die das Jagen noch nicht verlernt hatten.

3
Ziviler Ungehorsam

Dies war der Tag, sein Tag. Hauptmann Benjamin Zadin hatte bei der israelischen Staatspolizei rasch Karriere gemacht und war der jüngste Mann seines Ranges. Er war als einziger von den Brüdern noch am Leben und selbst Vater zweier Söhne, David und Mordecai, und hatte bis vor kurzem am Rande des Selbstmords gestanden. Erst vor zwei Monaten hatten ihn innerhalb von einer Woche zwei Schicksale ereilt: der Tod seiner Mutter und der Auszug seiner schönen, aber untreuen Frau. Fast über Nacht hatte sein so sorgfältig und erfolgreich geplantes Leben jeglichen Sinn verloren. Rang und Sold, der Respekt seiner Untergebenen, seine bewiesene Intelligenz und Umsicht in Krisen- und Spannungssituationen, sein Erfolg als Soldat beim schwierigen und gefährlichen Streifendienst an der Grenze – alles das war nichts im Vergleich zu einem leeren Haus voller verrückter Erinnerungen.

Israel gilt allgemein als »Judenstaat«, aber das täuscht über die Tatsache hinweg, daß nur ein Bruchteil der Bevölkerung den jüdischen Glauben praktiziert. Benjamin Zadin hatte trotz der Ermahnungen seiner Mutter nie zu dieser Gruppe gehört, sondern den lockeren Lebensstil eines modernen Hedonisten geführt und seit seiner Bar-Mizwa, also seit er dreizehn war, keine Synagoge mehr von innen gesehen. Gezwungenermaßen sprach und schrieb er Hebräisch, immerhin die Landessprache, aber die Überlieferungen und Vorschriften seiner Kultur waren ihm ein merkwürdiger Anachronismus, etwas Rückständiges, das so gar nicht in das ansonsten modernste Land des Nahen Ostens passen wollte.

Seine Frau hatte ihn in dieser Auffassung noch bestärkt. Der religiöse Eifer Israels, hatte er oft gescherzt, lasse sich an der Knappheit der Bikinis an den vielen Stränden messen. Seine Frau Elin, eine große, schlanke Blondine, war aus Norwegen gekommen, sah, wie sie oft privat witzelten, so jüdisch aus wie Eva Braun und stellte noch immer gerne ihre Figur zur Schau, manchmal sogar ohne Oberteil. Ihr Eheleben war leidenschaftlich und stürmisch gewesen. Natürlich hatte er immer gewußt, daß sie gerne einen Blick auf andere Männer warf, und auch er war gelegentlich fremdgegangen, aber er war völlig überrascht gewesen, als sie ihn verließ und zu einem anderen zog. Ihre plötzliche Entscheidung machte ihn so benommen, daß er weder weinen noch flehen konnte und einfach allein in einem Haus mit mehreren geladenen Waffen blieb, mit denen er seinem Leiden rasch ein Ende hätte setzen können. Nur seine Söhne hatten ihn von diesem Schritt abgehalten; sie konnte er nicht so einfach im Stich lassen, wie es mit ihm passiert war. Der Schmerz aber bohrte weiter.

In einem kleinen Land wie Israel bleibt nichts geheim. Es wurde sofort bekannt, daß Elin zu einem anderen Mann gezogen war, und das Gerücht drang bis zu Benjamins Wache durch, wo die Männer die Verzweiflung ihres Hauptmanns aus seinen Augen ablesen konnten. Manche fragten sich, wie und wann er sich wieder fangen würde, aber nach einer Woche spekulierte man eher, ob er das Tief überhaupt überwinden konnte. An diesem Punkt griff einer von Zadins Wachtmeistern ein und erschien eines Abends vor der Tür des Hauptmanns, begleitet von Rabbi Israel Kohn. An diesem Abend fand Benjamin Zadin zu Gott. Mehr noch, sagte er sich mit einem Blick auf die Altstadtterrassen von Jerusalem, ich habe wieder gelernt, was es bedeutet, Jude zu sein. Was ihm zugestoßen war, konnte nichts anderes als Gottes Strafe sein – für die Sexparties mit seiner Frau und anderen, für die Mißachtung der mütterlichen Ermahnungen, für den Ehebruch, kurz: für zwanzig Jahre sündhafter Gedanken und Taten und der ständigen Vorspiegelung, ein aufrechter und tapferer Kommandant von Polizisten und Soldaten zu sein. Doch von nun an sollte das alles anders werden. Heute wollte er weltliche Gesetze brechen, um seine Sünden gegen das Wort Gottes zu sühnen.

Es war am frühen Morgen eines Tages, der glühend heiß zu werden versprach; der Ostwind wehte von Saudi-Arabien her. Hinter Zadin standen vierzig Mann, ausgerüstet mit Schnellfeuergewehren, Tränengas und anderen Waffen, die »Gummigeschosse« feuern konnten, die eigentlich aus verformbarem Kunststoff bestanden, einen erwachsenen Menschen umwerfen und ein Herz durch massive Prellung zum Stillstand bringen konnten. Zadin brauchte seine Männer, um einen Gesetzesbruch zu provozieren – ganz im Gegensatz zu den Zielen seiner Vorgesetzten – und um zu verhindern, daß andere sich einmischten und ihn beim Vollzug des göttlichen Gesetzes störten. So hatte Rabbi Kohn argumentiert. Wer gab die Gesetze? Eine metaphysische, für einen Polizeioffizier viel zu komplizierte Frage. Viel simpler, hatte der Rabbi erklärt, war die Tatsache, daß die Stelle, an der der Tempel Salomons gestanden hatte, die spirituelle Heimat des Judentums und aller Juden war. Gott hatte den Platz gewählt, und menschliche Einsprüche zählten wenig. Es war an der Zeit, daß die Juden wieder in Besitz nahmen, was Gott ihnen gegeben hatte. Heute wollten zehn konservative chassidische Rabbis den Anspruch auf die Stätte geltend machen, an der der neue Tempel exakt nach den Vorgaben der Heiligen Schrift wiederaufgebaut werden sollte. Hauptmann Zadin plante, seinen Befehl, sie am Kettentor aufzuhalten, zu mißachten und die Marschierer von seinen Männern, die auf sein Wort hörten, vor arabischen Demonstranten schützen zu lassen.

Zu seiner Überraschung waren die Araber schon sehr früh da. Für ihn waren Angehörige des Volkes, das seine Brüder David und Motti getötet hatte, kaum mehr als Tiere. Von seinen Eltern hatte er gehört, wie es den Juden in Palästina in den dreißiger Jahren ergangen war: Sie waren Angriffen, Terror, Neid und offenem Haß ausgesetzt gewesen, und die Briten hatten sich geweigert, jene, die in Nordafrika an ihrer Seite gekämpft hatten, vor den Arabern zu schützen, den Verbündeten der Achsenmächte. Die Juden konnten sich nur auf sich selbst und ihren Gott verlassen, und diesem Gott waren sie es schuldig, seinen Tempel an der Stelle, wo Abraham den Bund zwischen seinem Volk und dem Herrn erneuert hatte, wiederzuerrichten. Aber die Regierung verstand das nicht – oder sie spielte aus politischen Erwägungen mit dem Schicksal des einzigen Landes auf der Welt, in dem die Juden wirklich sicher waren. Seine Glaubenspflicht war also wichtiger als seine Loyalität der weltlichen Macht gegenüber – eine Erkenntnis, zu der er erst kürzlich gelangt war.

Rabbi Kohn erschien zur abgemachten Zeit, begleitet von Rabbi Eleazar Goldmark, der die eintätowierte KZ-Nummer trug und in Auschwitz im Angesicht des Todes zum Glauben gefunden hatte. Beide trugen Pflöcke und Bänder, um den Bauplatz abzustecken, der dann rund um die Uhr bewacht werden sollte, bis sich die israelische Regierung gezwungen sah, die Stätte von islamischen Obszönitäten zu säubern. Mit breiter Unterstützung im Lande und einer Flut von Spenden aus Europa und den USA könnte das Projekt in fünf Jahren fertiggestellt sein, und dann war es endgültig vorbei mit allen Versuchen, dem Volk Israel das von Gott übertragene Land wegzunehmen.

»Scheiße«, murmelte jemand hinter Hauptmann Zadin, der sich rasch umdrehte; ein zorniger Blick ließ das Lästermaul verstummen.

Benjamin nickte den beiden Rabbis zu, die sich nun in Bewegung setzten. In fünfzig Meter Abstand folgte ihnen die Polizei, geführt von ihrem Hauptmann. Zadin hoffte, daß Kohn und Goldmark unversehrt blieben, wußte aber auch, daß sie die Gefahr willig auf sich nahmen wie einstmals Abraham, der bereit gewesen war, dem Herrn seinen Sohn zu opfern.

Der Glaube jedoch, der Zadin an diesen Punkt geführt hatte, verschloß ihm die Augen vor der Tatsache, daß in einem so kleinen Land wie Israel nichts geheim bleiben konnte. Andere Israelis, die in Goldmark und Kohn nur einen Gegenpart zu islamischen Fundamentalisten iranischer Prägung sahen, hatten von dem Plan erfahren und die Medien alarmiert. Um die Klagemauer herum warteten Fernsehteams, ausgerüstet mit Kunststoffhelmen, um sich vor dem zu erwartenden Steinhagel zu schützen. Um so besser, dachte Zadin auf dem Weg zum Tempelberg. Die Welt soll ruhig sehen, was geschieht. Unwillkürlich schritt er rascher, um Kohn und Goldmark einzuholen. Die beiden mochten zwar auf ein Märtyrerschicksal gefaßt sein, aber es war seine Aufgabe, sie zu beschützen. Er kontrollierte den Halfter an seiner Hüfte und stellte sicher, daß die Lasche nicht zu stramm geschlossen war. Gut möglich, daß er die Pistole bald brauchte.

Die Araber waren zur Stelle. Unangenehm viele hier, dachte er, wie Flöhe oder Ratten an einem Ort, wo sie nicht hingehören. Kein Problem, solange sie nicht störten. Doch Zadin wußte, daß sie gegen den göttlichen Plan waren.

Zadins Funkgerät quäkte, aber er ignorierte es. Vermutlich ein Spruch seines Vorgesetzten, der ihm Zurückhaltung befahl. Kohn und Goldmark schritten unerschrocken auf die Araber, die den Weg versperrten, zu. Angesichts ihres Mutes und unerschütterlichen Glaubens kamen Zadin fast die Tränen. Wie würde der Herr ihnen heute seine Gnade erweisen? Zadin hoffte nur, daß sie am Leben bleiben durften. Die Hälfte seiner Männer stand fest auf seiner Seite; dafür hatte er bei der Zusammenstellung der Wache gesorgt. Ohne sich umdrehen zu müssen, wußte er, daß sie sich nicht hinter ihren Kunststoffschilden versteckten, sondern die Waffen entsichert hatten. Die Spannung, mit der die erste Steinsalve erwartet wurde, steigerte sich ins Unerträgliche.

Benjamin Zadin flehte zu Gott, er möge die Rabbis verschonen, so wie er Isaak verschont hatte.

Der Hauptmann war nun weiter zu den beiden unerschrockenen Rabbis aufgerückt. Der eine war in Polen geboren und hatte im Konzentrationslager Frau und Kind verloren, aber den Glauben gefunden; der andere stammte aus Amerika, war nach Israel ausgewandert und wendete sich, nachdem er in zwei Kriegen gekämpft hatte, Gott zu – so wie Benjamin es erst vor wenigen Tagen getan hatte.

Die beiden waren kaum zehn Meter von den mißmutigen, schmutzigen Arabern entfernt, als es geschah. Nur die Araber konnten sehen, wie ruhig und gelassen ihre Gesichter waren, mit welchem Fatalismus sie sich in alles, was nun geschehen mochte, fügten, und nur die Araber sahen, wie schockiert der Pole und wie entsetzt der Amerikaner reagierten, als sie erkannten, welches Schicksal ihnen bestimmt war.

Auf einen Befehl hin setzte sich die erste Reihe der Araber, alles junge Männer, die Erfahrung im Demonstrieren hatten, auf den Boden. Etwa hundert, die hinter ihnen standen, folgten ihrem Beispiel. Dann begann die erste Reihe rhythmisch zu klatschen und zu singen. Benjamin, der das Arabische so gut wie jeder Palästinenser beherrschte, brauchte eine Weile, bis er erkannte, daß sie ein amerikanisches Lied sangen, die Hymne der Bürgerrechtsbewegung.

We shall overcome
We shall overcome
We shall overcome some day . . .

Die TV-Teams drängten sich hinter der Polizei. Einige Männer lachten über die grimmige Ironie, und der CNN-Korrespondent Pete Franks sprach stellvertretend für alle: »Ich glaub', mich . . .« Franks erkannte, daß sich in diesem Augenblick die Welt verändert hatte – schon wieder. Er hatte der ersten Sitzung des demokratisch gewählten Obersten Sowjets beigewohnt, in Managua miterlebt, wie die Sandinisten den anscheinend so sicheren Wahlsieg verloren, und war in Peking Zeuge der Zerstörung der Freiheitsstatue geworden. Erstaunlich, dachte er, auf einmal blicken die Araber durch. Heilige Scheiße . . .

»Mickey, ich hoffe doch, daß das Band läuft.«

»Sag mal, hör' ich recht?«

»Ja. Los, gehen wir näher ran.«

Angeführt wurden die Araber von Haschimi Moussa, einem 21jährigen Soziologiestudenten. Sein Arm zeigte Narben, die ein israelischer Schlagstock hinterlassen hatte, und ihm fehlten die Schneidezähne, weil ein schlechtgelaunter Soldat der israelischen Armee ein Gummigeschoß ganz besonders exakt plaziert hatte. Haschimi hatte seinen Mut oft genug beweisen und ein dutzendmal dem Tod ins Gesicht sehen müssen, ehe er an die Spitze rücken konnte. Aber nun hatte er es geschafft, man hörte auf ihn und ließ sich von Ideen überzeugen, die er schon fünf lange Jahre im Kopf gehabt hatte. Drei Tage hatte er gebraucht, um seine Kameraden dafür zu gewinnen, und dann hatte ein jüdischer Liberaler und Opponent der religiösen Konservativen zum Glück ein wenig zu laut von den Plänen für diesen Tag gesprochen. Vielleicht ein Wink des Schicksals, dachte Haschimi, oder der Wille Allahs. Wie auch immer, dies war der Moment, auf den er seit seinem fünfzehnten Lebensjahr – damals hatte er zuerst von Gandhi und Martin Luther King und deren Strategie des passiven Widerstands gehört – gewartet hatte. Es war nicht einfach gewesen, seine Freunde zu überreden, die Kriegertradition der Araber aufzugeben, aber er hatte es geschafft. Das jetzt war der Moment, wo seine Idee auf die Probe gestellt werden sollte.

Benjamin Zadin sah nur, daß ihm der Weg verstellt war. Rabbi Kohn sagte etwas zu Rabbi Goldmark, aber keiner wich zu der Reihe der Polizei zurück; das hätte eine Niederlage bedeutet. Ob sie nun aus Überraschung oder Zorn nicht von der Stelle wichen, sollte Zadin nie erfahren. Er drehte sich zu seinen Männern um.

»Gas!« Dieser Schritt war geplant. Die vier Männer mit den Tränengasgewehren, alles fromme Juden, legten an und feuerten eine Salve in die Menge. Erstaunlicherweise wurde niemand von den gefährlichen Gasprojektilen verletzt. Binnen Sekunden quollen unter den sitzenden Arabern graue Tränengaswolken auf. Doch sie erhielten einen Befehl, und die Demonstranten setzten Schutzmasken auf. Das beeinträchtigte zwar den Gesang, nicht aber das Klatschen oder ihre entschlossene Haltung. Hauptmann Zadin wurde noch wütender, als der Ostwind das Gas von den Arabern weg auf seine Männer zutrieb. Anschließend hoben Araber mit dicken Handschuhen die heißen Geschosse auf und warfen sie zur Polizei zurück.

Nun ließ Zadin Gummigeschosse abfeuern. Sechs Mann waren mit den entsprechenden Waffen ausgerüstet und konnten über eine Distanz von fünfzig Metern jeden erwischen. Die erste Salve war perfekt. Sie traf sechs Araber in der ersten Reihe. Zwei schrien auf, und einer sank zusammen, aber man rührte sich nur vom Platz, um den Verletzten zu helfen. Die nächste Salve war auf die Köpfe gezielt, und Zadin sah zu seiner Befriedigung Blut aus einem Gesicht spritzen.

Der Anführer – Zadin kannte sein Gesicht von früheren Konfrontationen – gab einen Befehl. Der Gesang wurde lauter und mit einer weiteren Salve quittiert. Der Polizeihauptmann stellte fest, daß einer seiner Schützen sehr aufgebracht war, denn der Araber, der ein Geschoß ins Gesicht bekommen hatte, wurde nun auch noch am Schädeldach getroffen und starb. An diesem Punkt hätte Benjamin merken sollen, daß er die Kontrolle über seine Männer verloren hatte; schlimmer aber war, daß er nun selbst die Beherrschung verlor.

Haschimi hatte in der allgemeinen Aufregung den Tod seines Kameraden nicht mitbekommen. Er konzentrierte sich auf die beiden verwirrt dreinschauenden Rabbis und auf die Polizisten, deren Gesichter hinter den Masken er nicht sehen konnte. Wohl aber wußte er ihre Handlungen und Bewegungen zu deuten und erkannte mit jäher Klarheit, daß er gewonnen hatte. Er ließ seine Kameraden lauter und lauter singen, und sie folgten ihm im Angesicht von Feuer und Tod.

Hauptmann Benjamin Zadin setzte seinen Helm ab und schritt energisch auf die Araber zu, vorbei an den Rabbis, die nun plötzlich unschlüssig waren. Konnten die Mißklänge schmutziger Heiden den Willen Gottes zunichte machen?

»Au wei«, bemerkte Pete Franks, dessen Augen tränten.

»Ich hab's«, sagte der Kameramann und holte sich den israelischen Hauptmann mit dem Zoom heran. »Gleich passiert was, Pete – der Typ sieht stinksauer aus.«

Mein Gott, dachte Franks, der selber Jude war und sich in diesem trockenen Land seltsam heimisch fühlte. Er wußte, daß das, was jetzt kommen würde, die Dimension eines historischen Augenblicks haben würde, und formulierte schon seinen Drei-Minuten-Kommentar, der die Aufnahmen, die sein Kameramann gerade machte, aus dem Off begleiten würde. Dabei fragte er sich, ob ihm für diesen schweren und gefährlichen Job ein weiterer Emmy winkte.

Es passierte rasch, viel zu rasch, als der Hauptmann direkt auf den Anführer der Araber zuschritt. Haschimi wußte nun, daß sein Freund tot war; das angeblich nicht tötende Geschoß hatte ihm die Schädeldecke zerschmettert. Er betete stumm für seinen Kameraden; Allah wußte doch gewiß, mit welchem Mut er dem Tod ins Auge gesehen hatte. Das Gesicht des Israelis, der nun auf ihn zukam, war ihm nicht unbekannt. Zadin, so hieß der Mann, war oft genug hiergewesen, ein Gesicht hinterm Visier, eine gezogene Waffe. Er war einer dieser Männer, für die die Araber keine Menschen waren, sondern Gesocks, das Steine und Molotowcocktails warf. Nun, heute muß er umlernen, sagte sich Haschimi. Heute tritt ihm ein Mann mit Mut und Überzeugung entgegen.

Benjamin Zadin sah ein Tier, einen störrischen Esel, auf jeden Fall aber keinen richtigen Menschen, wie die Israelis es waren. Die Kerle wandten eine feige neue Taktik an, das war alles. Meinten sie vielleicht, ihn so daran zu hindern, seine Aufgaben zu erledigen? So trotzig hatte auch seine Frau vor ihm gestanden und ihm gesagt, sie zöge zu einem anderen Mann, die Kinder könne er behalten, und er hätte ja nicht einmal den Mumm, sie zu schlagen. Er sah ihr schönes, ausdrucksloses Gesicht vor sich und fragte sich, warum er ihr keine Lektion erteilt hatte; einen Meter entfernt von ihm war sie gewesen, hatte gestarrt, dann gelächelt und schließlich laut gelacht, weil er nicht Manns genug gewesen war... und so hatte ihre passive Schwäche seine Kraft besiegt.

Diesmal sollte es anders kommen.

»Machen Sie den Weg frei!« befahl er auf arabisch.

»Nein.«

»Ich schieße!«

»Hier kommen Sie nicht durch.«

»Hauptmann!« rief ein besonnener Polizist, aber zu spät. Benjamin Zadin, der seine Brüder an die Araber und seine Frau an einen anderen Mann verloren hatte, riß beim Anblick dieser Sitzdemonstranten die Geduld. In einer flinken, fließenden Bewegung zog er die Dienstpistole und schoß Haschimi in die Stirn. Der junge Araber sank zusammen, das Singen und Klatschen verstummte. Ein Demonstrant wandte sich zur Flucht, wurde aber von zwei anderen festgehalten. Die Sitzenden begannen nun, für ihre toten Kameraden zu beten. Zadin richtete die Waffe auf einen von ihnen, aber etwas hinderte ihn daran abzudrücken; der Mut in den Augen dieser Leute vielleicht, der nichts mit Trotz zu tun hatte, sondern Entschlossenheit ausdrückte und vielleicht auch Mitleid. Denn das Entsetzen in Zadins Gesicht verriet nun, daß er anfing zu begreifen, was er getan hatte. Kaltblütig hatte er einen Menschen getötet, der niemanden bedrohte. Er war ein Mörder. Zadin wandte sich an die Rabbis und suchte in ihren Augen vergeblich nach Trost oder Verständnis. Als er sich abwandte, begann der Gesang aufs neue. Wachtmeister Mosche Levin trat zu seinem Hauptmann und nahm ihm die Waffe ab.

»Kommen Sie mit, Hauptmann.«

»Was hab' ich getan?«

»Geschehen ist geschehen. Kommen Sie.«

Levin führte seinen Vorgesetzten weg, drehte sich aber noch einmal um. Haschimi war zusammengesackt; durch die Fugen des Pflasters rann Blut. Der Wachtmeister hatte das Gefühl, etwas tun oder sagen zu müssen; diese Sache war fürchterlich schiefgegangen. Er schüttelte mit offenem Mund den Kopf, und in diesem Augenblick erkannten Haschimis Anhänger, daß ihr Führer gesiegt hatte.

Ryans Telefon ging 2.03 Uhr, und es gelang ihm, noch vor dem zweiten Läuten abzuheben.

»Ja?«

»Operationszentrale, Saunders. Schalten Sie den Fernseher ein. In vier Minuten bringt CNN eine Sensation.«

»Und was?« Ryan tastete nach der Fernbedienung.

»Sie werden es nicht glauben, Sir. Wir haben die Satellitenverbindung angezapft; CNN gibt die Meldung gleich an die anderen Anstalten weiter. Keine Ahnung, wie das die israelische Zensur passiert hat. Auf jeden Fall...«

»Ah, es kommt gerade.« Ryan hatte gerade noch Zeit, sich die Augen klarzureiben. Er hatte den Ton des Fernsehers im Schlafzimmer abgestellt, um seine Frau nicht zu stören, aber ein Kommentar war ohnehin überflüssig. »Guter Gott...«

»Schlimm, Sir«, meinte der Offizier vom Dienst.

»Schicken Sie mir meinen Fahrer und wecken Sie den Direktor. Verständigen Sie das Weiße Haus. Wir brauchen den DDI und die Spezialisten für Israel und Jordanien ... ach was, alle. Vergewissern Sie sich, daß das Außenministerium auf dem laufenden ist ...«

»Das hat seine eigenen Kanäle ...«

»Weiß ich. Alarmieren Sie es trotzdem; sicher ist sicher.«

»Jawohl, Sir. Sonst noch etwas?«

»Schicken Sie mir noch vier Stunden Schlaf rüber.« Ryan legte auf.

»Jack, war das ...« Cathy, die gerade die Wiederholung der schrecklichen Szene mitbekommen hatte, setzte sich auf.

»Leider ja, Liebes.«

»Und was bedeutet das?«

»Den Arabern ist gerade aufgegangen, wie sie den Staat Israel zerstören können.« Es sei denn, wir können ihn retten, fügte er in Gedanken hinzu.

Neunzig Minuten später schaltete Ryan die Kaffeemaschine hinter seinem Schreibtisch ein und sah dann die vom Nachtdienst abgefaßten Aktennotizen durch. Heute wirst du das Koffein bitter nötig haben, dachte er. Rasiert hatte er sich unterwegs im Auto, doch nicht sehr gründlich, wie ein Blick in den Spiegel ihm verriet. Jack wartete, bis die erste Tasse Kaffee fertig war, und marschierte dann ins Dienstzimmer des Direktors, wo er außer Cabot auch Charles Alden vorfand.

»Guten Morgen«, sagte der Sicherheitsberater.

»Von wegen«, murrte Ryan mit belegter Stimme. »Nichts ist gut. Weiß der Präsident schon Bescheid?«

»Nein. Ich wollte ihn nicht stören, solange wir noch kein klares Bild haben. Nach sechs, wenn er wach ist, rede ich mit ihm. Na, Marcus, was halten Sie jetzt von unseren israelischen Freunden?«

Direktor Cabot antwortete nicht, sondern wandte sich an Jack: »Haben wir weitere Informationen?«

»Seinen Rangabzeichen nach zu urteilen, ist der Schütze Polizeihauptmann. Bisher liegen weder Name noch Hintergrundinformationen vor. Die Israelis haben ihn irgendwo festgesetzt und lassen nichts verlauten. Auf dem Videoband sieht es so aus, als hätte es zwei Tote und mehrere Verletzte gegeben. Unser Stationschef in Israel meldet nur, der Vorfall habe sich tatsächlich zugetragen und sei auf Band. Niemand scheint zu wissen, wo das TV-Team steckt. Da wir keinen Agenten vor Ort haben, ist das Fernsehen unsere einzige Quelle.« Mal wieder, fügte Ryan stumm hinzu. »Die Armee hat Tempelberg und Klagemauer abgesperrt, zum ersten Mal wohl. Unsere Botschaft dort hat noch keine Erklärung abgegeben und wartet auf Anweisungen von hier. Offizielle Reaktionen aus Europa liegen noch nicht vor, aber das wird sich in der nächsten Stunde ändern. Dort sitzen die Leute schon an ihren Schreibtischen und haben die Aufnahmen in Sky News gesehen.«

Alden warf einen müden Blick auf die Uhr. »Kurz vor vier. Drei Stunden noch, dann wird den Leuten das Frühstück im Hals steckenbleiben. Meine Herren, das gibt eine Sensation. Ryan, hatten Sie nicht vergangenen Monat so etwas prophezeit?«

»Früher oder später mußten die Araber eine neue Taktik entwickeln«, sagte Jack. Alden nickte zustimmend. Anständig von ihm, dachte Ryan; immerhin hat er die Idee schon vor Jahren in einem seiner Bücher formuliert.

»Israel wird die Sache wie üblich überstehen...« Jack schnitt ihm das Wort ab. »Ausgeschlossen, Boß.« Höchste Zeit, daß Cabot auf die richtige Bahn gebracht wurde. »Hier geht es, wie Napoleon einmal sagte, um die Moral. Israel, die einzige Demokratie der Region, ist auf den moralischen Vorteil angewiesen, und dieses Konzept ist seit drei Stunden tot. Jetzt sehen die Israelis aus wie die Rassisten damals in Alabama. Sämtliche Bürgerrechtsbewegungen werden kopfstehen.« Jack legte eine Pause ein und trank einen Schluck Kaffee. »Es geht hier schlicht um die Verhältnismäßigkeit der Mittel. Als die Araber Steine und Molotowcocktails warfen, konnte die Polizei behaupten, nur Gegengewalt angewandt zu haben. Das geht diesmal nicht. Die beiden Opfer saßen am Boden und bedrohten niemanden.«

»Das war die Tat eines einzelnen Verrückten!« fuhr Cabot auf.

»Leider nicht, Sir. Das mag auf den Pistolenschuß zutreffen, aber das erste Opfer wurde mit zwei Gummigeschossen aus gut zwanzig Metern Entfernung getötet – wohlgemerkt mit zwei gezielten Schüssen aus einer einschüssigen Waffe. Das war kein Zufall, sondern kaltblütige Absicht.«

»Ist der Mann auch wirklich tot?« fragte Alden.

»Meine Frau ist Ärztin, und ihrer Meinung nach ist er tot. Sein Körper verkrampfte sich und wurde dann schlaff; vermutlich ein Hinweis auf ein schweres Schädeltrauma. Man wird nicht behaupten können, der Mann sei gestolpert und mit dem Kopf auf den Randstein geschlagen. Dieser Vorfall verändert die Situation grundlegend. Wenn die Palästinenser klug sind, verdoppeln sie jetzt ihren Einsatz, bleiben bei dieser Taktik und warten die Reaktion der Welt ab. Da ist ihnen der Erfolg garantiert«, schloß Jack.

»Ryan hat recht«, sagte Alden. »Es wird noch heute eine UN-Resolution geben, die wir unterstützen müssen, und das zeigt den Arabern vielleicht, daß Gewaltlosigkeit eine wirksamere Waffe ist, als Steine zu werfen. Was werden die Israelis sagen? Wie werden sie reagieren?«

Alden kannte die Antwort auf diese Frage. Er hatte sie nur gestellt, um den DCI aufzuklären. Ryan verstand und gab die Antwort. »Die Israelis werden erst einmal abblocken und wütend sein, weil sie das Videoband nicht abgefangen haben. Der Vorfall war mit Sicherheit nicht geplant – will sagen, die israelische Regierung ist so überrascht wie wir –, andernfalls hätte man das Kamerateam festgenommen. Ich kann mir vorstellen, daß dieser Hauptmann im Augenblick verhört wird. Um die Mittagszeit wird man dann behaupten, er sei geistesgestört, was wahrscheinlich auch stimmt, und es handele sich um einen isolierten Vorfall. Wir kennen die israelischen Methoden der Schadensbegrenzung, aber...«

»Diesmal werden sie nicht funktionieren«, unterbrach Alden. »Bis neun muß der Präsident Stellung genommen haben. Es ist nicht damit getan, von einem ›tragischen Zwischenfall‹ zu sprechen. Hier wurde ein unbewaffneter Demonstrant von einem Staatsbeamten kaltblütig ermordet.«

»Charlie, ich bitte Sie, das war doch nur ein Einzelfall«, wandte Direktor Cabot wieder ein.

»Mag sein, aber ich prophezeie so etwas schon seit fünf Jahren.« Der Sicherheitsberater stand auf und ging ans Fenster. »Marcus, was den Staat Israel seit dreißig Jahren zusammengehalten hat, war die Dummheit der Araber, die entweder nicht erkannten, daß Israels Legitimität nur auf seiner moralischen Position basiert, oder sich nicht darum scherten. Israel sieht sich nun mit einem schweren ethischen Widerspruch konfrontiert. Wenn es wirklich eine Demokratie ist und die Rechte seiner Bürger respektiert, muß es sie auch den Arabern einräumen. Damit aber wäre der politische Zusammenhalt des Landes gefährdet, der wiederum nur garantiert werden kann, wenn die religiöse Rechte beschwichtigt wird – und die schert sich einen Dreck um Bürgerrechte für Araber. Kapituliert Israel aber vor den religiösen Eiferern, versucht es zu beschönigen, dann ist es keine Demokratie und setzt die politische Unterstützung Amerikas aufs Spiel, ohne die der Staat wirtschaftlich und politisch ruiniert ist. Und wir stecken in einer ähnlichen Klemme. Wir unterstützen Israel, weil es eine Demokratie ist, ein Rechtsstaat, aber diese Legitimität hat sich soeben selbst die Grundlage entzogen. Ein Staat, in dem die Polizei unbewaffnete Menschen ermordet, ist kein Rechtsstaat, Marcus. Ein Israel, das sich so verhält, können wir ebensowenig unterstützen wie einen Somoza oder einen Marcos oder andere Diktatoren.«

»Verdammt, Charlie, Israel fällt doch nicht in diese Kategorie!«

»Gewiß, Marcus. Aber das muß das Land nun unter Beweis stellen, es muß dem Anspruch, den es immer erhoben hat, gerecht werden. Wenn Israel sich jetzt stur stellt, ist es verloren. Es mag versuchen, Druck auf seine Lobby hier in den Staaten auszuüben, und wird feststellen müssen, daß es keine mehr gibt. Und wenn es soweit kommen sollte, brächte man unsere Regierung in noch größere Verlegenheit und zwänge sie womöglich, demonstrativ die Israel-Hilfe einzustellen. Aber das geht auch nicht. Wir müssen eine andere Lösung finden.« Alden wandte sich vom Fenster um. »Ryan, Ihre Idee hat ab sofort Priorität. Ich bearbeite den Präsidenten und das Außenministerium. Es gibt nur einen Weg, Israel aus diesem Schlamassel herauszuhelfen, und das ist ein funktionierender Friedensplan. Setzen Sie sich mit Ihrem Freund in Georgetown in Verbindung und richten Sie ihm aus, die Sache sei nun nicht mehr im Versuchsstadium, sondern bereits ein Projekt mit dem Codenamen PILGERFAHRT. Bis morgen möchte ich ein Strategiepapier sehen.«

»Das ist aber knapp, Sir«, merkte Ryan an.

»Dann lassen Sie sich nicht von mir aufhalten, Jack. Weiß der Himmel, was passiert, wenn wir nicht rasch handeln. Kennen Sie Scott Adler vom Außenministerium?«

»Ja, ich habe ein paarmal mit ihm gesprochen.«

»Das ist Brent Talbots bester Mann. Setzen Sie sich, nachdem Sie Ihren Freund in Georgetown kontaktiert haben, mit ihm zusammen; er wird Ihnen helfen. Wir können uns nicht darauf verlassen, daß die Bürokratie des Außenministeriums etwas schnell erledigt. Packen Sie Ihren Koffer, es wird hektisch werden. Ich will so bald wie möglich Fakten, Positionen und eine solide Analyse sehen. Und alles kohlrabenschwarz, wenn ich bitten darf.« Die letzte Bemerkung zielte auf Cabot. Ryan brauchte nicht zur Geheimhaltung vergattert zu werden.

»Jawohl, Sir«, sagte Ryan. Cabot nickte nur.

Jack war noch nie im Fakultätsgebäude der Universität Georgetown gewesen – seltsam eigentlich, dachte er, als das Frühstück serviert wurde. Vom Tisch aus hatte man Blick auf einen Parkplatz.

»Sie hatten recht, Jack«, bemerkte Riley. »Ein schrecklicher Anblick so früh am Morgen.«

»Was hört man aus Rom?«

»Der Vorschlag ist positiv aufgenommen worden«, antwortete der Rektor der Universität.

»Wie positiv?«

»Ist Ihnen die Sache ernst?«

»Alden sagte mir vor zwei Stunden, das Projekt habe nun absolute Priorität.«

Riley nahm diese Information mit einem Nicken zur Kenntnis. »Versuchen Sie, Israel zu retten, Jack?«

Ryan wußte nicht, ob die Frage im Scherz gestellt war oder nicht. Er jedenfalls war nicht aufgelegt für Witze, fühlte sich übernächtigt. »Pater, ich will nur nachfassen – auf Anweisung von oben, klar?«

»Ich verstehe. Sie haben Ihren Versuchsballon zu einem günstigen Zeitpunkt gestartet.«

»Mag sein, aber heben wir uns die Spekulationen über den Friedensnobelpreis bitte für später auf, ja?«

»Frühstücken Sie erst einmal. Bis um die Mittagszeit ist der Vatikan zu erreichen. Sie sehen schlecht aus.«

»Ich fühle mich auch so«, gestand Ryan.

»Ab vierzig verträgt man den Alkohol nicht mehr so gut und sollte damit aufhören«, merkte Riley an.

»Daran haben Sie sich aber nicht gehalten«, meinte Ryan.

»Bei mir ist das etwas anderes; als Priester muß ich trinken«, konterte Riley. »Was genau erwarten Sie?«

»Zunächst einmal das grundsätzliche Einverständnis der wichtigsten Parteien, damit die Verhandlungen so bald wie möglich in Gang kommen, aber unsere Seite behandelt die Sache sehr vertraulich. Der Präsident will eine Analyse seiner Optionen sehen, und die erstelle ich.«

»Wird Israel mitspielen?«

»Wenn nicht, ist das Land im Arsch – Verzeihung, aber so sieht es wirklich aus.«

»Gewiß, aber wird die Regierung vernünftig genug sein, die eigene Lage richtig einzuschätzen?«

»Pater, meine Funktion ist das Sammeln und Auswerten von Informationen. Ein Wahrsager bin ich nicht, auch wenn das manchmal von mir erwartet wird. Eines steht für mich fest: Was wir heute im Fernsehen gesehen haben, kann die ganze Region in Brand setzen, wenn wir nichts unternehmen.«

»Essen Sie Ihr Frühstück. Ich muß ein bißchen nachdenken, und das kann ich beim Kauen am besten.«

Ein guter Rat, wie Ryan wenige Minuten später feststellte. Das Essen neutralisierte die Kaffeesäure in seinem Magen und gab ihm Energie für den Tag. Eine Stunde später war er auf dem Weg zum Außenministerium. Um die Mittagszeit fuhr er nach Hause, um seinen Koffer zu packen, und schaffte es, während er zurückchauffiert wurde, etwas Schlaf nachzuholen. Nachmittags nahm er in Aldens Büro im Weißen Haus an einer Besprechung teil, die sich bis in die Nacht hinzog, und ließ sich vor Sonnenaufgang zum Luftstützpunkt Andrews fahren. Dort rief er vom VIP-Saal aus seine Frau an und bat sie, ihren Sohn zu vertrösten; aus dem versprochenen Spiel wurde nun nämlich nichts. Kurz vor seinem Abflug erschien ein Kurier und brachte 200 Seiten mit Material von der CIA, dem Außenministerium und dem Weißen Haus, die er auf dem Flug über den Atlantik zu lesen hatte.

4
Das Gelobte Land

Der amerikanische Luftstützpunkt Ramstein Air Base liegt in einem Tal, was Ryan leicht irritierte. Seiner Ansicht nach gehörte ein Flughafen auf plattes Land. Auf dem Stützpunkt war ein Geschwader F-16 stationiert; jeder Jagdbomber stand in seinem eigenen bombengesicherten und von Bäumen umgebenen Unterstand – die Deutschen konnten mit ihrer Manie für Grün selbst die radikalsten amerikanischen Umweltschützer beeindrucken. Das war einer der seltenen Fälle, in denen sich die Ziele der Ökopaxe mit den Anforderungen der Militärs deckten. Die Unterstände waren aus der Luft nur sehr schwer auszumachen, und auf manchen der Gebäude, die von den Franzosen errichtet worden waren, wuchsen sogar Bäume – eine sowohl vom ästhetischen als auch vom militärischen Standpunkt aus gesehen erfreuliche Tarnung.

Auf dem Stützpunkt gab es auch einige große Passagiermaschinen, darunter eine umgebaute Boeing 707 mit der Aufschrift »United States of America«. Diese kleinere Version der Maschine des Präsidenten wurde in Ramstein »Miss Piggy« genannt und stand dem Oberbefehlshaber der US-Luftwaffe in Europa zur Verfügung. Ryan konnte sich ein Lächeln nicht verkneifen. Hier gesellten sich auf einer umweltfreundlichen Anlage über 70 Kampfflugzeuge, deren Aufgabe die Vernichtung eben jener sowjetischen Streitkräfte war, die nun aus Deutschland abzogen, in friedlicher Eintracht zu einem Flugzeug, das Miss Piggy hieß. Verrückte Welt.

Andererseits garantierte das Fliegen mit der Air Force erstklassigen Service und VIP-Behandlung, die ihren Namen verdiente – in diesem Fall Unterkunft in dem hochkomfortablen Cannon Hotel. Der Stützpunktkommandant, ein Colonel, hatte Ryan an seiner VC-20B Gulfstream begrüßt und rasch zu den Unterkünften für hohe Besucher gebracht, wo er sich mit Hilfe des Inhaltes der Minibar die nötige Bettschwere verschaffte, um die Folgen des Jetlags in einem langen Schlaf zu minimieren. Alternativen gab es sowieso keine, denn das TV-Angebot bestand aus nur einem Programm, dem AFN. Als er um sechs Uhr Ortszeit steif und hungrig aufwachte, hatte er sich an die Zeitumstellung fast gewöhnt.

Zum Joggen verspürte Jack wirklich keine Lust; das redete er sich jedenfalls ein. In Wirklichkeit hätte er, selbst wenn ihm jemand eine Pistole an die Schläfe gehalten hätte, keine 800 Meter geschafft. Er entschied sich daher für einen flotten Spaziergang. Bald wurde er von Fitneß-Fanatikern überholt, junge und schlanke Männer, die bestimmt Jagdpiloten waren. Der Frühnebel hing noch in den Kronen der Bäume, die dicht an der Straße gepflanzt waren, und es war viel kühler als daheim.

Hin und wieder zerriß das Röhren der Düsentriebwerke die Stille – *»The Sound of Freedom«* hatte vierzig Jahre lang den Frieden gewahrt und ging den Deutschen nun auf die Nerven. Die Einstellungen änderten sich so rasch wie die Zeiten. Amerikas militärische Macht hatte ihr Ziel erreicht und gehörte nun, was die Deutschen anging, bereits der Vergangenheit an. Verschwunden die innerdeutsche Grenze, umgerissen die Zäune, entfernt die Wachtürme und Minen. Auf dem einstmals plattgewalzten Todesstreifen wuchsen nun Gras und Blumen. Anlagen im Osten, die einstmals auf Satellitenfotos studiert oder von westlichen Agenten mit großem finanziellen Aufwand und unter lebensgefährlichen Bedingungen ausgekundschaftet worden waren, standen nun den Schnappschuß-Touristen offen – unter denen sich auch Geheimdienstleute tummelten, die auf die Springflut der Veränderungen eher schockiert als nachdenklich reagierten. Manche fanden sich bei der Inspektion vor Ort in ihrem früheren Argwohn bestätigt, und andere wiederum mußten feststellen, daß sie völlig schiefgelegen hatten.

Ryan schüttelte den Kopf. Das Ganze war mehr als erstaunlich. Die Deutschlandfrage war schon vor seiner Geburt der Kernpunkt des Ost-West-Konflikts gewesen, Thema genug für Informationspapiere, Geheimdienstanalysen und Presseberichte, um das ganze Pentagon mit Altpapier zu füllen. All die Mühe, die Detailstudien und kleinlichen Streitereien – vorbei, bald vergessen. Selbst Historiker würden nie die Energie aufbringen, alle die Daten zu sichten, die man einmal für wichtig gehalten hatte – für lebenswichtig –, die aber nun kaum mehr waren als eine umfangreichere Fußnote zum Zweiten Weltkrieg. Dieser Luftstützpunkt zum Beispiel, erbaut für Flugzeuge, die russische Maschinen abschießen und eine sowjetische Offensive zerschlagen sollten, wurde nun, da in dessen Wohnsiedlungen bald deutsche Familien einziehen würden, zu einem kostspieligen Anachronismus. Und was wird aus den Flugzeugbunkern? fragte sich Ryan. Weinkeller vielleicht?

»Halt!« Ryan blieb stehen und drehte sich um. Der Befehl kam von einer jungen Soldatin der Air Force, die ein Gewehr M-16 trug.

»Hab' ich was falsch gemacht?«

»Ihren Ausweis, bitte.« Die junge Frau war attraktiv und sehr nüchtern. Außerdem hatte sie Verstärkung dabei, die im Wald auf der Lauer lag. Ryan gab ihr seinen CIA-Dienstausweis.

»So was hab' ich noch nie gesehen, Sir.«

»Ich bin gestern abend mit der VC-20 gekommen und wohne im Cannon, Zimmer 109. Colonel Parker kann das bestätigen.«

»Wir haben Alarmbereitschaft, Sir«, sagte sie und griff nach dem Funkgerät.

»Tun Sie ruhig Ihre Pflicht, Miss – Verzeihung, Sergeant Wilson. Meine Maschine geht erst um zehn.« Ryan lehnte sich an einen Baumstamm und streckte sich. Ein zu schöner Morgen, um sich groß aufzuregen – auch nicht über zwei Bewaffnete, die keine Ahnung hatten, wer er war.

»Roger.« Sergeant Becky Wilson schaltete das Funkgerät ab. »Der Colonel sucht Sie, Sir.«

»Halte ich mich auf dem Rückweg am Burger King links?«

»Ja, Sir.« Sie gab ihm lächelnd seine Karte zurück.

»Danke, Sergeant. Verzeihen Sie die Störung.«

»Soll ich einen Wagen kommen lassen? Der Colonel wartet.«

»Ich gehe lieber zu Fuß. Der Colonel ist zu früh dran, er soll ruhig warten.« Ryan entfernte sich und ließ die junge Frau über die Wichtigkeit eines Mannes spekulieren, der es sich leisten konnte, den Stützpunktkommandanten auf den Stufen vor dem Cannon warten zu lassen. Ryan marschierte zehn Minuten zügig voran; sein Orientierungssinn ließ ihn trotz der fremden Umgebung und des Zeitunterschieds von sechs Stunden nicht im Stich.

»Morgen, Sir!« rief Ryan, als er guter Laune über eine Mauer auf den Parkplatz sprang.

»Ich habe ein kleines Frühstück mit dem Stab des OB arrangiert. Wir hätten gern Ihre Einschätzung der Lage in Europa gehört.«

Jack lachte. »Großartig! Und ich will Ihre hören.« Ryan ging auf sein Zimmer, um sich umzuziehen. Was bringt diese Leute auf die Idee, daß ich mehr weiß als sie? fragte er sich. Andererseits hatte er kurz vor dem Abflug vier Neuigkeiten erfahren. Die aus der Ex-DDR abziehenden sowjetischen Truppen waren mißmutig über den Mangel an Unterkünften in der Heimat. Mitglieder der ehemaligen Volksarmee waren über ihre Zwangspensionierung weit aufgebrachter, als man in Washington ahnte, und hatten vermutlich in früheren Stasi-Mitarbeitern Verbündete gefunden. Und schließlich war zwar ein rundes Dutzend Mitglieder der RAF in Ostdeutschland festgenommen worden, aber mindestens ebenso viele hatten sich abgesetzt, ehe das BKA zuschlagen konnte. Aus diesem Grund, erfuhr Ryan, war man in Ramstein in Alarmbereitschaft.

Die VC-20B startete kurz nach zehn und ging auf Südkurs. Arme Narren, diese Terroristen, dachte er, die ihr Leben, ihre Kraft und ihren Intellekt einer Sache gewidmet haben, die nun noch rascher verschwindet als die deutsche Landschaft unter mir. Wie zurückgelassene Kinder müssen sie sich fühlen. Ohne Freunde. Sie hatten sich in der CSSR und DDR versteckt und von dem bevorstehenden Zusammenbruch dieser beiden kommunistischen Staaten nichts geahnt. Wo sollten sie jetzt Unterschlupf finden? In Rußland? Ausgeschlossen. In Polen? Ein Witz. Ihre Welt hat sich jäh verändert, dachte Ryan und lächelte wehmütig, und ein weiterer Umschwung steht ihnen noch bevor. Ihre letzten Freunde werden sich bald wundern. Vielleicht, korrigierte er sich. Vielleicht …

»Hallo, Sergej Nikolajewitsch«, hatte Ryan gesagt, als ein Besucher vor einer Woche sein Büro betrat.

»Tag, Iwan Emmetowitsch«, hatte der Russe erwidert und die Hand ausgestreckt, die bei ihrer letzten Begegnung auf dem Flughafen Scheremetjewo bei Moskau eine Waffe gehalten hatte. Das war weder für S. N. Golowko noch für Ryan ein guter Tag gewesen, aber es hatte sich, wie das Schicksal so spielt, alles zum Guten gewendet. Golowko war für seinen fast erfolgreichen Versuch, den Vorsitzenden des KGB an der Flucht in den Westen zu hindern, zum Ersten Stellvertretenden Vorsitzenden dieser Organisation gemacht worden. Ein Erfolg hätte ihn nicht ganz so weit gebracht, aber nachdem dem Präsidenten seine Einsatzbereitschaft aufgefallen war, ging es mit seiner Karriere steil aufwärts. Golowkos Leibwächter saß im Vorzimmer und unterhielt sich mit John Clark.

»Nicht gerade beeindruckend«, meine Golowko und warf einen abschätzenden Blick auf die Wände aus Gipsplatten. Über dem Kleiderständer hing das einzige Foto im Raum, das mit Präsident Fowler, neben einem anständigen Gemälde, einer Leihgabe aus Regierungsbeständen.

»Jedenfalls habe ich eine schönere Aussicht als Sie, Sergej Nikolajewitsch. Steht der eiserne Felix noch auf dem Platz?«

»Vorerst noch.« Golowko lächelte. »Wie ich höre, ist Ihr Direktor nicht in der Stadt.«

»Stimmt, der Präsident brauchte seinen Rat.«

»Zu welchem Thema denn?« fragte Golowko mit einem schiefen Lächeln.

»Keine Ahnung«, versetzte Ryan lachend und dachte: zu allen möglichen Themen.

»Tja, es ist nicht leicht für uns beide.« Auch der neue KGB-Vorsitzende war kein Nachrichtendienst-Fachmann. Nicht ungewöhnlich; häufig war der Chef dieses finsteren Apparates aus der Partei gekommen, aber da inzwischen auch diese der Vergangenheit angehörte, hatte Narmonow einen Computerexperten an die Spitze seines wichtigsten Nachrichtendienstes gesetzt. Neue Ideen sollten den KGB effizienter machen. Ryan wußte, daß Golowko inzwischen einen IBM-PC auf dem Schreibtisch stehen hatte.

»Sergej, ich habe schon immer gesagt: Wenn Vernunft die Welt regierte, wäre ich arbeitslos. Aber sehen Sie sich bloß die Lage an. Kaffee?«

»Gerne, Jack«, meinte Golowko und lobte einen Augenblick später das Gebräu.

»Nancy füllt mir jeden Morgen die Maschine. Nun, was kann ich für Sie tun?«

»Diese Frage hat man mir schon oft gestellt, aber noch nie in einer solchen Umgebung.« Golowko lachte dröhnend. »Jack, fragen Sie sich auch manchmal, ob das Ganze nicht bloß ein Traum ist, bei dem wir alle unter Drogen stehen?«

»Nein. Ich hab' mich kürzlich beim Rasieren geschnitten, bin aber nicht aufgewacht.«

Golowko murmelte etwas auf russisch, das Ryan nicht verstand. Seinen Übersetzern aber würde es beim Auswerten der Bänder nicht entgehen.

»Ich bin derjenige, der das Parlament über unsere Aktivitäten informiert. Ihr Direktor war so freundlich, unserer Bitte um Rat zu entsprechen.«

Diese Chance ließ Ryan sich nicht entgehen. »Kein Problem, Sergej Nikolajewitsch. Lassen Sie einfach alle Ihre Informationen über meinen Schreibtisch laufen. Ich sage Ihnen dann gerne, wie sie am besten zu präsentieren sind.«

Golowko spielte mit. »Gerne, aber dafür hätte der Vorsitzende kein Verständnis.« Es wurde Zeit, das Geplänkel abzustellen und zum Geschäft zu kommen.

»Wir erwarten ein *quid pro quo*«, eröffnete Ryan die Verhandlungen.

»Und das wäre?«

»Informationen über die Terroristen, die Sie früher unterstützt haben.«

»Das geht nicht«, erwiderte Golowko glatt heraus.

»Wieso nicht?«

»Ein Nachrichtendienst muß Loyalität wahren, wenn er funktionieren soll.«

»Wirklich? Erzählen Sie das Fidel Castro, wenn Sie ihn wieder mal sehen«, schlug Ryan vor.

»Langsam blicken Sie durch, Jack.«

»Danke, Sergej. Meine Regierung hat auf die jüngsten Äußerungen Ihres Präsidenten zum Thema Terrorismus mit Befriedigung reagiert. Der Mann ist mir sympathisch, das wissen Sie. Gemeinsam verändern wir die Welt. Und Sie selbst waren doch auch gegen die Unterstützung, die Ihre Regierung diesen widerlichen Typen gewährte.«

»Wie kommen Sie darauf?« fragte der Erste Stellvertretende Vorsitzende.

»Sergej, als Geheimdienstfachmann können Sie unmöglich die Aktionen dieser undisziplinierten Kriminellen gutheißen. Ich empfinde das ebenfalls so, aber bei mir hat das noch einen persönlichen Grund.« Ryan lehnte sich zurück; seine Miene verhärtete sich. Niemals würde er vergessen können, daß Sean Miller und die anderen Mitglieder der Ulster Liberation Army zwei ernste Versuche gestartet hatten, ihn und seine Familie umzubringen. Erst vor drei Wochen waren Miller und seine Komplizen, nachdem sie alle rechtlichen Mittel einschließlich Petitionen an das Oberste Bundesgericht, den Präsidenten der Vereinigten Staaten und den Gouverneur von Maryland ausgeschöpft hatten, einer nach dem anderen in Baltimore in die Gaskammer gegangen. Möge der Herr ihnen gnädig sein, dachte Ryan. Dieses Kapitel war nun endgültig abgeschlossen.

»Und der kürzliche Fall?«

»Mit den Indianern? Das unterstreicht nur mein Argument. Diese sogenannten Revolutionäre beschafften sich ihr Geld mit Rauschgifthandel. Warten Sie nur, die Gruppen, die von Ihnen finanziert wurden, werden sich gegen Sie wenden und Ihnen in ein paar Jahren größere Probleme bereiten als uns.« Beide wußten natürlich, daß diese Einschätzung korrekt war. Die Verbindung von Terrorismus und Drogenhandel begann den Sowjets Kummer zu machen, denn auf dem kriminellen Sektor begriff man die Regeln der freien Marktwirtschaft am schnellsten. Und das fand Ryan ebenso bedenklich wie Golowko. »Nun, was meinen Sie dazu?«

Golowko neigte den Kopf. »Ich werde dem Vorsitzenden den Vorschlag unterbreiten. Er wird bestimmt einverstanden sein.«

»Wissen Sie noch, was ich vor zwei Jahren in Moskau sagte? Wozu Diplomaten und lange Verhandlungen, wenn wir Profis die Sache unter uns regeln können?«

»Ich hätte jetzt eher mit einem Kipling-Zitat gerechnet«, versetzte der Russe trocken. »Nun, wie gehen Sie mit Ihrem Kongreß um?«

Jack lachte in sich hinein. »Ganz einfach: Wir sagen die Wahrheit.«

»Bin ich elftausend Kilometer weit geflogen, um mir *das* anzuhören?«

»Man wählt eine Handvoll Abgeordnete aus, auf deren Verschwiegenheit man sich verlassen kann und die das Vertrauen aller ihrer Kollegen genießen – das ist das Hauptproblem –, und informiert sie über alles, was sie wissen müssen. Allerdings bedarf es gewisser Grundregeln, an die sich alle Beteiligten halten müssen – und zwar immer.« Ryan legte eine Pause ein. Es ging ihm gegen den Strich, vor einem Kollegen vom Fach so zu dozieren.

Golowko runzelte die Stirn. Nie gegen die Regel zu verstoßen, das war natürlich nicht einfach. Bei Nachrichtendiensten geht nicht immer alles sauber nach Vorschrift, und Russen haben eine konspirative Ader.

»Bei uns funktioniert das gut«, fügte Ryan hinzu.

Wirklich? fragte er sich insgeheim. Sergej muß wissen, ob dieses System klappt oder nicht ... er muß zum Beispiel wissen, ob wir seit Peter Henderson einen Ostagenten im Kongreß haben ... andererseits weiß er auch, daß wir trotz der krankhaft übersteigerten Geheimniskrämerei des KGB viele seiner Operationen herausgefunden haben. Das hatten die Sowjets selbst öffentlich eingestanden: Die große Zahl von Überläufern hatte viele sorgfältig geplante KGB-Operationen gegen die USA und den Westen ruiniert. Wie in Amerika schirmte die Geheimhaltung auch in der Sowjetunion Fehlschläge ebenso wie Erfolge ab.

»Letzten Endes ist es eine Frage des Vertrauens«, sagte Ryan nach einer weiteren Pause. »Ihre Parlamentarier sind Patrioten. Würden sie den Streß des Politikerdaseins ertragen, wenn sie ihr Land nicht liebten? Bei uns ist das nicht anders.«

»Man genießt die Macht«, entgegnete Golowko.

»Nicht unbedingt; jedenfalls nicht die intelligenten Leute, mit denen Sie zu tun haben werden. Gewiß, Idioten gibt es immer, auch bei uns. Zum Glück aber existieren auch kluge Leute, die wissen, daß politische Macht eine Illusion ist, und sie stehen noch nicht auf der Roten Liste. Die Pflichten sind immer größer als die Macht. Keine Angst, Sergej, Sie werden es vorwiegend mit Leuten zu tun bekommen, die so klug und ehrlich sind wie Sie.«

Golowko quittierte das Kompliment des Kollegen mit einem knappen Nikken. Seine frühere Einschätzung war korrekt gewesen: Ryan hatte den Durchblick. Vielleicht sind wir keine richtigen Gegner mehr, dachte er, höchstens Konkurrenten, die einander respektieren.

Ryan schaute seinen Besucher wohlwollend an und freute sich, ihn überrascht zu haben. Außerdem hoffte er, daß Golowko einen gewissen Oleg Kirilowitsch Kadischow, CIA-Codename SPINNAKER, für das parlamentarische Kontrollkomitee vorschlagen würde. Kadischow galt bei den Medien als einer der brillantesten Köpfe in dem wichtigtuerischen sowjetischen Parlament, der sich bemühte, ein neues Land aufzubauen; seine Intelligenz und

Integrität standen im Widerspruch zu der Tatsache, daß er seit Jahren auf der Gehaltsliste der CIA stand und der beste aller von Mary Pat Foley angeworbenen Agenten war. Das Spiel geht weiter, dachte Ryan und fügte mit einigem Bedauern hinzu: wahrscheinlich auf immer und ewig. Andererseits spionierte Amerika selbst gegen Israel, und zwar unter dem Motto »die Dinge im Auge behalten«. Von einer »Operation« gegen dieses Land sprach man nie. Das hätten die Wachhunde im Parlament sofort durchsickern lassen. Armer Sergej, dachte Ryan, du hast noch viel zu lernen!

Zum Mittagessen führte Ryan seinen Gast in die Kantine der CIA-Führung. Er war überrascht, daß Golowko das Essen besser fand als KGB-Standardmenüs. Die Leiter der Direktorate und ihre Stellvertreter fanden sich ebenfalls in der Kantine ein, um dem Russen die Hand zu schütteln und sich mit ihm fotografieren zu lassen. Nach einer letzten Gruppenaufnahme fuhr Golowko mit dem Aufzug hinunter in die Tiefgarage, wo sein Wagen stand. Anschließend suchten die Leute der Abteilungen »Wissenschaft und Technik« und »Sicherheit« alle Korridore und Räume, die Golowko und sein Leibwächter betreten hatten, nach Wanzen ab und wiederholten die Prozedur noch mehrere Male, bis sicher feststand, daß der Gast tatsächlich die Gelegenheit ungenutzt hatte verstreichen lassen. »Nichts ist mehr wie früher«, hatte ein Mann von W & T geklagt.

Als Ryan an den Kommentar dachte, mußte er lachen. In der Tat entwickelte sich alles mit atemberaubender Geschwindigkeit. Er lehnte sich in seinem Sitz zurück und zog den Gurt stramm. Die VC-20 näherte sich den Alpen, wo es zu Turbulenzen kommen konnte.

»Darf ich Ihnen eine Zeitung bringen, Sir?« fragte die Flugbegleiterin, eine hübsche Frau im Rang eines Staff Sergeant, verheiratet und schwanger. Es war Ryan unangenehm, sich von ihr bedienen zu lassen.

»Was haben Sie denn?«

»Die *International Herald Tribune*.«

»Vorzüglich!« Ryan nahm das Blatt und schnappte nach Luft. Da war das Bild, auf der Titelseite – ein Schwachkopf mußte es der Presse zugespielt haben. Golowko, Ryan und die Chefs der Direktorate W & T, Operationen, Verwaltung, Archiv und Aufklärung einträchtig beim Mittagessen. Natürlich waren die Identitäten der Amerikaner nicht geheim, aber trotzdem...

»Kein sehr schmeichelhaftes Bild, Sir«, merkte die Flugbegleiterin grinsend an. Ryan störte das nicht.

»Wann soll das Kind kommen, Sergeant?«

»In fünf Monaten, Sir.«

»Dann kommt es in eine bessere Welt als unsere alte. Setzen Sie sich doch bitte. Ich bin nicht progressiv genug, um mich von einer Schwangeren bedienen zu lassen.«

Die *Herald Tribune* ist ein gemeinschaftliches Unternehmen der *New York Times* und der *Washington Post* und erscheint in Paris. Das Blatt, das amerikanische Geschäftsleute im Ausland mit lebensnotwendigen Americana wie Football-Resultaten und den neuesten Comics versorgt, wird seit der Wende auch im ehemaligen Ostblock von Leuten, die ihr Englisch verbessern und sich über den früheren Klassenfeind informieren wollen, gerne gelesen. Die vorzügliche Informationsquelle fand so viele neue Leser, daß das amerikanische Management die Redaktion vergrößerte und dafür sorgte, daß das Blatt in Prag, Budapest und Warschau den Abonnenten durch Boten zugestellt wurde.

Einer dieser Stammleser war Günther Bock. Nachdem ihn ein Freund, der bei der Stasi war, gewarnt hatte, verließ er Ostdeutschland vor einigen Monaten recht hastig und lebte nun in Sofia. Zusammen mit seiner Frau Petra hatte Bock Zellen der Baader-Meinhof-Gruppe und später, nachdem diese von der westdeutschen Polizei zerschlagen worden war, der RAF geleitet. Zweimal war er knapp der Festnahme entgangen. Danach hatte er sich über die tschechische Grenze abgesetzt und schließlich in der DDR quasi zur Ruhe gesetzt. Mit einem neuen Namen, neuen Papieren und einer festen Anstellung – er kam zwar nie zur Arbeit, aber seine Papiere waren in Ordnung – wähnte er sich in Sicherheit. Weder er noch Petra hatten mit dem Volksaufstand gerechnet, der die DDR-Machthaber stürzte, und gehofft, die Wende unerkannt überstehen zu können. Der Sturm der Demonstranten auf das Ministerium für Staatssicherheit und die Vernichtung von Millionen von Akten hatten sie ebenfalls überrascht. Es waren jedoch nicht alle Dokumente zerstört worden, denn unter den Demonstranten waren Agenten des Bundesnachrichtendienstes gewesen, die genau gewußt hatten, in welchen Räumen sie wüten mußten. Innerhalb weniger Tage begannen RAF-Mitglieder abzutauchen. Anfangs war es nicht einfach gewesen, sich ein Bild von der Lage zu verschaffen. Das verlotterte Telefonsystem der DDR erschwerte die Kommunikation, und die Ex-Terroristen waren aus naheliegenden Sicherheitsgründen in verschiedenen Städten untergebracht worden. Als ein anderes Ehepaar nicht wie abgemacht zum Abendessen erschien, hatten Günther und Petra Lunte gerochen – zu spät allerdings. Während der Ehemann die Flucht vorbereitete, trat ein fünfköpfiges Team von GSG-9 die dünne Tür der Bockschen Wohnung in Ostberlin ein. Die Männer fanden Petra beim Stillen eines der Zwillinge vor. Trotz der rührenden Szene konnten sie angesichts der Tatsache, daß Petra Bock drei Deutsche ermordet hatte, einen davon sehr brutal, kein Mitleid aufbringen. Petra saß nun in Stammheim eine lebenslange Freiheitsstrafe ab – was im Klartext hieß, daß sie das Gefängnis erst im Sarg verließ –, und die beiden kleinen Töchter wurden von einem Münchner Polizeibeamten und seiner Frau, die keine Kinder bekommen konnte, adoptiert.

Zu seiner Überraschung mußte Bock feststellen, wie sehr ihn der Verlust der Familie schmerzte. Immerhin war er ein Revolutionär, der sich seiner Sache verschworen und für sie getötet hatte. Warum war er dann über die Inhaftierung seiner Frau und den Verlust seiner Kinder so entsetzlich aufgebracht?

Doch er konnte das Lächeln der beiden Kleinen, deren Augen und Nase wie die der Mutter waren, nicht vergessen. Wenigstens wußte er, daß ihnen kein Haß auf ihn eingetrichtert werden würde, denn sie wußten nichts von Günthers und Petras früherer Existenz. Er hatte sich einer Sache verschrieben, die größer und wichtiger war als seine physische Existenz, und zusammen mit seinen Genossen bewußt und entschieden auf eine bessere Welt für die Massen hingearbeitet. In diesem Sinne wollten sie ihre Kinder erziehen, damit die nächste Generation der Bocks die Früchte der heroischen Anstrengungen ihrer Eltern ernten konnte. Und das sollte ihm nun versagt bleiben. Günther Bock empfand kalten Haß.

Bedrückender noch war seine Konfusion. Das Unvorstellbare war geschehen. Das Volk des Ersten Arbeiter- und Bauernstaates hatte sich revolutionär gegen seinen fast perfekten sozialistischen Staat erhoben und für ein von den Kräften des Imperialismus errichtetes monströses Ausbeutersystem entschieden, verführt von den Verlockungen des Konsums allein? Bock konnte trotz seiner Intelligenz keinen rationalen Zusammenhang erkennen, konnte sich nicht zu der Erkenntnis durchringen, daß die Menschen seines Landes den »wissenschaftlichen Sozialismus« geprüft und als nicht praktikabel verworfen hatten.

Er hatte zu lange für den Marxismus gelebt, um ihn nun leugnen zu können, und ohne den theoretischen Überbau und das revolutionäre Ethos war er nichts weiter als ein gewöhnlicher Krimineller und gemeiner Mörder. Und nun hatten seine Wohltäter diese Werte summarisch abgelehnt. Einfach unmöglich. *Unmöglich.*

Und unfair, daß so viel Unmögliches auf einmal passiert war. Er faltete die Zeitung auf, die er zwanzig Minuten zuvor sieben Straßen von seiner derzeitigen Unterkunft entfernt gekauft hatte. Das Foto auf der Titelseite stach ihm sofort ins Auge.

»Schwachsinn«, murmelte Günther Bock, als er die Bildunterschrift las: CIA BEWIRTET KGB!

»Als neue bemerkenswerte Wendung in erstaunlichen Zeiten empfing die CIA den Stellvertretenden Vorsitzenden des KGB zu einer Konferenz, bei der ›Themen von gemeinsamem Interesse‹ für die beiden weltgrößten Geheimdienst-Imperien erörtert wurden ...«, hieß es in dem Artikel. »Aus zuverlässigen Quellen verlautete, daß bei diesem neuesten Kapitel der Zusammenarbeit zwischen Ost und West unter anderem ein Austausch von Informationen über die zunehmend enger werdenden Verbindungen zwischen dem internationalen Terrorismus und Rauschgifthandel vereinbart wurde. CIA und KGB werden zusammenarbeiten, um ...«

Bock ließ die Zeitung sinken und starrte aus dem Fenster. Wie alle Terroristen wußte er, wie es ist, wenn man wie gehetztes Wild gejagt wird. Das war der Weg, den er zusammen mit Petra und den Genossen gewählt hatte. Ihr Auftrag war klar: alle ihre Fähigkeiten gegen den Feind einzusetzen. Der Kampf der Kräfte des Lichts gegen die Mächte der Finsternis. Im Augenblick mußten die Kräfte des Lichts sich zwar verstecken, aber das war nebensächlich. Früher oder später, wenn die Massen die Wahrheit erkannten und sich auf die Seite der Revolutionäre stellten, würde es einen Umschwung geben. Unangenehm war nur, daß sich die Massen für einen anderen Weg entschieden hatten und die dunklen Verstecke für die Kräfte des Lichts immer seltener wurden.

Nach Bulgarien war er aus zwei Gründen gekommen. Es war von allen ehemaligen Ostblockländern das rückständigste und hatte die Wende vom kommunistischen Standpunkt aus einigermaßen geordnet durchgezogen. Die Kommunisten waren, wenngleich unter anderem Namen, noch am Ruder und hielten einen politisch sicheren oder wenigstens neutralen Kurs. Der bulgarische Geheimdienst, der früher dem KGB die Killer gestellt hatte – inzwischen machten sich die Sowjets die Hände nicht mehr schmutzig –, war noch mit verläßlichen Freunden durchsetzt. Verläßlich? dachte Bock. Noch waren die Bulgaren im Bann ihrer russischen Herren, die sich nun Partner nannten, und wenn der KGB in der Tat mit der CIA kooperierte, verringerte sich die Zahl der sicheren Orte um eine Dezimalstelle.

Bock hätte bei dem Gedanken an die zunehmend größer werdende Gefahr eine Gänsehaut bekommen sollen, aber sein Gesicht wurde rot vor Zorn und zuckte. Als Revolutionär hatte er immer geprahlt, die ganze Welt stünde gegen ihn – aber immer in der inneren Gewißheit, daß die Dinge nicht so standen, daß es so weit nie kommen würde. Nun jedoch schienen sich seine Prahlereien zu bewahrheiten. Noch gab es Zufluchtsorte und zuverlässige Kontakte. Aber wie viele? Wann begannen sich vertrauenswürdige Freunde den Veränderungen anzupassen? Sowjets und Deutsche, Polen und Tschechen, Ungarn und Rumänen – sie alle hatten den Sozialismus verraten. Welches Bruderland war als nächstes an der Reihe?

Sah man denn nicht die Falle dieser unglaublichen Verschwörung der konterrevolutionären Kräfte? Ohne Not verwarf man die strukturierte Freiheit in einer perfekten Gesellschaftsordnung, geprägt von Chancengleichheit, Gerechtigkeit, sozialem Frieden ...

Konnte das alles eine Lüge, ein entsetzlicher Fehler gewesen sein? Hatten er und Petra die feigen Ausbeuter umsonst getötet?

Aber darauf kam es Günther Bock im Augenblick nicht an. Bald würde er wieder auf der Flucht sein, bald sollte sein sicherer Platz zum Jagdrevier für seine Feinde werden. Wenn die Bulgaren den Russen Einsicht in ihre Akten gewährten, wenn im KGB die richtigen Männer im richtigen Büro saßen, konnte sein neuer Name inklusive Adresse schon unterwegs nach Washington sein. Ein Tip von dort an den BND, und er würde innerhalb von einer Woche nicht weit von Petras Zelle in Stammheim sitzen.

Petra mit dem dunkelblonden Haar und den schelmischen blauen Augen. Tapfer wie ein Mann. Kalt im Umgang mit Feinden, liebevoll zu ihren Genossen. In ihrer Mutterrolle ebenso erfolgreich wie bei allen anderen Aufgaben, die sie in Angriff genommen hatte. Nun aber verraten von angeblichen Freunden, eingesperrt wie ein Tier, ihrer Kinder beraubt. Petra, seine Genossin, Geliebte,

Ehefrau, überzeugte Mitstreiterin. Um ihr Leben betrogen. Und nun jagte man ihn noch weiter von ihr weg. Irgendwie mußte es einen Weg geben, die Vergangenheit wieder zurückzuholen. Doch zunächst war die Flucht das Wichtigste.

Bock legte die Zeitung weg und räumte in der Küche auf. Danach packte er einen Koffer und verließ die Wohnung. Da der Aufzug mal wieder streikte, ging er die vier Treppen hinunter und stieg draußen in eine Straßenbahn ein. Neunzig Minuten später war er am Flughafen. Er reiste mit einem Diplomatenpaß, trug fünf weitere im Futter seines russischen Koffers versteckt und hatte als umsichtiger Mann dafür gesorgt, daß drei der Pässe die Nummern von Reisedokumenten trugen, die auf tatsächlich existierende bulgarische Diplomaten ausgestellt waren; hiervon wußte das bulgarische Außenministerium nichts. So war ihm die Benutzung des wichtigsten Transportmittels für internationale Terroristen, das Flugzeug, garantiert. Noch vor der Mittagszeit hob seine Maschine ab und flog gen Süden.

Ryans Maschine landete kurz vor zwölf Uhr Ortszeit auf einem Militärflugplatz bei Rom und zufällig kurz nach einer anderen VC-20B des 89. Transportgeschwaders, die aus Moskau gekommen war. Die schwarze Limousine auf dem Vorfeld wartete auf die Insassen beider Flugzeuge.

Der stellvertretende Außenminister Scott Adler begrüßte Ryan mit einem dezenten Lächeln.

»Nun?« rief Ryan laut, um den Fluglärm zu übertönen.

»Alles klar.«

»Donnerwetter!« sagte Ryan und ergriff Adlers Hand. »Mit wie vielen Wundern können wir in diesem Jahr noch rechnen?«

»Wie viele dürfen's denn sein?« Der Karrierediplomat Adler war aus der Rußlandabteilung des State Departments aufgestiegen, beherrschte die Sprache fließend und kannte die Sowjetunion und ihre gegenwärtige und vergangene Politik besser als die meisten anderen Regierungsmitglieder, russische eingeschlossen. »Wissen Sie, woran man sich am schwersten gewöhnt?«

»Immer *da* zu hören anstatt *njet*?«

»Genau, da verliert man den Spaß am Verhandeln. Diplomatie kann unglaublich öde sein, wenn beide Seiten Vernunft zeigen.« Adler lachte, als der Wagen anfuhr.

»Jetzt steht uns wohl beiden eine neue Erfahrung bevor«, merkte Ryan völlig nüchtern an und drehte sich nach »seiner« Maschine um, die für den Weiterflug klar gemacht wurde. Von nun an sollten Adler und er gemeinsam reisen.

Mit der üblichen schweren Eskorte jagten sie auf das Zentrum von Rom zu. Die Roten Brigaden, vor ein paar Jahren fast ausgerottet, waren wieder aktiv, und die Italiener schützten ausländische Würdenträger aus Prinzip sorgfältig. Neben dem Fahrer saß ein humorloser Bursche mit einer kleinen Beretta. Zwei Autos fuhren der Limousine voraus, zwei folgten. Eingekesselt war das Ganze von so vielen Krafträdern, daß man hätte glauben können, es handele sich um ein Moto-Cross. Bei der raschen Fahrt durch die uralten Straßen von Rom sehnte Ryan sich ins Flugzeug zurück, denn jeder italienische Autofahrer schien Ambitionen für die Formel 1 zu haben. Mit Clark am Steuer eines unauffälligen Wagens auf einer spontan gewählten Route hätte sich Ryan sicherer gefühlt, aber in seiner derzeitigen Position zählten bei den Sicherheitsvorkehrungen nicht nur praktische, sondern auch protokollarische Kriterien. Es gab natürlich noch einen anderen Grund...

»Es geht doch nichts über einen unauffälligen Empfang«, murmelte Jack.

»Nicht aufregen. Den großen Bahnhof gibt es hier immer. Sind Sie zum ersten Mal in Rom?«

»Ja. Wollte schon lange hin, kam aber nie dazu. Ich interessiere mich für die Kunst und die Geschichte.«

»Da gibt's eine Menge zu sehen«, stimmte Adler zu. »Und was die Geschichte anbetrifft – meinen Sie, daß wir nun auch welche machen?«

Ryan wandte sich seinem Kollegen zu. Die Vorstellung, Geschichte zu machen, war für ihn ein vollkommen neuer Gedanke. Und ein gefährlicher. »Das gehört nicht zu meinem Job, Scott.«

»Sie wissen ja, was passiert, wenn diese Sache klappt.«

»Ehrlich gesagt, habe ich mir über die Konsequenzen noch keine Gedanken gemacht.«

»Das sollten Sie aber tun. Keine Tat bleibt ungestraft.«

»Reden Sie von Minister Talbot?«

»Nein, von meinem Chef ganz bestimmt nicht.«

Ryan schaute nach vorne und sah, wie ein Laster der Fahrzeugkolonne hastig auswich. Der italienische Polizist an der rechten Flanke der Motorrad-Eskorte hatte seinen Kurs um keinen Millimeter geändert.

»Es geht mir nicht um die Meriten. Ich hatte nur eine Idee, das ist alles. Und jetzt bin ich das Vorauskommando.«

Adler schüttelte leicht den Kopf und schwieg. Wie konnte sich dieser Mann so lange im Regierungsdienst halten? fragte er sich.

Die gestreiften Anzüge der Schweizergarde hatte Michelangelo entworfen. Wie die roten Waffenröcke der britischen Guards waren auch sie Relikte aus einer längst vergangenen Zeit, die man weniger aus praktischen Erwägungen als aus touristisch-kommerziellen Zwecken beibehielt. Die Männer mit ihren Waffen sahen richtig urig aus. Die Wächter des Vatikans trugen Hellebarden, häßliche, langschäftige Hackinstrumente, mit denen die Infanterie früher die Ritter von den Pferden geholt oder notfalls auch nur den Gaul verletzt hatte. War ein Ritter in seiner Rüstung erst einmal aus dem Sattel, wurde er ohne viel Federlesens geknackt wie ein Hummer. Viele Leute finden mittelalterliche Waffen romantisch, dachte Ryan, aber was man mit ihnen anstellte, war alles andere als romantisch. Ein modernes Gewehr mochte den Körper des Gegners durchlöchern, aber dieses alte Kriegsgerät hatte ihn zerstückelt. Sinn und Zweck war in beiden Fällen das Töten. Nur sorgte das Gewehr für »saubere« Beerdigungen.

Die Garde war auch mit Gewehren des schweizerischen Herstellers SIG ausgerüstet und trug nicht ausschließlich Renaissance-Kostüme. Seit dem Anschlag auf den Papst hatten viele Männer eine zusätzliche Ausbildung erhalten – unauffällig natürlich, denn martialische Praktiken paßten nicht zum Image des Vatikans. Ryan fragte sich, wie der Vatikan offiziell zum Todesschuß stand und ob der Kommandeur der Schweizergarde sich ärgerte, weil Vorgesetzte, die weder die Art der Bedrohung noch etwas von der Notwendigkeit durchgreifender Schutzmaßnahmen verstanden, ihm Beschränkungen auferlegten. Bestimmt aber nutzten die Männer der Garde ihren Spielraum, so gut sie konnten, murrten, wenn sie unter sich waren, und äußerten, wenn ihnen der Zeitpunkt recht erschien, ihre Meinung – wie jeder in diesem Geschäft.

Empfangen wurden sie von einem irischen Bischof namens Shamus O'Toole, dessen dichter roter Haarschopf einen schrillen Kontrast zu seiner Kleidung abgab. Ryan stieg als erster aus dem Wagen, und es schoß ihm die Frage durch den Kopf: Muß ich nun O'Tooles Ring küssen? Er wußte es nicht; einen richtigen Bischof hatte er seit seiner Kommunion nicht mehr gesehen. O'Toole löste dieses Problem geschickt und drückte Ryan herzhaft die Hand.

»Überall auf der Welt begegnet man Iren«, sagte er und grinste breit.

»Irgend jemand muß ja für Ordnung sorgen.«

»Wohl wahr!« Nun begrüßte der Bischof Adler, der, da er Jude war, nicht im Traum daran dachte, jemandes Ring zu küssen. »Kommen Sie mit, meine Herren!«

O'Toole führte sie in ein Gebäude, dessen Geschichte ein dreibändiges gelehrtes Werk und dessen Kunst und Architektur einen Bildband gerechtfertigt hätten. Die geschickt in die Türrahmen integrierten Metalldetektoren im zweiten Stock waren nur für Experten, wie Jack einer war, zu bemerken. Wie im Weißen Haus, dachte er. Nicht alle Männer der Schweizergarde waren in Uniform. Einige Leute, die in Zivil durch die Korridore streiften, wirkten zu jung und zu fit, um Bürokraten zu sein. Ryan hatte dennoch den Eindruck, sich in einem Zwischending aus Museum und Kloster zu befinden. Die Priester trugen Soutanen, und die ebenfalls zahlreich anwesenden Nonnen gingen in Tracht und nicht, wie ihre amerikanischen Schwestern, in Halbzivil. Ryan und Adler wurden kurz in einem Wartezimmer alleine gelassen – nicht, um ihnen Unannehmlichkeiten zu bereiten, sondern um ihnen Gelegenheit zu geben, das Ambiente zu genießen. Ryan betrachtete bewundernd eine Madonna von Tizian, während Bischof O'Toole die Besucher anmeldete.

»Erstaunlich. Hat der Mann jemals ein kleines Bild gemalt?« murmelte Ryan.

Adler lachte leise. »Auf jeden Fall verstand er es, eine Miene, einen Blick und einen Moment festzuhalten. Ah, es ist soweit.«

»Gut«, sagte Ryan, der sich erstaunlich zuversichtlich fühlte.

»Gentlemen!« rief O'Toole von der offenen Tür her. »Hier entlang, bitte.« Sie gingen durch ein zweites Vorzimmer mit zwei unbesetzten Schreibtischen auf eine riesige, über vier Meter hohe Doppeltür zu.

Giovanni Kardinal D'Antonios Arbeitszimmer wäre in Amerika für Bälle oder Staatsbankette benutzt worden. Die Decke zierten Fresken, die Wände waren mit blauer Seide bespannt, und die Teppiche auf dem uralten Parkett hatten die Größe eines mittelgroßen Wohnzimmers. Das Mobiliar, die vermutlich neuesten Objekte im Raum, schien mindestens zweihundert Jahre alt zu sein: Die Polstermöbel waren mit Brokat bezogen und hatten geschwungene, blattgoldbelegte Beine. Das silberne Kaffeeservice war ein dezenter Hinweis, wo Ryan sich hinzusetzen hatte.

Der Kardinal kam mit dem Lächeln, das vor Jahrhunderten ein König einem favorisierten Minister geschenkt haben mochte, von seinem Schreibtisch auf sie zu. D'Antonio war ein kleiner Mann, der, seiner Leibesfülle nach zu urteilen, gerne gut aß. Tabakgeruch verriet eine Angewohnheit, die er mit seinen knapp siebzig Jahren eigentlich schon aufgegeben haben sollte. Sein rundliches Gesicht strahlte eine derbe Würde aus. D'Antonio war der Sohn eines sizilianischen Fischers, und der verschmitzte Blick seiner braunen Augen ließ auf einen etwas rauhen Charakter schließen, den seine fünfzig Jahre im Dienst der Kirche nicht hatten überdecken können. Ryan wußte von seiner Herkunft und konnte sich leicht vorstellen, wie er früher zusammen mit seinem Vater die Netze eingeholt hatte. D'Antonios Derbheit war eine nützliche Tarnung für einen Diplomaten, und das war der Beruf des Kardinals, wenn auch vielleicht nicht seine Berufung. Dieser Mann, der, wie viele seiner Kollegen im Vatikan, mehrere Sprachen beherrschte, ging seinem Handwerk seit dreißig Jahren nach und bemühte sich mangels militärischer Macht mit Schlauheit um den Frieden auf der Welt. Er war ein einflußreicher Agent, an vielen Orten willkommen und immer bereit, zuzuhören oder guten Rat zu geben. Natürlich begrüßte er Adler zuerst.

»Schön, Sie wiederzusehen, Scott.«

»Es ist mir wie immer ein Vergnügen, Eminenz.« Adler ergriff die ausgestreckte Hand und setzte sein Diplomatenlächeln auf.

»Und Sie sind Dr. Ryan. Wir haben schon viel von Ihnen gehört.«

»Hoffentlich nur Gutes, Eminenz.«

»Nehmen Sie doch bitte Platz.« D'Antonio wies auf ein Sofa, das so wertvoll aussah, daß Ryan kaum wagte, sich zu setzen. »Kaffee?«

»Ja, gerne«, sagte Adler für beide. Bischof O'Toole schenkte ein und setzte sich dann, um Notizen zu machen. »Sehr freundlich von Ihnen, uns so kurzfristig zu empfangen.«

»Ach was!« Ryan war ziemlich überrascht, den Kardinal eine Zigarrenspitze aus der Tasche holen zu sehen. D'Antonio schnitt die Brasil mit einem silbernen Instrument ab und zündete sie mit einem goldenen Feuerzeug an, ohne sich für das Laster zu entschuldigen. Es war, als habe der Kardinal die Würde abgelegt, um seinen Gästen die Befangenheit zu nehmen. Wahrscheinlich hält er sich bei der Arbeit gerne an einer Zigarre fest, dachte Ryan, wie Bismarck.

»Sie sind mit der groben Skizzierung unseres Konzepts vertraut«, begann Adler.

»*Si.* Ich muß sagen, ich finde es hochinteressant. Der Heilige Vater machte vor einiger Zeit einen ähnlichen Vorschlag.«

Ryan merkte auf. Das war ihm unbekannt.

»Ich verfaßte damals eine Studie über diese Initiative«, sagte Adler. »Der schwache Punkt war die Frage der Sicherheit, aber das hat sich nach dem Golfkrieg geändert. Sie wissen natürlich, daß unser Konzept nicht ganz...«

»Ihr Konzept ist für uns akzeptabel«, erklärte D'Antonio und hob majestätisch seine Zigarre. »Wie können wir uns einem solchen Vorschlag entgegenstellen?«

»Genau das, Eminenz, wollten wir hören.« Adler griff nach seiner Kaffeetasse. »Und Sie haben keine Vorbehalte?«

»Sie werden feststellen, daß wir sehr flexibel sind, solange alle Beteiligten guten Willen zeigen. Wenn alle Parteien gleichberechtigt sind, unterstützen wir vorbehaltlos Ihren Vorschlag.« Die Augen des Alten funkelten. »Die Frage ist nur: Können Sie den gleichen Status für alle garantieren?«

»Ich glaube schon«, erwiderte Adler ernst.

»Wenn wir nicht allesamt Scharlatane sind, sollte das möglich sein. Wie stehen die Sowjets dazu?«

»Sie werden sich nicht einmischen. Mehr noch, wir hoffen auf ihre offene Unterstützung. Auf jeden Fall, angesichts ihrer derzeitigen Probleme...«

»Genau. Sie können von einer Entspannung in der Nahost-Region, der Stabilisierung verschiedener Märkte und der Verbesserung des internationalen Klimas nur profitieren.«

Erstaunlich, dachte Ryan. Verblüffend, mit welcher Selbstverständlichkeit man die Veränderungen auf der Welt bereits aufgenommen hat – als hätte man sie kommen gesehen. In Wirklichkeit aber war niemand auf sie gefaßt gewesen. Hätte jemand vor zehn Jahren so etwas prophezeit, wäre er für verrückt erklärt worden.

»Sehr richtig.« Der stellvertretende Außenminister stellte seine Tasse ab. »Nun zur Frage der Bekanntmachung.«

Wieder eine Geste mit der Zigarre. »Sie möchten sicherlich, daß der Heilige Vater das übernimmt.«

»Sehr aufmerksam! Genau das wäre unser Wunsch.«

»Nun, ganz verkalkt bin ich noch nicht«, versetzte der Kardinal. »Geben wir vorab etwas an die Presse?«

»Lieber nicht.«

»Gut, Diskretion ist für uns kein Problem. Aber wie sieht es in Washington aus? Wer ist über diese Initiative informiert?«

»Nur sehr wenige Leute.« Ryan machte zum ersten Mal den Mund auf. »So weit, so gut.«

»Aber Ihre nächste Station...?« D'Antonio war über das Ziel der nächsten Etappe nicht informiert worden, konnte sich aber denken, wohin die Reise ging.

»Dort könnte es Probleme geben«, erwiderte Ryan vorsichtig. »Nun, wir werden sehen.«

»Der Heilige Vater und ich werden für Ihren Erfolg beten.«

»Vielleicht werden Ihre Gebete diesmal erhört«, meinte Adler.

Fünfzig Minuten später startete die VC-20B wieder, gewann über der Küste an Höhe und überflog dann in südöstlicher Richtung auf dem Weg zu ihrem nächsten Ziel die Halbinsel Italien.

»Donnerwetter, das ging aber flott«, meinte Ryan, als die Warnleuchte erlosch. Er blieb trotzdem angeschnallt. Adler steckte sich eine Zigarette an und blies Rauch gegen das Kabinenfenster.

»Jack, das war eine von den Situationen, wo es entweder schnell oder überhaupt nicht geht.« Er drehte sich um und lächelte. »Sie sind allerdings selten.«

Der Flugbegleiter brachte eine Meldung, die gerade über Fax eingegangen war.

»Was ist denn jetzt schon wieder los?« murrte Ryan.

In Washington fehlt einem oft die Zeit, eine einzige Zeitung geschweige denn gar mehrere Blätter zu lesen. Damit Regierungsbeamte wissen, was die Presse über sie und ihre Taten sagt, wird ein täglicher Pressespiegel zusammengestellt. Die Frühausgaben der wichtigsten US-Zeitungen gelangen via Linienmaschinen nach Washington und werden noch vor Sonnenaufgang auf Berichte über die Regierungsarbeit hin überprüft. Relevante Artikel werden ausgeschnitten, und die Zusammenstellung geht dann in Tausenden von Fotokopien an die verschiedenen Dienststellen. Dort wiederum setzen Beamte das Selektionsverfahren fort, indem sie Berichte anstreichen, die für ihre Vorgesetzten interessant sind. Besonders qualvoll ist diese Wahl im Weißen Haus, wo sich das Personal per definitionem für alles interessiert.

Dr. Elizabeth Elliot war als Sonderberaterin für Fragen der nationalen Sicherheit dem Sicherheitsberater Dr. Charles Alden direkt unterstellt. Liz Elliot, auch »E. E.« genannt, trug ein schickes Leinenkostüm. Der derzeitige Trend bei »Power«-Kleidung ging zur femininen Linie – und trug damit der Erkenntnis Rechnung, daß selbst für den begriffsstutzigsten Mann der Unterschied zwischen den Geschlechtern unübersehbar ist. Warum also sollte man diese Wahrheit optisch zu vertuschen versuchen? Die Wahrheit war, daß Dr. Elliot recht gut aussah und diese Tatsache durch ihre Kleidung gerne unterstrich. Sie war mit einssiebzig relativ groß, hatte sich dank langer Arbeitstage und spärlicher Mahlzeiten eine schlanke Figur bewahrt und haßte es, unter Charlie Alden die zweite Geige spielen zu müssen. Obendrein war Alden Yale-Absolvent; sie hingegen hatte bis vor kurzem in Bennington Politikwissenschaft gelehrt und konnte nicht ertragen, daß der Universität Yale ein höherer Prestigewert zugeschrieben wurde.

Die Arbeitsbelastung im Weißen Haus war weniger als noch vor einigen Jahren, zumindest im Bereich Nationale Sicherheit. Präsident Fowler verzichtete auf eine Frührunde. Auf der Welt ging es entspannter zu als während der Amtsperioden seiner Vorgänger, und Fowlers Hauptprobleme waren innenpolitischer Natur. Über diese informierte er sich, indem er am Morgen zwei Nachrichtenprogramme gleichzeitig sah; eine Angewohnheit, die seine Frau auf die Palme und seine Untergebenen zum Lachen gebracht hatte. So brauchte Dr. Alden erst um acht zum Dienst zu erscheinen, um sich informieren zu lassen und dem Chef dann um halb zehn einen Vortrag zu halten. Da Fowler mit der CIA nur ungern direkt zu tun hatte, war es E. E., die kurz nach sechs die Depeschen und Meldungen durchsah, mit den CIA-Beamten vom Dienst konferierte – gegen diese hatte auch sie eine Aversion – und sich mit Leuten vom Außen- und Verteidigungsministerium besprach. Außerdem las sie die Presseübersicht und strich für ihren Chef, den schätzenswerten Dr. Charles Alden, wichtige Artikel an.

»Als wär' ich eine Tippse!« fauchte E. E.

Alden war für sie praktisch ein Widerspruch in sich. Ein Liberaler, der knallhart redete, ein Schürzenjäger, der für die Gleichberechtigung der Frau eintrat, ein freundlicher, rücksichtsvoller Mann, der es wahrscheinlich genoß, sie zur Funktionärin zu degradieren. Weniger wichtig fand sie, daß er die Weltlage scharfsinnig beobachtete und erstaunlich genaue Prognosen abgeben konnte und ein Dutzend geistreicher und substantieller Bücher verfaßt hatte. Für sie zählte nur, daß er ihr vor die Nase gesetzt worden war. Fowler hatte ihr den Posten nämlich schon versprochen, als er noch ein aussichtsloser Präsidentschaftskandidat gewesen war. Daß Alden im Eckbüro des Westflügels und sie im Souterrain landete, war Ergebnis eines politischen Kuhhandels. Diese Konzession hatte der Vizepräsident auf dem Parteikonvent eingeklagt und darüber hinaus noch ein Büro, das eigentlich ihr zugestanden hätte, einem seiner Leute zugeschanzt. Sie wurde also in den Keller verbannt. Als Gegenleistung stieg der Vizepräsident in Fowlers Team ein und führte den Wahlkampf so unermüdlich, daß nach Ansicht vieler Kommentatoren ihm der Sieg zu verdanken war. Der Vize hatte Kalifornien eingebracht, und ohne die Stimmen dieses Staates säße J. Robert Fowler noch heute als Gouverneur in Ohio. Und so mußte sich Elizabeth Elliot mit einem siebzehn Quadratmeter großen Kabuff im Souterrain abfinden und dazu noch für einen Yalie, der sich einmal im Monat in einer Talkshow spreizte und mit ihr als Hofdame mit Staatsoberhäuptern parlierte, Sekretärin und Verwaltungsassistentin spielen.

Dr. Elizabeth Elliot war in ihrer notorischen üblen Morgenlaune. Sie verließ ihr Arbeitszimmer und holte sich in der Kantine eine Tasse Kaffee. Das starke Gebräu aus der Maschine machte ihre Laune noch schlechter, aber sie fing sich und setzte ein Lächeln auf, mit dem sie das Sicherheitspersonal, das jeden Morgen am Eingang zum Westflügel ihren Ausweis prüfte, nie bedachte; für sie waren das einfach nur Bullen, und um die brauchte man sich nicht zu kümmern. Das Essen wurde von Marinestewards serviert. Positiv daran war nur, daß sie überwiegend Minoritäten angehörten, und die vielen Filipinos unter ihnen waren in E. E.'s Augen ein skandalöses Überbleibsel aus Amerikas Kolonialzeit. Wichtig im Haus waren nur die politischen Beamten, für die E. E. ihren schwach entwickelten Charme reservierte; langgediente Sekretärinnen und Beamte waren bloße Bürokraten und zählten nicht. Die Agenten vom Secret schenkten Elizabeth Elliot etwa so viel Beachtung wie dem Hund des Präsidenten, wenn er einen gehabt hätte. Für die Agenten und Beamten, die den Betrieb im Weißen Haus ungeachtet des Kommens und Gehens diverser Wichtigtuer in Gang hielten, war E. E. eine von den vielen Personen, die ihren Aufstieg parteipolitischen Taktiken verdankten und im Lauf der Zeit wieder verschwanden. Für Kontinuität sorgten nur die Leute vom Fach, die treu ihre Pflicht taten, wie sie es im Diensteid gelobt hatten. Im Weißen Haus herrschte ein altes Kastensystem: Jede Gruppe fühlt sich allen anderen überlegen.

E. E. kehrte in ihr Zimmer zurück, stellte den Kaffee ab und reckte sich gründlich. Ihr Drehsessel war bequem – insgesamt fand sie die Ausstattung erstklassig und weitaus besser als in Bennington –, aber die endlosen Wochen der langen Arbeitstage hatten nicht nur einen seelischen, sondern auch körperlichen Tribut gefordert. Es wird Zeit, daß ich mich wieder sportlich betätige oder wenigstens mal einen Spaziergang mache, sagte sie sich. Viele ihrer Kollegen vertraten sich in der Mittagspause die Beine; manche liefen sogar. Junge Frauen, besonders die ledigen, joggten mit den im Haus tätigen Offizieren vom Militär – zweifellos, weil sie die bei den Soldaten üblichen kurzen Haare und schlichten Gemüter attraktiv fanden. Doch da E. E. keine Zeit für solche Spielereien hatte, beschränkte sie sich auf ein paar Streckübungen und setzte sich dann leise fluchend an ihren Tisch. Sie, Lehrstuhlinhaberin an Amerikas bedeutendstem Frauen-College, mußte für einen verfluchten Yalie die Sekretärin spielen. Aber da Meckern nichts änderte, ging sie wieder an die Arbeit.

Sie hatte die Presseschau zur Hälfte durchgearbeitet, blätterte um und hob ihren gelben Filzstift. Der Umbruch war schlampig; E. E., die einen schon pathologisch zu nennenden Ordnungssinn hatte, ärgerte sich über die schiefen Spalten. Oben auf Seite elf stand ein kurzer Artikel aus dem *Hartford Courant* mit der Überschrift: VATERSCHAFTSKLAGE GEGEN ALDEN. Ihre Hand mit der Kaffeetasse hielt in der Luft inne. Das kann doch nicht wahr sein, dachte E. E.

»... Ms. Marsha Blum beschuldigt Professor Charles W. Alden, früherer Leiter des Fachbereichs Geschichte an der Universität in Yale und jetziger Sicherheitsberater von Präsident Fowler, der Vater ihrer neugeborenen Tochter zu sein. Die junge Frau, die an ihrer Dissertation über russische Geschichte arbeitet, bezieht sich auf ein zweijähriges Verhältnis mit Dr. Alden und klagt wegen unterlassener Unterhaltszahlungen ...«

»Der geile Bock«, flüsterte Elliot.

Da hatte sie nicht unrecht. Dr. Alden hatte wegen seiner amourösen Eskapaden bereits Seitenhiebe von der *Washington Post* einstecken müssen. Charlie jagte jedem Kleidungsstück hinterher, in dem eine Frau steckte.

Marsha Blum ... Jüdin? spekulierte E. E. Hm, hat der Kerl doch tatsächlich eine seiner Doktorandinnen gevögelt und ihr sogar ein Kind verpaßt. Komisch, daß sie nicht abgetrieben, die Sache aus der Welt geschafft hat. Ist sie sauer, weil sie von ihm abserviert wurde?

Und dieser Typ soll heute noch nach Saudi-Arabien fliegen...

Das dürfen *wir* nicht zulassen...

Dieser Schwachkopf hatte keinen Ton gesagt, zu niemandem. Sonst hätte ich davon erfahren, dachte sie grimmig. So was wird als Scheißhausparole verbreitet. Vielleicht hatte er gar nichts von der Schwangerschaft gewußt. Konnte die kleine Blum so sauer auf Charlie sein? E. E. lächelte süffisant. Klar, warum nicht?

Elliott griff nach dem Telefonhörer... und hielt kurz inne. Man rief den Präsidenten nicht wegen einer x-beliebigen Sache in seinem Schlafzimmer an. Und ganz besonders nicht, wenn man von einem Vorfall zu profitieren hoffte.

Andererseits...

Was würde der Vizepräsident sagen? Immerhin war Alden sein Protegé und sittenstreng. Er hatte Charlie schon vor drei Monaten ermahnt, sich bei seinen Weibergeschichten zurückzuhalten. Tja, und nun hatte Alden die schlimmste politische Sünde begangen: Er war erwischt worden, mit der Hand im Honigtöpfchen. E. E. lachte hart auf. Der Schwachkopf hat sich nicht entblödet, eine Hupfdohle aus dem Seminar zu bumsen! Und so was will dem Präsidenten sagen, wie die Staatsgeschäfte zu führen sind. Diese Vorstellung löste fast ein spitzes Kichern aus.

Nun denn, erst mal zur Schadensbegrenzung.

Die Feministinnen würden natürlich ausrasten und die Dummheit der kleinen Blum, die die angeblich ungewollte Schwangerschaft nicht auf emanzipierte Art geregelt hatte, ignorieren. Ihr Bauch gehörte schließlich ihr. In den Augen der Emanzen war Alden, der ausgerechnet für einen angeblich profeministischen Präsidenten arbeitete, ein mieser Pascha, der eine »Schwester« ausgenutzt hatte.

Es war auch zu erwarten, daß die Abtreibungsgegner aufheulten – noch lauter sogar. Diese Gruppe hatte kürzlich einen intelligenten Schachzug gemacht – für E. E. ein wahres Wunder – und zwei stockkonservative Senatoren eine Gesetzesvorlage einbringen lassen, die Väter zwang, für ihre uneheliche Nachkommenschaft zu sorgen. Wenn man die Abtreibung schon verbot – das war selbst diesen Neandertalern aufgegangen –, mußte jemand für die unerwünschten Kinder aufkommen. Außerdem hatte sich dieser Verein mal wieder die Moral auf die Flagge geschrieben und die Fowler-Administration schon mehrmals heftig attackiert. Für die radikale Rechte war Alden von nun an nichts anderes als ein verantwortungsloser Lüstling – zum Glück ein weißer – in einer Regierung, die ihr sowieso zuwider war.

E. E. überdachte einige Minuten lang alle Aspekte, zwang sich dazu, die Optionen leidenschaftslos abzuschätzen und den Fall auch von Aldens Gesichtspunkt aus zu sehen. Was konnte er tun? Die Vaterschaft abstreiten? Das würde ein Gentest, dem sich zu unterziehen Alden vermutlich nicht den Mumm hatte, klären. Und wenn er Farbe bekannte... nun, heiraten konnte er die Kleine, die laut Zeitung erst vierundzwanzig war, wohl kaum. Zahlte er Unterhalt, gestand er damit einen groben Verstoß gegen die Standesehre, denn

Professoren durften eigentlich nicht mit ihren Studentinnen ins Bett gehen. Wie in der Politik galt auch an den Universitäten die Regel: Du sollst dich nicht erwischen lassen. Was bei einem Fakultätsessen nur eine urkomische Anekdote war, wurde in der Presse zum Skandal.

Charlie ist weg vom Fenster, sagte sie sich, und ausgerechnet zu diesem günstigen Zeitpunkt...

Sie tippte die Telefonnummer des Schlafzimmers ein.

»Hier Dr. Elliot. Ich muß den Präsidenten sprechen.« Eine Pause; nun fragte der Secret-Service-Agent den Präsidenten, ob er das Gespräch annehmen wollte. Hoffentlich hockt der Chef nicht auf dem Klo! dachte E. E.

Am anderen Ende wurde eine Hand von der Muschel genommen. E. E. hörte das Summen eines Elektrorasierers und dann eine barsche Stimme.

»Was gibt's, Elizabeth?«

»Mr. President, es gibt ein kleines Problem, über das ich Sie gleich informieren muß.«

»Sofort?«

»Ja, Sir, auf der Stelle. Die Sache kann großen Schaden anrichten.«

»Ist etwas über unsere Initiative durchgesickert?«

»Nein, Mr. President, es geht um einen anderen, potentiell sehr ernsten Fall.«

»Na schön, kommen Sie in fünf Minuten rauf. Ich nehme an, Sie können abwarten, bis ich mir die Zähne geputzt habe.«

»Gut, in fünf Minuten, Sir.«

Die Verbindung wurde unterbrochen. Elliot legte langsam den Hörer auf. Fünf Minuten reichten ihr nicht. Hastig holte sie ihr Kosmetiketui aus einer Schublade und eilte zur Toilette. Ein rascher Blick in den Spiegel... nein, erst eine Magnesiumtablette, um den Magen gegen die Auswirkungen des Kaffees zu schützen. Dann richtete sie Frisur und Make-up... gut so. Noch die Rouge-Akzente korrigieren...

Dr. phil. Elizabeth Elliot marschierte steif in ihr Arbeitszimmer zurück, blieb noch eine halbe Minute stehen, um sich innerlich zu sammeln, griff dann nach der Presseschau und ging zum Aufzug, der schon da war. In der offenen Tür stand ein Mann vom Secret Service, der ihr freundlich lächelnd einen guten Morgen wünschte – aber nur, weil er grundsätzlich höflich war, selbst zu einem arroganten Biest wie E. E.

»Wohin?«

Dr. Elliot schenkte ihm ihr charmantestes Lächeln. »Nach oben«, antwortete sie dem verdutzten Agenten.

5
Ablösungen und Wachen

Ryan saß im VIP-Raum der US-Botschaft und beobachtete, wie der Zeiger übers Zifferblatt kroch. Er sollte an Dr. Aldens Stelle nach Riad, aber weil er einem Prinzen einen Besuch abstattete und sich auch Prinzen ihren Terminkalender nur ungern durcheinanderbringen lassen, mußte er sich genau an die Zeit halten, zu der Alden in Saudi-Arabien angekommen wäre. Nach drei Stunden hatte er auf Satellitenfernsehen keine Lust mehr und machte in Begleitung eines diskreten Sicherheitsbeamten einen Spaziergang. Normalerweise hätte Ryan sich von dem Mann die Touristenattraktionen zeigen lassen, aber heute wollte er sein Gehirn im Leerlauf lassen. Er war zum ersten Mal in Israel und wollte seine eigenen Impressionen sammeln, während das, was er im Fernsehen gesehen hatte, vor seinem inneren Auge noch einmal ablief.

Es war heiß in Tel Aviv, wenn auch nicht ganz so heiß wie in Riad, der Stadt, die Ryan als nächstes besuchen sollte. Auf den Straßen wimmelte es von Menschen. Wie erwartet, war viel Polizei zu sehen. Beunruhigend dagegen fand Ryan die mit Uzi-Maschinenpistolen bewaffneten Zivilisten, Männer wie Frauen, die offenbar auf dem Weg von oder zu einer Reserveübung waren. Diejenigen in den Staaten, die für eine Schußwaffenkontrolle waren, mußte dieser Anblick erschüttern, während die Gegner sich freuen würden. Fest stand, daß Handtaschenräuber und anderes Straßengesindel hier kaum eine Chance hatten. Überhaupt gab es in Israel nur wenig »zivile« Kriminalität, dafür aber zunehmend mehr Bombenanschläge und andere terroristische Akte.

Israel war für Christen, Moslems und Juden das Heilige Land und hatte während seiner ganzen Geschichte unter seiner Lage als Scheideweg der römischen, griechischen und ägyptischen Imperien sowie der Reiche der Babylonier, Assyrer und Perser zu leiden gehabt; eine Konstante in der Militärgeschichte ist die Tatsache, daß solche Randgebiete immer umkämpft sind. Der Aufstieg des Christentums und siebenhundert Jahre später das Auftauchen des Islam hatten nur wenig verändert. Andere Gruppierungen hatten sich gebildet und dem seit dreitausend Jahren umkämpften Gebiet eine größere religiöse Bedeutung gegeben, die alle Kriege noch bitterer machte.

Es war leicht, die Sache mit Zynismus zu betrachten. Beim ersten Kreuzzug – 1096, wenn Ryan sich recht entsann – war es vorwiegend darum gegangen, den überzähligen Nachwuchs des Adels zu beschäftigen, der mehr Kinder hervorbrachte, als seine Burgen aufnehmen konnten. Schließlich konnte der Sohn eines Ritters nicht einfach Bauer werden, und Sprößlinge, die nicht von Kinderkrankheiten weggerafft worden waren, mußten irgendwo untergebracht werden. Papst Urbans Botschaft von der Eroberung des Heiligen Landes durch die Ungläubigen eröffnete auf einmal die Möglichkeit eines Angriffskrieges – nicht nur, um die heiligen Stätten zu sichern, sondern auch, um neue Lehnsgüter zu erobern, mit Bauern, die man unterdrücken konnte, und sich auf den Handelswegen in den Orient auszubreiten und Wegezoll zu kassieren. Die Prioritäten variierten von Fall zu Fall, aber über die Optionen waren die Kreuzritter alle miteinander informiert gewesen. Jack hätte gerne gewußt, wie viele Menschen verschiedener Nationen über diese Straßen gegangen waren und wie sie ihre persönlichen, politischen und wirtschaftlichen Ziele mit ihrer religiösen Mission in Einklang gebracht hatten. Ähnliches traf wohl auch auf die Moslems zu, denn dreihundert Jahre nach Mohammeds Tod hatten, wie es auch im Christentum der Fall gewesen war, eigennützige Opportunisten die Reihe der Frommen anschwellen lassen. Und in der Mitte saßen die Juden – zumindest jene, die nicht von den Römern in die Diaspora getrieben worden oder die heimlich zurückgekehrt waren. Sie hatten zu Anfang des zweiten Jahrtausends unter den Christen mehr zu leiden als unter den Moslems.

Israel ist wie ein Knochen, dachte Ryan, um den sich Rudel von hungrigen Hunden streiten.

Ganz war der Knochen aber nie zerstört worden, und die Rudel waren im Lauf der Jahrhunderte immer wieder zurückgekehrt, weil das Land historisch so wichtig war. Hunderte von bedeutsamen Figuren der Weltgeschichte waren hier gewesen, einschließlich Jesus Christus, in dem der Katholik Ryan den Sohn Gottes sah. Über diese Bedeutung hinaus symbolisierte diese schmale Landbrücke zwischen Kontinenten und Kulturen auch menschliche Gedanken, Ideale und Hoffnungen, die irgendwie im Sand und in den Steinen dieser selten reizlosen Landschaft, in der sich nur Skorpione heimisch fühlen konnten, ihren Ausdruck fanden. Es gab auf der Welt nur fünf große Religionen, von denen sich wiederum nur drei über ihr Ursprungsgebiet hinaus verbreitet hatten, und ausgerechnet diese drei waren nur wenige Meilen von der Stelle beheimatet, wo er jetzt stand.

Und deswegen bekriegen sie sich, dachte Ryan.

Eigentlich eine unglaubliche Blasphemie, überlegte er. Immerhin war der Monotheismus hier entstanden, bei den Juden zuerst, um dann von Christen und Moslems angenommen zu werden. Von hier aus hatte er sich durchgesetzt. Die Juden – der Begriff »das Volk Israel« kam ihm zu geschwollen vor – hatten ihren Glauben über Tausende von Jahren hinweg zäh gegen Animisten und Heiden verteidigt und dann ihre schwerste Prüfung ausgerechnet gegen jene Religionen bestehen müssen, die sich aus ihrer eigenen Idee des Einen Gottes entwickelt hatten. Ungerechterweise waren Religionskriege die barbarischsten aller Kriege. Wer im Namen Gottes kämpfte, konnte sich so gut wie alles leisten, denn der Feind kämpfte ja gegen Gott, und das war abscheulich und gräßlich. Gegen jene, die die Autorität des Allmächtigsten in Frage stellten, fühlte sich jeder Soldat als verlängerter Arm Gottes und führte hemmungslos das rächende Schwert. Wenn es um die Züchtigung der Feinde und Sünder ging, war jedes Mittel recht. Vergewaltigung, Plünderung, Mord – die niedrigsten Verbrechen waren dann nicht nur rechtmäßig, sondern eine heilige Pflicht. Es ging nicht darum, daß man für Greueltaten Sold erhielt, und man sündigte auch nicht, weil das Vergnügen bereitete – nein, man kämpfte in dem Bewußtsein, daß demjenigen, der Gott auf seiner Seite hat, alles erlaubt ist. Diese Überzeugung wurde noch über den Tod hinaus demonstriert, wie zum Beispiel bei den Kreuzrittern. Wer im Heiligen Land gedient hatte, wurde auf seinem Sarkophag mit gekreuzten Beinen dargestellt, um der Nachwelt zu bedeuten, daß er im Namen Gottes als Kreuzfahrer sein Schwert mit Kinderblut benetzt, Frauen vergewaltigt und alles gestohlen hatte, was nicht niet- und nagelfest war. Das galt übrigens für alle Parteien. Die Juden waren zwar meist die Opfer gewesen, hatten aber auch selbst das Schwert ergriffen, wenn sich die Gelegenheit bot; in ihren Tugenden und Lastern sind sich alle Menschen gleich.

Wie müssen das die Kerle genossen haben, dachte Jack deprimiert und sah, wie ein Verkehrspolizist an einer belebten Straßenecke einen Streit schlichtete. Es mußte damals doch auch wirklich gute Menschen gegeben haben, sagte er sich. Was taten sie? Was dachten sie? Und was hielt Gott von der ganzen Sache?

Ryan war aber kein Priester, Rabbi oder Imam, sondern ein hoher Geheimdienstoffizier, ein Instrument seines Landes, ein Beobachter und Berichterstatter. Er schaute sich weiter um und vergaß für den Augenblick die Geschichte.

Die Passanten waren in ihrer Kleidung auf die drückende Hitze eingestellt, und das Gewimmel erinnerte ihn an Manhattan. Viele hatten Transistorradios dabei. Er ging an einem Straßencafé vorbei, wo nicht weniger als zehn Leute die Nachrichten hörten. Jack mußte lächeln; dafür hatte er Verständnis. Er hatte im Auto immer einen Nachrichtensender eingestellt. Die Blicke der Menschen waren unruhig, und er erkannte erst nach ein paar Momenten, wie sehr man auf der Hut war, ganz wie seine Leibwächter nach Anzeichen von Gefahr Ausschau hielt. Ryan fand das nur vernünftig. Bislang waren Unruhen nach dem Zwischenfall auf dem Tempelberg ausgeblieben, aber man rechnete damit. Es überraschte Ryan nicht, daß die Menschen in seinem Blickfeld die weit größere Bedrohung der trügerischen Ruhe nicht erkannten. Kein Wunder, daß Israel so kurzsichtig war. Das Land, umgeben von Feinden, die es auslöschen wollten, hatte die Paranoia zur Kunstform und seine Sicherheit zur Obsession gemacht. Neunzehnhundert Jahre nach Massada und der Vertreibung waren die Juden auf der Flucht vor Unterdrückung und Völkermord in ihr Gelobtes Land zurückgekehrt ... und hatten damit wieder Repressalien herausgefordert. Der Unterschied war nur, daß nun sie das Schwert hielten und wohl zu führen gelernt hatten, aber auch das war eine Sackgasse. Kriege sollten mit einem Frieden enden, aber Israels Kriege hatten nicht geendet, sondern nur aufgehört, oder sie waren nur unterbrochen worden. Der Frieden war für Israel immer nur eine Atempause gewesen, eine Zeit, in der man die Gefallenen beerdigte und neue Jahrgänge an der Waffe ausbildete. Die Juden, der Ausrottung durch die Christen knapp entronnen, gründeten ihre Existenz auf der Fähigkeit, islamische Staaten zu besiegen, die sich geschworen hatten, Hitlers Werk zu Ende zu führen. Und Gottes Meinung hatte sich wohl seit den Kreuzzügen nicht geändert. Bedauerlicherweise wurden nur im Alten Testament das Meer geteilt und die Sonne am Himmel fixiert. Heutzutage mußte der Mensch seine Probleme selbst lösen. Leider aber tat der Mensch nicht immer, was von ihm erwartet wurde. Thomas Morus beschrieb in *Utopia* einen Idealstaat, in dem alle moralisch handeln. Das Land Utopia liegt nirgendwo, dachte Ryan kopfschüttelnd und bog in eine von Häusern mit weißen Stuckfassaden gesäumte Straße ein.

»Tag, Dr. Ryan.«

Der Mann war Mitte Fünfzig, kleiner als Jack und untersetzter. Er hatte einen säuberlich gestutzten, graumelierten Vollbart und sah weniger wie ein Jude als wie ein Heerführer des Assyrerkönigs Sanherib aus. Hätte er nicht gelächelt, würde sich Ryan ohne John Clark an seiner Seite unbehaglich gefühlt haben.

»Tag, Avi. Schon sonderbar, Sie zur Abwechslung einmal hier zu treffen.«

General Abraham Ben Jakob war stellvertretender Direktor des israelischen Nachrichtendienstes Mossad und somit das, was Ryan für die CIA war. Avi, in Geheimdienstkreisen ein Schwergewicht, war bis 1968 Offizier bei den Fallschirmjägern gewesen und als Mann mit großer Erfahrung in Sondereinsätzen von Rafi Eitan entdeckt und zum Dienst geholt worden. Er war Ryan im Lauf der Jahre ein halbes dutzendmal begegnet, aber immer nur in Washington. Ryan respektierte Ben Jakob als Fachmann sehr, wußte aber nicht, was der General, der seine Gedanken und Gefühle geschickt zu verbergen wußte, von ihm hielt.

»Was hört man aus Washington, Jack?«

»Ich habe in der Botschaft CNN gesehen; mehr weiß ich auch nicht. Es gibt noch keine offizielle Reaktion, und falls eine existierte, dürfte ich mich nicht weiter äußern. Sie kennen die Vorschriften ja. Kann man hier irgendwo gut essen?«

Eine Mahlzeit war natürlich bereits eingeplant. Zwei Minuten später und hundert Meter weiter saßen sie im Hinterzimmer eines stillen Familienrestaurants, wo ihre Sicherheitsleute die Dinge im Auge behalten konnten, Ben Jakob bestellte zwei Heineken.

»Da, wo Sie als nächstes hinkommen, gibt es kein Bier.«

»Plump, Avi, sehr plump«, versetzte Ryan nach dem ersten Schluck.

»Wie ich höre, fliegen Sie an Aldens Stelle nach Riad.«

»Dazu habe ich wohl kaum die Kompetenz.«

»Immerhin werden Sie zugegen sein, wenn Adler den Vorschlag unterbreitet. Wir hätten gerne gewußt, was er enthält.«

»Dann können Sie sicher abwarten, bis er bekanntgegeben wird.«

»Ist eine kleine Vorschau nur so unter Profis denn ausgeschlossen?«

»Jawohl, ganz besonders unter Profis.« Jack trank sein Bier aus der Flasche.

Nun stellte er fest, daß die Speisekarte in Hebräisch war. »Hm, da lasse ich Sie bestellen... schade, daß Alden solchen Mist gebaut hat«, bemerkte er und fügte in Gedanken hinzu: Das sind die heißesten Kastanien, die ich je aus dem Feuer holen mußte.

»In der Tat bedauerlich«, erwiderte Ben Jakob. »Der Mann ist in meinem Alter! Weiß er denn nicht, daß reifere Frauen diskreter und geschickter sind?« Selbst dieses Thema handelte er in der Fachterminologie ab.

»Er hätte sich ja auch mal ein bißchen mehr um seine Frau kümmern können.«

Ben Jakob grinste. »Ich vergesse immer wieder, wie stockkatholisch Sie sind.«

»Daran liegt es nicht, Avi. Wer will schon mehr als eine Frau in seinem Leben haben?« fragte Ryan mit unbeweglicher Miene.

»Nach Einschätzung unserer Botschaft muß er gehen.« Die naheliegende Frage nach dem Nachfolger stellte Ben Jakob nicht.

»Gut möglich, aber ich bin nicht nach meiner Meinung gefragt worden. Ich schätze den Mann sehr. Er ist dem Präsidenten ein guter Berater. Er hört auf uns und widerspricht uns im allgemeinen nur, wenn er einen guten Grund hat. Vor sechs Monaten kam er mit einer Analyse sogar mir zuvor. Ein brillanter Kopf, aber ein unverbesserlicher Casanova... nun, wir haben alle unsere Schwächen. Ein Jammer, daß er wegen einer solchen Dummheit gehen muß.« Jack fand den Zeitpunkt denkbar ungünstig.

»Leute wie er haben im Staatsdienst nichts verloren, weil sie zu leicht unter Druck zu setzen sind.«

»Die Russen setzen inzwischen keine Sexköder mehr ein... und die junge Frau ist Jüdin, nicht wahr? Arbeitet sie vielleicht für Sie?«

»Ich bitte Sie, Dr. Ryan! Trauen Sie mir so etwas zu?« Avi Ben Jakob brach in ein bäriges Gelächter aus.

»Stimmt, Ihre Operation kann das nicht gewesen sein, denn es wurde kein Erpressungsversuch unternommen.« Damit war Jack fast zu weit gegangen. Der General machte schmale Augen.

»Selbstverständlich war das nicht unsere Operation. Halten Sie uns denn für wahnsinnig? Dr. Elliot wird Aldens Nachfolgerin.«

Ryan schaute von seinem Bier auf. An diese Möglichkeit hatte er überhaupt nicht gedacht. Ach du Scheiße...

»Sie ist Ihnen ebenso freundlich gesinnt wie uns«, merkte Avi an.

»Mit wie vielen Ministern hatten Sie im Lauf der vergangenen zwanzig Jahre Differenzen, Avi?«

»Mit keinem natürlich.«

Ryan schnaubte und trank seine Flasche aus. »Hatten Sie nicht gerade einen Plausch unter Profis vorgeschlagen?«

»Nun, wir haben dieselbe Funktion, Sie und ich. Manchmal, wenn wir viel Glück haben, hört man auf uns.«

»Es soll aber auch vorkommen, daß wir schiefliegen...«

Ben Jakobs entspannter Dauerblick flackerte nicht, als Ryan das sagte. Er nahm diese Erklärung als Hinweis auf Ryans zunehmende Reife. Ryan war ihm als Mensch und Fachmann tief sympathisch, aber für persönliche Vorlieben und Abneigungen ist im Geheimdienstgeschäft kein Platz. Etwas fundamental Bedeutendes bahnte sich an. Scott Adler war in Moskau gewesen und hatte anschließend zusammen mit Ryan den Vatikan besucht. Nach dem ursprünglichen Plan sollte Ryan parallel zu Aldens Aufenthalt in Riad beim israelischen Außenministerium sondieren, aber das lag dank Aldens peinlichem Ausrutscher nun nicht mehr an.

Avi Ben Jakob war ein selbst für Geheimdienstbegriffe außerordentlich gut informierter Mann. Ryan schwafelte über die Bedeutung Israels als zuverlässigstem Verbündeten der USA im Nahen Osten. Nun, von einem Historiker ist das zu erwarten, fand Avi. Die meisten Amerikaner waren dieser Ansicht, ganz gleich, wie Ryan selbst empfinden mochte, und Israel erhielt in der Folge mehr Insider-Tips aus der US-Regierung als jedes andere Land – mehr sogar noch als die Briten, die offizielle Beziehungen zur amerikanischen Geheimdienstszene unterhielten.

Aus solchen Quellen hatten Ben Jakobs Aufklärungsleute erfahren, daß Ryan hinter dieser Sache steckte. Ihm kam das höchst unwahrscheinlich vor. Ryan war zwar fast so intelligent wie Alden, sah sich aber eher als Diener, der Politik umsetzte, denn als Initiator. Zudem hatte der US-Präsident vor seinen engsten Vertrauten keinen Hehl aus seiner Abneigung gegen Ryan gemacht. Und Elizabeth Elliot haßte den Mann, weil sie, dem Vernehmen nach, vor der Wahl aneinandergerasselt waren. Nun, Regierungsmitglieder sind eben notorische Primadonnen, dachte General Jakob, ganz anders als Ryan und ich. Wir haben beide dem Tod mehr als einmal ins Auge gesehen und brauchen nicht immer einer Meinung zu sein. Wir haben Achtung voreinander.

Moskau, Rom, Tel Aviv, Riad. Was ließ sich daraus ableiten?

Scott Adler, ein sehr geschickter Karrierediplomat, war die erste Wahl von Außenminister Talbot gewesen. Talbot selbst war ebenfalls ein kluger Mann. Man mochte von Fowler halten, was man wollte, aber eines mußte man ihm lassen: Er hatte sehr kompetente Leute in sein Kabinett und seinen Beraterstab geholt. Abgesehen von Elizabeth Elliot, korrigierte sich Ben Avi. Scott Adler leistete die Vorarbeit für seinen Minister und war bei wichtigen Verhandlungen immer an seiner Seite.

Am erstaunlichsten war natürlich, daß kein einziger Informant des Mossad wußte, was gespielt wurde. »Etwas Wichtiges, den Nahen Osten betreffend«, hatte man ihm gemeldet. »Nichts Genaues ... aber Ryan von der CIA hat etwas damit zu tun ...« Ende der Meldung.

Avi reagierte gelassen. Dies war ein Spiel, bei dem man nie alle Karten zu sehen bekam. Sein Bruder hatte als Kinderarzt ähnliche Probleme mit seinen kleinen Patienten; die konnten oder wollten auch nicht sagen, was ihnen fehlte. Doch sein Bruder bekam wenigstens die Chance, zu fragen, zu deuten, das Stethoskop anzusetzen ...

»Jack, irgend etwas *muß* ich meinen Vorgesetzten sagen«, bat General Ben Jakob.

»Ich bitte Sie, General.« Jack winkte nach einem zweiten Bier. »Was war eigentlich auf dem Tempelberg los?«

»Der Mann war – ist geistesgestört. Er ist im Krankenhaus und wird wegen Selbstmordgefahr rund um die Uhr bewacht. Seine Frau hatte ihn gerade verlassen, er geriet unter den Einfluß eines religiösen Fanatikers, und ...« Ben Jakob zuckte mit den Achseln. »Eine schlimme Sache.«

»Allerdings, Avi. Wissen Sie eigentlich, in welcher politischen Zwangslage Sie jetzt stecken?«

»Jack, mit solchen Problemen sind wir noch immer fertiggeworden.«

»Dacht' ich mir's doch. Avi, Sie sind ein brillanter Mann, aber diesmal haben Sie sich verschätzt. Sie haben wirklich keine Ahnung, was vor sich geht.«

»Dann weihen Sie mich doch einmal ein.«

»General, dieser Vorfall vor zwei Tagen hat eine unwiderrufliche Veränderung bewirkt. Das muß Ihnen klar sein.«

»Was für eine Veränderung?«

»Die werden Sie abwarten müssen. Auch ich habe meine Anweisungen.«

»Will Ihr Land uns etwa drohen?«

»Nein, so weit wird es nie kommen, Avi.« Ryan merkte, daß er zuviel redete, und war nun vor seinem gewitzten Gegenüber auf der Hut.

»Sie können uns aber nicht unsere Politik diktieren.«

Jack verkniff sich die Antwort. »Sie sind sehr geschickt, General, aber das ändert meine Anweisungen nicht. Bedaure, Sie müssen abwarten. Schade, daß Ihre Leute in Washington Ihnen nicht helfen können. Ich kann jedenfalls nichts für Sie tun.«

Ben Jakob versuchte es anders. »Ich lade Sie sogar zum Essen ein, obwohl mein Land viel ärmer ist als Ihres.«

Jack mußte über seinen Ton lachen. »Das Bier schmeckt auch und wird vorerst mein letztes sein, wenn ich, wie Sie behaupten, diese Reise antrete.«

»Ihre Besatzung hat, wie ich höre, bereits den Flugplan angemeldet.«

»Da sieht man mal wieder, wie weit die Geheimhaltung reicht.« Jack nahm die zweite Flasche entgegen und lächelte dem Kellner zu. »Avi, lassen wir die Sache erst mal auf sich beruhen. Glauben Sie denn wirklich, wir könnten etwas tun, das die Sicherheit Ihres Landes gefährdet?«

Allerdings! dachte der General, konnte das aber natürlich nicht aussprechen und schwieg. Ryan nutzte die Pause, um das Thema zu wechseln.

»Wie ich höre, sind Sie Großvater geworden.«

»Stimmt, meine Tochter hat mir ein paar graue Haare mehr gemacht. Ihre Kleine heißt Leah.«

»Avi, Sie haben mein Wort: Leah wird in Sicherheit aufwachsen.«

»Und wer soll das garantieren?« fragte Ben Jakob.

»Die Kräfte, die das schon immer getan haben.« Ryan gratulierte sich zu dieser Antwort. Der arme Avi fischte verzweifelt nach Informationen; bedauerlich, daß er es so plump tun mußte. Selbst die hellsten Köpfe werden manchmal in die Ecke getrieben...

Ben Jakob nahm sich vor, das Dossier über Ryan auf den neuesten Stand bringen zu lassen, um bei ihrer nächsten Begegnung besser informiert zu sein. Mit Niederlagen fand sich der General nur schwer ab.

Dr. Charles Alden sah sich in seinem Büro um. Natürlich trat er nicht sofort zurück; das würde Fowler schaden. Sein Rücktrittsgesuch lag unterschrieben auf der grünen Schreibunterlage und sollte zum Monatsende eingereicht werden. Aber das war eine reine Formsache: Ab heute hatte er keine Dienstpflichten mehr. Er würde zwar noch erscheinen, die Meldungen lesen und sich Notizen machen, aber Vortrag hielt von nun an Elizabeth Elliot. Der Präsident hatte auf seine übliche kühle Art sein Bedauern ausgedrückt. »Schade, daß wir Sie verlieren, Charlie, ganz besonders zu diesem Zeitpunkt, aber es gibt leider keine Alternative.« Alden hatte im Oval Office trotz seiner Verbitterung die Fassung gewahrt. Selbst Arnie van Damm hatte sich einen herzhaften Fluch abgerungen, trotz seines Ärgers über den politischen Schaden, den sein Chef erlitten hatte. Bob Fowler aber, der Fürsprecher der Armen und Hilflosen, war ungerührt geblieben.

Schlimmer noch war Liz mit ihrem Schweigen und ihren vielsagenden Blicken gewesen. Das arrogante Stück erntete nun seine Lorbeeren und sonnte sich schon jetzt in Ruhm, der ihm gebührte.

Sein Rücktritt, der am nächsten Morgen bekanntgegeben werden sollte, war schon an die Presse durchgesickert. Wer hinter der Indiskretion steckte, wußten die Götter. Liz, um ihre Selbstgefälligkeit zu demonstrieren? Arnie van Damm im Zuge der Schadensbegrenzung? Ein Dutzend andere?

In Washington kommt der Absturz von den Höhen der Macht rasch. Der peinlich berührte Ausdruck seiner Sekretärin, das gezwungene Lächeln der anderen Bürokraten im Westflügel sprachen Bände. Doch in Vergessenheit gerät man erst nach einem ordentlichen Medienzirkus: Dem öffentlichen Tod, dem Verglühen eines Sterns, geht ein Fanfarenstoß voraus. Das Telefon klingelte ununterbrochen. Zwanzig Journalisten hatten wie die Hyänen heute früh mit schußbereiten Kameras vor seinem Haus gewartet und ihn mit ihren Scheinwerfern geblendet. Natürlich hatten sie zuerst nach Marsha Blum gefragt.

Der blöde Trampel mit den Kuhaugen, dem Kuheuter und dem fetten Arsch! Wie konnte ich nur so bescheuert sein? Professor Dr. Charles Winston Alden saß in seinem teuren Sessel und starrte auf seinen exklusiven Schreibtisch. Daß sein Kopf zum Platzen schmerzte, schrieb er dem Streß und seinem Zorn zu – korrekt, aber er wußte nicht, daß sein Blutdruck im Augenblick doppelt so hoch wie normal war, und dachte auch nicht daran, daß er in der vergangenen Woche vergessen hatte, seine Blutdrucktabletten zu nehmen. Als sprichwörtlich zerstreuter Professor übersah er immer die alltäglichen Kleinigkeiten, wenn sein methodischer Verstand komplexe Probleme löste.

Es kam also überraschend. Es begann an einer Schwachstelle in einer Hauptarterie, die das Gehirn mit Blut versorgte. Zwanzig Jahre zu hohen Blutdruck und zwanzig Jahre Schlamperei, in denen er seine Medizin nur genommen hatte, wenn wieder einmal ein Termin beim Arzt bevorstand, führten in dieser Streßsituation, verursacht durch die kläglich gescheiterte Karriere, zu einem Riß der Arterie in seiner rechten Kopfhälfte. Was ihm wie eine harmlose Migräne vorgekommen war, entpuppte sich nun als tödlich. Alden riß die Augen auf und faßte sich an den Kopf, als wollte er ihn zusammenhalten, doch es war zu spät. Der Riß öffnete sich weiter, mehr Blut trat aus. Die Sauerstoffzufuhr wichtiger Teile seines Gehirns wurde unterbrochen und der Druck im Schädel stieg weiter an, immer mehr Hirnzellen wurden zerstört.

Alden war zwar gelähmt, blieb aber noch eine ganze Weile bei Bewußtsein, und sein brillanter Verstand registrierte die Ereignisse mit erstaunlicher Klarheit. Er wußte, daß er sterben mußte – nach fünfunddreißigjähriger Arbeit – und so kurz vor dem Ziel, dachte er. Monographien, Seminare, Vorlesungen, Vortragsreisen, Talkshows, Wahlkämpfe – alles nur, um nach oben zu kommen, um historische Prozesse nicht nur zu interpretieren, sondern selbst in Gang zu setzen. Ausgerechnet jetzt sterben müssen! Er konnte nichts mehr ändern, nichts mehr tun, nur hoffen, daß jemand, irgend jemand, ihm vergeben würde. Im Grunde war ich doch kein schlechter Mensch. Ich habe mich angestrengt, um etwas zu bewegen, eine bessere Welt zu schaffen, aber ausgerechnet jetzt, am Beginn einer bedeutsamen Entwicklung ... schade, daß mir das nicht passiert ist, als ich auf dieser blöden Kuh lag, schade eigentlich auch, erkannte er in einem letzten Augenblick der Klarheit, daß die Studien nicht meine einzige Leidenschaft ...

Da Alden in Ungnade gefallen und schon von seinen Dienstpflichten entbunden war, fand man seine Leiche erst eine Stunde später. Seine Sekretärin hatte den Auftrag, alle Anrufer abzuwimmeln, und stellte daher auch keine Gespräche durch. Erst als es Zeit zum Heimgehen war, drückte sie auf den Knopf der Sprechanlage, um ihm das mitzuteilen, bekam aber keine Antwort. Sie runzelte die Stirn und probierte es noch einmal. Wieder keine Reaktion. Sie stand auf und klopfte an Aldens Tür, öffnete sie schließlich und schrie dann so laut, daß die Agenten des Secret Service vor dem Oval Office an der entgegengesetzten Ecke des Gebäudes sie hörten. Als erste traf Helen D'Agustino, Spitzname »Daga« ein, eine Leibwächterin des Präsidenten, die sich nach einem Sitzungstag auf dem Korridor die Beine vertreten hatte.

»Shit!« Bei diesem Kommentar hatte sie auch schon ihren Dienstrevolver gezogen. Noch nie im Leben hatte sie so viel Blut gesehen. Es war aus Aldens rechtem Ohr geflossen und hatte auf dem Schreibtisch eine Lache gebildet. Sie gab über ihr Funkgerät Alarm; das mußte ein Kopfschuß sein. Über den Lauf ihrer Smith & Wesson Modell 19 hinweg suchten ihre scharfen Augen den Raum ab. Die Fenster waren okay. Sie huschte durchs Zimmer. Niemand da. Was war passiert?

Sie tastete mit der Linken nach Aldens Halsschlagader. Natürlich kein Puls.

Inzwischen waren draußen alle Ausgänge des Weißen Hauses blockiert worden. Agenten hatten die Waffen gezogen, Besucher erstarrten vor Schreck. Beamte des Secret Service suchten das ganze Gebäude ab.

»Verdammt!« rief Pete Connor beim Eintreten.

»Suchaktion abgeschlossen!« sagte eine Stimme in ihren Hörmuscheln. »Gebäude sauber, HAWK sicher.« »Hawk«, Falke, war der Codename des Secret Service für den Präsidenten. Die Leibwächter stellten damit ihren traditionellen Sinn für Humor unter Beweis, denn Fowler, dessen Name die Assoziation »Vogel« weckte, war als Politiker eher eine Taube.

»Krankenwagen kommt in zwei Minuten!« fügte das Kommunikationszentrum hinzu. Eine Ambulanz konnte rascher besorgt werden als ein Hubschrauber.

»Ruhig, Daga«, sagte Connor. »Ich glaube, der Mann hatte einen Schlaganfall.«

»Platz da!« rief ein Sanitäter von der Marine. Natürlich waren die Secret-Service-Agenten in Erster Hilfe ausgebildet, aber im Weißen Haus stand immer ein Ärzteteam in Bereitschaft, und der Sanitäter war als erster zur Stelle. Er hatte eine Feldverbandstasche dabei, öffnete sie aber gar nicht erst, denn die Lache von bereits geronnenem Blut auf dem Schreibtisch war zu groß. Der Sanitäter bewegte die Leiche nicht – er befand sich unter Umständen am Schauplatz eines Verbrechens und hatte vom Secret Service für solche Fälle Verhaltensmaßregeln bekommen. Das Blut war zum größten Teil aus Aldens rechtem Ohr ausgetreten, aber auch aus dem linken lief ein Rinnsal, und das Gesicht zeigte schon die typische Leichenblässe. Die Diagnose fiel ihm nicht schwer.

»Tja, Leute, der ist schon seit fast einer Stunde tot. Gehirnblutung, schätze ich, Schlaganfall. Litt er unter hohem Blutdruck?«

»Ja, ich glaube schon«, meinte Special Agent D'Agustino nach kurzem Zögern.

»Sicher kann man natürlich erst nach der Obduktion sein, aber für mich ist die Todesursache Schlaganfall.«

Nun traf ein Arzt der Navy ein, der die Diagnose des Sanitäters bestätigte.

»Hier Connor. Die Leute von der Ambulanz brauchen sich nicht zu beeilen. PILGRIM ist tot; natürliche Ursache«, gab der leitende Agent über Funk weiter. »Wiederhole: PILGRIM ist tot.«

Selbstverständlich würde die Leiche bei der Obduktion auch auf andere Todesursachen untersucht werden, Gift zum Beispiel, oder kontaminierte Speisen oder Getränke. Im Weißen Haus wurden allerdings regelmäßig Stichproben genommen. D'Agustino und Connor tauschten die Blicke. Jawohl, Alden hatte unter hohem Blutdruck gelitten und heute einen ganz besonders schlechten Tag gehabt.

»Wie geht's ihm?« HAWK, der Präsident selbst, drängte sich, umringt von Agenten, durch die Tür, dicht gefolgt von Dr. Elliot. D'Agustino ging auf, daß sie sich nun einen neuen Codenamen einfallen lassen mußten, und sie erwog

HARPYIE. Alle Leibwächter konnten E. E. nicht ausstehen, aber es war nicht ihre Aufgabe, ihre Schutzbefohlenen sympathisch zu finden – das galt selbst für den Präsidenten.

»Er ist tot, Mr. President«, sagte der Arzt. »Offenbar ein schwerer Schlaganfall.«

Der Präsident nahm die Nachricht ohne sichtbare Zeichen der Bewegung auf. Die Leibwächter wußten, daß seine Frau nach jahrelangem Leiden an Multipler Sklerose gestorben war; das mußte Fowler, damals noch Gouverneur von Ohio, seelisch schwer belastet haben. Ob der Mann emotional ausgebrannt ist? fragten sie sich. Jedenfalls ließ er sich kaum etwas anmerken. Er schnalzte mit der Zunge, zog eine Grimasse, schüttelte den Kopf und wandte sich dann ab.

Liz Elliot trat an seine Stelle und lugte einem Agenten über die Schulter. Helen D'Agustino beobachtete ihr Gesicht, als sie sich vordrängte. Die neue Sicherheitsberaterin wurde blaß unter der Schminke. Kein Wunder, dachte D'Agustino, es sieht ja wirklich so aus, als habe jemand einen Eimer rote Farbe auf den Schreibtisch gekippt.

»Mein Gott!« flüsterte Dr. Elliot.

»Aus dem Weg, bitte!« rief eine neue Stimme. Ein Agent mit einer Tragbahre stieß Liz Elliot grob beiseite. E. E. war zu schockiert, um ärgerlich zu reagieren; Daga sah, daß sie noch sehr blaß war und einen verschwommenen Blick hatte. Nun, dachte sie befriedigt, so hartgesotten, wie du dich gibst, bist du auch wieder nicht.

Weiche Knie, Liz? Special Agent Helen D'Agustino war erst vor vier Wochen von der Akademie des Secret Service abgegangen und hatte sich ihren Namen bei der Routineobservation eines Geldfälschers gemacht. Als ihr Subjekt plötzlich eine schwere automatische Pistole zog – der Mann gab zwar keinen Schuß in ihre Richtung ab –, riß sie ihre S & W heraus und brachte über knapp zwölf Meter Entfernung drei Kugeln ins Ziel, so, als hätte sie einen Pappkameraden auf dem Schießstand vor sich. Ganz einfach war das gewesen, und die Szene tauchte nie in ihren Träumen auf. Und nun gehörte Daga zu den »Jungs« und dem Pistolenschützenteam des Secret Service, das bei Wettkämpfen die Mannschaft der Elite-Kommandotruppe Delta Force regelmäßig schlug. Daga war also knallhart, Liz Elliot aber trotz ihrer kalten Arroganz offenbar nicht. Wo bleibt der Mumm, Lady? fragte Helen D'Agustino und bedachte nicht, daß Liz Elliot von nun an die wichtigste Beraterin des Präsidenten in Fragen der nationalen Sicherheit war.

Zum ersten Mal war die Begegnung seltsam gedämpft verlaufen. Günther Bocks alter Waffenbruder Ismael Kati, normalerweise ein Freund radikaler Rhetorik, die er in fünf Sprachen beherrschte, wirkte in jeder Hinsicht gedrückt. Es fehlten das grimmige Lächeln und die feurigen Gesten, und Bock fragte sich, ob Ismael vielleicht krank war.

»Die Nachricht von deiner Frau hat mich sehr betrübt«, sagte Kati.

»Lieb von dir.« Bock beschloß, sich seinen Kummer nicht anmerken zu lassen. »Im Vergleich zu dem, was dein Volk ertragen mußte, ist das nur eine Kleinigkeit. Und Rückschläge gibt es immer.«

Und in ihrem Fall besonders viele, wie sie beide wußten. Ihre beste Waffe waren immer solide Informationen gewesen, doch nun waren Bocks Quellen versiegt. Die RAF hatte Verbindungen bis in die Bundesregierung sitzen gehabt und nützliche Hinweise vom MfS und anderen Ostblock-Nachrichtendiensten bekommen. Zweifellos hatte ein Gutteil der Daten seinen Ursprung in Moskau gehabt und war aus politischen Gründen, die Bock nie hinterfragte, über die Dienste der kleinen Bruderländer geleitet worden. Immerhin erfordert der Kampf für den Weltsozialismus taktische Schachzüge, dachte Bock und korrigierte sich gleich: Zumindest war das einmal so.

Doch inzwischen griff ihnen niemand mehr unter die Arme. Die östlichen Nachrichtendienste waren über ihre revolutionären Genossen hergefallen, und die Dienste Ungarns und der CSFR hatten dem Westen sogar Daten gegen Devisen geliefert! Von den Ostdeutschen hingegen waren die Hinweise im Zuge gesamtdeutscher Zusammenarbeit und Brüderschaft umsonst weitergegeben worden. Die DDR gab es nicht mehr; sie war nun nichts als ein Anhängsel der kapitalistischen BRD. Und die Russen ... von denen war keine indirekte Unterstützung mehr zu erwarten. Mit dem Zusammenbruch des Sozialismus in Europa waren die Kontaktpersonen der RAF bei verschiedenen Behörden entweder ausgeräuchert oder umgedreht worden, und der Rest hatte den Glauben an die Zukunft des Sozialismus verloren und lieferte einfach nichts mehr. Europas revolutionäre Kämpfer hatten auf einen Schlag ihre beste Waffe verloren.

Zum Glück sah es hier anders aus, besonders für Kati. Die Israelis waren ebenso dumm wie brutal. Die einzige Konstante, die der Welt geblieben war, wußten Bock und Kati, war die Unfähigkeit der Juden, eine ernsthafte politische Initiative zu starten. Sie waren stark im Krieg, aber hoffnungslos ungeschickt im Umgang mit dem Frieden. Hinzu kam ihre Fähigkeit, ihrer Schutzmacht USA eine Politik zu diktieren, die aussah, als seien sie an Frieden überhaupt nicht interessiert. Bock hatte zwar nicht Geschichte studiert, bezweifelte aber, daß es einen historischen Präzedenzfall für dieses Verhalten gab. Der Palästinenseraufstand war für Israel eine blutende Wunde. Israels Polizei und Sicherheitsdienst, die früher nach Belieben arabische Gruppen infiltrieren konnten, verloren nun, da die Bevölkerung die Intifada zunehmend unterstützte, den Kontakt. Im Gegensatz zu Bock befehligte Kati eine laufende Operation. Bock beneidete ihn darum, wie ungünstig die taktische Lage auch sein mochte. Ein weiterer perverser Vorteil für Kati war die Effizienz seiner Gegner. Der israelische Geheimdienst führte nun schon seit zwei Generation einen Schattenkrieg gegen die arabischen Freiheitskämpfer. Wer dumm und ungeschickt gewesen war, war von Mossad-Offizieren erschossen worden. Überlebende wie Kati waren die starken, klugen, treuen Produkte eines darwinschen Ausleseprozesses.

»Was macht ihr mit Informanten?« fragte Bock.

»Wir haben letzte Woche einen geschnappt«, erwiderte Kati mit einem grausamen Lächeln. »Ehe er starb, nannte er uns den Namen seines Führungsoffiziers, den wir nun beschatten.«

Bock nickte. Früher wäre der israelische Offizier einfach erschossen worden, aber Kati hatte dazugelernt. Nun beobachtete man den Mann sehr vorsichtig und nur sporadisch in der Hoffnung, weitere Spitzel zu identifizieren.

»Und die Russen?«

»Diese Schweine liefern uns nichts Vernünftiges mehr. Wir stehen allein, wie immer«, antwortete Kati heftig. Dann fiel die Miene des Arabers wieder in seine Niedergeschlagenheit zurück.

»Du wirkst erschöpft.«

»Ich habe einen langen Tag hinter mir. Du bestimmt auch.«

Bock gähnte und reckte sich. »Bis morgen dann?«

Kati nickte, stand auf und führte den Gast zu seinem Zimmer. Bock drückte ihm die Hand, ehe er sich zurückzog. Sie kannten sich nun seit fast zwanzig Jahren.

Kati ging zurück ins Wohnzimmer und trat von dort ins Freie. Seine Wachmannschaften waren bereit und auf ihren Posten. Wie immer wechselte er ein paar Worte mit ihnen, denn wer sich um seine Männer kümmert, dem dienen sie auch treu. Dann ging er zu Bett, nachdem er sein Abendgebet gesprochen hatte. Es beunruhigte ihn ein wenig, daß sein Freund Günther, ein tapferer, kluger und treuer Mann, Atheist war. Kati verstand nicht, wie man ohne Glauben weiterkämpfen konnte.

Kämpft er überhaupt noch? fragte sich Kati, als er sich niederlegte und die schmerzenden Arme und Beine ausstreckte. Im Grunde genommen war Bock erledigt. Petra hätte im Kugelhagel der GSG-9 sterben sollen, das wäre für Günther besser gewesen. Dem Vernehmen nach war sie nur nicht getötet worden, weil sie von dem Kommandotrupp beim Stillen überrascht worden war. Da hätte kein Mensch, der diesen Namen verdiente, abdrücken können. Diese Sünde hätte Kati trotz seines Hasses auf die Israelis nie begehen können. Er dachte an Petra und lächelte. Einmal, als Günther verreist war, hatte er mit ihr geschlafen. Sie war einsam gewesen, und da er gerade heißblütig von einem erfolgreichen Einsatz im Libanon, bei dem ein israelischer Militärberater der christlichen Milizen starb, zurückgekehrt war, fielen sie einander in die Arme und kosteten ihren revolutionären Eifer zwei leidenschaftliche Stunden lang aus.

Weiß Günther Bescheid? fragte er sich. Hat Petra etwas gesagt?

Vielleicht, aber das machte nichts. Bock war nicht so eifersüchtig wie die Araber, die den Zwischenfall als tödliche Beleidigung aufgefaßt hätten. Europäer gingen mit solchen Dingen so lässig um. Seltsam, dachte Kati, aber nicht die einzige Merkwürdigkeit im Leben. Bock war ein wahrer Freund, das stand fest, in dessen Brust die Flamme so hell loderte wie in seiner eigenen. Schade nur, daß die Ereignisse in Europa dem Freund das Leben so vergällten. Seine

Frau eingesperrt, die Kinder gestohlen. Bei dem Gedanken lief Kati ein Schauer über den Rücken. Die beiden hätten keine Kinder in die Welt setzen sollen. Kati war ledig geblieben und hatte nur selten weibliche Gesellschaft gesucht. Lächelnd erinnerte er sich an die vielen jungen Europäerinnen im Libanon vor zehn Jahren. Tricks hatten die gekannt, die kein arabisches Mädchen jemals lernen würde. Heiß waren sie gewesen, um ihren Eifer für die Sache zu beweisen. Gewiß, sie hatten ihn ebenso ausgenutzt wie er sie, aber er war damals ein leidenschaftlicher junger Mann gewesen, der sich daran nicht störte.

Seine Leidenschaft war erloschen, und er konnte nur hoffen, daß sie noch einmal wiederkehrte, damit er genügend Energie für die eine Sache aufbrachte. Der Arzt meinte, sein Körper spräche gut auf die Therapie an, und die Nebenwirkungen seien weniger ernst als bei den meisten anderen Patienten. Von der permanenten Erschöpfung und der Übelkeit dürfe er sich nicht entmutigen lassen; das sei normal, und es bestünde echte Hoffnung, versicherte der Arzt bei jedem Besuch. Wichtig war, daß Kati ein Motiv zum Überleben hatte, einen Lebenszweck, der ihn durchhalten ließ.

»Wie sieht's aus?«

»Machen Sie ruhig weiter«, erwiderte Dr. Cabot über die gesicherte Satellitenverbindung. »Charlie ist an seinem Schreibtisch gestorben, Schlaganfall.« Pause. »Vielleicht das Beste, was dem armen Teufel passieren konnte.«

»Wird Liz Elliot seine Nachfolgerin?«

»Ja.«

Ryan verzog angewidert die Lippen, als hätte er gerade eine besonders bittere Medizin geschluckt. Er schaute auf die Uhr. Cabot war früher als sonst aufgestanden, um ihn anzurufen und ihm Instruktionen zu geben. Sein Chef und er waren nicht gerade Freunde, aber die Wichtigkeit des Anlasses ließ sie dies vergessen. Vielleicht läßt sich mein Verhältnis mit E. E. ähnlich regeln, dachte Ryan.

»Gut, Boß, ich fliege in neunzig Minuten ab. Adler und ich unterbreiten den Plan gleichzeitig, wie abgemacht.«

»Viel Glück, Jack.«

»Danke.« Ryan schaltete an der Konsole das Satellitentelefon aus, verließ das Kommunikationszentrum und ging in sein Zimmer. Sein Koffer war schon gepackt; nun brauchte er nur noch seine Krawatte zu binden. Das Jackett warf er lässig über die Schulter. In Israel und erst recht in Saudi-Arabien war es für so ein Kleidungsstück zu heiß, aber die Saudis erwarteten trotzdem, daß er es trug. Laut Etikette hatte eine angemessene äußere Erscheinung mit maximaler Unbequemlichkeit einherzugehen. Ryan nahm seinen Koffer und verließ den Raum.

Draußen wartete Adler. »Uhrenvergleich?« fragte er und lachte in sich hinein.

»Ehrlich, Scott, meine Idee war das nicht.«

»Macht aber Sinn.«

»Na ja … so, meine Maschine geht gleich.«

»Immer mit der Ruhe. Ohne Sie fliegt die nicht ab.«

»Wenigstens ein Vorteil, den der Regierungsdienst bietet.« Ryan schaute sich im Korridor um. Leer, aber hatten es die Israelis fertiggebracht, ihn zu verwanzen? Wenn das der Fall war, mußte die Musikberieselung den Lauschern einen Strich durch die Rechnung machen. »Nun, wie stehen die Chancen?«

»Gleicher Einsatz.«

»So gut?«

»Ja«, sagte Adler und grinste. »Passen Sie auf, das haut hin. Großartige Idee von Ihnen.«

»Erstens ist die Sache nicht nur auf meinem Mist gewachsen, und zweitens werden sowieso andere die Lorbeeren ernten.«

»Mag sein, aber die Insider werden wissen, wem sie zu danken haben. So, machen wir uns an die Arbeit.«

»Informieren Sie mich über die Reaktion der Israelis. Viel Glück.«

»Danke gleichfalls.« Adler ergriff Ryans Hand. »Und guten Flug.«

Die Botschaftslimousine brachte Ryan an sein Flugzeug, dessen Triebwerke bereits liefen. Die VC-20B bekam bevorzugte Starterlaubnis, war fünf Minuten später bereits in der Luft und flog nach Süden, über das dolchförmige Israel und den Golf von Akaba hinweg in saudischen Luftraum.

Ryan schaute, wie es seine Gewohnheit war, aus dem Fenster und ging den bevorstehenden Auftritt, den er nun schon eine Woche lang geprobt hatte, in Gedanken noch einmal durch. Die Luft war klar, der Himmel über dem Ödland fast wolkenlos. Nur verkrüppelte Büsche, die individuell nicht auszumachen waren und die Landschaft aussehen ließen wie ein stoppelbärtiges Gesicht, verliehen der Sand- und Steinwüste Farbe. Ryan wußte, daß ein großer Teil Israels landschaftlich so aussah, der Sinai zum Beispiel, wo die Panzerschlachten geschlagen worden waren, und er fragte sich, warum Menschen ausgerechnet für dieses dürre Land zu sterben bereit waren. Doch schon in der Frühgeschichte waren hier die ersten organisierten Kriege ausgefochten worden, und seitdem hatte es keinen Frieden in der Region gegeben – bis heute.

Riad, die Hauptstadt von Saudi-Arabien, liegt ungefähr in der Mitte des Landes, das so groß ist wie die USA östlich des Mississippi. Die Maschine setzte ohne Verzögerung zur Landung an, da hier nicht viel Flugverkehr herrschte, und berührte sanft den Boden. Minuten später rollte die Gulfstream auf die Frachthalle zu, und der Flugbegleiter öffnete die vordere Tür. Nach zwei Stunden in der klimatisierten Maschine fühlte Jack sich jetzt plötzlich wie in einem Backofen. Die Temperatur betrug 44 Grad im Schatten, den es nicht gab. Schlimmer noch, die Sonne wurde vom Beton des Vorfelds so grell reflektiert, daß Ryans Gesicht brannte. Empfangen wurde er vom stellvertretenden Missionschef der Botschaft und dem üblichen Sicherheitspersonal. Einen Augenblick später saß er schwitzend in der Botschaftslimousine.

»Hatten Sie einen guten Flug?« fragte der Diplomat.

»Nicht übel. Ist hier alles bereit?«

»Jawohl, Sir.«

Jack genoß die respektvolle Anrede. »Gut, dann packen wir's an.«

»Ich habe Anweisung, Sie bis an die Tür zu begleiten.«

»Richtig.«

»Es mag Sie interessieren, daß wir bisher keine Anfragen von der Presse hatten. Washington hat diesmal Stillschweigen gewahrt.«

»Das wird sich ändern. In fünf Stunden geht der Tanz los.«

Riad war sauber, unterschied sich aber von westlichen Städten insofern, als alle Gebäude neu waren. Die Stadt war zwar nur zwei Flugstunden von Israel entfernt, aber nie so umkämpft gewesen wie Palästina. Die alten Handelsrouten hatten einen weiten Bogen um das Landesinnere gemacht, wo die Hitze mörderisch war und die Nomaden, anders als die wohlhabenden Fischer und Händler an der Küste, ihr karges Leben gefristet hatten, zusammengehalten nur vom Islam, der von den heiligen Städten Mekka und Medina ausgegangen war. Den Umschwung hatten zwei Entwicklungen gebracht. Zum einen hatten die Briten hier im Ersten Weltkrieg einen Entlastungsangriff gegen das Osmanische Reich gestartet und Truppen gebunden, die den Mittelmächten anderswo hätten nützlich sein können. Zum anderen war man hier in den dreißiger Jahren auf Öl gestoßen – Reserven, die Texas weit in den Schatten stellten. In der Folge hatten sich erst Arabien und dann der Rest der Welt verändert.

Anfangs waren die Beziehungen zwischen den Saudis und dem Westen heikel gewesen. Noch immer waren die Saudis sowohl hochzivilisiert als auch primitiv. Es gab auf dieser Halbinsel Menschen, die noch vor dreißig Jahren ein Nomadenleben wie im Bronzezeitalter geführt hatten. Gleichzeitig hatte das Land eine bewundernswerte islamische Tradition und strenge, aber gerechte Gesetze, die eine bemerkenswerte Ähnlichkeit mit den Vorschriften des Talmud aufwiesen. Innerhalb einer kurzen Zeitspanne hatte sich dieses Volk an unermeßlichen Reichtum gewöhnt und wurde im »kultivierten« Westen ob seiner Verschwendungssucht verspottet. In Wirklichkeit aber war dieses Land nur ein Glied mehr in der Kette der neureichen Staaten, zu denen auch Amerika einmal gehört hatte. Ryan, selber neureich, hatte Verständnis. Leute mit »altem« Geld – verdient von aufgeblasenen Vorfahren, deren ungehobelte Manieren in Vergessenheit geraten waren – fühlten sich in Gesellschaft jener, die ihr Vermögen erarbeitet und nicht geerbt hatten, immer etwas unbehaglich. Unter Nationen war das nicht anders. Die Saudis und ihre arabischen Brüder waren noch auf dem Weg zu einer Nation, die reich und einflußreich zu werden versprach, hatten aber dabei einige harte Lektionen lernen müssen – zuletzt beim Zusammenprall mit ihren Nachbarn im Norden. Und da sie überwiegend die richtigen Konsequenzen gezogen hatten, hoffte Ryan, daß ihnen der nächste Schritt ebenso leichtfallen würde. Zur wahren Größe gelangt ein Land nicht durch militärische oder wirtschaftliche Macht, sondern als Friedensstifter. Zu dieser

Erkenntnis waren die Vereinigten Staaten erst unter Theodore Roosevelt gelangt, dessen Friedensnobelpreis noch heute den nach ihm benannten Raum im Weißen Haus ziert. Fast hundertzwanzig Jahre haben wir gebraucht, überlegte Jack, als der Wagen abbog und langsamer fuhr. Roosevelt erhielt den Preis für die Schlichtung einer unerheblichen Grenzstreitigkeit; wir aber versuchen mit Hilfe der Saudis, die erst seit fünfzig Jahren so etwas wie einen Staat haben, das gefährlichste Pulverfaß der zivilisierten Welt zu entschärfen. Für uns besteht also nicht der geringste Anlaß zur Überheblichkeit.

Das Protokoll bei Staatsanlässen ist so komplex und wohleinstudiert wie die Choreographie beim Ballett. Der Wagen – früher eine Kutsche – fährt vor. Der Schlag wird von einem Protokollbeamten – einstmals ein Diener – geöffnet. Der empfangende Würdenträger wartet einsam und ernst, bis der Gast ausgestiegen ist. Der Gast nickt dem Diener zu, wenn er höflich ist, und Ryan ist höflich. Ein anderer, höherer Protokollbeamter begrüßt den Gast und geleitet ihn dann zum Würdenträger. Links und rechts stehen Wachen, in diesem Fall bewaffnete Soldaten. Die Presse war aus naheliegenden Gründen ausgeschlossen. Das Ganze wäre bei Temperaturen unter vierzig Grad behaglicher gewesen. Immerhin gab es eine schattenspendende Markise, als Ryan zum Würdenträger geführt wurde.

»Willkommen in meinem Land, Dr. Ryan.« Prinz Ali Ben Scheich begrüßte Jack mit einem festen Händedruck.

»Ich bin erfreut, Hoheit.«

»Bitte folgen Sie mir.«

»Gerne, Hoheit.« Ehe ich verdampfe, fügte Jack insgeheim hinzu.

Ali führte Jack und den Mann von der Botschaft ins Gebäude; dort trennten sich ihre Wege. Das Haus war einer der zahlreichen Paläste der vielen Prinzen, aber Ryan fand die Bezeichnung »Verwaltungspalast« treffender. Es war kleiner als vergleichbare Gebäude, die Ryan in Großbritannien besucht hatte, und sauberer, wie er zu seiner Überraschung feststellte. Vielleicht lag das an der Luft, die, anders als im feuchten und rußigen London, rein und trocken war. Die Temperatur in den klimatisierten Räumen mußte über dreißig Grad betragen haben, trotzdem fühlte Ryan sich wohl. Der Prinz trug ein wallendes Gewand und hatte ein Tuch um den Kopf geschlungen, das von zwei Schnüren – wie nennt man die Dinger noch? fragte sich Ryan – festgehalten wurde. Darüber hätte ich mich informieren lassen sollen, warf er sich vor. Aber eigentlich war das Ganze Aldens Aufgabe gewesen, der sich in der Region viel besser auskannte – doch Charlie Alden war tot, und nun hatte Jack den Ball.

Ali Ben Scheich galt bei Außenministerium und CIA als Prinz ohne Portefeuille. Der Mann, der größer, schlanker und jünger als Ryan war, beriet den König von Saudi-Arabien in Fragen der Außenpolitik und der Aufklärung. Vermutlich erstattete ihm der von den Briten ausgebildete saudische Nachrichtendienst Meldung, aber ganz klar war das nicht – zweifellos ein weiteres Vermächtnis der Briten, die es mit der Geheimhaltung sehr viel ernster nahmen als die Amerikaner. Alis Dossier bei der CIA war zwar dick, befaßte sich aber vorwiegend mit seiner Ausbildung. Nach dem Studium in Cambridge war er Heeresoffizier geworden und hatte seine militärische Ausbildung in Fort Leavenworth und der Carlyle-Kaserne in den USA fortgesetzt. In letzterer Einrichtung war er der Jüngste seiner Klasse gewesen und mit siebenundzwanzig bereits Colonel – Prinz eines königlichen Hauses zu sein, ist der Karriere nur förderlich – und hatte als Drittbester in einer Gruppe abgeschlossen, die später zehn Divisionskommandeure stellte. Ein General der Army, der Ryan über Ali informiert hatte, erinnerte sich gerne an den Kameraden und schrieb ihm einen wachen Geist und hervorragende Führungsqualitäten zu. Es war Ali gewesen, der den König nach Ausbruch der Golfkrise bewegt hatte, amerikanische Waffenhilfe anzunehmen. Er galt als entscheidungsfreudig und hatte – trotz seiner vornehmen Manieren – nur wenig Geduld mit Zeitverschwendern.

Das Arbeitszimmer des Prinzen war wegen der beiden Wachen an der Doppeltür leicht zu erkennen. Ein dritter Mann öffnete, verbeugte sich und ließ sie eintreten.

»Ich habe schon viel von Ihnen gehört«, meinte Ali beiläufig.

»Hoffentlich nur Gutes«, erwiderte Ryan, der bemüht war, entspannt zu wirken.

Ali drehte sich mit einem verschmitzten Lächeln um. »Wir haben in Großbritannien gemeinsame Freunde, Sir John. Halten Sie sich mit Handfeuerwaffen in Übung?«

»Dazu fehlt mir die Zeit, Hoheit.«

Ali wies Jack einen Sessel an. »Für manche Dinge sollte man sich die Zeit einfach nehmen.«

Beide nahmen Platz und gingen zum Formellen über. Ein Diener erschien mit einem Silbertablett, schenkte den beiden Männern Kaffee ein und zog sich anschließend zurück.

»Ich habe von Dr. Alden gehört und bedaure seinen Tod aufrichtig. Schade, daß ein so guter Mann über eine so dumme Sache stolpern mußte ... Andererseits wollte ich Sie schon immer kennenlernen, Dr. Ryan.«

Jack nippte an seinem Kaffee, der dick, bitter und teuflisch stark war.

»Danke, Hoheit. Dank auch für Ihre Bereitschaft, mich anstelle eines höheren Vertreters zu empfangen.«

»Die wirksamsten diplomatischen Vorstöße beginnen oft informell. Nun, was kann ich für Sie tun?« Ali lächelte, lehnte sich zurück und spielte mit der Linken an seinem Bart. Auch wenn seine glänzenden, kohlschwarzen Augen den Besucher ungezwungen musterten, war die Atmosphäre nun geschäftsmäßig.

Ryan begann. »Meine Regierung möchte sondieren – will sagen, die groben Umrisse eines Plans zur Reduzierung der Spannungen in der Region vorlegen.«

»Sie meinen natürlich die Spannungen mit Israel. Ich nehme an, daß Adler in diesem Augenblick den Israelis denselben Vorschlag unterbreitet.«

»Korrekt, Hoheit.«

»Wie dramatisch«, merkte der Prinz mit einem amüsierten Lächeln an. »Bitte fahren Sie fort.«

»Hoheit, der wichtigste Faktor in dieser Angelegenheit muß die Sicherheit des Staates Israel sein. Zu einer Zeit, als wir beide noch nicht geboren waren, taten die USA und andere Länder praktisch nichts, um die Ausrottung von sechs Millionen Juden zu verhindern. Diese Unterlassungssünde lastet schwer auf meinem Land.«

Ali nickte ernst. »Das habe ich nie verstanden. Mag sein, daß die USA entschiedener hätten handeln können, aber Roosevelt und Churchill trafen ihre strategischen Entscheidungen während des Krieges in gutem Glauben. Das Schiff voller Juden, das vor Kriegsausbruch niemand haben wollte, ist natürlich ein anderes Thema. Ich finde es sehr sonderbar, daß Ihr Land diesen armen Menschen kein Asyl gewährte. Andererseits konnten weder Juden noch Nichtjuden ahnen, was bevorstand, und als sich die Katastrophe abzeichnete, hatte Hitler Europa besetzt und Ihnen die Möglichkeit einer direkten Intervention verwehrt. Ihre Führung kam damals zu dem Schluß, daß dem Morden am besten durch rasche Beendigung des Krieges Einhalt zu gebieten sei; eine logische Entscheidung. Man hätte natürlich die sogenannte Endlösung politisch thematisieren können, hielt diesen Kurs aber aus praktischen Erwägungen für ineffektiv. Im Rückblick gesehen, war das vermutlich eine Fehlentscheidung, die aber nicht in böswilliger Absicht getroffen worden war.« Ali machte eine Pause, damit Ryan den historischen Diskurs verarbeiten konnte. »Auf jeden Fall haben wir Verständnis für Ihren Wunsch, den Staat Israel zu erhalten, und akzeptieren ihn auch, wenngleich mit Vorbehalten. Sie werden sicher verstehen, daß wir unsere Zustimmung nur geben können, wenn Sie auch die Rechte anderer Völker anerkennen. Dieser Teil der Erde wird nicht nur von Juden und Wilden bewohnt.«

»Und das, Hoheit, ist die Grundlage unseres Friedensplans«, erwiderte Ryan. »Sind Sie bereit, einem Plan zuzustimmen, der die USA als Garantiemacht für Israels Sicherheit vorsieht, wenn eine Formel für die Anerkennung der Rechte anderer gefunden werden kann?« Ryan blieb keine Zeit, den Atem anzuhalten und auf die Antwort zu warten.

»Aber gewiß. Haben wir das nicht deutlich gemacht? Wer außer Amerika kann den Frieden denn garantieren? Wenn Sie in Israel Truppen stationieren und Ihre Garantie vertraglich sichern wollen, können wir das akzeptieren. Doch was wird aus den Rechten der Araber?«

»Auf welche Weise sollten wir uns Ihrer Auffassung nach mit diesen Rechten befassen?« fragte Jack.

Prinz Ali fand diese Gegenfrage verblüffend. War es nicht Ryans Auftrag, den amerikanischen Plan zu unterbreiten? Ali war zu klug, um seine momentane Verärgerung zu zeigen. Das war keine Falle, erkannte er, sondern eine fundamentale Änderung der amerikanischen Außenpolitik.

»Dr. Ryan, Sie haben diese Frage nicht grundlos gestellt, aber trotzdem ist sie rhetorisch. Eine Antwort wird Ihre Seite formulieren müssen.«

Das nahm drei Minuten in Anspruch.

Ali schüttelte betrübt den Kopf. »Dr. Ryan, wir wären wahrscheinlich in der

Lage, diesen Vorschlag zu akzeptieren, aber Israel wird sich sperren – vermutlich aus genau den Gründen, die uns eine positive Reaktion ermöglichen. Natürlich sollte Israel einverstanden sein – wird es aber nicht.«

»Aber Ihre Regierung kann den Vorschlag akzeptieren, Hoheit?«

»Ich muß ihn selbstverständlich erst anderen unterbreiten, bin aber der Auffassung, daß wir positiv reagieren werden.«

»Ohne Einwände?«

Der Prinz machte eine Pause und starrte über Ryans Kopf hinweg auf die Wand. »Wir könnten mehrere Änderungen vorschlagen, die die Prämissen Ihres Plans aber nicht berühren würden. Ich bin sogar der Ansicht, daß sich diese nebensächlichen Punkte leicht und rasch aushandeln ließen, da sie die anderen beteiligten Parteien nicht direkt betreffen.«

»Und wen würden Sie als Vertreter des Islam vorschlagen?«

Ali beugte sich vor. »Ganz einfach, das weiß jeder. Der Imam der al-Aksa-Moschee, Ahmed Ben Yussif, ist ein geachteter Gelehrter und Sprachkundiger, der von der gesamten islamischen Welt in theologischen Fragen konsultiert wird. Sunniten *und* Schiiten fügen sich auf bestimmten Gebieten seinem Urteil. Zudem ist er gebürtiger Palästinenser.«

»So einfach ist das?« Ryan schloß die Augen und atmete erleichtert auf. Hier hatte er richtig getippt. Yussif war zwar nicht gerade moderat und hatte die Vertreibung der Juden aus Westjordanien gefordert. Aber er hatte den Terrorismus aus theologischen Gründen grundsätzlich verurteilt. Er war also nicht unbedingt der Idealkandidat, aber wenn die Moslems mit ihm leben konnten, reichte das.

»Sie sind sehr optimistisch, Dr. Ryan.« Ali schüttelte den Kopf. »Zu optimistisch. Ich muß gestehen, daß Ihr Plan fairer ist, als ich oder meine Regierung erwartet hatten, aber er wird nie Wirklichkeit werden.« Ali schaute Ryan fest an. »Nun muß ich mich fragen, ob das ein ernstgemeinter Vorschlag war oder nur eine Finte mit dem Anstrich der Fairneß.«

»Hoheit, Präsident Fowler wird am kommenden Donnerstag der Vollversammlung der Vereinten Nationen eben diesen Plan unterbreiten. Ich bin ermächtigt, Ihre Regierung zu Verhandlungen in den Vatikan einzuladen.«

Der Prinz war so verdutzt, daß er in die Umgangssprache verfiel. »Meinen Sie wirklich, daß Sie das hinkriegen?«

»Hoheit, wir werden unser Bestes tun.«

Ali erhob sich und ging an seinen Schreibtisch, nahm ein Telefon ab, drückte auf einen Knopf und sagte etwas in Arabisch, von dem Ryan kein Wort verstand. Er war so erleichtert, daß ihm ein spleeniger Gedanke kam: Juden und Araber hatten ja eine Gemeinsamkeit, sie schrieben von rechts nach links. Wie wird das Gehirn damit fertig? fragte er sich.

Donnerwetter, sagte er sich. Es klappt vielleicht!

Ali legte den Hörer auf und wandte sich an seinen Besucher. »Es ist Zeit für eine Audienz bei Seiner Majestät.«

»So schnell geht das?«

»Wenn bei uns ein Minister einen Kollegen sprechen will, braucht er nur einen Onkel oder Vetter anzurufen. Ein Vorteil unserer Regierungsform: Wir sind ein Familienbetrieb. Ich hoffe nur, daß Ihr Präsident sein Wort hält.«

»Die UN-Rede ist bereits verfaßt. Ich habe sie gesehen. Er rechnet mit Angriffen der israelischen Lobby im Land und ist auf sie vorbereitet.«

»Ich habe diese Lobby in Aktion erlebt, Dr. Ryan. Selbst als wir an der Seite amerikanischer Soldaten um unser Leben kämpften, verweigerte sie uns Waffen, die wir zu unserer Verteidigung brauchten. Glauben Sie, daß es da eine Änderung geben wird?«

»Der Sowjetkommunismus ist am Ende, der Warschauer Pakt ebenfalls. So viele Dinge, die seit meiner Jugend die Welt bestimmten, gibt es nicht mehr. Es ist nun an der Zeit, die restlichen Unruheherde zu beseitigen und Frieden auf der Welt zu schaffen. Sie haben gefragt, ob wir das zuwege bringen – warum eigentlich nicht? Beständig ist nur die Veränderung, Hoheit.« Ryan wußte, daß er sich geradezu unverschämt optimistisch gab, und fragte sich sorgenvoll, wie Adler in Jerusalem wohl vorankam. Adler war zwar nicht laut, aber sehr bestimmt, und es war schon viel zu lange her, seit jemand den Israelis die Leviten gelesen hatte. Der Präsident hatte sich auf diese Initiative festgelegt. Wenn die Israelis nun versuchten, sie zu blockieren, würden sie sich völlig isoliert finden.

»Beständig ist auch Gott, Dr. Ryan.«

Jack lächelte. »Eben, Hoheit. Und darum geht es uns auch.«

Prinz Ali verkniff sich ein Lächeln und wies zur Tür. »Unser Wagen steht bereit.«

In dem Army-Depot New Cumberland in Pennsylvania, wo bis zu zweihundert Jahre alte Flaggen und Standarten aufbewahrt werden, breiteten ein Brigadegeneral und ein Antiquitätenfachmann die verstaubte Fahne des Zehnten US-Kavallerieregiments auf einem Tisch aus. Der General fragte sich, ob der feine Sand noch von Colonel John Griersons Feldzug gegen die Apachen stammte. Die Fahne sollte an das Regiment gehen, hatte aber keine große Verwendung und wurde vielleicht einmal im Jahr hervorgeholt. Als eigentliche Regimentsfahne diente eine nach dem Vorbild des alten Stücks angefertigte Kopie. Daß dies passierte, war an sich ungewöhnlich. In einer Zeit der Kürzungen im Verteidigungshaushalt wurde eine neue Einheit gebildet. Dagegen hatte der General jedoch nichts einzuwenden. Das 10. Regiment war trotz seiner ruhmvollen Geschichte von Hollywood, wo nur ein einziger Film über eines der schwarzen Regimenter gedreht worden war, stiefmütterlich behandelt worden. Die vier schwarzen Einheiten – das 9. und 10. Kavallerie- und das 24. und 25. Infantrieregiment – hatten bei der Erschließung des Westens eine wichtige Rolle gespielt. Die Regimentsstandarte stammte aus dem Jahr 1866 und hatte ein Mittelstück aus Büffelfell – das Kraushaar der schwarzen »Buffalo Soldiers« war von den Indianern mit dem Fell des amerikanischen Bisons verglichen worden. Schwarze Soldaten hatten bei dem Sieg über Geronimo mitgekämpft und Teddy Roosevelt beim Sturm auf den San Juan Hill das Leben gerettet. Es war also an der Zeit, daß man ihnen offiziell Anerkennung zollte, und der Präsident hatte das nicht ohne politische Hintergedanken getan. Fest stand, daß die 10. Kavallerie eine ehrenhafte Tradition hatte.

»Die Kopie habe ich in einer Woche fertig«, sagte der Zivilist. »Was hätte der alte Grierson wohl von der heutigen Ausrüstung der Buffalos gehalten?«

»Die ist allerdings bemerkenswert«, räumte der General, der vor einigen Jahren das 11. gepanzerte Kavallerieregiment befehligt hatte, ein. Die Einheit »Black Horse« war fürs erste noch in Deutschland stationiert. Der Restaurateur hatte aber recht. Ein modernes Kavallerieregiment war mit 129 Kampfpanzern, 228 Schützenpanzern, 24 Geschützen auf Selbstfahrlafetten, 83 Hubschraubern und 5000 Mann praktisch eine Brigade, hochmobil und mit großer Feuerkraft.

»Wo wird die Einheit stationiert?«

»Zusammengestellt wird sie in Fort Stewart. Was dann mit ihr geschehen soll, weiß ich nicht. Vielleicht ergänzt sie das 18. Luftlandekorps.«

»Also brauner Anstrich?«

»Vermutlich. Na, die Jungs kennen sich ja in der Wüste aus.« Der General strich über das alte Tuch, an dem noch Staub aus Texas, New Mexico und Arizona haftete, und fragte sich, ob die Soldaten, die hinter dieser Fahne marschieren sollten, wußten, daß sie mit ihrem Outfit eine Einheit wieder zum Leben erwecken würden.

6
Manöver

Die seit dem 18. Jahrhundert in fast unveränderter Form praktizierte Zeremonie der Kommandoübergabe bei der Navy ging planmäßig um 11.24 Uhr zu Ende. Sie war zwei Wochen früher als erwartet abgehalten worden, damit der scheidende Kommandant den ungeliebten Dienst im Pentagon rascher aufnehmen konnte. Captain Jim Rosselli hatte die USS *Maine* durch die letzten achtzehn Monate der Bauzeit bei der General Electrics-Tochter Electric Boat Division in Groton, Connecticut, gebracht, hatte den Stapellauf und die Endausstattung überwacht, die Werft- und Abnahmeprüfungen, die Indienststellung, die diversen Probeläufe, ein Raketen-Übungsschießen vor Port Canaveral, und war dann mit dem riesigen Boot durch den Panamakanal zu dem Stützpunkt Bangor im Staate Washington gefahren. Seine letzte Aufgabe, mit der USS *Maine* die erste Abschreckungspatrouille im Golf von Alaska durchzuführen, war erledigt, und er hatte nun, vier Tage nach dem Einlaufen, das Boot an Captain Harry Ricks, seine Ablösung, zu übergeben. Ganz so einfach war die Prozedur aber nicht. Raketen-U-Boote hatten schon seit der Indienststellung des ersten Typs dieser Art, der inzwischen längst verschrotteten und recycelten USS *George Washington*, zwei komplette Besatzungen, die »Blau« und »Gold« hießen. Die strategischen Boote konnten länger in See bleiben, wenn die Mannschaften sich ablösten. Das war zwar teurer, aber auch effizienter. Die strategischen U-Boote der Ohio-Klasse verbrachten im Durchschnitt zwei Drittel des Jahres in See, und zwar auf jeweils siebzigtägigen Patrouillenfahrten, gefolgt von einer fünfundzwanzigtägigen Wartungsperiode. Rosselli übergab also Ricks und seiner Mannschaft »Blau«, die »Gold« ablöste und nun auf Patrouille ging, das gigantische U-Boot.

Nach der Zeremonie zog Rosselli sich in seine Kajüte zurück. Als erstem scheidendem Kommandanten des Bootes standen ihm traditionell bestimmte Souvenirs zu, darunter aus dem Teakholz des Decks gebohrte Cribbage-Stifte. Daß der Skipper nach einem einzigen erfolglosen Versuch nie wieder Cribbage gespielt hatte, tat nichts zur Sache. Diese Traditionen stammten zwar nicht ganz aus dem 18. Jahrhundert, waren aber ebenso unverrückbar. Er konnte nun seiner Sammlung eine goldbestickte Schildmütze, eine Plakette mit dem Namen des Bootes, ein von der ganzen Mannschaft unterschriebenes Erinnerungsfoto und diverse Geschenke von Electric Boat einverleiben.

»Verdammt, so was hab' ich mir schon immer gewünscht«, murrte Ricks.

»Tja, das sind hübsche Stücke«, erwiderte Rosselli mit einem wehmütigen Lächeln. Nur die allerbesten Offiziere bekamen einen Auftrag dieser Art. Unter seinem Befehl hatte das Jagd-U-Boot USS *Honolulu* den Ruf eines erfolgreichen und »glücklichen« Schiffes bekommen. Anschließend hatte man ihm die Besatzung »Gold« der USS *Tecumseh* anvertraut, und auch hier hatte er geglänzt. Dieses dritte und zugleich ungewöhnlichste Kommando war notwendigerweise kürzer gewesen als die üblichen zweieinhalb Jahre. Er hatte den Schiffbauern in Groton auf die Finger gesehen und das Boot für die beiden ersten richtigen Besatzungen klar zum Einsatz gemacht. Wie lange fuhr es nun schon? So um die hundert Tage. Gerade lange genug für ihn, um die *Maine* in den Griff zu bekommen.

»Machen Sie sich's doch nicht so schwer, Rosey«, sagte der Geschwaderkommandant, Captain (bald Konteradmiral) Bart Mancuso.

Rosselli bemühte sich um einen heiteren Tonfall. »Hören Sie, Bart, unter uns Italienern: Ein bißchen Mitleid wäre angebracht.«

»Ich weiß, Sie sind *un brave*. Der Abschied fällt schwer.«

Rosselli wandte sich an Ricks. »Sie bekommen die beste Crew, die ich jemals hatte. Aus dem IA wird einmal ein großartiger Skipper, wenn er soweit ist. Das Boot ist perfekt in Schuß, alles funktioniert. Die Wartungsperiode ist reine Zeitverschwendung. Nur der Anrichteraum der Offiziersmesse ist nicht richtig verkabelt; da hat jemand von der Werft geschlampt und die Schalter nicht richtig etikettiert. Der Bordelektriker wird das in Ordnung bringen. Ansonsten klappt alles.«

»Und der Reaktor?«

»Mannschaft und Gerät haben bei der Sicherheitsinspektion volle vier Punkte bekommen.«

Ricks nickte. Vier Punkte, das war so gut wie perfekt und für die Männer von den Atom-U-Booten so etwas wie der Heilige Gral.

»Sonar?«

»Wir bekamen das neue Modell vor seiner allgemeinen Einführung und haben somit die beste Ausrüstung der ganzen Flotte. Kurz vor der Indienststellung habe ich mit SubGru 2 etwas arrangiert, unter anderem mit einem alten Kameraden, Bart – Dr. Ron Jones. Er arbeitet bei Sonosystems und fuhr sogar eine Woche bei uns mit. Der Strahlenweg-Analysator ist die reinste Magie. Die Reaktionszeit der Torpedomannschaft ließe sich noch um dreißig Sekunden drücken. Der ganze Verein ist relativ jung, der Chief eingeschlossen, und muß sich erst noch einspielen, arbeitet aber insgesamt kaum langsamer als mein Team auf der *Tecumseh.* Wenn ich ein bißchen mehr Zeit hätte, wäre die Truppe bald ganz auf Draht.«

»Kein Problem«, merkte Ricks phlegmatisch an. »Ich muß ja was zu tun haben, Jim. Wie viele Kontakte hatten Sie auf der ersten Fahrt?«

»Nur ein Boot der Akula-Klasse, die *Admiral Lunin*, die wir dreimal orteten, jeweils über 60 000 Meter. Und der Russe hatte keine Ahnung, hielt kein eines Mal auf uns zu. Einmal hatten wir ihn 16 Stunden lang. Die Wasserverhältnisse waren günstig, und da, tja –« Rosseli lächelte – »da hab' ich ihn eben verfolgt, nur so aus Gewohnheit.«

»Sie sind und bleiben ein Jäger«, meinte Ricks und grinste. Er hatte seine ganze Karriere auf strategischen Booten verbracht und mißbilligte Rossellis unkonventionelles Manöver, wollte aber die Atmosphäre nicht durch Kritik verderben.

»Erstklassig fand ich Ihr Profil des Akula«, bemerkte Mancuso, um zu zeigen, daß ihn Rossellis Entscheidung nicht im geringsten gestört hatte. »Ein gutes Boot, nicht wahr?«

»Das Akula ist vorzüglich, aber nicht gut genug«, sagte Rosselli. »Aufzuregen brauchen wir uns erst, wenn es *uns* gelingt, diese Dinger zu verfolgen. Ich habe das einmal mit der *Honolulu* gegen die *Alabama* unter Richie Seitz versucht und fiel prompt herein – zum ersten und einzigen Mal. Höchstens Gott findet ein Ohio – wenn Er einen guten Tag hat.«

Rosselli meinte das ernst. Die Raketen-U-Boote der Ohio-Klasse waren superleise; ihr Betriebsgeräusch lag unter dem Geräuschpegel des Ozeans und war wie ein Flüstern in einem Rockkonzert. Um sie überhaupt zu vernehmen, mußte man unglaublich dicht herankommen, und um das zu verhindern, waren die Ohios mit den bestentwickelten Sonargeräten ausgerüstet. Mit dieser Klasse hatte die Navy einen Volltreffer gelandet. Im Originalvertrag war eine Höchstgeschwindigkeit von 26 bis 27 Knoten gefordert worden; das erste Ohio aber lief 28,5. *Maine*, mit einem neuen und sehr glatten Superpolymer-Anstrich versehen, schaffte bei den ersten Versuchsfahrten 29,1. Die siebenschauflige Schraube erlaubte eine Geschwindigkeit von fast zwanzig Knoten ohne jedes Kavitationsgeräusch, und der Reaktor, der in fast allen Betriebsarten nach dem Konvektionsprinzip gekühlt wurde, brauchte keine geräuschvolle Umlaufpumpe. Die geradezu besessen auf Geräuschkontrolle bedachte Navy hatte mit dieser Klasse ein Spitzenprodukt geschaffen. Selbst die Messer des Mixers in der Kombüse waren vinylbeschichtet, um metallisches Klappern zu vermeiden. Das Ohio war der Rolls-Royce unter den U-Booten.

Rosselli wandte sich an Ricks. »So, jetzt gehört sie Ihnen, Harry.«

»Niemand hätte sie besser vorbereiten können, Jim. Gehen wir ins Kasino; ich spendiere ein Bier.«

»Gut«, erwiderte der Exkommandant mit belegter Stimme. Die Mannschaft hatte Aufstellung genommen und drückte ihm auf dem Weg von Bord ein letztes Mal die Hand. An der Turmleiter hatte Rosselli Tränen in den Augen. Als er übers Vordeck ging, liefen sie ihm über die Wangen. Mancuso verstand es. Ihm war es nicht anders gegangen. Ein guter Kommandant entwickelt eine echte Liebe zu seinem Boot und seiner Mannschaft, und Rosselli fiel der Abschied ganz besonders schwer, denn er hatte nun schon mehr Kommandos gehabt, als ihm eigentlich zustanden. Er hatte zum letzten Mal die gottähnliche Stellung des Befehlshabenden auf einem Kriegsschiff genossen und mußte nun Mancusos Schicksal teilen – den Befehl von einem Schreibtisch aus zu führen. Selbstverständlich konnte er weiterhin auf Booten mitfahren, um Skipper zu beurteilen und neue Ideen und Taktiken zu prüfen, doch von nun an nur noch als geduldeter, niemals als wirklich willkommener Gast an Bord. Am unangenehmsten aber war, daß ihm ein Besuch auf seinem ehemaligen Boot ganz verboten war; damit sollte vermieden werden, daß die Besatzung seinen Stil mit dem des neuen Kommandanten verglich und damit dessen Autorität untergrub. So muß es meinen Vorfahren ergangen sein, dachte Mancuso, als sie einen letzten Blick zurück auf Italien warfen und wußten, daß sie nie wieder zurückkehren würden, daß dieser Lebensabschnitt unwiderruflich zu Ende war.

Die drei Männer stiegen in Mancusos Dienstwagen und fuhren zum Offizierskasino. Rosselli stellte seine Erinnerungsstücke auf den Boden, holte ein Taschentuch hervor und wischte sich die Augen. Es ist einfach unfair, dachte er. Da werde ich von diesem Superboot auf einen dumpfen Verwaltungsposten verbannt. Zum Teufel mit der Personalpolitik! Rosselli putzte sich die Nase und stellte sich darauf ein, den Rest seiner Dienstzeit an Land zu verbringen.

Mancuso wandte stumm und respektvoll den Blick ab.

Ricks schüttelte nur den Kopf. Was sollte diese Gefühlsduselei? Er dachte schon über seine ersten Maßnahmen nach. Die Torpedomannschaft war noch nicht ganz auf Zack? Wartet nur, euch werd' ich Beine machen! Und der IA soll ein ganz besonders helles Kerlchen sein. Na und? Welcher Skipper lobt seinen Ersten Offizier nicht? Wenn der Mann wirklich reif für sein eigenes Kommando war, mochte er als IA vielleicht zu eifrig sein und seinen Kommandanten nicht vorbehaltlos unterstützen. Du wärst nicht der erste unter mir, den der Hafer sticht, dachte Ricks, ich werde dir schon zeigen, wer der Chef ist. Die wichtigste und beste Nachricht war natürlich der erstklassige Zustand des Antriebs. Ricks war das Produkt einer Marine, die geradezu besessen auf die Reaktorsicherheit achtete, und auf diesem Gebiet fand er den Geschwaderkommandanten Mancuso etwas zu lässig. Ähnliches ließ sich vermutlich auch über Rosselli sagen. Na schön, das Boot hatte die Sicherheitsprüfung glänzend bestanden. Auf *seinen* Booten mußten die Ingenieure jeden Tag auf eine solche Inspektion gefaßt sein. Bei der Ohio-Klasse funktionierten alle Systeme so gut, daß die Männer zur Nachlässigkeit neigten, besonders wenn sie gerade eine Prüfung mit Bestnote bestanden hatten. Hochmut kommt vor dem Fall. Und die Cowboy-Mentalität dieser U-Jäger! Wie konnte jemand auf die Wahnsinnsidee kommen, ein Akula zu verfolgen? Gut, der Abstand hatte sechzigtausend Meter betragen, aber was hatte sich dieser Irre eigentlich dabei gedacht?

Ricks hielt sich an das Motto der strategischen U-Boote: VERSTECKT UND STOLZ (die weniger schmeichelhafte Version war SEE-SCHISSER). Wer uns nicht findet, kann uns nichts anhaben. Strategische Boote hatten Konfrontationen auszuweichen; sie waren eigentlich keine Kriegsschiffe, sondern schwimmende Abschußrampen für Interkontinentalraketen. Ricks war erstaunt, daß Mancuso Rosselli nicht auf der Stelle zurechtgewiesen hatte.

Das mußte er sich merken. Mancuso hatte Rosselli nicht zusammengestaucht, sondern belobigt.

Mancuso war sein Geschwaderkommandeur und war zweimal mit der Distinguished Service Medal ausgezeichnet worden. Es war eigentlich unfair, daß ein auf Tarnung bedachter Mann wie Ricks unter dem aggressiven Jägertypen Mancuso dienen mußte, der von seinen Skippern Angriffslust erwartete.

Der springende Punkt war, daß Mancuso seine Beurteilung schreiben würde. Ricks war ein ehrgeiziger Mann, der seine Karriere genauestens geplant hatte: Erst Geschwaderkommandeur, dann wollte er eine angenehme Dienstzeit im Pentagon verbringen, der die Ernennung zum Konteradmiral und die Erteilung des Befehls über eine U-Gruppe wie zum Beispiel die in Pearl Harbor folgen sollte, denn es gefiel ihm auf Hawaii. Als krönenden Abschluß stellte er sich eine Rückversetzung ins Pentagon vor. Diesen Karriereplan hatte Ricks sich schon als Lieutenant zurechtgelegt, und wenn er sich nur genauer an die Vorschriften hielt als alle anderen, konnte nichts schiefgehen.

Mit einem Vorgesetzten von den Jagd-U-Booten hatte er allerdings nicht gerechnet. Nun, da mußte er sich eben anpassen. Das konnte er gut. Wenn ihm auf seiner nächsten Fahrt ein Akula in die Quere kam, wollte er Rossellis Beispiel folgen – aber natürlich erfolgreicher. Mancuso erwartete das sicher, und Ricks wußte, daß er im direkten Wettbewerb mit dreizehn anderen SSBN-Kommandanten stand. Wenn er Kommandant des Geschwaders werden wollte, mußte er unter vierzehn der Beste sein und seinen Vorgesetzten beeindrucken. Gewiß, wenn sein Karrierepfad so gerade wie seit zwanzig Jahren bleiben sollte, mußte er neue, ungewohnte Dinge probieren. Das tat er zwar nur ungern, aber die Karriere hatte Vorrang. Er war ausersehen, eines nicht zu fernen Tages die Admiralsflagge in seinem Dienstzimmer im Pentagon stehen zu haben, und an diese Umstellung gewöhnte er sich dann bestimmt leicht. Ein Admiral hatte seinen eigenen Stab, einen Fahrer und einen reservierten Parkplatz vor dem Pentagon und mit viel Glück Aussicht auf einen Posten im E-Ring des Pentagons, wo die Führung saß – oder, besser noch, als Direktor der Reaktorabteilung der Marine. Der Herr aller Reaktoren – eine Funktion, für die er sich qualifiziert fühlte – legte die technischen Standards und Verfahrensregeln fest, schrieb also sozusagen die Bibel für alle, die mit Atomkraft zu tun hatten. Er brauchte sich also nur an diese Bibel zu halten, und dann war der Weg nach oben frei. Ricks, ein brillanter Ingenieur, kannte die Vorschriften in- und auswendig.

J. Robert Fowler hat also doch menschliche Züge, sagte sich Ryan. Die Konferenz wurde im Obergeschoß des Weißen Hauses, wo sich auch die Schlafzimmer befanden, abgehalten, weil die Klimaanlage im Westflügel wegen Instandsetzungsarbeiten außer Betrieb war und das Oval Office wegen der Sonne, die durch die Fenster knallte, nicht in Frage kam. Man traf statt dessen in einem Wohnraum zusammen, in dem oft bei »informellen, intimen« Empfängen für rund fünfzig Personen das Buffet stand. Die antiken Sitzmöbel waren um einen ziemlich großen Eßtisch gruppiert; ein Wandgemälde stellte historische Szenen dar. Die Atmosphäre war informell und locker. Fowler war das Drum und Dran seines Amtes zuwider. Der ehemalige Bundesanwalt war an eine entspannte Arbeitsatmosphäre gewöhnt und fühlte sich mit gelockerter Krawatte und aufgekrempelten Hemdsärmeln offenbar am wohlsten. Für Ryan, der den Präsidenten als hochnäsig und steif im Umgang mit Untergebenen kannte, war das ein seltsamer Widerspruch. Merkwürdiger noch, der Präsident war mit dem Sportteil der *Baltimore Sun*, den er lieber las als den der *Washington Post*, hereingekommen. Fowler war ein begeisterter Football-Fan. Die Vorrunde der kommenden Saison war schon vorbei, und Fowler klopfte nun die Mannschaften der Nationalen Football-Liga NFL auf ihre Chancen ab. Ryan zuckte mit den Achseln und behielt das Jackett an. Fowler war als hochkomplexer Mensch ziemlich unberechenbar.

Fowler, der sich diskret Zeit für diese Nachmittagskonferenz genommen hatte, saß am Kopfende des Tisches direkt unter einer Belüftungsöffnung und lächelte sogar ein wenig, als seine Gäste Platz nahmen. Zu seiner Linken saß G. Dennis Bunker, ein ehemaliger Kampfpilot der Air Force, der zu Beginn des Vietnamkrieges hundert Einsätze geflogen und dann den Dienst quittiert hatte, um eine Firma zu gründen, aus der inzwischen ein Milliarden-Imperium geworden war. Den Konzern und was er an Aktien von anderen Firmen besaß hatte er bis auf ein Unternehmen, die San Diego Chargers, verkauft, um den Kabinettsposten zu besetzen. Kein Wunder, daß sich viele Senatoren bei der Ratifizierung seiner Ernennung spöttisch fragten, ob Fowler sein Verteidigungsminister nicht vorwiegend als Football-Enthusiast sympathisch war. Bunker war als Falke in der Fowler-Administration eine Rarität und ein Fachmann in Verteidigungsfragen, auf den die Militärs hörten. Die Air Force hatte er zwar nur als Captain, aber mit drei Fliegerkreuzen verlassen, die er sich mit seinem Jagdbomber F-105 über Hanoi verdient hatte. Dennis Bunker hatte Gefechtserfahrung und konnte mit Captains über Taktiken und mit Generälen über Strategien fachsimpeln. Militärs und Politiker respektieren den VM gleichermaßen, und das war eine Seltenheit.

Bunkers Nebenmann war Brent Talbot, der Außenminister. Der ehemalige Politologieprofessor der Northwestern University war ein alter Freund und Verbündeter des Präsidenten. Talbot, ein distinguierter Siebziger mit weißem Haar und einem blassen, intelligenten Gesicht, erinnerte weniger an einen Akademiker als an einen Gentleman der alten Schule – wenngleich mit Killer-Instinkt. Nach Jahren als außenpolitischer Berater und Mitglied zahlloser Ausschüsse hatte er endlich eine Stellung, die seinem Wort Gewicht verlieh. Der Theoretiker mit Zugang zu den Schaltstellen der Macht hatte auf Fowler gesetzt und konnte nun selbst die Hebel bewegen. Der Außenminister, ein visionärer Kopf, erkannte in dem neuen Ost-West-Verhältnis die historische Chance, die Welt zu verändern und seinen Namen mit dieser Entwicklung in Verbindung zu bringen.

Rechts vom Präsidenten saß Arnold van Damm, der Stabschef, denn dies war schließlich eine politische Zusammenkunft, bei der politischer Rat von höchster Bedeutung war. Van Damms Nachbarin war Elizabeth Elliot, die neue Sicherheitsberaterin, die heute recht streng aussah in ihrem teuren Kostüm und dem dünnen Halstuch, wie Ryan fand. Neben ihr hatte sich Marcus Cabot niedergelassen, der Direktor der CIA und Ryans unmittelbarer Vorgesetzter.

Die zweitrangigen Leute waren natürlich weiter vom Zentrum der Macht entfernt gruppiert. Ryan und Adler hatte man am Ende des Tisches untergebracht, wo sie einerseits vom Präsidenten getrennt und andererseits bei ihrem Vortrag im Blick der wichtigeren Konferenzteilnehmer waren.

»Na, Dennis, wird das euer Jahr?« fragte der Präsident den Verteidigungsminister.

»Aber klar«, erwiderte Bunker. »Ich habe lange genug warten müssen, aber mit den beiden neuen Vorverteidigern kommen wir nach Denver.«

»Um dort auf die Vikings zu treffen«, merkte Talbot an. »Dennis, warum haben Sie sich nicht den Tony Wills geschnappt, wo Sie doch die erste Wahl hatten?«

»Weil ich schon drei gute Hinterfeldspieler habe und Vorverteidiger brauchte. Dieser Junge aus Alabama ist ein Naturtalent.«

»Das werden Sie noch bereuen«, erklärte der Außenminister. Tony Wills, der von der Northwestern University in die Nationalliga geholt worden war, hatte als erstklassiger Sportler und Student zugleich seiner Mannschaft wieder zu einem Namen verholfen und war Talbots Lieblingsschüler gewesen. Dem in jeder Hinsicht außergewöhnlichen jungen Mann wurde bereits eine Zukunft in der Politik prophezeit; Ryan hielt das angesichts der sich ständig verändernden politischen Landschaft in den Staaten für verfrüht. »Warten Sie nur, im dritten Spiel der Saison werden Sie abgezogen, und bei der Superbowl dann noch mal – falls Ihre Mannschaft es überhaupt bis ins Endspiel schafft, was ich bezweifle, Dennis.«

»Wir werden ja sehen«, schnaubte Bunker.

Der Präsident ordnete lachend seine Unterlagen. Liz Elliot verbarg erfolglos ihre Mißbilligung, wie Jack auf die Distanz feststellte. Sie hatte Papiere und Stift schon längst bereitliegen und ließ sich ihre Ungeduld anmerken. Solche Gespräche gehörten ihrer Meinung nach in die Umkleidekabine. Nun, jetzt hatte sie wenigstens den Job, auf den sie scharf gewesen war. Die Stelle war zwar nur durch einen Todesfall frei geworden – Ryan hatte die näheren Umstände inzwischen erfahren –, aber sie war nun am Ziel.

»Kommen wir zur Tagesordnung«, sagte der Präsident. Augenblicklich verstummte der Lärm. »Mr. Adler, bitte berichten Sie über Ihre Reise.«

»Gerne, Mr. President. Meiner Auffassung nach sind nun die meisten Teile des Puzzles dort, wo sie hingehören. Der Vatikan ist vorbehaltlos mit den Punkten unseres Friedensplans einverstanden und jederzeit bereit, bei den Verhandlungen als Gastgeber zu fungieren.«

»Wie reagierte Israel?« fragte Liz Elliot, um zu beweisen, daß sie auf dem laufenden war.

»Die Reaktion hätte positiver ausfallen können«, meinte Adler neutral. »Israel wird zwar eine Delegation entsenden, aber ich rechne mit starkem Widerstand.«

»Wie stark?«

»Man wird alles tun, um nicht festgenagelt zu werden. Den Israelis ist diese Idee sehr unangenehm.«

»Kaum verwunderlich, Mr. President«, fügte Talbot hinzu.

»Und die Saudis?« fragte Fowler Ryan.

»Sir, ich habe den Eindruck, daß sie mitziehen werden. Prinz Ali war sehr optimistisch. Wir sprachen eine Stunde lang mit dem König, dessen Reaktion zurückhaltend, aber positiv war. Die Saudis haben nur die Befürchtung, daß sich die Israelis trotz allem massiven Druck von unserer Seite nicht an dem Prozeß beteiligen werden und daß sie damit im arabischen Lager isoliert sind. Aber lassen wir diesen Aspekt einmal beiseite, Mr. President. Die Saudis sind mit der Rohfassung des Plans einverstanden und bereit, an seiner Umsetzung mitzuwirken. Es wurde der Wunsch nach geringfügigen Änderungen laut, die aber allesamt unproblematisch sind und in zwei Fällen sogar eine echte Verbesserung darstellen.«

»Und die Sowjets?«

»Dort hat Scott sondiert«, erwiderte Minister Talbot. »Sie unterstützen die Idee, rechnen aber nicht mit Israels Kooperation. Präsident Narmonow erklärte vorgestern in einem Telex, der Plan stünde im Einklang mit der Politik seiner Regierung. Moskau ist sogar bereit, seine Waffenlieferungen an die anderen Staaten der Region auf reine Verteidigungsbedürfnisse zu reduzieren.«

»Tatsächlich?« platzte Ryan heraus.

»Da haben Sie wohl danebengetippt, was?« meinte Direktor Cabot und lachte in sich hinein.

»Wieso?« fragte der Präsident.

»Mr. President, Waffenlieferungen in den Nahen Osten sind für die Sowjets ein Dukatenesel. Eine Einschränkung dieses Handels würde einen Milliardenverlust an bitter benötigten Devisen bedeuten.« Ryan lehnte sich zurück und pfiff. »Das überrascht mich.«

»Sie möchten auch mit einigen Leuten an den Verhandlungen teilnehmen. Dagegen ist nichts einzuwenden. Die Waffenlieferungen werden, sollten die Verhandlungen überhaupt so weit gedeihen, in einem Sondervertrag zwischen uns und den Sowjets geregelt.« Liz Elliot lächelte Ryan triumphierend zu. *Sie* hatte diese Entwicklung vorausgesehen.

»Im Gegenzug erwarten die Sowjets Getreidelieferungen und ein paar Handelskonzessionen«, fügte Talbot hinzu. »Das läßt sich vertreten. Für uns ist sowjetische Mitarbeit in dieser Angelegenheit überaus wichtig, und Narmonow ist an dem mit dem Pakt verbundenen Prestigegewinn interessiert. Es ist ein für beide Seiten fairer Handel. Es liegt bei uns ja genug Getreide herum.«

»Das einzige Hindernis ist also Israel?« fragte Fowler die Runde. Es wurde genickt. »Wie ernst ist das?«

Cabot wandte sich an seinen Stellvertreter. »Jack, wie hat Avi Ben Jakob reagiert?«

»Ich war am Tag vor meinem Abflug nach Saudi-Arabien mit ihm essen und gewann den Eindruck, daß er gar nicht glücklich war. Was genau er nun wußte, kann ich nicht sagen. Ich gab ihm kaum einen Hinweis für seine Regierung, und ...«

»Was heißt hier ›kaum‹, Ryan?« fauchte Elliot.

»Nichts«, antwortete Ryan. »Abwarten und Tee trinken, war meine Antwort, und Leute vom Nachrichtendienst hören so etwas nicht gern. Er ahnte wohl, daß etwas im Busch war, wußte aber nicht, was.«

»Ich erntete in Israel überraschte Blicke«, warf Adler zu Ryans Unterstützung ein. »Man hatte mit etwas gerechnet, war aber auf meine Präsentation nicht vorbereitet.«

Der Außenminister beugte sich vor. »Mr. President, Israel lebt seit zwei Generationen mit der Illusion, daß es einzig und allein für seine Sicherheit verantwortlich ist. Das ist in diesem Land schon fast ein Glaubenssatz. Man ist von unseren Waffenlieferungen und unserer Finanzhilfe abhängig, tut aber so, als sei man autark – aus Angst, die nationale Sicherheit von anderen, die einem dann irgendwann ihre Unterstützung verweigern könnten, garantieren zu lassen.«

»Dieses Argument habe ich langsam satt«, merkte Liz Elliot kalt an.

Wenn du sechs Millionen Verwandte verloren hättest, würdest du anders denken, sagte sich Ryan. Der Holocaust ist und bleibt ein hochempfindliches Thema.

»Wir können wohl davon ausgehen, daß ein bilateraler Verteidigungspakt zwischen den Vereinigten Staaten und Israel den Senat glatt passiert«, ließ sich Arnie van Damm zum ersten Mal vernehmen.

»Wie rasch können wir die erforderlichen Einheiten in Israel einsetzen?«

»In rund fünf Wochen, wenn Sie jetzt grünes Licht geben«, erwiderte der Verteidigungsminister. »Das 10. gepanzerte Kavallerieregiment, das sich gerade formiert, ist praktisch eine schwere Brigade, die jede arabische Division zu schlagen – besser: zu vernichten – in der Lage ist. Hinzu käme eine Einheit der Marineinfantrie, und wenn man uns Haifa als Stützpunkt gibt, haben wir fast immer einen Trägerverband im östlichen Mittelmeer. Zusammen mit dem auf Sizilien stationierten Geschwader F-16 wäre das eine nicht zu verachtende Streitmacht. Dem Militär wird die Sache auch gefallen, weil es ein größeres Manövergelände bekommt. Wir richten einen Stützpunkt in der Negev ein; Üben und nochmals Üben garantiert den optimalen Bereitschaftsgrad der Einheit. Das wird zwar nicht billig, aber ...«

»Sie werden den Preis zahlen«, schnitt der Präsident Bunker sanft das Wort ab. »Das ist die Sache wert, und der Kongreß wird uns wohl die Mittel nicht verweigern, nicht wahr, Arnie?«

»Jeder Abgeordnete, der über diesen Plan meckert, wird abgewählt«, sagte der Stabschef zuversichtlich.

»Es muß also nur noch Israels Widerspruch überwunden werden«, faßte Fowler zusammen.

»Korrekt, Mr. President«, erwiderte Talbot für alle Anwesenden.

»Und wie ist das am einfachsten zu erreichen?« Fowlers Frage war rein rhetorisch, denn eine Antwort war bereits formuliert. Die gegenwärtige israelische Regierung war eine wacklige, zerstrittene Koalition, für die ein gezielter

Schubs aus Washington ausreichte, um sie zu Fall zu bringen. »Und der Rest der Welt?«

»Die NATO-Länder sind kein Problem. Die restlichen UN-Mitglieder werden widerwillig mitziehen«, erklärte Elliot, ehe Talbot etwas sagen konnte. »Solange die Saudis mitspielen, schließt sich die islamische Welt an. Sperrt sich Israel, steht es isolierter da als je zuvor.«

»Zu großen Druck würde ich nicht ausüben«, sagte Ryan.

»Dr. Ryan, das fällt nicht in Ihren Zuständigkeitsbereich«, sagte Elliot sanft. Einige Konferenzteilnehmer bewegten leicht die Köpfe oder machten schmale Augen, aber es setzte sich niemand für Ryan ein.

»Gewiß, Dr. Elliot«, unterbrach Ryan die peinliche Stille. »Andererseits könnte exzessiver Druck auf Israel das Gegenteil von dem bewirken, was der Präsident beabsichtigt. Und wir dürfen auch die moralische Dimension nicht außer acht lassen.«

»Dr. Ryan, es geht uns hier nur um die ethische Dimension«, sagte der Präsident. »Und die läßt sich leicht definieren: Es hat in der Region genug Kriege gegeben; es ist Zeit, Frieden zu schaffen. Unser Plan ist ein Mittel zu diesem Zweck.«

Unser Plan, hörte Ryan ihn sagen. Van Damms Blick flackerte kurz. Jack erkannte, daß er in diesem Raum so isoliert war, wie Israel es in der Absicht des Präsidenten sein sollte. Er schaute auf seine Unterlagen und schwieg. Von wegen ethische Dimension, dachte Ryan zornig. Hier geht es um einen Meilenstein in der Geschichte und um das politische Kapital, das Fowler aus seiner Rolle als großer Friedensstifter schlagen kann. Aber dies war nicht der Augenblick für Zynismen. Der Plan war zwar nicht mehr Ryans Geisteskind, aber trotzdem eine löbliche Sache.

»Und wie nehmen wir die Israelis in den Schwitzkasten?« fragte Fowler heiter. »Ich denke nicht an drastische Maßnahmen, sondern an einen diskreten, deutlichen Wink.«

»Nächste Woche soll eine Ladung Flugzeugersatzteile an sie abgehen«, sagte Verteidigungsminister Bunker. »Israel will die Radarsysteme seiner F-15 austauschen. Es gäbe auch noch andere Druckmittel, aber diese neue Radaranlage, die wir selbst gerade erst in unsere Maschinen einbauen, ist ihnen sehr wichtig. Das gleiche gilt für das Raketensystem der F-16. Die Luftwaffe ist Israels Kronjuwel. Wenn wir diese Lieferungen aus technischen Gründen zurückhalten, ist das ein Wink mit dem Zaunpfahl.«

»Läßt sich das unauffällig bewerkstelligen?« fragte Elliot.

»Wir können ihnen zu verstehen geben, daß laute Reklamationen wenig hilfreich sind«, meinte van Damm. »Wenn die Rede vor den Vereinten Nationen wie erwartet positiv aufgenommen wird, könnten wir der israelischen Lobby im Kongreß zuvorkommen.«

»Es wäre besser, ihnen den Kompromiß mit mehr Waffen schmackhafter zu machen, als ihre existierenden Systeme lahmzulegen.« Das war Ryans letzter Versuch. Die Sicherheitsberaterin knallte ihm die Tür vor der Nase zu.

»Dazu fehlen uns die Mittel.«

Der Stabschef stimmte zu: »Der Verteidigungshaushalt gibt selbst für Israel nichts mehr her. Das Geld ist einfach nicht da.«

»Ich bin dafür, Israel vorzuwarnen – falls wir tatsächlich Druck ausüben wollen«, sagte der Außenminister.

Liz Elliot schüttelte den Kopf. »Nein. Wenn die Botschaft wirklich ankommen soll, müssen wir hart durchgreifen. Dafür sollte Israel, das ja selbst nicht mit Samthandschuhen arbeitet, Verständnis haben.«

»Nun gut.« Der Präsident machte sich eine letzte Notiz. »Warten wir bis nach meiner Rede. Ich habe sie geändert und eine formelle Einladung zu Verhandlungen, die in zwei Wochen in Rom beginnen sollen, eingefügt. Wir geben Israel zu verstehen, daß es zwei Möglichkeiten hat: mitzuspielen oder sich auf die Konsequenzen gefaßt zu machen. Diesmal meinen wir es ernst. Und diesen Wink geben wir auf die von Minister Bunker vorgeschlagene Weise – ohne Vorwarnung. Sonst noch etwas?«

»Indiskretionen?« fragte van Damm leise.

»Hält Israel dicht?« fragte die Sicherheitsberaterin Scott Adler.

»Ich habe gesagt, die Sache sei streng geheim, aber...«

»Brent, rufen Sie den israelischen Außenminister an und bestellen Sie ihm, daß es ernste Konsequenzen gibt, wenn etwas an die Öffentlichkeit gelangt.«

»Jawohl, Mr. President.«

»Und im übrigen dringt nichts über diese Gruppe hinaus.« Dieser Befehl des Präsidenten zielte auf das Ende des Tisches. »Ende der Sitzung.«

Ryan nahm seine Papiere und ging hinaus. Einen Moment später hielt Marcus Cabot ihn im Korridor an. »Jack, Sie sollten wissen, wann Sie den Mund zu halten haben.«

»Ich bitte Sie, Sir, wenn wir zu viel Druck machen...«

»Kriegen wir, was wir wollen.«

»Ich halte das für falsch und unklug. Wir bekommen sowieso, was wir wollen, auch wenn es ein paar Monate dauert. Aber dazu brauchen wir Israel nicht zu drohen.«

»Der Präsident will es aber so.« Cabot beendete das Gespräch, indem er sich entfernte.

»Jawohl, Sir«, sagte Jack ins Leere.

Der Rest der Gruppe kam im Gänsemarsch heraus. Talbot zwinkerte ihm zu und nickte. Die anderen vermieden mit Ausnahme von Scott Adler jeden Blickkontakt. Adler kam herüber, nachdem sein Chef ihm etwas zugeflüstert hatte. »Schöner Versuchsballon, Jack. Vor ein paar Minuten wären Sie beinahe geflogen.«

Ryan war verblüfft. Sollte er denn nicht seine Meinung sagen? »Scott, wenn ich noch nicht einmal...«

»Sie dürfen dem Präsidenten nicht in die Parade fahren, jedenfalls nicht bei diesem Projekt. Sie haben nicht den Rang, um mit einer Gegenmeinung durchzukommen. Brent war im Begriff, dieses Argument anzubringen, aber dann fuhren Sie dazwischen, setzten sich nicht durch und nahmen ihm damit den Spielraum. Halten Sie sich also beim nächsten Mal zurück, klar?«

»Danke für Ihre Unterstützung«, versetzte Jack mit einiger Schärfe.

»Jack, Sie haben sich selbst die Tour vermasselt, einen korrekten Standpunkt falsch vertreten. Lassen Sie sich das eine Lehre sein.« Adler machte eine Pause. »Mein Chef sagt, Sie hätten das in Riad sehr gut gemacht. Wenn Sie nun noch lernen könnten, wann Sie den Mund zu halten haben, wären Sie perfekt, meinte er.«

»Tja, da hat er wohl recht«, gestand Ryan.

»Wo wollen Sie jetzt hin?«

»Nach Hause. Im Büro ist heute nichts mehr zu tun.«

»Kommen Sie mit uns. Brent will mit Ihnen reden. Wir nehmen drüben bei uns einen kleinen Imbiß.« Adler führte Jack zum Aufzug.

»Nun?« fragte der Präsident, der im Sitzungszimmer geblieben war.

»Sieht bestens aus, finde ich«, meinte van Damm. »Besonders, wenn wir die Sache noch vor den Wahlen über die Bühne bringen.«

»Ja, ein paar Extramandate wären angenehm«, stimmte Fowler zu. Die ersten beiden Jahre seiner Amtszeit waren nicht einfach gewesen. Haushaltsprobleme und eine unsichere Wirtschaftslage hatten seine Programme lahmgelegt und seinen aggressiven Führungsstil fragwürdig wirken lassen. Die Kongreßwahlen im November waren der erste Test für die neue Administration, und die Ergebnisse der Meinungsumfragen sahen nicht gerade glänzend aus. Zwar mußte die Partei des Präsidenten normalerweise bei Zwischenwahlen Sitze abgeben, aber zu große Verluste konnte sich dieser Präsident nicht leisten. »Bedauerlich, daß wir die Israelis unter Druck setzen müssen, aber . . .«

»Der politische Gewinn wiegt schwerer – vorausgesetzt, wir bringen den Friedensvertrag durch.«

»Das schaffen wir«, meinte Elliot. »Wenn wir unsere Termine einhalten, kann der Senat die Sache bis zum 16. Oktober ratifiziert haben.«

»An Ehrgeiz mangelt es Ihnen nicht«, merkte Arnie an. »So, ich habe noch zu arbeiten. Wenn Sie mich entschuldigen wollen, Mr. President?«

»Bis morgen, Arnie.«

Fowler trat an das Fenster über der Pennsylvania Avenue. Über dem Asphalt flimmerte die Luft in der Augusthitze. Gegenüber im Lafayette Park standen noch zwei Atomwaffengegner mit Transparenten. Fowler grinste verächtlich und schnaubte. Wußten diese Spinner denn nicht, daß Atomwaffen längst überholt waren? Er drehte sich um.

»Elizabeth, haben Sie Lust, mit mir zu Abend zu essen?«

Dr. Elliot strahlte ihren Chef an. »Aber sicher, Bob.«

Das einzig Gute an den Drogengeschäften seines Bruders war, daß er einen alten Koffer mit fast hunderttausend Dollar zurückgelassen hatte. Marvin hatte das Geld an sich genommen und war nach Minneapolis gefahren, um sich ordentliche Kleidung , anständiges Reisegepäck und einen Flugschein zu kaufen. Im Gefängnis hatte er unter anderem gelernt, wie man sich eine andere Identität beschafft, und besaß nun gleich drei Pässe, von denen die Polizei nichts wußte. Das Gefängnis hatte ihn außerdem gelehrt, sich unauffällig zu verhalten. Seine Kleidung war vorzeigbar, aber nicht knallig. Er kaufte ein Standby-Ticket für einen Flug, der wahrscheinlich unterbucht war, und sparte so einige hundert Dollar. Der Rest des Geldes, 91 545 Dollar, mußte lange reichen, denn da, wo er hinwollte, war das Leben nicht billig. Menschenleben hingegen schon, die zählten dort wenig. Nun, damit kann sich ein Krieger abfinden, dachte er.

Nach einem Zwischenstopp in Frankfurt flog er in südlicher Richtung weiter. Russell, ein gewitzter Mann, hatte vor vier Jahren an einer Art internationaler Konferenz teilgenommen – die Reise hatte ihn eine komplette Identität gekostet – und gelernt, wie man Kontakte herstellt. Internationale Terroristen sind angesichts der vielen Verfolgungen notgedrungen vorsichtig. Ohne es zu wissen, hatte Russell Glück – einer von drei Kontakten, an die er sich erinnerte, war schon vor langer Zeit zusammen mit zwei Mitgliedern der Roten Brigaden aufgeflogen. Er wählte eine der anderen beiden Nummern, es klappte, und er wurde in Athen zu einem Treff geführt, bei dem man ihn überprüfte und ihm den Weiterflug genehmigte. Russell war hastig in sein Hotel zurückgekehrt – er vertrug das griechische Essen nicht – und wartete nun nervös auf einen Anruf. Trotz aller Vorsicht fühlte er sich angreifbar. Er hatte noch nicht einmal ein Taschenmesser dabei – bewaffnet zu fliegen war viel zu gefährlich – und war jedem bewaffneten Polizisten vollkommen ausgeliefert. Was, wenn sein Kontakt »verbrannt« war? Dann würde man ihn hier verhaften oder in einen sorgfältig geplanten Hinterhalt locken, aus dem es nur mit Glück ein Entkommen gab. Europäische Ordnungshüter scherten sich weniger um verfassungsmäßig garantierte Rechte als ihre amerikanischen Kollegen – aber er verwarf diesen Gedanken sofort, als er sich entsann, wie das FBI mit seinem Bruder umgesprungen war.

Verdammt! Wieder ein Sioux-Krieger abgeknallt wie ein Hund. Er hatte noch nicht einmal Zeit für die Totenklage gehabt. Dafür sollen sie büßen, dachte Russell und korrigierte sich: Zumindest, wenn ich lange genug lebe.

Er saß in dem dunklen Zimmer am Fenster, beobachtete den Verkehr, hielt Ausschau nach der Polizei, wartete auf den Anruf. Wie soll ich meinen Bruder rächen? fragte sich Russell, ohne daß er eine Antwort darauf wußte, aber das machte nichts. Entscheidend war, daß er überhaupt etwas unternahm. Der Geldgürtel spannte und trug an seiner Taille auf: ein Nachteil seines Krafttrainings. Aber er durfte sein Kapital nicht verlieren. Was machte Geld doch für Umstände! DM in Deutschland, Drachmen oder Drachen oder was sonst hier in Griechenland. Zum Glück hatte er seinen Flugschein in Dollar bezahlen können. Aus diesem Grund zog er amerikanische Fluggesellschaften vor; die Stars and Stripes am Heck waren ihm schnuppe. Das Telefon ging. Russell nahm den Hörer ab. »Ja?«

»Warte morgen um halb zehn reisefertig vor dem Hotel. Verstanden?«
»Neun Uhr dreißig. Verstanden.« Es wurde aufgelegt.
»Gut«, sagte Russell, stand auf und ging zum Bett. Die Tür war mit einer Vorhängekette gesichert und zweimal abgeschlossen; außerdem hatte er einen Stuhl unter die Klinke geklemmt. Marvin bedachte seine Lage. Wenn dies eine Falle war, konnte er direkt vor dem Hotel erwischt oder in einen Hinterhalt außerhalb der Sichtweite der Passanten gelockt werden... Für wahrscheinlicher hielt er die letztere Möglichkeit. Man würde sich doch nicht die Mühe machen, einen Treff zu vereinbaren, um dann hier die Tür einzutreten. Andererseits waren Polizisten unberechenbar. Er schlief also bekleidet in Jeans und Hemd und mit seinem umgeschnallten Geldgürtel; schließlich mußte er auch vor Dieben auf der Hut sein.

Russell erwachte beim ersten rosa Schimmer der Morgendämmerung. Er hatte sich ganz bewußt ein Zimmer mit Ostfenster geben lassen, sprach nun ein Morgengebet zur Sonne und bereitete sich auf die Abreise vor. Das Frühstück ließ er sich aufs Zimmer bringen – auf die paar Drachmen extra kam es nun wirklich nicht an – und packte die wenigen Sachen, die er aus seinem Koffer genommen hatte, wieder ein. Um neun war er fertig. Er war sehr nervös. Wenn etwas passierte, konnte in dreißig Minuten alles vorbei sein. Vielleicht mußte er noch vor der Mittagszeit sterben – in einem fremden Land, fern den Geistern seines Volkes. Bringt man meine Leiche zurück ins Reservat? fragte er sich. Wohl kaum. Man läßt mich bestimmt einfach verschwinden. Er unterstellte der Polizei Methoden, die er selbst angewandt hätte. Russell ging im Zimmer auf und ab, schaute immer wieder aus dem Fenster auf den Verkehr und die Straßenverkäufer. Jeder, der dort unten Cola verkaufte oder Andenken an die Touristen verhökerte, konnte jemand von der Polizei sein. Vielleicht sogar alle. Bullen fehlte der Mumm zu einem fairen Kampf; sie schossen aus dem Hinterhalt und griffen in Rudeln an.

9:15. Die Ziffern der Digitaluhr sprangen entweder rasch oder träge um – je nachdem, wie oft sich Russell nach ihnen umdrehte. Nun war es soweit. Er nahm sein Gepäck und verließ das Zimmer, ohne noch einmal zurückzuschauen. Ein kurzer Weg zum Aufzug, der so schnell kam, daß Russells Paranoia wieder geweckt wurde. Kurz darauf stand er in der Halle. Ein Page wollte ihm das Gepäck abnehmen, aber er lehnte das Angebot ab und ging an den Empfang. Hier war nur noch das Frühstück zu bezahlen; er beglich die Rechnung mit seinen restlichen Drachmen. Da er nun noch ein paar Minuten Zeit hatte, sah er am Kiosk nach, ob es dort Zeitungen in Englisch gab. Was geschieht auf der Welt? fragte er sich und stutzte: Die Welt, was ist das eigentlich? Für ihn, der von Gefahr, Bedrohung und Fluchtinstinkten eingeengt lebte, war die Welt das, was er jeweils gerade sehen konnte, eine Sphäre, die immer nur so weit war, wie seine Sinne reichten. In der Heimat konnte er ferne Horizonte und die riesige Himmelskuppel sehen. Hier wurde die Realität von Mauern eingegrenzt. Er bekam einen jähen Anfall von Angst, erkannte plötzlich, wie ein gehetztes Tier sich fühlen mußte, und kämpfte gegen die Panik an. Nun schaute er auf die Uhr: 9.28. Es war Zeit.

Russell ging hinaus zum Taxistand, in gespannter Erwartung, was nun passieren würde. Er stellte sein Gepäck ab und sah sich in dem Bewußtsein, daß vielleicht schon Gewehrläufe auf seinen Kopf gerichtet waren, so lässig wie möglich um. Droht mir nun Johns Schicksal? Ein Schuß in den Kopf, ohne Warnung? Bei dem Gedanken wurde ihm übel. Russell ballte die Fäuste, um das Zittern zu stoppen, als ein Wagen sich näherte. Der Fahrer schaute zu ihm hinüber. Er nahm seine Koffer und ging auf das Auto zu.

»Mr. Drake?« Das war der Name, unter dem Russell reiste. Der Fahrer war nicht der Mann, dem er am Vorabend begegnet war. Russell wußte nun, daß er es mit Profis zu tun hatte. Ein gutes Zeichen.

»Der bin ich«, erwiderte Russell mit einem schiefen Lächeln.

Der Fahrer stieg aus und öffnete den Kofferraum. Russell wuchtete die Koffer hinein, ging dann an die Beifahrerseite und stieg ein. Wenn das eine Falle war, konnte er wenigstens den Fahrer mit in den Tod nehmen.

Fünfzig Meter weiter saß Wachtmeister Spiros Papanikolaou von der griechischen Staatspolizei in einem alten Opel-Taxi. Der Beamte, der einen mächtigen schwarzen Schnauzbart trug und gerade in ein belegtes Brötchen biß, sah ganz und gar nicht wie ein Polizist aus. Er hatte eine kleine Automatic im Handschuhfach liegen, mit der er jedoch nicht sehr gut umgehen konnte, wie viele seiner europäischen Kollegen. Seine eigentliche Waffe war die Nikon in der Federhalterung unterm Sitz. Papanikolaou observierte im Auftrag des Ministeriums für öffentliche Ordnung. Sein Personengedächtnis war phänomenal – die Kamera war eigentlich nur für Leute, denen dieses Talent, auf das er mit Recht stolz war, fehlte. Sein Beruf erforderte große Geduld, aber an der mangelte es ihm nicht. Wenn seine Vorgesetzten Hinweise auf eine mögliche Terroristen-Aktion im Raum Athen erhalten hatten, ging er in Hotels, am Hafen und auf dem Flughafen Streife. Er war zwar nicht der einzige Beamte mit dieser Funktion, aber der beste und hatte das feine Gespür seines Vaters, eines Fischers, geerbt, der auch immer gewußt hatte, wo die Schwärme zogen. Außerdem haßte er Terroristen mehr als alle anderen Kriminellen und war wütend auf seine Regierung, die sich nicht dazu durchringen konnte, das Gesindel aus dem Land zu jagen. Im Augenblick aber griff man zur Abwechslung einmal härter durch. Vor einer Woche war ein vermutliches Mitglied der PFLP in der Nähe des Parthenon gesehen worden. Vier Männer seines Dezernats überwachten den Flughafen, andere taten in Piräus Dienst, wo die Kreuzfahrtschiffe anlegten, aber Papanikolaou observierte am liebsten in Hotels. Irgendwo mußten die Kerle nämlich unterkommen. Nie in den besten Häusern – das wäre zu auffällig gewesen. Auch nie in billigen Absteigen – dazu legten sie zu großen Wert auf Komfort. Nein, man zog Familienhotels in Nebenstraßen vor, wo man in der Masse der Touristen unterging. Papanikolaou aber hatte die scharfen Augen seines Vaters geerbt und konnte ein Gesicht in einer halben Sekunde über eine Distanz von siebzig Metern erkennen.

Und der Fahrer des blauen Fiat kam ihm bekannt vor. Er konnte keinen Namen mit ihm in Verbindung bringen, entsann sich aber, sein Gesicht irgendwo gesehen zu haben, in der Akte »Unbekannt« vermutlich, die Hunderte von Bildern enthielt, die Interpol und militärische Nachrichtendienste geliefert hatten. Griechenland – Hellas für den Wachtmeister – hatte Leonidas und Xenophon, Odysseus und Achilles hervorgebracht und war als Land der epischen Helden und als Wiege der Demokratie kein Tummelplatz für ausländisches Mordgesindel.

Und wer ist der andere? fragte sich Papanikolaou. Gekleidet wie ein Amerikaner, aber seltsame Gesichtszüge. Mit einer fließenden Bewegung hob er die Kamera, stellte das Teleobjektiv scharf und schoß in rascher Folge drei Aufnahmen. Der Fiat war angefahren. Papanikolaou schaltete die Beleuchtung des Taxischilds auf dem Wagendach aus und beschloß, ihm zu folgen.

Russell machte es sich auf dem Sitz bequem und schnallte sich nicht an. Der Gurt war nur hinderlich, falls er aus dem Fahrzeug fliehen mußte. Sein Begleiter steuerte geschickt durch den dichten Verkehr und sagte kein Wort, und das war Russell recht. Der Amerikaner hielt nach verräterischen Anzeichen für eine Falle Ausschau. Im Wageninneren selbst gab es keine auffälligen Verstecke für Waffen; es waren auch keine Mikrofone oder Funkgeräte zu sehen. Das bedeutete an sich noch nichts, aber er überzeugte sich trotzdem. Schließlich gab er sich entspannt und neigte den Kopf so, daß er nach vorne und im rechten Außenspiegel auch nach hinten schauen konnte. Sein Jägerinstinkt war an diesem Morgen scharf. Überall lauerten potentielle Gefahren.

Der Fahrer schien ziellos herumzukurven. Genau konnte Russell das allerdings nicht beurteilen, denn die uralte Stadt war trotz einiger Konzessionen an den motorisierten Verkehr alles andere als autofreundlich. Gemessen an amerikanischen Verhältnissen waren dies winzige Fahrzeuge, die in einem einzigen chaotischen Stau dahinkrochen. Er hätte gerne gewußt, wohin die Fahrt ging, erkundigte sich aber nicht, weil er zum einen nicht in der Lage gewesen wäre, eine korrekte Antwort von einer Lüge zu unterscheiden, und zum anderen auch mit der Wahrheit wenig anzufangen gewußt hätte. Er war auf diesen Kurs festgelegt. Das verbesserte Russells Laune zwar nicht, aber er war kein Mann, der sich etwas vormachte. Nun blieb ihm nur eines übrig: wachsam zu sein.

Aha, es geht zum Flughafen, dachte Papanikolaou. Sehr günstig. Dort taten nicht nur Leute aus seinem Dezernat, sondern auch zwanzig andere mit Pistolen und MPs bewaffnete Kollegen Dienst. Einfacher Fall: ein paar Beamte in Zivil ganz in der Nähe in Stellung bringen, zwei Schwerbewaffnete vorbeischlendern lassen und dann die Verdächtigen rasch und unauffällig schnappen. Ab zur Überprüfung in ein Hinterzimmer, und wenn sie sich dann als harmlos entpuppten, entschuldigte sich der Hauptmann umständlich: Nichts für ungut, aber sie sähen Personen ähnlich, die von Italien oder Frankreich gesucht wurden, und im internationalen Flugverkehr könne man nicht vorsichtig genug sein. Und zum Trost bekamen die zu Unrecht Verdächtigten dann ein Erster-Klasse-Ticket. Das wirkte fast immer.

Andererseits: Wenn Papanikolaou sich nicht irrte, hatte er in diesem Jahr schon den dritten Terroristen erwischt, oder gar den vierten. Daß der zweite Mann wie ein Amerikaner aussah, bedeutete noch nicht, daß er auch einer war. Vier in acht Monaten – nein, sieben, korrigierte sich der Wachtmeister – das war nicht übel für einen eigenbrötlerisch veranlagten Beamten. Papanikolaou holte ein wenig auf, um diese beiden Fische im dichten Verkehr nicht zu verlieren.

Russell sah zahlreiche Taxen, die vorwiegend Touristen, aber auch ein paar verkehrsscheue Athener transportierten... Halt, da stimmt was nicht! In einem Auto saß nur der Fahrer, aber das Taxischild war unbeleuchtet wie bei den vielen anderen besetzten Taxen. Eine leere Droschke, die dennoch nicht frei war? Russells Fahrer bog nach rechts ab und hielt auf eine vierspurige Schnellstraße zu. Die meisten Taxen fuhren geradeaus weiter, wohl zu Sehenswürdigkeiten oder Einkaufsstraßen, aber das Fahrzeug mit dem dunklen Schild bog ebenfalls rechts ab und blieb fünfzig Meter hinter ihnen.

»Wir werden verfolgt«, sagte Marvin leise. »Ist das ein Freund, der uns bewacht?«

»Nein.« Der Fahrer schaute sofort in den Rückspiegel. »Welches Auto haben Sie im Verdacht?«

»Das ist kein Verdacht, sondern eine Gewißheit. Das Taxi auf der rechten Spur, schmutzigweiß, Schild unbeleuchtet, die Marke kenne ich nicht. Ist zweimal mit uns abgebogen. Sie sollten besser aufpassen«, fügte Russell hinzu und fragte sich, ob die befürchtete Falle nun zuschnappte. Mit dem Fahrer werde ich leicht fertig, dachte er, dem drehe ich den Hals um wie einer Opfertaube. Kein Problem.

»Danke für den Hinweis... stimmt.« Der Fahrer hatte das Taxi entdeckt und bog nun aufs Geratewohl wieder ab. Der weiße Opel blieb hinter ihnen.

»Sie haben recht«, meinte der Fahrer nachdenklich. »Wie haben Sie das gemerkt?«

»Ich halte die Augen offen.«

»Hm... das wirft unsere Pläne um.« Der Fahrer dachte fieberhaft nach. Seine Organisation meinte es ehrlich und wollte den Gast nicht in die Falle locken, was Russell natürlich nicht wissen konnte. Wenn der Gast ein Spitzel war, hätte er ihn bestimmt nicht auf den Verfolger aufmerksam gemacht – oder wahrscheinlich nicht. Nun, es gab einen Weg, seinen schweigsamen Passagier auf die Probe zu stellen. Der Fahrer hatte auch einen Haß auf die Griechen, denn einer seiner Genossen war in Piräus verschwunden und wenige Tage später in England aufgetaucht. Nun saß dieser Freund im Gefängnis Parkhurst auf Wight. Früher konnte die Gruppe in Griechenland ungestraft operieren und hatte das Land meist als sichere Transitstation benutzt. Die Erkenntnis, daß es ein Fehler gewesen war, im Land Operationen durchzuführen, anstatt es ausschließlich als wertvolle Basis zu benutzen, konnte seinen Zorn auf die griechische Polizei nicht dämpfen.

»Da werden wir etwas unternehmen müssen.«

Russell schaute den Fahrer an. »Ich habe keine Waffe.«

»Ich schon, aber ich möchte sie lieber nicht benutzen. Wie stark sind Sie?«

Zur Antwort packte Russell das rechte Knie des Fahrers mit der Linken und drückte zu.

»Danke, das genügt«, sagte der Mann gleichmütig. »Mit einem kaputten Knie kann ich nicht mehr fahren. Haben Sie schon mal jemanden getötet?«

»Klar«, log Russell, der sich immerhin mit dem Töten von Tieren auskannte. »Das kann ich.« Der Fahrer nickte und gab Gas.

Papanikolaou runzelte die Stirn. Schade, der Fiat fuhr doch nicht zum Flughafen. Gut, daß er noch nicht über Funk Alarm gegeben hatte. Nun denn. Er fiel zurück und suchte hinter anderen Fahrzeugen Deckung. Der Fiat war dank seiner Lackierung leicht zu sehen, und da der Verkehr nun spärlicher wurde, brauchte er nicht mehr so aufzupassen. Vielleicht waren die beiden unterwegs zu einem konspirativen Haus. In diesem Fall mußte er sehr vorsichtig sein, gewann andererseits aber auch einen wertvollen Hinweis. Wer ein konspiratives Haus identifizierte, hatte einen Coup gelandet. Auf einen solchen Hinweis hin griffen die Spezialeinheiten ein, oder das Haus wurde observiert, bis alle Bewohner identifiziert waren, und dann gestürmt. Am Ende der Aktion winkten eine Auszeichnung und eine Beförderung. Er erwog erneut einen Funkspruch – doch was hatte er zu melden? Daß er versuchsweise ein namenloses Gesicht entdeckt hatte? Hatten ihn seine Augen getrogen? War der Mann vielleicht nur ein gewöhnlicher Krimineller?

Spiros Papanikolaou verfluchte sein Pech und behielt das Fahrzeug im Auge. Sie kamen nun in ein altes Arbeiterviertel in Athen mit schmalen, fast leeren Straßen. Wer eine Stelle hatte, war auf der Arbeit. Die Hausfrauen kauften ein. Kinder spielten in den Anlagen. Viele Leute machten Urlaub auf den Inseln, und die Straßen lagen verlassener da als erwartet. Der Fiat bremste jäh ab und bog in eine der vielen anonymen Seitenstraßen.

»Fertig?«

»Ja.«

Der Wagen hielt kurz an. Russell, der schon Jackett und Krawatte ausgezogen hatte, dachte noch immer an eine Falle, aber mit Gleichmut. Wenn das Schicksal es will ... Er ging auf der Straße zurück und ließ die Fingermuskeln spielen.

Wachtmeister Spiros Papanikolaou fuhr rascher auf die Straßenecke zu. Wenn er in diesem Labyrinth enger Gassen in Sichtweite bleiben wollte, mußte er aufschließen. Und wenn die beiden ihn identifizieren sollten, konnte er einen Hilferuf funken. Ein Polizist mußte immer mit dem Unerwarteten rechnen. Als er die Ecke erreichte, sah er einen Mann am Straßenrand stehen und Zeitung lesen. Keine von den Personen, die er beschattete. Dieser Mann trug kein Jackett. Er hatte aber das Gesicht abgewandt, und seine Körperhaltung erinnerte Papanikolaou an einen Film. Der Wachtmeister lächelte ironisch, wurde dann aber plötzlich ernst.

Papanikolaou war nun in der Seitenstraße und sah den Fiat nicht mehr als zwanzig Meter entfernt im Rückwärtsgang rasch auf sich zufahren. Der Beamte stieg auf die Bremse und überlegte, selbst zurückzustoßen, als vor seinen Augen ein Arm auftauchte. Er löste die Hände vom Steuer, um ihn zu packen, aber eine starke Hand ergriff sein Kinn, und eine andere schloß sich um seinen Nacken. Er versuchte, den Kopf zu wenden, aber da riß eine Hand sein Haupt nach links, und er sah gerade noch das Gesicht des Amerikaners, ehe seine Halswirbel vernehmlich brachen. Sekunden vor seinem Tod erkannte Papanikolaou, was er an dem Mann so sonderbar gefunden hatte. Seine Züge erinnerten ihn an Gestalten aus einem Western ...

Russell löste sich mit einem Sprung von dem Taxi und winkte. Der Fiat fuhr wieder an und rammte den Opel. Der Kopf des Taxifahrers fiel nach vorne und hing schlaff herunter. Sicherheitshalber tastete Russell nach dem Puls des Mannes und drehte seinen Kopf hin und her, um festzustellen, daß das Rückgrat auch gebrochen war. Dann ging er lächelnd zum Fiat zurück. Hm, die Sache war kinderleicht gewesen ...

»Er ist tot. Hauen wir ab!«

»Ganz bestimmt?«

»Klar, der ist tot. Ich hab' ihm den Hals umgedreht. War ja nur ein schmächtiges Kerlchen.«

»So wie ich?« Der Fahrer wandte den Kopf und lächelte. Nun mußte er natürlich das Auto verschwinden lassen, aber im Augenblick überwog das Hochgefühl. Sie waren entkommen und hatten einen Feind getötet. Und er hatte einen guten Kameraden gefunden. »Wie heißt du?«

»Marvin.«

»Und ich bin der Ibrahim.«

Die Rede des Präsidenten war ein Triumph. Der Mann weiß, wie man eine erstklassige Vorstellung hinlegt, sagte sich Ryan, als donnernder Applaus die Halle der UN-Vollversammlung in New York erfüllte. Fowler dankte den Vertretern von über hundertsechzig Staaten mit einem huldvollen, aber ziemlich kalten Lächeln. Die Kameras schwenkten auf die israelische Delegation, die im Gegensatz zu den Arabern nur der Form halber Beifall spendete – offenbar war sie nicht rechtzeitig informiert worden. Die Sowjets übertrafen sich selbst und waren wie viele andere aufgestanden. Jack griff nach der Fernbedienung und schaltete den Fernseher aus, ehe der ABC-Kommentator die Ausführungen des Präsidenten zusammenfassen konnte. Ryan hatte einen Entwurf der Rede auf dem Schreibtisch liegen und sich Notizen gemacht. Vor wenigen Augenblicken hatte der Vatikan per Telex Einladungen an die Außenministerien aller betroffenen Länder gesandt. Die Konferenz sollte in zehn Tagen in Rom beginnen; ein Vertragsentwurf lag bereits vor. Eine Handvoll Botschafter und Staatssekretäre hatten inzwischen rasch und diskret andere Regierungen über die Initiative informiert und durchweg positive Antworten erhalten. Das wußten die Israelis, denen über die entsprechenden Kanäle gezielte Indiskretionen zugespielt worden waren. Wenn sie jetzt mauerten – nun, Bunker hatte eine Liefersperre für Flugzeugersatzteile verhängt, und die Israelis waren so schockiert, daß ihre Reaktion bisher ausgeblieben war. Genauer gesagt hatte man ihnen zu verstehen gegeben, daß sie am besten überhaupt nicht reagierten, wenn sie die neuen Radarsysteme jemals zu sehen bekommen wollten. Schon ging ein Grollen durch die israelische Lobby, die in der US-Regierung über eigene Quellen verfügte, und wichtige Kongreßmitglieder erhielten bereits diskrete Anrufe. Fowler aber hatte die Führung des Kongresses schon vor zwei Tagen informiert und eine vorläufig positive Reaktion auf seinen Plan erhalten. Der Vorsitzende des Ausschusses für Auswärtige Angelegenheiten im Senat hatte ihm die Annahme beider Vertragsentwürfe binnen einer Woche versprochen.

Die Sache läuft also wirklich, dachte Jack, und wird vielleicht sogar ein Erfolg. Schaden konnte der Versuch nicht. Amerikas Goodwill, den es sich mit seinem Abenteuer am Golf verdient hatte, stand auf dem Spiel. Die Araber mußten dies als grundlegenden Kurswechsel der amerikanischen Außenpolitik interpretieren, was es auch war – die USA klopften Israel auf die Finger. Israel sah das vermutlich genauso, aber zu Unrecht, denn der Frieden sollte auf die einzig mögliche Weise garantiert werden: durch Amerikas militärische und politische Macht. Das Ende der Konfrontation zwischen Ost und West hatte Amerika in die Lage versetzt, im Einklang mit anderen Großmächten einen gerechten Frieden zu diktieren. Nun ja, eben das, was wir für einen solchen halten, korrigierte sich Ryan. Hoffentlich klappt es.

Für Zweifel war es zu spät, jetzt, da der Fowler-Plan, seine Idee, der Weltöffentlichkeit präsentiert worden war. Sie mußten den Teufelskreis durchbrechen, einen Weg finden.

Einzig Amerika besaß das Vertrauen beider Seiten, das es zum einen mit dem Blut seiner Soldaten und zum anderen mit gewaltigen Geldsummen gewonnen hatte. Amerika mußte den Frieden garantieren, und dieser Frieden mußte für alle Beteiligten so gerecht wie nur möglich sein. Diese Gleichung war simpel und komplex zugleich und ließ sich in ihren Grundzügen in einem einzigen kurzen Paragraphen erklären. Die Durchführungsbestimmungen aber würden ein kleines Buch füllen. Und die Kosten – nun, es stand zu erwarten, daß der Kongreß die Mittel trotz der gewaltigen Summen anstandslos bewilligte. Saudi-Arabien hatte erst vor vier Tagen Minister Talbots Bitte entsprochen und sich bereit erklärt, ein Viertel der Kosten zu übernehmen. Als Gegenleistung erhielt das Land eine weitere Lieferung hochmoderner Waffen, die Minister Bunker zusammengestellt hatte. Diese beiden Männer hatten nach Ryans Auffassung erstklassige Arbeit geleistet. Der Präsident mochte seine Fehler haben, aber seine beiden wichtigsten Kabinettsmitglieder – alte Freunde – waren das beste Team, das er je im Regierungsdienst erlebt hatte. Und in der vergangenen Woche hatten sie für ihren Präsidenten etwas ganz Besonderes geleistet.

»Ja, das haut hin«, sagte Ryan ruhig zu sich selbst in die Stille seines Büros hinein. »Vielleicht, vielleicht, vielleicht.« Er schaute auf die Uhr. In drei Stunden war mit einem klareren Bild der Lage zu rechnen.

Kati saß vor dem Fernseher und runzelte die Stirn. Ist das möglich? fragte er sich. Nein, sagte sein Geschichtssinn, aber...

Aber die Saudis hatten seiner Organisation, die im Golfkrieg aufs falsche Pferd gesetzt hatte, die Finanzhilfe gestrichen. Seine Leute waren knapp bei Kasse, obwohl sie im Lauf der Jahre ihr Vermögen gewinnbringend angelegt hatten. Banken in der Schweiz und anderswo sorgten für einen ständigen Geldfluß, und der Engpaß war eher ein psychologischer als ein realer, aber für Araber wie auch für scharfsinnige Politiker waren psychologische Aspekte real.

Der entscheidende Punkt, das wußte Kati, war die Frage, ob die Amerikaner tatsächlich echten Druck ausüben würden. Das hatten sie bisher noch nie getan. Israel hatte ein US-Kriegsschiff angegriffen und amerikanische Seeleute getötet, aber der Zwischenfall wurde vergessen und vergeben, noch ehe die letzte Blutung gestillt, das letzte Opfer gestorben war. Während das amerikanische Militär beim Kongreß um jeden Dollar betteln mußte, überschlug sich dieser rückgratlose Haufen politischer Huren geradezu, wenn es um Waffenlieferungen an die Juden ging. Amerika hatte Israel niemals richtig unter Druck gesetzt. Und das war der Schlüssel zu Israels Existenz. Solange es im Nahen Osten keinen Frieden gab, hatte Kati eine Mission: die Vernichtung des Judenstaates. Ohne diese...

Doch die Probleme im Nahen Osten waren älter als er. Eine Lösung konnte es nur geben, wenn...

Zeit, der Wahrheit ins Gesicht zu sehen, sagte sich Kati und streckte die müden und schmerzenden Glieder. Hatte er denn Aussichten auf die Vernichtung Israels? Von außen nicht. Solange Amerika die Juden unterstützte und die Araber uneins blieben...

Und die Russen? Die verfluchten Russen waren nach Fowlers Rede hochgesprungen wie bettelnde Hunde.

Doch, aus diesem Plan konnte etwas werden. Diese Vorstellung fand Kati nicht minder bedrohlich als seinen Krebs. Er lehnte sich zurück und schloß die Augen. Was, wenn die Amerikaner tatsächlich die Juden unter Druck setzten? Was, wenn die Russen diesen absurden Plan unterstützten? Was, wenn die Israelis nachgaben? Was, wenn die Palästinenser Israels Konzessionen akzeptierten? Dann konnte der Plan Erfolg haben. Dann existierte der Zionistenstaat weiter. Koexistenz war denkbar.

Dann aber war sein Leben zwecklos, alle Arbeit, Entbehrungen und Opfer wären umsonst gewesen. Dann hatten seine Freiheitskämpfer eine Generation lang für eine verlorene Sache gefochten, ihr Leben gegeben.

Verraten nun von den arabischen Brüdern, die seine Männer finanziell und politisch unterstützt hatten.

Verraten von den Russen, die seine Bewegung mit Waffenlieferungen am Leben gehalten hatten.

Verraten von den Amerikanern, und zwar auf ganz besonders perverse Weise: Sie hatten ihnen den Feind genommen.

Verraten von Israel, das zu einer Art gerechtem Frieden bereit zu sein schien. Doch solange auch nur ein einziger Zionist auf arabischem Boden lebte, konnte es keine Gerechtigkeit geben.

Würden ihn auch die Palästinenser verraten? Woher sollte er seine Kämpfer rekrutieren, wenn die PLO-Führung diesen Plan akzeptierte?

Haben uns denn alle verraten? dachte er verzweifelt.

Nein, das konnte Allah nicht zulassen. Allah war gnädig und seinen Getreuen ein Licht.

Nein, diese Ungeheuerlichkeit konnte, durfte nicht wahr werden. Zu viele Bedingungen mußten erfüllt werden, damit diese Höllenvision Wirklichkeit werden konnte. Und waren nicht schon so viele Friedenspläne für die Region gescheitert? Selbst das Camp-David-Abkommen, bei dem die Amerikaner ihre Verbündeten zu echten Konzessionen gezwungen hatten, war gestorben, weil sich die Israelis hartnäckig gegen eine gerechte Lösung der Palästinenserfrage gesträubt hatten.

Nein, sagte sich Kati, aus dieser Sache wird nichts. Auf die Amerikaner kann man sich nicht verlassen, wohl aber auf die Israelis. Seiner Auffassung nach waren die Juden viel zu dumm, arrogant und kurzsichtig, um zu erkennen, daß langfristig nur ein gerechter Friede ihre Sicherheit garantieren konnte. Die Ironie der Lage zwang ihn zu einem Lächeln. Es mußte Allahs Plan sein, daß seine Bewegung ausgerechnet von ihren bittersten Feinden am Leben gehalten wurde. Die starrsinnigen Juden würden dafür sorgen, daß der Krieg weiterging. Das war das Zeichen, mit dem Allah Kati und seinen Männern bedeutete, daß sie tatsächlich einen heiligen Krieg in seinem Namen führten.

»Niemals! Nie und nimmer beuge ich mich dieser Infamie!« schrie der Verteidigungsminister. Der Ausbruch war selbst für seine Verhältnisse dramatisch. Er schlug so fest auf den Tisch, daß sein Glas umkippte und der Inhalt auf seine Hose zu laufen drohte. Er ignorierte die Lache und schaute mit blitzenden blauen Augen in die Runde.

»Und wenn Fowler seine Drohungen ernst meint?«

»Dann ruinieren wir seine Karriere«, erwiderte der Verteidigungsminister. »Und das schaffen wir auch. Er wäre nicht der erste amerikanische Politiker, den wir auf Vordermann gebracht haben.«

»Was uns hier aber nicht gelungen ist«, sagte der Außenminister *sotto voce* zu seinem Nachbarn.

»Was war das?«

»Ich wollte sagen, daß wir in diesem Fall vielleicht nicht durchkommen, Rafi.« David Aschkenasi trank einen Schluck Wasser und fuhr fort: »Unser Botschafter in Washington meldet breite Unterstützung für Fowlers Plan auf dem Kapitol-Hügel. Am vergangenen Wochenende gab der Botschafter von Saudi-Arabien einen großen Empfang für die leitenden Vertreter der beiden Parteien im Kongreß und legte die Position seines Landes sehr überzeugend dar. Richtig, Avi?«

»Jawohl, Herr Minister«, antwortete General Ben Jakob, der in Vertretung seines verreisten Vorgesetzten für den Mossad sprach. »Die Saudis und die anderen ›gemäßigten‹ Golfstaaten sind bereit, den Kriegszustand zu beenden, mit uns in Vorbereitung einer späteren vollen diplomatischen Anerkennung Beziehungen auf ministerieller Ebene aufzunehmen und einen Teil der amerikanischen Stationierungskosten zu tragen. Außerdem wollen sie die Friedenstruppe und die wirtschaftliche Rehabilitation der Palästinenser finanzieren.«

»Wie können wir das ablehnen?« fragte der Außenminister trocken. »Wundert Sie denn die Unterstützung, die der Vorschlag im amerikanischen Kongreß findet?«

»Das ist doch alles nur ein Trick!« beharrte der Verteidigungsminister.

»Mag sein, aber dann ist es ein verdammt cleverer«, versetzte Ben Jakob.

»Sie glauben dieses Geschwätz, Avi? Ausgerechnet Sie, Avi?« Ben Jakob war vor Jahren auf dem Sinai Rafi Mandels bester Bataillonskommandeur gewesen.

»Ich weiß nicht, Raf.« Der stellvertretende Direktor des Mossad war sich seiner Position als zweiter Mann sehr bewußt. Es fiel ihm nicht leicht, für seinen Vorgesetzten zu sprechen.

»Wie schätzen Sie die Lage ein?« fragte der Ministerpräsident freundlich. Er fand, daß wenigstens einer am Tisch die Ruhe bewahren mußte.

»Die Amerikaner sind völlig aufrichtig«, erwiderte Avi. »Ihre Bereitschaft, mittels eines Verteidigungsabkommens und der Stationierung von Truppen hier unsere Sicherheit zu garantieren, ist echt. Vom rein militärischen Standpunkt aus...«

»Für die Verteidigung Israels spreche ich!« fauchte Mandel.

Ben Jakob drehte sich um und sah seinem ehemaligen Kommandeur fest in die Augen. »Rafi, Sie hatten immer einen höheren Rang als ich, aber Sie wissen genau, daß auch ich im Feld meinen Mann gestanden habe.« Avi legte eine Pause ein, um seine Worte wirken zu lassen, und fuhr dann leise und gemessen und so leidenschaftslos wie möglich fort: »Die amerikanischen Einheiten repräsentieren ein echtes Engagement. Die Schlagkraft unserer Luftwaffe erhöhte sich um zwanzig Prozent, und dieser Panzerverband hat mehr Feuerkraft als unsere stärkste Brigade. Mehr noch, ich sehe nicht, wie die USA dieses Engagement jemals rückgängig machen können. Das werden unsere Freunde dort niemals zulassen.«

»Es wäre nicht das erste Mal, daß man uns im Stich läßt!« betonte Mandel. »Verlassen wir uns nur auf uns selbst.«

»Rafi«, sagte der Außenminister mahnend, »was hat uns das eingebracht? Auch wir haben Seite an Seite gekämpft, und nicht nur in diesem Raum. Soll das Morden denn nie enden?«

»Lieber gar keinen Vertrag als einen schlechten!«

»Das finde ich auch«, meinte der Ministerpräsident. »Aber wie ungünstig soll dieser Vertrag für uns ausfallen?«

»Den Entwurf haben wir ja alle gelesen. Ich werde zwar einige geringfügige Änderungen vorschlagen, bin aber der Auffassung, daß es Zeit für einen Frieden ist«, erklärte der Außenminister. »Ich würde Ihnen raten, den Fowler-Plan unter bestimmten Bedingungen zu akzeptieren.« Diese legte er kurz dar.

»Werden die Amerikaner darauf eingehen, Avi?«

»Sie werden über die zusätzlichen Kosten klagen, aber unsere Freunde im Kongreß werden den Vorschlag unterstützen, ob Präsident Fowler nun einverstanden ist oder nicht. Man wird die historische Bedeutung unserer Konzessionen erkennen und dafür sorgen, daß wir uns innerhalb unserer Grenzen sicher fühlen können.«

»Dann trete ich zurück!« brüllte Rafi Mandel.

»Unsinn, Rafi.« Der Premier hatte die Theatralik des Mannes satt. »Wenn Sie zurücktreten, manövrieren Sie sich selbst ins Abseits. Sie machen sich doch Hoffnungen auf meinen Posten, oder? Wenn Sie jetzt das Kabinett verlassen, bekommen Sie ihn nie.«

Die Zurechtweisung ließ Mandel rot anlaufen.

Der Ministerpräsident schaute in die Runde. »Nun denn, formulieren wir die Haltung unserer Regierung.«

Vierzig Minuten später ging Jacks Telefon. Beim Abheben stellte er fest, daß es die geheimste Leitung war, die, die nicht übers Vorzimmer lief.

»Ryan.« Er lauschte kurz und machte sich Notizen. »Danke.« Dann stand er auf, ging durch Nancy Cummings Zimmer und wandte sich nach links zu Marcus Cabots geräumigerem Büro. Cabot lag auf einer Couch, die in der Ecke stand. Wie Richter Arthur Moore, sein Vorgänger, rauchte Cabot gelegentlich Zigarre. Er hatte die Schuhe ausgezogen und las eine Akte, die mit einem gestreiften Band gekennzeichnet, also geheim war. Der rundliche CIA-Direktor ließ die Akte sinken. Er qualmte wie ein Vulkan.

»Nun, Jack, was gibt's?«

»Gerade rief unser Freund aus Israel an. Das Kabinett schickt eine Delegation nach Rom und hat die Vertragsbedingungen angenommen – mit einigen Modifikationen.«

»Mit welchen?« fragte Cabot, nahm Ryans Notizen entgegen und überflog sie. »Da haben Sie und Talbot recht behalten.«

»Tja, und ich hätte den Mund halten und ihn die Karte ausspielen lassen sollen.«

»Gut gemacht. Bis auf einen Punkt haben Sie alles richtig prophezeit.« Cabot stand auf, schlüpfte in seine schwarzen Halbschuhe und ging zu seinem Schreibtisch ans Telefon. »Richten Sie dem Präsidenten aus, daß ich ihn im Weißen Haus erwarte, wenn er aus New York zurückkommt. Talbot und Bunker sollen auch an der Besprechung teilnehmen. Sagen Sie, die Sache liefe.« Cabot legte auf und grinste mit der Zigarre zwischen den Zähnen. »Na, was sagen Sie jetzt?«

»Bis wann können wir die Sache zum Abschluß bringen?«

»Angesichts der Vorarbeit, die Sie und Adler geleistet haben, und der Beiträge von Talbot und Bunker...? Hm, sagen wir zwei Wochen. So schnell wie in Camp David wird es nicht gehen, weil zu viele Berufsdiplomaten beteiligt sind, aber ich wette, daß der Präsident in vierzehn Tagen mit seiner 747 zur Vertragsunterzeichnung nach Rom fliegt.«

»Möchten Sie mich im Weißen Haus dabeihaben?«

»Nein, das regle ich allein.«

»Gut.« Das kam nicht unerwartet. Ryan ging.

7
Die Stadt Gottes

Die Kameras waren an Ort und Stelle. Auf dem Luftwaffenstützpunkt Andrews waren die modernsten Satelliten-Übertragungswagen in Transportmaschinen Galaxy C-5B geladen und zu Roms Flughafen »Leonardo da Vinci« geflogen worden. Der Aufwand wurde weniger für die feierliche Vertragsunterzeichnung, sollte diese überhaupt stattfinden, betrieben, sondern mehr dazu, das üppige Ambiente entsprechend einzufangen. Die TV-Produzenten fanden, daß die gerade erst in Produktion gegangenen volldigitalisierten und hochauflösenden Anlagen die wunderbaren Kunstwerke an den Wänden des Vatikans besser wiedergeben konnten. Italienische Schreiner und Elektroniker aus New York und Atlanta hatten rund um die Uhr Kabinen gebaut und ausgestattet, in denen Nachrichtensendungen, darunter auch die News des Frühstücksfernsehens der drei großen amerikanischen TV-Netze, produziert werden sollten. Neben der massiven Präsenz von CNN, BBC, NHK kämpften Vertreter fast aller anderen Fernsehanstalten der Welt um Raum auf dem weiten Platz vor der 1503 von Bramante begonnenen und von Raffael, Michelangelo und Bernini vollendeten Kirche. Ein kurzer, aber heftiger Sturm hatte Gischt vom Springbrunnen in die Kabine der Deutschen Welle geblasen und Geräte im Wert von hunderttausend Mark kurzgeschlossen. Nachdem die Teams alle Stellung bezogen hatten, war es für den Einwand der Vatikanbeamten, es bliebe ja kein Platz mehr für die Menschen, die Zeuge der Zeremonie – für deren Zustandekommen man betete – werden wollten, schon viel zu spät. Jemand entsann sich, daß im Rom der Antike an dieser Stelle der Circus Maximus gestanden hatte, und man war sich allgemein einig, daß dies jetzt der größte Medienzirkus der letzten Jahre war.

Die Leute vom Fernsehen genossen ihren Aufenthalt in Rom. Die Crews der Frühsendungen *Today Show* und *Good Morning America* brauchten ausnahmsweise einmal nicht vor dem Zeitungsboten aufzustehen, sondern gingen erst um die Mittagszeit auf Sendung und hatten anschließend Zeit für einen nachmittäglichen Einkaufsbummel. Das Abendessen nahm man in einem der vielen erstklassigen Restaurants ein. Rechercheure machten sich in Nachschlagewerken über antike Bauten wie das Kolosseum schlau, welches, wie ein aufmerksamer Leser feststellte, in Wirklichkeit den Namen Flavisches Amphitheater getragen hatte, und die Kommentatoren malten ebenso blumig wie blutrünstig das römische Gegenstück zum amerikanischen Football aus: Kämpfe auf Leben und Tod, Mann gegen Mann, Mann gegen Raubtier, Raubtier gegen Christen und diverse andere Kombinationen. Der symbolische Mittelpunkt aber war das Forum, die Ruinen des alten Zentrums, wo Cicero und Scipio ihre Reden gehalten und sich mit Anhängern und Gegnern getroffen hatten. Wieder einmal spielte das Ewige Rom, die Mutter eines gewaltigen Imperiums, eine Rolle auf der Weltbühne. In seiner Mitte lag der Vatikan, ein winziges Territorium zwar, aber dennoch ein souveräner Staat. »Wie viele Divisionen hat der Papst?« zitierte ein TV-Koordinator Stalin und führte damit über zu einem weitschweifigen Diskurs über die historische Bedeutung der Kirche, die den Marxismus-Leninismus so erfolgreich überdauert hatte, daß die Sowjetunion nun diplomatische Beziehungen zum Vatikan aufnehmen wollte und ihre Abendnachrichten aus einer Kabine auf dem Petersplatz sendete.

Zusätzliche Aufmerksamkeit wurde auch den Repräsentanten der beiden anderen Religionen bei den Verhandlungen zuteil. Bei ihrem Empfang hatte der Papst ein Ereignis aus der Frühzeit des Islam erwähnt: Eine Abordnung katholischer Bischöfe war nach Arabien gereist, um Mohammeds Absichten zu erkunden. Nach einer ersten, freundlichen Begegnung fragte der älteste Bischof, wo er mit seinen Begleitern die Messe zelebrieren könnte. Daraufhin bot Mohammed sofort die Moschee, in der sie gerade standen, an; immerhin sei sie ein Gotteshaus, merkte der Prophet an. Der Heilige Vater machte den jüdischen Gästen ein ähnliches Angebot. In beiden Fällen bekamen die konservativen Kleriker ein unbehagliches Gefühl, das der Heilige Vater aber mit seiner in drei Sprachen gehaltenen Rede hinwegfegte.

»Im Namen des Einen Gottes, den wir unter verschiedenen Namen kennen, der aber doch der Gott aller Menschen ist, öffnen wir unsere Stadt allen, die guten Willens sind. Es gibt so viele Dinge, die uns gemeinsam sind. Wir glauben an einen Gott der Liebe und der Gnade. Wir glauben an die unsterbliche Seele des Menschen. Nichts ist größer als der Glaube, der sich in Barmherzigkeit und Brüderlichkeit offenbart. Brüder aus fernen Landen, wir begrüßen euch und schließen in unser Gebet den Wunsch ein, daß euer Glaube euch den Weg zur Gerechtigkeit und zum Frieden Gottes weisen möge.«

»Donnerwetter«, merkte der Koordinator des Frühstücksfernsehens an. »Langsam habe ich das Gefühl, daß bei diesem Zirkus tatsächlich etwas herauskommt.«

Natürlich endete die Berichterstattung nicht mit der offiziellen Ansprache. Im Interesse der Fairneß, Ausgewogenheit, Streitkultur, Interpretation der Zeitgeschichte und Plazierung von Werbespots erschienen vor den Kameras unter anderen der Führer einer jüdischen paramilitärischen Gruppe, der lautstark die Vertreibung der Juden aus Spanien durch Ferdinand und Isabella, die Schwarzen Hundertschaften des Zaren und den Holocaust ins Gedächtnis rief, den er angesichts der Wiedervereinigung Deutschlands besonders betonte. Er kam zu der Schlußfolgerung, daß die Juden Narren seien, wenn sie sich auf etwas anderes als die Waffen in ihren starken Händen verließen. In Ghom wetterte Irans religiöser Führer Ajatollah Daryaei, schon immer ein Feind Amerikas, gegen alle Ungläubigen und verdammte sie zur Hölle, aber da die Simultanübersetzung fürs amerikanische Fernsehpublikum fast unverständlich war, sendete man die bombastische Tirade gekürzt. Die meiste Sendezeit bekam ein selbsternannter »charismatischer Christ« aus dem Süden der USA. Nachdem er den Katholizismus als Werk des Antichristen angeprangert hatte, wiederholte er seine Behauptung, der Herr *höre* die Gebete der Juden und heidnischen Moslems, die er noch zusätzlich beleidigend »Mohammedaner« nannte, überhaupt nicht.

Mit ihrer Botschaft kamen diese Demagogen jedoch nicht an. Die Zuschauer riefen erbost bei den Anstalten an und wollten wissen, warum man diesen Leuten überhaupt Gelegenheit gab, ihre Bigotterien zu verbreiten. Die TV-Chefs freute das natürlich, denn erfahrungsgemäß schalteten diese Leute das Programm wieder ein, um sich weiter schockieren zu lassen. Bei dem amerikanischen Eiferer gingen sofort die Spenden zurück. B'nai B'rith distanzierte sich hastig von dem wildgewordenen Rabbi. Das Oberhaupt der Islamischen Liga, ein Geistlicher von hohem Rang, beschuldigte den radikalen Imam der Ketzerei und zitierte ausführlich den Propheten. Fernsehkommentatoren sorgten mit Gegenpositionen für eine Ausgewogenheit, die einige Zuschauer besänftigte und andere aufbrachte.

Schon nach einem Tag, schrieb ein Kolumnist, hätten die zu Tausenden angereisten Korrespondenten der runden Piazza San Pietro den Namen »Peace-Bowl« gegeben. Aufmerksame Beobachter führten diese kindische Anspielung auf die Super-Bowl, das Spiel um die Meisterschaft im amerikanischen Football, auf den Streß zurück, unter dem Reporter stehen, wenn sie berichten müssen und nichts zu berichten haben. Die Konferenz war hermetisch abgesichert. Teilnehmer reisten mit Militärmaschinen an und landeten auf Militärflugplätzen. Man hielt die Reporter und die mit Teleobjektiven bewaffneten Kameraleute so weit wie möglich vom Geschehen fern und ließ die Konferenzteilnehmer vorwiegend bei Nacht anreisen. Die Schweizergarde in ihren Renaissance-Kostümen ließ keine Maus durch, und wenn sich zur Abwechslung einmal etwas Wichtiges ereignete – der Verteidigungsminister der Schweiz betrat den Vatikan durch einen Nebeneingang –, merkte niemand etwas.

Die Ergebnisse von Meinungsumfragen in zahlreichen Ländern zeigten, daß die Welt Frieden wollte und nach dem Ausgleich mit dem Osten besonders euphorisch den Durchbruch erwartete. Zwar warnten Kommentatoren, es habe in der jüngeren Geschichte keine heiklere politische Frage gegeben, aber auf der ganzen Welt beteten die Menschen in mehr als hundert Sprachen und in mehr als einer Million Kirchen für die Beilegung dieses letzten und gefährlichsten Streites auf dem Planeten. Es sprach für die Fernsehanstalten, daß sie auch darüber berichteten.

Berufsdiplomaten, darunter abgebrühte Zyniker, die seit ihrer Kindheit kein Gotteshaus mehr von innen gesehen hatten, bekamen den Druck dieser Erwartungshaltung zu spüren. Vereinzelte Berichte aus der Verwaltung des Vatikans sprachen von nächtlichen Spaziergängen im Schiff des Petersdoms, von Beratungen auf Balkonen unter sternklarem Himmel und von langen Gesprächen einiger Teilnehmer mit dem Heiligen Vater, konnten aber keine Details nennen. Die hochbezahlten TV-Koordinatoren starrten einander in peinlichem Schweigen an. Journalisten stahlen jede nur verfügbare Idee, damit sie überhaupt etwas zu schreiben hatten. Seit der Marathonrunde von Camp David – damals hatten Jimmy Carter, Menachem Begin und Anwar As Sadat um den Frieden gerungen – war nicht mehr über so schwerwiegende Verhandlungen so wenig verlautbart worden.

Und die Welt hielt den Atem an.

Der alte Mann trug einen roten, weiß abgesetzten Fes und war einer der wenigen, die noch an dieser traditionellen Tracht festhielten. Das Leben der Drusen ist schwer, und diesem Mann war seine Religion, an der er nun seit sechsundsechzig Jahren festgehalten hatte, der einzige Trost.

Die Drusen sind Mitglieder einer Sekte, die Elemente des Islam, des Christentums und des Judaismus verbindet und im 11. Jahrhundert von Al Hakim bi-Amri-llah, damals Kalif von Ägypten, der sich für die Inkarnation Gottes hielt, in ihre gegenwärtige Form gebracht wurde. Sie leben vorwiegend im Libanon, in Syrien und in Israel und haben dort jeweils eine prekäre Außenseiterstellung. Im Gegensatz zu muslimischen israelischen Staatsbürgern ist ihnen der Dienst in den Streitkräften des Judenstaates nicht verwehrt, eine Tatsache, die nicht unbedingt das Vertrauen der syrischen Regierung in ihre drusische Minorität fördert. Obwohl einige Drusen in der syrischen Armee in führende Positionen aufgestiegen waren, vergaß man doch nicht, daß ein solcher Offizier, ein Oberst und Regimentskommandeur, nach dem Jom-Kippur-Krieg hingerichtet worden war, weil er sich von einer strategisch wichtigen Straßenkreuzung hatte verdrängen lassen. Obwohl er sich nach militärischen Begriffen tapfer geschlagen und die Überreste seiner Einheit geordnet zurückgezogen hatte, kostete der Verlust der Kreuzung die Syrer zwei Panzerbrigaden und den Oberst in der Folge das Leben – weil er Pech gehabt hatte und wohl auch weil er ein Druse war.

Dem alten Bauern waren die Einzelheiten dieser Geschichte unbekannt, aber er wußte auch so genug. Die syrischen Moslems hatten damals einen Drusen getötet, und seither noch viele andere. In der Folge traute er keinem Angehörigen der syrischen Regierung oder Armee, was aber nicht bedeutete, daß er irgendwelche Sympathien für den Staat Israel empfand. 1975 hatte ein schweres israelisches 175-Millimeter-Geschütz seine Umgebung beschossen in dem Versuch, ein syrisches Munitionslager auszuschalten. Dabei hatte ein Splitter seine Frau, mit der er seit vierzig Jahren verheiratet gewesen war, tödlich verwundet und seinem Übermaß an Trauer noch die Einsamkeit hinzugefügt. Was Israel als historische Konstante sah, war für diesen einfachen Bauern ein unmittelbarer und tödlicher Lebensumstand. Es war sein Schicksal, zwischen zwei Armeen zu leben, für die seine Existenz nur ein störender Faktor war. Der Druse hatte nie viel vom Leben erwartet. Er besaß ein kleines Stück Land, das er bestellte, ein paar Ziegen und Schafe, ein schlichtes Haus aus

Steinen, die er selbst von seinen felsigen Feldern geschleppt hatte, und wollte nur eines: in Frieden leben. Das durfte doch nicht zuviel verlangt sein, hatte er sich einmal gesagt, aber er war in sechsundsechzig bewegten Jahren immer wieder enttäuscht worden. Er hatte seinen Gott um Gnade angefleht und um ein paar kleine Bequemlichkeiten – auf Reichtum hatte er nie gehofft –, um seiner Frau und ihm das Los ein wenig zu erleichtern. Aber immer vergebens. Von den fünf Kindern, die ihm seine Frau geboren hatte, waren vier in der Kindheit gestorben, und der einzige überlebende Sohn war 1973 von der syrischen Armee eingezogen worden – gerade rechtzeitig, um am Krieg teilzunehmen. Immerhin hatte sein Sohn mehr Glück gehabt als der Rest der Familie: Als eine israelische Granate seinen Schützenpanzer BTR-60 traf, wurde er hinausgeschleudert und verlor nur ein Auge und eine Hand. Nun war er zwar halbblind und verkrüppelt, hatte aber geheiratet, Enkel gezeugt und genoß als Kaufmann und Geldverleiher bescheidenen Erfolg. Angesichts seines Schicksals kein großer Segen, aber für den alten Bauern war es die einzige Freude, die er im Leben gehabt hatte.

Der Druse baute Gemüse an und ließ seine Schafe und Ziegen auf einem steinigen Feld nahe der syrisch-libanesischen Grenze weiden. Standhaft konnte man ihn nicht nennen, und auch kaum beharrlich; selbst sein Wille zum Überleben war schwach. Für den alten Bauern war das Leben nur eine Gewohnheit, die er nicht ablegen konnte, eine endlose Folge von Tagen, derer er immer überdrüssiger wurde. Wenn im Frühjahr die Lämmer geboren wurden, wünschte er sich insgeheim, er möge den Tag ihrer Schlachtung nicht mehr erleben – andererseits aber störte ihn die Vorstellung, daß diese dummen und sanftmütigen Tiere ihn überleben könnten.

Wieder brach ein Tag an. Der Bauer besaß keinen Wecker und brauchte ihn auch nicht. Wenn der Himmel hell wurde, begannen die Glocken seiner Schafe und Ziegen zu bimmeln. Er schlug die Augen auf und spürte sofort die Schmerzen in seinen Gliedern. Er reckte sich und stand langsam auf. Nach wenigen Minuten war er gewaschen und hatte sich die grauen Stoppeln vom Gesicht geschabt, dann frühstückte er hartes Brot und starken, süßen Kaffee, und der Arbeitstag begann. Um seinen Gemüsegarten kümmerte sich der Bauer früh am Morgen noch vor der Hitze des Tages. Er hatte einen recht großen Garten, weil er den Überschuß auf dem Markt verkaufte und sich so die wenigen Dinge finanzierte, die ihm als Luxus galten. Selbst das war ein Kampf. Die Arbeit quälte seine arthritischen Gelenke, und es war eine Plage, seine Tiere von den zarten Trieben fernzuhalten. Andererseits konnte er die Schafe und Ziegen verkaufen, und den Erlös, den er dafür bekam, brauchte er bitter nötig, um nicht hungern zu müssen. In Wirklichkeit aber schaffte er sich im Schweiße seines Angesichts ein annehmbares Auskommen und hatte, weil er allein lebte, mehr als genug zu essen. Die Einsamkeit hatte ihn geizig gemacht; selbst seine Gartengeräte waren alt. Die Sonne stand noch tief, als er bedächtig auf sein Feld stapfte, um das Unkraut zu jäten, das täglich aufs neue zwischen den Reihen hochschoß. Ach, wenn man doch bloß eine Ziege dressieren könnte, wünschte er sich insgeheim wie sein Vater und sein Großvater vor ihm. Wäre es nicht herrlich, wenn eine Ziege nur das Unkraut fräße und das Gemüse unversehrt ließe? Aber Ziegen waren strohdumm und bewiesen Intelligenz nur, wenn es darum ging, Unheil zu stiften. Wie immer begann er in derselben Ecke des Gartens, hob die breite, schwere *Tschappa*, hackte sie in den Boden und riß das Unkraut heraus. Angesichts seines Alters und seiner Gebrechlichkeit arbeitete er sich mit einem erstaunlichen Tempo durch die Reihen vor.

Klack.

Was war das? Der Bauer richtete sich auf und wischte sich den Schweiß ab. Die Hälfte der Morgenarbeit war getan, und er freute sich langsam auf die Ruhepause, die mit dem Versorgen der Schafe einherging. Hm, ein Stein war das nicht. Er schob mit der Breithacke die Erde zur Seite... ach so, dieses Ding.

Man findet den Prozeß oft erstaunlich. Schon seit den Anfängen der Landwirtschaft reißen die Bauern auf der ganzen Welt Witze über Felder, auf denen Steine wachsen. Überall bestätigen Feldsteinmauern am Weg diesen nur an der Oberfläche mysteriösen Prozeß. Schuld ist Wasser, das als Regen fällt, im Boden versickert, im Winter gefriert, sich dabei ausdehnt, und zwar nach oben. Steine im Boden werden so nach oben gedrückt und tauchen auf dem Feld auf. Besonders intensiv ist dieser Vorgang auf den vulkanischen Golanhöhen, wo es im Winter zu Frost kommen kann.

Dieses Objekt war jedoch kein Stein.

Es war aus Metall und sandfarben, wie er feststellte, als er es freigelegt hatte. Ja, dieser Tag, der Tag, an dem sein Sohn verwundet worden war...

Was fange ich mit dem dummen Ding bloß an? fragte sich der Bauer, der wohl wußte, daß er eine Bombe vor sich hatte. Wie sie an diese Stelle gelangt war, war ihm allerdings ein Rätsel. Er hatte weder israelische noch syrische Flugzeuge Bomben in der Nähe seines Hauses abwerfen gesehen, aber das war nebensächlich. Tatsache war, daß dieser große Metallbrocken nun da lag und zwei Reihen Karotten unterbrach. Angst hatte der Bauer nicht. Da das Ding nicht explodiert war, sondern sich nur in den Boden gebohrt hatte, mußte es kaputt sein. Den kleinen Trichter hatte er am Tag nach dem Einschlag mit Erde gefüllt und damals von den Verletzungen seines Sohnes noch nichts gewußt.

Warum bleibt das Ding nicht in seinem Loch, wo es hingehört? fragte er sich. Aber in seinem Leben war ja nichts recht gegangen. Nein, alles, was ihm Schaden zufügen konnte, hatte ihn gefunden. Warum hat Gott mich so grausam behandelt? fragte sich der Druse. Habe ich denn nicht regelmäßig gebetet und alle die strengen Vorschriften eingehalten? Habe ich denn je viel verlangt? Für wessen Sünden muß ich denn büßen?

Nun denn. Sinnlos, solche Fragen so spät im Leben zu stellen. Er jätete weiter, stellte sich einmal sogar auf die freiliegende Spitze der Bombe, arbeitete sich langsam vor. In ein, zwei Tagen wollte sein Sohn ihn mit den Enkelkindern besuchen, die einzige uneingeschränkte Freude in seinem Leben. Er nahm sich vor, seinen Sohn um Rat zu fragen. Sein Sohn war Soldat gewesen und kannte sich mit solchen Sachen aus.

Es war so eine Woche, die jeder Regierungsbeamte haßt. Es ereignete sich etwas Wichtiges in einer anderen Zeitzone. Der Unterschied betrug sechs Stunden, und Jack fand sehr verwunderlich, daß er unter den Auswirkungen der Zeitverschiebung litt, ohne überhaupt gereist zu sein.

»Nun, wie sieht's drüben aus?« fragte Clark vom Fahrersitz.

»Erstaunlich positiv.« Jack blätterte die Dokumente durch. »Die Saudis und Israelis waren sich gestern doch tatsächlich über etwas einig und baten um ein und dieselbe Änderung.« Jack lachte in sich hinein. Das mußte ein Zufall gewesen sein; hätten die Delegationen das gewußt, würden sie ihre Positionen bestimmt geändert haben.

»Das muß jemandem aber fürchterlich peinlich gewesen sein!« Clark, der ähnlichen Gedankengängen folgte wie sein Chef, lachte laut. Es war noch dunkel, und der einzige Vorteil dieser frühen Stunde waren leere Straßen. »Die Saudis waren Ihnen sympathisch, stimmt's?«

»Waren Sie schon einmal dort?«

»Abgesehen vom Golfkrieg? Klar, oft. Ich infiltrierte von dort aus 1979 und 1980 den Iran, hatte viel mit Saudis zu tun und lernte Arabisch.«

»Wie gefiel es Ihnen dort?«

»Gut. Ich freundete mich mit einem Major an, im Grunde ein Spion wie ich, der nicht viel praktische Erfahrung hatte, sich aber gut in der Theorie auskannte. Er wußte, daß er noch viel zu lernen hatte, und hörte auf mich. Zwei- oder dreimal lud er mich zu sich nach Hause ein. Er hat zwei nette Kinder; ein Sohn ist inzwischen Jetpilot. Sonderbar nur, wie sie ihre Frauen behandeln. Meine Sandy würde sich das nie bieten lassen.« Clark hielt inne, wechselte die Spur und überholte einen Laster. »Professionell gesehen sind die Saudis sehr kooperativ. Wie auch immer, was ich sah, gefiel mir. Gut, sie sind anders als wir, aber was macht das schon? Es leben ja nicht nur Amerikaner auf der Welt.«

»Und die Israelis?« fragte Jack und klappte den Dokumentenkasten zu.

»Mit denen habe ich ein paarmal zusammengearbeitet, vorwiegend im Libanon. Die Leute vom Mossad sind arrogant und großspurig, aber jene, denen ich begegnete, hatten auch Grund dazu. Problematisch ist ihre Festungsmentalität, wenn auch verständlich.« Clark wandte den Kopf. »Und das ist der Haken, nicht wahr?«

»Wie meinen Sie das?«

»Es wird nicht leicht sein, sie von dieser Haltung abzubringen.«

»Allerdings. Wenn sie doch nur aufwachen und erkennen würden, daß die Welt sich verändert hat«, grollte Ryan.

»Doc, Sie müssen verstehen, daß diese Leute alle wie Frontsoldaten denken. Was erwarten Sie denn? In ganz Israel ist für die Gegenseite das Feuer frei. Die Israelis haben dieselbe Mentalität wie wir Frontschweine in Vietnam. Für sie gibt es nur zwei Kategorien: ihre eigenen Leute – und alle anderen.« John Clark schüttelte den Kopf. »Wissen Sie, wie oft ich auf der Farm versucht habe, das den Jungs einzutrichtern? Die Grundlage des Überlebenstrainings. Die Israelis können gar nicht anders denken. Die Nazis ermordeten Millionen von Juden, und wir rührten keinen Finger – nun, vielleicht konnten wir damals auch nichts tun. Andererseits frage ich mich, ob wir es nicht doch geschafft hätten, Hitler auszuschalten, wenn wir es nur ernsthaft versucht hätten. Wie auch immer, ich finde ebenso wie Sie, daß die Israelis ihre Scheuklappen ablegen müssen. Vergessen Sie aber nicht, daß wir da sehr viel von ihnen verlangen.«

»Vielleicht hätte ich Sie mit zu Avi nehmen sollen«, merkte Jack an und gähnte.

»Zu General Ben Jakob? Soll ein knallharter, bierernster Typ sein. Seine Leute respektieren ihn, und das bedeutet allerhand. Schade, daß ich nicht dabei war, Chef, aber ich hatte meine zwei Wochen Angelurlaub nötig.« Selbst Frontschweine bekamen manchmal frei.

»Andeutung verstanden, Mr. Clark.«

»Hören Sie, ich muß heute nachmittag runter nach Quantico, um mich an der Pistole zu requalifizieren. Und Sie sehen, mit Verlaub gesagt, so aus, als könnten Sie ein bißchen Entspannung vertragen. Warum kommen Sie nicht mit? Ich besorge Ihnen eine hübsche kleine Beretta zum Spielen.«

»Keine Zeit, John.«

»Aye aye, Sir. Sie verschaffen sich keine Bewegung, Sie trinken viel zuviel, und Sie sehen miserabel aus, Dr. Ryan. Das ist meine fachmännische Diagnose.«

So ähnlich hat sich Cathy gestern abend auch ausgedrückt, dachte Ryan, aber Clark hat ja keine Ahnung, wie schlimm es wirklich um mich steht. Jack starrte aus dem Fenster auf die erleuchteten Häuser, in denen die Regierungsbeamten gerade erst aufwachten.

»Sie haben recht. Ich muß etwas unternehmen, aber heute fehlt mir einfach die Zeit.«

»Sollen wir morgen in der Mittagspause ein bißchen joggen?«

»Da muß ich leider zu einem Essen mit den Direktoratschefs«, wich Jack aus.

Clark schwieg und konzentrierte sich aufs Fahren. Wann blickt der arme Teufel endlich durch? fragte er sich. Trotz seiner Intelligenz ließ er sich von seinem Job kaputtmachen.

Der Präsident schlug die Augen auf und blickte auf eine wuschlige blonde Mähne, die seine Brust bedeckte, und einen zarten Frauenarm, der sich um ihn schlang. Man konnte auf unangenehmere Art aufwachen. Er fragte sich, warum er so lange gewartet hatte. Sie war schon seit Jahren für ihn zu haben gewesen, diese hübsche, geschmeidige Vierzigerin, und er hatte als Mann seine Bedürfnisse. Seine Frau Marian hatte jahrelang gelitten und einen verzweifelten Kampf gegen die Multiple Sklerose geführt, an dessen Ende für die einst lebhafte, charmante, intelligente und temperamentvolle Person der Tod stand.

Sie war das Licht in Fowlers Leben gewesen und hatte das, was als seine Persönlichkeit galt, eigentlich selbst erschaffen, die mit ihrem Tod langsam abstarb. Im Grunde ein Verteidigungsmechanismus, das wußte er. Endlose Monate lang hatte er stark sein, ihr die stoische Energie liefern müssen, ohne die sie so viel früher gestorben wäre, aber dabei war aus Bob Fowler ein Automat geworden. Charakterstärke, Kraft und Mut eines Mannes sind nicht unbegrenzt, und mit Marians Leben war auch seine Menschlichkeit verebbt. Vielleicht sogar noch mehr, gestand sich Fowler.

Das Perverse daran war, daß diese Erfahrung einen besseren Politiker aus ihm gemacht hatte. In seinen besten Jahren als Gouverneur und im Präsidentschaftswahlkampf hatte er sich zur Überraschung der selbsternannten Experten, Kommentatoren und Ferndiagnostiker als der ruhige, leidenschaftslose, von Vernunft geleitete Mann dargestellt, den die Wähler sehen wollten. Geholfen hatte ihm auch die Tatsache, daß der Wahlkampf seines Vorgängers aus unerklärlichen Gründen plump geführt worden war, obwohl Fowler glaubte, daß ihm der Sieg so oder so sicher gewesen war.

Seit seinem Erfolg vor knapp zwei Jahren war er seit Grover Cleveland der erste Präsident ohne Frau. Die Leitartikler nannten ihn den Technokraten im Weißen Haus, den Mann ohne Persönlichkeit, und daß er Jura studiert und als Rechtsanwalt gearbeitet hatte, schien bei den Medien niemanden zu scheren. Sobald man ihm ein Etikett verpaßt hatte, das die allgemeine Zustimmung fand, erhob man es zur Wahrheit, ob es nun zutraf oder nicht: Fowler, der Mann aus Eis.

Ach, wenn Marian mich so sehen könnte, dachte er. Sie hatte gewußt, daß er nicht aus Eis gemacht war. Es gab Menschen, die sich an den alten Bob Fowler erinnerten, den temperamentvollen Anwalt vor Gericht, den Bürgerrechtskämpfer, die Geißel des organisierten Verbrechens, den Mann, der in Cleveland aufgeräumt hatte. Dieser Effekt war wie alle politischen Erfolge nicht von Dauer. Er dachte an die Geburt seiner Kinder, seinen Vaterstolz, an die Liebe, die er zu seiner Familie empfunden hatte, an intime Stunden in Restaurants bei Kerzenschein. Er erinnerte sich an ein Footballspiel an der High School, das Marian mehr begeistert hatte als ihn. Ihre dreißigjährige Ehe hatte begonnen, als beide noch studierten. Zum Ende hin war sie von der Krankheit überschattet worden, die Marian mit Ende Dreißig befallen, sich zehn Jahre später drastisch verschlimmert und dann nach einer langen Leidenszeit zum Tode geführt hatte. Am Ende war er so erschöpft gewesen, daß er nicht einmal mehr weinen konnte. Und dann kamen die Jahre der Einsamkeit.

Nun, diese Zeit war vielleicht vorbei.

Ein Glück, daß es den Secret Service gibt, dachte Fowler. Im Gouverneurspalast in Columbus wäre die Sache rasch herausgekommen. Hier war das anders. Vor der Tür standen zwei bewaffnete Agenten, und im Korridor hielt sich ein Offizier der Army mit der Ledertasche auf, die die Geheimcodes für einen Nuklearschlag enthielt. Die flapsige Bezeichnung »der Fußball« mißfiel dem Präsidenten, aber es gab Dinge, die selbst er nicht ändern konnte. Auf jeden Fall aber konnte seine Sicherheitsberaterin sein Bett mit ihm teilen, und der Stab im Weißen Haus wahrte das Geheimnis. Fowler hielt das für bemerkenswert.

Nun schaute er auf seine Geliebte hinab. Elizabeth sah unbestreitbar attraktiv aus. Ihre Haut war blaß, weil sie wegen ihrer Arbeitsgewohnheiten nicht in die Sonne kam, aber er bevorzugte hellhäutige Frauen. Da die Bettdecke nach den Bewegungen der vergangenen Nacht schief lag, konnte er ihren Rücken sehen; wie glatt und weich ihre Haut war! Er spürte ihren ruhigen Atem an seiner Brust und den Druck ihres linken Armes, der ihn umschlang. Er fuhr ihr sanft über den Rücken und wurde mit einem wohligen Brummen und einer festeren Umarmung belohnt.

Es wurde diskret angeklopft. Der Präsident zog die Decke hoch und räusperte sich. Nach einer Anstandspause ging die Tür auf, ein Agent trug ein Tablett mit Kaffee und Computerausdrucken herein und zog sich wieder zurück. Fowler wußte, daß er sich auf einen gewöhnlichen Agenten nicht uneingeschränkt verlassen konnte, aber der Secret Service war in der Tat die amerikanische Version der Prätorianergarde. Der Agent ließ sich nichts anmerken und nickte dem »Boß«, wie seine Kollegen ihn nannten, nur zu. Man diente ihm mit fast sklavischer Hingabe. Die Agenten waren zwar gebildete Männer und Frauen, hatten aber ein schlichtes Weltbild; auch für solche Leute war Platz, wie Fowler fand. Es mußte Menschen geben, auch hochqualifizierte, die die Befehle ihrer Vorgesetzten ausführten. Die bewaffneten Beamten hatten geschworen, ihn zu beschützen, wenn nötig sogar mit dem eigenen Leib – »die Kugel fangen« nannte man das Deckmanöver –, und Fowler fand verblüffend, daß so intelligente Menschen sich so selbstlos für eine so hirnlose Sache ausbilden lassen konnten. Immerhin aber war das Ganze zu seinen Gunsten, und er konnte auch auf ihre Diskretion bauen. So gutes Hauspersonal ist schwer zu bekommen, witzelten die Lästerzungen. Wohl wahr: Man mußte schon Präsident sein, um sich solche Dienstboten leisten zu können.

Fowler griff nach der Kanne und goß sich einen Kaffee ein, den er schwarz trank. Nach dem ersten Schluck drückte er auf die TV-Fernbedienung und stellte CNN an, das gerade über die Verhandlungen in Rom, wo es zwei Uhr nachmittags war, berichtete.

»Hmm.« Elizabeth bewegte den Kopf, und ihr Haar strich über seine Haut. Fowler fuhr mit dem Finger an ihrem Rückgrat entlang und erntete eine letzte Umarmung, ehe sie die Augen aufschlug. Dann aber hob sie den Kopf mit einem heftigen Ruck.

»Bob!«

»Ja, was ist?«

»Es war jemand im Zimmer!« Sie wies auf das Tablett, das Fowler bestimmt nicht selbst geholt hatte.

»Kaffee?«

»BOB!«

»Ich bitte dich, Elizabeth, die Leute vor der Tür wissen, daß du hier bist. Was haben wir schon zu verbergen, und vor wem? Hier im Zimmer sind sogar wahrscheinlich Mikrofone installiert.« Diese Vermutung hatte er noch nie ausgesprochen. Sicher konnte er nicht sein und hatte es auch tunlichst vermieden, sich zu erkundigen, fand die Vorstellung aber logisch. Der Secret Service mit seiner institutionalisierten Paranoia traute nur dem Präsidenten und niemandem sonst, also auch nicht Elizabeth. Sollte sie beispielsweise versuchen, ihn umzubringen, konnte man das hören und die Agenten vor der Tür mit ihren Waffen ins Schlafzimmer stürmen lassen, um HAWK vor seiner Geliebten zu retten. Es waren also vermutlich Mikrofone eingebaut. Kameras auch? Nein, wahrscheinlich nicht, aber abgehört wurde bestimmt. Daß Fowler diese Vorstellung irgendwie erregend fand, hätten die Leitartikler dem Mann aus Eis nie abgenommen.

»Himmel noch mal!« Liz Elliot hatte diese Möglichkeit noch nie erwogen. Als sie sich aufsetzte, baumelten ihre Brüste verlockend vor Fowlers Augen, aber der war ein Typ, der morgens nur die Arbeit im Sinn hatte.

»Ich bin der Präsident, Elizabeth«, betonte Fowler, als sie sich von ihm löste. Auch sie dachte nun an Kameras und zog rasch die Bettdecke hoch. Fowler mußte über ihre Schamhaftigkeit lächeln. »Kaffee?« fragte er noch einmal.

Elizabeth Elliot hätte beinahe gekichert. Da lag sie splitternackt im Bett des Präsidenten, und vor der Tür standen bewaffnete Wächter. Aber Bob hatte jemanden hereingelassen! Unglaublich! Hatte er sie wenigstens zugedeckt? Sie beschloß, ihn lieber nicht danach zu fragen, weil sie seinen Sarkasmus fürchtete. Andererseits: Hatte sie jemals einen so guten Liebhaber wie ihn gehabt? Beim ersten Mal – für ihn mußte es seit Jahren das erste Mal gewesen sein – war er so geduldig, so... respektvoll gewesen. So leicht anzuleiten. Elliot lächelte verstohlen. Es war so einfach, ihm zu zeigen, was sie wollte, wann und auf welche Weise, denn er schien es zu genießen, einer Frau Lustgefühle zu bereiten. Vielleicht wollte er nur dafür sorgen, daß man ihn nicht vergaß. Immerhin war er Politiker, und die sind immer scharf auf ein paar Zeilen in den Geschichtsbüchern. Die hatte er sich schon verdient, so oder so. Kein Präsident fiel der Vergessenheit anheim, selbst Grant und Harding nicht, und angesichts der gegenwärtigen Entwicklungen... Selbst als Liebhaber wollte er in Erinnerung bleiben und ging daher auf seine Partnerin ein, sofern die klug genug war, ihn ihre Wünsche wissen zu lassen.

»Stell das mal lauter«, sagte Liz. Fowler gehorchte zu ihrer Befriedigung sofort. Selbst hier wollte er ihr gefallen. Warum hatte er dann einen Dienstboten mit dem Kaffee ins Zimmer gelassen? Wie war dieser Mann zu verstehen? Er las bereits die Telekopien aus Rom durch.

»Du, Elizabeth, die Sache klappt. Hoffentlich sind deine Koffer gepackt.«

»So?«

»Die Saudis und die Israelis haben sich laut Brent gestern abend über den wichtigsten Punkt geeinigt – erstaunlich. Er verhandelte separat mit den beiden Seiten, und beide machten den gleichen Vorschlag... und um das geheimzuhalten, pendelte er hin und her, angeblich, um Akzeptanz zu suchen... und brachte die Sache dann bei einer letzten Runde unter Dach und Fach! Ha!« Fowler hieb auf seine Hand, die die Seite hielt. »Brent hat uns wirklich weitergebracht. Und dieser Ryan auch. Er ist zwar ein widerwärtiger Snob, aber seine Idee...«

»Bob, ich bitte dich! Die war doch nicht auf seinem Mist gewachsen. Ryan hat nur wiederholt, was andere schon seit Jahren sagen. Arnie war der Vorschlag neu, aber Arnies Interessen reichen über das Weiße Haus nicht hinaus. Wenn du sagst, das sei Ryans Verdienst, könntest du genausogut behaupten, er habe dir einen schönen Sonnenuntergang inszeniert.«

»Mag sein«, räumte der Präsident ein. Er war zwar der Ansicht, daß Ryans Konzept eine wichtigere Rolle gespielt hatte, wollte Elizabeth aber nicht vergrätzen. »Aber in Saudi-Arabien hat er saubere Arbeit geleistet.«

»Ryan wäre noch viel effektiver, wenn er lernte, den Mund zu halten. Gut, er hat den Saudis erfolgreich den Vortrag gehalten. Soll das ein historischer Augenblick der amerikanischen Außenpolitik gewesen sein? Vorträge zu halten gehört zu seinem Job. Richtig aufs Gleis gebracht haben Brent und Dennis die Sache, nicht Ryan.«

»Hm, da hast du wohl recht. Brent und Dennis holten die endgültige Zustimmung zu der Konferenz ein... noch drei oder vier Tage, schreibt Brent.« Der Präsident reichte ihr das Fax. Es war Zeit, daß er aufstand und sich an seinen Schreibtisch machte, aber vorher ließ er eine Hand über eine Kurve unter der Decke gleiten, nur um ihr zu verstehen zu geben, daß...

»Laß das!« Liz kicherte neckisch. Er hörte natürlich sofort auf. Um die Zurückweisung zu versüßen, hielt sie ihm die Lippen hin und bekam prompt einen Kuß mit Mundgeruch.

»Was läuft hier?« fragte ein Lkw-Fahrer den Lademeister des Sägewerks. Vier gewaltige Anhänger standen hintereinander in einiger Entfernung von den für die Verschiffung nach Japan gefällten Stämmen. »Die Dinger standen beim letzten Mal schon da.«

»Soll nach Japan«, versetzte der Frachtmeister und sah sich die Frachtpapiere an.

»Da geht doch hier alles hin.«

»Das ist eine Sonderlieferung. Die Japaner wollen die Stämme so gelagert haben und haben eigens die Anhänger gemietet. Wie ich höre, soll das Holz zu Balken für eine Kirche oder einen Tempel verarbeitet werden. Schauen Sie mal genau hin – die Stämme sind zusammengekettet, damit sie schön beieinander bleiben. Hat was mit Tradition zu tun. Wird eine Sauarbeit, diese Bündel so aufs Schiff zu laden.«

»Extra Anhänger, nur damit das Holz seinen eigenen Platz hat? Und zusammengekettet? Ehrlich, die haben mehr Geld als Verstand.«

»Was schert uns das?« fragte der Frachtmeister, der es langsam satt hatte, jedem Fahrer, der in sein Büro kam, die gleiche Auskunft zu geben.

Da standen die Anhänger nun herum. Zweck der Übung war, sagte sich der Frachtmeister, die Stämme etwas trocknen zu lassen. Der Urheber dieser Idee hatte aber falsch kalkuliert. Es war in diesem regenreichen Gebiet der feuchteste Sommer seit Menschengedenken, und das Holz, das schon beim Schlagen feucht gewesen war, saugte sich mit Wasser nur so voll, ganz besonders an den Stümpfen der Äste, die im Wald abgesägt worden waren. Vermutlich wogen die Stämme nun mehr als in frisch geschlagenem Zustand. Vielleicht hätte man sie mit Planen abdecken sollen, dachte der Frachtmeister, aber das hätte die Feuchtigkeit nur eingeschlossen. Außerdem lautete die Anweisung, sie auf den Anhängern liegen zu lassen. Es regnete nun. Der Hof verwandelte sich in einen Sumpf, der von jedem Laster und Schlepper weiter aufgewühlt wurde. Nun, die Japaner hatten wohl ihre eigenen Vorstellungen, wie das Holz zu trocknen und zu verarbeiten war. Ihre Anweisungen schlossen jede vernünftige Lagerung hier aus. Selbst beim Seetransport auf der M/S *George McReady* sollten die Bäume als Deckfracht gehen. Und da liegen sie bestimmt auch im Weg herum, dachte der Frachtmeister. Sollten sie noch mehr Feuchtigkeit aufnehmen, würden sie versinken, wenn sie ins Wasser fielen.

Der Bauer wußte, daß seinen Enkeln sein rückständiges Leben unangenehm war. Sie sperrten sich gegen seine Umarmungen und Küsse und murrten wahrscheinlich vor jedem Besuch, aber das störte ihn nicht. Den Kindern heutzutage fehlte der Respekt vor dem Alter; vielleicht war das der Preis, den man für die besseren Chancen, die sie genossen, zahlen mußte. Sein Leben hatte sich kaum von dem seiner Vorfahren unterschieden, aber seinem Sohn ging es trotz seiner Verwundung besser als ihm, und seinen Kindern winkte noch größerer Wohlstand. Die Jungen waren stolz auf ihren Vater. Wenn ihre Schulkameraden abfällige Bemerkungen über ihre drusische Religion machten, konnten die Jungs erwidern, ihr Vater sei im Kampf gegen die verhaßten Israelis verwundet worden und habe sogar ein paar Zionisten getötet. Und die syrische Regierung erwies ihren Kriegsversehrten einige Dankbarkeit. Der Sohn des Bauern besaß eine kleine Firma und wurde von der sonst schikanösen Bürokratie in Ruhe gelassen. Er hatte, was in der Region ungewöhnlich war, erst spät geheiratet. Seine Frau war hübsch genug und respektvoll – sie war freundlich zu dem alten Bauern, vermutlich aus Dankbarkeit, weil er nie Interesse gezeigt hatte, in ihren kleinen Haushalt zu ziehen. Der Bauer war sehr stolz auf seine Enkel, kräftige, gesunde Jungs, dickköpfig und aufsässig dazu, wie es sich eben für Buben gehört. Auch der Sohn des Bauern war stolz und hatte es zu etwas gebracht. Nach dem Mittagessen ging er mit seinem Vater ins Freie, betrachtete sich den Garten, den er einmal gejätet hatte, und bekam Schuldgefühle, weil sich sein Vater hier immer noch Tag für Tag abrackerte. Doch hatte er seinen Vater nicht zu sich nehmen wollen? Alle Angebote waren abgelehnt worden. Der alte Mann mochte nicht viel besitzen, aber seinen Stolz ließ er sich nicht nehmen.

»Der Garten sieht dieses Jahr gut aus.«

»Ja, es hat ordentlich geregnet«, stimmte der Bauer zu. »Es gibt heuer auch viele Lämmer. Kein schlechtes Jahr. Wie sieht es bei dir aus?«

»Mein bestes Jahr bisher. Vater, ich wollte, du müßtest dich nicht so schinden.«

»Ach was!« Er machte eine wegwerfende Handbewegung. »Ich kenne doch nichts anderes. Und hier gehöre ich hin.«

Was hat der Mann doch für einen Mut, dachte der Sohn. Der Alte gab in der Tat nicht auf. Er hatte seinem Sohn nicht viel geben können, ihm aber seinen stoischen Mut vererbt. Als er auf dem Golan zwanzig Meter von den rauchenden Trümmern seines Schützenpanzers entfernt gelegen hatte, ein Auge zerstört und eine Hand so zerfetzt, daß sie später abgenommen werden mußte, hätte der Sohn einfach aufgeben und sterben können. Aber er dachte an seinen Vater, für den es kein Aufgeben gab, stand auf, nahm sein Gewehr und lief sechs Kilometer weit zum Verwundeten-Sammelpunkt seines Bataillons, wo er erst Meldung erstattete, ehe er sich versorgen ließ. Dafür bekam er eine Auszeichnung und von seinem Bataillonskommandeur Geld für den Start ins Zivilleben. Der Offizier gab der örtlichen Verwaltung auch zu verstehen, daß sein Mann mit Respekt zu behandeln sei. Von seinem Obersten hatte der Sohn Geld bekommen, von seinem Vater aber die Courage. Nun bedauerte er, daß der Alte sich nicht ein wenig unter die Arme greifen ließ.

»Mein Sohn, ich brauche deinen Rat.«

Das war neu. »Gerne, Vater.«

»Komm, ich will dir etwas zeigen.« Er ging voran in den Garten zu den Karottenbeeten, schob mit der Fußspitze Erde beiseite...

»Halt!« schrie der Sohn, packte seinen Vater beim Arm und zog ihn zurück. »Um Himmels willen, seit wann liegt das da?«

»Seit dem Tag, an dem du verwundet wurdest«, gab der Bauer zurück.

Der Sohn faßte an seine Augenklappe und erinnerte sich einen schrecklichen Augenblick lang an den grausigen Tag. Er hatte einen grellen Blitz gesehen, war durch die Luft geflogen und hatte die Todesschreie seiner verbrennenden Kameraden hören müssen. Das hatten die Israelis getan. Eine israelische Kanone hatte seine Mutter getötet. Und nun – dies?

Was war das? Er befahl seinem Vater, sich nicht vom Fleck zu rühren, und ging so vorsichtig, als durchquere er ein Minenfeld, an das Objekt heran. Er war bei den Pionieren gewesen; seine Einheit hatte zwar einen Kampfauftrag bei der Infanterie erhalten, im Grunde aber die Funktion der Minenleger gehabt. Das große Objekt sah aus wie eine israelische Tausend-Kilo-Bombe; ihre Herkunft erkannte er an der Farbe. Nun drehte er sich zu seinem Vater um.

»Und das liegt schon seit damals da?«

»Ja. Das Ding warf einen Krater auf, den ich zuschüttete. Der Frost muß es nach oben gebracht haben. Ist es gefährlich? Muß doch ein Blindgänger sein.«

»Vater, diese Bomben bleiben gefährlich, sehr sogar. Wenn diese hier losgeht, sprengt sie dich und dein ganzes Haus in die Luft!«

Der Bauer machte eine verächtliche Geste. »Warum ist das dumme Ding dann nicht gleich explodiert?«

»Unsinn! Höre jetzt auf mich: Halte dich von diesem Teufelsding fern!«

»Und was wird aus meinem Garten?« fragte der Bauer schlicht.

»Ich werde dafür sorgen, daß die Bombe geräumt wird. Erst dann kannst du wieder gärtnern.« Der Sohn dachte nach. Räumen war ein Problem, und kein geringes. Die syrische Armee hatte nur wenige Bombenexperten und detonierte Blindgänger am liebsten an Ort und Stelle; generell eine sehr vernünftige Methode, in diesem speziellen Fall aber nicht, denn sein Vater würde die Zerstörung seines Hauses nicht lange überleben. Seine Frau würde ihn nur ungern bei sich aufnehmen, und er selbst konnte seinem Vater als Einhändiger wohl kaum beim Wiederaufbau helfen. Die Bombe mußte also entfernt werden, aber von wem?

»Du mußt mir versprechen, den Garten nicht zu betreten«, verkündete der Sohn streng.

»Wie du meinst«, erwiderte der Bauer, der nicht daran dachte, die Befehle seines Sohnes zu befolgen. »Wann läßt du das Ding abholen?«

»Das kann ich noch nicht sagen. Ich muß mich erst einmal ein paar Tage lang umhören.«

Der Bauer nickte und überlegte, den Rat seines Sohnes doch zu befolgen und sich wenigstens von dem Blindgänger fernzuhalten. Daß die Bombe nicht mehr funktionierte, stand für ihn fest. Er kannte sein Schicksal. Wenn er durch die Bombe hätte getötet werden sollen, wäre das längst passiert. Welches Unglück war ihm je erspart geblieben?

Am nächsten Tag bekamen die Journalisten endlich etwas zu beißen. Am hellen Tag traf Dimitrios Stavarkos, der Patriarch von Konstantinopel, mit dem Auto ein – Hubschrauber benutzte er grundsätzlich nicht.

»Eine Nonne mit Bart?« fragte ein Kameramann am eingeschalteten Mikrofon, als er die Gestalt mit dem Zoom heranholte. Die Schweizergarde stand Spalier, und Bischof O'Toole geleitete den Gast in den Vatikan.

»Muß ein griechisch-orthodoxer Bischof sein«, merkte ein Koordinator sofort an. »Was tut der hier?«

»Was wissen wir über die griechisch-orthodoxe Kirche?« fragte sein Produzent.

»Sie hat mit dem Papst nichts zu tun und gestattet den Priestern zu heiraten. Einen von ihnen steckten die Israelis ins Gefängnis, weil er den Arabern Waffen beschaffte«, kommentierte ein anderer über die Leitung.

»Die Griechen vertragen sich also mit den Arabern, aber nicht mit dem Papst? Wie stehen sie sich mit den Israelis?«

»Keine Ahnung«, gestand der Produzent. »Da sollten wir uns mal schlaumachen.«

»Jetzt sind also vier Konfessionen beteiligt.«

»Spielt der Vatikan mit, oder stellt er nur den neutralen Verhandlungsort?« fragte der Koordinator, der wie die meisten seiner Kollegen am überzeugendsten wirkte, wenn er seinen Text vom Teleprompter ablas.

»Hat es denn hier jemals so etwas gegeben? Wer einen neutralen Ort braucht, der geht nach Genf«, bemerkte der Kameramann, der eine Vorliebe für Genf hatte.

»Was tut sich?« Eine Rechercheurin betrat die Kabine und wurde vom Produzenten informiert.

»Wo steckt diese Expertin?« grollte der Koordinator.

»Könnten Sie das Band zurückspulen?« fragte die Rechercheurin. Die Studiotechniker begannen damit, und sie ließ auf Standbild schalten.

»Dimitrios Stavarkos, Patriarch von Konstantinopel, das Sie unter seinem modernen Namen Istanbul kennen, Rick. Er ist das Oberhaupt aller orthodoxen Kirchen, also eine Art Papst. Die orthodoxen Kirchen in Griechenland, Rußland und Bulgarien haben zwar ihre eigenen Oberhäupter, unterstehen aber dem Patriarchen.«

»Stimmt es, daß orthodoxe Priester heiraten dürfen?«

»Ja, die Priesterehe existiert, aber vom Bischof an aufwärts gilt das Zölibat.«

»Das ist die Härte«, kommentierte Rick.

»Stavarkos führte im letzten Jahr den Kampf mit den Katholiken um die Weihnachtsmesse in Bethlehem und gewann, wenn ich mich recht entsinne. Das haben ihm einige katholische Bischöfe nicht verziehen. Was will er in Rom?«

»Das sollen Sie uns sagen, Angie!« versetzte der Koordinator giftig.

»Immer mit der Ruhe, Rick.« Angie Miriles hatte wenig Lust auf die Allüren dieser seichten TV-Primadonna. Sie schlürfte zwei Minuten lang ihren Kaffee und verkündete dann: »Ich glaube, ich weiß, was hier gespielt wird.«

»Wären Sie so gut, uns einzuweihen?«

»Willkommen!« Kardinal D'Antonio küßte Stavarkos auf beide Wangen, obwohl er sich vor dessen Bart ekelte. Der Kardinal geleitete den Patriarchen in den Konferenzsaal, wo sechzehn Personen an einem Tisch saßen. Stavarkos nahm den leeren Platz am Ende ein.

»Wir sind dankbar, daß Sie uns Gesellschaft leisten«, sagte Minister Talbot.

»Eine solche Einladung schlägt man nicht aus«, erwiderte der Patriarch.

»Haben Sie den Vertragsentwurf gesehen?« Das Dokument war per Kurier zugestellt worden.

»Er ist sehr ehrgeizig«, räumte Stavarkos vorsichtig ein.

»Sind Sie mit Ihrer Rolle in dem Abkommen einverstanden?«

Das ging dem Patriarchen viel zu schnell. Andererseits – »Ja«, antwortete er schlicht. »Ich verlange absolute Verfügungsgewalt über alle christlichen Reliquienschreine im Heiligen Land. Wird diese konzediert, trete ich dem Abkommen mit Freuden bei.«

D'Antonio rang um Fassung, atmete durch und flehte hastig um Gottes Intervention. Später wußte er nicht zu sagen, ob sie ihm zuteil wurde oder nicht.

»Für solche Pauschalforderungen sind die Verhandlungen wohl zu weit fortgeschritten.« Man wandte die Köpfe. Der Einwand kam von Dmitrij Popow, dem Ersten Stellvertretenden Außenminister der Sowjetunion. »Zudem ist der Versuch der einseitigen Vorteilsnahme angesichts der großen Konzessionen, die hier von allen gemacht wurden, rücksichtslos. Wollen Sie nur auf dieser Basis einer Übereinkunft im Weg stehen?«

Derart direkte Zurechtweisungen war Stavarkos nicht gewohnt.

»Die Frage der christlichen Heiligtümer hat keine direkte Auswirkung auf das Abkommen«, bemerkte Minister Talbot. »Wir finden Ihre nur bedingte Bereitschaft zur Teilnahme enttäuschend.«

»Mag sein, daß ich den Vertragsentwurf mißverstanden habe«, wandte Stavarkos ein und gab sich selbst Flankenschutz. »Wären Sie so gut, meinen Status näher zu erläutern?«

»Ausgeschlossen«, schnaubte der Koordinator.

»Wieso?« erwiderte Angela Miriles. »Welche Möglichkeit klingt vernünftiger?«

»Das ist mir mehr als eine Nummer zu groß.«

»Stimmt, es ist allerhand«, räumte Miriles ein. »Aber was liegt näher?«

»Das glaube ich erst, wenn ich es sehe.«

»Dazu mag es nicht kommen. Stavarkos hat keine großen Sympathien für die römisch-katholische Kirche. Der Streit, den er letzte Weihnachten vom Zaun brach, war häßlich.«

»Warum haben wir dann nicht darüber berichtet?«

»Weil wir endlose Reportagen über das schlechte Weihnachtsgeschäft brachten«, versetzte sie und hätte am liebsten hinzugefügt: Du Arsch.

»Eine separate Kommission?« fragte Stavarkos unwillig.

»Der Metropolit möchte seinen eigenen Vertreter entsenden«, erklärte Popow. Der Stellvertretende Außenminister glaubte zwar nach wie vor an Marx und nicht an Gott, mußte aber als Russe sicherstellen, daß die russisch-orthodoxe Kirche an dem Abkommen beteiligt wurde – ganz gleich, wie unwichtig dieser Punkt sein mochte. »Ich finde diese Angelegenheit höchst merkwürdig. Verzögern wir den Vertragsabschluß wegen der Frage, welche christliche Kirche nun am einflußreichsten ist? Wir sind hier zusammengekommen, um einen Krisenherd zu entschärfen, einen potentiellen Krieg zwischen Juden und Moslems zu verhindern. Warum stehen die Christen im Weg?« Popow schaute bei dieser Frage an die Decke – eine Spur zu theatralisch, wie D'Antonio fand.

»Dieses Randthema lassen wir am besten von einem separaten Komitee der christlichen Geistlichkeit behandeln«, schlug Kardinal D'Antonio schließlich vor. »Ich verspreche, daß wir die interkonfessionellen Streitigkeiten beilegen werden.«

Das höre ich nicht zum ersten Mal, dachte Stavarkos – aber warum bin ich eigentlich so kleinlich? Ich mache mich ja vor den Katholiken und Russen zum

Narren! Ein weiterer Faktor war, daß er in Istanbul, seinem Konstantinopel, von den Türken nur geduldet wurde und daß diese Konferenz einen immensen Prestigegewinn für seine Kirche und sein Amt bedeutete.

»Bitte vergeben Sie mir. Bedauerliche Vorfälle haben mein Urteil getrübt. Jawohl, ich unterstütze das Abkommen und hoffe, daß meine Glaubensbrüder Wort halten.«

Brent Talbot lehnte sich zurück und wisperte ein Dankgebet. Das tat er zwar gewöhnlich nicht, aber in dieser Umgebung...

»Und damit wäre das Abkommen perfekt.« Talbot schaute in die Runde, und die Konferenzteilnehmer nickten nacheinander, manche begeistert, manche resigniert. Aber niemand erhob Einspruch. Man stimmte überein.

»Mr. Adler, wann können die Dokumente zur Paraphierung vorgelegt werden?« fragte D'Antonio.

»In zwei Stunden, Eminenz.«

Talbot erhob sich. »Hoheit, Eminenzen, meine Herren, wir haben es geschafft.«

Seltsamerweise war ihnen kaum bewußt, was sie bewerkstelligt hatten. Die Verhandlungen hatten recht lange gedauert, und wie es bei zähem Feilschen oft der Fall ist, war das Procedere wichtiger geworden als das Ziel. Nun waren sie dahin gekommen, wo sie hingestrebt hatten, und so erstaunt, daß sie trotz ihrer ganzen Erfahrung im Formulieren und in außenpolitischen Verhandlungen alles wie durch einen Schleier wahrnahmen. Die Teilnehmer folgten Talbots Beispiel und erhoben sich, und die Bewegung, das Strecken der Beine, brachte sie wieder auf den Boden der Realität zurück. Einem nach dem anderen wurde klar, daß man tatsächlich am Ziel war. Das Unmögliche war geschafft. David Aschkenasi ging um den Tisch herum zu Prinz Ali, der für sein Land verhandelt hatte, und streckte die Hand aus. Aber das reichte nicht. Der Prinz nahm den Minister in die Arme wie einen Bruder.

»Bei Gott, zwischen uns wird Frieden herrschen, David.«

»Jawohl, und nach so langer Zeit, Ali«, erwiderte der ehemalige israelische Panzersoldat. 1956 hatte Aschkenasi am Suezkanal als Leutnant gekämpft, 1967 als Hauptmann, und 1973 war sein Reservebataillon den bedrängten Truppen auf dem Golan zur Hilfe gekommen. Beide Männer reagierten überrascht auf den spontanen Applaus der Runde. Der Israeli brach in Tränen aus, für die er sich unglaublich schämte.

»Sie brauchen sich nicht zu schämen, David. Sie sind für Ihren Mut bekannt«, sagte Ali liebenswürdig. »Es ist nur recht, daß ein Soldat den Frieden schließt.«

»So viele mußten sterben, all die prächtigen jungen Männer – auf beiden Seiten, Ali. Unsere Kinder.«

»Das hat jetzt ein Ende.«

»Dmitrij, Ihre Hilfe war außerordentlich«, sagte Talbot am anderen Ende des Tisches zu seinem russischen Kollegen.

»Erstaunlich, was wir zuwege bringen, wenn wir zusammenarbeiten.«

Nun kam Talbot ein Gedanke, den Aschkenasi bereits ausgesprochen hatte. »Zwei ganze Generationen vergeudet, Dmitrij. Alles verlorene Zeit.«

»Was geschehen ist, ist geschehen«, versetzte Popow. »Seien wir jetzt klug genug, nicht noch mehr zu verlieren.« Der Russe lächelte schief. »Einen solchen Anlaß sollte man mit Wodka begießen.«

Talbot nickte in Prinz Alis Richtung. »Wir trinken nicht alle Alkohol.«

»Wie ertragen die das Leben ohne Wodka?« Popow lachte leise.

»Eines der Rätsel des Lebens, Dmitrij. So, jetzt müssen wir wohl beide Telegramme abschicken.«

»In der Tat, mein Freund.«

Es fuchste die Korrespondenten in Rom, daß die Nachricht zuerst von einer Reporterin der *Washington Post,* die in der US-Hauptstadt saß, aufgeschnappt wurde. Die Dame hatte einen heißen Draht zu einer Sergeantin der Air Force, die in der Maschine des Präsidenten, einer fürs Militär modifizierten Boeing 747 mit der Bezeichnung VC-25A, die Elektronik wartete. Der Soldatin war von der Journalistin genau eingeschärft worden, was sie zu tun hatte. Daß der Präsident nach Rom wollte, war allgemein bekannt. Die Frage war nur, wann. Sowie die Sergeantin erfuhr, daß das Flugzeug startklar gemacht wurde, rief sie zu Hause an, angeblich um sich zu überzeugen, daß ihre gute Uniform aus der Reinigung zurück war. Leider verwählte sie sich, ohne es zu merken, denn die Reporterin hatte zufällig den gleichen flotten Spruch im Anrufbeantworter wie sie. Das war ihre Story für den Fall, daß sie erwischt wurde. Sie kam aber ungeschoren davon.

Eine Stunde später erwähnte die Frau von der *Washington Post* bei der täglichen Pressekonferenz im Weißen Haus eine »unbestätigte Meldung«, der zufolge der Präsident im Begriff sei, nach Rom zu fliegen. Was hatte das zu bedeuten? Waren die Verhandlungen ins Stocken geraten? Oder erfolgreich abgeschlossen worden? Den Pressesprecher traf die Frage unvorbereitet. Er hatte erst vor zehn Minuten erfahren, daß er nach Rom fliegen sollte, und war wie üblich zu totaler Verschwiegenheit vergattert worden. Zu seiner eigenen Überraschung ließ sich der Mann, der vorgehabt hatte, die Nachricht am Nachmittag durchsickern zu lassen, von der Frage aus dem Konzept bringen. Sein »kein Kommentar« klang wenig überzeugend, und die Korrespondenten im Weißen Haus rochen Lunte. Alle hatten zensierte Kopien von Fowlers Terminkalender und somit Kontaktpersonen für ihre Recherchen.

Schon waren die Referenten des Präsidenten am Telefon und sagten Termine und Auftritte ab. Selbst der Präsident kann wichtige Leute nicht ohne Warnung versetzen. Die Prominenz mochte verschwiegen sein, nicht aber alle ihre Assistenten und Sekretärinnen, und davon lebt die freie Presse: von Leuten, die nichts für sich behalten können. Innerhalb von einer Stunde war die Meldung von vier verschiedenen Quellen bestätigt worden. Präsident Fowler hatte für mehrere Tage alle Termine abgesagt. Er ging also auf Reisen, und bestimmt nicht nach Peoria, der sprichwörtlichen Provinzstadt im Mittleren

Westen. Das war für alle TV-Anstalten Grund genug, hastig zusammengestükkelte Meldungen in die Pausen der Game-Shows einzublenden und dann sofort wieder Werbung zu bringen mit dem Erfolg, daß Millionen von Zuschauern den entscheidenden Satz verpaßten und statt dessen erfuhren, wie man hartnäckige Grasflecken aus Hosen entfernt.

Erst am späten Nachmittag dieses drückend schwülen Sommertages erfuhr das Medienkorps in Rom, daß nur drei Kamerateams – und kein einziger Korrespondent – Zugang zu dem Gebäude erhalten sollten, das von außen nun seit drei Wochen scharf beobachtet worden war. In großen Wohnwagen nahe der Sendekabinen ließen sich die Koordinatoren schminken, hasteten dann vor die Kameras, setzten die Ohrhörer ein und warteten auf das Signal ihrer Regisseure.

Das Bild, das auf den Monitoren in der Kabine und den Bildschirmen rund um die Welt gleichzeitig auftauchte, zeigte den Konferenzsaal mit dem langen Tisch. Am Kopfende saß der Papst, und vor ihm lag eine Mappe aus rotem Kalbsleder – kein Reporter sollte je von der momentanen Panik erfahren, die ausgebrochen war, als jemandem klarwurde, daß er nicht wußte, aus *welcher* Tierhaut die Mappe gemacht war, und sich beim Hersteller erkundigen mußte; zum Glück hatte niemand Einwände gegen Leder vom jungen Rind.

Man war übereingekommen, in Rom auf eine öffentliche Erklärung zu verzichten. Erste Verlautbarungen sollten in den Hauptstädten der beteiligten Länder gemacht werden; die wahrhaft blumigen Reden für die Unterzeichnungszeremonien wurden noch verfaßt. Ein Sprecher des Vatikans verteilte eine schriftliche Presseerklärung an alle TV-Korrespondenten. Es sei der Entwurf eines Vertrages zur Beendigung des Nahostkonflikts ausgehandelt worden, der nun von den Vertretern der beteiligten Nationen paraphiert werden könne. Das endgültige Vertragswerk würden die Regierungschefs und/oder ihre Außenminister in einigen Tagen unterzeichnen. Weder der Text des Vertrages noch seine Bedingungen seien zur Veröffentlichung freigegeben. Eine unangenehme Botschaft für die Korrespondenten, die erkannten, daß die Einzelheiten des Abkommens in den jeweiligen Hauptstädten an die Öffentlichkeit gebracht und somit von anderen Reportern gemeldet würden.

Die rote Mappe wurde weitergereicht. Laut Presseerklärung des Vatikans war die Reihenfolge der Paraphierung durch das Los bestimmt worden. Es stellte sich heraus, daß die Israelis den Anfang machten, gefolgt von den Vertretern der Sowjetunion, der Schweiz, der USA, Saudi-Arabiens und des Vatikans. Jeder benutzte einen Füllfederhalter, und der Priester, der die Mappe von Platz zu Platz trug, sicherte die Unterzeichnung mit einem Löscher. Die simple Zeremonie war rasch vorbei. Anschließend schüttelte man sich die Hand und spendete sich gegenseitig Applaus. Und das war es dann.

»Mein Gott«, sagte Ryan, der am Fenster saß und einen Blick auf den Vertragsentwurf warf, den er per Fax erhalten hatte. Er unterschied sich kaum von seinem ursprünglichen Konzept. Zwar hatten die Saudis wie auch die

Israelis, Sowjets, Schweizer und die USA Veränderungen angebracht, aber das Ganze basierte auf seinem Einfall – mit der Einschränkung, daß er die Gedanken einer Vielzahl anderer geborgt hatte. Wahrhaft originelle Ideen sind selten. Ryan hatte lediglich Vorstellungen in ein System gebracht und seine Anregung im historisch richtigen Moment ausgesprochen. Dennoch war dies der stolzeste Augenblick in seinem Leben. Schade nur, daß ihm niemand gratulierte.

Im Weißen Haus saß die beste Redenschreiberin des Präsidenten bereits an der Rohfassung seiner Ansprache. Fowler würde bei der Zeremonie eine Vorrangstellung haben, weil er den Prozeß ausgelöst und die Konferenzteilnehmer mit seiner Rede vor der UN-Vollversammlung in Rom zusammengebracht hatte. Auch der Papst würde eine Rede halten – ach was, alle werden sprechen, überlegte die Redenschreiberin. Für sie war das ein Problem, weil jede Rede originell sein mußte und nicht gerade das enthalten sollte, was der Vorredner gesagt hatte. Sie erkannte, daß sie wahrscheinlich noch auf dem Flug über den Atlantik in der VC-25A eifrig auf ihren Laptop einhacken mußte, aber dafür wurde sie schließlich bezahlt, und Air Force One war auch mit einem Laserdrucker ausgerüstet.

Im Oval Office sah der Präsident seinen hastig revidierten Terminkalender durch. Enttäuschung für eine Pfadfindergruppe, die Käsekönigin von Wisconsin und viele Geschäftsleute, deren Bedeutung in ihrem begrenzten Wirkungskreis verblaßte, sobald sie durch die Seitentür die Werkstatt des Präsidenten betraten. Die für seinen Terminkalender verantwortliche Sekretärin war schon am Telefon, hatte nur noch den allerwichtigsten Besuchern Termine für die paar freien Minuten in den nächsten sechsunddreißig Stunden gegeben. Das würden für den Präsidenten hektische anderthalb Tage werden, aber auch das gehörte zu seinem Job.

»Na?« Fowler hob den Kopf und erblickte Elizabeth Elliot, die ihn durch die Vorzimmertür angrinste.

Na, jetzt bist du endlich am Ziel, dachte sie. Du wirst für immer als der Präsident gelten, der die Nahostfrage ein für allemal gelöst hat. Vorausgesetzt – räumte Liz in einer seltenen Anwandlung von Objektivität ein –, daß auch alles klappt, was man bei einer solchen Kontroverse nicht einfach voraussetzen kann.

»Elizabeth, wir haben der ganzen Welt einen Dienst erwiesen.« Mit »wir« meinte er natürlich sich selbst, wie Elliot wohl wußte, aber das war recht und billig. Immerhin hatte Bob Fowler monatelang den Wahlkampf ertragen und dabei obendrein noch seine Amtsgeschäfte als Gouverneur geführt; er hatte zahllose Reden gehalten, Babys geküßt und den immer gleichen brutalen Fragen der Reporter standgehalten. Und in wie viele Ärsche hatte er kriechen müssen ... Der Weg in dieses kleine Büro, das Zentrum der Exekutive, war ein Durchhaltetest, der die wenigen Männer, die ihn erfolgreich bestanden – schade, daß es immer noch nur Männer sind, dachte Liz –, seltsamerweise nicht mürbe machte. Der Lohn für die Mühe und endlose Rackerei waren die

Lorbeeren, die der Amtsinhaber erntete. Die Leute gingen schlicht davon aus, daß der Präsident die Dinge lenkte und die Entscheidungen traf und daher für Erfolge und Mißerfolge persönlich verantwortlich war. Hierbei ging es vorwiegend um die Innenpolitik, also um Arbeitslosigkeit, Inflation und Konjunktur, und selten ging es um bedeutende, die Welt verändernde Ereignisse. Reagan, räumte Elliot ein, würde als der Mann in die Geschichte eingehen, der zufällig Präsident war, als die Russen den Marxismus verwarfen, und Bush als derjenige, der den politischen Profit einheimste. Nixon hatte die Tür nach China geöffnet, und Carter hatte das, was Fowler nun gelungen war, zum Greifen nahe gehabt. Der amerikanische Wähler mochte bei der Stimmabgabe nur die Sicherung seines Wohlstands im Auge haben, aber Geschichte machte, wer einen weiteren Horizont hatte. Was einem Mann ein paar Absätze in einem allgemeinen Geschichtswerk und ganze Bände gelehrter Studien eintrug, waren die grundlegenden Veränderungen der politischen Welt. Nichts anderes zählte. Die Historiker hielten jene Gestalten in Erinnerung, die politische Ereignisse beeinflußt hatten – also Bismarck, nicht Edison –, für die politische Faktoren als Triebkraft für den technischen Fortschritt dienten. Elizabeth Elliot hätte das durchaus auch umgekehrt sehen können. Doch die Geschichtsschreibung hatte ihre eigenen Regeln und Konventionen, die mit der Realität nur wenig zu tun hatten, denn die Realität war so gewaltig, daß sie auch von Akademikern, die nach Jahren ein Ereignis zu verarbeiten suchten, nicht erfaßt werden konnte. Die Politiker hielten sich bereitwillig an diese Regeln, denn wenn sich etwas Denkwürdiges zutrug, gingen sie in die Geschichte ein, verewigt von den Historikern.

»Der Welt einen Dienst erwiesen?« wiederholte Elliot nach einer längeren Pause. »Klingt gut. Wilson nannte man den Präsidenten, der uns aus dem Krieg heraushielt. Dich wird man als den Mann in Erinnerung behalten, der allem Krieg ein Ende setzte.«

Fowler und Elliot wußten wohl, daß Wilson, kurz nachdem er aufgrund dieses Versprechens wiedergewählt worden war, Amerika in seinen ersten richtigen Krieg im Ausland geführt hatte, den letzten aller Kriege, wie ihn die Optimisten genannt hatten, lange vor dem Holocaust und dem nuklearen Alptraum. Diesmal aber waren beide sicher, daß es um mehr als um Optimismus ging und daß Wilsons Vision von einer friedlichen Welt endlich Form anzunehmen begann.

Der Mann war Druse, ein Ungläubiger also, aber dennoch geachtet. Er war im Krieg gegen die Zionisten verwundet und für seine Tapferkeit ausgezeichnet worden. Die unmenschlichen Waffen des Feindes hatten ihm die Mutter genommen. Und die Bewegung hatte seine Unterstützung. Kati hatte die Grundlagen nie vergessen und als junger Mann die Bücher des Vorsitzenden Mao gelesen. Daß Mao ein Ungläubiger der übelsten Sorte gewesen war, ein Atheist, der Gläubige verfolgte, tat nichts zur Sache. Der Revolutionär war ein Fisch, der im Meer der Massen schwamm. Die Massen hinter sich zu wissen war die Grundvoraussetzung für jeden Erfolg. Dieser Druse hatte gespendet, soviel er konnte, und einmal einem verwundeten Freiheitskämpfer in seinem Haus Zuflucht geboten. Das hatte man nicht vergessen. Kati erhob sich von seinem Schreibtisch und begrüßte den Mann mit einem warmen Händedruck und flüchtigen Küssen.

»Willkommen, mein Freund.«

»Ich bin dankbar, daß Sie mich empfangen, Kommandant.« Der Händler wirkte sehr nervös; Kati fragte sich, was er auf dem Herzen hatte.

»Bitte nehmen Sie Platz. Abdullah«, rief er laut, »hole Kaffee für unseren Gast.«

»Bitte machen Sie sich meinetwegen keine Umstände.«

»Unsinn, Sie sind unser Kamerad. Wie viele Jahre waren Sie uns schon ein treuer Freund?«

Der Händler hob die Schultern und freute sich insgeheim, denn was er investiert hatte, trug nun Zinsen. Das reine Überleben war in diesem Teil der Welt eine Kunstform und ein Glücksspiel.

»Ich wollte Ihren Rat suchen«, sagte er nach dem ersten Schluck Kaffee.

»Gerne.« Kati beugte sich vor. »Es ist mir eine Ehre, Ihnen zu helfen. Wo drückt der Schuh?«

»Es geht um meinen Vater.«

»Wie alt ist er nun?« fragte Kati. Auch der alte Bauer hatte seinen Männern gelegentlich etwas geschenkt, meist ein Lamm. Er war zwar ein einfacher Mann und ein Ungläubiger dazu, doch sie hatten die gleichen Feinde.

»Sechsundsechzig. Kennen Sie seinen Garten?«

»Ja, ich war vor einigen Jahren einmal dort, kurz nach dem Tod Ihrer Mutter.«

»In seinem Garten liegt eine israelische Bombe.«

»Eine Bombe? Sie meinen bestimmt eine Granate.«

»Nein, Kommandant, es ist wirklich eine Bombe. Sie ist einen halben Meter dick.«

»Ah, ich verstehe ... und wenn die Syrer das erfahren ...«

»Sprengen sie das Ding an Ort und Stelle. Mein Vaterhaus würde zerstört.« Der Besucher hob den linken Unterarm. »Ich kann ihm beim Wiederaufbau kaum helfen, und mein Vater ist zu alt, um es allein zu tun. Ich bin gekommen, um Sie zu fragen, wie man das Teufelsding wegschaffen könnte.«

»Sie sind an der richtigen Adresse. Wie lange liegt die Bombe schon dort?«

»Seit dem Tag, an dem ich meine Hand verlor, sagt mein Vater.« Wieder gestikulierte der Händler mit seinem verstümmelten Arm.

»Dann war Allah Ihrer Familie an diesem Tag wahrhaft gnädig.«

Schöne Gnade, dachte der Händler und nickte.

»Sie waren uns ein treuer Freund. Selbstverständlich können wir Ihnen helfen. Ich habe einen Mann, der sich auf das Entschärfen und Räumen israelischer Bomben versteht – und wenn er sie unschädlich gemacht hat, schlachtet er sie aus und baut Bomben für unsere Zwecke.« Kati hielt inne und hob warnend den Zeigefinger. »Das dürfen Sie niemals wiederholen.«

Der Besucher zuckte auf seinem Stuhl zusammen. »Meinetwegen, Kommandant, können Sie die Hunde alle töten, und wenn Sie es mit der Bombe tun, die die Israelis in den Garten meines Vaters geworfen haben, wünsche ich Ihnen allen Erfolg.«

»Nichts für ungut, mein Freund, ich wollte Sie nicht beleidigen. Aber ich mußte das sagen, das verstehen Sie bestimmt.« Katis Botschaft kam an.

»Ich werde Sie nie verraten«, erklärte der Händler fest.

»Das weiß ich.« Zeit, dem Meer der Massen die Treue zu halten. »Morgen schicke ich einen Mann zu Ihrem Vater. Inschallah«, fügte er hinzu, wenn Gott will.

»Ich stehe in Ihrer Schuld, Kommandant.« Er hoffte, sie nie begleichen zu müssen.

8
Der Pandora-Prozeß

Die modifizierte Boeing 747 hob kurz vor Sonnenuntergang von der Startbahn des Luftstützpunkts Andrews ab. Präsident Fowler hatte anstrengende sechsunddreißig Stunden hinter sich, voll mit Informationsgesprächen und Terminen. Nun standen ihm zwei noch schlimmere Tage bevor; Präsidenten sind auch nur Menschen. Sein achtstündiger Flug nach Rom war mit einer Zeitverschiebung von sechs Stunden verbunden; eine mörderische Umstellung. Fowler, ein erfahrener Weltreisender, hatte an diesem und dem Vortag weniger geschlafen, damit er müde genug war, um während des Flugs schlafen zu können. Die Unterkunft des Präsidenten befand sich im Bug der üppig ausgestatteten und ruhig fliegenden Maschine. Das Bett, eigentlich eine Schlafcouch, war von annehmbaren Ausmaßen und hatte eine Matratze nach Fowlers Geschmack. Das Flugzeug war überdies so groß, daß man die Presse von dem Regierungsteam gut trennen konnte – die Distanz betrug fast sechzig Meter, denn die Medienvertreter saßen in der abgetrennten Kabine im Heck. Während der Pressesprecher sich hinten mit den Reportern befaßte, stieß vorne die Sicherheitsberaterin diskret zu Fowler. Pete Connor und Helen D'Agustino tauschten einen Blick, der auf Außenstehende nichtssagend wirkte, unter Mitgliedern des klüngelhaften Secret Service aber Bände sprach. Die Türwache, ein Militärpolizist von der Air Force, starrte nur auf das rückwärtige Schott und verkniff sich ein Lächeln.

»Nun, Ibrahim, was halten Sie von unserem Gast?« fragte Kati.

»Er ist stark, unerschrocken und recht gerissen, aber ich weiß nicht, wo wir ihn einsetzen könnten«, erwiderte Ibrahim Ghosn und schilderte den Zwischenfall mit dem griechischen Polizisten.

»Er hat ihm den Hals gebrochen?« Der Mann war also zumindest kein Spitzel . . . vorausgesetzt, der Grieche war tatsächlich tot und sie hatten es nicht mit einer raffinierten List der Amerikaner, Griechen oder Israelis zu tun.

»Ja, wie einen dürren Zweig.«

»Hat er Kontakte in Amerika?«

»Nur wenige. Die Bundespolizei fahndet nach ihm, weil er drei ihrer Agenten getötet hat, wie er behauptet. Sein Bruder wurde in einen Hinterhalt gelockt und erschossen.«

»In der Wahl seiner Feinde ist er ehrgeizig. Schulbildung?«

»Kaum der Rede wert, aber der Mann ist schlau.«

»Besondere Fähigkeiten?«

»Nur wenige, mit denen wir etwas anfangen können.«

»Immerhin ist er Amerikaner«, betonte Kati. »So einen hatten wir noch nie.«

Ghosn nickte. »Stimmt, Kommandant.«

»Wie groß ist die Chance, daß er ein Spitzel ist?«

»Gering, schätze ich, aber wir müssen trotzdem vorsichtig sein.«

»Wie auch immer – ich habe einen Auftrag für Sie.« Kati berichtete von der Bombe.

»Schon wieder eine?« Ghosn war ein fähiger, aber nicht unbedingt begeisterter Sprengstoffexperte. »Ja, ich kenne den alten Narren und sein Haus. Und ich weiß, daß Sie etwas für seinen Sohn übrig haben, diesen Krüppel.«

»Dieser Krüppel hat einem Kameraden das Leben gerettet. Fazi wäre verblutet, wenn er nicht in diesem kleinen Laden Zuflucht gefunden hätte. Der Sohn des Bauern riskierte dabei allerhand, denn zu dieser Zeit waren wir bei den Syrern sehr unbeliebt.«

»Na gut, ich habe heute ohnehin nichts mehr zu tun. Ich brauche einen Laster und ein paar Männer.«

»Sagten Sie nicht, der neue Freund sei stark? Nehmen Sie ihn mit.«

»Wie Sie meinen, Kommandant.«

»Und seien Sie vorsichtig!«

»Inschallah.« Ghosn hatte an der Amerikanischen Universität in Beirut studiert und seinen Diplomingenieur nur deshalb nicht gemacht, weil einer seiner Professoren entführt worden war und zwei andere daraufhin das Land verlassen hatten. Er vermißte den akademischen Grad nicht besonders. Er war der beste Student gewesen und hatte sich sein Wissen auch ohne die Erläuterungen seiner Lehrer gut aneignen können. Ghosn, der auch viel in seinem eigenen Labor gearbeitet hatte, war kein Frontkämpfer der Bewegung. Er kannte sich zwar mit leichten Waffen aus, durfte sich aber, weil seine Kenntnisse und sein Geschick im Umgang mit Sprengstoff und elektronischen Geräten der Bewegung äußerst wertvoll waren, nicht in Gefahr begeben. Da er außerdem jung, ansehnlich und hellhäutig war, schickte man ihn oft auf Reisen. Als eine Art Vorauskommando spähte er mit dem Blick und dem Gedächtnis des Ingenieurs Ziele zukünftiger Operationen aus, zeichnete Lageskizzen, berechnete den Bedarf an Ausrüstung und gab den eigentlichen Kommandoteams, bei denen er in hohem Ansehen stand, technische Unterstützung. An seinem Mut zweifelte niemand. Er hatte seine Unerschrockenheit mehr als einmal beim Entschärfen israelischer Blindgänger im Libanon unter Beweis gestellt und die Bomben und Granaten dann zum Nutzen der Organisation ausgeschlachtet. Ibrahim Ghosn wäre bei jeder professionellen Organisation dieser Art auf der Welt willkommen gewesen. Der begabte Autodidakt war ein Palästinenser, dessen Familie ihre Heimat bei der Gründung des Staates Israel verlassen und dabei gehofft hatte, nach der Vertreibung der Eindringlinge durch die arabischen Armeen bald zurückkehren zu können. Doch dazu war es nicht gekommen, und er hatte seine Kindheit in überfüllten, unhygienischen Flüchtlingslagern verbringen müssen, wo Haß auf Israel ebenso wichtig gewesen war wie der Islam. Wie hätte es auch anders sein können: Ghosn und seinesgleichen, mißachtet von den Israelis als Leute, die ihr Land freiwillig verlassen hatten, und weitgehend ignoriert von den anderen arabischen Staaten, die wenig taten, um ihr Los zu erleichtern, waren nichts als Bauern auf einem Schachbrett, an dem Spieler saßen, die sich nie über die Regeln einigen konnten. Haß auf Israel und seine Freunde war für sie die natürlichste Sache der Welt, und Ghosn sah seine Lebensaufgabe darin, Wege zu finden, diese Feinde zu töten. Diese Aufgabe hatte er nie in Frage gestellt.

Ghosn bekam die Schlüssel für einen tschechischen GAZ-66. Der Laster war zwar nicht so zuverlässig wie ein Mercedes, aber billiger und leichter zu erhalten – dieser war vor Jahren über Syrien eingeschleust worden. Auf der Ladefläche war ein selbstgebauter Kran montiert. Ghosn stieg mit dem Amerikaner und dem Fahrer ins Führerhaus. Zwei andere Männer sprangen hinten auf, als der Lkw aus dem Lager fuhr.

Marvin Russell musterte das Terrain so aufmerksam wie ein Jäger ein neues Revier. Es war drückend heiß, aber auch nicht unerträglicher als im Ödland daheim, wenn der Chinook wehte, und die spärliche Vegetation erinnerte ihn an das Reservat, wo er seine Jugend verbracht hatte. Was anderen als trostlose Landschaft galt, war für einen an Staub und Hitze gewöhnten Amerikaner etwas Vertrautes. Nur fehlten hier die mächtigen Gewitterwolken und Tornados der amerikanischen Prärie. Die Berge waren höher als das Hügelland in South Dakota, hochaufragend, trocken und so heiß, daß einem beim Klettern die Luft wegbleiben mußte. Oder den meisten Bergsteigern, dachte Marvin Russell, nicht aber mir. Ich schaffe das, weil ich fitter bin als dieser Araber.

Andererseits schienen diese Araber Waffenfanatiker zu sein. Zuerst sah er massenhaft Schnellfeuergewehre, vorwiegend russische AK-47, bald aber auch schwere Fla-Kanonen, Panzer und Panzergeschütze der syrischen Armee. Ghosn bemerkte das Interesse seines Gastes und begann zu erklären.

»Die Syrer sind hier, um die Israelis fernzuhalten«, begann er, die Dinge aus seiner Sicht darzustellen. »Dein Land bewaffnet die Israelis, und die Russen versorgen uns.« Daß diese Quelle zu versiegen drohte, verschwieg er.

»Seid ihr schon einmal angegriffen worden, Ibrahim?«

»Oft, Marvin. Sie schicken Flugzeuge und Kommandotrupps und haben meine Landsleute zu Tausenden getötet. Und aus unserem Land vertrieben. Wir müssen in Lagern leben, die...«

»Ich weiß. Bei uns nennt man so was ›Reservate‹.« Das war Ghosn neu. »Sie kamen in das Land unserer Vorfahren, knallten die Büffel ab und ließen die Armee auf uns los. Meist griffen sie nur Lager mit Frauen und Kindern an. Wir versuchten, uns zu wehren. Häuptling Crazy Horse vernichtete am Little Big Horn – das ist ein Fluß – ein ganzes Regiment, das unter General Custer stand. Aber die Weißen gaben nicht auf. Es waren einfach zu viele, zu viele Soldaten, zu viele Gewehre. Das beste Land nahmen sie uns weg und ließen uns einen Dreck. Wie die Bettler müssen wir leben. Und das ist nicht recht. Wir werden wie Untermenschen behandelt, weil wir anders aussehen, anders reden und eine andere Religion haben. Alles das wurde uns nur angetan, weil wir am falschen Platz saßen. Wir wurden einfach beiseite gefegt wie Müll, weil man unser Land wollte.«

»Das habe ich nicht gewußt«, meinte Ghosn – erstaunt, daß sein Volk nicht das einzige war, mit dem die Amerikaner und ihre israelischen Vasallen so umsprangen. »Wann war das?«

»Vor hundert Jahren. Um genau zu sein, fing es 1865 an. Wir wehrten uns, so gut wir konnten, hatten aber fast keine Chance, weil uns Verbündete fehlten, Freunde, wie ihr sie habt. Niemand gab uns Kanonen und Gewehre. So wurden die Tapfersten abgeschlachtet. Meist lockte man die Häuptlinge in eine Falle und tötete sie dann – wie Crazy Horse oder Sitting Bull. Dann wurden wir ausgehungert, bis wir uns ergaben. Man wies uns schlechtes, staubiges Land zu und schickte uns gerade so viel zu essen, um zu überleben, aber nicht genug, um stark zu werden. Und wenn ein paar von uns heute versuchen, sich mannhaft zu wehren – nun, ich habe dir ja erzählt, was sie mit meinem Bruder gemacht haben. Aus dem Hinterhalt abgeschossen wie ein Tier, und das noch vor laufender Kamera, damit jeder auf dem Bildschirm sehen kann, was einem aufsässigen Indianer passiert.«

Ghosn erkannte, daß dieser Mann in der Tat ein Mitkämpfer und kein Spitzel war. Seine Lebensgeschichte unterschied sich nicht von der eines Palästinensers. Erstaunlich.

»Warum bist du hierhergekommen, Marvin?«

»Weil ich abhauen mußte, ehe sie mich erwischten. Stolz bin ich darauf nicht, aber was hätte ich sonst machen sollen – warten, bis sie mich in einen Hinterhalt locken?« Russell zuckte mit den Achseln. »Ich hab' mir gesagt, geh in ein anderes Land, suche Leute, die so sind wie du, lerne ein paar Tricks, sieh zu, wie du wieder heimkommst, und zeige deinem Volk, wie es sich wehren kann.« Russell schüttelte den Kopf. »Vielleicht ist es ja alles hoffnungslos, aber ich gebe trotzdem nicht auf – verstehst du das?«

»Ja, mein Freund, ich verstehe das gut. Mein Volk hat es schon vor meiner Geburt so gehalten. Aber auch du mußt erkennen, daß Hoffnung besteht, solange du dich erhebst und dich wehrst. Und deshalb jagen sie dich auch – weil sie dich fürchten!«

»Na, hoffentlich hast du recht.« Russell starrte aus dem offenen Fenster. Hier, 12 000 Kilometer von der Heimat entfernt, brannte der Staub in seinen Augen. »Wo fahren wir hin?«

»Wie haben sich eure Krieger die Waffen für den Kampf gegen die Amerikaner beschafft?«

»Sie nahmen meist das, was der Feind zurückgelassen hatte.«

»So halten wir es auch, Marvin.«

Auf halbem Weg über den Atlantik wachte Fowler auf. Eine Sensation, dachte er, im Flugzeug hab' ich's noch nie getrieben. Ob das je ein Präsident schon mal fertiggebracht hat – auf dem Weg zum Papst und mit seiner Sicherheitsberaterin, fragte er sich. Er schaute aus dem Fenster. Es war hell, so hoch im Norden –

die Maschine flog dicht an Grönland vorbei –, und er überlegte kurz, ob es nun schon Morgen war oder noch Nacht. In einem Flugzeug, mit dem sich die Zeit schneller änderte, als die Uhr anzeigte, war das eine fast metaphysische Frage.

Metaphysisch war auch seine Mission, die unvergessen bleiben würde. Fowler hatte Geschichtssinn genug, um das zu wissen. Ein einmaliger Coup, etwas noch nie Dagewesenes. Vielleicht der Beginn des Prozesses, vielleicht auch das Ende. Wie auch immer, seine Absicht war eindeutig und klar. J. Robert Fowler, dessen Name mit dem Abkommen untrennbar verbunden bleiben würde, wollte den Krieg abschaffen. Es war auf die Initiative seiner Administration hin zustande gekommen. Er hatte in seiner UNO-Rede die Vertreter der Völker in den Vatikan gerufen. Seine Untergebenen hatten die Verhandlungen geführt. Sein Name stand auf dem Vertragsdokument ganz oben. Seine Streitkräfte sollten den Frieden garantieren. Er hatte seinen Platz in der Geschichte verdient, die Unsterblichkeit, die nur wenigen zuteil wurde. Kein Wunder also, daß ich aufgeregt bin, sagte er sich.

Die Entscheidung, die ein Präsident am meisten fürchtet, brauchte nun nicht mehr getroffen zu werden. Schon als er noch Staatsanwalt war, der in Cleveland die Mafia verfolgte und insgeheim präsidentiale Ambitionen zu entwikkeln begann, hatte er sich gefragt: *Was tust du, wenn du Präsident bist und auf den Knopf drücken mußt?* Würde er das fertigbringen? Würde er, um die Sicherheit seines Landes zu garantieren, Millionen Menschenleben opfern? Vermutlich nicht. Es war seine Aufgabe, Menschen zu beschützen, zu führen, ihnen den rechten Weg zu weisen. Sie mochten nicht immer begreifen, daß er recht hatte und sie nicht, daß seine Vision die korrekte und logische war. Fowler wußte, daß er kalt und arrogant war, wenn es um solche Angelegenheiten ging, aber er war davon überzeugt, daß er recht hatte. Er mußte sich selbst und seiner Motive sicher sein. Traf er eine Fehlentscheidung, konnte man ihm höchstens Arroganz vorwerfen, was ihm schon oft genug passiert war. Zweifel hatte er nur an seiner Fähigkeit, sich mit der realen Möglichkeit eines Atomkriegs auseinanderzusetzen.

Aber diese Möglichkeit war doch nun gewiß nicht mehr real? Er gestand öffentlich nie ein, daß Reagan und Bush diese Möglichkeit eliminiert hatten, als sie die Sowjets zwangen, sich mit ihren Widersprüchen auseinanderzusetzen und in der Folge einen neuen Kurs einzuschlagen. Diese Veränderungen waren friedlich vonstatten gegangen, weil der Mensch in der Tat ein Vernunftwesen ist. Zwar würde es weiterhin Krisenherde geben, aber wenn er seine Arbeit richtig erledigte, konnten sie nicht außer Kontrolle geraten – und die Reise, die er nun angetreten hatte, konnte die gefährlichste politische Frage, die die Welt noch beschäftigte, lösen. Keiner seiner Vorgänger war damit fertiggeworden. Was Nixon und Kissinger nicht zuwege gebracht, was Carters kühner Versuch, Reagans halbherzige Gesten und Bushs gutgemeinte Schachzüge nicht geschafft hatten, was niemandem gelungen war, würde Robert Fowler nun zustande bringen. Diese Vorstellung kostete er in vollen Zügen aus. Seine Leistung würde ihm nicht nur einen Platz in den Geschichtsbüchern eintragen, sondern ihm auch den Rest seiner Amtszeit angenehmer machen. Sie würde ihm die Wiederwahl, eine satte Mehrheit im Kongreß und die Verabschiedung seiner ehrgeizigen Sozialgesetze sichern. Historische Taten wie seine, also ehrenwerte, gingen mit internationalem Prestige und großer innenpolitischer Schlagkraft einher, mit Macht im besten Sinne. Mit einem Federstrich wurde Fowler zum Giganten unter guten Menschen und unter den Mächtigen eine moralische Autorität. Noch nie in dieser Generation hatte ein Mann einen solchen Augenblick genießen können, vielleicht noch nie in diesem Jahrhundert. Und keiner konnte ihm seinen Triumph nehmen.

Die Maschine flog in 13 000 Meter Höhe mit einer Geschwindigkeit von rund 1000 Kilometern. Die Position seiner Kabine bot Fowler Ausblick nach vorne, wie es sich für einen Präsidenten gehörte, und nach unten auf eine Welt, deren Angelegenheiten er so erfolgreich regelte. Die 747 glitt seidenweich dahin und trug Fowler seinem Rendezvous mit der Geschichte entgegen. Er schaute hinüber zu Elizabeth. Sie lag auf dem Rücken, hatte den rechten Arm hinter den Kopf geworfen und bot seinen Blicken ihre hübschen Brüste dar. Während die anderen Passagiere unruhig auf ihren Sitzen hin und her rutschten und versuchten zu schlafen, weidete sich Fowler an seiner Bettgenossin. Zum Schlafen hatte er im Augenblick keine Lust. Nie war er so stolz gewesen wie jetzt, und noch nie so potent. Er ließ eine Hand über ihre Brüste gleiten. Elizabeth schlug die Augen auf und lächelte, als hätte sie im Traum seine Gedanken gelesen.

Wie zu Hause, dachte Russell. Zwar war das Haus aus Bruchsteinen erbaut und nicht aus Hohlblocksteinen, und es hatte auch kein Satteldach, aber den Staub und den jämmerlichen kleinen Garten kannte er gut. Und auch der Mann hätte gut ein Sioux sein können, mit der Erschöpfung in seinem Blick, dem krummen Rücken und den knotigen alten Händen eines Besiegten.

»Das muß es sein«, sagte er, als der Laster langsamer fuhr.

»Der Sohn des Alten wurde im Kampf gegen die Israelis schwer verwundet. Beide Männer sind unsere Freunde.«

»Freunde muß man sich halten«, stimmte Marvin zu. Der Laster hielt. Russell sprang ab, damit Ghosn aussteigen konnte.

»Komm, ich stelle dich vor.«

Das Ganze kam dem Amerikaner überraschend förmlich vor. Er verstand natürlich kein Wort, aber das machte nichts. Es freute ihn, daß sein Freund Ghosn dem Alten Respekt erwies. Nach ein paar Sätzen schaute der Bauer Russell an und neigte zu dessen Verlegenheit den Kopf. Marvin ergriff sanft seine Hand und schüttelte sie, wie es bei ihm zu Hause Sitte war, stammelte etwas, das Ghosn übersetzte. Dann führte der Bauer sie in seinen Garten.

»Verdammt noch mal!« rief Russell, als er das Objekt sah.

»Sieht aus wie eine amerikanische Tausend-Kilo-Bombe, Mark 84...« sagte Ghosn lässig und erkannte dann seinen Irrtum... Die Spitze sah anders aus... war eingedrückt und verbogen... aber auf seltsame Weise. Er bedankte sich bei dem Bauern und schickte ihn zurück zum Lastwagen. »Erst müssen wir das Ding ganz vorsichtig freilegen.«

»Das übernehme ich«, meinte Russell, ging zum Laster und wählte einen Klappspaten.

»Wir haben selbst ...« Der Amerikaner schnitt Ghosn das Wort ab.

»Laß mich das machen. Ich pass' schon auf.«

»Berühre die Bombe nicht mit dem Spaten. Kratze die Erde mit den Händen von der Hülle. Ich warne dich, Marvin, das ist sehr gefährlich.«

»Dann geh ein paar Schritte zurück.« Russell wandte sich ab und grinste. Er mußte diesem Mann seinen Mut beweisen. Den Polizisten zu töten war eine Kleinigkeit gewesen, überhaupt keine Herausforderung. Hier sah das anders aus.

»Soll ich etwa meinen Kameraden im Stich lassen?« fragte Ghosn rhetorisch. Er wußte, das wäre am klügsten gewesen. Wenn es nach ihm gegangen wäre, hätte er das Graben seinen Männern überlassen, denn er war eine wertvolle Fachkraft. Aber vor dem Amerikaner durfte er keine Schwäche zeigen. Zudem konnte er zusehen und feststellen, ob der Mann tatsächlich so mutig war, wie er wirkte.

Ghosn wurde nicht enttäuscht. Russell zog sein Hemd aus, kniete sich auf den Boden und begann, um die Bombe herum einen Graben auszuheben. Dabei ging er mit dem Gemüse schonender um, als Ghosns Männer es getan hätten. Nach einer Stunde hatte er einen runden, flachen Graben ausgehoben und die Erde säuberlich auf vier Haufen verteilt. Schon jetzt wußte Ghosn, daß hier etwas nicht stimmte. Die Bombe war keine Mark 84. Sie hatte zwar die entsprechende Größe, aber eine andere Form, und die Hülle ... stimmte irgendwie nicht. Die Mark 84 hatte eine massive Ummantelung aus Gußstahl, die bei der Detonation der Ladung in Millionen messerscharfer Splitter zerrissen wurde. Hier war das anders. Die Hülle war an zwei sichtbaren Stellen geplatzt und für eine konventionelle Sprengbombe viel zu dünn. Was, zum Teufel, hatte er da vor sich?

Russell ging näher heran und entfernte nun mit den Händen die Erde von der Bombe. Dabei ging er vorsichtig und gründlich vor. Der Amerikaner schwitzte ordentlich, hielt aber nicht ein einziges Mal bei der Arbeit inne. Ghosn bewunderte seine Armmuskeln. Einen Mann mit solcher Körperkraft hatte er noch nie gesehen. Selbst die israelischen Fallschirmjäger wirkten nicht so gewaltig. Russell hatte zwei oder drei Tonnen Erde ausgehoben, aber man sah ihm die Anstrengung der Arbeit, die er so stetig und kraftvoll verrichtete wie eine Maschine, kaum an.

»Mach mal Pause«, sagte Ghosn. »Ich muß mein Werkzeug holen.«

»Gut«, erwiderte Russell, setzte sich und starrte die Bombe an.

Ghosn kehrte mit einem Rucksack und einer Feldflasche zurück, die er dem Amerikaner reichte.

»Danke. Ist ziemlich warm hier.« Russell trank einen halben Liter Wasser. »Und was jetzt?«

Ghosn holte einen Pinsel aus dem Rucksack und begann die letzten Erdreste von der Bombe zu entfernen. »Verschwinde jetzt lieber«, warnte er.

»Schon gut, Ibrahim. Ich bleibe hier, wenn du nichts dagegen hast.«

»Jetzt kommt der gefährliche Teil.«

»Du bist ja auch bei mir geblieben«, betonte Russell.

»Wie du willst. So, ich suche jetzt den Zünder.«

»Ist der nicht vorne?« Russell wies auf die Nase der Bombe.

»Hier nicht. Gewöhnlich ist einer in der Spitze angebracht – der scheint hier zu fehlen. Ich sehe nur zwei Schraubkappen, eine in der Mitte und eine hinten.«

»Warum hat das Ding keine Flossen?« fragte Russell. »Haben Bomben nicht so was wie die Steuerfedern am Pfeil?«

»Der Steuerschwanz, wie das heißt, wurde wahrscheinlich beim Aufprall abgerissen. Oft weisen uns an der Oberfläche liegende Flossen auf einen Blindgänger hin.«

»Soll ich jetzt das Ende freilegen?«

»Aber ganz, ganz vorsichtig, Marvin.«

»Wird gemacht.« Russell löste nun die Erdbrocken vom Ende der Bombenhülle. Ghosn war einfach nicht aus der Ruhe zu bringen, überlegte Marvin. Er selbst hatte so dicht bei einem Riesenhaufen Sprengstoff eine Heidenangst, durfte und würde sich aber verdammt noch mal nichts anmerken lassen, das nach Schiß aussah. Ibrahim mochte ein dürrer Schwächling sein, aber es erforderte Mut, so kaltschnäuzig an einer Bombe herumzufummeln. Ihm fiel auf, daß Ghosn die Hülle so sorgfältig reinigte, als pinselte er an einer Titte herum, und er zwang sich, ebenso behutsam vorzugehen. Zehn Minuten später war das Ende freigelegt.

»Ibrahim?«

»Was gibt's?« erwiderte Ghosn, ohne aufzusehen.

»Hier hinten ist bloß ein Loch.«

Ghosn ließ den Pinsel sinken und drehte sich um. Merkwürdig, dachte er. Aber er hatte anderes zu tun. »Danke, du kannst jetzt aufhören. Ich habe den Zünder immer noch nicht gefunden.«

Russell entfernte sich, setzte sich auf einen Haufen Erde, trank die Feldflasche leer und ging dann hinüber zum Lastwagen. Die drei Männer hatten sich sicherheitshalber hinters Haus zurückgezogen; der Bauer verzichtete auf Dekkung. Russell warf einem Mann die leere Feldflasche zu und bekam eine volle zurück. Er reckte den Daumen und schlenderte zurück zu dem Blindgänger.

»Mach mal Pause und trink einen Schluck«, sagte Marvin.

»Gute Idee«, stimmte Ghosn zu und legte den Pinsel neben die Bombe.

»Hast du was gefunden?«

»Eine Buchse, sonst nichts.« Auch das ist seltsam, dachte Ghosn, während er die Feldflasche aufschraubte. Die Bombe wies keine Schablonenbeschriftung auf und trug nur ein silberrotes Etikett nahe der Nase. Farbkennzeichnungen an Bomben waren verbreitet, aber diese Kombination hatte er noch nie gesehen. Was war dieses verdammte Ding? Ein FAE-Körper, also eine Aerosolbombe, oder eine Streubombe? Oder ein altes, technisch überholtes Modell, das er noch nie gesehen hatte? Immerhin war das Objekt 1973 abgeworfen worden. Vielleicht etwas, das schon seit langem nicht mehr eingesetzt wurde. Sehr ungünstig, denn ein unbekanntes Modell konnte eine Zündeinrichtung haben, mit der er nicht vertraut war. Sein Handbuch für solche Dinge, das er inzwischen auswendig kannte, war die arabische Übersetzung eines russischen Standardwerks und führte ein solches Objekt nicht auf. Beängstigend. Ghosn nahm einen tiefen Schluck aus der Feldflasche und spritzte sich dann ein wenig Wasser ins Gesicht.

»Take it easy«, meinte Russell beruhigend.

»An dieser Arbeit ist nie was easy, mein Freund, und sie ist immer mit einer Riesenangst verbunden.«

»Siehst aber ganz gelassen aus.« Das war nicht gelogen. Als er Ghosn beim Reinigen der Bombe zusah, erinnerte ihn das an einen Arzt, der eine schwierige Operation durchführt. Das Kerlchen hat Mumm, sagte sich Marvin.

Ghosn drehte sich um und grinste. »Alles Fassade. In Wirklichkeit habe ich eine Heidenangst und hasse diese Arbeit.«

»Ich kann deinen Mut nur bewundern. Echt.«

»Paß auf, ich muß jetzt weitermachen. Und du solltest dich jetzt in sichere Entfernung verziehen.«

Russell spuckte aus. »Scheiß drauf.«

»Das gäbe nur überflüssige Komplikationen.« Ghosn grinste. »Muß das Ding denn auch noch stinken?«

»Paß bloß auf, daß es dir nicht den Arsch aufreißt!«

Ghosn kippte um und brüllte vor Lachen. »Mach keine Witze, wenn ich arbeite, Marvin!« Der Typ gefällt mir, dachte er. Wir sind hier alle viel zu humorlos. Erst nach einigen Minuten hatte er sich so weit beruhigt, daß er wieder an die Arbeit gehen konnte.

Eine weitere Stunde Pinseln brachte kein Ergebnis. Zwar hatte die Bombenhülle Nähte und sogar eine Art Schutzplatte ... so etwas hatte er noch nie gesehen. Aber keinen Zünder, und er fand auch keinen Hinweis darauf. War die Einrichtung womöglich auf der Unterseite? Ghosn ließ Russell mehr Erde entfernen und suchte weiter, aber ohne Erfolg. Nun beschloß er, sich die Rückseite näher anzusehen.

»Marvin, im Rucksack ist eine Taschenlampe.«

»Bitte sehr.« Russell reichte sie ihm.

Ghosn legte sich auf den Boden und verrenkte sich, um in das Loch zu schauen. Er knipste die Taschenlampe an... und sah Kabel und eine Art Rahmen aus Metall – genauer gesagt, ein Gitterwerk. Er schätzte, daß er rund achtzig Zentimeter übersah; wenn dies eine richtige Bombe war, durfte sie nicht so viel leeren Raum haben. Merkwürdig. Ghosn warf dem Amerikaner die Lampe wieder zu.

»Jetzt haben wir uns fünf Stunden lang umsonst abgemüht«, verkündete er.

»Was?«

»Ich habe keine Ahnung, was dieses Ding da ist, aber eine Bombe ist es jedenfalls nicht.« Er setzte sich auf und begann zu zittern, hatte sich aber bald wieder im Griff.

»Was ist es dann?«

»Eine Art elektronisches Spürgerät vielleicht, ein Warnsystem. Es kann sich auch um eine Kameragondel handeln; das Objektiv wäre dann auf der Unterseite. Ist egal. Entscheidend ist, daß wir keine Bombe vor uns haben.«

»Und was machen wir jetzt?«

»Wir räumen das Objekt und nehmen es mit. Vielleicht ist es wertvoll. Mag sein, daß wir es den Russen oder Syrern verkaufen können.«

»Der Alte hat sich also umsonst verrückt gemacht?«

»Genau.« Ghosn stand auf und ging mit Russell zum Lastwagen zurück. »So, das Ding ist entschärft«, sagte er dem Bauern. Wozu den alten Mann mit technischen Details verwirren? Der Bauer küßte Ghosn die schmutzigen Hände und auch dem Amerikaner, dem das peinlich war.

Der Fahrer wendete den Lastwagen und stieß vorsichtig, um das Gemüse nicht plattzuwalzen, in den Garten zurück. Russell sah zu, wie zwei Männer ein Dutzend Säcke mit Sand füllten und auf die Ladefläche wuchteten. Dann legten sie einen Gurt um die Bombe und begannen sie mit einer Winde anzuheben. Da das Objekt schwerer war als erwartet, packte Russell an der Kurbel mit an. Nachdem die Araber den Ausleger bewegt hatten, senkte er die Bombe auf das Bett aus Sandsäcken ab, wo sie mit Seilen festgezurrt wurde.

Der Bauer wollte sie nicht so einfach ziehen lassen und holte Tee und Brot für die Männer aus dem Haus. Ghosn nahm die Gastfreundschaft des Mannes so bescheiden an, wie es sich gehörte. Vor der Abfahrt kamen noch vier Lämmer auf die Ladefläche.

»Das war anständig von dir«, merkte Russell an, als der Laster sich in Bewegung setzte.

»Kann sein«, meinte Ghosn erschöpft. Der Streß war viel anstrengender als die eigentliche Arbeit; der Amerikaner schien mit beidem gut fertiggeworden zu sein. Zwei Stunden später waren sie wieder in der Bika-Senke. Das, was Ghosn mangels eines exakten Terminus als Bombe bezeichnete, wurde ohne große Umstände vor seiner Werkstatt abgeladen, und dann brieten sich die fünf ein Lamm. Zu Ghosns Überraschung hatte der Amerikaner dieses Fleisch noch nie gekostet und wurde nun auf die rechte Weise mit dieser traditionellen arabischen Delikatesse vertraut gemacht.

»Bill, ich hab' was Interessantes«, verkündete Murray, als er das Arbeitszimmer des Direktors betrat.

»Was gibt's, Danny?« Shaw sah von seinem Terminkalender auf.

»In Athen ist ein Polizist ermordet worden, und die Griechen meinen, der Täter sei Amerikaner gewesen.« Murray informierte Shaw über die Einzelheiten.

»Er hat ihm mit bloßen Händen den Hals gebrochen?« fragte der FBI-Direktor erstaunt.

»Jawohl. Der Beamte war schmächtig«, meinte Murray, »aber trotzdem . . .«

»Himmel noch mal! Lassen Sie mal sehen«, sagte Shaw. Murray reichte ihm ein Foto. »Kennen wir diesen Burschen, Dan? Das Bild ist ziemlich unscharf.«

»Al Denton meint, es könnte Marvin Russell sein. Er sitzt nun am Computer und verarbeitet das Originaldia. Fingerabdrücke oder anderes kriminalistisches Material wurde nicht gefunden. Das Fahrzeug war auf einen Dritten zugelassen, der inzwischen verschwunden ist oder wahrscheinlich nie existiert hat. Der Fahrer ist unbekannt. Wie auch immer, die Beschreibung paßt auf Russell: kleinwüchsig, kräftig gebaut; Backenknochen und Hautfarbe lassen ihn wie einen Indianer aussehen. Seine Kleidung und sein Koffer stammen eindeutig aus Amerika.«

»Sie glauben also, er hat sich ins Ausland abgesetzt, nachdem sein Bruder . . . nicht dumm«, meinte Shaw. »Er gilt als intelligent, nicht wahr?«

»Er war gewitzt genug, sich mit einem Araber zusammenzutun.«

»Ist das ein Araber?« Shaw sah sich das zweite Gesicht an. »Könnte auch ein Grieche oder ein anderer Südländer sein. Ein Durchschnittsgesicht, etwas zu hell für einen Araber. Er ist uns unbekannt, sagten Sie. Aber Sie scheinen was zu vermuten, Dan.«

»Allerdings. Ich habe mir die Akte angesehen. Vor ein paar Jahren hörten wir von einem V-Mann, daß Marvin im Nahen Osten war und Kontakt mit der PFLP aufgenommen hat. Und in Athen, auf neutralem Boden sozusagen, ließe sich diese Bekanntschaft gut wiederaufnehmen.«

»Auch ein günstiger Platz, um einen Drogendeal einzufädeln«, gab Shaw zu bedenken. »Was liegt uns über Bruder Marvin vor?«

»Nicht viel – unser bester V-Mann sitzt. Er zog bei einem Zusammenprall mit zwei Reservatspolizisten den kürzeren und kam in den Bau.«

Shaw grunzte. Das Problem mit V-Männern war, daß es sich meist um Kriminelle handelte, die früher oder später selbst im Gefängnis landeten. Das verlieh ihnen einerseits Glaubwürdigkeit, setzte sie andererseits aber vorübergehend außer Gefecht. Das waren nun mal die Spielregeln. »Na schön«, meinte der Direktor. »Sie wollen etwas unternehmen. Was?«

»Mit ein bißchen Druck könnten wir seine vorzeitige Entlassung wegen guter Führung erreichen und ihn wieder in die ›Warrior Society‹ einschleusen. Falls die wirklich Kontakte zu Terroristen unterhält, sollten wir sie schon jetzt im Auge behalten. Das gilt auch im Falle von Drogenhandel. Eine Anfrage bei Interpol über den Fahrer blieb ergebnislos. Er ist weder als Terrorist noch als Rauschgifthändler bekannt. Die Ermittlungen der Griechen verliefen im Sande; sie haben nichts als einen toten Wachtmeister und ein Bild mit zwei namenlosen Gesichtern. Sie schickten uns das Foto als letzten Versuch, weil sie Russell für einen Amerikaner hielten.«

»Wohnte er im Hotel?« fragte der Direktor, ganz der alte Schnüffler.

»Ja, man stellte fest, daß er in einem von zwei nebeneinanderliegenden

Häusern abgestiegen sein mußte. Am fraglichen Tag reisten zehn Personen mit US-Pässen ab, doch da es sich um kleine Hotels mit viel Fluktuation und vergeßlichem Personal handelt, erhielten die Kollegen in Athen keine nützlichen Personenhinweise. Man ist noch nicht einmal sicher, ob Russell überhaupt dort übernachtet hat. Die Griechen bitten uns um den Abgleich aller Namen auf der Gästeliste«, schloß Murray.

Bill Shaw gab ihm das Foto zurück. »Das ist einfach genug. Machen Sie mit.«

»Die Sache läuft schon.«

»Gehen wir einmal davon aus, daß diese beiden etwas mit dem Mord zu tun hatten. Mehr als spekulieren können wir ja nicht. Gut: Richten wir der Staatsanwaltschaft aus, daß unser V-Mann genug gebüßt hat. Es wird Zeit, daß wir dieser ›Warrior Society‹ ein für allemal das Handwerk legen.« Shaw hatte sich seine Sporen bei der Antiterror-Einheit verdient und haßte diese Klasse von Kriminellen noch immer am meisten.

»Einverstanden; ich werde den Verdacht des Drogenhandels unterstreichen. In zwei Wochen sollte unser Mann frei sein.«

»Das reicht, Dan.«

»Wann landet der Präsident in Rom?« fragte Murray.

»Ziemlich bald. Tolles Ding, was?«

»Und ob. Kenny wird sich bald einen neuen Job suchen müssen. Der Frieden bricht aus.«

Shaw grinste. »Wer hätte das gedacht? Na, wir können ihm immer einen Dienstausweis und eine Pistole verpassen und ihn sein Brot ehrlich verdienen lassen.«

Die Sicherheitsvorkehrungen für den Präsidenten wurden von vier Tomcat-Jägern, die der VC-25A im Abstand von acht Kilometern folgten, und einer Radarmaschine ergänzt, die sicherstellte, daß sich nichts der Air Force One näherte. Der zivile Luftverkehr wurde umgeleitet, und die Umgebung des Militärflugplatzes, auf dem Fowlers 747 landen sollte, war peinlich genau abgesucht worden. Auf dem Rollfeld stand schon die gepanzerte Limousine des Präsidenten, die wenige Stunden zuvor von einer Transportmaschine C-141B der Air Force eingeflogen worden war, und es waren auch genug italienische Soldaten und Polizisten anwesend, um ein ganzes Regiment Terroristen abzuschrecken. Präsident Fowler trat geduscht, rasiert und mit sorgfältig gebundener Krawatte aus seinem privaten Bad. Pete und Daga hatten ihn noch nie so strahlend gesehen. Kein Wunder, dachte Connor. Ein ganz so strenger Moralapostel wie D'Agustino war der Agent allerdings nicht. Fowler war schließlich ein Mann und wie viele Präsidenten einsam – besonders nach dem Verlust seiner Frau. Liz Elliot mochte ein arrogantes Biest sein, aber sie war zweifellos attraktiv, und wenn sie den Streß und Druck milderte, dem Fowler ausgesetzt war, konnte ihm das nur recht sein. Wenn der Präsident sich nicht entspannen konnte, fraß der Job ihn auf. So war es anderen passiert, und das war nicht gut für das Land. Solange HAWK nicht gegen wichtige Gesetze verstieß, schirmten Connor und D'Agustino sein Privatleben und sein Vergnügen ab. Pete hatte also Verständnis. Daga wünschte sich nur, der Chef hätte besseren Geschmack bewiesen. E. E. hatte das präsidiale Quartier etwas früher verlassen und sich besonders schick angezogen. Kurz vor der Landung frühstückte sie in der Eßecke mit dem Präsidenten. Keine Frage, sie sah gut aus, ganz besonders an diesem Morgen. Vielleicht ist sie gut im Bett, sagte sich Special Agent Helen D'Agustino. Fest stand, daß der Präsident und seine Gefährtin die ausgeruhtesten Menschen an Bord waren. Die Mediengeier – der Secret Service hegt eine traditionelle Abneigung gegen Reporter – waren während des ganzen Fluges unruhig auf ihren Sitzen herumgerutscht und wirkten trotz ihrer munteren Mienen zerknittert. Am verhärmtesten sah die Redenschreiberin aus. Abgesehen von ein paar Kaffee- und Toilettenpausen hatte sie die ganze Nacht über ununterbrochen gearbeitet und das Manuskript Arnie van Damm gerade zwanzig Minuten vor der Landung abgeliefert. Fowler las die Rede beim Frühstück durch und war begeistert.

»Callie, das ist großartig!« Der Präsident strahlte die erschöpfte Assistentin, die mit der Eleganz einer Poetin schrieb, an. Alle Umstehenden waren verblüfft, als er die junge Frau – Callie Weston war noch keine dreißig – in die Arme nahm. »Ruhen Sie sich jetzt aus, und viel Spaß in Rom.« Callie kamen die Tränen.

»Es war mir ein Vergnügen, Mr. President.«

Die Maschine kam an der vorgesehenen Stelle zum Stehen; sofort legte die Treppe an. Zwischen dem Flugzeug und einem Podium wurde ein roter Teppich ausgerollt. Der italienische Präsident und der Premierminister traten zusammen mit dem amerikanischen Botschafter und dem üblichen Anhang (darunter Protokollbeamte, die die Zeremonie buchstäblich aus dem Stegreif inszeniert hatten) an ihre Plätze. Ein Sergeant der Air Force öffnete die Kabinentür. Agenten des Secret Service spähten argwöhnisch nach draußen und erblickten Kollegen vom Vorauskommando. Als der Präsident erschien, stimmte die Kapelle der italienischen Luftwaffe die Begrüßungsfanfare an.

Der Präsident schritt allein die Treppe hinunter. Aus der Realität in die Unsterblichkeit, dachte er dabei: Den Reportern fielen sein federnder Schritt und seine entspannte Erscheinung auf, und sie neideten ihm sein königliches Quartier an Bord. Jetlag ließ sich nur mit Schlaf kurieren, und der Präsident wirkte eindeutig ausgeruht. Der Anzug von Brooks Brothers war frisch gebügelt – Air Force One bietet besten Service –, seine Schuhe blitzten nur so, und seine Frisur saß perfekt. Fowler ging auf den US-Botschafter und seine Gattin zu und wurde von ihnen zum Präsidenten von Italien geleitet. Die Kapelle stimmte die amerikanische Nationalhymne an. Es folgten das traditionelle Inspizieren der Ehrenkompanie und eine kurze Ansprache, die einen Vorgeschmack auf die zu erwartende Eloquenz gab. Zwanzig Minuten später bestieg Fowler mit Dr. Elliot, dem Botschafter und seiner Leibwache den Wagen.

»Die erste Begrüßungszeremonie, die ich genossen habe«, lobte der Präsident. Man war sich allgemein einig, daß die Italiener die Sache mit Eleganz inszeniert hatten.

»Elizabeth, bleiben Sie in meiner Nähe. Wir haben noch einige Punkte des Abkommens durchzugehen. Ich muß auch mit Brent reden. Was macht er?« fragte Fowler den Botschafter.

»Er ist hundemüde, aber recht zufrieden«, erwiderte Botschafter Coates. »Die letzte Verhandlungsrunde dauerte über zwanzig Stunden.«

»Wie reagiert die italienische Presse?«

»Mit Begeisterung wie alle anderen Medien auch. Dies ist ein großer Tag für die ganze Welt.« Und ich darf dabeisein, fügte Jed Coates in Gedanken hinzu. Man erlebt nicht oft mit, wie Geschichte gemacht wird.

»Hm, nicht übel.«

Die Befehlszentrale *National Military Command Center* (NMCC) befindet sich im D-Ring des Pentagons nicht weit vom Osteingang. Sie hat in etwa die Abmessungen eines Basketballfelds, ist zwei Geschosse hoch und eine der wenigen Regierungseinrichtungen, die tatsächlich so aussehen, wie sie in Hollywood-Filmen dargestellt werden. Das NMCC ist die wesentliche zentrale Telefonvermittlung der US-Streitkräfte, wenn auch nicht die einzige, da sie zu leicht zu zerstören ist. Die nächste Ausweichzentrale befindet sich in Fort Ritchie in Maryland. Zum Leidwesen des dort arbeitenden Personals fallen in dem günstig gelegenen NMCC regelmäßig Prominente ein, um die aufregenderen Teile des Pentagons zu begaffen.

Ans NMCC grenzt ein kleinerer Raum an, in dem IBM PC/AT Personalcomputer stehen – das alte Modell mit 5.25-Zoll-Magnetdiskettenlaufwerk – und den Heißen Draht bilden, die Verbindungen zwischen den Präsidenten der USA und der Sowjetunion. Der NMCC-»Knoten« ist zwar nicht der einzige, aber er stellt die wichtigste Satellitenverbindung dar. In Amerika war diese Tatsache weithin unbekannt, während man die Sowjets bewußt darüber informiert hatte. Selbst während eines Atomkriegs mußte die direkte Kommunikation zwischen den beiden Ländern aufrechterhalten werden, und vor dreißig Jahren waren »Experten« zu dem Schluß gelangt, daß diese Informationsverbindung eine Art Lebensversicherung für Washington darstellte.

Für Captain James Rosselli von der US-Navy war das der typische Mist, den Theoretiker absonderten, der überall in Washington herumlag und besonders im Pentagon zum Himmel stank. Wie so viel anderer Unsinn, der innerhalb der Ringautobahn Interstate 495, auch Washington Beltway genannt, produziert wird, wurde auch diese Annahme für bare Münze genommen, obwohl sie nur wenig Sinn machte. »Rosey« Rosselli definierte Washington so: 300 Quadratmeilen umgeben von Realität. Er fragte sich sogar, ob innerhalb des Beltways überhaupt die Gesetze der Physik galten. Längst schon hatte er den Glauben verloren, daß die Gesetze der Logik in diesem Zirkel noch Gültigkeit hatten.

»Integrierter Dienst«, grummelte Rosselli. Im Zuge der jüngsten Anstrengung des Kongresses, die Streitkräfte zu reformieren – die sollen erst mal ihren eigenen Stall ausmisten, motzte er –, waren alle Offiziere, die Generäle oder Admirale werden wollten, gezwungen, eine Zeitlang mit Kameraden gleichen Ranges von den anderen Waffengattungen zusammenzuarbeiten. Niemand hatte Rosselli gesagt, inwiefern der Umgang mit einem Artilleristen seine Fähigkeiten als U-Boot-Fahrer verbesserte. Offenbar hatte sich diese Frage niemand gestellt. Fremdbestäubung muß für irgend etwas gut sein, lautete der Glaubensartikel, und so kam es, daß die besten und intelligentesten Offiziere aus ihrem Fachkontext herausgerissen und auf Gebieten beschäftigt wurden, von denen sie keinen blassen Schimmer hatten. Dabei arbeiteten sie sich natürlich nie richtig in ihren neuen Job ein, schnappten aber genug auf, um gefährliche Fehlentscheidungen treffen zu können. Unterdessen gerieten sie natürlich in ihrem Fach ins Hintertreffen. So stellte sich der Kongreß eine Militärreform vor.

»Kaffee, Captain?« fragte ein Corporal von der Army.

»Gerne, aber lieber koffeinfrei«, erwiderte Rosey und fügte in Gedanken hinzu: Wenn meine Laune sich weiter verschlechtert, setzt's Hiebe.

Rosselli wußte, daß der NMCC-Posten der Karriere förderlich und die Versetzung zum Teil seine Schuld war. Sein Hauptfach waren U-Boote, sein Nebenfach die Aufklärung. Er hatte bereits zwei Jahre in Suitland im Staat Maryland gedient; dort befindet sich die Zentrale des Nachrichtendienstes der Marine. Hier in Washington war wenigstens die Fahrt zum Arbeitsplatz nicht so weit – er hatte ein Diensthaus auf dem Luftstützpunkt Bolling, und der Weg zu seinem reservierten Parkplatz im Pentagon war nur ein Katzensprung über I-295/395.

Früher war der Dienst im NMCC relativ aufregend gewesen. Er dachte an den Abschuß der koreanischen Passagiermaschine durch die Sowjets und andere Vorfälle, und während des Golfkriegs mußte es hier herrlich chaotisch zugegangen sein – wenn der Offizier vom Dienst nicht gerade die endlosen Anrufe Neugieriger beantwortet hatte, die die Nummer des Direktanschlusses ergattert hatten. Aber nun?

Nun war der Präsident, den er gerade im Fernseher gesehen hatte, im Begriff, die größte politische Bombe der Welt zu entschärfen. Rosselli konnte sich darauf gefaßt machen, bald nur noch Anrufe entgegenzunehmen, in denen es um Kollisionen auf See, Flugzeugabstürze oder Verkehrsunfälle beim Militär ging; ernste Fälle gewiß, aber für einen Mann seines Kalibers nicht gerade interessant. Hier saß er also. Der Papierkrieg war erledigt; das hatte Jim Rosselli bei der Navy beigebracht bekommen. Sein Stab war sehr tüchtig und half ihm bei der Bearbeitung des Verwaltungskrams. Seine Hauptbeschäftigung für den Rest des Tages war nun Herumsitzen und Abwarten, daß etwas passierte. Der Haken war nur, daß Rosselli ein Macher war, dem die Warterei auf den Geist ging. Und wer konnte sich schon auf Katastrophen freuen?

»Sieht so aus, als würden wir heute mal wieder 'ne ruhige Kugel schieben«, bemerkte Lieutenant Colonel Richard Barnes, Rossellis Erster Offizier, der bisher bei der Air Force F-15 geflogen hatte.

»Wohl wahr, Rocky.« Muß er mir das noch unter die Nase reiben? fragte sich Rosselli grimmig und schaute auf die Uhr. Eine Schicht dauerte zwölf Stunden; er hatte also noch fünf Stunden Dienst zu schieben. »Tja, auf der Welt ist bald nicht mehr viel los.«

»Stimmt.« Barnes wandte sich wieder seinem Monitor zu. Na, ich hab' wenigstens überm Golf zwei MiG abgeschossen, dachte er, immerhin etwas.

Rosselli stand auf und beschloß, sich die Beine zu vertreten. Für die anderen Offiziere war das ein Zeichen, daß er ihnen über die Schulter schauen und sich vergewissern wollte, ob sie überhaupt etwas taten. Ein hoher Zivilbeamter beschäftigte sich demonstrativ weiter mit dem Kreuzworträtsel der *Washington Post.* Er hatte gerade »Mittagspause« und aß lieber am Schreibtisch als in den fast leeren Kantinen. Hier im NMCC konnte er wenigstens fernsehen. Rosselli ging in den angrenzenden Raum, wo die Anlage für den Heißen Draht stand. Zur Abwechslung tat sich dort etwas. Das Klingeln einer kleinen Glocke kündigte den Eingang einer Nachricht an. Was der Drucker ausspuckte, ergab keinen Sinn, aber die Dechiffriermaschine produzierte einen russischen Klartext, den ein Marineinfanterist übersetzte:

Du glaubst zu wissen, was echte Angst bedeutet?
Ja, das bildest du dir ein, aber ich habe meine Zweifel.
Gut, wenn du im Keller sitzt und rundum die Bomben fallen,
Wenn die Häuser lodern wie Fackeln,
Glaube ich wohl, daß Angst und Entsetzen dich packen,
Denn solche Augenblicke sind schrecklich, solange sie währen.
Doch wenn die Entwarnung kommt – ist alles wieder gut –
Du atmest tief durch, der Druck ist gewichen,
Aber die echte Angst liegt wie ein Stein tief in deiner Brust
Verstehst du mich? Wie ein Stein. Und nichts anderes.

»Ilja Selwinskij«, sagte der Lieutenant von den Marines.

»Wie bitte?«

»Ilja Selwinskij, ein russischer Lyriker, der im Zweiten Weltkrieg eine Reihe berühmter Gedichte schrieb. Dieses hier kenne ich – es heißt *Sprach*, ›Angst‹.« Der junge Offizier grinste. »Mein Pendant am anderen Ende ist literarisch gebildet ...« NACHRICHT EMPFANGEN. DER REST DES GEDICHTS IST NOCH BESSER, ALEXEJ, tippte der Lieutenant. ANTWORT KOMMT GLEICH.

»Was senden Sie zurück?« fragte Rosselli.

»Heute vielleicht etwas von Emily Dickinson. Interessante Frau, hatte eine morbide Ader und eine wüste Metrik. Nein, lieber was von Edgar Allan Poe. Der ist drüben sehr beliebt. Mal sehen, was senden wir denn ...?« Der Lieutenant nahm ein Buch aus der Schreibtischschublade.

»Warum wählen Sie Ihre Antwort nicht im voraus?« fragte Rosselli.

Der Marine grinste seinen Chef an. »Das wäre geschummelt, Sir. Früher bereiteten wir alles vor, änderten aber vor zwei Jahren mit der Entspannung unseren Modus. Inzwischen ist aus dem Prozeß eine Art Spiel geworden. Der

Russe wählt ein Gedicht aus, und ich revanchiere mich mit einer passenden Passage aus einem amerikanischen Lyriker. Das vertreibt uns die Zeit, Captain, und fördert die Sprachgewandtheit auf beiden Seiten. Lyrik ist tierisch schwer zu übersetzen – also eine gute Übung.« Da die Sowjets ihre Nachrichten in Russisch sandten und die Amerikaner in Englisch, mußten an beiden Enden gute Übersetzer sitzen.

»Läuft viel Geschäftliches über den Draht?«

»Captain, ich bekomme fast nur Testübertragungen zu sehen. Gut, wenn der Außenminister rüberfliegt, erkundigen wir uns manchmal nach dem Wetter, und als die sowjetische Hockey-Nationalmannschaft im vergangenen August hier war, haben wir das bekakelt. Die meiste Zeit aber ist es stinklangweilig, und wenn die Gedichte nicht wären, gingen wir alle die Wände hoch. Schade, daß wir uns nicht unterhalten dürfen wie auf CB oder so, aber das lassen die Vorschriften nicht zu.«

»Kann ich mir vorstellen. Haben die Russen etwas über das Abkommen von Rom gesagt?«

»Keinen Pieps. Das dürfen wir nicht, Sir.«

»So streng sind hier die Bräuche.« Rosselli sah den Lieutenant einen Vers aus »Annabel Lee« auswählen. Das überraschte ihn. Er hatte etwas aus dem »Raben« erwartet. *Nimmermehr*...

Der Tag der Ankunft war von Erholung, Pomp und Spannung geprägt. Der Inhalt des Abkommens war immer noch nicht durchgesickert, und die Nachrichtenagenturen, denen klar war, daß sich etwas »Historisches« ereignet hatte, versuchten verzweifelt herauszufinden, worum es denn exakt ging – vergeblich. Die Staatsoberhäupter von Israel, Saudi-Arabien, der Schweiz, der Sowjetunion, der Vereinigten Staaten und des Gastgeberlandes Italien setzten sich zusammen mit ihren Spitzendiplomaten und den Vertretern des Vatikans und der griechisch-orthodoxen Kirche an einen mächtigen Tisch aus dem 15. Jahrhundert. Den einzigen Mißton an diesem Abend verursachte für einige die Tatsache, daß man mit Rücksicht auf die Saudis mit Wasser oder Orangensaft anstieß. Andrej Iljitsch Narmonow, der sowjetische Präsident, war besonders euphorisch. Die Teilnahme seines Landes war für ihn von großer Bedeutung, und die Aufnahme der russisch-orthodoxen Kirche in die Kommission, die die christlichen Heiligtümer verwaltete, mußte in Moskau viel politisches Kapital einbringen. Das Festessen dauerte drei Stunden. Anschließend verabschiedeten sich die Gäste vor den auf der gegenüberliegenden Straßenseite postierten Kameras. Die Medienleute waren erneut über die freundschaftliche Atmosphäre verblüfft. Ein jovialer Fowler fuhr zusammen mit Narmonow in sein Hotel, um dort die Gelegenheit für ein zweites Gespräch über Themen von beiderseitigem Interesse zu nutzen.

»Sie liegen in Ihrem Zeitplan für die Vernichtung der Interkontinentalraketen zurück«, bemerkte Fowler nach den einleitenden Höflichkeitsfloskeln und kompensierte die Aggression mit einem Glas Wein, das er Narmonow reichte.

»Danke, Mr. President. Wie wir Ihren Leuten gestern mitteilten, hat sich unsere Entsorgungsanlage als unzureichend erwiesen. Wir können die Dinger nicht rasch genug verschrotten, und die Umweltschützer im Parlament erheben Einspruch gegen unser Verfahren zur Neutralisierung der Treibstoffvorräte.«

Fowler lächelte mitfühlend. »Dieses Problem kenne ich.«

In der Sowjetunion hatte die Ökobewegung im vergangenen Frühjahr an Schwung gewonnen, nachdem vom Parlament der Russischen Republik nach US-Vorbild formulierte, aber stark verschärfte Umweltgesetze verabschiedet worden waren. Sein Erstaunen über die Tatsache, daß der Kreml diese Gesetze auch einhielt, konnte Fowler natürlich nicht ausdrücken. Es mußten wohl zwanzig Jahre vergehen, bis die von über siebzig Jahren Planwirtschaft angerichtete Umweltkatastrophe beseitigt war. »Wird das den für die Erfüllung der Vertragsbedingungen gesetzten Termin gefährden?«

»Ich stehe bei Ihnen im Wort«, erwiderte Narmonow ernst. »Diese Raketen werden bis zum 1. März zerstört, und wenn ich sie persönlich in die Luft sprengen muß.«

»Gut, das genügt mir, Andrej.«

Der Abrüstungsvertrag, um den sich schon Fowlers Vorgänger bemüht hatte, sah die Reduzierung der Interkontinentalraketen um fünfzig Prozent vor. Alle Minuteman-II der Vereinigten Staaten sollten verschrottet werden, und dieses Programm lief auch nach Plan. Wie bei dem Abkommen über die Mittelstreckenraketen wurden die Flugkörper in ihre Hauptkomponenten zerlegt und dann vor Zeugen entweder zusammengepreßt oder anders unbrauchbar gemacht. Das Medieninteresse an solchen Aktionen hatte inzwischen nachgelassen. Aus den Raketensilos, die ebenfalls der Inspektion unterlagen, wurde die Elektronik entfernt, und in Amerika waren sogar vier von fünfzehn für überflüssig erklärte Einrichtungen an Farmer verkauft worden, die sie nun als Getreidesilos nutzten. Eine japanische Firma mit Grundbesitz in North Dakota hatte einen Befehlsbunker erworben und in einen Weinkeller für ihr Jagdhaus umgewandelt, in das die Geschäftsleitung jeweils im Herbst einfiel.

Nach Berichten amerikanischer Inspektoren in der Sowjetunion gaben sich die Russen alle Mühe, lagen aber wegen einer Fehlplanung der Verschrottungsanlage um dreißig Prozent zurück. Hundert Raketen auf Anhängern stauten sich vor der Fabrik; ihre Silos waren bereits gesprengt worden. Zwar hatten die Sowjets die Lenksysteme aus den Nasen der Flugkörper entfernt und verbrannt, aber beim Nachrichtendienst hielt sich hartnäckig der Verdacht auf ein Täuschungsmanöver – die Geschosse könnten nach wie vor auf ihren Hängern in Startstellung gebracht und abgefeuert werden, argumentierte man. Mißtrauen den Sowjets gegenüber war in der amerikanischen Geheimdienstgemeinde eine alte Angewohnheit, die man nur schwer ablegte. Fowler vermutete, daß es den Sowjets ähnlich ging.

»Das Abkommen ist ein gewaltiger Schritt vorwärts, Robert«, sagte Narmonow, nachdem er einen Schluck Wein getrunken hatte. Endlich sind wir allein und können uns entspannen, dachte der Russe und grinste verstohlen. »Ich gratuliere Ihnen und Ihrem Volk.«

»Ihre Unterstützung hat entscheidend zu diesem Erfolg beigetragen, Andrej«, versetzte Fowler liebenswürdig. Das war natürlich eine Lüge, aber eine der Art, die sich ein Politiker leisten kann, und das verstanden beide. Daß es in Wirklichkeit die Wahrheit war, wußten weder Fowler noch Narmonow.

»Ein Krisenherd weniger. Wie blind wir doch waren!«

»Gewiß, mein Freund, aber das liegt jetzt hinter uns. Wie kommen Sie in Deutschland zurecht?«

»Das Militär ist, wie Sie sich vorstellen können, alles andere als glücklich und...«

»Meins auch nicht«, unterbrach Fowler sanft. »Soldaten sind wie Hunde. Nützlich natürlich, aber von Zeit zu Zeit muß man ihnen zeigen, wer der Herr ist.«

Narmonow nickte nachdenklich, als der Dolmetscher geendet hatte. Erstaunlich, wie arrogant Fowler war. Genau so, wie das KGB ihm gesagt hatte, stellte der sowjetische Präsident fest. Und gönnerhaft dazu. Nun, die Amerikaner genießen eben den Vorteil eines stabilen politischen Systems, sagte sich Andrej Il'itsch. Während Fowler seiner Position sicher sein konnte, hatte Narmonow Tag für Tag mit einem System zu kämpfen, das noch längst nicht in Stein gefaßt war. Welcher Luxus, dachte der Russe deprimiert, wenn man in Soldaten nur Hunde sehen kann, die vor einem kuschen. Wußte der Mann denn nicht, daß Hunde auch beißen konnten? Ein sonderbares Volk, diese Amerikaner. Während der Herrschaft der KPdSU hatte den USA der politische Einfluß der Roten Armee Sorgen gemacht – aber der war ihr schon von Stalin genommen worden, als er Tuchatschewski hinrichten ließ. Nun aber tat man solche Geschichten ab – in einer Zeit, in der das Fehlen der eisernen Hand des Marxismus-Leninismus den Soldaten Gedanken erlaubte, die sie noch vor wenigen Jahren vors Hinrichtungskommando gebracht hätten. Narmonow beschloß, dem Amerikaner seine Illusionen zu lassen.

»Sagen Sie, Robert, wo kam die Idee zu diesem Abkommen eigentlich her?« fragte Narmonow. Er kannte die Antwort und wollte nur wissen, wie gut Fowler lügen konnte.

»Wie bei allen Ideen dieser Art aus vielen Ecken«, erwiderte der Präsident leichthin. »Die treibende Kraft war der arme Charles Alden. Er aktivierte seinen Plan sofort nach diesem schrecklichen Zwischenfall in Israel und hatte, wie wir nun sehen, Erfolg.«

Wieder nickte der Russe und zog seine eigenen Schlußfolgerungen. Fowler log geschickt, wich dem Kern der Frage aus und gab eine zutreffende, aber vage Antwort. Chruschtschow hatte recht gehabt: Politiker sind überall auf der Welt so ziemlich gleich. Was Fowler betraf, mußte er sich merken, daß dieser Mann seine Lorbeeren nicht gerne teilte und ohne weiteres auch einen anderen Staatschef anlog – selbst wenn es um eine Kleinigkeit wie diese ging. Narmonow war etwas enttäuscht. Er hatte zwar nichts Besseres erwartet, aber Fowler hätte anständiger und menschlicher sein können. Das kostete nichts. Statt dessen war er so kleinlich wie ein KP-Apparatschik. Sag mal, Robert, fragte Narmonow in Gedanken und wahrte ein Pokergesicht, das ihm in Las Vegas Ehre gemacht hätte, was bist du für ein Mensch?

»Es wird langsam spät, mein Freund«, meinte Narmonow. »Sehen wir uns morgen nachmittag wieder?«

Fowler erhob sich. »Ja, Andrej.«

Bob Fowler geleitete den Russen zur Tür und verabschiedete sich von ihm. Dann kehrte er in seine Suite zurück, wo er sofort seine handgeschriebene Checkliste aus der Tasche holte und sich davon überzeugte, daß er auch alles gefragt hatte.

»Nun?« fragte Elizabeth Elliot.

»Das Problem mit den Raketen stellt er so dar, wie es unsere Experten auch sehen. Damit sollten die Jungs bei der CIA zufrieden sein.« Er schnitt eine Grimasse, weil er wußte, daß sich der Militärnachrichtendienst nicht so leicht abspeisen ließ. »Seine Streitkräfte scheinen ihm Kummer zu machen.«

Dr. Elliot setzte sich. »Und sonst?«

Der Präsident goß sich ein Glas Wein ein und setzte sich dann neben seine Sicherheitsberaterin. »Na ja, die üblichen Liebenswürdigkeiten. Der Mann ist überarbeitet und hat eine Menge Sorgen. Aber das wußten wir ja schon.«

Liz schwenkte ihr Glas und hielt es sich unter die Nase. Italienische Weine schmeckten ihr nicht, aber diesen fand sie nicht übel. »Robert, ich habe mir Gedanken gemacht...«

»Worüber, Elizabeth?«

»Über Charlie... da müssen wir etwas unternehmen. Es ist ungerecht, daß er so einfach von der Bildfläche verschwinden mußte. Er war doch der Mann, der das Abkommen aufs Gleis brachte, oder?«

»Richtig«, stimmte Fowler zu, trank einen Schluck und füllte sein Glas nach. »Die Sache war sein Baby.«

»Dann sollten wir das diskret durchsickern lassen. Das wäre das mindeste...«

»Jawohl, sein Name soll nicht nur mit einer schwangeren Studentin in Verbindung gebracht werden. Das ist sehr anständig von dir, Elizabeth.« Fowler stieß mit ihr an. »Du übernimmst die Medien. Gehen die Einzelheiten des Abkommens morgen vormittag an die Öffentlichkeit?«

»Ja. Um neun, glaube ich.«

»Gut, dann nimmst du anschließend ein paar Journalisten beiseite und steckst ihnen die Sache als Hintergrundinformation. Vielleicht ruht Charlie dann friedlicher.«

»Wird gemacht.« Diesen Teufel hatte sie ihm mit Leichtigkeit ausgetrieben. Es sah so aus, als könnte sie ihn zu allem überreden.

»Morgen ist ein großer Tag.«

»Der größte, Bob, der größte.« Elliot lehnte sich zurück und lockerte ihr Halstuch. »Ich hätte nie geglaubt, daß ich so etwas erleben darf.«

»Ich schon«, versetzte Fowler mit einem Funkeln in den Augen. Für einen kurzen Moment quälte ihn sein Gewissen. Er hatte erwartet, den historischen Moment mit einer anderen Person zu teilen, aber das Schicksal hatte es verhindert. Darauf hatte er keinen Einfluß. Das Schicksal wollte es, daß im entscheidenden Augenblick Elizabeth an seiner Seite war. Da er diese Situation nicht absichtlich herbeigeführt hatte, brauchte er auch keine Schuldgefühle zu haben. Ihm war es zu verdanken, daß die Welt nun besser, sicherer und friedlicher war. Wie konnte man sich deshalb schuldig fühlen?

Elizabeth schloß die Augen, als der Präsident ihren Nacken streichelte. An so einen Augenblick hatte sie im Traum nie gedacht.

Drei ganze Geschosse des Hotels waren für den Präsidenten und sein Gefolge reserviert. An allen Eingängen und in mehreren Gebäuden entlang der Straße standen amerikanische und italienische Wachen, aber der Korridor vor der Suite des Präsidenten war die ausschließliche Domäne des Secret Service. Connor und D'Agustino machten einen letzten Inspektionsgang und zogen sich dann zurück. Im Gang waren zehn Agenten zu sehen; weitere zehn befanden sich hinter diversen geschlossenen Türen. Drei trugen schwarze Ledertaschen vor der Brust, sogenannte FAG, Fast-Action-Gun Bags, die Uzi-Maschinenpistolen enthielten. Wer bis hierher vordrang, dem wurde ein heißer Empfang bereitet.

»Aha, HAWK und HARPY bekakeln Staatsgeschäfte«, merkte Daga leise an.

»Ich hätte nie geglaubt, daß Sie so prüde sein können«, antwortete Pete Connor und grinste verstohlen.

»Es geht mich ja nichts an, aber früher mußten die Türposten Eunuchen oder so was Ähnliches sein.«

»Wenn Sie so weiterreden, bringt Ihnen der Nikolaus 'ne Rute.«

»Ich wär' schon mit der neuen Automatic zufrieden, die das FBI eingeführt hat«, versetzte Daga lachend. »Die beiden turteln wie Teenager. Das schickt sich einfach nicht.«

»Daga ...«

»Ich weiß, er ist der Chef und ein erwachsener Mann, und wir müssen beide Augen zudrücken. Immer mit der Ruhe, Pete. Meinen Sie vielleicht, ich würde das einem Reporter stecken?« Sie öffnete die Tür zur Feuertreppe und sah drei Agenten, zwei mit FAG-Taschen.

»Und ich wollte Sie gerade auf ein Glas einladen ...«, bemerkte Connor trocken. Das war ein Scherz; beide tranken im Dienst nicht, und im Dienst waren sie so gut wie immer. Connor hatte aber schon erwogen, sie ins Bett zu lotsen. Sie waren beide geschieden, aber aus der Sache wäre nie etwas geworden. Sie wußte das auch und grinste ihn an.

»Einen Schluck könnte ich schon vertragen. Bei uns zu Hause gab's immer italienischen Wein. Was ist das doch für ein mieser Job!« Ein letzter Blick den Korridor entlang. »Alle sind auf ihren Posten. So, jetzt können wir Feierabend machen, Pete.«

»Finden Sie die neue Zehn-Millimeter wirklich gut?«

»Letzte Woche beim Probeschießen in Greenbelt habe ich schon in der ersten Runde fast ins Schwarze getroffen. Mach das mal besser, mein Süßer.«

Connor blieb stehen und lachte. »Aber Daga!«

»Huch, wenn das jemand gehört hat!« D'Agustino klimperte mit den Wimpern. »Na bitte.«

»Seit wann sind Italiener so puritanisch?«

Helen D'Agustino versetzte dem dienstälteren Agenten einen Rippenstoß und ging zum Aufzug. Pete hatte recht. Sie wurde, was für sie ganz uncharakteristisch war, immer prüder. Als leidenschaftliche Frau, deren erste und einzige Ehe daran gescheitert war, daß zwei starke Egoisten aufeinandergetroffen waren, wußte sie, daß ihre Vorurteile ihre Urteilsfähigkeit trübten, und das war ungesund. Was HAWK in seiner Freizeit trieb, ging nur ihn etwas an, aber sein Blick... Er war in das Biest verknallt. Daga fragte sich, ob sich je ein Präsident so etwas geleistet hatte. Vermutlich, räumte sie ein. Es waren immerhin auch nur Männer gewesen, und wenn der Schwanz steht, ist das Gehirn abgeschaltet... Aber daß er einem solchen Biest hörig war, fand sie anstößig; eine Reaktion, die ihr selbst merkwürdig und widersprüchlich vorkam. Ich bin doch eine gestandene Feministin, sagte sie sich, warum stört mich die Sache dann so? Sie war todmüde und wußte, daß sie nur fünf oder sechs Stunden schlafen durfte, bevor der Dienst wieder anfing. Zur Hölle mit diesen Auslandsreisen...

»Und was ist das dann?« fragte Kati kurz nach Sonnenaufgang. Er war am Vortag unterwegs gewesen, um sich mit anderen Guerillaführern zu treffen und auch den Arzt aufzusuchen, wie Ghosn wußte.

»Mit Sicherheit kann ich das nicht sagen«, erwiderte der Ingenieur. »Ich tippe auf einen Radar-Störsender oder so etwas Ähnliches.«

»Das wäre günstig«, sagte der Kommandant sofort. Trotz der Entspannung zwischen Ost und West ging das Geschäft weiter. Noch hatte die Sowjetunion Streitkräfte, und die verfügten über Waffen. Mittel, die sie gegen diese Waffen einsetzen konnten, mußten für sie von Interesse sein. Israelisches Gerät war besonders wertvoll, da es von den Amerikanern kopiert wurde. Selbst technisch veraltete Einrichtungen demonstrierten, wie die israelischen Ingenieure ein Problem durchdachten, und konnten nützliche Hinweise auf neuere Systeme geben.

»Ja, das sollten wir unseren russischen Freunden verkaufen können.«

»Wie läuft es mit dem Amerikaner?«

»Recht gut. Ismael, ich mag den Mann und verstehe ihn inzwischen besser.« Der Ingenieur erklärte den Grund. Kati nickte.

»Wie setzen wir ihn dann ein?«

»Bilden wir ihn vielleicht an den Waffen aus? Mal sehen, wie er mit den Männern zurechtkommt.«

»Gut, ich schicke ihn heute vormittag auf den Übungsplatz. Mal sehen, was er kann. Und Sie – wie lange dauert es, bis Sie das Ding da auseinandergenommen haben?«

»Ich denke, daß ich heute noch fertig werde.«

»Ausgezeichnet. Dann will ich Sie nicht weiter aufhalten.«

»Wie fühlen Sie sich?«

Kati runzelte die Stirn. Er fühlte sich miserabel, führte das aber zum Teil darauf zurück, daß sich die Möglichkeit eines Abkommens mit den Israelis abzeichnete. Konnte es so weit kommen? Die Lehren aus der Geschichte sprachen zwar dagegen, aber es hatte sich in letzter Zeit schon so viel verändert... Eine Übereinkunft zwischen Israelis und Saudis... nach dem Golfkrieg kein Wunder. Die Amerikaner hatten ihren Part gespielt und präsentierten nun die Rechnung. Enttäuschend zwar, aber nicht unerwartet. Was immer die Amerikaner nun trieben, lenkte nur von der letzten Greueltat der Zionisten ab. Diese Memmen, die sich Araber schimpften, hatten demütig wie Weiber den Tod akzeptiert... Kati schüttelte den Kopf. So verhielt sich doch kein Krieger! Die Amerikaner neutralisierten also die politischen Nachwirkungen des Massakers in Jerusalem, und die Saudis, diese Schoßhündchen, spielten mit. Was immer sich abzeichnete, konnte auf den Freiheitskampf der Palästinenser nur geringe Auswirkungen haben. Bald geht es dir wieder besser, redete Kati sich ein.

»Das tut nichts zur Sache. Sagen Sie mir Bescheid, wenn Sie genau wissen, was wir da gefunden haben.«

Ghosn verstand den Wink und ging. Sein Kommandant machte ihm Sorgen. Der Mann war krank – das hatte er von seinem Schwager erfahren –, aber wie ernst es um ihn stand, wußte er nicht.

Seine Werkstatt befand sich in einem schäbigen Holzschuppen mit Wellblechdach. Wäre das Gebäude solider gewesen, hätte irgendein israelischer F-16-Pilot es vor Jahren sicher zerstört.

Das Objekt – für ihn noch immer »die Bombe« – lag auf dem Lehmfußboden. Auf seine Anweisung hin hatten zwei Männer am Vortag darüber ein Portalgestell mit Flaschenzug aufgebaut. Ghosn machte Licht – er hatte es bei der Arbeit gerne hell – und musterte das Objekt. Am besten begann er an der Klappe, aber hier zeichneten sich Probleme ab. Da die Hülle beim Aufprall gestaucht worden war, hatten sich bestimmt die Scharniere verzogen. Nun, er hatte ja keine Eile.

Ghosn nahm einen Schraubenzieher aus dem Werkzeugkasten und machte sich an die Arbeit.

Präsident Fowler wachte erst spät auf. Er spürte noch die Nachwirkungen des Fluges, und außerdem... er schaute in den Spiegel und lachte. Gute Güte, dreimal in weniger als vierundzwanzig Stunden... oder? Mit dem Kopfrechnen klappte es vor dem ersten Morgenkaffee nicht so recht. Wie auch immer: dreimal in relativ rascher Folge. Das hatte er schon seit Ewigkeiten nicht mehr geschafft. Aber er hatte sich auch ausgeruht. Nach der Dusche fühlte er sich gelassen und entspannt, und der Rasierer pflügte durch den Schaum in seinem Gesicht und ließ einen Mann mit jüngeren, schmaleren Zügen sichtbar werden, die zu seinem strahlenden Blick paßten. Drei Minuten später wählte er zum grauen Anzug und dem weißen Hemd eine gestreifte Krawatte. Nicht trist, sondern seriös sollte die heutige Erscheinung sein. Mochten die Kirchenfürsten die Kameras mit ihrer roten Seide blenden. Seine Rede würde um so wirkungsvoller ausfallen, als sie von einem dezent gekleideten Politiker, der wie ein Geschäftsmann wirkte, gehalten wurde. Bob Fowler, der dieses Image kultivierte, obgleich er nie einer Firma vorgestanden hatte, galt als ernster, zuverlässiger Mann, der die richtigen Entscheidungen traf.

Das werde ich heute auch unter Beweis stellen, sagte sich der Präsident der Vereinigten Staaten, während er vor einem anderen Spiegel stand und sich die Krawatte band. Er wandte den Kopf, als es klopfte. »Herein.«

»Guten Morgen, Mr. President«, sagte Special Agent Connor.

»Wie geht's, Pete?« fragte Fowler und drehte sich wieder zum Spiegel. Der Knoten saß nicht richtig, und er mußte noch mal von vorne anfangen.

»Danke, gut, Sir. Schönes Wetter haben wir.«

»Sie kriegen nie genug Schlaf und auch nie die Chance, sich die Sehenswürdigkeiten anzuschauen. Alles meine Schuld.« So, jetzt war der Knoten perfekt.

»Macht nichts, Mr. President. Schließlich haben wir uns freiwillig gemeldet. Was darf ich Ihnen zum Frühstück bestellen?«

»Guten Morgen, Mr. President!« Dr. Elliot kam hinter Connor herein. »Der große Tag ist da!«

Bob Fowler drehte sich lächelnd um. »Allerdings! Möchten Sie mit mir frühstücken, Elizabeth?«

»Gerne. Mein Vortrag fällt heute zur Abwechslung angenehm kurz aus.«

»Pete, Frühstück für zwei – herzhaft, bitte. Ich habe Hunger.«

»Für mich nur Kaffee«, sagte Liz zu Connor, der nur nickte und sich entfernte. »Bob, du siehst toll aus.«

»Und du auch, Elizabeth.« In der Tat: Sie trug ihr teuerstes Kostüm, das seriös und sehr feminin zugleich war. Sie setzte sich und begann ihren Vortrag.

»CIA meint, die Japaner führten etwas im Schilde«, erklärte sie am Schluß.

»Und was genau wäre das?«

»Es ist ihnen etwas über einen Vorstoß in der nächsten GATT-Runde zu Ohren gekommen. Der Premier hat ungehalten reagiert.«

»Wie?«

»›Das ist das letzte Mal, daß uns die gebührende Rolle auf der Weltbühne verweigert wird. Das werden sie büßen‹«, zitierte Dr. Elliot. »Ryan hält das für wichtig.«

»Was meinst du?«

»Ryan sieht mal wieder Gespenster. Er fühlt sich ausgeschlossen, weil er nicht hier ist, und will sich wichtig machen. Marcus teilt meine Einschätzung, schickte Ryans Papier aber in einem Anfall von Objektivität trotzdem weiter«, schloß Liz ironisch.

»Tja, Cabot ist eine Enttäuschung, nicht wahr?« meinte Fowler beim Überfliegen der Unterlagen.

»Er zeigt seinen Leuten nicht, wer der Chef ist, und hat sich von der Bürokratie einfangen lassen, besonders von Ryan.«

»Den kannst du wohl wirklich nicht ausstehen«, merkte der Präsident an.

»Ryan ist arrogant und...«

»Elizabeth, er hat beeindruckende Leistungen vorzuweisen. Als Mensch ist er mir nicht gerade sympathisch, aber als Nachrichtendienstler hat er zahlreiche Aufgaben sehr, sehr gut erledigt.«

»Der Mann ist doch ein Fossil. Bildet sich ein, er wäre James Bond. Gewiß hat er spektakuläre Aktionen durchgezogen, aber das ist inzwischen nur noch Geschichte. Jetzt brauchen wir jemanden mit einem weiteren Horizont.«

»Da spielt der Kongreß nicht mit«, meinte der Präsident, als das Frühstück hereingefahren wurde. Das Essen war auf Radioaktivität und elektronische Geräte geprüft und von Hunden auf Sprengstoff abgeschnüffelt worden – arme Tiere, dachte der Präsident, denen schmeckt die Wurst bestimmt so gut wie mir. »Danke, wir bedienen uns selbst«, sagte Fowler zu dem Steward von der Marine. »Sie können gehen. Ryan ist beim Kongreß überaus beliebt«, fuhr er fort. Er brauchte nicht hinzuzufügen, daß Ryan als Stellvertretender Direktor der CIA nicht bloß vom Präsidenten ernannt war, sondern auch den Bestätigungsprozeß im Senat durchlaufen hatte. Solche Leute konnte man nicht ohne Grund entlassen.

»Das habe ich nie verstanden. Warum hat ausgerechnet Trent einen Narren an ihm gefressen?«

»Frag ihn doch selbst«, schlug Fowler vor und strich Butter auf einen Pfannkuchen.

»Hab' ich längst getan. Er ist um das Thema herumgehüpft wie eine Primaballerina.« Der Präsident brüllte vor Lachen.

»Wiederhole das bloß nicht in der Öffentlichkeit!«

»Robert, wir haben ja beide Verständnis für seine sexuellen Vorlieben, aber er ist trotzdem eine Schwuchtel.«

»Stimmt«, mußte Fowler zugestehen. »Worauf willst du hinaus, Elizabeth?«

»Es ist an der Zeit, daß Cabot diesen Ryan in seine Schranken weist.«

»Bist du etwa auf Ryans Rolle bei der Vorbereitung des Friedensplans neidisch?«

Elliots Augen blitzten zornig, aber der Präsident schaute gerade auf seinen Teller. Sie holte tief Luft, ehe sie antwortete, und fragte sich, ob er sie provozieren wollte. Wohl nicht, entschied sie; der Präsident ließ sich in solchen Angelegenheiten von Emotionen nicht beeindrucken. »Bob, das haben wir doch schon durchgekaut. Ryan hat lediglich ein paar fremde Ideen miteinander verwoben. Schließlich arbeitet er im Nachrichtendienst und hat zu *melden*, was andere tun.«

»Damit wäre seine Rolle zu eng definiert.« Fowler sah nun, in welche Richtung sie steuerte, und fing an, das Spiel zu genießen.

»Na schön, er hat Menschen umgebracht! Was ist da dran so toll? James Bond, die Doppelnull! Du hast sogar zugelassen, daß diese Männer hingerichtet wurden, die...«

»Moment, Elizabeth, diese Terroristen hatten auch sieben Agenten des Secret Service auf dem Gewissen. Von diesen Leuten hängt mein Leben ab, und es wäre undankbar und schlicht idiotisch von mir gewesen, die Mörder ihrer Kollegen zu begnadigen.« Beinahe hätte der Präsident über seine eigene Inkonsequenz die Stirn gerunzelt – er hatte sich im Wahlkampf gegen die Todesstrafe ausgesprochen –, beherrschte sich aber.

»Damit hast du dir diesen Weg versperrt. Denn wenn du nun versuchst, ein Todesurteil in eine Haftstrafe umzuwandeln, wird man dir vorwerfen, in eben jenem Fall aus Eigeninteresse auf der Hinrichtung bestanden zu haben. Du hast dich in die Falle locken und ausmanövrieren lassen«, betonte Liz, die nun erkannte, daß sie provoziert worden war, und entsprechend reagierte. Aber Fowler ließ sich nicht aus dem Konzept bringen.

»Elizabeth, es mag sein, daß ich der einzige Ex-Staatsanwalt in Amerika bin, der gegen die Todesstrafe eintritt, aber... wir leben in einer Demokratie, und die Mehrheit der Bevölkerung ist dafür.« Er sah auf. »Diese Leute waren Terroristen. Ich kann zwar nicht behaupten, über ihre Hinrichtung glücklich gewesen zu sein, aber wenn überhaupt jemand den Tod verdiente, dann sie. Es war nicht der Zeitpunkt, Position zu beziehen. Vielleicht geht das in meiner zweiten Amtsperiode. Wir müssen einen passenden Fall abwarten. Politik ist die Kunst des Machbaren. Und das heißt eines nach dem anderen, Elizabeth. Das weißt du so gut wie ich.«

»Wenn du nichts unternimmst, wachst du eines Tages auf und mußt feststellen, daß Ryan in der CIA das Sagen hat. Gewiß, er ist ein fähiger Mann, aber er gehört der Vergangenheit an. Er paßt nicht mehr in unsere Zeit.«

Was bist du doch für ein Neidhammel, dachte Fowler. Na ja, wir haben alle unsere Schwächen. Zeit, das Spiel abzubrechen. Er wollte sie nicht zu tief verletzen.

»Was hast du denn mit ihm vor?«

»Drängen wir ihn doch peu à peu aus dem Amt.«

»Gut, ich lasse mir das durch den Kopf gehen – verderben wir uns nicht den Tag mit so einer Diskussion. Wie willst du die Einzelheiten des Abkommens bekanntgeben?«

Elliot lehnte sich zurück und trank einen Schluck Kaffee. Bist zu früh und mit zu viel Druck vorgeprescht, dachte sie. Sie hatte eine tiefe Abneigung gegen Ryan, sah aber ein, daß Bob recht hatte. Falsche Zeit, falscher Ort. Sie hatte mehr als genug Zeit für ihr Spiel und wußte, daß sie geschickt vorgehen mußte.

»Ich lege einfach den Vertragstext vor.«

»Können die denn so schnell lesen?« Fowler lachte. Bei den Medien tummelten sich genug Analphabeten.

»Es wird wie wild spekuliert. Der Leitartikel der *New York Times* kam heute übers Fax. Warte nur, die verschlingen das nur so. Ich habe ihnen außerdem ein paar saftige Details aus den Verhandlungen zusammengestellt.«

»Wie du meinst«, sagte der Präsident und schob sich das letzte Stück Bratwurst in den Mund. Dann schaute er auf die Uhr. Es kam auf den richtigen Moment an. Da der Zeitunterschied zwischen Rom und Washington sechs Stunden betrug, konnte das Abkommen frühestens um zwei Uhr nachmittags unterzeichnet werden, denn es sollte ins Frühstücksfernsehen kommen. Und da Amerikas Bürger erst auf die Sensation vorbereitet werden mußten, hatten den TV-Crews die Vertragsdetails bis drei Uhr Ostküsten-Sommerzeit vorzuliegen. Liz würde den Knüller also um neun bekanntgeben, in zwanzig Minuten. »Und wirst du auch Charlies Rolle betonen?«

»Sicher. Es ist nur gerecht, wenn wir ihn als den Haupturheber darstellen.«

Damit ist Ryans Part gestorben, dachte Fowler. Nun, schließlich hat Charlie die Sache in Bewegung gesetzt. Ryan tat Fowler ein bißchen leid. Er hielt den DDCI zwar ebenfalls für ein Relikt aus der Vergangenheit, wußte aber auch, was er geleistet hatte, und war davon beeindruckt. Auch Arnie van Damm, der beste Menschenkenner in der Administration, hielt große Stücke auf Ryan. Aber Elizabeth war seine Sicherheitsberaterin, und er konnte nicht zulassen, daß sie und der DDCI sich gegenseitig an die Kehle gingen. Nein, das kam nicht in Frage.

»Leg eine glänzende Vorstellung hin, Elizabeth.«

«Kleinigkeit.« Sie lächelte ihn an und ging.

Die Sache war schwieriger, als er erwartet hatte. Ghosn erwog, Hilfe zu holen, verzichtete dann aber. Es gehörte zu seinem Ruf in der Organisation, daß er allein an diesem Teufelszeug werkelte und nur für die Knochenarbeit gelegentlich ein paar kräftige Männer hinzuzog.

Die Bombe, oder was das Objekt sonst sein mochte, war erstaunlich stabil gebaut. Im Schein seiner grellen Arbeitslampen reinigte er sie zunächst gründlich mit Wasser und fand eine Reihe von Einrichtungen, die er nicht identifizieren konnte. Es gab zum Beispiel mit Schraubdeckeln verschlossene Gewindelöcher. Er drehte eine Schutzkappe los und fand darunter ein Kabel. Erstaunlicher noch war die Stärke der Bombenhülle. Er hatte schon einmal einen israelischen Radar-Störsender zerlegt und an dieser aus Aluminium konstruierten Gondel für Radiofrequenzen durchlässige »Fenster« aus Kunststoff oder Fiberglas gefunden.

Da sich die größte Abdeckplatte auch mit aller Gewalt nicht loshebeln ließ, versuchte er, die Hülle an einer anderen Stelle zu öffnen – erfolglos. Nun wandte er sich nach mehreren Stunden fruchtloser Arbeit frustriert wieder der Platte zu.

Ghosn setzte sich zurück und steckte sich eine Zigarette an. »Was bist du?« fragte er das Objekt.

Es sah einer Bombe wirklich ähnlich, soviel war ihm klar. Es hatte eine dicke Hülle – warum ist mir nicht aufgefallen, daß das Ding für einen Radarsender viel zu schwer ist? fragte er sich. Aber eine richtige Bombe konnte es auch wieder nicht sein. Nach allem, was er an Kabeln und elektrischen Verbindungen im Innern gesehen hatte, fehlten Zünder und Übertragungsladung. Es konnte also nichts anderes als eine elektronische Einrichtung sein. Er drückte die Zigarette auf dem Boden aus und ging an seine Werkbank.

Ghosn verfügte über ein großes Werkzeugsortiment, darunter ein zweitaktgetriebenes Schleifgerät mit Trennscheibe. Die Maschine war eigentlich für den Zweimannbetrieb bestimmt, doch er beschloß, sie allein und an der Abdeckplatte anzusetzen, die ihm dünner vorkam als der Rest der Hülle. Er stellte die Schneidtiefe auf neun Millimeter, warf den Motor an und wuchtete das Werkzeug über die Platte. Der Lärm war gräßlich, als der diamantbestückte Rand der Scheibe sich in den Stahl fraß, aber die Maschine war schwer genug, um nicht von dem Werkstück abzugleiten. Er führte sie langsam am Rand der Abdeckplatte entlang. Für den ersten Schnitt brauchte er zwanzig Minuten. Nun stellte er die Maschine ab, legte sie auf den Boden und schob einen dünnen Draht durch den entstandenen Spalt.

Na endlich! Ich bin durch! dachte er. Richtig getippt. Der Rest der Hülle schien rund vier Zentimeter stark zu sein, die Platte aber nur einen knappen Zentimeter. Ghosn freute sich so über den Erfolg, daß er vergaß, sich zu fragen, wozu eine Radarkapsel einen so dicken Mantel aus gehärtetem Stahl brauchte. Ehe er weitermachte, setzte er Ohrenschützer auf, denn der Krach des ersten Schnitts hing ihm noch in den Ohren. Die Arbeit war schon unangenehm genug; Kopfschmerzen konnte er jetzt nicht gebrauchen.

Im Sekundenabstand blendeten die TV-Netze den Hinweis »Sondermeldung« auf die Bildschirme ein. Die Koordinatoren, die für römische Verhältnisse früh aufgestanden waren, um an Dr. Elliots Pressekonferenz teilzunehmen, hasteten atemlos in ihre Kabinen und übergaben den Produzenten und Rechercheuren ihre Notizen.

»Na bitte!« triumphierte Angela Miriles. »Hab' ich's nicht gesagt, Rick?«

»Angie, ich schulde Ihnen ein Mittag- und ein Abendessen und vielleicht sogar das Frühstück in einem Restaurant Ihrer Wahl.«

»Topp!« erwiderte die Rechercheurin lachend und dachte: Der Arsch kann sich das leisten.

»Wie bringen wir das?« fragte der Produzent.

»Ich improvisiere. Geben Sie mir zwei Minuten, und dann gehen wir auf Sendung.«

»Scheiße«, bemerkte Angie leise. Rick improvisierte nur ungern. Andererseits genoß er es, den Printmedien zuvorzukommen, was in diesem Fall angesichts des Zeitvorteils ein Kinderspiel war. Ätsch, *New York Times*! Er saß still, bis er geschminkt war, und ging dann mit dem Nahostexperten der Fernsehanstalt, den Angie für einen eitlen Schwachkopf hielt, vor die Kamera.

»Fünf!« rief der Regieassistent. »Vier, drei, zwei, eins!« Er gab dem Koordinator ein Zeichen.

»Der Traum wird wahr«, verkündete Rick. »In vier Stunden werden der Präsident der Vereinigten Staaten, der sowjetische Präsident, der König von Saudi-Arabien, die Ministerpräsidenten von Israel und der Schweiz und die Oberhäupter zweier großer Religionsgruppen ein Abkommen unterzeichnen, das auf eine völlige Beilegung des Nahostkonflikts hoffen läßt. Die Einzelheiten sind sensationell.« Drei Minuten lang redete er ununterbrochen und hastig weiter, als wollte er seine Kollegen von den anderen Sendern schlagen.

»Seit Menschengedenken hat es nichts Vergleichbares gegeben. Wieder ein Wunder – nein, ein Meilenstein auf dem Weg zum Weltfrieden. Dick?« Der Koordinator wandte sich an seinen Experten, der früher einmal US-Botschafter in Israel gewesen war.

»Rick, ich habe mir das Dokument nun eine halbe Stunde lang angeschaut und kann es immer noch nicht glauben. Vielleicht erleben wir in der Tat ein Wunder. Den richtigen Ort dafür haben wir uns jedenfalls ausgesucht. Israels Konzessionen sind ebenso verblüffend wie Amerikas Bereitschaft, den Frieden zu garantieren. Beeindruckt bin ich auch von der absoluten Geheimhaltung, unter der das Vertragswerk ausgehandelt wurde. Wären diese Details vor zwei Tagen an die Öffentlichkeit gekommen, hätte die Sache noch vor unseren Augen scheitern können, aber hier und jetzt, Rick, hier und jetzt ist sie Wirklichkeit geworden. Ich glaube es nun. Sie haben recht: Es ist ein Wunder geschehen. Der Friede ist greifbar. Und in wenigen Stunden wird sich die Welt aufs neue verändert haben.

Ohne die bisher noch nie dagewesene Unterstützung der Sowjetunion wäre das nicht möglich gewesen; zweifellos stehen wir tief in der Schuld des bedrängten sowjetischen Präsidenten Andrej Narmonow.«

»Wie schätzen Sie die Konzessionen ein, die alle religiösen Gruppen gemacht haben?«

»Einfach unglaublich, Rick, in dieser Region haben seit Anbeginn der Geschichte Religionskriege gewütet. An dieser Stelle sollten wir allerdings einfügen, daß, wie ein hohes Regierungsmitglied heute großzügig unterstrich, der Architekt dieses Abkommens Dr. Charles Alden war, der erst vor wenigen Wochen skandalumwittert starb. Welch grausame Ironie des Schicksals, daß dieser Mann, der die künstlich aufgebauten religiösen Gegensätze als das Grundproblem dieser krisengeschüttelten Region identifizierte, diesen Tag nicht erleben darf. Alden war offenbar die treibende Kraft bei der Friedensinitiative, und man kann nur hoffen, daß die Geschichte den Yale-Absolventen Dr. Charles Alden trotz des Zeitpunkts und der Begleitumstände seines Todes als denjenigen würdigen wird, der zu diesem Wunder beitrug.« Der ehemalige Botschafter war ebenfalls ein Yalie und Aldens Jahrgang.

»Ihre Meinung zur Haltung der anderen Parteien?«

»Rick, bei einem Ereignis von solcher Tragweite – so etwas ist wirklich selten – spielen immer viele Leute ihren Part, leisten einen wichtigen Beitrag. An dem Vatikan-Abkommen hat auch Außenminister Talbot mitgearbeitet, hervorragend unterstützt von Staatssekretär Scott Adler, einem brillanten Diplomaten, der übrigens Talbots rechte Hand ist. Gleichzeitig war es Präsident Fowler, der die Initiative billigte und, wo erforderlich, politischen Druck ausübte. Noch nie hatte ein Präsident den Mut und Weitblick, seinen Ruf als Politiker bei einem so kühnen Unterfangen aufs Spiel zu setzen. Die Auswirkungen eines Fehlschlags wären unvorstellbar gewesen. Aber Fowler hat es geschafft. Dies ist ein großer Tag für die amerikanische Diplomatie, die Verständigung zwischen Ost und West und vielleicht die größte Chance für den Weltfrieden in der Geschichte der Menschheit.«

»Das hätte ich selbst nicht besser sagen können, Dick. Nun müssen das Abkommen und der amerikanisch-israelische Verteidigungspakt aber noch vom Senat ratifiziert werden. Wie sieht es damit aus?«

Der Kommentator grinste und schüttelte in gespielter Erheiterung den Kopf. »Das geht so schnell durch den Senat, daß die Druckerschwärze noch feucht ist, wenn der Präsident das Gesetz in die Hand bekommt. Verzögern können diese Sache nur die verbalen Spiegelfechtereien, die man in den Ausschüssen und Fraktionen hört.«

»Aber die Kosten, die durch die Stationierung amerikanischer Truppen entstehen...«

»Rick, der Auftrag unserer Streitkräfte ist die Wahrung des Friedens. Und dafür wird Amerika jeden Preis zahlen. Das ist für den amerikanischen Steuerzahler kein Opfer, sondern ein Privileg, eine historische Ehrenpflicht: dem Weltfrieden das Siegel amerikanischer Stärke aufzudrücken. Keine Frage: Wir zahlen.«

»Und hiermit verabschieden wir uns«, sagte Rick und drehte sich wieder zu Kamera 1 um. »In zweieinhalb Stunden berichten wir live über die Unterzeichnung des Vatikan-Abkommens. Wir schalten zurück nach New York. Rick Cousins, Vatikan.«

»Donnerwetter!« hauchte Ryan. Leider hatte der Fernseher diesmal seine Frau aufgeweckt, die den Kommentar mit Interesse verfolgt hatte.

»Jack, was war dein Beitrag!« Cathy stand auf, um Kaffee zu machen. »Schließlich warst du in Italien und in...«

»Schatz, ich hatte mit der Sache zu tun. Wie intensiv, kann ich nicht sagen.« Es hätte Jack ärgern sollen, daß Charlie Alden nun als Erfinder der Friedensinitiative hingestellt wurde, aber Charlie war trotz seiner menschlichen Schwächen ein anständiger Kerl gewesen und hatte sich in der Tat hinter die Sache geklemmt und Druck ausgeübt, als das nötig war. Außerdem, sagte er sich, würden die Historiker wie üblich früher oder später auf die Wahrheit stoßen. Die echten Akteure wußten Bescheid. Er wußte Bescheid. Er war gewohnt, im Hintergrund zu agieren, Dinge zu tun, von denen andere nichts wissen durften. Er drehte sich zu seiner Frau um und lächelte.

Auch Cathy wußte Bescheid, denn sie hatte ihn schon vor einigen Monaten laut spekulieren hören. Jack war offenbar nicht bewußt, daß er beim Rasieren vor sich hin brummte, und er glaubte auch, daß seine Frau weiterschlief, wenn er so früh aufstand. Tatsächlich aber hatte sie ihn immer verabschiedet, auch wenn sie dabei die Augen geschlossen hielt. Cathy hatte es gerne, wenn er sie in dem Glauben, sie schliefe noch, küßte, und wollte die kleine Geste nicht verderben. Er hatte auch so schon genug Probleme. Jack gehörte ihr, und sie wußte, daß sie einen guten Mann hatte.

Wie unfair, sagte sich Frau Doktor Ryan. Die Initiative war zumindest teilweise Jacks Idee. Was ging sonst noch vor, von dem sie nichts wußte? Diese Frage stellte sich Cathy Muller Ryan, M. D., Fellow des amerikanischen Chirurgenkollegs, nur selten. Aber daß Jack Alpträume hatte, ließ sich nicht bestreiten. Er hatte Einschlafschwierigkeiten, trank zuviel, und wenn er dann endlich Ruhe gefunden hatte, störten Dinge, nach denen sie sich nicht zu erkundigen wagte, seinen Schlaf. Das beängstigte sie ein wenig. Was hatte ihr Mann getan? Welche Schuld schleppte er mit sich herum?

Cathy stutzte. Schuld? Wie war sie darauf gekommen?

Nach drei Stunden hatte Ghosn die Abdeckplatte losgehebelt. Er hatte eine neue Trennscheibe einsetzen müssen, aber der Hauptgrund für die Verzögerung war sein Stolz, der es ihm verboten hatte, Hilfe zu holen. Wie auch immer, es war geschafft, und mit dem Ansetzen eines Stemmeisens war die Arbeit getan. Der Ingenieur leuchtete mit einer Handlampe in das Objekt und stieß auf das nächste Rätsel.

Im Innern befand sich ein Gitterrahmen – aus Titan? überlegte er –, an dem ein zylindrischer Gegenstand mit Bolzen befestigt war. Ghosn ging mit der Lampe näher heran und sah, daß mehrere Kabel mit dem Zylinder verbunden waren. Er konnte knapp ein Elektronikpaket sehen... ah, ein Sende- und Empfangsgerät für Radar, dachte er. Andererseits aber... plötzlich wurde ihm klar, daß er etwas Entscheidendes übersehen hatte. Aber was? Die Beschriftung auf dem Zylinder war hebräisch, eine Sprache, die er kaum beherrschte. Deshalb konnte er mit den Markierungen nichts anfangen. Der Gitterrahmen war offenbar auch als Stoßdämpfer konzipiert und hatte seine Funktion auf bewundernswerte Weise erfüllt. Er war zwar stark gestaucht und verzogen, aber der Zylinder schien weitgehend intakt geblieben zu sein. Gewiß, er war beschädigt, aber nicht gerissen... Was immer er enthalten mochte, mußte gegen Erschütterungen geschützt werden. Er war also empfindlich, und diese Tatsache wies auf ein elektronisches Bauteil hin. Ghosn kehrte also wieder zu seiner Störsender-Theorie zurück und hatte sich nun so verrannt, daß er andere Möglichkeiten ignorierte und die Indizien, die auf sie hinwiesen, übersah. Nun beschloß er, den Zylinder erst einmal auszubauen. Er wählte einen Steckschlüssel aus und machte sich an den Bolzen zu schaffen.

Fowler saß auf einem Renaissance-Sessel und beobachtete, wie die Protokollbeamten herumflatterten – sie erinnerten ihn an Fasane, wenn sie sich nicht entscheiden können, ob sie laufen oder fliegen sollen. Im allgemeinen nimmt man an, daß ein Anlaß wie dieser von Fachleuten geplant und souverän inszeniert wird. Fowler wußte, daß das eine Fehleinschätzung war. Gewiß lief alles glatt, wenn man genug Zeit – ein paar Monate – zur Ausarbeitung aller Details gehabt hatte. Diese Zeremonie aber war erst vor wenigen Tagen angesetzt worden, und das gute Dutzend Protokollbeamte hatte noch nicht einmal entschieden, wem in ihren Reihen der Vorrang gebührte. Seltsamerweise blieben die schweizerischen und russischen Beamten am gelassensten. Vor Fowlers Augen steckten sie die Köpfe zusammen, bildeten rasch eine Allianz und präsentierten den anderen einen Plan, der dann umgesetzt wurde. Wie eine gut aufeinander eingespielte Football-Mannschaft, dachte der Präsident. Der Vertreter des Vatikans war zu alt für diese Aufgabe. Der Mann, den Fowler für einen Bischof oder Prälaten hielt, war über sechzig und so aufgeregt, daß er kurz vor einem Herzanfall zu stehen schien. Schließlich nahm ihn der Russe beiseite und redete kurz beruhigend auf ihn ein; man nickte, reichte sich die Hand, wurde sich einig, und die Protokollbeamten zogen nun an einem Strang. Fowler nahm sich vor, sich nach dem Namen des sehr professionell wirkenden Russen zu erkundigen. Die Szene war überaus unterhaltsam gewesen und hatte den Präsidenten in einem Augenblick, in dem er Entspannung brauchte, abgelenkt.

Endlich – mit nur fünf Minuten Verspätung, wie Fowler verwundert feststellte – erhoben sich wie bei einer Hochzeitsgesellschaft auf Befehl einer nervösen Schwiegermutter in spe die Staatsoberhäupter von ihren Plätzen und wurden in einer Reihe aufgestellt. Man schüttelte sich pro forma die Hände und riß Witze, die wegen der Abwesenheit der Dolmetscher niemand komisch fand. Der König von Saudi-Arabien schien über die Verzögerung ungehalten zu sein. Kein Wunder, dachte Fowler, dem Mann gehen bestimmt andere Dinge im Kopf herum. Radikale hatten bereits Todesdrohungen gegen ihn ausgestoßen. Dennoch sah man ihm keine Furcht an. Er mochte humorlos sein, zeigte aber Haltung und Mut – und Stil, wie sich Fowler eingestand –, so wie es seinem Titel angemessen war. Es war der König gewesen, der sich nach einem zweistündigen Gespräch mit Ryan als erster zu Verhandlungen bereiterklärt hatte. Eigentlich schade. Ryan war für Alden eingesprungen, hatte dessen Auftrag aus dem Stegreif ausgeführt, und zwar so, als hätte er die Zeit gehabt, sich gründlich darauf vorzubereiten. Der Präsident zog die Stirn kraus. Er hatte die Hektik der einleitenden Manöver vergessen. Scott Adler war nach Moskau, Rom und Jerusalem gereist, Jack Ryan nach Rom und Riad. Beide hatten erstklassige Arbeit geleistet, die wohl nie besonders gewürdigt werden würde. So sind die Regeln der Geschichte, schloß Fowler. Wenn sie die Lorbeeren einheimsen wollten, hätten sie sich um sein Amt bewerben sollen.

Zwei Männer der Schweizergarde in Livree öffneten die gewaltigen Bronzetüren, und die füllige Gestalt Giovanni Kardinal D'Antonios wurde sichtbar. Die grellen Scheinwerfer der TV-Teams umgaben ihn mit einem künstlichen Heiligenschein, der den Präsidenten der Vereinigten Staaten beinahe zum Lachen gebracht hätte. Die Prozession in den Nebensaal begann.

Wer dieses Ding entworfen hat, dachte Ghosn, hatte die Einwirkung brutaler Kräfte berücksichtigt. Komisch, israelisches Gerät war immer leicht konstruiert – nein, das war der falsche Ausdruck. Die Israelis waren geschickte, effiziente, elegante Ingenieure. Was sie bauten, war so stark wie nötig, nie mehr, nie weniger. Selbst ihr improvisiertes Gerät zeugte von Weitblick und war peinlich genau in der Ausführung. Bei diesem Objekt aber wirkten alle Teile extrem überdimensioniert. Zudem schien es hastig entworfen und zusammengebaut worden zu sein, wirkte fast primitiv. Dafür war er dankbar, denn es ließ sich leichter zerlegen. Niemand hatte an eine Selbstzerstörungsvorrichtung gedacht, die erst identifiziert und entschärft werden mußte – auf diesem Gebiet waren die Zionisten teuflisch clever! Von einem solchen Subsystem wäre Ghosn vor einigen Monaten fast zerrissen worden. Die Befestigungsbolzen des Zylinders waren zwar verklemmt, aber nicht verbogen; er brauchte also nur einen ausreichend langen Schraubenschlüssel. Er besprühte sie nacheinander mit Rostlöser, machte eine Pause von fünfzehn Minuten, in der er zwei Zigaretten rauchte, und setzte dann sein Werkzeug an. Der erste Bolzen war bei den ersten Umdrehungen schwergängig, ließ sich aber bald herausdrehen. Noch fünf zu lösen.

Es sah ganz so aus, als würde der Nachmittag sich hinziehen. Zuerst wurden Reden gehalten. Als Gastgeber ergriff der Papst als erster das Wort und war im Ton überraschend gedämpft. Er bezog sich ohne große Worte auf die Bibel und wies erneut auf die Gemeinsamkeiten der drei vertretenen Religionen hin. Die Staatsoberhäupter und religiösen Führer bekamen über Kopfhörer eine Simultanübersetzung, was im Grunde überflüssig war, da ihnen die Texte aller Ansprachen vorlagen. Rundum war man bemüht, nicht zu gähnen. Aber Reden sind nun mal Reden, und Politikern fällt das Zuhören ganz besonders schwer, selbst wenn ein Staatsoberhaupt spricht. Die größte Ungeduld verspürte Fowler, der als letzter reden sollte. Er warf einen verstohlenen Blick auf die Uhr, verzog keine Miene und schickte sich in öde neunzig Minuten.

Nach vierzig Minuten waren alle großen Bolzen aus rostfreiem Stahl gelöst. Das Ding war auf Dauer gebaut, erkannte Ghosn, und das war für ihn nur günstig. Nun mußte der Zylinder herausgeholt werden. Er prüfte ihn noch einmal sorgfältig auf etwaige Vorrichtungen gegen unbefugte Eingriffe – Vorsicht war in seinem Beruf die einzige Verteidigung – und tastete das Innere der Hülle ab. Angeschlossen war offenbar nur das Radargerät, obwohl es noch drei andere Steckverbindungen gab – aber die waren unbelegt. In seiner Erschöpfung übersah Ghosn, daß sie ihm praktisch gegenüberlagen und leicht zugänglich waren. Der Zylinder saß in dem gestauchten Gitterrahmen fest, sollte sich aber nun, da die Bolzen gelöst waren, unter ausreichender Kraftanwendung herausziehen lassen.

Andrej Il'itsch Narmonow faßte sich kurz. Seine Ausführungen waren schlicht, würdig und von einer Bescheidenheit, zu der sich die Kommentatoren bestimmt äußern würden.

Ghosn brachte einen zweiten Flaschenzug an dem Portalgestell an. Günstigerweise war der Zylinder mit einer Öse zum Anheben versehen. Offenbar wollten die Israelis ihre Kraft ebensowenig vergeuden wie er. Der Rest der Hülle war leichter, als er erwartet hatte. Nach einer Minute hatte Ghosn den Zylinder so weit angehoben, daß nun die ganze Konstruktion an ihm hing. Lange konnte das nicht halten. Ghosn besprühte den Gitterrahmen mit Rostlöser und wartete, daß die Schwerkraft ihre Wirkung tat... aber nach einer Minute riß ihm der Geduldsfaden. Er setzte in einem Spalt zwischen Zylinder und Rahmen das Stemmeisen an und begann in Millimeterarbeit zu hebeln. Nach vier Minuten kam die Hülle mit einem metallischen Quietschen frei und fiel zu Boden. Nun brauchte er nur noch an der Kette zu ziehen und den Zylinder herauszuheben.

Der Zylinder war grün lackiert und hatte, was nicht überraschend war, ebenfalls eine abgedeckte Öffnung. Ghosn suchte sich einen passenden Schraubenschlüssel und begann die vier festsitzenden Bolzen zu lösen, die unter seinem Druck bald nachgaben. Er kam nun rascher voran und wurde von der Erregung, die immer mit dem bevorstehenden Abschluß einer langen Arbeit einhergeht, übermannt, obwohl die Vernunft ihn zur Bedächtigkeit mahnte.

Endlich war Fowler an der Reihe.

Der Präsident der Vereinigten Staaten trat mit einer braunen Aktenmappe aus Leder ans Rednerpult. Sein Hemd war brettsteif gestärkt und rieb ihm bereits den Hals wund, aber das störte ihn nicht. Auf diesen Augenblick hatte er sich sein ganzes Leben lang vorbereitet. Er schaute direkt in die Kamera und sah ernst, aber nicht düster, begeistert, aber noch nicht fröhlich, stolz, aber nicht arrogant aus. Er nickte seinen Amtskollegen zu.

»Heiliger Vater, Königliche Hoheit, Herr Präsident«, begann Fowler. »Meine Herren Ministerpräsidenten und alle Bürger unserer unruhigen, aber hoffnungsvollen Welt:

Wir sind zusammengekommen in dieser uralten Stadt, die seit über dreitausend Jahren Krieg und Frieden erlebt, eine der großen Kulturen der Welt hervorgebracht hat und heute der Sitz einer noch größeren Religion ist. Wir kommen alle von weither, aus Wüsten und Gebirgen, aus den weiten Ebenen Europas und aus einer Stadt, die ebenfalls an einem Fluß liegt, aber anders als viele Fremde, die diese uralte Stadt besuchten, kommen wir in Frieden. Wir kamen mit einer einzigen Absicht – den Krieg und das Leiden, das er bringt, abzuschaffen, um die Segnungen des Friedens in einen Teil der Welt zu tragen, der erst jetzt aus einer Geschichte aufzusteigen beginnt, die einerseits von Blutvergießen und andererseits vom Licht der Ideale geprägt ist.« Er senkte den Blick nur, wenn er umblättern mußte. Fowler war ein guter Redner, der über dreißig Jahre hinweg Erfahrungen gesammelt hatte und nun vor dieser Versammlung ebenso selbstsicher sprach, wie er es in Hunderten von Gerichtssälen getan hatte, in Rhythmus und Tonfall Gefühlen Ausdruck gab, die sein kaltes Image Lügen straften, und seine Stimme einsetzte wie ein seinem Willen unterworfenes Musikinstrument.

»Diese Stadt, dieser Vatikanstaat, ist Gott und dem Wohle des Menschen geweiht und hat ihren Zweck heute besser erfüllt als je zuvor. Denn heute, liebe Mitbürger der Welt, heute ist dank unserer Anstrengung ein weiteres Stück des Traumes wahr geworden, der allen Männern und Frauen gemeinsam ist, wo immer sie auch leben mögen. Mit Hilfe Ihrer Gebete, durch eine Vision, die uns vor so vielen Jahrhunderten geschenkt wurde, kam die Einsicht, daß Frieden besser als Krieg ist und ein Ziel, für das gewaltigere Anstrengungen und größerer Mut erforderlich sind als für Blutvergießen. Sich vom Krieg ab- und dem Frieden zuzuwenden ist ein Zeichen von Stärke.

Heute haben wir die Ehre und das Privileg, der Welt ein Abkommen bekanntzugeben, das der Zwietracht in einem uns allen heiligen, aber geschändeten Gebiet ein Ende setzen soll. Dank dieser Übereinkunft wird es eine endgültige Lösung geben, die auf Glauben, Gerechtigkeit und das Wort Gottes gründet, den wir alle unter verschiedenen Namen kennen, aber der jeden einzelnen von uns sieht.

Dieses Abkommen unterstreicht das Recht aller Männer und Frauen in der Region auf Sicherheit, Religionsfreiheit, Meinungsfreiheit und das Recht auf die Würde des Menschen in der Erkenntnis, daß wir alle Geschöpfe Gottes und einmalig sind, aber vor dem Herrn gleich ...«

Die letzte Abdeckplatte kam frei. Ghosn schloß die Augen und flüsterte erschöpft ein Dankgebet. Er war nun schon seit Stunden an der Arbeit und hatte auf das Mittagessen verzichtet. Er legte die Platte auf den Boden und die Bolzen auf die konkave Fläche, damit sie nicht verlorengingen. Ghosn, der typische Ingenieur, erledigte alles, was er tat, sauber und ordentlich. Die Öffnung verschloß eine noch intakte Dichtung aus Kunststoff, die wohl Feuchtigkeit fernhalten sollte – vermutlich von einem komplexen elektronischen Bauteil. Er berührte sie sanft und stellte fest, daß sie nicht unter Druck stand. Mit einem kleinen Messer schlitzte er den Kunststoff auf, zog ihn vorsichtig ab. Nun, da er zum ersten Mal in den Zylinder schaute, schien eine eiskalte Hand jäh sein Herz zu packen. Er hatte eine unregelmäßig geformte gelblichgraue Kugel vor sich, die wie schmutziger Brotteig aussah.

Es war also doch eine Bombe.

Oder zumindest ein Selbstzerstörungsmechanismus mit einer starken Ladung: rund fünfzig Kilo Sprengstoff ...

Ghosn wich zurück und verspürte plötzlich Harndrang. Mit zitternden Fingern zog er eine Zigarette aus der Packung und brauchte drei Versuche, um sie anzuzünden. Was hatte er übersehen? Nichts. Er war so vorsichtig gewesen wie immer. Noch war es den Israelis nicht gelungen, ihn umzubringen. Ihre Konstrukteure waren gewitzt, aber auch er war nicht auf den Kopf gefallen.

Nur Geduld, beruhigte er sich und begann, die Außenhülle des Zylinders ein zweites Mal zu untersuchen. Da war die Kabelverbindung mit dem Radargerät, noch befestigt, dazu die drei unbelegten Steckdosen.

Was kann ich über das Objekt aussagen? fragte er sich.

Kombiniertes Sende- und Empfangsgerät für Radar, dicke Hülle, abgedeckte Öffnung, kugelförmige Sprengladung, verdrahtet mit...

Ghosn beugte sich vor und musterte das Objekt genau. In regelmäßigen, symmetrischen Abständen waren an der Kugel Sprengzünder angebracht, deren Kabel...

Das kann doch nicht wahr sein! Das gibt's doch nicht!

Ghosn entfernte die Zünder nacheinander, zog die Kabel ab und legte sie behutsam auf eine Decke, denn solche Einrichtungen sind hochempfindlich. Der Sprengstoff selbst war dagegen so sicher zu handhaben, daß man ein Stück abbrechen und als Brennstoff zum Kaffeekochen benutzen konnte. Mit dem Messer brach er die überraschend harten Platten los.

»In der griechischen Mythologie erhält eine Frau namens Pandora eine Büchse mit der Ermahnung, sie nicht zu öffnen. Doch Pandora konnte nicht widerstehen, und als sie die Büchse, die die Götter mit allen Übeln gefüllt hatten, öffnete, flogen Streit und Krieg hinaus in unsere Welt. Die Frau war verzweifelt über ihre Tat, bis sie ganz zuunterst in der nun fast leeren Büchse die Hoffnung fand. Wir haben alle viel zuviel Streit und Krieg erlebt, aber nun endlich die Hoffnung genutzt. Es war ein langer, blutiger, von Verzweiflung markierter Weg, der aber immer aufwärts führte, denn Hoffnung ist die gemeinsame Vision der Menschheit auf das, was sein kann, sein sollte und sein muß, und es war die Hoffnung, die uns an diesen Punkt geführt hat.

Die alte Sage mag heidnischen Ursprungs sein, aber ihr Wahrheitsgehalt ist heute offenbar. Heute stecken wir den Krieg, den Streit und den sinnlosen Tod zurück in die Büchse, geben den Konflikt mit hinein und behalten nur die Hoffnung, Pandoras letztes und wichtigstes Geschenk an die Menschheit. Heute geht ein Menschheitstraum in Erfüllung.

Heute haben wir von Gott das Geschenk des Friedens angenommen.

Ich danke Ihnen für Ihre Aufmerksamkeit.« Der Präsident lächelte freundlich in die Kameras und ging unter dem zustimmenden Applaus seiner Kollegen zurück an seinen Platz. Nun sollte das Abkommen unterzeichnet werden. Der große Augenblick war da, und der amerikanische Präsident kam als letzter Redner zuerst an die Reihe. Bald war J. Robert Fowler eine Figur der Weltgeschichte.

Nun gab es kein Halten mehr. Ghosn brach die Platten einfach los, obwohl ihm klar war, daß er fahrlässig handelte und wertvolles Material vergeudete, aber nun wußte er – oder glaubte zu wissen –, was er in den Händen hatte.

Und da war sie, die glänzende Metallkugel, unversehrt und dank der Kunststoffdichtung auch nach Jahren im Garten des Drusen nicht korrodiert. Sie war kaum größer als ein Kinderball. Ghosn wußte, was er als nächstes zu tun hatte. Er langte in die aufgebrochene Hohlladung und berührte das schimmernde Metall mit den Fingerspitzen. Es fühlte sich warm an.

»Allahu akbar!«

9
Entscheidungen

»Sehr interessant.«

»Eine ziemlich einmalige Gelegenheit«, stimmte Ryan zu.

»Wie zuverlässig und vertrauenswürdig ist er?« fragte Cabot.

Ryan lächelte seinen Chef an. »Sir, das ist immer die Frage. Vergessen wir die Spielregeln nicht. Ganz sicher kann man nie sein – will sagen, es dauert Jahre, bis sich ein Mindestmaß an Gewißheit entwickelt hat. Unser Spiel hat nur wenige feste Regeln, und niemand weiß, nach welchem System gepunktet wird. Wie auch immer, der Mann ist mehr als nur ein Überläufer.« Es ging um Oleg Juriewitsch Lyalin – Cabot kannte den Namen noch nicht –, einen »illegalen« KGB-Agenten, der nicht unter dem Schutz der diplomatischen Immunität, sondern als angeblicher Vertreter eines sowjetischen Kombinats arbeitete. Lyalin, Codename DISTEL, führte einen Agentenring, und zwar in Japan. »Der Mann ist ein Profi und hat ein besseres Netz als der KGB-Resident in Tokio. Seine beste Quelle sitzt im japanischen Kabinett.«

»Und?«

»Er bietet uns die Nutzung seines Netzes an.«

»Ist das wirklich so wichtig, wie ich anfange zu glauben...?« fragte der CIA-Direktor seinen Stellvertreter.

»Chef, eine solche Chance bietet sich nur selten. In Japan haben wir noch nie richtig operiert, weil uns erstens Leute mit guten Japanischkenntnissen fehlen – selbst hier im Haus sind Übersetzer knapp – und wir zweitens unsere Prioritäten immer anderswo sahen. Allein der Aufbau der Infrastruktur für Operationen in Japan dürfte Jahre in Anspruch nehmen. Die Russen aber waren schon vor der Oktoberrevolution in Nippon tätig. Der Grund liegt in der Geschichte: Rußland und Japan hatten sich lange bekriegt, und da die Russen in Japan einen strategischen Rivalen sahen, spionierten sie dort schon, bevor Japan zur Technologiemacht aufstieg. Dieser Mann bietet uns sein japanisches Unternehmen zum Sonderpreis an, komplett mit Inventar, Außenständen, den technischen Einrichtungen – den ganzen Laden also. Günstiger könnte es gar nicht kommen.«

»Aber was er verlangt...«

»Geld? Na und? Das ist nicht ein Tausendstel *eines* Prozents von dem, was diese Informationen für unser Land wert sind«, betonte Jack.

»Eine Million Dollar im Monat!« protestierte Cabot und fügte insgeheim hinzu: steuerfrei!

Ryan verkniff sich ein Lachen. »Na schön, er ist eben geldgeil. Wie hoch ist unser Handelsdefizit mit Japan nach dem letzten Stand?« fragte Jack und hob die Augenbrauen. »Sein Angebot ist inhaltlich und zeitlich unbeschränkt. Als Gegenleistung brauchen wir ihn und seine Familie, falls erforderlich, nur in die Staaten auszufliegen. Er hat keine Lust, sich in Moskau zur Ruhe zu setzen. Der Mann ist fünfundvierzig, und in diesem Alter werden die Jungs meist unruhig. In zehn Jahren soll er zurück in die Sowjetunion versetzt werden – um was zu tun? Seit dreizehn Jahren lebt er fast ununterbrochen in Japan. Er hat Geschmack am Wohlstand gefunden, an Autos und Videos, und verspürt keine Neigung mehr, für Kartoffeln anzustehen. Amerika ist ihm sympathisch. Er glaubt, sein Land nicht zu verraten, da wir ja nichts erhielten, was er nicht auch nach Moskau liefert, und Teil der Abmachung ist, daß er an uns nichts weiterleitet, das Mütterchen Rußland schaden könnte. Schön, damit kann ich leben«, meinte Ryan und lachte in sich hinein. »So geht's im Kapitalismus. Der Mann startet eine Elite-Nachrichtenagentur und bietet uns Informationen an, die wir wirklich gebrauchen können.«

»Seine Rechnung ist saftig genug.«

»Sir, die Sache ist es wert. Er kann uns Informationen liefern, die bei Außenhandelsgesprächen Milliarden wert sind und im Land Milliarden an Steuergeldern sparen. Sir, ich habe früher als Anlageberater gearbeitet und dabei mein Vermögen verdient. Eine Chance wie diese bietet sich nur alle zehn Jahre. Das Direktorat Operationen will mitziehen. Ich bin auch dafür. Wir wären Narren, wenn wir den Mann nicht nähmen. Sein Einführungspaket haben Sie ja gesehen.«

Als Kostprobe hatte Lyalin das Protokoll der letzten japanischen Kabinettssitzung geschickt, in dem akribisch genau jedes Detail, jedes Grunzen und Zischen festgehalten war. Ein allein für die Psychologen der CIA hochwichtiges Dokument, dem zu entnehmen war, wie man im japanischen Kabinett miteinander umging, dachte und Entscheidungen traf – Dinge also, die man bisher nur geschlußfolgert hatte, aber nicht bestätigen konnte.

»Es war höchst aufschlußreich, besonders, was über den Präsidenten gesagt wurde. Diese Kommentare habe ich nicht weitergeleitet. Sinnlos, ihn ausgerechnet zum jetzigen Zeitpunkt in Rage zu bringen. Okay, die Operation ist gebilligt, Jack. Wie steuern wir sie?«

»Als Codename haben wir MUSASHI gewählt; so hieß ein berühmter Schwertmeister. Die Operation läuft unter NIITAKA. Aus naheliegenden Gründen benutzen wir japanische Namen«, Ryan erklärte das, weil Cabot zwar intelligent, in Dingen des Nachrichtendienstes aber unbedarft war, »um im Fall einer Enttarnung oder einer undichten Stelle auf unserer Seite den Eindruck zu erwecken, daß unsere Quelle eine japanische und keine russische ist. Die Codenamen dringen über dieses Gebäude nicht hinaus. Außenseitern, die eingeweiht werden, nennen wir andere Decknamen, die wir vom Computer generieren und jeden Monat ändern lassen.«

»Und wie heißt der Agent wirklich?«

»Sir, Sie haben ein Recht, den Namen zu erfahren, aber die Entscheidung überlasse ich Ihnen. Ich habe seine Identität bisher absichtlich verschwiegen, weil ich Ihnen erst einen breiten Überblick verschaffen wollte. In der Geschichte unseres Dienstes wollte ungefähr die Hälfte der Direktoren die Namen solcher Agenten wissen; die anderen verzichteten auf solche Informationen. Unser Grundprinzip lautet: Je weniger Leute eingeweiht sind, desto geringer ist die Möglichkeit, daß es undichte Stellen gibt. Admiral Greers Erstes Gesetz der ND-Operationen lautete: Die Wahrscheinlichkeit, daß eine Operation auffliegt, ist dem *Quadrat* der Eingeweihten proportional. Die Entscheidung liegt bei Ihnen, Sir.«

Cabot nickte nachdenklich und beschloß, auf Zeit zu spielen. »Sie mochten Greer, nicht wahr?«

»Er war für mich wie ein Vater, Sir. Nachdem meiner bei einem Flugzeugabsturz ums Leben kam, adoptierte mich Greer sozusagen.« Besser gesagt: Ich hängte mich an ihn, dachte Ryan. »Was MUSASHI angeht, lassen Sie sich die Sache vielleicht lieber erst einmal durch den Kopf gehen.«

»Und wenn das Weiße Haus Einzelheiten wissen will?« fragte Cabot nun.

»Sir, was MUSASHI uns anbietet, wird bei seinen Arbeitgebern als Landesverrat gelten, ganz gleich, wie er selbst es interpretiert. Narmonow ist ein anständiger Mann, aber wir wissen von vierzig Fällen, in denen die Sowjets Leute wegen Spionage hingerichtet haben, darunter unsere sehr produktiven Agenten ZYLINDERHUT, FAHRENDER GESELLE und ein Mann namens Tolkatschow. Wir bemühten uns in allen drei Fällen um einen Austausch, aber sie wurden noch vor Beginn der Verhandlungen erschossen. Mit Berufungsverfahren ist es in der Sowjetunion nach wie vor nicht sehr weit her«, erklärte Ryan. »Kurz gesagt, Sir, wenn dieser Mann enttarnt wird, setzt es höchstwahrscheinlich einen Kopfschuß. Deswegen hüten wir die Identität unserer Agenten so eifersüchtig. Wenn wir Mist bauen, müssen Menschen sterben, trotz Perestroika. Die meisten Präsidenten verstehen das auch. Und noch etwas.«

»Ja?«

»Er stellt noch eine weitere Bedingung: Alle seine Meldungen sollen mit Boten und nicht über Kabel an uns gehen. Damit müssen wir einverstanden sein, sonst macht er nicht mit. Gut, technisch ist das kein Problem. Bei Agenten dieses Kalibers haben wir das öfters schon so gehalten. Die Art der Informationen, die er uns zu liefern verspricht, erzeugt keinen sofortigen Handlungsbedarf. United Airlines, Northwest und selbst All Nippon Airways haben Direktflüge zwischen Tokio und Washington.«

»Moment mal...« Cabot zog eine Grimasse.

»Genau.« Jack nickte. »Er hält unser Kommunikationsnetz nicht für sicher. Sehr unangenehmer Gedanke.«

»Sie glauben doch nicht etwa...«

»Ich bin nicht sicher. Wir sind in den letzten Jahren nur mit sehr begrenztem Erfolg in den sowjetischen Chiffrenverkehr eingedrungen. Die NSA nimmt an, daß die Gegenseite ähnliche Probleme mit unserer Kommunikation hat. Solche Annahmen sind gefährlich. Wir erhielten schon einmal einen

Hinweis, daß unsere Signale nicht ganz sicher sind, aber dieser Tip kommt von einem sehr hohen Offizier. Meiner Ansicht nach sollten wir die Warnung ernst nehmen.«

»Wie groß könnte der Schaden sein?«

»Erschreckend groß«, antwortete Jack rundheraus. »Sir, wir benutzen aus naheliegenden Gründen mehrere Kommunikationssysteme. Unsere Signale gehen über MERCURY hier im Haus. Der Rest der Regierung nimmt vorwiegend die NSA in Anspruch; die Spione Walker und Pelton haben diese Systeme schon vor langer Zeit unsicher gemacht. General Olson drüben im Fort Meade behauptet zwar, inzwischen sei alles wieder gesichert, aber aus Kostengründen ist das experimentelle Einmalsystem TAPDANCE noch nicht allgemein eingeführt worden. Natürlich können wir der NSA noch eine Warnung zukommen lassen – müssen wir sogar, auch wenn sie bestimmt ignoriert wird –, aber hier bei uns muß etwas geschehen. Zuerst einmal, Sir, sollten wir eine Überprüfung von MERCURY ins Auge fassen.« MERCURY, einige Geschosse unter dem Büro des Direktors untergebracht, war die Kommunikationsverbindung der CIA und verfügte über eigene Chiffriersysteme.

»Das wird teuer«, bemerkte Cabot ernst. »Angesichts unserer angespannten Haushaltslage...«

»Doppelt so teuer käme uns das systematische Abhören unseres Nachrichtenverkehrs zu stehen, Sir. Nichts ist wichtiger als sichere Kommunikation. Wenn die ausfällt, sind alle anderen Einrichtungen nutzlos. Wir haben inzwischen unser eigenes Einmalsystem entwickelt. Nun muß man uns nur noch die Mittel für seine Einführung bewilligen.«

»Erklären Sie mir das einmal. Ich bin da nicht umfassend informiert worden.«

»Im Grunde handelt es sich um unsere eigene Version von TAPDANCE. Der Schlüssel befindet sich auf CD-ROM. Die Transpositionen werden aus atmosphärischem Rauschen erzeugt und dann noch einmal mit später am Tag aufgenommenem Rauschen überlagert. Atmosphärische Störungen haben eine ziemlich wahllose Zusammensetzung, und wenn man zwei Proben dieses Frequenzsalats mit Hilfe eines computererzeugten Zufalls-Algorithmus vermischt, kann der Schlüssel, wie die Mathematiker uns versichern, zufälliger nicht werden. Die Transpositionen werden vom Computer generiert und in Echtzeit auf CD überspielt. Wir benutzen für jeden Tag im Jahr eine andere Scheibe. Von jeder CD gibt es nur zwei Kopien – eine für die Station, eine für MERCURY. Sicherungskopien werden nicht gezogen. Das Abspielgerät, das an beiden Enden benutzt wird, sieht normal aus, hat aber einen leistungsfähigeren Abtastlaser, der den Code beim Lesen durch Hitze löscht. Wenn die Scheibe verbraucht oder der Tag vorüber ist – meist ist letzteres der Fall, weil auf einer CD Milliarden von Zeichen gespeichert sind –, wird sie in einem Mikrowellenherd zerstört. Das dauert zwei Minuten. Das System sollte also bombensicher sein. Schwachstellen gibt es nur an drei Punkten: Bei der Herstellung der CD, auf dem Transport zu uns, und bei der Lagerung in unseren Stationen. Ein Leck in einer Außenstelle beeinträchtigt die anderen Stellen nicht. Wir haben versucht, die Scheiben gegen Eingriffe Unbefugter zu sichern, mußten aber feststellen, daß sie dadurch zu teuer und zu empfindlich werden. Der Nachteil dieses Verfahrens ist, daß zwanzig neue Kommunikationstechniker eingestellt und einer Sicherheitsüberprüfung unterzogen werden müßten; das System ist relativ arbeitsintensiv. Der größte Kostenfaktor entstünde hier im Haus. Außendienstmitarbeiter, mit denen wir gesprochen haben, ziehen das neue System vor, weil sie es für anwenderfreundlich halten.«

»Was würde das kosten?«

»Fünfzig Millionen Dollar. Wir müßten die Abteilung MERCURY vergrößern und die Einrichtungen zur Herstellung der CDs anschaffen. Platz haben wir genug, aber die Maschinen sind nicht billig. Wenn wir die Mittel jetzt bekommen, könnte das System in drei Monaten stehen.«

»Ihre Argumente klingen überzeugend. Aber wo bekommen wir das Geld her?«

»Mit Ihrer Erlaubnis, Sir, könnte ich Mr. Trent ansprechen.«

»Hmmm.« Cabot starrte auf seine Schreibunterlage. »Gut, fühlen Sie mal behutsam vor. Ich werde das Thema beim Präsidenten zur Sprache bringen, wenn er wieder zurück ist. Und was MUSASHI angeht, vertraue ich Ihnen. Wer außer Ihnen kennt die wahre Identität des Mannes?«

»Der DO, Stationschef Tokio, und der Agentenführer.« Harry Wren, der Direktor Operationen, war zwar kein Protegé Cabots, aber von ihm ins Haus geholt worden. Wren befand sich im Augenblick in Europa. Vor einem Jahr hatte Jack noch gedacht, dieser Mann sei eine Fehlbesetzung, aber inzwischen leistete Wren gute Arbeit und hatte sich einen erstklassigen Stellvertreter ausgewählt, besser gesagt ein Paar: Ed und Mary Pat Foley, die berühmten Agenten. Wäre es nach Ryan gegangen, hätte er einen der beiden zum DO ernannt – aber wen, hatte er nie entscheiden können. In dem besten Gespann, das die CIA je eingesetzt hatte, war Ed das Organisationstalent, und Mary Pat die Draufgängerin. Eine leitende Position für Mary Pat wäre in der Welt der Nachrichtendienste einmalig und im Kongreß wohl ein paar Stimmen wert gewesen. Sie erwartete nun ihr drittes Kind, dachte aber nicht daran, aus diesem Grund kürzer zu treten. Die CIA verfügte über eine eigene Kindertagesstätte, versehen mit elektronischen Schlössern und schwerbewaffnetem Sicherheitspersonal und ausgestattet mit den besten Spielzeugen und -geräten, die Jack je gesehen hatte.

»Klingt gut, Jack. Ich bedaure jetzt, dem Präsidenten das Fax so überhastet geschickt zu haben. Hätte abwarten sollen.«

»Macht nichts, Sir. Die Informationen waren gründlich gereinigt.«

»Lassen Sie mich wissen, wie Trent zur Geldfrage steht.«

»Wird gemacht, Sir.« Jack ging zurück in sein Büro. Das krieg' ich immer besser hin, sagte sich der DDCI. Cabot ließ sich leicht manipulieren.

Ghosn nahm sich Zeit zum Nachdenken. Dies war nicht der Moment für Aufregung oder voreiliges Handeln. Er setzte sich in eine Ecke seiner Werkstatt, starrte stundenlang die blanke Kugel auf dem Lehmfußboden an und rauchte eine Zigarette nach der anderen. Die Frage nach der Radioaktivität ließ ihm keine Ruhe, aber für solche Sorgen war es sowieso zu spät. Wenn die Kugel harte Gammastrahlung abgab, war er praktisch schon ein toter Mann. Nun mußte er nachdenken und abwägen. Das Stillsitzen kostete ihn gewaltige Anstrengung.

Zum ersten Mal in seinem Leben schämte er sich wegen seiner unvollständigen Ausbildung. In Maschinenbau und Elektrotechnik war er fit, aber ein Buch über Nuklearphysik hatte er sich nie vorgenommen, weil er bezweifelte, mit dem Stoff später etwas anfangen zu können. So kam es, daß er seine Kenntnisse auf anderen Gebieten erweitert und vertieft hatte. Vor allem interessierte er sich für mechanische und elektronische Zündsysteme, elektronische Gegenmaßnahmen, physikalische Eigenschaften von Sprengstoffen und für die Leistungsfähigkeit von Sprengstoff-Spürgeräten. Auf dem letztgenannten Gebiet war er ein richtiger Experte, der sich alle verfügbare Literatur über solche Einrichtungen auf Flughäfen und an anderen interessanten Orten beschaffte.

Punkt eins, sagte sich Ghosn und steckte die vierundfünfzigste Zigarette des Tages an, ich muß mir jedes greifbare Buch über spaltbare Stoffe und ihre physikalischen und chemischen Eigenschaften besorgen. Auch Literatur über Bombentechnologie, Kernwaffenphysik, Strahlungssignaturen ... die Israelis müssen schon seit 1973 wissen, daß ihnen eine Bombe fehlt! dachte er verblüfft. Warum haben sie sie dann nicht ... Natürlich, die Golanhöhen bestehen aus Basalt, und der hat eine relativ hohe Hintergrundstrahlung, in der die Emissionen der tief im Boden steckenden Bombe untergingen.

Mir droht keine Gefahr! erkannte Ghosn.

Wäre die Bombe so »heiß«, würde man sie besser abgeschirmt haben. Allah sei gepriesen!

Konnte er ...? Das war die Frage.

Warum nicht?

»Warum eigentlich nicht?« sagte Ghosn laut. »Klar, warum nicht? Ich habe alle notwendigen Teile, wenn auch beschädigt, aber immerhin ...«

Ghosn trat seine Zigarette neben den vielen anderen Kippen auf dem Boden aus, erhob sich und bekam einen Hustenanfall. Er wußte, daß das Rauchen weit gefährlicher als die Bombe da war, ihn umbrachte, aber es regte den Verstand an.

Der Ingenieur hob die Kugel auf. Was fing er nun damit an? Für den Augenblick versteckte er sie in der Ecke unter einem Werkzeugkasten. Dann ging er hinaus zu seinem Geländewagen. Die Fahrt zum Hauptquartier dauerte fünfzehn Minuten.

»Ich muß den Kommandanten sprechen«, sagte Ghosn zum Chef der Wache.

»Der hat sich gerade schlafen gelegt«, erwiderte der Mann. Die ganze Wache schirmte den kranken Kommandanten inzwischen zunehmend ab.

»Er empfängt mich bestimmt.« Ghosn marschierte an dem Mann vorbei und geradewegs ins Haus.

Katis Unterkunft war im ersten Stock. Ghosn passierte einen weiteren Wachposten, ging die Treppe hoch und öffnete die Schlafzimmertür. Aus dem Bad nebenan drang ein würgendes Geräusch.

»Wer ist da, verdammt noch mal?« rief eine zornige Stimme. »Ich wollte doch nicht gestört werden!«

»Ich bin's, Ghosn. Ich muß was Wichtiges mit Ihnen besprechen.«

»Hat das nicht bis morgen Zeit?« Kati erschien in der Türöffnung. Er sah aschfahl aus. Was er sagte, klang wie eine Frage, nicht wie ein Befehl, und das verriet Ghosn eine Menge über den Zustand seines Kommandanten. Nun, vielleicht würde ihm die Nachricht Auftrieb geben.

»Ich muß Ihnen etwas zeigen, und zwar noch heute nacht.« Ghosn war bemüht, sich seine Erregung nicht anmerken zu lassen.

»Ist es wirklich so wichtig?« fragte der Kommandant, und es klang fast wie ein Stöhnen.

»Ja.«

»Gut, dann sagen Sie mir, worum es geht.«

Ghosn schüttelte nur den Kopf und tippte sich dabei ans Ohr. »Um etwas Interessantes. Diese israelische Bombe hat einen neuen Zünder, der mich beinahe zerrissen hätte. Wir müssen unsere Kollegen vor der Einrichtung warnen.«

»Die Bombe? Ich dachte, das sei ein ...« Kati hielt inne und schaute Ghosn fragend an. »Soll ich mir das sofort ansehen?«

»Ja, ich fahre Sie selbst hin.«

Katis Charakterstärke gewann die Oberhand. »Na schön. Warten Sie, ich ziehe mich rasch an.«

Ghosn wartete im Erdgeschoß. »Der Kommandant und ich müssen kurz fort.«

»Mohammed!« rief der Chef der Wache, aber Ghosn unterbrach.

»Ich fahre den Kommandanten selbst. In meiner Werkstatt besteht kein Sicherheitsrisiko.«

»Aber ...«

»Sie benehmen sich wie eine alte Glucke. Wenn die Israelis so gerissen wären, lebten Sie und der Kommandant schon längst nicht mehr!« Ghosn konnte in der Finsternis die Miene des Mannes nicht sehen, spürte aber den Zorn des erfahrenen Frontkämpfers.

»Warten wir ab, was der Kommandant dazu zu sagen hat!«

»Was ist denn jetzt schon wieder los?« Kati kam die Treppe hinunter und steckte sich das Hemd in die Hose.

»Kommen Sie mit mir, Kommandant. Auf dieser Fahrt brauchen wir keine Eskorte.«

»Wie Sie meinen, Ibrahim.« Kati ging zum Jeep und stieg ein. Ghosn fuhr an einigen verdutzten Wachposten vorbei.

»Worum geht es eigentlich?«

»Es ist doch eine Bombe und keine Elektronikkapsel«, antwortete der Ingenieur.

»Na und? Wir haben diese Teufelsdinger zu Dutzenden geborgen. Warum machen Sie solche Umstände?«

»Das erkläre ich Ihnen am besten am Objekt selbst.« Ghosn fuhr schnell und konzentriert. »Wenn Sie am Ende der Meinung sind, ich hätte Ihre Zeit vergeudet, können Sie mich ruhig erschießen.«

Daraufhin wandte Kati den Kopf. Die Idee war ihm schon gekommen, aber er war ein zu guter Führer, um solche Sachen zu tun. Ghosn hatte zwar nicht das Zeug zum Kämpfer, war aber auf seinem Gebiet ein Experte und leistete der Organisation wertvolle Dienste. Der Kommandant ertrug den Rest der Fahrt schweigend und wünschte sich nur, daß die Nebenwirkungen der Medikamente, nämlich Erbrechen, ausbleiben würden.

Eine Viertelstunde später stellte Ghosn den Jeep fünfzig Meter von seiner Werkstatt entfernt ab und führte den Kommandanten über Umwege ins Gebäude. Mittlerweile war Kati völlig konfus und aufgebracht. Als das Licht anging, erblickte er die Bombenhülle.

»Na und? Was ist damit?«

»Kommen Sie.« Ghosn führte den Kommandanten in die Ecke und hob den Werkzeugkasten hoch. »Sehen Sie sich das an!«

»Was ist das?« Der Gegenstand sah aus wie eine kleine Kanonenkugel. Kati war wütend auf Ghosn, der die Szene zu genießen schien. Aber das sollte sich bald ändern.

»Das ist Plutonium.«

Der Kopf des Kommandanten schnellte wie von einer Stahlfeder getrieben herum. »Was? Was wollen Sie...«

Ghosn hob die Hand und sprach leise, aber entschieden. »Mit Sicherheit kann ich nur sagen, daß es sich um die Sprengladung einer Atombombe handelt, und zwar einer israelischen.«

»Unmöglich«, flüsterte Kati.

»Fassen Sie die Kugel mal an«, schlug Ghosn vor.

Der Kommandant bückte sich und streckte den Zeigefinger aus. »Sie ist ja warm! Warum?«

»Die Wärme entsteht, weil das Plutonium, ein radioaktives Isotop, langsam zerfällt und dabei Alphateilchen ausstrahlt. Diese Strahlung ist harmlos – jedenfalls hier. Fest steht, daß wir Plutonium vor uns haben.«

»Sind Sie auch ganz sicher?«

»Absolut. Es kann nichts anderes sein.« Ghosn ging hinüber an die Bombenhülle und hielt kleine elektronische Teile hoch. »Die sehen aus wie gläserne Spinnen, nicht wahr? Das sind hochpräzise Kryton-Schalter, für die es nur eine Anwendung gibt – im Innern einer Atombombe. Sehen Sie, daß diese Platten aus Sprengstoff hier teils fünfeckig und teils sechseckig sind? Sie müssen so geformt sein, um eine perfekte Hohlkugel zu bilden. Wir haben es also mit einer Hohlladung zu tun, wie man sie auch im Geschoß der Panzerfaust findet – mit dem einen Unterschied, daß der Explosionsdruck nach innen und nicht nach vorne gerichtet ist. Im vorliegenden Fall würde diese Kugel auf die Größe einer Walnuß zusammengepreßt.«

»Unmöglich! Sie ist doch aus Metall!«

»Kommandant, ich bin zwar auf diesem Gebiet kein Experte, kenne mich aber einigermaßen aus. Wenn der Sprengstoff detoniert, wird diese Metallkugel komprimiert wie Gummi. Das ist wohl möglich – Sie wissen ja, daß der Plasmastrahl eines Panzerabwehrgeschosses dicke Stahlplatten durchbrennt. Und hier haben wir genug Explosivstoff für hundert Antitank-Projektile. Sobald das Metall vom Explosionsdruck zusammengepreßt ist, wird es kritisch. Eine Kettenreaktion setzt ein. Bitte bedenken Sie: Die Bombe fiel am ersten Tag des Oktoberkriegs in den Garten des alten Mannes. Die Israelis waren von der Wucht des syrischen Angriffs und der Wirksamkeit der russischen Raketen überrascht. Das Flugzeug wurde abgeschossen, und die Bombe ging verloren. Die näheren Begleitumstände sind nebensächlich. Entscheidend ist, daß wir hier die Teile einer Atombombe vor uns haben.«

»Können Sie ...«

»Unter Umständen ja«, sagte der Ingenieur. Der gequälte Ausdruck verschwand jäh aus Katis Gesicht.

»Ein Geschenk Allahs!«

»In der Tat, Kommandant. Wir müssen diese Sache nun gründlich durchdenken. Und dafür sorgen, daß sie geheim bleibt.«

Kati nickte. »Gewiß. Es war klug von Ihnen, die Bombe nur mir zu zeigen. In dieser Angelegenheit können wir niemandem trauen, keiner Menschenseele ...« Kati verstummte und wandte sich dann an seinen Gefolgsmann. »Was müssen Sie tun?«

»Zuerst muß ich mich informieren. Ich brauche Bücher, Kommandant, und wissen Sie, von wo?«

»Aus Rußland?«

Ghosn schüttelte den Kopf. »Aus Israel. Woher sonst?«

Der Abgeordnete des Repräsentantenhauses Alan Trent traf sich mit Ryan in einem Sitzungssaal des Kapitols. Der Raum wurde für Verhandlungen unter Ausschluß der Öffentlichkeit benutzt und täglich auf Abhörgeräte überprüft.

»Wie geht's, Jack?« fragte Trent.

»Ich kann nicht klagen, Al. Der Präsident hatte einen guten Tag.«

»In der Tat – er und die ganze Welt. Das Land steht in Ihrer Schuld, Dr. Ryan.«

»Lassen wir das bloß niemanden erfahren«, versetzte Ryan mit einem ironischen Lächeln.

Trent zuckte mit den Achseln. »Das sind eben die Spielregeln. Damit sollten Sie sich mittlerweile abgefunden haben. Nun, was führt Sie so kurzfristig hierher?«

»Wir haben eine neue Operation laufen, sie heißt NIITAKA«, erklärte der DDCI und sprach einige Minuten lang weiter. Zu einem späteren Zeitpunkt würde er Unterlagen liefern müssen. Im Augenblick aber mußte der Vertreter des Kongresses nur über die Operation und ihren Zweck unterrichtet werden.

»Eine Million Dollar im Monat!« Trent lachte laut. »Mehr verlangt er nicht?«

»Der Direktor war geschockt«, berichtete Jack.

»Ich habe Marcus immer gemocht, aber er ist ein Geizhals. Im Ausschuß sitzen zwei Kollegen, die bei jeder Gelegenheit auf Japan eindreschen. Wenn sie von dieser Sache hören, gibt es kein Halten mehr.«

»Und Sie gehören wohl auch zu dieser Fraktion, Al.«

Trent sah sehr verletzt aus. »Ich soll anti-japanisch eingestellt sein? Nur weil in meinem Wahlkreis zwei Hersteller von Fernsehgeräten dichtmachen mußten und ein Zulieferbetrieb für die Automobilindustrie gezwungen war, die Hälfte seiner Leute zu entlassen? Soll ich darüber sauer sein? Zeigen Sie mir mal das Protokoll der Kabinettssitzung«, befahl der Abgeordnete.

Ryan öffnete seine Aktentasche. »Sie dürfen das weder kopieren noch zitieren, Al. Es handelt sich um eine langfristige Operation, die...«

»Jack, ich komme nicht gerade frisch aus der Provinz. Warum sind Sie so humorlos? Was ist mit Ihnen?«

»Ach, ich bin nur überarbeitet«, gestand Jack und händigte die Papiere aus. Trent, ein Schnelleser, überflog die Seiten mit unverschämter Geschwindigkeit. Dabei setzte er eine neutrale Miene auf, und er verwandelte sich in das, was er vor allem war: in einen kalten, berechnenden Politiker. Er stand weit auf der linken Seite des politischen Spektrums, war aber anders als die Mehrzahl seiner Gesinnungsgenossen kein rigider Ideologe. Seinen Leidenschaften ließ er nur bei Parlamentsdebatten und daheim im Bett freien Lauf. Ansonsten war er ein eiskalter Analytiker.

»Fowler springt im Dreieck, wenn er das sieht. Die Japaner sind wirklich ein unverschämt arroganter Verein. Haben Sie solche Sprüche jemals in unseren Kabinettssitzungen gehört?« fragte Trent.

»Nur, wenn es um innenpolitische Fragen ging. Ich bin auch vom Ton geschockt, aber Japan hat eben eine andere Kultur.«

Der Kongreßabgeordnete schaute kurz auf. »Stimmt. Unter dem Deckmäntelchen der guten Manieren versteckt sich ein wildes und barbarisches Volk, etwa so wie die Briten. Aber dieses Protokoll liest sich wie das Drehbuch zu einer ordinären Komödie. Sensationell, Jack. Wer hat den Agenten angeworben?«

»Nun, es gab das übliche Balzritual. Er tauchte bei einer Reihe von Empfängen auf, der Chef unserer Station in Tokio bekam Wind, ließ den Mann ein paar Wochen schmoren und trat dann an ihn heran. Der Russe überreichte ihm ein Informationspaket und die Vertragsbedingungen.«

»Warum heißt die Operation NIITAKA? Das Wort kommt mir irgendwie bekannt vor.«

»Ich habe es selbst ausgewählt. Als der japanische Trägerverband auf Pearl

Harbor zulief, war das Signal zum Angriff ›Besteigt den NIITAKA‹. Vergessen Sie nicht: Sie sind der einzige hier, der dieses Wort kennt. Es wird übrigens monatlich geändert. Dieser Fall ist so heiß, daß wir alle Register ziehen.«

»Richtig«, stimmte Trent zu. »Und was, wenn der Mann ein Agent provocateur ist?«

»Diese Frage haben wir uns auch gestellt. Möglich, aber unwahrscheinlich. Wenn der KGB zu solchen Mitteln griffe, verstieße er gegen die derzeit gültigen Abmachungen.«

»Moment!« Trent hatte die letzte Seite noch einmal durchgelesen. »Was steht da über Kommunikation?«

»Ja, das ist beängstigend.« Endlich war das Thema angeschnitten. Ryan erklärte die Sache.

»Fünfzig Millionen? Ist das Ihr Ernst?«

»Soviel kostet die Einrichtung des Systems. Hinzu kämen die Gehälter für das neue Personal. Die jährlichen Betriebskosten betragen fünfzehn Millionen, wenn es erst einmal steht.«

»Ein annehmbarer Preis. Die NSA verlangt für die Umstellung ihres Systems viel mehr.«

»Nun, die hat auch eine größere Infrastruktur. Die Summe, die ich genannt habe, ist ein Festpreis. MERCURY ist ein recht kleines System.«

»Wie bald brauchen Sie die Mittel?« Trent wußte, daß Ryans Kostenvoranschläge verläßlich waren. Er schrieb das seiner Erfahrung im Geschäftsleben zu, eine bei Regierungsbediensteten selten zu findende Qualifikation.

»Letzte Woche wäre schön, Sir.«

Trent nickte. »Mal sehen, was ich tun kann. Sie wollen das Geld natürlich ›schwarz‹ haben?«

»Schwarz wie die Nacht«, erwiderte Ryan.

»Verdammt noch mal!« fluchte Trent. »Dabei habe ich Olson auf die Sache hingewiesen! Jedesmal, wenn seine Techniker einen Regentanz veranstalten, nimmt er das für bare Münze. Was, wenn ...«

»Tja, was tun wir, wenn unsere gesamte Kommunikation nicht mehr sicher ist.« Das klang nicht wie eine Frage. »Ein Hoch auf die Perestroika.«

»Sind Marcus die Implikationen klar?«

»Ich habe ihm meinen Verdacht heute vormittag vorgetragen. Er versteht, worum es geht. Er mag nicht so erfahren sein, wie wir es uns wünschen, aber er lernt schnell. Ich hatte schon problematischere Vorgesetzte.«

»Sie sind viel zu loyal. Muß ein Überbleibsel aus Ihrer Dienstzeit bei den Marines sein«, merkte Trent an. »Sie gäben einen guten Direktor ab.«

»So weit kommt es nie.«

»Stimmt. Nun, seit Liz Elliot Sicherheitsberaterin ist, müssen Sie sich in acht nehmen.«

»Allerdings.«

»Warum hat sie eigentlich so einen Rochus auf Sie? Na ja, sie schnappt schnell ein.«

»Ich kam kurz nach dem Parteikonvent nach Chicago, um Fowler zu informieren, und war nach zwei Auslandsreisen übermüdet. Sie trat mir auf die Zehen, und ich revanchierte mich.«

»Versuchen Sie, nett zu ihr zu sein.«

»Das hat Admiral Greer auch gesagt.«

Trent gab Ryan die Unterlagen zurück. »Und das ist nicht einfach, stimmt's?«

»Wohl wahr.«

»Versuchen Sie es trotzdem. Einen besseren Rat kann ich Ihnen nicht geben.« Reine Zeitverschwendung, fügte er in Gedanken hinzu.

»Ja, Sir.«

»Mit Ihrem Anschlag sind Sie gerade zur rechten Zeit gekommen. Die neue Operation wird den Ausschuß sehr beeindrucken. Meine anti-japanischen Kollegen stecken dann ihren Freunden im Haushaltsausschuß, daß die CIA etwas sehr Nützliches tut. Mit ein bißchen Glück haben Sie Ihr Geld in zwei Wochen. Fünfzig Millionen – ist doch nur Hühnerfutter. Nett, daß Sie vorbeigeschaut haben.«

Ryan schloß seine Aktentasche ab und stand auf. »Das ist mir immer ein Vergnügen.«

Trent gab ihm die Hand. »Sie sind ein feiner Kerl, Ryan. Nur schade, daß Sie hetero sind.«

Jack lachte. »Wir haben alle unsere kleinen Fehler.«

Ryan fuhr zurück nach Langley, legte die NIITAKA-Dokumente in den Safe und machte dann Feierabend. Er nahm mit Clark zusammen den Aufzug zur Tiefgarage und verließ das Haus eine Stunde früher als gewöhnlich – das taten sie ungefähr alle zwei Wochen. Vierzig Minuten später bogen sie auf den Parkplatz eines 7-Eleven-Markts zwischen Washington und Annapolis ein.

»Hallo, Doc Ryan!« rief Carol Zimmer von der Kasse. Nachdem einer ihrer Söhne sie abgelöst hatte, führte sie Jack in ihr kleines Büro. John Clark überprüfte den Laden. Um Ryans Sicherheit sorgte er sich nicht, aber er hatte seine Zweifel, was einige Rüpel aus der Gegend anging, die gegenüber dem Laden herumlungerten. Dem Anführer hatten Clark und Chavez es vor dreien seiner Kumpanen gezeigt. Als einer eingreifen wollte, war er von Chavez gnädig behandelt, also nicht ganz krankenhausreif geschlagen worden. Clark war der Ansicht, daß dies auf Dings zunehmende Reife hinwies.

»Wie gehen die Geschäfte?« fragte Jack hinten.

»Sechsundzwanzig Prozent besser als letztes Jahr.«

Die knapp vierzigjährige Carol Zimmer stammte aus Laos und war im letzten Moment vor der anrückenden nordvietnamesischen Armee von einem Hubschrauber der Air Force von einer Bergfestung in Nordlaos evakuiert worden. Damals war sie sechzehn gewesen und das letzte überlebende Kind eines Hmong-Häuptlings, der tapfer und bis in den Tod für amerikanische und eigene Interessen gekämpft hatte. Sie heiratete den Sergeant der Air Force,

Buck Zimmer, der später, nachdem man ihn bei einer Operation im Stich gelassen hatte, in einem Hubschrauber umkam. Und dann hatte Ryan eingegriffen. Trotz der vielen Jahre im Regierungsdienst hatte er seinen Geschäftssinn nicht verloren, ihr einen Laden in guter Lage besorgt und einen Fonds für die Ausbildung ihrer acht Kinder eingerichtet. Das erste, das nun das College besuchte, hatte sein Geld indes nicht gebraucht: Ryans Fürsprache bei Pater Tim Riley in Georgetown hatte zu einem Stipendium geführt, und inzwischen gehörte Laurence Alvin Zimmer jr. schon zu den Besten in seinem Kurs, der als Vorbereitung auf ein Medizinstudium gedacht war. Carol Zimmer hatte ihre für Ostasiaten typische, schon fast fanatische Bildungsbeflissenheit allen ihren Kindern eingetrichtert und führte ihren kleinen Markt so streng und penibel wie ein preußischer Spieß seine Kompanie. Die Kassentheke war so sauber, daß Cathy Ryan darauf eine Operation hätte ausführen können. Ryan mußte bei dem Gedanken lächeln. Vielleicht wurde aus Laurence einmal ein Chirurg...

Nun schaute er sich die Bücher an. Er praktizierte zwar nicht mehr als amtlich zugelassener Wirtschaftsprüfer, konnte aber nach wie vor eine Bilanz lesen.

»Essen Sie mit uns zu Abend?«

»Carol, das geht leider nicht. Ich muß heim. Mein Sohn hat ein Baseballspiel. Ist sonst alles in Ordnung? Kein Ärger mehr mit diesen Skins?«

»Die haben sich nie mehr sehen lassen. Mr. Clark hat sie verscheucht.«

»Gut. Aber wenn sie wieder auftauchen, rufen Sie mich sofort an, klar?« sagte Jack ernst.

»Gut, gut, mach' ich«, versprach sie.

»Schön.« Jack stand auf.

»Doc Ryan?«

»Ja?«

»Die Air Force sagt, Buck sei bei einem Unfall ums Leben gekommen. Ich habe noch niemanden gefragt, aber jetzt will ich von Ihnen wissen: War es wirklich ein Unfall?«

»Carol, Buck ist im Dienst, bei einer Rettungsaktion, umgekommen. Ich war dabei und Mr. Clark auch.«

»Und die Leute, die ihn umgebracht haben...«

»Von denen haben Sie nichts zu befürchten. Die können Sie vergessen«, sagte Ryan gelassen und sah an Carols Blick, daß sie verstand.

»Danke, Doc Ryan. Ich frage nie wieder danach, aber ich wollte einfach Gewißheit haben.«

»Schon gut.« Er war nur überrascht, daß sie so lange gewartet hatte.

Es knackte im Lautsprecher am Schott. »Hier Sonar. Kontakt in null-viersieben, designiert Sierra 5. Keine weiteren Informationen. Meldungen folgen.«

»Danke.« Captain Ricks drehte sich zum elektronischen Kartentisch um.

»Kontakt verfolgen.« Nun schaute er sich im Raum um. Die Instrumente zeigten sieben Knoten Fahrt, 130 Meter Tiefe und Kurs drei-null-drei an. Der Kontakt lag an Steuerbord querab.

Ensign setzte sich sofort an einen Minicomputer, Marke Hewlett-Packard, in der achterlichen Steuerbordecke der Zentrale. »Okay«, verkündete er. »Es liegt ein ungefährer Peilwinkel vor... wird jetzt berechnet.« Dafür brauchte der Computer ganze zwei Sekunden. »Okay, Kontakt nahe Konvergenzzone... Distanz zwischen 3500 und 4500 Meter, wenn er sich in KZ-1 befindet, 5500 bis 6100 Meter, falls er in KZ-2 liegt.«

»Fast zu einfach«, sagte der Erste Offizier zum Skipper.

»Sie haben recht, IA. Computer abschalten«, befahl Ricks.

Lieutenant Commander Wally Claggett, Erster Offizier des Teams »Gold« von USS *Maine* ging zum Gerät und stellte es ab. »HP-Computer defekt«, verkündete er. »Die Reparatur wird Stunden dauern. Schade.«

»Schönen Dank«, bemerkte Ensign Ken Shaw leise zu dem Steuermannsmaat, der sich neben ihm über den Kartentisch beugte.

»Macht nichts, Mr. Shaw«, flüsterte der Maat zurück. »Das schaffen wir auch ohne den Kasten.«

»Ruhe in der Zentrale!« mahnte Captain Ricks.

Das U-Boot war auf Nordwestkurs. Die Sonar-Operatoren versorgten die Zentrale mit Informationen. Nach zehn Minuten traf das Team am Kartentisch seine Entscheidung.

»Captain«, meldete Ensign Shaw. »Unserer Schätzung nach befindet sich Kontakt Sierra-5 in KZ-1. Distanz 3900 Meter, Südkurs, Fahrt acht bis zehn Knoten.«

»Bestimmen Sie das genauer!« befahl der Captain scharf.

»Zentrale, hier Sonar. Sierra-5 hört sich wie ein sowjetisches Jagd-U-Boot der Akula-Klasse an... vorläufig als Akula 6 identifiziert, *Admiral Lunin.* Moment...« Eine kurze Pause. »Sierra-5 hat möglicherweise den Kurs geändert. Zentrale, Kursänderung bestätigt. Sierra-5 liegt nun eindeutig querab.«

»Captain«, sagte der IA, »das maximiert die Wirksamkeit seines Schleppsonars.«

»Genau. Sonar, Überprüfung auf Eigengeräusche.«

»Aye, wir prüfen.« Eine Pause. »Zentrale, wir machen Lärm. Es klingt so, als klapperte etwas in den achterlichen Ballasttanks. War bisher nicht aufgetreten, Sir. Eindeutig achtern, eindeutig metallisch.«

»Hier Steuerzentrale. Hier hinten stimmt was nicht. Ich höre Krach von achtern, vielleicht aus den Ballasttanks.«

»Captain, Sierra-5 ist auf Gegenkurs gegangen«, meldete Shaw. »Ziel ist nun auf Südostkurs, rund eins-drei-null.«

»Vielleicht hat er uns gehört«, grollte Ricks. »Ich gehe durch die Schicht nach oben. Auf 30 Meter gehen.«

»30 Meter, aye«, antwortete der Tauchoffizier sofort. »Steuer: Tiefenruder an fünf.« Der Rudergänger bestätigte den Befehl.

»Hier Steuerzentrale: Das Klappern hat mit der Aufwärtsbewegung aufgehört.«

Der IA neben dem Captain grunzte. »Was hat das zu bedeuten?«

»Vermutlich, daß irgendein blöder Werftarbeiter seinen Werkzeugkasten im Ballasttank vergessen hat. Ist einem Freund von mir mal passiert.« Ricks war aufgebracht, aber wenn so etwas vorkommen mußte, dann lieber hier. »Wenn wir über der Schicht sind, will ich nach Norden fahren und mich absetzen.«

»Sir, ich würde lieber abwarten. Wir wissen, wo die KZ ist. Soll er doch herausschleichen, dann können wir verschwinden, ohne daß er uns hört. Er soll ruhig glauben, daß er uns hat und daß wir nichts gemerkt haben. Mit trickreichen oder radikalen Manövern verrieten wir uns nur.«

Ricks dachte über den Einwand nach. »Nein, der Lärm achtern hat aufgehört, wir sind vermutlich schon von den Instrumenten des Akula verschwunden, und über der Schicht verlieren wir uns im Oberflächenlärm und können klarsteuern. So gut kann sein Sonar nicht sein. Er weiß noch nicht einmal, wo wir sind, sondern schnüffelt nur herum. Gehen wir über die KZ, verschaffen wir uns Distanz.«

»Aye aye«, erwiderte der IA gelassen.

Maine pendelte in 30 Metern aus, weit über der Thermoklinale, der Grenze zwischen dem relativ warmen Oberflächenwasser und dem kalten Wasser der Tiefe. Da über der Thermoklinale drastisch veränderte Sonarbedingungen herrschten, war nach Ricks' Auffassung eine Ortung durch das Akula ausgeschlossen.

»Zentrale, hier Sonar. Wir haben Kontakt Sierra-5 verloren.«

»Ich übernehme«, verkündete Ricks.

»Der Captain hat übernommen«, bestätigte der Diensthabende.

»Ruder zehn Grad Backbord, neuer Kurs drei-fünf-null.«

»Ruder zehn Grad Backbord, aye, neuer Kurs drei-fünf-null. Sir, Ruderlage zehn Grad Backbord.«

»Gut. Maschinenraum: Umdrehungen für zehn Knoten.«

Maine ging auf Nordkurs und machte mehr Fahrt. Erst nach mehreren Minuten war sein Schleppsonar wieder in Kiellinie und voll funktionsfähig. Während dieser Minuten war das amerikanische U-Boot sozusagen blind.

»Hier Steuerzentrale. Der Krach fängt wieder an!« tönte es aus dem Lautsprecher.

»Auf fünf verzögern – ein Drittel voraus!«

»Ein Drittel voraus, aye. Sir, Maschinenraum meldet ein Drittel voraus.«

»Gut. Steuerzentrale: Was ist mit dem Lärm?«

»Immer noch da, Sir.«

»Warten wir eine Minute«, entschied Ricks. »Sonar, haben Sie etwas von Sierra-5?«

»Negativ, Sir. Derzeit keine Kontakte.«

Ricks schlürfte seinen Kaffee und schaute drei Minuten lang auf die Uhr am Schott. »Steuerzentrale: Was macht der Lärm?« fragte er dann.

»Hat sich nicht geändert, Sir, ist immer noch da.«

»Verdammt! IA, einen Knoten weniger.« Claggett tat wie befohlen und bemerkte, daß der Skipper die Nerven verloren hatte.

Zehn Minuten vergingen. Das besorgniserregende Klappern wurde leiser, verschwand aber nicht.

»Hier Sonar! Kontakt in null-eins-fünf, erschien urplötzlich und ist offenbar Sierra-5, Sir. Eindeutig Akula-Klasse, *Admiral Lunin.* Läuft uns direkt entgegen und kam vermutlich gerade durch die Schicht, Sir.«

»Hat er uns geortet?«

»Vermutlich, Sir«, meldete der Sonarmann.

»Halt!« befahl eine andere Stimme. Commodore Mancuso war in den Raum gekommen. »Beenden wir die Übung an diesem Punkt. Würden die Offiziere mir bitte folgen?«

Alle atmeten auf, als das Licht anging. Der Raum befand sich in einem großen, quadratischen Gebäude, das überhaupt keine Ähnlichkeit mit einem U-Boot aufwies, aber über mehrere Räume verteilt die wichtigsten Elemente eines strategischen Boots der Ohio-Klasse enthielt. Mancuso führte die Besatzung der Operationszentrale in ein Konferenzzimmer und schloß die Tür.

»Das war ein taktischer Fehler, Captain.« Bart Mancuso war dafür bekannt, daß er keine diplomatische Art hatte. »IA, was rieten Sie Ihrem Skipper?« Claggett wiederholte wörtlich seinen Vorschlag. »Captain, warum haben Sie diesen Rat nicht befolgt?«

»Sir, ich hielt unseren akustischen Vorteil für ausreichend und handelte so, um eine maximale Distanz zum Ziel zu schaffen.«

»Wally?« Mancuso wandte sich an den Skipper der Besatzung »Rot«, Wally Chambers, der demnächst USS *Key West* übernehmen sollte. Chambers hatte auf *Dallas* unter Mancuso gedient und sein Geschick als Jäger gerade unter Beweis gestellt.

»Ihr Manöver war zu berechenbar, Captain. Darüber hinaus präsentierten Sie durch die Kurs- und Tiefenänderung meinem Schleppsonar Ihre Lärmquelle und verrieten mir durch Rumpfknistern eindeutig, daß ich einen U-Kontakt hatte. Sie hätten mir den Bug weisen, die Fahrt reduzieren und die Tiefe halten sollen. Ich hatte nur einen vagen Hinweis auf Sie. Wären Sie langsamer gefahren, hätte ich Sie niemals identifiziert. So aber machte ich Ihren Sprung über die Schicht aus und spurtete unter Ihnen los, sowie ich aus der KZ war. Captain, ich wußte nicht, mit was ich es zu tun hatte, bis Sie es mir verrieten. Sie ließen mich viel zu dicht herankommen. Ich ließ mein Schleppsonar über der Schicht treiben und blieb selber unter ihr; so konnte ich Sie trotz Oberflächenlärms über 18 Meilen orten. Anschließend brauchte ich nur noch weiterzuspurten, bis ich dicht genug für erfolgversprechende Zielkoordinaten dran war. Sie waren im Visier.«

»Die Übung sollte zeigen, was passiert, wenn man seinen akustischen Vorteil verliert.« Mancuso ließ seine Erklärung wirken, ehe er fortfuhr. »Na schön, das war unfair. Aber wer sagt, daß es fair zugeht im Leben?«

»Das Akula ist ein gutes Boot, doch was taugt sein Sonar?«

»Es ist unserer Ansicht nach mit dem der 688-Boote der zweiten Garnitur zu vergleichen.«

Ausgeschlossen, dachte Ricks und fragte dann: »Mit welchen Überraschungen muß ich sonst noch rechnen?«

»Gute Frage. Antwort: Das wissen wir auch nicht. Und wer keine exakten Informationen hat, muß davon ausgehen, daß der Gegner so gut ist wie er selbst.«

Ausgeschlossen, dachte Ricks.

Vielleicht sogar noch besser, dachte Mancuso.

»Nun denn«, wandte sich der Commodore an die versammelte Besatzung der Zentrale. »Gehen Sie Ihre eigenen Daten durch. In dreißig Minuten halten wir dann die Schlußbesprechung.«

Ricks sah, daß Mancuso und Chambers beim Hinausgehen miteinander lachten. Mancuso mochte ein geschickter und tüchtiger U-Boot-Fahrer sein, aber er hatte die Mentalität eines U-Jägers und war als Commodore eines Geschwaders strategischer Boote am falschen Platz. Natürlich hatte er einen Kumpel von der Atlantikflotte hinzugezogen, auch so ein Unterwasser-Cowboy, aber das war eben der Brauch. Ricks war davon überzeugt, richtig gehandelt zu haben.

Die Übung war unrealistisch gewesen, fand Ricks. Hatte Rosselli nicht gesagt, *Maine* sei so lautlos wie ein schwarzes Loch im Wasser? Verflucht, das war seine erste Chance gewesen, dem Commodore sein Können zu beweisen. Ein fauler Trick und die Fehler der Besatzung, auf die Rosselli so stolz gewesen war, hatten ihm die Möglichkeit genommen, bei diesem künstlichen und unfairen Test einen guten Eindruck zu machen.

»Mr. Shaw, zeigen Sie mir Ihre Unterlagen.«

»Hier, Sir.« Shaw, der seine theoretische Ausbildung erst vor zwei Monaten in Groton abgeschlossen hatte, stand in der Ecke und hatte die Karten und seine Aufzeichnungen fest an die Brust gepreßt. Ricks entriß sie ihm, breitete sie auf einem Tisch aus und musterte sie kurz.

»Schlamperei. Das hätten Sie mindestens eine Minute schneller schaffen können.«

»Jawohl, Sir«, erwiderte Shaw. Er hatte zwar keine Ahnung, wie die Aufgabe rascher zu erledigen gewesen wäre, aber der Captain hatte gesprochen, und der Captain hatte immer recht.

»Das hätte das Blatt wenden können«, sagte er in einem gedämpfteren, aber noch immer häßlich scharfen Ton.

»Das tut mir leid, Sir.« Ensign Shaw hatte zum ersten Mal einen richtigen Fehler gemacht. Ricks richtete sich auf, mußte aber trotzdem aufschauen, um Shaw in die Augen zu sehen. Auch das verbesserte seine Laune nicht.

»Mit Entschuldigungen ist es nicht getan, Mister. Entschuldigungen gefährden das Schiff und kosten Menschenleben. Entschuldigungen hört man nur von inkompetenten Offizieren. Haben Sie mich verstanden, Mr. Shaw?«

»Jawohl, Sir.«

»Bestens.« Das kam heraus wie ein Fluch. »Sorgen Sie dafür, daß so etwas nicht wieder vorkommt.«

Den Rest der halbstündigen Pause verbrachte man mit dem Studium der bei der Übung angefallenen Daten. Dann gingen die Offiziere in einen größeren Raum, um die Übung zu analysieren und zu erfahren, was die Mannschaft »Rot« gesehen und getan hatte. Lieutenant Commander Claggett hielt Ricks auf.

»Skipper, Sie sind ein bißchen zu streng mit Shaw gewesen.«

»Was soll das heißen?« fragte Ricks gereizt und überrascht.

»Shaw hat keine Fehler gemacht. Ich selbst hätte das kaum dreißig Sekunden schneller erledigen können. Der Maat, den ich ihm zur Seite stellte, hat fünf Jahre Erfahrung und ist Ausbilder in Groton. Ich behielt die beiden im Auge. Sie haben sich ordentlich gehalten.«

»Wollen Sie etwa behaupten, der Fehler sei meine Schuld?« fragte Ricks täuschend sanft.

»Jawohl, Sir«, erwiderte der IA ehrlich, wie er es gelernt hatte.

»Ach, wirklich?« versetzte Ricks und ging ohne ein weiteres Wort hinaus.

Die Behauptung, Petra Hassler-Bock sei unglücklich, war ein Understatement von epischem Ausmaß. Die Enddreißigerin war seit fünfzehn Jahren auf der Flucht und hatte sich schließlich, als es im Westen für sie zu gefährlich wurde, in die DDR abgesetzt – in die ehemalige DDR, dachte der Ermittlungsbeamte des BKA mit einem zufriedenen Lächeln. Erstaunlicherweise aber war es ihr trotz des Drucks offenbar prächtig gegangen. Jedes Foto in der dicken Akte zeigte eine attraktive, vitale, lächelnde Frau mit einem mädchenhaften faltenlosen Gesicht und wuscheligem braunem Haar. Diese Person hatte kaltblütig beobachtet, wie drei Menschen gestorben waren – nachdem man sie mehrere Tage lang mit Messern gefoltert hatte. Die Morde hatten ein politisches Signal sein sollen – damals stand die Entscheidung über die Stationierung amerikanischer Pershing 2 und Cruise Missiles in der Bundesrepublik an, und die RAF wollte die Bevölkerung durch Terror auf ihre Seite bringen. Der Erfolg war natürlich ausgeblieben, aber man inszenierte den dritten Mord wie einen Horrorfilm.

»Sagen Sie, Frau Hassler-Bock, fanden Sie Vergnügen daran, Wilhelm Manstein zu töten?« fragte der Mann vom BKA.

»Manstein war ein Schwein«, erwiderte sie trotzig. »Ein fetter, geiler Hurenbock.«

Und deshalb war er auch erwischt worden, wie der Ermittler wußte. Petra hatte die Entführung eingefädelt, indem sie Manstein auf sich aufmerksam gemacht und ein kurzes, leidenschaftliches Verhältnis angefangen hatte. Ihr Opfer war nicht gerade attraktiv gewesen, aber Petra, die eine härtere Linie vertrat als die Feministinnen in anderen westlichen Ländern, hatte seine Liebkosungen über sich ergehen lassen, um sich dann später zu rächen. Vielleicht eine Überreaktion auf die alte Kinder-Küche-Kirche-Ideologie, sagte sich der Ermittler, der noch nie eine so kaltblütige und furchteinflößende Mörderin gesehen hatte wie Petra Hassler-Bock. Die ersten Körperteile, die sie mit der Post an Mansteins Familie geschickt hatte, waren jene gewesen, die sie besonders anstößig gefunden hatte. Dem Bericht des Pathologen zufolge hatte Manstein noch zehn Tage, nachdem er verstümmelt worden war, gelebt.

»Nun, Sie sind seinen Neigungen ja entgegengekommen. Günther war ja auch von der Leidenschaft, mit der Sie es mit ihm trieben, überrascht. Fünf Nächte verbrachten Sie vor der Entführung mit Manstein. Hat das auch Spaß gemacht?« Das saß. Petras Schönheit war verwelkt. Ihre Haut war fahl, sie hatte Ringe unter den Augen und acht Kilo verloren. Für einen kurzen Moment funkelte sie ihn trotzig an. »Tja, es war Ihnen wohl ein Vergnügen, sich ihm hinzugeben, ihn ›machen zu lassen‹. Sie müssen mitgespielt haben, denn sonst wäre er nicht wiedergekommen. Es ging also nicht nur darum, ihn in die Falle zu locken. Ihre Leidenschaft war nicht nur vorgetäuscht. Herr Manstein war ein erfahrener Frauenkenner, der nur zu den besten Huren ging. Wo haben Sie Ihre Tricks gelernt, Frau Hassler-Bock? Übten Sie die vorher mit Günther – oder mit anderen? Alles im Namen der revolutionären Gerechtigkeit natürlich, der revolutionären Kameradschaft. Sie sind nichts als eine Nutte – schlimmer noch, denn Huren haben wenigstens noch Moral.

Und Ihr geliebter revolutionärer Kampf«, höhnte der Ermittler weiter. »Was für eine tolle Sache! Wie fühlt man sich, wenn sich das ganze deutsche Volk von einem abwendet?« Sie rutschte auf ihrem Stuhl herum, brachte es aber nicht fertig... »Na, wo bleiben die heroischen Sprüche? Haben Sie nicht immer von Freiheit und Demokratie gefaselt? Enttäuscht es Sie nicht, daß es nun die Demokratie auch im Osten gibt und die Bürger Sie und Ihresgleichen verabscheuen? Wie fühlt man sich als Aussätzige? Kein Mensch hört mehr auf Sie«, fügte der BKA-Mann hinzu.»Sie haben von Ihrem Fenster aus die Leute auf der Straße gesehen. Eine Demonstration fand direkt vor Ihrem Haus statt. Was haben Sie sich beim Zuschauen gedacht? Was haben Sie zu Günther gesagt? Das Ganze sei nur eine Verschwörung der Reaktion?« Der Ermittler schüttelte den Kopf, beugte sich vor und starrte in die leeren, leblosen Augen der Frau.

»Wie erklären Sie sich den Ausgang der ersten freien Wahlen im Osten? Alles, wofür Sie eingestanden, gearbeitet und gemordet hatten – auf einmal falsch, alles umsonst! Na, ganz umsonst war es nicht. Sie bekamen ja Gelegenheit, mit Wilhelm Manstein zu schlafen.« Der Beamte lehnte sich zurück, zündete einen Zigarillo an und blies Rauch zur Decke. »Und nun? Hoffentlich haben Sie das kleine Abenteuer genossen. Aus diesem Gefängnis kommen Sie nämlich nie wieder heraus. Niemals. Niemand wird Mitleid mit Ihnen haben, selbst wenn Sie im Rollstuhl säßen. Man wird an Ihre Verbrechen denken und sich sagen: Lassen wir sie bei den anderen brutalen Bestien sitzen, da gehört sie hin. Ihre Lage ist hoffnungslos. Sie werden in diesem Gebäude sterben.«

Petra Hassler-Bock machte eine ruckartige Kopfbewegung. Ihre Augen weiteten sich, und sie schien etwas sagen zu wollen, blieb aber stumm.

Der Beamte fuhr im Plauderton fort. »Günther haben wir übrigens aus den Augen verloren. In Bulgarien verpaßten wir ihn nur um dreißig Stunden. Wir haben von den Russen Akten über Sie und Ihre Freunde bekommen und wissen Bescheid – auch über die Monate, die Sie in Ausbildungslagern verbrachten. Günther ist jedenfalls immer noch flüchtig. Wir vermuten, daß er sich im Libanon bei Ihren alten Freunden versteckt. Und dieser Verein kommt als nächster dran. Wissen Sie, daß Amerikaner, Russen und Israelis nun zusammenarbeiten? Das ist ein Punkt des Abkommens. Toll, nicht wahr? Ich nehme an, daß wir Günther dort erwischen... wenn wir Glück haben, leistet er Widerstand. Dann bringen wir Ihnen ein Bild von seiner Leiche... Ach ja, wenn wir schon von Bildern reden... das hätte ich ja fast vergessen!

Ich möchte Ihnen etwas zeigen«, sagte der Beamte, schob eine Videokassette in ein Abspielgerät und stellte den Fernseher an. Es dauerte eine Weile, bis das Bild ruhig und scharf wurde; die Aufnahmen waren offensichtlich von einem Amateur mit der Handkamera gemacht worden. Petra sah zwei kleine Mädchen in rosa Kleidern in einem typisch deutschen Wohnzimmer auf dem Teppich sitzen. Alles war sauber und ordentlich; selbst die Illustrierten lagen parallel zur Tischkante.

»Erika, Ursel, kommt mal her«, sagte eine Frauenstimme, und die beiden Kleinkinder zogen sich am Couchtisch hoch und gingen mit unsicheren Schritten auf die Frau zu, die sie in die Arme nahm. »Mutti«, sagten beide. Der Beamte schaltete den Fernseher aus.

»So, die beiden können laufen und sprechen. Ist das nicht wunderbar? Ihre neue Mutter hat sie sehr lieb. Ich dachte mir, daß Sie das gerne sehen würden. So, das wäre alles für heute.« Der BKA-Mann drückte auf einen verborgenen Knopf, und ein Wärter erschien, um die gefesselte Gefangene zurück in ihre Zelle zu führen.

Die kahle Zelle war quadratisch und hatte weiß gestrichene Backsteinwände. Ein Fenster gab es nicht, und die Stahltür hatte nur einen Spion und einen Schlitz für die Tabletts mit den Mahlzeiten. Petra wußte nicht, daß knapp unter der Decke eine infrarotdurchlässige Backsteinattrappe angebracht war, die eine Überwachungskamera verbarg. Auf dem Weg zur Zelle wahrte Petra Hassler-Bock die Fassung.

Doch kaum war die Tür zugefallen, brach sie zusammen.

Petras hohle Augen starrten auf den Fußboden, der ebenfalls weiß war. Weinen konnte sie noch nicht, als sie über den Alptraum nachdachte, zu dem ihr Leben geworden war. Das ist alles nicht wahr, redete sie sich mit einem Optimismus, der schon an Wahnsinn grenzte, ein. Sie konnte doch nicht alles, woran sie geglaubt, wofür sie gearbeitet hatte, verloren haben! Günther, die Kinder, die revolutionäre Sache, ihr Leben.

Daß man sie nur verhörte, um sie zu quälen, war ihr klar. Man hatte sie nie ernsthaft nach Informationen ausgehorcht, aber das hatte seinen Grund. Sie hatte keine nützlichen Hinweise zu geben. Man hatte ihr Fotokopien der Stasi-Akten gezeigt. Alles, was der Arbeiter- und Bauernstaat über sie gewußt hatte, und das war überraschend viel, war nun in den Händen der westdeutschen Behörden. Namen, Adressen, Telefonnummern, Fakten über sie, die zwanzig Jahre zurückreichten und die sie teils schon vergessen, und Fakten über Günther, die sie nie gewußt hatte. Das alles lag nun beim BKA.

Es war aus. Verloren.

Petra würgte und begann zu weinen. Selbst Erika und Ursel, ihre Zwillinge, ihr Vertrauen in die Zukunft, das Symbol ihrer Liebe zu Günther. Sie taten nun ihre ersten Schritte in einer fremden Wohnung und sagten »Mutti« zu einer Fremden – der Frau eines Polizeihauptmanns, wie man ihr gesagt hatte. Petra weinte eine halbe Stunde lang – aber stumm, weil sie wußte, daß es in diesem verfluchten weißen Kabuff, in dem sie keinen richtigen Schlaf fand, ein Mikrofon geben mußte.

Alles verloren.

Was war das hier für ein Leben? Als sie zum ersten und einzigen Mal mit anderen Häftlingen auf den Hof gelassen worden war, hatte man zwei von ihr wegzerren müssen. Noch heute klangen ihr die Schreie in den Ohren: Mörderin, Hure, Sau... Sollte sie hier vielleicht über vierzig Jahre so dahinvegetieren, immer allein, auf den Wahnsinn warten, auf den körperlichen Verfall. Daß »lebenslang« in ihrem Falle Haft bis zum Tode bedeutete, war ihr klar. Eine Begnadigung kam nicht in Frage, das hatte ihr der Beamte deutlich gesagt. Kein Mitleid also, keine Freunde. Verloren und vergessen... nichts war ihr geblieben außer dem Haß.

Sie gelangte ruhig und gefaßt zu ihrem Entschluß. Wie Häftlinge überall auf der Welt kam auch sie an ein scharfes Stück Metall heran, in ihrem Fall die Klinge eines Rasierers, den sie alle vier Wochen zur Enthaarung ihrer Beine erhielt. Sie holte die Schneide aus ihrem Versteck und zog dann das weiße Laken von der zehn Zentimeter dicken, mit Drell bezogenen und am Rand mit einer Schnur eingefaßten Matratze. Nun machte sie sich daran, diese Einfassung mit der Rasierklinge abzutrennen. Nach drei Stunden und mehreren Verletzungen – die Klinge war so schmal, daß sie sich immer wieder in die Finger schnitt – hatte sie ein zwei Meter langes Seil. An einem Ende knotete sie eine Schlinge, und das andere befestigte sie an der Lampe über der Tür. Dazu mußte sie sich auf ihren Stuhl stellen, aber das war später ohnehin erforderlich. Beim dritten Versuch saß der Knoten richtig. Das Seil durfte nicht zu lang sein.

Als sie mit ihrer Arbeit zufrieden war, machte sie sich ohne Pause ans Werk. Petra Hassler-Bock zog Kleid und Büstenhalter aus, kniete sich mit dem Rücken zur Tür auf den Stuhl, legte sich die Schlinge um den Hals und zog sie zu. Dann zog sie die Beine hoch und band sie mit dem BH an der Tür fest. Sie wollte ihre Entschlossenheit, ihren Mut demonstrieren. Ohne ein Gebet oder eine Klage stieß sie den Stuhl mit den Händen um. Sie fiel vielleicht fünf Zentimeter, bis das Seil sich straffte, und an diesem Punkt begehrte ihr Körper auf. Ihre hochgezogenen Beine stemmten sich gegen die Fessel, doch dadurch wurde der Strangulierungseffekt nur noch stärker.

Der BKA-Beamte sah auf dem Fernsehschirm ihre Hände noch ein paar Sekunden lang zucken. Schade, dachte er. Sie war einmal hübsch gewesen, hatte aber aus freiem Willen gemordet und gefoltert und war nun aus freiem Willen gestorben. Nun, wieder einmal ein Beweis, daß die brutalsten Menschen im Grunde feige sind.

»Der Fernseher hier ist kaputt«, sagte er und schaltete das Gerät aus. »Besorgen Sie Ersatz.«

»Das wird eine gute Stunde dauern«, erwiderte der Aufseher.

»Das reicht.« Der Ermittler nahm eine Kassette aus dem Gerät, auf dem er auch die rührende Familienszene abgespielt hatte, und tat sie in seine Aktentasche. Er lächelte zwar nicht, sah aber zufrieden aus. Es war nicht seine Schuld, daß Bundestag und Bundesrat nicht in der Lage waren, ein simples und effektives Gesetz zur Einführung der Todesstrafe zu verabschieden. Der Grund waren natürlich die Exzesse der Nazis, verfluchte Barbaren. Aber nicht alles, was diese Barbaren eingeführt hatten, war falsch gewesen. Die Autobahnen hatte man nach dem Krieg ja auch nicht aufgerissen. Und unter den Opfern der Nazis waren auch gemeine Mörder gewesen, die jedes andere zivilisierte Land auch hingerichtet hätte. Und wenn jemand den Tod verdiente, dann Petra Hassler-Bock. Sie hatte einen Menschen zu Tode gefoltert und war jetzt selbst durch den Strick gestorben. Recht so, dachte der Kriminalbeamte, der den Fall Manstein von Anfang an bearbeitet hatte. Er hatte dem Pathologen bei der Untersuchung der Leiche zugesehen, war auf der Beerdigung gewesen und nachts noch lange von den grausigen Bildern verfolgt worden. Vielleicht konnte er jetzt Ruhe finden. Der Gerechtigkeit war endlich Genüge getan. Mit ein bißchen Glück würden die beiden niedlichen Mädchen zu ordentlichen Bürgerinnen heranwachsen, und niemand sollte erfahren, wer und was ihre leibliche Mutter gewesen war.

Der Beamte verließ die Anstalt und ging zu seinem Wagen. Er wollte nicht im Haus sein, wenn die Leiche entdeckt wurde. Fall erledigt.

»Hey, Mann.«

»Tag, Marvin. Man hört, daß du ein Scharfschütze bist«, sagte Ghosn zu seinem Freund.

»Kleinigkeit, Mann. Ich hab' mir schon als Kind das Abendessen geschossen.«

»Du hast unseren besten Ausbilder übertroffen«, sagte der Ingenieur.

»Eure Zielscheiben sind größer als Kaninchen und bewegen sich nicht. Mit meinem Kleinkalibergewehr hab' ich sogar fliehende Hasen erwischt. Wenn man sich von der Jagd ernähren muß, lernt man schnell zielen. Was machst du mit dieser Bombe da?«

»Ein Haufen Arbeit, bei der so gut wie nichts rauskommt.«

»Vielleicht kannst du aus dem elektronischen Kram ein Radio bauen.«

»Oder sonst etwas Nützliches.«

10
Letzte Gefechte

Nach Westen zu fliegen ist immer leichter als nach Osten, weil sich der Körper eher an einen längeren als an einen kürzeren Tag gewöhnt, und gutes Essen und gepflegte Weine erleichtern die Umstellung noch. Die Air Force One hatte einen großen Konferenzraum für alle möglichen Anlässe; in diesem Fall gab der Präsident ein Essen für hohe Regierungsmitglieder und ausgewählte Leute vom Pressekorps. Das Essen war wie immer superb. Die 747 des Präsidenten ist wohl das einzige Flugzeug auf der Welt, in dem die Mahlzeiten nicht auf Plastiktellern und aus der Mikrowelle serviert werden. Ihre Stewards kaufen täglich frische Zutaten ein, die meistens in 13 000 Metern Höhe und bei 1000 Stundenkilometern zubereitet werden, und mehr als einer der Köche hatte schon den Dienst beim Militär aufgegeben, um Küchenchef in einem feinen Restaurant zu werden. »Leibkoch des Präsidenten« macht sich gut im Lebenslauf. Der Wein kam aus dem Staat New York und war ein besonders guter Rosé, der dem Präsidenten, der sonst Bier trank, schmeckte. Im Frachtraum der umgebauten 747 standen drei Kisten davon. Zwei Stewards in weißen Uniformen füllten die Gläser auf, während die verschiedenen Menü-Gänge serviert und abgeräumt wurden. Die Atmosphäre war entspannt und die Unterhaltung inoffiziell; ein Reporter, der hieraus zitierte, würde nie wieder an Bord eingeladen.

»Mr. President«, fragte jemand von der *New York Times*, »wie bald wird dieses Abkommen umgesetzt?«

»Der Prozeß beginnt gerade. Vertreter der Schweizer Armee sehen sich bereits in Jerusalem um, und Minister Bunker spricht mit der israelischen Regierung, um das Eintreffen amerikanischer Streitkräfte in der Region vorzubereiten. Binnen zwei Wochen sollte die Sache angelaufen sein.«

»Und die Menschen, die ihre Häuser verlassen müssen?« fragte eine Reporterin der *Chicago Tribune*.

»Für sie bedeutet das eine ernste Unannehmlichkeit, aber sie werden mit unserer Hilfe rasch eine neue Unterkunft finden. Israel hat um Kredite ersucht, um in den USA Fertighäuser zu erwerben, die wir auch bewilligen werden. Wir finanzieren auch eine Fabrik, damit solche Einheiten im Land selbst hergestellt werden können. Tausende werden umgesiedelt. Das wird schmerzhaft sein, aber wir versuchen, es diesen Menschen so weit wie möglich zu erleichtern.«

»Vergessen wir nicht«, merkte Liz Elliot an, »daß Lebensqualität mehr ist als nur ein Dach überm Kopf. Der Frieden hat seinen Preis, aber auch seine Vorteile. Diese Menschen können sich nun zum ersten Mal in ihrem Leben wirklich sicher fühlen.«

»Verzeihung, Mr. President«, sagte die Reporterin und hob ihr Glas, »das sollte keine Kritik sein. Ich glaube, wir sind uns alle einig, daß dieses Abkommen ein Gottesgeschenk ist.« Überall am Tisch wurde genickt. »Aber die Frage der Umsetzung interessiert unsere Leser.«

»Am schwierigsten wird die Umsiedlung werden«, erwiderte Fowler ruhig. »Wir danken der israelischen Regierung, die der Aktion zugestimmt hat, und werden uns bemühen, sie so schmerzlos wie möglich über die Bühne zu bringen.«

»Und welche amerikanischen Einheiten werden zur Verteidigung Israels entsandt?« fragte ein anderer Reporter.

»Ich bin froh, daß Sie diese Frage stellen«, sagte Fowler, und das stimmte auch, aber aus einem anderen Grund: Die Reporterin hatte das größte potentielle Hindernis übersehen – die Knesset, die das Abkommen noch ratifizieren mußte. »Sie haben vielleicht gehört, daß wir eine neue Armee-Einheit aufstellen, das Zehnte Kavallerieregiment. Es wird gerade in Fort Stewart, Georgia, gebildet, und auf meine Anweisung werden schon jetzt Schiffe der Verteidigungsreserve mobilisiert, um die Soldaten so rasch wie möglich nach Israel zu bringen. Die Zehnte Kavallerie ist ein berühmtes Regiment mit einer großen Tradition, die der sogenannten ›Buffalo Soldiers‹. Und zum Glück ergab es sich« – mit Glück hatte die Personalentscheidung überhaupt nichts zu tun gehabt –, »daß es von einem Afro-Amerikaner kommandiert wird, Colonel Marion Diggs, einem vorzüglichen Soldaten und West-Point-Absolventen. Das wären die Bodenstreitkräfte. Die Luftkomponente ist ein volles Geschwader F-16 mit AWACS-Maschinen und dem üblichen Bodenpersonal. Und schließlich lassen uns die Israelis in Haifa einen Marinestützpunkt einrichten. Obendrein verfügen wir ja im östlichen Mittelmeer über einen Trägerverband und eine Einheit der Marines als Verstärkung.«

»Angesichts der Kürzungen im Verteidigungshaushalt ...«

»Die Zehnte Kavallerie war Dennis Bunkers Idee; ich wollte, mir wäre das eingefallen. Was die Finanzierung angeht, werden wir die Mittel schon finden.«

»Ist das wirklich nötig, Mr. President? Ist es unbedingt erforderlich, daß wir angesichts der Probleme mit dem Haushalt und besonders mit dem Verteidigungshaushalt ...«

»Aber natürlich«, schnitt die Sicherheitsberaterin dem lästigen Reporter das Wort ab. Du Arsch, sagte ihre Miene. »Israels Sicherheit ist ein sehr ernster und realer Faktor, und unsere Bereitschaft, sie zu garantieren, ist das Sine qua non des Abkommens.«

»Autsch, Marty«, murmelte ein anderer Reporter.

»Wir kompensieren für die zusätzlichen Ausgaben auf anderen Gebieten«, erklärte der Präsident. »Ich weiß, daß ich mich nun auf das ideologiebeladene Thema der Staatsfinanzen einlasse, finde aber, daß wir bewiesen haben, daß die Ausgaben der Regierung sich auszahlen. Die Bürger unseres Landes werden eine kleine Steuererhöhung für die Erhaltung des Weltfriedens verstehen und unterstützen«, fuhr Fowler nüchtern fort.

Das notierte sich jeder Reporter. Der Präsident wollte also schon wieder eine Steuererhöhung vorschlagen. Die Friedensdividenden I und II lagen hinter ihnen; nun stand die erste Friedensabgabe an, und die würde den Kongreß wie alle anderen mit dem Abkommen verbundenen Vorlagen glatt passieren. Eine Reporterin lächelte, als sie sah, wie der Präsident seine Sicherheitsberaterin anschaute. Sie hatte vor der Romreise zweimal versucht, Liz Elliot unter ihrer Privatnummer zu erreichen, und immer nur den Anrufbeantworter bekommen. Dem hätte sie nachgehen sollen. Sie hätte sich vor Elliots Haus nicht weit von der Kalorama Road postieren und festhalten können, wie oft sie zu Hause schlief und wie oft nicht. Aber... das ging sie im Grunde nichts an. Der Präsident war Witwer, und sein Privatleben brauchte die Öffentlichkeit nicht zu interessieren, solange er diskret blieb und solange es seine Amtsführung nicht beeinträchtigte. Die Reporterin vermutete, daß ihr als einziger die Sache aufgefallen war. Nun, dachte sie, wenn sich der Präsident und seine Sicherheitsberaterin so gut vertragen, ist das vielleicht positiv: Sieh nur, wie gut das Vatikan-Abkommen geklappt hat...

Brigadegeneral Abraham Ben Jakob las den Vertragstext allein in seinem Büro durch. Da er von Berufs wegen ein mißtrauischer Mann war, fiel es ihm selten schwer, seine Gedanken zu formulieren. Sein ganzes Erwachsenenleben lang, das im Alter von sechzehn mit dem Wehrdienst begonnen hatte, war die Welt sehr leicht zu verstehen gewesen. Es gab Israelis, und es gab andere. Die meisten anderen waren Feinde oder potentielle Gegner. Wenige andere galten als Verbündete oder vielleicht Freunde, aber Freundschaft mit Israel war vorwiegend eine einseitige Angelegenheit. Avi hatte in den USA fünf Operationen gegen die Amerikaner geführt. »Gegen« war selbstverständlich relativ zu verstehen. Es war nie seine Absicht gewesen, den USA Schaden zuzufügen. Er wollte nur Dinge in Erfahrung bringen, die die amerikanische Regierung wußte, oder sich Sachen beschaffen, über die sie verfügte. Diese Informationen oder Waffen sollten natürlich nie gegen die USA verwendet werden, aber den Amerikanern gefiel es verständlicherweise nicht, wenn man ihnen die Geheimnisse stahl. Das aber machte General Ben Jakob nicht den geringsten Kummer. Er hatte den Auftrag, den Staat Israel zu schützen, und nicht, nett zu Leuten zu sein. Dafür hatten die Amerikaner Verständnis. Gelegentlich teilten sie auf einer sehr informellen Basis Informationen mit dem Mossad, der sich sehr selten revanchierte. Das Ganze wurde ausgesprochen zivilisiert gehandhabt – die beiden Dienste verhielten sich wie konkurrierende Firmen, die Gegner und Märkte gemeinsam hatten und gelegentlich kooperierten, einander aber nie ganz trauten.

Dieses Verhältnis würde sich nun zwangsläufig ändern. Amerika setzte Truppen zum Schutze Israels ein und war somit für die Verteidigung des Landes mitverantwortlich. Umgekehrt machte es Israel für die Sicherheit der US-Truppen verantwortlich, eine Tatsache, die die US-Medien bislang übersehen hatten. Hierfür war der Mossad zuständig, und in der Folge war mit einem viel intensiveren Informationsaustausch zu rechnen. Avi gefiel das nicht. Trotz der augenblicklichen Euphorie war Amerika kein Land, dem man Geheimnisse anvertrauen konnte, und schon gar nicht solche, die mit großer Mühe und manchmal sogar mit dem Blut von Agenten beschafft worden waren. Dem Mossad stand ein hoher CIA-Vertreter ins Haus, mit dem die Einzelheiten abgesprochen werden sollten. Bestimmt wird Ryan geschickt, dachte Avi und begann, sich Notizen zu machen. Er mußte so viel wie möglich über diesen Mann herausfinden, um zu einer günstigen Übereinkunft mit ihm zugelangen.

Ryan ... hatte er wirklich die ganze Sache in Gang gesetzt? Das ist die Frage, dachte Ben Jakob. Die US-Regierung hatte das abgestritten, aber Ryan war weder Fowlers Favorit noch der seiner Sicherheitsberaterin Elizabeth Elliot. Seine Informationen über sie waren eindeutig. Als Professorin hatte sie »im Namen der Fairneß und Ausgewogenheit« Vertreter der PLO eingeladen und sie ihren Standpunkt darlegen lassen. Es hätte aber noch schlimmer kommen können. Sie war wenigstens keine Vanessa Redgrave, die mit der Kalaschnikow fuchtelnd Tänze vollführte, trieb aber die »Objektivität« so weit, daß sie höflich den Ausführungen von Vertretern eines Volkes lauschte, das in Ma'alot israelische Kinder und in München israelische Sportler angegriffen hatte. Wie die meisten Mitglieder der amerikanischen Regierung hatte sie die Bedeutung des Wortes Prinzipien vergessen. Ryan aber gehörte nicht zu dieser Mehrheit...

Das Abkommen war Ryans Geisteskind, das stand für Ben Jakob fest. Auf den Gedanken, das Problem über die Religion zu lösen, wären Fowler und Elliot nie gekommen.

Das Abkommen. Er konzentrierte sich wieder auf den Vertragstext und seine Notizen. Wie hatte sich seine Regierung nur in diese Ecke manövrieren lassen?

We shall overcome...

So einfach war das? Panische Anrufe und Telegramme von Israels amerikanischen Freunden, die abzuspringen begannen, als ob...

Wie hätte es auch anders kommen können? fragte sich Avi. Das Abkommen war unter Dach und Fach – höchstwahrscheinlich, räumte er ein. Die Ausbrüche in der israelischen Bevölkerung hatten begonnen; in den nächsten Tagen mußte mit Aufruhr gerechnet werden. Der Grund lag auf der Hand:

Israel räumte Westjordanien. Es würde zwar Truppen zurücklassen, ähnlich wie Amerika noch Einheiten in Deutschland und Japan stationiert hat, aber auf der Westbank sollte ein demilitarisierter Palästinenserstaat entstehen, dessen Grenzen die UNO garantierte. Tja, so steht es wahrscheinlich auf einem schön gerahmten Stück Pergament, überlegte Ben Jakob. Die echte Garantie würde von Israel und Amerika kommen. Saudi-Arabien und seine Bruderstaaten am Golf sollten die wirtschaftliche Rehabilitation der Palästinenser finanzieren. Auch der ungehinderte Zugang nach Jerusalem war garantiert – dort würden die stärksten israelischen Verbände stehen, in großen, leicht zu sichernden Lagern, die das Recht hatten, ungehindert Streife zu gehen. Jerusalem selbst würde zu einem Dominion des Vatikans werden. Der Zivilverwaltung stand ein gewählter Oberbürgermeister vor – Avi fragte sich, ob der jetzige Amtsinhaber, ein sehr unparteiischer Israeli, seinen Posten behalten würde –, aber für religiöse und auswärtige Angelegenheiten war unter der Autorität des Vatikans eine Troika von Geistlichen zuständig. Die Sicherheitskräfte für Jerusalem stellte die Schweiz mit einem motorisierten Regiment. Avi kommentierte diese Vorstellung mit einem verächtlichen Schnauben, aber die Schweizer Armee hatte der israelischen als Vorbild gedient, und die eidgenössische Einheit sollte auch zusammen mit den Amerikanern üben. Dem Vernehmen nach setzte sich die 10. Kavallerie aus erstklassigen regulären Truppen zusammen. Auf dem Papier machte sich das alles großartig.

Papier ist geduldig.

Auf Israels Straßen jedoch hatten bereits fanatische Demonstrationen begonnen. Tausende von Bürgern sollten vertrieben werden. Zwei Polizisten und ein Soldat waren schon verletzt worden – von Israelis. Die Araber hielten sich aus der Sache heraus. Eine separate, von den Saudis geleitete Kommission sollte feststellen, welches Stück Land welcher arabischen Familie gehörte – hier hatten die Israelis mit ihrer wahllosen Landnahme eine heillose Verwirrung gestiftet, aber das war glücklicherweise nicht Avis Problem. Er hieß mit Vornamen Abraham, nicht Salomon. Ob das alles klappt? fragte er sich.

Das kann unmöglich funktionieren, dachte Kati. Er hatte auf die Nachricht von der Unterzeichnung des Abkommens mit einem zehn Stunden dauernden Anfall von Übelkeit reagiert und fühlte sich nun, da er den Vertragstext vor sich hatte, an der Schwelle des Todes.

Frieden? Und Israel existiert trotzdem weiter? Wofür hatte er dann alle die Opfer gebracht, wofür waren Hunderte, Tausende von Freiheitskämpfern den Märtyrertod gestorben? Wofür hatte Kati sein Leben hingegeben? Jetzt kannst du genausogut sterben, sagte er sich. Er hatte auf alles verzichtet. Er hätte ein normales Leben mit Frau, Kindern, Haus und einem angenehmen Beruf – Arzt, Ingenieur, Bankangestellter, Kaufmann – führen können. Er war intelligent genug, um alles, was er sich vornahm, auch bewältigen zu können – aber nein, er hatte den steinigsten Pfad gewählt. Er hatte sich vorgenommen, eine Nation zu gründen, seinem Volk eine Heimat zu schaffen, ihnen die Menschenwürde zurückzugeben. Er hatte sein Volk führen und die Eindringlinge schlagen wollen.

Um unvergessen zu bleiben.

Das war sein sehnlichster Wunsch. Ungerechtigkeit stach jedem ins Auge, aber wer sie beseitigte, ging in die Geschichte ein, wenn auch nur als Nebenfigur, als Vater einer kleinen Nation …

Stimmt nicht, gestand Kati. Wer das erreichen wollte, mußte den Großmächten trotzen, den Amerikanern und Europäern, die sein uraltes Heimatland mit ihren Vorurteilen geprägt hatten. Wer dieses Unrecht beseitigte, zählte zu den großen Gestalten der Geschichte. Doch wessen Taten würden nun in Erinnerung bleiben? Wer hatte wen besiegt, wer hatte was erobert?

Das darf nicht sein, sagte sich der Kommandant. Aber sein Magen krampfte sich erneut zusammen, als er den trockenen, präzisen Vertragstext las. War es möglich, daß sich die Palästinenser, sein edles, unerschrockenes Volk, von dieser Infamie hatten verführen lassen?

Kati stand auf und eilte ins Bad. Als er sich erbrach, fand sein Verstand eine Antwort auf die Frage. Nach einer Weile richtete er sich auf und spülte den Mund aus. Ein anderer, bitterer Geschmack aber wollte nicht weichen.

Auf der anderen Straßenseite hörte Günther Bock in einem Haus, das ebenfalls der Organisation gehörte, die Nachrichten der Deutschen Welle. Bock war zwar Internationalist und nun auch Emigrant, verstand sich aber nach wie vor und an erster Stelle als Deutscher, wenn auch ein revolutionärer und sozialistischer. Das Wetter in der Heimat war heute wieder warm und trocken gewesen; ein schöner Tag also, um Petra an die Hand zu nehmen und einen Spaziergang am Rhein zu machen...

Bei der Kurzmeldung blieb ihm fast das Herz stehen. »...die Terroristin Petra Hassler-Bock wurde heute in ihrer Zelle erhängt aufgefunden. Hassler-Bock, verheiratet mit dem flüchtigen RAF-Mitglied Günther Bock, wurde wegen des brutalen Mords an Wilhelm Manstein zu einer lebenslangen Freiheitsstrafe verurteilt. Sie war achtunddreißig Jahre alt.

Zum Fußball: Dresdens unaufhaltsamer Aufstieg geht weiter. Unter Mannschaftskapitän Willi Scheer...«

Bock saß in dem dunklen Zimmer, und seine Augen weiteten sich. Da er noch nicht einmal den Anblick der Leuchtskala des Kurzwellenempfängers ertragen konnte, starrte er zum Fenster hinaus in die sternhelle Nacht.

Petra tot?

Er wußte, daß es wahr war, er redete sich nichts ein. Es war zu wahrscheinlich... ja unvermeidlich. »Erhängt aufgefunden!« Natürlich, ein vorgetäuschter Selbstmord wie im Fall der drei Baader-Meinhof-Mitglieder; eines hatte sich angeblich sogar dreimal in den Kopf geschossen.

Sie hatten seine Frau ermordet. Seine schöne Petra war tot. Sein bester Kamerad, seine treueste Genossin, seine Liebe. Tot. Günther war überrascht, wie schwer die Nachricht ihn traf. Was hätte er auch anderes erwarten sollen? Man mußte sie ja aus dem Weg räumen. Sie war ein Bindeglied zur Vergangenheit und auch eine potentiell gefährliche Symbolgestalt für Deutschlands sozialistische Zukunft. Der Mord an ihr diente zur weiteren politischen Stabilisierung des neuen Deutschlands, des Vierten Reiches.

»Petra«, flüsterte er. Sie war mehr als eine politische Figur gewesen, mehr als eine Revolutionärin. Er erinnerte sich an jede Kontur ihres Gesichts, jede Kurve ihrer mädchenhaften Figur. Er dachte an die Stunden, die er auf die Geburt ihrer Kinder wartend verbracht hatte, und an Petras Lächeln danach. Auch von Erika und Ursel war er nun getrennt; es schien, als seien auch sie tot.

Bock ertrug die Einsamkeit nicht mehr. Er zog sich an und ging über die

Straße. Kati war, wie er zu seiner Erleichterung feststellte, noch wach, sah aber sehr schlecht aus.

»Was ist, mein Freund?« fragte der Kommandant.

»Petra ist tot.«

Katis Miene zeigte echten Schmerz. »Was ist geschehen?«

»Es heißt, sie sei erhängt in ihrer Zelle gefunden worden.« Meine Petra, dachte Bock, und der Schock setzte erst jetzt ein, aufgehängt an ihrem anmutigen Hals. Die Vorstellung war unerträglich. Zusammen mit Petra hatte er einen Klassenfeind auf diese Weise hingerichtet und zugesehen, wie das Gesicht erst bleich und dann dunkler wurde, bis...

Grauenhaft. Er durfte sich Petra so nicht vorstellen.

Kati senkte betrübt den Kopf. »Möge Allah unserer lieben Genossin gnädig sein.«

Bock ließ sich sein Mißfallen nicht anmerken. Petra hatte so wie er nie an Gott geglaubt. Aber er verstand, daß Kati es nur gut gemeint hatte – als Freund. Und da Bock nun einen Freund brauchte, ignorierte er die bedeutungslose Bemerkung und holte tief Luft.

»Ein schlimmer Tag für unsere Bewegung, Ismael.«

»Es steht noch ärger, als Sie glauben. Dieses verfluchte Abkommen...«

»Ich weiß«, sagte Bock. »Ich weiß.«

»Was halten Sie davon?« Auf eines konnte sich Kati bei Bock verlassen: seine Ehrlichkeit und Objektivität.

Der Deutsche nahm sich eine Zigarette vom Schreibtisch des Kommandanten und zündete sie mit dem Tischfeuerzeug an. Er setzte sich nicht, sondern ging im Raum auf und ab. Offenbar mußte er in Bewegung bleiben, um sich zu beweisen, daß er noch lebte. Nun zwang er sich, die Frage objektiv zu beantworten.

»Man muß dies als Teil eines größeren Plans sehen. Als die Russen den Weltsozialismus verrieten, setzten sie eine Reihe von Ereignissen in Gang, deren Ziel die Konsolidierung der Herrschaft der kapitalistischen Klassen über den Großteil der Welt war. Früher hielt ich die sowjetischen Konzessionen nur für eine kluge Strategie, um an Wirtschaftshilfe aus dem Westen heranzukommen – Sie müssen verstehen, daß die Russen ein rückständiges Volk sind, Ismael, das es noch nicht einmal geschafft hat, aus dem Kommunismus etwas zu machen. Karl Marx war Deutscher, wie Sie wissen«, fügte er mit einem ironischen Grinsen hinzu und verschwieg diplomatisch die Tatsache, daß Marx Jude gewesen war. Bock machte eine kurze Pause und fuhr dann in einem kalten, analytischen Tonfall fort. Er war dankbar, sich kurz gegen den Gram verschließen und wieder wie ein Revolutionär reden zu können.

»Ich war im Irrtum. Es ging nicht um eine Strategie, sondern um kompletten Verrat. Die fortschrittlichen Kräfte in der Sowjetunion sind noch gründlicher ausmanövriert worden als selbst in der DDR. Die Annäherung an die USA ist durchaus real. Man tauscht die reine Ideologie gegen vorübergehenden Wohlstand, gewiß, hat aber nicht die Absicht, ins sozialistische Lager zurückzukehren.

Amerika seinerseits fordert einen Preis für seine Hilfe. Es zwang die Sowjets, dem Irak die Unterstützung zu verweigern und ihre Unterstützung für Sie und Ihre arabischen Brüder zu reduzieren, und endlich, diesem Plan zur Sicherung Israels zuzustimmen. Zweifellos hatte die israelische Lobby in Amerika diesen Trick schon lange geplant. Die Voraussetzung für sein Gelingen aber war das Einverständnis der Sowjetunion. Und nun sehen wir uns nicht nur Amerika, sondern einer globalen Verschwörung konfrontiert. Wir haben keine Freunde mehr, Ismael. Wir stehen allein.«

»Soll das heißen, daß wir besiegt sind?«

»Nein!« Bocks Augen blitzten. »Wenn wir jetzt aufgeben – der Gegner hat ohnehin schon genug Vorteile, mein Freund. Wenn wir ihnen noch einen liefern, werden wir beim derzeitigen Stand der Dinge alle miteinander zur Strecke gebracht. Es wird noch schlimmer kommen. Bald beginnen die Russen ihre Zusammenarbeit mit den Amerikanern und Zionisten.«

»Wer hätte je gedacht, daß die USA und die UdSSR...«

»Niemand. Niemand außer den Betreibern, also der herrschenden amerikanischen Elite und Narmonow und seinen Lakaien. Sie gingen überaus geschickt vor. Wir hätten es kommen sehen sollen, mein Freund, aber wir waren blind. Sie hier und ich in Europa. Wir haben versagt.«

Kati sagte sich, daß die Wahrheit genau das war, was er nun hören mußte, aber sein Magen reagierte anders.

»Wie sollen wir Abhilfe schaffen?« fragte der Kommandant.

»Wir haben es mit einer Allianz zweier sehr unwahrscheinlicher Freunde und ihrer Mitläufer zu tun. Es muß ein Weg gefunden werden, dieses Bündnis zu zerstören. Die Geschichte lehrt, daß nach dem Bruch einer Allianz die ehemaligen Partner einander mit größerem Mißtrauen betrachten als vor ihrem Zusammenschluß. Wie ist das zuwege zu bringen?« Bock zuckte mit den Achseln. »Das weiß ich auch nicht. Das wird Zeit brauchen... Gelegenheiten gibt es. Oder sollte es geben«, verbesserte er sich. »Das Streitpotential ist groß. Viele Menschen, auch in Deutschland, denken so wie wir.«

»Aber beginnen muß es mit Zwietracht zwischen Amerika und Rußland?« fragte Kati, der die Exkurse seines Freundes wie immer interessant fand.

»In diese Richtung muß unsere Strategie zielen. Es wäre sehr günstig, wenn der Erneuerungsprozeß so begänne, aber das ist leider unwahrscheinlich.«

»Vielleicht gar nicht so unwahrscheinlich, wie du meinst, Günther«, dachte Kati laut, ohne es zu merken.

»Wie bitte?«

»Ach, nichts. Darüber sprechen wir später. Ich bin müde, mein Freund.«

»Verzeihung, ich wollte Sie nicht wachhalten.«

»Wir werden Petra rächen. Die Hunde müssen für ihre Verbrechen büßen!« versprach Kati.

»Das ist mir ein Trost.« Bock ging hinaus und war zwei Minuten später wieder in seinem Zimmer. Das Radio lief noch, der Sender brachte volkstümliche Weisen. Nun kehrte die Trauer zurück, aber Bock weinte nicht, sondern empfand nur Haß. Petras Tod war ein schwerer Schlag, aber darüber hinaus war seine ganze Weltanschauung verraten worden. Der Verlust seiner Frau war nur ein weiteres Symptom für eine schwere, bösartige Krankheit. Wenn es nach ihm ging, würde die ganze Welt für den Mord an Petra büßen müssen – im Namen der revolutionären Gerechtigkeit natürlich.

Kati konnte nicht einschlafen, überraschenderweise unter anderem auch deshalb, weil ihn Schuldgefühle plagten. Auch er hatte Erinnerungen an Petra Hassler und ihren geschmeidigen Körper – damals war sie schon mit Günther verheiratet gewesen –, und er stellte sie sich tot vor, am Ende eines Stricks. Wie war sie gestorben? Durch Selbstmord, wie es in den Nachrichten geheißen hatte? Kati glaubte das. Europäer waren klug, aber es fehlte ihnen das Durchhaltevermögen. Ihr Vorteil war die größere Perspektive, die wiederum aus ihrer kosmopolitischen Umgebung und ihrer generell besseren Bildung resultierte. Kati und sein Volk neigten dazu, sich auf das unmittelbare Problem zu konzentrieren. Die europäischen Genossen aber sahen die weitreichenden Fragen klarer. Dieses Moment der Voraussicht und klaren Wahrnehmung überraschte Kati. Er und seine Leute hatten die Europäer zwar immer als Genossen, aber nicht als Ebenbürtige betrachtet, eher als Dilettanten auf dem Gebiet des revolutionären Kampfes. Das war eine Fehleinschätzung. Ihre Aufgabe war schon immer schwerer gewesen, weil ihnen die unzufriedenen Massen fehlten, aus denen Kati und seine Kollegen ihre Leute rekrutierten. Ihr relativer Mißerfolg war auf objektive Umstände zurückzuführen und sagte nichts über ihre Intelligenz oder Entschlossenheit aus.

Bock hätte mit seinem klaren Blick einen guten Stabsoffizier abgegeben.

Was nun? fragte sich Kati. Um diese Frage zu beantworten, mußte er nachdenken und sich Zeit nehmen. Er beschloß, sie ein paar Tage zu überschlafen... oder eher eine Woche, und versuchte, Ruhe zu finden.

»... ich habe die große Ehre, den Präsidenten der Vereinigten Staaten vorzustellen.«

Die versammelten Mitglieder beider Häuser des Kongresses erhoben sich wie ein Mann von ihren Plätzen im Sitzungssaal des Repräsentantenhauses. In der ersten Reihe waren die Mitglieder des Kabinetts, die Vereinigten Stabschefs und die Richter des Obersten Bundesgerichts. Auch sie erhoben sich. In den Galerien saßen andere, darunter die Botschafter von Saudi-Arabien und Israel, die sich zum ersten Mal nebeneinander niedergelassen hatten. Die Fernsehkameras nahmen im Schwenk den großen Raum auf, in dem berühmte und berüchtigte historische Ereignisse stattgefunden hatten. Von den Wänden hallte frenetischer Applaus wider.

Präsident Fowler legte sein Manuskript auf das Rednerpult, drehte sich um und begrüßte den Sprecher des Repräsentantenhauses, den Präsidenten pro tempore des Senats und Vizepräsidenten der USA, Robert Durling. In der Euphorie des Augenblicks wurde allgemein übersehen, daß Durling als letzter an die Reihe kam. Nun lächelte und winkte Fowler der Menge zu, und wieder schwoll der Lärm an. Der Präsident spielte sein Gestenrepertoire voll aus: das einhändige Winken, das beidhändige Winken, Hände auf Schulterhöhe, Hände überm Kopf. Demokraten und Republikaner reagierten begeistert, was Fowler erstaunlich fand. Seine lautstärksten politischen Gegner aus Repräsentantenhaus und Senat demonstrierten gewissenhaft einen Enthusiasmus, der, wie der Präsident wußte, echt war. Zur allgemeinen Überraschung gab es im Kongreß noch echten Patriotismus. Schließlich bat Fowler mit einer Geste um Ruhe, und der Applaus ebbte zögernd ab.

»Liebe Mitbürger, ich bin in dieses Haus gekommen, um über die neuesten Entwicklungen in Europa und dem Nahen Osten zu berichten und um dem Senat zwei Vertragswerke vorzulegen, welche, wie ich hoffe, Ihre rasche und begeisterte Zustimmung finden werden.« Applaus. »Mit diesen Verträgen und in enger Zusammenarbeit mit anderen Ländern – teils alte Freunde, teils wertvolle neue Verbündete – haben die Vereinigten Staaten zum Frieden in einer Region beigetragen, die zwar der Welt eine Botschaft des Friedens gebracht, ihn selbst aber nur zu selten genießen konnte.

Man sehe sich die Geschichte der Menschheit an, verfolge die Entwicklung des menschlichen Geistes. Aller Fortschritt, alle Lichter, die uns den Weg aus der Barbarei gewiesen haben, alle großen und guten Frauen und Männer, beteten, träumten, hofften und arbeiteten für diesen Augenblick – diesen Moment, diese Chance, diesen Höhepunkt, die letzte Seite in der Geschichte des Konflikts unter Menschen. Wir haben keinen Ansatzpunkt, sondern ein Ziel erreicht. Wir ...« Applaus unterbrach den Präsidenten, der leicht ungehalten reagierte, weil er die Störung nicht eingeplant hatte. Fowler lächelte breit und bat mit einer Geste erneut um Ruhe.

»Wir haben ein Ziel erreicht. Und ich habe die Ehre, Ihnen berichten zu dürfen, daß Amerika auf dem Weg zu Gerechtigkeit und Frieden vorangegangen ist.« Beifall. »Was auch angemessen ist, denn ...«

»Ganz schön dick aufgetragen«, kommentierte Cathy Ryan.

»Kann man wohl sagen«, grunzte Jack in seinem Sessel und griff nach dem Weinglas. »Aber so läuft es eben. Auch solche Anlässe haben ihre Regeln. Das ist wie bei der Oper: Man muß sich an die Aufmachung halten. Außerdem haben wir es mit einer bedeutenden, ja kolossalen Entwicklung zu tun. Es bricht mal wieder der Frieden aus.«

»Wann fliegst du?« fragte Cathy.

»Bald«, erwiderte Jack.

»Die Sache hat natürlich ihren Preis, aber die Geschichte fordert Verantwortungsbewußtsein von jenen, die sie gestalten«, sagte Fowler im Fernsehen. »Wir haben die Aufgabe, den Frieden zu sichern. Wir müssen amerikanische Männer und Frauen zum Schutz des Staates Israel entsenden. Wir haben geschworen, dieses kleine und mutige Land gegen alle Feinde zu verteidigen.«

»Wer wären diese Feinde denn?« fragte Cathy.

»Weder Syrien noch der Iran sind im Augenblick über das Abkommen glücklich. Und was den Libanon betrifft – nun ja, den gibt es als richtiges Land überhaupt nicht. Er ist nur eine Fläche auf der Karte, wo Menschen sterben. Auch Libyen und die vielen terroristischen Gruppen sind Feinde, die uns noch Sorgen machen.« Ryan leerte sein Glas und ging in die Küche, um es wieder zu füllen. Schade um den guten Wein, dachte Jack. So wie ich den runterkippe, könnte ich genausogut billigen Fusel aus dem Supermarkt trinken...

»Es kommen auch finanzielle Belastungen auf uns zu«, erklärte Fowler gerade, als Ryan zurückkam.

»Also schon wieder eine Steuererhöhung«, murrte Cathy.

»Was hast du denn anderes erwartet?« meinte Ryan und dachte: Für fünfzig Millionen bin ich verantwortlich. Eine Milliarde hier, eine Milliarde dort...

»Wird das Abkommen denn wirklich einen Unterschied machen?« fragte sie.

»Ja. Zumindest wird sich erweisen, ob diese religiösen Führer zu ihrem Wort stehen oder nur Schwätzer sind. Wir haben sie nämlich in ihre eigene Falle gelockt, Schatz, oder, besser noch, über ihre sogenannten Prinzipien stolpern lassen. Nun müssen sie entweder nach ihren Glaubensgrundsätzen auf einen Erfolg hinarbeiten oder sich als Scharlatane zu erkennen geben.«

»Und...?«

»Ich halte sie nicht für Scharlatane, sondern erwarte, daß sie zu ihren Prinzipien stehen. Sie haben keine andere Wahl.«

»Und dann hast du bald so gut wie nichts mehr zu tun?«

Jack entging ihr optimistischer Tonfall nicht. »Na, das steht noch nicht fest.«

Der Rede des Präsidenten folgten die Kommentare. Opposition meldete Rabbi Salomon Mendelew an, ein älterer New Yorker, der als einer der eifrigsten, manche sagten sogar fanatischsten Befürworter der Politik des Staates Israel galt, seltsamerweise das Land aber noch nie besucht hatte. Jack nahm sich vor, am nächsten Tag den Grund dafür herauszufinden. Mendelew führte eine kleine, aber umtriebige Fraktion der Israel-Lobby an und hatte praktisch als einziger die Schüsse auf dem Tempelplatz befürwortet oder zumindest Verständnis für sie aufgebracht. Er hatte einen Vollbart und trug eine schwarze Jarmulke und einen zerknitterten Anzug.

»Das ist Verrat am Staat Israel«, war seine Antwort auf die erste Frage. Zu Jacks Überraschung sprach er ruhig und überlegt. »Wenn die USA Israel zwingen, seinen rechtmäßigen Besitz zurückzugeben, verraten sie das historische Recht des jüdischen Volkes auf das Land seiner Väter und gefährden auch die Sicherheit des Staates aufs schwerste. Mit Waffengewalt werden Israels Bürger aus ihren Häusern vertrieben – wie vor fünfzig Jahren«, schloß er düster.

»Moment mal!« fuhr ein anderer Kommentator hitzig auf.

»Wie erregt diese Leute sind!« bemerkte Jack.

»Ich selbst habe im Holocaust Familienmitglieder verloren«, sagte Mendelew und klang noch immer sachlich. »Zweck des Staates Israel ist es, den Juden eine sichere Heimat zu geben.«

»Aber der Präsident schickt amerikanische Truppen...«

»Wir haben auch amerikanische Truppen nach Vietnam geschickt«, versetzte Rabbi Mendelew. »Und Versprechungen gemacht und auch dort ein Abkommen geschlossen. Sicher kann Israel nur in Grenzen sein, die sich auch verteidigen lassen, und zwar von seinen eigenen Truppen. Amerika hat Israel so lange unter Druck gesetzt, bis es mit dem Abkommen einverstanden war. Fowler stoppte Waffenlieferungen an Israel, als ›Signal‹. Die Botschaft war deutlich: Entweder gebt ihr nach, oder es gibt ein Embargo. Das habe ich in Erfahrung gebracht, und das werde ich vor dem Auswärtigen Ausschuß des Senats auch beweisen.«

»O je«, bemerkte Jack leise.

»Scott Adler, der stellvertretende Außenminister, überbrachte die Botschaft persönlich, während Jack Ryan, der stellvertretende Direktor der CIA, in Saudi-Arabien dem König versprach, Amerika werde Israel an die Kandare nehmen. Das ist schon schlimm genug, aber wenn man bedenkt, daß Adler, der selbst Jude ist, so etwas fertigbringt...« Mendelew schüttelte den Kopf.

»Der Mann hat gute Quellen.«

»Stimmt das, was er da sagt, Jack?«

»Nicht ganz, aber was Scott und ich im Nahen Osten taten, sollte geheim bleiben. Nur ein kleiner Kreis wußte, daß ich überhaupt auf Auslandsreise war.«

»Ich wußte Bescheid...«

»Aber du kanntest mein Ziel nicht. Laß mal, der Mann kann ein bißchen Lärm machen, aber nichts ausrichten.«

Am nächsten Tag begannen die Demonstrationen. Die Gegner des Abkommens hatten alles auf eine Karte gesetzt; es war ein letzter, verzweifelter Versuch. Die beiden Anführer waren russische Juden, denen erst vor kurzem die Ausreise aus der Sowjetunion, dem Land, das ihnen nur wenig Liebe entgegenbrachte, gestattet worden war. Nach der Ankunft in ihrer einzig wahren Heimat durften sie sich auf der West Bank ansiedeln, einem Teil Palästinas, den Israel Jordanien im Sechs-Tage-Krieg entrissen hatte. Ihre Wohnungen – für amerikanische Begriffe winzig, für russische hingegen unvorstellbar luxuriös – befanden sich in Fertigbaublocks, die an einem der für die Region typischen felsigen Hänge standen. Die Umgebung war ihnen neu und fremd, aber doch eine Heimat, für die zu kämpfen sie bereit waren. Anatolij, der sich inzwischen Nathan nannte, hatte einen Sohn, der schon Offizier bei der israelischen Armee war, und auch Davids Tochter diente. Die kürzliche Ankunft in Israel war für alle wie eine Erlösung gewesen – und nun sollten sie ihre Häuser verlassen müssen? Schon wieder? Sie hatten in letzter Zeit schon genug Krisen erlebt; was jetzt passierte, war eine zuviel.

Da ihr ganzes Haus von Emigranten aus Rußland bewohnt war, fiel es

Anatolij und David nicht schwer, ein Kollektiv zu bilden und den Protest zu organisieren. Sie suchten sich einen orthodoxen Rabbi als spirituellen Führer – einen Geistlichen hatte ihre Siedlung noch nicht – und brachen mit Thora und Fahne nach Jerusalem auf. Selbst in einem so kleinen Land brauchte der Marsch seine Zeit, erregte aber unweigerlich die Aufmerksamkeit der Medien. Als die verschwitzten und erschöpften Marschierer ihr Ziel erreicht hatten, war die ganze Welt über ihren Zug und seinen Zweck informiert.

Die Knesset ist nicht unbedingt das gemächlichste Parlament der Welt. Das politische Spektrum reicht von der extremen Rechten bis zur harten Linken, und für die moderaten Kräfte der Mitte bleibt nur herzlich wenig Raum. Es wird oft geschrien, gestikuliert und auf jede verfügbare Oberfläche getrommelt. Das Ganze spielt sich unter den Augen von Theodor Herzl ab, verewigt auf einem Schwarzweißfoto, der der Begründer des Zionismus war und 1866 in seinem »Judenstaat« die Vision einer sicheren Heimat für sein verfolgtes und mißhandeltes Volk darlegte. In der Knesset wird mit solcher Heftigkeit gestritten, daß sich ein Beobachter verwundert fragen muß, warum es in einem Land, dessen Bürger fast alle Reservisten sind und somit eine automatische Waffe im Schrank haben, bei lebhaften Debatten im Parlament nicht zu wüsten Schießereien kommt. Was Theodor Herzl von dem Chaos gehalten hätte, steht dahin. Es war Israels Plage, daß die Diskussionen zu leidenschaftlich geführt wurden und die Regierungskoalition in politischen und religiösen Fragen so stark polarisiert war. Fast jede Untersekte hatte ihr eigenes Territorium und entsandte deshalb einen Vertreter ins Parlament. Verglichen mit dieser Formel nimmt sich selbst Frankreichs oft fragmentierte Nationalversammlung wohlorganisiert aus, und dieses System machte es Israel nun schon seit einer Generation unmöglich, eine stabile Regierung mit einer schlüssigen Staatspolitik zu bilden.

Die Demonstranten, zu denen immer mehr Menschen gestoßen waren, trafen eine Stunde vor Beginn der Debatte über das Abkommen vor der Knesset ein. Schon galt der Sturz der Regierung für möglich, wenn nicht sogar wahrscheinlich, und die gerade eingetroffenen Bürger schickten Emissäre zu jedem Mitglied der Knesset, das sie ausfindig machen konnten. Abgeordnete, die mit ihnen einig waren, traten vor das Gebäude und verurteilten das Abkommen mit flammenden Worten.

»Das gefällt mir nicht«, meinte Liz Elliot, die in ihrem Büro den Fernseher laufen hatte. Der politische Aufruhr in Israel war viel heftiger, als sie erwartet hatte. Auf ihren Wunsch war Ryan zugegen, um seine Einschätzung der Lage zu geben.

»Ja«, stimmte der DDCI zu, »das ist leider der einzige Aspekt, den wir nicht kontrollieren konnten.«

»Wie hilfreich, Ryan.« Auf Elliots Schreibtisch lagen die Ergebnisse einer Umfrage, die Israels renommiertestes demoskopisches Institut gehalten hatte. Von fünftausend Befragten waren 38 Prozent für das Abkommen, 41 Prozent dagegen, und 21 Prozent äußerten sich unentschieden. Diese Zahlen reflektierten ungefähr das Kräfteverhältnis in der Knesset, wo die Rechte geringfügig stärker war als die Linke und wo sich die wacklige Mitte aus Splittergruppen zusammensetzte, die allesamt auf ein günstiges Angebot von der einen oder anderen Seite warteten, das ihnen eine größere politische Bedeutung verschaffte.

»Scott Adler legte uns das schon vor Wochen dar. Wir wußten von Anfang an, daß die israelische Regierung nicht stabil ist. Wann hatte sie denn überhaupt in den letzten zwanzig Jahren eine sichere Mehrheit?«

»Aber wenn der Premier es nicht schafft...«

»Dann läuft Plan B wieder an. Sie wollten doch Druck ausüben, oder? Ihr Wunsch geht in Erfüllung.« Die einzige Frage, die wir nicht genau durchdacht haben, ging es Ryan durch den Kopf. Aber auch gründliche Überlegungen hätten nichts geholfen. Seit einer Generation herrschte in der israelischen Regierung Anarchie. Man hatte die Arbeit an dem Abkommen in der Annahme begonnen, daß die Knesset es, mit vollendeten Tatsachen konfrontiert, notgedrungen ratifizieren würde. Ryans Meinung zu diesem Thema war nicht eingeholt worden, aber er hielt diese Einschätzung dennoch für fair.

»Unser innenpolitischer Spezialist in der Botschaft hält die von unserem Freund Mendelew gesteuerte Splitterpartei für das Zünglein an der Waage«, merkte Elliot an, die sich bemühte, ruhig zu bleiben.

»Gut möglich«, räumte Jack ein.

»Das ist doch absurd!« fauchte Elliot. »Dieser lächerliche Knacker war ja noch nie im Land...«

»Das hängt mit seiner religiösen Überzeugung zusammen. Erst nach der Ankunft des Messias will er Israel besuchen.«

»Herr im Himmel!« rief die Sicherheitsberaterin.

»Genau der.« Ryan lachte und bekam einen giftigen Blick ab. »Liz, der Mann hat eben seine Überzeugungen. Sie mögen uns etwas exzentrisch vorkommen, aber die Verfassung verlangt, daß wir sie tolerieren und respektieren. So halten wir es in den USA.«

Elliot schüttelte die Faust in Richtung Fernseher. »Dieser Spinner ruiniert uns alles! Können wir denn gar nichts tun?«

»Was denn zum Beispiel?« Ihr Benehmen deutete auf mehr hin als nur auf Panik.

»Ach, ich weiß nicht – irgend etwas muß doch möglich sein...« Elliot wartete auf eine Reaktion ihres Besuchers.

Ryan beugte sich vor und wartete so lange, bis er ihre volle Aufmerksamkeit hatte. »Die historischen Präzedenzfälle wären Jesus und Savonarola, lästige Prediger. So, und wenn Sie nun auf etwas Konkretes hinauswollen, sagen Sie es klar und deutlich. Wollen Sie einen Eingriff in das Parlament einer befreundeten Demokratie vorschlagen oder etwas Illegales innerhalb der Grenzen der Vereinigten Staaten?« Ryan machte eine Pause, in deren Verlauf ihr Blick schärfer wurde. »Weder das eine noch das andere kommt in Frage, Dr. Elliot.

Lassen wir die Israelis ihre eigenen Entscheidungen treffen. Wenn Sie auch nur erwägen, mir einen Eingriff in Israels demokratischen Prozeß zu befehlen, bekommt der Präsident mein Rücktrittsschreiben so schnell, wie ich es ihm vorbeibringen kann. Wenn Sie sich laut wünschen, diesem kleinen alten Mann in New York sollte etwas zustoßen, erfüllt das den Tatbestand der kriminellen Verschwörung. Ganz abgesehen davon, daß ich eine wichtige Funktion in dieser Regierung habe, bin ich als normaler Bürger verpflichtet, mutmaßliche Verstöße gegen das Gesetz den zuständigen Behörden zu melden.« Wenn Blicke töten könnten, dachte Ryan, als er ihre Reaktion sah.

»Verdammt! Ich habe nie gesagt...«

»Dr. Elliot, Sie sind gerade in die gefährlichste aller Fallen getappt. Sie beginnen zu glauben, daß Ihr Wunsch, die Welt zu verbessern, wichtiger ist als die Prinzipien, von denen sich unsere Regierung bei ihrer Arbeit leiten lassen soll. Ich kann Sie an solchen Gedanken nicht hindern, versichere Ihnen aber, daß meine Behörde sich an derartigen Aktionen nicht beteiligen wird, solange ich ihr angehöre.« Das klang zwar sehr nach einer Moralpredigt, aber Ryan fand es nötig, Dr. Elliot spielte mit dem gefährlichsten aller Gedanken.

»So etwas habe ich nie gesagt!«

»Na schön, dann habe ich mich eben geirrt. Sie haben das weder gedacht noch ausgesprochen. Verzeihung. Lassen wir nun die Israelis entscheiden, ob sie das Abkommen ratifizieren oder nicht. Sie haben eine demokratisch gewählte Regierung und das Recht, diesen Entschluß selbst zu treffen. Wir haben das Recht, sie sanft in die richtige Richtung zu steuern und ihnen zu verstehen zu geben, daß die Höhe unserer Hilfe von ihrer Zustimmung zum Abkommen abhängt, aber es kommt nicht in Frage, daß wir in ihren Entscheidungsprozeß eingreifen. Es gibt Grenzen, die auch die US-Regierung nicht überschreiten darf.«

Die Sicherheitsberaterin rang sich ein Lächeln ab. »Ich danke Ihnen für Ihre Ausführungen über korrekte Regierungspolitik, Dr. Ryan. Das wäre alles.«

»Ich habe zu danken, Dr. Elliot. Ich empfehle übrigens, daß wir die Sache auf sich beruhen lassen. Das Abkommen wird trotz der Szenen, die wir gerade gesehen haben, Zustimmung finden.«

»Wieso?« Elliot zischte fast.

»Weil das Abkommen objektiv günstig für Israel ist. Das wird den Leuten klarwerden, sobald sie die Information erst einmal richtig verdaut haben. Und dann geraten die Volksvertreter unter Druck. Israel ist immerhin eine Demokratie, und Demokratien treffen im allgemeinen vernünftige Entscheidungen. Das ist eine historische Tatsache. Die Demokratie setzt sich auf der Welt zunehmend durch, weil sie funktioniert. Wenn wir in Panik geraten und übereilte Entscheidungen treffen, stören wir den Prozeß nur. Lassen wir ihm aber seinen Lauf, bekommen wir sehr wahrscheinlich ein positives Ergebnis.«

»Wahrscheinlich?« fragte Elliot spöttisch.

»Sicher ist nichts im Leben; es gibt nur Wahrscheinlichkeiten«, erklärte Ryan und dachte: Das sollte doch jedem klar sein. »Einmischung macht einen

Mißerfolg wahrscheinlicher als Zurückhaltung. Inaktivität ist oft die richtige Haltung; in diesem Fall zum Beispiel. Überlassen wir die Frage der israelischen Politik. Ich bin der Auffassung, daß es funktionieren wird.«

»Schönen Dank für die Analyse«, sagte sie und wandte sich ab.

»Es war mir wie immer ein Vergnügen.«

Elliot wartete, bis die Tür sich geschlossen hatte, und fuhr dann herum. »Du arrogantes Arschloch! Dich säg' ich ab!« fauchte sie.

Ryan stieg auf dem West Executive Drive in seinen Wagen. Du bist zu weit gegangen, sagte er sich.

Nein. Sie spielte mit gefährlichen Gedanken, und ich mußte ihr auf der Stelle den Kopf zurechtrücken.

Er hatte dieses Symptom schon öfter gesehen. Washington bewirkte schlimme Veränderungen in Menschen. Sie kamen voller Ideale, die sich in der schwülen, drückenden Atmosphäre aber schnell verflüchtigten. Sie wurden zu Gefangenen des Systems, wie die Leute sagten. Ryan dachte eher an geistig-moralische Umweltverschmutzung. Washington verätzte die Seele.

Und was macht dich immun? fragte sich Ryan und merkte nicht, daß Clark ihn im Rückspiegel beobachtete. Du bist dir treu geblieben, weil du deine Integrität gewahrt, nie nachgegeben hast, kein einziges Mal ... oder? Er hätte manches anders machen können. Manches war nicht so erfolgreich verlaufen, wie er es sich gewünscht hätte.

Du bist gar nicht anders, kam die Erkenntnis. Das bildest du dir doch nur ein.

Solange ich mich diesen Fragen und den Antworten stellen kann, bin ich sicher.

»Und?«

»Nun, ich kann allerhand tun«, erwiderte Ghosn. »Aber nicht allein. Ich brauche Hilfe.«

»Und Schutz?«

»Das ist ein wichtiger Aspekt. Ich muß ganz ernsthaft die Möglichkeiten einschätzen und kann erst dann sagen, was ich genau brauche. Fest steht, daß ich auf bestimmten Gebieten Hilfe brauche.«

»Zum Beispiel?«

»Sprengstoff zum Beispiel.«

»Das ist doch Ihr Fach«, wandte Ghosn ein.

»Kommandant, dieses Projekt erfordert eine Präzision, mit der wir noch nie zu arbeiten gezwungen waren. Gewöhnlicher Plastiksprengstoff scheidet aus, weil er sich zu leicht verformt. Ich brauche Sprengstoffplatten, die so hart sind wie Stein, eine Fertigungstoleranz von einem Tausendstel Millimeter haben und deren Form mathematisch bestimmt werden muß. Die Theorie könnte ich mir noch aneignen, aber dazu bräuchte ich Monate. Ich würde meine Zeit lieber auf die Umarbeitung des spaltbaren Materials verwenden ... und ...«

»Und was noch?«

»Ich glaube, daß ich die Bombe verbessern kann.«

»Wie denn?«

»Wenn ich das, was ich bisher gelesen habe, richtig interpretiere, ließe sich die Bombe in einen Zünder verwandeln.«

»In einen Zünder für was?« fragte Kati.

»Eine Fusionsbombe, eine Wasserstoffbombe. Das würde die Sprengkraft um das Zehn- oder gar Hundertfache erhöhen. Damit könnten wir Israel oder zumindest einen sehr großen Teil davon zerstören.«

Der Kommandant machte eine Pause, um das aufzunehmen. Dann sprach er leise weiter. »Aber Sie brauchen Unterstützung. Wo findet man die am besten?«

»Günther dürfte wertvolle Kontakte in Deutschland haben – wenn man ihm trauen kann.«

»Ich habe das bedacht. Günther ist vertrauenswürdig.« Kati erklärte warum.

»Ist diese Geschichte auch wahr?« fragte Ghosn. »Ich glaube ebensowenig an den Zufall wie Sie.«

»Eine deutsche Zeitung brachte ein Bild, das sehr echt aussah.«

Ein deutsches Boulevardblatt hatte sich ein Schwarzweißfoto verschafft, das den Tod durch Erhängen in allen grausigen Einzelheiten zeigte. Die Tatsache, daß Petras Oberkörper nackt war, hatte die Veröffentlichung des Bildes gesichert.

»Die Zahl der Leute, die darüber Bescheid wissen, muß so klein wie möglich bleiben, oder – Verzeihung, Kommandant.«

»Aber wir brauchen Hilfe. Das verstehe ich.« Kati lächelte. »Sie haben recht. Besprechen wir unsere Pläne mit unserem Freund. Schlagen Sie vor, daß wir die Bombe in Israel explodieren lassen?«

»Wo sonst? Es steht mir zwar nicht zu, solche Pläne zu machen, aber ich ging davon aus ...«

»Darüber habe ich noch gar nicht nachgedacht. Eins nach dem anderen, Ibrahim. Wann fahren Sie nach Israel?«

»Nächste Woche oder so.«

»Warten wir ab, was aus diesem Abkommen wird.« Kati dachte nach. »Machen Sie sich an Ihre Studien. Wir wollen nichts übereilen. Stellen Sie fest, was Sie brauchen. Dann werden wir versuchen, es Ihnen am sichersten Ort zu besorgen.«

Es schien eine Ewigkeit zu dauern, aber in der Politik kann alles, was zwischen fünf Minuten und fünf Jahren liegt, eine Ewigkeit bedeuten. Im vorliegenden Fall verstrichen knapp drei Tage, ehe der Durchbruch kam. Fünfzigtausend neue Demonstranten, angeführt von Kriegsveteranen, erschienen vor der Knesset, und diese Gruppe trat für das Abkommen ein. Wieder wurde gebrüllt und gefuchtelt, aber zu offener Gewalt kam es zur Abwechslung einmal nicht, weil die Polizei die fanatischen Massen auseinanderhielt.

Das Kabinett trat erneut in geschlossener Sitzung zusammen, und manche überhörten, manche registrierten den Lärm vor den Fenstern. Der Verteidigungsminister blieb bei der Diskussion überraschend still. Nur als er befragt wurde, erklärte er, daß die von den Amerikanern versprochenen zusätzlichen Waffen überaus nützlich seien: 48 Jagdbomber F-16, zum ersten Mal Schützenpanzer Bradley M-2/3 und Panzerabwehrraketen »Hellfire«. Ferner sollten sie Zugang zur Technologie einer revolutionären neuen Panzerkanone, die Amerika gerade entwickelte, erhalten. Außerdem waren die Amerikaner bereit, den Großteil der Kosten einer hochmodernen Übungsanlage im Negev zu tragen, die ähnlich aussehen sollte wie das National Training Center in Fort Irwin, Kalifornien, wo die Zehnte Kavallerie auf ihre Rolle als Manövergegner für israelische Einheiten ausgebildet wurde. Der Verteidigungsminister kannte den Effekt, den das NTC auf das amerikanische Heer gehabt hatte: Es war nun so professionell wie seit dem Zweiten Weltkrieg nicht mehr. Er rechnete damit, daß die Kampfkraft der israelischen Streitkräfte durch die neuen Waffen und das Übungsgelände um 50 Prozent erhöht wurde. Hinzu rechnete er das Geschwader F-16 der US-Luftwaffe und das Panzerregiment, die beide, wie in einem geheimen Zusatzprotokoll des Verteidigungsabkommens festgehalten, Israel im Notfall zur Hilfe eilen würden. Israel bestimmte, wann der Verteidigungsfall eintrat. Dieses Zugeständnis war, wie der Außenminister betonte, in der amerikanischen Geschichte einmalig.

»Ist das Abkommen also unserer nationalen Sicherheit förderlich oder abträglich?« fragte der Premierminister.

»Es ist in Grenzen günstig«, räumte der Verteidigungsminister ein.

»Sie sind also einverstanden?«

Der Verteidigungsminister wägte für einen Augenblick ab, schaute dem Mann am Kopfende des Tisches fest in die Augen und stellte die stumme Frage: Habe ich deine Unterstützung, wenn ich Premier werden will?

Der Premierminister nickte.

»Ich werde zu den Demonstranten sprechen. Wir können mit diesem Abkommen leben.«

Die Rede besänftigte zwar nicht alle, überzeugte aber ein Drittel der Vertragsgegner so weit, daß sie abzogen. Die schwache Mitte im israelischen Parlament verfolgte die Ereignisse, konsultierte ihr Gewissen und traf ihren Entschluß. Das Abkommen wurde mit knapper Mehrheit ratifiziert. Noch ehe das Vertragswerk den Auswärtigen und den Verteidigungsausschuß des amerikanischen Senats passiert hatte, begann seine Realisierung.

Q U I T T U N G

BUCH & KUNST
Hoyerswerda
Lausitzer Platz Telefon: 03571 / 4072-08

12.08.2002 17:08 Kasse: 002 Bon: 1234189

Artikel Anz. Preis Rab. Summe

3442454646 1 9,00 1 0% 9,00 €
Clancy/Der Anschlag

Nettowarenwert 8,41 €

MwSt. 1 7,0% 0,59
MwSt. 2 16,0% 0,00

TOTAL 9,00 €

gegeben Gutsch. 10,00 €
Zurück 1,00 €

Vielen Dank für Ihren Einkauf!

Umtausch innerhalb von 14 Tagen nur mit diesem Bon

11
Robotersoldaten

Es war nicht die Absicht gewesen, sie menschlich wirken zu lassen. Die Männer der Schweizergarde waren allesamt über einsfünfundachtzig groß, und keiner wog weniger als achtzig Kilo. Das Lager der Garde am Stadtrand in einem Komplex, der noch vor zwei Wochen eine jüdische Siedlung gewesen war, verfügte über ein hochmodernes Fitneß-Center, und die Soldaten wurden zum Krafttraining »ermuntert«, bis sich die Haut über ihren Muskeln spannte wie das Fell einer Trommel. Ihre Unterarme waren dicker als die Waden vieler Männer und schon gebräunt. Ihre blauen Augen versteckten die Offiziere hinter dunklen Sonnenbrillen, während die Mannschaften mit getöntem Plexiglas vorliebnahmen.

Die Schweizer trugen Kampfanzüge in einem Tarnmuster aus Schwarz, Weiß und verschiedenen Grautönen, die für den Straßenkampf gedacht waren und sie besonders nachts auf gespenstische Weise mit den Natursteinen und dem weißen Stuck in Jerusalem verschmelzen ließen. Auch ihre Stiefel und Helme aus Kevlar waren so camoufliert, und die kugelsicheren Westen amerikanischer Herkunft, die sie über den Uniformen trugen und damit noch massiger aussahen, waren ebenso gemustert. Jeder Soldat trug vier Splitterhandgranaten, zwei Nebelhandgranaten, Feldflasche, Verbandspäckchen und zwei Beutel Munition – Gesamtgewicht rund zwölf Kilo.

Sie patrouillierten in fünfköpfigen Trupps durch die Stadt, jeweils ein Unteroffizier und vier Gefreite; jede Schicht bestand aus zwölf solcher Teams. Jeder Mann trug ein Sturmgewehr SIG. Zwei davon waren für das Verschießen von Panzergranaten ausgerüstet. Der Unteroffizier trug darüber hinaus eine Pistole, und zwei Mitglieder jedes Trupps hatten Funkgeräte. Die Gruppen waren in stetigem Funkkontakt und übten regelmäßig die gegenseitige Unterstützung.

Die eine Hälfte der Mannschaft einer Schicht ging zu Fuß, die andere fuhr langsam und bedrohlich wirkend in amerikanischen HMMWV Streife. Dabei handelte es sich um einen überdimensionierten Jeep, der im Golfkrieg bekannt geworden war. Die Geländefahrzeuge waren teils mit MG, teils mit sechsläufigen Schnellfeuerkanonen ausgerüstet und mit Kevlar gepanzert. Auf den herrischen Ton ihrer Hupe hin machte alles Platz.

Auf ihrem Stützpunkt standen mehrere gepanzerte Fahrzeuge britischer Bauart, die die engen Straßen der uralten Stadt nur mit Mühe passieren konnten. Rund um die Uhr war auch dort ein von einem Hauptmann befehligter Zug in Bereitschaft, quasi das Überfallkommando. Zu seiner Ausrüstung gehörten Panzerfäuste wie die schwedische M-2, das richtige Gerät, um Löcher in jedes Haus zu schießen. Diese Einheit wurde von Pionieren reichlich mit Sprengstoffvorräten unterstützt; die »Pioniere« übten demonstrativ und sprengten von Israel aufgegebene Siedlungen in die Luft. Das ganze Regiment praktizierte hier seine destruktiven Fertigkeiten und ließ Neugierige aus sicherem Abstand zusehen; das Ganze entwickelte sich rasch zu einer echten Touristenattraktion. Araber bedruckten T-Shirts mit der Aufschrift ROBO-SOLDIER!, die reißenden Absatz fanden.

Die Männer der Schweizergarde lächelten nicht und beantworteten auch keine Fragen; das fiel ihnen nicht schwer. Journalisten wurden gebeten, sich an Oberst Jacques Schwindler zu wenden, den Kommandeur, und durften gelegentlich in der Kaserne oder bei Übungen mit niederen Dienstgraden sprechen, aber nie auf der Straße. Manche Kontakte mit Einheimischen waren natürlich unvermeidlich. Die Soldaten lernten die Grundzüge des Arabischen, und für die nichtarabischen Einwohner genügte Englisch. Sie ahndeten gelegentlich Verstöße gegen die Verkehrsregeln, obwohl dies eigentlich die Aufgabe der Zivilpolizei war, die gerade mit Unterstützung der Israelis, die sich aus dieser Funktion zurückzogen, gebildet wurde. Nur ganz selten mußte ein Schweizer bei einer Schlägerei oder einem anderen Zwischenfall eingreifen. Meist reichte schon die reine Präsenz eines Fünfertrupps aus, um die Leute zu respektvollem Schweigen und anständigem Auftreten zu bringen. Der Auftrag der Schweizergarde war Einschüchterung, und die Bevölkerung erkannte schon nach wenigen Tagen, wie effektvoll sie ihn ausführte. Gleichzeitig aber bestand ihre Mission nicht nur aus ihrer physischen Anwesenheit.

Auf der rechten Schulter trugen die Männer einen Aufnäher in Form eines Schilds. Die Schweizer Flagge in seiner Mitte wies auf die Herkunft der Soldaten hin. Umringt war sie von der Mondsichel und dem Stern des Islam, dem Davidsstern und dem Kreuz. Es existierten drei Versionen dieses Aufnähers, so daß jedes religiöse Symbol einmal zuoberst erschien, und sie wurden nach dem Zufallsprinzip ausgegeben. Die Schweizer Flagge blieb in der Mitte zum Zeichen, daß sie alle drei Konfessionen gleichermaßen schützte.

Die Soldaten traten den religiösen Führern mit Respekt entgegen. Oberst Schwindler traf täglich mit der Troika zusammen, die die Stadt regierte. Allgemein glaubte man, daß sie allein die Politik bestimmte, aber Schwindler war ein kluger, aufmerksamer Mann, dessen Anregungen der Imam, der Rabbi und der Patriarch von Anfang an großes Gewicht beigemessen hatten. Schwindler hatte auch die Hauptstädte aller Länder des Nahen Ostens besucht. Die Schweizer hatten in ihm, der als der beste Offizier ihrer Armee galt, eine gute Wahl getroffen; er stand in dem Ruf, ein ehrlicher und kompromißlos fairer Mann zu sein. In seinem Dienstzimmer hing ein Säbel mit Goldgriff, ein Geschenk des Königs von Saudi-Arabien, und auf dem Stützpunkt der Garde stand ein prächtiger Vollbluthengst. Leider konnte Schwindler nicht reiten.

Die Troika verwaltete also die Stadt und tat das tüchtiger, als man zu hoffen gewagt hatte. Ihre Mitglieder, nach Kriterien der Gelehrsamkeit und Frömmigkeit ausgesucht, respektierten einander rasch. Man war übereingekommen, daß jeweils wöchentlich ein Mitglied einen öffentlichen Gottesdienst hielt, dem die beiden anderen beiwohnten, um den Respekt zu erweisen, der ihrem gemeinsamen Unterfangen zugrunde lag. Dieser Vorschlag, der von dem Imam stammte, hatte sich überraschenderweise als die effektivste Methode zur Beilegung ihrer internen Meinungsverschiedenheiten erwiesen und diente auch den Stadtbewohnern als Beispiel. Konflikte brachen durch diese Konstruktion immer nur zwischen zwei Mitgliedern aus, und in solchen Fällen schlichtete der unbeteiligte Dritte. Eine friedliche und vernünftige Lösung war in aller Interesse. »Gott der Herr« – gegen diese Bezeichnung hatte keiner der drei Vorbehalte – verlangte guten Willen von ihnen, und nach anfänglichen Schwierigkeiten herrschte er auch. Nach der Beilegung eines Disputs über den Zugang zu einem Heiligtum merkte der griechische Patriarch beim Kaffee an, dies sei das erste Wunder, das er erlebt habe. Nein, versetzte der Rabbi, es sei doch kein Wunder, wenn Gottesmänner nach ihren Glaubensgesetzen handelten. Nach allen gleichzeitig? hatte der Imam lächelnd gefragt und hinzugefügt, man habe für dieses kleine Wunder immerhin ein Millennium gebraucht. Fangen wir bloß keinen neuen Streit über die Beilegung eines alten an, hatte der Grieche mit einem dröhnenden Lachen gewarnt – sagt mir lieber, wie ich mit meinen Glaubensbrüdern fertigwerde!

Wenn auf der Straße ein Geistlicher dem Vertreter einer anderen Religion begegnete, begrüßte man sich, um allen ein Beispiel zu geben. Die Männer der Schweizergarde grüßten alle Gottesmänner und nahmen vor den höchsten ihre Brillen oder Helme ab.

Das war die einzige Geste, die ihnen erlaubt war. In der Stadt ging die Rede, daß sie noch nicht einmal schwitzten.

»Gespenstische Typen«, bemerkte Ryan, der in Hemdsärmeln an einer Straßenecke stand. Amerikanische Touristen knipsten. Juden guckten noch ein wenig verärgert. Araber lächelten. Christen, die durch die zunehmende Gewalt zum größten Teil aus Jerusalem vertrieben worden waren, kehrten nach und nach zurück. Alles machte hastig Platz, als die fünf Männer flott die Straße entlangmarschierten und die behelmten Köpfe hin- und herdrehten. »Sie sehen wirklich wie Roboter aus.«

»Es hat seit der ersten Woche nicht einen einzigen Angriff auf sie gegeben«, sagte Avi.

»Mit denen würde ich mich auch nicht gern einlassen«, bemerkte Clark leise.

In der ersten Woche hatte ein arabischer Jugendlicher bei einem Straßenraub eine ältere Jüdin erstochen, ohne politische Motive. Er hatte den Fehler begangen, dies in Sichtweite eines Schweizers zu tun, der ihn eingeholt und wie im Film mit Karateschlägen außer Gefecht gesetzt hatte. Der Araber war vor die Troika gebracht worden, wo man ihn vor die Wahl stellte, entweder vor ein israelisches oder vor ein islamisches Gericht zu kommen. Er entschied sich für einen Prozeß unter der Scharia, sein zweiter Fehler. Nachdem seine Verletzungen in einem israelischen Krankenhaus ausgeheilt waren, kam er vor ein Gericht unter Imam Ahmed bin Yussif und wurde nach islamischem Recht verurteilt. Später brachte man ihn nach Saudi-Arabien, wo er in aller Öffentlichkeit geköpft wurde. Ryan fragte sich, wie Prävention auf hebräisch, griechisch und arabisch hieß. Die Israelis waren von der Geschwindigkeit und Strenge des Urteils verblüfft, während die Moslems nur mit den Schultern zuckten und meinten, der Koran sei eben auch ein strenges Strafgesetzbuch, das sich über die Jahre als sehr wirksam erwiesen habe.

»Sie sind über diese Regelung immer noch nicht ganz froh, nicht wahr?«

Avi runzelte die Stirn. Ryan zwang ihn nun, entweder seine persönliche Meinung zu sagen – oder die Wahrheit. »Man fühlt sich sicherer, seit die Schweizer hier sind... und was ich jetzt sage, bleibt unter uns, Ryan.« Die Wahrheit hatte die Oberhand gewonnen.

»Aber sicher.«

»Es mag zwar noch ein paar Wochen dauern, aber mein Volk wird die Vorteile erkennen. Bei den Arabern sind die Schweizer beliebt, und Friede herrscht auf den Straßen nur, wenn die Araber zufrieden sind. So, würden Sie mir nun bitte etwas verraten?« Daraufhin machte Clark eine leichte Kopfbewegung.

»Mal sehen«, meinte Ryan und schaute die Straße entlang.

»Was hatten Sie mit der Sache zu tun?«

»Gar nichts«, erwiderte Jack so kalt und mechanisch, wie die Gangart der Soldaten war. »Das Ganze war Charlie Aldens Idee. Ich fungierte nur als Bote.«

»Das macht Elizabeth Elliot aller Welt weis.« Mehr brauchte Avi nicht zu sagen.

»Sie hätten mir die Frage nicht gestellt, wenn Sie die Antwort nicht wüßten. Warum fischen Sie also?«

»Sehr elegant.« General Ben Jakob setzte sich, winkte dem Kellner und bestellte zwei Bier, ehe er weitersprach. Clark und der zweite Leibwächter tranken nicht. »Ihr Präsident hat uns mit seiner Drohung, die Waffenlieferungen zu stoppen, zu sehr unter Druck gesetzt.«

»Gewiß, er hätte etwas behutsamer vorgehen können, aber ich bestimme die Politik nicht, Avi. Den Prozeß hat Israel selbst ausgelöst, als die Demonstranten erschossen wurden. Das weckte bei uns Erinnerungen an Episoden aus unserer eigenen Geschichte, an die wir lieber nicht denken, und neutralisierte Ihre Lobby im Kongreß. Vergessen Sie nicht, daß viele dieser Leute auf der Seite der Bürgerrechtsbewegung standen. Sie haben uns in Zugzwang gebracht, Avi. Außerdem...« Ryan hielt abrupt inne.

»Außerdem?«

»Kann die Sache Erfolg haben, Avi. Sehen Sie sich doch nur um!« sagte Jack, als das Bier kam. Er war so durstig, daß er sein Glas mit dem ersten Schluck zu einem Drittel leerte.

»Es bestehen geringe Chancen«, räumte Ben Jakob ein.

»Ihre Informationen über Syrien sind besser als unsere«, betonte Ryan. »Wie ich höre, äußert man sich dort inzwischen positiv über das Abkommen, wenn auch ganz diskret. Habe ich recht?«

»Wenn's wahr ist«, grunzte Avi.

»Wissen Sie, was solche positiven Informationen so problematisch macht?« Ben Jakob starrte nachdenklich eine Wand an. »Daß man sie nicht glauben will?«

Jack nickte. »Und da sind wir Ihnen gegenüber im Vorteil. Wir haben das hinter uns.«

»Wohl wahr, aber die Sowjets proklamierten nicht zwei Generationen lang die Absicht, Sie vom Erdboden zu tilgen. Richten Sie Ihrem Präsidenten Fowler aus, daß solche Bedenken nicht so leicht zu zerstreuen sind.«

Jack seufzte. »Das habe ich längst getan, Avi. Ich bin nicht Ihr Feind.«

»Aber auch nicht mein Verbündeter.«

»Wieso nicht? Das Abkommen ist in Kraft, wir sind Alliierte. Es ist meine Aufgabe, General, meiner Regierung Informationen und Analysen zu liefern. Die Politik wird von Leuten gemacht, die über mir stehen und klüger sind«, fügte Ryan trocken hinzu.

»Wirklich? Und wer sind die?« General Ben Jakob lächelte den jüngeren Mann an und senkte seine Baß-Stimme. »Sie sind nun seit knapp zehn Jahren beim Nachrichtendienst, Jack. Die U-Boot-Affäre, die Geschichte in Moskau, Ihre Rolle bei der letzten Wahl...«

Ryan bemühte sich vergeblich, Beherrschung zu zeigen. »Herr Jesus, Avi!« rief er und fragte sich: Woher weiß er das?

»Ein Verstoß gegen das erste Gebot, Dr. Ryan«, spottete der stellvertretende Chef des Mossad. »Wir sind hier in der Stadt Gottes. Passen Sie auf, sonst werden Sie von den Schweizern erschossen. Sie können der reizenden Miß Elliot ausrichten, daß wir bei den Medien immer noch Freunde haben. Wenn sie zu viel Druck macht, könnte eine solche Story...«

»Avi, wenn Ihre Leute Liz darüber informieren, wird sie nicht wissen, worüber sie reden.«

»Mumpitz!« schnaubte General Ben Jakob.

»Sie haben mein Wort.«

Nun war der General überrascht. »Das kann ich kaum glauben.«

Jack leerte sein Glas. »Avi, mehr kann ich nicht sagen. Haben Sie jemals an die Möglichkeit gedacht, daß Ihre Informationen aus einer nicht ganz zuverlässigen Quelle stammen könnten? Eines kann ich Ihnen sagen: Von dem, was Sie eben angedeutet haben, weiß ich persönlich nichts. Wenn es einen Kuhhandel gegeben haben sollte, wurde ich herausgehalten. Schön, ich habe Grund zu der Annahme, daß sich etwas getan hat, und könnte sogar Spekulationen anstellen, aber wenn ich jemals vor den Richter kommen sollte und Fragen beantworten muß, kann ich nur sagen, daß ich von nichts weiß. Und Sie, mein Freund, können eine Person nicht mit Informationen erpressen, die sie nicht kennt. Es bedürfte einiger Überredungskunst, sie davon zu überzeugen, daß sich überhaupt etwas Entsprechendes getan hat.«

»Moores und Ritters Plan war genial, nicht wahr?«

Ryan stellte sein leeres Glas auf den Tisch. »So etwas gibt es nur im Film,

General, aber nicht im wirklichen Leben. Mag sein, daß Ihre Information etwas dünn ist. Das sind spektakuläre Meldungen oft. Die Realität hinkt der Kunst hinterher.« Geschickt pariert, dachte Ryan und grinste. Ein Punkt für ihn.

»Dr. Ryan, 1972 veranstaltete die japanische Rote Armee im Auftrag des Schwarzen September der PLO auf dem Flughafen Ben Gurion ein Massaker, dem vorwiegend Pilger aus Puerto Rico zum Opfer fielen. Der einzige Terrorist, den unsere Sicherheitskräfte lebend fassen konnten, erklärte beim Verhör, daß seine toten Genossen und ihre Opfer sich in Sterne am Himmel verwandeln würden. Im Gefängnis trat er zum Judaismus über und biß sich sogar die Vorhaut ab, was allerhand über seine physische und psychische Beweglichkeit aussagt«, erklärte General Ben Jakob gelassen. »Erzählen Sie mir also nicht, eine Sache sei zu verrückt, um wahr zu sein. Ich bin nun seit über zwanzig Jahren beim Geheimdienst, und sicher ist für mich nur eins: Ich habe längst noch nicht alles gesehen.«

»Avi, so paranoid bin selbst ich nicht.«

»Ihr Volk mußte keinen Holocaust erleben, Dr. Ryan.«

»Ich bin irischer Abstammung. Zählen Cromwells grausame Strafexpedition und die große Hungersnot von 1846 etwa nicht? Steigen Sie von Ihrem hohen Roß, General. Wir stationieren US-Truppen in Israel. Wenn es zum Krieg kommt, fließt amerikanisches Blut im Negev, auf dem Golan oder sonstwo.«

»Gesetzt den Fall...«

»Avi, wenn dieser Fall eintritt, fliege ich höchstpersönlich hierher. Ich war früher bei den Marines. Sie wissen, daß ich schon unter Feuer war. Solange ich lebe, wird es keinen zweiten Holocaust geben. Das läßt mein Volk, meine Regierung nicht zu. Wenn nötig, werden Amerikaner für dieses Land sterben.«

»Das haben Sie zu Südvietnam auch gesagt.« Als Ben Jakob sah, daß Clarks Augen bei dieser Bemerkung blitzten, fragte er ihn: »Haben Sie etwas zu sagen?«

»General, ich bin kein großes Tier, sondern nur ein glorifiziertes Frontschwein. Aber ich habe lange Gefechtserfahrung und muß Ihnen sagen, Sir, daß ich Angst bekomme, wenn ich sehe, wie Ihr Land unsere Fehler wiederholt. Wir haben aus der Vietnam-Erfahrung gelernt. Und was Dr. Ryan sagt, stimmt: Er käme wirklich, wenn Not am Mann ist. Und auf mich könnten Sie auch rechnen«, sagte Clark leise und beherrscht.

»Auch ein Marine?« fragte Avi leichthin, obwohl er wußte, daß Clark ein SEAL gewesen war.

»So etwas Ähnliches«, erwiderte Clark. »Und ich bin auch nicht aus der Übung gekommen«, fügte er lächelnd hinzu.

»Und Ihr Kollege?« Avi wies auf Chavez, der lässig an der Ecke stand und die Straße im Auge behielt.

»Der Mann ist so gut wie ich, als ich so alt war wie er. Und die Jungs von der Zehnten Kavallerie sind ebenfalls erstklassig. Aber dieses Kriegsgerede ist Quatsch, das wissen Sie doch beide. Wenn Sie an Sicherheit interessiert sind, regeln Sie erst einmal Ihre internen Probleme. Der Frieden folgt dann wie der Regenbogen aufs Gewitter.«

»Aus Fehlern lernen...«

»Als wir aus Vietnam abzogen, blieb eine sechstausend Meilen breite Pufferzone. Von hier aus ist es nur ein Katzensprung zum Mittelmeer. Lernen Sie also aus unseren Fehlern. Zum Glück haben Sie bessere Chancen für echten Frieden als wir damals.«

»Aber den Frieden auferlegt zu bekommen...«

»Sir, wenn es klappt, werden Sie uns dankbar sein. Wenn nicht, stehen wir Ihnen massiv zur Seite, falls es knallt.« Clark bemerkte, daß Chavez sich unauffällig von seinem Posten auf der anderen Straßenseite entfernt hatte und nun ziellos dahinschlenderte wie ein Tourist...

»Sie eingeschlossen?«

»Jawohl«, erwiderte Clark, der nun hellwach war und die Passanten musterte. Was hatte Chavez entdeckt? Was hatte er selbst übersehen?

Wer sind diese Leute? fragte sich Ghosn. Den Brigadegeneral Abraham Ben Jakob, stellvertretender Direktor des Mossad, erkannte er nach einer Sekunde; er hatte den Mann auf einem Bild gesehen. Er sprach mit einem Amerikaner. Wer ist das wohl? Ghosn wandte langsam und unauffällig den Kopf. Der Amerikaner mußte mehrere Leibwächter haben, darunter den Mann in seiner Nähe. Finsterer Typ, recht alt schon... vielleicht Ende Vierzig. Er wirkte hart und sehr wachsam. Man kann seine Miene kontrollieren, aber nicht die Augen. Ah, nun setzte er die Sonnenbrille wieder auf. Er konnte nicht der einzige sein. Es mußten mehrere in der Gegend herumschleichen, israelisches Sicherheitspersonal dazu. Ghosn wußte, daß er die Gruppe etwas zu lange angestarrt hatte, aber...

»Hoppla!« Ein Mann, etwas kleiner und schlanker als er, war mit ihm zusammengestoßen. Dunkle Haut, vielleicht sogar ein Araber, aber er hatte englisch gesprochen. Der Kontakt war schon wieder vorbei, ehe Ghosn merkte, daß er rasch und geschickt abgetastet worden war. *»Sorry.«* Der Mann entfernte sich. Ghosn wußte nicht, ob er es mit einem normalen Passanten oder einem israelischen Leibwächter zu tun gehabt hatte. Wie auch immer, er war ja unbewaffnet und trug noch nicht einmal ein Taschenmesser bei sich, sondern nur eine Einkaufstasche mit Büchern.

Clark sah Ding mit einer ganz normalen Geste – er schien ein Insekt von seinem Hals zu verjagen – Entwarnung geben. Warum dann der Blickkontakt der Zielperson – jeder, der sich für seinen Schutzbefohlenen interessierte, war ein Ziel –, warum war der Fremde stehengeblieben und hatte sie angeschaut? Clark drehte sich um. Zwei Tische weiter saß ein hübsches Mädchen. Keine Einheimische; der Sprache nach Holländerin. Sehr attraktiv und ein Magnet für Männerblicke. Vielleicht hatte die Aufmerksamkeit des Fremden ihr gegolten. Beim Personenschutz war die Grenze zwischen Aufmerksamkeit und Verfolgungswahn immer fließend, selbst wenn man das taktische Umfeld kannte, und Clark war Jerusalem fremd. Andererseits hatten sie ihren Weg und das Restaurant aufs Geratewohl gewählt. Kaum jemand konnte also in Erfahrung gebracht haben, daß Ryan und Ben Jakob sich hier umsahen, und keine Organisation hatte genug Personal, um eine ganze Stadt abzudecken, von den russischen Sicherheitskräften in Moskau vielleicht abgesehen. Trotzdem: warum der Blickkontakt?

Nun denn. Clark prägte sich das Gesicht ein und speicherte es zu Hunderten anderen in seiner internen Datenbank ab.

Ghosn setzte seine Streife fort. Er hatte alle erforderlichen Bücher besorgt und observierte nun die Schweizer Soldaten, wie sie sich bewegten, wie zäh sie aussahen. Avi Ben Jakob, dachte er, eine verpaßte Gelegenheit. Solche Ziele boten sich nicht jeden Tag. Er schritt weiter übers Kopfsteinpflaster und schaute scheinbar ziel- und ausdruckslos in die Runde. Er nahm sich vor, in die nächste Seitenstraße einzubiegen, seine Schritte zu beschleunigen und vor den Schweizern die nächste Kreuzung zu erreichen. Was er in ihnen sah, mußte er bewundern; gleichzeitig bereute er, dem Anblick ausgesetzt gewesen zu sein.

»Prima gemacht«, sagte Ben Jakob zu Clark. »Ihr Untergebener ist gut ausgebildet.«

»Er macht sich ordentlich.« Clark beobachtete, wie Ding im Bogen auf seinen Posten auf der gegenüberliegenden Straßenseite zurückkehrte. »Haben Sie den Mann erkannt?«

»Nein. Wahrscheinlich haben meine Leute ein Bild von ihm. Wir werden es überprüfen, aber vermutlich handelte es sich um einen jungen Mann mit normalem Hormonspiegel.«

Ben Jakob machte eine Kopfbewegung in die Richtung der Holländerin.

Clark war überrascht, daß die israelischen Leibwächter nicht eingegriffen hatten. Eine Einkaufstasche konnte alles mögliche enthalten, in dieser Umgebung wohl eher Negatives. Er haßte diese Arbeit. Auf sich selbst aufzupassen war eine Sache – er blieb grundsätzlich mobil, wählte seinen Kurs willkürlich, änderte die Gangart, hielt immer die Augen nach Fluchtrouten oder potentiellen Hinterhalten offen. Ryan aber, der zwar ähnliche Instinkte hatte und taktisch recht flink war, verließ sich nach Clarks Geschmack viel zu sehr auf seine Leibwächter.

»Und sonst, Avi?« fragte Ryan.

»Die ersten Einheiten Ihrer Kavallerie richten sich gerade ein. Unseren Panzersoldaten ist Ihr Colonel Diggs sympathisch. Nur das Regimentswappen finde ich etwas sonderbar. Ein Bison ist doch im Grunde nur eine wilde Kuh.« Avi lachte in sich hinein.

»Ein Büffel ist wie ein Panzer, Avi. Es ist unklug, sich vor ihn zu stellen.« Ryan hätte gern gewußt, was passierte, wenn die Zehnte Kavallerie zum ersten

Mal als Manövergegner gegen die Israelis antrat. Bei der US-Army war man weithin der Ansicht, daß die Israelis überbewertet waren, und Diggs galt als aggressiver Taktiker.

»Ich kann wohl dem Präsidenten melden, daß die Lage hier sehr vielversprechend aussieht.«

»Zu Schwierigkeiten wird es trotzdem kommen.«

»Gewiß, Avi. Das Millennium kommt erst in ein paar Jahren«, bemerkte Jack. »Hatten Sie denn wirklich erwartet, daß alles reibungslos klappt?«

»Nein«, gab Ben Jakob zu und holte Geld für die Rechnung aus der Tasche. Dann erhoben sich beide. Clark ging über die Straße zu Chavez.

»Nun, was war das?«

»Nur dieser eine Typ. Große Einkaufstasche, aber es waren offenbar nur Bücher drin, Lehrbücher übrigens. In einem steckte noch die Quittung. Ausgerechnet über Nuklearphysik! Jedenfalls ein Titel, den ich lesen konnte. Ein Riesenwälzer. Na, vielleicht studiert der Typ. Und die Kleine da drüben ist Klasse.«

»Wir sind im Dienst, Mr. Chavez«, mahnte Clark.

»Kein Problem, die ist nicht mein Typ.«

»Was halten Sie von den Schweizern?«

»Echt brutal. Mit denen lege ich mich nur an, wenn ich den Zeitpunkt und das Gelände wählen darf.« Chavez machte eine Pause. »Haben Sie gemerkt, wie der Typ die Schweizer anstarrte?«

»Nein.«

»Es sah so aus ... als wüßte er genau ...« Domingo Chavez hielt inne. »Klar, die Leute hier kriegen viele Soldaten zu sehen, aber der Typ hat sie ganz fachmännisch gemustert. Deswegen fiel er mir zuerst auf, noch ehe er Sie und den Doc anstarrte. Er hatte einen intelligenten Blick, wenn Sie wissen, was ich meine.«

»Was fiel Ihnen sonst noch auf?«

»Straffer Gang, schien einigermaßen fit zu sein. Weiche Hände, offenbar kein Soldat. Dem Alter nach vielleicht noch Student.« Chavez machte wieder eine Pause. *Jesucristo!* Die Paranoia in diesem bescheuerten Job! »Er war unbewaffnet und seinen Händen nach kein Karatekämpfer. Er ging nur die Straßen entlang, beguckte sich die Schweizer, glotzte zum Chef und seinem Freund hinüber und marschierte dann weiter. Ende.« Manchmal bereute Chavez seinen Entschluß, die Army verlassen zu haben. Dort hätte er inzwischen sein Diplom in der Tasche und wäre Offizier. Statt dessen büffelte er in einem Abendkurs und spielte tagsüber Ryans Kettenhund. Zum Glück war der Doc ein angenehmer Mann, und die Zusammenarbeit mit Clark war ... interessant. Aber wer für den Dienst arbeitete, führte ein seltsames Leben.

»Auf geht's«, sagte Clark.

»Ich gehe voraus.« Ding tastete nach der Automatic unter seinem weiten Hemd. Die israelischen Leibwächter hatten sich schon in Bewegung gesetzt.

Ghosn erwischte sie wie geplant, und zwar mit der unfreiwilligen Unterstützung der Schweizer. Ein älterer islamischer Geistlicher hatte den Unteroffizier der Streife angehalten, aber es gab Probleme mit der Verständigung; der Imam konnte kein Englisch, und mit dem Arabisch des Schweizers war es noch nicht weit her. Diese Gelegenheit ließ sich Ghosn nicht entgehen.

»Verzeihung«, sagte er zu dem Imam, »kann ich Ihnen behilflich sein?« Er nahm einen Wortschwall in seiner Muttersprache auf und wandte sich an den Soldaten.

»Der Imam ist aus Saudi-Arabien und war seit seiner Jugend nicht mehr in Jerusalem. Er möchte den Weg zum Gebäude der Troika wissen.«

Sowie der Feldwebel erkannte, daß er einen Geistlichen von hohem Rang vor sich hatte, setzte er den Helm ab und neigte respektvoll den Kopf. »Sagen Sie ihm bitte, es es ist uns eine Ehre, ihn zu begleiten.«

»Ah, da sind Sie!« rief eine andere Stimme in einem hart klingenden, aber eleganten Arabisch. Der Mann, offenbar ein Israeli, begrüßte den Feldwebel auf englisch.

»Guten Tag, Rabbi Ravenstein. Kennen Sie diesen Mann?« fragte der Soldat.

»Das ist der Imam Mohammed Al Faisal, ein angesehener Historiker aus Medina.«

»Geht es wirklich so reibungslos, wie ich hörte?« fragte Al Faisal den Rabbi.

»Ja, es funktioniert bestens«, erwiderte Ravenstein.

»Wie bitte?« fragte Ghosn dazwischen.

»Wer sind Sie?« wollte Ravenstein wissen.

»Ich bin Student und wollte nur dolmetschen.«

»Aha«, meinte Ravenstein. »Das ist sehr liebenswürdig von Ihnen. Der Imam möchte sich ein Manuskript ansehen, das wir bei einer Ausgrabung gefunden haben. Es handelt sich um den Kommentar eines islamischen Gelehrten zu einer Tora aus dem zehnten Jahrhundert. Ein sensationeller Fund. Ich kümmere mich jetzt um unseren Gast«, sagte er zu dem Feldwebel und fügte an Ghosn gewandt hinzu: »Ich danke Ihnen, junger Mann.«

»Brauchen Sie eine Eskorte?« fragte der Soldat. »Wir gehen in diese Richtung.«

»Danke, aber wir sind zu alt, um mit Ihnen Schritt halten zu können.«

Der Feldwebel salutierte, verabschiedete sich und führte seine Männer weiter. Die wenigen Passanten, die die Begegnung miterlebt hatten, lächelten.

»Der Kommentar ist von Al Kalda und scheint sich auf die Werke des Nuchem von Akko zu beziehen«, erklärte Ravenstein. »Das Dokument ist unglaublich gut erhalten.«

»Dann muß ich es unbedingt sehen!« Die beiden Gelehrten gingen weiter, so schnell ihre alten Beine sie trugen, und hatten ihre Umgebung ganz vergessen.

Ghosns Miene blieb unverändert. Vor den Soldaten aus der Schweiz, die schon fast die nächste Querstraße erreicht hatten und einen Rattenschwanz kleiner Kinder hinter sich herzogen, hatte er sich bewußt liebenswürdig verhalten. Nun war er diszipliniert genug, um eine Ecke zu biegen und in einer engen Gasse zu verschwinden. Aber was er gesehen hatte, fand er katastrophal.

Mohammed Al Faisal, einer der fünf bedeutendsten islamischen Gelehrten, war ein hochgeachteter Historiker und Mitglied des Hauses Saud, eine Tatsache, die er bescheiden herunterspielte. Wäre er nicht fast achtzig gewesen, hätte man ihn wahrscheinlich in die regierende Troika berufen. Aber man hatte ihn auch übergangen, weil ein Gelehrter palästinensischer Abstammung politisch opportuner gewesen war. Sollte nun auch dieser Mann, der gewiß kein Freund Israels und der konservativen Vertreter der saudischen Geistlichkeit war, von dem Abkommen angetan sein?

Schlimmer noch war der Respekt, den die Schweizer ihm erwiesen hatten. Das allerschlimmste aber war, wie höflich der Rabbi zu ihm gewesen war. Die Leute auf der Straße, fast alle Palästinenser, hatten die Szene amüsiert mit angesehen und ... toleriert? Fand die neue Regelung ihre Anerkennung, als sei sie die natürlichste Sache der Welt? Die Israelis hatten immer schon vorgegeben, ihre arabischen Nachbarn zu respektieren, aber das war ein reines Lippenbekenntnis gewesen, ein leeres Versprechen.

Ravenstein hatte natürlich eine Ausnahme dargestellt. Als Gelehrter, der in seiner eigenen Welt der toten Dinge und Ideen lebte, hatte er oft zur Mäßigung im Umgang mit den Arabern geraten und bei seinen Ausgrabungen Moslems konsultiert ... und nun ...

Nun war er eine Art psychologisches Bindeglied zwischen der jüdischen und der arabischen Welt. Menschen wie er machten also weiter wie bisher, stellten aber keine Ausnahme mehr dar.

Der Friede war möglich. Er konnte kommen. Er war kein verrückter Traum mehr, den Außenstehende der Region aufzwingen wollten. Erstaunlich, wie rasch sich das Volk der Umstellung anpaßte. Israelis verließen ihre Siedlungen. Die Schweizer hatten schon eine besetzt und mehrere andere abgebrochen. Die saudische Kommission hatte begonnen, Grundstücke an ihre rechtmäßigen Eigentümer zurückzugeben. Am Stadtrand sollte eine von Saudi-Arabien finanzierte große arabische Universität entstehen. Wie schnell alles ging! Der israelische Widerstand war schwächer als erwartet. In einer Woche, hatte er gehört, sollte der Touristenstrom einsetzen – die Hotelbuchungen gingen so rasch ein, wie es die Kapazitäten der Satellitenverbindungen zuließen. Zwei riesige Herbergen waren bereits in der Planung, und die Einnahmen allein aus dem Tourismus würden gewaltige Gewinne für die palästinensische Wirtschaft bedeuten. Die Palästinenser hatten ihren totalen politischen Sieg über Israel erklärt und kollektiv beschlossen, im Triumph großmütig zu bleiben – das war für sie, die in der arabischen Welt den besten Geschäftssinn hatten, finanziell am günstigsten.

Aber Israel bestand weiter.

Ghosn blieb vor einem Straßencafé stehen, setzte seine Tasche ab und bestellte einen Saft. Während er wartete, betrachtete er die Passanten in der engen Gasse. Er sah Juden und Moslems. Bald würden Touristen die Stadt überfluten; die erste Welle hatte die Flughäfen bereits erreicht. Es kamen Moslems, um im Felsendom zu beten, es fielen reiche Amerikaner ein und sogar Japaner, voller Neugier auf dieses Land, das älter war als ihres. Und bald würde der Wohlstand nach Palästina kommen.

Die Prosperität ist die Magd des Friedens und die Feindin der Unzufriedenheit.

Wohlstand war aber nicht das, was Ghosn für sein Volk und sein Land im Sinn hatte, zumindest vorerst nicht. Es mußten die entsprechenden Voraussetzungen geschaffen werden. Er bezahlte seinen Orangensaft mit amerikanischem Geld und ging. Bald fand er ein Taxi. Ghosn, der über Ägypten nach Israel eingereist war, fuhr von Jerusalem nach Jordanien und kehrte dann in den Libanon zurück. Er hatte jetzt viel zu tun und hoffte nur, daß die neuen Bücher die notwendigen Informationen enthielten.

Ben Goodley, ein intelligenter, gutaussehender Siebenundzwanzigjähriger, setzte seine Studien an der Kennedy School of Government in Harvard nach der Promotion fort, und sein Ehrgeiz reichte für die gesamte Familie, nach der das Institut benannt war. Seine Doktorarbeit hatte sich mit den geheimdienstlichen Aspekten des Vietnam-Debakels befaßt und war so kontrovers, daß sein Professor sie Elizabeth Elliot zur Begutachtung zugeschickt hatte. Das einzige, was die Sicherheitsberaterin an Goodley störte, war die Tatsache, daß er ein Mann war. Aber es ist eben niemand perfekt.

»Und womit genau möchten Sie sich beschäftigen?« fragte sie ihn.

»Dr. Elliot, ich möchte nachrichtendienstliche Entscheidungsprozesse im Hinblick auf die jüngsten Veränderungen in Europa und im Nahen Osten überprüfen – ein recht problematisches Thema.«

»Und was ist Ihr Karriereziel? Wollen Sie lehren, schreiben oder in den Regierungsdienst eintreten?«

»Mich interessiert die Praxis. Der historische Kontext verlangt, daß die richtigen Leute die richtigen Entscheidungen treffen. Ich habe in meiner Dissertation schlüssig dargelegt, daß uns die Nachrichtendienste seit 1960 fast ununterbrochen schlecht beraten haben. Die ganze Denkart zielt in die falsche Richtung. Zumindest« – er lehnte sich zurück und versuchte entspannt zu wirken – »kommt man als Außenseiter oft zu diesem Schluß.«

»Und was ist Ihrer Ansicht nach der Grund?«

»Zum einen die Kriterien bei der Einstellung. Die Art und Weise zum Beispiel, auf die bei der CIA das Personal ausgewählt wird, bestimmt die Methoden, mit denen diese Leute Daten sammeln und analysieren. Das Ergebnis ist eine endlose Reihe sich selbst bewahrheitender Voraussagen. Wo bleibt die Objektivität, das Gespür für Trends? Prophezeite man 1989? Natürlich nicht. Und was übersieht man jetzt? Wahrscheinlich eine ganze Menge. Es wäre zur Abwechslung mal schön«, schloß Goodley, »wichtige Themen in den Griff zu bekommen, ehe sie sich zu Krisen auswachsen.«

»Da bin ich ganz Ihrer Meinung.« Dr. Elliot sah die Schultern des jungen

Mannes sinken, als er diskret erleichtert ausatmete. Sie beschloß nun, ein wenig mit ihm zu spielen, um ihm einen Vorgeschmack zu geben. »Tja, was können wir wohl mit Ihnen anfangen ...?«

Elliot ließ ihren Blick zur Wand gegenüber schweifen. »Im Haus ist die Stelle eines Rechercheurs frei. Sie müßten sich einer Sicherheitsüberprüfung unterziehen und eine strenge Geheimhaltungsverpflichtung unterschreiben. Außerdem dürfen Sie nur veröffentlichen, was vorher mit uns abgeklärt ist.«

»Das grenzt ja schon an Vorzensur«, wandte Goodley ein. »Ist das nicht verfassungswidrig?«

»Eine Regierung muß Geheimnisse wahren können, wenn sie funktionieren will. Sie könnten Zugang zu erstaunlichen Informationen bekommen. Wollen Sie nun publizieren oder sich praktisch betätigen, wie Sie gerade behauptet haben? Der öffentliche Dienst verlangt einige Opfer.«

»Nun ...«

»Bei der CIA werden in den nächsten Jahren einige wichtige Posten neu besetzt«, versprach Elliot.

»Ah, ich verstehe«, erwiderte Goodley. »Es war natürlich nie meine Absicht, vertrauliches Material zu veröffentlichen.«

»Gewiß«, stimmte Elliot zu. »Ich werde das über mein Büro regeln. Von Ihrer Dissertation war ich sehr beeindruckt. Leute mit Ihrem Verstand brauchen wir hier – vorausgesetzt, Sie sind mit den erforderlichen Einschränkungen einverstanden.«

»In diesem Fall kann ich sie wohl akzeptieren.«

»Vorzüglich.« Elizabeth Elliot lächelte. »Willkommen im Weißen Haus. Meine Sekretärin wird Sie ins Haus gegenüber in die Sicherheitsabteilung bringen. Sie müssen einen Haufen Formulare ausfüllen.«

»Für ›Secret‹ bin ich schon zugelassen.«

»Das reicht nicht. Sie brauchen die Geheimhaltungsstufe SAP/SAR, die Ihnen Zugang zu Spezialprogrammen mit besonderem Code gibt. Normalerweise dauert das ein paar Monate...«

»Monate?« fragte Goodley entsetzt.

»Normalerweise, sagte ich. Der Prozeß läßt sich ein wenig beschleunigen. Machen Sie sich also auf Wohnungssuche. Reicht Ihr Stipendium?«

»Ja.«

»Gut. Ich rufe Marcus Cabot in Langley an; er wird Sie kennenlernen wollen.« Goodley strahlte die Sicherheitsberaterin an. »Willkommen im Team.«

Der neue Mitarbeiter verstand den Wink und erhob sich. »Ich werde versuchen, Sie nicht zu enttäuschen.«

Elliot schaute ihm nach. Wie leicht die Menschen doch zu manipulieren sind, dachte sie. Mit Sex erreichte man schon viel, mit Macht und Ehrgeiz aber noch mehr. Das habe ich bereits bewiesen, sagte sich Elliot.

»Eine Atombombe?« fragte Bock.

»So sieht es aus«, erwiderte Kati.

»Wer weiß außerdem darüber Bescheid?«

»Nur Ghosn, der das Stück entdeckte.«

»Funktioniert sie noch?« fragte der Deutsche und fügte insgeheim hinzu: Und warum höre ich erst jetzt davon?

»Sie ist schwer beschädigt und muß erst repariert werden. Ibrahim besorgt sich gerade Bücher, um einen Überblick über die Aufgabe zu bekommen. Er glaubt, daß es möglich ist.«

Bock lehnte sich zurück. »Ist das auch kein fauler Trick der Israelis oder Amerikaner?«

»Wenn ja, dann ein sehr raffinierter«, entgegnete Kati und erklärte dann die Umstände.

»1973 ... hm, könnte passen. Ich erinnere mich noch, wie knapp die Israelis der Vernichtung durch die Syrer entgingen ...« Bock schwieg einen Augenblick lang und schüttelte dann den Kopf. »Wie und wo setzt man so etwas ein ...«

»Das ist die Frage.«

»Machen wir uns darüber später Gedanken. Erst muß festgestellt werden, ob die Waffe überhaupt repariert werden kann. Anschließend müssen wir die Sprengkraft bestimmen – nein, vorher müssen wir wissen, wie groß, wie schwer und schwierig transportierbar die Bombe ist. Das ist am wichtigsten. Dann käme die Sprengkraft – ich gehe davon aus, daß ..« Er verstummte. »Wovon kann ich schon ausgehen? Von solchen Waffen verstehe ich so gut wie nichts. Sehr schwer können sie nicht sein, denn sie lassen sich als Artilleriegranaten verschießen, deren Durchmesser weniger als zwanzig Zentimeter beträgt.«

»Diese ist sehr viel größer, mein Freund.«

»Sie hätten mir das nicht verraten sollen, Ismael. In einer solchen Angelegenheit geht Sicherheit über alles. Diese Information können Sie niemandem anvertrauen. Menschen neigen zum Schwatzen und Prahlen. Es mag in Ihrer Organisation Spitzel geben.«

»Es ließ sich nicht vermeiden. Ghosn wird Hilfe brauchen. Haben Sie nützliche Kontakte in der DDR?«

»Welcher Art?« Kati erklärte ihm, was er brauchte. »Hm, ich kenne ein paar Ingenieure vom inzwischen eingestellten Kernforschungsprogramm in der ehemaligen DDR.«

»Warum läuft das Programm nicht mehr?«

»Honecker ließ mehrere Reaktoren der russischen Bauart errichten. Nach der Wiedervereinigung warfen westdeutsche Umweltschützer nur einen Blick auf die Konstruktion – den Rest können Sie sich denken. Russische AKWs stehen nicht im besten Ruf.« Bock grunzte. »Ich sage Ihnen ja immer wieder, wie rückständig die Russen sind. Ihre Reaktoren waren vorwiegend für die Erzeugung von spaltbarem Material für Kernwaffen ...«

»Und?«

»Und so ist es wahrscheinlich, daß die DDR ein Kernwaffenprogramm hatte. Interessant, diese Frage habe ich nie durchdacht«, merkte Bock leise an. »Was soll ich nun exakt tun?«

»Fliegen Sie nach Deutschland und suchen Sie uns Leute – eine einzelne Person wäre uns aus naheliegenden Gründen allerdings lieber –, die uns helfen können.«

Zurück nach Deutschland? dachte Bock entsetzt. »Da bräuchte ich aber . . .«

Kati warf seinem Freund einen Umschlag in den Schoß.

»Beirut ist schon seit Jahrhunderten eine Drehscheibe. Diese Ausweise sind besser als echte.«

»Sie werden Ihr Hauptquartier sofort verlegen müssen«, riet Bock. »Wenn ich erwischt werde, müssen Sie annehmen, daß man alle Informationen aus mir herausholt. Petra haben sie kleingekriegt, und mir wird es nicht bessergehen.«

»Ich will für Ihre Sicherheit beten. Der Umschlag enthält eine Telefonnummer. Wenn Sie wieder zurück sind, finden Sie uns anderswo.«

»Wann reise ich ab?«

»Morgen.«

12
Tüftler

»Ich erhöhe um einen Zehner«, sagte Ryan.

»Bluff«, versetzte Chavez und nahm einen Schluck Bier.

»Ich bluffe nie«, gab Jack zurück.

»Ich gebe auf.« Clark warf sein Blatt hin.

»Das sagen sie alle«, bemerkte ein Sergeant der Air Force, »und ziehen einem das Fell über die Ohren.«

»Aufdecken«, forderte Chavez.

»Drei Buben.«

»Schlägt meine Achten«, meckerte der Sergeant.

»Aber nicht meine Folge.« Ding trank sein Bier aus. »Wow, jetzt liege ich mit fünf Dollar vorn.«

»Zähl nie den Gewinn am Tisch«, zitierte Clark eine Schnulze.

»Ich hasse Country & Western.« Chavez grinste. »Aber Poker macht Spaß.«

»Und ich hab' immer geglaubt, Soldaten wären miese Zocker«, merkte der Sergeant säuerlich an. Er, ein ausgefuchster Pokerspieler, lag drei Dollar zurück. Auf langen Flügen bekam er genug Übung, wenn die Politiker einen guten Geber brauchten.

»Kartenzinken gehört bei der CIA zur Grundausbildung«, verkündete Clark und stand auf, um eine neue Runde zu holen.

»Tja, ich hätte diesen Kurs auf der Farm belegen sollen«, seufzte Ryan, der seinen Einsatz noch nicht verloren hatte. Aber jedesmal wenn er ein gutes Blatt bekommen hatte, war er von Chavez übertrumpft worden. »Demnächst lasse ich Sie mal gegen meine Frau spielen.«

»Ist sie gut?« fragte Chavez.

»Als Chirurgin teilt sie die Karten so geschickt aus, daß selbst ein Profi den Überblick verliert. Damit übt sie ihre Fingerfertigkeit«, erklärte Ryan und grinste. »Bei mir darf sie nie geben.«

»So was würde Mrs. Ryan nie tun«, sagte Clark und setzte sich wieder.

Er begann recht geschickt zu mischen. »Nun, was meinen Sie, Doc?«

»Zu Jerusalem? Die Sache läuft besser als erwartet. Und Sie?«

»Als ich zuletzt dort war, 1984, erinnerte mich die Atmosphäre an Olongapo auf den Philippinen. Spannung lag in der Luft, man fühlte sich beobachtet. Aber jetzt hat es sich abgekühlt. Wie wär's mit einer Runde Stud?«

Der Sergeant war einverstanden. »Wenn der Geber will.«

Clark legte die verdeckten Karten aus und dann die erste offene. »Pik Neun für die Air Force. Unser Latino kriegt Karo Fünf. Die Kreuzdame geht an den Doc, und der Geber hat – sieh mal an! Ein As. Und setzt 25.«

»Und, John?« fragte Ryan nach der ersten Runde.

»Sie scheinen viel Vertrauen in meine Beobachtungsgabe zu haben, Jack. In zwei Monaten wissen wir es genau, aber vorerst sieht es gut aus.« Er teilte weitere vier Karten aus. »Oho, die Air Force kriegt vielleicht eine Sequenz hin. Was setzen Sie?«

»25.« Dem Sergeant schien das Glück hold zu sein. »Die israelische Sicherheit ist auch nicht mehr so scharf.«

»Wieso?«

»Dr. Ryan, auf Sicherheit verstehen sich die Israelis. Wenn wir früher hierherflogen, wurde um die Maschine eine Mauer hochgezogen. Aber diesmal war sie nicht ganz so hoch. Ich sprach mit zwei Männern, und die erzählten mir, daß man sich jetzt lockerer gibt – aus persönlicher Einstellung, nicht auf Anweisung von oben. Früher haben die Leute kaum mit uns geredet. Ich habe das Gefühl, daß sich hier etwas grundlegend verändert hat.«

Ryan beschloß, das Spiel aufzugeben. Mit einer Acht, einer Dame und einer Zwei war nichts anzufangen. Aber sein Manöver hatte Erfolg gehabt. Von Sergeants bekam man immer bessere Informationen als von Generälen.

»Was wir hier vor uns haben«, sagte Ghosn und schlug eine Seite in seinem Buch auf, »ist der Nachbau einer amerikanischen Fissionsbombe mit Verstärkung vom Typ Mark 12.«

»Was bedeutet das?« fragte Kati.

»Genau im Augenblick der Zündung wird Tritium in den Kern gespritzt, das mehr Neutronen und somit eine effizientere Reaktion erzeugt. Das heißt, es wird weniger spaltbares Material benötigt...«

»Aber?« Kati hörte ein Aber kommen.

Ghosn lehnte sich zurück und starrte auf den Kern der Waffe. »Aber die Einspritzvorrichtung für das Lithium wurde beim Aufprall zerstört. Die Kryton-Schalter, die Zünder für die konventionelle Hohlladung also, sind nicht mehr zuverlässig und müssen ersetzt werden. Es sind zwar noch genug intakte Sprengstoffplatten für die Ermittlung der Gesamtkonfiguration vorhanden, aber es wird sehr schwierig sein, neue herzustellen. Leider kann ich den Konstruktionsprozeß nicht einfach umkehren, sondern muß erst das theoretische Ausgangsmodell entwickeln und dann die Fertigungsmethoden praktisch neu erfinden. Wissen Sie, was dieser Prozeß ursprünglich gekostet hat?«

»Nein«, gab Kati zu.

»Mehr als die Mondlandung. An dem Projekt arbeiteten die brillantesten Köpfe der Menschheitsgeschichte: Einstein, Fermi, Bohr, Oppenheimer, Teller, Alvarez, von Neumann, Lawrence und hundert andere. Die Giganten der Physik in diesem Jahrhundert.«

»Soll das heißen, daß Sie es nicht schaffen?«

Ghosn lächelte. »Nein. Ich kriege das hin. Was anfangs nur ein Genie bewältigte, bringt später auch schon ein Bastler fertig. Zuerst brauchte man ein Genie, als es um die Erfindung ging und die Technologie so primitiv war. Alle

Berechnungen mußten zum Beispiel mit mechanischen Rechenmaschinen ausgeführt werden. Die gesamte Arbeit an der ersten Wasserstoffbombe wurde mit den ersten, noch sehr einfachen Computern – ›Eniacs‹ hießen sie, glaube ich – ausgeführt. Aber heute?« Ghosn lachte über den absurden Kontrast. »Heute hat ein Videospiel mehr Computerkapazität als ein Eniac. Berechnungen, für die Einstein Monate brauchte, bewältigt ein guter Personalcomputer in Sekunden. Entscheidend aber ist, daß die Physiker damals nicht wußten, ob die Atombombe überhaupt möglich ist. Ich aber weiß das. Die Physiker hinterließen Protokolle ihrer Arbeit. Und ich habe schließlich eine Arbeitsvorlage. Ich kann die beschädigte Bombe zwar nicht nachbauen, aber als theoretisches Modell benutzen.

Tja, und wenn man mir zwei, drei Jahre Zeit gibt, schaffe ich das sogar allein.«

»Haben wir denn so viel Zeit?«

Ghosn, der bereits von seinen Eindrücken in Jerusalem berichtet hatte, schüttelte den Kopf. »Nein, Kommandant.«

Kati erklärte, welchen Auftrag er seinem deutschen Freund gegeben hatte. »Vorzüglich. Wo ist unser neues Hauptquartier?«

Berlin war wieder die Hauptstadt Deutschlands. Auch Bock hatte sich das gewünscht, aber als Kapitale einer anderen Republik. Er war über Syrien, Griechenland und Italien eingeflogen und an den Paßkontrollen durchgewinkt worden. Anschließend hatte er sich ein Auto gemietet und war über die E 251 nach Greifswald gefahren. Günther hatte sich für einen Mercedes entschieden und rechtfertigte die Wahl damit, daß er schließlich als »Geschäftsmann« unterwegs war. Außerdem hatte er nicht das schwerste Modell genommen. Manchmal glaubte er nun, ein Mietfahrrad wäre vernünftiger gewesen. Die von der Regierung der alten DDR vernachlässigte Autobahn war eine einzige Baustelle. Typisch – die Gegenfahrbahn war bereits erneuert. Aus dem Augenwinkel sah er Hunderte von BMWs und Mercedes' in Richtung Berlin brausen – die Kapitalisten aus dem Westen eroberten zurück, was unter einem politischen Verrat zusammengebrochen war.

Bock nahm bei Greifswald die nächste Ausfahrt und fuhr durch Chemnitz. Das Straßenbauprogramm hatte die Nebenstraßen noch nicht erreicht. Nachdem er in ein halbes Dutzend Schlaglöcher gefahren war, hielt Bock an und studierte die Karte. Nach drei Kilometern und mehreren Abzweigungen erreichte er eine ehemalige Akademikersiedlung. In der Einfahrt des Hauses, das er suchte, stand ein Trabant. Natürlich war der Rasen gepflegt, und das Haus machte bis hin zu den Gardinen einen ordentlichen Eindruck – schließlich war das hier Deutschland –, aber es herrschte eine eher spürbare als sichtbare Atmosphäre des Verfalls und der Depression. Bock parkte eine Straße weiter und ging zu Fuß zurück zum Haus.

»Ist Herr Dr. Fromm zu sprechen?« fragte er die Frau, vermutlich Fromms Gattin, die an die Tür kam.

»Wen darf ich melden?« fragte sie steif. Sie war Mitte Vierzig, ihre Haut spannte sich straff über die hohen Backenknochen, während um ihre glanzlosen blauen Augen und ihre verkniffenen, blassen Lippen zu viele Falten lagen. Nun musterte sie den Mann vor der Tür mit Interesse und vielleicht auch ein wenig Hoffnung. Obwohl Bock nicht wußte, was sie sich von ihm erwarten mochte, nutzte er die Gelegenheit.

»Einen alten Kollegen«, sagte Bock lächelnd. »Darf ich ihn überraschen?«

Nach kurzem Zögern schaute sie freundlicher. »Bitte kommen Sie herein.«

Bock wartete im Wohnzimmer und erkannte, daß sein erster Eindruck richtig gewesen war – aber der Grund dafür traf ihn hart. Das Innere des Hauses erinnerte ihn nämlich an seine Wohnung in Berlin. Auch hier war das Mobiliar Sonderanfertigung, das im Vergleich zu dem, was normalen DDR-Bürgern zur Verfügung gestanden hatte, so elegant gewesen war. Jetzt aber beeindruckte ihn das nicht mehr besonders. Vielleicht liegt es an dem Kontrast zum Mercedes, dachte Bock, als er Schritte hörte. Aber nein. Es lag am Staub. Frau Fromm hielt ihr Haus nicht so sauber, wie es sich für eine gute deutsche Hausfrau gehörte. Ein sicheres Anzeichen, daß etwas nicht stimmte.

»Bitte?« sagte Dr. Fromm, und dann weiteten sich seine Augen, als er Bock erkannte. »Du? Schön, dich wiederzusehen!«

»Schön, daß du dich an deinen alten Freund erinnerst«, erwiderte Bock lachend und streckte die Hand aus. »Es ist lange her, Manfred.«

»Allerdings, Junge! Komm mit in mein Arbeitszimmer.« Die beiden zogen sich unter dem neugierigen Blick von Frau Fromm zurück. Dr. Fromm schloß die Tür, bevor er sprach.

»Das mit deiner Frau tut mir sehr leid. Grauenhaft!«

»Das ist nun Vergangenheit. Wie geht's dir?«

»Mies. Die Grünen haben sich auf uns eingeschossen. Der Laden wird dichtgemacht.«

Dr. Manfred Fromm war auf dem Papier der stellvertretende Direktor des AKW Lubmin Nord. Die zwanzig Jahre alte Anlage vom sowjetischen Typ VVER 230 war zwar primitiv, aber dank einer kompetenten deutschen Bedienungsmannschaft durchaus konkurrenzfähig. Wie alle sowjetischen Modelle aus dieser Zeit produzierte der Reaktor Plutonium und war, wie Tschernobyl demonstriert hatte, weder besonders sicher noch leistungsstark, bot aber den Vorteil, nicht nur 816 Megawatt, sondern auch spaltbares Material für Bomben zu erzeugen.

»Die Grünen«, wiederholte Bock leise. »Diese Chaoten.« Die Grünen waren eine natürliche Konsequenz des deutschen Nationalcharakters, der einerseits vor allem, was lebt, Ehrfurcht hat und andererseits dazu neigt, dies zu töten. Die Anti-Partei hatte sich aus den extremen oder konsequenten Elementen der Umweltbewegung gebildet und Kampagnen geführt, die auch im Ostblock Mißmut erregten. Es war ihr zwar nicht gelungen, die Stationierung von Mittelstreckenraketen in Europa zu verhindern – dazu hätte es eines Abkommens bedurft, das diese Waffen auf beiden Seiten eliminierte –, aber sie kämpfte nun erfolgreich in der ehemaligen DDR. Die Grünen waren vom

Kampf gegen die katastrophale Umweltverschmutzung im Osten geradezu besessen, und ganz oben auf ihrer Liste standen die Atomkraftwerke, die sie als unglaublich unsicher bezeichneten. Bock rief sich ins Gedächtnis, daß den Grünen schon immer eine straffe politische Organisation gefehlt hatte und daß sie aus diesem Grund niemals eine wichtige Rolle in der deutschen Politik spielen konnten. Mehr noch, die Bewegung wurde nun von der Regierung, der sie einst ein Dorn im Auge gewesen war, ausgenutzt. Hatten sie früher lauthals gegen die Verschmutzung der Flüsse durch die Industrie und die Stationierung von Kernwaffen durch die Nato protestiert, führten sie nun einen ökologischen Kreuzzug im Osten. Ihr unablässiges Geheul über die Schweinerei in der alten DDR stellte sicher, daß mit der Rückkehr des Sozialismus nach Deutschland so bald nicht zu rechnen war. Bock und Fromm fragten sich sogar, ob die Grünen nicht vielleicht von Anfang an nur ein raffinierter Trick der Kapitalisten gewesen waren.

Die beiden hatten sich vor fünf Jahren kennengelernt. Damals wollte die RAF einen westdeutschen Reaktor sabotieren und hatte im Osten um technischen Rat gebeten. Dieser Plan, der erst in letzter Minute vereitelt werden konnte, kam nie an die Öffentlichkeit. Der BND hielt seinen Erfolg geheim, um nicht die gesamte westdeutsche Atomindustrie zu gefährden.

»Vor einem knappen Jahr ging die Anlage endgültig vom Netz. Ich arbeite nur noch drei Tage in der Woche; meinen Posten hat ein Besserwessi, den ich ›beraten‹ darf«, berichtete Fromm.

»Es muß doch sonst noch was für dich zu tun geben, Manfred«, meinte Bock. Fromm war nämlich auch der Chefingenieur von Honeckers militärischem Lieblingsprojekt gewesen. Russen und Deutsche, wenngleich Verbündete im Warschauer Pakt, hatten nie richtige Freunde sein können. Die Feindschaft zwischen den Nationen reichte tausend Jahre zurück, und wo die Deutschen im Sozialismus einigermaßen erfolgreich gewesen waren, hatten die Russen völlig versagt. Das Ergebnis war, daß die Streitkräfte der DDR nie dem Vergleich mit der viel größeren Bundeswehr standhalten konnten. Bis zuletzt hatten die Russen die Deutschen gefürchtet, selbst jene, die auf ihrer Seite standen, und dann aus unerklärlichen Gründen die Wiedervereinigung zugelassen. Erich Honecker war zu dem Schluß gekommen, daß solcher Argwohn strategische Auswirkungen haben könnte, und hatte einen Teil des in Greifswald und anderswo produzierten Plutoniums abzweigen lassen. Manfred Fromm verstand von Atomwaffen ebensoviel wie jeder russische oder amerikanische Experte, hatte aber seine Fachkenntnisse nie anwenden können. Die über zehn Jahre hinweg aufgebauten Plutoniumbestände waren als letzte Geste marxistischer Solidarität den Russen übergeben worden, um zu verhindern, daß sie der Bundesregierung in die Hände fielen. Dieser letzte ehrenhafte Akt hatte zu bitteren gegenseitigen Beschuldigungen geführt und das Verhältnis so verschlechtert, daß eine letzte Ladung Plutonium in dem Versteck blieb. Alle Beziehungen, die Fromm und seine Kollegen zu den Sowjets gehabt hatten, existierten nun nicht mehr.

»Ich habe ein gutes Angebot.« Fromm nahm einen großen braunen Umschlag von seinem unaufgeräumten Schreibtisch. »Ich soll nach Argentinien gehen. Leute aus dem Westen arbeiten dort schon seit Jahren mit früheren Kollegen von mir zusammen.«

»Was wird dir geboten?«

»Eine Million Mark pro Jahr bis zur Fertigstellung des Projekts, steuerfrei und auf einem Nummernkonto, eben die üblichen Lockmittel«, sagte Fromm emotionslos und verschwieg, daß dieses Angebot für ihn nicht in Frage kam. Für Faschisten arbeiten? Ausgeschlossen. Eher atmete er Wasser. Fromms Großvater war Gründungsmitglied des Spartakusbundes gewesen und kurz nach Hitlers Machtergreifung in einem der ersten Konzentrationslager ums Leben gekommen. Sein Vater, Mitglied der kommunistischen Widerstandsbewegung und eines Spionagerings, hatte wie durch ein Wunder den Krieg und die Verfolgung durch Gestapo und Sicherheitsdienst überlebt und war als geachtetes Parteimitglied gestorben. Fromm selbst hatte den Marxismus-Leninismus schon von frühester Kindheit an eingeimpft bekommen, und die Tatsache, daß er seine Stellung verloren hatte, machte ihn der neuen Gesellschaftsordnung, die zu hassen er erzogen worden war, nicht gewogener. Sein wichtigstes Berufsziel hatte er nicht erreicht und mußte sich von einem Jüngelchen aus Göttingen wie ein Laufbursche behandeln lassen. Das Schlimmste aber war: Seine Frau wollte, daß er die Stelle in Argentinien annahm, und sie machte ihm das Leben zur Hölle, weil er sich weigerte, das Angebot auch nur zu erwägen. Es lag auf der Hand zu fragen: »Was führt dich hierher, Günther? Im ganzen Land wird nach dir gefahndet, und du bist hier trotz deiner geschickten Verkleidung in Gefahr.«

Bock lächelte selbstsicher. »Erstaunlich, was Perücke und Brille ausmachen.«

»Damit ist meine Frage nicht beantwortet.«

»Bei Freunden von mir werden deine Fachkenntnisse gebraucht.«

»Und was wären das für Freunde?« fragte Fromm mißtrauisch.

»Leute, die für uns beide politisch akzeptabel sind. Ich habe Petra nicht vergessen«, erwiderte Bock.

»Tja, unser Plan damals war gut. Was ging schief?«

»Wir hatten eine Verräterin in unseren Reihen. Ihretwegen wurden drei Tage vor der Aktion die Sicherheitsmaßnahmen am AKW verschärft.«

»Eine Grüne?«

Günther lächelte bitter. »Ja, sie kriegte kalte Füße, als sie an die Zivilopfer und den Umweltschaden dachte. Na, inzwischen ist sie ein Teil der Umwelt.« Petra hatte abgedrückt. Nichts war schlimmer als Verrat, und es war nur angemessen gewesen, daß Petra die Exekution übernahm.

»Teil der Umwelt, sagtest du? Wie poetisch.« Fromms bisher erster Scherz mißlang. Er war ein ausgesprochen humorloser Mensch.

»Geld kann ich dir keins bieten, und weitere Informationen auch nicht. Du mußt dich auf der Basis dessen, was ich gerade gesagt habe, entscheiden.« Bock trug zwar keine Pistole, aber ein Messer, und er fragte sich, ob Fromm die Alternative klar war. Vermutlich nicht, dachte er. Manfred denkt zwar ideologisch pur, ist aber doch ein engstirniger Technokrat.

»Wann fahren wir los?«

»Wirst du überwacht?«

»Nein. Ich mußte wegen des argentinischen Angebots in die Schweiz«, sagte Fromm, »denn so etwas kann man in diesem Land nicht besprechen, selbst wenn es vereinigt und glücklich ist. Ich habe die Reisevorbereitungen selbst getroffen und bezweifle, daß ich überwacht werde.«

»Gut, dann fahren wir sofort. Du brauchst nichts mitzunehmen.«

»Was sage ich meiner Frau?« fragte Fromm und wunderte sich dann, daß er sich darüber überhaupt Gedanken machte. Glücklich war seine Ehe nämlich nicht gerade.

»Das ist deine Angelegenheit.«

»Laß mich wenigstens ein paar Sachen einpacken. Wie lange...?«

»Kann ich nicht sagen.«

Es dauerte eine halbe Stunde. Fromm erklärte seiner Frau, er müsse für ein paar Tage geschäftlich verreisen. Sie küßte ihn dankbar und freute sich schon auf Argentinien. Vielleicht ein Land, in dem es sich gut leben ließ. Vielleicht hatte sein alter Freund ihn zur Vernunft gebracht. Immerhin fuhr er Mercedes und wußte, was die Zukunft bot.

Drei Stunden später bestiegen Bock und Fromm eine Maschine nach Rom. Nach einem einstündigen Aufenthalt flogen sie über Istanbul nach Damaskus, wo sie in einem Hotel abstiegen, um sich die verdiente Ruhe zu gönnen.

Wenn das überhaupt möglich ist, dachte Ghosn, sieht Marvin Russell jetzt noch imposanter aus. Das wenige überschüssige Fett hatte er sich inzwischen abgeschwitzt, das tägliche Training mit den Soldaten der Bewegung hatte ihn noch muskulöser werden lassen – und so braun, daß man ihn fast mit einem Araber verwechseln konnte. Nur seine Religion störte. Seine Kameraden meldeten, er sei ein echter Heide, ein Ungläubiger, der ausgerechnet die Sonne anbetete. Das versetzte die Moslems in Unruhe. Doch Leute bemühten sich diskret, ihn zum wahren Glauben, dem Islam, zu bekehren, und es hieß, daß er ihnen respektvoll zuhörte. Außerdem ging die Rede, daß er mit jeder Waffe und über jede Entfernung absolut sicher traf und der tödlichste Nahkämpfer war, dem man je begegnet war – er hatte einen Ausbilder fast zum Krüppel geschlagen –, und daß er sich im Gelände so leise und listig bewegte wie ein Fuchs. Der geborene Krieger, war die allgemeine Einschätzung. Abgesehen von seiner exzentrischen Religion wurde er von den anderen bewundert und gemocht.

»Marvin, wenn du dich so weiterentwickelst, krieg' ich Angst vor dir!« sagte Ghosn lachend zu seinem amerikanischen Freund.

»Ibrahim, zu euch zu kommen war der beste Entschluß meines Lebens. Ich wußte ja gar nicht, daß auch andere Leute so saumäßig behandelt werden wie mein Volk – aber ihr könnt besser zurückschlagen. Ihr habt echt Mut.« Ghosn blinzelte – das von einem Mann, der einem Polizisten den Hals gebrochen hatte, als wär's ein dürrer Ast gewesen. »Ehrlich, ich will euch helfen, will tun, was ich kann.«

»Für einen richtigen Krieger haben wir immer Platz.« Mit besseren Sprachkenntnissen gäbe er einen guten Ausbilder ab, dachte Ghosn. »So, und ich muß jetzt fort.«

»Wo willst du hin?«

»Zu einem Haus von uns im Osten.« In Wirklichkeit stand es im Norden. »Ich habe eine schwierige Arbeit zu erledigen.«

»An dem Ding, das wir ausgegraben haben?« fragte Russell beiläufig – nach Ghosns Geschmack fast zu beiläufig. Aber der Indianer konnte doch unmöglich Bescheid wissen. Vorsicht war eine Sache, Paranoia eine andere.

»Nein, es geht um ein anderes Projekt. Tut mir leid, mein Freund, aber wir müssen die Sicherheit ernst nehmen.«

Marvin nickte. »Klar, Mann. Schlampige Sicherheit hat meinen Bruder das Leben gekostet. Bis später.«

Ghosn ging zu seinem Wagen, fuhr aus dem Lager und blieb eine Stunde lang auf der Landstraße nach Damaskus. Ausländern ist meist nicht klar, wie klein der Nahe Osten eigentlich ist – oder zumindest die wichtigen Gebiete. Jerusalem ist von Damaskus nur zwei Autostunden entfernt, und wenn nicht die sprichwörtlichen Welten die beiden Städte getrennt hätten ... bisher jedenfalls, sagte sich Ghosn. In letzter Zeit hatte er ominöse Gerüchte aus Syrien gehört. War selbst diese Regierung des Kampfes müde? Eigentlich unvorstellbar, aber unmöglich war heutzutage gar nichts mehr.

Fünf Kilometer vor Damaskus entdeckte er das andere Auto am vereinbarten Platz. Er fuhr daran vorbei und zwei Kilometer weiter und wendete erst, nachdem er sich davon überzeugt hatte, daß er nicht observiert wurde. Eine Minute später hielt er hinter dem Fahrzeug an. Die beiden Insassen stiegen wie abgemacht aus, und der Fahrer, ein Mann aus der Bewegung, fuhr einfach weg.

»Morgen, Günther.«

»Tag, Ibrahim. Das ist mein Freund Manfred.« Nachdem die beiden in den Fond gestiegen waren, fuhr der Ingenieur sofort los.

Ghosn musterte den Neuen durch den Rückspiegel. Älter als Bock, eingesunkene Augen. Er war für das Klima falsch gekleidet und schwitzte wie ein Schwein. Ibrahim reichte ihm eine Wasserflasche aus Kunststoff. Der Neue wischte den Flaschenhals mit einem Taschentuch ab, ehe er trank. Sind wir Araber dir nicht hygienisch genug? fragte sich Ghosn empört. Nun, das ging ihn nichts an.

Die Fahrt zu ihrem neuen Haus dauerte zwei Stunden. Obwohl der Sonnenstand dem aufmerksamen Beobachter die Richtung verraten hätte, wählte Ghosn Umwege. Da er nicht wußte, welche Ausbildung dieser Manfred genossen hatte, nahm er die bestmögliche an und setzte alle Tricks ein, die er kannte. Nur ein trainierter Späher hätte ihre Route rekonstruieren können.

Kati hatte eine gute Wahl getroffen. Bis vor einigen Monaten hatte das Gebäude der Hisb'Allah als Befehlszentrale gedient. Es war in einen steilen Hang gegraben, und man hatte das Wellblechdach mit Erde bedeckt und mit Macchiasträuchern bepflanzt. Nur ein Mann mit geschultem Auge, der genau wußte, wonach er suchte, hätte es je entdecken können. Zudem verstand man sich bei der Hisb'Allah ganz besonders gut auf das Enttarnen von Spitzeln. Ein Feldweg führte am Haus vorbei zu einem verlassenen Gehöft, dessen Land selbst für Opium und Hanf, die hier vorwiegend angebaut wurden, zu ausgelaugt war. Das Innere des Gebäudes war ungefähr 100 Quadratmeter groß und bot sogar Platz für ein paar Fahrzeuge. Der Nachteil war nur, daß man hier, sollte es ein Erdbeben geben, was in der Region nicht selten vorkam, in einer Todesfalle saß. Ghosn fuhr den Wagen zwischen zwei Stützen hinein, außer Sichtweite. Dann ließ er einen Vorhang aus Tarnnetz fallen. Jawohl, Kati hatte eine gute Wahl getroffen.

Wie immer, wenn es um die Sicherheit ging, stand man vor einer schweren Wahl. Einerseits bedeutete jeder Eingeweihte mehr ein zusätzliches Risiko. Andererseits brauchte man ein paar Leute als Wachen. Kati hatte zehn Mitglieder seiner Leibwache abkommandiert, alles Männer, die für ihr Geschick und ihre Treue bekannt waren. Sie kannten Ghosn und Bock vom Sehen, und ihr Führer trat vor, um Manfred zu begrüßen.

»Was gibt's hier?« fragte Fromm auf deutsch.

»Was es hier gibt«, versetzte Ghosn auf englisch, »ist hochinteressant.«

Fromm hatte seine Lektion gelernt.

»Kommen Sie bitte mit.« Ghosn führte sie zu einer Tür, vor der ein Mann mit einem Gewehr stand. Der Ingenieur nickte; der Posten nickte knapp zurück. Ghosn ging voran in den Raum, zog an einer Schnur, und Leuchtstoffröhren gingen an. Eine große Werkbank aus Stahl war mit einer Plane abgedeckt. Ghosn, dem die dramatischen Gesten inzwischen über waren, zog den Stoff kommentarlos weg. Nun war es Zeit für die richtige Arbeit.

»Gott im Himmel!« rief Fromm.

»So was hab' ich noch nie gesehen«, gestand Bock. »So sieht also eine Atombombe aus...«

Fromm setzte seine Brille auf und musterte eine Minute lang eingehend den Mechanismus. Dann schaute er auf.

»Ein amerikanisches Modell, aber nicht in Amerika hergestellt.« »Anders verkabelt. Primitiv, vielleicht dreißig Jahre alt – nein, älter in der Konstruktion, aber neueren Herstellungsdatums. Diese Platinen sind aus den späten Sechzigern oder frühen Siebzigern. Eine sowjetische Bombe? Aus dem Waffenlager in Aserbaidschan vielleicht?«

Ghosn schüttelte nur den Kopf.

»Aus Israel? Ist das denn möglich?« Diese Frage wurde mit einem Nicken beantwortet.

»Es ist möglich, mein Freund. Hier liegt sie.«

»Sie ist für den Abwurf von Flugzeugen bestimmt. Mit Tritium-Einspritzung, die die Sprengleistung auf schätzungsweise fünfzig bis siebzig Kilotonnen erhöht. Radar- und Aufschlagzünder. Sie wurde abgeworfen, detonierte aber nicht. Wieso?«

»Weil sie offenbar nicht scharf gemacht worden war. Alles, was wir geborgen haben, liegt vor Ihnen«, sagte Ghosn, der schon von Fromm beeindruckt war.

Fromm langte in die Bombe und tastete nach Buchsen. »Sie haben recht. Hochinteressant.« Nun entstand eine lange Pause. »Sie wissen wohl, daß sie wahrscheinlich repariert oder gar...«

»Ja?« fragte Ghosn, der die Antwort kannte, dazwischen.

»Aus diesem Modell kann man eine Zündeinrichtung machen.«

»Wofür?« wollte Bock wissen.

»Für eine Wasserstoffbombe«, erklärte Ghosn. »Das hatte ich schon vermutet.«

»Sie wäre natürlich klotzig und längst nicht so effizient wie moderne Konstruktionen, primitiv, aber wirkungsvoll, wie man sagt...« Fromm schaute auf. »Soll ich bei der Reparatur helfen?«

»Sind Sie dazu bereit?« fragte Ghosn.

»Zehn, nein, zwanzig Jahre lang habe ich studiert und geforscht und dachte schon, ich würde nie... Wie soll sie eingesetzt werden?«

»Macht Ihnen die Frage Kummer?«

»Doch nicht etwa in Deutschland?«

»Natürlich nicht«, versetzte Ghosn fast ärgerlich. Was hatte die Organisation schon gegen die Deutschen?

Bei Bock aber fiel der Groschen. Er schloß kurz die Augen und prägte sich den Gedanken ein.

»Gut, ich will Ihnen helfen.«

»Sie werden auch gut bezahlt«, versprach Ghosn und erkannte gleich, daß das ein Fehler gewesen war.

»So etwas tu' ich nicht für Geld! Halten Sie mich für einen Söldner?« fragte Fromm entrüstet.

»Verzeihung, ich wollte Sie nicht beleidigen. Ein Fachmann muß eine entsprechende Vergütung bekommen. Wir sind keine Bettler.«

Und ich auch nicht, hätte Fromm beinahe gesagt, aber er blieb vernünftig. Schließlich war er nicht in Argentinien. Diese Männer waren keine Faschisten oder Kapitalisten, sondern Genossen, Revolutionäre, die es im Augenblick genau wie er wegen der politischen Umwälzungen schwer hatten. Andererseits war er sicher, daß es ihnen finanziell sehr gutging. Von den Sowjets hatten die Araber ihre Waffen nie umsonst bekommen, sondern harte Devisen zahlen müssen, selbst unter Breschnew und Andropow, und was den Sowjets, damals noch Vertreter der reinen Lehre, recht gewesen war...

»Bitte, verzeihen Sie mir. Ich habe nur gesagt, was Sache ist, und wollte Sie nicht beleidigen. Daß Sie keine Bettler sind, weiß ich. Sie sind Soldaten der Revolution, Freiheitskämpfer, und es ist mir eine Ehre, Ihnen zu helfen, so gut ich kann.« Er winkte ab. »Zahlen Sie, was Sie für angemessen halten« – eine Menge, mehr als eine mickrige Million! – »aber vergessen Sie nicht, daß ich mich nicht verkaufe.«

»Es ist mir ein Vergnügen, einen Ehrenmann kennenzulernen«, sagte Ghosn und schaute zufrieden drein.

Bock fand, daß die beiden etwas zu dick aufgetragen hatten, schwieg aber. Er ahnte schon, wie man Fromm für seine Mühe entlohnen würde.

»So«, sagte Ghosn. »Und wo fangen wir an?«

»Bei der Theorie«, erwiderte Fromm. »Ich brauche Papier und Bleistift.«

»Und wer sind Sie?« fragte Ryan.

»Ben Goodley, Sir.«

»Aus Boston?« Der Dialekt war unüberhörbar.

»Ja, Sir. Kennedy-Institut. Ich war Assistent an der Uni und bin jetzt Assistent im Weißen Haus.«

»Nancy?« Ryan wandte sich an seine Sekretärin.

»Der Direktor hat ihn auf Ihren Terminkalender setzen lassen, Dr. Ryan.«

»Na, schön, Dr. Goodley«, sagte Ryan mit einem Lächeln, »kommen Sie rein.« Clark setzte sich auf seinen Platz, nachdem er den Neuen abgeschätzt hatte.

»Kaffee?«

»Haben Sie koffeinfreien?« fragte Goodley.

»Wenn Sie hier arbeiten wollen, junger Mann, gewöhnen Sie sich besser an das echte Gebräu. Nehmen Sie Platz. So, und was tun Sie in unserem Palazzo Arcano?«

»Die Kurzversion: Ich suche einen Job. Meine Dissertation befaßte sich mit nachrichtendienstlichen Operationen, ihrer Geschichte und ihren Zukunftsperspektiven. Ich muß an der Uni zwar noch einige Arbeiten abschließen, will dann aber in die Praxis.«

Jack nickte. So war auch er zur CIA gekommen. »Ihre Unbedenklichkeitsbescheinigungen?«

»Top Secret und SAP/SAR. Letztere ist neu. TS hatte ich bereits, weil ich im Zuge meiner Arbeit am Kennedy-Institut Zugang zu Präsidentenarchiven brauchte – vorwiegend in Washington, aber auch in Boston, wo John F. Kennedys Papiere liegen, und die sind immer noch streng geheim. Ich gehörte sogar zu dem Team, das die Dokumente aus der Kubakrise sichtete.«

»Unter Dr. Nicholas Bledsoe?«

»Genau.«

»Ich stimme zwar nicht mit allen seinen Schlüssen überein, aber seine Forschungsarbeit war erstklassig.« Jack hob seinen Becher zum Salut.

Goodley hatte fast die Hälfte dieser Monographie verfaßt, einschließlich der Schlußfolgerungen. »Darf ich nach Ihren Einwänden fragen?«

»Chruschtschow handelte im Grunde genommen irrational. Ich bin der Ansicht – wie die Dokumente beweisen –, daß er die Raketen nicht mit Bedacht, sondern auf einen Impuls hin stationierte.«

»Einspruch. Unsere Studie identifizierte als Hauptsorge der Sowjets unsere Mittelstreckenraketen in Europa und ganz besonders in der Türkei. Der Schluß, daß die Raketen auf Kuba nur ein Stratagem zur Stabilisierung der Lage im europäischen Theater war, liegt nahe.«

»Ihnen lagen aber nicht alle existierenden Informationen vor«, sagte Jack.

»Zum Beispiel?« fragte Goodley und verbarg seinen Ärger.

»Zum Beispiel Material, das uns Oleg Penkowskij und andere zuspielten. Diese Dokumente liegen immer noch unter Verschluß und werden auch erst in zwanzig Jahren freigegeben.«

»Ist eine Sperrfrist von fünfzig Jahren nicht ein bißchen lang?«

»In der Tat«, stimmte Ryan zu. »Aber das hat seinen Grund. Manche dieser Informationen sind noch – nun, nicht gerade aktuell, aber sie könnten Tricks verraten, die wir lieber für uns behalten.«

»Treibt man da die Geheimniskrämerei nicht etwas zu weit?« fragte Goodley und bemühe sich um einen objektiven Ton.

»Nehmen wir einmal an, daß damals ein Agent BANANE für uns arbeitete. Gut, er starb inzwischen eines natürlichen Todes, rekrutierte aber den Agenten BIRNE, und der ist noch aktiv. Finden die Sowjets heraus, wer BANANE war, haben sie einen Ansatzpunkt. Außerdem muß man bestimmte Methoden der Nachrichtenübermittlung berücksichtigen. Man spielt schon seit einer Ewigkeit Fußball, aber ein Querpaß ist immer noch ein Querpaß. Früher habe ich auch so gedacht wie Sie, Ben. Sie werden lernen, daß unsere Methoden hier einen guten Grund haben.«

Bürokratenmentalität, dachte Goodley.

»Fiel Ihnen übrigens auf, daß Chruschtschow auf seinen letzten Tonbändern Bledsoes Thesen praktisch widerlegte? Ach ja, und noch etwas.«

»Bitte?«

»Nehmen wir einmal an, daß Kennedy im Frühjahr 1961 harte Informationen vorlagen, klare Hinweise auf Chruschtschows Absicht, das sowjetische System zu verändern. 1958 warf er Marschall Schukow aus dem Präsidium und versuchte, die KP zu reformieren. Sagen wir mal, daß Kennedy über Interna Bescheid wußte und im kleinen Finger spürte, daß eine Annäherung der Blöcke möglich war, wenn er den Russen etwas Spielraum ließ. Perestroika also, nur dreißig Jahre früher. Setzen wir den Fall, daß der Präsident aus politischen Gründen entschied, weiter Druck auf Nikita auszuüben. Das würde bedeuten, daß die Sechziger nichts als ein Riesenfehler waren. Der Vietnamkrieg und alles andere – ein einziger gigantischer und unnötiger Schlamassel.«

»Das kann ich nicht glauben. Ich habe die Archive selbst durchgesehen. Es wäre auch nicht konsequent und vereinbar mit allem, was wir...«

»Ein Politiker und konsequent?« unterbrach Ryan. »Das ist ein revolutionäres Konzept.«

»Wenn Sie behaupten, daß sich das tatsächlich so zugetragen hat...«

»Das war reine Hypothese«, sagte Jack und zog die Brauen hoch. Verdammt, dachte er, alle Informationen liegen doch vor; man braucht sie bloß zusammenzufügen. Daß das noch niemand getan hatte, bewies nur, daß sich hier wieder einmal ein größeres und bedenklicheres Problem manifestierte. Doch die meisten Sorgen machten ihm gewisse Dinge hier im Haus. Die Geschichte überließ er den Historikern ... bis er eines Tages wieder als Professor in ihre Reihen treten würde. Und wann ist es soweit, Jack? fragte er sich.

»Das wird doch kein Mensch glauben.«

»Die meisten Menschen glauben auch, daß Lyndon Johnson die Vorwahlen in New Hampshire an Eugene McCarthy wegen der Tet-Offensive verlor. Willkommen in der Firma, Dr. Goodley. Wissen Sie, was beim Erkennen der Wahrheit das Schwerste ist?«

»Und was wäre das?«

»Die Erkenntnis, daß man eins übergebraten bekommen hat. Das Ganze ist nicht so einfach, wie Sie denken.«

»Und die Auflösung des Warschauer Pakts?«

»Typischer Fall. Es lagen alle möglichen Hinweise vor, aber wir versagten trotzdem schmählich. Nun, ganz trifft das nicht zu. Viele junge Leute im DI – Direktorat Intelligence«, erklärte Jack überflüssigerweise, was Goodley gönnerhaft fand, »schlugen Krach, aber die Abteilungsleiter taten die Sache ab.«

»Und Sie, Sir?«

»Wenn der Direktor nichts dagegen einzuwenden hat, können Sie sich den Großteil meiner Analysen ansehen. Die Mehrzahl unserer Agenten und Informanten traf es auch unvorbereitet. Wir hätten es alle besser machen können, ich selbst eingeschlossen. Wenn ich eine Schwäche habe, ist es die Überbetonung der Taktik.«

»Sie sehen den Wald vor lauter Bäumen nicht?«

»So ungefähr«, gab Ryan zu. »Das ist die große Falle, aber die Erkenntnis an sich nützt auch nicht immer.«

»Deshalb hat man mich wohl hierhergeschickt«, merkte Goodley an.

Jack grinste. »So ähnlich hab' ich hier auch mal angefangen. Wo wollen Sie starten, Dr. Goodley?«

Ben hatte natürlich bereits eine klare Vorstellung. Wenn Ryan nicht ahnte, was ihm blühte, war das sein Problem.

»Und wo besorgst du die Computer?« fragte Bock. Fromm hatte sich mit Papier und Bleistift in Klausur begeben.

»In Israel erst einmal, vielleicht auch in Jordanien oder Südzypern«, erwiderte Ghosn.

»Das wird teuflisch teuer«, warnte Bock.

»Nach dem Preis der computergesteuerten Werkzeugmaschinen habe ich mich bereits erkundigt. Die kosten allerhand.« So viel aber auch wieder nicht, dachte Ghosn. Er verfügte über Summen, von denen dieser Ungläubige nur träumen konnte. »Was dein Freund braucht, bekommt er.«

13
Prozesse

Warum habe ich diesen Job nur angenommen? fragte sich der Vizepräsident.

Roger Durling hatte seinen Stolz. Nachdem er erst einen Senatssitz, der angeblich sicher war, überraschend erobert hatte und dann der jüngste Gouverneur in Kalifornien geworden war, sah er in diesem nicht ganz unberechtigten Stolz eine Schwäche.

Hättest ein paar Jahre warten, vielleicht in den Senat zurückkehren und dir den Einzug ins Weiße Haus *verdienen* sollen, überlegte er, anstatt diesen Kuhhandel mit Fowler abzuschließen: Durling bringt die Stimmen, die den Wahlsieg sichern, ein und wird im Gegenzug mit der Vizepräsidentschaft abgespeist.

Nun saß er in »Air Force Two«; das ist das Rufzeichen jeder beliebigen Maschine, die der Vizepräsident benutzt. Der unausgesprochene Unterschied zur Air Force One gab nur Anlaß zu weiteren Witzen, deren Ziel das angeblich zweitwichtigste politische Amt in den Vereinigten Staaten war. Derb und treffend hatte es John Nance Garner als »Krug voll warmer Spucke« bezeichnet. Das Amt des Vizepräsidenten war nach Durlings Auffassung einer der wenigen Fehler der Gründerväter. Früher war es sogar noch schlimmer gewesen. Ursprünglich sollte nämlich der unterlegene Präsidentschaftskandidat als Vize und Senatsvorsitzender in die Regierung des Wahlsiegers eintreten und als guter Patriot im Interesse des Landes die politischen Differenzen begraben. Warum James Madison auf diese Wahnsinnsidee gekommen war, hatte bislang noch kein Historiker untersucht. Der Fehler war 1803 mit dem 12. Amendment rasch korrigiert worden. Selbst in einem Zeitalter, in dem die Herren sich bei der Vorbereitung zum Duell mit »Sir« anredeten, hielt man solche Selbstlosigkeit für übertrieben. Nach der Gesetzesänderung war der Vizepräsident kein geschlagener Gegner mehr, sondern ein Anhängsel. Daß so viele Vizepräsidenten den Spitzenjob bekommen hatten, war weniger der Absicht des Gesetzgebers als dem Zufall zuzuschreiben. Und daß so viele gute Präsidenten geworden waren – Andrew Johnson, Theodore Roosevelt, Harry Truman –, grenzte an ein Wunder.

Auf jeden Fall war dies eine Chance, die Durling nie bekommen würde. Bob Fowler war so gesund und politisch abgesichert wie kein Präsident seit... Eisenhower? Franklin D. Roosevelt? Die wichtige Rolle eines fast Gleichgestellten, die Jimmy Carter seinem Vize Walter Mondale zugedacht hatte – eine weithin ignorierte, aber sehr konstruktive Initiative –, gehörte inzwischen der Vergangenheit an. Der Präsident hatte klargestellt, daß er Durling nicht mehr brauchte.

Und so war Durling zu nebensächlichen, mehr als sekundären Pflichten verdonnert worden. Fowler düste in einer modifizierten 747 herum, die nur ihm allein zur Verfügung stand, während Roger Durling benutzen mußte, was gerade greifbar war; in diesem Fall eine VC-20B Gulfstream, mit der jeder Beamte entsprechenden Ranges fliegen durfte. Auch Mitglieder des Senats und des Repräsentantenhauses machten mit diesem Typ Vergnügungsreisen auf Staatskosten, wenn sie im richtigen Ausschuß saßen oder wenn der Präsident das Gefühl hatte, daß sie Streicheleinheiten brauchten.

Jetzt wirst du verbiestert, ermahnte sich Durling. Und damit rechtfertigst du nur die ganze Scheiße, die du dir bieten lassen mußt.

Seine Fehleinschätzung war mindestens so schwerwiegend gewesen wie Madisons, erkannte der Vizepräsident, als die Maschine anrollte. Der Verfasser des Entwurfs der amerikanischen Verfassung war mit seinem Wunsch, Politiker sollten die Interessen des Landes über ihren persönlichen Ehrgeiz stellen, nur optimistisch gewesen. Durling aber hatte eine offenkundige politische Realität ignoriert: Dem Präsidenten sind ein Dutzend Ausschußvorsitzende aus Senat und Repräsentantenhaus viel wichtiger als sein Vize. Mit dem Kongreß muß er nämlich zusammenarbeiten, wenn er seine Vorlagen durchbringen will. Mit seinem Vize brauchte er sich noch nicht einmal abzugeben.

Wie bin ich bloß in diese Lage geraten? fragte sich Durling zum tausendsten Mal und grunzte erheitert. Schuld war natürlich sein Patriotismus. Er hatte Kalifornien eingebracht, und ohne die Stimmen dieses Staates wären Fowler und er jetzt immer noch Gouverneure. Die einzige Konzession, die er herausgeschlagen hatte – Charlie Aldens Ernennung zum Sicherheitsberater –, galt nun nichts mehr, aber Durling war immerhin der entscheidende Faktor bei der Übernahme der Präsidentschaft durch einen Demokraten gewesen. Und der Lohn? Er bekam nur Routinearbeit zugeschoben, hielt Reden, die nur selten in die Nachrichten kamen, sprach vor dem gemeinen Parteivolk, stellte die Ideen zur Debatte, die selten gut oder seine eigenen waren – und wartete darauf, daß der Blitz ihn traf statt den Präsidenten. Heute sollte er sich über die Notwendigkeit von Steuererhöhungen zur Finanzierung des Friedens im Nahen Osten äußern. Welch großartige Chance für einen Politiker! dachte er. Durling sollte in St. Louis sprechen, wo sich Einkäufer zu einer Tagung trafen. Da ist mir donnernder Applaus sicher, sagte er sich sarkastisch.

Aber er hatte den Posten angenommen und den Diensteid geschworen. Also Zähne zusammenbeißen und durchhalten.

Die Maschine rumpelte an Hangars und einer Reihe von Flugzeugen vorbei, darunter die als fliegender Befehlsstand im Verteidigungsfall konfigurierte 747 NEACP, auch als »Weltuntergangs-Expreß« bekannt. Diese Boeing, die nie weiter als zwei Flugstunden vom Aufenthaltsort des Präsidenten entfernt sein durfte – ein kniffliges Problem, wenn er Rußland oder China besuchte –, war der einzig sichere Platz, den der Präsident in einer nuklearen Krise einnehmen konnte, aber das lag ja inzwischen nicht mehr im Bereich des Möglichen, oder? Durling sah reges Treiben an der Maschine. Noch waren die Haushaltsmittel für diesen Vogel, der zur Flotte des Präsidenten gehörte, nicht gekürzt worden, und man hielt ihn immer startklar. Wie bald wird sich auch das ändern? fragte sich Durling.

»Wir sind bereit zum Start. Sind Sie angeschnallt, Sir?« fragte der Flugbegleiter, ein Sergeant.

»Aber sicher! Dann mal los«, erwiderte Durling lächelnd. In der Air Force One schnallten sich die Leute manchmal nicht an, um Vertrauen in Maschine und Besatzung zu demonstrieren. Wieder ein Beweis für die Zweitklassigkeit seines Flugzeuges, aber er konnte den Sergeant kaum wegen vorschriftsmäßigem Verhalten anschnauzen. Für diesen Mann war Roger Durling wichtig, und das machte ihn, der bei der Air Force wohl nach E-6 bezahlt wurde, ehrenhafter als die meisten Politiker. Was Wunder? fragte sich Durling.

»Roger.«

»Schon wieder?« fragte Ryan.

»Ja, Sir«, sagte die Stimme am Telefon.

»Gut, geben Sie mir ein paar Minuten Zeit.«

»Jawohl, Sir.«

Ryan trank seinen Kaffee aus und ging hinüber in Cabots Büro, wo er zu seiner Überraschung Goodley vorfand. Der junge Mann hielt Distanz zu den Qualmwolken des Direktors, und selbst Jack fand, daß Cabot seine Patton-Show übertrieb.

»Was gibt's, Jack?«

»CAMELOT«, erwiderte Jack sichtlich vergrätzt. »Dieser Verein im Weißen Haus drückt sich mal wieder und will, daß ich einspringe.«

»Na und? Sind Sie denn so beschäftigt?«

»Sir, über dieses Thema sprachen wir schon vor vier Monaten. Die Teilnahme von Leuten aus dem Weißen Haus ist wichtig...«

»Der Präsident und seine Leute haben andere Dinge zu tun«, erklärte der DCI müde.

»Sir, diese Termine werden Wochen im voraus angesetzt, und es ist nun schon das vierte Mal, daß...«

»Ich weiß, Jack.«

Ryan ließ sich nicht beirren. »Jemand muß ihnen sagen, wie wichtig das ist.«

»Hab' ich doch versucht!« schoß Cabot zurück. Jack wußte, daß das stimmte.

»Haben Sie versucht, sich hinter Minister Talbot oder Dennis Bunker zu klemmen?« Auf die hört der Präsident wenigstens, fügte Ryan im stillen hinzu.

Cabot verstand ihn auch so. »Jack, wir können dem Präsidenten keine Befehle geben, sondern ihn nur beraten. Leider befolgt er unseren Rat nicht immer. Außerdem verstehen Sie sich doch gut auf solche Sachen. Dennis spielt gerne mit Ihnen.«

»Das freut mich, Sir, aber Sachen wie diese sind nicht mein Job. Werden die Ergebnisse überhaupt im Weißen Haus gelesen?«

»Charlie Alden sah sie sich immer an. Ich vermute, daß Liz Elliot es ebenso hält.«

»Von wegen«, gab Ryan eisig zurück, ohne sich um Goodleys Anwesenheit zu kümmern. »Sir, ich finde das unverantwortlich.«

»Das ist ein bißchen hart, Jack.«

»Leider auch ein bißchen wahr«, erwiderte Ryan so ruhig wie möglich.

»Darf ich fragen, was CAMELOT ist?« warf Ben Goodley ein.

»Ein Kriegsspiel, bei dem es gewöhnlich um Krisenmanagement geht«, antwortete Cabot.

»Ah, so ähnlich wie SAGA und GLOBAL?«

»Ja«, sagte Ryan. »Der Präsident nimmt aber nie teil, weil es ein Sicherheitsrisiko wäre, wenn wir wüßten, wie er in einer bestimmten Situation handelt – gewiß, das klingt übertrieben konservativ, aber so haben wir es schon immer gehalten. An seiner Stelle spielt der Sicherheitsberater oder ein anderes Mitglied des Stabes mit und hat ihn dann über den Verlauf zu informieren. Nur meint Präsident Fowler, daß er sich um so etwas nicht zu kümmern braucht, und nun fangen seine Leute an, die gleiche dumme Haltung zu zeigen.« Ryan war so ungehalten, daß er »Präsident Fowler« und »dumm« in einem Satz gebrauchte.

»Ist es denn wirklich notwendig?« fragte Goodley. »Die Sache kommt mir anachronistisch vor.«

»Haben Sie eine Kfz-Versicherung, Ben?« fagte Jack.

»Natürlich.«

»Hatten Sie jemals einen Unfall?«

»Keinen einzigen, an dem ich schuld war«, entgegnete Goodley.

»Wozu dann die Versicherung?« fragte Jack und schob die Antwort gleich hinterher: »Weil es eine Versicherung ist. Sie glauben nicht, daß Sie sie brauchen, Sie wollen sie auch nicht brauchen, aber weil Sie sie brauchen *könnten*, wenden Sie das Geld oder im vorliegenden Fall die Zeit auf.«

Der Jungakademiker machte eine wegwerfende Geste. »Ich bitte Sie, das läßt sich doch nicht vergleichen.«

»Richtig. Im Auto geht es nur um *Ihre* Haut.« Ryan schenkte sich den Rest der Predigt. »Gut, Marcus, ich bin dann für den Rest des Tages außer Haus.«

»Ich habe Ihre Einwände und Empfehlungen zur Kenntnis genommen, Jack, und werde sie bei nächster Gelegenheit zur Sprache bringen. Ach ja, und ehe Sie gehen – zum Thema NIITAKA …«

Ryan blieb wie angewurzelt stehen und starrte auf Cabot hinab. »Sir, für dieses Wort ist Mr. Goodley nicht zugelassen, und für die Akte erst recht nicht.«

»Wir reden ja nicht über die Substanz des Falles. Wann ist man unten« – Ryan war froh, daß er nicht MERCURY sagte – »für die, äh, modifizierte Operation bereit? Ich will die Datenübertragung verbessert sehen.«

»In sechs Wochen. Bis dahin müssen wir auf die besprochenen anderen Methoden zurückgreifen.«

Der Direktor der CIA nickte. »Gut. Das Weiße Haus ist an diesem Projekt sehr interessiert, Jack. Ich soll alle Beteiligten loben.«

»Das hört man gerne, Sir. Bis morgen dann.« Jack ging hinaus.

»NIITAKA?« fragte Goodley, als sich die Tür geschlossen hatte. »Klingt japanisch.«

»Bedaure, Goodley, dieses Wort können Sie sofort vergessen.« Cabot hatte es nur ausgesprochen, um Ryan in seine Schranken zu weisen, und das tat ihm jetzt schon leid.

»Jawohl, Sir. Darf ich Sie etwas anderes fragen?«

»Nur zu.«

»Ist Ryan wirklich so gut wie sein Ruf?«

Cabot drückte zur Erleichterung seines Besuchers den Zigarrenstummel aus. »Er hat Beachtliches geleistet.«

»Wirklich? Das habe ich auch gehört. Im Grunde bin ich ja nur hier, um zu untersuchen, welche Persönlichkeitstypen nun wirklich herausragen. Zum Beispiel: Wie wächst man in einen solchen Job hinein? Ryan ist hier aufgestiegen wie eine Rakete. Ich hätte gerne gewußt, wie er das geschafft hat.«

»Indem er häufiger recht als unrecht hatte, einige schwierige Entscheidungen traf und ein paar Operationen im Feld führte, die selbst ich kaum glauben kann«, sagte Cabot nach kurzer Besinnung. »Und das dürfen Sie niemals weitersagen, Dr. Goodley.«

»Ich verstehe. Darf ich mir seine Personalakte ansehen?«

Der DCI zog die Brauen hoch. »Alles, was Sie darin finden, ist geheim. Wenn Sie etwa darüber schreiben wollen...«

»Verzeihung, aber das weiß ich. Alles, was ich schreibe, muß vorher abgeklärt werden. Dazu habe ich mich schriftlich verpflichtet. Aber ich muß erfahren, wie sich eine Persönlichkeit hier integriert, und Ryan scheint mir der ideale Fall für diesen Prozeß zu sein. Schließlich ist das mein Auftrag vom Weißen Haus«, betonte Goodley. »Ich soll über das, was ich hier vorfinde, Bericht erstatten.«

Cabot blieb kurz stumm. »Na, dann geht das wohl in Ordnung.«

Ryans Wagen fuhr am Osteingang des Pentagons vor. Er wurde von einem Luftwaffengeneral empfangen und am Metalldetektor vorbei ins Gebäude geführt. Zwei Minuten später stand er in einem der vielen unterirdischen Räume dieses häßlichsten aller Amtsgebäude.

»Tag, Jack«, rief Dennis Bunker von hinten.

Ryan grüßte zurück und nahm auf dem Sessel des Sicherheitsberaters Platz. Das Spiel begann sofort. »Was für ein Problem haben wir heute?«

»Abgesehen von der Tatsache, daß Liz Elliot uns nicht mit ihrer Anwesenheit beehren wollte?« Der Verteidigungsminister lachte in sich hinein und wurde dann ernst. »Es hat einen Angriff auf einen unserer Kreuzer im östlichen Mittelmeer gegeben. Die Informationen sind noch lückenhaft, aber das Schiff wurde schwer beschädigt und könnte sinken. Wir müssen mit vielen Toten und Verwundeten rechnen.«

»Was wissen wir?« fragte Jack und stieg in das Spiel ein. Eine farbige Karte an seinem Jackett identifizierte seine Rolle. Eine Papptafel, die über seinem Platz an der Decke hing, erfüllte den gleichen Zweck.

»Nicht viel.« Bunker sah auf, als ein Lieutenant der Navy eintrat.

»Sir, USS *Kidd* meldet, daß die *Valley Forge* vor fünf Minuten explodiert und gesunken ist. Es wurden nur zwanzig Überlebende geborgen. Eine Rettungsaktion ist im Gang.«

»Was hat zu dem Verlust geführt?« fragte Ryan.

»Unbekannt, Sir. *Kidd* war zum Zeitpunkt des Vorfalls dreißig Meilen von der *Valley Forge* entfernt. Unser Hubschrauber ist nun am Unglücksort. Der Kommandeur der sechsten Flotte hatte alle seine Schiffe in höchste Alarmbereitschaft versetzt. USS *Theodore Roosevelt* hat Flugzeuge starten lassen, die nun das Gebiet absuchen.«

»Den Chef der Flieger auf der *TR* kenne ich, Robby Jackson«, sagte Ryan. Aber das war eigentlich unwichtig. Die *Theodore Roosevelt* lag in Wirklichkeit in Norfolk, Virginia, und Robby bereitete sich noch auf seine nächste Fahrt vor. Bei diesem Spiel wurden Gattungsnamen verwendet – *TR* stand also nur für »Flugzeugträger« –, und wenn jemand einen Seemann oder Flieger persönlich kannte, war das irrelevant, denn im Spiel waren die Besatzungen fiktiv. In der Realität aber kommandierte Robby als Commander Air Group die Flugzeuge der *Theodore Roosevelt*, und im Ernstfall käme seine Maschine als erste aufs Katapult. Man durfte nicht vergessen, daß der Zweck dieses Spiels todernst war. »Hintergrundinformationen?« fragte Jack, der sich nicht mehr an alle Details im Vorausmaterial dieses Szenariums entsann.

»Die CIA meldet eine mögliche Meuterei bei Einheiten der Roten Armee in Kasachstan und Unruhen auf zwei Marinestützpunkten«, meldete der Spielmoderator, ein Commander der Navy.

»Sowjetische Einheiten in der Nähe der *Valley Forge*?« fragte Bunker.

»Möglicherweise ein U-Boot«, erwiderte der Marineoffizier.

»Blitzmeldung!« kam es aus dem Wandlautsprecher. »USS *Kidd* hat mit dem Nahverteidigungssystem eine anfliegende Boden-Boden-Rakete zerstört. Leichte Schäden am Schiff, keine Verluste.«

Jack ging in die Ecke, um sich eine Tasse Kaffee einzuschenken, und lächelte vor sich hin. Er mußte sich eingestehen, daß er diese sehr realistischen Spiele genoß. Er war aus dem Alltagstrott herausgerissen und in diesen stickigen Raum gesperrt worden, bekam widersprüchliche und fragmentarische Informationen und hatte nicht die geringste Ahnung, was eigentlich vor sich ging. Genau wie in der Wirklichkeit. Ein alter Witz: Was haben Krisenmanager und Champignons gemeinsam? Man läßt sie im Dunkeln und gibt ihnen Mist.

»Sir, HOTLINE-Meldung.«

Aha, dachte Ryan, heute ist also der Heiße Draht im Spiel. Demnach ist das Szenarium im Pentagon ausgearbeitet worden. Mal sehen, ob es immer noch möglich ist, die Welt in die Luft zu sprengen…

»Noch mehr Beton?« fragte Kati.

»Jawohl«, antwortete Fromm. »Die Maschinen wiegen jeweils mehrere Tonnen und müssen stabil montiert sein. Der Raum braucht einen festen Boden und muß hermetisch abgedichtet werden. Außerdem muß er so sauber sein wie ein Krankenhaus – nein, sauberer als jedes Krankenhaus, das Sie je gesehen haben.« Fromm schaute auf seine Liste und dachte: Natürlich nicht sauberer als eine *deutsche* Klinik. »Nun zur Stromversorgung. Wir brauchen drei große Notstromaggregate mit leistungsfähigen Generatoren...«

»Wozu?« fragte Kati.

»Damit wir vom Netz unabhängig sind«, erklärte Ghosn. »Einer der Generatoren wird natürlich permanent laufen.«

»Korrekt«, sagte Fromm. »Da wir unter primitiven Bedingungen arbeiten, werden wir jeweils nur an einer Maschine arbeiten. Eine sichere Stromversorgung ist lebensnotwendig. Aus diesem Grund schicken wir den Netzstrom durch die Schaltautomatik eines Notstromaggregats, um Spannungsspitzen aufzufangen. Die Computersteuerung der Fräsmaschinen ist hochempfindlich.«

»Nächster Punkt!« verkündete Fromm. »Ausgebildetes Bedienungspersonal.«

»Das wird sehr schwer zu finden sein«, bemerkte Ghosn.

Zur Überraschung aller Anwesenden lächelte der Deutsche. »Kein Problem. Das ist einfacher, als Sie glauben.«

»Wirklich?« fragte Kati und dachte: Gute Nachrichten von diesem Ungläubigen?

»Wir brauchen vielleicht fünf hochspezialisierte Leute. Die lassen sich hier finden, da bin ich ganz sicher.«

»Und wo? Es gibt in der Umgebung keine Maschinenwerkstatt, die...«

»Doch. Es werden doch auch hier Brillen getragen, oder?«

»Aber...«

»Natürlich!« rief Ghosn und rollte vor Überraschung die Augen.

»Der erforderliche Präzisionsgrad«, erklärte Fromm an Kati gewandt, »ist der gleiche wie beim Linsenschleifen. Die Maschinen sind ähnlich, nur größer, und letzten Endes versuchen wir ja nur, ein hartes Material sphärisch und mit geringen Toleranzen zu bearbeiten. Atombomben müssen nach strengen Spezifikationen gefertigt werden – wie Brillen. Das Objekt, das wir herstellen wollen, ist zwar größer, aber das Prinzip ist dasselbe. Mit den richtigen Maschinen ist das Ganze lediglich eine Frage des Maßstabs. Also: Können Sie qualifizierte Optiker besorgen?«

»Warum nicht?« versetzte Kati und verbarg seinen Ärger.

»Es müssen aber erstklassige Fachleute sein«, sagte Fromm oberlehrerhaft. »Mit langer Berufserfahrung und einer Ausbildung in Deutschland oder England.«

»Das wird Sicherheitsprobleme geben«, meinte Ghosn leise.

»Wieso denn?« fragte Fromm mit gespielter Überraschung.

»Genau. Kein Problem«, stimmte Kati zu.

»Na gut. Nun zu stabilen Tischen für die Maschinen.«

Die Hälfte haben wir hinter uns, dachte Lieutenant Commander Walter Claggett. Noch 45 Tage; dann tauchte USS *Maine* von der Juan-de-Fuca-Straße auf, um dann von einem Schlepper nach Bangor bugsiert zu werden. Dort sollte die Übergabe an die Besatzung »Blau« erfolgen, die dann die nächste Abschreckungspatrouille begann.

Walter Claggett, den seine Freunde aus unerfindlichen Gründen trotz seiner schwarzen Hautfarbe seit der Marineakademie »Dutch« nannten, war 36, und man hatte ihm vor dem Auslaufen zu verstehen gegeben, daß er Aussicht auf Beförderung und das Kommando auf einem Jagd-U-Boot hatte. Ihm war das ganz recht. Seine beiden Ehen waren gescheitert – bei U-Boot-Fahrern keine Seltenheit –, aber wenigstens kinderlos geblieben. Nun lebte er nur für die Marine und hatte gegen ein Leben auf See nichts einzuwenden. Amüsieren konnte er sich schließlich auch während der nicht gerade kurzen Landaufenthalte. Auf See zu sein, als Kommandant eines majestätischen Kriegsschiffes durch das schwarze Wasser zu gleiten war für Walter Claggett das Schönste. Die kompetente Besatzung, den Respekt, den er sich ehrlich in einem der anspruchsvollsten Berufe verdient hatte, die Fähigkeit, im richtigen Augenblick das Richtige zu tun, das lockere Geplänkel in der Messe, die Verantwortung als Berater seiner Männer – Claggett genoß jeden Aspekt seiner Karriere.

Nur seinen Vorgesetzten konnte er nicht ausstehen.

Ihm war unverständlich, wie Captain Harry Ricks es so weit hatte bringen können. Gewiß, der Mann hatte einen brillanten Verstand und hätte ein Reaktorsystem auf einem alten Umschlag oder an einem guten Tag vielleicht sogar im Kopf entwerfen können. Er wußte Dinge über U-Boote, an die die Schiffbauer bei Electric Boat noch nicht einmal gedacht hatten. Er war in der Lage, mit dem besten Optik-Experten der Navy über Periskopkonstruktionen zu fachsimpeln und verstand mehr von Satelliten-Navigationssystemen als die Leute bei der NASA, die dieses Programm leiteten. Und über die Lenkeinrichtung der Raketen Trident-II D-5 an Bord wußten außer ihm nur die Ingenieure beim Hersteller Lockheed besser Bescheid. Vor zwei Tagen hatte er beim Abendessen eine ganze Seite aus dem Wartungshandbuch auswendig zitiert. Was seine technischen Fähigkeiten betraf, mochte Ricks der am besten präparierte Offizier der ganzen amerikanischen Marine sein.

Harry Ricks war sozusagen die Quintessenz der nuklearen Marine. Als Ingenieur war er unübertroffen. Die technischen Aspekte seines Berufes beherrschte er fast instinktiv. Claggett war tüchtig, und er wußte das auch; ihm war aber auch klar, daß er nie so gut werden würde wie Harry Ricks.

Schade nur, daß er von der Führung eines U-Bootes und seiner Mannschaft keinen blassen Schimmer hat, dachte Claggett deprimiert. Es klang zwar unglaublich, aber es stimmte: Ricks verstand nicht viel von Seemannschaft und von Seeleuten überhaupt nichts.

»Sir«, sagte Claggett langsam, »der Mann ist ein guter Chief. Jung, aber helle.«

»Er hat seine Leute nicht unter Kontrolle«, versetzte Ricks.

»Captain, ich weiß nicht, was Sie damit meinen.«

»Seine Übungsmethoden sind vorschriftswidrig.«

»Gewiß, er ist etwas unkonventionell, hat aber die durchschnittliche Nachladezeit um sechs Sekunden verkürzt. Alle Torpedos funktionieren einwandfrei, selbst jene, die mit Defekten von Land kamen. In der Abteilung herrscht Ordnung, alles ist einsatzbereit. Was können wir von dem Mann mehr erwarten?«

»Ich erwarte nicht, ich befehle. Ich verlange, daß so gehandelt wird, wie ich es wünsche, auf korrekte Weise. Und da werde ich mich auch durchsetzen«, fügte Ricks bedrohlich leise hinzu.

Claggett wußte, daß es sinnlos war, dem Skipper bei einem Thema wie diesem zu widersprechen. Andererseits stand er als Erster Offizier zwischen dem Captain und der Mannschaft – insbesondere, wenn der Captain im Unrecht war.

»Captain, da bin ich bei allem Respekt anderer Ansicht. Zählen sollten die Resultate, und die sind in diesem Fall praktisch perfekt. Ein guter Chief dehnt die Vorschriften, und dieser Mann hat sie nicht über Gebühr strapaziert. Wenn Sie ihn zusammenstauchen, hat das negative Auswirkungen auf ihn und seine Abteilung.«

»IA, ich erwarte Unterstützung von allen meinen Offizieren, und ganz besonders von Ihnen.«

Claggett setzte sich kerzengerade auf, als hätte er einen Schlag versetzt bekommen, und antwortete mit Mühe beherrscht: »Captain, meine Unterstützung und Loyalität sind Ihnen sicher. Ich bin aber kein Roboter, sondern habe die Aufgabe, Alternativen anzubieten. Zumindest«, fügte er hinzu, »bekam ich das in der Ausbildung beigebracht.«

Claggett bereute den letzten Satz, kaum daß er heraus war, aber irgendwie mußte das gesagt werden. Die Kabine des Kommandanten war klein und schien in diesem Moment noch enger zu werden.

Das hättest du nicht sagen sollen, dachte Ricks und starrte Claggett ausdruckslos an.

»Nun zu den Reaktortests.«

»Schon wieder? Nach so kurzer Zeit?« Himmel noch mal, der letzte Sicherheitstest war doch perfekt, dachte Claggett und korrigierte sich: fast perfekt. Irgendwo hätten die Jungs zehn oder fünfzehn Sekunden einsparen können. Nur wußte der Erste Offizier nicht, wo.

»An seinem Können muß man täglich arbeiten, IA.«

»Gewiß, Sir, aber dieses Team besteht aus Könnern. Die Ergebnisse der Sicherheitsüberprüfung kurz vor Captain Rossellis Ablösung hätten um ein Haar den Geschwaderrekord gebrochen, und der bisher letzte Test unter Ihnen fiel *noch* besser aus!«

»Ganz gleich, wie gut Resultate sind, verlangen Sie immer noch bessere. Dann bekommt man sie nämlich. Beim nächsten Test will ich den Geschwaderrekord haben, IA.«

Er will den Marinerekord, den Weltrekord und vielleicht noch ein Diplom vom lieben Gott, dachte Claggett. Wichtiger noch, er will das in seiner Personalakte haben.

Das Telefon am Schott ging. Ricks nahm ab. »Hier spricht der Kommandant... ja, bin schon unterwegs.« Er hängte auf. »Sonarkontakt.«

Zwei Sekunden später war Claggett schon aus der Tür, dicht gefolgt vom Captain.

»Was gibt's?« fragte Claggett gleich. Als Erster Offizier war er bei taktischen Gefechten die Ansprechperson.

»Ich habe ihn erst nach zwei Minuten erkannt«, meldete der ranghöchste Sonarmann. »Reiner Zufallskontakt. Ich vermute ein 688 in Richtung eins-neun-fünf. Direktkontakt, Sir.«

»Rücklauf«, befahl Ricks.

Der Sonarmann setzte sich an einen anderen Monitor, weil er auf seinem mit Fettstift Markierungen angebracht hatte, die er noch nicht entfernen wollte, und spulte das Videoband zurück.

»Hier, Captain... ganz verwaschen, aber jetzt wird das Signal konkreter. An diesem Punkt verständigte ich Sie.«

Der Captain tippte auf den Bildschirm. »Sie hätten das schon dort identifizieren sollen. Zwei Minuten vergeudet. Beim nächsten Mal mehr Aufmerksamkeit bitte.«

»Aye aye, Captain.« Was sollte ein 23jähriger Sonarmann Zweiter Klasse auch anderes sagen? Ricks verließ den Sonarraum. Claggett folgte ihm und klopfte dem Sonarmann im Vorbeigehen auf die Schulter.

Captain, was bist du doch für ein Miesling, dachte er.

»Kurs zwei-sieben-null, Fahrt fünf, Tiefe 170. Wir sind unter der Schicht«, meldete der Diensthabende. »Halten Kontakt Sierra-11 in eins-neun-fünf, an Steuerbord querab. Feuerleittrupp zusammengestellt. Rohre eins, drei und vier sind geladen. Rohr zwei wegen Wartung leer. Luke geschlossen, Rohr trocken.«

»Meldung zu Sierra-11«, befahl Ricks.

»Direktkontakt. Er befindet sich unter der Schicht. Distanz unbekannt.«

»Umweltbedingungen?«

»Oberflächenwasser ruhig, eine mäßige Schicht in 30 Meter. Wir sind von gutem isothermischen Wasser umgeben. Sonarbedingungen vorzüglich.«

»Erste Entfernungsschätzung zu Sierra-11: über 10000 Meter«, meldete Ensign Shaw vom Feuerleittrupp.

»Zentrale, hier Sonar. Kontakt Sierra-11 eindeutig als 688 beurteilt, amerikanisches Jagd-U-Boot. Geschätzte Geschwindigkeit 14 bis 15 Knoten, Sir.«

»Oho!« sagte Claggett zu Ricks. »Wir haben ein Los Angeles über 10 T plus erwischt. Da wird jemand sauer sein...«

»Sonar, ich wünsche Daten und keine Vermutungen«, bellte Ricks.

»Captain, es war eine gute Leistung, den Kontakt aus dem Hintergrundlärm herauszuisolieren«, meinte Claggett sehr leise. Sommer im Golf von Alaska bedeutete Fischdampfer und Wale, die in großen Zahlen auftauchten, Lärm machten und die Sonar-Displays überluden. »Dieser Sonarmann ist erstklassig.«

»Dafür wird er schließlich bezahlt. Für normale Arbeit gibt es keine Orden. Ich schaue mir später das Band an, um festzustellen, ob er einen früheren Hinweis übersehen hat.«

Beim Playback kann jeder was finden, dachte Claggett.

»Zentrale, hier Sonar. Schwaches Schraubengeräusch, das auf 14 Knoten hinweist, plusminus, Sir.«

»So ist's besser, Sonar.«

»Äh, Captain ... vielleicht liegt er etwas näher als 10 000. Werte werden konkreter ... beste Schätzung inzwischen 9500 Meter, Kurs ungefähr drei-null-fünf«, meldete Shaw nun und wartete, daß ihm der Himmel auf den Kopf fiel.

»Er ist also keine 10 000 Meter entfernt?«

»Nein, Sir, sieht eher nach 9500 aus.«

»Geben Sie Bescheid, wenn Sie es sich wieder mal anders überlegt haben«, versetzte Ricks. »Fahrt auf vier Knoten reduzieren.«

»Fahrt auf vier Knoten reduzieren, aye«, bestätigte der Diensthabende.

»Lassen wir uns überholen?« fragte Claggett.

»Jawohl.« Der Captain nickte.

»Wir haben Zielkoordinaten«, meldete der Waffenoffizier. Der IA schaute auf die Uhr. Viel besser ging es nicht.

»Gut, das hört man gern«, kommentierte Ricks.

»Fahrt nun vier Knoten.«

»So, wir haben ihn. Sierra-11 ist in Richtung zwei-null-eins, Distanz 9100 Meter, Kurs drei-null-null, Fahrt 15.«

»Der ist erledigt«, meinte Claggett. Natürlich war der Kontakt wegen seiner hohen Geschwindigkeit leicht zu orten gewesen.

»Stimmt. Das wird sich in unserem Patrouillenbericht gut ausmachen.«

»Heikel«, merkte Ryan an. »Diese Entwicklung gefällt mir gar nicht.«

»Mir auch nicht«, stimmte Bunker zu. »Ich empfehle, dem *TR*-Verband die Waffen freizugeben.«

»Einverstanden. Ich werde eine entsprechende Empfehlung an den Präsidenten leiten.« Ryan ging zum Telefon. Gemäß den Spielregeln sollte sich der Präsident in der Air Force One auf dem Rückflug aus einem nicht näher bestimmten ostasiatischen Land irgendwo über dem Pazifik befinden. Die Rolle des Präsidenten als Entscheidungsträger spielte ein Komitee anderswo im Pentagon. Jack sprach seine Empfehlung aus und wartete auf eine Antwort.

»Nur zur Selbstverteidigung, Dennis.«

»Quatsch«, erwiderte Bunker leise. »Auf mich hört er.«

Jack grinste. »Stimmt, aber in diesem Fall nicht. Keine Offensivhandlungen; es dürfen nur die Schiffe des Verbandes verteidigt werden.«

Der Verteidigungsminister wandte sich an einen Offizier. »Geben Sie an die *Theodore Roosevelt* durch: Ich befehle Aufklärungsflüge. Innerhalb eines Radius von 200 Meilen soll der Kommandant des Verbandes nach eigenem Ermessen handeln. Was U-Boote angeht, beträgt der Radius nur 50 Meilen. Innerhalb dieser Zone wird rücksichtslos versenkt.«

»Sehr kreativ«, sagte Jack.

»Immerhin ist die *Valley Forge* angegriffen worden.« Nach dem augenblicklichen Informationsstand hatte ein sowjetisches Unterseeboot einen Überraschungsangriff mit Raketen geführt. Anscheinend operierten einige Einheiten der russischen Flotte unabhängig oder zumindest nach Befehlen, die nicht aus Moskau kamen. Dann wurde die Lage noch ernster.

»HOTLINE-Meldung. Bodentruppen haben gerade eine SS-18-Basis in Zentralasien angegriffen.«

»Lassen Sie sofort alle verfügbaren Langstreckenbomber starten! Jack, teilen Sie dem Präsidenten mit, daß ich diesen Befehl gegeben habe.«

»Kommunikationsstörung«, kam es aus dem Lautsprecher. »Der Funkkontakt mit Air Force One ist unterbrochen.«

»Einzelheiten?« fragte Jack.

»Mehr wissen wir nicht, Sir.«

»Wo befindet sich der Vizepräsident?« fragte Ryan.

»An Bord von NEACP-2, 600 Meilen südlich von Bermuda. NEACP-1 ist Air Force One um vierhundert Meilen voraus und wird bald in Alaska landen, wo der Präsident umsteigen soll.«

»Also nahe genug an Rußland, daß ein Abfangen möglich ist... aber nicht sehr wahrscheinlich... der Angreifer hätte nicht genug Sprit für den Rückflug«, dachte Bunker laut. »Es sei denn, die Maschine wäre über ein sowjetisches Kriegsschiff mit Luftabwehrraketen geraten... Nun hat der Vizepräsident vorübergehend den Oberbefehl.«

»Sir, ich...«

»Jack, diese Entscheidung liegt bei mir. Der Präsident ist entweder handlungsunfähig, oder seine Nachrichtenverbindungen sind gestört. Ich erkläre als VM, daß der Vizepräsident den Befehl hat, bis die Kommunikation wiederhergestellt und die Authentizität der Verbindung durch Codewort bestätigt ist. Aufgrund meiner Vollmacht versetze ich die Streitkräfte in DEFCON-1.«

Den ehemaligen Jagdpiloten Bunker hatten seine Instinkte nicht verlassen. Er traf Entscheidungen und hielt sich daran. Und gewöhnlich hatte er, wie in diesem Fall, recht.

Ryans Personalakte war dick, mehr als zehn Zentimeter stark, wie Goodley in seinem Kabuff im sechsten Stock feststellte. Allein einen Zentimeter machten die Unterlagen zum Lebenslauf und die Sicherheitsformulare aus. Seine akademische Karriere war sehr beeindruckend, besonders, was seine Dissertation betraf, mit der er an der Universität Georgetown in Geschichte promoviert hatte. Georgetown war natürlich nicht so renommiert wie Harvard, aber doch eine respektable Institution, fand Goodley. Ryan war von Vizeadmiral James Greer zur CIA geholt worden und hatte sich in seiner ersten Analyse »Agenten und Dienste« mit dem Terrorismus befaßt. Angesichts dessen, was sich später ereignen sollte, ein merkwürdiger Zufall, dachte Goodley.

30 Seiten, vorwiegend Zusammenfassungen von Polizeiberichten, versehen mit einigen Zeitungsbildern, gab es über Ryans Abenteuer in London. Goodley begann sich Notizen zu machen. *Cowboy,* schrieb er zuerst. Wie gerät man in so eine Situation? Der Akademiker schüttelte den Kopf. 20 Minuten später las er die Zusammenfassung von Ryans zweitem CIA-Report durch, in dem er ganz zuversichtlich prophezeite, daß mit einer Operation der Terroristen in den USA nicht zu rechnen sei. Tage darauf war seine Familie angegriffen worden.

Satt danebengehauen, Ryan, dachte Goodley und lachte in sich hinein. Der Mann war also trotz seiner Intelligenz nicht gegen Fehler gefeit.

Und auch während seiner Dienstzeit in England waren ihm einige Schnitzer unterlaufen. Zum Beispiel hatte er in Tschernenko nicht Andropows Nachfolger gesehen. Dafür hatte er aber andererseits vor allen anderen vorausgesagt, daß Narmonow der kommende Mann war – mit Ausnahme von Kantrowitz in Princeton, der als erster Andrej Il'itschs hervorragende Qualitäten erkannt hatte. Goodley selbst war damals noch Student gewesen und hatte ein Verhältnis mit einem Mädchen namens Debra Frost gehabt... Was wohl aus ihr geworden ist? fragte er sich.

»Verdammt!« flüsterte Ben ein paar Minuten später. »Verdammt noch mal...«

Roter Oktober, ein sowjetisches Raketen-U-Boot... zum Westen übergelaufen. Ryan hatte die Absicht als erster vermutet... Ryan, Analytiker der CIA-Station London, hatte... die Operation auf See geleitet! Und einen russischen Matrosen erschossen. Typisch, hier schlug der Cowboy wieder durch. Konnte den Mann nicht einfach festnehmen, sondern mußte ihn abknallen wie im Film...

Was für ein Hammer! Ein russisches strategisches Boot lief über... und man hielt das geheim... ah, das Boot wurde später in tiefem Wasser versenkt.

Ryan blieb noch ein paar Monate in London und wurde dann von Greer als persönlicher Assistent und Kronprinz zurück nach Langley geholt. Interessante Mitarbeit bei Abrüstungsverhandlungen...

Unmöglich, dachte Goodley. Der Vorsitzende des KGB kam doch bei einem Flugzeugabsturz ums Leben...

Inzwischen kritzelte Goodley eifrig. Über diese Sensationen konnte Liz Elliot nicht informiert gewesen sein, oder?

Moment, du suchst ja gar nicht nach Belastungsmaterial, ermahnte sich Liz Elliots Adlatus. Sie hatte den Wunsch zwar nicht ausdrücklich ausgesprochen, ihn aber so klar angedeutet, daß er verstanden hatte... oder es zumindest glaubte. Nun wurde Goodley klar, wie gefährlich dieses Spiel werden konnte.

Ryan war ein Killer, der mindestens drei Menschen erschossen hatte. Davon spürte man nichts, wenn man mit dem Mann redete. Im Leben ging es nicht zu wie im Western. Die Menschen trugen keine Revolver mit Kerben im Griff. Goodley bekam zwar keine Gänsehaut, nahm sich aber vor, behutsam mit Ryan umzugehen. Er war noch nie jemandem begegnet, der andere Menschen getötet hatte, und war auch nicht so dumm, in solchen Leuten Helden oder irgendwie überlegene Persönlichkeiten zu sehen. Aber diese Seite von Ryan mußte er sich merken.

Zur Zeit von James Greers Tod gab es Lücken... Moment, war damals nicht in Kolumbien eine Menge los gewesen? Goodley machte sich weitere Notizen. Ryan war damals provisorischer DDI gewesen, aber kurz nach Fowlers Amtsantritt waren Richter Arthur Moore und Robert Ritter in Pension gegangen, um Platz für Kandidaten der neuen Administration zu machen, und Ryan war vom Senat als Stellvertretender Direktor der CIA bestätigt worden. Soweit also seine Karriere. Goodley wandte sich den Unterlagen über sein Privatleben und seine Vermögensverhältnisse zu...

»Falsche Entscheidung«, sagte Ryan 20 Minuten zu spät.

»Ich glaube, da haben Sie recht.«

»Die Erkenntnis kommt zu spät. Was haben wir falsch gemacht?«

»Genau weiß ich das auch nicht«, antwortete Bunker. »Sollen wir den *TR*-Verband anweisen, abzurücken und sich zurückzuziehen?«

Ryan starrte auf die Weltkarte an der Wand. »Vielleicht, aber wir haben Andrej Il'itsch in die Ecke getrieben... wir müssen ihm einen Ausweg lassen.«

»Und wie? Wie bringen wir das fertig, ohne uns selbst in eine Ecke zu manövrieren?«

»Irgend etwas an diesem Szenarium hat nicht gestimmt... aber was...?«

»Rütteln wir mal an seinem Käfig«, dachte Ricks laut.

»Und wie, Captain?« fragte Claggett.

»Status Rohr 2?«

»Leer, wegen Wartungsarbeiten«, antwortete der Waffenoffizier.

»Ist es jetzt klar?«

»Jawohl, Sir. Die Inspektion wurde eine halbe Stunde vor dem Kontakt abgeschlossen.«

»Sehr gut.« Ricks grinste. »Lassen wir ein Wassergeschoß aus Rohr zwei auf ihn los und wecken ihn mit einem echten Abschußgeräusch auf!«

Verdammt! dachte Claggett. So etwas hätten selbst Mancuso oder Rosselli nicht gewagt. »Sir, das wäre eine sehr geräuschvolle Methode. Ein ›Tango‹-Ruf übers Unterwassertelefon würde ihn genug aufrütteln.«

»WO, haben wir Zielkoordinaten für Sierra-11?« Mancuso will aggressive Skipper haben, dachte Ricks. Gut, dem will ich zeigten, wie aggressiv ich bin...

»Jawohl, Sir!« antwortete der Waffenoffizier sofort.

»Abschußsequenz einleiten. Leerschuß aus Rohr 2.«

»Sir, ich bestätige: Rohr 2 ist leer. Waffen in Rohr 1, 3 und 4 gesichert.« Ein Anruf im Torpedoraum bestätigte die Anzeigen der Displays. Im Torpedoraum spähte der Chief durch ein Schauglas, um sicherzustellen, daß sie nichts abschossen.

»Rohr 2 ist visuell inspiziert und leer. Preßluft bereit«, meldete der Chief übers Telefon. »Klar zum Abschuß.«

»Außenluk öffnen.«

»Außenluk öffnen, aye. Außenluk ist offen.«

»WO?« fragte Ricks.

»Ziel erfaßt«, antwortete der Waffenoffizier.

»Richtungsabgleich und ... FEUER!«

Der Waffenoffizier drückte auf den Knopf. USS *Maine* bebte, als der Preßluftschwall aus dem Rohr ins Meer schoß.

6000 Meter entfernt hatte sich ein Sonarmann an Bord der USS *Omaha* schon seit mehreren Minuten bemüht, das schwache Signal auf seinem Monitor vom Hintergrundlärm zu isolieren. »Zentrale, hier Sonar. Sir, mechanisches Geräusch in null-acht-acht, achtern!«

»Was zum ...?« sagte der Diensthabende. Er war der Navigator des Bootes und erst seit der dritten Juliwoche auf seinem neuen Posten. »Was ist da hinten los?«

»Achtung, Abschußgeräusch in null-acht-acht! Ich wiederhole: ABSCHUSSGERÄUSCH ACHTERN!«

»Äußerste Kraft voraus!« rief der plötzlich blaß gewordene junge Lieutenant eine Spur zu laut. »Alle Mann auf Gefechtsstation! Torpedomannschaft klar halten.« Er nahm das Telefon ab, um den Captain zu verständigen, aber der Alarm ging schon los, und der Kommandant kam barfuß und mit offenem Overall in die Zentrale gerannt.

»Was, zum Teufel, geht hier vor?«

»Sir, wir hatten ein Abschußgeräusch achtern – Sonar, was liegt sonst noch vor?«

»Nichts weiter, Sir. Es gab ein Abschußgeräusch, erzeugt von Preßluft im Wasser, aber es klang ... irgendwie komisch. Ich orte keinen Torpedo.«

»Ruder hart rechts«, befahl der Diensthabende und ignorierte den Captain. Da er noch nicht abgelöst worden war, überwachte er weiter das Steuer. »Tiefe 30 Meter. Torpedoraum: sofort Ködertorpedo abschießen!«

»Ruder hart rechts, aye. Sir, Ruder liegt hart rechts, kein Kurs befohlen. Fahrt 20 Knoten, wir beschleunigen weiter«, meldete der Rudergänger.

»Kurs null-eins-null.«

»Aye, neuer Kurs null-eins-null.«

»Wer ist in diesem Gebiet?« fragte der Kommandant entspannt, obwohl er sich nicht so fühlte.

»Die *Maine* soll hier irgendwo in der Nähe sein«, antwortete der Navigator.

»Unter Harry Ricks«, merkte der Kommandant an und dachte: dieses Arschloch. Aussprechen konnte er das aus Gründen der Disziplin nicht. »Sonar, Meldung!«

»Hier Sonar. Nichts im Wasser. Einen Torpedo hätte ich inzwischen längst geortet.«

»Navigator, reduzieren Sie die Fahrt auf ein Drittel.«

»Aye, ein Drittel voraus.«

»Dem haben wir einen schönen Schrecken eingejagt«, meinte Ricks und beugte sich über das Sonar-Display. Kurz nach dem simultierten Abschuß war das 688 auf volle Leistung gegangen, und nun hörte er das Gurgeln eines Ködertorpedos.

»Er fährt wieder langsamer, Sir. Die Schraubenumdrehungen fallen.«

»Sicher, er weiß inzwischen, daß ihm keine Gefahr mehr droht. Wir rufen ihn über das Unterwassertelefon an.«

»Dieser Idiot! Weiß er denn nicht, daß sich hier ein Akula herumtreiben kann?« grollte der Kommandant der USS *Omaha*.

»Ich kann kein anderes Boot orten, nur ein paar Trawler.«

»Na gut. Alarm einstellen. Gönnen wir der *Maine* den kleinen Spaß.« Er zog eine Grimasse. »Das war meine Schuld. Wir hätten zehn statt fünfzehn Knoten fahren sollen. Fahrt auf zehn reduzieren.«

»Aye, Sir. Kurs?«

»Auf der *Maine* sollte man wissen, was im Norden liegt. Gehen Sie auf Südostkurs.«

»Aye«, sagte der Navigator.

»Gute Reaktion, Mr. Auburn«, lobte der Kommandant. »Diesem Torpedo hätten wir wohl ausweichen können. Was haben wir daraus gelernt?«

»Wie Sie bereits sagten, Sir, sind wir zu schnell gefahren.«

»Lernen Sie aus den Fehlern Ihres Captains, Mr. Auburn.«

»Jawohl, Sir.«

Der Skipper schlug dem jungen Mann beim Hinausgehen auf die Schulter.

36 000 Meter entfernt driftete die *Admiral Lunin* mit drei Knoten knapp über der Thermoklineale und zog ihr Schleppsonar knapp unter dieser Schicht hinterher.

»Nun?« fragte der Kommandant.

»Wir hatten eine starken Schallimpuls in eins-drei-null«, sagte der Sonaroffizier und wies aufs Display, »aber weiter nichts. Fünfzehn Sekunden später gab es wieder ein plötzliches Geräusch ... ungefähr hier, vor der ersten Schallquelle. Der Signatur nach zu urteilen, ging ein amerikanisches Boot der Los-Angeles-Klasse auf AK, verlangsamte dann die Fahrt und verschwand von unseren Schirmen.«

»Eine Übung, Jewgenij ... das erste Geräusch kam von einem amerikanischen Raketen-U-Boot der Ohio-Klasse. Was halten Sie davon?« fragte Walentin Borissowitsch Dubinin, Kapitän Ersten Ranges.

»In tiefem Wasser ist ein Ohio noch nie geortet worden...«

»Nun, dann sind wir die ersten, die das geschafft haben.«

»Und nun?«

»Jetzt bleiben wir an Ort und Stelle und warten ab. Das Ohio ist zwar leiser als ein schlafender Wal, aber wir wissen nun, daß es in der Nähe ist. Verfolgen werden wir es nicht. Dumm von den Amerikanern, einen solchen Lärm zu veranstalten. So etwas habe ich noch nie erlebt.«

»Die Spielregeln haben sich verändert, Kapitän.« In der Tat: Er brauchte nicht mehr »Genosse Kapitän« zu sagen.

»Allerdings, Jewgenij. Inzwischen ist es wirklich nur noch ein Spiel. Niemandem braucht mehr etwas zu passieren, und wir können unsere Kräfte messen wie bei der Olympiade.«

»Kritik?«

»Ich wäre vor dem Schuß etwas dichter herangegangen, Sir«, sagte der Waffenoffizier. »*Omaha* hatte eine Chance von fünfzig Prozent, dem Torpedo auszuweichen.«

»Sicher, aber wir wollten sie ja nur aufrütteln«, erwiderte Ricks.

Was war dann der Zweck der Übung? fragte sich Dutch Claggett. Klar, der Alte wollte nur seine Aggressivität demonstrieren.

»Das ist uns wohl gelungen«, erklärte der IA, um seinem Captain Unterstützung zu geben. In der Zentrale wurde gegrinst. Strategische und Jagd-U-Boote traten oft zu meist vorgeplanten Spielen gegeneinander an. Wie üblich hatte das Ohio auch diese Runde gewonnen. Natürlich war sein Kommandant über die Anwesenheit der *Omaha* in diesem Sektor informiert gewesen und hatte auch gewußt, daß sie nach einem russischen Akula suchte, das die fliegenden U-Jäger P-3 wenige Tage zuvor bei den Aleuten verloren hatten. Aber von dem russischen Boot der »Hai«-Klasse war nirgends etwas zu hören.

Ricks befahl dem Diensthabenden, auf Südkurs zu gehen. »Wir setzen uns in die Richtung ab, in der die *Omaha* lag.«

»Aye aye, Sir.«

»Gut gemacht, Leute.« Ricks ging zurück in seine Kabine.

»Neuer Kurs?«

»Nach Süden«, sagte Dubinin. »Er wird sich in jenes Gebiet absetzen, das von dem Los Angeles bereits abgesucht wurde. Wir halten Position knapp über der Schicht, lassen unseren ›Schwanz‹ knapp darunter treiben und versuchen, unser Ziel wieder aufzufassen.« Die Chance war gering, das wußte der Kapitän, aber Fortuna war nach wie vor dem Kühnen hold. Eine Woche noch, dann sollte sein Boot in den Hafen, um im Zuge einer Generalüberholung ein verbessertes Schleppsonar zu erhalten. Er kreuzte nun seit drei Wochen südlich von Alaska. Das U-Boot, das er geortet hatte – seinen Informationen nach USS *Maine* oder USS *Nevada* –, würde seine Patrouillenfahrt beenden, zur Ablösung der Mannschaft den Heimathafen anlaufen, dann wieder auf Fahrt gehen und diesen Zyklus noch zweimal wiederholen. Im Februar, wenn die *Admiral Lunin* die Überholung hinter sich hatte und wieder vor Alaska auf ihrem Posten war, würde Dubinin es dann mit demselben Kapitän zu tun bekommen, der hier eindeutig einen Fehler gemacht hatte. Nach den Wartungsarbeiten würde die *Lunin* leiser sein und eine bessere Sonaranlage haben, und Dubinin fragte sich, wann es soweit war, daß er die Amerikaner zwingen konnte, nach seinen Regeln zu spielen. Das wäre zur Abwechslung mal angenehm, dachte er. Er erinnerte sich an seine Lehrjahre bei der Nordflotte unter Marko Ramius. Schade, daß dieser tüchtige Offizier bei einem Unfall ums Leben gekommen war. Aber die See hatte ihre Gefahren, und daran änderte auch die moderne Technik nichts. Marko hatte vor der Selbstversenkung seine Mannschaft von Bord gehen lassen... Dubinin schüttelte den Kopf. Heute hätten ihm die Amerikaner vielleicht Hilfe geleistet. Vielleicht? Nein, sicher; ein sowjetisches Schiff würde einem amerikanischen Havaristen ja auch beistehen. Seit den Umwälzungen in seinem Land und auf der ganzen Welt hatte Dubinin mehr Freude an seiner Arbeit. Bei dem anspruchsvollen Katz-und-Maus-Spiel war immer großes Können verlangt worden, aber sein Zweck war nicht mehr so grauenhaft. Gewiß, die Raketen auf den amerikanischen strategischen Booten waren in Richtung Sowjetunion programmiert, und die Geschosse der *Lunin* zielten auf Amerika, aber vielleicht änderte sich auch das bald. Bis dahin jedoch mußte er weiter seine Arbeit tun. Es gehörte zur Ironie des Schicksals, daß die sowjetische Marine gerade zu dem Zeitpunkt, an dem sie begann, der amerikanischen ernsthaft Konkurrenz zu machen – die Akula-Klasse war der ersten Los-Angeles-Baureihe technisch in etwa ebenbürtig –, an Bedeutung verlor. Ist das nun ein Spiel wie eine Runde Skat unter Freunden? fragte er sich. Kein schlechter Vergleich...

»Fahrt, Käpt'n?«

Darüber mußte Dubinin erst nachdenken. »Gehen wir von einem zwanzig Seemeilen entfernten Ziel aus, das fünf Knoten läuft. Wir fahren mit sieben. Das heißt, daß wir sehr leise bleiben und ihn vielleicht doch noch erwischen... wir wenden alle zwei Stunden, um die Sonarkapazität zu maximieren... Jawohl, so machen wir's.« Und auf der nächsten Fahrt, Jewgenij, fügte er in Gedanken hinzu, wirst du von zwei neuen Sonar-Offizieren unterstützt. Die immer kleiner werdende sowjetische U-Boot-Flotte hatte viele junge Offiziere freigestellt, die nun zu Spezialisten ausgebildet wurden. Die Zahl der Offiziere auf der *Admiral Lunin* sollte sich verdoppeln, und das mußte sie zusammen mit der neuen Ausrüstung bei der Jagd begünstigen.

»Wir haben Mist gebaut«, sagte Bunker. »Ich habe den Präsidenten schlecht beraten.«

»Nicht nur Sie«, erwiderte Ryan und reckte sich. »Aber war dieses Szenarium wirklich realistisch?«

Wie sich herausgestellt hatte, war die Konfrontation nur ein Kunstgriff gewesen, mit dem der hart bedrängte sowjetische Präsident, der sein Militär unter Kontrolle bringen wollte, den Eindruck erweckte, als hätten Konservative eigenmächtig gehandelt.

»Nicht wahrscheinlich, aber auch nicht unmöglich.«

»Möglich ist alles«, bemerkte Jack. »Was sagen die sowjetischen Kriegsspiele wohl über uns aus?«

Bunker lachte. »Bestimmt nichts Gutes.«

Am Ende hatte Amerika den Verlust des Kreuzers USS *Valley Forge* hinnehmen müssen und die Sowjetunion die Versenkung eines U-Bootes der Charlie-Klasse durch den Hubschrauber der USS *Kidd*. Ein fairer Handel war das nicht; es sah eher so aus, als habe ein Spieler nur einen Bauern, der andere aber einen Springer verloren. Die sowjetischen Streitkräfte in Ostdeutschland waren in Alarmbereitschaft versetzt worden, und die schwächeren Nato-Einheiten waren nicht sicher gewesen, ob sie diese Bedrohung parieren konnten. In der Folge hatten die Sowjets Konzessionen beim Zeitplan für den Truppenabzug herausgeschlagen. Ryan hielt das ganze Szenarium für zu hypothetisch, aber so ging es bei diesen Spielen oft zu. Schließlich hatten sie ja nur den Zweck, die eigene Reaktion auf unwahrscheinliche Krisen zu testen. In diesem Punkt hatten sie versagt: auf unwichtigen Gebieten zu forsch gehandelt, und auf anderen, deren Wichtigkeit zu spät erkannt worden war, zu zögerlich.

Die Moral lautete wie immer: keine Fehler machen. Das wußte natürlich jeder Abc-Schütze, aber der Unterschied zwischen einem Schulkind und einem hohen Regierungsbeamten ist, daß die Fehler des letzteren eine weitaus größere Tragweite haben. Eine ganz andere Lektion also, die oft nicht gelernt wird.

14
Offenbarung

»Nun, was haben Sie gefunden?«

»Er ist ein hochinteressanter Mann«, erwiderte Goodley, »der bei der CIA fast unglaubliche Dinge getan hat.«

»Über die U-Boot-Geschichte und die Desertion des KGB-Chefs weiß ich Bescheid. Was liegt noch vor?« fragte Liz Elliot.

»Bei ausländischen Nachrichtendiensten ist er recht beliebt – zum Beispiel bei Sir Basil Charleston in England –, kein Wunder, aber auch in anderen Nato-Ländern, außerdem in Frankreich. Ryan stieß zufällig auf Hinweise, die es der DGSE ermöglichten, mehrere Mitglieder der *Action directe* zu fassen«, erklärte Goodley, der sich in seiner Spitzelrolle nicht ganz wohl fühlte.

Die Sicherheitsberaterin ließ sich nur ungern auf die Folter spannen, wollte den jungen Gelehrten aber nicht unter Druck setzen und lächelte nur ironisch. »Fangen Sie etwa an, den Mann zu bewundern?«

»Er hat gute Arbeit geleistet, aber auch Fehler gemacht. Den Zeitpunkt des Zerfalls der DDR und der deutschen Wiedervereinigung hat er völlig falsch eingeschätzt.« Daß alle anderen ebenso schiefgelegen hatten, war ihm nicht klar. Goodley selbst hatte die Wende fast exakt prophezeit und mit einem Artikel in einer obskuren Zeitschrift das Weiße Haus auf sich aufmerksam gemacht. Nun hielt der Assistent wieder inne.

»Und?« bohrte Elliot.

»Nun, es gibt ein paar besorgniserregende Aspekte in seinem Privatleben.«

Na endlich! dachte Elliot. »Und die wären?«

»Die Börsenaufsicht ermittelte wegen möglicher Insider-Geschäfte vor Ryans Eintritt bei der CIA gegen ihn. Er hatte offenbar erfahren, daß einer Software-Firma ein Großauftrag der Navy winkte, kaufte ihre Aktien und verdiente dabei ein Vermögen. Die Börsenaufsicht, die auch gegen die Geschäftsleitung der Firma ermittelte, fand das heraus und durchleuchtete Ryans Unterlagen. Er kam aber aufgrund einer Formsache ungestraft davon.«

»Erläutern Sie das näher«, befahl Liz Elliot.

»Zu ihrer eigenen Absicherung ließen die Manager der Firma einen kurzen Artikel über die Sache in einer militärischen Fachzeitschrift erscheinen, um zu beweisen, daß die Informationen, auf die hin sie und Ryan gehandelt hatten, allgemein bekannt gewesen waren. Damit war die Transaktion legal. Interessanter noch ist, was Ryan mit dem Geld anfing, nachdem die Börsenaufsicht darauf aufmerksam geworden war. Er löste es aus seinem Portefeuille, das inzwischen gleich von vier Treuhändern verwaltet wird, um Interessenkonflikten vorzubeugen, heraus... Wissen Sie, wie groß Ryans Vermögen ist?«

»Nein.«

»Er besitzt über fünfzehn Millionen Dollar und ist damit der bei weitem reichste Mann der CIA. Ich halte sein Aktienpaket eher für unterbewertet und würde auf knapp zwanzig Millionen tippen. Er hat seit seinem Eintritt bei der CIA sein Buchhaltungsverfahren unverändert beibehalten, und das kann man ihm nicht zum Vorwurf machen. Die Ermittlung eines Nettovermögens ist eine eher metaphysische Angelegenheit, und für die Wertstellung gibt es mehrere Methoden. Wie auch immer, was fing er mit dem unerwarteten Profit an? Er schob ihn auf ein separates Konto und brachte ihn vor kurzem in eine Ausbildungsstiftung ein.«

»Für seine Kinder?«

»Nein«, antwortete Goodley. »Die Begünstigsten – Moment, das muß ich näher erläutern. Mit einem Teil des Geldes eröffnete er einen kleinen Supermarkt – 7-Eleven – für eine Witwe und ihre Kinder. Der Rest ist in Pfandbriefen und erstklassigen Aktien für die Ausbildung ihrer Kinder angelegt.«

»Wer ist diese Frau?«

»Sie heißt Carol Zimmer, ist von Geburt Laotin und die Witwe eines Sergeants der Air Force, der bei einem Manöverunfall ums Leben kam. Ryan hat sich um die Familie gekümmert und nahm sich sogar frei, um bei der Geburt des jüngsten Kindes – ein Mädchen übrigens – dabeizusein. Er besucht die Familie regelmäßig«, schloß Goodley.

»Aha, ich verstehe.« Natürlich verstand sie nichts. »Gab es eine berufliche Verbindung?«

»Eigentlich nicht. Mrs. Zimmer stammt, wie ich schon sagte, aus Laos. Ihr Vater gehörte zu jenen Stammeshäuptlingen, die von der CIA im Kampf gegen die Nordvietnamesen unterstützt wurden. Seine ganze Gruppe wurde aufgerieben. Wie ihr die Flucht gelang, weiß ich nicht. Sie heiratete einen Sergeant der Air Force und ging nach Amerika. Er kam irgendwo vor kurzer Zeit bei einem Unfall ums Leben. In Ryans Akte findet sich kein Hinweis auf eine frühere Beziehung zu der Familie. Eine Verbindung zu Laos ist denkbar – über die CIA, meine ich –, aber Ryan war damals nicht im Regierungsdienst, sondern noch Student. Nichts in der Akte deutet auf eine Verbindung hin. Kurz vor der letzten Präsidentschaftswahl richtete er plötzlich diese Stiftung ein und begann, die Familie einmal in der Woche zu besuchen. Ach ja, und da ist noch etwas.«

»Ja?«

»In einer anderen Akte entdeckte ich, daß es in dem 7-Eleven-Markt Ärger gab; Jugendliche aus der Gegend belästigten die Familie Zimmer. Ryans wichtigster Leibwächter ist ein CIA-Mann namens Clark, der früher im Außendienst war und jetzt im Personenschutz arbeitet. An seine Akte kam ich nicht heran«, erklärte Goodley. »Wie auch immer, dieser Clark griff offenbar zwei Bandenmitglieder an und schlug eines davon krankenhausreif. Ich sah den Zeitungsausschnitt; nur eine Kurzmeldung. Angeblich wurden Clark und ein anderer CIA-Mann – das Blatt beschrieb die beiden als Angestellte der Bundesregierung; kein Hinweis auf die CIA – von vier Schlägern angepöbelt. Dieser Clark muß ein harter Brocken sein. Der Anführer kam mit gebrochenem Knie ins Krankenhaus, ein Zweiter wurde nur bewußtlos geschlagen, und der Rest stand bloß da und machte sich die Hosen naß. Die Polizei behandelte den Fall als typische Jugendbanden-Angelegenheit – eher eine ehemalige. Anklage wurde nicht erhoben.«

»Was wissen Sie noch über diesen Clark?«

»Ich habe ihn ein paarmal erlebt. Ein großer, schwerer Mann Ende Vierzig, still, wirkt fast schüchtern. Aber seine Bewegungen erinnern mich an den einen Karatekurs, den ich einmal machte. Da gab es einen Lehrer, der in Vietnam bei einer Sondereinheit gedient hatte, und der bewegte sich wie ein Sportler, flüssig und knapp, aber seine Augen... die waren immer in Bewegung, genauso ist Clark. Er sieht die Leute von der Seite an und entscheidet, ob sie eine Bedrohung darstellen oder nicht.« Goodley machte eine Pause und erkannte in diesem Augenblick, wer und was Clark wirklich war. Ben Goodley war nicht auf den Kopf gefallen. »Clark ist gefährlich.«

»Wie bitte?« Liz Elliot wußte nicht, wovon er redete.

»Entschuldigung, das hat mir der Karatelehrer beigebracht. Die gefährlichsten Menschen wirken ganz harmlos. Ist man mit ihnen zusammen in einem Raum, übersieht man sie leicht. Mein Karatelehrer zum Beispiel wurde in einer U-Bahn-Station überfallen. Man wollte ihn ausrauben. Am Ende lagen drei Jugendliche blutend am Boden. Offenbar hielten sie ihn, einen Afro-Amerikaner so um die Fünfzig, für einen einfachen Hausmeister. So kleidet er sich auch und wirkt dadurch ganz harmlos. Und so kommt mir auch Clark vor, er ist wie mein alter Sensei. Sehr interessant«, meinte Goodley. »Nun ja, er ist beim Personenschutz, und diese Leute sollen sich auf ihr Handwerk verstehen.

Ryan erfuhr, spekuliere ich, daß Mrs. Zimmer von diesen Kerlen belästigt wurde, und ließ seinen Leibwächter Ordnung schaffen. Der Polizei des Anne Arundel County war das ganz recht.«

»Bitte fassen Sie zusammen.«

»Ryan hat manchmal erstklassige Arbeit geleistet, aber auch Böcke geschossen. Im Grunde gehört er der Vergangenheit an und ist immer noch ein Kalter Krieger. Er kritisiert die Regierung wie zum Beispiel vor ein paar Tagen, als Sie an einem CAMELOT-Spiel nicht teilnahmen. Er findet, daß Sie Ihren Job nicht ernst nehmen und hält Ihr Fernbleiben für unverantwortlich.«

»Hat er das gesagt?«

»Fast wörtlich. Ich war bei Cabot im Zimmer, als er hereinkam und mekkerte.«

Elliot schüttelte den Kopf. »Da spricht der Kalte Krieger. Wenn der Präsident seine Arbeit richtig tut und ich meine, gibt es keine Krisen, die gemanagt werden müssen. Das ist der Zweck der Übung, oder?«

»Und bisher scheinen Sie Erfolg zu haben«, bemerkte Goodley.

Die Sicherheitsberaterin ignorierte die Bemerkung und schaute auf ihre Notizen.

Die Wände waren errichtet und mit Kunststoffplatten verkleidet. Die Klimaanlage lief schon und entfernte Feuchtigkeit und Staub aus der Luft. Fromm arbeitete an den Tischen für die Werkzeugmaschinen. »Tisch« war eine zu einfache Bezeichnung. Die Stücke hatten eine Tragfähigkeit von mehreren Tonnen und an den massiven Beinen Schraubspindeln zur Höheneinstellung. Nun brachte der Deutsche jede einzelne Maschine mit Hilfe von eingebauten Wasserwaagen in die Horizontale.

»Perfekt«, sagte er, nachdem er drei Stunden gearbeitet hatte. Es mußte auch alles perfekt sein. Nun war er zufrieden. Unter jedem Tisch befand sich ein meterdicker Sockel aus Stahlbeton, mit dem die Tischbeine nun verschraubt wurden.

»Müssen die Maschinen denn so starr montiert werden?« fragte Ghosn.

Fromm schüttelte den Kopf. »Ganz im Gegenteil. Sie schweben auf einem Luftkissen.«

»Aber Sie sagten doch, daß sie über eine Tonne wiegen!« wandte Kati ein.

»Haben Sie einmal ein Bild von einem Hovercraft gesehen? Das Ding ist hundert Tonnen schwer und schwebt auch auf Luft. Das Luftkissen isoliert unsere Maschinen gegen Bodenvibrationen.«

»Mit welchen Toleranzen müssen wir arbeiten?« fragte Ghosn.

»Etwa mit der Präzision, die beim Bau eines astronomischen Teleskops erforderlich ist«, erwiderte der Deutsche.

»Aber die ersten Bomben ...«

Fromm schnitt Ghosn das Wort ab. »Die ersten amerikanischen Bomben, die auf Hiroshima und Nagasaki fielen, waren primitiv und ineffizient. Der Großteil des spaltbaren Materials wurde vergeudet, besonders bei der Hiroshima-Waffe – so eine Waffe würden Sie ebensowenig bauen wie eine Bombe mit altmodischer Schwarzpulverlunte, oder? Wie auch immer, eine so unwirtschaftliche Konstruktion kommt nicht in Frage«, fuhr Fromm fort. »Nach den ersten Bomben sahen sich die amerikanischen Ingenieure mit dem Problem der beschränkten Verfügbarkeit spaltbaren Materials konfrontiert. Die paar Kilo Plutonium drüben sind das teuerste Material der Welt. Die Reaktoren, in denen Plutonium aus U235 ausgebrütet wird, kosten Milliarden; hinzu kommt der Aufwand für die Trennung in einer anderen Anlage, noch eine Milliarde. Nur Amerika hatte genug Geld für das ursprüngliche Projekt. Das Prinzip der Kernspaltung war auf der ganzen Welt bekannt – Geheimnisse gibt es in der Physik nicht –, doch nur Amerika verfügte über die Mittel und Ressourcen, um eine praktische Anwendung zu versuchen. Und über die Leute«, fügte Fromm hinzu. »Was waren das für Köpfe! Für die ersten Bomben – es waren übrigens drei – verbrauchte man das gesamte spaltbare Material, das zur Verfügung stand, und entschied sich, weil Zuverlässigkeit das Hauptkriterium war, für eine primitive, aber wirksame Konstruktion. Die Waffe war so schwer, daß nur das größte Flugzeug sie tragen konnte.

Nach 1945 war der Atomwaffenbau kein hastig durchgezogenes Kriegsprojekt mehr, sondern ging in die Domäne der Wissenschaft über. Der Plutoniumreaktor in Hanford erzeugte damals nur wenige Kilo im Jahr, und die Amerikaner mußten lernen, das Material effizient einzusetzen. Die Bombe Mark-12 war die erste echte Weiterentwicklung, und die Israelis verbesserten sie. Sie lieferten mit einem Fünftel des spaltbaren Materials, das die Hiroshima-Waffe hatte, die fünffache Sprengkraft – also eine Verbesserung des Wirkungsgrads um das Zehnfache.

Ein Expertenteam könnte mit den entsprechenden Einrichtungen diese Leistung noch einmal um das Vierfache erhöhen. Moderne Sprengköpfe sind die elegantesten, faszinierendsten...«

»Zwei Megatonnen?« fragte Ghosn ungläubig.

»Hier schaffen wir das nicht«, erwiderte Fromm mit Bedauern. »Die verfügbaren Informationen sind unzureichend. Die Physik wäre kein Problem, wohl aber die Herstellung, und über Bombenkonstruktionen liegen keine Publikationen vor, die uns weiterhelfen könnten. Vergessen Sie nicht, daß man noch heute Testexplosionen durchführt, um die Bomben kleiner und effizienter zu machen. Auf diesem Gebiet wie auf jedem anderen muß man experimentieren, und das können wir nicht. Es fehlt uns auch das Geld für die Ausbildung von Technikern, die die Konstruktion ausführen. Ich *könnte* zwar eine Bombe mit einer Leistung von über einer Megatonne entwerfen, aber die Chance, daß sie dann auch funktionierte, läge bei fünfzig Prozent. Vielleicht auch ein bißchen höher, aber ohne ein richtiges Testprogramm wäre das ein unrealistisches Projekt.«

»Was können Sie uns dann bieten?« fragte Kati.

»Eine Waffe mit einer nominalen Sprengkraft von vier- bis fünfhundert Kilotonnen, die ungefähr einen Kubikmeter groß wäre und rund fünfhundert Kilo wöge.« Fromm machte eine Pause, um die Mienen der beiden anderen zu studieren. »Es wird also eine wenig elegante, sondern eine klobige und schwere, aber recht starke Waffe werden.« In der Konstruktion sollte sie viel raffinierter werden als alles, was amerikanische oder russische Techniker in den ersten 15 Jahren des Atomzeitlalters zustande gebracht hatten, und das, fand Fromm, war eine beachtliche Leistung.

»Mit Sprengstoff-Ummantelung?« fragte Ghosn.

»Ja«, antwortete Fromm und war von der Auffassungsgabe des jungen Arabers überrascht. »Bei den ersten Bomben benutzte man Stahlhüllen. Wir setzen statt dessen Sprengstoff ein, der leicht und voluminös, aber genauso wirkungsvoll ist. Im Augenblick der Detonation wird Tritium in den Kern gespritzt. Wie bei der ursprünglichen israelischen Konstruktion werden dadurch große Mengen von Neutronen freigesetzt, die den Spaltungsprozeß intensivieren; diese Reaktion wiederum wird zusätzliche Neutronen in eine zweite Tritiummasse schleudern und zur Kernfusion führen. Die Primärladung erzeugt eine Sprengleistung von rund fünfzig Kilotonnen; die Sekundärladung bringt vierhundert.«

»Wieviel Tritium wird gebraucht?« fragte Ghosn, der wußte, daß Tritium in kleinen Mengen leicht erhältlich war – Uhrmacher und Hersteller von Waffenvisieren brauchten es, wenngleich nur in mikroskopisch kleinen Quantitäten – aber wenn es über zehn Milligramm hinausging, war so gut wie unmöglich heranzukommen, wie er gerade selbst festgestellt hatte. Tritium und nicht Plutonium, wie Fromm gesagt hatte, war das teuerste Material auf Erden. Dafür war es jedoch, anders als Plutonium, im Handel erhältlich.

»Ich habe fünfzig Gramm«, erklärte Fromm selbstgefällig. »Das ist weitaus mehr, als wir brauchen.«

»Fünfzig *Gramm*!« rief Ghosn aus. »Wirklich?«

»Unser Reaktorblock produzierte spezielle nukleare Materialien für unser eigenes Bombenprogramm. Kurz vor ihrem Sturz beschloß die DDR-Regierung, das Plutonium als Loyalitätsgeste in Sachen Weltsozialismus der Sowjetunion zu übergeben. Die Sowjets aber sahen das anders und waren«, Fromm hielt inne, »ungehalten. Die Einzelheiten überlasse ich Ihrer Phantasie. Jedenfalls waren sie so aufgebracht, daß ich unseren Tritiumvorrat beiseite schaffte. Wie Sie wissen, ist sein Handelswert hoch – er war sozusagen meine Versicherungspolice.«

»Und wo ist er nun?«

»Bei mir zu Hause im Keller, versteckt in Nickel-Wasserstoff-Batterien.«

Kati gefiel das überhaupt nicht. Der arabische Guerillaführer war ein kranker Mann, wie Fromm sah, und konnte seine Gefühle nicht mehr so gut verbergen.

»Ich muß ohnehin nach Deutschland zurück, um die Werkzeugmaschinen zu holen«, beschwichtigte er.

»Haben Sie sie denn schon?«

»Ich wohne fünf Kilometer vom Astrophysischen Institut ›Karl Marx‹ entfernt. Dort sollten wir eigentlich astronomische Teleskope, optische und für Röntgenstrahlen empfindliche, bauen. Leider lief das Programm nie an. In der Werkstatt stehen Kisten, beschriftet mit ASTROPHYSIKALISCHE INSTRUMENTE, die sechs hochpräzise, fünfachsige Maschinen des besten Herstellers enthalten«, erklärte Fromm mit einem wölfischen Grinsen. »Cincinnati Milacron, USA. Das Modell, das die Amerikaner in ihren Kernwaffenfabriken Oak Ridge, Rocky Flats und Pantex einsetzen.«

»Und das Bedienungspersonal?« fragte Ghosn.

»Wir bildeten zwanzig Leute aus, sechzehn Männer und vier Frauen, alles Akademiker... aber nein, das wäre zu riskant und auch gar nicht nötig. Die Maschinen sind ›benutzerfreundlich‹, wie man heute sagt. Wir könnten sie sogar selbst bedienen, aber das nähme zu viel Zeit in Anspruch. Jeder Optiker oder sogar Büchsenmachermeister kann mit ihnen umgehen. Was vor fünfzig Jahren das Geschäft von Nobelpreisträgern war, erledigt heute ein tüchtiger Maschinist«, sagte Fromm. »Das nennt man Fortschritt.«

»Das könnte etwas sein, oder auch nicht«, meinte Jewgenij. Er war nun seit 20 Stunden ununterbrochen im Dienst, und nur sechs Stunden Schlaf, die vermutlich auch noch unterbrochen werden würden, trennten diese Schicht von der nächsten, noch längeren.

Das Orten der Signatur, sollte es sich um eine handeln, hatte Dubinins ganzes Können erfordert. Er vermutete, daß das amerikanische U-Boot sich nach Süden gewandt hatte und ungefähr fünf Knoten machte. Nun mußte er die Umweltverhältnisse berücksichtigen, nahe seinem Ziel in der Direktbahn-Zone bleiben und eine Sonar-Konvergenzzone meiden. Eine KZ ist ein ringförmiges Gebiet, das ein Boot umgibt. Schall, der sich von einem Punkt innerhalb der Zone nach unten ausbreitet, wird von Unterschieden in Wasserdruck und -temperatur gebrochen und spiralt in unregelmäßigen, von Umwelteinflüssen abhängigen Intervallen zwischen Oberfläche und Grund hin und her. Indem Dubinin diese Zonen relativ zu der Richtung, in der er sein Ziel vermutete, mied, entzog er sich einer Ortung. Dazu mußte er allerdings innerhalb der sogenannten Direktbahn-Distanz bleiben, dem Gebiet, in dem sich Schall nur radial von seiner Quelle ausbreitete. Um das unerkannt zu bewerkstelligen, mußte er über der Thermoklineale bleiben – er ging davon aus, daß der Amerikaner sich unter ihr hielt –, und sein Schleppsonar knapp unter ihr treiben lassen. Auf diese Weise würden seine Maschinengeräusche wahrscheinlich von der Schicht und von dem amerikanischen Boot wegreflektiert.

Dubinins taktisches Problem war seine technische Unterlegenheit. Das amerikanische Boot war leiser als seines und verfügte über eine bessere Sonaranlage und bessere Sonar-Operatoren. Leutnant Jewgenij Nikolajewitsch Rykow war ein sehr intelligenter Offizier, aber leider der einzige Sonarmann an Bord, der es mit seinen amerikanischen Pendants einigermaßen aufnehmen konnte, und der Junge machte sich dabei kaputt. Kapitän Dubinins einziger Vorteil war sein taktisches Geschick. Genau daran aber mangelte es dem amerikanischen Kapitän, was dieser jedoch nicht wußte – und das geriet ihm zum Nachteil. Dubinin blieb über der Thermoklinealen und setzte sich der Gefahr einer Ortung durch amerikanische U-Jagd-Flugzeuge aus, nahm dieses Risiko aber in Kauf. Ihm winkte ein Preis, den bisher noch kein russischer U-Boot-Kommandant gewonnen hatte.

Der Kapitän und der Leutnant starrten auf ein »Wasserfall«-Display und studierten keine Röhrenblitze, sondern eine unterbrochene, kaum sichtbare vertikale Linie, deren Helligkeit schwächer war als erwartet. Das amerikanische Boot der Ohio-Klasse war leiser als das Hintergrundgeräusch des Ozeans, und die beiden Männer fragten sich, ob ihnen besondere Umweltverhältnisse den akustischen Schatten dieses modernsten aller strategischen Boote gerade sichtbar machten. Es kann auch gut sein, dachte Dubinin, daß die Phantasie unseren übermüdeten Augen etwas vorspiegelt.

»Wir brauchen ein Geräusch«, seuzte Rykow und griff nach seiner Teetasse. »Wenn doch jemand einen Hammer fallen ließe oder ein Luk zuschlüge... bitte macht einen Fehler...«

Ich könnte ihn direkt anpeilen... kurz unter die Schicht tauchen, ihm einen Peitschenhieb mit Aktivsonar versetzen und Klarheit schaffen... NEIN! dachte Rykow, wandte sich ab und hätte beinahe geflucht. Geduld, Walentin, sagte er sich. Wir müssen Ruhe bewahren.

»Jewgenij Nikolajewitsch, Sie sehen erschöpft aus.«

»Ausschlafen kann ich mich in Petropawlowsk, Herr Kapitän. Ich besuche meine Frau und lege mich eine Woche lang ins Bett – aber nicht nur zum Schlafen«, meinte er mit einem müden Grinsen. Der gelbe Schein des Monitors erhellte das Gesicht des Leutnants. »Aber eine solche Chance lasse ich mir nicht entgehen!«

»Auf Fehler brauchen wir nicht zu hoffen.«

»Ich weiß. Diese verdammten amerikanischen Mannschaften ... ich weiß genau, daß da ein Ohio lauert! Was soll das sonst sein?«

»Einbildung, Jewgenij, und Wunschdenken.«

Leutnant Rykow drehte sich um. »Das nehme ich Ihnen nicht ab.«

»Ich glaube, mein Leutnant hat recht«, sagte Dubinin und dachte: Was ist das doch für ein spannendes Spiel! Schiff gegen Schiff, Verstand gegen Verstand. Dreidimensionales Schach unter sich fortwährend ändernden Umweltbedingungen. Und Dubinin wußte, daß bei diesem Spiel die Amerikaner die Meister waren. Bessere Ausrüstung, bessere Mannschaften, bessere Ausbildung. Natürlich wußten die Amerikaner das auch, und nach zwei Generationen der Überlegenheit war Arroganz an die Stelle von Innovation getreten ... nicht bei allen, aber bei einigen. Wäre der Kommandant des strategischen Bootes gewieft gewesen, hätte er sich anders verhalten. Kommandierte ich so ein Boot, überlegte Dubinin, fände mich niemand auf der Welt!

»Noch zwölf Stunden, dann müssen wir den Kontakt abbrechen und die Rückfahrt antreten.«

»Schade«, meinte Rykow nicht ganz aufrichtig. Sechs Wochen in See reichten ihm.

»Auf 20 Meter gehen«, sagte der Diensthabende.

»20 Meter, aye«, erwiderte der Tauchoffizier. »Bug-Tiefenruder an zehn Grad.«

Die Raketenabschußübung, die regelmäßig durchgeführt wurde, hatte gerade begonnen. Sie sollte die Kompetenz der Mannschaft sicherstellen und sie gegen den Horroreffekt ihres wichtigsten Kampfauftrages unempfindlich machen: das Abfeuern von 24 Raketen UGM-93 Trident-II D-5 mit jeweils zehn Sprengköpfen Mark 5 und einer Nominalsprengleistung von 400 Kilotonnen. Die insgesamt 240 Kernwaffen an Bord hatten eine Gesamtnettoleistung von 96 Megatonnen. Doch der verzahnten Logik mehrerer Gesetze der Physik nach steckte noch mehr dahinter. Kleine Kernwaffen setzen ihre Sprengleistung effizienter ein als große. Am wichtigsten aber war die Tatsache, daß der Sprengkopf Mark 5 eine demonstrierte Zielgenauigkeit von plusminus 50 Metern hatte; das bedeutete, daß nach einem über 4000 Seemeilen langen Flug die Hälfte der Bomben innerhalb von 100 Metern einschlugen. Die Abweichung war wesentlich kleiner als der Krater, den ein solcher Sprengkopf riß. Aus diesem Grund war die D-5 die erste für einen Erstschlag geeignete seegestützte Rakete. Unter Berücksichtigung der Taktik, ein Ziel mit zwei Bomben zu belegen, bedeutete dies, daß *Maine* 120 sowjetische Raketensilos und/oder Befehlsbunker ausschalten konnte – rund zehn Prozent der gegenwärtigen sowjetischen Interkontinentalwaffen, die selbst für einen Erstschlag konfiguriert waren.

In der Raketenzentrale hinter dem riesigen Raketenraum schaltete ein Obermaat die Stromversorgung seiner Konsole ein. Alle 24 Flugkörper waren startbereit. Navigationscomputer an Bord speisten Daten in die Lenksysteme der Raketen ein; Signale, die von Navigationssatelliten ausgesendet wurden, brachten diese Information im Abstand von wenigen Minuten auf den neuesten Stand, denn die Raketen mußten, um treffen zu können, nicht nur ihr Ziel, sondern auch ihre exakte Startposition kennen. Das globale Satelliten-Navigationssystem NAVSTAR lieferte diese Information mit einer Toleranz von weniger als fünf Metern. Als der Computer die Raketen abfragte, signalisierten die Kontrolleuchten Aktiv-Status.

Der Wasserdruck auf den Rumpf des Bootes nahm beim Auftauchen ab. Die Druckentlastung führte zu einer leichten Ausdehnung des Rumpfes, und der sich entspannende Stahl knisterte leise.

Es war nur ein Ächzen, das selbst von den Sonarsystemen kaum vernommen wurde und dem Ruf eines Wales verführerisch ähnlich klang. Rykow war vor Erschöpfung so benommen, daß er es wenige Minuten später nicht mehr wahrgenommen hätte, aber sein Verstand war scharf genug geblieben, daß er das Geräusch isolierte.

»Käpt'n ... Rumpfknistern ... hier!« Er tippte auf einen Punkt knapp unter dem Schatten auf dem Schirm, den er sich zusammen mit Dubinin betrachtet hatte. »Er taucht auf.«

Dubinin hastete in die Zentrale. »Klarmachen zum Tauchen.« Er setzte seinen Kopfhörer auf und war nun mit Leutnant Rykow verbunden.

»Jewgenij Nikolajewitsch, jetzt müssen wir geschickt und rasch handeln. Ich gehe unter die Schicht, sobald der Amerikaner über ihr ist ...«

»Nein, Käpt'n, das hat Zeit. Sein Schlepp-Sonar wird so wie unseres noch kurz unter ihr bleiben.«

»Verflucht, Sie haben recht!« Beinahe hätte Dubinin gelacht. »Verzeihung, Leutnant. Ich schulde Ihnen eine Flasche Starka.« Das war Wodka vom Besten.

»Meine Frau und ich werden auf Sie anstoßen. Ah, ich bekomme eine Winkelpeilung ... Fünf Grad unter unserem Schleppsonar ... Wenn ich den Kontakt halten und nach dem Durchbrechen der Schicht wieder auffassen kann ...«

»Ja, schätzen Sie rasch die Distanz!« Sie konnten zwar nur mit einem groben Wert rechnen, aber das war besser als gar nichts. Dubinin schnarrte dem Offizier am Kartentisch Befehle zu.

»Zwei Grad ... Rumpfknistern ist weg ... Kontakt schwer zu halten, aber er hebt sich jetzt besser vom Hintergrund ab – und weg ist er, liegt nun über der Schicht!«

»Eins, zwei, drei...«, zählte Dubinin. Der Amerikaner mußte entweder eine Abschußübung durchführen oder auf 20 Meter gegangen sein, um einen Funkspruch zu empfangen. Sein Schleppsonar... 500 Meter lang, Fahrt fünf Knoten... Jetzt!

»Rudergänger: Bug-Tiefenruder fünf Grad abwärts. Wir gehen knapp unter die Schicht. *Starpom,* achten Sie auf die Wassertemperatur. Sachte, sachte am Ruder...«

Admiral Lunin senkte den Bug und glitt unter die wogende Grenze zwischen dem relativ warmen Oberflächenwasser und der kälteren Tiefe.

»Distanz?« fragte Dubinin den Offizier am Kartentisch.

»Schätzungsweise zwischen fünf- und neuntausend Meter, Käpt'n! Eine genauere Schätzung lassen die vorliegenden Daten nicht zu.«

»Bravo, Kolja! Gut gemacht!«

»Wir sind unter der Schicht. Wassertemperatur um fünf Grad gesunken!« rief der *Starpom.*

»Tiefenruder auf Nullposition, Boot auspendeln.«

»Tiefenruder auf Nullposition, Boot ausgependelt.«

Wäre die Decke nicht so niedrig gewesen, wäre Dubinin aufgesprungen. Ihm war gerade gelungen, was bisher noch kein anderer sowjetischer U-Boot-Kommandant geschafft hatte – und wenn die Aufklärung ihn richtig informiert hatte, gab es auch nur eine Handvoll Amerikaner, die ein strategisches Boot der Ohio-Klasse geortet und sogar verfolgt hatten. In einer Kriegssituation konnte er nun mit Aktiv-Sonar die exakte Distanz feststellen und Torpedos abschießen. Er hatte sich an das scheuste Wild der Welt herangepirscht und war nahe genug für einen Fangschuß herangekommen. Die Erregung ließ seine Haut prickeln. Mit diesem Gefühl ließ sich nichts auf der Welt vergleichen, aber auch gar nichts.

»Ryl neprawa«, befahl er nun. »Ruder rechts, neuer Kurs drei-null-null. Fahrt langsam auf zehn Knoten erhöhen.«

»Aber Käpt'n...«, sagte sein *Starpom* – der Erste Offizier.

»Wir brechen den Kontakt ab. Die Übung dort drüben wird noch mindestens dreißig Minuten dauern. Nach ihrem Abschluß werden wir uns der Gegenortung nicht entziehen können. Setzen wir uns also besser jetzt ab. Er darf nicht erfahren, was wir getan haben. Keine Angst, wir werden ihm wieder begegnen. Unseren Auftrag haben wir jedenfalls ausgeführt. Wir haben ihn erfaßt und in Schußweite gebracht. Männer, in Petropawlowsk gibt's ein Gelage, und die Rechnung zahlt euer Kapitän! So, jetzt verschwinden wir leise, damit er überhaupt nicht merkt, daß wir da waren.«

Captain Robert Jefferson Jackson wünschte sich, wieder jung zu sein, wieder ganz schwarzes Haar zu haben und als »Nugget« frisch von der Ausbildung in Pensacola zum ersten Mal mit einem jener bedrohlich wirkenden Kampfflugzeuge zu starten, die wie riesige Raubvögel an der Startlinie des Stützpunkts der Marineflieger in Oceana standen. Daß er alle 24 F-14D Tomcat in seiner unmittelbaren Umgebung befehligte, war nicht so befriedigend wie die Gewißheit, *eine* sein eigen nennen zu können. Nun aber »gehörten« ihm als Commander der Air Group zwei Geschwader Tomcat, zwei weitere mit F/A-18 Hornet, eines, das sich aus Bodenkampfflugzeugen A-6E Intruder zusammensetzte, ein Geschwader U-Jäger S-3 und schließlich die weniger glanzvollen Tanker, Prowler für die elektronische Kriegsführung und die Hubschrauber mit der Doppelfunktion Rettungseinsatz und U-Boot-Abwehr. Insgesamt 78 Flugzeuge im Wert von...? Einer Milliarde Dollar? Mehr noch, wenn man die Wiederbeschaffungskosten berücksichtigte. Hinzu kamen die 3000 Männer und Frauen, die die Maschinen flogen und warteten; diese waren natürlich mit Gold nicht aufzuwiegen. Und er war für das Ganze verantwortlich. Es machte viel mehr Spaß, als junger Pilot seine eigene Maschine zu fliegen und die Sorgen der Führung zu überlassen. Genau zu der gehörte Robby nun; er war der Mann, über den die Leute in ihren Kabinen auf dem Schiff redeten. Sie empfanden Unbehagen, wenn sie in seine Kajüte zitiert wurden, weil sie das Gefühl hatten, wie auf der Penne vor den Rex geschleift zu werden. Sie flogen auch nicht gerne mit ihm, weil sie erstens dachten, er sei zu alt, um noch Höchstleistungen zu bringen, und weil sie zweitens ihre Fehler von ihm unter die Nase gerieben bekamen – Kampfpiloten gestehen ihre Schnitzer nur untereinander ein.

Seiner Situation haftete eine gewisse Ironie an. Zuletzt hatte er sich im Pentagon als Papierkrieger betätigt und sehnlichst das Ende dieses Jobs herbeigesehnt, dessen aufregendster Aspekt die tägliche Suche nach einem anständigen Parkplatz war. Dann hatte er endlich den Befehl über einen Trägerverband bekommen – und hatte nun mehr bürokratischen Mumpitz zu verkraften als je zuvor. Nun, wenigstens kam er einmal in der Woche zum Fliegen... wenn er Glück hatte. Heute war ein solcher Tag. Sein Stabsbootsmann grinste ihm zu, als er hinausging.

»Passen Sie auf den Laden auf«, meinte Robby.

»Roger, Skipper. Ich halte die Stellung.«

Jackson blieb wie angewurzelt stehen. »Meinetwegen können Sie den ganzen Papiermist klauen lassen.«

»Mal sehen, was sich machen läßt, Sir.«

Ein Dienstwagen brachte ihn zur Startlinie. Jackson trug bereits seine Nomex-Kombination, ein altes, stinkiges und verwaschenes Stück, das an den Ellbogen und am Hosenboden fast durchgescheuert war. Aber Piloten sind abergläubisch, und Robby und die Kombination hatten zusammen allerhand erlebt.

»He, Skipper!« rief einer seiner Geschwaderkommandanten.

Commander Bud Sanchez war kleiner als Jackson. Seine olivfarbene Haut und sein Bismarck-Schnauzer betonten die hellen Augen und ein Grinsen wie aus der Zahnpastareklame. Sanchez, der VF-1 kommandierte, sollte heute mit Jackson aufsteigen. Sie waren zusammen geflogen, als Jackson noch VF-41 der *John F. Kennedy* kommandiert hatte. »Ihr Vogel ist klar. Zeigen wir den Kerlen mal, wo der Hammer hängt?«

»Gegen wen geht es heute?«

»Muffköppe aus Cherry Point in F-18 Delta. Unser Hummer kreist schon 100 Meilen vor der Küste. Unser Auftrag bei der Übung: Gefechtspatrouille, Abwehr tieffliegender Eindringlinge.« Hierbei ging es darum, angreifende Flugzeuge am Überfliegen einer imaginären Linie zu hindern. »Lust auf'n geilen Luftkampf? Die Marines haben am Telefon große Sprüche geklopft.«

»Der Marine, mit dem ich nicht fertig werde, muß erst noch geboren werden«, sagte Robby und nahm seinen Helm, der sein Rufzeichen »Spade« trug (er war schwarz), vom Haken.

»He, ihr Ärsche«, rief Sanchez, »raus da, wir stoßen zu!«

»Schon da, Bud.« Michael »Lobo« Alexander kam hinter den Spinden hervor, gefolgt von Jacksons Radaroffizier, Henry »Shredder« Walters. Beide waren Lieutenants unter Dreißig. In den Umkleidekabinen redete man sich mit dem Rufzeichen, nicht mit dem Rang an. Robby liebte die kameradschaftliche Atmosphäre im Geschwader ebensosehr wie sein Land.

Draußen führten die Chefs der Wartungstrupps die Offiziere zu ihren Maschinen und halfen ihnen an Bord. (Auf dem gefährlichen Flugdeck eines Trägers werden die Piloten von Mannschaftsgraden praktisch an der Hand geführt, damit sie sich nicht verlaufen oder verletzen.) Jacksons Vogel trug am Bug eine Nummer, die mit »00« begann. Unterm Cockpit stand »CAPT. R. J. Jackson SPADE«, damit auch alle wußten, daß dies die Maschine des Chefs war. Ein Aufkleber darunter stellte eine Mirage dar, deren irakischer Pilot versehentlich zu dicht an Jacksons Tomcat herangeflogen war. Nichts Besonderes; der andere Pilot hatte nur einmal vergessen, auf seine »Sechs«, also auf Flugzeuge hinter sich zu achten, und das hatte er büßen müssen – aber ein Abschuß bleibt ein Abschuß, und dafür leben Kampfpiloten.

Fünf Minuten später waren alle vier Männer angeschnallt, und die Triebwerke liefen.

»Wie sind Sie heute drauf, Shredder?« fragte Jackson über die Bordsprechanlage.

»Bereit, ein paar Marines abzusägen, Skipper. Hier hinten ist alles klar. Meinen Sie, daß die Kiste heute fliegt?«

»Werden wir gleich feststellen.« Jackson schaltete auf Funk um. »Bud, hier Spade. Startklar.«

»Roger, Spade, Sie führen.« Beide Piloten drehten sich um, bekamen von den Chefs der Wartungsteams das Klarzeichen und schauten dann wieder nach vorne.

»Spade führt.« Jackson löste die Bremsen. »Rolle an.«

»Hallo, Schatz«, sagte Manfred Fromm zu seiner Frau.

Traudl eilte auf ihn zu, um ihn zu umarmen. »Wo warst du denn?«

»Geheimsache«, erwiderte Fromm, zwinkerte vielsagend und summte ein paar Takte aus »Evita«.

»Ich wußte doch, daß du zur Vernunft kommst.« Traudl strahlte ihn an.

»Darüber darfst du mit niemandem sprechen.« Um ihre Vermutung zu bestätigen, gab er ihr ein Bündel Banknoten, insgesamt 50 000 Mark. Damit wäre dem geldgeilen Biest das Maul gestopft, dachte er. »Ich bleibe nur eine Nacht hier. Ich war geschäftlich unterwegs und muß natürlich ...«

»Aber selbstverständlich, Manfred.« Mit dem Geld in den Händen umarmte sie ihn noch einmal. »Wenn du doch bloß angerufen hättest!«

Das Ganze war lächerlich einfach zu arrangieren gewesen. In 72 Stunden lief ein Schiff aus Rotterdam aus – Bestimmungshafen Latakia in Syrien. Er und Bock hatten die Werkzeugmaschinen von einer Spedition in einen kleinen Container packen lassen, der in Rotterdam aufs Schiff geladen und sechs Tage später in Syrien auf den Kai gehievt werden sollte. Der Transport mit dem Flugzeug oder mit der Bahn nach Italien oder Griechenland zur Weiterverschiffung wäre schneller gegangen, aber in Rotterdam, dem geschäftigsten Hafen der Welt, sind die Leute vom Zoll überarbeitet und suchen vorwiegend nach Drogen. Diesen Container konnten die Schnüffelhunde nach Herzenslust beschnuppern.

Fromm schickte seine Frau in die Küche, um Kaffee zu kochen. Das würde genau die paar Minuten dauern, die er brauchte. Er ging in den Keller, wo in einer Ecke auf ordentlich gestapelten Brettern vier schwarze, je zwölf Kilo schwere Metallkästen standen. Fromm trug sie nacheinander nach oben – bevor er zum zweiten Mal ging, zog er Schutzhandschuhe an – und stellte sie in den Kofferraum seines gemieteten BMW. Als der Kaffee fertig war, war auch seine Arbeit getan.

»Schön braun bist du«, bemerkte Traudl, die mit dem Tablett aus der Küche kam. Im Geist hatte sie die Hälfte des Geldes bereits ausgegeben. Endlich war ihrem Manfred ein Licht aufgegangen. Ich habe ja gewußt, daß er sich früher oder später dazu durchringt, dachte sie. Nun, besser früher als später. Sie nahm sich vor, am Abend ganz besonders lieb zu sein.

»Günther?«

Bock überließ Fromm nur ungern sich selbst, hatte aber nun selbst eine andere, riskante Aufgabe zu erledigen. Die ganze Operation ist sehr riskant, sagte er sich, besonders im Planungsstadium, und das war merkwürdig und erleichternd zugleich.

Erwin Keitel lebte von einer nicht gerade großzügigen Pension, und das hatte zwei Gründe. Erstens war er ein ehemaliger Oberstleutnant der Stasi, des Geheim- und Spionageabwehrdienstes der nicht mehr existierenden DDR, und zweitens hatte er im Laufe seiner 32jährigen Karriere seine Arbeit gerne getan. Während die meisten seiner früheren Kollegen ihre deutsche Identität vor die alte Ideologie gestellt und beim Bundesnachrichtendienst ausgepackt hatten, war Keitel zu dem Entschluß gekommen, daß er nicht für Kapitalisten arbeiten wollte. So wurde er zu einem Arbeitslosen aus politischen Gründen im vereinten Deutschland, den man aus rein praktischen Erwägungen in Pension geschickt hatte. Die Bundesregierung kam den von der DDR eingegangenen Verpflichtungen in gewisser Weise nach, weil das politisch zweckdienlich war und weil das Land nun einen täglichen Kampf mit widersprüchlichen Fakten zu führen hatte. Es war also einfacher, Keitel ein Ruhegehalt zu zahlen, statt ihn auf die offizielle Liste der Arbeitslosen zu setzen, was als erniedrigend galt. Dies war die Auffassung der Bundesregierung. Keitel sah das anders. Wenn es auf der Welt mit rechten Dingen zuging, fand er, hätte man ihn hinrichten oder ins Exil schicken sollen – nur wohin wußte er nicht. Er hatte erwogen, zu den Russen überzulaufen, weil er beim KGB über Kontakte verfügte, diesen Gedanken aber rasch verworfen. Mit den Bürgern der Ex-DDR wollten die Sowjets nichts mehr zu tun haben; sie fürchteten, von jenen, die dem Weltsozialismus die Treue gebrochen hatten, aufs neue verraten zu werden. Für welche Sache die Sowjetunion inzwischen stand, wußte Keitel allerdings nicht. Er nahm neben Bock in der Ecknische einer stillen Kneipe im alten Ostberlin Platz und sagte: »Das ist sehr gefährlich, mein Freund.«

»Ist mir klar, Erwin.« Bock bestellte zwei große Bier. Die Bedienung war schneller als vor ein paar Jahren, aber darum kümmerten sich die beiden nicht.

»Ich kann dir gar nicht sagen, wie leid mir die Sache mit Petra tut«, sagte Keitel, nachdem die Kellnerin sich entfernt hatte.

»Weißt du eigentlich, was sich genau abgespielt hat?« fragte Bock in ruhigem und emotionslosem Ton.

»Der Kriminalbeamte, der ihren Fall bearbeitete, besuchte sie häufig im Gefängnis – aber nicht, um sie zu verhören, sondern um sie ganz bewußt zum Wahnsinn zu treiben. Dir sollte klar sein, daß der Mut jedes Menschen seine Grenzen hat. Petra hat nicht aus Schwäche gehandelt. Jeder kann seelisch brechen. Das ist nur eine Frage der Zeit. Man hat ihr kaltblütig beim Sterben zugesehen.«

»So?« Bocks Miene veränderte sich nicht, aber die Knöchel seiner Finger, die das Glas umklammerten, wurden weiß.

»In ihrer Zelle war eine versteckte Überwachungskamera eingebaut. Der Selbstmord ist auf Videoband. Die Schweine sahen ihr zu und griffen nicht ein.«

Bock schwieg. Das Lokal war so schummrig, daß niemand sehen konnte, wie blaß er wurde. Heiße Luft wie aus einem Hochofen schien ihm entgegenzufegen, gefolgt von arktischer Kälte. Er schloß die Augen, um sich wieder in den Griff zu bekommen. Petra hätte einen Gefühlsausbruch zu einem so entscheidenden Zeitpunkt mißbilligt. Er schlug die Augen auf und schaute seinen Freund an.

»Ist das wirklich wahr?«

»Ich kenne den Namen und die Anschrift des Beamten. Man hat immer noch Freunde«, versicherte Keitel.

»Das glaube ich dir, Genosse. So, und nun möchte ich dich um einen Gefallen bitten.«

»Nur zu.«

»Natürlich weißt du, was uns in diese katastrophale Lage gebracht hat.«

»Kommt darauf an, was du meinst«, sagte Keitel. »Das Volk, das sich so leicht verführen ließ, hat mich enttäuscht, aber die Massen waren ja schon immer undiszipliniert und wußten nicht, was gut für sie ist. Verantwortlich für unser nationales Unglück sind...«

»Genau, die Amerikaner und Russen.«

»Genosse, selbst ein vereintes Deutschland ist nicht stark genug...«

»O doch. Wenn wir die Welt nach unserem Bilde neu erschaffen wollen, Erwin, müssen wir den Unterdrückern großen Schaden zufügen.«

»Aber wie?«

»Es gibt einen Weg. Kannst du mir fürs erste einmal glauben?«

Keitel leerte sein Glas und lehnte sich zurück. Er hatte einen Anteil an Bocks Ausbildung gehabt. Mit 56 war er zu alt, um seine Weltanschauung zu ändern, aber immer noch ein guter Menschenkenner. Bock war ein Mann wie er selbst: vorsichtig, rücksichtslos und sehr tüchtig bei verdeckten Operationen.

»Was stellen wir mit diesem Kriminalbeamten an?«

Bock schüttelte den Kopf. »Nichts, auch wenn mir Rache eine große Genugtuung wäre. Jetzt ist nicht die Zeit, private Rechnungen zu begleichen. Wir müssen eine Bewegung und ein Land retten.« Mehr als eines, dachte Bock, aber das braucht der Genosse noch nicht zu wissen. Was in seinen Gedanken Konturen annahm, war ein gewaltiger Schlag, ein atemberaubendes Manöver, das unter Umständen – er war vor sich selbst ehrlich genug, um nicht »ganz sicher« zu denken – die Welt formbarer machen könnte. Was danach käme, konnte niemand sagen. Aber das war ganz unwichtig. Entscheidend war, daß er und seine Freunde den ersten kühnen Schritt wagten.

»Wie lange kennen wir uns jetzt schon – fünfzehn, zwanzig Jahre?« Keitel lächelte. »Natürlich vertraue ich dir, Genosse.«

»Wie viele vertrauenswürdige Leute kennst du?«

»Wie viele brauchen wir denn?«

»Insgesamt acht.«

Keitels Miene wurde ausdruckslos. Acht Männer, denen wir uneingeschränkt vertrauen können? dachte er.

»Das sind aus Gründen der Sicherheit zu viele, Günther. Was für Leute sollen es denn sein?« fragte er und sagte, nachdem Bock geantwortet hatte: »Nun, ich weiß, wo ich ansetzen muß. Möglich wäre das... Männer in meinem und ein paar in deinem Alter. Leute mit diesen Qualifikationen sind nicht schwer zu finden, aber du darfst nicht vergessen, daß es vieles gibt, worauf wir keinen Einfluß haben.«

»Wie meine Freunde anderswo sagen, liegt das in Allahs Hand«, meinte Günther und grinste süffisant.

»Barbaren!« schnaubte Keitel. »Die konnte ich noch nie ausstehen.«

»Stimmt, die gönnen einem noch nicht mal ein Bierchen.« Bock lächelte. »Aber sie sind stark, Erich, entschlossen und der Sache treu.«

»Und welche Sache wäre das?«

»Eine, die uns im Augenblick gemeinsam ist. Wie lange wirst du brauchen?«

»Zwei Wochen. Erreichen kannst du mich...«

»Kommt nicht in Frage.« Bock schüttelte den Kopf. »Das ist zu riskant. Kannst du reisen, wirst du observiert?«

»Mich observieren? Alle meine Untergebenen sind Wendehälse, und der BND weiß, daß der KGB nichts mit mir zu tun haben will. An mir wird kein Personal verschwendet. Ich bin sozusagen kastriert.«

»Mir kommst du ganz schön potent vor, Erwin«, meinte Bock und drückte dem ehemaligen Stasi-Offizier Geld in die Hand. »Treffen wir uns in zwei Wochen auf Zypern. Achte aber auf Beschatter.«

»Das habe ich noch nicht verlernt. Bis dann, Genosse.«

Fromm erwachte bei Tagesanbruch. Er zog sich gemächlich an und war bemüht, Traudl nicht zu wecken. In den letzten zwölf Stunden war sie eine angenehmere Partnerin gewesen als in den vergangenen zwölf Monaten, und sein Gewissen sagte ihm, daß die Schuld an ihrer annähernd gescheiterten Ehe vielleicht doch nicht nur bei ihr lag. Zu seiner Überraschung stand das Frühstück schon auf dem Tisch.

»Wann kommst du zurück?«

»Kann ich noch nicht sagen. In ein paar Monaten wahrscheinlich.«

»So lange willst du wegbleiben?«

»Schatz, ich muß verreisen, weil man mein Wissen braucht und mich gut bezahlt.« Er nahm sich vor, Kati um weitere Überweisungen zu bitten. Solange Geld einging, hielt sie still.

»Darf ich denn nicht mitkommen?« fragte Traudl und zeigte echte Zuneigung.

»Das ist kein Platz für Frauen.« Die Antwort war ehrlich genug, um seine Gewissensbisse zu mildern. »So, ich muß jetzt fort.«

»Komm bald wieder.«

Manfred Fromm gab seiner Frau einen Kuß und ging aus dem Haus. Der BMW verkraftete die 50 Kilo im Kofferraum locker. Er winkte Traudl noch einmal zu und fuhr los. Durch den Rückspiegel warf er einen letzten Blick auf das Haus. Seine Vermutung dabei, daß er es nie wiedersehen würde, sollte sich bewahrheiten.

Die nächste Station war das Astronomische Institut »Karl Marx«. Die eingeschossigen Gebäude sahen schon verwahrlost aus; ein Wunder, daß Vandalen die Scheiben noch nicht eingeschlagen hatten. Der Lkw wartete bereits. Fromm schloß die Werkstatt auf, wo die Maschinen in ihren hermetisch versiegelten Kisten mit der Aufschrift ASTROPHYSISCHE INSTRUMENTE standen. Nun mußte er nur noch die Formulare unterschreiben, die er am Nachmittag des Vortages getippt hatte. Der Lkw-Fahrer verstand sich auf die Bedienung des gasgetriebenen Gabelstaplers und lud die Kisten in den Container. Fromm holte die Batterien aus dem Kofferraum seines Mietwagens und packte sie in eine Holzkiste, die zuletzt aufgeladen wurde. Der Fahrer brauchte eine halbe Stunde, um die Ladung festzuzurren, dann brach er auf. Den »Herrn Professor Fromm« würde er am Stadtrand von Rotterdam wiedersehen.

Fromm traf sich mit Bock in Greifswald. Sie stiegen in Bocks Wagen, weil der ein besserer Fahrer war, und fuhren Richtung Westen.

»Wie war's daheim?«

»Traudl hat sich sehr über das Geld gefreut«, meldete Fromm.

»Sie bekommt noch mehr, in regelmäßigen Raten ... alle zwei Wochen, glaube ich.«

»Gut. Darüber wollte ich mit Kati sprechen.«

»Wir versorgen unsere Freunde gut«, bemerkte Bock, als sie einen ehemaligen Zonengrenzübergang passierten. Nun sproß dort Gras.

»Wie lange wird die Herstellung dauern?«

»Drei Monate ... vielleicht auch vier. Wir könnten es auch schneller schaffen«, sagte Fromm entschuldigend, »aber vergessen Sie nicht, daß ich nie mit richtigem Material gearbeitet, sondern immer nur simuliert habe. Es gibt absolut keinen Fehlerspielraum. Mitte Januar ist alles fertig und steht Ihnen zur Verfügung.« Fromm fragte sich natürlich, was Bock und die anderen mit dem Material vorhatten, aber das ging ihn im Grunde nichts an. Oder vielleicht doch?

15
Entwicklungen

Ghosn konnte nur den Kopf schütteln. Objektiv verstand er, daß es sich um eine Auswirkung der tiefgreifenden Veränderungen in Europa handelte, des Verzichts auf Grenzkontrollen im Zuge der wirtschaftlichen Integration der EG, der Auflösung des Warschauer Pakts und der stürmischen Bildung einer europäischen Völkerfamilie. Die einzige Schwierigkeit beim Transport der fünf Werkzeugmaschinen aus Deutschland in diese Senke war ausgerechnet die Beschaffung eines geeigneten Lastwagens in Latakia gewesen, kein simples Unterfangen, denn niemand – selbst der Deutsche nicht, dachte Ghosn befriedigt – hatte an den schlechten Zustand der Straße gedacht, die zur Werkstatt führte. Nun sah Fromm aufmerksam zu, wie Arbeiter die letzte Maschine mühsam auf deren Tisch wuchteten. Fromm war arrogant, aber ein erstklassiger Ingenieur. Selbst die Tische hatten genau die richtige Größe und einen zehn Zentimeter breiten Rand, auf dem man ein Notizbuch ablegen konnte. Die Notstromaggregate waren aufgestellt und durchgeprüft. Nun mußten nur noch die Maschinen aufgebaut und geeicht werden, ein Prozeß, der eine Woche in Anspruch nehmen würde.

Bock und Kati beobachteten das Ganze vom anderen Ende des Raums, weil sie nicht im Weg stehen wollten.

»Ich habe die Ansätze eines Einsatzplans«, meinte Günther.

»Sie soll also nicht für Israel bestimmt sein?« fragte Kati. Die endgültige Entscheidung lag bei ihm, aber er wollte seinen deutschen Freund anhören. »Können Sie mir schon sagen, was Sie vorhaben?«

»Ja.« Bock weihte ihn ein.

»Interessant. Und die Sicherheit?«

»Ein Problem stellt unser Freund Manfred dar – oder, genauer gesagt, seine Frau. Sie kennt sein Fach und weiß, daß er irgendwo im Ausland ist.«

»Sie umzubringen birgt mehr Risiken als Vorteile, finde ich.«

»Normalerweise schon, aber Fromms Kollegen sind alle ebenfalls unterwegs – meist mit ihren Frauen. Verschwände sie einfach, würden ihre Nachbarn annehmen, sie sei zu ihrem Mann gestoßen. Seine Abwesenheit könnte sie zu der achtlosen Bemerkung provozieren, Manfred arbeite irgendwo im Ausland. Und das könnte bestimmten Kreisen auffallen.«

»Weiß sie eigentlich, woran er früher gearbeitet hat?«

»Manfred ist sehr sicherheitsbewußt, aber wir müssen annehmen, daß sie Bescheid weiß. Welche Ehefrau weiß so etwas nicht?«

»Weiter«, sagte Kati müde.

»Wenn ihre Leiche entdeckt wird, ist die Polizei gezwungen, nach ihrem

Mann zu fahnden, und auch das wäre ein Problem. Sie muß also verschwinden, damit der Eindruck entsteht, sie sei zu ihrem Mann gefahren.«

»Nach Abschluß des Projekts wird sie ohnehin sein Schicksal teilen«, bemerkte Kati und lächelte zur Abwechslung einmal.

»Genau.«

»Was für eine Frau ist sie?«

»Ein raffgieriger Hausdrache, der nicht an Gott glaubt«, sagte der Atheist Bock zu Katis Erheiterung.

»Und wie wollen Sie das erledigen?«

Bock legte kurz seinen Plan dar. »Dabei können wir gleichzeitig die Zuverlässigkeit unserer Leute für diese Phase der Operation prüfen. Die Einzelheiten überlasse ich ihnen.«

»Tricks? Bei einem Unternehmen wie diesem kann man nicht vorsichtig genug sein.«

»Wenn Sie wollen, lasse ich die Liquidierung auf Video aufnehmen, damit Sie einen eindeutigen Beweis haben.« Bock hatte das schon einmal getan.

»Das ist barbarisch«, meinte Kati, »aber leider notwendig.«

»Ich werde mich um die Sache kümmern, wenn ich nach Zypern fahre.«

»Auf dieser Reise brauchen Sie Bewacher, mein Freund.«

»Gut, das finde ich auch.« Bock wußte, was gemeint war. Wenn es den Anschein hatte, daß seine Festnahme unmittelbar bevorstand ... nun, er hatte einen sehr gefährlichen Weg gewählt, und Kati mußte vorsichtig sein. Günthers Vorschlag für einen Einsatzplan machte das noch wichtiger.

»Die Maschinen sind doch schon alle mit Wasserwaagen für die Luftkissenbasis ausgerüstet«, sagte Ghosn fünfzehn Meter weiter gereizt. »Wozu der Aufwand bei den Tischen?«

»Junger Freund, diese Arbeit können wir nur einmal tun. Wollen Sie irgendwelche Risiken eingehen?«

Ghosn nickte. Der Mann mochte herablassend sein, aber er hatte recht. »Und das Tritium?«

»Ist in diesen Batterien. Ich bewahrte sie kühl auf ... Das Tritium setzt man frei, indem man sie erhitzt; ein kniffliger, aber unproblematischer Prozeß.«

»Stimmt, ich weiß, wie das geht«, sagte Ghosn.

Fromm reichte ihm die Bedienungsanleitung der ersten Maschine. »So, nun müssen wir uns erst einmal neue Kenntnisse aneignen, damit wir das Bedienungspersonal einweisen können.«

Kapitän Dubinin saß im Dienstzimmer des Schiffbaumeisters der Werft, auf der die *Admiral Lunin* entstanden war und die man unter den Namen »Werft Nr. 199«, »Leninskaja Komsomola« oder schlicht »Komsomolsk« kannte. Der Mann, ein ehemaliger U-Boot-Kommandant, zog den Titel »Schiffbaumeister« dem eines Direktors vor und hatte beim Dienstantritt vor zwei Jahren das Schild an seiner Tür entsprechend ändern lassen. Er war Traditionalist, aber auch ein brillanter Ingenieur. Und heute war er ganz besonders froh.

»Während Ihrer Abwesenheit habe ich etwas Großartiges ergattert!«

»Und was wäre das, Herr Admiral?«

»Der Prototyp einer neuen Reaktorpumpe. Sie ist groß, klobig, aus Gußeisen, schwer einzubauen und zu warten, aber auch…«

»Leise?«

»Wie ein Dieb«, entgegnete der Admiral lächelnd. »Sie strahlt fünfzig Prozent weniger Schall ab als Ihre derzeitige Pumpe.«

»Wirklich? Wo haben wir die gestohlen?«

Darüber mußte der Schiffbaumeister lachen. »Das brauchen Sie nicht zu wissen, Walentin Borissowitsch. So, nun habe ich eine Frage an Sie: Ich hörte, daß Sie vor zehn Tagen etwas Erstaunliches geschafft haben…«

Dubinin lächelte. »Darüber darf ich nicht reden, Herr Admiral.«

»O doch. Ich habe mit Ihrem Geschwaderkommandeur gesprochen. Sagen Sie, wie nahe kamen Sie an USS *Nevada* heran?«

»Ich glaube eher, daß es die *Maine* war«, erwiderte Dubinin. Die Leute von der Aufklärung waren zwar anderer Ansicht, aber er ließ sich von seinem Instinkt leiten. »Achttausend Meter, schätze ich. Wir identifizierten das Boot anhand eines mechanischen Geräuschs, das während einer Übung verursacht wurde, und dann pirschte ich mich auf der Basis einiger unfundierter Vermutungen an…«

»Unsinn! Man kann die Bescheidenheit auch übertreiben, Kapitän. Fahren Sie fort.«

»Nachdem wir das vermutete Ziel gepeilt hatten, kam Bestätigung in Form von Rumpfknistern. Angesichts unseres Einsatzplans und der taktischen Lage beschloß ich an diesem Punkt, den Kontakt abzubrechen, solange das noch ohne Gegenortung möglich war.«

»Das war Ihr geschicktester Zug«, meinte der Schiffbaumeister und wies mit dem Zeigefinger auf seinen Besucher. »Sie hätten keine bessere Entscheidung treffen können, denn wenn Sie Ihre nächste Fahrt antreten, haben Sie das leiseste Boot, das wir je in See stechen ließen.«

»Die Amerikaner sind uns nach wie vor überlegen«, erklärte Dubinin ehrlich.

»Gewiß, aber nun ist ihr Vorsprung endlich geringer als der Unterschied zwischen zwei Kommandanten, wie es sich gehört. Wir sind beide von Marko Ramius ausgebildet worden. Schade, daß er das nicht erleben kann!«

Dubinin nickte zustimmend. »Ja, angesichts der derzeitigen politischen Lage wird das Spiel von Geschick und nicht mehr von Feindschaft bestimmt.«

»Wäre ich doch jung genug, um mitspielen zu können«, seufzte der Schiffbaumeister.

»Und das neue Sonar?«

»Es ist eine Entwicklung unseres Laboratoriums Seweromorsk, ein Passivgerät mit großer Öffnung, dessen Empfindlichkeit um rund vierzig Prozent verbessert ist. Bei fast allen Systemen sind Sie einem amerikanischen Boot der Los-Angeles-Klasse ebenbürtig.«

Den Einwand, das gälte nicht für die Besatzung, verkniff sich Dubinin. Es würde Jahre dauern, bis sein Land die eigenen Männer so gut ausbildete, wie die Marinen des Westens es taten, und bis dahin war er zu alt für ein Kommando auf See – aber in drei Monaten bekam er das beste Boot, das die Sowjetunion je einem Kapitän anvertraut hatte. Wenn es ihm gelang, seinem Geschwaderkommandanten mehr Offiziere abzuschwatzen, konnte er die unfähigeren Wehrpflichtigen an Land zurücklassen und für den Rest ein ordentliches Übungsprogramm ansetzen. Es war seine Aufgabe, die Besatzung zu führen und auszubilden. Er war der Kapitän der *Admiral Lunin*. Ihm gebührte die Anerkennung für einen Erfolg, und er mußte die Schuld an einem Fehlschlag auf sich nehmen. Das hatte ihm Ramius schon an seinem ersten Tag an Bord eines Unterseebootes beigebracht. Er hatte sein Schicksal selbst in der Hand, und was konnte man schon mehr verlangen?

Warte nur, USS *Maine*, dachte er, nächstes Jahr, wenn die bitterkalten Winterstürme über den Nordpazifik fegen, sehen wir uns wieder.

»Kein einziger Kontakt«, sagte Captain Ricks in der Offiziersmesse.

»Abgesehen von *Omaha*.« Lieutenant Commander Claggett sah einige Unterlagen durch. »Und die hatte es viel zu eilig.«

»Der Iwan gibt sich keine Mühe mehr«, sagte der Navigator fast mit Bedauern. »Sieht fast so aus, als hätte er das Handtuch geworfen.«

»Warum überhaupt den Versuch machen, uns zu finden?« bemerkte Ricks. »Abgesehen von dem Akula, das verschwand ...«

»Das haben wir immerhin vor einiger Zeit erfaßt«, sagte der Navigator.

»Vielleicht können wir ihn beim nächsten Mal knipsen!« rief ein Lieutenant leichthin, der hinter einem Magazin stand, und löste damit allgemeine Heiterkeit aus. Ganz selten war es wagemutigen Kommandanten von Jagd-U-Booten gelungen, sich ganz dicht an sowjetische Boote heranzupirschen und Blitzlichtaufnahmen von ihren Rümpfen zu machen. Aber solche Spiele gehörten der Vergangenheit an. Die Russen operierten inzwischen sehr viel geschickter als noch vor zehn Jahren. Als Zweitbester strengt man sich mehr an.

»Nun zur nächsten Übung im Maschinenraum«, sagte Ricks.

Dem Ersten Offizier fiel auf, daß niemand am Tisch eine Miene verzog. Die Offiziere hatten gelernt, sich das Stöhnen und Augenrollen zu verkneifen. Ricks' Sinn für Humor war sehr begrenzt.

»Tag, Robby!« Joshua Painter erhob sich von seinem Drehsessel und ging dem Besucher entgegen, um ihm die Hand zu reichen.

»Guten Morgen, Sir.«

»Setzen Sie sich.« Ein Steward schenkte beiden Kaffee ein. »Nun, wie steht's mit dem Verband?«

»Wir werden rechtzeitig bereit sein, Sir.«

Admiral Joshua Painter von der US-Navy war der Oberbefehlshaber der alliierten Marinekräfte Atlantik, der OB Atlantik und der OB der amerikanischen Atlantikflotte. Für die drei Jobs bekam er zwar nur ein Gehalt, verfügte aber über drei Stäbe, die ihm das Denken abnahmen. Er hatte sich als Kampfflieger hochgedient und nun den Gipfel seiner Karriere erreicht. Eine Beförderung zum Chef aller Marineoperationen stand nicht in Aussicht. Dieser Posten würde wohl an einen Mann mit größerem politischen Geschick gehen, aber Painter war mit dem, was er erreicht hatte, zufrieden. Gemäß der ziemlich ungewöhnlichen Organisation der Streitkräfte berieten der Chef der Marineoperationen und andere Befehlshaber den Verteidigungsminister lediglich, der dann den Oberbefehlshabern (CINC) der Einsatzgebiete die Befehle erteilte. Die Kommandostruktur SACLANT-CINCLANT-CINCLANTFLT mochte bürokratisch, schwerfällig und aufgebläht sein, aber Painter konnte als ihr Chef reale Schiffe, Flugzeuge und Marineinfanteristen in Bewegung setzen. Zwei ganze Flotten, die 2. und die 6., unterstanden ihm: Sieben Flugzeugträger, ein Schlachtschiff (Painter, zwar ein Flieger, mochte die gepanzerten Ungetüme, weil sein Großvater eins befehligt hatte), über 100 Kreuzer, Zerstörer und Fregatten, 60 Unterseeboote, anderthalb Divisionen Marineinfanterie, Tausende von Kampfflugzeugen. Tatsache war, daß nur ein Land auf der Welt über mehr Kampfkraft verfügte als Joshua Painter, und dieses Land stellte in dieser Zeit der internationalen Verständigung keine ernsthafte strategische Bedrohung mehr dar. Mit Krieg brauchte er nicht mehr zu rechnen, und das machte Painter froh. Er hatte Einsätze in Vietnam geflogen und miterlebt, wie Amerikas Macht von ihrem Höhepunkt nach dem Zweiten Weltkrieg auf ihren Tiefpunkt in den Siebzigern gesunken war, um sich dann wieder zu erholen, bis die USA aufs neue als stärkstes Land der Welt galten. Er hatte seinen Part in den besten und schlimmsten Zeiten gespielt, und nun waren die Aussichten besonders günstig. Robby Jackson war einer der Männer, denen Painters Marine anvertraut werden würde.

»Was höre ich da? Wieder sowjetische Piloten in Libyen?« fragte Jackson.

»Nun, ganz abgezogen wurden sie ja nie«, meinte Painter. »Unser Freund will die modernsten sowjetischen Waffen haben und zahlt in Devisen. Die haben die Sowjets nötig. Geschäft ist Geschäft. So einfach ist das.«

»Man sollte doch meinen, daß er seine Lektion gelernt hat«, bemerkte Robby und schüttelte den Kopf.

»Vielleicht tut er das auch ... bald. Als einer der letzten Hitzköpfe muß er sich sehr einsam fühlen. Mag sein, daß er seine Arsenale füllt, solange das noch geht. Das sagt jedenfalls unsere Aufklärung.«

»Und die Russen im Land?«

»Eine beachtliche Zahl von Ausbildern und Technikern auf Vertragsbasis, besonders Flieger und Spezialisten für SAM-Raketen.«

»Gut, daß ich das weiß. Wenn Gaddafi wieder mal was wagt, kann er sich hinter einer guten Luftabwehr verstecken.«

»Nicht gut genug, um Sie und Ihre Männer aufzuhalten, Robby.«

»Aber gut genug, um mich zum Briefeschreiben zu zwingen.« Jackson hatte unzählige Briefe an Angehörige verfassen müssen. Bei jeder Fahrt war im

Luftverband mit Todesfällen zu rechnen. Seines Wissens war kein Träger zu einem Einsatz ausgelaufen – ob nun in Kriegs- oder Friedenszeiten –, ohne Tote beklagen zu müssen, und als Chef des Verbandes trug er die Verantwortung. Wäre es nicht schön, wenn ich als erster dran glauben müßte, dachte Jackson. Erstens wäre es ein würdiger Abschluß meiner Karriere, und zweitens bräuchte ich Frau und Eltern nicht mehr schonend beizubringen, daß ihr Johnny für sein Land gestorben ist ... denkbar, aber unwahrscheinlich. Die Arbeit der Marineflieger war gefährlich. Er war nun über Vierzig, wußte, daß die Unsterblichkeit entweder ein Märchen oder ein schlechter Witz war, und hatte sich im Bereitschaftsraum beim Betrachten der Gesichter der Piloten schon bei dem Gedanken ertappt: Wer von diesen gutaussehenden, stolzen Jungs wird fehlen, wenn die *Theodore Roosevelt* wieder die Durchfahrt zwischen Kap Charles und Kap Henry ansteuert? Wessen schöne und schwangere Frau wird kurz vorm Mittagessen von einem Geistlichen und einem Piloten aufgesucht, begleitet von der Frau eines Kameraden, die sie an der Hand nimmt und sie tröstet? Wieder ein Leben, das in weiter Ferne in Feuer und Blut endete? Ein möglicher Zusammenstoß mit den Libyern war nur eine Bedrohung mehr in einer Welt, in der der Tod einen festen Wohnsitz hatte. Jackson gestand sich insgeheim ein, daß er für dieses Leben zu alt war. Er war zwar nach wie vor ein erstklassiger Pilot, aber reif genug, um sich einzugestehen, daß er nicht mehr unbedingt Weltspitze war. Doch nun machten ihm die traurigen Seiten des Lebens mehr zu schaffen, und es wurde bald Zeit für eine Versetzung – in ein Büro mit Admiralsflagge und der Möglichkeit, gelegentlich zu fliegen und damit zu beweisen, daß er noch immer die richtigen Entscheidungen treffen oder sich um sie bemühen konnte. So könnte er diese schrecklichen Besuche auf einem Minimum halten.

»Probleme?« fragte Painter.

»Ersatzteilmangel«, erwiderte Captain Jackson. »Es wird immer schwieriger, alle Vögel flugklar zu halten.«

»Wir tun, was wir können.«

»Jawohl, Sir, ich weiß. Und wenn ich die Zeitungen richtig interpretiere, wird es auch noch schlimmer.« Zum Beispiel war geplant, drei Träger mitsamt ihren Flugzeugen außer Dienst zu stellen. Lernte man denn nie?

»Jedesmal, wenn wir einen Krieg gewinnen, werden wir dafür bestraft«, sagte der CINCLANT. »Wenigstens hat uns dieser Sieg nicht allzuviel gekostet. Keine Sorge, wenn es soweit ist, wird es einen Platz für Sie geben. Sie sind mein bester Verbandskommandeur, Captain.«

»Das höre ich gern.«

Painter lachte. »Ich auch.«

»Im Englischen gibt es ein Sprichwort«, bemerkte Golowko, »und das heißt: ›Wer solche Freunde hat, braucht keine Feinde.‹ Was wissen wir noch?«

»Es hat den Anschein, daß sie uns ihren gesamten Plutoniumvorrat übergeben haben«, erwiderte ein Vertreter des Atomwaffen-Forschungsinstituts Sarowa südlich von Nischni Nowgorod. Er war weniger Ingenieur als ein Wissenschaftler, der Nuklearwaffenprogramme außerhalb der Sowjetunion im Auge behielt. »Ich habe die Berechnungen selbst ausgeführt. Es ist zwar theoretisch möglich, daß sie mehr hergestellt haben, aber was man uns aushändigte, ist geringfügig mehr als die Menge an Pu239, die ähnliche Reaktoren hier bei uns produzieren. Ich glaube also, daß wir den Gesamtvorrat haben.«

»Das habe ich alles gelesen. Warum sind Sie jetzt hier?«

»Weil die Verfasser der ersten Studie etwas übersehen haben.«

»Und was wäre das?« fragte der Erste Stellvertretende Vorsitzende des Komitees für Staatssicherheit.

»Tritium.«

»Helfen Sie meinem Gedächtnis nach.« Golowko war ein erfahrener Diplomat und Nachrichtendienstler, aber kein Kernphysiker.

Der Experte aus Sarowa hatte schon seit Jahren nicht mehr über die Grundlagen der Physik referiert. »Die Zusammensetzung des Wasserstoffatoms ist ganz simpel: ein positiv geladenes Proton, ein negativ geladenes Elektron. Fügt man ein Neutron hinzu, das keine elektrische Ladung hat, erhält man Deuterium oder schweren Wasserstoff. Ein weiteres Neutron ergibt Tritium, auch überschwerer Wasserstoff genannt, mit der Massenzahl drei. Ganz einfach dargestellt: Neutronen bilden die Grundlage von Kernwaffen. Befreit man sie aus dem Verbund mit dem Wasserstoffatom, werden sie abgestrahlt, bombardieren andere Atomkerne und setzen weitere Neutronen frei. Dies führt zu einer Kettenreaktion, bei der gewaltige Energien frei werden. Tritium ist nützlich, weil das Wasserstoffatom normalerweise überhaupt keine Neutronen enthält. Es ist auch instabil und zerfällt innerhalb einer bestimmten Zeitspanne. Seine Halbwertzeit beträgt 12,3 Jahre«, erklärte er. »Bringt man also Tritium in eine konventionelle Atombombe ein, beschleunigen oder verstärken die zusätzlichen Neutronen den Spaltungsprozeß in der Reaktionsmasse Plutonium oder Uran um einen Faktor von vierzig bis fünfzig, was eine wesentlich bessere Ausnutzung schweren spaltbaren Materials wie Plutonium oder angereichertem Uran ermöglicht. Außerdem setzt eine in Relation zur Ladung entsprechend positionierte Tritiummenge – in diesem Fall als ›Primärladung‹ bezeichnet – den Spaltungsprozeß in Gang. Dies kann natürlich auch mit anderen Methoden erreicht werden. Zu bevorzugen wären Lithiumdeuterid oder Lithiumhydrid, die stabiler sind, aber Tritium hat nach wie vor seine Anwendung bei bestimmten Waffen.«

»Und wie stellt man Tritium her?«

»Indem man Lithium-Aluminium in einem Reaktor der Neutronenbestrahlung aussetzt. Das Tritium bildet sich dann in Form kleiner, facettierter Blasen im Metall. Meiner Meinung nach haben die Deutschen in Greifswald auch Tritium produziert.«

»Wirklich? Welche Beweise haben Sie?«

»Wir analysierten das Plutonium, das man uns übergab. Plutonium hat zwei Isotope, Pu239 und Pu240. Aus ihrem relativen Mengenverhältnis läßt sich auf den Neutronenfluß im Reaktor schließen. Irgend etwas reduzierte diesen

Neutronenfluß. Und dieses Etwas war wahrscheinlich – oder fast bestimmt – Tritium.«

»Sind Sie da ganz sicher?«

»Der physikalische Prozeß ist komplex, aber eindeutig. In vielen Fällen kann man anhand der Ratio verschiedener Materialien in einer Plutoniumbombe den Reaktor bestimmen, in dem sie hergestellt wurde. Meine Leute und ich sind uns unserer Schlußfolgerung recht sicher.«

»Diese Reaktoren unterlagen doch der internationalen Inspektion, oder? Wird die Tritiumproduktion denn nicht überwacht?«

»Die Deutschen umgingen einige Plutoniuminspektionen, und Tritium steht überhaupt nicht unter internationaler Kontrolle. Selbst wenn es Kontrollen gäbe, wäre die Tarnung der Tritiumproduktion ein Kinderspiel.«

Golowko stieß einen unterdrückten Fluch aus. »Um welche Mengen geht es?«

Der Wissenschaftler zuckte mit den Achseln. »Unmöglich zu sagen. Der Reaktor ist inzwischen stillgelegt, und wir haben keinen Zugang mehr.«

»Gibt es noch andere Anwendungsbereiche für Tritium?«

»Gewiß, es hat einen hohen Verkaufswert. Es ist phosphoreszierend, leuchtet also im Dunkeln. Es wird für Zifferblätter, Visiere, Instrumente und alle möglichen anderen Geräte verwendet und ist sehr wertvoll, wie ich sagte – fünfzigtausend US-Dollar pro Gramm.«

Golowko fand die Abschweifung verblüffend. »Moment mal«, sagte er. »Wollen Sie etwa sagen, daß unser sozialistisches Bruderland DDR nicht nur an einer Atom-, sondern auch an einer Wasserstoffbombe arbeitete?«

»Ja, das ist wahrscheinlich.«

»Und der Verbleib eines Elementes ist noch ungeklärt?«

»Korrekt – möglicherweise korrekt«, verbesserte sich der Wissenschaftler.

»Wahrscheinlich?« Als zöge man einem Kind ein Geständnis aus der Nase, dachte der Erste Stellvertretende Vorsitzende.

»*Da*. Angesichts der Anweisungen, die die deutschen Kollegen von Honekker erhielten, hätte ich auch so gehandelt. Überdies war die Aufgabe technisch recht einfach zu lösen. Die Reaktortechnologie hatten sie ja von uns.«

»Was haben wir uns dabei bloß gedacht!« murmelte Golowko halblaut.

»Tja, mit China haben wir denselben Fehler begangen.«

»Hat denn niemand...« setzte Golowko an, aber der Physiker unterbrach ihn.

»Warnungen gab es genug, aus meinem Institut und aus dem in Kyschtym, aber niemand hat darauf gehört. Man hielt es für politisch zweckdienlich, unseren Verbündeten diese Technologie zugänglich zu machen.« Das Wort »Verbündete« kam ohne sarkastischen Unterton heraus.

»Und Sie sind der Ansicht, daß wir etwas unternehmen sollen?«

»Wir könnten unsere Kollegen im Außenministerium um Intervention bitten, aber ich glaube, daß energischere Schritte nötig sind. Deshalb wandte ich mich an Sie.«

»Sie nehmen also an, daß die Deutschen – das neue Deutschland, meine ich – über einen Vorrat an spaltbarem Material und dieses Tritium verfügen und ein eigenes Atomwaffenarsenal herstellen können.«

»Eine reale Möglichkeit. Es gibt, wie Sie wissen, eine beträchtliche Anzahl von deutschen Kernphysikern, die im Augenblick vorwiegend in Südafrika arbeiten; für sie die beste aller Welten. Sie arbeiten zwölftausend Kilometer von der Heimat entfernt an einem Kernwaffenprogramm, lernen dort dazu und stehen auf der Gehaltsliste eines anderen Landes. Sollte das wirklich der Fall sein, stellt sich die Frage, ob wir es nur mit einem kommerziellen Unterfangen zu tun haben. Ich halte das für möglich, wahrscheinlicher aber ist, daß die Bundesregierung von dieser Affäre weiß. Und da sie keine Gegenmaßnahmen ergriffen hat, muß man davon ausgehen, daß sie diese Aktivitäten billigt. Die wahrscheinlichste Erklärung für dieses stillschweigende Einverständnis wäre die Absicht, die erworbenen Kenntnisse bei der Verfolgung ihrer nationalen Interessen einzusetzen.«

Golowko runzelte die Stirn. Sein Besucher hatte gerade drei Möglichkeiten miteinander zu einer Bedrohung verflochten. Er dachte wie ein ganz besonders argwöhnischer Geheimdienstoffizier.

»Haben Sie weitere Informationen?«

»Die Namen von dreißig Verdachtspersonen.« Er reichte eine Akte über den Tisch. »Wir sprachen mit unseren Leuten, die den Deutschen beim Bau der Anlage Greifswald halfen. Aufgrund ihrer Erinnerungen haben diese Personen am wahrscheinlichsten an dem Atomwaffenprogramm mitgearbeitet. Ein halbes Dutzend davon gilt als hochqualifiziert und gut genug, um auch bei uns in Sarowa zu forschen.«

»Hat einer von ihnen auffällige Erkundigungen ...«

»Nein, und das ist auch nicht erforderlich. Physik ist Physik, Kernspaltung ist Kernspaltung. Naturgesetze lassen sich nicht geheimhalten, und damit haben wir es hier zu tun. Wenn diese Leute einen Reaktor betreiben können, sind die Besten unter ihnen in der Lage, aus dem notwendigen Material Kernwaffen zu bauen – und unser Reaktortyp *gab* ihnen die Fähigkeit, das erforderliche Material zu produzieren. Um diese Sache sollten Sie sich kümmern und feststellen, was die Deutschen treiben, und über was sie noch verfügen. Das jedenfalls ist mein Rat.«

»Ich habe ein paar sehr gute Leute im Direktorat T des Ersten Hauptdirektorats«, sagte Golowko. »Nachdem wir Ihre Informationen verdaut haben, werden einige bei Ihnen vorsprechen.« Sarowa war nur wenige Zugstunden von Moskau entfernt.

»Ja, ich habe mit Technologieexperten vom KGB gesprochen. Sehr tüchtige Leute. Hoffentlich haben Sie noch gute Kontakte in Deutschland.«

Darauf gab Golowko keine Antwort. Agenten hatte er genug in dem Land, aber wie viele waren umgedreht worden? Er hatte erst kürzlich die Zuverlässigkeit seiner Infiltratoren in der Stasi prüfen lassen und war zu dem Schluß gelangt, daß keinem mehr zu trauen war – besser gesagt, daß alle Vertrauenswürdigen nicht mehr in nützlichen Positionen saßen, und selbst diese... In diesem Augenblick beschloß er, die Operation nur von Russen ausführen zu lassen. »Wie lange würden sie zur Waffenherstellung brauchen, wenn sie das Material hätten?«

»Angesichts ihrer technischen Fähigkeiten und der Tatsache, daß sie als Nato-Mitglied Zugang zu amerikanischen Waffensystemen hatten, ist es nicht ausgeschlossen, daß ihr Arsenal bereits Atomwaffen enthält, die in Deutschland hergestellt wurden, und längst keine primitiven. In ihrer Lage und mit den verfügbaren speziellen Materialien hätte ich mit Leichtigkeit innerhalb weniger Monate nach der Wiedervereinigung zweiphasige Waffen herstellen können. Moderne dreiphasige... vielleicht ein Jahr später.«

»Und wo?«

»In Ostdeutschland natürlich. Dort ist es sicherer. Und wo genau?« Der Physiker dachte kurz nach. »Ich würde mir eine Werkstatt mit hochpräzisen Werkzeugmaschinen des Typs, der für die Herstellung von optischen Instrumenten benutzt wird, suchen. Das Röntgenteleskop, das wir gerade in die Umlaufbahn geschossen haben, ist ein direktes Abfallprodukt der Wasserstoffbombenforschung. In einer mehrphasigen Waffe ist die Steuerung und Dosierung von Röntgenstrahlen nämlich von entscheidender Wichtigkeit. Über die amerikanische Bombentechnologie lernten wir aus frei zugänglichen Artikeln viel über die Bündelung von Röntgenstrahlen in astrophysischen Observationsgeräten. Wie ich bereits sagte, Physik ist Physik. Naturgesetze können nicht versteckt, sondern nur entdeckt werden; sie stehen allen offen, die intelligent und entschlossen genug sind, sie sich nutzbar zu machen.«

»Wie tröstlich«, bemerkte Golowko ungehalten. Aber auf wen oder was konnte er schon böse sein – auf diesen Mann, weil er die Wahrheit gesagt hatte, oder auf die Natur, weil sie ihre Geheimnisse preisgab? »Verzeihung, Herr Professor. Ich bin dankbar, daß Sie sich die Zeit genommen und mich auf diese Sache aufmerksam gemacht haben.«

»Mein Vater ist Mathematiklehrer und hat sein ganzes Leben in Kiew verbracht. Die Schreckensherrschaft der Deutschen hat er nicht vergessen.«

Golowko geleitete den Wissenschaftler hinaus und schaute dann aus seinem Fenster. Warum haben wir ihnen die Wiedervereinigung gestattet? fragte er sich. Haben sie immer noch Expansionsgelüste? Geht es wieder um Lebensraum, um die Vormacht in Europa? Oder plagt dich die Paranoia, Sergej? Nun, für Argwohn wurde er schließlich bezahlt. Golowko setzte sich und griff nach dem Telefonhörer.

»Eine Kleinigkeit«, antwortete Keitel. »Wenn es getan werden muß, brauchen wir kein Wort mehr darüber zu verlieren.«

»Und die Männer?«

»Die habe ich, und zuverlässig sind sie auch. Alle haben im Ausland gearbeitet, überwiegend in Afrika. Alle sind erfahren. Drei Oberste, sechs Oberstleutnants, zwei Majore – alle im Ruhestand wie ich.«

»Zuverlässigkeit ist von größter Wichtigkeit«, mahnte Bock.

»Ich weiß, Günther. Jeder dieser Männer wäre irgendwann einmal General geworden. Jeder ist ein strammes Parteimitglied. Warum hat man sie wohl in den Ruhestand geschickt? Weil unser neues Deutschland ihnen nicht trauen kann.«

»Könnten Lockspitzel unter ihnen sein?«

»Ich bin hier der Geheimdienstoffizier«, erinnerte Keitel seinen Freund. »Ich rede dir nicht in deine Arbeit hinein. Kümmere dich also nicht um meine. Tut mir leid, aber die Wahl, ob du mir vertraust oder nicht, liegt bei dir.«

»Ich weiß, Erwin. Nichts für ungut. Dieses Unternehmen ist hochwichtig.«

»Das ist mir klar, Günther.«

»Bis wann ist die Sache erledigt?«

»In fünf Tagen. Ich würde mir zwar lieber mehr Zeit nehmen, bin aber darauf nicht trainiert, rasch zuzuschlagen. Die einzige Schwierigkeit ist die Beseitigung der Leiche.«

Bock nickte. Diese Frage hatte ihm nie Schwierigkeiten bereitet. Der RAF hatte sich das Problem nicht gestellt – abgesehen vom Fall der abtrünnigen Grünen, die eine Aktion verraten hatte. Sie hatte man eher aus Zufall als mit Absicht in einem Naturpark verscharrt und sie damit ihrer geliebten Umwelt zurückgegeben. Petra hatte diesen witzigen Einfall gehabt.

»Und wie lasse ich dir das Videoband zukommen?«

»Jemand wird sich hier mit dir treffen. Nicht ich, jemand anders. Steige in zwei Wochen im selben Hotel ab; man wird Kontakt mit dir aufnehmen. Verstecke die Kassette in einem Buch.«

»Gut.« Keitel fand, daß Bock die Geheimniskrämerei übertrieb; typisch für Amateure. Er als Fachmann hätte das Band einfach in eine bedruckte Hülle getan und eingeschweißt. »Ich brauche bald Geld.«

Bock gab ihm einen Umschlag. »Hier hast du hunderttausend Mark.«

»Das reicht dicke. In zwei Wochen also.« Keitel ließ Bock die Rechnung bezahlen und ging fort.

Bock bestellte sich noch ein Bier und starrte hinaus auf das kobaltblaue Meer unterm klaren Himmel. Am Horizont zogen Schiffe vorbei, darunter ein Kriegsschiff, dessen Nationalität er über die Entfernung nicht feststellen konnte. Die anderen waren einfache Frachter, unterwegs von einem unbekannten Hafen zum anderen.

Es war ein warmer, sonniger Tag mit einer kühlen Seebrise. Am nahen hellbraunen Sandstrand hatten Kinder und Pärchen ihren Spaß im Wasser. Er mußte an Petra, Erika und Ursel denken, aber niemand konnte ihm das ansehen. Die erste heftige Reaktion auf den Verlust hatte er hinter sich, das Weinen und Toben; geblieben waren tiefsitzende Gefühle wie kalte Wut und Rachegelüste. Es war ein herrlicher Tag, aber er hatte niemanden, mit dem zusammen er ihn hätte genießen können, und er würde auch die schönen Tage der Zukunft, sollten sie denn kommen, allein verbringen müssen. Für Petra gab es keinen Ersatz. Vielleicht fand er hier ein Mädchen, das er benutzen konnte, um quasi seinen Hormonhaushalt zu regulieren, aber das konnte auch nichts ändern. Kein angenehmer Gedanke. Keine Liebe, keine Kinder, keine Zukunft. Die Bar auf der Terrasse war ungefähr halb voll, vorwiegend besucht von europäischen Urlaubern und ihren Familien, die lächelnd Keo-Bier, Wein oder Brandy sour tranken und schon an das Unterhaltungsprogramm des Abends dachten, intime Dinners und anschließend die kühlen Laken, Lachen und Zuneigung – alles Dinge, die das Leben Günther Bock verwehrt hatte.

Er saß für sich und haßte seine Umgebung, musterte die Szene, als betrachte er die Tiere im Zoo. Bock verabscheute die Touristen, weil sie lachten, lächelten und... eine Zukunft hatten. Es war einfach ungerecht. Er hatte eine Lebensaufgabe gehabt, ein Ziel, für das er gekämpft hatte. Diese Leute hatten bloß einen Beruf. Fünfzig Wochen im Jahr fuhren sie morgens zu ihrer unwichtigen Arbeit und erfüllten ihre unwichtige Funktion, um nachmittags wieder nach Hause zurückzukehren, und wie die meisten Europäer sparten sie für den alljährlichen Urlaubsspaß in der Ägäis, auf Mallorca, in Florida oder wo immer es sonst Sonne, saubere Luft und Strand gab. Ihr Leben mochte sinnlos sein, aber sie waren glücklich – anders als der einsame Mann, der unter einem weißen Sonnenschirm saß, aufs Meer hinausschaute und sein Bier trank. Ausgesprochen ungerecht. Er hatte sein Leben ihrem Wohlergehen gewidmet – und nun genossen sie, was er für sich im Sinn gehabt hatte, während ihm nichts geblieben war.

Außer seiner Mission.

Bock beschloß, sich auch bei diesem Thema nichts vorzumachen. Er haßte sie, alle miteinander. Warum sollten sie eine Zukunft haben, wenn er keine hatte? Er haßte sie, weil sie ihn und Petra und Kati und alle anderen, die gegen Unrecht und Unterdrückung kämpften, abgelehnt und damit das Böse dem Guten vorgezogen hatten. Ich bin mehr als sie, dachte Bock, und besser, als sie jemals hoffen könnten zu sein. Er konnte auf sie und ihr belangloses Leben herabschauen, und was er ihnen antat – in ihrem Interesse, wie er nach wie vor glaubte –, war allein seine Entscheidung. Pech, wenn einige dabei zu Schaden kamen. Es waren ja keine richtigen Menschen, sondern nur Schatten der Persönlichkeiten, die sie gewesen wären, wenn sie ihr Leben einer Sache gewidmet hätten. Nein, sie hatten nicht ihn ausgestoßen, sondern sich selbst, weil ihnen das faule, bequeme Leben lieber war. Wie Rindviecher, dachte Bock, oder wie Säue, und er stellte sie sich schmatzend und grunzend am Trog vor. Sollte er sich verrückt machen, nur weil einige von ihnen etwas früher als vorgesehen würden sterben müssen? fragte sich Günther. Ach wo, unwichtig, entschied er.

»*Mister* President...«

»Ja, Elizabeth?« erwiderte Fowler und lachte leise.

»Wann hat man dir zum letzten Mal gesagt, daß du ein guter Liebhaber bist?«

»Im Kabinett bestimmt nicht.« Ihr Kopf lag auf seiner Brust, und er streichelte ihr blondes Haar. Stimmt ja auch, dachte der Präsident, ich mache das wirklich ziemlich gut. Er hatte Geduld, und das war seiner Ansicht nach bei dieser Beschäftigung das wichtigste Talent. Trotz Emanzipation und Gleichberechtigung war es die Aufgabe des Mannes, einer Frau das Gefühl zu geben, daß sie geliebt und respektiert wurde. »Und auch nicht bei Pressekonferenzen.«

»Gut, dann hörst du es von deiner Sicherheitsberaterin.«

»Danke für das Kompliment, Frau Doktor Elliot.« Beide lachten herzhaft. Elizabeth hob den Kopf, um ihn zu küssen, und streifte dabei mit ihren Brüsten seine Haut. »Bob, du weißt ja nicht, wieviel du mir bedeutest.«

»Vielleicht doch«, wandte der Präsident ein.

Elliot schüttelte den Kopf. »Diese trostlosen Jahre an der Uni. Nie Zeit, immer zu beschäftigt. Ich war Professorin und sonst nichts. So viel Zeit vergeudet...« Sie seufzte.

»Hoffen wir, daß ich die Wartezeit wert war.«

»Das warst du, und das bist du.« Sie drehte sich um, legte den Kopf an seine Schulter, und zog seine Hand über ihre Brust, bis sie an einem angenehmen Punkt ruhte. Seine Rechte fand eine ähnliche Stelle, und Liz hielt seine Hände fest.

Und was sage ich jetzt? fragte sich Liz. Sie hatte die Wahrheit gesprochen. Bob Fowler war ein behutsamer, geduldiger und begabter Liebhaber. Und einen Mann, dem man so etwas sagte, selbst wenn er Präsident war, hatte man in der Hand. Sie beschloß, fürs erste einmal nichts zu sagen. Es war Zeit, ihn weiter zu genießen, und Zeit, ihre eigenen Gefühle zu prüfen. Sie starrte auf ein dunkles Rechteck an der Wand, ein Landschaftsgemälde aus den Weiten des Westens, wo sich die Rocky Mountains schroff aus der Prärie erheben. Auf den Namen des Künstlers hatte sie nie geachtet. Fowlers Hände bewegten sich sanft, erregten sie zwar nicht erneut, ließen aber kleine Wonneschauer durch ihren Körper fließen, denen sie sich passiv hingab und nur hin und wieder den Kopf bewegte, um ihm zu bedeuten, daß sie noch wach war.

Sie begann, den Mann zu lieben. Komisch, dachte sie – oder? Vieles an ihm konnte sie lieben und bewundern. Anderes verwirrte sie. Er war eine widersprüchliche Mischung aus Wärme und Kälte und hatte einen hintergründigen Humor. Viele Dinge lagen ihm sehr am Herzen, aber die Intensität seiner Gefühle schien immer von der logischen Durchdringung von Sachfragen und Prinzipien geleitet zu sein, und nicht von Leidenschaft. Er war oft verwirrt, wenn andere seine Haltung zu bestimmten Themen nicht teilten – so wie ein Mathematiklehrer nie zornig, sondern traurig und verdutzt reagierte, wenn die Schüler die Schönheit und Symmetrie der Gleichungen nicht sahen. Fowler konnte auch erstaunlich grausam und rücksichtslos sein, ohne dabei jedoch boshaft zu wirken. Wer ihm im Weg stand, wurde, so er nur konnte, vernichtet. Wie in Puzos »Pate«, dachte Liz: nichts Persönliches; es geht nur ums Geschäft. Hatte er das von den Mafiosi gelernt, die er hinter Gitter geschickt hatte? Bob Fowler konnte seine treuen Gefolgsleute eiskalt für Tüchtigkeit und Loyalität belohnen mit... wie sollte sie es beschreiben? ... der Dankbarkeit eines Buchhalters.

Und doch war er im Bett so wunderbar zärtlich. Liz schaute zur Wand und zog die Stirn kraus. Unergründlich, dieser Mann.

»Hast du den Bericht aus Japan gesehen?« fragte der Präsident und unterbrach damit Liz Elliot in ihren Gedanken.

»Hmm, gut, daß du das erwähnst. Ich bin gestern auf etwas sehr Bedenkliches gestoßen.«

»Worüber?« fragte Fowler interessiert und bewegte die Finger zielstrebiger, als wollte er ihr die Information entlocken.

»Es betrifft Ryan«, erwiderte Liz.

»Schon wieder Ryan. Was hat er jetzt angestellt?«

»Was wir über finanzielle Unregelmäßigkeiten gehört haben, stimmt, aber es sieht so aus, als hätte er sich aufgrund einer Formsache herauslaviert. In unsere Administration wäre er, mit diesem Skandalgeruch behaftet, nicht hineingekommen, aber da er seinen Posten schon hatte und protegiert wurde...«

»Es gibt solche und solche juristischen Formsachen. Was liegt noch vor?«

»Ein Sexskandal. Außerdem besteht der Verdacht, daß er private Angelegenheiten von CIA-Personal erledigen ließ.«

»Sex! Eine Schande!«

Elliot kicherte. Das gefiel ihm. »Mag sein, daß er ein außereheliches Kind hat.« Das gefiel Fowler überhaupt nicht. Die Rechte von Kindern nahm er sehr ernst. Seine Hände bewegten sich nun nicht mehr.

»Was wissen wir?«

»Nicht genug, aber wir sollten uns um die Angelegenheit kümmern«, sagte Liz und half seinen Fingern nach.

»Gut, laß das FBI diskret ermitteln«, meinte der Präsident in dem Glauben, das Thema sei nun abgeschlossen.

»Das geht nicht.«

»Wieso?«

»Weil Ryan einen vorzüglichen Draht zum FBI hat. Es ist gut möglich, daß man sich gegen die Sache sperrt oder sie unter den Teppich kehrt.«

»Bill Shaw macht so etwas nicht. Er ist einer der besten Polizisten, denen ich je begegnet bin, und läßt sich selbst von mir nicht unter Druck setzen – so gehört es sich auch.« Also wieder Logik und Prinzipien. Der Mann war unberechenbar.

»Shaw befaßte sich persönlich mit dem Fall Ryan – der Sache mit den Terroristen. Könnte der Leiter einer Ermittlungsbehörde befangen sein...«

»Stimmt«, gestand Fowler zu. Interessenkonflikte würden keinen guten Eindruck machen.

»Hinzu kommt, daß Murray, Shaws rechte Hand, dick mit Ryan befreundet ist.«

Fowler grunzte. »Was tun wir dann?«

»Wir schalten jemanden aus dem Justizministerium ein.«

»Warum nicht den Secret Service?« Fowler kannte die Antwort auf diese Frage, wollte Liz aber auf die Probe stellen.

»Das sähe zu sehr nach Hexenjagd aus.«

»Gutes Argument. Rufe morgen Greg im Justizministerium an.«

»Wird gemacht, Bob.« Zeit für einen Themenwechsel. Sie legte ihre Hand an seine Wange und küßte ihn. »Du, manchmal fehlen mir die Zigaretten sehr.«

»Eine Zigarette danach?« fragte er und zog sie fester an sich.

»Bob, mit dir glühe ich *dabei*...« Sie wandte den Kopf und schaute ihm in die Augen.

»Soll ich dir Feuer geben?«

»Man sagt«, schnurrte sie und küßte ihn wieder, »daß der Präsident der Vereinigten Staaten der mächtigste Mann der Welt ist...«

»Ich gebe mein Bestes, Elizabeth.«

Eine halbe Stunde später entschied sie, daß es stimmte: Sie fing an, ihn zu lieben. Dann fragte sie sich, was er wohl für sie empfand...

16
Öl ins Feuer

»Guten Abend, Frau Fromm«, sagte der Fremde.

»Und wer sind Sie?«

»Peter Wiegler vom *Berliner Tagblatt*. Darf ich Sie einmal kurz sprechen?«

»Worum geht es?« fragte sie.

»Bitte ...« Er stand im strömenden Regen.

Sie erinnerte sich ihrer guten Erziehung; selbst zu Journalisten mußte man höflich sein.

»Sicher, kommen Sie rein.«

»Danke.« Er trat ins Haus und zog seinen Mantel aus, den sie an einen Haken hängte. Er war ein Hauptmann aus dem Ersten Hauptdirektorat (Ausland) des KGB, ein vielversprechender, gutaussehender, sprachbegabter Dreißigjähriger, der Psychologie und Ingenieurwissenschaft studiert hatte. Von Traudl Fromm hatte er sich schon ein Bild gemacht. Der neue Audi vor der Tür war komfortabel, aber kein Luxuswagen, ihre Kleidung, ebenfalls neu, wirkte präsentabel, aber nicht protzig. Er hielt sie für eine stolze, etwas geldgierige, aber auch sparsame Frau. Sie war neugierig, aber vorsichtig. Offenbar hatte sie etwas zu verbergen, wußte aber, daß sie mit jedem Vorwand, unter dem sie ihn wegschickte, nur noch mehr Verdacht erwecken würde. Er setzte sich in einen Polstersessel und wartete ab.

Sie bot ihm keinen Kaffee an, wollte die Begegnung kurz halten. Er fragte sich, ob diese dritte Person auf seiner Liste mit zehn Namen eine Meldung nach Moskau wert sein könne.

»Arbeitet Ihr Gatte im AKW Greifswald Nord?«

»Inzwischen nicht mehr. Wie Sie wissen, wird die Anlage abgeschaltet.«

»Richtig. Ich hätte nun gern gewußt, was Sie und Ihr Gatte davon halten. Ist Dr. Fromm zu Hause?«

»Nein«, antwortete sie beklommen. »Wiegler« ließ sich nichts anmerken.

»So? Darf ich fragen, wo er ist?«

»Auf Geschäftsreise.«

»Darf ich dann in ein paar Tagen vorbeikommen?«

»Vielleicht. Aber melden Sie sich bitte telefonisch an.« Ihr Tonfall verriet dem KGB-Offizier, daß sie etwas verheimlichte, und er konnte sich auch denken, was ...

Es klingelte wieder. Traudl Fromm ging an die Tür.

»Guten Abend, Frau Fromm«, sagte jemand. »Wir haben Ihnen etwas von Manfred auszurichten.«

Der Hauptmann hörte die Stimme und wurde mißtrauisch, beschloß aber, nicht zu reagieren. Hier in Deutschland drohte keine Gefahr. Vielleicht erfahre ich etwas, dachte er.

»Äh, ich habe gerade Besuch«, erwiderte Traudl.

Der nächste Satz wurde geflüstert. Der Hauptmann hörte Schritte näherkommen und drehte sich nur langsam um. Das war ein fataler Fehler.

Das Gesicht, das er sah, hätte leicht aus einem der zahllosen Kriegsfilme stammen können, mit denen er aufgewachsen war; es fehlte nur die silbern abgesetzte SS-Uniform. Ein strenges Gesicht mit ausdruckslosen hellblauen Augen. Ein professionell wirkender Mann mittleren Alters, der ihn nun so rasch abschätzte, wie er...

Es wurde Zeit, etwas...

»Tag. Ich wollte gerade gehen.«

»Wer ist das?« Traudl kam gar nicht zu einer Antwort.

»Ich bin Reporter des...« Zu spät. Wie aus dem Nichts tauchte eine Pistole auf. »Was wollen Sie hier?« herrschte er.

»Wo steht Ihr Auto?« fragte der Bewaffnete.

»Ein Stück weiter. Ich...«

»Wo vor dem Haus Plätze frei sind? Reporter sind faul. Wer sind Sie?«

»Reporter des...«

»Das glaube ich nicht.«

»Und ich auch nicht«, sagte der zweite Mann, an dessen Gesicht der Hauptmann sich vage erinnern konnte. Nur keine Panik, dachte er. Auch das war ein Fehler.

»Aufgepaßt. Wir unternehmen jetzt eine kurze Fahrt. Wenn Sie keine Umstände machen, sind Sie in drei Stunden wieder hier. Andernfalls geht die Sache böse für Sie aus. Verstanden?«

Geheimdienstoffiziere, vermutete der Hauptmann, womit er richtig lag. Es mußten Deutsche sein, und die hielten sich an die Vorschriften. Diese Einschätzung war der letzte Fehler in seiner vielversprechenden Karriere.

Der Kurier kehrte pünktlich aus Zypern zurück und reichte das Paket an einem von fünf überwachten Übergabepunkten einem Mann, der zwei Straßen weit zu Fuß ging, dann seine Yamaha antrat und so schnell in die Landschaft donnerte, wie es in diesem Land der verrückten Motorradfahrer nur möglich ist. Zwei Stunden später, und nachdem er sichergestellt hatte, daß er nicht verfolgt worden war, lieferte er das Paket ab, fuhr noch eine halbe Stunde lang weiter und kehrte im weiten Bogen zu seinem Ausgangspunkt zurück.

Günther Bock nahm das Päckchen in Empfang und stellte verärgert fest, daß es dem Anschein nach eine Filmkassette enthielt und nicht, wie er gefordert hatte, ein ausgehöhltes Buch. Nun, vielleicht war auch eine Botschaft von Erwin auf dem Band. Bock schob die Kassette ins Gerät und sah die ersten Minuten von *Chariots of Fire* mit französischen Untertiteln. Bald erkannte er, wie fachmännisch Keitel seine Nachricht plaziert hatte. Er mußte bis ins letzte Viertel des Films vorspulen, ehe das Bild umsprang.

»*Wer* sind Sie?« fragte eine grobe Stimme aus dem Off.

»Ich heiße Peter Wiegler und bin Reporter beim ...« Der Rest war ein Schrei. Das Instrument war primitiv, nur ein Kabel, vielleicht von einer Lampe oder einem Elektrogerät, an dessen Ende die Isolierung abgeschnitten war. Nur wenigen ist klar, wie wirkungsvoll primitive Instrumente sein können, besonders, wenn der Benutzer sein Handwerk versteht. Der Mann, der sich Peter Wiegler nannte, brüllte wie ein Tier. Die Unterlippe hatte er sich im Versuch, Schweigen zu wahren, schon durchgebissen. Folter mit Elektroschock ist relativ unblutig, aber laut.

»Sie verhalten sich dumm. Ihr Mut beeindruckt uns, ist aber hier fehl am Platz. Mut hat nur dann Sinn, wenn Hoffnung auf Rettung besteht. Ihren Wagen haben wir schon durchsucht und Ihre Pässe gefunden. Wir wissen, daß Sie kein Deutscher sind. Was sind Sie also? Pole, Russe oder was sonst?«

Der junge Mann schlug die Augen auf und holte tief Luft. »Ich recherchiere für das *Berliner Tagblatt*.« Wieder setzten sie den blanken Kupferdraht an, und diesmal wurde er ohnmächtig. Bock sah, wie ein Mann, der ihm den Rücken zukehrte, sich dem Opfer näherte und Puls und Augen prüfte. Der Folterer schien einen Schutzanzug gegen chemische Kampfstoffe zu tragen, aber ohne Handschuhe und Kopfschutz. Der muß da drin ganz schön schwitzen, dachte Bock.

»Eindeutig ein ausgebildeter Nachrichtenoffizier, wahrscheinlich Russe. Unbeschnitten, Edelstahlplomben im Gebiß. Er gehört also zu einem Ostblockdienst. Schade, der Junge ist tapfer.« Bock fand den Tonfall bewundernswert nüchtern.

»Was steht an Medikamenten zur Verfügung?« fragte eine andere Stimme.

»Ein ziemlich guter Tranquilizer. Soll ich den jetzt geben?«

»Ja, aber keine zu hohe Dosis.«

»Gut.« Der Mann verschwand vom Bildschirm, kehrte mit einer Spritze vor die Kamera zurück, packte den Arm des Opfers und injizierte in eine Vene der Ellbeuge. Nach drei Minuten kam der KGB-Mann wieder zu sich. Inzwischen hatte das Medikament seine höheren Gehirnfunktionen beeinträchtigt.

»Tut mir leid, daß wir Ihnen das antun mußten. Sie haben die Prüfung bestanden«, sagte die Stimme, diesmal aber in Russisch.

»Was für eine Prüfung ...« rutschte es dem KGB-Mann auf russisch heraus. »Warum sprechen Sie Russisch?« fragte er dann.

»Weil wir wissen wollten, ob Sie das verstehen. So, das wär's.«

Die Augen des Opfers weiteten sich, als eine kleine Pistole erschien, an seine Brust gesetzt und abgefeuert wurde. Die Kamera wich zurück und nahm nun mehr vom Raum auf. Der Boden war mit drei Kunststoffplanen abgedeckt, die Blut und Ausscheidungen auffangen sollten. Die Einschußwunde war von schwarzen Schmauchspuren umgeben und durch das Eindringen von Pulvergasen unter die Haut aufgequollen. Nur wenig Blut; typisch für Herzwunden. Nach wenigen Sekunden zuckte die Leiche nicht mehr.

»Mit etwas Geduld hätten wir noch mehr aus ihm herausholen können«, kam Keitels Stimme aus dem Off, »aber, wie ich später noch erklären werde, wir haben, was wir brauchen.«

»Nun zu Traudl...«

Man schleppte sie gefesselt, geknebelt und nackt herein. Ihre Augen waren vor Entsetzen riesengroß, und sie versuchte trotz des Knebels etwas zu sagen, aber niemand zeigte Interesse. Das Band war anderthalb Tage alt, wie Günther anhand der Abendnachrichten feststellte, die in einem Fernseher, der in einer Ecke des Raumes stand, gezeigt wurden. Das Ganze war eine professionelle Tour de force, um seinen Anforderungen gerecht zu werden.

Bock konnte sich nicht vorstellen, was der Mann nun dachte: *Wie fange ich das am besten an?* Nun bereute er einen Augenblick die Anweisung an Keitel. Aber der Beweis mußte eindeutig sein. Manchmal zogen Geheimdienste Zauberer und andere Illusionisten zu Rate, aber es gab Dinge, die sich nicht vortäuschen ließen, und er mußte sicher sein, daß er Keitel mit gräßlichen und gefährlichen Aufgaben betrauen konnte. Anschaulichkeit war eine objektive Notwendigkeit.

Ein anderer Mann warf ein Seil über einen Deckenbalken und zog sie an den Händen hoch. Dann drückte er ihr die Pistole in die Achselhöhle und schoß einmal. Wenigstens ist er kein Sadist, dachte Bock. Solche Typen sind unzuverlässig. Das Ganze war auch so schon traurig genug. Die Kugel hatte ihr Herz durchschlagen, aber sie kämpfte noch eine halbe Minute lang, rang nach Atem, versuchte zu sprechen... Als sie schlaff hing, tastete jemand nach ihrer Halsschlagader und legte sie dann langsam auf den Boden. Man war so behutsam wie unter den Umständen möglich mit ihr umgegangen. Nun sprach der Schütze, ohne in die Kamera zu schauen.

»Ich hoffe, Sie sind zufrieden. Mir hat das keinen Spaß gemacht.«

»Das war auch nicht der Zweck der Übung«, sagte Bock zum Fernseher.

Der Russe wurde vom Stuhl gehoben und neben Traudl Fromm gelegt. Nun sprach Keitel; eine nützliche Ablenkung, denn das Bild wurde zunehmend grauenhafter. Bock war nicht gerade zart besaitet, aber das ganze belastete ihn psychisch. Notwendig oder nicht, es kam ihm überflüssig vor.

»Der Russe war, wie wir gesehen haben, eindeutig Geheimdienstoffizier. Sein Auto war in Berlin gemietet und wird morgen nach Magdeburg gefahren und zurückgegeben. Es stand in einiger Entfernung vom Haus geparkt, die selbstverständliche Maßnahme eines Profis, für den Fall einer Festnahme aber ein verräterischer Hinweis. Im Wagen fanden wir eine Liste von Personen, die allesamt in der Atomindustrie der DDR arbeiten. Es hat den Anschein, als interessierten sich unsere russischen Genossen plötzlich für Honeckers Bombenprojekt. Ich bedaure die Komplikationen, aber wir brauchten mehrere Tage, um die Entsorgung der Leiche zu arrangieren, und wir hatten auch keine Ahnung von Frau Fromms ›Gast‹, als wir bei ihr erschienen. Aber da war es natürlich zu spät. Übrigens regnete es, was die Entführung erleichterte.«

Die beiden Männer trugen Schutzanzüge und hatten nun Kapuzen und Masken aufgesetzt, wohl des Geruchs wegen, und um ihre Identität nicht preiszugeben. Wie in einem Schlachthaus war eimerweise Sägemehl ausgestreut worden, um das in Strömen fließende Blut aufzusaugen. Bock wußte aus eigener Erfahrung, was für eine Schweinerei bei einem Mord entstehen konnte. Die beiden arbeiteten flott, während Keitels Kommentar weiterlief. So etwas konnte niemand vortäuschen. Keitels Männer hatten ohne jeden Zweifel zwei Menschen ermordet, das bewiesen die laufenden Kameras; zweifellos machte dies auch die Entsorgung leichter. Die Leichen wurden säuberlich nebeneinandergelegt und in Plastik verpackt. Ein Mann fegte das blutgetränkte Sägemehl zusammen und schaufelte es in einen Müllsack.

»Die Leichen werden an zwei weit voneinander entfernt liegenden Stellen verbrannt. Bei Eingang des Bandes ist das längst erledigt. Ende der Meldung. Wir erwarten weitere Anweisungen.« Auf dem Bildschirm erschien wieder die Dramatisierung der Olympiade von 1920 – oder war es 1924? fragte sich Bock. Unwichtig.

»Was gibt's?«

»Einer meiner Offiziere meldet sich nicht«, erwiderte ein Oberst des Direktorats T, der technischen Abteilung des Ersten Hauptdirektorats, ein Dr. ing., der sich auf Raketensysteme spezialisiert hatte und vor seiner Beförderung auf den jetzigen Posten in Amerika und Frankreich mit dem Ausspähen militärischer Geheimnisse befaßt gewesen war.

»Details?«

»Hauptmann Jewgenij Stepanowitsch Feodorow, 30, verheiratet, ein Kind, guter Offizier mit Anwartschaft auf den Majorsrang. Er war einer von drei Agenten, die ich auf Ihre Anweisung hin die atomaren Einrichtungen in Deutschland überprüfen ließ. Feodorow ist einer meiner besten Männer.«

»Seit wann wird er vermißt?« fragte Golowko.

»Seit sechs Tagen. Er flog letzte Woche mit guten deutschen Papieren und einer Liste verdächtiger Personen über Paris nach Berlin. Er hatte Anweisung, sich unauffällig zu verhalten und nur im Fall einer wichtigen Entdeckung Kontakt mit der Station Berlin aufzunehmen – nun ja, mit dem, was davon dort noch übrig ist. Natürlich verabredeten wir, daß er sich in regelmäßigen Abständen zu melden hatte. Als er das versäumte, erhielt ich vierundzwanzig Stunden später die Alarmmeldung.«

»Ist das vielleicht nur Schlamperei?«

»Bei diesem Jungen? Ausgeschlossen«, sagte der Oberst mit Überzeugung. »Sagt Ihnen sein Name etwas?«

»Feodorow ... war sein Vater nicht ...?«

»Ja, Stefan Juriewitsch. Jewgenij ist sein jüngster Sohn.«

»Stefan hat *mir* das Handwerk beigebracht!« rief Golowko. »Besteht die Möglichkeit, daß er ...«

»Übergelaufen ist?« Der Oberst schüttelte zornig den Kopf.

»Nie im Leben. Seine Frau ist Mitglied des Opernchors. Die beiden lernten sich als Studenten kennen und heirateten trotz der Einwände beider Familien früh – eine Liebesehe, so wie wir sie uns alle wünschen. Sie ist atemberaubend schön und hat die Stimme eines Engels. Ein *schopnik*, wer sie verließe. Außerdem ist da noch das Kind. Allen Berichten nach ist Feodorow ein guter Vater.« Golowko sah nun, worauf der Oberst hinauswollte.

»Meinen Sie, er ist verhaftet worden?«

»Ich habe keinen Pieps gehört. Vielleicht könnten Sie einmal nachforschen lassen. Ich befürchte das Schlimmste.« Der Oberst runzelte die Stirn und starrte auf den Teppich. Er wollte Natalia Feodorowa die Hiobsbotschaft nicht überbringen.

»Schwer zu glauben«, sagte Golowko.

»Sergej Nikolajewitsch, wenn unser Verdacht korrekt ist, muß dieses Programm, das wir ausspähen sollten, für die Deutschen von größter Wichtigkeit sein. Möglicherweise haben wir etwas bestätigt und den höchsten Preis dafür gezahlt.«

Generalleutnant Sergej Nikolajewitsch Golowko schwieg einige Sekunden lang. Das ist doch nicht mehr üblich, sagte er sich. Unter Nachrichtendiensten geht es inzwischen zivilisiert zu. Das Töten von Agenten gehört der finsteren Vergangenheit an, und wir haben das seit Jahren, Jahrzehnten nicht mehr getan …

»Und es gibt keine glaubwürdigen Alternativen?«

Der Oberst schüttelte den Kopf. »Nein. Am wahrscheinlichsten ist, daß unser Mann zufällig auf etwas sehr Reales und Geheimes stieß und dafür mit dem Leben bezahlen mußte. Ein geheimes Atomwaffenprogramm wäre heikel genug, oder?«

»Könnte man sagen.« Golowko stellte fest, daß der Oberst seinen Leuten die Loyalität zeigte, wie sie beim KGB erwartet wurde. Außerdem erwog er die Alternativen und präsentierte seine beste Einschätzung der Lage.

»Haben Sie Ihre Techniker schon nach Surowa geschickt?«

»Nein, das Team fährt übermorgen los. Mein bester Mann kam gerade erst aus dem Krankenhaus – er fiel die Treppe hinunter und brach sich das Bein.«

»Lassen Sie ihn hintragen, wenn's sein muß. Ich muß wissen, wieviel Plutonium im schlimmsten Fall in den Kernkraftwerken der DDR produziert worden ist. Schicken Sie einen Mann nach Kyschtym und lassen Sie ihn ein Gegengutachten einholen. Holen Sie die restlichen Agenten aus Deutschland zurück. Wir starten die Operation neu, diesmal aber mit mehr Vorsicht. Zweierteams, und der zweite Mann ist bewaffnet … hm, gefährlich«, sagte Golowko nach kurzem Nachdenken.

»General, die Ausbildung meiner Außendienstmitarbeiter kostet viel Zeit und Geld. Es wird zwei Jahre dauern, bis ich Ersatz für Feodorow habe, zwei volle Jahre. Man kann nicht einfach einen Offizier aus einer anderen Abteilung holen und in diese Branche stecken. Unsere Leute müssen wissen, worauf sie zu achten haben. Wertvolle Spezialisten wie diese sollte man schützen.«

»Da haben Sie recht. Ich kläre das mit dem Vorsitzenden ab und schicke erfahrene Offiziere … vielleicht Leute von der Akademie … mit den Papieren deutscher Polizisten …?«

»Das gefällt mir, Sergej Nikolajewitsch.«

»Gute Arbeit, Pavel Iwanowitsch. Und zum Fall Feodorow?«

»Vielleicht taucht er ja doch noch auf. Dreißig Tage nach der Vermißtmeldung werde ich zu seiner Frau gehen müssen. Nun gut, ich hole meine Leute zurück und beginne mit der Planung der nächsten Phase der Operation. Wann bekomme ich die Liste der Begleitoffiziere?«

»Morgen früh.«

»Vielen Dank für Ihre Zeit, General.«

Golowko verabschiedete den Mann mit Handschlag und blieb stehen, bis sich die Tür geschlossen hatte. Zehn Minuten bis zum nächsten Termin.

»Verdammt!« sagte er zu seiner Tischplatte.

»Schon wieder eine Verzögerung?«

Fromm konnte seine Entrüstung nicht ganz verbergen. »Unsinn, wir sparen Zeit! Das Material, das wir bearbeiten wollen, hat die Eigenschaften von Edelstahl. Außerdem müssen wir Gußformen herstellen. Hier, sehen Sie mal.«

Fromm entfaltete seine Zeichnungen.

»Hier haben wir einen gebogenen Zylinder aus Plutonium, umhüllt von Beryllium. Letzteres ist für unser Unternehmen eine Gottesgabe. Es ist sehr leicht und fest, läßt Röntgenstrahlen durch und reflektiert Neutronen. Leider ist es sehr schwer zu bearbeiten. Wir brauchen Schleifwerkzeuge aus Bornitrid, in der Härte etwa Industriediamanten vergleichbar. Werkzeuge aus Stahl oder Flußstahl würden nicht lange halten und zu viel Staub entwickeln. Wir müssen auch an unsere Gesundheit denken.«

»Beryllium ist ungiftig«, wandte Ghosn ein. »Ich habe nachgeschlagen.«

»Stimmt, aber der Staub verwandelt sich in Berylliumoxid, welches, wenn eingeatmet, die Verbindung Berylliumhydroxid eingeht, und das führt zur Berylliose, die tödlich verläuft.« Fromm machte eine Pause und starrte Ghosn wie ein strenger Lehrer an, ehe er fortfuhr.

»So, und das Beryllium umgibt ein Zylinder aus Wolfram-Rhenium, das wir wegen seiner Dichte brauchen. Wir kaufen zwölf Kilo in Pulverform und sintern dann Zylindersegmente. Wissen Sie, was Sintern ist? Das Verdichten hochschmelzender pulverförmiger Stoffe unter Druck- und Temperatureinwirkung unterhalb des Schmelzpunktes. Schmelzen und Gießen wäre zu schwierig und für unsere Zwecke auch nicht notwendig. Und das Ganze umhüllen wir dann mit der Implosionsladung. Das ist nur die Primärladung, Ghosn, nur ein knappes Viertel der insgesamt verfügbaren Energie.«

»Und der erforderliche Präzisionsgrad …«

»Genau. Stellen Sie sich vor, wir wollten den größten Ring oder die größte Halskette der Welt herstellen. Das Endprodukt muß so glatt poliert sein wie das schönste Schmuckstück – oder ein hochpräzises optisches Instrument.«

»Wo bekommen wir das Wolfram-Rhenium her?«

»Diese Legierung ist bei jedem großen Elektrokonzern erhältlich. Man stellt aus ihr unter anderem Glühfäden für Röhren her. Sie ist viel leichter zu verarbeiten als reines Wolfram.«

»Und das Beryllium – ah, das findet in Gyroskopen und anderen Instrumenten Anwendung. Wir brauchen wohl dreißig Kilo.«

»Exakt fünfundzwanzig, aber besorgen Sie lieber dreißig. Sie ahnen ja nicht, was wir für ein Glück haben.«

»Wieso?«

»Das israelische Plutonium ist mit Gallium stabilisiert. Plutonium ist unterhalb des Schmelzpunktes vierphasig und hat die merkwürdige Angewohnheit, bei bestimmten Temperaturen seine Dichte um über zwanzig Prozent zu ändern.«

»Mit anderen Worten eine subkritische Masse kann...«

»Genau«, sagte Fromm. »Eine anscheinend subkritische Masse kann unter bestimmten Bedingungen kritisch werden. Sie explodierte zwar nicht, aber die Gamma- und Neutronenstrahlung wäre innerhalb eines Radius von zehn bis dreißig Metern tödlich. Diese Instabilität des Plutoniums im festen Aggregatzustand wurde von Wissenschaftlern des Manhattan-Projekts entdeckt. Und diese Leute... nun, die hatten Pech. Sie waren brillante Forscher, die sofort die Eigenschaften des Plutoniums zu untersuchen begannen, als ein Gramm hergestellt war. Hätten sie abgewartet oder nur angenommen, daß hinter der Sache mehr steckte, als sie wußten – tja, dann...«

»Davon hatte ich keine Ahnung«, sagte Ghosn.

»Nicht alles steht in den Büchern, junger Freund, oder sollte ich sagen, daß nicht alle Bücher alle Informationen enthalten? Wie auch immer, das Hinzufügen von Gallium macht das Plutonium zu einer stabilen Masse. Wir können unbesorgt damit arbeiten, solange wir die notwendigen Sicherheitsvorkehrungen treffen.«

»Wir stellen also nach Ihren Spezifikationen Modelle aus Edelstahl her und daraus unsere Gußformen – wir gießen natürlich in verlorene Formen.«

»Richtig. Sehr gut, junger Mann.«

»Und nach dem Guß wird das Material bearbeitet... ich verstehe. Nun, wir haben gute Maschinisten.«

Sie hatten zehn Männer »eingezogen« – so drückten sie sich aus, alles Palästinenser aus optischen Werkstätten – und an den Werkzeugmaschinen ausgebildet.

Die Maschinen hielten, was Fromm vorausgesagt hatte. Vor zwei Jahren hatten sie dem neuesten Stand der Technik und dem Gerät entsprochen, das die Amerikaner in ihrer Waffenfabrik Y-12 in Oak Ridge, Tennessee, benutzten. Laser-Interferometer maßen die Toleranzen, und die drei rotierenden Fräsköpfe wurden von Computern in drei Dimensionen und über fünf Bewegungsachsen gesteuert. Befehle wurden über Sensorbildschirme eingegeben. Die Maschine selbst war computergestützt entworfen worden, und die Konstruktionszeichnungen hatte ein Rechner angefertigt.

Ghosn und Fromm holten die Maschinisten herein und ließen sie an ihre erste Aufgabe gehen: die Herstellung des Edelstahlmodells für die Plutonium-Primärladung, die das thermonukleare Feuer entzünden sollte.

»Ich habe viel von Ihnen gehört«, sagte Bock.

»Hoffentlich nur Gutes«, erwiderte Marvin Russell mit einem reservierten Lächeln.

Das war das erste Mal, daß Bock einem Indianer begegnete, und irgendwie war er enttäuscht. Sah man mal von den Backenknochen ab, hätte man ihn für einen Weißen halten können, und selbst diese mochten auf einen Slawen mit einem Schuß Tatarenblut hingewiesen haben. Seine dunkle Hautfarbe verdankte er vorwiegend der Sonne. Aber der Mann war kräftig gebaut und offensichtlich bärenstark.

»Wie ich höre, haben Sie in Griechenland einem Polizisten den Hals gebrochen.«

»Ich verstehe die ganze Aufregung darüber nicht«, sagte Russell aufrichtig und gelangweilt. »War nur ein dürrer kleiner Scheißer. Kleinigkeit.«

Bock lächelte und nickte. »Ich verstehe, aber Ihre Methode war trotzdem beeindruckend. Ich habe viel Gutes über Sie gehört, Mr. Russell, und...«

»Sag doch Marvin zu mir. Das tun hier alle.«

»Wie du willst, Marvin. Ich heiße Günther. Besonders gut scheinst du dich mit Waffen auszukennen.«

»Ist doch nichts Besonderes«, meinte Russell erstaunt. »Schießen kann jeder lernen.«

»Wie gefällt es dir hier?«

»Prima. Die Leute hier – die haben noch Herz, die geben nicht auf. Die packen zu. Das finde ich gut. Und was sie für mich getan haben, Günther – die sind mir wie eine Familie.«

»Das sind wir auch, Marvin. Wir teilen alles, das Gute und das Schlechte. Und wir haben gemeinsame Feinde.«

»Stimmt, das hab' ich gemerkt.«

»Marvin, es kann sein, daß wir deine Hilfe brauchen. Es geht um etwas sehr Wichtiges.«

»Okay«, erwiderte Russell nur.

»Was soll das heißen?«

»Das heißt ja, Günther.«

»Du hast noch nicht einmal gefragt, worum es geht«, mahnte der Deutsche.

»Okay.« Marvin lächelte. »Dann schieß mal los.«

»Du mußt in ein paar Monaten zurück nach Amerika. Ist das sehr gefährlich für dich?«

»Kommt drauf an. Wie du weißt, war ich dort im Knast. Die Bullen haben meine Abdrücke, aber nur ein altes Foto von mir. Seitdem hab' ich mich verändert. Wahrscheinlich suchen sie mich oben in den Dakotas. Wenn ihr mich dort hinschicken wollt, könnte es heiß werden.«

»Du sollst ganz woandershin, Marvin.«

»Dann ist die Sache kein besonderes Problem. Kommt drauf an, was ihr von mir wollt.«

»Wie stehst du zum Töten? Es geht um Amerikaner.« Bock suchte in der Miene des Indianers nach einer Reaktion.

»Amerikaner!« schnaubte Marvin. »He, Mann, ich bin auch einer, klar? Du hast die falsche Vorstellung von meinem Land. Die Weißen haben mein Land gestohlen. Meinem Volk ging es genauso wie den Palästinensern hier. Was glaubst du denn, weshalb ich hier bin? Ich soll Leute für euch umlegen. Okay, mach' ich, wenn ihr mir einen Grund sagt. Zum Spaß tu' ich das nämlich nicht. Ich bin kein Spinner, aber wenn ihr mir sagt, warum, mach' ich es.«

»Vielleicht mehr als eine Person...«

»Ist mir längst klar, Günther. Ich bin nicht auf den Kopf gefallen und weiß, daß es um mehrere geht. Seht nur zu, daß ein paar Bullen oder Schweine vom FBI dabei sind, die bügel' ich euch alle platt. Nur eins müßt ihr wissen.«

»Was?«

»Die Bullen sind nicht dumm. Sie haben meinen Bruder erwischt. Die Kerle meinen es ernst.«

»Wir auch«, versicherte Bock.

»Das weiß ich, Mann. Was kannst du mir über den Job sagen?«

»Was meinst du?« fragte Bock so beiläufig wie möglich.

»Vergiß nicht, ich bin dort aufgewachsen und kenne das Land besser als ihr. Gut, ihr müßt an die Sicherheit denken und könnt mir jetzt noch nichts sagen. Soll mir recht sein. Aber später braucht ihr mich vielleicht. Die Jungs hier sind okay und clever, aber von Amerika haben sie keinen blassen Schimmer. Wer jagen will, muß das Revier kennen. Und das tu' ich.«

»Deswegen haben wir dich ja auch um Hilfe gebeten«, sagte Bock, als hätte er diesen Aspekt bereits durchdacht. In Wirklichkeit war er ihm neu, und er fragte sich nun, als wieviel nützlicher sich dieser Mann noch erweisen mochte.

Andrej Iljitsch Narmonow verstand sich als Kapitän des größten Staatsschiffes der Welt. Das war die positive Seite. Negativ war, daß das Schiff ein Leck, Ruderschaden und unzuverlässige Maschinen hatte, von der aufsässigen Mannschaft ganz zu schweigen. Sein Dienstzimmer im Kreml war so groß, daß er darin versonnen spazierengehen konnte, und das tat er in letzter Zeit viel zu häufig. Er hielt das für ein Zeichen von Unsicherheit, und die konnte sich der Präsident der UdSSR nicht leisten – besonders dann nicht, wenn er einen wichtigen Besucher hatte.

Union der *Souveränen* Sowjetrepubliken, dachte er. Noch war die Namensänderung nicht offiziell, aber die Bürger begannen schon so zu denken. Und das war das Problem.

Das Staatsschiff drohte auseinanderzubrechen, und einen historischen Präzendenzfall gab es nicht. Manche zogen zum Vergleich die Auflösung des britischen Empires heran, aber das traf nicht ganz. Es gab auch keine andere

Parallele. Die alte Sowjetunion war ein in seiner Art einzigartiger Universalstaat gewesen, und was sich nun dort entwickelte, war ebenfalls ohne Beispiel. Was ihn früher begeistert hatte, ängstigte ihn nun. Er war derjenige, der die schweren Entscheidungen treffen mußte, ohne ein historisches Modell zu haben, an dem er sich orientieren konnte. Er stand ganz allein und der größten Aufgabe gegenüber, die je ein Mensch zu lösen gehabt hatte. Im Westen wurde er als gerissener Taktiker gelobt, während er selbst sich von einer Krise zur anderen taumeln sah. War es nicht Gladstone, dachte er, der sagte, ein Premier sei wie ein Flößer, der in den Stromschnellen versucht, mit einer Stange die Felsen abzuwehren? Wie treffend. Narmonow und sein Land wurden von dem mächtigen Strom der Geschichte dahingetragen, flußabwärts einem gewaltigen Wasserfall entgegen, der alles zerstören konnte ... aber er war viel zu sehr mit der Stange und den Felsen beschäftigt, um vorauszuschauen. Damit war der Taktiker in der Politik beschrieben. Er wandte seine ganze kreative Energie fürs tägliche Überleben auf und verlor die nächste Woche aus dem Auge ... vielleicht sogar schon die nächsten drei Tage.

»Andrej Iljitsch, Sie haben abgenommen«, bemerkte Oleg Kirilowitsch Kadischow aus seinem Ledersessel.

»Spazierengehen ist gut fürs Herz«, erwiderte der Präsident ironisch.

»Wollen Sie etwa in unsere Olympiamannschaft?«

Narmonow hielt kurz inne. »Es wäre nett, zur Abwechslung mal gegen Ausländer anzutreten. Die halten mich nämlich für ein Genie. Leider sind unsere Bürger besser informiert.«

»Was kann ich für meinen Präsidenten tun?«

»Ich brauche Ihre Hilfe, oder, besser gesagt, die Hilfe der Rechten.«

Nun mußte Kadischow lächeln. Was das anging, herrschte bei der westlichen ebenso wie bei der sowjetischen Presse Verwirrung. LINKS standen in der Sowjetunion die kommunistischen Hardliner. Seit über achtzig Jahren waren die Reformen in diesem Land immer von der Rechten gekommen. Männer, die Stalin hingerichtet hatte, weil sie ein Minimum an persönlicher Freiheit verlangt hatten, waren als *Rechts*abweichler verurteilt worden. Progressive im Westen aber waren grundsätzlich links angesiedelt, nannten ihre rekationären Gegner »Konservative« und identifizierten sie allgemein als der RECHTEN zugehörig. Eine Anpassung der ideologischen Polarität an neue politische Realitäten schien die Vorstellungskraft der westlichen Journalisten zu übersteigen, und ihre erst kürzlich von der Zensur befreiten sowjetischen Kollegen, die die westliche Begriffsverwirrung nachäfften, brachten die ohnehin schon chaotische politische Szene noch mehr durcheinander. Das traf natürlich auch auf »progressive« Politiker des Westens zu, die zahlreiche sowjetischen Experimente in ihren eigenen Ländern umzusetzen suchten – all jene Experimente, die bis zum äußersten getrieben worden waren und sich als böse Fehlschläge erwiesen hatten. Den vielleicht schwärzesten Humor der Welt zeigten Linke im Westen, die schon meckerten, es habe nicht der Sozialismus versagt, sondern die *rückständigen* Russen mit ihrer Unfähigkeit, ihn in eine menschliche Regierungsform umzusetzen – einer *fortschrittlichen* westlichen Gesellschaft gelänge das natürlich –, hatte Karl Marx das nicht selbst behauptet? Diese Leute, dachte Kadischow und schüttelte nachdenklich den Kopf, waren nicht weniger idealistisch als die Oktoberrevolutionäre, und genauso dusselig. Die Russen hatten lediglich revolutionäre Ideen bis an ihre logischen Grenzen getrieben und nur Leere und Katastrophen vorgefunden. Nun, da sie kehrtmachten – ein Schritt, der ein solches Maß an politischem und moralischem Mut verlangte, wie ihn die Welt selten gesehen hatte –, verstand man im Westen *immer* noch nicht, was sich eigentlich tat. Chruschtschow hatte recht, dachte der Parlamentarier. Politiker sind überall gleich.

Vorwiegend Idioten.

»Andrej Iljitsch, wir mögen uns nicht immer über die Methoden einig sein, aber was die Ziele betrifft, gingen wir immer konform. Ich weiß, daß Sie Schwierigkeiten mit unseren Freunden vom anderen Flügel haben.«

»*Und* mit Ihren Leuten«, versetzte Narmonow schärfer als nötig.

»Wohl wahr«, räumte Kadischow lässig ein. »Andrej Iljitsch, müssen wir Ihnen denn in allem folgen?«

Narmonow drehte sich um; seine Augen weiteten sich und funkelten zornig. »Bitte lassen wir das für heute.«

»Was können wir für Sie tun?« fragte Kadischow und dachte: Gehen die Gefühle mit dir durch, Genosse Präsident? Ein schlechtes Zeichen...

»Ich brauche Ihre Unterstützung in der Nationalitätenfrage. Wir können nicht zulassen, daß die ganze Sowjetunion auseinanderbricht.«

Kadischow schüttelte heftig den Kopf. »Das ist unvermeidlich. Wenn wir die Balten und Aseris entlassen, ersparen wir uns eine Menge Probleme.«

»Wir brauchen Aserbaidschans Erdöl. Geben wir das auf, wird unsere wirtschaftliche Lage noch schlimmer. Lassen wir die Balten ziehen, verlangen die anderen Republiken ebenfalls die Unabhängigkeit.«

»Gut, wir verlören die Hälfte unserer Bevölkerung, aber kaum zwanzig Prozent der Fläche. Und einen Großteil unserer Probleme«, sagte Kadischow.

»Und was wird aus den Menschen in diesen Republiken? Wir geben sie dem Chaos und dem Bürgerkrieg preis. Wie viele Toten haben wir dann auf dem Gewissen?« herrschte der Präsident ihn an.

»Das geht mit dem Prozeß der Dekolonisation einher und läßt sich nicht vermeiden, und wenn wir es versuchen würden, hätte das nur zur Folge, daß der Bürgerkrieg in unseren Grenzen bliebe. Das wiederum zwänge uns, den Sicherheitsorganen zu große Vollmachten zu geben, und das wäre zu gefährlich. Dem Militär traue ich ebensowenig wie Sie.«

»Das Militär wird nicht putschen. In der Roten Armee gibt es keine Bonapartisten.«

»Dann haben Sie mehr Vertrauen in deren Loyalität als ich. Meiner Meinung nach sieht man dort eine einmalige historische Chance. Die Partei hat das Militär seit der Tuchatschewski-Affäre unter Kontrolle gehalten. Soldaten haben ein gutes Gedächtnis und mögen glauben, daß nun die Gelegenheit...«

»Diese Leute sind doch alle tot! Und ihre Kinder auch!« konterte Narmonow ärgerlich. Immerhin lag die Säuberung über fünfzig Jahre zurück, und die, die noch eine direkte Erinnerung daran hatten, saßen nun im Rollstuhl oder lebten in Pension.

»Ihre Enkel aber nicht, und wir müssen auch an das kollektive Gedächtnis der Streitkräfte als Institution denken.« Kadischow lehnte sich zurück und erwog einen neuen Gedanken, der ihm gerade gekommen war. Könnte so etwas möglich sein? fragte er sich.

»Gewiß, das Militär hat sein Anliegen, und die unterscheiden sich etwas von meinen. Wir mögen unsere Differenzen haben, wie das Problem zu lösen ist, sind uns aber einig, daß der Prozeß kontrolliert ablaufen muß. Wenn ich auch am Urteilsvermögen der Militärs meine Zweifel habe, so bin ich mir seiner Loyalität ganz sicher.«

»Kann sein, daß Sie recht haben. Ich bin da nicht so optimistisch.«

»Mit Ihrer Hilfe können wir den Verfechtern der raschen Auflösung eine geeinte Front bieten. Das wird ihnen den Mut nehmen und uns ein paar Jahre zur Normalisierung geben. Dann können wir über eine geordnete Entlassung der Republiken in ein echtes Commonwealth – oder eine Gemeinschaft unabhängiger Staaten, wie Sie wollen – nachdenken, ein wirtschaftlich eng verflochtenes, politisch aber loses Gebilde.«

Der Mann ist verzweifelt, dachte Kadischow. Er bricht unter der Belastung zusammen. Der Mann, der durch die politische Arena tobt wie ein Hockeystürmer, wirkt erschöpft ... kann er ohne meine Hilfe überleben?

Vermutlich ja, dachte Kadischow. Wahrscheinlich. Schade, sagte sich der jüngere Mann. Kadischow führte de facto die »Linke«, jene Kräfte also, die Union und Zentralregierung auflösen und den Rest der Nation mit der Russischen Föderation als Kern ins 21. Jahrhundert schleifen wollten. Wenn Narmonow stürzte, wenn er nicht mehr weiter wußte, wer ...?

Ich natürlich, dachte Kadischow triumphierend.

Hätte ich die Unterstützung der Amerikaner?

Was blieb ihnen anderes übrig, als dem Agenten SPINNAKER von ihrer eigenen CIA Rückhalt zu geben?

Kadischow arbeitete für die Amerikaner, seit er vor sechs Jahren von Mary Pat Foley rekrutiert worden war, und sah darin keinen Verrat. Er arbeitete für die Entwicklung seines Landes – mit Erfolg, wie er glaubte. Den Amerikanern spielte er Interna aus der sowjetischen Regierung zu, teils sehr wertvolles Material, teils Informationen, die auch der Presse zu entnehmen waren. Er wußte, daß er bei den Amerikanern die wichtigste politische Quelle war, insbesondere seitdem er 40 Prozent der Stimmen im neuen Kongreß der Volksdeputierten kontrollierte. Nun ja, 39 Prozent, verbesserte er sich. Man muß ehrlich bleiben. Noch acht Prozent mehr, dann konnte er seinen Schritt wagen. Das politische Spektrum im 2500köpfigen Parlament hatte viele Schattierungen. Es gab echte Demokraten, russische Nationalisten der demokratischen und sozialistischen Richtung, Links- und Rechtsradikale und vorsichtige Vertreter der Mitte, die sich entweder um die Zukunft des Landes oder nur um die Erhaltung ihres politischen Status sorgten. An wie viele konnte er appellieren? Wie viele konnte er für sich gewinnen?

Noch nicht genug...

Aber er hatte noch eine Karte in der Hand.

Da. War er kühn genug, sie auszuspielen?

»Andrej Iljitsch«, sagte er beschwichtigend, »Sie verlangen, daß ich von einem wichtigen Prinzip abweiche, um Ihnen auf dem Weg zu einem gemeinsamen Ziel weiterzuhelfen – aber es ist ein Weg, dem ich nicht traue. Das ist eine sehr knifflige Angelegenheit. Ich bin nicht einmal sicher, daß ich die notwendige Unterstützung finde. Es ist möglich, daß sich meine Freunde von mir abwenden.« Das regte Narmonow nur noch mehr auf.

»Unsinn! Ich weiß, wie sehr man Ihnen und Ihrem Urteil traut.«

Meine Parteifreunde sind nicht die einzigen, die mir vertrauen, dachte Kadischow.

Wie die meisten Ermittlungen fand auch diese vorwiegend auf Papier statt. Ernest Wellington war ein ehrgeiziger junger Staatsanwalt. Als Volljurist und Mitglied der Anwaltskammer hätte er sich beim FBI bewerben und dort das Handwerk des Ermittlers richtig lernen können, aber erstens interessierte ihn die Rechtsprechung mehr als der Vollzug, und zweitens hatte er Spaß an der Politik – über die das FBI wenn immer möglich stolz erhaben blieb. Wellington hatte da keine Hemmungen. Politik hielt, wie er fand, die Regierungsmaschine in Gang und half auch beim raschen Aufstieg innerhalb und außerhalb der Regierung. Die Kontakte, die er nun knüpfte, würden seinen Wert bei Anwaltssozietäten »mit Beziehungen« um das Fünffache steigern und seinen Namen im Justizministerium zu einem Begriff machen. Bald stand eine Beförderung zum »Special Assistant« in Aussicht, und in fünf Jahren konnte er Abteilungsleiter werden, vielleicht sogar Bundesanwalt in einer Großstadt oder Chef eines Ermittlungsstabes beim Justizministerium. Damit stand ihm die Tür zur Politik offen, und Ernest Wellington war fest entschlossen, bei dem großen Spiel in Washington mitzumischen. Beste Aussichten also für einen ambitionierten 27jährigen Einserkandidaten von Harvards juristischer Fakultät, der lukrative Angebote angesehener Kanzleien abgelehnt hatte, um die Anfangsjahre seiner Karriere dem öffentlichen Dienst zu widmen.

Wellington hatte einen Stoß Akten vor sich auf dem Schreibtisch. Sein Büro befand sich praktisch im Dachgeschoß des Justizministeriums in der Mall, und das einzige Fenster bot Ausblick auf den Parkplatz im Innenhof des Gebäudes. Das Zimmer war klein, und die Klimaanlage funktionierte nicht richtig, aber es war sein eigen. Es ist weithin kaum bekannt, daß Anwälte sich um Auftritte vor Gericht ebenso eifrig drücken wie Prahlhänse um Anlässe, bei denen sie ihre Fähigkeiten unter Beweis stellen müssen. Hätte er die Angebote der großen New Yorker Anwaltsfirmen angenommen – man hatte ihm bis zu 100 000 Dollar im Jahr offeriert –, wäre seine echte Funktion die eines Korrektors gewesen, eigentlich eines glorifizierten Sekretärs, der Verträge auf Tippfehler und Gesetzeslücken untersuchte. Wer beim Justizministerium anfing, hatte ähnliche Aufgaben. Bei einer richtigen Staatsanwaltschaft hätte er im Gerichtssaal bestehen oder untergehen müssen, hier in der Zentrale aber studierte er Akten und suchte nach Ungereimtheiten, Nuancen und Formfehlern; es war, als redigierte er das Manuskript eines besonders guten Krimiautors. Wellington begann sich Notizen zu machen.

John Patrick Ryan. Stellvertretender Direktor der Central Intelligence Agency, nominiert vom Präsidenten und vor weniger als zwei Jahren vom Senat bestätigt. Fungierte zuvor nach dem Tod von Vizeadmiral James Greer als provisorischer Stellvertretender Direktor der analytischen Abteilung Intelligence. Davor war er Greers Assistent gewesen und hatte eine Zeitlang das Direktorat Intelligence in England vertreten. Ryan hatte an der Universität Georgetown studiert, an der Marineakademie Geschichte gelehrt und war bei der Filiale Baltimore von Merrill Lynch Börsenmakler gewesen. Ein Hubschrauberabsturz hatte seiner Dienstzeit beim Marinekorps ein rasches Ende gesetzt. Eindeutig ein Umsteiger, dachte Wellington und schrieb sich alle wichtigen Daten auf.

Privatvermögen. Die erforderliche Offenlegung seiner Vermögensverhältnisse lag ziemlich weit oben. Ryan war allerhand wert. Wo kam das ganze Geld her? Für diese Analyse brauchte Wellington mehrere Stunden. An der Börse hatte J. P. Ryan ein großes Rad gedreht. Als die *Chicago and North Western Railroad* von der Belegschaft übernommen wurde, hatte er über 100 000 Dollar eingesetzt und mehr als sechs Millionen eingefahren. Das war sein einziger großer Coup gewesen – Chancen von sechzig zu eins boten sich nur selten –, aber auch einige andere waren beachtenswert. Mit einem Nettovermögen von acht Millionen Dollar hatte er bei Merrill Lynch aufgehört und war zurück nach Georgetown gegangen, um in Geschichte zu promovieren. Als Amateur – der er eigentlich nicht mehr war – spekulierte er weiter an der Börse, bis er in den Regierungsdienst trat. Inzwischen wurde sein Portefeuille von mehreren Anlageberatern verwaltet, die ungewöhnlich konservativ agierten. Sein Nettovermögen schien mittlerweile 20 Millionen oder etwas mehr zu betragen. Seine Konten wurden blind geführt, das heißt, daß er nur die Quartalsabrechnungen zu sehen bekam und nicht wußte, wie sein Geld angelegt worden war. Diese Vorschrift, die Interessenkonflikte ausschließen sollte, ließ sich natürlich umgehen, aber hier auf dem Papier war alles strikt legal. Ein Verstoß war praktisch nicht nachzuweisen – es sei denn, man zapfte die Leitungen seiner Anlageberater an, und die Genehmigung dazu bekam man nicht so leicht.

Die Börsenaufsichtsbehörde SEC hatte gegen Ryan ermittelt, aber nur im Zuge eines Verfahrens gegen ein Unternehmen, an dem er sich beteiligt hatte. Das Resümee merkte in abgehackter Amtssprache an, eine Rechtsverletzung sei nicht nachzuweisen gewesen, aber Wellington gewann den Eindruck, daß die Sache nur der Form, nicht aber dem Inhalt nach in Ordnung gewesen war.

Ryan hatte sich geweigert, eine Erklärung zu unterschreiben, derzufolge er sich der Unrechtmäßigkeit der Transaktion bewußt gewesen sei, und die Regierung hatte keinen weiteren Druck auf ihn ausgeübt. Das war nicht ganz verständlich, aber erklärbar, denn Ryan war nicht das eigentliche Ziel der Ermittlungen gewesen; offenbar war jemand zu dem Schluß gelangt, daß das Ganze wohl nur ein Zufall gewesen war. Ryan hatte das Geld allerdings aus seinem Portefeuille herausgenommen ... *Gentlemen's Agreement*? schrieb Wellington auf seinen gelben Notizblock. Gut möglich. Wenn gefragt, mochte Ryan erklären, er hätte es aus übergroßen Skrupeln getan, um sein Gewissen zu erleichtern. Die Summe war in Pfandbriefen angelegt, die Zinsen reinvestiert worden und jahrelang unangetastet geblieben, bis das Geld auf einmal ... Moment, dachte Wellington. Das ist ja interessant.

Ein treuhänderisch verwalteter Ausbildungsfonds? Für wen? Wer war Carol Zimmer? Warum kümmerte sich Ryan um ihre Kinder? Timing? Bedeutung?

Wie so oft verriet ein Berg Papier nur wenig. Das ist vielleicht der wahre Zweck der Regierungsarbeit, überlegte Wellington, mit Volumen den Anschein von Substanz zu erwecken und dabei so wenig wie möglich zu sagen. Er lachte in sich hinein. War das nicht auch der Sinn und Zweck der Juristerei? Für 200 Dollar die Stunde zankten sich die Anwälte nur zu gern über die Stellung von Satzzeichen und andere gewichtige Angelegenheiten. Ihm aber war etwas sehr Offenkundiges entgangen.

Ryan stand nicht in der Gunst der Fowler-Administration. *Warum* war er dann für das Amt des DDCI nominiert worden? Aus politischen Gründen? Nein, aus diesen wählte man Leute, die für ihr Amt eigentlich nicht qualifiziert waren. Hatte Ryan überhaupt politische Kontakte? Die Akte wies keine aus. Wellington blätterte und fand einen Brief, unterzeichnet von Alan Trent und Sam Fellows vom Aufsichtsausschuß des Repräsentantenhauses. Was für ein merkwürdiges Paar, ein Schwuler und ein Mormone. Ryans Ernennung hatte den Kongreß glatt passiert und viel rascher als die von Marcus Cabot oder die der Kabinettstars des Präsidenten, Bunker und Talbot. Zum Teil lag das daran, daß Ryan ein Mann der zweiten Ebene war, aber das erklärte nicht alles. Die Fakten wiesen auf beste politische Beziehungen hin. Aber zu wem? Worüber, in aller Welt, konnten sich Trent und Fellows einig sein?

Fest stand, daß Fowler und seine Leute etwas gegen Ryan hatten – sonst hätte nicht der Justizminister persönlich Wellington auf den Fall angesetzt. Fall? War das die richtige Bezeichnung für seine Aktivitäten? Wenn wirklich ein *Fall* vorlag, warum wurde er dann nicht vom FBI bearbeitet? Offenbar war wieder die Politik im Spiel. Ryan hatte öfters eng mit dem FBI zusammengearbeitet, aber ...

William Connor Shaw, der Direktor des FBI, wurde als der ehrlichste Mann der Regierung gefeiert. Politisch war Shaw natürlich naiv, aber er triefte sozusagen vor Integrität, und das zierte den Chef einer Polizeibehörde. Jedenfalls war man im Kongreß dieser Ansicht und spielte sogar mit dem Gedanken, Sonderankläger abzuschaffen, weil das FBI so sauber geworden war – besonders, nachdem ein Sonderankläger im Fall Iran-Contra solchen Mist gebaut hatte. Mit dieser Affäre hatte das FBI nichts zu tun gehabt.

Ein interessanter Fall, an dem man sich seine Sporen verdienen konnte.

17
Prozesse

Die Tage werden kürzer, sagte sich Jack. Er kam heute gar nicht besonders spät nach Hause, es wurde nur früher dunkel. Die Erde zog ihre Bahn um die Sonne, und die Neigung ihrer Rotationsachse relativ zur ... Ekliptik? Ja, so ähnlich. Sein Fahrer setzte ihn vor der Tür ab, und während er müde hineinging, fragte er sich, wann er – Wochenende ausgenommen – sein Haus zuletzt bei Tageslicht gesehen hatte. Wenigstens hatte er heute keine Akten dabei – aber das stimmte auch nicht ganz. Auf dem Schreibtisch ließ es sich leichter aufräumen als im Kopf.

Ryan hörte die Geräusche eines normalen Haushaltes. Der Kabelsender Nickelodeon brachte Zeichentrickfilme. Die Waschmaschine ratterte; da mußte der Kundendienst her. Er ging in das an die Küche angrenzende kleinere Wohnzimmer für die Familie.

»Papi!« rief Jack Jr., rannte auf ihn zu, umarmte ihn und schaute ihn flehend an. »Papi, du hast versprochen, daß du mit mir zum Baseball gehst.«

Verdammt noch mal, ja, dachte Jack. Die Schule hatte wieder angefangen, die Baseball-Saison neigte sich dem Ende zu; oben in Baltimore gab es noch höchstens ein Dutzend Heimspiele. Er mußte hin ... aber wann? Wann konnte er sich endlich mal freinehmen? Das neue Kommunikationszentrum war erst zur Hälfte fertiggestellt, und das war sein Projekt, aber die beauftragte Firma war eine Woche im Rückstand, und er mußte ihr Beine machen, wenn alles termingerecht fertig sein sollte ...

»Mal sehen, Jack«, sagte Ryan zu seinem Sohn, der noch zu jung war, um zu verstehen, daß sein Vater über seine Versprechungen hinaus noch andere Verpflichtungen hatte.

»Du hast's aber versprochen, Papi.«

»Ich weiß.« Ryan war nun entschlossen, sich einen Nachmittag freizunehmen.

»Zeit fürs Bett«, verkündete Cathy. »Morgen habt ihr Schule.«

Ryan umarmte und küßte seine beiden Kinder, aber nach der demonstrierten Zuneigung bekam er Gewissensbisse. Was bin ich eigentlich für ein Vater geworden? fragte er sich. Jack Jr. ging nächsten April oder Mai zur Erstkommunion, und wer konnte sagen, ob sein Vater überhaupt an diesem Tag zu Hause war? Ryan nahm sich vor, den Termin in Erfahrung zu bringen und schon jetzt einzuplanen. Kinder nahmen Kleinigkeiten wie Versprechungen sehr ernst ...

Kleinigkeiten? Gott, wie konnte es nur so weit kommen? Was ist aus meinem Leben geworden?

Er wartete ab, bis die Kinder in ihren Zimmern waren und ging dann in die Küche. Sein Abendessen stand im Backofen. Er stellte den Teller auf die Frühstücksbar und ging an den Kühlschrank. Seinen Wein kaufte er inzwischen in Boxen. Das war praktischer, und er stellte in letzter Zeit auch geringere Ansprüche an den Geschmack. Der Pappkarton enthielt einen Mylarbeutel mit australischem Weißwein von einer Qualität, wie sie die kalifornischen Winzer vor 20 Jahren produziert hatten. Der stark fruchtige Geschmack überdeckte die Unzulänglichkeiten, und der Alkoholgehalt lag über 12 Prozent – darauf war Jack vorwiegend aus. Er schaute auf die Küchenuhr. Wenn er Glück hatte, erwischte er sechseinhalb oder sieben Stunden Schlaf; dann begann ein neuer Tag. Ohne Wein konnte er nicht einschlafen. Im Büro lebte er von Kaffee; sein Körper wurde langsam mit Koffein vollkommen aufgefüllt. Früher hatte er ab und zu am Schreibtisch ein Nickerchen machen können, aber heute ging das nicht mehr. Um elf am Vormittag war er am Flattern, und am Spätnachmittag fühlte er sich physisch so erschöpft und aufgedreht zugleich, daß er sich manchmal fragte, ob er dabei war, ein bißchen verrückt zu werden. Nun, solange er sich die Frage stellte, konnte es so schlimm nicht sein.

Einige Minuten später war sein Teller leer. Schade, daß die Mahlzeit im Ofen ausgetrocknet war; Cathy hatte sie selbst gekocht. Er hatte sich vorgenommen, zu einer annehmbaren Zeit nach Hause zu kommen, aber ... es war wie immer etwas dazwischengekommen. Als er aufstand, spürte er einen Stich im Magen. Auf dem Weg ins Familienzimmer nahm er aus seiner Jackentasche im Wandschrank ein Päckchen mit Magnesiumtabletten heraus. Er kaute ein paar und spülte sie mit Wein hinunter – dem dritten Glas in knapp 30 Minuten.

Cathy war nicht im Zimmer, hatte aber Papiere auf den Tisch neben ihrem Sessel gelegt. Jack lauschte und glaubte, die Dusche laufen zu hören. Gut. Er griff nach der Fernbedienung und stellte für eine weitere Portion Nachrichten den CNN ein. Der erste Bericht befaßte sich mit Jerusalem.

Ryan machte es sich in seinem Sessel bequem und lächelte. Es funktionierte also. Der Korrespondent berichtete über das Wiederaufleben des Tourismus. Geschäftsinhaber füllten in Erwartung des besten Weihnachtsgeschäfts seit zehn Jahren ihre Lager. Jesus, erklärte ein Jude, der in Bethlehem geblieben war, sei schließlich ein netter junger Jude aus einer guten Familie gewesen. Sein arabischer Geschäftspartner führte das Kamerateam durch den Laden. Ein arabischer Partner? dachte Jack. Nun, warum auch nicht?

Es ist die Opfer wert, sagte sich Jack. Du warst an diesem Erfolg beteiligt. Du hast Leben gerettet, und wenn das kein Mensch weiß ... ach, zum Teufel. *Du* weißt, was du geleistet hast. Und Gott auch. Reicht das nicht?

Nein, sagte er sich in einer seltenen Anwandlung von Ehrlichkeit.

Was machte es schon, wenn die Idee nicht ganz auf seinem Mist gewachsen war? Was war schon originell? Er hatte den Einfall gehabt, er hatte die Parteien zusammengeführt und den Kontakt zum Vatikan geknüpft, er ... Er hatte Anerkennung verdient, eine kleine Fußnote in einem Geschichtswerk, aber konnte er darauf hoffen?

Jack schnaubte in seinen Wein. Keine Chance. Liz Elliot, dieses gerissene Biest, erzählte aller Welt, es sei Charlie Aldens Einfall gewesen. Sollte Jack jemals versuchen, diese Geschichtsklitterung zu korrigieren, stünde er da wie ein Lump, der einem toten Mann sein Verdienst stiehlt – und einem guten Mann, trotz des Fehltritts mit der kleinen Blum. Kopf hoch, dachte Ryan. Du bist noch am Leben, hast Frau und Kinder.

Ungerecht war die Sache trotzdem. Aber hatte er denn erwartet, daß es im Leben fair zuging? Werde ich langsam auch so wie Liz Elliot? fragte sich Jack. Ein engstirniger Radfahrer mit viel Ego und wenig Charakter? Er hatte sich schon oft Sorgen und Gedanken um diesen Prozeß gemacht, der Menschen verdarb. Er hatte die unverhohlenen Methoden gefürchtet, mit denen eine Sache oder Mission so wichtig wurde, daß man grundlegende Dinge wie Menschenleben oder das Leben eines Gegners außer acht ließ. Er hatte die Perspektive nie verloren und wußte, daß es so weit auch nicht kommen würde. Was aber an ihm nagte, waren die Kleinigkeiten. Er verwandelte sich in einen Funktionär, dem Anerkennung, Status und Einfluß wichtig waren.

Er schloß die Augen und dachte an das, was er bereits hatte: eine Frau, zwei Kinder, finanzielle Unabhängigkeit, Erfolge, die ihm niemand wegnehmen konnte.

Und doch: Du wirst langsam so wie die anderen, sagte er sich.

Er hatte gekämpft und *getötet*, um seine Familie zu verteidigen. Vielleicht stieß sich Elliot daran, aber in einem stillen Moment wie diesem entsann sich Jack jener Zeit mit einem dünnen, grimmigen Lächeln. Keine 200 Meter von seinem Sessel entfernt hatte er einem Terroristen drei Kugeln in die Brust gejagt, kalt und einwandfrei – Ziel im Visier! –, wie er es beim Marinekorps gelernt hatte. Daß sein Herz tausendmal in der Sekunde geschlagen hatte, daß er sich beinahe in die Hosen gemacht hatte und erbrochen hätte, waren Nebensächlichkeiten. Er hatte seine Männlichkeit auf jede denkbare Weise bewiesen – eine prächtige Frau gewonnen und geheiratet, zwei Kinder gezeugt und sie alle mit Mut und Geschick verteidigt. Jack hatte jede Herausforderung des Schicksals angenommen und bewältigt.

Stimmt, dachte er und grinste den Fernseher an. Zum Teufel mit dieser Fotze. Komische Vorstellung: Liz Elliot als Sexobjekt. Wer wollte schon was mit diesem eiskalten, dürren, arroganten Biest und ... was noch? Ryan hielt in Gedanken inne und suchte nach einer Antwort. Was hatte sie noch? Eigentlich war sie schwach und zaghaft. Was steckte hinter dem aggressiven Gehabe und der Härte? Wahrscheinlich nicht viel. Diesen Typ Sicherheitsberater hatte er schon einmal erlebt: Cutter, der sich der Verantwortung entzogen hatte. Wer wollte schon mit Liz Elliot schlafen? Sie hatte nicht viel im Kopf und auch keine inneren Werte zum Ausgleich. Ihr Glück, daß der Präsident auf Bunker und Talbot zurückgreifen konnte.

Du bist besser als der ganze Verein, sagte er sich. Mit diesem befriedigenden Gedanken leerte er das Glas und erwog, es nachzufüllen. Im Grunde genommen war der Wein gar nicht so übel.

Als Ryan aus der Küche zurückkam, saß Cathy in ihrem Lieblingssessel mit der hohen Rückenlehne und ging ihre Krankenblätter durch.

»Magst du ein Glas Wein, Schatz?«

Dr. Caroline Ryan schüttelte den Kopf. »Danke, ich habe morgen zwei Operationen.«

Jack ging zu seinem Sessel und sah seine Frau kaum an, entdeckte dann aber etwas aus dem Augenwinkel. »Oh!«

Cathy hob den Kopf und grinste ihn an. Ihr Gesicht war hübsch geschminkt. Jack fragte sich, wie sie es fertiggebracht hatte, in der Dusche ihre Frisur nicht zu ruinieren.

»Wo hast du das her?«

»Von einem Versandhaus.«

Dr. Caroline Muller Ryan, M. D., F. A. C. S., trug ein schwarzes Negligé, das meisterhaft enthüllte und verbarg. Er konnte nicht sagen, was das Gewand überhaupt hielt. Darunter hatte sie etwas Zartes ... Hübsches an. Seltsam war nur die Farbe, denn Cathy trug sonst im Bett nur Weiß. Das wunderbare weiße Nachthemd, das sie in der Hochzeitsnacht getragen hatte, konnte er nicht vergessen. Sie war zwar keine Jungfrau mehr gewesen, aber die weiße Seide hatte sie so ... auch diese Erinnerung wird dir immer bleiben, sagte sich Jack. Sie hatte es seitdem nie wieder angezogen und gesagt, so etwas trüge man wie ein Brautkleid nur einmal. Womit habe ich diese wunderbare Frau verdient? fragte sich Jack.

»Was verschafft mir die Ehre?« wollte er nun wissen.

»Ich habe mir Gedanken gemacht.«

»Worüber?«

»Nun, Jack ist sieben, Sally ist zehn. Ich will noch eins.«

»Was denn?« Jack stellte sein Glas ab.

»Noch ein Kind, du Döskopp!«

»Und warum?«

»Weil ich eins kriegen kann und will. Tut mir leid«, fuhr sie mit einem sanften Lächeln fort. »Hoffentlich ist dir die Anstrengung nicht zuviel.«

»Das schaffe ich noch.«

»Ich muß morgen um halb fünf aufstehen«, sagte Cathy dann. »Der erste Eingriff ist vor sieben angesetzt.«

»Und?«

»Und deshalb gehe ich jetzt ins Bett.« Cathy stand auf, ging zu ihrem Mann hinüber und küßte ihn auf die Wange. »Bis gleich.«

Ryan blieb zwei Minuten lang still sitzen, leerte dann mit einem Zug sein Glas, schaltete den Fernseher aus und lächelte vor sich hin. Dann sah er nach, ob die Haustür abgeschlossen und die Alarmanlage in Betrieb war. Im Bad putzte er sich die Zähne und schaute heimlich in die Schublade ihres Frisiertisches. In der Tat: ein Thermometer und eine kleine Karteikarte mit Daten und Temperaturen. Sie meinte es also ernst und hatte ihre Absicht, wie es ihrer Art entsprach, für sich behalten. Nun, ihm war's recht.

Jack betrat das Schlafzimmer, hängte seine Kleider auf, zog einen Bademantel über und ging an die Bettkante. Caroline stand auf, schlang die Arme um seinen Hals und küßte ihn.

»Bist du auch ganz sicher, Schatz?«

»Ja. Hast du was dagegen?«

»Cathy, für dich tu' ich alles.«

Wenn er doch bloß nicht so viel trinken würde, dachte sie. Wenigstens jetzt nicht. Sie spürte, wie seine Hände über das Negligé glitten. Jack hatte starke, aber sanfte Hände, die nun durch den Stoff ihre Figur abtasteten. Schwarze Reizwäsche war nuttig, aber jede Frau hat das Recht, sich hin und wieder mal nuttig zu geben, selbst wenn sie Professorin und Augenchirurgin am Ophtalmologischen Institut des Johns-Hopkins-Hospitals ist. Jacks Mund roch nach Zahnpasta und Wein, aber ansonsten hatte er einen Mannsgeruch. Jack hatte ihr ein traumhaftes Leben gegeben – fast. Er war überarbeitet, trank zuviel und bekam nicht genug Schlaf. Aber er war ihr Mann, und einen besseren konnte sie sich trotz seiner Schwächen und seiner häufigen Abwesenheit nicht wünschen.

Cathy stöhnte leise, als seine Hände die Knöpfe fanden. Er verstand, aber seine Finger waren ungeschickt. Diese verflixten kleinen Schlaufen, aber da unter den Knöpfen und dem Stoff ihre Brüste lockten, gab er nicht auf. Cathy holte tief Luft und roch ihr liebstes Körperpuder.

Parfüm mochte sie nicht; sie fand, daß eine Frau schon von Natur aus alle Düfte produziert, die ein Mann braucht. Endlich. Nun fanden seine Hände ihre glatte und noch jugendliche Haut. Mit sechsunddreißig war sie für eine Schwangerschaft noch nicht zu alt. Sie wünschte sich nur noch ein Kind; nur einmal noch wollte sie spüren, wie neues Leben in ihr heranwuchs. Sie war bereit, die Übelkeit auf sich zu nehmen, den ständigen Druck auf die Blase ebenso wie andere seltsame Beschwerden, und die Schmerzen bei der Geburt. Gewiß kein Vergnügen, aber mit Jack an ihrer Seite wie bei Sally und dem kleinen Jack würde sie es schaffen. Neues Leben in die Welt zu bringen war der tiefste Beweis ihrer Liebe und des Frauseins; einem Mann und sich selbst die einzige Art von Unsterblichkeit zu schenken, die es gibt.

Und außerdem, dachte sie und unterdrückte ein Kichern, ist die Anstrengung, die mit dem Schwangerwerden verbunden ist, weitaus vergnüglicher als Joggen.

Jack zog ihr nun das Negligé ganz aus und legte sie sanft aufs Bett. Das hatte er schon immer gut gekonnt, schon beim ersten Mal, als sie beide sehr nervös gewesen waren, und von dem Moment an hatte sie gewußt, daß er sie um ihre Hand bitten würde... nachdem er den Rest ausprobiert hatte. Wieder ein Kichern über Vergangenheit und Gegenwart, als seine Hand über ihre Haut glitt, die nun hier heiß und dort kühl war. Und als er damals allen Mut zusammengenommen und ihr die entscheidende Frage gestellt hatte, hatte sie die Angst in seinen Augen gesehen, die Furcht vor einer Zurückweisung – dabei war sie diejenige gewesen, die sich eine Woche lang gegrämt und einmal sogar geweint hatte aus Sorge, er könnte die Frage nicht stellen, es sich anders überlegen und eine andere finden. Cathy hatte schon vor dem ersten Mal gewußt, daß er der Richtige war. Jack war der Mann, mit dem sie ihr Leben teilen, mit dem sie Kinder haben, den sie lieben wollte bis zum Tod und vielleicht darüber hinaus, wenn die Priester recht hatten. Nicht seine Größe, seine Kraft oder sein Mut, den er zweimal vor ihren Augen unter Beweis gestellt hatte – und vermutlich auch an anderen Orten, von denen sie nie erfahren würde –, faszinierten sie, sondern seine Güte, Milde und innere Stärke, die nur einfühlsame Menschen spürten. Ihr Mann war in mancher Hinsicht ein ganz normaler Mensch, in mancher aber einmalig, und insgesamt ein Mensch mit sehr viel mehr Stärken als Schwächen.

Und nun sollte er mit ihr ein Kind zeugen. Die Morgentemperatur hatte den richtigen Zeitpunkt in ihrem immer berechenbaren Zyklus bestätigt. Nun, räumte sie ein, es war eigentlich nur eine statistische Wahrscheinlichkeit, aber in ihrem Fall eine sehr große. Nicht zu klinisch werden, dachte sie, nicht bei Jack und nicht in einem solchen Augenblick.

Ihre Haut brannte nun. Jack konnte das *so* gut. Seine Küsse waren zart und leidenschaftlich zugleich, seine Hände so herrlich geschickt. Er ruinierte ihre Frisur, aber das machte nichts; bei einer Frau wie sie es war, die eine Chirurgenkappe tragen mußte, waren Dauerwellen reine Zeit- und Geldverschwendung. Den Geruch des Körperpuders überlagerte nun der Duft einer Frau, die fast bereit war. Gewöhnlich nahm sie an ihren Liebesspielen aktiver teil, aber heute überließ sie Jack die Initiative, ließ ihn ihre seidige Haut nach ... interessanten Stellen absuchen. Gelegentlich mochte er das. Er mochte es aber auch, wenn sie eine aktivere Rolle spielte. Cathy wölbte den Rücken und stöhnte zum ersten Mal. Er kannte das Signal; schließlich waren sie lange genug verheiratet. Sie küßte ihn fest und fordernd, bohrte ihre Fingernägel in seine Schultern: Jetzt!

Aber es tat sich nichts.

Sie nahm seine Hand, küßte sie und schob sie nach unten, um ihm zu zeigen, daß sie bereit war.

Er kam ihr ungewöhnlich angespannt vor. Gut, sie drängte ihn ... nun ja, sie hatte sich passiv verhalten, und wenn sie das jetzt änderte ... Sie zog die Hand zurück zu ihrer Brust und achtete nun aufmerksamer auf ihn oder versuchte das zumindest. Er verstand es nach wie vor, sie geschickt zu erregen. Sie stieß einen kleinen Schrei aus, küßte ihn fest, keuchte ein wenig, zeigte ihm, daß er der eine war im Zentrum ihrer Welt. Doch sein Rücken und seine Schultern waren verkrampft und verspannt. Was war mit ihm los?

Ihre Hände glitten über seine Brust, zupften spielerisch an dem schwarzen Haar. Das brachte ihn immer in Fahrt ... besonders, wenn sie dann über seinen Bauch nach unten ...

Was?

»Jack, was ist los?« Für die Antwort schien er eine Ewigkeit zu brauchen.

»Weiß nicht.« Jack rollte sich von ihr weg auf den Rücken und starrte zur Decke.

»Bist du müde?«

»Das ist's wohl«, nuschelte er. »Tut mir leid.«

Verdammt! dachte sie, aber ehe sie etwas sagen konnte, fielen ihm die Augen zu.

Er arbeitet zu lange und trinkt zuviel, sagte sie sich. Aber das ist unfair! Ausgerechnet heute, wo ich bereit bin...

Sei nicht so egoistisch.

Cathy stand auf, hob das Negligé vom Boden auf, hängte es ordentlich auf einen Bügel und zog ein Nachthemd über. Dann ging sie ins Bad.

Er ist ein Mensch und keine Maschine, dachte sie. Er ist übermüdet. Er arbeitet viel zuviel. Jeder hat mal einen schlechten Tag. Manchmal hat er Lust und *du* bist nicht in Laune. Das macht ihn auch oft sauer, und das ist weder seine Schuld noch deine. Unsere Ehe ist glücklich, aber nicht perfekt. Jack ist der beste Mann, den du je gekannt hast, aber vollkommen ist auch er nicht.

Aber ich wollte...

Ich will schwanger werden, und der Zeitpunkt war genau richtig!

Cathy traten Tränen der Enttäuschung in die Augen. Sie wußte, daß sie unfair war. Aber sie war enttäuscht und auch ein bißchen aufgebracht.

»Nun, Commodore, über den Service kann ich nicht klagen.«

»Aber Ron, soll ich einen alten Schiffskameraden ein Mietauto nehmen lassen?«

»Wieso nicht?«

Mancuso schnaubte. Sein Fahrer warf das Gepäck in den Kofferraum des Dienstwagens, und die Fahrgäste stiegen hinten ein.

»Was macht die Familie?«

»Alles bestens, Commodore...«

»Sie können ruhig Bart zu mir sagen, Dr. Jones. Außerdem stehe ich kurz vor der Beförderung zum Admiral.«

»Gratuliere!« rief Dr. Ron Jones. »Gut, Bart. Das gefällt mir. Nennen Sie mich jetzt bloß nicht Indiana. Zur Familie: Kim ist wieder an der Uni und will ihren Doktor machen. Die Kinder sind in der Schule oder in der Tagesstätte – und ich verwandle mich in einen Geschäftsmann, ob Sie es glauben oder nicht.«

»Die korrekte Bezeichnung ist wohl ›Unternehmer‹«, bemerkte Mancuso.

»Haarspalterei. Gut, ein großer Teil der Firma gehört mir, aber ich mische immer noch fleißig mit. Den Buchhaltungskram lasse ich von einem Manager erledigen; die richtige Arbeit mache ich. In den letzten Monaten habe ich auf der *Tennessee* ein neues System durchgeprüft.« Jones warf einen Blick auf den Fahrer. »Können wir hier frei reden?«

»Maat Vincent ist für eine höhere Geheimhaltungsstufe zugelassen als ich. Stimmt's?«

»Jawohl, Sir. Der Admiral hat immer recht«, erwiderte der Fahrer und bog in Richtung Bangor ab.

»Sie haben ein Problem, Bart.«

»Wie ernst ist es?«

»Es ist ziemlich einmalig, Skipper«, sagte Jones und benutzte die alte Anrede aus ihrer gemeinsamen Zeit auf USS *Dallas.* »So etwas ist noch nie vorgekommen.«

Mancuso verstand seinen Blick. »Haben Sie Bilder von Ihren Kindern dabei?«

Jones nickte. »Klar. Was machen Mike und Dominic?«

»Mike denkt an die Akademie der Air Force.«

»Richten Sie ihm aus, daß Sauerstoff das Gehirn zerstört.«

»Und Dominic will am Institut für Technik in Kalifornien studieren.«

»Wirklich? Da kann ich ihm helfen.«

Den Rest der Fahrt verbrachten sie mit Small talk. Mancuso ging mit langen Schritten in sein Büro und schloß die schalldichte Tür, nachdem er bei seinem Steward Kaffee bestellt hatte.

»Wo hakt's, Ron?«

Jones antwortete erst nach kurzem Zögern. »Ich glaube, daß jemand *Maine* geortet hat.«

»Ein *Ohio*? Ausgeschlossen.«

»Wo ist *Maine* jetzt?«

»Wieder in See, mit Besatzung ›Blau‹ an Bord, und soll sich vor der Küste zu Geräuschtests mit einem 688 treffen. Anschließend geht es wieder auf Patrouille.« Mit Jones konnte Mancuso über fast alles reden. Seine Firma beriet die Marine auf dem Gebiet der Sonartechnologie auf allen U-Booten und U-Abwehrplattformen, also Flugzeugen, Schiffen und Hubschraubern, und aus diesem Grunde hatte er notwendigerweise Zugang zu vielen operativen Informationen.

»Haben Sie Leute von der Mannschaft ›Gold‹ auf dem Stützpunkt?«

»Der Captain ist in Urlaub, aber der IA ist verfügbar, Dutch Claggett. Kennen Sie ihn?«

»War der nicht auf der *Norfolk*? Er ist Afro-Amerikaner, nicht wahr?«

»Stimmt.«

»Über ihn habe ich Gutes gehört. Als er sich für sein Kommando qualifizierte, leistete er gegen einen Trägerverband gute Arbeit. Ich flog in einer P-3 mit, als er ihre Abwehr unterlief.«

»Korrekt, der Mann ist im Kommen. Nächstes Jahr um diese Zeit übernimmt er ein Jagd-U-Boot.«

»Wer ist sein Skipper?«

»Harry Ricks. Haben Sie auch von ihm gehört?«

Jones schaute zu Boden und murmelte etwas. »Ich habe einen neuen Angestellten in der Firma, einen pensionierten Chief, der zuletzt unter Ricks gedient hatte. Ist Ricks wirklich so schlecht, wie ich höre?«

»Ricks ist ein erstklassiger Ingenieur und auf seinem Gebiet ein Genie.«

»Sicher, Skipper, Sie auf Ihrem auch, aber kann Ricks ein Boot führen?«

»Kaffee, Ron?« Mancuso wies auf die Kanne.

»Vielleicht sollten Sie Commander Claggett hinzuziehen, Sir.« Jones stand auf und schenkte sich eine Tasse Kaffee ein. »Seit wann betätigen Sie sich als Diplomat?«

»Das geht mit meiner Position einher. Ich habe auch keinem Außenseiter verraten, was für wilde Sachen Sie auf der *Dallas* getrieben haben.«

Jones drehte sich um und lachte. »Gut, stimmt. Ich habe die Sonaranalyse in der Aktentasche und muß Unterlagen über Kurs und Tiefe der *Maine* sehen. Es ist gut möglich, daß sie beschattet wurde. Im Ernst, Bart.«

Mancuso griff zum Telefon. »Machen Sie Lieutenant Commander Claggett ausfindig. Er soll sofort in mein Büro kommen. Danke. Ron, wie sicher...«

»Ich habe die Analyse selbst durchgeführt. Einer meiner Leute sah sich die Unterlagen an und schöpfte Verdacht. Ich brütete fünfzig Stunden über den Daten. Die Chancen, daß *Maine* verfolgt wurde, stehen drei zu eins.«

Bart Mancuso stellte seine Kaffeetasse ab. »Kaum zu glauben.«

»Ich weiß. Die Tatsache, daß es so unglaublich ist, mag meine Analyse verzerren.«

Es war bei der US-Marine ein Glaubensbekenntnis, daß ihre Raketen-U-Boote niemals, nicht ein einziges Mal, auf Patrouillenfahrt geortet und verfolgt worden waren. Doch wie die meisten Glaubensbekenntnisse war auch dieses nicht absolut.

Die Lage der Stützpunkte für diese Boote war kein Geheimnis. Selbst UPS-Fahrer, die ein Paket abzuliefern hatten, wußten, worauf sie zu achten hatten. Die Marine ließ ihre Einrichtungen aus Kostengründen überwiegend von privaten Sicherheitsfirmen bewachen; nur wo Kernwaffen lagerten, gingen Marines Streife. Wo man also Soldaten der Marineinfanterie sah, mußte es Atomwaffen geben. Das nannte man eine Sicherheitsvorkehrung. Die Raketen-U-Boote selbst unterschieden sich eindeutig von den kleineren Jagdbooten. Ihre Namen standen im Schiffsregister der Navy, und ihre Besatzungen trugen Schildmützen mit Namen und Nummer des Bootes. Dank dieser frei verfügbaren Informationen waren die Sowjets in der Lage, ihre Jagd-U-Boote vor den Stützpunkten zu stationieren und die strategischen Boote auf dem Weg ins offene Meer abzufangen.

Anfangs war das kein Problem gewesen. Die ersten Klassen sowjetischer Jagd-U-Boote waren mit Sonar Marke »Helen Keller« ausgerüstet, also praktisch blind und taub, und die Boote selbst lauter als ein Auto ohne Schalldämpfer. Das hatte sich mit der Indienststellung der Klasse Victor-III geändert, die in der Geräuschentwicklung in etwa der amerikanischen 594-Klasse entsprach und in der Sonarleistung allmählich adäquat wurde. Gelegentlich waren Victor-III in der Strait of Juan de Fuca an der kanadischen Grenze – und anderswo – aufgetaucht, um amerikanischen strategischen Booten aufzulauern, und in manchen Fällen war es ihnen in den engen Hafeneinfahrten gelungen, Kontakt aufzunehmen und zu halten. Das war manchmal mit Aktivsonarpeilungen einhergegangen, ein für die amerikanischen Besatzungen beunruhigender und störender Lärm. In der Folge wurden die strategischen Boote oft von Jagd-U-Booten begleitet, deren Aufgabe das Abdrängen der Sowjets war. Erreicht wurde das, indem man ein weiteres Ziel für Sonarpeilungen bot und damit die taktische Situation verwirrte; es ist aber auch vorgekommen, daß russische Boote durch Rammen oder »Rempeln«, wie die Seeleute beschönigend sagten, vom Kurs abgebracht wurden. Amerikanische strategische Boote sind nur in seichten Gewässern, vor bekannten Häfen und nur für kurze Zeit verfolgt worden. Sobald sie tiefes Wasser erreicht hatten, erhöhten sie die Geschwindigkeit, um die Sonarleistung des Verfolgers zu mindern, machten dann Ausweichmanöver und wurden still. An diesem Punkt verloren die Russen jedesmal den Kontakt, und aus dem Jäger wurde plötzlich der Gejagte. Raketen-U-Boote hatten hochtrainierte Torpedomannschaften, und aggressivere Skipper luden alle vier Rohre mit Torpedos Mark 48, denen Zielkoordinaten für das nun blind und ziellos herumkreuzende, verwundbare sowjetische Boot eingegeben worden waren.

Auf Patrouillenfahrt waren die amerikanischen strategischen Boote also faktisch unverwundbar. Wenn schnelle Jagd-U-Boote auf sie angesetzt wurden, mußte man sorgfältig auf die Tiefe achten, um Kollisionen zu vermeiden. Es ist amerikanischen Jagdbooten, selbst Modellen der modernsten 688-Klasse, nur selten gelungen, ein strategisches Boot zu orten, und die Fälle, in denen ein Ohio verfolgt worden war, ließen sich an einer Hand abzählen. Fast immer hatte der Kommandant des strategischen Bootes einen schweren Fehler gemacht (der ins »schwarze Buch« kam), und selbst in so einem Fall ist es nur den besten Jagdskippern mit Glück gelungen, den Gegner zu orten – natürlich unweigerlich um den Preis der Gegenortung. Obwohl der Kommandant der *Omaha* einer der besten der Pazifikflotte war, hatte er die *Maine* trotz guter Aufklärungsdaten, über die kein sowjetischer Skipper verfügen konnte, nicht gefunden.

»Guten Morgen, Sir«, sagte Claggett beim Eintreten. »Ich war gerade am anderen Ende des Korridors in der Personalabteilung.«

»Commander, das ist Dr. Ron Jones.«

»Ist das der Jones, von dem Sie so tolle Geschichten erzählen?« Claggett gab dem Zivilisten die Hand.

»Die allesamt nicht wahr sind«, sagte Jones.

Claggett schwieg verdutzt, als er die Gesichter der beiden sah. »Was ist los? Ist jemand gestorben?«

»Setzen Sie sich«, meinte Mancuso. »Ron vermutet, daß Sie auf Ihrer letzten Fahrt verfolgt worden sind.«

»Quatsch«, bemerkte Claggett. »Verzeihung, Sir.«

»Sie sind ja ganz schön selbstsicher«, sagte Jones.

»Die *Maine* ist unser bestes Boot, Dr. Jones. Wir sind wie ein schwarzes Loch, das keinen Schall ausstrahlt, sondern schluckt.«

»Die Parteilinie kennen Sie also, Commander. Dürfen wir nun zur Sache kommen?« Ron schloß seine Aktentasche auf und nahm einen dicken Stoß Computerausdrucke heraus. »Es passierte etwa zur Halbzeit Ihrer Patrouille.«

»Ach ja, da pirschten wir uns von hinten an die *Omaha* heran.«

»Ich rede nicht von der *Omaha*. Die lag vor Ihnen«, sagte Jones und blätterte, bis er die richtige Seite gefunden hatte.

»Ich glaube das immer noch nicht, will mir aber Ihren Fund ansehen.«

Vor Jones lag der graphische Ausdruck mit den Werten von zwei »Wasserfall«-Displays einschließlich Zeit- und Richtungsangaben. Auf separaten Blättern waren die Umweltbedingungen eingetragen, vorwiegend Wassertemperaturen.

»Sie hatten sich um allerhand Lärm zu kümmern«, sagte Jones und wies auf Zeichen. »Vierzehn Trawler, ein halbes Dutzend Frachter mit viel Tiefgang, und wie ich sehe, räumten die Buckelwale unter den Krillen auf. Ihr Sonarteam hatte also Beschäftigung und war vielleicht ein bißchen überlastet. Die Thermoklineale war auch ziemlich hart.«

»Stimmt«, gab Claggett zu.

»Und was ist das?« fragte Jones und wies auf eine blütenförmige Geräuschsignatur auf dem Ausdruck.

»Nun, wir verfolgten die *Omaha,* und der Captain wollte sie mit einem Preßluftschuß aufscheuchen.«

»Ehrlich?« fragte Jones. »Das erklärt ihre Reaktion. Schätze, die haben die Unterwäsche gewechselt und sich nach Norden verzogen. Mit mir hätten Sie das übrigens nicht gemacht.«

»Glauben Sie?«

»Jawohl, das glaube ich«, erwiderte Jones. »Ich habe immer aufmerksam nach achtern gehorcht. Vergessen Sie nicht, Commander, ich bin auf Ohios mitgefahren. Man kann sie orten. In der Theorie schaffte das jeder. Es kommt nicht nur auf das Boot an. So, jetzt passen Sie mal auf.«

Der Ausdruck war ein vom Computer erzeugtes Wirrwarr von Punkten, der kein erkennbares Muster zeigte; es sah aus, als sei eine Ameisenarmee stundenlang übers Papier marschiert. Aber es gab Unregelmäßigkeiten – Stellen, die die Insekten aus irgendwelchen Gründen gemieden hatten, und andere, an denen viele sich versammelt und wieder zerstreut zu haben schienen.

»Achten Sie auf diese Richtung«, sagte Jones. »Dieses Muster kehrt achtmal wieder, und zwar nur, wenn die Thermoklineale dünner wird.«

Commander Claggett runzelte die Stirn. »Achtmal? Diese beiden könnten Echos von Trawlern oder weit entfernte Konvergenzzonen sein.« Claggett blätterte. Sein Sonar kannte er in- und auswendig. »Das ist mager.«

»Deshalb ist es Ihren Leuten auch nicht aufgefallen, weder an Bord noch hier. Und aus diesem Grund bekam ich den Auftrag, Ihre Unterlagen gegenzuprüfen«, sagte Jones. »Wer war da noch in diesen Gewässern?«

»Commodore?« fragte Claggett und bekam ein Nicken zur Antwort. »Es war ein Akula in der Gegend. Die P-3 verloren es südlich von Kodiak; es mußte also innerhalb eines Radius von sechshundert Meilen von uns gelegen haben. Aber das heißt noch nicht, daß es auch dieses Boot war.«

»Um welches Akula handelte es sich denn?«

»Es war die *Admiral Lunin*«, erwiderte Claggett.

»Unter Kapitän Dubinin?« fragte Jones.

»Donnerwetter, Sie sind ja bestens informiert«, stellte Mancuso fest. »Man sagt, er sei sehr gut.«

»Sollte er auch sein«, versetzte Jones. »Wir haben einen gemeinsamen Freund. Darf Commander Claggett das erfahren?«

»Nein. Bedaure, Dutch, aber das ist streng geheim.«

»Er sollte das aber wissen«, wandte Jones ein. »Diese Geheimniskrämerei ist übertrieben, Bart.«

»Vorschrift ist Vorschrift.«

»Prinzipienreiterei nenne ich das. Wie auch immer, bei dieser Signatur wurde ich aufmerksam. Letzte Seite.« Ron blätterte zum Ende. »Sie gingen auf Antennentiefe . . .«

»Ja, das war eine Abschußübung.«

»Und machten Rumpfgeräusche.«

»Klar, wir tauchten rasch auf, und der Rumpf ist halt aus Stahl und nicht aus Gummi«, versetzte Claggett etwas ärgerlich. »Na und?«

»Ihr Rumpf durchbrach die Thermoklineale also früher als Ihr ›Schwanz‹. Und Ihr Schleppsonar fing das auf.«

Claggett und Mancuso waren sehr still geworden. Sie sahen zwar nur eine verwaschene vertikale Linie, aber diese befand sich in einem Frequenzbereich, der auf die akustische Signatur eines sowjetischen Unterseebootes hinwies. Der Beweis war keinesfalls schlüssig, aber die Schallquelle hatte sich, wie Jones feststellte, direkt achterlich der *Maine* befunden.

»Wenn ich nun ein Zocker wäre, der ich natürlich nicht bin, setzte ich zwei zu eins auf die Chance, daß jemand knapp über der Schicht dahinrauschte und sein Schleppsonar gerade noch unter ihr hielt. Er fing Ihr Rumpfknistern auf, sah Sie auftauchen und verschwand unter der Schicht gerade in dem Augenblick, in dem Sie sie durchbrachen. Geschickter Schachzug, aber Ihr steiler Auftauchwinkel hielt das Schleppsonar länger als normal unter der Schicht, und dabei wurde diese Signatur erfaßt.«

»Aber anschließend kam nichts mehr«, betonte Claggett.

»Ganz und gar nichts mehr«, räumte Jones ein. »Abgesehen von Hintergrundgeräuschen und identifizierten Kontakten.«

»Das ist ziemlich dünn, Ron«, sagte Mancuso, stand auf und reckte sich.

»Ich weiß. Deshalb bin ich hier. Schriftlich hätte ich Sie nie überzeugt.«

»Können Sie etwas über russisches Sonar sagen, das uns unbekannt ist?« fragte Mancuso.

»Es wird besser und nähert sich nun unserem Stand der Technik vor zehn, zwölf Jahren. Sie widmen dem Breitband mehr Aufmerksamkeit als wir – aber das ändert sich inzwischen. Ich habe das Pentagon bewogen, sich noch einmal das Breitband-Integrationssystem anzusehen, an dem Texas Instruments gearbeitet hat. Commander, Sie haben Ihr Boot vorhin als schwarzes Loch bezeichnet. Das ist ein zweischneidiges Schwert. Man kann zwar ein schwarzes Loch nicht *sehen,* aber *orten*. Was, wenn man ein Ohio anhand der Abwesenheit von Geräuschen, die eigentlich dasein sollten, auffaßt?«

»Sie meinen Hintergrundgeräusche?« fragte Claggett.

»Korrekt.« Jones nickte. »Sie erzeugen ein Loch in ihnen, einen stummen schwarzen Fleck. Wenn Ihr Gegenspieler mit seinem Gerät die Richtung isolieren kann, erstklassige Filter und einen Spitzenmann am Sonar hat, halte ich eine Ortung für möglich – vorausgesetzt, es ist noch ein anderer Hinweis im Spiel.«

»Das halte ich für sehr mager.«

Jones gestand das zu. »Aber es ist nicht unwahrscheinlich. Ich habe die Werte durch den Computer laufen lassen und kann eine Ortung nicht ausschließen. Außerdem peilen wir inzwischen unterhalb des Schallpegels der Hintergrundgeräusche. Vielleicht schaffen die Russen das jetzt auch. Wie ich höre, haben sie begonnen, ein Schleppsonar mit weiter Öffnung zu produzieren, das die Jungs bei Murmansk entworfen haben. Es soll so gut sein wie früher das BQR-15.«

»Das glaube ich nicht«, sagte Mancuso.

»Ich schon, Skipper. Neu ist die Technologie nicht. Was wissen wir über die *Lunin*?«

»Sie wird im Augenblick generalüberholt. Moment mal.« Mancuso drehte sich um und schaute auf die Wandkarte mit dem Nordpolargebiet. »Wenn das Dubinin war und wenn er sich auf direktem Weg zurück zum Stützpunkt befand... wäre es theoretisch möglich. Aber Sie setzen allerhand voraus.«

»Meiner Meinung nach war das Akula zufällig in der Gegend, als Sie diesen Preßluftschuß abgaben. Sie wandten sich nach Süden, gefolgt von der *Lunin,* erzeugten beim Auftauchen ein Rumpfknistern, das der Russe auffing, der dann von sich aus den Kontakt abbrach. Die Daten sind dürftig, aber die Möglichkeit ist nicht auszuschließen. Für solche Analysen werde ich bezahlt, Jungs«, sagte Jones.

»Ich habe Ricks für die Scheinattacke auf die *Omaha* belobigt«, meinte Mancuso. »Meine Skipper sollen aggressiv vorgehen.«

Jones lachte leise vor sich hin, um die Spannung im Raum zu lockern. »Warum wohl, Bart?«

»Dutch ist über die Sache im Simulator informiert, die Ortung, die uns gelang.«

»Das war nicht übel«, gestand Jones zu.

»Die Chancen standen drei zu eins...«

»Sie verbessern sich noch, wenn der andere Skipper clever ist. Dubinin hatte einen erstklassigen Lehrer.«

»Wovon reden Sie eigentlich?« fragte Claggett ein bißchen verzweifelt.

»Sie wissen, daß wir sehr viele Daten über die russische Typhoon-Klasse haben und noch mehr über ihre Torpedos wissen. Haben Sie sich jemals gefragt, woher diese Daten stammen, Commander?« fragte Jones.

»Verdammt noch mal, Ron!« fuhr Mancuso auf.

»Ich habe gegen keine Vorschrift verstoßen, Skipper. Außerdem muß er Bescheid wissen.«

»Sie wissen genau, daß ich ihn nicht informieren darf.«

»Na schön, Bart.« Jones machte eine Pause. »Commander Claggett, Sie dürfen spekulieren, wie wir diese Daten alle auf einem Haufen ergattert haben. Vielleicht ist Ihre Vermutung sogar korrekt.«

Claggett hatte ein paar Gerüchte gehört: Warum, zum Beispiel, war Dock 8-10 in Norfolk vor ein paar Jahren so lange geschlossen gewesen? Es ging auch die Mär um, ausgesprochen nur in Offiziersmessen weit auf See und tief unter der Oberfläche, daß die US-Navy irgendwie eines russischen Raketen-U-Boots habhaft geworden sei, daß am Nuklearen Institut der Marine in Idaho ein sehr fremdartiger Reaktor aufgetaucht und wieder verschwunden war, daß komplette Planzeichnungen *und* Teile sowjetischer Torpedos in Groton vorgeführt worden waren und daß zwei Raketen, die man nachts vom Luftstützpunkt Vandenberg abgeschossen hatte, offenbar nicht amerikanischen Ursprungs gewesen waren. Die Flotte hatte eine Menge operativer Aufklärungsdaten über Taktik und Übungsprogramme auf sowjetischen U-Booten erhalten, erstklassiges Material, das von Fachleuten stammen mußte – was man von Geheimdienstinformationen nicht immer behaupten konnte. Claggett brauchte nur einen Blick auf Mancusos Uniform zu werfen, um das Ordensband einer *Distinguished Service Medal* zu sehen, Amerikas höchste Auszeichnung in Friedenszeiten. Ein Stern zierte das Band und bedeutete, daß der Orden zweimal verliehen worden war. Mancuso war recht jung für einen Geschwaderkommandanten und unglaublich jung für die Anwartschaft auf den Admiralsrang. Und hier saß ein ehemaliger Mannschaftsgrad, der mit Mancuso gefahren war und ihn nun *Bart* nannte. Claggett nickte Dr. Jones zu.

»Danke, ich habe verstanden.«

»Sie sagen also, es sei ein Fehler des Kommandanten gewesen?« fragte Mancuso.

Jones zog die Stirn kraus. Er wußte nicht viel über Harry Ricks. »Hauptsächlich Pech, würde ich sagen, oder gar Glück. Es ist nichts passiert, und wir haben etwas gelernt, sind jetzt besser über das Akula informiert. Es handelte sich wohl um ein seltsames Zusammenspiel, wie es einmal in hundert Jahren vorkommt. Ihr Skipper war das Opfer der Umstände, und sein Gegenspieler, sollte überhaupt einer dagewesen sein, war sehr gewitzt. Wichtig an Fehlern ist, daß man aus ihnen lernt.«

»Harry kommt in zehn Tagen zurück«, meinte Mancuso. »Könnten Sie dann noch einmal vorbeikommen?«

»Tut mir leid«, sagte Jones und schüttelte den Kopf. »Da bin ich in England und spiele auf HMS *Turbulent* ein paar Tage lang Katz und Maus. Die Briten haben einen neuen Prozessor, den wir uns ansehen müssen, und gaben mir diesen Auftrag.«

»Erwarten Sie etwa, daß ich diese Unterlagen meinem Kommandanten vorlege?« fragte Claggett nach kurzem Nachdenken.

»Nein«, erwiderte Mancuso. »Dutch ... wollten Sie etwas andeuten?«

Nun schaute Claggett unbehaglich drein. »Sir, er ist mein Vorgesetzter und kein schlechter Chef, aber seine Denkweise ist etwas rigide.«

Sehr geschickt gesagt, dachte Jones. Kein schlechter Chef ... etwas rigide. Er hat seinen Skipper gerade einen Idioten geheißen, ohne daß man ihm Disloyalität vorwerfen kann. Ron Jones fragte sich, was dieser Ricks für ein Hyperingenieur war. Zum Glück war sein Erster Offizier kompetent. Und ein kluger Skipper hört auf seinen IA.

»Skipper, was macht Mr. Chambers?« fragte Jones.

»Der hat gerade *Key West* übernommen«, antwortete Mancuso, »und den jungen Billy Zerwinski, der gerade Chief geworden ist, als Chef der Sonarabteilung zugeteilt bekommen.«

»Wirklich? Das freut mich für ihn. Ich wußte schon immer, daß aus Chambers etwas wird, aber Billy Z. als Chief? Was ist aus meiner Navy geworden?«

»Das dauert ja eine Ewigkeit!« merkte Kati säuerlich an. Seine Haut war fahl; offenbar litt er wieder unter den Nebenwirkungen der Medikamente.

»Falsch«, erwiderte Fromm streng. »Ich habe gesagt, mehrere Monate, und so lange wird es auch dauern. Der Bau der ersten Atombombe nahm drei Jahre und die Ressourcen des reichsten Landes der Welt in Anspruch. Ich werde das in einem Achtel der Zeit und mit einem minimalen Budget erledigen. In einigen Tagen fangen wir mit dem Rhodium an, das wird einfacher.«

»Und wann kommt das Plutonium dran?« fragte Ghosn.

»Am Ende, als letztes Metall – Sie wissen natürlich, warum.«

»Jawohl, Herr Fromm, weil wir vermeiden müssen, daß die Masse bei der Bearbeitung kritisch wird«, versetzte Ghosn und ließ sich zur Abwechslung einmal seinen Ärger anmerken. Er war todmüde, weil er seit achtzehn Stunden die Arbeiter beaufsichtigt hatte. »Und das Tritium?«

»Kommt zuallerletzt an die Reihe aus Gründen, die auf der Hand liegen. Es ist relativ instabil, und wir müssen es so rein wie möglich halten.«

»Genau.« Ghosn gähnte. Er hatte die Antwort auf seine Frage kaum mitbekommen und machte sich daher auch keine Gedanken über ihren Inhalt.

Fromm hingegen fiel ein, daß er das Palladium vergessen hatte. Wie konnte ihm so ein Fehler unterlaufen? Er grunzte vor sich hin. Lange Arbeitstage, ein scheußliches Klima, mürrische Arbeiter und Partner. Aber das war ein kleiner Preis für diese Chance. Nur wenigen war gelungen, was er nun in Angriff genommen hatte, und seine Arbeit war auf dem Niveau von Fermi und den anderen in den Jahren 1944 und 1945. Es kam nicht oft vor, daß sich ein Mann mit solchen Titanen messen und gut abschneiden konnte. Er ertappte sich bei Spekulationen zur Verwendung der Waffe, gestand sich aber ein, daß ihm das im Grunde gleichgültig war. Er hatte sich nur um seine Arbeit zu kümmern.

Der Deutsche ging hinüber zu den Fräsmaschinen. Das Werkstück aus Beryllium, das gerade bearbeitet wurde, war wegen seiner komplizierten, konkaven und konvexen Form am schwersten einzuprogrammieren gewesen.

Die Maschine war natürlich computergesteuert, wurde aber durch Acrylscheiben, die sie nach außen isolierten, permanent beobachtet. Der Arbeitsplatz wurde nach oben in einen elektrostatischen Reiniger entlüftet. Es war sinnlos und äußerst gesundheitsschädlich, den Metallstaub einfach in die Umwelt zu blasen. Über den elektrostatischen Platten lag eine zwei Meter dicke Erdschicht. Beryllium ist nicht radioaktiv, Plutonium hingegen wohl, und dieses Metall sollte auf derselben Maschine bearbeitet werden. Die Bearbeitung des Berylliums war notwendig und eine gute Übung für spätere Aufgaben.

Die Fräsmaschine war genau so, wie Fromm es bei seiner Bestellung vor einigen Jahren erwartet hatte. Die computergesteuerten Fräsköpfe wurden von Lasern überwacht und lieferten einen Präzisionsgrad, der noch fünf Jahre früher in so kurzer Zeit nicht zu erreichen gewesen war. Schon nach dem ersten Arbeitsgang glänzte das Beryllium wie der Bolzen eines besonders edlen Gewehrs. Die Digitalanzeige an der Maschine maß die Fertigungstoleranzen in Ångström. Der Kopf rotierte mit 25 000 Umdrehungen pro Minute und schnitt nun kaum mehr, sondern schliff Unregelmäßigkeiten weg. Andere Instrumente überwachten das Werkstück und die Toleranzen und tasteten den Kopf auf erste Verschleißanzeichen ab; wenn diese zu groß wurden, hielt die Maschine automatisch an, damit ein Ersatzstück montiert werden konnte – die Wunder der Technik. Was früher speziell ausgebildete Meister unter der Aufsicht von Nobelpreisträgern getan hatten, wurde nun von Chips erledigt.

Die eigentliche Bombenhülle war bereits hergestellt worden. Sie hatte die Form eines Ellipsoids und war 98 Zentimeter lang und maximal 52 Zentimeter stark. Sie bestand aus zentimeterdickem Stahl, mußte fest sein und gerade so stark, um ein Vakuum zu halten. Einbaufertig waren auch gekrümmte Blöcke aus Polyäthylen- und Polyurethanschaum; für den Bau einer solchen Bombe brauchte man sowohl die stärksten als auch die leichtesten Materialien. Auf manchen Gebieten war man dem Zeitplan voraus, aber das war kein Vorwand für Zeitverschwendung oder Müßiggang. An einer anderen Maschine übten Arbeiter erneut an dem Edelstahlmodell der zylindrischen Plutoniummasse für die Primärladung und stellten nun das siebte Stück her. Trotz der hochmodernen Maschine waren die beiden ersten Exemplare fehlgeschlagen, wie Fromm erwartet hatte. Nach dem fünften Stück hatten die Männer den Prozeß einigermaßen beherrscht, und Versuch Nummer sechs war gut genug für den Guß gewesen – aber nicht gut genug für Fromm. Der Deutsche hatte sich die Standards der NASA für die Mondlandung zum Vorbild genommen. Wenn ein Gerät wie vorgegeben funktionieren sollte, mußte eine große Anzahl an individuellen Vorgängen in einer übermenschlich präzisen Zeitfolge ablaufen. Er stellte sich das so vor, als ginge er durch eine Reihe von Toren. Je breiter diese waren, desto rascher waren sie zu passieren. Plus-/Minustoleranzen verengten diese Öffnungen leicht. Fromm, der überhaupt keine Toleranzen sehen wollte, hatte sich das Ziel gesetzt, alle Komponenten der Bombe exakt nach seinen Vorgaben fertigen zu lassen, soweit es die verfügbare Technologie zuließ. Je näher er der Perfektion kam, desto größer wurde die Wahrscheinlichkeit, daß die Bombe exakt wie von ihm vorhergesagt funktionierte ... wenn nicht besser, sagte er sich insgeheim. Da er keine Tests machen und folglich keine empirischen Lösungen komplexer theoretischer Probleme finden konnte, hatte er bei der Konstruktion überdimensioniert und ein Energiepotential vorgesehen, das die angestrebte Sprengleistung weit überstieg. Damit war die gewaltige Tritiummenge erklärt – fünfmal mehr als theoretisch erforderlich –, die er einzusetzen gedachte. Sein Tritiumvorrat war mehrere Jahre alt und hatte sich teilweise zu ^3He zersetzt, ein ausgesprochen unerwünschtes Heliumisotop, aber wenn er das Tritium durch Palladium filterte, bekam er den Rest rein heraus und stellte damit eine rechte Energieausbeute sicher. Amerikaner und Sowjets konnten sich wegen ihrer umfangreichen Experimente sehr viel geringere Tritiummengen leisten, aber Fromm hatte einen anderen Vorteil: Die lange Haltbarkeit seiner Bombe war für ihn anders als für seine amerikanischen und sowjetischen Pendants kein Kriterium. Wie immer bei der Bombenkonstruktion war dies ein zweischneidiges Schwert, aber Fromm wußte, daß er sein Projekt fest im Griff hatte. Vergiß bloß das Palladium nicht, mahnte er sich. Aber es war noch genügend Zeit.

»Fertig.« Der Leiter des Teams winkte Fromm herüber. Das Gußmodell aus Edelstahl ließ sich leicht aus der Maschine nehmen, und er reichte es Fromm. Es war dreißig Zentimeter lang, kompliziert geformt und erinnerte an ein oben geweitetes und unten zusammengedrücktes Wasserglas. Als Gefäß für H_20 war es wegen eines Lochs im Boden nicht zu benutzen, aber H, also Wasserstoff, würde es schon halten, dachte Fromm eine Sekunde später. Das Modell wog rund acht Kilogramm und war spiegelglatt poliert. Er hielt es ins Licht und überprüfte es auf Unregelmäßigkeiten und Mängel. Besonders scharf waren seine Augen nicht. Die Qualität der Oberfläche war mathematisch leichter zu verstehen als visuell. Laut Anzeige der Maschine betrug die Fertigungstoleranz ein Tausendstel Mikron oder den Bruchteil der Länge einer Lichtwelle.

»Wie ein Juwel«, merkte Ghosn an, der hinter Fromm stand. Der Maschinist strahlte.

»Annehmbar«, war Fromms Einschätzung. Er schaute den Maschinisten an. »Wenn Sie weitere fünf Stücke von exakt der gleichen Qualität hergestellt haben, bin ich zufrieden. Jedes Metallsegment muß diese Qualität haben. Machen Sie sich an die Arbeit.« Fromm gab Ghosn das Gußmodell und entfernte sich.

»Giaur!« grollte der Maschinist halblaut.

»Mag sein«, räumte Ghosn ein. »Aber er ist der beste Ingenieur, den ich je erlebt habe.«

»Lieber arbeite ich für einen Juden.«

»Großartig«, sagte Ghosn mit einem Blick auf das Modell, um das Thema zu wechseln.

»Ich hätte es nicht für möglich gehalten, daß man Metall so präzise polieren kann. Diese Maschine ist unglaublich. Mit ihr ist mir kein Auftrag zu schwer.«

»Das höre ich gern. Stellen Sie noch ein Modell her«, sagte Ghosn lächelnd.

»Wie Sie wollen.«

Ghosn ging in Katis Zimmer. Der Kommandant starrte auf seinen Teller, rührte aber das Essen nicht an, weil er Angst hatte, daß ihm wieder übel würde.

»Vielleicht geht es Ihnen bei diesem Anblick besser«, sagte Ghosn.

»Was ist das?« fragte Kati und musterte das Werkstück.

»So wird das Plutonium aussehen.«

»Glatt wie Glas...«

»Noch glatter. Glatt genug für einen Laserspiegel. Ich könnte Ihnen sagen, wie akkurat die Oberfläche ist, aber so etwas Kleines haben Sie im Leben noch nicht gesehen. Fromm ist ein Genie.«

»Er ist arrogant, rechthaberisch...«

»Gewiß, Kommandant, aber er ist genau der Mann, den wir brauchen. Allein hätte ich das nie geschafft. In ein, zwei Jahren wäre es mir vielleicht gelungen, die israelische Bombe irgendwie funktionsfähig zu machen – die Probleme sind viel komplexer, als ich noch vor wenigen Wochen glaubte. Aber von diesem Fromm habe ich eine Menge gelernt. Wenn wir fertig sind, kann ich den Prozeß alleine nachvollziehen!«

»Wirklich?«

»Die Ingenieurwissenschaft ist wie die Kochkunst, Kommandant. Mit dem richtigen Rezept und den richtigen Zutaten bekommt jeder ein Gericht hin. Gewiß, die Aufgabe hier ist schwer, aber das Grundprinzip gilt dennoch. Man muß die Anwendung der vielen mathematischen Formeln kennen, aber das steht alles in Büchern. Es ist also eine reine Frage der Wissensaneignung. Mit Hilfe von Computern, Werkzeugmaschinen und einem guten Lehrer wie diesem Hundesohn Fromm...«

»Warum bauen wir dann nicht mehr?«

»Das Hauptproblem ist die Materialbeschaffung, besonders, was Plutonium oder U235 betrifft. Dazu braucht man einen ganz bestimmten Reaktortyp oder die Zentrifugentechnologie. Beide Methoden verschlingen gewaltige Summen und sind sehr schwer geheimzuhalten. Kein Wunder, daß Atombomben und ihre Komponenten bei Transport und Lagerung so scharf bewacht werden. Die Behauptung, eine solche Bombe sei schwer herzustellen, ist eine Lüge.«

18
Fortschritt

Wellington hatte drei Assistenten, erfahrene Ermittlungsbeamte, die an politisch heikle Fälle, die höchste Diskretion verlangten, gewöhnt waren. Es war seine Aufgabe, Observierungsgebiete zu identifizieren und anschließend die von seinen Assistenten gesammelten Daten zu prüfen und in einen Zusammenhang zu bringen. Schwierig war, die Informationen zu sammeln, ohne daß die Zielperson davon erfuhr; im Fall Ryan, wie Wellington korrekt vermutete, ein besonders heikles Unterfangen, denn der DDCI war scharfsinnig. Sein früherer Posten als Chef der Aufklärung hatte ihn als einen Mann qualifiziert, der das Gras wachsen hörte und aus dem Kaffeesatz las. Wellington mußte also langsam vorgehen ... aber nicht zu langsam. Der junge Staatsanwalt ging von der Vermutung aus, daß er keine Beweise für ein Schwurgericht zu sammeln und deshalb etwas mehr Spielraum hatte. Er bezweifelte, daß Ryan so dumm gewesen war, bewußt gegen ein Gesetz zu verstoßen. Die Vorschriften der Börsenaufsicht waren gedehnt, vielleicht sogar gebogen worden, aber aus einer Prüfung der Ermittlungsakte ging hervor, daß Ryan in gutem Glauben und aus der Überzeugung heraus gehandelt hatte, keine Regel zu verletzen. Diese Einschätzung Ryans mochte eine reine Formsache gewesen sein, aber im Recht ging es nun mal um Formsachen. Die Börsenaufsicht hätte Druck ausüben und vielleicht sogar einen Prozeß anstrengen können, aber zu einer Verurteilung wäre es nie gekommen ... möglicherweise hätte man sich außergerichtlich einigen oder ihn zu der Erklärung zwingen können, daß er sich der Fragwürdigkeit seines Handelns bewußt gewesen war. Aber auch das bezweifelte Wellington. Ryan hätte ein solches Ansinnen glattweg abgelehnt. Er war ein Mann, der sich nicht herumschubsen ließ. Dieser Mann hatte Menschen getötet. Wellington schüchterte das nicht ein. Er sah darin nur einen Hinweis auf Ryans Charakterstärke. Ryan war ein harter Brocken, der ein Problem frontal anging, wenn's sein mußte.

Und das ist sein schwacher Punkt, sagte sich Wellington.

Er greift an. Es mangelt ihm an Finesse. Ehrliche Menschen begingen diesen Fehler, und in der politischen Landschaft war das ein schweres Handicap.

Allerdings genoß Ryan politische Protektion. Trent und Fellows waren mit allen Wassern gewaschen.

Wellington sah sich vor zwei Aufgaben gestellt: Erstens mußte er Belastungsmaterial gegen Ryan finden und zweitens seine politischen Verbündeten neutralisieren.

Wellington klappte eine Akte zu und schlug eine andere auf: *Carol Zimmer.*

Zuerst sah er ein Lichtbild von der Einwanderungsbehörde, das Jahre alt war

– damals bei der Einreise war sie im wahrsten Sinn des Wortes eine Kindbraut gewesen, ein zierliches Persönchen mit einem Puppengesicht. Ein neueres, von einem seiner Assistenten aufgenommenes Foto zeigte eine reife Frau von knapp vierzig, deren Gesicht nun einige Falten aufwies, die aber irgendwie noch schöner aussah als zuvor. Der schüchterne, fast gehetzte Ausdruck auf dem ersten Bild – verständlich, da es kurz nach ihrer Flucht aus Laos aufgenommen worden war – war dem einer Frau gewichen, die sich ihrer Stellung im Leben sicher sein konnte. Ein liebes Lächeln hat sie, dachte Wellington.

Der Jurist entsann sich einer Kommilitonin, Cynthia Yu, die sehr gut im Bett gewesen war und ähnliche Augen gehabt hatte... schelmisch, fast wie eine Kokotte.

Moment, dachte er, habe ich da etwas?

Ist die Sache so simpel?

Ryan war verheiratet. Ehefrau: Dr. med. Caroline Muller-Ryan, Augenchirurgin. Lichtbild: die typische Weiße angelsächsischer Abstammung, aber katholisch. Schlank, attraktiv, Mutter zweier Kinder.

Die Tatsache, daß ein Mann eine hübsche Frau hat, bedeutet noch nicht...

Ryan hatte Geld für die Ausbildung der Kinder von Carol Zimmer in eine Stiftung eingebracht... Wellington schlug eine neue Akte auf, die eine Fotokopie der Urkunde enthielt.

Ryan hatte sie, wie er sah, allein unterzeichnet und von einem Anwalt und Notar in Washington – aber nicht seinem Hausanwalt! – beglaubigen lassen. Caroline Ryan hatte nicht mitunterschrieben... war sie überhaupt informiert gewesen? Nach Aktenlage nicht.

Nun sah sich Wellington die Geburtsurkunde des jüngsten Kindes der Zimmers an. Der Ehemann war bei einem Manöverunfall ums Leben gekommen... der Zeitpunkt war nicht eindeutig. Sie konnte in der Woche, in der ihr Mann gestorben war, schwanger geworden sein... oder auch nicht. Es war ihr siebtes Kind... oder das achte? Die Schwangerschaft mochte neun Monate oder weniger gedauert haben. Erstgeburten kamen oft verspätet, spätere Kinder gerne verfrüht. Geburtsgewicht: 2466 Gramm, etwas unter dem Durchschnitt. Aber sie war als Asiatin zierlich... waren die Kinder solcher Frauen kleiner? Wellington machte sich Notizen und mußte feststellen, daß er eine Reihe von Vermutungen hatte, aber keine einzige Tatsache.

Aber suchte er überhaupt nach Fakten?

Ah, der Fall der beiden Skins. Ryans Leibwächter, Clark und Chavez, hatten einen durch die Mangel gedreht, wie sein Ermittler bei der Polizei des Anne Arundel County nachprüfen konnte. Die Ortspolizei hatte Clark seine Version des Hergangs abgenommen. Die Jugendlichen hatten zahlreiche Bagatelldelikte im Strafregister, ein paar Freiheitsstrafen auf Bewährung und ein paar Sitzungen bei der Beratungsstelle hinter sich. Die Polizei war mit dem Ausgang der Geschichte sehr zufrieden. »Meinetwegen hätte er den kleinen Drecksack auch abknallen können«, hatte ein Sergeant gesagt und gelacht, wie die Bandaufzeichnung des Ermittlers bewies. »Mit diesem Clark ist offenbar nicht zu spaßen, und sein Partner ist auch nicht viel anders. Wenn diese Kerle blöde genug waren, sich mit denen einzulassen, war das ihre eigene Schuld. Zwei andere Bandenmitglieder bestätigten die Aussagen von Clark und Chavez, und damit war der Fall für uns abgeschlossen.«

Aber *warum* hatte Ryan seine Leibwächter auf die Jugendlichen losgelassen? Hatte er nicht getötet, um seine Familie zu schützen? Er ist kein Mann, der eine Bedrohung seiner Freunde oder seiner Familie hinnimmt... seiner Geliebten?

Nicht ausgeschlossen.

»Hmmm...«, brummte Wellington. Der DDCI ging also fremd. Das war nicht illegal, aber fragwürdig. Und ganz atypisch für den Doktor John Patrick Ryan mit dem Heiligenschein. Wenn eine Jugendbande seine Freundin belästigte, setzte er einfach seine Leibwächter auf sie an, wie ein *capo* der Mafia – und erweist der Gesellschaft einen Dienst, mit dem sich die Polizei schon lange nicht mehr abgibt.

Reichte das?

Nein.

Er brauchte etwas mehr, er brauchte irgendeinen Beweis. Der mußte nicht stichhaltig genug für ein Schwurgericht sein... aber doch gut genug – wofür? Für ein Disziplinarverfahren, und solche Ermittlungen blieben nie ganz geheim. Man brauchte nur zu flüstern, ein paar Gerüchte zu streuen. Ganz einfach. Aber erst brauchte Wellington einen Ansatzpunkt.

»Manche sagen, dies könnte sich zu einer Vorschau auf die Superbowl entwickeln: In den ersten drei Wochen der Saison haben beide Mannschaften ein Spielverhältnis von 2:0. Beide Teams scheinen für die Spitze ihrer Conference bestimmt. Im Metrodome treten nun die San Diego Chargers gegen die Minnesota Vikings an«, erklärte der Sportreporter.

»Tony Wills hat seine erste Saison als Profi noch spektakulärer begonnen als seine Karriere im College-Football«, sagte der Ko-Kommentator. »In nur zwei Spielen war er 46mal im Ballbesitz und legte dabei 360 Yard im Sturm zurück – also jedesmal, wenn er den Ball berührte, 6,7 Yard, und das gegen die Chicago Bears und die Atlanta Falcons, beides Mannschaften mit starker Verteidigung. Wer kann Tony Wills stoppen?«

»Und er lief 125 Yard als Paßempfänger. Kein Wunder, daß man den Jungen die Säule der Mannschaft nennt.«

»Hinzu kommt, daß er in Oxford seinen Doktor gemacht hat«, meinte der Ko-Kommentator und lachte. »Guter Sportler, guter Student, Rhodes-Stipendiat und der Mann, der ganz allein das Team der Northwestern-Universität wieder ins Endspiel in der Rose Bowl in Pasadena gebracht hat. Ist er wirklich schneller als eine Kugel?«

»Das wird sich zeigen. Maxim Bradley, der junge Linebacker der Chargers, ist der beste Verteidiger seit Dick Butkus und kommt aus Alabama – das ist die Schule, die Profis wie Tommy Nobis, Cornelius Bennett und andere Stars hervorgebracht hat. Man nennt ihn nicht umsonst den Verteidigungsminister.« Dieser gängige Witz in der Football-Liga NFL zielte auf den Besitzer der Mannschaft, Verteidigungsminister Dennis Bunker.

»Tim, das wird ein tolles Spiel!«

»Schade, daß ich nicht dabei bin«, bemerkte Brent Talbot. »Dennis sitzt in seiner Loge.«

»Wenn ich ihn nicht zum Football lasse, tritt er zurück«, sagte Präsident Fowler. »Außerdem hat er sein eigenes Flugzeug genommen.« Dennis Bunker besaß eine kleine Düsenmaschine und ließ sich zwar meist von anderen fliegen, absolvierte aber genug Flugstunden, um seinen Pilotenschein gültig zu halten. Ein Grund mehr für den Respekt, den er beim Militär genoß. Als ehemaliger und ausgezeichneter Kampfpilot konnte er so gut wie jede Maschine fliegen.

»Wie stehen die Wetten?« fragte Talbot.

»Drei Punkte Vorsprung für die Vikings«, antwortete der Präsident, »weil sie den Heimvorteil haben. Die Teams sind ungefähr gleich stark. Letzte Woche habe ich Wills gegen die Falcons erlebt und war ungeheuer beeindruckt.«

»Tony ist ein Prachtkerl. Intelligent, anständig, kümmert sich viel um junge Leute.«

»Sollen wir ihn zum Sprecher der Drogenkampagne machen?«

»Er arbeitet bereits in Chicago mit. Wenn Sie wollen, rufe ich ihn an.«

Fowler drehte sich um. »Tun Sie das, Brent.«

Hinter ihnen hatten Pete Connor und Helen D'Agustino es sich auf einer Couch bequem gemacht. Fowler wußte, daß sie Footballfans waren, und im Fernsehzimmer des Präsidenten war genug Platz.

»Mag jemand ein Bier?« fragte Fowler, der sich ohne Bier kein Spiel ansehen konnte.

»Ich geh's holen«, sagte D'Agustino und ging ins Nebenzimmer, wo der Kühlschrank stand. Seltsam, dachte »Daga«, daß dieser komplexe Mann, der in Aussehen, Kleidung, Gang und Manieren wie ein Patrizier war und ein arroganter Intellektueller obendrein, sich vor dem Fernseher beim Football – Baseball sah er nur, wenn seine Amtspflichten es verlangten – in ein FFF-Mannsbild verwandelt, das ein paar Bier trank und Popcorn mampfte. Seine Frage: »Mag jemand ein Bier?« war sogar in diesem Kontext ein Befehl. Seine Leibwächter durften im Dienst nicht trinken, und Talbot rührte keinen Alkohol an. Daga holte sich ein Coke.

»Vielen Dank«, sagte Fowler, als sie ihrem Präsidenten das Glas reichte. Bei Footballspielen war er noch höflicher als gewöhnlich. Vielleicht hat er das früher mit seiner Frau so gehalten, dachte D'Agustino und fügte hinzu: Hoffentlich stimmt das, denn es verleiht ihm den menschlichen Zug, den er vor allem braucht.

»Donnerwetter! Bradley hat Wills so hart getackelt, daß wir es bis hier oben hören konnten.« Auf dem Bildschirm standen die Männer auf, und es sah so aus, als würden sie sich gegenseitig beschimpfen. Vermutlich lachten sie aber nur miteinander.

»Die sollen sich ruhig miteinander bekannt machen, Tim, denn sie werden noch oft genug aufeinandertreffen. Bradley ist ein gewitzter Linebacker. Er spielte aus der Mitte und stopfte die Lücke, als hätte er den Angriffszug geahnt.«

»Für einen Neuling hat er ein gutes Gespür, und dieser Center der Vikings spielte letztes Jahr im Pro-Turnier«, erklärte der zweite Kommentator.

»Der kleine Bradley hat 'nen knackigen Arsch«, bemerkte Daga leise.

»Da geht mir die Emanzipation aber zu weit, Helen«, gab Pete zurück und änderte seine Sitzposition auf der Couch, weil sein Dienstrevolver ihm in die Niere drückte.

Günther Bock und Marvin Russell standen unter Hunderten von Touristen, die fast alle das Weiße Haus fotografierten, auf dem Gehsteig. Sie waren am Abend zuvor in Washington angekommen und wollten morgen das Kapitol besichtigen. Beide trugen Baseballmützen zum Schutz gegen die Sonne. Bock hatte eine Kamera um den Hals, die an einem mit Mickymäusen verzierten Gurt hing. Aufnahmen machte er vorwiegend, um so zu wirken wie alle anderen Touristen auch. In Wirklichkeit observierte sein geübtes Auge. Das Weiße Haus war besser gesichert, als sich die meisten Leute vorstellen. Die Gebäude der Umgebung waren hoch und boten Scharfschützen hinter ihren Steinbrüstungen gute Verstecke. Er vermutete, daß er im Augenblick beobachtet wurde, aber den Amerikanern fehlte bestimmt die Zeit und das Geld, um sein Gesicht mit jedem Bild in den Fahndungsbüchern abzugleichen. Außerdem hatte er sein Äußeres so stark verändert, daß er sich keine Sorgen zu machen brauchte.

Der Hubschrauber des Präsidenten schwebte ein und landete nur hundert Meter von Bocks Position entfernt. Ein Mann mit einer tragbaren Luftabwehrrakete hätte eine gute Chance gehabt – wenn es da nicht praktische Erwägungen gäbe. Die Wahl des richtigen Zeitpunktes war schwieriger, als es den Anschein hatte. Am günstigsten wäre ein kleiner Lieferwagen mit einem Loch im Dach, durch das der Schütze seine Rakete abfeuern und dann die Flucht versuchen konnte. Leider aber war auf den Dächern der umstehenden Häuser mit Scharfschützen zu rechnen, über deren Treffsicherheit sich Bock keine Illusionen machte. Es stand zu erwarten, daß der Präsident von den besten Leuten beschützt wurde. Zweifellos hatten sich auch Agenten des Secret Service unter die Touristen gemischt, und es war unwahrscheinlich, daß er diese identifizieren konnte.

Die Bombe konnte man in einem Kastenwagen hierherbringen und detonieren lassen ... das hing von den Schutzmaßnahmen ab, vor denen Ghosn ihn gewarnt hatte. Oder er konnte die Bombe in die unmittelbare Nähe des Kapitols bringen, wenn der Präsident dort seine Ansprache zur Lage der Nation hielt ... vorausgesetzt, die Waffe wurde rechtzeitig fertig. Das stand noch nicht fest, und es ging auch noch um die Frage der Verschiffung in die USA, die drei Wochen dauern sollte. Von Latakia nach Rotterdam, von dort aus weiter zu einem amerikanischen Hafen. Baltimore war der Hauptstadt am nächsten gelegen, gefolgt von Norfolk/Newport News. In beiden Häfen wurde viel Containerfracht umgeschlagen. Luftfracht schied aus, weil solche Sendungen oft geröntgt wurden; dieses Risiko konnten sie nicht eingehen.

Die Absicht war, den Präsidenten an einem Wochenende zu erwischen, denn nur an einem Wochenende konnte praktisch alles andere klappen. Bock wußte, daß er gegen sein wichtigstes Operationskonzept verstieß – Einfachheit. Aber wenn dieses Vorhaben gelingen sollte, mußte er mehr als einen Zwischenfall arrangieren, und das ging nur an Wochenenden. Diese aber verbrachte der Präsident sehr oft nicht im Weißen Haus, und es war nicht vorherzusagen, wann er sich in Ohio oder anderswo aufhielt. Man setzte die simpelste Sicherheitsmaßnahme ein, die es gibt: einen unregelmäßigen, in seinen Details geheimgehaltenen Reiseplan. Bei optimistischer Schätzung brauchte Bock mindestens eine Woche, um die anderen Ereignisse vorzubereiten – aber über sieben Tage hinweg ließ sich der Aufenthaltsort des Präsidenten nicht voraussagen. Die Planung eines Anschlags mit konventionellen Waffen wäre einfacher gewesen. Zum Beispiel hätte man ein kleines Flugzeug mit Luftabwehrraketen SA-7 bewaffnen können... wahrscheinlich doch keine erfolgversprechende Idee, denn der Hubschrauber des Präsidenten war bestimmt mit den besten Infrarot-Störsendern ausgerüstet, die es gab.

Du hast nur eine einzige Chance, sagte sich Bock.

Und wenn wir geduldig sind? überlegte er weiter. Warum lassen wir die Bombe nicht einfach ein Jahr liegen und schaffen sie zur nächsten »Lage der Nation« ins Land? Es sollte ihnen nicht schwerfallen, die Bombe so dicht am Kapitol zu deponieren, daß es mit allen Menschen darin vernichtet wurde. Wie er gehört hatte – und morgen sehen sollte –, bestand der klassizistische Bau vorwiegend aus Stein und hatte nur wenige strukturelle Eisenverstärkungen. Vielleicht brauchten sie wirklich nur Geduld aufzubringen.

Doch das würde Kati nicht zulassen. Erstens ergab sich das Problem der Sicherheit, und zweitens glaubte Kati, kurz vor dem Sterben zu stehen. Geduld ist nicht gerade die Stärke von Todgeweihten.

Konnte die Sache überhaupt klappen? Wie scharf bewachten die Amerikaner Orte, von denen im voraus bekannt war, daß der Präsident sie besuchen wollte? Setzten sie radiologische Sensoren ein?

Ich an ihrer Stelle würde das tun, dachte Bock.

Also nur eine Chance. Eine Wiederholung war ausgeschlossen.

Mindestens eine Woche Vorwarnung, sonst wurde außer einem Massenmord nichts erreicht.

Es mußte ein Ort sein, an dem die Präsenz radiologischer Sensoren unwahrscheinlich war. Damit schied Washington aus.

Bock entfernte sich von dem schwarzen schmiedeeisernen Gitterzaun und ließ sich seinen Zorn nicht anmerken.

»Zurück ins Hotel?« fragte Russell.

»Warum nicht?« Beide waren nach dem langen Flug noch müde.

»Fein, dann können wir uns das Spiel ansehen. Das ist die einzige Sache, in der ich mit Fowler einig bin.«

»Wie bitte? Was?«

»Football.« Russell lachte. »Amerikanischer Football. Warte, ich bring' dir die Regeln bei.«

Fünfzehn Minuten später waren sie in ihrem Hotelzimmer, und Russell stellte den Fernseher an.

»Rasanter Angriff, Tim. Die Vikings konnten sechsmal ein drittes Down verwandeln, und zweimal mußte nachgemessen werden«, sagte der Sportreporter.

»Und eines war ungültig«, kommentierte Präsident Fowler.

»Das hat der Hauptschiedsrichter aber anders gesehen.« Talbot lachte.

»Sie lassen Tony Wills kaum drei Yard weit mit dem Ball vorankommen, aber er schaffte einmal zwanzig im Gegenzug, als die Chargers schliefen«, erklärte der Ko-Kommentator.

»Ein Haufen Arbeit für drei Punkte, Tim.«

»Und nun sind die Chargers im Ballbesitz und greifen an. Die Verteidigung der Vikings hat ihre Schwächen, weil zwei Linebacker wegen leichter Verletzungen ausgefallen sind. Wetten, die bedauern, daß sie heute nicht auf dem Spielfeld stehen?«

Der Quarterback der Chargers fing den ersten Snap, wich fünf Schritte zurück und warf einen schrägen Querpaß zu seinem Flanker, aber eine Hand fälschte den Ball ab, der dann im Gesicht des verdutzten Free Safety der Chargers landete. Dieser Backfieldspieler schnappte sich den Ball, lief los und wurde an der Vierzigyardlinie zu Fall gebracht.

Bock fand das Spiel irgendwie spannend, verstand aber die Regeln überhaupt nicht. Russells Erklärungsversuche halfen auch nicht viel. Günther tröstete sich mit einem Bier, streckte sich auf dem Bett aus und ging in Gedanken durch, was er heute gesehen hatte. Er wollte seinen Plan umsetzen, aber die exakten Details – besonders hier in Amerika – waren problematischer als erwartet. Wenn nur...

»Was war das gerade?«

»›Verteidigungsminister‹ hat jemand gesagt«, antwortete Russell.

»Ist das ein Witz?«

Marvin drehte sich um. »Ja. Das ist der Spitzname des Middle Linebackers Maxim Bradley von der Alabama-Universität. Aber dem echten Verteidigungsminister gehört das Team – da sitzt er.« Die Kamera zeigte Bunker in seiner Loge.

Sehr interessant, dachte Bock.

»Was ist dieses Superbowl, von dem geredet wird?«

»Das Meisterschaftsspiel. Die erfolgreichsten Mannschaften treten in einer Ausscheidungsrunde gegeneinander an, und die beiden Finalisten treffen sich dann im Endspiel, das Superbowl heißt.«

»Ah, ähnlich wie die Fußball-WM.«

»Ja, aber das Superbowl wird jährlich ausgetragen. Nächstes Jahr Ende Januar findet es in einem neuen Stadion in Denver statt. Skydome heißt es, glaube ich.«

»Und man rechnet damit, daß diese beiden Mannschaften ins Endspiel kommen?«

Russell zuckte die Achseln. »Das sagen die Leute. Aber die reguläre Saison dauert noch sechzehn Wochen, die Playoff-Spiele weitere drei, und das Superbowl kommt dann eine Woche später. Bis dahin kann noch viel passieren.«

»Und wer geht zu diesem letzten Spiel?«

»Eine Menge Leute. Es ist *das* Spiel, da will jeder dabeisein. Karten sind unmöglich zu kriegen. Diese beiden Mannschaften hier haben die besten Aussichten, ins Endspiel zu kommen.«

»Ist Präsident Fowler footballbegeistert?«

»So heißt es. Er soll hier in Washington oft zu Spielen der Redskins gehen.«

»Wie sieht es mit den Sicherheitsmaßnahmen aus?« fragte Bock.

»Die sind sehr scharf. Fowler sitzt in einer speziellen Loge hinter Panzerglas.«

Was für ein Schwachsinn, dachte Bock. Ein Stadion war natürlich leichter zu sichern, als der oberflächliche Betrachter glauben mochte. Eine schwere Waffe, die von zwei Mann bedient werden mußte, konnte nur aus einem der Eingänge abgefeuert werden, und diese ließen sich relativ leicht überwachen. Andererseits aber …

Bock schloß die Augen. Seine Gedanken waren wirr; er schwankte zwischen konventionellen und unorthodoxen Methoden und konzentrierte sich auf einen falschen Aspekt. Die Idee, den amerikanischen Präsidenten zu töten, war natürlich attraktiv, aber nicht das Wichtigste. Entscheidend war, möglichst viele Menschen auf möglichst spektakuläre Weise zu töten und diesen Anschlag dann mit anderen Aktivitäten zu koordinieren, und das schürte dann …

Streng deinen Kopf an! sagte er sich. Konzentriere dich auf das Wesentliche.

»Den Aufwand, mit dem das Fernsehen über diese Spiele berichtet, finde ich beeindruckend«, merkte Bock nach einer Minute an.

»Klar, ABC zieht alle Register und rollt mit Satellitenübertragungswagen und allem möglichen anderen Gerät an.« Russell konzentrierte sich auf das Spiel. Die angreifenden Vikings hatten mit dem Ball die Nullinie erreicht und somit einen Touchdown erzielt; es stand nun 10:0. Doch nun sah es so aus, als ginge das andere Team zum Gegenangriff über.

»Ist das Spiel schon einmal ernsthaft gestört worden?«

Marvin drehte sich um. »Was? Ach so, während des Golfkriegs waren die Sicherheitsmaßnahmen sehr scharf – und den Film über so was hast du bestimmt gesehen.«

»Welchen Film?«

»*Schwarzer Sonntag* hieß er, glaube ich. Typen aus dem Nahen Osten wollten das Stadion sprengen.« Russell lachte. »Alles schon dagewesen, jedenfalls in Hollywood. Sie griffen mit einem Kleinluftschiff an. Als wir gegen den Irak kämpften, durfte bei dem Superbowl der Fernsehblimp nicht an das Stadion heran.«

»Findet heute in Denver ein Spiel statt?«

»Nein, das ist erst morgen abend. Denver Broncos gegen Seattle Seahawks. Wird kein besonders interessantes Spiel, weil die Broncos in diesem Jahr eine neue Mannschaft aufbauen.«

»Aha.« Bock verließ das Zimmer und ließ sich vom Empfang zwei Flugscheine nach Denver buchen.

Cathy stand auf, um ihn zu verabschieden und machte ihm sogar das Frühstück. Ihre Fürsorglichkeit während der letzten Tage verbesserte Ryans Stimmung nicht – im Gegenteil. Aber sagen konnte er das natürlich nicht. Es war schon übertrieben, wie sie ihm an der Tür die Krawatte zurechtzog und ihm einen Kuß gab. Das Lächeln, der liebevolle Blick, dachte Ryan auf dem Weg zu seinem Wagen, alles für einen Ehemann, der keinen hochkriegt. Genau die Art von übertriebener Fürsorge, mit der man einen armen Teufel im Rollstuhl überschüttet.

»Guten Morgen, Doc.«

»Morgen, John.«

»Haben Sie gestern abend das Spiel Vikings–Chargers gesehen?«

»Nein, ich war mit meinem Sohn beim Baseball; Baltimore Orioles verloren 1:6.« Der Mißerfolg rannte Jack hinterher, aber er hatte wenigstens sein Versprechen gehalten. Und das war immerhin etwas.

»24:21 nach Verlängerung. Dieser Wills ist sagenhaft. Weiter als 96 Yard ließen sie ihn nicht kommen, aber als es um die Wurst ging, knallte er den Ball über 20 Yard ins Tor«, berichtete Clark.

»Hatten Sie gewettet?«

»Ich hatte im Büro fünf Dollar auf die Vikings gesetzt, aber da ich nicht der einzige war, der auf drei Punkte Vorsprung gewettet hatte, ging mein Gewinn an die Ausbildungsstiftung.«

Nun hatte Ryan etwas zu lachen. Wetten war bei der CIA wie bei allen anderen Regierungsbehörden natürlich verboten. Doch wer versuchte, gegen das informelle Footballtoto vorzugehen, riskierte einen Aufstand – und zwar ebenso, da war Jack sicher, beim FBI, das für die Einhaltung der Bundesgesetze zum Glücksspiel zu sorgen hatte. Alle toten Wetten kamen also in die Ausbildungsstiftung im Haus, und da drückte selbst der Generalinspektor der CIA ein Auge zu – mehr noch, er wettete genauso gerne wie jeder andere.

»Sie sehen zur Abwechslung mal ausgeschlafen aus«, bemerkte Clark auf dem Weg zur Schnellstraße 50.

»Acht Stunden Schlaf hab' ich erwischt«, sagte Jack. Er hatte es am Vorabend noch einmal probieren wollen, aber Cathys Reaktion war gewesen: »Lieber nicht, Jack. Du bist erschöpft und überarbeitet, das ist alles. Laß dir ruhig Zeit.«

Als wär' ich ein überlasteter Zuchthengst, dachte Jack.

»Find' ich sehr gut«, meinte Clark. »Hat Ihre Frau vielleicht darauf bestanden?«

Ryan starrte durch die Windschutzscheibe. »Wo ist der Kasten?«

»Hier.«

Ryan schloß ihn auf und begann die Meldungen durchzusehen, die übers Wochenende eingegangen waren.

In der Früh nahmen sie einen Direktflug von Washington nach Denver. Das Wetter war vorwiegend klar, und Bock setzte sich ans Fenster und betrachtete die Landschaft. Wie die meisten Europäer war er von der Größe und Vielfalt überrascht, sogar tief beeindruckt. Die bewaldeten Berge der Appalachen, das platte, mit den von rotierenden Bewässerungsanlagen erzeugten Kreisen besprengte Farmland von Kansas; und dann der jähe Übergang vom Flachland in die Rocky Mountains; wo Denver in Sicht kam. Zweifellos würde Marvin irgendwann nach der Landung behaupten, dies alles habe einmal seinem Volke gehört, aber das war Quatsch. Die Indianer, nomadische Barbaren, waren nur den Bisonherden gefolgt, oder was sie sonst vor der Ankunft der Zivilisation getrieben haben mochten. Amerika war ein feindliches Land, aber ein zivilisiertes, und deshalb für ihn um so gefährlicher. Als die Maschine aufsetzte, konnte er seine Gier nach einer Zigarette kaum noch zügeln. In den USA herrscht auf Inlandflügen Rauchverbot. Die Luft in Denver war so dünn, daß es Bock schwindlig wurde. Sie befanden sich 1500 Meter über dem Meeresspiegel. Ein Wunder, daß man hier überhaupt Football spielt, dachte er.

Da sie nach der morgendlichen Rush-hour gelandet waren, hatten sie auf der Fahrt zum Stadion keine Probleme. Der neue Skydome südwestlich der Stadt war ein markantes, von riesigen Parkplätzen umgebenes Gebäude. Er stellte den Wagen in der Nähe einer Kasse ab und entschied sich für die einfachste Methode.

»Haben Sie noch zwei Karten für das Spiel heute abend?« fragte er die Verkäuferin.

»Natürlich, es sind noch ein paar hundert übrig. Wo möchten Sie sitzen?«

»Ich kenne das Stadion leider überhaupt nicht.«

»Dann müssen Sie hier neu sein«, sagte die Frau und lächelte freundlich. »Es ist nur noch auf dem Oberdeck etwas frei, Abteilung 66 und 68.«

»Dann hätte ich gerne zwei Karten. Kann ich bar bezahlen?«

»Aber sicher. Wo kommen Sie her?«

»Aus Dänemark«, erwiderte Bock.

»Ehrlich? Na, dann willkommen in Denver! Hoffentlich gefällt Ihnen das Spiel.«

»Kann ich mir unsere Plätze ansehen?«

»Eigentlich nicht, aber ich glaube, stören tut es niemanden. Gehen Sie ruhig rauf.«

»Vielen Dank.« Bock, dem das Gesäusel auf die Nerven ging, lächelte trotzdem zurück.

»Waren echt noch Karten übrig?« fragte Marvin Russell. »Da bin ich platt.«

»Komm, sehen wir nach, wo wir sitzen.«

Bock ging durch das nächste offene Tor. Nur wenige Meter weiter standen die großen Ü-Wagen des TV-Netzes ABC mit den Satellitenantennen für die Sendung am Abend. Er nahm sich für seine Inspektion Zeit und stellte fest, daß die Kabel für die TV-Anlagen im Stadion fest verlegt waren. Das bedeutete, daß die Ü-Wagen immer am selben Platz standen, an Tor 5. Innen sah er Techniker ihre Geräte aufbauen und ging dann eine Treppe hinauf, absichtlich in die falsche Richtung.

Das Stadion bot 60 000 Menschen Platz, vielleicht sogar noch mehr. Es hatte drei Ebenen: U, M und O, und darüber hinaus zwei Logenränge, die zum Teil recht luxuriös aussahen. Bock war von der Spannbetonkonstruktion beeindruckt. Alle oberen Ebenen waren freitragend, damit keine Säulen den Zuschauern den Blick versperrten. Ein großartiges Stadion, ein Superziel. Jenseits des Parkplatzes im Norden zogen sich endlos flache Apartmenthäuser hin. Im Osten stand ein Verwaltungsgebäude. Das Stadion lag nicht im Stadtzentrum, aber das war nicht zu ändern. Bock fand seinen Platz, setzte sich und begann sich zu orientieren. Den Standort des Fernsehteams fand er leicht, denn unter einer Presseloge hing eine Fahne mit dem ABC-Logo.

»He, Sie da!«

»Was ist?« Bock schaute nach unten und sah einen Wächter.

»Sie haben hier nichts verloren.«

»Verzeihung.« Er hielt seine Karten hoch. »Die hab' ich gerade gekauft und wollte nur nachsehen, wo wir sitzen, damit ich weiß, wo ich parken muß. Ich war noch nie bei einem Footballspiel«, fügte er hinzu und betonte seinen Akzent. Er hatte gehört, daß Amerikaner zu Leuten mit europäischem Zungenschlag besonders nett sind.

»Sie parken am besten auf A oder B. Und kommen Sie nach Möglichkeit frühzeitig, am besten vor fünf. Der Berufsverkehr ist manchmal teuflisch.«

Günther nickte heftig. »Vielen Dank für den Hinweis. So, ich verziehe mich jetzt.«

»Schon gut, Sir. Es geht uns ja nur um Ihre Sicherheit. Wenn das Publikum hier herummarschiert, könnte sich jemand verletzen und uns verklagen.«

Bock und Russell gingen nach unten und um die ganze U-Ebene herum, damit Bock sich die komplette Anlage noch einmal einprägen konnte. Das war überflüssig, wie er feststellte, als er einen kleinen Lageplan des Stadions fand.

»Hast du gesehen, was dich interessiert?« fragte Russell am Auto.

»Kann sein.«

»Du, das find' ich clever.«

»Was denn?«

»Das Fernsehen hochzujagen. Die meisten Revolutionäre sind blöd, weil sie die Psychologie übersehen. Eigentlich braucht man keinen Haufen Leute umzubringen. Es reicht schon, wenn man ihnen angst macht, stimmt's?«

»Du hast viel gelernt, mein Freund.«

»Das ist ja stark«, meinte Ryan beim Durchblättern.

»Ich fand es auch nicht schlecht«, stimmte Mary Patricia Foley zu.

»Wie fühlen Sie sich?«

Die Augen der Agentin funkelten. »Clyde hat sich gesenkt. Ich warte jetzt nur noch, daß die Fruchtblase platzt.«

Ryan schaute auf. »Clyde?«

»So soll es heißen – ganz gleich, was es wird.«

»Machen Sie auch Ihre Übungen?«

»Klar, ich bin fitter als Rocky Balboa. Ed hat das Kinderzimmer gestrichen und das Bettchen aufgestellt. Alles ist bereit, Jack.«

»Wie lange wollen Sie sich freinehmen?«

»Vier Wochen, vielleicht auch sechs.«

»Bitte sehen Sie sich das zu Hause an«, sagte Ryan, der gerade bei Seite zwei hängengeblieben war.

»Kein Problem, solange ich dafür bezahlt werde«, versetzte Mary Pat lachend.

»Was halten Sie von der Sache, Mary Pat?«

»Ich finde, SPINNAKER ist unsere beste Quelle. Wenn er das sagt, stimmt es vermutlich.«

»Wir haben nirgendwo anders so einen Hinweis bekommen.«

»Sehen Sie, deshalb rekrutiert man hochplazierte Agenten.«

»Stimmt«, sagte Ryan.

Agent SPINNAKERs Bericht war zwar nicht gerade weltbewegend, aber vielleicht dem ersten Grummeln vergleichbar, das ein schweres Erdbeben ankündigt. Mit Beginn der Liberalisierung in der Sowjetunion war das Land politisch schizophren geworden – oder hatte das Syndrom der alternierenden Persönlichkeit entwickelt. Es gab fünf identifizierbare politische Gruppierungen: die überzeugten Kommunisten, die jede Abweichung vom marxistischen Pfad für einen Fehler hielten (manche nannten sie die Vorwärts-in-die-Vergangenheit-Fraktion); die progressiven Sozialisten, die einen menschlichen Sozialismus verwirklichen wollten (ein Modell, das in Massachusetts kläglich versagt hat, dachte Jack ironisch); die politische Mitte, die ein bißchen Marktwirtschaft mit einem dichten sozialen Netz wollte (also die Nachteile beider Welten, wie jeder Ökonom wußte); die Reformer, denen der Sinn nach einem grobmaschigen sozialen Netz und uneingeschränktem Kapitalismus stand (nur wußte außer dem rapide expandierenden kriminellen Sektor niemand, was freie Marktwirtschaft überhaupt war); und ganz rechts standen jene, die ein autoritäres Regime errichten wollten (wie es vor 70 Jahren mit dem Kommunismus eingeführt worden war). Im Kongreß der Volksdeputierten verfügten die beiden extremen Gruppen jeweils über rund zehn Prozent der Stimmen. Die restlichen 80 Prozent entfielen ziemlich gleichmäßig auf die drei anderen, gemäßigteren Positionen. Selbstverständlich brachten gewisse Themen die Loyalitäten durcheinander – um Fragen des Umweltschutzes wurde ganz besonders hitzig gekämpft –, aber am explosivsten war die Diskussion um den bevorstehenden Zerfall der Union, das Abdriften der Republiken, die schon immer das russische Joch hatten abschütteln wollen. Und schließlich hatte jede Fraktion noch ihre Untergrüppchen. Zum Beispiel ging bei der Rechten im Augenblick die Rede, man sollte einen Romanow, also einen Aspiranten auf den Zarenthron, zurück ins Land holen – nicht als Herrscher, sondern um sich bei ihm offiziell für die Ermordung seiner Vorfahren zu entschuldigen. So ging jedenfalls das Gerücht. Wer diese Idee ausgebrütet hat, dachte Ryan, ist entweder so naiv wie Alice im Wunderland oder ein gefährlicher Vereinfacher. Zum Glück meldete die CIA-Station Paris, der Fürst aller Reußen habe ein besseres politisches Gespür als seine Sponsoren und dächte nicht an eine solche Reise.

Negativ war, daß die politische und wirtschaftliche Lage in der Sowjetunion völlig hoffnungslos aussah, und SPINNAKERs Bericht machte alles noch ominöser. Andrej Il'itsch Narmonow war verzweifelt. Er verlor Optionen, Verbündete, Ideen, Zeit und Spielraum. Er konzentrierte sich, wie der Agent meldete, viel zu sehr auf das Nationalitätenproblem und versuchte nun sogar, den Sicherheitsapparat fester in den Griff zu bekommen – Innenministerium (MWD), KGB und Militär –, um das Imperium mit Gewalt zusammenzuhalten. Aber das Militär, berichtete SPINNAKER, war weder mit diesem Auftrag noch mit den halbherzigen Maßnahmen, die Narmonow plante, glücklich.

Schon seit Lenins Zeiten waren über das sowjetische Militär und seine angeblichen politischen Ambitionen Spekulationen angestellt worden. Stalin hatte Ende der dreißiger Jahre mit der Sense in seinem Offizierskorps gewütet; man war allgemein der Auffassung, daß Marschall Tuchatschewski keine politische Bedrohung dargestellt hatte, sondern nur ein weiteres Opfer von Stalins bösartiger Paranoia geworden war. Auch Chruschtschow hatte in den späten fünfziger Jahren Säuberungen angeordnet, aber keine Massenhinrichtungen; er wollte weniger Geld für Panzer ausgeben und sich mehr auf Atomwaffen verlassen. Narmonow selbst hatte eine ganze Reihe von Generälen und Obersten in Pension geschickt; seine Absicht war ausschließlich die generelle Reduzierung der Rüstungsausgaben gewesen. Aber diesmal ging die Kürzung des Verteidigungshaushalts mit einer politischen Wiedergeburt des Militärs einher. Zum ersten Mal existierte im Land eine echte Opposition, und Tatsache war, daß die sowjetischen Streitkräfte über alle Waffen verfügten. Als Gegengewicht zu diesem bedenklichen Potential gab es seit Generationen das 3. Hauptdirektorat des KGB, dessen Mitglieder Uniformen trugen und das Militär überwachen sollten. Doch das 3. Hauptdirektorat war nur noch ein Schatten seiner selbst. Die Militärs hatten Narmonow bewogen, es aufzulösen – das war die Vorbedingung für ihr Ziel einer neuen, wahrhaft professionellen und dem Land und der Verfassung verpflichteten Roten Armee.

Historiker beschreiben die Zeit, in der sie leben, unweigerlich als eine des Übergangs. Und damit haben sie zur Abwechslung einmal recht, dachte Jack. Als was sollte man die gegenwärtige Periode sonst bezeichnen? Die Sowjets balancierten wacklig zwischen zwei politischen und wirtschaftlichen Welten und waren noch nicht sicher, wohin sie sich wenden wollten. Und das machte sie verwundbar für... was? fragte sich Jack.

Für praktisch alles.

Laut SPINNAKER wurde Narmonow zu einer Übereinkunft mit dem Militär gedrängt, das, wie er sagte, zu Gruppe eins, zurück in die Vergangenheit, gehörte. Seiner Auffassung nach bestand die Gefahr, daß die Sowjetunion sich in einen quasi-militaristischen Staat zurückverwandelte, der seine progressiven Elemente unterdrückte. Narmonow habe offenbar die Nerven verloren, schloß der Agent.

»Er sagt, er hätte unter vier Augen mit Andrej Il'itsch gesprochen«, betonte Mary Pat. »Bessere Informationen gibt es wohl nicht.«

»Stimmt wieder«, entgegnete Jack. »Beunruhigend, nicht wahr?«

»Einen Rückfall in ein marxistisches Herrschaftssystem befürchte ich nicht. Sorgen macht mir eher...«

»Ich weiß – die Möglichkeit eines Bürgerkriegs.« Bürgerkrieg in einem Land mit dreißigtausend Atomsprengköpfen, dachte Ryan. Das kann ja heiter werden.

»Es war bisher unsere Position, Narmonow allen Spielraum zu geben, den er braucht«, meinte Mary Pat. »Aber wenn unser Mann recht hat, könnte diese Politik falsch sein.«

»Was meint Ed?«

»Er stimmt mir zu. Wir können Kadischow vertrauen. Ich habe ihn persönlich angeworben. Ed und ich haben jeden seiner Berichte gesehen. Der Mann bringt etwas. Er ist klug, gut plaziert, scharfsinnig und hat Mumm. Wann hat er uns jemals schlechtes oder falsches Material geliefert?«

»Meines Wissens niemals«, erwiderte Jack.

»Genau.«

Ryan lehnte sich zurück. »Wie ich diese Zwickmühlen liebe... ich weiß nicht so recht, was ich davon halten soll, Mary Pat. Als ich Narmonow damals begegnete, war er ein zäher, schlauer, agiler Mann, also alles andere als ein Schlappschwanz.« Jack hielt inne und dachte betreten: Was man von dir nicht behaupten kann.

»Wir haben alle unsere Grenzen. Auch die härtesten Typen werden manchmal weich.« Mrs. Foley lächelte. »Moment, falsche Metapher. Menschen verlieren den Schwung. Zu viel Streß, zu lange Arbeitstage. Die Realität kriegt uns alle klein. Warum, glauben Sie, nehme ich Mutterschaftsurlaub? Für mich ist die Schwangerschaft der perfekte Vorwand. Ein Neugeborenes im Haus ist zwar kein Honigschlecken, aber ich kann mich wenigstens einen Monat lang mit sinnvolleren Dingen beschäftigen als dem Mumpitz, den wir hier jeden Tag treiben. Das haben wir euch Männern voraus, Doc. Ihr kommt nicht so leicht aus der Tretmühle raus wie wir Frauen. Mag sein, daß das Andrej Il'itschs Problem ist. Wen kann er um Rat fragen? Wen um Hilfe bitten? Er ist schon lange im Amt. Die Lage verschlechtert sich, und ihm geht der Sprit aus. Das sagt SPINNAKER, und das stimmt auch mit den Fakten überein.«

»Nur hat bisher niemand anderes so etwas gemeldet.«

»Aber er ist unser bester Lieferant von Insiderinformationen«, beharrte Mary Pat.

»Womit wir wieder am Anfang der Diskussion wären, Mary Pat.«

»Doc, Sie haben den Bericht gelesen und meine Meinung gehört«, summierte Mrs. Foley.

»Richtig.« Jack legte das Dokument auf seinen Schreibtisch.

»Mit welcher Empfehlung leiten Sie das nun nach oben weiter?« »Oben« war die Spitze der Exekutive: Fowler, Elliot, Talbot.

»Ich nehme an, daß ich mich Ihrer Einschätzung anschließe. Es ist mir zwar nicht ganz wohl dabei, aber ich habe Ihrer Position nichts entgegenzusetzen. Außerdem: Als ich Ihnen das letzte Mal widersprach, stellte sich heraus, daß ich schiefgelegen hatte.«

»Sie sind ein sehr guter Chef, wissen Sie das?«

»Und Sie haben mir den Rückzug immer leichtgemacht.«

»Jeder hat mal einen schlechten Tag«, sagte Mrs. Foley und erhob sich mühsam. »So, ich watschle jetzt zurück in mein Zimmer.«

Jack stand ebenfalls auf und öffnete ihr die Tür. »Wann kommt das Kind?«

Sie lächelte ihm zu. »Am 31. Oktober, an Halloween also. Aber meine Kinder lassen sich immer Zeit und sind schwere Brocken.«

»Na, dann passen Sie mal gut auf sich auf.« Jack sah ihr nach und trat dann ins Büro des Direktors.

»Schauen Sie sich das einmal an.«

»Geht es um Narmonow? Wie ich höre, ist wieder etwas von SPINNAKER eingegangen.«

»Das ist richtig, Sir.«

»Wer schreibt die Beurteilung?« fragte Cabot.

»Ich«, erwiderte Jack. »Erst will ich aber einige Fakten überprüfen.«

»Ich fahre morgen rüber zum Präsidenten und hätte es bis dahin gern.«

»Bis heute abend ist es fertig.«

»Bestens. Vielen Dank, Jack.«

Das ist die richtige Stelle, sagte sich Günther schon nach der Hälfte des ersten Spielviertels. Im Stadion saßen 62 720 Footballanhänger. Nach Bocks Einschätzung kamen rund tausend Leute dazu, die Speisen und Getränke verkauften. Es war eigentlich kein wichtiges Spiel, aber fest stand, daß die Amerikaner diesen Sport ebenso ernst nahmen wie die Europäer ihren Fußball. Erstaunlich viele Menschen hatten sich die Gesichter mit den Farben der Heimmannschaft geschminkt. Manche hatten sich sogar Footballtrikots mit den in Amerika üblichen riesigen Nummern auf die nackte Brust gemalt. Vom Geländer der oberen Ränge hingen Transparente mit anfeuernden Parolen. Auf dem Spielfeld tanzten hübsche junge Mädchen in knappen Kostümen – um die Fans in Stimmung zu bringen. Bock lernte auch die »Welle« kennen: Beginnend an einem Punkt des weiten Stadions hoben und senkten alle Zuschauer gleichzeitig die Arme; der Effekt war eine umlaufende Woge von Gliedern.

Er lernte auch die Macht des amerikanischen Fernsehens kennen. Diese gewaltige, laute Menge nahm lammfromm Spielunterbrechungen hin, damit ABC Werbespots senden konnte – das hätte selbst unter den gesittetsten europäischen Fußballzuschauern einen Aufstand ausgelöst. Auf dem Spielfeld standen mehrere Schiedsrichter in gestreiften Trikots, die von Fernsehkameras überwacht wurden; wie Russell erklärte, gab es sogar einen »Replay Official« genannten Unparteiischen, der bei umstrittenen Entscheidungen anhand der Zeitlupenwiederholung schlichtete. Diese wiederum erschien auf zwei riesigen Monitoren im Stadion, die alle Zuschauer sehen konnten. In Europa hätte so etwas bei jedem Spiel zu Mord und Totschlag unter Fans und Schiedsrichtern geführt. Bock fand die Kombination von wilder Begeisterung und zivilisiertem Verhalten erstaunlich. Das Spiel selbst war für ihn weniger interessant, aber Russell ging begeistert mit. Die wüste Gewalttätigkeit beim amerikanischen Football wurde immer wieder von langen Perioden unterbrochen, in denen sich nichts tat. Gelegentlich aufflammende Meinungsverschiedenheiten zwischen Spielern blieben dank der rüstungsartigen Schutzkleidung ohne Konsequenzen. Und was waren das für Hünen! Kein Mann dürfte weniger als hundert Kilo gewogen haben. Man hätte sie leicht grobe, ungeschlachte Klötze nennen können, aber die Runningbacks oder Angriffsspieler waren erstaunlich schnell und wendig. Bock, der sich nichts aus Zuschauersport machte und nur als Junge ein bißchen gekickt hatte, waren die Regeln völlig unverständlich.

Günther wandte seine Aufmerksamkeit wieder dem Stadion zu, einem mächtigen, eindrucksvollen Bau mit gewölbtem Stahldach. Auf den Sitzen lagen dünne Kissen. Es gab genug Toiletten und sehr viele Verkaufsstände, an denen es vorwiegend dünnes amerikanisches Bier gab. Rechnete man die Polizisten, Verkäufer und Fernsehteams mit, waren insgesamt 65 000 Personen anwesend. Und in den nahen Apartmenthäusern ... Bock erkannte, daß er sich erst über die Auswirkungen einer Kernexplosion informieren mußte, wenn er die Zahl der Opfer richtig schätzen wollte. Hunderttausend waren es bestimmt, wahrscheinlich noch mehr. Genug also. Er fragte sich, wie viele der nun Anwesenden zum Superbowl kommen würden. Vermutlich die meisten. Da hockten sie dann auf ihren bequemen Plätzen, soffen ihr dünnes Bier und stopften sich mit Hotdogs und Erdnüssen voll. Bock war an zwei Anschlägen auf Flugzeuge beteiligt gewesen. Eine Maschine war im Flug gesprengt worden, und der Versuch einer Entführung war fehlgeschlagen. Damals hatte er sich vorgestellt, wie die Opfer auf ihren gemütlichen Plätzen saßen, ihre mittelmäßigen Mahlzeiten verzehrten, sich einen Film anschauten und nicht ahnten, daß Unbekannte ihr Leben in der Hand hatten. Das genoß er besonders: daß sie nicht Bescheid wußten, er aber wohl. Wenn man eine solche Macht über Menschenleben hat, kommt man sich vor wie Gott, dachte Bock und ließ seinen Blick dabei über die Menge schweifen. Ein besonders grausamer und gefühlloser Gott zwar, aber die Geschichte war eben grausam und gefühllos.

Ja, sagte er sich, das ist der richtige Ort.

19
Entwicklung

»Commodore, das kann ich nur schwer glauben«, sagte Ricks so gelassen wie möglich. Er war gebräunt und erholt aus dem Urlaub auf Hawaii zurück. Dort hatte er natürlich den U-Boot-Stützpunkt in Pearl Harbour besichtigt und davon geträumt, das U-Geschwader I zu befehligen. Dieses setzte sich zwar aus Jagd-U-Booten zusammen, aber wenn ein Jäger wie Mancuso ein strategisches Geschwader übernehmen konnte, mußte auch Ricks die Chance bekommen.

»Dr. Jones ist ein erstklassiger Fachmann«, erwiderte Bart Mancuso.

»Zweifellos, aber unsere eigenen Leute haben die Bänder analysiert und nichts gefunden.« Dies war eine nun schon seit dreißig Jahren durchgeführte, normale Prozedur. Sonarbänder von Raketen-U-Booten wurden nach einer Patrouillenfahrt an Land überprüft – früher abgehört, heute auf Bildschirm gebracht –, um sicherzustellen, daß das Boot nicht geortet worden war. »Dieser Jones war ein vorzüglicher Sonarmann, aber inzwischen ist er in der Privatwirtschaft und muß beweisen, daß er seine Honorare auch verdient. Ich will nun nicht behaupten, daß er unehrlich ist. Er muß nach Anomalien suchen, und in diesem Fall hat er einen Haufen Zufälle zu einer Hypothese verkettet. Mehr ist an der Sache nicht dran. Die Daten sind keinesfalls eindeutig – zum Teufel, sogar fast ausschließlich spekulativ –, aber wenn sie stimmen sollten, muß man davon ausgehen, daß eine Mannschaft, die ein 688 geortet hat, nicht in der Lage war, ein russisches Boot aufzufassen. Ist das plausibel?«

»Ein gutes Argument, Harry. Jones behauptet ja nicht, ganz sicher zu sein, sondern meint, die Chance stünde drei zu eins.«

Ricks schüttelte den Kopf. »Tausend zu eins, schätze ich, und das ist noch hoch gegriffen.«

»Die Führung der Gruppe ist Ihrer Ansicht, und vor drei Tagen waren Leute von OP-2 hier, die das gleiche sagten.«

Warum führen wir dann diese Diskussion? lag Ricks schon auf der Zunge, aber die Frage konnte er natürlich nicht stellen. »Das Boot wurde doch nach dem Auslaufen auf Geräuschentwicklung geprüft, oder?« sagte er statt dessen.

Mancuso nickte. »Stimmt, von einem 688, das gerade aus der Generalüberholung kam und Ia funktionierte.«

»Und?«

»Die *Maine* ist nach wie vor ein schwarzes Loch. Das Jagdboot verlor sie bei einer Entfernung von dreitausend Yard bei fünf Knoten.«

»So, und wie stellen wir das im Bericht dar?« fragte Ricks so lässig wie möglich. Die Sache kam in seine Personalakte, und das machte sie wichtig.

Nun fühlte Mancuso sich unbehaglich, denn er hatte seine Entscheidung noch nicht getroffen. Der Bürokrat in ihm sagte, er habe alles korrekt erledigt. Er hatte Jones angehört und die Daten an die Gruppe, die Marineführung und die Experten im Pentagon weitergegeben. Deren Analyse war negativ ausgefallen: Jones sei übertrieben mißtrauisch gewesen. Der Haken war nur, daß Mancuso drei gute Jahre lang mit Jones auf USS *Dallas* gefahren war und sich an keine einzige Falschmeldung seines Sonarmannes erinnern konnte. Fest stand, daß das Akula sich irgendwo im Golf von Alaska befunden hatte. Von dem Zeitpunkt, zu dem die Besatzung der P-3 es aus den Augen verloren hatte, bis zu dem Moment, an dem es wieder vor seinem Stützpunkt aufgetaucht war, war es wie vom Erdboden verschwunden gewesen. Wo hatte sich die *Admiral Lunin* herumgetrieben? Wenn man ihren Aktionsradius berechnete und auf der Karte eintrug, war es nicht ausgeschlossen, daß sie sich im Patrouillengebiet der *Maine* aufgehalten, den Kontakt mit ihr abgebrochen und wieder ihren Heimathafen angelaufen hatte. Es war aber auch möglich – und sehr wahrscheinlich –, daß sie nie in der Nähe des amerikanischen Raketen-U-Bootes gewesen war. Weder *Maine* noch *Omaha* hatten sie aufgefaßt. Wie groß war die Wahrscheinlichkeit, daß ein russisches Boot sich der Ortung durch zwei der modernsten Kriegsschiffe entzogen hatte?

Nicht sehr groß.

»Wissen Sie, was mir Kummer macht?« fragte Mancuso.

»Was denn?«

»Wir haben jetzt seit über dreißig Jahren Raketen-U-Boote, und die sind in tiefem Wasser noch nie geortet worden. Ich war Erster Offizier auf *Hammerhead,* als wir bei einer Übung *Georgia* als Gegner hatten und glatt abgezogen wurden. Als ich die *Dallas* hatte, versuchte ich nie, ein Ohio zu verfolgen, und die eine Übung gegen *Pulaski* war die härteste Nuß, die ich je zu knacken hatte. Aber ich habe Deltas und Typhoons und alles andere, was die Russen so laufen haben, geortet und verfolgt. Victors habe ich geknipst. Wir sind so gut ...« Der Geschwaderkommandant runzelte die Stirn. »Harry, wir sind es gewohnt, Spitze zu sein.«

Ricks sprach ruhig weiter. »Bart, wir *sind* Spitze. Das Wasser können uns höchstens die Briten reichen, und die haben wir inzwischen wohl abgehängt. In unserer Lage sind wir allein. Ich habe eine Idee.«

»Heraus damit.«

»Der Mr. Akula macht Ihnen Kummer. Gut, das kann ich verstehen. Das Akula ist ein gutes Boot, vielleicht sogar mit den späteren Modellen der Klasse 637 zu vergleichen, und auf jeden Fall das beste, was die Russen vom Stapel gelassen haben. Wir haben den Befehl, jedem Kontakt auszuweichen – aber Sie belobigten Rosselli für die Ortung eben dieses Akula. Dafür haben Sie von der Gruppe bestimmt einen Rüffel bekommen.«

»Richtig geraten, Harry. Zwei Leute waren ziemlich sauer, aber wenn ihnen meine Methoden nicht passen, sollen sie sich ruhig einen neuen Geschwaderchef suchen.«

»Was wissen wir über *Admiral Lunin*?«

»Sie wird bis Ende Januar generalüberholt.«

»Anhand früherer Erfahrungen wird sie dann etwas leiser sein.«

»Vermutlich. Dem Vernehmen nach bekommt das Boot eine neue Sonaranlage, die etwa zehn Jahre hinter unserem Entwicklungsstand liegt«, fügte Mancuso hinzu.

»Und dabei ist die Leistung der Operatoren nicht berücksichtigt. Sie können es immer noch nicht mit uns aufnehmen, und das können wir sogar beweisen.«

»Und wie?« fragte Mancuso.

»Empfehlen wir doch der Gruppe aggressivere Taktiken den Akulas gegenüber. Die Jagd-U-Boote sollen versuchen, so dicht wie möglich heranzukommen. Und wenn ein strategisches Boot die Chance bekommt, ohne die Gefahr einer Gegenortung ein Akula zu erfassen, soll das auch erlaubt sein. Wir brauchen mehr Daten über diese Burschen. Wenn sie tatsächlich eine Bedrohung darstellen, sollten unsere Informationen auf den neusten Stand gebracht werden.«

»Harry, dann springt man bei der Gruppe im Dreieck. Diese Idee kommt bestimmt nicht an.« Aber Mancuso fand an ihr Gefallen, wie Ricks sah.

Ricks schnaubte. »Na und? Wir sind die Besten, Bart. Das wissen Sie so gut wie ich. Und die Russen wissen das auch. Geben wir vernünftige Leitlinien aus.«

»Zum Beispiel?«

»Was ist die Maximaldistanz, über die ein Ohio jemals geortet wurde?«

»Viertausend Meter. Das war bei Mike Heimbach auf *Scranton* gegen Frank Kemeny auf *Tennessee.* Kemeny ortete Heimbach eine Minute früher. Ortungen über kürzere Distanzen gab es nur bei vorher abgesprochenen Tests.«

»Gut, multiplizieren wir das mit ... sagen wir, fünf. Das ist mehr als sicher, Bart. Mike Heimbach hatte ein brandneues Boot mit dem ersten integrierten Sonarsystem und drei zusätzlichen Sonarmännern von Gruppe 6, wenn ich mich recht entsinne.«

Mancuso nickte. »Genau, es war ein absichtlicher Test, bei dem man die ungünstigsten Bedingungen wählte, um festzustellen, ob ein Ohio zu orten ist: Isothermisches Wasser, und *Tennessee* lag unter der Thermoklinealen.«

»Und gewann trotzdem«, unterstrich Ricks. »Frank hatte den Befehl, es seinem Gegner leichtzumachen, ortete ihn aber dennoch als erster. Und wenn mich mein Gedächtnis nicht trügt, hatte er seine Zielkoordinaten drei Minuten vor Mike fertig.«

»Wohl wahr.« Mancuso dachte einen Augenblick lang nach. »Gut, schreiben wir eine Mindestdistanz von 14 Meilen vor.«

»Fein. Ich weiß, daß ich über diese Entfernung ein Akula orten und verfolgen kann. Meine Sonarabteilung ist gut – na, das sind sie bei uns ja alle. Wenn mir dieser Bursche aus Zufall in die Quere kommt, hänge ich mich an ihn und sammle so viele Signaturdaten wie möglich. Ich ziehe einen Kreis mit einem Radius von 14 Meilen um ihn und halte mich aus diesem heraus. Dann ist eine Gegenortung absolut ausgeschlossen.«

»Vor fünf Jahren hätten uns die Gruppenchefs schon wegen dieser Unterhaltung gefeuert«, merkte Mancuso an.

»Nun, die Welt hat sich verändert. Bart, mit einem 688 kann man dicht herangehen, aber was ist damit bewiesen? Warum ist man so zögerlich, wenn man sich tatsächlich Sorgen wegen der Verwundbarkeit der strategischen Boote macht?«

»Schaffen Sie das auch wirklich?«

»Aber klar! Ich arbeite den Vorschlag für Ihren Stab aus, und Sie können ihn dann nach oben weiterleiten.«

»Ihnen ist wohl klar, daß er dann in Washington landet.«

»Sicher. Kein feiges Verstecken mehr. Sind wir vielleicht alte Tanten? Verdammt, Bart, ich habe den Befehl auf einem *Kriegs*schiff. Wenn mir jemand sagt, ich sei verwundbar, dann beweise ich ihm, daß das Quatsch ist. Mich hat noch niemand geortet, und das wird auch niemand schaffen. Ich bin bereit, den Beweis zu erbringen.«

Die Besprechung war ganz anders verlaufen, als Mancuso erwartet hatte. Ricks redete wie ein echter U-Boot-Fahrer, und so etwas hörte er gern.

»Haben Sie sich das auch gut überlegt? Oben werden nämlich die Fetzen fliegen, und Sie bekommen bestimmt etwas ab.«

»Sie aber auch.«

»Ich kommandiere das Geschwader und muß so etwas einstecken können.«

»Ich will's riskieren, Bart. Gut, ich werde meine Leute schleifen müssen, ganz besonders die Leute vom Sonar und am Kartentisch, aber ich habe genug Zeit und eine ziemlich gute Besatzung.«

»Okay, dann setzen Sie Ihren Vorschlag auf. Ich werde ihn befürworten und weiterleiten.«

»Sehen Sie, wie einfach das ist?« Ricks grinste. Wer in einem Geschwader guter Skipper die Nummer eins sein will, dachte er, muß sich profilieren. Bei OP-02 im Pentagon würde der Vorschlag Aufregung verursachen, aber man würde auch nicht übersehen, daß er von Harry Ricks stammte, der als kluger und vorsichtiger Mann galt. Auf dieser Basis und angesichts Mancusos Unterstützung stand schon jetzt fest, daß seine Idee nach einigem Hin und Her Zustimmung finden würde. Harry Ricks, der beste U-Boot-Ingenieur der Navy und ein Mann, der seine Fachkenntnisse in Taten umsetzt. Kein übles Image.

»So, und wie war's auf Hawaii?« fragte Mancuso, der von seinem Kommandanten der *Maine* (Besatzung »Gold«) angenehm überrascht war.

»Hochinteressant. Das Astrophysikalische Institut ›Karl Marx‹.« Der KGB-Oberst reichte Golowko die Schwarzweißfotos.

Der Erste Stellvertretende Vorsitzende schaute sich die Bilder an und legte sie dann hin. »Steht das Gebäude leer?«

»Praktisch. Das fanden wir im Innern – einen Frachtschein für fünf amerikanische Werkzeugmaschinen. Erstklassiges Fabrikat, sehr teuer.«

»Verwendungszweck?«

»Es gibt zahlreiche Anwendungsbereiche. Die Herstellung von Teleskopspiegeln zum Beispiel, die sich vorzüglich in die Tarnung des Instituts einfügt. Von unseren Freunden in Sarowa höre ich, daß man mit ihnen auch Komponenten von Atomwaffen formen kann.«

»Ich möchte mehr über dieses Institut wissen.«

»Im großen und ganzen wirkt es legal. Zum Leiter sollte der führende Kosmologe der DDR bestellt werden. Inzwischen ist es vom Max-Planck-Institut übernommen worden. Man plant nun einen großen Teleskopkomplex in Chile und baut für die ESA einen Satelliten mit Röntgenteleskop. Hier möchte ich anmerken, daß Röntgenteleskope sehr viel mit Atomwaffenforschung zu tun haben.«

»Wie das?«

»In verschiedenen Fachzeitschriften sind Artikel über Stellarphysik erschienen. Einer beginnt so: ›Man stelle sich das Innere eines Sternes mit einem Röntgenstrahlenfluß von soundso vor...‹, aber mit einem kleinen Unterschied: Der beschriebene Strahlenfluß ist vierzehnmal stärker als in jedem Stern.«

»Das verstehe ich nicht.« Golowko kam mit diesem Fachchinesisch nicht zurecht.

»Er sprach von physikalischen Verhältnissen, unter denen die Aktivität eine Billiarde Mal – das ist eine Eins mit fünfzehn Nullen – intensiver ist als in *jedem* Stern. In Wirklichkeit beschrieb er das Innere einer Wasserstoffbombe im Augenblick der Detonation.«

»Und wie konnte das die Zensur passieren?« fragte Golowko verblüfft.

»General, wie, glauben Sie, ist es um die naturwissenschaftliche Bildung unserer Zensoren bestellt? Sobald der Betreffende ›Man stelle sich das Innere eines Sternes vor...‹ sah, kam er zu dem Schluß, daß die Staatssicherheit nicht tangiert war. Der Artikel erschien vor fünfzehn Jahren und ist nicht der einzige dieser Art. Erst im Lauf der letzten Woche habe ich entdeckt, wie nutzlos unsere Sicherheitsmaßnahmen sind. Da können Sie sich ja vorstellen, wie es bei den Amerikanern aussieht. Zum Glück erfordert das Zusammentragen der Daten sehr viel Intelligenz, aber unmöglich wäre das Vorhaben keineswegs. Ich sprach in Kyschtym mit einem Team junger Ingenieure. Wenn von hier aus etwas Druck ausgeübt wird, können wir eine gründliche Studie über das Ausmaß der Offenheit in der wissenschaftlichen Literatur beginnen, die fünf bis sechs Monate in Anspruch nehmen wird. Sie beträfe das vorliegende Projekt zwar nicht direkt, könnte aber nützliche Hinweise geben. Meiner Auffassung nach haben wir die Gefahr der Entwicklung von Kernwaffen in Ländern der Dritten Welt systematisch unterschätzt.«

»Das stimmt aber nicht«, wandte Golowko ein. »Wir wissen genau, daß...«

»General, ich habe damals an dieser Studie mitgearbeitet und sage Ihnen nun, daß sie meiner Ansicht nach viel zu optimistisch war.«

Darüber dachte der Erste Stellvertretende Vorsitzende einige Sekunden lang nach. »Pjotr Iwanowitsch, Sie sind ehrlich.«

»Ich habe eher Angst«, erwiderte der Oberst.

»Wenden wir uns wieder Deutschland zu.«

»Gut. Von den Leuten, die wir der Mitarbeit am Bombenprojekt der DDR verdächtigen, sind drei nicht aufzufinden. Die Männer und ihre Familien sind verschwunden. Der Rest hat andere Arbeit gefunden. Zwei könnten an Forschungsprojekten mit einer militärischen Anwendungsmöglichkeit beteiligt sein, aber wie stellt man das einwandfrei fest? Wo ist die Grenze zwischen Kernforschung zu friedlichen Zwecken und der Arbeit an Waffen? Das weiß ich nicht.«

»Wohin sind die drei verschwunden?«

»Einer ist definitiv in Südafrika. Von den beiden anderen fehlt jede Spur. Ich empfehle eine große Operation, um festzustellen, was sich in Argentinien tut.«

»Und die Amerikaner?« fragte Golowko nachdenklich.

»Darüber weiß ich nichts Eindeutiges. Vermutlich tappen sie genauso im dunkeln wie wir.« Der Oberst machte eine Pause. »Ich kann mir nicht vorstellen, daß sie an einer Weiterverbreitung von Kernwaffen interessiert sind. Das liefe ihrer Regierungspolitik zuwider.«

»Dann erklären Sie mir die Ausnahme Israel.«

»Die Israelis beschafften sich ihr spaltbares Material vor über zwanzig Jahren in den USA: Plutonium aus der Anlage Savannah River und angereichertes Uran aus einem Lager in Pennsylvania. Beide Transaktionen waren offenbar illegal. Die Amerikaner ermittelten und vermuten, daß dem Mossad mit Hilfe von amerikanischen Wissenschaftlern jüdischer Abstammung der spektakulärste Geheimdienstcoup aller Zeiten gelang. Anklage wurde nicht erhoben. Die einzigen Beweise stammten aus Quellen, die man vor Gericht nicht offenlegen konnte, und man hielt es für politisch nicht ratsam, undichte Stellen in einem so streng geheimen Regierungsprogramm einzugestehen. Der Fall wurde in aller Stille begraben. Amerikaner und Europäer verkauften Atomtechnologie recht locker an andere Länder – der Kapitalismus in Reinkultur; es ging um Riesensummen –, aber wir machten mit China und Deutschland denselben Fehler, nicht wahr? Nein«, schloß der Oberst, »ich glaube nicht, daß die Amerikaner mehr an Atomwaffen in deutscher Hand interessiert sind als wir.«

»Und der nächste Schritt?«

»Da bin ich nicht ganz sicher, General. Wir haben alle Spuren so weit verfolgt, wie es ging, ohne die Aufmerksamkeit des BND zu erregen. Ich finde, wir sollten einmal nachsehen, was sich in Südamerika tut. Außerdem schlage ich vorsichtige Ermittlungen beim deutschen Militär vor, um festzustellen, ob es Hinweise auf ein Kernwaffenprogramm gibt.«

»Wenn das der Fall wäre, wüßten wir inzwischen Bescheid.« Golowko runzelte die Stirn. »Verdammt, was rede ich da? Mit welchen Trägersystemen ist zu rechnen?«

»Ich tippe auf Flugzeuge. Raketen sind nicht erforderlich. Moskau ist von Ostdeutschland nicht allzuweit entfernt. Die Qualität unserer Luftabwehr kennen die Deutschen ja. Schließlich haben wir genug Gerät im Land zurückgelassen.«

»Pjotr, haben Sie noch weitere Hiobsbotschaften auf Lager?«

»*Nu*, und da schwärmen diese Narren im Westen von einer neuen, sicheren Welt.«

Das Sintern des Wolfram-Rheniums war ganz einfach. Sie benutzten einen Radiowellenofen, der einer Haushalts-Mikrowelle recht ähnlich war. Das Metallpulver wurde in eine Form geschüttet und zum Erhitzen in den Ofen geschoben. Als es grellweiß glühte – aber noch nicht flüssig wurde, denn Wolfram hat einen sehr hohen Schmelzpunkt –, erhöhte man den Druck und erreichte so die Verfestigung zu einer metallähnlichen Masse. Insgesamt wurden zwölf gekrümmte Werkstücke hergestellt und zur späteren Bearbeitung und Glättung auf einer Werkzeugmaschine in ein Regal gelegt.

Die riesige Fräsmaschine bearbeitete das letzte große Berylliumstück, ein fünfzig Zentimeter langes und maximal zwanzig Zentimeter starkes Hyperboloid. Wegen der exzentrischen Form war der Vorgang trotz der Computersteuerung diffizil.

»Wie Sie sehen, wird der anfängliche Neutronenfluß sphärisch von der Primärladung expandieren, um dann von dem Beryllium zurückgehalten zu werden«, sagte Fromm zu Kati. »Diese metallischen Elemente reflektieren Neutronen, die mit zwanzig Prozent Lichtgeschwindigkeit herumwirbeln. Wir lassen ihnen nur einen Ausweg – in den Konus. Im Innern des Hyperboloiden treffen sie dann auf einen Zylinder aus mit Tritium angereichertem Lithiumdeuterid.«

»So schnell geht das?« fragte der Kommandant erstaunt. »Dann zerstört der Sprengstoff ja alles!«

»Wer das verstehen will, muß umdenken. Der Sprengstoff zündet zwar sehr schnell, aber Sie dürfen nicht vergessen, daß der ganze Detonationsprozeß nur drei Wack dauert.«

»Wie bitte? Drei was?«

»Wack.« Fromm gestattete sich ein seltenes Lächeln. »Was eine Nanosekunde ist, wissen Sie wohl – der milliardste Teil einer Sekunde, oder zehn hoch minus neun. In dieser Zeitspanne legt ein Lichtstrahl 30 Zentimeter zurück.« Er hielt die Hände entsprechend weit auseinander.

Kati nickte. »Sehr kurz.«

»Gut, ein Wack beträgt zehn Nanosekunden; in dieser Zeit legt Licht drei Meter zurück. Den Terminus ließen sich die Amerikaner in den vierziger Jahren einfallen; ein Wack ist die Zeit, die ein Lamm braucht, um einmal mit dem Schwanz zu wackeln – das sollte ein Witz sein. Mit anderen Worten, innerhalb von drei Wack oder dreißig Nanosekunden, der Zeitspanne also, in der Licht neun Meter zurücklegt, hat die Bombe den Detonationsprozeß begonnen und abgeschlossen. Chemische Sprengstoffe reagieren viele Tausende Male langsamer.«

»Ich verstehe«, sagte Kati, und das war wahr und gelogen zugleich. Er ging hinaus, um Fromm zu seinen gespenstischen Tagträumen zurückkehren zu lassen. Günther wartete draußen im Freien. »Nun, wie weit sind wir?«

»Der amerikanische Teil des Plans ist formuliert«, erwiderte Bock, entfaltete eine Landkarte und legte sie auf den Boden. »Die Bombe kommt an diese Stelle.«

»Was ist das für eine Anlage?« Bock beantwortete die Frage. »Kapazität?« fragte der Kommandant dann.

»Über sechzigtausend. Wenn die Sprengleistung wie versprochen ausfällt, gibt es innerhalb dieses Radius 100 Prozent Todesfälle; insgesamt hundert- bis zweihunderttausend Opfer.«

»Ist das alles? Bewirkt eine Atombombe denn nicht mehr?«

»Kommandant, das ist nur ein relativ kleiner Sprengsatz.«

Kati schloß die Augen und stieß einen unterdrückten Fluch aus. Vor einer Minute noch hatte er gehört, das Resultat werde jenseits all seiner Erfahrung liegen, und nun erzählte man ihm das Gegenteil. Der Kommandant war klug genug, um zu wissen, daß beide Experten recht hatten.

»Warum ausgerechnet an diesem Platz?« fragte er. Bock erklärte ihm die Sache.

»Es wäre eine große Genugtuung, wenn wir den amerikanischen Präsidenten erwischten.«

»Mag sein, aber nicht unbedingt günstig. Wir könnten versuchen, die Bombe nach Washington zu bringen, aber ich halte das Risiko einer Entdeckung für viel zu groß. Kommandant, wir müssen berücksichtigen, daß wir nur eine Bombe und daher auch nur eine einzige Chance haben. Deshalb müssen wir die Chance einer Entdeckung so gering wie möglich halten und unser Ziel vorwiegend nach Kriterien der Zweckmäßigkeit auswählen.«

»Und der deutsche Teil der Operation?«

»Wird sich leichter durchführen lassen.«

»Kann die Sache denn klappen?« fragte Kati und starrte auf die staubigen Berge des Libanon.

»Es müßte hinhauen. Ich schätze die Erfolgschancen auf sechzig Prozent.«

Nun, wenigstens werden wir die Amerikaner und Russen bestrafen, sagte sich der Kommandant und fragte sich dann: Ist das genug? Katis Züge wurden hart, als er über die Antwort nachdachte.

Es erhob sich aber nicht nur eine Frage. Kati hielt sich für einen todgeweihten Mann. Der Krankheitsverlauf war ein Auf und Ab, unerbittlich wie die Gezeiten, aber die Flut reichte nie ganz so hoch wie vor einem Jahr oder noch vor einem Monat. Im Augenblick fühlte er sich gut, wußte aber, daß das nur relativ war. Die Möglichkeit, daß er im nächsten Jahr nicht mehr lebte, war ebenso wahrscheinlich wie der Erfolg von Bocks Plan. Konnte er sterben, ohne alles für die Ausführung dieses Plans getan zu haben?

Nein. Und wenn sein Leben schon zu Ende ging, was kümmerten ihn dann die Leben anderer, Ungläubiger obendrein?

Günther ist Atheist, dachte Kati, ein Ungläubiger, und Marvin Russell ist Heide. Die Menschen, die du zu töten vorschlägst aber haben eine Religion, eine Buchreligion wie der Islam. Sie mögen irregeleitete Anhänger des Propheten Jesus sein, aber sie glauben an den Einen Gott.

Doch auch die Juden hatten ihre Heilige Schrift, wie es im Koran stand. Sie waren die spirituellen Vorfahren des Islam und wie die Araber Kinder Abrahams. Er kämpfte nicht aus religiösen Motiven gegen Israel, sondern für die Befreiung seines Volkes, das aus seinem eigenen Land vertrieben worden war – von Leuten, die ebenfalls nur vorgaben, sich von ihrer Religion leiten zu lassen.

Kati stellte sich seinen Überzeugungen mit allen ihren Widersprüchen. Israel war sein Feind. Die Amerikaner und die Russen waren seine Feinde. Das waren seine persönlichen Glaubensgrundsätze, die sein Leben bestimmt und herzlich wenig mit Allah zu tun hatten, auch wenn er bei seinen Anhängern das Gegenteil behauptete.

»Gut, Günther, arbeiten Sie weiter an Ihrem Plan.«

20
Konkurrenz

Die Hälfte der Footballsaison war vorüber, und die Vikings und Chargers lagen noch immer an der Spitze. San Diego steckte die Niederlage in der Verlängerung gegen Minnesota locker weg und nahm eine Woche später daheim gegen die schwachen Indianapolis Colts mit 45:3 grausam Rache, während sich die Vikings in einem Montagsspiel mit 21:17 nur knapp gegen die New York Giants durchsetzen konnten. Tony Wills verbesserte im dritten Viertel des achten Spiels der Saison seine Laufleistung auf über tausend Yard, galt bereits allgemein als bester Nachwuchsspieler des Jahres und wurde offizieller NFL-Sprecher für die Drogenkampagne des Präsidenten. Die Vikings mußten gegen die San Francisco Forty-Niners mit 24:16 eine Schlappe hinnehmen und lagen nun mit San Diego punktgleich 7:1, aber ihre schärfsten Konkurrenten in der Central Division, die Chicago Bears, hatten mit 4:3 keine Chance mehr auf einen Platz an der Tabellenspitze. Gefahr drohte den Chargers nur noch von den Miami Dolphins und den Los Angeles Raiders, denen sie zum Saisonende hin noch begegnen mußten.

Nichts davon war für Ryan ein Trost. Trotz der überwältigenden Müdigkeit, die nun sein Leben zu bestimmen schien, konnte er nur schwer Schlaf finden. Wenn ihn früher in der Nacht Gedanken geplagt hatten, war er aufgestanden, ans Fenster gegangen und hatte zugesehen, wie draußen auf der Chesapeake Bay die Schiffe und Boote vorbeizogen. Nun saß er da und starrte. Seine Beine waren schwach und müde; das Aufstehen wurde zu einer Anstrengung. Seine Magen rebellierte gegen die von Streß, Kaffee und Alkohol erzeugte Säure. Er brauchte Schlaf, um seine Muskeln zu entspannen, traumlose Ruhe, damit sich sein Kopf von der Last der täglichen Entscheidungen erholen konnte. Er brauchte Bewegung und vieles andere. Er wollte wieder Mann sein. Statt dessen war er hellwach und ging in Gedanken zwanghaft immer wieder die Ereignisse des Tages und das Versagen in der Nacht durch.

Jack wußte, daß Liz Elliot ihn haßte, und glaubte sogar, den Grund dafür zu kennen. Bei ihrer ersten Begegnung waren sie beide schlechter Laune gewesen und hatten grobe Worte getauscht. Der Unterschied zwischen ihnen aber war, daß er Kränkungen vergaß – die meisten zumindest –, sie aber nachtragend war. Jack war stolz darauf, mit seiner Rolle in dem Vatikanabkommen bei der CIA ein Stück Arbeit geleistet zu haben, dem nicht der Geruch enger politischer oder strategischer Entscheidungen anhaftete. Gewiß, er hatte immer den Nutzen seines Landes zu mehren versucht, aber das Vatikanabkommen, seine Idee, diente der ganzen Menschheit. Die Lorbeeren jedoch hatten andere eingeheimst. Jack beanspruchte nicht das ganze Verdienst, denn er hatte nicht allein an dem Konzept gearbeitet, aber er wollte fairerweise wenigstens als Mitspieler gewürdigt werden. War das zuviel verlangt? Er hatte einen Vierzehnstundentag, dreimal sein Leben für sein Land aufs Spiel gesetzt – und wofür? Damit ein Biest aus Bennington seine Analysen verreißen konnte.

Liz, dachte er, wenn ich nicht gewesen wäre, säßest du heute nicht auf deinem Posten und der Eismann, Jonathan Robert Fowler aus Ohio, auch nicht!

Sie konnten aber nicht wissen, daß Jack sein Wort gegeben hatte. Doch wem? Wofür?

Am schlimmsten aber waren die neuen und völlig unerwartet eingetretenen Auswirkungen. Am Abend hatte er seine Frau wieder enttäuscht. Er konnte das einfach nicht begreifen. Man griff nach einem Lichtschalter, aber es blieb dunkel. Man drehte den Zündschlüssel um, und…

Ich bin kein richtiger Mann mehr, sagte er sich. Das war die einfachste Erklärung.

Ich bin aber ein Mann. Ich habe alles getan, was ein Mann tun kann.

Na, dann mach das mal deiner Frau klar, du Hornochse!

Ich habe für meine Familie und mein Land gekämpft und getötet, den Respekt der Besten gewonnen. Ich habe Dinge getan, die niemals bekannt werden dürfen, und alle Geheimnisse gewahrt, die gewahrt werden müssen. Treuer als ich kann man nicht dienen.

Ich habe etwas bewirkt! tobte Jack in Gedanken.

Wer weiß das? Wen interessiert das? Aber meine Freunde?

Was nützen die dir jetzt… welche Freunde eigentlich? Wann hast du Skip Tyler oder Robby Jackson zuletzt gesehen? Warum vertraust du deine Probleme nicht den Freunden an, die du in Langley hast?

Das Morgengrauen kam überraschend, aber noch erstaunlicher war, daß er tatsächlich geschlafen hatte – auf dem Sessel allein im Wohnzimmer. Jack erhob sich mühsam. Du hast gar nicht richtig geschlafen, sagten ihm seine schmerzenden Glieder, du warst nur nicht wach. Schlaf sollte entspannend wirken, aber er fühlte sich mit seinem Kater alles andere als ausgeruht. Positiv war nur, daß Cathy nicht aufstand. Jack machte sich einen Kaffee und wartete an der Haustür, als Clark vorfuhr.

»Mal wieder ein tolles Wochenende, wie ich sehe«, meinte Clark, als Ryan einstieg.

»*Et tu,* John?«

»Bitte sehr, Sir, hacken Sie ruhig auf mich ein. Sie haben schon vor zwei Monaten miserabel ausgesehen, und Ihr Zustand verschlimmert sich weiter. Wann haben Sie zuletzt eigentlich Urlaub gemacht? Wann sind Sie mal für ein, zwei Tage weggefahren und haben so getan, als seien Sie ein normaler Mensch und kein Kartenknipser bei der Regierung, der Angst hat, seine Abwesenheit könnte überhaupt nicht auffallen?«

»Clark, Sie können einem wirklich die Morgenlaune verderben.«

»Ich bin ja nur ein kleiner Fisch vom Personenschutz, aber meckern Sie nicht, wenn ich das mit dem ›Schutz‹ ernst nehme.« John fuhr an den Straßenrand und hielt an. »Doc, ich erlebe so was nicht zum ersten Mal. Sie verausgaben sich völlig. Sie machen sich kaputt. Sie treiben mit Ihren Kräften Raubbau. Das geht schon an die Substanz, wenn man 25 ist, und Sie sind keine 25 mehr, falls Ihnen das noch keiner gesagt hat.«

»Ich bin mir der Gebrechen, die mit dem Alter einhergehen, wohl bewußt«, versetzte Jack und mühte sich ein sarkastisches Lächeln ab, um Clark zu zeigen, daß er ihn nicht zu ernst nahm.

Aber es gelang ihm nicht. Plötzlich fiel John ein, daß Mrs. Ryan nicht an der Tür gewesen war. Hing der Haussegen schief? Nun, danach konnte er sich wohl kaum erkundigen. Was er Ryan vom Gesicht ablas, war schon schlimm genug. Es war nicht nur körperliche Erschöpfung, sondern auch psychische, die Belastung durch seine Vorgesetzten und die Tatsache, daß er alles, was Cabot aus dem Haus gehen ließ, noch einmal nachprüfen mußte. Cabot war ein anständiger Mann, der sich alle Mühe gab, aber einfach keine Ahnung hatte. Also verließ sich der Kongreß auf Ryan, und die Direktorate Operationen und Intelligence stützten sich auf Ryan als Führer und Koordinator. Er konnte sich der Verantwortung nicht entziehen und sah nicht ein, daß es besser war, manche Aufgaben zu delegieren. Die Chefs der Direktorate, die ihm manches hätten abnehmen können, ließen ihn die ganze Arbeit tun. Ein anständiger Rüffel vom DDCI hätte da Abhilfe geschaffen, aber würde ihm Cabot auch Rückhalt geben – oder sah das Weiße Haus dann ein Zeichen, daß Ryan die Macht an sich reißen wollte?

Scheißpolitik! dachte Clark und fuhr wieder an. Interne Machtkämpfe, politisches Gerangel. Und bei Ryan zu Hause stimmte auch etwas nicht. Er konnte nicht sagen was, aber er spürte es.

Doc, für diesen Schlamassel sind Sie zu gut! dachte er aufgebracht und sagte: »Darf ich Ihnen einen Rat geben?«

»Nur zu«, erwiderte Jack, der Dokumente durchsah.

»Nehmen Sie sich zwei Wochen frei, machen Sie Urlaub in Disney World oder einem Club Mediterrané, machen Sie lange Strandspaziergänge. Sehen Sie zu, daß Sie mal für eine Weile aus dieser Stadt rauskommen.«

»Die Kinder haben Schule.«

»Dann nehmen Sie sie halt raus! Oder, besser noch, lassen Sie sie daheim und fahren Sie nur mit Ihrer Frau weg. Nein, das bringen Sie natürlich nicht fertig. Gut, zeigen Sie den Kindern die Mickymaus.«

»Das geht nicht. Die Schule…«

»Ach was, Doc, in dem Alter kommt es doch nicht so drauf an. Wenn sie mal zwei Wochen Rechnen und ein Diktat verpassen, läßt das doch ihre geistige Entwicklung nicht verkümmern. Laden Sie Ihre Batterien auf, spannen Sie mal richtig aus!«

»Ich habe viel zuviel zu tun, John.«

»Jetzt hören Sie endlich mal auf mich. Wissen Sie, wie viele Freunde ich begraben habe? Ich war mit vielen im Einsatz, die nie die Chance hatten, eine

Frau, Kinder und ein schönes Haus am Meer zu bekommen. Das alles haben Sie, und trotzdem wollen Sie sich unbedingt ins Grab schuften. Und da werden Sie auch landen, Chef, in höchstens zehn Jahren.«

»Ich habe meinen Beruf!«

»Verdammt, der ist doch nicht Ihr Leben wert! Sehen Sie das denn nicht ein?«

»Und wer schmeißt dann den Laden?«

»Sir, wenn Sie voll auf dem Damm sind, wären Sie nur schwer zu ersetzen, aber in Ihrer derzeitigen Verfassung erledigt der kleine Goodley Ihren Job mindestens genausogut wie Sie.« Das hatte gesessen, wie Clark sah. »Für wie effizient halten Sie sich im Augenblick eigentlich?«

»Bitte tun Sie mir den Gefallen, den Mund zu halten und nur den Wagen zu lenken.« Ein chiffrierter Hinweis auf einem Dokument verkündete den Eingang neuer Berichte von SPINNAKER und NIITAKA. Es gab also allerhand zu tun.

Das hat mir gerade noch gefehlt, dachte Jack und schloß kurz die Augen, um sich ein wenig auszuruhen.

Es wurde aber noch schlimmer. Er wachte auf und stellte zu seiner Überraschung fest, daß der Morgenkaffee nicht gewirkt und er vierzig Minuten lang geschlafen hatte. »Na bitte«, sagte Clarks Blick. Ryan fuhr in den sechsten Stock. Ein Bürobote brachte ihm die beiden wichtigen Berichte ins Zimmer und einen Zettel von Cabots Sekretärin mit der Nachricht, der Direktor käme heute später. Der Mann leistet sich die Arbeitszeit eines Bankbeamten, dachte Ryan. Beim Geheimdienst sollte härter gearbeitet werden. Ich rackere mich jedenfalls ab.

Zuerst NIITAKA. Laut Report beabsichtigten die Japaner, eine seltene Handelskonzession, die sie vor sechs Monaten gemacht hatten, nicht einzuhalten. In ihrer Erklärung wollten sie sich wie immer auf »unglückliche und unvorhergesehene Umstände« berufen, was zum Teil auch der Wahrheit entsprach. Die japanische Innenpolitik war so kompliziert wie anderswo auch – aber Moment, da war noch etwas anderes: Sie wollten in Mexiko etwas koordinieren, was mit dem Staatsbesuch ihres Ministerpräsidenten in Washington im kommenden Februar zusammenhing. Landwirtschaftliche Produkte wollten sie nicht mehr in den USA, sondern billiger in Mexiko einkaufen, wenn dieses Land im Gegenzug die Zölle für japanische Importe senkte. So lautete jedenfalls der Plan. Sie waren sich der mexikanischen Konzessionen noch nicht sicher und dachten an...

... Schmiergelder?

»Da soll doch ...«, hauchte Ryan. Mexikos Institutionalisierte Revolutionspartei PRI war nun nicht gerade für ihre Integrität bekannt, aber das ...? Der Handel sollte bei persönlichen Gesprächen in Mexico City abgeschlossen werden. Wenn die Japaner die Konzession bekamen, also Zugang zum mexikanischen Markt, und im Gegenzug ihr Land für Erzeugnisse der mexikanischen Landwirtschaft öffneten, würden sie die Lebensmittellieferungen aus den

USA, die im vergangenen Februar vertraglich festgelegt worden waren, reduzieren. Eine vernünftige Busineß-Entscheidung: Japan bekam seine landwirtschaftlichen Importe etwas billiger und erschloß einen neuen Exportmarkt. Den amerikanischen Bauern wollte man dann weismachen, sie benutzten Agrochemikalien, die das japanische Landwirtschaftsministerium im Interesse der öffentlichen Gesundheit – welche Überraschung! – nicht mehr zulassen könne.

Das Schmiergeld war dem Umfang des Abkommens durchaus proportional: 25 Millionen Dollar, die auf Umwegen halb legal gezahlt werden sollten. Wenn der mexikanische Präsident im kommenden Jahr sein Amt abgab, trat er an die Spitze eines neuen Unternehmens, das ... nein, die Japaner hatten vor, eine Firma, die er bereits besaß, zu einem fairen Marktpreis zu erwerben, ihren Wert künstlich hochzutreiben und den Präsidenten als Direktor zu behalten und wegen seiner PR-Erfahrung fürstlich zu entlohnen.

»Sauber abgeschottet«, sagte Ryan laut. Der Trick war beinahe komisch und könnte in Amerika sogar als legal gelten, wenn er von einem gewitzten Anwalt präsentiert würde. Vielleicht brauchte man auch gar keinen Advokaten zu bemühen; viele Beamte des Außen- und Handelsministeriums ließen sich sofort nach Verlassen des Regierungsdienstes von japanischen Firmen anwerben.

Es gab hier jedoch einen kleinen Unterschied: Ryan hatte den Beweis für eine Verschwörung in der Hand. Eigentlich dumm von den Japanern zu glauben, ihr Kabinettssaal sei sakrosankt und kein laut ausgesprochenes Wort dränge über seine vier Wände hinaus. Sie wußten nicht, daß ein bestimmtes Kabinettsmitglied sich eine Mätresse hielt, die die Fähigkeit hatte, einem Mann die Zunge zu lösen, und nun kam Amerika dank eines KGB-Offiziers an alle diese Informationen heran...

»Nachdenken, Jack...«

Wenn man schlagendere Beweise bekam und sie Fowler aushändigte... Aber wie? Schließlich konnte man die Meldungen eines Spions nicht vor Gericht zitieren ... eines Russen und KGB-Offiziers, der im Ausland arbeitete.

Aber im Grunde ging es überhaupt nicht um eine öffentliche Gerichtsverhandlung mit geregelter Beweisaufnahme. Fowler konnte den Fall ja unter vier Augen mit dem japanischen Ministerpräsidenten besprechen.

Ryans Telefon ging. »Ja, Nancy?«

»Der Direktor hat gerade angerufen. Er hat die Grippe.«

»Wie angenehm. Grippe, daß ich nicht lache«, sagte Ryan nach dem Auflegen. Cabot war einfach stinkfaul.

Fowler hatte zwei Optionen: Entweder konfrontierte er die Japaner mit der Information und gab ihnen zu verstehen, daß er sich so etwas nicht bieten lassen würde... oder er ließ sie an die Presse durchsickern.

Option 2 mußte zu allen möglichen unangenehmen Konsequenzen führen, und nicht nur in Mexiko. Fowler hatte nicht viel für den mexikanischen Präsidenten übrig und für die PRI noch weniger. Man konnte Fowler allerhand vorwerfen, aber er war ein ehrlicher Mann, der Korruption in jeder Form verabscheute.

Option 1 ... Ryan mußte Al Trent über den Fall informieren, aber Trent hatte ein persönliches Interesse an solchen Fragen des internationalen Handels, und von daher konnte es gut sein, daß er nicht dichthielt. Andererseits: War es legal, Trent die Sache zu verschweigen? Ryan griff zum Telefon.

»Nancy, würden Sie bitte mit Mr. Trent einen Termin ausmachen?«

Nun zu SPINNAKER. Mal sehen, dachte Ryan, was Kadischow heute zu erzählen hat.

»Guter Gott!« Ryan zwang sich zur Ruhe und las die Meldung zweimal hintereinander durch. Dann griff er nach dem Telefon und drückte auf einen Knopf, um Mary Pat Foleys eingespeicherte Nummer zu wählen. Schon nach dreißig Sekunden wurde abgehoben.

»Ja?«

»Wer spricht da?«

»Wer spricht da?«

»Ryan, CIA. Wo ist Mary Pat?«

»Im Krankenhaus, Sir. Die Wehen haben eingesetzt. Verzeihung, Sir, ich wußte nicht, wer Sie sind«, fuhr der Mann fort. »Ed ist natürlich bei ihr.«

»Gut, vielen Dank.« Ryan legte auf. »Scheiße!« Aber das konnte er Mary Pat wohl kaum zum Vorwurf machen. Er stand auf und ging in sein Vorzimmer.

»Nancy, Mary Pats Wehen haben begonnen«, sagte er zu Mrs. Cummings.

»Toll – na, so toll ist das auch wieder nicht, sondern ziemlich unangenehm«, bemerkte Nancy. »Schicken wir Blumen?«

»Ja, irgendwas Schönes – Sie kennen sich da besser aus. Das geht auf meine American-Express-Karte.«

»Sollen wir nicht lieber abwarten, bis wir wissen, daß alles in Ordnung ist?«

»Gute Idee.« Ryan ging zurück in sein Zimmer. »Was nun?« fragte er sich laut und dachte weiter: Du weißt, was du zu tun hast. Die einzige Frage ist, ob du es auch tun willst.

Jack griff wieder nach dem Hörer und wählte eine andere eingespeicherte Nummer.

»Elizabeth Elliot.« Das Gespräch war über ihre interne Leitung gekommen, die nur eine Handvoll Insider kannte.

»Jack Ryan.«

Die kalte Stimme wurde noch frostiger. »Was gibt's?«

»Ich muß den Präsidenten sprechen.«

»Worum geht es?« fragte sie.

»Darüber kann ich am Telefon nicht reden.«

»Ryan, das ist eine sichere Leitung!«

»Mir ist sie nicht sicher genug. Wann kann ich rüberkommen? Die Sache ist wichtig.«

»Wie wichtig?«

»Wichtig genug, um seinen Terminkalender umzuwerfen, Liz!« fauchte Jack zurück. »Meinen Sie vielleicht, ich triebe hier meine Spielchen?«

»Beruhigen Sie sich und warten Sie.« Jack hörte sie blättern. »Seien Sie in 40 Minuten hier. Ich richte es ein, daß Sie 15 Minuten bekommen.«

»Verbindlichsten Dank, Dr. Elliot.« Ryan mußte sich beherrschen, um den Hörer nicht aufzuknallen. Zur Hölle mit diesem Weib! Jack stand wieder auf. Clark saß nun im Vorzimmer. »Holen Sie den Wagen, John.«

»Wo geht's hin?« fragte Clark und erhob sich.

»In die Stadt.« Jack drehte sich um. »Nancy, rufen Sie den Direktor an und richten Sie ihm aus, ich hätte dem Chef etwas zu melden. Und ich bitte ihn, mit Verlaub, gefälligst hier zu erscheinen.« Unangenehm für Cabot, der eine Autostunde entfernt wohnte, wo sich Fuchs und Hase gute Nacht sagten.

»Wird gemacht, Sir.« Die tüchtige Nancy war einer der wenigen Menschen, auf die er sich verlassen konnte.

»Ich brauche drei Kopien von diesem Dokument. Machen Sie noch einen Satz für den Direktor, und legen Sie das Original zurück in den Safe.«

»Ist in zwei Minuten fertig«, sagte Nancy.

»Fein.« Jack ging zur Toilette. Im Spiegel stellte er fest, daß Clark wie üblich recht hatte. Er sah wirklich fürchterlich aus, aber da war nichts zu machen. »Fertig?« fragte er, als er wieder im Vorzimmer war.

»Ja, Doc.« Clark hatte schon die lederne Dokumententasche mit Reißverschluß in der Hand.

Das Leben blieb an diesem Montagmorgen weiter verrückt. Irgendein Idiot hatte auf der A 66 einen Unfall gebaut und einen Stau ausgelöst, so daß die Fahrt statt zehn oder fünfzehn Minuten fünfunddreißig dauerte. Mit dem Verkehr in Washington müssen sich selbst hohe Regierungsbeamte herumschlagen. Der Dienstwagen rollte gerade noch rechtzeitig in die Auffahrt des Weißen Hauses. Ryan rannte nur deshalb nicht in den Westeingang, weil er bei den herumstehenden Reportern kein Aufsehen erregen wollte. Eine Minute später war er in Liz Elliots Büro.

»Wo brennt's?« fragte die Sicherheitsberaterin.

»Über diese Sache halte ich lieber nur einmal einen Vortrag. Es liegt die Meldung eines Topagenten vor, die Ihnen nicht gefallen wird.«

»Sagen Sie mir doch wenigstens, worum es geht«, bat Elliot zur Abwechslung einmal in vernünftigem Ton.

»Um Narmonow, sein Militär und Kernwaffen.«

Sie nickte. »Gehn wir.« Der Weg durch zwei Korridore und vorbei an acht Agenten des Secret Service, die das Arbeitszimmer des Präsidenten bewachten wie ein Rudel respektvoller Wölfe, war nur kurz.

»Hoffentlich ist das wichtig«, sagte Präsident Fowler und stand nicht auf. »Ich habe Ihretwegen eine Haushaltskonferenz abgesagt.«

»Mr. President, wir haben in der sowjetischen Regierung einen hochplazierten Agenten«, begann Ryan.

»Ich weiß. Wenn Sie sich recht entsinnen, habe ich Sie gebeten, mir seinen Namen nicht zu nennen.«

»Jawohl, Sir«, erwiderte Ryan. »Das muß ich jetzt jedoch tun. Der Mann heißt Oleg Kirilowitsch Kadischow und bei uns SPINNAKER. Er wurde vor einigen Jahren von Mary Patricia Foley angeworben, als sie mit ihrem Mann in Moskau stationiert war.«

»Warum haben Sie mich jetzt eingeweiht?« fragte Fowler.

»Damit Sie seine Meldung einschätzen können. Frühere Berichte von ihm haben Sie unter den Kennwörtern RESTORATIV und PIVOT zu sehen bekommen.«

»PIVOT...? Stimmt, das war im September; es ging um die Probleme, die Narmonow mit seinem Sicherheitsapparat hat.«

»Richtig, Mr. President«, sagte Ryan und dachte: Gut, daß er sich an unsere Vorlagen erinnert. Das war nicht immer der Fall.

»Und da Sie hier sind, nehme ich an, daß diese Probleme akuter geworden sind. Fahren Sie fort«, befahl Fowler und lehnte sich in seinen Sessel zurück.

»Kadischow meldet, daß er Ende letzter Woche unter vier Augen mit Narmonow sprach.«

»Moment – Kadischow ist Mitglied des Parlaments und führt eine Oppositionsgruppe, nicht wahr?«

»Korrekt, Sir. Er spricht oft allein mit Narmonow; das macht ihn für uns so wertvoll.«

»Das kann ich verstehen.«

»Bei ihrem letzten Treffen gestand Narmonow, daß seine Probleme in der Tat ernster werden. Er hat dem Militär und den Sicherheitskräften mehr Schlagkraft zugestanden, aber das reicht anscheinend nicht. Es scheint Widerstand gegen die Erfüllung des Abrüstungsabkommens zu geben. Diesem Bericht zufolge will das sowjetische Militär alle SS-18 behalten, anstatt, wie vereinbart, sechs Raketenregimenter aufzulösen. Unser Mann meldet, Narmonow sei in diesem Punkt zu Zugeständnissen bereit. Sir, das wäre eine Verletzung des Abkommens, und deshalb bin ich hier.«

»Und wie wichtig ist das?« fragte Liz Elliot. »Unter technischen Gesichtspunkten, meine ich.«

»Gut, wir waren nie in der Lage, das sehr klar darzustellen. Minister Bunker versteht die Materie, der Kongreß aber nicht. Seit wir begonnen haben, die Kernwaffen um gut die Hälfte zu reduzieren, haben wir die nukleare Gleichung verändert. Als beide Seiten über zehntausend Gefechtskörper verfügten, war allen klar, daß ein Atomkrieg nur schwer oder praktisch unmöglich zu gewinnen war. Mit einem Erstschlag konnten nicht alle Sprengköpfe getroffen werden; es blieben also immer noch genug für einen vernichtenden Gegenschlag. Doch nach der Reduzierung sieht die Rechnung anders aus. Nun ist je nach der Zusammensetzung der Trägersysteme ein solcher Angriff theoretisch möglich geworden, und aus diesem Grund wurde diese Kombination in den Vertragsdokumenten so deutlich dargelegt.«

»Sie sagen also, daß Abrüstung die Kriegsgefahr erhöht?« fragte Fowler.

»Nicht exakt, Sir. Ich war aber schon immer der Ansicht, daß die Verbesserung der strategischen Lage durch eine Reduzierung um 50 Prozent illusorisch und rein symbolischer Natur ist. Das war auch die Meinung der Abrüstungsexperten unter Ernie Allen, die ich vor Jahren konsultierte.«

»Unsinn!« fuhr Liz Elliot hitzig auf. »Es geht um die Reduzierung der Hälfte…«

»Dr. Elliot, wenn Sie sich die Mühe gemacht hätten, einmal an den CAMELOT-Simulationen teilzunehmen, verstünden Sie das ein wenig besser.« Ryan wandte sich ab, ehe er ihre Reaktion auf die Zurechtweisung wahrnehmen konnte. Fowler stellte fest, daß sie kurz errötete, und hätte fast über ihre Betretenheit gelächelt, denn sie genoß es überhaupt nicht, vor ihrem Freund kritisiert zu werden. Fowler wandte sich wieder Ryan zu und war sicher, von Elizabeth zu diesem Thema noch einiges zu hören zu bekommen.

»Nun wird es sehr technisch und kompliziert«, fuhr Ryan fort. »Wenn Sie mir nicht glauben, fragen Sie Minister Bunker oder General Fremont vom Strategischen Luftkommando. Der entscheidende Faktor ist die Mischung der Trägersysteme, nicht ihre Anzahl. Behalten die Sowjets diese SS-18-Regimenter, kommen wir an einen Punkt, an dem sie einen eindeutigen Vorteil haben. Die Auswirkung auf das Abkommen geht an die Substanz und betrifft nicht nur Zahlen. Aber das ist noch nicht alles.«

»Gut, weiter«, sagte der Präsident.

»Dieser Meldung nach scheint eine geheime Absprache zwischen Militär und KGB zu existieren. Wie Sie wissen, hat das sowjetische Militär zwar die Verfügungsgewalt über die strategischen Abschußsysteme, aber die Sprengköpfe kontrollierte schon immer der KGB. Kadischow ist der Ansicht, daß diese beiden Gruppen sich etwas zu nahegekommen sind und daß die sichere Verwahrung der Gefechtsköpfe nicht mehr gewährleistet sein könnte.«

»Was bedeutet…?«

»Was bedeutet, daß eine Anzahl von taktischen Sprengköpfen zurückgehalten wird.«

»Atomwaffen, die einfach verlorengegangen sind?«

»Ja, kleine. Er hält das für möglich.«

»Mit anderen Worten«, faßte Fowler zusammen, »das sowjetische Militär erpreßt unter Umständen Narmonow und hält ein paar kleine Atomwaffen als Trumpfkarte zurück?«

Nicht übel, Mr. President, dachte Ryan und sagte: »Korrekt, Sir.«

Fowler dachte eine halbe Minute lang nach und starrte ins Leere. »Wie zuverlässig ist dieser Kadischow?« fragte er dann.

»Mr. President, er arbeitet seit fünf Jahren für uns, lieferte wertvolle Informationen und führte uns unseres Wissens nach nie in die Irre.«

»Besteht die Möglichkeit, daß er umgedreht wurde?« fragte Liz Elliot.

»Denkbar, aber nicht wahrscheinlich. Für solche Möglichkeiten sind wir gerüstet. Abgesprochene Codesätze warnen uns vor Problemen. Bisher und auch in diesem Fall waren die Berichte immer von positiven Chiffren begleitet.«

»Ließe sich diese Meldung aus anderen Quellen bestätigen?« fragte die Sicherheitsberaterin.

»Eine Bestätigung liegt leider nicht vor«, antwortete Ryan.

»Sie kommen also mit einer unbestätigten Sache zu uns?« fragte Liz Elliot.

»Richtig«, gestand Ryan ein und wußte nicht, wie müde er aussah. »Aber ich fand, daß die Wichtigkeit und Stellung dieses Agenten das rechtfertigten.«

»Was können Sie tun, um seine Behauptungen zu erhärten?« fragte Fowler.

»Wir können diskrete Nachforschungen über unser eigenes Agentennetz anstellen und mit Ihrer Genehmigung diskret an ausländische Nachrichtendienste herantreten. Die Briten haben einen Mann im Kreml, der erstklassiges Material liefert. Ich kenne Sir Basil Charleston persönlich und könnte ihn ansprechen, müßte ihn aber als Gegenleistung in etwas einweihen, das nur wir wissen. Auf dieser Ebene gilt nur das Quidproquo. Und auf so etwas lassen wir uns nie ohne die Erlaubnis des Regierungschefs ein.«

»Das verstehe ich. Gut, lassen Sie mich einen Tag darüber nachdenken. Ist Marcus informiert?«

»Nein, Mr. President, der Direktor hat die Grippe. Ich wäre nicht zu Ihnen gekommen, ohne ihn zu konsultieren, war aber der Meinung, daß Sie rasch über den Fall informiert werden mußten.«

»Früher haben Sie behauptet, das sowjetische Militär sei politisch zuverlässig«, warf Liz Elliot ein.

»Richtig, Dr. Elliot. Vorgänge, wie sie Kadischow beschreibt, sind ohne Präzedenzfall. In der Vergangenheit waren unsere Befürchtungen über politische Ambitionen beim sowjetischen Militär ebenso grundlos wie permanent. Die Möglichkeit einer De-facto-Allianz zwischen Militär und KGB ist höchst besorgniserregend.«

»Sie lagen also früher schon einmal falsch?« hakte Liz Elliot nach.

»Das ist nicht auszuschließen«, räumte Ryan ein.

»Und heute?« fragte Fowler.

»Mr. President, was soll ich sagen? Kann ich mich auch hier irren? Denkbar. Bin ich davon überzeugt, daß dieser Bericht stimmt? Nein, aber die mögliche Tragweite seines Inhalts zwang mich, ihn zu Ihrer Kenntnis zu bringen.«

»Die Raketen machen mir weniger Kummer als die fehlenden Atomwaffen«, meinte Liz Elliot. »Wenn Narmonow erpreßt wird ... autsch!«

»Kadischow ist Narmonows potentieller Rivale«, spekulierte Fowler. »Warum zieht der Präsident ihn ins Vertrauen?«

»Sie treffen regelmäßig mit den Führern der Oppositionsparteien zusammen, Sir. Narmonow tut das auch. Die politische Dynamik im Kongreß der Volksdeputierten ist noch wirrer als hier im Kongreß. Außerdem respektieren die beiden einander. Narmonow hat meist Kadischows Unterstützung. Sie mögen politische Rivalen sein, gehen aber in vielen entscheidenden Sachfragen konform.«

»Gut, versuchen Sie, diese Information mit allen Mitteln und so rasch wie möglich zu bestätigen.«

»Jawohl, Mr. President.«

»Wie macht sich Goodley?« fragte Liz Elliot.

»Er ist ein heller junger Mann und hat ein gutes Gespür für den Ostblock. Ich sah mir eine Studie an, die er früher am Kennedy-Institut verfaßte, und die war besser als damals unsere Analysen.«

»Lassen wir ihn an diesem Fall mitarbeiten. Ein neuer Kopf könnte nützlich sein«, schlug Liz vor.

Jack schüttelte mit Nachdruck den Kopf. »Für ihn ist die Sache zu heikel.«

»Ah, dieser neue junge Assistent, von dem Sie mir erzählt haben«, warf Fowler ein. »Ist er wirklich so gut, Elizabeth?«

»Ich halte ihn für vielversprechend.«

»Gut, Ryan, dann lassen Sie ihn einsteigen«, befahl der Präsident.

»Jawohl, Sir.«

»Sonst noch etwas?«

»Sir, wenn Sie noch einen Augenblick Zeit haben: Es ist wieder etwas aus Japan gekommen.« Jack faßte Agent NIITAKAs Report zusammen.

»Ehrlich...?« Fowler lächelte gerissen. »Was halten Sie von den Japanern?«

»Die treiben gerne ihre Spielchen«, erwiderte Ryan. »Die Leute, die mit ihnen verhandeln müssen, beneide ich nicht.«

»Wie können wir das verifizieren?«

»Es stammt aus einer guten Quelle, die wir hüten.«

»Es wäre großartig, wenn wir erführen... wie können wir feststellen, ob dieser Kuhhandel zustande gekommen ist?«

»Das weiß ich leider nicht, Mr. President.«

»So etwas riebe ich dem Ministerpräsidenten zu gerne unter die Nase. Ich bin dieser festgefahrenen Verhandlungen müde und habe es satt, mich anlügen zu lassen. Finden Sie heraus, was da gespielt wird.«

»Wir werden es versuchen, Mr. President.«

»Nett, daß Sie vorbeigekommen sind.« Der Präsident blieb sitzen und streckte auch die Hand nicht aus. Ryan stand auf und ging.

»Was meinst du?« fragte Fowler und überflog den Bericht.

»Damit ist bestätigt, was Talbot über Narmonows Verwundbarkeit sagte.«

»Finde ich auch. Ryan sieht übrigens verhärmt aus.«

»Er sollte eben nicht zweigleisig fahren.«

»Hm?« grunzte der Präsident, ohne aufzusehen.

»Ich habe einen vorläufigen Bericht über die Ergebnisse des Ermittlungsverfahrens. Es hat den Anschein, daß er fremdgeht, wie wir vermuteten, und sogar ein Kind gezeugt hat. Sie ist die Witwe eines Sergeants der Air Force, der bei einem Manöverunfall ums Leben kam. Ryan hat die Familie finanziell sehr großzügig unterstützt, aber seine Frau weiß nichts davon.«

»Nach der Affäre Alden schon wieder ein Schürzenjäger? So einen Skandal kann ich nicht gebrauchen«, grollte Fowler und fügte in Gedanken hinzu: Gut, daß man uns noch nicht auf die Schliche gekommen ist. Aber das war schließlich etwas anderes – Alden war verheiratet gewesen, Ryan hatte eine Frau, aber Fowler war alleinstehend. »Bist du auch ganz sicher? Du sprachst von einem vorläufigen Bericht.«

»Stimmt.«

»Dann sieh zu, daß du Genaueres erfährst, und informiere mich dann.«

Liz nickte und fuhr fort: »Das mit dem sowjetischen Militär finde ich beängstigend.«

»Ich auch«, stimmte Fowler zu. »Besprechen wir das beim Mittagessen.«

»So, jetzt ist es zur Hälfte geschafft«, sagte Fromm. »Darf ich Sie um einen Gefallen bitten?«

»Und was wäre der?« fragte Ghosn und hoffte, daß Fromm nicht für eine Weile seine Frau in Deutschland besuchen wollte. Das würde heikel.

»Ich habe seit zwei Monaten kein Bier getrunken.«

Ibrahim lächelte: »Sie wissen, daß ich keinen Alkohol trinken darf.«

»Gilt dieses Verbot denn auch für mich?« fragte der Deutsche und lächelte. »Schließlich bin ich ein Ungläubiger.«

Ghosn lachte herzhaft. »Stimmt. Ich will mit Günther darüber reden.«

»Vielen Dank.«

»Morgen fangen wir am Plutonium an.«

»Dauert das denn so lange?«

»Ja, und es müssen auch noch die Sprengstoffplatten hergestellt werden. Die Arbeit verläuft genau nach Zeitplan.«

»Das hört man gern.« Stichtag war der 12. Januar.

Haben wir einen guten Kontakt beim KGB? fragte sich Ryan in seinem Büro. Problematisch an SPINNAKERs Bericht war die Tatsache, daß der KGB überwiegend zu Narmonow stand. Das mochte nicht für das Zweite Hauptdirektorat gelten, deren Aufgabe die innere Sicherheit war. Loyal war auf jeden Fall das Erste Hauptdirektorat (die Auslandsabteilung), besonders, seit Golowko als Erster Stellvertretender Vorsitzender die Dinge unter Kontrolle hatte. Der Mann war ein Profi und einigermaßen unpolitisch. Ryan erwog, ihn einfach anzurufen ... nein, er mußte ein Treffen einrichten ... aber wo?

Nein, das war zu gefährlich.

»Sie wollten mich sprechen?« Goodley steckte den Kopf durch die Tür. Ryan winkte ihn herein.

»Wollen Sie befördert werden?«

»Wie meinen Sie das?«

»Sie sollen auf Anweisung des Präsidenten über einen Vorgang informiert werden, für den Sie meiner Ansicht nach noch nicht reif sind.« Jack reichte ihm SPINNAKERs Bericht. »Hier, lesen Sie.«

»Warum ausgerechnet ich, und warum sagen Sie ...«

»Ich sagte außerdem, daß Sie den Zerfall des Warschauer Pakts korrekt prophezeit haben. Ihre Analyse war übrigens besser als unsere hier im Haus.«

»Sie sind ein seltsamer Mann.«

»Inwiefern?« fragte Ryan.

»Einerseits mögen Sie meine Meinung nicht, andererseits loben Sie meine Arbeit.«

Ryan lehnte sich zurück und schloß die Augen. »Ob Sie es nun glauben oder nicht, Ben, ich habe nicht immer recht. Auch ich mache Fehler. Ich habe sogar schon kapitale Böcke geschossen, war aber klug genug, das wenigstens zu erkennen. Und weil ich klug bin, suche ich nach Leuten, die Gegenpositionen beziehen und für mich den Ausputzer spielen. Das habe ich von Admiral Greer gelernt. Und wenn Sie etwas mitnehmen wollen, Dr. Goodley, dann prägen Sie sich das ein. Schnitzer können wir uns hier nicht leisten. Das heißt zwar nicht, daß keine vorkommen, aber wir müssen trotzdem versuchen, sie zu vermeiden. Was Sie da am Kennedy-Institut verfaßt haben, war besser als meine eigene Arbeit. Es ist theoretisch möglich, daß Sie eines Tages wieder richtig tippen, wenn ich falschliege. Klar?«

»Jawohl, Sir«, erwiderte der überraschte Goodley leise. Natürlich hatte er recht gehabt und Ryan unrecht. Deswegen war er schließlich hier.

»Dann lesen Sie mal.«

»Stört es Sie, wenn ich rauche?«

Jack machte große Augen. »Sie und rauchen?«

»Ich hatte es mir vor ein paar Jahren abgewöhnt, aber seit ich hier bin...«

»Geben Sie diese scheußliche Angewohnheit schnellstens wieder auf – aber vorher hätte ich gerne eine Zigarette.«

Nun qualmten die beiden schweigend. Goodley las den Bericht durch, und Ryan beobachtete seine Augen. Dann schaute Dr. Goodley auf. »Verdammt!«

»Gute erste Reaktion. Nun, was halten Sie davon?«

»Es klingt plausibel.«

Ryan schüttelte den Kopf. »Das habe ich dem Präsidenten vor einer Stunde auch gesagt. Ich bin mir der Sache nicht sicher, mußte sie ihm aber vorlegen.«

»Und was soll ich nun tun?«

»Spielen Sie ein bißchen damit herum. Die Rußlandabteilung wird das zwei Tage lang durchkauen. Sie fertigen Ihre Analyse und ich meine an, aber mit unterschiedlichem Standpunkt.«

»Wie meinen Sie das?«

»Sie halten die Sache für plausibel, und ich habe meine Zweifel. Aus diesem Grund werden Sie SPINNAKERs Bericht zu entkräften versuchen, während ich mich bemühe, ihren Wahrheitsgehalt zu finden.« Jack machte eine Pause. »Das Direktorat Intelligence, das überorganisiert ist, wird den Fall konventionell behandeln. Das will ich nicht tun.«

»Und ich soll...«

»Sie sollen Ihren Kopf anstrengen. Ich halte Sie für intelligent, Ben. Beweisen Sie das. Übrigens, das ist ein Befehl.«

Darüber dachte Goodley nach. Er war es nicht gewohnt, Befehle entgegenzunehmen. »Ich weiß nicht, ob ich das kann.«

»Warum nicht?«

»Weil es meinen Überzeugungen zuwiderläuft. Ich sehe es nämlich anders...«

»Was Sie und andere an der CIA stört, ist die Bürokratenmentalität, nicht wahr? Das stimmt teilweise und hat auch seine Nachteile. Aber auch Ihre Denkweise hat ihre Gefahren. Wenn Sie mir beweisen können, daß Sie nicht der Gefangene Ihrer Überzeugungen sind – ich versuche das immer zu vermeiden –, haben Sie hier eine Zukunft. Objektiv zu sein ist gar nicht so einfach. Man muß das üben.«

Eine sehr clevere Herausforderung, dachte Goodley und fragte sich, ob er den DDCI vielleicht unterschätzt hatte.

»Macht Russell mit?«

»Ja, Kommandant«, sagte Bock und trank einen Schluck Bier. Er hatte für Fromm einen Kasten gutes deutsches Bier besorgt und ein paar Flaschen für sich behalten. »Er glaubt, wir wollten eine große konventionelle Sprengladung zünden, um die Fernsehübertragung des Spiels zu verhindern.«

»Nicht dumm, aber auch nicht intelligent«, bemerkte Kati, der selbst Lust auf ein Bier hatte, aber nicht fragen konnte. Bier wäre wahrscheinlich nicht gut für seinen Magen, und er hatte gerade drei einigermaßen beschwerdefreie Tage hinter sich.

»Sein Horizont ist auf taktische Erwägungen beschränkt, richtig. Aber wenn es um die Taktik geht, ist er sehr nützlich. In dieser Phase der Operation wird seine Unterstützung entscheidend wichtig sein.«

»Fromm leistet gute Arbeit.«

»Wie ich erwartete. Schade, daß er das Ergebnis nicht mehr erleben wird. Gilt das auch für die Maschinisten?«

»Leider ja.« Kati runzelte die Stirn. Er war kein Mann, der beim Anblick von Blut erbleichte, aber auch keiner, der unnötig mordete. Er hatte schon früher aus Sicherheitserwägungen Menschen töten müssen, aber noch nie so viele. Das wird schon fast zur Angewohnheit, dachte er, aber kommt es denn auf ein paar mehr an, wenn du ohnehin vorhast, so viele umzubringen?

»Haben Sie die Konsequenzen eines Versagens oder einer Entdeckung eingeplant?« fragte Bock.

»Ja«, antwortete Kati mit einem verschmitzten Lächeln und weihte ihn ein.

»Das ist genial! Sehr klug von Ihnen, für alle Eventualitäten zu planen.«

»Ich wußte, daß Ihnen das gefällt.«

21
Verbindungen

Nach zwei Wochen kam endlich etwas herein. Ein für die CIA arbeitender KGB-Offizier schnüffelte herum und erfuhr von einer laufenden Operation, bei der es um Atomwaffen in Deutschland ging. Gesteuert wurde sie von der Zentrale in Moskau und überwacht von Golowko persönlich. Die KGB-Station in Berlin war nicht beteiligt. Ende der Meldung.

»Nun?« sagte Ryan zu Goodley. »Was meinen Sie?«

»Das paßt zu SPINNAKERs Report. Wenn diese Geschichte von den fehlenden taktischen Sprengköpfen stimmt, hat das wohl etwas mit dem Abzug der in Deutschland stationierten sowjetischen Truppen zu tun. Da kann leicht etwas verlorengehen. Mir sind selbst beim Umzug hierher zwei Bücherkisten abhanden gekommen.«

»Ich könnte mir vorstellen, daß man auf Kernwaffen ein bißchen besser aufpaßt«, merkte Ryan trocken an und erkannte, daß Goodley noch eine Menge zu lernen hatte. »Und weiter?«

»Ich habe nach Daten gesucht, die den Bericht entkräften. Die Sowjets haben ihre SS-18 nicht termingerecht deaktiviert, weil, wie sie behaupten, ihre Entsorgungsanlage nicht richtig funktioniert. Unsere Inspekteure können nicht feststellen, ob das auch stimmt – offenbar ist das eine rein technische Frage. Ich kann mir kaum vorstellen, daß die Russen, die diese Raketen so lange gebaut haben, jetzt nicht in der Lage sein sollen, eine Anlage für ihre sichere Verschrottung zu entwerfen. Probleme machen ihnen der Treibstoff und die Formulierung in den Vertragsdokumenten. Die SS-18 wird von lagerfähigen Diergolen angetrieben und hat einen Druckkörper – das heißt, daß ihre strukturelle Integrität vom Innendruck abhängt. Man könnte den Treibstoff im Silo entfernen, aber dann ließen sich die Raketen nicht mehr unbeschädigt herausheben, und der Vertrag schreibt vor, daß sie intakt zur Entsorgungsanlage gebracht werden müssen. Aber nun sagen die Sowjets auf einmal, die Anlage eigne sich nicht für die Entsorgung des Treibstoffs, man spricht von einem Konstruktionsfehler und einer möglichen Gefährdung der Umwelt. Der lagerfähige Treibstoff sei chemisch aggressiv, heißt es, man müsse alle möglichen Vorsichtsmaßnahmen treffen, damit niemand vergiftet wird, und obendrein läge die Anlage nur drei Kilometer von einer Stadt entfernt.« Goodley machte eine Pause. »Klingt plausibel, aber man fragt sich, wie die so einen Mist bauen konnten.«

»Das Problem ist die Infrastruktur«, erklärte Jack. »Die Sowjets können eine solche Anlage nicht einfach in die Pampa stellen, weil nur wenige Leute Autos haben; Personal an den Arbeitsplatz zu bringen ist dort komplizierter als hier.

Es sind solche Kleinigkeiten, die uns bei dem Versuch, die Russen zu verstehen, zum Wahnsinn treiben.«

»Andererseits ließen sich mit diesem Konstruktionsfehler auch alle möglichen anderen Vertragsverletzungen erklären.«

»Sehr gut, Ben«, bemerkte Jack. »Nun denken Sie wie ein richtiger Geheimdienstmann.«

»Was für ein verrückter Arbeitsplatz!«

»Lagerfähige Treibstoffe – hier Stickstofftetroxid als Oxidator und Hydrazin als Brennstoff – sind häßliche Substanzen: korrodierend, reaktiv, toxisch. Erinnern Sie sich an die Probleme, die wir mit der Titan-II hatten?«

»Nein«, gestand Goodley.

»Das war eine Interkontinentalrakete, die auch in der Raumfahrt benutzt wurde. Ihre Wartung war ein Alptraum. Trotz aller Vorsichtsmaßnahmen gab es regelmäßig Lecks, die Metall zerfraßen und Menschen verletzten.«

»Haben wir jetzt die Positionen getauscht?« fragte Ben locker.

Ryan lächelte mit geschlossenen Augen. »Da bin ich nicht so sicher.«

»Eigentlich sollten uns bessere Daten vorliegen. Das Sammeln von Informationen ist schließlich unsere Aufgabe.«

»Tja, so habe ich auch mal gedacht. Von uns wird erwartet, daß wir über alles Bescheid wissen.« Ryan schlug die Augen auf. »Aber das war nie der Fall und wird es auch nie sein. Große Enttäuschung, was? Die alles durchdringende CIA. Wir stehen hier vor einem ziemlich wichtigen Problem, aber da uns sichere Daten fehlen, können wir nur spekulieren. Wie soll der Präsident seine Entscheidungen treffen, wenn wir ihm keine Fakten, sondern nur gelehrte Spekulationen liefern? Das habe ich schon in der Vergangenheit erklärt – schriftlich sogar. Die meiste Zeit versorgen wir die Regierung mit Vermutungen. Und manchmal ist es mir peinlich, so etwas weiterleiten zu müssen.« Jacks Blick fiel auf den Report der Rußlandabteilung, deren Experten eine Woche lang über SPINNAKERs Bericht gebrütet hatten und zu dem Schluß gekommen waren, daß der Agent vermutlich recht, die Sache vielleicht aber auch mißverstanden hatte.

Jack schloß wieder die Augen und wünschte sich, die Kopfschmerzen würden weggehen. »Sehen Sie, das ist unser strukturelles Problem. Wir sehen uns verschiedene Möglichkeiten an. Wer eine feste Prognose abgibt, läuft Gefahr, sich zu irren. Und wissen Sie was? An einen Fehler erinnern sich die Leute länger als an eine korrekte Vorhersage. Aus diesem Grund tendieren wir dazu, alle Möglichkeiten zu berücksichtigen. Einerseits ist das ehrlich, und andererseits legt man sich dabei nicht fest. Leider erfüllen wir damit die Erwartungen der Leute nicht. Unsere ›Kunden‹ brauchen weniger feste Daten als Hinweise auf wahrscheinliche Entwicklungen, aber das ist ihnen nicht immer klar, und das kann einen zum Wahnsinn treiben, Ben. Behörden verlangen Informationen, die wir meist nicht liefern können, und unsere eigene Bürokratie will sich natürlich keine Blöße geben. Willkommen in der wirklichen Welt der Nachrichtendienste.«

»Für einen Zyniker hätte ich Sie nie gehalten.«

»Ich bin kein Zyniker, sondern Realist. Manche Dinge wissen wir, andere nicht. Wir sind schließlich keine Roboter, sondern nur Menschen, die nach Antworten suchen und statt dessen immer neue Fragen finden. Hier im Haus sitzen viele gute Leute, aber die Bürokratie bringt individuelle Stimmen zum Verstummen. Und Fakten werden häufiger von Individuen entdeckt als von Komitees.« Es klopfte. »Herein.«

»Dr. Ryan, Ihre Sekretärin ist nicht...«

»Sie macht heute später Mittagspause.«

»Ich habe etwas für Sie, Sir.« Der Mann reichte ihm einen Umschlag. Ryan bestätigte den Empfang und schickte den Boten wieder weg.

»All Nippon Airlines sei Dank«, meinte Ryan, nachdem er den Umschlag geöffnet und einen weiteren Bericht von NIITAKA herausgenommen hatte. Dann fuhr er auf. »Himmel noch mal!«

»Probleme?« fragte Goodley.

»Dafür sind Sie nicht zugelassen.«

»Was gibt es für ein Problem? « fragte Narmonow.

Golowko war in der unangenehmen Lage, einen großen Erfolg mit bösen Konsequenzen melden zu müssen. »Wir haben uns seit einiger Zeit bemüht, amerikanische Chiffriersysteme zu entschlüsseln und hatten einige Erfolge, besonders im diplomatischen Verkehr. Hier ist eine Nachricht, die an mehrere amerikanische Botschaften ging. Wir konnten sie vollständig dechiffrieren.«

»Und?«

»Wer hat das herausgehen lassen?«

»Moment, Jack«, sagte Cabot. »Liz Elliot nahm den letzten SPINNAKER-Bericht ernst und wollte das Außenministerium konsultieren.«

»Ist ja großartig. Das beweist, daß der KGB unsere diplomatischen Chiffren geknackt hat. Das Kabel, das unser Botschafter erhielt, bekam auch NIITAKA zu lesen. Und Narmonow weiß jetzt, was uns Kummer macht.«

»Das Weiße Haus wird die Sache herunterspielen. Was kann es schon schaden, wenn Narmonow unsere Sorgen kennt?« fragte der Direktor.

»Kurz gesagt: eine Menge. Sir, ist Ihnen klar, daß ich von diesem Kabel nichts wußte? Und wissen Sie, wie ich es zu sehen bekam? Ein KGB-Offizier in Tokio schickte es mir. Himmel noch mal, ging die Anfrage etwa auch nach Burkina Faso?«

»Wurde der ganze Text entschlüsselt?«

»Wollen Sie die Übersetzung prüfen lassen?« versetzte Jack eisig.

»Reden Sie mit Olson.«

»Schon unterwegs.«

Vierzig Minuten später trat Ryan ins Vorzimmer von Lieutenant General Ronald Olson, Direktor der supergeheimen Nationalen Sicherheitsbehörde NSA, ein. Die Zentrale in Fort Meade, Maryland, zwischen Washington und

Baltimore, strahlte eine Atmosphäre wie die Gefängnisinsel Alcatraz aus, nur daß ihr der malerische Blick auf die Bucht von San Francisco fehlte. Das Hauptgebäude war umgeben von einem Doppelzaun, an dem nachts Hunde patrouillierten – ein Beweis für die Sicherheitsmanie bei diesem Nachrichtendienst, die selbst die CIA zu theatralisch fand. Aufgabe der NSA war das Erstellen und Knacken von Chiffren und das Aufzeichnen und Auswerten jeder elektronischen Emission auf dem Planeten. Jack ließ den Fahrer im Auto warten und *Newsweek* lesen; er selbst betrat dann das Arbeitszimmer des Leiters der NSA, die wesentlich größer als die CIA ist.

»Ron, Sie haben ein ernstes Problem.«

»Und was genau?«

Jack reichte ihm NIITAKAs Bericht. »Hatte ich Sie nicht gewarnt?«

»Wann ging das heraus?«

»Vor 72 Stunden.«

»Es kam bestimmt aus dem Außenministerium.«

»Korrekt. Exakt acht Stunden später wurde es in Moskau gelesen.«

»Mag sein, daß jemand im Außenministerium es durchsickern ließ und daß die sowjetische Botschaft es über Satellit weitermeldete. Die undichte Stelle könnte auch einer der fünfzig Beamten im Ministerium sein«, sagte Olson.

»Oder die Sowjets haben das ganze Chiffriersystem geknackt.«

»STRIPE ist sicher, Jack.«

»Ron, warum haben Sie eigentlich TAPDANCE nicht ausgebaut?«

»Besorgen Sie mir die Mittel, dann tu' ich das auch.«

»Dieser Agent hat uns schon einmal gewarnt. Ron, der KGB liest unsere Post, und hier haben Sie einen ziemlich sicheren Beweis.«

Der General ließ sich nicht aus dem Konzept bringen. »Sie wissen genau, daß das nicht eindeutig ist.«

»Nun, unser Agent verlangt die persönliche Versicherung des Direktors, daß wir sein Material nie über Kommunikationskanäle geleitet haben und es auch niemals tun werden. Zum Beweis für die Notwendigkeit schickte er uns diese Information, die er sich unter einem beträchtlichen Risiko verschaffte.« Jack machte eine Pause. »Wer benutzt alles dieses System?«

»STRIPE wird ausschließlich im Außenministerium eingesetzt. Das Verteidigungsministerium benutzt ähnliche Systeme, bei denen nur das Tastenfeld etwas anders ist. Bei der Navy sind sie wegen ihrer Benutzerfreundlichkeit besonders beliebt«, erklärte Olson.

»General, die Zufallsgeneratortechnologie steht seit über drei Jahren zur Verfügung. TAPDANCE, Ihre erste Version, arbeitete mit Tonbandkassetten. Wir stellen jetzt auf CD-Festspeicher um; das funktioniert und ist einfach zu benutzen. In zwei Wochen ist unser System einsatzbereit.«

»Und Sie möchten, daß wir es übernehmen?«

»Das fände ich vernünftig.«

»Wissen Sie, was meine Leute sagen, wenn wir ein CIA-System kopieren?« fragte Olson.

»Unsinn! Wir haben die Idee doch bei Ihnen abgepinnt.«

»Jack, wir arbeiten an einem ähnlichen, benutzerfreundlicheren und sichereren System. Es hat zwar noch seine Kinderkrankheiten, aber meine Spezialisten sind fast für einen Probelauf bereit.«

Fast bereit, dachte Ryan. Das kann also noch drei Monate oder drei Jahre dauern.

»General, ich muß Ihnen offiziell mitteilen, daß Ihre Kommunikation unter Umständen nicht sicher ist.«

»Und?«

»Ich muß das dem Kongreß und auch dem Präsidenten mitteilen.«

»Ich halte es für wahrscheinlicher, daß im Außenministerium jemand geplappert hat. Sie könnten auch einer Desinformation aufgesessen sein. Was liefert uns dieser Agent?«

»Sehr nützliches Material über Japan.«

»Aber nichts über die Sowjetunion?«

Jack zögerte, ehe er antwortete, aber an Olsons Loyalität und Intelligenz war nicht zu zweifeln. »Korrekt.«

»Und Sie sind sicher, daß das kein Täuschungsmanöver ist? Absolut sicher?«

»Ich bitte Sie, Ron. Was ist in diesem Geschäft schon absolut sicher?«

»Ehe ich zweihundert Millionen Dollar anfordere, brauche ich einen eindeutigeren Beweis. Solche Tricks gab es schon in der Vergangenheit: Wenn man den Code der anderen Seite nicht knacken kann, gibt man vor, ihn entschlüsselt zu haben, und bewegt sie so zu einer Umstellung.«

»Das mag vor fünfzig Jahren gegolten haben, aber heute nicht mehr.«

»Ich wiederhole: Ich brauche bessere Beweise, ehe ich zu Trent gehe. Wir können nicht etwas schnell zusammenschustern, wie Sie es mit Ihrem System MERCURY getan haben, weil wir gleich Tausende von Geräten brauchen. Betrieb und Unterhaltung sind komplex und verdammt teuer. Ehe ich mir eine Blöße gebe, muß ich harte Beweise sehen.«

»Nun, General, ich habe meinen Standpunkt dargelegt.«

»Jack, wir prüfen die Sache. Ich habe ein Spezialteam, das morgen früh das Problem untersuchen wird. Und ich danke Ihnen für den Hinweis. Schließlich sind wir Freunde, oder?«

»Tut mir leid, Ron. Ich bin überarbeitet.«

»Sie sollten mal Urlaub machen. Sie sehen abgespannt aus.«

»Das sagt mir jeder.«

Ryans nächste Station war das FBI.

»Ich habe schon von der Sache gehört«, sagte Dan Murray. »Ist sie so ernst?«

»Ich glaube schon. Aber Ron Olson hat seine Zweifel.« Ryan brauchte sich nicht näher auszulassen. Von allen Katastrophen, die eine Regierung mit Ausnahme eines Krieges befallen konnte, war eine undichte Stelle in den Kommunikationssträngen die ärgste. Buchstäblich alles hing von sicheren

Methoden der Nachrichtenübermittlung ab. Wegen einer einzigen Meldung, die der Feind abgefangen hatte, waren Kriege verloren und gewonnen worden. Einer der spektakulärsten außenpolitischen Coups der USA, das Washingtoner Flottenabkommen von 1922, war nur gelungen, weil das amerikanische Außenministerium den gesamten verschlüsselten Informationsaustausch zwischen den teilnehmenden Diplomaten und ihren Regierungen mitgelesen hatte. Eine Regierung, die nicht in der Lage ist, ihre Geheimnisse zu hüten, kann nicht funktionieren.

»Nun ja, wir hatten die Walker-Brüder, Pelton und die anderen Spione...«, merkte Murray an. Der KGB hatte mit erstaunlichem Erfolg Amerikaner angeworben, die in sensitiven Nachrichtenabteilungen arbeiteten. Die Chiffreure in den Botschaften hatten notwendigerweise Zugang zu streng vertraulichem Material, wurden aber schlecht bezahlt und galten nicht als Techniker, sondern als Verwaltungsangestellte. Einigen war das ein Dorn im Auge, und manche brachte es so auf, daß sie ihr Wissen zu Geld machten. Sie alle lernten mit der Zeit, daß Geheimdienste knausern (mit Ausnahme der CIA, die Landesverrat gut dotiert), aber dann war es immer schon zu spät. Die Walkers hatten den Russen verraten, wie amerikanische Chiffriermaschinen konstruiert sind und wie ihre Tastaturen funktionieren. Die grundlegende Technologie hatte sich im Lauf der letzten zehn Jahre kaum verändert. Technische Verbesserungen hatten die Maschinen zwar effizienter und zuverlässiger gemacht als ihre mechanischen Vorläufer mit Schrittschalter und Nadelscheibe, aber sie arbeiteten nach wie vor auf der Basis der mathematischen Theorie der komplexen Zahlen. Und die Russen hatten einige der besten Mathematiker der Welt. Viele glaubten, daß die Kenntnis der Struktur einer Chiffriermaschine einen guten Mathematiker in die Lage versetzen konnte, das ganze System zu knakken. War einem unbekannten russischen Theoretiker ein Durchbruch gelungen? Und wenn ja...

»Wir müssen annehmen, daß wir nicht alle erwischt haben. Wenn wir dazu noch ihre technischen Kenntnisse hinzufügen, kriege ich Kopfschmerzen«, sagte Ryan.

»Zum Glück ist das FBI nicht direkt betroffen«, meinte Murray. Die verschlüsselte Kommunikation des FBI wurde zum größten Teil gesprochen und durch Codenamen und Slang noch weiter getarnt. Außerdem war die Abhörkapazität der Opposition beschränkt.

»Könnten Sie Ihre Leute ein bißchen herumschnüffeln lassen?«

»Aber sicher. Melden Sie das nach oben weiter?«

»Es bleibt mir wohl nichts anderes übrig, Dan.«

»Damit stoßen Sie zwei mächtige Bürokratien vor den Kopf.«

Ryan lehnte sich an den Türrahmen. »Im Dienst einer gerechten Sache, oder?«

»Sie lernen es nie!« Murray schüttelte den Kopf und lachte.

»Diese verfluchten Amerikaner!« tobte Narmonow.

»Was ist jetzt los, Andrej Iljitsch?«

»Oleg Kirilowitsch, haben Sie eine Ahnung, wie unangenehm der Umgang mit einem mißtrauischen fremden Land ist?«

»Noch nicht«, antwortete Kadischow. »Ich habe nur mit mißtrauischen Elementen in der Innenpolitik zu tun.« Mit dem Politbüro war auch die Lehrzeit abgeschafft worden, in der kommende sowjetische Politiker die internationale Staatskunst lernen konnten. Außenpolitisch waren sie nun so naiv wie die Amerikaner. Und das, sagte sich Kadischow, durfte man nicht vergessen. »Wo liegt das Problem?«

»Es muß absolut geheim bleiben, mein junger Freund.«

»Verstanden.«

»Die Amerikaner haben ein Rundschreiben an ihre Botschaften geschickt, in dem sie sich diskret nach meiner politischen Verwundbarkeit erkundigen.«

»Tatsächlich?« Kadischow beschränkte seine Reaktion auf diese knappe Antwort, denn ihm war die Verzwicktheit der Lage sofort klargeworden. Sein Bericht hatte bei den Amerikanern die gewünschte Wirkung gehabt, aber die Tatsache, daß Narmonow darüber informiert war, machte seine eigene Enttarnung als amerikanischer Agent möglich. Ist das nicht interessant? fragte er sich nun ganz objektiv. Seine Manöver waren nun ein echtes Vabanquespiel mit gewaltigen Gewinn- *und* Verlustchancen. Aber damit war zu rechnen gewesen; schließlich spielte er um mehr als ein Monatsgehalt. »Woher wissen wir das?« fragte er nach kurzem Nachdenken.

»Das kann ich Ihnen nicht sagen.«

»Ich verstehe«, sagte Kadischow und dachte: Verdammt! Andererseits aber zieht er mich ins Vertrauen ... oder ist das nur ein Trick? »Können wir auch ganz sicher sein?«

»Ja, ziemlich sicher.«

»Wie kann ich helfen?«

»Ich brauche Ihre Unterstützung, Oleg Kirilowitsch, und bitte Sie jetzt noch einmal darum.«

»Dieses Rundschreiben der Amerikaner hat Sie offenbar sehr getroffen.«

»Allerdings!«

»Ich kann verstehen, daß man sich über dieses Thema Gedanken macht, aber warum interessiert sich Amerika aktiv für unsere Innenpolitik?«

»Die Antwort auf diese Frage kennen Sie.«

»Stimmt.«

»Ich brauche Ihre Unterstützung«, wiederholte Narmonow.

»Ich muß mich erst mit meinen Kollegen beraten.«

»Möglichst bald, bitte.«

»Wird gemacht.« Kadischow verabschiedete sich und ging zu seinem Wagen, den er, was für einen sowjetischen Politiker ungewöhnlich war, selbst steuerte. Die Zeiten hatten sich geändert. Die hohen Herren hatten nun Männer des Volkes zu sein, und das bedeutete die Abschaffung der reservierten

Fahrspuren in der Mitte der Moskauer Straßen und vieler anderer Vergünstigungen. Schade, dachte Kadischow, aber ohne die anderen Veränderungen wäre ich jetzt nicht Fraktionsführer im Kongreß der Volksdeputierten, sondern immer noch eine einsame Stimme in einer abgelegenen Oblast. Er war also bereit, ohne eine Datscha im Wald östlich von Moskau, ohne eine Luxuswohnung und die handgefertigte Limousine mit Chauffeur auszukommen. Er fuhr zu seinem Abgeordnetenbüro, wo er wenigstens einen reservierten Parkplatz hatte. Nachdem er die Tür hinter sich geschlossen hatte, ging er an seine Schreibmaschine und setzte einen kurzen Brief auf, den er in die Tasche steckte und sich dann in die gewaltige Eingangshalle des Parlamentsgebäudes begab. Die Garderobenfrau nahm ihm den Mantel ab und gab ihm eine Marke. Er bedankte sich höflich. Sie hängte das Kleidungsstück an einen numerierten Haken, nahm dabei den Brief aus der Innentasche und steckte ihn ein. Vier Stunden später traf er in der US-Botschaft ein.

»Ist Panik ausgebrochen?« fragte Fellows.

»Das kann man wohl sagen«, erwiderte Ryan.

»Na, dann erzählen Sie uns mal, wo's brennt.« Trent trank einen Schluck Tee.

»Es gibt weitere Hinweise auf die Möglichkeit, daß unsere Kommunikationsstränge nicht mehr sicher sind.«

»Schon wieder?« Trent verdrehte die Augen.

»Langsam, Al, diese Leier hören wir nicht zum ersten Mal«, brummte Fellows. »Details bitte, Jack.«

Ryan legte ihnen das Problem dar.

»Und was sagt das Weiße Haus dazu?«

»Das weiß ich noch nicht; ich fahre erst nach dieser Besprechung hin. Offen gesagt, wollte ich den Fall erst mit Ihnen beraten, und ich war sowieso in der Gegend.« Jack berichtete von SPINNAKERs Bericht über Narmonows Probleme.

»Seit wann wissen Sie das?«

»Seit zwei Wochen...«

»Warum haben wir nichts davon erfahren?« fragte Trent aufgebracht.

»Weil wir verzweifelt bemüht waren, die Meldung zu verifizieren«, antwortete Jack.

»Und?«

»Al, wir waren nicht in der Lage, die Meldung direkt zu bestätigen. Es gibt Anzeichen, daß der KGB etwas im Schilde führt. Er hat in Deutschland eine sehr diskrete Operation laufen und sucht nach verlorengegangenen taktischen Atomwaffen.«

»Guter Gott!« rief Fellows. »Was soll das heißen: ›verlorengegangen‹?«

»Mit Sicherheit können wir das nicht sagen. Wenn das etwas mit SPINNAKERs Befürchtungen zu tun hat, scheint die sowjetische Armee mit falschen Karten zu spielen.«

»Was meinen Sie?«

»Ich konnte mir noch keine Meinung bilden, und unsere Analytiker – jene zumindest, die überhaupt eine Diagnose zu stellen bereit sind – können sich nicht einigen.«

»Daß das sowjetische Militär unzufrieden ist, wissen wir«, sagte Fellows langsam. »Über die Kürzung der Mittel, den Prestigeverlust, die Auflösung von Einheiten und die knappen Unterkünfte ... aber reicht das für eine Rebellion?«

»Welch angenehme Vorstellung«, fügte Trent hinzu. »Ein Machtkampf in einem Land, mit Unmengen von Atomwaffen ... wie zuverlässig war SPINNAKER bisher?«

»Sehr. Er hat uns fünf Jahre lang gute Dienste geleistet.«

»Er ist Abgeordneter, nicht wahr?«

»Korrekt.«

»Er muß einflußreich sein, wenn er an solches Material herankommt ... seinen Namen wollen wir wohl beide nicht wissen«, fügte Fellows hinzu.

Trent nickte. »Wahrscheinlich sind wir ihm schon begegnet.« Gut geraten, dachte Jack. »Sie nehmen also auch diese Meldung ernst?«

»Ja, und wir bemühen uns, sie zu bestätigen.«

»Gibt es Neuigkeiten von NIITAKA?« fragte Trent.

»Sir, ich ...«

»Ich habe aus dem Weißen Haus erfahren, daß in Mexiko gemauschelt wird«, sagte Al Trent nun. »Offenbar sucht der Präsident meine Unterstützung. Sie können es uns also ruhig sagen.«

Eigentlich war das ein Verstoß gegen die Vorschriften, aber Ryan wußte, daß Trent immer Wort hielt, und klärte sie nun auch über diesen Bericht auf.

»Das ist ja ungeheuerlich!« rief Trent. »Haben Sie eine Ahnung, wie viele Stimmen mich meine Zustimmung zu diesem Handelsabkommen gekostet hat? Und jetzt wollen die Kerle es brechen! Soll das heißen, daß wir wieder mal übers Ohr gehauen worden sind?«

»Nicht ausgeschlossen, Sir.«

»Sam, die Bauern in Ihrem Wahlbezirk setzen doch bestimmt diese gräßlichen Chemikalien ein. Das kann sie teuer zu stehen kommen«, frotzelte Trent.

»Al, der Freihandel ist ein wichtiges Prinzip«, versetzte Fellows.

»Vertragstreue aber auch!«

»Unbestreitbar, Al.« Fellows begann, sich zu überlegen, wie viele seiner Farmer wegen der Verletzung dieses Abkommens, für das er sich im Repräsentantenhaus ausgesprochen hatte, verringerte Einkünfte würden hinnehmen müssen. »Wie können wir das bestätigen?«

»Das kann ich noch nicht mit Sicherheit sagen.«

»Verwanzen wir dem Japaner das Flugzeug?« schlug Trent lachend vor. »Ich wäre zu gerne dabei, wenn Fowler ihm das in den Arsch rammt. Verdammt, die Sache hat mich Stimmen gekostet!« Daß er in seinem Wahlkreis 58 Prozent eingeheimst hatte, tat im Augenblick nichts zur Sache. »Gut, der

Präsident sucht also unsere Unterstützung. Haben Ihre Parteifreunde etwas dagegen einzuwenden, Sam?«

»Vermutlich nicht.«

»Ich lasse lieber die Politik aus dem Spiel, Gentlemen«, warf Ryan ein. »Ich überbringe nur Nachrichten, mehr nicht.«

»Jack Ryan, der letzte Mohikaner«, spottete Trent. »Interessanter Bericht. Nett, daß Sie vorbeigekommen sind. Wenn der Präsident ein neues und verbessertes TAPDANCE-System bewilligen will, sagen Sie uns Bescheid.«

»Soweit kommt es nie. Das kostet zweihundert bis dreihundert Millionen, und die Dollars sind im Augenblick knapp«, merkte Fellows an. »Ich will bessere Daten sehen, ehe wir unser Plazet geben. Es ist schon zu viel Geld in diesen schwarzen Löchern verschwunden.«

»Ich kann nur sagen, daß wir den Fall sehr ernst nehmen«, erklärte Ryan. »Und das FBI auch.«

»Und was tut Ron Olson?« fragte Trent.

»Der bunkert sich ein.«

»Wenn *er* TAPDANCE beantragt, stehen Ihre Chancen besser«, riet Fellows.

»Das ist mir klar«, erwiderte Ryan. »Zum Glück ist wenigstens unser System in drei Wochen am Netz. Wir haben die ersten CDs hergestellt und die ersten Tests laufen.«

»Was tun Sie da exakt?«

»Ein Supercomputer Cray YMP führt Zufallstests aus, und ein Berater vom MIT erprobt ein neues Type-Token-Programm. In einer Woche oder zehn Tagen sollten wir wissen, ob das System den Erwartungen gerecht wird. Dann liefern wir die Geräte aus.«

»Ich hoffe nur, daß Sie mit Ihrer Vermutung falsch liegen«, sagte Trent beim Abschied.

»Ich auch«, gab Ryan zurück. »Aber mein Instinkt sagt etwas anderes.«

»Und was soll das kosten?« fragte Fowler beim Mittagessen.

»Zweihundert bis dreihundert Millionen, soviel ich weiß.«

»Kommt nicht in Frage. Wir haben schon genug Probleme mit dem Haushalt.«

»Finde ich auch«, sagte Liz Elliot. »Aber ich wollte es erst mit dir besprechen. Es ist natürlich Ryans Idee. Ryan spinnt, sagt Olson von der NSA; die Systeme seien sicher. Aber Ryan ist auf dieses neue Chiffriersystem abgefahren und hat sich sogar direkt an den Kongreß gewandt, um es für die CIA bewilligt zu bekommen.«

»Ach, wirklich?« Fowler schaute von seinem Teller auf. »Ohne das Finanzministerium zu fragen? Was geht hier eigentlich vor?«

»Bob, er hat bei Trent und Fellows für ein neues System bei der NSA antichambriert, *ehe* er zu mir kam.«

»Was bildet der sich eigentlich ein?«

»Habe ich es nicht gesagt, Bob?«

»Der Kerl fliegt raus. Fang an zu sägen.«

»Ich weiß auch schon, wo ich ansetzen kann.«

Die Umstände waren günstig. Ein Mann aus Ernest Wellingtons Team hatte den 7-Eleven-Markt seit einer Woche observiert. Carol Zimmers Geschäft an der Bundesstraße 50 zwischen Washington und Annapolis lag neben einer großen Wohnsiedlung, aus der die Mehrzahl der Stammkunden kam. Der Ermittler parkte seinen Kleinbus am Ende einer Straße an einer Stelle, von der aus er den Laden und das nur fünfzig Meter entfernte Haus der Familie überblicken konnte. Sein Fahrzeug war von einer auf solche Unternehmungen spezialisierten Firma für die verdeckte Überwachung umgerüstet worden. Der Entlüfter auf dem Dach tarnte ein Periskop, dessen Okulare mit einer Fernsehkamera und einer 35-Millimeter-Canon verbunden waren. Der Beamte hatte eine Kühltasche voller Getränke, eine große Thermosflasche Kaffee, eine chemische Toilette. Er fühlte sich, als befände er sich in der engen Kabine eines Raumfahrzeugs. In der Tat war die High-Tech-Ausrüstung des Busses mindestens so gut wie die Anlagen, die die NASA in die Raumfähre einbaute.

»Achtung!« kam es aus dem Funkgerät. »Fahrzeug nimmt die Ausfahrt. Breche die Verfolgung ab.«

Der Mann im Kleinbus griff nach dem Mikrofon. »Roger, out.«

Clark war der Ford Mercury schon vor zwei Tagen aufgefallen, doch da man im täglichen Berufsverkehr hin und wieder ein und dasselbe Fahrzeug sieht, machte er sich keine weiteren Gedanken. Der Mercury kam nie dicht heran und bog auch nie hinter ihnen von der Hauptstraße ab. Auch nun, als Clark die mehrspurige Straße verließ, folgte er nicht. Clark begann sich auf andere Dinge zu konzentrieren. Daß der Fahrer des Ford in ein Mikrofon sprach, hatte er nicht gesehen. Er hielt auf dem Parkplatz des 7-Eleven und schaute sich aufmerksam um: alles sicher. Clark und Ryan stiegen gleichzeitig aus. Clark trug Mantel und Jackett offen, um notfalls schnell an die 10-Millimeter-Beretta heranzukommen, die an seiner rechten Hüfte steckte. Die untergehende Sonne färbte den Himmel im Westen orange, und es war für die Jahreszeit so warm, daß er es bereute, den Regenmantel angezogen zu haben. Das Wetter in Washington ist launisch.

»Tag, Dr. Ryan«, sagte eins von den Zimmer-Kindern. »Die Mama ist drüben im Haus.«

»Gut.« Ryan verließ das Geschäft und hielt auf den Plattenweg zum Haus der Zimmers zu. Er entdeckte Carol hinten im Garten, wo sie ihr Jüngstes schaukeln ließ. Clark folgte ihm so wachsam wie immer, sah aber nur immer noch grüne Grasflächen, geparkte Autos und ein paar Kinder, die Football spielten. Derart mildes Wetter Anfang Dezember gefiel ihm nicht; er glaubte, daß es einen harten Winter ankündigte.

»Hallo, Carol!« rief Jack. Mrs. Zimmer beaufsichtigte ihr Kleines im Sitz der Schaukel.

»Tag, Doc Ryan. Gefällt Ihnen die neue Schaukel?«

Jack nickte ein wenig schuldbewußt; er hätte das Gerät aufbauen helfen sollen. Mit Spielzeug kannte er sich aus. Er beugte sich vor. »Nun, was macht unser Prinzeßchen?«

»Sie will gar nicht mehr runter, dabei ist es Essenszeit«, sagte Carol. »Helfen Sie mir?«

»Was machen die anderen?«

»Peter wird jetzt auch studieren, am MIT, und er hat ein Stipendium bekommen.«

»Ist ja großartig!« Jack zog die kleine Frau an sich und dachte: Wie stolz würde Buck jetzt auf seine Kinder sein! Sie waren noch motivierter als die ohnehin schon bildungsbeflissenen normalen Asiaten, die, ebenso wie die amerikanischen Juden, jede Gelegenheit beim Schopf ergriffen. Er beugte sich zu der Kleinen hinunter, die die Arme reckte, um sich von Onkel Jack hochheben zu lassen.

»Komm, Jackie.« Er nahm sie auf den Arm und wurde mit einem Kuß belohnt. Als er das Geräusch hörte, hob er den Kopf.

»Hab' ich dich!«

Es war ein simpler, wirkungsvoller Trick. Selbst wenn man darauf gefaßt ist, kann man die Reaktion nicht verhindern. Im Kleinbus gab es mehrere Knöpfe, die die Hupe auslösten. Der menschliche Verstand interpretiert das Geräusch als Gefahrensignal, und man dreht sich instinktiv nach der Schallquelle um. Ryan, der das Kind auf dem Arm hatte, hob prompt den Kopf. Der Ermittler hatte schon die Umarmung und den Kuß des kleinen Mädchens aufgenommen; nun bekam er zur Untermauerung des Videobands noch Ryans Gesicht auf den hochempfindlichen Film. So, Ryan war im Kasten. War ganz einfach gewesen. Warum vögelt ein Mann, der eine so reizende Frau hat, eine andere? fragte sich der Beamte. Na ja, so geht's halt im Leben. Und ein Kind hat der Fiesling auch noch gezeugt, dachte er, als der Filmtransport der Canon surrte.

Nun folgte der heikelste Teil des Prozesses. Das Plutonium kam in Gußformen aus Cersulfid, und diese wurden zu einem Elektro-Ofen getragen. Fromm schloß und verriegelte die Tür. Eine Vakuumpumpe saugte die Luft im Innern ab und ersetzte sie durch Argon.

»Luft enthält Sauerstoff«, erklärte Fromm. »Argon ist ein Edelgas, also reaktionsträge. Plutonium ist so reaktiv und pyrophor, daß wir kein Risiko eingehen dürfen. Wir benutzen auch nicht nur eine, sondern mehrere Gußformen aus reaktionsträgem Material, um zu verhindern, daß das Plutonium kritisch wird und eine verfrühte atomare Reaktion einsetzt.«

»Wegen der Veränderungen, die das Plutonium beim Erhitzen durchmacht?« fragte Ghosn.

»Korrekt.«

»Wie lange dauert das Ganze?« wollte Kati wissen.

»Zwei Stunden. Hier müssen wir uns Zeit lassen. Wenn die Formen aus dem Ofen kommen, sind sie natürlich noch geschlossen. Wir öffnen sie dann in einem mit Edelgas gefüllten Tank. Nun wissen Sie, warum wir diesen speziellen Ofen brauchten.«

»Droht uns dabei keine Gefahr?«

Fromm schüttelte den Kopf. »Nicht, wenn wir vorsichtig sind. Die Konfiguration der Form verhindert die Bildung einer kritischen Masse. Ich habe den Vorgang sehr oft simuliert. Es kam natürlich schon zu Unfällen, aber nur bei größeren spaltbaren Massen und zu einer Zeit, als man die Gefahren des Umgangs mit Plutonium noch nicht ganz erkannt hatte. Keine Angst, wir gehen langsam und vorsichtig ans Werk. Bilden Sie sich ein, es wäre Gold«, schloß Fromm.

»Und die Bearbeitung?« fragte Ghosn.

»Wird drei Wochen in Anspruch nehmen, und Montage und Tests weitere zwei.«

»Wann wird das Tritium extrahiert?«

Fromm beugte sich vor und spähte in den Ofen. »Zuallerletzt, und dann ist die Bombe komplett.«

»Können Sie eine Ähnlichkeit feststellen?« fragte der Ermittler.

»Schwer zu sagen«, meinte Wellington.

»Auf jeden Fall scheint er den kleinen Fratz gern zu haben. Süßes Ding. Am vergangenen Wochenende sah ich ihnen beim Aufstellen der Schaukel zu. Die Kleine heißt übrigens Jackie – Jacqueline Theresa.«

»So? Sehr interessant.« Wellington machte sich eine Notiz.

»Die Schaukel macht der Kleinen Spaß.«

»Den Mr. Ryan scheint sie auch zu mögen.«

»Glauben Sie, daß er wirklich der Vater ist?«

»Ausgeschlossen ist das nicht«, sagte Wellington, der die Videoaufnahmen mit den Fotos verglich. »Die Lichtverhältnisse waren nicht besonders gut.«

»Ich lasse die Aufnahmen von meinen Technikern durch den Computer schicken. Das Band wird aber ein paar Tage dauern, weil sie jedes Bild einzeln durchgehen müssen.«

»Gute Idee. Wir wollen handfeste Beweise haben.«

»Die bekommen Sie auch. Und was wird nun aus Ryan?«

»Man wird ihm wohl den Rücktritt nahelegen.«

»Wenn wir normale Bürger wären, würde ich das Erpressung und Verletzung der Privatsphäre nennen.«

»Wir sind aber keine Durchschnittsbürger, und Ryan auch nicht. Der Mann kennt Staatsgeheimnisse und hält sein Privatleben nicht in Ordnung.«

»Und das ist nicht unsere Schuld.«

»Genau.«

22
Auswirkungen

»Verflucht noch mal, Ryan, so was können Sie nicht machen!«

»Was denn?« fragte Jack.

»Sich über meinen Kopf hinweg an den Kongreß wenden.«

»Wieso? Ich habe Trent und Fellows nur auf ein potentielles Problem hingewiesen, und das ist meine Pflicht.«

»Wir konnten den Bericht noch nicht bestätigen«, beharrte der Direktor.

»Läßt sich denn je etwas voll verifizieren?«

»Hier, sehen Sie sich das an.« Cabot reichte Jack eine Akte.

»Von SPINNAKER! Warum habe ich das noch nicht zu sehen bekommen?«

»Lesen Sie!« fauchte Cabot.

»Bestätigt die undichte Stelle...« Jack las die kurze Meldung hastig durch. »Er vermutet sie in unserer Moskauer Botschaft.«

»Reine Spekulation. Im Grunde verlangt er nur, daß seine Berichte von nun an von Kurieren überbracht werden. Sonst sagt er nichts Definitives.«

Cabot wich aus. »Das täten wir nicht zum ersten Mal.«

»Ich weiß«, räumte Ryan ein. Die direkten Flugverbindungen zwischen Moskau und New York, die es inzwischen gab, machten die Sache noch einfacher.

»Auf welchem Weg erreichen uns seine Berichte?«

»Die Methode ist recht einfach. Kadischow läßt ein Stück Papier in seiner Manteltasche, das die Garderobenfrau im Parlament herausnimmt und einem unserer Leute im Vorbeigehen zusteckt – ganz einfach und direkt. Und schnell. Ganz wohl habe ich mich dabei nie gefühlt, aber es klappt.«

»Jetzt haben wir also zwei Topagenten, die mit unseren Nachrichtenverbindungen unzufrieden sind, und ich muß persönlich nach Japan, um mich mit einem zu treffen.«

»So außergewöhnlich ist das nicht. Es kommt oft vor, daß ein Agent einen hohen Vertreter der CIA sprechen will. Diese Leute werden leicht nervös und suchen die Gewißheit, daß sich ganz oben jemand um sie kümmert.«

»Das kostet mich eine ganze Woche!« wandte Cabot ein.

»Sie müssen Anfang Februar ohnehin nach Korea«, meinte Ryan. »Schauen Sie auf dem Rückweg bei unserem Freund vorbei. Er will Sie ja nicht sofort sprechen, sondern nur bald.« Ryan wandte seine Aufmerksamkeit wieder SPINNAKERs Meldung zu und fragte sich, warum Cabot sich von Nebensächlichkeiten ablenken ließ. Das lag natürlich daran, daß der Mann ein Dilettant war, ein fauler dazu, und grundsätzlich recht behalten wollte.

Dem Bericht nach war Narmonow nun sehr besorgt, der Westen könne von seiner verzweifelten Lage im Machtkampf mit Militär und KGB erfahren. SPINNAKER meldete nichts Neues über die verschwundenen Atomwaffen, hatte aber viel über wechselnde politische Gruppierungen im Parlament zu sagen. Der Report kam Ryan zusammengeschustert vor. Er beschloß, ihn von Mary Pat begutachten zu lassen, denn sie war der einzige Mensch bei der CIA, der Kadischow wirklich verstand.

»Sie werden mit der Sache wohl zum Präsidenten gehen müssen«, meinte Jack.

»Ja, das wird sich nicht vermeiden lassen.«

»Wenn ich einen Vorschlag machen darf: Weisen Sie ihn darauf hin, daß wir noch keine von Kadischows Behauptungen bestätigen konnten.«

Der Direktor schaute auf. »Und warum?«

»Weil es die Wahrheit ist. Informationen aus nur einer Quelle gibt man immer mit diesem Vorbehalt weiter, besonders dann, wenn sie anscheinend sehr wichtig sind.«

»Ich glaube diesem Mann.«

»Ich bin da nicht so sicher.«

»Die Rußlandabteilung hält seinen Bericht auch für akkurat«, gab Cabot zu bedenken.

»Stimmt, aber ich fühlte mich wohler, wenn wir ihn aus einer unabhängigen Quelle bestätigen könnten«, sagte Jack.

»Haben Sie einen bestimmten Grund für Ihre Zweifel?«

»Nichts, das ich Ihnen vorlegen könnte. Wir sollten aber inzwischen in der Lage gewesen sein, das irgendwie zu verifizieren.«

»Sie erwarten also von mir, daß ich ins Weiße Haus gehe, den Fall vortrage und dann einräume, wir könnten uns auch irren?« Cabot drückte zu Ryans großer Erleichterung seine Zigarre aus.

»Jawohl, Sir.«

»Kommt nicht in Frage!«

»Sie müssen das tun, Sir, weil es der Wahrheit entspricht. So verlangen es die Vorschriften.«

»Jack, ich bin es langsam müde, mich von Ihnen über die Dienstvorschriften aufklären zu lassen. Vergessen Sie nicht, daß ich hier der Direktor bin.«

»Hören Sie, Marcus«, sagte Ryan und war bemüht, sich seine Frustration nicht anmerken zu lassen, »dieser Mann hat uns eine spektakuläre Information geliefert, die, sollte sie wahr sein, Auswirkungen auf unsere Beziehungen zur Sowjetunion haben könnte. Aber sie ist unbestätigt. Was, wenn die sich irrt, wenn die etwas mißverstanden hat? Was, wenn die sogar lügt?«

»Haben wir einen Grund zu dieser Annahme?«

»Nein, Sir, aber ist es in einem so wichtigen Fall vernünftig oder klug, unsere Außenpolitik wegen eines kurzen Briefes von einer Person zu ändern?« Mit Appellen an Klugheit und Vernunft war Cabot immer zu fassen.

»Ich habe mir Ihren Standpunkt angehört, Jack. So, mein Wagen wartet. In zwei Stunden bin ich wieder da.«

Cabot nahm seinen Mantel und ging zu dem für die hohen Beamten reservierten Aufzug. Sein Dienstwagen stand bereit. Als Direktor der CIA hatte er zwei Leibwächter – einen am Steuer, den anderen auf dem Beifahrersitz –, mußte sich aber abgesehen davon durch den Verkehr kämpfen wie jeder andere auch. Ryan fängt an, mir auf den Wecker zu gehen, dachte er, als sie den George Washington Parkway entlangrollten. Gewiß, ich bin neu, überlegte er weiter. Gewiß, ich bin unerfahren und überlasse den alltäglichen Kram gerne Untergebenen. Immerhin bin ich der Direktor und brauche mich nicht um jeden Dreck zu kümmern. Ich habe es satt, mir die Dienstvorschriften vorpredigen zu lassen, satt, Ryan über meinen Kopf hinweg bestimmen zu lassen, satt, jeden wichtigen Fall umständlich erläutert zu bekommen. Als Cabot das Weiße Haus betrat, kochte er vor Wut.

»Guten Morgen, Marcus«, sagte Liz Elliot in ihrem Zimmer.

»Guten Morgen. Es ist wieder eine Meldung von SPINNAKER eingegangen, die sich der Präsident ansehen muß.«

»Nun, was hat Kadischow diesmal zu sagen?«

»Woher wissen Sie seinen Namen?« grollte der DCI.

»Von Ryan – wissen Sie das nicht?«

»Verdammt noch mal!« fluchte Cabot. »Davon hat er mir kein Wort gesagt.«

»Nehmen Sie Platz, Marcus. Wir haben noch ein paar Minuten Zeit. Wie sind Sie mit Ryan zufrieden?«

»Manchmal vergißt er, wer der Direktor ist und wer der Stellvertreter.«

»Er ist etwas arrogant, nicht wahr?«

»Allerdings«, stimmte Cabot frostig zu.

»Auf seinem Gebiet leistet er in Grenzen gute Arbeit, aber mir persönlich geht sein Benehmen langsam auf die Nerven.«

»Ich weiß, was Sie meinen. Er macht mir dauernd Vorschriften – in diesem Fall zum Beispiel auch.«

Die Sicherheitsberaterin plazierte ihren Nadelstich mit Geschick. »So? Zweifelt er etwa an Ihrem Urteilsvermögen?«

Cabot schaute auf. »Ja, diesen Eindruck gewinnt man.«

»Nun, einige Leute mußten wir von der früheren Regierung übernehmen. Ryan ist natürlich ein Fachmann...« Ihre Stimme verlor sich.

»Und ich bin keiner?« fragte Cabot aufgebracht.

»Unsinn, Marcus, so war das nicht gemeint.«

»Tut mir leid, Liz. Sie haben recht. Aber manchmal geht Ryan mir gegen den Strich, das ist alles.«

»So, gehen wir zum Chef.«

»Wie stichhaltig ist das?« fragte Präsident Fowler fünf Minuten später.

»Wie Sie bereits erfuhren, arbeitet dieser Agent seit fünf Jahren für uns und lieferte immer akkurate Informationen.«

»Konnten Sie die Sache bestätigen?«

»Nicht vollständig«, erwiderte Cabot. »Ich bezweifle auch, daß uns das gelingen wird, aber die Rußlandabteilung glaubt ihm, und ich auch.«

»Ryan hatte seine Zweifel.«

Cabot wurde es müde, dauernd von Ryan zu hören. »Ich nicht, Mr. President. Meiner Ansicht nach versucht Ryan, uns mit seiner neuen Einschätzung der sowjetischen Regierung zu beeindrucken und uns zu beweisen, daß er kein kalter Krieger mehr ist.« Cabot redet mal wieder irrelevantes Zeug, dachte Liz Elliot.

Fowler sah zu ihr hinüber. »Elizabeth?«

»Ich halte es für durchaus plausibel, daß der sowjetische Sicherheitsapparat seine Position stärken will«, schnurrte sie. »Diesen Leuten mißfällt der Liberalisierungsprozeß, der Machtverlust, den sie hinnehmen mußten, und Narmonows Führungsstil. Diese Information ist daher mit vielen anderen Fakten, die uns vorliegen, konsistent. Ich finde, wir sollten sie ernst nehmen.«

»Wenn das wahr ist, müssen wir Narmonow langsam die Unterstützung verweigern. An einem Rückfall in das alte zentralisierte System wollen wir nicht beteiligt sein, besonders, wenn er von Elementen betrieben wird, die uns so eindeutig feindselig gegenüberstehen«, sagte Fowler.

»Einverstanden«, meinte Liz. »Lieber lassen wir Narmonow fallen. Wenn er dem Militär seinen Willen nicht aufzwingen kann, muß das jemand anderes tun. Natürlich müssen wir ihm eine faire Chance geben... aber wie, ist die große Frage. Schließlich wollen wir nicht, daß das Militär die Macht ergreift, oder?«

»Gott bewahre!« rief Fowler.

Sie standen auf einer Laufplanke in einem riesigen Bootsschuppen, in dem die Trident-U-Boote seeklar gemacht wurden, und sahen zu, wie USS *Georgia* von ihrer Besatzung beladen wurde.

»Er hat sich wohl herausgeredet, Bart?« fragte Jones.

»Seine Erklärung klang schlüssig, Ron.«

»Wann habe ich mich zuletzt geirrt?«

»Alles passiert zum ersten Mal.«

»In diesem Fall nicht, Skipper«, sagte Dr. Jones leise. »Das habe ich im Gefühl.«

»Gut, dann gehen Sie mit seinen Sonarleuten noch ein paarmal in den Simulator.«

»Recht so.« Jones schwieg einige Sekunden lang. »Wissen Sie, ich würde gerne mal wieder rausfahren, nur einmal noch...«

Mancuso drehte sich um. »Melden Sie sich etwa freiwillig?«

»Nein. Kim hätte kein Verständnis, wenn ich drei Monate fort wäre. Zwei Wochen sind schon lange genug, zu lange sogar. Ich bin sehr häuslich geworden, Bart, älter und respektabel, und nicht mehr so jung und energiegeladen wie diese Seeleute da unten.«

»Was halten Sie von ihnen?«

»Von den Sonarleuten? Die sind gut. Und das Team am Kartentisch auch. Ricks' Vorgänger als Skipper war Jim Rosselli, nicht wahr?«

»Richtig.«

»Er hat seine Leute gut ausgebildet. Darf ich etwas im Vertrauen sagen?«

»Aber sicher.«

»Ricks ist kein guter Skipper. Er schindet seine Leute, verlangt zu viel, ist zu schwer zufriedenzustellen. Ganz anders als Sie, Bart.«

Mancuso überhörte das Kompliment. »Jeder hat einen anderen Stil.«

»Gewiß, aber mit ihm möchte ich nicht auf Fahrt gehen. Einer seiner Chiefs und ein halbes Dutzend Maate haben um Versetzung gebeten.«

»Alle miteinander aus familiären Gründen.« Mancuso hatte alle Gesuche genehmigt, den Antrag des jungen Ersten Torpedomanns eingeschlossen.

»Stimmt nicht«, erwiderte Jones. »Das waren nur Vorwände!«

»Ron, ich befehlige das Geschwader, klar? Ich kann meine Kommandanten nur auf der Basis ihrer Leistungen beurteilen. Ricks muß gut sein, um es so weit gebracht zu haben.«

»Sie sehen das von oben, ich aber von unten. Aus meiner Perspektive gesehen ist dieser Mann kein guter Skipper. Das würde ich außer Ihnen niemandem sagen, aber wir waren nun mal Schiffskameraden. Ich war ein Peon mit dem mickrigen Grad E-6, aber Sie haben mich nie so behandelt. Sie waren ein guter Chef. Von Ricks kann man das nicht sagen. Er ist bei der Mannschaft unbeliebt, und sie hat auch kein Vertrauen zu ihm.«

»Verdammt, Ron, von solchen Dingen darf ich mich nicht beeinflussen lassen.«

»Ich weiß. Er war wie Sie an der Marineakademie, trägt den Siegelring und den Schulschlips – na ja, was Ihresgleichen eben wichtig ist. Sie müssen wohl anders an die Sache herangehen. Wie ich schon sagte, kann ich nur mit Ihnen so frei sprechen. Wenn ich auf seinem Boot wäre, ließe ich mich versetzen.«

»Ich habe auch unter Skippern gedient, die ich nicht mochte. Das ist eine reine Frage des persönlichen Stils.«

»Wie Sie meinen, Commodore.« Jones machte eine Pause. »Aber vergessen Sie bitte eines nicht. Vorgesetzte kann man mit allen möglichen Methoden beeindrucken, aber eine Mannschaft nur mit Fairneß und Kompetenz.«

Fromm bestand darauf, daß sie sich Zeit ließen. Die Form war schon lange abgekühlt und wurde nun in der Edelgasatmosphäre in der Umkleidung der ersten Werkzeugmaschine geöffnet. Als der Rohling aus Plutonium an seinem Platz war, prüfte Fromm noch einmal die Programmierung der Maschine und drückte dann auf einen Knopf. Das automatische System kam in Gang. Ein beweglicher Arm griff nach einem Fräskopf, setzte ihn auf die Antriebswelle und schwenkte über das Werkstück. Argon umflutete die unmittelbare Umgebung, und das Plutonium wurde zwecks Wahrung der Isothermie mit Freon besprüht. Fromm tippte auf den Monitor und wählte so das erste Programm. Die Antriebswelle begann mit mehreren tausend Umdrehungen pro Minute zu rotieren, und der Arm führte den Fräskopf mit einer Bewegung, die weder menschlich noch mechanisch, sondern eher wie die Karikatur einer menschlichen Handlung anmutete, auf das Werkstück zu. Durch die Acrylscheibe sahen sie, wie die ersten silbrigen Metallspäne abgehoben wurden.

»Wie groß ist der Substanzverlust?« fragte Ghosn.

»Insgesamt weniger als zwanzig Gramm«, war Fromms Schätzung. »Kein Problem.« Nun schaute er auf einen Druckmesser. Die Werkzeugmaschine war völlig vom Rest des Raumes isoliert, und in ihrer Umkleidung herrschte leichter Unterdruck. Das Argon, schwerer als Luft, hielt Sauerstoff von der Arbeitsstelle fern und verhinderte eine Selbstentzündung des Plutoniums, die hochgiftigen Staub erzeugt hätte. Das toxische Schwermetall, das zudem noch Alphapartikel ausstrahlt, führt zu einem raschen und unangenehmen Tod. Nun kamen die Maschinisten, um den Prozeß weiter zu überwachen. Fromm war mit ihrer Arbeit sehr zufrieden. Die Männer hatten ihre bereits vorhandenen Fertigkeiten unter seiner Anleitung bemerkenswert rasch ausgebaut und waren nun fast so gut wie die Leute, die er in Deutschland ausgebildet hatte. Und diese hier haben keine TH besucht, dachte Fromm; praktische Arbeit hat also ihren Wert.

»Wie lange noch?« fragte Kati.

»Wie oft muß ich Ihnen noch sagen, daß wir den Zeitplan exakt einhalten? Diese Phase ist die zeitraubendste des ganzen Projekts. Was wir nun herstellen, muß absolut perfekt sein. Wenn diese Komponente versagt, funktioniert das Ganze nicht.«

»Das trifft auf alles zu, was wir bisher getan haben«, ließ sich Ghosn vernehmen.

»Korrekt, junger Freund, aber beim Plutonium kann am ehesten etwas schiefgehen. Das Metall kann in gewissen Temperaturbereichen kritisch werden und ist schwer zu bearbeiten. So, sehen wir uns einmal die Sprengstoffplatten an.«

Ghosn hatte recht – alles mußte funktionieren. Für den Sprengstoff war er praktisch allein verantwortlich gewesen, nachdem Fromm die Spezifikationen festgelegt hatte. Gewöhnliches TNT war mit einem Härter gemischt worden, einem Kunststoff, der das Material festigte, ohne seine chemischen Eigenschaften zu verändern. Sprengstoffe sind normalerweise verformbar. Diese Eigenschaft war hier unerwünscht, da die Form der Platten entscheidenden Einfluß auf die Einwirkung des Explosionsdrucks auf den spaltbaren Kern hatte. Ghosn hatte 600 Platten in der Form eines Zylindersegments hergestellt. Siebzig sollten einen explosiven Ring mit einem Außendurchmesser von 70 Zentimetern bilden. Jede Platte war mit einem Zünder versehen, der von einem Krytonschalter ausgelöst wurde. Die Länge der Kabel zwischen Stromversorgung und Schalter mußte absolut identisch sein. Fromm hob eine Platte auf.

»Haben sie auch alle die gleiche Größe?« fragte er.

»Ja, ich habe mich genau an Ihre Anweisungen gehalten.«

»Dann nehmen Sie bitte aufs Geratewohl 70 heraus. Ich hole ein Edelstahlmodell, und dann werden wir Ihre Arbeit auf die Probe stellen.«

Die Stelle für den Test, ein Krater, den eine israelische Fliegerbombe vor

Jahren gerissen hatte, war natürlich schon vorbereitet worden. Katis Männer hatten ein hölzernes Fertighaus errichtet, mehrere Schichten Sandsäcke aufs Dach gelegt und das Ganze mit Tarnnetzen bedeckt. Der Zusammenbau der Testladung nahm drei Stunden in Anspruch. Ein elektronischer Sensor, der die Belastung des Materials maß, kam in das Edelstahlmodell, und man zog ein Kabel zu dem zweihundert Meter entfernten nächsten Krater, wo Fromm vor einem Oszilloskop saß. Kurz vor Sonnenuntergang war alles bereit.

»Fertig«, sagte Ghosn.

»Los!« erwiderte Fromm und konzentrierte sich auf das Oszilloskop.

Ibrahim drückte auf den Knopf. Die Hütte löste sich vor ihren Augen auf. Es flogen zwar ein paar intakt gebliebene Sandsäcke durch die Luft, aber sonst rieselte vorwiegend Erde herab. Der Maximaldruck war schon auf dem Schirm des Oszilloskops festgehalten, noch ehe sie den Knall hörten. Bock und Kati waren von den Auswirkungen der Explosion, die von den Sandsäcken stark gedämpft worden war, etwas enttäuscht. Konnte eine so kleine Detonation eine Atombombe zünden?

»Nun?« fragte Ghosn, als ein Mann auf den nun noch tieferen Krater zulief.

»Wir haben eine Abweichung von zehn Prozent«, sagte Fromm und schaute auf. Dann lächelte er. »Nach oben.«

»Was bedeutet das?« fragte Kati besorgt. Hatten sie etwas falsch gemacht?

»Das bedeutet, daß mein junger Schüler seine Sache gut gemacht hat.« Fünfzehn Minuten später konnten sie ganz sicher sein. Zwei Männer mußten lange suchen und graben, bis sie Fromm das Edelstahlmodell geben konnten. Der massive Zylinder, der so dick wie eine Männerfaust gewesen war, glich nun einer dünnen, krummen Zigarre. Wäre er aus Plutonium gewesen, hätte eine nukleare Reaktion stattgefunden, dessen war sich der Deutsche sicher. Fromm reichte Ibrahim das Objekt.

»Herr Ghosn, Sie haben ein Talent für Sprengstoffe und sind ein guter Ingenieur. In der DDR gelang uns das erst beim dritten Versuch. Sie aber haben es auf Anhieb geschafft.«

»Wie viele Tests noch?«

Fromm nickte. »Richtig. Morgen versuchen wir es noch einmal. Wir werden natürlich alle Edelstahlmodelle testen.«

»Zu diesem Zweck haben wir sie ja auch hergestellt«, stimmte Ghosn zu.

Auf dem Rückweg stellte Bock seine eigenen Berechnungen an. Laut Fromm sollte die Sprengleistung der Bombe mehr als vierhundertfünfzigtausend Tonnen TNT entsprechen; da er immer vorsichtig schätzte, ging er sicherheitshalber von 400 000 aus. Das Stadion und alle Menschen, die sich darin aufhielten, würden also verdampfen. Halt, korrigierte er sich, nicht ganz. Diese Bombe war keine Wunderwaffe, sondern nur ein großer Sprengsatz. Es war damit zu rechnen, daß das Stadion völlig zerstört wurde und daß die Trümmer vielleicht Tausende von Metern weit flogen. Der Boden am Detonationspunkt würde pulverisiert werden; Staub, an dem strahlende Partikel hafteten, wurde dann vom Feuerball hoch in die Luft gerissen. Die Detonation der Bombe am Boden würde den Fallout maximieren und zum größten Teil in Windrichtung bis zu dreißig Kilometern von der Stadt entfernt niedergehen lassen. Den Rest mochten die Winde dann bis Chicago, St. Louis oder gar Washington tragen. Wie viele Opfer würde das fordern?

Gute Frage. Er rechnete mit 200 000 Toten durch Druck- und Hitzeeinwirkung und weiteren fünfzig- bis hunderttausend, die an der Strahlung oder an Krebskrankheiten, die sich erst nach Jahren entwickelten, sterben würden. Wie Kati bereits angemerkt hatte, war die Gesamtzahl der Opfer etwas enttäuschend. Gemeinhin stellte man sich eine Atombombe als magische Massenvernichtungswaffe vor. Sie war aber auch die ideale Waffe für Terroristen.

Bin ich ein Terrorist? fragte sich Bock.

Das hing natürlich vom jeweiligen Standpunkt ab. Bock hatte schon vor langer Zeit entschieden, daß ihn das Urteil anderer nicht kümmerte. Und die Explosion würde die beste Demonstration seiner Überzeugung sein.

»John, ich suche nach einer Idee«, sagte Ryan.

»Wo drückt der Schuh?« fragte Clark.

»Ich komme nicht voran. Der japanische Premier fliegt im Februar nach Mexiko und von dort aus nach Washington, um sich mit dem Präsidenten zu treffen. Ich muß wissen, was er in seinem Flugzeug sagt.«

»Als Stewardeß kann ich mich nicht verkleiden; dazu sind meine Beine nicht hübsch genug, Doc. Außerdem beherrsche ich die japanische Teezeremonie nicht.« Der ehemalige Agent und jetzige Leibwächter hielt inne und sprach dann ernsthafter weiter. »Ein Flugzeug verwanzen? Klingt wie eine echte technische Herausforderung.«

»Was wissen Sie über solche Dinge?«

John musterte seine Kaffeetasse. »Ich habe schon Abhörgeräte angebracht, aber nur am Boden. In einem Flugzeug muß man den hohen Geräuschpegel berücksichtigen und auch genau herausfinden, wo die Zielperson sitzt. Und in der Maschine eines Regierungschefs muß man natürlich auch mit Sicherheitsmaßnahmen rechnen. Am problematischsten wird die technische Seite sein«, entschied er. »In Japan ist der Ministerpräsident wohl am meisten gefährdet – es sei denn, er macht einen Zwischenstopp in Detroit. Also, zu Mexico City. Dort wird Spanisch gesprochen; diese Sprache beherrsche ich einigermaßen. Außerdem nähme ich natürlich Chavez mit. Mit welcher Maschine fliegt der Japaner?«

»Ich habe erfahren, daß er eine 747 der JAL nimmt. Auf dem Oberdeck hinter der Kanzel hat man ihm einen Konferenzraum eingerichtet und auch Betten aufgestellt. Dort wird er sich also aufhalten. Wie ich höre, schaut er gerne den Piloten zu. Als erfahrener Weltreisender schläft er unterwegs soviel wie möglich, um die Auswirkungen der Zeitverschiebung gering zu halten.«

Clark nickte. »Irgendwer muß aber die Fenster putzen. Schließlich steht ihm nicht wie uns der komplette Bodenservice eines Luftstützpunkts zur Verfügung. Wenn die JAL regelmäßig nach Mexiko fliegt, hat sie dort einheimisches

Bodenpersonal. Ich sehe mir mal die technischen Daten der 747 an ... Wie ich schon sagte, es wird einfach sein, an das Flugzeug heranzukommen. Wir könnten Ding zum Beispiel mit guten Papieren nach Mexiko schicken und sich dort eine Stelle suchen lassen. Ich nehme an, daß wir die Genehmigung von oben haben?«

»Der Präsident will unbedingt wissen, was gespielt wird. Den endgültigen Plan müßte er dann noch billigen.«

»Dann rede ich am besten mal mit den Jungs von der Abteilung Wissenschaft und Technik. Unser Hauptproblem ist der Lärmpegel ... wie dringend ist die Sache, Doc?«

»Brandeilig, John.«

»Gut.« Clark erhob sich. »Fein, ich komme mal wieder in den Außendienst. So, ich gehe jetzt rüber ins neue Gebäude und versuche herauszufinden, ob die Sache möglich ist. Das kann ein paar Tage dauern. Heißt das, daß ich nicht mit nach England fliege?«

»Stört Sie das?« fragte Jack.

»Ach wo, ich bleibe ganz gern daheim.«

»Na schön. Ich habe in London bei Hamley's Weihnachtseinkäufe zu erledigen.«

»Ihr Glück, daß Ihre Kinder noch klein sind und Sie ihnen Spielzeug schenken können. Meine Töchter wollen nur noch Kleider, und davon verstehe ich überhaupt nichts.« Clark hatte einen Horror vor Damenbekleidungsgeschäften.

»Jack glaubt noch an den Nikolaus, aber Sally meldet bereits die ersten Zweifel an.«

Clark schüttelte den Kopf. »Wenn man erst mal den Glauben an den Weihnachtsmann verloren hat, geht es im Leben nur noch abwärts.«

»Wie wahr.«

23
Ansichten

»Jack, Sie sehen schlimm aus«, bemerkte Sir Basil Charleston.

»Der nächste, der mir das unter die Nase reibt, wird umgelegt.«

»Hatten Sie einen unangenehmen Flug?«

»Nichts als Turbulenzen, ich habe kein Auge zugetan.« Die Schatten unter seinen Augen waren noch dunkler als gewöhnlich und sprachen Bände.

»Mal sehen, ob es Ihnen nach dem Mittagessen bessergeht.«

»Schöner Tag«, stellte Ryan fest, als sie die Westminster Bridge Road entlang auf das Parlamentsgebäude zugingen. Der Himmel war blau und wolkenlos, wie es im englischen Frühwinter nur selten vorkommt. Von der Themse wehte eine frische Brise, aber das störte Ryan nicht. Er trug einen dicken Mantel, hatte einen Schal um den Hals, und der eisige Wind machte ihn wach. »Ärger im Büro, Bas?«

»Stellen Sie sich vor, wir haben eine Wanze gefunden, zwei Geschosse unter meinem Zimmer. Jetzt wird das ganze Haus auf den Kopf gestellt.«

»Tja, das Leben ist überall hart. Verdächtigen Sie den KGB?«

»Wir können noch nicht sicher sein«, sagte Charleston, als sie über die Brücke gingen. »Bei uns begann die Außenfassade abzubröckeln wie bei Scotland Yard vor ein paar Jahren, und bei der Reparatur fanden die Arbeiter ein verdächtiges Kabel. Wir folgten ihm... Offenbar haben unsere russischen Freunde ihre Aktivitäten nicht zurückgeschraubt, und es gibt ja auch noch andere Dienste. Kommt so etwas auch in Ihrem Laden vor?«

»Nein, unser Gebäude liegt isolierter als Century House.« Jack bezog sich auf die Tatsache, daß der britische Geheimdienst in einem sehr dichtbesiedelten Viertel untergebracht ist – ganz in der Nähe stand zum Beispiel ein großes Haus mit Eigentumswohnungen –, in dem selbst Wanzen mit schwacher Sendeleistung Daten übertragen konnten. Bei der CIA-Zentrale, die frei auf einem riesigen, bewaldeten Grundstück stand, war das weniger wahrscheinlich. Darüber hinaus waren in die neueren Gebäude umfassende Schutzeinrichtungen gegen interne Funksignale eingebaut worden. »Sie hätten unserem Beispiel folgen und Ihr Gebäude abschirmen sollen.«

»Das kostet ein Vermögen, und das haben wir im Augenblick nicht.«

»Der Zirkus nimmt kein Ende, obwohl wir den kalten Krieg gewonnen haben.«

»Wie hieß dieser alte Grieche, der zur Strafe in der Unterwelt einen Felsblock einen steilen Berg hinaufwälzen mußte – und jedesmal, wenn er ihn fast bis zur Spitze gebracht hatte, rollte das verdammte Ding wieder runter?«

»Sisyphos...? Oder vielleicht Tantalos? Meine Zeit in Oxford liegt lange zurück, Sir John. Auf jeden Fall haben Sie recht. Man erklimmt einen Berg und sieht auf dem Gipfel schon den nächsten.« Sie gingen weiter am Ufer entlang und auf ihr Restaurant zu. Treffen wie dieses hatten ihr Zeremoniell. Zum Geschäft kam man erst nach höflicher Konversation und einem bedeutungsschweren Schweigen. Charleston und Ryan machten einen Bogen um fotografierende amerikanische Touristen.

»Bas, wir haben ein Problem.«

»So? Was gibt's?« sagte Charleston, ohne sich umzudrehen. Hinter ihnen gingen drei Leibwächter, vor ihnen zwei.

Auch Jack wandte den Kopf nicht. »Wir haben einen Agenten im Kreml, der öfters mit Narmonow spricht. Er befürchtet einen Putsch von Militär und KGB. Er glaubt, die Sowjets könnten das Abrüstungsabkommen brechen und berichtet, aus einem Arsenal in Deutschland seien unter Umständen taktische Atomwaffen verschwunden.«

»Tatsächlich? Das sind ja herrliche Neuigkeiten. Wie gut ist Ihre Quelle?«

»Sie ist höchst zuverlässig.«

»Also mir ist das neu, Dr. Ryan.«

»Wie gut ist Ihr Agent?« fragte Ryan.

»Recht ordentlich.«

»Und er hat nichts Vergleichbares gemeldet?«

»Ein paar Gerüchte natürlich. Will sagen, Narmonow hat viel am Hals. Denken Sie nur an diese scheußlichen Geschichten im Baltikum, in Georgien und Aserbaidschan. Man denkt – wie sagt ihr Yankees? – an ›einen einarmigen Tapezierer‹! Er mußte sich zwar mit dem Sicherheitsapparat arrangieren, aber ein Coup d'Etat?« Charleston schüttelte den Kopf. »Das sagt unser Kaffeesatz nicht.«

»Aber unser Agent warnt uns vor einem Staatsstreich. Was halten Sie von der Geschichte mit den Kernwaffen?«

»An solche Informationen kommt unser Agent, der auf der zivilen Seite arbeitet, leider nicht heran.« Und weiter wollte Charleston, wie Ryan wußte, nicht gehen. »Wie ernst nehmen Sie die Sache?«

»Gezwungenermaßen sehr ernst. Dieser Agent hat uns im Laufe der Jahre vorzügliches Material geliefert.«

»Einer von Mrs. Foleys Rekruten?« fragte Charleston und lachte in sich hinein. »Großartige Frau. Wie ich höre, hat sie kürzlich noch ein Kind bekommen.«

»Stimmt, die kleine Emily Sarah sieht ihrer Mutter sehr ähnlich.« Jack glaubte, der ersten Frage recht geschickt ausgewichen zu sein. »Mary Pat kommt gleich nach Neujahr zurück ins Büro.«

»Richtig, Sie haben ja eine eigene Kindertagesstätte.«

»Ja, das war eine unserer klügsten Investitionen. Ich wollte, ich wäre auf die Idee gekommen.«

»Ihr Amerikaner!« Sir Basil lachte. »Nun zu den verschwundenen Kernwaffen. Das muß man in der Tat sehr ernst nehmen. Eine unheilige Allianz zwischen der Armee und dem KGB, taktische Gefechtsköpfe als Trumpfkarte. Recht beängstigend, muß ich sagen, aber wir haben noch keinen Pieps gehört. So etwas sollte doch schwer geheimzuhalten sein. Will sagen, Erpressung ist nicht sehr wirksam, wenn das Opfer nicht weiß, daß es erpreßt wird.«

»Einem Gerücht zufolge hat der KGB auch eine Operation in Deutschland laufen, bei der es um Kernwaffen geht.«

»Ja, das haben wir auch gehört«, meinte Charleston, als sie die Uferbefestigung hinunter zur *Tattersall Castle* gingen, einem alten Raddampfer, in dem sich nun ein Restaurant befand.

»Und?«

»Und wir haben selbst eine Operation gestartet. Offenbar trieb Erich Honekker ein eigenes kleines Manhattan-Projekt voran, aus dem aber zum Glück nichts wurde. Der Iwan war ziemlich aufgebracht, als er davon erfuhr. Kurz vor der Wiedervereinigung gab die DDR ihren ehemaligen sozialistischen Brüdern eine beträchtliche Menge Plutonium zurück. Ich spekuliere, daß sich der KGB um diesen Komplex kümmert.«

»Warum haben Sie uns nicht darüber informiert?« Himmel noch mal, Bas, dachte Ryan, ihr vergeßt aber auch nichts!

»Weil wir nichts Konkretes hatten, Jack.« Charleston nickte dem Oberkellner zu, der ihnen einen Tisch im Achterschiff zuwies. Die Leibwächter setzten sich zwischen ihre Schutzbefohlenen und den Rest der mampfenden Menschheit. »Unsere deutschen Freunde waren sehr entgegenkommend. Das Projekt ist eingestellt, sagen sie, ein für allemal. Leute aus unserer technischen Abteilung, die sich die Anlagen ansahen, bestätigen alle Aussagen unserer deutschen Kollegen.«

»Wann war das?«

»Vor einigen Monaten. Waren Sie hier schon einmal essen?« fragte Charleston, als der Kellner kam.

»Hier noch nicht, aber auf einigen anderen Fähren.« Basil bestellte ein großes Bitter. Jack entschied sich für ein helles Bier. Nachdem sich der Kellner zurückgezogen hatte, merkte Ryan an: »Die KGB-Operation ist aber noch im Gang.«

»Interessant. Kann sein, daß es sich um denselben Fall handelt und daß sie nur etwas später Interesse zeigten als wir.«

»Für einen Fall, bei dem es um Kernwaffen geht?« Ryan schüttelte den Kopf. »Bas, unsere russischen Freunde sind nicht auf den Kopf gefallen und schenken nuklearen Themen mehr Aufmerksamkeit als wir. Das ist ein Zug, den ich bewundere.«

»Tja, nachdem sich China die Bombe verschafft hatte, lernten sie ihre Lektion.« Charleston legte die Speisekarte hin und winkte dem Kellner. »Sie halten die Angelegenheit also für ernst?«

»Allerdings.«

»Auf Ihr Urteil kann man sich normalerweise verlassen, Jack. Vielen Dank«, sagte Charleston dann zu dem Kellner, der gerade die Getränke servierte.

Nachdem sie bestellt hatten, fragte Sir Basil: »Sie meinen also, wir sollten mal stochern?«

»Das wäre keine schlechte Idee.«

»Gut. Und was können Sie mir sonst noch verraten?«

»Das ist leider alles, Bas.«

»Ihre Quelle muß sehr gut sein.« Sir Basil nippte an seinem Bier. »Aber ich glaube, Sie haben Vorbehalte.«

»Stimmt, Basil ... aber wann haben wir die nicht?«

»Liegen Daten vor, die dagegen sprechen?«

»Nichts, nur daß wir nicht in der Lage waren, die Meldung zu bestätigen. Deshalb bin ich hier. Angesichts des Materials, das Sie uns geschickt haben, muß auch Ihr Mann etwas taugen. Vielleicht kann er diese Meldung am ehesten bestätigen.«

»Und wenn wir seine Aussage nicht verifizieren können?«

»Dann müssen wir sie trotzdem als gültig betrachten.« Diese Aussicht gefiel Ryan überhaupt nicht.

»Und Ihre Vorbehalte?«

»Sind wahrscheinlich nicht relevant, und zwar aus zwei Gründen. Erstens bin ich selbst nicht ganz sicher, ob ich die Sache glauben soll oder nicht, und zweitens ist meine Meinung nicht überall maßgebend.«

»Ah, und hat man Ihnen deshalb die Anerkennung Ihrer Arbeit an dem Abkommen verweigert?«

Ryan, der in den vergangenen sechsunddreißig Stunden kaum geschlafen hatte, grinste müde. »Davon lasse ich mich nicht überraschen, und ich frage auch nicht, wo Sie das ausgegraben haben.«

»Aber?«

»Wenn es nur wenigstens jemand an die Presse gäbe!« meinte Ryan und lachte trocken.

»Gezielte Indiskretionen gibt es bei uns nicht. Ich habe nur eine Person informiert.«

»Den Premierminister?«

»Nein, Seine Königliche Hoheit. Sie sind doch heute abend bei ihm zum Dinner eingeladen, nicht wahr? Ich schätzte, er wollte eingeweiht werden.«

Das gab Jack zu denken. Es war nicht zu erwarten, daß der Prinz von Wales etwas weitertrug, Ryan selbst hätte es ihm nie sagen können, aber ... »Danke, das war nett von Ihnen.«

»Tja, auf Anerkennung sind wir alle scharf. Sie und ich würden das natürlich abstreiten. Irgendwie unfair, aber so geht es eben. In diesem Fall habe ich gegen meine eigenen Prinzipien verstoßen, und wenn Sie mich nach dem Grund fragen: Ihre Leistung war fabelhaft, Jack. Wenn es auf der Welt gerecht zuginge, würde Ihre Majestät Ihnen den Verdienstorden verleihen.«

»Sagen Sie ihr bloß nichts, Basil, sonst tut sie das noch auf eigene Faust.«

»Gewiß, und dann wäre unser kleines Geheimnis heraus.« Das Essen wurde serviert, und sie mußten das Gespräch wieder unterbrechen.

»Es war nicht nur mein Verdienst. Alden hat viel getan, und Talbot, Bunker Scott Adler und viele andere auch.«

»Sie sind so bescheiden wie immer, Dr. Ryan.«

»Meinen Sie damit etwa ›dumm‹, Bas?« Ryan bekam nur ein Lächeln zur Antwort. Auf so etwas verstehen sich die Briten gut.

Fromm hätte es nie geglaubt. Sie hatten fünf Edelstahlmodelle mit den Massen und in der Form des Plutoniums hergestellt. Ghosn hatte alle erforderlichen Sprengstoffplatten angefertigt. Alle fünf Testexplosionen mit den Stahlmodellen waren erfolgreich verlaufen. Ghosn war ein sehr begabter junger Mann. Natürlich war er exakten Plänen gefolgt, die Fromm mit Hilfe eines leistungsfähigen Computers erstellt hatte, aber es war doch ungewöhnlich, daß alles auf Anhieb klappte.

Die erste Phase der Plutoniumbearbeitung war nun beendet. Das Metall sah sehr attraktiv aus und erinnerte an ein geschmiedetes, gefrästes und poliertes Autoersatzteil. Ein guter Anfang. Der Roboterarm der Fräsmaschine nahm das Werkstück aus der Spindel und legte es in einen argongefüllten Kasten, den er dann verschloß und vor eine Tür schob. Fromm nahm das Behältnis heraus und trug es an eine luftgelagerte Drehbank, wo der Prozeß sich in umgekehrter Reihenfolge wiederholte. Vakuumpumpen begannen zu laufen, und während oben in der Umkleidung die Luft abgesaugt wurde, strömte unten Argon ein. Als die gewünschte Atmosphäre erzeugt war, öffnete der Roboterarm dieser Maschine den Kasten, hob das Plutonium heraus und setzte es mit vorprogrammierten Bewegungen präzise in eine neue Spindel ein. Unter Fromms Aufsicht wurde ein Elektromotor eingeschaltet, der die Spindel langsam auf fünfzehntausend Umdrehungen pro Minute brachte.

»Es hat den Anschein, als – halt!« Fromm fluchte; er hatte geglaubt, alles richtig gemacht zu haben. Nachdem die Spindel ausgelaufen war, nahm er eine Feineinstellung vor. Fromm prüfte die Anordnung gründlich auf Unwuchten, stellte den Motor wieder an und fuhr die Spindel auf fünfundzwanzigtausend Umdrehungen hoch. Es gab keine Vibrationen.

»Den ersten Bearbeitungsgang haben Sie sehr gut erledigt«, sagte Fromm über die Schulter.

»Wie hoch ist der Materialverlust?« fragte Ghosn.

»18,527 Gramm.« Fromm schaltete die Maschine ab und richtete sich auf. »Ich kann unsere Arbeiter nicht genug loben. Warten wir mit dem Glattschleifen bis morgen. Blinde Hast ist unklug. Wir sind alle müde, und es ist Zeit fürs Abendessen.«

»Wie Sie meinen, Herr Fromm.«

»Sagen Sie ruhig Manfred zu mir«, erwiderte der Deutsche zu Ghosns Überraschung. »Ibrahim, ich muß mit Ihnen reden.«

»Im Freien?« Ghosn ging mit dem Deutschen zur Tür.

»Wir dürfen diese Männer nicht töten. Dazu sind sie viel zu wertvoll. Was, wenn sich eine solche Gelegenheit noch einmal bietet?«

»Aber Sie waren doch einverstanden!«

»Ich hätte nie erwartet, daß alles so glattgeht. Bei der Aufstellung meines Zeitplans ging ich von der Annahme aus, daß wir beide – oder, ehrlich gesagt, nur ich – jeden Schritt zu überwachen hätten. Sie, Ibrahim, haben mich mit Ihrem Geschick überrascht. Wir haben jetzt ein exzellentes Team, und das muß zusammenbleiben!«

Und wo kriegen wir die nächsten zehn Kilo Plutonium her? fragte sich Ghosn, sagte aber statt dessen: »Da haben Sie wohl recht. Ich werde das mit dem Kommandanten besprechen. Sie dürfen aber nicht vergessen...«

»Wie wichtig die Sicherheit ist, ich weiß. Wir können in dieser Phase nichts riskieren. Ich wollte Sie nur der Gerechtigkeit halber und als Fachmann bitten, die Entscheidung noch einmal zu überdenken. Verstehen Sie mich?«

»Gewiß, Manfred, da bin ich mit Ihnen einig.« Der Deutsche zeigt auf einmal menschliche Züge, dachte Ghosn. Zu spät, schade. »Und ich finde ebenfalls, daß wir uns vor der abschließenden Phase eine gute Mahlzeit gönnen sollten. Heute gibt es Lamm, und wir haben sogar deutsches Bier besorgt. Bitburger, hoffentlich schmeckt Ihnen das.«

»Ein gutes Gebräu. Schade, Ibrahim, daß Ihre Religion Ihnen das verbietet.«

»Zu diesem besonderen Anlaß«, meinte Ghosn, »will ich mir ein Bit genehmigen und hoffe, daß Allah mir vergibt.« Warum nicht das Vertrauen des Ungläubigen gewinnen? setzte er in Gedanken hinzu.

»Jack, Sie sind offensichtlich überarbeitet.«

»Das liegt an dem weiten Weg zur Arbeit, Sir. Ich verbringe jeden Tag zwei oder drei Stunden im Auto.«

»Warum ziehen Sie nicht in ein näher gelegenes Haus um?« schlug Seine Königliche Hoheit vor.

»Peregrine Cliff aufgeben?« Ryan schüttelte den Kopf. »Und wie soll Cathy dann in ihr Krankenhaus kommen? Ich muß auch an die Kinder denken und den Schulwechsel. Nein, das ist keine Lösung.«

»Sie erinnern sich gewiß, daß Sie sich bei unserer ersten Begegnung recht deutlich zu meiner körperlichen und geistigen Verfassung äußerten. Ich bezweifle, daß ich damals so schlecht aussah wie Sie jetzt.« Der Prinz hatte offenbar von mehr als nur Sir Basil Charlestons Seite Informationen erhalten, denn zur Mahlzeit wurde kein Alkohol serviert.

»Bei der Arbeit geht es im Augenblick heiß her.«

»Wie sagte Truman? ›Raus aus der Küche, wer die Hitze nicht verträgt.‹«

»Richtig, Sir, aber es wird sich schon wieder abkühlen. Derzeit ist eben allerhand los. Ging Ihnen das auf Ihrem Schiff nicht ähnlich?«

»Das war erstens eine viel gesündere Arbeit, und zweitens war mein Weg zum Arbeitsplatz viel kürzer. Genauer gesagt: knapp fünf Meter«, fügte der Prinz lachend hinzu.

Ryan lachte recht müde mit. »Das muß angenehm sein. Für mich ist das der Weg ins Vorzimmer.«

»Wie geht's der Familie?«

Lügen war sinnlos. »Könnte besser sein. Ich habe zuwenig Zeit für sie.«

»Jack, Sie haben Sorgen. Das sieht man Ihnen an.«

»Viel zuviel Streß. Ich trinke mehr, als mir guttut, und verschaffe mir nicht genug Bewegung. Der Job ist im Moment unangenehm, aber das bessert sich bestimmt wieder. Ich weiß Ihre Anteilnahme zu schätzen, Sir, aber ich komme schon wieder auf den Damm.« Jack war fast davon überzeugt, daß das stimmte. Fast.

»Wenn Sie meinen...«

»Das ist übrigens das beste Dinner, das ich seit langem genossen habe. Und wann darf man Sie wieder auf unserer Seite des großen Teichs begrüßen?« Ryan war dankbar für die Gelegenheit zu einem Themawechsel.

»Im Frühjahr. Ein Züchter in Wyoming hat Pferde für mich, Polo-Ponys.«

»Ein Wahnsinnssport ist das – wie Lacrosse auf Gäulen.«

»Nun, das gibt mir eine Chance, die Landschaft zu genießen. Wyoming ist herrlich. Ich will mir auch den Yellowstone-Park ansehen.«

»Da war ich noch nie«, sagte Jack.

»Wollen Sie uns dann vielleicht begleiten? Ich könnte Ihnen sogar Reitunterricht geben.«

»Warum nicht?« sagte Jack und versuchte, sich vorzustellen, welche Figur er hoch zu Roß wohl machte. Ob er überhaupt eine Woche Urlaub nehmen könnte? »Gut, solange Sie nicht mit diesen Holzhämmern nach mir hauen.«

»›Schläger‹ heißt das beim Polo, Jack. Keine Angst, Sie brauchen nicht mitzuspielen. Sie ruinierten höchstens ein armes Pferd. Ich hoffe doch, daß Sie die Zeit finden?«

»Versuchen kann ich es ja. Mit einem bißchen Glück hat sich die Welt bis dahin etwas beruhigt.«

»Das hat sie bereits getan, und das ist zu einem Gutteil Ihrer Arbeit zuzuschreiben.«

»Sir, ich glaube, daß Sir Basil meine Rolle etwas übertrieben hat. Ich war nur ein Rädchen im Getriebe.«

»Man kann die Bescheidenheit auch zu weit treiben. Ich fand enttäuschend, daß Ihr Wirken keine offizielle Anerkennung fand«, merkte der Prinz an.

»Tja, so geht es nun mal im Leben.« Jack war über seine eigene Reaktion verblüfft; zum ersten Mal war es ihm nicht gelungen, seine Gefühle ganz zu verbergen.

»So hatte ich mir das vorgestellt. Richtig, Jack, im Leben geht es nicht immer gerecht zu. Warum satteln Sie nicht um?«

Jack grinste. »Ich bitte Sie, so schlecht sehe ich nun auch wieder nicht aus. Die CIA braucht mich.«

Nun wurde Seine Hoheit ganz ernst. »Jack, sind wir Freunde?«

Ryan setzte sich kerzengerade auf. »Sehr viele habe ich nicht, aber Sie zähle ich dazu.«

»Vertrauen Sie meinem Urteil?«

»Jawohl, Sir.«

»Steigen Sie aus. Kündigen Sie. Zurückkehren können Sie immer. Ein Mann mit Ihren Talenten verschwindet nie ganz von der Bühne, das wissen Sie. Jack, man sieht Ihnen an, daß Sie zu lange in der Tretmühle waren. Sie haben Glück; *ich* hingegen kann nicht zurücktreten. So viel Freiheit wie Sie habe ich nicht. Nutzen Sie das.«

»Klingt plausibel. Aber Sie würden an meiner Stelle ja auch nicht aufgeben, und sogar aus dem gleichen Grund. Ich werfe nicht so schnell das Handtuch, und Sie genausowenig.«

»Stolz kann destruktiv sein«, gab der Prinz zu bedenken.

Jack beugte sich vor. »Es geht nicht um meinen Stolz, sondern um Fakten. Ich werde zu meinem Bedauern wirklich gebraucht. Und leider weiß man das noch nicht einmal.«

»Ist der neue Direktor denn so schlecht?«

»Marcus ist ein anständiger Mann, aber faul. Seine Stellung genießt er mehr als seine Pflichten. Dieses Problem ist wohl kaum auf die amerikanische Regierung beschränkt. Wir wissen beide, daß die Pflicht zuerst kommt. Gut, Sie sind qua Geburt zu Ihrem Posten verdonnert und können nicht fort, aber ich sitze ebenso fest, weil ich für meine Funktion der am besten qualifizierte Mann bin.«

»Hört man denn auf Sie?« fragte der Prinz scharf.

Jack zuckte die Achseln. »Nicht immer. Gewiß, auch ich irre mich manchmal, aber es muß doch einen geben, der das Richtige tut oder es wenigstens versucht. Und dieser eine bin ich. Und deshalb kann ich nicht aussteigen. Das wissen Sie so gut wie ich.«

»Auch wenn Sie sich dabei schaden?«

»Korrekt.«

»Ihr Pflichtbewußtsein ist bewundernswert, Sir John.«

»Ich hatte zwei gute Lehrer. Und Sie sind ja auch nicht geflohen, als Terroristen es auf Sie abgesehen hatten. Das hätten Sie ruhig tun können …«

»Nein. Wäre ich geflohen …«

»Hätten die Terroristen gewonnen«, ergänzte Jack. »Mein Problem ist ähnlich, nicht wahr? Das Aushalten habe ich auch an Ihrem Beispiel gelernt. Überrascht Sie das?«

»Ja«, gestand der Prinz.

»Sie laufen nicht davon. Und ich auch nicht.«

»Sie sind so beredt wie immer.«

»Na bitte. Ich kann's noch.« Jack war sehr mit sich zufrieden.

»Ich bestehe darauf, daß Sie Ihre Familie mit nach Wyoming bringen.«

»Übergehen Sie mich doch einfach und reden Sie mit Cathy.«

Seine Hoheit lachte. »Vielleicht tu' ich das sogar! Fliegen Sie morgen?«

»Jawohl, Sir. Vorher muß ich noch bei Hamley's Spielsachen einkaufen.«

»Gönnen Sie sich Ruhe, Jack. Nächstes Jahr führen wir diese Diskussion bestimmt wieder.«

In Washington war es fünf Stunden früher. Liz Elliot starrte über ihren Schreibtisch hinweg Bob Holtzman an, der regelmäßig über das Weiße Haus für die Presse berichtete. Ebenso wie die nichtpolitischen Beamten hier hatte er die Regierungen kommen und gehen gesehen und alle überdauert. Seine lange Erfahrung im Haus hatte einen widersprüchlichen Effekt. Einerseits war er von den interessantesten Nachrichten, die erst nach Jahren und zu spät für eine gute Story an die Öffentlichkeit kamen und dann von Historikern verarbeitet wurden, abgeschnitten; andererseits aber hatte er ein so gutes Gespür für Nuancen und Andeutungen, daß er für einen hohen Posten in jedem Geheimdienst qualifiziert gewesen wäre. Aber seine Zeitung zahlte wesentlich besser als jede Regierungsbehörde, und außerdem hatte er ein paar Bestseller über das Leben an der Spitze der Administration verfaßt.

»Dies ist also nur inoffiziell?« fragte er.

»Ja«, erwiderte die Sicherheitsberaterin.

Holtzman nickte und begann, sich Notizen zu machen. Die Regeln standen nun fest. Direktzitate waren ausgeschlossen. Elizabeth Elliot war als »hoher Regierungsvertreter« oder im Plural als »Quellen« zu bezeichnen, aus denen etwas »verlautete«. Er sah von seinem Notizblock auf – bei dieser Art Interview durften auch keine Tonbandgeräte benutzt werden – und wartete. Liz Elliot genoß es, ihn auf die Folter zu spannen. Holtzman hielt sie für eine intelligente, wenn auch etwas elitäre Frau – solche Menschen waren im Weißen Haus nicht selten –, die dem Präsidenten eindeutig am nächsten stand, wenn er die Zeichen richtig deutete. Aber das ging die Öffentlichkeit nichts an. Die besondere Beziehung zwischen dem Präsidenten und seiner Sicherheitsberaterin war inzwischen kein Geheimnis mehr. Das Personal im Weißen Haus verhielt sich noch diskreter als sonst, was er merkwürdig fand, denn Fowler war nicht gerade ein liebenswerter Mensch. Nun, vielleicht hatten sie Mitgefühl, weil er so einsam gewesen war. Die Begleitumstände des Todes seiner Frau waren allgemein bekannt und hatten ihm bei der Wahl wohl einige Prozentpunkte an Sympathiestimmen eingebracht. Vielleicht glaubten die Beamten auch, eine stabile Liebesbeziehung könne ihn bessern. Es war aber auch gut möglich, daß sie schlicht wie Fachleute handelten – was sie von den aus politischen Gründen Ernannten unterschied, wie Holtzman fand; denen war nichts heilig. Fowler und Elliot waren vermutlich nur sehr diskret. Wie auch immer, die im Weißen Haus akkreditierten Journalisten hatten in der Bar zur »Vertraulichen Quelle« den Fall durchdiskutiert und waren zu dem Schluß gekommen, daß Fowlers Liebesleben die Öffentlichkeit nicht zu interessieren brauchte, solange es seine Amtsführung nicht in Mitleidenschaft zog. Immerhin war seine Außenpolitik recht erfolgreich. Die Euphorie nach dem Vatikanabkommen und seinen erstaunlich positiven Resultaten hatte sich nie ganz gelegt. Einen Präsidenten, der seine Arbeit so gut tat, durfte man nicht miesmachen.

»Es besteht die Möglichkeit, daß wir Probleme mit den Russen bekommen«, begann Elliot.

»So?« Zur Abwechslung war Holtzman einmal überrascht.

»Wir haben Grund zu der Annahme, daß Narmonow beträchtliche Schwierigkeiten mit den Spitzen seines Militärs hat. Das könnte sich auf die Einhaltung des Abrüstungsvertrags auswirken.«

»Und auf welche Weise?«

»Wir haben Grund zu der Annahme, daß die Sowjets sich gegen die Verschrottung eines Teils ihrer SS-18 sperren werden. Mit der Zerstörung dieser Raketen sind sie bereits im Rückstand.«

Zweimal »Grund zu der Annahme«, überlegte Holtzman. Eine hochsensitive Quelle also, vermutlich ein Spion und keine abgefangene Nachricht. »Es heißt, daß ihnen ihre Entsorgungsanlage Probleme macht. Unsere Inspektoren, die dort waren, scheinen das zu glauben.«

»Vielleicht war die Fabrik mit – wie sagt man? Kreativer Inkompetenz? – geplant worden.«

»Was meint die CIA?« fragte Holtzman und kritzelte, so schnell er konnte.

»Man gab uns einen vorläufigen Bericht, aber noch keine brauchbare Analyse.«

»Und Ryan? Der hat doch ein gutes Gespür für die Sowjetunion.«

»Ryan hat uns enttäuscht«, meinte Liz. »Übrigens – darüber dürfen Sie weder schreiben noch seinen Namen erwähnen – läuft im Augenblick ein kleines Ermittlungsverfahren gegen ihn, das bedenkliche Dinge ans Tageslicht gebracht hat.«

»Zum Beispiel?«

»Zum Beispiel glaube ich, daß wir verzerrte Daten bekommen. Zum Beispiel vermute ich, daß ein hoher Beamter der CIA ein Verhältnis mit einer im Ausland geborenen Person hat, die möglicherweise sogar ein Kind von ihm hat.«

»Ryan?«

Die Sicherheitsberaterin schüttelte den Kopf. »Das kann ich weder bestätigen noch dementieren. Denken Sie an die Regeln.«

»Mit Sicherheit«, versetzte Holtzman und verbarg seinen Ärger. Hielt sie ihn denn für einen Sensationsreporter?

»Er weiß offenbar, daß wir seine Ansichten nicht teilen, und versucht daher die Daten zu färben, um uns zu gefallen. Dies ist eine Zeit, in der wir gutes Material aus Langley brauchen, aber es kommt nicht.«

Holtzman nickte nachdenklich. Dieses Problem war in Langley nicht neu, aber Ryan tat so etwas doch sicherlich nicht? Er ließ die Sache fürs erste auf sich beruhen. »Und Narmonow?«

»Wenn unsere Informationen korrekt sind, wird er bald abgesetzt, entweder von der Rechten oder von der Linken. Es ist nicht ausgeschlossen, daß er die Nerven verloren hat.«

»Ist das wirklich wahr?«

»Ja, es hat den Anschein. Die Vorstellung, daß sein Sicherheitsapparat ihn erpressen könnte, beunruhigt uns sehr. Aber angesichts der Probleme in Langley...« Liz hob die Hände.

»Ausgerechnet jetzt, wo sich alles so positiv entwickelt. Haben Sie etwa auch Schwierigkeiten mit Cabot?«

»Er arbeitet sich gut ein, und wenn er mehr Unterstützung bekäme, wäre alles in Ordnung.«

»Sind Sie sehr besorgt?«

»Ja. Gerade jetzt, wo wir gute Geheimdienstinformationen brauchen, bekommen wir sie nicht. Wie sollen wir auf Narmonows Lage reagieren, wenn wir keine vernünftigen Daten geliefert bekommen? Und was kriegen wir statt dessen?« fragte Liz mit gespielter Verzweiflung. »Unser Held wuselt herum und kümmert sich um Sachen, die die CIA nichts angehen – auf der einen Seite mischt er sich ein und stiftet Panik, auf der anderen versäumt er es, Cabot vernünftige Analysen zu einer anscheinend sehr wichtigen Entwicklung zu liefern. Na ja, er ist eben abgelenkt...«

Unser Held, dachte Holtzman. Interessante Wortwahl. Sie muß ihn abgrundtief hassen. Warum, wußte er aber nicht. Ryan hatte nie große politische Ambitionen gezeigt und war nach allem, was man hörte, ein anständiger Mann. Der Reporter konnte sich an einen Fauxpas erinnern, eine öffentliche Konfrontation mit Al Trent, welche, da war Holtzman sicher, inszeniert worden war. Was war damals wichtig genug gewesen, um einen solchen Eklat in Szene zu setzen? Ryan war zweimal mit dem höchsten Geheimdienstorden ausgezeichnet worden – die Gründe dafür hatte Holtzman nie in Erfahrung bringen können. Nur Gerüchte waren umgegangen, fünf verschiedene Versionen von vier verschiedenen Geschichten, die wahrscheinlich alle nicht stimmten. Ryan war bei der Presse nicht sonderlich beliebt, weil er nie etwas durchsickern ließ und die Geheimhaltung zu ernst nahm. Andererseits aber schmeichelte er sich auch nicht ein, und solche Leute respektierte Holtzman. Eines stand fest: Er hatte die Antipathie gegen Ryan in der Fowler-Administration schwer unterschätzt.

Ich werde manipuliert, dachte er, daran besteht kein Zweifel. Sehr geschickt natürlich. Die Information über die Russen war vermutlich korrekt. Und Klagen über die CIA, weil sie das Weiße Haus nicht vor wichtigen Entwicklungen warnte, waren ja ein alter Hut. Dieser Hinweis basierte wohl auch auf Wahrheit. Aber wo steckte dann die Lüge? Gab es überhaupt eine? Oder wollte man nur sensitive, aber korrekte Informationen an die Öffentlichkeit bringen... auf die übliche Weise? In diesem Büro an der Nordwestecke des Westflügels des Weißen Hauses hatte er schon öfters wichtige Dinge erfahren.

Konnte Holtzman auf eine solche Story verzichten?

Ausgeschlossen, Bobby, sagte sich der Reporter.

Auf dem Rückflug glitt die Maschine seidenweich durch die Luft. Während Ryan sich ausschlief, sah sich ein Sergeant, der als Steward fungierte, derweil die Montageanleitungen einiger Spielsachen an, die Jack erstanden hatte.

»Na, Sergeant, was treiben Sie denn da?« fragte der Pilot, der, um sich die Füße zu vertreten, in die Kabine gekommen war.

»Major, unser Passagier hat Kram für seine Kinder gekauft. Hören Sie sich das mal an: ›Lasche 1 in Schlitz A schieben, Sechskantbolzen 21 Millimeter in Bohrung 4 einführen und mit Schraubenschlüssel festziehen . . .‹«

»Da bastle ich lieber an kaputten Triebwerken rum.«

»Roger«, stimmte der Sergeant zu. »Der Mann kann sich auf was gefaßt machen.«

24
Offenbarung

»Ich lasse mich nicht gerne benutzen«, sagte Holtzman und lehnte sich zurück. Er saß mit seinem Chefredakteur, auch dieser ein Washington-Kenner, der sich seine Sporen während des Watergate-Skandals verdient hatte, im Konferenzzimmer. In jenem hektischen Sommer 1974 waren die amerikanischen Medien derart blutrünstig geworden, daß es immer noch anhielt. Ein Vorteil daran ist, überlegte Holtzman, daß wir nun niemandem mehr um den Bart gehen. Nun war jeder Politiker ein potentielles Ziel für den gerechten Zorn der Priesterschaft der Enthüllungsjournalisten. Eigentlich eine gesunde Entwicklung, wenn man von den gelegentlichen Exzessen absah.

»Das tut hier nichts zur Sache. Wer läßt sich schon gerne manipulieren? So, was stimmt an dieser Geschichte?« fragte der Redakteur.

»Wir müssen ihr abnehmen, daß das Weiße Haus keine guten Geheimdienstinformationen bekommt. Klagen über die CIA sind nichts Neues, aber inzwischen seltener als früher. Tatsache ist, daß der Dienst seine Leistungen verbessert hat – leider ließ Cabot zu viele Köpfe rollen. Wir müssen auch glauben, was sie über Narmonow und das Militär sagte.«

»Und der Fall Ryan?«

»Ich bin ihm bei gesellschaftlichen Anlässen begegnet, aber nie in seiner dienstlichen Funktion. Recht angenehmer Mensch mit Sinn für Humor. Er hat zwei Intelligence Stars – wofür sie verliehen wurden, wissen wir nicht. Er wehrte sich gegen Cabots Plan, das Direktorat Operationen zu verkleinern, und rettete offenbar ein paar Stellen. Aufgestiegen ist er sehr rasch. Al Trent mag ihn trotz des Zusammenstoßes, den die beiden vor ein paar Jahren hatten. Dahinter muß eine Story stecken, aber als ich Trent einmal danach fragte, verweigerte er glatt jede Auskunft. Angeblich haben sie sich wieder versöhnt, aber da glaub' ich eher an den Osterhasen.«

»Ist er der Typ, der fremdgeht?« fragte der Redakteur.

»Was ist das Charakterprofil eines Frauenhelden? Soll man ihnen rote Anstecker verpassen, damit man sie als Sexprotze erkennt?«

»Sehr witzig, Bob. So, und was wollen Sie jetzt von mir?«

»Berichten wir darüber oder nicht?«

Der Redakteur guckte erstaunt. »Ist das Ihr Ernst? Wie können wir einen solchen Knüller in der Schublade lassen?«

»Ich lasse mich halt nicht gerne manipulieren.«

»Schluß jetzt, dieses Argument ist vom Tisch. Mir gefällt das auch nicht, und in diesem Fall ist die Absicht sonnenklar, aber wenn wir es nicht bringen, steht es übermorgen in der *Times.* Bis wann haben Sie den Artikel fertig?«

»Bald«, versprach Holtzman, der nun wußte, warum er die Beförderung abgelehnt hatte. Ums Geld war es ihm nicht gegangen; dank seiner Buchtantiemen brauchte er eigentlich überhaupt nicht mehr zu arbeiten. Aber er war immer noch gerne Journalist und hatte sich seine Ideale bewahrt. Zum Glück war er kein Manager und brauchte solche Entscheidungen nicht zu treffen.

Die neue Speisewasserpumpe hielt, was der Schiffbaumeister versprochen hatte, wie Kapitän Dubinin feststellte. Zu ihrem Einbau hatte man eine ganze Abteilung auseinandernehmen und ein Loch in den Doppelrumpf schneiden müssen. Noch immer sah er, wenn er nach oben schaute, statt der gewölbten Stahldecke den Himmel, und so etwas brachte einen U-Boot-Fahrer aus der Ruhe. Man mußte erst sicherstellen, daß die Pumpe zufriedenstellend arbeitete, ehe man die »Schwachstelle« in der Hülle wieder zuschweißte. Zum Glück bestand dieser Rumpf aus Stahl. Schweißarbeiten an den Titanrümpfen der Alfa-Klasse waren teuflisch kompliziert.

Der Raum, in dem sich die Pumpe und der Dampferzeuger befanden, lag direkt achtern des Reaktorraums. Mehr noch: Sicherheitsbehälter im einen und Pumpengehäuse im anderen Raum grenzten direkt an das Schott an. Die Pumpe ließ Wasser durch den Reaktor zirkulieren. Gesättigter Dampf strömte in den Dampferzeuger, der die Funktion eines Wärmetauschers hatte; hier gab er seine Wärme an den äußeren oder Sekundärkreislauf ab, dessen Wasser verdampfte und die Turbinen des Bootes antrieb (diese wiederum drehten über Reduktionsgetriebe die Schrauben). Der Dampf des inneren oder Primärkreislaufs hatte nun einen Großteil seiner thermischen Energie verloren und wurde über einen seewassergekühlten Kondensator zurück in den Reaktor geführt, wo der Zyklus aufs neue begann. Dampferzeuger und Kondensator bildeten gemeinsam ein großes Aggregat, und die Mehrstufenpumpe hielt beide Kreisläufe in Gang. Diese eine mechanische Komponente war die akustische Archillesferse aller Boote mit Nuklearantrieb. Die Pumpe hatte gewaltige Wassermassen auszutauschen, die sowohl thermisch als auch radioaktiv »heiß« waren. Bisher war die Entwicklung einer so hohen Leistung mit viel Lärm verbunden gewesen. Aber das hatte sich nun geändert.

»Eine geniale Konstruktion«, bemerkte Dubinin.

»Kein Wunder. Die Amerikaner haben zehn Jahre daran gearbeitet, sie zu vervollkommnen, und dann beschlossen, sie doch nicht in ihre Raketen-U-Boote einzubauen. Das Konstruktionsteam war am Boden zerstört.«

Der Kapitän grunzte. In den neuen amerikanischen Reaktoren wurde der Kreislauf ohne Pumpen durch Konvektion in Gang gehalten – wieder ein technischer Vorteil mehr. Diese Leute waren so verdammt schlau! Nun wurde der Reaktor hochgefahren. Die Steuerstäbe wurden herausgezogen, freie Neutronen aus den Brennelementen begannen miteinander zu reagieren und setzten eine Kettenreaktion in Gang. Techniker am Schaltpult hinter dem Kapitän und dem Schiffbaumeister gaben die Temperaturen in der beim absoluten Nullpunkt beginnenden Kelvin-Skala durch.

»Gleich ist's soweit ...«, hauchte der Schiffbaumeister.

»Haben Sie die Pumpe noch nie laufen gesehen?« fragte Dubinin.

»Nein.«

Schöne Aussicht, dachte der Kapitän und schaute durch das Loch in der Decke. Schrecklich, Tageslicht in einem U-Boot ... »Was war das?«

»Die Pumpe ist gerade angelaufen.«

»Das kann doch nicht Ihr Ernst sein.« Dubinin warf einen Blick auf das riesige Aggregat, ging an die Instrumententafel und...

Lachte laut auf.

»Sie läuft«, sagte der Leitende Ingenieur.

»Fahren Sie den Reaktor hoch, LI«, befahl Dubinin.

»Zehn Prozent und steigt.«

»Gehen Sie auf hundertzehn.«

»Aber Käpt'n ...«

»Ich weiß, wir überschreiten hundert Prozent Leistung nie.« Der Reaktor hatte eine Höchstleistung von fünfzigtausend PS, aber das war, wie bei solchen Maschinen üblich, eine vorsichtige Schätzung. Ein solches Modell hatte bei einem Probelauf vor der Indienststellung knapp 58 000 PS erbracht und dabei leichte Schäden am Wärmetauscher erlitten. Die ausnutzbare Höchstleistung betrug 54 000,96 PS. So hoch war Dubinin nur einmal kurz nach der Übernahme gegangen. Ein Kommandant mußte so etwas tun, ebenso wie ein Kampfflieger wenigstens einmal erproben will, wie schnell seine Maschine die Luft durchschneiden kann.

»Jawohl, wir gehen auf Höchstleistung«, bestätigte der LI.

»Achten Sie genau auf die Instrumente, Iwan Stepanowitsch, und wenn Ihnen etwas komisch vorkommt, schalten Sie sofort ab.« Dubinin klopfte ihm auf die Schulter, ging zum vorderen Schott und hoffte nur, daß die Schweißer saubere Arbeit geleistet hatten. Bei dem Gedanken hob er die Schultern. Alle Schweißnähte waren geröntgt worden, und er konnte sich schließlich nicht um alles kümmern. Außerdem war sein LI ein kompetenter Mann.

»Leistung auf zwanzig.«

Der Schiffbaumeister drehte sich um. Die Pumpe war auf Federbeinen montiert, um die Übertragung von Lärm und Vibrationen auf den Rumpf und von dort aus ins Wasser zu verhindern. Diese Lösung hielt er für schlecht. Nun, Raum für Verbesserungen gab es immer. Der Schiffbau war die letzte wahre Form der Ingenieurskunst.

»Fünfundzwanzig.«

»Welcher Geschwindigkeit entspricht das?«

»Bei normaler ›Hotel‹-Belastung« – gemeint war die zum Betrieb der verschiedenen Schiffssysteme von der Klimaanlage bis zu den Leselampen erforderliche Leistung – »zehn Knoten«. Die inneren Einrichtungen der Akula-Klasse hatten einen hohen Stromverbrauch, was vorwiegend auf die primitive Lufterneuerungsanlage zurückzuführen war, die allein zehn Prozent der Reaktorleistung fraß. »Fünfzehn Prozent der verfügbaren Leistung werden für die

›Hotel‹-Belastung gebraucht. Erst dann beginnt sich die Schraube zu drehen. Westliche Systeme sind wesentlich effizienter.«

Der Schiffbaumeister nickte mürrisch. »Im Westen gibt es eine riesige Industrie, die Klimaanlagen herstellt. Uns fehlt noch die Infrastruktur für ordentliche Forschung auf diesem Gebiet.«

»In Amerika ist das Klima auch wärmer. Ich war einmal im Juli in Washington. Die Hölle könnte kaum schlimmer sein.«

»Ist es dort so furchtbar?«

»Unerträglich heiß und schwül. Ein Mann von der Botschaft, der mir die Stadt zeigte, sagte, dort habe sich einmal ein Malariasumpf befunden. Es gab dort sogar Gelbfieberepidemien. Scheußliches Klima.«

»Das wußte ich gar nicht.«

»Dreißig Prozent!« rief der Ingenieur.

»Wann waren Sie dort?« fragte der Schiffbaumeister.

»Vor mehr als zehn Jahren, als über die Behandlung von Zwischenfällen auf See verhandelt wurde. Das war mein erstes und letztes Abenteuer als Diplomat. Irgendein Narr von der Zentrale meinte, es müsse ein U-Boot-Fahrer teilnehmen. Man holte mich deswegen von der Frunse-Akademie. Totale Zeitverschwendung«, fügte Dubinin hinzu.

»Und wie fanden Sie es dort?«

»Öde. Damals waren die amerikanischen U-Boot-Fahrer arrogant und unfreundlich.« Dubinin hielt inne. »Nein, das ist ungerecht. Das politische Klima war einfach anders. Die Gastfreundschaft der Amerikaner war herzlich, aber reserviert. Sie nahmen uns mit zu einem Baseballspiel. Das Essen und das Bier schmeckten mir. Das Spiel haben wir nicht begriffen, und die Erklärungsversuche unserer Kollegen machten die Sache noch schlimmer.«

»Vierzig Prozent.«

»Das entspricht zwölf Knoten«, sagte Dubinin. »Die Pumpe wird lauter. Aber?«

»Sie erzeugt nur einen Bruchteil des Lärms ihres Vorgängermodells. Meine Männer mußten hier Ohrenschützer tragen. Bei Höchstgeschwindigkeit war der Krach unerträglich.«

»Nun, wir werden sehen, wie das in Zukunft ist. Haben Sie in Washington etwas Interessantes gelernt?«

Dubinin grunzte. »Daß man dort lieber nicht allein auf die Straße geht. Ich machte einen kleinen Spaziergang und bekam mit, wie ein junger Hooligan einfach eine Frau angriff. Stellen Sie sich vor, nur ein paar Straßen vom Weißen Haus entfernt!«

»Ehrlich?«

»Der junge Gauner wollte mit ihrer Handtasche an mir vorbeirennen. Unglaublich. Wie im Film!«

»Er ›wollte‹ an Ihnen vorbei?«

»Habe ich Ihnen nicht erzählt, daß ich früher ein guter Fußballspieler war? Ich habe ihn gestoppt – etwas zu heftig, denn seine Kniescheibe ging dabei kaputt.« Dubinin lächelte bei der Erinnerung. Nun, zementierte Gehwege waren eben einiges härter als das Gras auf dem Fußballplatz...

»Fünfzig Prozent.«

»Und was passierte dann?«

»Das Botschaftspersonal drehte durch, und der Botschafter brüllte herum. Ich dachte schon: Jetzt schicken sie dich sofort heim. Aber die örtliche Polizei wollte mich auszeichnen. Deshalb wurde der Fall unter den Teppich gekehrt, aber ich durfte nie wieder Diplomat spielen.« Dubinin lachte auf. »Na, wenigstens habe ich gewonnen. 18 Knoten.«

»Warum haben Sie überhaupt eingegriffen?«

»Weil ich jung und dumm war«, erklärte Dubinin. »Die Möglichkeit, daß der Vorfall ein Trick der CIA sein könnte – das vermutete der Botschafter –, kam mir gar nicht in den Sinn. Unsinn, es ging nur um einen jungen Kriminellen, der eine gebrechliche farbige Frau angriff. Seine Kniescheibe sah böse aus. Ich frage mich, wie schnell er jetzt noch läuft. Und wenn er von der CIA war, brauchen wir uns um einen Spion weniger zu kümmern.«

»60 Prozent, alles ruhig!« rief der LI. »Druck fluktuiert nicht.«

»Also 23 Knoten. Die nächsten vierzig Prozent Leistung bringen uns nicht viel ein... von nun an nehmen die Strömungsgeräusche entlang des Rumpfes stark zu. Zügig hochfahren, Wanja!«

»Was war Ihre schnellste Fahrt?«

»32 Knoten bei Höchstleistung, 33 bei Überlast«, antwortete Dubinin auf die Frage des Schiffbaumeisters.

»Man hört von einer neuen Rumpfbeschichtung...«

»Diese englische Erfindung? Die Aufklärung sagt, daß sie die amerikanischen Jagd-U-Boote um einen Knoten schneller macht.«

»Richtig«, bestätigte der Schiffbaumeister. »Die Formel haben wir, wie ich höre, aber die Herstellung und mehr noch die Auftragung sind problematisch.«

»Ab 25 Knoten kann es die schallschluckenden Kacheln von der Außenhülle reißen. Das passierte einmal auf *Swerdlowskij Komsomolez,* als ich *Starpom* war.« Dubinin schüttelte den Kopf. »Man kam sich vor wie in einer Trommel, als diese Gummilappen gegen den Rumpf knallten.«

»Dagegen können wir leider nichts tun.«

»75 Prozent Leistung.«

»Reißen Sie die Kacheln runter, dann schaffe ich einen Knoten mehr.«

»Ist das Ihr Ernst?«

Dubinin schüttelte den Kopf. »Nein. Wenn ein Torpedo auf uns zuläuft, können sie den Unterschied zwischen Leben und Tod bedeuten.«

An diesem Punkt stoppte die Unterhaltung. Innerhalb von zehn Minuten war der Antrieb auf 100 Prozent hochgefahren worden und gab 50 000 PS ab. Die Pumpe lief inzwischen ziemlich laut, aber die Männer konnten sich noch verstehen. Mit dem alten Modell hätten wir bei diesen Drehzahlen den Lärmpegel eines Rockkonzertes, sagte sich Dubinin; und man spürte die Schallwellen im Körper. Das war jetzt anders, auch wegen der gefederten Montierung der Pumpe. Der Chef der Werft hatte ihm eine gewaltige Verringerung der Schallabstrahlung versprochen und nicht übertrieben. Zehn Minuten später hatte er genug gesehen und gehört.

»Reaktor herunterfahren«, befahl Dubinin.

»Nun, Valentin Borissowitsch?«

»Hat der KGB das den Amerikanern gestohlen?«

»Diesen Eindruck habe ich.«

»Dann bekommt der nächste Agent, dem ich begegne, von mir einen Kuß.«

Das Motorschiff *George McReady* lag an der Pier und nahm Ladung auf. Das große, zehn Jahre alte und von niedertourigen Dieselmaschinen angetriebene Schiff war als Holzfrachter ausgelegt und konnte dreißigtausend Tonnen Balken und Bretter oder, wie in diesem Fall, Stämme befördern. Die Japaner zogen es meist vor, ihr Holz selbst zu verarbeiten; auf diese Weise blieb mehr Geld im Land. Wenigstens fuhr der Frachter, der es anlieferte, unter amerikanischer Flagge; eine Konzession, deren Aushandlung zehn Monate in Anspruch genommen hatte. Unter den wachsamen Augen des Ersten Offiziers, der Japan gerne besuchte, es aber zu teuer fand, wurden die Stämme von Brückenkränen von Lkws gehoben und in den Frachtraum verladen. Das Ganze ging bemerkenswert rasch vonstatten. Teilautomatisiertes Laden war die wahrscheinlich wichtigste Neuerung der Handelsschiffahrt. *George M,* wie das Schiff bei der Besatzung hieß, ließ sich in knapp 40 Stunden laden und in 36 löschen. Es konnte daher sehr bald wieder in See stechen, was allerdings der Besatzung kaum Gelegenheit zu einem Landurlaub gab. Die Einbußen, die die Hafenbars und andere von den Matrosen lebende Etablissements durch diese kurze Verweildauer erlitten, kümmerten die Reeder, die nichts verdienten, wenn ihre Schiffe im Hafen lagen, nur wenig.

»Pete, ich hab' den Wetterbericht«, verkündete der Dritte Offizier.

Der Erste Offizier warf einen Blick auf die Karte. »Hui!«

»Ja, da bildet sich ein riesiges Sibirientief. Wir können am zweiten Tag mit schwerem Seegang rechnen. Ausweichen geht auch nicht, dazu ist der Ausläufer zu groß.«

Der Erste Offizier, der sich die Werte betrachtete, pfiff durch die Zähne. »Na, denn man tau, Jimmy.«

»Was haben wir an Deckladung?«

»Nur diese drei Kaventsmänner da drüben.«

Der Dritte Offizier grunzte und nahm dann ein Fernglas aus der Halterung. »Zum Donner, die sind ja zusammengekettet!«

»Deswegen mußten sie an Deck bleiben.«

»Ist ja toll«, bemerkte der Dritte sarkastisch.

»Ich habe schon mit dem Bootsmann gesprochen. Er wird diese Klötze gut festzurren.«

»Ist auch besser so, Pete. Wenn das Wetter so schwer wird, wie ich erwarte, können Sie da unten surfen.«

»Ist der Käpt'n noch an Land?«
»Ja. Er soll um vierzehn Uhr zurück sein.«
»Treibstoff ist gebunkert. Der Chefingenieur läßt um fünfzehn Uhr die Maschinen an. Laufen wir um sechzehn Uhr dreißig aus?«
»Ja.«
»Shit. Man kommt kaum noch zum Vögeln.«
»Ich zeige dem Kapitän die Wettervorhersage. Kann sein, daß wir wegen des Sturms später in Japan eintreffen.«
»Da wird er sich aber freuen.«
»Und wir auch.«
»He, wenn das die Liegezeit verlängert, kann ich vielleicht...«
»Und ich auch, Kumpel.« Der Erste Offizier griente. Beide Männer waren Singles.

»Herrlich, nicht wahr?« fragte Fromm, beugte sich vor und schaute durch die Acrylscheibe das Werkstück an. Der Manipulatorarm hatte das Plutonium aus der Spindel genommen und für eine eigentlich überflüssige visuelle Inspektion hochgehoben. Aber es mußte vor dem nächsten Bearbeitungsschritt ohnehin bewegt werden, und Fromm wollte es sich aus der Nähe ansehen. Er leuchtete es mit einer kleinen, aber starken Taschenlampe an und merkte dann, daß der Widerschein der Deckenbeleuchtung genügte.
»Erstaunlich«, meinte Ghosn.
Das Werkstück war so glatt wie geblasenes Glas – glatter noch, denn seine Oberfläche war so einheitlich, daß die einzigen Verzerrungen auf die Schwerkraft zurückzuführen waren. Etwaige Unregelmäßigkeiten waren mit dem bloßen Auge nicht zu erkennen und eindeutig innerhalb der Toleranzen, die Fromm am Computer ausgearbeitet hatte.
Die Außenseite des gekrümmten Zylinders war perfekt und reflektierte das Licht wie eine Linse. Als der Arm ihn um seine Längsachse drehte, zitterten die Spiegelbilder der Deckenlampen nicht. Das fand selbst der Deutsche bemerkenswert.
»Mit solcher Perfektion hatte ich nicht gerechnet«, sagte Ghosn.
Fromm nickte. »So etwas ist erst seit kurzer Zeit möglich. Luftkissengelagerte Werkzeugmaschinen gibt es erst seit fünfzehn Jahren, und die Lasersteuerung ist noch neuer. Der Hauptanwendungsbereich in der Industrie ist nach wie vor die Fertigung hochpräziser Instrumente – astronomische Teleskope, Linsen höchster Qualität, spezielle Teile für Zentrifugen...« Der Deutsche stand auf. »So, nun muß auch die innere Oberfläche, die wir nicht visuell inspizieren können, poliert werden.«
»Warum haben wir außen angefangen?«
»Um sicherzustellen, daß die Maschine auch richtig arbeitet. Das Innere wird der Laser testen – wir wissen nun, daß er uns korrekte Daten liefert.« Diese Erklärung entsprach nicht ganz der Wahrheit, aber Fromm wollte sein wirkliches Motiv für sich behalten: Ihm ging es nur um die Schönheit der

Perfektion, und das mochte der junge Araber nicht verstehen. Schwarze Kunst, dachte Fromm... irgendwie faustisch, das Ganze.

Seltsam, dachte Ghosn, daß eine so wundervolle Form so fürchterliche...

»Alles geht weiterhin gut voran«, sagte er dann.

»In der Tat«, erwiderte Fromm und wies in die Umkleidung. Wenn die Maschine richtig arbeitete, schnitt sie hauchdünne Späne aus dem Werkstück, die nur sichtbar waren, weil sie Licht reflektierten. Dieser wertvolle Abfall wurde gesammelt, eingeschmolzen und zwecks späterer Verwendung aufbewahrt.

»So, an diesem Punkt hören wir am besten auf«, meinte Fromm.

»Einverstanden.« Sie waren seit vierzehn Stunden an der Arbeit gewesen. Ghosn schickte die Männer fort, entfernte sich mit Fromm und überließ die Werkstatt zwei Wächtern.

Diese Männer aus der Gefolgschaft des Kommandanten waren nicht gerade gebildet, hatten aber langjährige Gefechtserfahrung – vorwiegend jedoch im Kampf gegen andere Araber und nicht gegen den vorgeblichen zionistischen Feind. Terroristengruppen gab es viele, und da jede unter der palästinensischen Bevölkerung Unterstützung suchte, standen sie miteinander im Wettbewerb. Konkurrenz zwischen Bewaffneten führt nicht selten zu Konfrontationen und Tod. Was die Wächter anging, stellten sie bei solchen Zwischenfällen ihre Treue unter Beweis. Alle diese Männer waren erstklassige Schützen und konnten es fast mit dem Neuen in ihren Reihen, dem amerikanischen Heiden Russell, aufnehmen.

Ein Wächter, Achmed, steckte sich eine Zigarette an, lehnte sich an die Wand und richtete sich auf eine langweilige Nacht ein. Wenn er vor dem Haus oder um den Block, in dem Kati schlief, Streife ging, bekam er wenigstens etwas zu sehen. Hinter jedem Auto, jedem Fenster mochte sich ein israelischer Agent verbergen, und solche Gedanken hielten einen aufmerksam und wach. Hier war das anders, hier bewachte man Maschinen, die stumm dastanden. Zur Ablenkung und auch im Einklang mit ihren Pflichten behielten die Wächter die Maschinisten im Auge und folgten ihnen in der Werkstatt und auf dem Weg zu ihren Eß- und Schlafstellen. Manchmal schauten sie ihnen sogar bei einem weniger komplizierten Arbeitsgang zu. Achmed war zwar ungebildet, hatte aber einen hellen Kopf und eine rasche Auffassungsgabe und bildete sich ein, nach ein paar Monaten Lehrzeit manche dieser Aufgaben selbst übernehmen zu können. Er verstand sich auf Waffen, war in der Lage, Fehlfunktionen daran zu diagnostizieren und konnte verstellte Visiere so rasch und geschickt richten wie ein Büchsenmacher.

Er ging umher, lauschte dem Rauschen der verschiedenen Lüftungsanlagen und schaute bei jeder Runde auf die Instrumente, die ihren Betriebszustand anzeigten. An diesen Tafeln befanden sich auch die Anzeigen der Notstromaggregate; hier war abzulesen, ob die Tanks genug Treibstoff für die Nacht enthielten.

»Der Zeitplan scheint ihnen ungeheuer wichtig zu sein«, sagte Achmed nachdenklich, ging auf seiner Runde weiter und blieb mit seinem Kameraden vor dem Werkstück stehen, das Fromm und Ghosn mit solchem Interesse betrachtet hatten.

»Was ist das wohl?«

»Etwas ganz Tolles«, erwiderte Achmed. »Auf jeden Fall wird es so geheim wie nur möglich gehalten.«

»Ich glaube, daß es zu einer Atombombe gehört.«

Achmed fuhr herum. »Wie kommst du darauf?«

»Ein Maschinist sagte, es könnte gar nichts anderes sein.«

»Na, wäre das nicht ein feines Geschenk für unsere israelischen Freunde?«

»Genau, die haben so viele Leben auf dem Gewissen – geschähe ihnen ganz recht.« Sie schlenderten an den abgeschalteten Maschinen vorbei weiter. »Wozu die Eile, frage ich mich?«

»Auf jeden Fall soll das Ding rechtzeitig fertig werden.« Achmed blieb wieder stehen und schaute sich die Fülle von Metall- und Kunststoffteilen auf einer großen Werkbank an. Eine Atombombe? fragte er sich. Aber hier lag etwas, das aussah wie ein leicht verdrilltes Bündel Strohhalme. Was hatten Trinkhalme in einer Atombombe verloren? Nichts. Eine Atombombe mußte doch ... wie sein? Er gestand sich ein, daß er nicht die geringste Ahnung hatte. Nun, immerhin konnte er den Koran, die Zeitung und Gebrauchsanweisungen für Waffen lesen. Daß er keine Hochschulbildung hatte wie Ghosn, den er auf distanzierte Art mochte und auch beneidete, war nicht seine Schuld. Ja, wäre sein Vater kein vertriebener Bauer gewesen, sondern ein Ladenbesitzer mit Ersparnissen ...

Bei der nächsten Runde fiel ihm etwas auf, das wie eine Farbdose aussah. In diesen Behältnissen wurden die Späne aus der Freonwanne gesammelt; das hatte Achmed oft genug gesehen. Ein Maschinist, der dicke Handschuhe trug, langte durch ein Fenster, sammelte die feinen Metallfäden ein und tat sie in diesen Behälter, der dann in einen Behälter mit Doppeltüren kam. Im Raum nebenan wurden die Späne dann in eine jener sonderbaren Gußformen gekippt.

»Ich geh' mal raus pissen«, sagte sein Kollege.

»Viel Spaß«, merkte Achmed an.

Er hängte sich das Gewehr über und sah seinem Freund nach, der durch die Doppeltür hinausging. Er freute sich schon darauf, bald einen Spaziergang machen zu können, wenn es Zeit war, draußen den Zaun abzugehen. Als Dienstältester war er nicht nur für die Werkstatt verantwortlich, sondern hatte auch die Wächter im Freien zu überwachen. Ein Glück, daß ich ab und zu mal aus dieser künstlichen Atmosphäre herauskomme, dachte er, man kommt sich ja vor wie in einer Raumkapsel oder einem Unterseeboot. Achmed hätte gerne studiert, wollte aber nicht im Büro hocken und auf Papiere starren, sondern hatte als Junge davon geträumt, Ingenieur zu werden, Straßen und Brücken zu bauen. Nun, vielleicht würde sein Sohn so etwas werden – sollte er selbst eine Frau finden und einen Sohn zeugen. Ein schöner Traum. Im Augenblick war es sein sehnlichster Wunsch, die Waffe weglegen und ein normales Leben führen zu können.

Doch erst mußten die Zionisten sterben.

Achmed stand allein in der Werkstatt und langweilte sich zu Tode. Die Wächter draußen konnten wenigstens die Sterne betrachten. Womit kann ich mich bloß beschäftigen...?

Da stand die Farbdose in der Ummantelung. Achmed, der den Maschinisten oft genug zugesehen hatte, nahm sie heraus und trug sie in den Nebenraum, wo der Ofen stand. Er war froh, einmal etwas anderes tun zu können, an dem Projekt mitzuhelfen.

Die Dose war so leicht, als enthielte sie nur Luft. War sie etwa leer? Der Deckel war mit Klammern gesichert... nein, entschied er, ich folge nur dem Beispiel der Maschinisten. Achmed trat an den Ofen, öffnete die Tür, stellte sicher, daß der Strom abgeschaltet war – er wußte, wie heiß dieses Ding wurde; immerhin schmolz es Metall! Nun zog er die dicken Gummihandschuhe an, vergaß, das Argonventil zu öffnen und löste die Klammern an der Dose.

Als er den Deckel wegnahm, drang sauerstoffhaltige Luft in das Behältnis und griff sofort die Plutoniumspäne an, die reagierten und ihm ins Gesicht verpufften. Es gab einen kleinen Blitz wie vom Zündplättchen einer Gewehrpatrone, also nichts Gefährliches, wie er gleich erkannte. Anfangs sah er auch keinen Rauch, mußte aber einmal niesen.

Trotzdem hatte er schreckliche Angst. Er hatte etwas Verbotenes getan. Was sollte der Kommandant von ihm denken? Was könnte er ihm zur Strafe antun? Er hörte das Rauschen der Klimaanlage und sah dann eine feine Rauchwolke zum Abzug aufsteigen. Sehr gut. Die elektrostatischen Platten würden den Rest erledigen. Nun brauchte er nur noch...

Genau. Er machte die Dose wieder zu und trug sie in die Werkstatt. Zum Glück war sein Kollege noch nicht zurück. Achmed stellte die Dose an ihren Platz zurück und sorgte dafür, daß alles wieder so aussah wie zuvor. Zur Entspannung steckte er sich eine Zigarette an und ärgerte sich über sich selbst, weil er das Rauchen nicht aufgeben konnte.

Achmed wußte nicht, daß er im Grunde schon ein toter Mann war und die Zigarette ihm nicht weiter schaden konnte.

»Das kriegen wir hin!« verkündete Clark und kam mit wiegenden Schritten durch die Tür wie John Wayne in den Alamo.

»Erzählen Sie«, sagte Ryan und wies auf einen Sessel.

»Ich war gerade auf dem Dulles Airport und habe mit ein paar Leuten geredet. Die 747, die die JAL auf Transpazifikflügen einsetzt, sind für unsere Zwecke sehr günstig ausgelegt. Das Oberdeck hat Betten wie ein alter Schlafwagen, und die akustischen Bedingungen sind gut. Gespräche lassen sich also leicht auffangen.« Er legte ein Diagramm auf den Tisch. »Hier und dort stehen Tische. Wir setzen zwei Wanzen ein und vier Funkkanäle.«

»Bitte erläutern Sie das näher«, bat Jack.

»Wir nehmen Rundstrahlwanzen, deren Signale an einen UHF-Sender gehen, der sie dann aus der Maschine herausstrahlt.«

»Warum vier Kanäle?«

»Das Hauptproblem ist die Eliminierung des Lärms in der Kabine – Triebwerksgeräusche, Fahrtwind und so weiter. Zwei Kanäle senden Gespräche, die beiden anderen nur den Hintergrundlärm. Leute bei W&T arbeiten schon seit einiger Zeit an einem Verfahren, den Krach zu unterdrücken. Man stellt anhand des aufgezeichneten Hintergrundlärms die Charakteristika der Störungen fest und eliminiert sie dann mittels Phasenverschiebung. Ganz einfach, wenn man die richtigen Peripheriegeräte hat. Der Sender kommt in eine Flasche, und die Antenne wird auf ein Fenster ausgerichtet. Habe ich alles schon geprüft; kein Problem. Nun brauchen wir nur noch eine Verfolgermaschine.«

»Welchen Typs?«

»Geeignet wäre ein kleiner Busineß-Jet wie die Gulfstream, besser noch eine EC-135. Außerdem würde ich mehr als ein Flugzeug empfehlen.«

»Wie weit müßte sich die Maschine dem Ziel nähern?«

»Nun, UHF breitet sich quasioptisch aus ... 30 Meilen sollten genügen, und die Höhe braucht nicht identisch zu sein. Wir brauchen also keinen Verband um den Japaner zu bilden.«

»Ist das schwer zu bauen?«

»Nein. Das einzige Problem stellt die Batterie dar, und die kommt, wie ich schon sagte, zusammen mit dem Sender in eine Whiskyflasche. Wir nehmen so eine Porzellanflasche wie von Chivas Regal, die es im Duty-free-Shop gibt. Ein Mann prüft das gerade nach. Die Japaner trinken gerne Scotch.«

»Und wenn der Sender entdeckt wird?« fragte Ryan.

Clark grinste wie ein Schüler, der gerade seinen Lehrer eingesperrt hat. »Wir benutzen ausschließlich japanische Bauteile und bringen noch einen zweiten Empfänger, der auf die entsprechende Frequenz eingestellt ist, im Flugzeug unter. Der Japaner wird viele Reporter an Bord haben. Den zweiten Empfänger verstecke ich im Papierkorb einer Toilette der Hauptkabine, und wenn die Operation auffliegt, wird man glauben, ein Japaner oder gar ein Journalist stecke dahinter.«

Ryan nickte. »Witzige Idee, John.«

»Ich dachte mir schon, daß sie Ihnen gefällt. Wenn die Maschine gelandet ist, lassen wir die Flasche von einem Mann herausholen. Den Korken kleben wir im Hals fest.«

»Wie soll dieser Mann in Mexico City an Bord kommen?«

»Darum kümmert sich Ding. Es wird Zeit, daß er sich einmal an der Planung einer Operation versucht.«

»Gut, zurück zu der Abhöranlage. Bekommen wir die Gespräche in Echtzeit?«

»Ausgeschlossen.« Clark schüttelte den Kopf. »Die Originalaufnahmen werden zerhackt, aber wir zeichnen mit schnellaufenden Spulentonbandgeräten auf und lassen das Signal dann im Computer reinigen. Das ist eine zusätzliche Sicherheitsvorkehrung, denn die Männer in den Verfolgerflugzeugen werden nicht verstehen, was sie da empfangen, und nur die Piloten wissen, wen sie da beschatten ... mal sehen, vielleicht läßt sich sogar das vermeiden. Darum muß ich mich kümmern.«

»Wie lange dauert es, bis ich eine Reinaufzeichnung bekomme?«

»Das muß hier erledigt werden ... sagen wir: zwei Stunden. Das ist die Einschätzung der Jungs von W&T. Und wissen Sie, was das Schönste daran ist?«

»Weihen Sie mich ein.«

»Bisher galten Flugzeuge als völlig abhörsicher. W&T bastelte mit einer Menge Leute schon lange an dem Problem herum, aber der Durchbruch gelang einem Mathematiker bei der NSA mit Hilfe eines Geheimprojekts der Navy. Niemand weiß, daß wir das können. Die Computercodes sind sehr komplex. Ich wiederhole, Sir: Niemand weiß, daß das möglich ist. Wenn die Japaner etwas finden, werden sie es für den Versuch eines Amateurs halten. Was der Empfänger an Bord auffängt, können nur wir entschlüsseln.«

»Und dieses Gerät holt ein Mann aus der Maschine für den Fall, daß bei der Übertragung in der Luft etwas nicht klappt.«

»Genau. Wir haben also doppelte Absicherung oder sogar dreifache, ganz bin ich da nie durchgestiegen. Drei separate Kanäle für die Information: einer in der Maschine und zwei, die an die verfolgenden Maschinen ausgestrahlt werden.«

Ryan hob seinen Kaffeebecher. »Herzlichen Glückwunsch. So, die technische Seite wäre damit geregelt. Halten Sie die Operation auch für durchführbar?«

»Aber natürlich, Jack! Ich freue mich schon darauf, mal wieder ein echter Spion sein zu dürfen. Mit Verlaub, Doc, auf Sie aufzupassen stellt meine Fähigkeiten nicht gerade auf die Probe.«

»Danke für das Kompliment, John.« Ryan lachte, und das hatte er schon viel zu lange nicht mehr getan. Wenn ihnen dieser Coup gelang, mußte das Biest Elliot erst einmal Ruhe geben. Und vielleicht erkannte der Präsident dann auch, daß Feldoperationen mit richtigen Agenten immer noch etwas einbringen konnten. Nicht ausgeschlossen, daß sich da ein kleiner Sieg abzeichnete.

25
Resolution

»So, und was hat es mit diesen Stämmen auf sich?« fragte der Zweite Offizier und schaute hinunter aufs Deck.

»Daraus sollen Dachbalken für einen Tempel werden. Muß ein kleines Gebäude sein«, erwiderte der Erste. »Wie hoch die See wohl noch geht...?«

»Ich wollte, wir könnten mit den Umdrehungen runtergehen, Pete.«

»Ich habe den Käpt'n zweimal gefragt, aber er sagte, er hätte einen Zeitplan einzuhalten.«

»Das soll er mal dem Pazifik erzählen.«

»Interessanter Vorschlag. Wen spricht man da an?«

Der Zweite Offizier, der Wache hatte, schnaubte. Der Erste führte auf der Brücke die Aufsicht. Eigentlich war das die Aufgabe des Kapitäns, doch der lag in seiner Koje und schlief.

MS *George McReady* stampfte durch zehn Meter hohe Wellen und konnte trotz voller Kraft voraus ihre Normalgeschwindigkeit von 20 Knoten nicht halten. Der Himmel war überwiegend bedeckt; nur gelegentlich brach der Vollmond durch. Das Tief füllte sich auf, aber die Windstärke blieb bei zwölf, und die See wurde noch höher. Die beiden Offiziere waren bereits zu dem Schluß gekommen, daß sie einen für den Nordpazifik typischen Sturm abzuwettern hatten. Die Lufttemperatur betrug minus zwölf Grad; Gischt gefror und prasselte wie Schrotkörner gegen die Brückenfenster. Zum Glück kam die See ziemlich von vorn. Da die *George M* ein Frachter war und kein Kreuzfahrtschiff, fehlten ihr Stabilisatoren, die die Schlingerbewegungen ausglichen, aber sie lag auch so erstaunlich ruhig. Der Aufbau befand sich achtern, und das dämpfte das sonst in grober See auftretende Stampfen. Andererseits aber reduzierte die achterliche Position der Brücke die Sicht aufs Vorschiff, und da es nun stark gischtete, sahen die Offiziere so gut wie überhaupt nichts.

Wenn der Bug durch eine besonders hohe See pflügte, verlangsamte sich die Fahrt des Schiffes. Doch durch seine Länge wurde der Bug rascher verzögert als das Heck, und diese gegeneinander wirkenden Kräfte ließen den Rumpf vibrieren – mehr noch, er verbog sich sogar um ein paar Zentimeter. So etwas muß man gesehen haben, um es zu glauben.

»Ich habe einmal auf einem Flugzeugträger gedient; der verbog sich in der Mitte um dreißig Zentimeter. Einmal, als wir...«

»Achtung voraus, Sir!« rief der Rudergänger.

»Scheiße!« schrie der Zweite Offizier. »Sturzsee!«

Jäh hatte sich gerade hundert Meter vor dem stumpfen Bug der *George M* eine 15 Meter hohe See aufgetürmt. Ganz unerwartet kam das nicht. Wellenzüge laufen unter Windeinwirkung übereinander, addieren für einen kurzen Moment ihre Höhe und brechen dann über. Die massive grüne Wand rauschte mit 50 Stundenkilometern an dem großen Frachtbaum und den Winschen vorbei. Wieder vibrierte das Schiff, nachdem der Zusammenprall des Bugs mit dem unteren Teil der Welle die Fahrt verringert hatte. Das Vorschiff war sogar noch unter Wasser, und der brechende Kamm der Sturzsee jagte nun auf den wie ein weißes Kliff senkrecht aufragenden Aufbau zu.

»Festhalten!« rief der Zweite Offizier dem Rudergänger zu.

Der Wellenkamm erreichte die Höhe der Brücke zwar nicht ganz, traf aber die Fenster der Offizierskabinen. Im Nu entstand ein vertikaler Gischtvorhang, der für eine endlos lange Sekunde alles verhüllte und dann in sich zusammensank. Danach war das Deck wieder mit Seewasser bedeckt, das durch die Speigatten abfloß. *George M* krängte um fünfzehn Grad und richtete sich dann wieder auf.

»Fahrt auf 16 Knoten reduzieren«, befahl der Erste Offizier.

»Aye«, bestätigte der Rudergänger.

»Solange ich auf der Brücke bin, fahren wir das Schiff nicht zu Schrott«, begründete der Erste seine Entscheidung gegen den Befehl des Kapitäns.

»Vernünftig, Pete.« Der Zweite war schon auf dem Weg zu einer Tafel, deren Instrumente Schäden und Ausfälle anzeigten. Es war alles normal. Das Schiff konnte von der Konstruktion her noch viel größere Stürme überstehen, aber die Sicherheit auf See erforderte Wachsamkeit.

Das OB-Telefon ging. »Brücke, Erster Offizier.«

»Was, zum Teufel, war das?« rief der Chefingenieur.

»'ne größere See«, gab Pete lakonisch zurück, »Probleme?«

»Allerdings. Ich hab' gedacht, mir fliegt das Fenster ins Gesicht – ein Bullauge ist gesprungen. Wir sollten langsamer fahren. Ich habe keine Lust, mich aus dem Bett schwemmen zu lassen.«

»Habe ich bereits befohlen.«

»Gut.« Es wurde aufgelegt.

»Was gibt's?« Der Kapitän kam in Schlafanzug und Bademantel auf die Brücke und sah gerade noch das letzte Wasser vom Deck abfließen.

»15 bis 18 Meter hohe See. Ich bin auf 16 gegangen. 20 Knoten sind unter diesen Bedingungen zu viel.«

»Da haben Sie wohl recht«, knurrte der Kapitän. Die Liegegebühren für jede zusätzliche Stunde im Hafen betrugen 15 000 Dollar, und zusätzliche Kosten gefielen den Reedern überhaupt nicht. »Steigern Sie die Umdrehungen wieder, sobald es geht.« Der Kapitän zog sich zurück, bevor seine nackten Füße zu kalt wurden.

»Aye«, sagte Pete in die Richtung, wo der Kapitän gestanden hatte.

»Fahrt 15,8 Knoten«, meldete der Rudergänger.

»Gut.« Die beiden Offiziere beruhigten sich wieder und tranken Kaffee. Der Zwischenfall war zwar nicht beängstigend, aber aufregend gewesen. Der Erste schaute hinab aufs Deck und stutzte einen Moment später.

»Scheinwerfer an!«

»Stimmt was nicht?« Der Zweite machte zwei Schritte an eine Schalttafel und knipste die Flutlichter fürs Deck an.

»Na, einer ist noch da.«

»Einer?« Der Zweite schaute hinunter. »Oho, die anderen drei sind weg.«

Der Erste schüttelte den Kopf. Wie war die Gewalt des Wassers zu beschreiben? »Das war eine starke Kette, aber die See muß sie zerrissen haben wie Garn. Beeindruckend.«

Der Zweite griff nach dem Telefonhörer und drückte auf einen Knopf. »Bootsmann, unsere Deckladung ist gerade über Bord gespült worden. Bitte, untersuchen Sie den Aufbau auf Schäden.« Daß die Prüfung von innen vorgenommen werden sollte, brauchte er gar nicht erst zu sagen.

Eine Stunde später stand fest, daß sie Schwein gehabt hatten. Die Deckladung war nur einmal gegen den Aufbau geprallt, glücklicherweise an einer mit starken Stahlträgern verstärkten Stelle. Das hatte einen leichten Schaden verursacht, der durch Schweißen und Streichen zu beheben war. Das änderte aber nichts an der Tatsache, daß noch einmal ein Baum gefällt werden mußte. Drei der vier Stammsegmente waren weg, und der japanische Tempel mußte wohl warten. Die drei noch zusammengeketteten Stämme trieben schon weit hinter der *George M.* Das Holz war noch frisch, saugte sich nun mit Seewasser voll und wurde dabei noch schwerer.

Cathy Ryan sah den Wagen ihres Mannes aus der Einfahrt herausrollen. Inzwischen empfand sie kein Mitgefühl mehr, sie war verletzt. Er wollte nicht darüber reden – er versuchte nicht, die Sache zu erklären, entschuldigte sich nicht, tat so, als ... was? Manchmal sagte er, es ginge ihm nicht gut, er sei zu müde. Sie wollte mit ihm darüber sprechen, wußte aber nicht, wo sie ansetzen sollte. Männeregos sind zerbrechlich, wie Dr. Caroline Ryan wußte, und an diesem Punkt war Jack am verletzlichsten. Die Impotenz mußte an einer Kombination aus Streß, Erschöpfung und Alkohol liegen. Jack war schließlich keine Maschine. Er nutzte sich ab. Sie hatte die Symptome schon seit Monaten beobachtet. Der wichtigste Faktor war in ihren Augen die lange Fahrt zur Arbeit. Zweieinhalb, manchmal drei Stunden am Tag verbrachte er im Auto, und selbst die Tatsache, daß er einen Fahrer hatte, machte die Sache nicht viel besser. Drei Stunden mehr am Tag, die er arbeitend und grübelnd verbrachte und nicht zu Hause, wo er hingehörte.

Helfe ich ihm, oder mache ich alles nur noch schlimmer? fragte sie sich. Ist es auch meine Schuld?

Cathy ging ins Bad und betrachtete sich im Spiegel. Nun gut, sie war kein junges Ding mehr. Sie hatte Falten um die Mundwinkel und Krähenfüße unter den Augen. Vielleicht war es Zeit für eine neue Brille. Bei Eingriffen bekam sie in letzter Zeit Kopfschmerzen und wußte, daß das an ihren Augen liegen konnte – immerhin war sie Ophthalmologin –, aber wie allen anderen Menschen fehlte auch ihr die Zeit, und sie schob die Untersuchung bei einem

Kollegen vom Wilmer-Institut immer wieder hinaus. Ganz schön dumm, gestand sie sich. Ihre Augen waren noch recht hübsch. Wenigstens hatte sich ihre Farbe nicht geändert, auch wenn die diffizile Arbeit in ihrem Beruf zu einer refraktiven Abweichung geführt haben mochte.

Sie war auch noch recht schlank. Ein, zwei Kilo weniger konnten nicht schaden – am liebsten hätte sie sie auf ihre Brüste übertragen. Sie stammte aus einer Familie, wo die Frauen oben herum nicht stark gebaut waren, und lebte in einer Welt, die Busenwunder verehrte. Ihr Witz, die Größe des Busens sei der Gehirnmasse umgekehrt proportional, war ein reiner Verteidigungsmechanismus. So wie Männer sich einen größeren Penis wünschten, hätte sie gerne dickere Brüste gehabt, aber Gott oder die Gene hatten ihr diese verweigert. Und Implantate kamen wegen der Nebenwirkungen überhaupt nicht in Frage.

Und ansonsten ... ihr Haar sah wie üblich wüst aus, aber damit mußte sie sich als Chirurgin abfinden. Es war immer noch blond, fein und kurz, und wenn Jack sich einmal die Zeit zum Hinsehen nahm, gefiel es ihm. Hübsche Beine hatte sie schon immer gehabt, und da sie in der Klinik viel zu laufen hatte, waren sie sogar noch etwas fester geworden. Cathy war also durchaus noch eine recht attraktive Erscheinung. Zumindest waren ihre Kollegen in der Klinik dieser Ansicht. Sie bildete sich sogar ein, daß manche ihrer älteren Studenten sie anhimmelten. Es drückte sich jedenfalls keiner vor ihren Visiten.

Außerdem war sie eine gute Mutter. Auch wenn Sally und der kleine Jack schliefen, schaute sie immer nach ihnen. Gerade weil der Vater so selten daheim war, füllte Cathy die Lücke und spielte sogar, wenn Saison war, mit ihrem Sohn T-Ball, eine Vorstufe des Baseballspiels (das bereitete Jack, wenn er davon erfuhr, Schuldgefühle). Sie war eine gute Köchin, sofern sie Zeit dazu hatte. Was im Haus getan werden mußte, erledigte sie entweder selbst oder »delegierte« es, wie Jack sich auszudrücken pflegte.

Sie liebte ihren Mann immer noch und zeigte es ihm auch. Sie fand, daß sie Sinn für Humor hatte und sich nicht so schnell die Laune verderben ließ. Sooft sich die Gelegenheit bot, berührte sie Jack mit zärtlichen Gesten. Sie unterhielt sich mit ihm, fragte ihn nach seiner Meinung, gab ihm zu verstehen, daß er ihr nicht gleichgültig war. Er konnte also nicht bezweifeln, daß er in jeder Hinsicht ihr Mann war. Und sie liebte ihn auch in jeder Hinsicht. Cathy kam zu dem Schluß, daß sie nichts falsch machte.

Warum konnte er dann nicht?

Die Miene, die sie im Spiegel sah, war eher verwirrt als verletzt. Was kann ich denn sonst noch tun? fragte sie sich.

Nichts.

Cathy versuchte, diese Gedanken zu verdrängen. Ein neuer Tag begann. Sie mußte die Kinder für die Schule fertig machen; das Frühstück hatte also auf dem Tisch zu stehen, ehe sie aufwachten. Das war natürlich nicht fair. Sie hatte ihren Beruf als Chirurgin und Professorin, hatte aber auch ihre Mutterpflichten, die ihr Mann ihr zumindest am Beginn eines Arbeitstags nicht abnahm. Von wegen Emanzipation, dachte sie, schlüpfte in ihren Morgenmantel und ging in die Küche. Zum Glück mochten beide Kinder süßen Instant-Haferbrei. Sie brachte Wasser zum Kochen, stellte dann auf kleine Flamme und ging die Kinder wecken. Zehn Minuten später waren Sally und der kleine Jack gewaschen, angezogen und auf dem Weg zur Küche. Sally erschien zuerst und stellte den Disney-Kanal ein; dort trieben die Mäuse Frühsport. Cathy hatte für ein paar Minuten ihre Ruhe, schaute in die Morgenzeitung und trank Kaffee.

Rechts unten auf der Titelseite stand ein Artikel über Rußland. Vielleicht ist auch das ein Thema, das Jack belastet, dachte sie und beschloß, die Story zu lesen. Vielleicht konnte sie mit ihm darüber sprechen und herausfinden, warum er so... geistesabwesend war.

»... enttäuscht über die Unfähigkeit der CIA, verläßliche Daten zu diesem Problem zu liefern. Gerüchte, daß ein hoher CIA-Beamter in dem Verdacht steht, sich finanzieller Unregelmäßigkeiten und auch unsittlichen Verhaltens schuldig gemacht zu haben, wurden von einem hohen Regierungsvertreter bestätigt. Der Name des Betreffenden wurde nicht genannt, aber es handelt sich dem Vernehmen nach um einen sehr hochgestellten Mann, der Informationen koordiniert und an die Regierung weiterleitet...«

Unsittliches Verhalten? Was sollte das heißen. Wer war das?

Jack!

Ein sehr hochgestellter Mann, der Informationen koordiniert...

Das war Jack. Das war ihr Mann. So drückte man sich aus, wenn ein Mann seines Ranges gemeint war. Auf einmal war ihr alles klar: So mußte es sein.

Jack... geht fremd? Mein Jack?

Ausgeschlossen.

Oder?

Seine Impotenz, die Müdigkeit, das viele Trinken, die Geistesabwesenheit? Konnte er bei ihr nicht... weil er an eine andere dachte?

Unmöglich. Doch nicht Jack, ihr Jack.

Aber warum sonst...? Sie war noch attraktiv – das fanden alle in ihrer Umgebung. Sie war eine gute Ehefrau – war das zu bezweifeln? Krank war Jack nicht. Ernste Symptome wären ihr aufgefallen; immerhin war sie Ärztin. Sie gab sich alle Mühe, nett zu Jack zu sein, mit ihm zu reden, ihm zu zeigen, daß sie ihn liebte, und...

Wahrscheinlich war es nicht, aber *möglich*?

Ja.

Nein. Cathy legte die Zeitung hin und trank einen Schluck Kaffee. Nein, ausgeschlossen. So etwas tat ihr Jack nicht.

Es war die letzte Stunde in der letzten Etappe der Fertigung. Ghosn und Fromm betrachteten die Werkzeugmaschine scheinbar uninteressiert, konnten ihre Erregung aber kaum bezähmen. Flüssiges Freon, das auf das rotierende Metall gesprüht wurde, versperrte ihnen die Sicht auf das Werkstück, das nun den letzten Arbeitsgang durchlief. Aber jenes Teil des Plutoniums, das nun bearbeitet wurde, war ohnehin hinter anderem Metall versteckt, und etwaige Unregelmäßigkeiten wären mit bloßem Auge nicht zu erkennen gewesen. Nun schauten die beiden auf die Anzeige des Computers. Die Toleranzen lagen innerhalb der von Dr. Fromm vorgeschriebenen zwölf Ångström.

»Nur noch ein paar Zentimeter«, sagte Ghosn.

»Sie haben uns die Sekundärladung noch nicht erklärt«, sagte der Kommandant, der die Bombe inzwischen als »Apparat« bezeichnete.

Fromm, etwas ungehalten über die Ablenkung, drehte sich um. »Was möchten Sie wissen?«

»Wie die Primärladung funktioniert, weiß ich, aber die zweite Ladung verstehe ich nicht«, erwiderte Kati schlicht.

»Nun denn. Die Theorie ist relativ einfach, wenn man das Grundprinzip versteht, und das war nicht so leicht zu entdecken. Anfangs glaubte man, die Sekundärladung ließe sich allein mit hohen Temperaturen, wie sie in einem Stern auftreten, zünden. Ein Fehlschluß; die ersten Theoretiker übersahen den Faktor Druck. Rückblickend gesehen ist das merkwürdig, aber so etwas kommt bei Pionierarbeiten oft vor. Entscheidend für die Funktion der Sekundärladung ist die Umwandlung von Energie in Hitze *und* Druck zugleich und ihre Umlenkung um neunzig Grad. Und die Ablenkung von 70 Kilotonnen Energie ist keine Kleinigkeit«, sagte Fromm selbstgefällig. »Die Behauptung jedoch, die Theorie des Funktionsprinzips der Sekundärladung sei sehr komplex, ist falsch. Ulams und Tellers Erkenntnis war wie so oft ganz einfach. Druck *ist* Temperatur. Sie entdeckten, daß das Geheimnis gar keines ist. Hat man erst einmal die Grundprinzipien erkannt, ist der Rest eine reine Konstruktionsfrage«, schloß Fromm.

»Und was ist mit den Trinkhalmen?« erkundigte sich Bock, der wußte, daß sein Landsmann auf diese Frage wartete. Eingebildetes Arschloch, dachte er.

»Ganz sicher kann ich zwar nicht sein, aber ich halte diese Komponente für meine eigene Erfindung. Das Material ist perfekt: leicht, hohl und ohne Schwierigkeiten in die richtige Form zu biegen.« Fromm ging an die Werkbank und kam mit einem Bündel zurück. »Der Werkstoff ist Polyäthylen, innen mit Rhodium und außen mit Kupfer beschichtet. Ein ›Trinkhalm‹ ist 60 Zentimeter lang und hat einen Halbmesser von knapp drei Millimetern. Die Sekundärladung umgeben Tausende dieser Röhren in um 180 Grad verdrehten Bündeln, die eine Helix bilden, eine Spirale. Eine Helix ist eine sehr nützliche Form, denn sie leitet Energie und strahlt gleichzeitig Wärme in alle Richtungen ab.«

In jedem Ingenieur steckt ein verkannter Lehrer, dachte Kati.

»Hinzu kommt, daß die Primärladung zuerst starke Gammastrahlen emittiert. Dann folgen die Röntgenstrahlen. In beiden Fällen reden wir natürlich von Photonen, Quanten also, die keine Masse besitzen, sich aber wie Teilchen verhalten.«

»Lichtstrahlen«, warf Bock ein, der sich an den Physikunterricht im Gymnasium erinnerte.

»Richtig. Lichtstrahlen mit sehr hoher Energie und Frequenz. Nun haben wir also eine gewaltige Energie, die von der Primärladung ausgeht. Einen Teil können wir durch Reflexion oder Ablenkung mit Hilfe der Kanäle, die wir gebaut haben, auf die Sekundärladung richten. Der größte Teil geht natürlich verloren, aber es steht uns so viel Energie zur Verfügung, daß ein Bruchteil genügt. Die Röntgenstrahlen jagen durch die Halme. Dabei wird der Hauptteil ihrer Energie von den Metallbeschichtungen absorbiert, aber die gebogenen Flächen reflektieren sie auch weiter nach unten und bewirken weitere Energieabsorption. Auch das Polyäthylen nimmt einiges auf. Und was geschieht dann?«

Bock kam Kati zuvor. »Wenn das Material so viel Energie aufnimmt, muß es explodieren.«

»Sehr gut, Herr Bock. Wenn die Halme explodieren – eigentlich gehen sie in den Aggregatzustand Plasma über, aber wir wollen ja Halme spalten und keine Haare, nicht wahr? –, expandiert dieses Plasma radial zur Achse der Halme. Es wird also die axiale Energie von der Primärladung in radiale umgewandelt, die auf die Primärladung implodiert.«

Jetzt verstand Kati. »Genial – aber die nach außen expandierende Energie geht verloren.«

»Ja und nein. Sie bildet immer noch eine Energiebarriere, und die brauchen wir. Nun verwandeln sich die Uranlamellen am Körper der Sekundärladung in Plasma, wegen ihrer größeren Masse aber langsamer als die Halme. Dieses Plasma hat eine wesentlich größere Dichte und wird nach innen gepreßt. Die Hülle der Sekundärladung ist doppelt, und den Zwischenraum werden wir evakuieren. Das Vakuum gibt dem nach innen fließenden Plasma sozusagen einen fliegenden Start.«

»Die um 90 Grad abgelenkte Energie erfüllt also bei der Sekundärladung die gleiche Funktion wie die Einwirkung des chemischen Sprengstoffs auf die Primärladung?« Kati hatte das Prinzip verstanden.

»Gut gemacht, Kommandant!« versetzte Fromm gerade so oberlehrerhaft, daß es auffiel. »Eine Masse von relativ dichtem Plasma fließt also nach innen, wird in dem evakuierten Hohlraum beschleunigt und prallt dann auf die Sekundärladung, die dabei komprimiert wird. Letztere setzt sich aus ^{6}Lithium-Deuterid und ^{7}Lithium-Hydroxid zusammen, beide mit Tritium versetzt, und das Ganze umgibt Uran$_{238}$. Das implodierende Plasma zerquetscht diese Anordnung, die natürlich auch mit Neutronen von der Primärladung bombardiert wird. Die Kombination von Hitze, Druck und Neutronenstrahlung bewirkt, daß sich das Lithium zu Tritium spaltet. Dieses hinwiederum setzt den Prozeß der Kernverschmelzung in Gang und gewaltige Energie in Form von Neutronen frei, die dann das Uran attackieren und eine Kernspaltung auslösen, die die Sprengleistung der Sekundärladung noch erhöht.«

»Entscheidend ist, daß man die Energie richtig steuert«, erklärte Ghosn.

»Strohhalme«, merkte Bock an.

»Ja, daran dachte ich auch«, sagte Ghosn. »Die Idee ist genial. Das ist, als baute man eine Brücke aus Papier.«

»Und wie hoch ist die Leistung der Sekundärladung?« fragte Kati, der von der Theorie nicht viel verstand, wohl aber von der praktischen Anwendung.

»Die Primärladung wird ungefähr 70 Kilotonnen liefern, die Sekundärladung rund 465. Genau kann ich das wegen etwaiger Unregelmäßigkeiten in der Bombe und des Fehlens von Testergebnissen nicht sagen.«

»Sind Sie davon überzeugt, daß die Waffe auch die erwartete Leistung bringt?«

»Absolut«, erwiderte Fromm.

»Aber ohne Testergebnisse, wie Sie gerade sagten...«

»Kommandant, ich wußte von Anfang an, daß ein Testprogramm ausgeschlossen war. Mit diesem Problem sahen wir uns auch in der DDR konfrontiert. Deshalb ist die Bombe in der Konstruktion überdimensioniert, in einigen Teilen um 40, in anderen um über 100 Prozent. Eine amerikanische, britische, französische oder sowjetische Bombe hätte nur ein knappes Fünftel der Größe unseres ›Apparats‹. Zu solchen Verbesserungen des Wirkungsgrads kommt man nur mit zahlreichen Testexplosionen. Die Physik der Bombe ist recht einfach, aber zur Verbesserung der Konstruktion bedarf es der praktischen Erprobung. Herr Ghosn sprach gerade von einer Brücke. Die Brücken der alten Römer waren nach heutigen Begriffen überdimensioniert; es wurden zu viele Steine verwandt und zu viele Arbeitskräfte eingesetzt. Im Lauf der Jahre haben wir gelernt, Brücken effizienter zu bauen, mit weniger Material und geringerem Personalaufwand. Vergessen Sie aber nicht, daß viele Römerbrücken noch stehen. Unser ›Apparat‹ ist zwar ineffizient und überdimensioniert, aber doch eine funktionsfähige Bombe.«

Die Männer wandten die Köpfe, als der Summer an der Werkzeugmaschine ging. Eine grüne Leuchte blinkte; die Arbeit war getan. Fromm ging zu den Technikern und wies sie an, das Freon aus dem System zu pumpen. Fünf Minuten später war das Ergebnis ihrer mühevollen Arbeit sichtbar. Der Manipulatorarm hob das Stück hoch. Es war fertig.

»Vorzüglich«, sagte Fromm. »Wir werden das Plutonium nun sorgfältig inspizieren und dann mit dem Zusammenbau beginnen. Meine Herren, die schwerste Aufgabe liegt hinter uns.« Nun ist ein Bier angesagt, dachte er und nahm sich noch einmal vor, das Palladium bald zu besorgen. Details, Details. Aber das war das Los des Ingenieurs.

»Was ist da los, Dan?« fragte Ryan über seine gesicherte Leitung. Er hatte zu Hause die Morgenzeitung nicht gesehen und den unverschämten Artikel erst unter den Frühmeldungen auf seinem Schreibtisch entdeckt.

»Von uns stammt das nicht, Jack, es muß aus Ihrem Haus kommen.«

»Ich habe gerade unseren Sicherheitsdirektor zusammengestaucht; der behauptet, von nichts zu wissen. Verdammt, was soll das heißen: ›Ein sehr hochgestellter Beamter‹?«

»Diesem Holtzman sind die Adjektive durchgegangen. Ich bitte Sie, Jack, ich bin schon zu weit gegangen. Über laufende Ermittlungsverfahren darf ich nicht sprechen.«

»Ach, das interessiert mich gar nicht. Entscheidend ist, daß jemand Informationen aus einer top-secret Quelle hat durchsickern lassen. Und wenn es auf der Welt mit rechten Dingen zuginge, schnappten wir uns Holtzman und verhörten ihn!« fauchte Ryan ins Telefon.

»Immer mit der Ruhe, Jack.«

Der DDCI ließ den Hörer sinken und atmete tief durch. Immerhin war es ja nicht Holtzmans Schuld. »Okay, ich habe mich wieder beruhigt.«

»Fest steht, daß das FBI dieses Ermittlungsverfahren nicht führt.«

»Ehrlich?«

»Sie haben mein Wort«, versicherte Murray.

»Das genügt mir, Dan.« Ryan beruhigte sich weiter. Wenn weder FBI noch CIA hinter der Sache steckten, war das Ganze wohl reine Erfindung.

»Wo könnte die undichte Stelle sein?«

Jack lachte. »Im Kongreß; da kämen zehn oder fünfzehn Leute in Frage. Im Weißen Haus vielleicht fünf, bei uns hier zwanzig bis vierzig.«

»Die Geschichte von Ihrem Fehltritt könnte also nur Tarnung sein – oder ein Racheakt.« Murray wußte, daß mindestens ein Drittel aller Indiskretionen, die an die Presse gingen, in diese Kategorie fiel. »Ist die Quelle sensitiv.«

»Vorsicht, so sicher ist die Leitung auch wieder nicht.«

»Verstanden. Passen Sie auf, ich kann diskret und inoffiziell Kontakt mit Holtzman aufnehmen. Er ist ein vernünftiger, verantwortungsbewußter Mann, ein Profi. Wir nehmen ihn auf die Seite und geben ihm zu verstehen, daß er unter Umständen Menschen und Methoden gefährdet.«

»Das muß ich erst mit Marcus abklären.«

»Und ich müßte mit Bill reden, aber der zieht bestimmt mit.«

»Gut, ich spreche mit meinem Direktor und melde mich dann wieder.« Ryan legte auf und ging zurück in Cabots Zimmer.

»Ich habe den Artikel gesehen«, sagte der Direktor.

»Wir wissen nichts von diesem Ermittlungsverfahren, und das FBI auch nicht. Daraus kann man schließen, daß die Skandalgeschichte absoluter Quatsch ist. Aber jemand hat SPINNAKER-Material durchsickern lassen, und so etwas kann für Agenten tödlich sein.«

»Was schlagen Sie vor?« fragte der DCI.

»Daß Dan Murray und ich inoffiziell Kontakt mit Holtzman aufnehmen, ihm zu verstehen geben, daß der Fall die nationale Sicherheit berührt, und ihn bitten, die Finger davon zu lassen.«

»Ihn *bitten*?«

»Befehle gibt Reportern nur der, der ihre Gehaltsschecks unterschreibt«, erwiderte Jack. »Ich selbst habe die Presse noch nie gewarnt, Dan hingegen schon. Es war seine Idee.«

»Da muß ich erst oben nachfragen«, meinte Cabot.

»Verdammt, Marcus, wir sind hier oben!«

»So einfach an die Presse herantreten – das muß anderswo entschieden werden.«

»Na schön, dann setzen Sie sich in Ihr Auto, fahren rüber und fragen brav an.« Ryan machte kehrt und stürmte hinaus, ehe Cabot auf die Beleidigung reagieren konnte.

Als Jack den kurzen Weg zu seinem Büro zurückgelegt hatte, zitterten seine Hände. Warum unterstützt er mich nie? fragte er sich wütend. In letzter Zeit wollte auch gar nichts klappen. Jack donnerte mit der Faust auf den Tisch. Der Schmerz brachte ihn wieder zur Besinnung. Clarks Operation schien ein Schritt in die rechte Richtung zu sein. Wenigstens ein positiver Aspekt; besser als gar nichts.

Aber auch nicht viel besser. Jack betrachtete das Foto von seiner Frau mit den Kindern.

»Verdammt!« fluchte er laut. Er konnte Cabot nicht dazu bewegen, ihm den Rücken zu stärken, er war ein lausiger Vater geworden, und was er als Ehemann brachte, war noch schlimmer.

Liz Elliot hatte den Artikel auf der Titelseite mit tiefer Befriedigung gelesen. Holtzman hatte ihre Erwartungen erfüllt. Reporter waren so einfach zu manipulieren. Sie hatte erst hinterher erkannt, daß der Fall ihr ganz neue Perspektiven eröffnete. Wenn Ryan fort war, konnte sie dank Cabots Schwäche ihre Macht auch auf die CIA ausdehnen. Nicht übel.

Ryan von seinem Posten zu entfernen wurde inzwischen nicht mehr allein von ihrer Gehässigkeit diktiert. Er hatte mehrmals Wünsche des Weißen Hauses abgelehnt, war gelegentlich mit Interna direkt zum Kongreß gegangen ... und hinderte Liz an engeren Kontakten zur CIA. War er erst einmal aus dem Weg, konnte sie Cabot Befehle, die sie als »Vorschläge« tarnen würde, geben, die dann auch widerspruchslos ausgeführt wurden. Dennis Bunker blieb das Verteidigungsministerium und sein blödes Footballteam. Brent Talbot herrschte weiter im Außenministerium. Elizabeth Elliot aber kontrollierte den gesamten nationalen Sicherheitsapparat, denn sie hatte nicht nur das Ohr des Präsidenten, sondern ihn ganz. Ihr Telefon piepte.

»Direktor Cabot ist hier.«

»Schicken Sie ihn rein.« Liz stand auf und ging zur Tür. »Guten Morgen, Marcus.«

»Morgen, Dr. Elliot.«

»Nun, was führt Sie zu uns?« fragte sie und wies ihn zur Couch.

»Dieser Zeitungsartikel.«

»Ja, den habe ich auch gelesen«, sagte die Sicherheitsberaterin mitfühlend.

»Wer das hat durchsickern lassen, gefährdet eine wertvolle Quelle.«

»Ich weiß. Ist die undichte Stelle bei Ihnen? Und was ist das für ein internes Ermittlungsverfahren?«

»Wir haben nichts damit zu tun.«

»Wirklich nicht?« Dr. Elliot lehnte sich zurück und spielte mit ihrem blauen Seidenhalstuch. »Wer steckt dann dahinter?«

»Das wissen wir auch nicht, Liz.« Cabot schien sich noch unbehaglicher zu fühlen, als sie erwartet hatte. Befürchtet er etwa, daß das Ermittlungsverfahren auf ihn zielt? spekulierte sie spielerisch. Interessante Vorstellung. »Wir möchten mit Holtzman reden.«

»Wie meinen Sie das?«

»Ich meine damit, daß wir und das FBI inoffiziell an ihn herantreten und ihm zu verstehen geben, daß er möglicherweise etwas Unverantwortliches tut.«

»Von wem stammt diese Idee, Marcus?«

»Von Ryan und Murray.«

»Wirklich?« Sie legte eine Kunstpause ein. »Finde ich nicht so gut. Sie wissen ja, wie Reporter sind. Wer sie streicheln will, muß das richtig anfangen... hmmm. Wenn Sie wollen, erledige ich das.«

»Die Sache ist wirklich ernst. SPINNAKER ist uns sehr wichtig.« Cabot neigte dazu, sich zu wiederholen, wenn er in Erregung geriet.

»Ich weiß. Ryan sprach das bei seinem Vortrag sehr deutlich aus, als Sie krank waren. Ließ sich die Meldung bisher noch nicht bestätigen?«

Cabot schüttelte den Kopf. »Nein. Jack flog nach England, um die Briten zu Nachforschungen anzuregen, aber mit Ergebnissen rechnen wir vorerst nicht.«

»Was soll ich Holtzman ausrichten?«

»Sagen Sie ihm, daß er unter Umständen eine hochwichtige Quelle gefährdet. Die Sache könnte den Mann das Leben kosten, und die politischen Auswirkungen wären sehr ernst«, schloß Cabot.

»Ja, das könnte in der Sowjetunion unerwünschte innenpolitische Auswirkungen haben.«

»Wenn SPINNAKER recht hat, steht ein gewaltiger Umschwung bevor. Und wenn wir bekanntgeben, daß wir darüber Bescheid wissen, bringen wir ihn in Gefahr. Vergessen Sie nicht...«

Elliot unterbrach. »Ich weiß, Kadischow ist unsere große Hoffnung. Er darf nicht ›verbrennen‹. Sie haben sich sehr klar ausgedrückt, Marcus. Ich danke Ihnen. Um diese Sache kümmere ich mich selbst.«

»Gut, damit bin ich zufrieden«, erwiderte Cabot nach einer kurzen Pause.

»In Ordnung. Haben Sie mir sonst noch etwas mitzuteilen?«

»Nein, das war alles.«

»Ich finde, es ist an der Zeit, daß ich Ihnen etwas zeige. Es geht um eine vertrauliche Angelegenheit, mit der wir uns hier befaßt haben«, sagte Liz. Marcus verstand den Wink.

»Worum geht es?« fragte der DCI vorsichtig.

»Dies ist absolut vertraulich.« Elliot holte einen großen braunen Umschlag aus der Schreibtischschublade. »Absolut, Marcus. Das kommt mir nicht aus dem Haus, verstanden?«

»Jawohl.« Der DCI war schon sehr interessiert.

Liz öffnete den Umschlag und reichte Cabot einige Fotos.

»Wer ist die Frau?«

»Carol Zimmer, die Witwe eines Mannes von der Air Force, der im Dienst umkam.« Elliot nannte weitere Einzelheiten.

»Ryan geht fremd? Da bin ich platt.«

»Könnten Sie uns weitere Informationen aus Ihrem Haus beschaffen?«

»Ohne daß er Verdacht schöpft? Sehr schwierig.« Cabot schüttelte den Kopf. »Das ginge schon wegen seiner beiden Leibwächter nicht. Clark, Chavez und Ryan sind dicke Freunde.«

»Ryan ist mit seinen Leibwächtern befreundet? Ist das Ihr Ernst?« Liz Elliot, die die Leute vom Personenschutz wie Möbelstücke behandelte, war überrascht.

»Clark ist ein ehemaliger Agent und Chavez ein junger Mann, der sich als Leibwächter sein Studium verdient und später Agent werden will. Ich habe die Personalakten gesehen. Clark wird in ein paar Jahren pensioniert, und daß er im Personenschutz arbeitet, ist eine Geste der Anerkennung. Er hat sehr interessante Aufträge ausgeführt. Guter Mann, erstklassiger Offizier.«

Das mißfiel Elliot, aber da Cabot sich so unzweideutig ausgedrückt hatte, mußte sie schweigen. »Wir wollen Ryan sachte aus dem Amt drängen.«

»Das wird nicht einfach sein. Beim Kongreß ist er sehr beliebt.«

»Hatten Sie ihn nicht der Aufsässigkeit beschuldigt?«

»Damit kommt man auf dem Kapitolhügel nicht durch, das wissen Sie genau. Wenn Sie ihn loswerden wollen, muß der Präsident ihn bitten, seinen Hut zu nehmen.«

Aber auch damit kam man, wie Liz wußte, beim Kongreß nicht durch, und ihr war auch sofort klar, daß sie auf Cabots Unterstützung nicht rechnen konnte. Aber das überraschte sie nicht: Cabot war einfach zu schwach.

»Wenn Sie wollen, regeln wir die Sache von hier aus.«

»Wahrscheinlich keine schlechte Idee. Wenn in Langley bekannt wird, daß ich eine Hand im Spiel hatte, könnte die Moral leiden.«

»Na gut.« Liz stand auf, und auch Cabot erhob sich. »Nett, daß Sie vorbeigekommen sind.«

Zwei Minuten später saß sie wieder auf ihrem Drehsessel und hatte die Füße auf eine offene Schublade gelegt. Wie das flutscht, dachte sie... genau wie geplant. Ich beherrsche das Spiel immer besser...

»Und?«

»Der Artikel erschien gestern in einer Washingtoner Zeitung«, sagte Golowko. Es war 7.00 Uhr abends, und draußen war es so kalt und dunkel, wie es nur im Moskauer Winter sein kann. Und was Golowko zu melden hatte, machte die Nacht auch nicht wärmer.

Andrej Il'itsch Narmonow ließ sich die Übersetzung vom Ersten Stellvertretenden Vorsitzenden reichen, las sie durch und warf die zwei Seiten dann mit Verachtung auf den Schreibtisch. »Was soll dieser Quatsch?«

»Holtzman ist ein bekannter Reporter, der Zugang zu den Spitzen der Fowler-Administration hat.«

»Und verzapft wohl auch eine Menge Belletristik, so wie unsere Journalisten.«

»Dieser Ansicht sind wir nicht. Für uns weist der Ton des Artikels darauf hin, daß Holtzman die Informationen vom Weißen Haus bekam.«

»Tatsächlich?« Narmonow zog ein Taschentuch hervor, schneuzte sich die

Nase und verfluchte die Erkältung, die der jähe Wetterumschwung ihm beschert hatte. Selbst für eine kleine Unpäßlichkeit hatte er jetzt keine Zeit. »Das glaube ich nicht. Ich habe Fowler persönlich über die Probleme bei der Verschrottung der Raketen unterrichtet. Dieser Artikel ist dummes Geschwätz. Sie wissen, daß ich mich mit Hitzköpfen in Uniform auseinanderzusetzen hatte – diesen Narren, die im Baltikum auf eigene Faust losschlugen. Und die Amerikaner wissen das auch. Ich finde es unglaublich, daß die diesen Unsinn ernst nehmen. Ihr Nachrichtendienst wird ihnen mit Sicherheit die Wahrheit melden – und die Wahrheit ist, was ich Fowler persönlich gesagt habe!«

»Genosse Präsident.« Golowko hielt kurz inne. Die Anrede »Genosse« gewöhnte man sich nur schwer ab. »So wie es bei uns Elemente gibt, die den Amerikanern mißtrauen, gibt es auch in den USA welche, die uns weiter hassen und beargwöhnen. Für viele kam die Veränderung in unserem Verhältnis zu rasch und zu überraschend, um sich gleich anzupassen. Ich kann mir durchaus vorstellen, daß es amerikanische Regierungsmitglieder gibt, die dieser Meldung Glauben schenken.«

»Fowler ist eitel und längst nicht so charakterstark, wie er vorgibt, aber kein Narr – und nur ein Narr kann nach einem Gespräch mit mir diesen Quatsch glauben.« Narmonow gab Golowko die Übersetzung zurück.

»Meine Analytiker sind anderer Ansicht. Wir halten es für möglich, daß die Amerikaner diese Sache glauben.«

»Besten Dank für Ihre Analyse. Ich bin anderer Meinung.«

»Die Meldung bedeutet auch, daß die Amerikaner einen Spion in unserer Regierung sitzen haben.«

»Das bezweifle ich nicht – immerhin haben wir ja auch unsere Leute in Washington –, aber im vorliegenden Fall ist das anders. Wie kann ein Spion etwas melden, was ich nicht gesagt habe? Über dieses angebliche Problem habe ich mit niemandem gesprochen. Es existiert nicht. Was fangen Sie mit einem Agenten an, der Sie belügt?«

»Wir ergreifen sehr strenge Maßnahmen«, versicherte Golowko.

»Und die Amerikaner werden das nicht anders halten.« Narmonow machte eine kurze Pause und lächelte dann. »Wissen Sie, was das bedeuten kann?«

»Wir sind immer aufgeschlossen für neue Ideen.«

»Denken Sie einmal wie ein Politiker. Dies könnte auf einen Machtkampf in der US-Regierung hinweisen. Daß wir mit hineingezogen worden sind, könnte reiner Zufall sein.«

Darüber dachte Golowko nach. »Wir haben erfahren, daß Ryan, der Stellvertretende Direktor, bei Fowler unbeliebt ist...«

»Ah, Ryan, an den erinnere ich mich. Ein ernst zu nehmender Gegenspieler?«

»Allerdings.«

»Und ein Ehrenmann. Er gab mir einmal sein Wort und hielt es auch.«

So was vergißt ein Politiker mit Sicherheit nicht, dachte Golowko.

»Warum ist man unzufrieden mit ihm?« fragte Narmonow.

»Angeblich ist es eine Frage des persönlichen Stils.«

»Bei Fowlers Arroganz kann ich mir das gut vorstellen.« Narmonow hob die Hände. »Na bitte, da haben Sie es. Hätte ich nicht auch einen Geheimdienstanalytiker abgeben können?«

»Sie wären erstklassig gewesen«, gab Golowko zurück, der natürlich nichts anderes sagen konnte. Überdies hatte sein Präsident eine Frage aufgeworfen, die von seinen Leuten noch nicht genau untersucht worden war. Der Stellvertretende Vorsitzende verließ das Staatsoberhaupt und setzte eine besorgte Miene auf. Die Flucht des KGB-Vorsitzenden Gerasimow in den Westen – Golowko vermutete, daß sie vor Jahren von Ryan persönlich eingefädelt worden war – hatte natürlich viele Auslandsoperationen des KGB lahmgelegt. In Amerika waren sechs, in Europa acht komplette Ringe aufgeflogen, und mit dem Aufbau von Ersatznetzen wurde erst jetzt begonnen. Der KGB hatte also seinen Einblick in die amerikanische Regierung verloren. Die einzig günstige Entwicklung war, daß man einen nennenswerten Teil der amerikanischen diplomatischen und militärischen Kommunikation zu entschlüsseln begonnen hatte – zwischen vier und fünf Prozent im Monat. Doch das Knacken von Codes war kein Ersatz für gutplazierte Infiltranten. Die Sache hatte etwas sehr Merkwürdiges; und Golowko wußte nicht, was es war. Vielleicht hatte sein Präsident recht. Vielleicht waren das nur kleine Wellen, erzeugt durch einen internen Machtkampf. Es konnte aber auch etwas anderes dahinterstecken. Die Ungewißheit verbesserte Golowkos Laune nicht.

»Ich habe die Maschine gerade noch erwischt«, sagte Clark. »Hat man das Auto abgeklopft?«

»Wenn heute Mittwoch ist...«, erwiderte Jack. Sein Dienstwagen wurde einmal wöchentlich mit Spürgeräten auf Wanzen untersucht.

»Können wir dann über die Sache sprechen?«

»Ja.«

»Chavez hatte recht – es ist ganz einfach. Man braucht nur dem richtigen Mann eine hübsche kleine *mordida* zuzustecken. Ein Mann vom Bodenpersonal meldet sich an diesem Tag krank, so daß Chavez und ich Dienst tun in der 747. Ich spiele die Putzfrau, mache die Waschbecken und Klos sauber und fülle die Bar auf. Morgen haben Sie die offizielle Einschätzung, was die Durchführbarkeit angeht, auf dem Tisch, aber die Kurzversion lautet: Jawohl, wir schaffen das, und die Gefahr, daß wir entdeckt werden, ist minimal.«

»Wissen Sie, was passiert, wenn die Sache schiefgeht?«

»Sicher. ›Schwerer internationaler Zwischenfall‹, und ich werde vorzeitig in Pension geschickt. Mir macht das nichts, Jack, ich kann mich jederzeit zur Ruhe setzen. Nur um Ding wäre es schade. Der Junge ist vielversprechend.«

»Was tun Sie, wenn Sie ertappt werden?«

»Dann behaupte ich in meinem besten Spanisch, von einem japanischen Journalisten angeworben und gut bezahlt worden zu sein. Wenn die Japaner glauben, daß ein Landsmann dahintersteckt, werden sie keine großen Umstände machen – wegen Gesichtsverlust und so weiter.«

»John, Sie sind gerissen und hinterfotzig.«

»Alles nur im Dienst meines Landes.« Clark fing an zu lachen. Wenige Minuten später bog er ab. »Hoffentlich kommen wir nicht zu spät.«

»Ich hatte heute einen langen Tag.«

»Ich habe diesen dummen Zeitungsartikel gelesen. Was unternehmen wir da?«

»Das Weiße Haus wird sich an Holtzman wenden und ihm raten, die Finger von der Sache zu lassen.«

»Hat jemand vom Dienst gesungen?«

»Soweit wir wissen, nicht. Beim FBI sieht es ähnlich aus.«

»Also eine Tarnung für die wahre Story?«

»Es hat den Anschein.«

»Was für ein Schwachsinn«, merkte Clark an, als sie auf den Parkplatz fuhren.

Carol war in ihrem Haus und räumte gerade den Abendbrottisch ab. Der Christbaum war schon aufgestellt. Clark begann die Geschenke anzuschleppen. Einige hatte Jack in England erstanden, aber verpackt worden waren sie von Nancy Cummings und Clark; Ryan war im Geschenkeeinpacken ein hoffnungsloser Fall. Als sie ins Haus traten, hörten sie Weinen.

»Ist nichts Schlimmes, Dr. Ryan«, sagte eines der Kinder in der Küche. »Die kleine Jackie hat was angestellt. Die Mama ist im Bad mit ihr.«

»Gut.« Ryan ging dorthin und meldete sich vorsorglich an.

»Kommen Sie ruhig rein!« rief Carol.

Jack sah Carol, die sich über die Badewanne beugte. Jacqueline heulte kläglich und monoton; typisch für ein Kind, das weiß, daß es etwas Ungezogenes getan hat. Auf dem gekachelten Boden lag ein Häufchen Kinderkleider, und es roch süßlich nach Blüten. »Was ist passiert?«

»Jackie ist an mein Parfüm gegangen und hat die ganze Flasche ausgekippt«, sagte Carol und sah auf.

Jack hob die Bluse der Kleinen auf. »Stimmt, total durchtränkt.«

»Mein bestes, teuerstes Parfüm! Ungezogenes Mädchen!«

Jacquelines Gejammer wurde schriller. Wahrscheinlich hatte sie schon den Hintern versohlt bekommen; Jack war froh, daß er das verpaßt hatte. Er bestrafte seine eigenen Kinder, wenn nötig, zwar auch, sah aber nur ungern zu, wie andere Leute ihre Kindern züchtigten. Das war eine seiner Schwächen. Als Carol ihre Jüngste aus der Wanne hob, roch sie immer noch nach Parfüm.

»Das Zeug ist aber stark!« Jack nahm die Kleine auf den Arm, aber das Weinen wurde kaum leiser.

»80 Dollar die Flasche!« rief Carol, aber ihr Zorn war nun verflogen. Sie hatte genug Erfahrung mit kleinen Kindern, um zu wissen, daß sie hin und wieder was anstellten. Jack ging mit dem kleinen Mädchen ins Wohnzimmer. Als sie die Geschenkpakete sah, hellte sich ihre Miene auf.

»Sie sind viel zu großzügig«, bemerkte ihre Mutter.

»Ach was, ich war sowieso einkaufen.«

»Sie sollten Weihnachten mit Ihrer Familie verbringen und nicht hierherkommen.« Clark kam mit einer letzten Ladung Geschenke herein. Es waren seine, wie Jack feststellte. Nett von ihm.

»Und wir haben gar nichts für Sie«, klagte Carol Zimmer.

»Aber doch – Jackie hat mit mir geschmust.«

»Und ich?« fragte Clark.

Jack gab ihm die Kleine. Merkwürdig, viele Männer hatten Angst vor Clark, wenn sie ihn nur zu Gesicht bekamen, aber Carols Kinder hielten ihn für einen großen Teddybär. Kurze Zeit später brachen sie wieder auf.

»Das war nett von Ihnen, John«, sagte Ryan.

»Ist doch nichts Besonderes. Außerdem macht es viel mehr Spaß, Geschenke für kleine Kinder als für Erwachsene zu kaufen. Wissen Sie, was meine Maggie auf ihren Wunschzettel gesetzt hat? Einen ›Bali-BH‹! Wie, zum Teufel, kann ein Vater in ein Kaufhaus gehen und Reizwäsche für seine eigene Tochter verlangen?«

»Für Barbies sind Ihre Töchter inzwischen zu alt.«

»Schade, Doc, schade.«

Jack wandte den Kopf und lachte leise. »Übrigens, dieser Büstenhalter …«

»Wenn ich den Kerl erwische, der den aufhakt, mach' ich Hackfleisch aus ihm.«

Jack hatte gut lachen, seine Tochter war noch nicht soweit. Er stellte es sich schwer vor, sie mit einem Fremden ziehen lassen zu müssen, seinem Schutz entzogen. Und für einen Mann wie Clark mußte das noch härter sein.

»Morgen um die übliche Zeit?«

»Ja.«

»Bis dann, Doc.«

Um 8.55 Uhr betrat Ryan sein Haus. Sein Abendessen stand am üblichen Platz. Er schenkte sich wie üblich ein Glas Wein ein, trank einen Schluck, zog dann seinen Mantel aus und hängte ihn in den Schrank, ehe er nach oben ging, um sich umzuziehen. Dabei begegnete er Cathy und lächelte ihr zu. Er küßte sie nicht; dazu war er einfach zu müde. Und das war sein Problem: Er hatte keine Zeit, sich zu entspannen. Clark hat recht, ich brauche ein paar Tage Urlaub, dachte Jack, während er sich umzog.

Cathy ging an den Schrank, um ein Krankenblatt aus ihrem Mantel zu holen. Sie hatte sich schon fast wieder abgewandt, als sie etwas Sonderbares roch. Cathy Ryan steckte verdutzt den Kopf in den Schrank und schnüffelte auf eine Weise herum, die komisch gewirkt hätte, wenn ihr Gesicht nicht so ernst gewesen wäre, als sie die Duftquelle fand: Jacks teuren Kamelhaarmantel, den sie ihm im vergangenen Jahr gekauft hatte.

Er roch nach einem fremden Parfüm.

26
Integration

Vor dem Zusammenbau wurden zusätzliche Instrumente gekauft. Einen ganzen Tag nahm die Montage eines schweren Blocks aus abgebranntem Uran innen an einem Ende der Bombenhülle in Anspruch.

»Ich weiß, das zieht sich hin«, sagte Fromm fast entschuldigend. »In Amerika und anderswo setzt man spezielle Einstellvorrichtungen und Werkzeuge ein und stellt Bomben einer Bauart praktisch am Fließband her; alles Vorteile, die wir nicht haben.«

»Dabei müssen wir genauso exakt arbeiten, Kommandant«, fügte Ghosn hinzu.

»Mein junger Freund hat recht. Die Gesetze der Physik sind überall gleich.«

»Dann lassen Sie sich von uns nicht aufhalten«, sagte Kati.

Fromm machte sich sofort wieder an die Arbeit. Während er insgeheim schon das versprochene Geld zählte, konzentrierte er sich gleichzeitig auf seine Aufgabe. An dem eigentlichen kernphysischen Teil der Waffe hatte nur die Hälfte der Maschinisten gearbeitet. Der Rest war voll mit der Herstellung von Teilen beschäftigt gewesen, die als Halterungen dienten. Sie bestanden aus Gründen der Festigkeit und Kompaktheit größtenteils aus Edelstahl, und die einzelnen Komponenten der Bombe wurden daran montiert. Da die Waffe komplexer war als die meisten Maschinen, mußten diese Teile in einer exakten Reihenfolge eingebaut werden. Selbst die Maschinisten waren verblüfft, daß alles zueinanderpaßte, und sie gestanden murmelnd ein, daß dieser Fromm – über seine wahre Identität hatten sie die wildesten Spekulationen angestellt – auf jeden Fall ein verdammt guter Ingenieur war. Am schwierigsten war der Einbau der verschiedenen Uranblöcke. Die Teile aus leichteren und weicheren Materialien ließen sich viel reibungsloser einpassen.

»Wann wird das Tritium umgefüllt?« fragte Ghosn.

»Ganz zuletzt natürlich«, erwiderte Fromm, der gerade eine Messung vorgenommen hatte.

»Wir erhitzen nur die Batterie, um das Gas freizusetzen?«

»Ja«, entgegnete Fromm und nickte. »Halt! So nicht!«

»Was habe ich falsch gemacht?«

»Sie müssen dieses Teil beim Einbau drehen«, sagte Fromm zu dem Maschinisten und führte ihm den Prozeß vor. »Sehen Sie, so geht das.«

»Ich verstehe. Vielen Dank.«

»Hier werden die elliptischen Reflektoren befestigt…«

»Ja, das weiß ich.«

»Dann ist's ja gut.«

Fromm winkte Ghosn. »Kommen Sie mal rüber. Verstehen Sie jetzt, wie das funktioniert?« Fromm wies auf zwei Reihen hintereinander angeordneter elliptischer Scheiben – insgesamt waren es neunzehn, und jede bestand aus einem anderen Material. »Die Energie der Primärladung trifft auf diese Scheiben und zerstört sie nacheinander, aber dabei …«

»Ja, das Endprodukt ist immer anschaulicher als Zahlen und Gleichungen auf Papier.«

Dieser Teil der Waffe machte sich die Tatsache zunutze, daß Lichtwellen keine Masse haben, aber Bewegungsenergie tragen. Genaugenommen waren es gar keine »Licht«-Wellen, aber da die Energie nur in der Form von Photonen auftrat, blieb das Prinzip gültig. Die Energie würde jede elliptische Scheibe in Plasma verwandeln. Dabei aber leiteten die Scheiben einen kleinen, aber festen Prozentsatz der Energie in eine Richtung um, in die auch die Wucht der Primärladung zielte.

»Ihr Energiebudget ist üppig«, bemerkte Ghosn nicht zum ersten Mal.

Der Deutsche hob die Schultern. »Es darf auch nicht anders sein. Wer nicht testen kann, muß überdimensionieren. Die erste amerikanische Bombe – jene, die auf Hiroshima abgeworfen wurde – war eine ungetestete Konstruktion. Reine Materialverschwendung und ekelhaft ineffizient, aber überdimensioniert. Und sie funktionierte. Wenn wir uns ein ordentliches Testprogramm leisten könnten …« Ein richtiges Testprogramm hätte ihn in die Lage versetzt, Werte empirisch zu ermitteln, die erforderliche Energie und ihre Steuerung, das exakte Verhalten aller Komponenten – und dann jene zu verkleinern, die für die gestellte Aufgabe zu schwer oder zu groß waren. So hatten es die Amerikaner, Russen, Briten und Franzosen seit Jahrzehnten gehalten: ihre Konstruktionen unablässig verbessert, immer effizienter und damit kleiner, zuverlässiger und billiger gemacht. Der Bau einer solchen Bombe war die größte Herausforderung für einen Ingenieur, und er war dankbar, daß er sich an der Aufgabe versuchen durfte. Seine Konstruktion war primitiv, schwer und bestimmt kein Meisterstück, aber für ihn stand fest, daß sie funktionieren würde. Hätte er nur mehr Zeit gehabt, wäre sie viel besser ausgefallen …

»Ich verstehe. Ein Mann Ihres Kalibers könnte die ganze Einheit auf die Größe eines Eimers reduzieren.«

Ein gewaltiges Kompliment. »Nett, Herr Ghosn, aber trauen Sie mir nicht zuviel zu. So weit verkleinern könnte ich die Bombe zwar nicht, aber immerhin so weit, daß sie in die Nase einer Rakete paßt.«

»Tja, wenn sich unsere irakischen Brüder nur mehr Zeit gelassen hätten …«

»Wohl wahr, dann gäbe es jetzt kein Israel mehr. Aber die Iraker haben eben alles falsch angefangen.«

»Sie waren zu ungeduldig«, sagte Ibrahim und verfluchte sie insgeheim.

»An solche Dinge muß man kaltblütig und mit klarem Kopf herangehen. Entscheidungen dieser Art müssen auf Logik basieren und nicht auf Emotionen.«

»Genau.«

Achmed fühlte sich hundeelend. Er hatte sich Urlaub genommen, um auf Anweisung des Kommandanten dessen Arzt aufzusuchen. Arztbesuche hatte er bisher nach Möglichkeit vermieden. Er war im Gefecht gewesen und hatte Tote und Verwundete gesehen, war selbst aber immer unversehrt geblieben. Aber selbst eine Verletzung wäre ihm lieber gewesen als sein derzeitiger Zustand. Was Kugeln und Granaten anrichteten, konnte man verstehen, aber was hatte ihn so rasch und unerwartet krank gemacht?

Der Arzt hörte sich seine Beschwerden an, stellte ein paar kluge Fragen und notierte, daß Achmed rauchte – das trug dem Kämpfer ein Kopfschütteln und ein mißbilligendes Schnalzen ein, als ob die Zigaretten etwas mit seinem Zustand zu tun hätten. Was für ein Unsinn, dachte Achmed. Bin ich nicht bis vor kurzem sechs Kilometer am Tag gelaufen?

Nun kam die Untersuchung. Der Arzt setzte ihm ein Stethoskop auf die Brust und lauschte. Der Blick des Mediziners wurde zurückhaltend; Achmed fand, er sah aus wie ein mutiger Kämpfer, der seine Gefühle nicht verraten will.

»Einatmen«, befahl der Arzt. Achmed gehorchte. »So, und jetzt langsam ausatmen.«

Das Stethoskop wurde an einer anderen Stelle angesetzt. »Wieder einatmen.« Die Prozedur wurde an Brust und Rücken sechsmal wiederholt.

»Nun?« fragte Achmed, als die Untersuchung abgeschlossen war.

»Ich bin mir noch nicht sicher und möchte Sie zu einem Lungenspezialisten schicken.«

»Dafür habe ich keine Zeit.«

»Sie werden sich die Zeit nehmen, und wenn ich mit dem Kommandanten persönlich sprechen muß.«

Achmed verkniff sich ein Murren. »Meinetwegen.«

Es war bezeichnend für Ryans Verfassung, daß er von der nachlassenden Aufmerksamkeit seiner Frau ihm gegenüber keine Notiz nahm und sogar Erleichterung empfand. Es half, weil es entlastete. Vielleicht hatte sie eingesehen, daß er einfach nur für eine Weile in Ruhe gelassen werden wollte. Ich mach' das wieder gut, nahm Jack sich vor, sobald ich in meinem Leben wieder Ordnung geschaffen habe. Dessen war er sich ganz sicher, und das redete er sich ein, obgleich ihn eine innere Stimme warnte, gegen die er sich jedoch verschloß. Er war bemüht, weniger zu trinken, aber da nun geringere Erwartungen an ihn gestellt wurden und er sich mehr Schlaf gönnen konnte, kam er zu dem Schluß, daß der Wein ein gutes Einschlafmittel war. Er nahm sich vor, im Frühling, wenn es wieder wärmer wurde, zu einem gesünderen Leben zurückzukehren. Ja, genau: Joggen. Er wollte in der Mittagspause mit den anderen Fitneß-Fanatikern die Straße an der Einfriedung des CIA-Komplexes entlanglaufen. Und Clark war dabei bestimmt ein guter Trainer. Clark war ein echter Kumpel, anders als Chavez, der unverschämt fit war und überhaupt kein Verständnis für Leute hatte, die sich nicht in Form hielten – zweifellos ein Relikt aus seiner Zeit bei der Infanterie. Nun, wenn er auf die

Dreißig zugeht, dachte Ryan, wird er merken, daß jung sein irgendwann aufhört und daß es Grenzen gibt.

Weihnachten hätte auch harmonischer verlaufen können, überlegte er an seinem Schreibtisch. Das Fest war aber auf die Wochenmitte gefallen, und das bedeutete, daß die Kinder zwei Wochen schulfrei hatten. Es bedeutete außerdem, daß Cathy ein paar Tage in der Klinik versäumte, und das fiel ihr schwer, denn sosehr sie ihre Kinder liebte, so sehr liebte sie ihre Arbeit. Eigentlich ist es ihr gegenüber unfair, gestand Ryan ein. Auch sie hatte einen anspruchsvollen Beruf, mußte aber die ganze Last der Kindererziehung tragen, weil er nie von seiner Arbeit loskam. Andererseits aber gab es Tausende von Augenchirurgen und ein paar hundert Professoren für Opthalmologie, aber nur einen DDCI, und da lag der Hase im Pfeffer. Vielleicht nicht fair, aber einfach nicht von der Hand zu weisen.

Die Situation wäre erträglicher, wenn ich wenigstens etwas bewirken könnte, sagte sich Ryan. Es war ein Fehler gewesen, Elizabeth Elliot mit diesem Journalisten reden zu lassen, aber von Cabot hatte Jack nichts anderes erwartet. Der Mann war eine Drohne. Er genoß das Prestige, das mit seiner Stellung einherging, aber er *tat* einfach nichts. Ryan bekam die meiste Arbeit aufgebürdet, ohne die Lorbeeren zu ernten, und wenn etwas schiefging, war er an allem schuld. Nun, vielleicht änderte sich das bald. Er hatte die Steuerung der Aktion in Mexiko vom Direktorat Operationen abgezogen und selbst übernommen und war entschlossen, einen eventuellen Erfolg für sich zu beanspruchen. Vielleicht liefen die Dinge dann besser. Er nahm die Akte der Operation heraus und beschloß, sie in allen Einzelheiten durchzugehen und auf jede denkbare Eventualität zu überprüfen. Der Plan mußte klappen, und dann hatte das Weiße Haus ihm Respekt zu zollen.

»Du gehst jetzt sofort in dein Zimmer!« keifte Cathy den kleinen Jack an. Das war ein Befehl und ein Eingeständnis ihres Versagens zugleich. Dann ging sie mit Tränen in den Augen aus dem Zimmer. Sie benahm sich dumm, schrie ihre Kinder an, anstatt ihren Mann mit ihrem Verdacht zu konfrontieren. Aber *wie* sollte sie ihn zur Rede stellen? Was sollte sie sagen? Und was, wenn er wirklich eine Geliebte hatte? Was sollte dann werden? Sie redete sich immer wieder ein, so etwas sei unmöglich, aber die Indizien waren nicht von der Hand zu weisen. Sie dachte stolz an den Tag, an dem er sein Leben aufs Spiel gesetzt hatte, um sie und die Kinder zu schützen. Sie hatte entsetzliche Angst und eine zugeschnürte Kehle gehabt damals am Strand, als ihr Mann den Bewaffneten entgegengegangen war. Wie konnte jemand, der das getan hatte, seine Frau betrügen? Cathy verstand die Welt nicht mehr.

Doch welche andere Erklärung konnte es geben? Fand er sie nicht mehr aufregend? Und wenn es so war, warum? Sah sie nicht hübsch genug aus? Tat sie nicht alles, was eine Frau tun kann? Die Abweisung an sich war schon schlimm genug, aber die Vorstellung, daß er seine Kräfte, seine Potenz für eine Unbekannte aufsparte, die billiges Parfüm trug, war unerträglich.

Sie mußte ihn zur Rede stellen und die Wahrheit herausfinden.

Aber wie? Das war die Frage. Konnte sie den Fall mit einem Kollegen besprechen, einem Psychiater vielleicht?

Und riskieren, daß die Sache herauskam, an die Öffentlichkeit ging? Professor Caroline Ryan, die attraktive, intelligente Cathy, konnte nicht einmal ihren Ehemann halten? Was sie wohl falsch gemacht hat? würden ihre Freundinnen und Freunde hinter ihrem Rücken wispern. Gewiß, würden sie sagen, es könne nicht ihre Schuld gewesen sein. Später dann würde man zu spekulieren beginnen, was sie anders gemacht haben könnte, warum sie die Signale nicht erkannt hatte, denn am Scheitern einer Ehe sei ja selten nur einer schuld, und Jack Ryan wirke eigentlich treu. Dann bin ich in der beschämendsten Lage meines Lebens, dachte sie und vergaß für den Augenblick, daß sie viel Schlimmeres durchgemacht hatte.

Trotzdem, das Ganze machte keinen Sinn. Nur wußte sie nicht, was sie unternehmen konnte; fest stand nur, daß Nichtstun wohl der ungünstigste Kurs war. Saß sie in einer Falle? Hatte sie überhaupt Optionen?

»Mama, was ist?« fragte Sally mit ihrer Barbie in der Hand.

»Nichts, mein Herz. Laß mich mal einen Augenblick in Frieden, ja?«

»Jack sagt, es tut ihm leid, und er will wieder raus.«

»Meinetwegen, wenn er verspricht, brav zu sein.«

»Toll!« Sally rannte aus dem Zimmer.

War die Lösung so einfach? Cathy war überhaupt nicht nachtragend. Konnte sie Jack auch das verzeihen? Vergeben wollte sie ihm im Grunde nicht. Schließlich ging es nicht nur um ihren Stolz, sondern auch um die Kinder, die einen Vater brauchten, ob er sie nun vernachlässigte oder nicht. Ist mein Stolz wichtiger als ihre Bedürfnisse? Andererseits: In welcher Atmosphäre wuchsen sie auf, wenn die Eltern sich nicht vertrugen? Waren solche Spannungen nicht noch destruktiver? Schließlich konnte sie immer wieder...

...jemanden finden wie Jack?

Sie begann wieder zu weinen. Sie weinte über sich, ihre Unfähigkeit, eine Entscheidung zu treffen, ihren Schmerz. Doch diese Tränen lösten das Problem nicht, sondern machten alles noch schlimmer. Einerseits wollte sie ihn nicht mehr haben. Andererseits wollte sie ihn zurück. Was nur sollte sie tun?

»Ihnen ist natürlich klar, daß das streng vertraulich ist«, sagte der Ermittlungsbeamte in einem Ton, der nicht Frage, sondern Befehl war. Der Mann vor ihm war klein und untersetzt und hatte weiche rosa Hände. Der Bismarckschnauzer sollte ihn wohl männlicher wirken lassen. In Wirklichkeit sah er ganz und gar nicht beeindruckend aus, bis man genauer auf sein Gesicht achtete. Seinen dunklen Augen entging nichts.

»Als Arzt bin ich an vertrauliche Dinge gewöhnt«, versetzte Bernie Katz und reichte den Dienstausweis zurück. »Machen Sie es kurz. Meine Visite beginnt in zwanzig Minuten.«

Der Ermittlungsbeamte glaubte, daß seinem Fall eine gewisse Eleganz immanent war, aber ganz billigen konnte er ihn nicht. Ehebruch war nämlich keine Straftat, wenngleich er die Zulassung eines Mannes zu hohen Geheimhaltungsstufen verhinderte. Wenn jemand ein Versprechen brach, das er in der Kirche gegeben hatte, mochte er auch nicht halten, was er nur auf Papier gelobt hatte.

Bernie Katz lehnte sich zurück und brachte alle Geduld auf, die er hatte, und davon hatte er wenig. Als Chirurg war er gewohnt, seine eigenen Entscheidungen zu treffen und nicht auf andere zu warten. Er schaukelte auf seinem Stuhl und zwirbelte seinen Schnauzer.

»Wie gut kennen Sie Dr. Caroline Ryan?«

»Cathy? Seit elf Jahren arbeite ich mit ihr ab und an zusammen.«

»Was können Sie mir über sie sagen?«

»Sie ist eine erstklassige Chirurgin mit außergewöhnlicher Urteilsfähigkeit und großem Geschick. Eine unserer besten Lehrkräfte. Wir sind befreundet. Worum geht es hier?«

Katz sah den Besucher aus schmalen Augen an.

»Hier stelle ich die Fragen.«

»Ist mir auch schon aufgefallen. Dann fragen Sie mal weiter«, sagte Katz kalt und beobachtete Körpersprache, Mienenspiel und Auftreten des Mannes. Was er sah, mißfiel ihm.

»Hat sie in letzter Zeit Hinweise auf häusliche Probleme gegeben?«

»Ihnen ist hoffentlich klar, daß meine Äußerungen als Arzt der Schweigepflicht unterliegen.«

»Ist Cathy Ryan bei Ihnen in Behandlung?«

»Ich habe sie früher untersucht. Das tun wir hier alle.«

»Sind Sie Psychiater?«

Katz' Antwort war fast ein Grollen. Wie die meisten Chirurgen war er reizbar. »Überflüssige Frage.«

Der Ermittler schaute von seinen Notizen auf und bemerkte in sachlichem Ton: »In diesem Fall findet die Schweigepflicht keine Anwendung. Würden Sie nun bitte meine Frage beantworten?«

»Nein.«

»Was soll das heißen: nein?«

»Nein, sie hat meines Wissens keine derartigen Hinweise gegeben.«

»Auch keine Bemerkungen über ihren Mann gemacht, über Veränderungen in seinem Verhalten?«

»Nein. Ich kenne Jack recht gut und mag ihn. Er ist offenbar ein guter Ehemann. Das Paar hat zwei prächtige Kinder, und Sie wissen ja, was der Familie vor ein paar Jahren zustieß.«

»Sicher, aber Menschen können sich ändern.«

»Die Ryans nicht.« Katz' Kommmentar hatte die Endgültigkeit eines Todesurteils.

»Sie scheinen sehr sicher zu sein.«

»Ich bin Arzt und lebe von meiner Urteilskraft. Was Sie da unterstellen, ist Quatsch.«

»Ich unterstelle gar nichts«, log der Ermittler, der wußte, daß Katz ihn durchschaute. Er hatte den Mann von Anfang an richtig eingeschätzt. Katz war ein hitzköpfiger, leidenschaftlicher Mensch, der keine Geheimnisse wahrte, die er für überflüssig hielt. Vermutlich war er auch ein erstklassiger Arzt.

»Ich kehre zu meiner ersten Frage zurück. Hat Caroline Ryans Verhalten sich irgendwie geändert – seit letztem Jahr, sagen wir einmal?«

»Sie ist ein Jahr älter geworden. Die Ryans haben Kinder, die größer werden, und Kinder sind manchmal eine Last. Ich habe selber welche. Nun ja, sie hat ein wenig zugenommen – steht ihr nicht schlecht, bisher wollte sie eher zu mager sein –, und sie wirkt auch zu erschöpft. Nun, ihr Weg zur Arbeit ist weit, und die Arbeit hier ist hart, besonders für Mütter mit kleinen Kindern.«

»Und das ist Ihrer Auffassung nach alles?«

»Hören Sie, ich bin Augenarzt und kein Eheberater. Therapie fällt nicht in mein Fachgebiet.«

»Eheberater? Warum sagen Sie das? Habe ich so etwas erwähnt?«

Gerissener Hund, dachte Katz und ließ seinen Schnauzer los. Vielleicht ist er Diplompsychologe... nein, eher Autodidakt. Polizisten sind gute Menschenkenner. Hat dieser Kerl auch mich durchschaut?

»Mit ›häuslichen Problemen‹ sind bei Verheirateten allgemein Ehekrisen gemeint«, sagte Katz langsam. »Nein, Hinweise darauf hat sie nicht gegeben.«

»Sind Sie sicher?«

»Absolut sicher.«

»Gut, dann vielen Dank, Dr. Katz. Tut mir leid, Sie belästigt zu haben.« Er reichte Katz eine Karte. »Sollten Sie etwas in dieser Richtung erfahren, wäre ich dankbar, wenn Sie mich verständigten.«

»Was geht hier eigentlich vor?« fragte Katz. »Wenn Sie an meiner Unterstützung interessiert sind, erwarte ich eine Antwort auf meine Frage. Zum Spaß spioniere ich nämlich anderen Leuten nicht nach.«

»Mr. Ryan hat eine sehr hohe Stellung in der Regierung. Aus Gründen der nationalen Sicherheit behalten wir solche Leute routinemäßig im Auge. Ist das bei Ihnen anders? Ergreifen Sie etwa keine Maßnahmen, wenn ein Chirurg mit einer Alkoholfahne zur Arbeit kommt?«

»So etwas gibt es bei uns nicht«, versicherte Katz.

»Aber wenn es vorkäme, würden Sie es doch nicht übersehen.«

»Ganz bestimmt nicht.«

»Das hört man gern. Wie Sie wissen, hat Dr. Ryan Zugang zu streng geheimen Informationen. Es wäre unverantwortlich von uns, solche Leute nicht zu überwachen. Und hier geht es um eine hochsensitive Angelegenheit, Dr. Katz.«

»Das ist mir inzwischen klar.«

»Wir haben den Verdacht, daß Dr. Ryans Verhalten ... irregulär ist. Und dem müssen wir nachgehen. Verstehen Sie das? Wir sind dazu gezwungen.«

»Gut, das sehe ich ein.«

»Und um mehr geht es uns nicht.«

»Na gut.«

»Ich danke Ihnen für Ihre Unterstützung, Sir.« Der Ermittlungsbeamte gab Katz die Hand und ging.

Katz errötete erst, als der Mann fort war. Im Grunde genommen kannte er Jack gar nicht so gut. Sie hatten sich fünf- oder sechsmal auf Parties getroffen, ein paar Witze gerissen und über das Wetter, Baseball oder internationale Politik geredet. Dabei hatte sich Jack nie unter dem Vorwand der Geheimhaltung um eine Antwort gedrückt. Eigentlich ein angenehmer Mensch, dachte Katz. Und allem Anschein nach ein guter Vater. Aber richtig kennen tue ich ihn nicht.

Cathy hingegen kannte er besser als seine anderen Kollegen, und er hielt sie für einen wunderbaren Menschen. Sie war eine von den drei Medizinern, denen er im Falle einer Operation seine Kinder anvertraut hätte, und das war das höchste Kompliment, das er zollen konnte. Sie halfen sich gegenseitig bei Fällen und Eingriffen. Wenn einer Rat suchte, wandte er sich an den anderen. Sie waren gute Freunde und Kollegen. Sollten sie jemals beschließen, das Institut zu verlassen, würden sie gemeinsam eine Praxis eröffnen; eine Partnerschaft unter Medizinern ist schwerer intakt zu halten als eine gute Ehe. Hätte ich Chancen gehabt, hätte ich sie sogar geheiratet, dachte Katz. Es wäre mir nicht schwergefallen, sie zu lieben. Sie mußte eine gute Mutter sein. Unter ihren Patienten waren überdurchschnittlich viele Kinder, denn sie hatte kleine, zierliche und überaus geschickte Hände und überschüttete die Kleinen mit Aufmerksamkeit. Aus diesem Grund war sie beim Pflegepersonal sehr beliebt. Und nicht nur dort, nein, sie war überall beliebt. Ihr Operationsteam stand fest zu ihr. Eine bessere Ärztin als Cathy konnte man sich nicht vorstellen.

Häusliche Probleme? dachte Katz. Jack hintergeht sie und tut ihr weh?

»Dreckskerl!« zischte er.

Er hatte sich wieder einmal verspätet, wie Cathy feststellte; diesmal war es nach neun. Konnte er denn nie zu einer anständigen Zeit nach Hause kommen?

Wenn es so war, was steckte dahinter?

Sie hätte beinahe wieder zu weinen angefangen.

Cathy saß wieder in ihrem Sessel, als Jack auf dem Weg zur Küche durchs Zimmer kam. Ihm fiel weder ihr Blick noch ihr Schweigen auf. Sie blieb sitzen und nahm das Fernsehbild, auf das sie starrte, überhaupt nicht wahr. Ihr Verstand quälte sich an dem Rätsel, ohne eine Antwort zu finden, und rührte nur noch mehr Wut auf.

Wenn sie ihre Ehe retten wollte, brauchte sie Rat. Sie spürte, wie Enttäuschung und Zorn Vernunft und Liebe verdrängten. Das war ungut, und sie wußte, daß sie sich dagegen wehren sollte, aber der Zorn fachte sich immer wieder von neuem an. Cathy ging leise in die Küche und goß sich ein Glas ein. Morgen war kein Eingriff angesetzt; ein Drink konnte also nicht schaden. Wieder warf sie einen Blick hinüber zu ihrem Mann, und wieder nahm er keine

Notiz. Warum sieht er mich nicht? fragte sie sich verzweifelt. Sie hatte so viele Kompromisse gemacht. Gewiß, die Zeit in England und im Guy's Hospital war angenehm gewesen und hatte ihre Stellung in Amerika nicht gefährdet. Aber diese ganzen anderen Aktionen – Jack war einfach zu oft nicht da! Das dauernde Pendeln zwischen Washington und Moskau zu der Zeit, als er an den Abrüstungsverhandlungen beteiligt war. Da hatte er Spion oder sonst was gespielt und sie zu Hause mit den Kindern sitzengelassen. Zwei wichtige Operationen hatte sie sausenlassen und Bernie zuschieben müssen, weil kein Babysitter aufzutreiben gewesen war.

Und was hatte Jack damals getrieben? Früher hatte sie akzeptiert, daß sie sich nach seinen Aktivitäten noch nicht einmal erkundigen durfte. *Was* hatte er in Wirklichkeit getan? Sich über sie kaputtgelacht, sich ein kleines Abenteuer mit einer heißblütigen Agentin geleistet? Wie im Film? Hatte er sich an einem exotischen Ort in einer diskreten, schummrigen Bar mit einer Agentin getroffen, und hatte dann eins zum anderen geführt...?

Cathy setzte sich wieder vor den Fernseher und trank einen Schluck. Beinahe hätte sie alles wieder ausgespuckt, denn an Bourbon pur war sie nicht gewöhnt.

Hier ist irgendwie alles falsch.

In ihr schien ein Krieg zwischen den Kräften des Guten und des Bösen zu wüten – oder kämpfte der Realitätssinn mit der Naivität? Sie war zu verwirrt, um zu einem Urteil zu gelangen.

Nun, heute abend war die Sache nicht so wichtig. Sie hatte ihre Tage, und wenn Jack wollte, was sie für unwahrscheinlich hielt, würde sie nein sagen. Warum sollte er überhaupt etwas von ihr wollen, wo er sich sein Vergnügen doch anderswo verschaffte? Und warum sollte sie einverstanden sein? Warum die zweite Geige spielen?

Diesmal trank sie behutsamer.

Ich muß mich bei jemandem aussprechen, dachte sie. Aber bei wem?

Vielleicht Bernie, entschied sie. Ihm vertraute sie. In zwei Tagen, wenn sie wieder arbeitete.

»Und damit wären die Vorarbeiten erledigt.«

»Genau, Boß«, erwiderte der Trainer. »Wie steht's im Pentagon, Dennis?«

»So viel Spaß wie Sie habe ich nicht, Paul.«

»Na ja, Sie haben's ja so gewollt. Verantwortung oder Vergnügen?«

»Sind die Jungs alle in Form?«

»Klar! Wir stehen prächtig da, und ich warte nur darauf, es den Vikings noch einmal zu zeigen.«

»Ich auch«, sagte Bunker in seinem Büro im E-Ring. »Können wir Tony Wills diesmal wirklich stoppen?«

»Versuchen wir's. Ist der Junge nicht klasse? So einen Stürmer habe ich seit Gayle Sayers nicht mehr erlebt. Ein hartes Stück Arbeit, gegen ihn Defensive zu spielen.«

»Denken wir nicht zu weit voraus. In ein paar Wochen will ich in Denver sitzen.«

»Wir gehen sie einen nach dem anderen an, Dennis. Es steht nur noch nicht fest, wer unser Gegner ist. Mir wäre Los Angeles am liebsten. Mit denen werden wir leicht fertig«, meinte der Trainer. »Und anschließend treten wir wohl in der Divisions-Endrunde gegen Miami an. Das ist eine stärkere Mannschaft, aber wir schaffen es bestimmt.«

»Das glaube ich auch.«

»Ich habe ihre Spiele auf Band und kann sie analysieren.«

»Gut. Vergessen Sie nicht: einen nach dem anderen. Aber wir brauchen drei Siege.«

»Sagen Sie dem Präsidenten, er soll nach Denver kommen und uns dort erleben. Das ist San Diegos Jahr. Die Chargers kommen ins Endspiel.«

Dubinin sah das Wasser ins Trockendock fluten, als die Schleusen geöffnet wurden. Die *Admiral Lunin* war fertig. Das neue Schleppsonar war in seinem tropfenförmigen Gehäuse über dem Ruderschaft aufgerollt. Die siebenschauflige Schraube aus Manganbronze war inspiziert und poliert, der Rumpf wieder wasserdicht gemacht worden. Das U-Boot war seeklar.

Die Mannschaft war es auch. Dubinin hatte sich achtzehn Wehrpflichtiger entledigt und an ihrer Stelle achtzehn Offiziere an Bord geholt. Die radikale Verkleinerung der sowjetischen Unterseebootflotte hatte viele Offiziere ihren Posten gekostet. Es wäre ein Jammer gewesen, dieses gut ausgebildete Personal zurück ins Privatleben und in eine Privatwirtschaft zu schicken, in der es kaum Arbeitsplätze gab. So hatte man sie umgeschult und als technische Experten auf den verbliebenen Booten untergebracht. Die Sonarabteilung war nun fast ausschließlich von Offizieren bemannt – bei der Wartung sollten zwei *mitschmani* helfen –, die allesamt Spezialisten waren. Erstaunlicherweise wurde kaum gemurrt. Die Unterkünfte der Akula-Klasse waren für sowjetische Verhältnisse recht komfortabel. Wichtiger aber war, daß die neuen Offiziere voll über den Einsatzbefehl und die Leistung des Bootes auf der vorhergegangenen Fahrt informiert worden waren. Diesen Trick zu wiederholen appellierte an ihren Sportsgeist. Ein strategisches Boot zu orten war die größte Herausforderung für einen U-Boot-Fahrer. Dafür waren alle bereit, ihr Bestes zu geben.

Dubinin ebenfalls. Er hatte bei Kollegen alte Schulden eingetrieben und dem Schiffbaumeister so lange in den Ohren gelegen, bis die Generalüberholung ein Wunder an Perfektion war. Man hatte Matratzen und Bettzeug erneuert, das Schiff geschrubbt wie einen Operationssaal und mit hellen, freundlichen Farben gestrichen. Dubinin hatte den Versorgungsoffizieren den besten Proviant abgeschwatzt, denn eine gutverpflegte Mannschaft war gut gelaunt und arbeitete gern unter einem Kommandanten, der sich für sie einsetzte. Dies reflektierte den neuen professionellen Geist in der sowjetischen Marine. Valentin Borissowitsch hatte sein Handwerk beim besten Lehrer der Marine gelernt und war entschlossen, der neue Marko Ramius zu werden. Er hatte das beste Boot, die beste Mannschaft und wollte unbedingt auf dieser Fahrt neue Maßstäbe für die sowjetische Pazifikflotte setzen.

Glück mußte er natürlich auch haben.

»So, jetzt sind alle Komponenten bereit«, sagte Fromm. »Von nun an...«

»Beginnen wir mit der Endmontage. Wie ich sehe, haben Sie die Konstruktion etwas modifiziert.«

»Ja, wir haben jetzt zwei Tritiumreservoirs. Kürzere Einspritzleitungen sind mir lieber. Mechanisch macht die Änderung keinen Unterschied. Der exakte Zeitpunkt ist nicht kritisch, und das Drucksystem stellt sicher, daß alles richtig funktioniert.«

»Es war bestimmt auch Ihre Absicht, das Einfüllen des Tritiums zu vereinfachen.«

»Korrekt, Herr Ghosn.«

Wenn Ghosn in die Bombe hineinschaute, fühlte er sich an ein zur Hälfte montiertes außerirdisches Raumschiff erinnert: komplexe und hochpräzise Teile wie aus einem Flugzeug, aber seltsam und verwirrend konfiguriert. Wie im Science-fiction-Film, dachte Ghosn... aber bis vor kurzem war diese Technologie ja auch Zukunftsmusik gewesen. Hatte nicht H. G. Wells nukleare Waffen erstmals öffentlich erwähnt? Das war noch gar nicht so lange her.

»Kommandant, ich war bei Ihrem Doktor«, sagte Achmed aus der Ecke.

»Sie sehen aber immer noch krank aus, mein Freund«, bemerkte Kati. »Was fehlt Ihnen?«

»Er will mich zu einem anderen Arzt in Damaskus schicken.«

Das gefiel Kati nun überhaupt nicht. Aber Achmed hatte der Bewegung seit Jahren gedient und ihm zweimal das Leben gerettet. Wie konnte er ihm dann einen Arztbesuch verbieten?

»Sie wissen, was wir hier tun...«

»Kommandant, eher sterbe ich, als daß ich auch nur ein Wort über diese Werkstatt sage. Ich verstehe dieses... Projekt zwar nicht, aber ich schweige.«

An dem Mann war nicht zu zweifeln, und Kati konnte gut nachempfinden, wie einem jungen, schwerkranken Menschen zumute sein mußte. Schließlich ging er selbst ja auch regelmäßig zum Arzt. Was würden die Männer denken, wenn er Achmeds Bitte abschlug?

»Ich suche zwei Männer aus, die Sie begleiten.«

»Vielen Dank, Kommandant. Verzeihen Sie meine Schwäche.«

»Schwäche?« Kati packte den Mann an der Schulter. »Sie sind unser Stärkster! Werden Sie bloß wieder gesund, denn wir brauchen Sie! Morgen fahren Sie nach Damaskus.«

Achmed nickte und zog sich beschämt an seinen Platz zurück. Daß der Kommandant todkrank war, wußte er. Den häufigen Arztbesuchen nach zu urteilen, mußte es Krebs sein. Was immer es war, der Kommandant tat weiter seine Pflicht. Achmed bewunderte seinen Mut.

»Machen wir für heute Schluß?« fragte Ghosn.

Fromm schüttelte den Kopf. »Nein, setzen wir noch ein, zwei Stunden lang Sprengstoffplatten zusammen. Wir sollten sie wenigstens zum Teil an Ort und Stelle haben, ehe wir zu müde werden.« Beide schauten auf, als Kati zu ihnen trat.

»Läuft alles noch nach Plan?«

»Herr Kati, wir werden einen Tag früher als vorgesehen fertig. Ibrahim hat bei seiner Arbeit am Sprengstoff diesen Vorsprung herausgeholt.« Der Deutsche hielt eine kleine sechseckige Platte hoch. Der Zünder, von dem Kabel baumelten, war bereits eingesetzt. Fromm schaute die beiden anderen an, bückte sich dann und paßte das Teil ein. Nachdem er sich davon überzeugt hatte, daß es richtig saß, befestigte er einen numerierten Anhänger am Kabel und legte es in eine mehrfach unterteilte Kunststoffschale. Ghosn schloß das Kabel an eine Klemme an, deren Bezeichnung der Nummer auf dem Anhänger entsprach. Das Ganze dauerte vier Minuten. Die Elektrik war bereits getestet worden. Eine nochmalige Prüfung unter Spannung war ausgeschlossen, denn das erste Teil der Bombe war nun scharf.

27
Datenfusion

»Ich habe meine Meinung geäußert, Bart, das ist alles«, sagte Jones auf der Fahrt zum Flugplatz.

»Steht es denn so schlimm?«

»Die Mannschaft haßt ihn, und das Übungsprogramm, das sie gerade hinter sich hat, brachte sie noch mehr auf. Ich war selbst mit dem Sonarteam im Simulator, Ricks war auch da. Mit diesem Mann möchte ich nicht arbeiten. Er hat mich fast angebrüllt.«

»Wirklich?« Davon war Mancuso überrascht.

»Ja. Er sagte etwas eindeutig Falsches, und Sie hätten seine Reaktion sehen sollen, als ich ihn darauf hinwies. Er sah aus, als bekäme er gleich einen Schlaganfall. Dabei war er im Irrtum. Wir arbeiteten mit meinem Band, und er fing an, seine Leute zu schikanieren, weil sie ein Signal übersehen hatten, das nicht existierte. Ich ließ eines meiner Trickbänder laufen. Die Männer durchschauten den Schwindel, Ricks aber nicht, und da fing er an zu toben. Bart, seine Sonarabteilung ist gut. Ricks weiß mit diesen Männern als Team zwar nichts anzufangen, aber macht ihnen zu gerne Druck. Wie auch immer, als er fort war, fingen die Jungs an zu murren. Und das ist nicht das einzige Team, dem er das Leben schwermacht. Wie ich höre, springen die Ingenieure im Dreieck, um diesem Clown nach der Nase zu tanzen. Stimmt es, daß er bei der Reaktorprüfung die Bestnote bekommen hat?«

Mancuso, der das nur ungern hörte, nickte trotzdem. »Ein Rekord wurde nur um ein Haar verpaßt.«

»Dieser Mann ist nicht an Rekorden interessiert, sondern will den Begriff Perfektion neu definieren. Eines kann ich Ihnen sagen: Wenn ich auf seinem Boot wäre, flöge schon nach der ersten Fahrt mein Seesack aus der Luke. Eher desertierte ich, als für diesen Schinder zu arbeiten!« Jones war zu weit gegangen. »Den Wink, den Ihnen sein IA gab, habe ich mitbekommen. Damals dachte ich sogar, daß er ein bißchen übertrieb. Das war ein Irrtum. Claggett ist sehr loyal. Ricks haßt einen jungen Offizier, der meist am Kartentisch Dienst tut. Der Steuermannsmaat, der Ensign Shaw ausbildet, hält ihn für einen hellen Jungen, aber der Skipper hackt unablässig auf ihm herum.«

»Klingt ja phantastisch. Und was soll ich tun?«

»Keine Ahnung, Bart. Vergessen Sie nicht, daß ich als E-6 den Dienst verließ.« Lös den Widerling ab, dachte Jones, wußte aber, daß das nicht so einfach war. Es mußte ein triftiger Grund vorliegen.

»Ich werde mit ihm reden«, versprach Mancuso.

»Von Skippern dieses Schlages hab' ich zwar gehört, aber nie geglaubt, daß es sie wirklich gibt. Im Dienst bei Ihnen bin ich wohl verwöhnt worden«, bemerkte Dr. Jones, als sie sich dem Terminal näherten. »Sie haben sich überhaupt nicht verändert und hören immer noch zu, wenn jemand ein Anliegen hat.«

»Das muß ich auch tun, Ron. Ich kann ja nicht alles wissen.«

»Leider denkt nicht jeder so. Einen Vorschlag hätte ich noch.«

»Sie meinen, ich sollte ihn nicht auf die Jagd schicken?«

»An Ihrer Stelle würde ich das nicht tun.« Jones öffnete die Wagentür. »Ich will nicht den Miesmacher spielen, Skipper, aber das ist meine Empfehlung als Fachmann. Ricks ist seiner Aufgabe nicht gewachsen und längst nicht so gut, wie Sie einmal waren.«

Einmal waren. Wie herzlos, dachte Mancuso, aber wie wahr. Ein Boot war einfacher zu kommandieren als ein Geschwader, und man hatte auch mehr Spaß dabei. »Wenn Sie Ihren Flug nicht verpassen wollen, müssen Sie sich beeilen.« Mancuso streckte die Hand aus.

»Es war mir wie immer ein Vergnügen, Skipper.«

Mancuso sah ihn in die Abflughalle gehen. Jones hatte ihm nie einen falschen Rat gegeben und war inzwischen sogar noch gewitzter geworden. Schade, daß er nicht bei der Marine geblieben und Offizier geworden war. Falsch, dachte der Commodore dann. Jones hätte einen erstklassigen Kommandanten abgegeben, aber das System hätte ihm die Chance verweigert.

Ohne auf eine Anweisung zu warten, fuhr der Chauffeur zurück und überließ Mancuso im Fond seinen Gedanken. Das System hatte sich nicht genug verändert. Er selbst war auf die traditionelle Art aufgestiegen: U-Boot-Schule, eine Dienstzeit als Ingenieur, anschließend das Kommando auf seinem eigenen Boot. In der Navy gab es zu viele Ingenieure und zu wenig Leute mit Führungsqualitäten. Er hatte sich, wie übrigens die meisten Skipper, zum guten Vorgesetzten gemausert, aber es kamen immer noch zu viele Leute in verantwortliche Positionen, für die Menschen Objekte waren, über die man verfügte, Maschinen, die man einfach reparierte. Jim Rosselli und Bart Mancuso gehörten nicht zu dieser Gruppe, aber Harry Ricks.

So, und was tu' ich jetzt? fragte sich Mancuso.

Zuallererst einmal hatte er keinen triftigen Grund, Ricks abzulösen. Wäre die Geschichte nicht von Jones gekommen, hätte er sie als das Ergebnis interpersoneller Spannungen abgetan. Aber Jones war ein zuverlässiger Beobachter. Mancuso dachte über seine Bemerkungen nach und brachte sie in einen Zusammenhang mit den ungewöhnlich zahlreichen Versetzungsanträgen und Dutch Claggetts zweideutigen Worten. Der IA war in einer heiklen Lage. Er war schon für sein eigenes Kommando ausgewählt worden ... aber ein negatives Urteil von Ricks konnte diese Chance zunichte machen; andererseits hatte er geschworen, Schaden von Schiff und Mannschaft zu wenden. Seine Stellung verlangte Loyalität dem Kommandanten gegenüber; die Marine verlangte die Wahrheit. Claggett befand sich in einer unmöglichen Situation und hatte getan, was er konnte.

Die Verantwortung lag bei Mancuso. Er war der Geschwaderkommandeur, die Skipper und Mannschaften »gehörten« ihm. Ihm oblag auch die Beurteilung der Kommandanten. Und hier mußte er ansetzen.

Aber war an der Sache überhaupt etwas dran? Mehr als anekdotische Informationen und Zufallswerte lagen ihm nicht vor. Was, wenn Jones nur eine Aversion gegen den Mann hatte? Was, wenn die Versetzungsanträge nur ein statistisches Zusammentreffen von Ereignissen waren?

Du weichst dem Kern der Frage aus, Bart, dachte Mancuso. Für schwierige Entscheidungen wirst du bezahlt. Fähnriche und Chiefs tun wie geheißen, hohe Offiziere müssen wissen, was sie zu tun haben. Das war eine der unterhaltsameren Erfindungen bei der Navy.

Mancuso griff nach dem Autotelefon. »Der Kommandant der *Maine* soll in dreißig Minuten in mein Büro kommen.«

»Jawohl, Sir«, antwortete sein Verwaltungsunteroffizier.

Mancuso schloß die Augen und verbrachte den Rest der Fahrt dösend. Nichts klärte den Verstand besser als ein Nickerchen. Das hatte auf USS *Dallas* immer gewirkt.

Igitt, Krankenhausessen, dachte Cathy. Selbst in der Uniklinik Hopkins gab es diesen Fraß. Irgendwo mußte es eine spezielle Schule für Krankenhausköche geben, deren Lehrplan die Eliminierung jedweder neuen Idee, den Ausschluß aller Gewürze und die Negation jedes kreativen Rezepts vorsah. Das einzige, das diese Schöpfer dröger Matschepampe nicht ruinieren konnten, war Wakkelpudding aus der Packung.

»Bernie, ich brauche deinen Rat.«

»Wo drückt der Schuh, Cathy?« Ihre Miene und ihr Tonfall hatten ihm schon verraten, worum es ging. Er wartete geduldig. Cathy hatte ihren Stolz, und dieses Geständnis mußte ihr schwerfallen.

»Es geht um Jack«, stieß sie hervor und schwieg dann wieder.

Katz empfand den Schmerz, den er in ihren Augen sah, fast körperlich. »Geht er etwa fremd?«

»Wie bitte? Nein … woher weißt du das?«

»Cathy, das darf ich dir eigentlich nicht sagen, aber wir sind so gute Freunde, daß ich auf die Vorschriften pfeife. Letzte Woche war jemand hier und hat sich nach dir und Jack erkundigt.«

Das machte alles noch schlimmer. »Wie meinst du das? Wer war hier? Und woher kam er?«

»Von der Regierung, ein Ermittlungsbeamter. Tut mir leid, Cathy, aber er wollte wissen, ob ihr Familienprobleme habt. Der Mann durchleuchtet Jack und fragte mich, ob ich etwas mitbekommen hätte.«

»Und was hast du ihm gesagt?«

»Daß mir nichts aufgefallen sei. Ich habe dich als Menschen sehr gelobt und meine das auch ernst. Cathy, du stehst nicht allein. Du hast Freunde, die alles tun, um dir zu helfen. Wir sind wie eine Familie. Du fühlst dich bestimmt verletzt, und die Sache muß dir schrecklich peinlich sein. Das ist falsch.« In ihren hübschen blauen Augen standen nun Tränen, und Katz verspürte in diesem Augenblick das Verlangen, Jack Ryan umzubringen – am liebsten auf dem Operationstisch und mit einem kleinen, sehr scharfen Skalpell. »Cathy, wenn du dich abkapselst, kann dir niemand helfen. Wozu hast du Freunde? Keine Angst, du stehst nicht allein.«

»Bernie, ich kann es einfach nicht glauben!«

»Komm, gehen wir in mein Zimmer, da können wir ungestört reden. Das Essen ist heute sowieso ekelhaft.« Katz führte sie unauffällig hinaus. Zwei Minuten später waren sie in seinem Sprechzimmer. Er nahm einen Stapel Patientenakten vom zweiten Sessel und ließ sie Platz nehmen.

»In letzter Zeit ist er irgendwie anders.«

»Glaubst du wirklich, daß Jack dich betrügt?« Cathy ließ sich mit der Antwort Zeit. Katz sah, wie sie den Blick hob und senkte und dann zu Boden schaute, sich der Realität stellte.

»Ja, ausgeschlossen ist das nicht.«

Schwein! dachte Katz und sagte: »Hast du mit ihm darüber gesprochen?« Sein Ton war leise und sachlich, aber nicht unbeteiligt. Cathy brauchte nun einen Freund, und geteilter Schmerz ist halber Schmerz.

Ein Kopfschütteln. »Nein, ich weiß nicht, wie ich das Thema anschneiden soll.«

»Dir ist doch selbst klar, daß du ihn zur Rede stellen mußt.«

»Ja«, hauchte sie.

»Einfach wird das nicht. Andererseits«, sagte Katz mit einem hoffnungsvollen Unterton, »kann das Ganze auch nur ein dummes Mißverständnis sein.« Was er selbst nicht einen Moment lang glaubte.

Als sie aufsah, rannen ihr die Tränen übers Gesicht. »Bernie, stimmt was nicht mit mir?«

»Unsinn!« Katz hätte beinahe geschrien. »Cathy, für mich bist du der beste Mensch in der ganzen Klinik. Du bist völlig in Ordnung, klar? Was auch immer passiert sein mag, ist nicht deine Schuld!«

»Bernie, ich will noch ein Kind, ich will Jack nicht verlieren...«

»Wenn das dein Ernst ist, mußt du ihn zurückgewinnen.«

»Das geht nicht! Er will, er kann nicht...« Nun löste sie sich ganz auf.

An diesem Punkt spürte Katz, daß Zorn kaum Grenzen kennt, und die Tatsache, daß er ihn in sich hineinfressen mußte, weil ihm ein Ziel fehlte, machte es noch schlimmer – aber Cathy brauchte nun einen Freund und keinen Ankläger.

»Dutch, dieses Gespräch ist inoffiziell.«

Lieutenant Commander Claggett war sofort auf der Hut. »Sicher, Commodore.«

»Ich möchte wissen, was Sie von Captain Ricks halten.«

»Sir, er ist mein Vorgesetzter.«

»Das ist mir klar, Dutch«, meinte Mancuso. »Immerhin befehlige ich das Geschwader. Wenn einer meiner Skipper ein Problem hat, ist auch eines meiner Boote gefährdet. Ein einziges Ohio kostet eine Milliarde, und wenn es Probleme gibt, muß ich das erfahren. Ist das klar, Commander?«

»Jawohl, Sir.«

»Gut, dann schießen Sie los. Das ist ein Befehl.«

Dutch Claggett setzte sich kerzengerade auf und begann rasch: »Sir, der könnte kein Dreijähriges aufs Klo führen. Die Männer behandelt er wie Roboter. Er verlangt viel, lobt nie, selbst wenn die Leute alles geben. Solche Methoden sind mir bei der Ausbildung nicht beigebracht worden. Er hört auf niemanden, auch nicht auf mich. Schön, er führt den Befehl, und das Boot gehört ihm. Aber ein cleverer Skipper hat ein offenes Ohr.«

»Ist das der Grund für die vielen Versetzungsanträge?«

»Ja, Sir. Er machte dem Ersten Torpedomann das Leben zur Hölle – meiner Ansicht nach grundlos. Chief Getty zeigte Initiative, hatte seine Waffen bereit und seine Leute gut ausgebildet. Aber Captain Ricks gefielen seine Methoden nicht, und deshalb ritt er auf ihm herum. Ich riet ihm davon ab, aber der Captain hörte nicht auf mich. So beantragte Getty seine Versetzung, der Skipper war froh, ihn loszuwerden, und gab sein Plazet.«

»Haben Sie Vertrauen zu ihm?« fragte Mancuso.

»In der Technik kennt er sich aus; als Ingenieur ist er ein Genie. Leider hat er weder von Menschen noch von Taktik eine Ahnung.«

»Mir sagte er, er wolle das Gegenteil beweisen. Kann er das?«

»Sir, nun gehen Sie zu weit. Ich bezweifle, daß ich das Recht habe, diese Frage zu beantworten.«

Mancuso wußte, daß das stimmte, ließ aber nicht locker. »Sie sollen für ein Kommando qualifiziert sein, Dutch. Da können Sie sich ruhig an schwere Entscheidungen gewöhnen.«

»Ob er es kann? Ja, Sir. Boot und Besatzung sind gut. Was er nicht fertigbringt, tun wir für ihn.«

Der Commodore nickte und schwieg kurz. »Falls es Probleme mit Ihrer nächsten Beurteilung geben sollte, wenden Sie sich an mich. Ich halte Sie für einen besseren IA, als Ricks verdient hat, Commander.«

»Sir, er ist kein schlechter Mensch. Er soll ein guter Vater sein und hat eine liebe Frau. Leider hat er nie gelernt, mit Menschen umzugehen. Trotz alledem ist er ein fähiger Offizier, und wenn er sich ein bißchen menschlicher gäbe, wäre er ein Star.«

»Was halten Sie von Ihrem Einsatzbefehl?«

»Wenn wir ein Akula orten, verfolgen wir es aus sicherer Distanz. Finde ich gut, Commodore. Wir sind so leise, daß wir uns keine Sorgen zu machen brauchen. Ich war überrascht, daß die Bürokraten in Washington diesen Plan genehmigten. Auf den Punkt gebracht: Dieses Boot kann jeder fahren. Gut, Captain Ricks mag nicht perfekt sein, aber solange unser Boot nicht kaputtgeht, könnte sogar Popeye den Auftrag ausführen.«

Die Sekundärladung wurde vor der ersten eingebaut. Ein 65 Zentimeter hoher und elf Zentimeter starker Metallzylinder, der an eine 105-Millimeter-Kartusche erinnerte, enthielt die Lithiumverbindungen. Am unteren Ende hatte er sogar einen vorstehenden Rand, damit er genau an seinen Platz paßte. Unten war auch ein kleines, gekrümmtes Rohr angeschweißt, das ihn mit dem Tritiumreservoir verbinden sollte. Die Außenseite war mit Lamellen aus abgebranntem Uran 238 besetzt, die Fromm an dicke schwarze Kekse erinnerten. Diese sollten natürlich in Plasma verwandelt werden. Unter dem Zylinder befanden sich die ersten Bündel »Trinkhalme« – selbst Fromm nannte sie inzwischen so. Je hundert 60 Zentimeter lange Röhrchen bildeten ein von dünnen, aber starken Distanzscheiben aus Kunststoff zusammengehaltenes und an den Enden um 90 Grad verdrehtes Bündel, das in etwa die Form einer Wendeltreppe hatte. Die Herausforderung bei diesem Teil der Konstruktion war die exakte Anordnung dieser räumlichen Spiralen, und Fromm hatte für die Lösung dieses scheinbar trivialen Problems zwei volle Tage gebraucht. Nun aber paßte alles perfekt zusammen und sah aus wie . . . einfach wie eine Masse von Trinkhalmen. Beinahe hätte der Deutsche lachen müssen. Fromm prüfte mit Maßband, Mikrometer und fachmännischem Blick alles nach – an vielen Teilen waren Gradeinteilungen eingeschliffen worden, was Ghosn sehr beeindruckt hatte – und begann dann, als er zufrieden war, den nächsten Schritt. Zuerst kamen die präzise geschnittenen Blöcke aus Kunststoffschaum in die elliptische Bombenhülle. Fromm und Ghosn taten nun alle Arbeit selbst. Vorsichtig und behutsam setzten sie den ersten Block zwischen die Flansche im Innern der Hülle. Anschließend kamen die Halmbündel und wurden übereinander eingepaßt. Nach jedem Schritt hielten die beiden Männer inne und prüften ihre Arbeit. Fromm und Ghosn betrachteten sich die Teile, schauten auf den Bauplan, prüften die Anordnung noch einmal und verglichen sie ein zweites Mal mit dem Plan. Für Bock und Kati, die aus einiger Entfernung zuschauten, war das die langweiligste Prozedur, die sie je erlebt hatten.

»Die Leute, die das in Amerika und Rußland tun, müssen vor Langeweile sterben«, bemerkte der Deutsche leise.

»Kann ich mir denken.«

»Nächstes Bündel: Nummer 36«, sagte Fromm.

»Sechsunddreißig«, bestätigte Ghosn und prüfte die drei Etiketten am nächsten Bündel aus hundert Halmen. »Bündel 36.«

»Sechsunddreißig«, wiederholte Fromm mit einem Blick auf die Etiketten, nahm das Teil und setzte es ein. Es paßte perfekt, wie Kati, der näher gekommen war, feststellte. Die geschickten Hände des Deutschen bewegten das Teil ein wenig, damit die Nuten der Spannvorrichtung in die Schlitze des darunterliegenden Zusammenbaus glitten. Als Fromm zufrieden war, schaute Ghosn nach.

»Position korrekt«, sagte er vielleicht zum hundertsten Mal an diesem Tag.

»Stimmt«, meinte Fromm, und dann wurde das Teil mit Draht an seinem Platz fixiert.

»Als baute man eine MP zusammen«, flüsterte Kati Günther zu, nachdem er sich von der Werkbank entfernt hatte.

»Nein.« Bock schüttelte den Kopf. »Schlimmer noch. Das ist, als baute man ein kompliziertes Spielzeug zusammen.« Die beiden schauten sich an und fingen an zu lachen.

»Genug!« rief Fromm gereizt. »Das ist eine diffizile Arbeit! Wir brauchen Ruhe. Nächstes Bündel, Nummer 37!«

»Siebenunddreißig«, bestätigte Ghosn pflichtgemäß.

»Das ist ja schlimmer als eine Zangengeburt!« tobte Kati, als sie draußen waren.

Bock steckte sich eine Zigarette an. »Nein. Bei Frauen geht das schneller.«

Kati lachte wieder und wurde dann ernst. »Eigentlich schade.«

»Stimmt. Sie haben gute Arbeit geleistet. Wann ist es soweit?«

»Sehr bald.« Kati machte eine Pause. »Günther, Ihre Rolle ist... sehr gefährlich.«

Bock tat einen tiefen Zug und blies den Rauch in die kalte Luft. »Der Plan ist schließlich von mir. Ich kenne die Risiken.«

»Von Himmelfahrtskommandos halte ich nichts«, bemerkte Kati nach einer Weile.

»Ich auch nicht. Die Sache ist gefährlich, aber ich werde wohl überleben. Ismael, wenn wir ein sicheres Leben hätten führen wollen, säßen wir in Büros und wären uns nie begegnet. Ich habe Petra und meine Töchter verloren. Nur meine Mission ist mir geblieben. Ich will zwar nicht behaupten, daß das genug ist, aber habe ich nicht mehr als die meisten Menschen?« Günther schaute auf zu den Sternen. »Wie oft habe ich mich gefragt: Wie verändert man die Welt? Bestimmt nicht, indem man an seine Sicherheit denkt. Was wir tun, kommt den Zahmen zugute, die die herrschenden Zustände verfluchen, aber nicht den Mut zum Handeln haben. Wir sind die Männer der Tat, wir nehmen die Risiken auf uns, stellen uns der Gefahr, nehmen für andere Entbehrungen auf uns. Das ist unsere Aufgabe. Für Zweifel ist es jetzt viel zu spät, mein Freund.«

»Günther, für mich ist das leichter, denn ich muß sowieso bald sterben.«

»Ich weiß.« Bock drehte sich um und schaute seinen Freund an. »Wir müssen uns alle auf das Ende gefaßt machen. Wir haben beide dem Tod zu oft ein Schnippchen geschlagen. Irgendwann holt er uns ein – und bestimmt nicht im Bett. Wir haben beide diesen Weg gewählt. Können wir jetzt noch umkehren?«

»Nein, ich nicht. Aber es ist hart, dem Tod ins Gesicht zu sehen.«

»Wahr.« Günther warf seinen Zigarettenstummel auf den Boden. »Aber wenigstens wissen wir, was uns bevorsteht. Die anderen, die kleinen Leute, wissen das nicht. Wer sich für Passivität entscheidet, wählt auch die Unwissenheit. Entweder ist man ein Instrument des Schicksals, oder man wird sein Opfer. Diese Wahl kann jeder selbst treffen.« Bock führte seinen Freund zurück ins Haus. »Unsere Entscheidung steht fest.«

»Bündel 38!« schnauzte Fromm, als sie eintraten.

»Achtunddreißig«, bestätigte Ghosn.

»Ja, Commodore?«

»Nehmen Sie Platz, Harry. Ich habe etwas mit Ihnen zu besprechen.«

»Die Mannschaft ist bereit, das Sonarteam auf Draht.«

Mancuso schaute seinen Untergebenen an und fragte sich, an welchem Punkt die Machermentalität zur Lüge wird. »Die vielen Versetzungsanträge auf Ihrem Boot machen mir etwas Kummer.«

Ricks ging nicht in die Defensive. »Die meisten Anträge wurden aus familiären Gründen gestellt. Leute, die mit ihren Gedanken anderswo sind, soll man nicht halten. Ein statistischer Zufall, wie ich ihn schon einmal erlebt habe.«

Erstaunt mich nicht, dachte Mancuso und fragte: »Wie ist die Moral der Mannschaft?«

»Sie haben die Ergebnisse der Übungen und Sicherheitsprüfungen gesehen und können sich daraus wohl ein Bild machen«, erwiderte Captain Ricks.

Schlitzohr, dachte Mancuso. »Gut, Harry, lassen Sie mich deutlicher werden. Sie hatten eine Meinungsverschiedenheit mit Dr. Jones.«

»Und?«

»Und ich habe mit ihm darüber gesprochen.«

»Wie offiziell ist dieses Gespräch?«

»So inoffiziell, wie Sie wollen, Harry.«

»Gut. Ihr Dr. Jones ist ein recht guter Techniker, aber er scheint vergessen zu haben, daß er die Marine als Mannschaftsgrad verließ. Wer mit mir wie mit einem Gleichgestellten reden will, sollte etwas geleistet haben.«

»Der Mann hat am California Institute of Technology seinen Doktor in Physik gemacht, Harry.«

Ricks schaute verdutzt drein. »Und?«

»Und? Er ist einer der klügsten Leute, die ich kenne, und war der beste Mannschaftsgrad, dem ich je begegnet bin.«

»Schön, aber wenn Mannschaftsgrade so klug wie Offiziere wären, würden sie besser bezahlt.« Dieser Gipfel der Arroganz brachte Mancuso auf.

»Captain, als ich Kommandant der *Dallas* war, hörte ich zu, wenn Jones etwas sagte. Hätten sich die Dinge anders entwickelt, wäre er inzwischen Erster Offizier und bekäme bald sein eigenes Jagd-U-Boot. Ron hätte einen erstklassigen Kommandanten abgegeben.«

Ricks tat das ab. »Es kam aber anders. Ich war schon immer der Auffassung, daß nur die Tüchtigen es schaffen. Der Rest läßt sich Ausreden einfallen. Na schön, er ist ein guter Techniker, das will ich nicht bestreiten. Er hat in meiner Sonarabteilung gute Arbeit geleistet, und dafür bin ich ihm dankbar, aber heben wir ihn doch nicht in den Himmel. Techniker und Berater gibt es wie Sand am Meer.«

Mancuso erkannte, daß er mit diesem Mann so nicht weiterkam. Es war an der Zeit, ihm klipp und klar zu sagen, worum es ging. »Harry, mir ist zu Ohren gekommen, daß es um die Moral auf Ihrem Boot nicht zum besten steht. Für mich sind die vielen Versetzungsanträge ein Hinweis auf Probleme. Erkundigungen haben meinen Eindruck bestätigt. Sie haben ein Problem, ob Ihnen das nun klar ist oder nicht.«

»Das ist absoluter Unsinn, Sir, und erinnert mich an das Geschwätz von Suchtberatern. Erklärt jemand, der kein Trinker ist, er sei nicht alkoholabhängig, behaupten die Therapeuten, dieses Dementi sei der erste Hinweis auf die Existenz eines solchen Problems. Das ist doch ein Zirkelschluß; da beißt die Katze sich selbst in den Schwanz. Wäre die Moral auf meinem Boot schlecht, fielen die Leistungen ab. Darauf weist *nichts* hin. U-Boote sind mein Leben, und seit ich diese Uniform anzog, gehörte ich zu den Besten der Besten. Mag sein, daß sich mein Stil von dem anderer Kommandanten unterscheidet. Ich krieche niemandem in den Arsch und verhätschle meine Männer nicht. Ich verlange und erhalte Leistung. Wenn Sie einen unbestreitbaren Beweis haben, daß ich etwas nicht richtig mache, höre ich zu, aber solange Sie den nicht beibringen, Sir, gehe ich davon aus, daß auf meinem Boot alles in Ordnung ist.«

Bartolomeo Vito Mancuso, bald Konteradmiral der US-Navy, sprang nur deshalb nicht auf, weil sein vorwiegend sizilianisches Blut nach Generationen in Amerika nicht mehr ganz so heiß war. In der alten Heimat, da war er sicher, hätte sein Ururgroßvater auf diese Beleidigung mit einer Ladung Schrot aus seiner *lupara* reagiert. So ließ er sich nichts anmerken und entschied eiskalt auf der Stelle, daß Ricks über den Rang eines Captains nie hinauskommen würde. Das stand in seiner Macht. Ihm unterstanden viele Kommandanten, und nur die zwei oder drei Besten kamen für die Beförderung zum Flaggoffizier in Frage. Mancuso nahm sich vor, Ricks als Viertbesten von vierzehn zu bewerten. Das war vielleicht ungerecht, erkannte Mancuso in einer Anwandlung von leidenschaftsloser Integrität, aber der Mann war für einen verantwortungsvolleren Posten nicht geeignet und vermutlich sogar schon zu hoch aufgestiegen. Natürlich würde Ricks sich lauthals und leidenschaftlich beschweren, aber Mancuso sagte dann einfach: »Tut mir leid, Harry, Sie machen Ihre Sache sehr gut, aber Andy, Bill und Chuck sind ein klein bißchen besser. Ihr Pech, daß Sie in einem Geschwader mit so vielen Assen dienen. Ich muß eine redliche Entscheidung treffen, und die drei übertreffen Sie nun mal um ein Haar ...« So einfach war das.

Ricks erkannte, daß er eine Grenze verletzt hatte, daß es in der Navy »inoffizielle« Gespräche im Grunde nicht gab. Er hatte seinen Vorgesetzten herausgefordert, einen Mann, der kurz vor der Beförderung stand und den Respekt und das Ohr der Bürokraten im Pentagon und bei OP-02 hatte.

»Sir, entschuldigen Sie meine Offenheit. Niemand läßt sich gerne maßregeln, wenn er ...«

Mancuso schnitt ihm lächelnd das Wort ab. »Kein Problem, Harry. Auch wir Italiener sind manchmal ein bißchen hitzig.« Zu spät, Harry, fügte er in Gedanken hinzu.

»Vielleicht haben Sie recht. Lassen Sie mich darüber nachdenken. Warten Sie, bis ich das Akula angehe, dann werden Sie schon sehen, wozu meine Leute fähig sind.«

Auf einmal redest du von »deinen Leuten«, Meister, dachte Mancuso. Zu spät.

Aber er mußte ihm die Chance geben. Zumindest eine kleine Chance. Es müßte schon ein Wunder geschehen, damit Bart es sich anders überlegte. Vielleicht, sagte er sich, wenn dieses arrogante Arschloch mir am Unabhängigkeitstag, wenn der Festzug vorbeizieht, am Haupttor den Hintern küßt...

»Solche Gespräche sind immer unangenehm«, sagte der Geschwaderchef. Ricks würde, wenn Mancuso ihn losgeworden war, als guter Fachingenieur enden, und Captain als Gipfel einer Karriere war schließlich keine Schande.

»Sonst nichts?« fragte Golowko.

»Überhaupt nichts«, erwiderte der Oberst.

»Und unser Offizier?«

»Ich überbrachte seiner Witwe vor zwei Tagen die schlechte Nachricht und mußte ihr sagen, daß die Leiche nicht geborgen werden konnte. Sie nahm es sehr schwer«, berichtete der Mann leise.

»Ist die Frage der Pension geregelt?«

»Darum kümmere ich mich selbst.«

»Gut. Diesen gefühllosen Bürokraten ist alles egal. Sollte es Probleme geben, wenden Sie sich an mich.«

»Was die technische Aufklärung betrifft, habe ich keine weiteren Vorschläge«, fuhr der Oberst fort. »Können Sie anderswo nachfassen?«

»Unser Netz auf der Hardthöhe ist immer noch im Aufbau begriffen. Vorläufige Ergebnisse weisen darauf hin, daß das neue Deutschland von dem ganzen DDR-Projekt nichts wissen will«, sagte Golowko. »Offenbar haben die amerikanischen und britischen Dienste ebenfalls Erkundigungen eingezogen und sind zu zufriedenstellenden Ergebnissen gelangt.«

»Andererseits glaube ich kaum, daß deutsche Kernwaffen den Amerikanern oder Briten ein unmittelbarer Anlaß zur Besorgnis wären.«

»Richtig. Wir forschen also weiter, obwohl ich bezweifle, daß wir etwas finden werden. Wir tasten in einem leeren Loch herum.«

»Warum wurde unser Mann dann ermordet, Sergej Nikolajewitsch?«

»Verdammt, das wissen wir immer noch nicht!«

»Na, vielleicht arbeitet er jetzt für die Argentinier...«

»Ich muß um Zurückhaltung bitten, Oberst!«

»Verzeihung, aber ein Geheimdienstoffizier wird in der Regel nicht grundlos ermordet.«

»Aber es tut sich doch gar nichts! Drei Nachrichtendienste haben geforscht, unsere Leute in Argentinien sind noch an der Arbeit...«

»Etwa die Kubaner?«

»Stimmt, für dieses Gebiet waren sie zuständig. Aber auf ihre Unterstützung können wir uns inzwischen kaum noch verlassen.«

Der Oberst schloß die Augen. Was war aus dem KGB geworden? »Wir sollten trotzdem weiterforschen.«

»Ich nehme Ihre Empfehlung zur Kenntnis. Noch ist die Operation nicht abgeschlossen.«

Als der Mann gegangen war, dachte Golowko über neue Ansatzpunkte und Wege nach, ohne zu einem Ergebnis zu kommen. Ein Gutteil seiner Leute im Außendienst schnüffelte nach Spuren, hatte aber bislang keine gefunden. Es ist in diesem erbärmlichen Gewerbe genau wie bei der Polizei, dachte er deprimiert, nichts als Detailarbeit.

Marvin Russell ging noch einmal die Liste der Dinge durch, die er brauchte. Seine Auftraggeber waren wirklich großzügig gewesen; er hatte noch immer einen Großteil des mitgebrachten Geldes. Zwar hatte er angeboten, es bei der Operation zu verwenden, aber davon hatte Kati nichts hören wollen. In seiner Aktentasche befanden sich 40 000 Dollar in druckfrischen Zwanzigern und Fünfzigern, und wenn er in Amerika ein Haus gefunden hatte, wollte er weiteres Geld von einer englischen Bank überweisen lassen. Seine Aufgaben waren recht einfach. Zuerst brauchte er neue Papiere für sich selbst und die anderen. Das war ein Kinderspiel. Selbst ein Führerschein ließ sich leicht herstellen, wenn man die richtigen Geräte hatte, und die hatte er gegen bar erstanden. Warum er aber nicht nur ein Haus suchen, sondern zugleich auch noch ein Hotelzimmer buchen sollte, verstand er nicht. Katis Gruppe schien die Dinge gerne zu verkomplizieren.

Auf dem Weg zum Flughafen hatte er bei einem guten Schneider hereingeschaut – in Beirut mochte der Krieg toben, aber das Leben ging weiter – und sah nun, als er die Maschine der British Airways nach London-Heathrow bestieg, ausgesprochen vornehm aus. Ein neuer Anzug – zwei weitere lagen im Koffer –, ein konservativer Haarschnitt und teure Schuhe, die drückten.

»Eine Zeitschrift, Sir?« fragte die Stewardeß.

»Danke, gerne«, erwiderte Russell und lächelte.

»Sie sind Amerikaner?«

»Ja. Ich fliege heim.«

»Es muß schwierig gewesen sein für Sie im Libanon.«

»Tja, manchmal war es ziemlich aufregend.«

»Darf ich Ihnen ein Getränk anbieten?«

»Ein Bier wäre angenehm.« Russell grinste. Jetzt redete er sogar schon wie ein Geschäftsmann. Die Maschine war nur zu einem knappen Drittel besetzt, und es hatte den Anschein, als wollte diese Flugbegleiterin ihn adoptieren. Vielleicht gefalle ich ihr, weil ich so schön braun bin, dachte Russell.

»Bitte sehr, Sir. Wollen Sie lange in London bleiben?«

»Das geht leider nicht. Ich fliege gleich weiter nach Chicago und habe nur zwei Stunden Aufenthalt.«

»Wie schade.« Sie sah direkt enttäuscht aus. Was sind die Briten doch für nette Menschen, dachte Russell. Fast so gastfreundlich wie die Araber.

Kurz nach drei Uhr früh wurde das letzte Bündel eingepaßt. Fromm änderte sein Verhalten nicht im geringsten und prüfte sorgfältig den Sitz, ehe er es fixierte. Dann richtete er sich auf und streckte sich.

»Genug!«

»Finde ich auch, Manfred.«

»Morgen um diese Zeit sind wir mit der Montage fertig. Der Rest ist einfach und wird nicht mehr als vierzehn Stunden in Anspruch nehmen.«

»Gut, dann legen wir uns jetzt aufs Ohr.« Beim Hinausgehen zwinkerte Ghosn dem Kommandanten zu.

Kati schaute ihnen nach und trat dann zu einem Wächter. »Wo ist Achmed?«

»In Damaskus, beim Arzt.«

»Ach ja, stimmt. Wann kommt er wieder?«

»Morgen oder übermorgen.«

»Gut. Es gibt bald einen Sonderauftrag.«

Der Wächter warf einen Blick auf die beiden Männer, die sich von dem Gebäude entfernten, und nickte gelassen. »Wo sollen wir das Grab ausheben?«

28
Vertragliche Verpflichtungen

Jetlag ist ekelhaft, dachte Marvin Russell, der sich in Chicago am Flughafen einen Wagen gemietet hatte und zu einem Motel östlich von Des Moines gefahren war. Am Empfang zahlte er bar unter dem Vorwand, ihm sei die Brieftasche mit allen Kreditkarten gestohlen worden. Er schlief an diesem Abend sofort ein, erwachte zehn Stunden später, kurz nach fünf. Nachdem er sich ein kräftiges amerikanisches Frühstück genehmigt hatte – so gastfreundlich die Leute im Libanon auch waren, von gutem Essen verstanden sie nichts; wie kommen die ohne Speck aus, dachte er –, fuhr er los in Richtung Colorado. Um die Mittagszeit hatte er Nebraska zur Hälfte durchquert und ging noch einmal seine Pläne durch. Das Abendessen nahm er in Roggen ein, eine Autostunde nordwestlich von Denver gelegen, und suchte sich, weil seine Knochen von der langen Fahrt steif geworden waren, ein Motel. Diesmal konnte er fernsehen und genoß die Wiederholungen der Footballspiele auf dem Sportkanal ESPN. Erstaunlich, wie sehr er den Football vermißt hatte. Noch mehr allerdings hatten ihm die Drinks gefehlt; das holte er mit einer Flasche Jack Daniels, die er unterwegs erstanden hatte, unverzüglich nach. Um Mitternacht war er angenehm zugedröhnt, schaute sich um und freute sich, wieder in Amerika zu sein. Schön war auch der Grund für seine Rückkehr; die Zeit der Rache war gekommen. Russell hatte nicht vergessen, wem Colorado einmal gehört hatte, ebensowenig wie das Massaker am Sand Creek.

Man hätte damit rechnen müssen. Alles war zu glatt gegangen, und die Realität läßt nur selten Perfektion zu. Ein kleines Element in der Primärladung war schadhaft, mußte ausgebaut und nachgearbeitet werden – ein Prozeß, der sie 30 Stunden kostete. Vierzig Minuten nahm die Nachbearbeitung des Teils in Anspruch; der Rest ging für den Aus- und Einbau drauf. Fromm, der eigentlich gelassen hätte reagieren sollen, war während der ganzen Prozedur fuchsteufelswild und bestand darauf, die Korrektur selbst vorzunehmen. Anschließend mußten die Sprengstoffplatten umständlich wieder eingesetzt werden; eine Arbeit, die um so beschwerlicher war, als sie sie schon einmal verrichtet hatten.

»Ganze drei Millimeter«, merkte Ghosn an. Es war nur eine falsche Einstellung an der Maschine gewesen, und da der Arbeitsgang manuell gesteuert worden war, hatten die Computer die Abweichung nicht gemeldet. Ein von Fromm festgelegter Wert war falsch abgelesen worden, und bei der visuellen Inspektion hatte man die Diskrepanz übersehen. »Und das kostet uns einen ganzen Tag.«

Fromm grollte bloß hinter seiner Schutzmaske, als er zusammen mit Ghosn den Plutoniumzusammenbau anhob und behutsam einsetzte. Fünf Minuten später stand fest, daß sie ihn in die korrekte Position gebracht hatten. Anschließend kamen die Stangen aus Wolfram-Rhenium an ihre Plätze, dann die Berylliumsegmente und zuletzt die schwere Halbkugel aus abgebranntem Uran, die Primär- und Sekundärladung trennte. Noch fünfzig Sprengstoffplatten waren zu montieren, dann war es geschafft. Fromm ordnete eine Pause an, weil er sich nach der schweren körperlichen Arbeit ausruhen wollte. Die Maschinisten, die nicht mehr gebraucht wurden, waren schon fort.

»Wir sollten schon längst fertig sein«, sagte der Deutsche leise.

»Absolute Perfektion können Sie nicht verlangen, Manfred.«

»Ach was, dieser ignorante Hund konnte nicht lesen!«

»Die Zahl auf dem Plan war verwischt.« Daß es Fromms Schuld war, brauchte Ghosn nicht hinzuzufügen.

»Dann hätte er mich fragen sollen!«

»Sie haben ja recht, Manfred, aber jetzt brauchen Sie nicht die Geduld zu verlieren. Wir werden ja rechtzeitig fertig.«

Der junge Araber versteht das nicht, dachte Fromm. Dieses Projekt war die Krönung seines Ehrgeizes und sollte *jetzt* fertig sein! »Los, machen wir weiter.«

Zehn Stunden später kam die letzte Sprengstoffplatte an ihren Platz. Ghosn klemmte das Kabel an. Sie waren fertig. Er streckte die Hand aus, und der Deutsche ergriff sie.

»Gratuliere, Herr Doktor Fromm.«

»Besten Dank, Herr Ghosn.«

»So, nun müssen wir nur noch die Hülle zuschweißen und evakuieren – oh, Moment, das Tritium! Wie konnte ich das vergessen? Wer übernimmt das Schweißen?« fragte Fromm.

»Ich. Das kann ich sehr gut.« Die obere Hälfte der Bombenhülle hatte einen breiten Flansch und war bereits auf Paßgenauigkeit geprüft worden. Nicht nur die explosiven Teile des Apparats waren nach Fromms strengen Spezifikationen hergestellt worden, sondern auch alle anderen Komponenten – abgesehen von dem einzigen falsch bearbeiteten Teil. Das Oberteil der Hülle saß so genau wie der Gehäusedeckel einer Armbanduhr.

»Das Tritium ist kein Problem.«

»Ich weiß«, versetzte Ghosn und lud den Deutschen mit einer Geste ein, mit ihm hinauszugehen. »Sind Sie mit der Konstruktion und dem Zusammenbau ganz zufrieden?«

»Völlig«, sagte Fromm mit Zuversicht. »Die Bombe wird genauso funktionieren, wie ich sagte.«

»Vorzüglich«, bemerkte Kati, der mit einem Leibwächter draußen wartete.

Fromm drehte sich um und nahm den Kommandanten und einen seiner allgegenwärtigen Leibwächter wahr. Schmutzige, abgerissene Gestalten, aber er mußte sie bewundern. Fromm sah, wie die Schatten der Nacht sich auf das Tal senkten. Im Schein des Viertelmondes konnte er die trockene, rauhe Landschaft gerade noch erkennen. Kein Wunder, daß diese Menschen so aussahen. Das Land war hart. Aber der Himmel war klar. Fromm schaute auf, konnte viel mehr Sterne als im Osten Deutschlands mit seiner verschmutzten Luft sehen und dachte an Astrophysik, eine Disziplin, der er sich hätte widmen können und die seinem Fachgebiet so nahe verwandt war.

Ghosn stand hinter dem Deutschen. Er drehte sich zu Kati um und nickte... Der Kommandant machte die gleiche Geste zu Abdullah, seinem Leibwächter.

»Jetzt muß nur noch das Tritium eingefüllt werden«, sagte Fromm, der ihnen den Rücken zukehrte.

»Stimmt«, meinte Ghosn. »Das kann ich selbst erledigen.«

Fromm wollte anmerken, daß noch ein weiterer Prozeß zu erledigen sei, ließ sich aber einen Augenblick Zeit und achtete nicht auf Abdullahs Schritte. Der Leibwächter zog lautlos eine schallgedämpfte Pistole aus dem Gürtel und richtete sie aus einer Entfernung von einem Meter auf Fromms Kopf. Fromm begann sich umzudrehen, um Ghosn über das Tritium aufzuklären, vollendete die Wendung aber nicht. Abdullah hatte seinen Befehl. Es sollte ein gnädiger Tod werden, wie ihn die Maschinisten erlitten hatten. Schade, daß das überhaupt notwendig ist, dachte Kati, aber es läßt sich nicht ändern. Abdullah war das alles gleichgültig. Er befolgte nur einen Befehl und drückte sanft ab, bis die Patrone zündete. Das Geschoß drang in Fromms Hinterkopf ein und trat an der Stirn wieder aus. Der Deutsche brach zusammen. Blut spritzte aus den Wunden, aber zur Seite, ohne Abdullahs Kleidung zu beschmutzen. Der Wächter wartete, bis die Blutung aufgehört hatte, und rief dann zwei Kameraden, die die Leiche auf einen bereitstehenden Laster luden. Fromm sollte neben den Maschinisten begraben werden. Wenigstens das ist angemessen, dachte Kati. Alle Experten an einem Platz.

»Schade«, merkte Ghosn leise an.

»Gewiß, aber glauben Sie wirklich, daß wir noch Verwendung für ihn gehabt hätten?«

Ibrahim schüttelte den Kopf. »Nein. Er wäre nur eine Belastung gewesen. Diesem ungläubigen Söldner konnten wir nicht trauen. Er hat seinen Vertrag erfüllt.«

»Und der Apparat?«

»Wird funktionieren. Ich habe alle Werte zwanzigmal nachgeprüft. Eine so gute Bombe hätte ich nie bauen können.«

»Was war das mit diesem Tritium?«

»Das ist in Batterien, die ich nur zu erhitzen brauche, bis das Gas austritt. Anschließend wird es in zwei Reservoirs gepumpt. Über den Rest wissen Sie Bescheid.«

Kati grunzte. »Erklärt haben Sie es mir, aber ich verstehe es immer noch nicht.«

»Das kann selbst ein Gymnasiast im Schullabor erledigen. Kleinigkeit.«

»Warum hob Fromm sich das bis zuletzt auf?«

Ghosn zuckte die Achseln. »Irgend etwas mußte ja zuletzt an die Reihe kommen. Vielleicht sparte er sich den Prozeß auf, weil er so einfach ist. Wenn Sie wollen, führe ich ihn jetzt gleich aus.«

»Gut, tun Sie das.«

Kati sah zu, wie Ghosn die Batterien nacheinander in den auf schwache Hitze eingestellten Ofen lud. Eine Vakuumpumpe saugte das entweichende Gas durch ein Metallrohr ab. Das Ganze dauerte nur eine knappe Stunde.

»Fromm hat uns belogen«, sagte Ghosn, als er fertig war.

»Wieso?« fragte Kati entsetzt.

»Kommandant, wir haben fast fünfzehn Prozent mehr Tritium, als er versprach. Um so besser.«

Der nächste Schritt war noch einfacher. Ghosn prüfte die Reservoirs zum sechsten Mal auf Dichte und Druckfestigkeit, wie er es von Fromm gelernt hatte, und füllte sie dann mit dem gasförmigen Tritium. Die Ventile wurden geschlossen und mit Splinten gesichert, damit sie sich beim Transport nicht öffneten.

»Fertig«, verkündete Ghosn. Die Wächter hoben das Oberteil der Bombenhülle an und senkten es mit Hilfe einer Winde ab. Es paßte genau. Ghosn brauchte eine Stunde, um die Hülle zuzuschweißen. Ein Test bestätigte ihre Druckfestigkeit. Nun setzte er eine Vakuumpumpe an.

»Was soll das bezwecken?«

»Wir hatten ein Vakuum von 1000 Millibar spezifiziert.«

»Geht das denn?« Richtet das keinen Schaden an?«

Ghosn klang nun fast wir Fromm, was beide überraschte. »Kommandant, es lastet ja nur der Druck der Atmosphäre darauf; und der wird diese Stahlhülle nicht zerquetschen. Das Ganze wird einige Stunden dauern und stellt auch eine gute Prüfung auf Druckfestigkeit dar.« Die sechste ihrer Art; die Hülle hatte auch unverschweißt gehalten. Nun, da sie ein einziges Stück war, konnte damit gerechnet werden, daß sie perfekt standhielt. »So, jetzt können wir ein bißchen schlafen. Die Pumpe läuft auch unbeaufsichtigt.«

»Wann ist die Bombe transportbereit?«

»Morgen früh. Wann läuft das Schiff aus?«

»In zwei Tagen.«

»Na bitte«, meinte Ghosn mit einem breiten Lächeln. »Es ist sogar noch Zeit übrig.«

Zuerst suchte Marvin eine Filiale der Colorado Federal Bank and Trust Company auf. Der stellvertretende Filialleiter war überrascht und entzückt, als Mr. Robert Friend, der neue Kunde, in England anrief und eine Skift-Überweisung über 500 000 Dollar anforderte. Über das Computernetz ging das ganz einfach; Sekunden später kam die Bestätigung, daß Mr. Friend in der Tat so vermögend war, wie er vorgab.

»Können Sie mir einen guten Immobilienmakler hier am Ort empfehlen?« fragte Russell den höchst zuvorkommenden Bankangestellten.

»Gehen Sie rechts die Straße runter, es ist gleich das dritte Haus auf der rechten Seite. Bis Sie zurück sind, habe ich Ihr Scheckbuch fertig.« Der Banker wartete, bis der Kunde fort war, und rief dann sofort seine Frau an, die bei dem Makler arbeitete. Sie erwartete Marvin schon an der Tür.

»Willkommen in Roggen, Mr. Friend!«

»Ja, es ist schön, wieder in der Heimat zu sein.«

»Waren Sie denn im Ausland?«

»Ich habe eine Zeitlang in Saudi-Arabien gearbeitet«, erklärte Russell alias Friend, »und den Winter vermißt.«

»Woran wären Sie interessiert?«

»Ich suche eine mittelgroße Ranch, auf der ich mir Rinder halten kann.«

»Mit Haus und Scheune?«

»Das Haus sollte geräumig sein, aber nicht zu groß, denn ich bin ledig – sagen wir, rund 300 Quadratmeter Wohnfläche. Wenn das Weideland gut ist, darf's auch kleiner ausfallen.«

»Stammen Sie aus der Gegend?«

»Nein, ich komme aus Süddakota, möchte aber bei Denver in Reichweite des Flughafens wohnen. Ich reise viel, und meine alte Farm ist mir zu abgelegen.«

»Brauchen Sie auch Personal?«

»Ja, wahrscheinlich zwei Arbeiter; so groß sollte das Anwesen schon sein. Eigentlich sollte ich ja näher bei der Stadt wohnen, aber ich will nun mal unbedingt mein eigenes Rindfleisch essen.«

»Das verstehe ich«, stimmte die Maklerin zu. »Ich hätte da zwei Objekte, die Ihnen vielleicht gefallen.«

»Dann sehen wir sie uns mal an.« Russell lächelte der Frau zu.

Das zweite Anwesen war perfekt. Es lag nicht weit von der Ausfahrt 50, war 200 Hektar groß, hatte ein schönes altes Farmhaus mit renovierter Küche, eine Doppelgarage und drei solide Nebengebäude. Ringsum erstreckte sich freies Land, eine halbe Meile vom Haus entfernt gab es einen von Bäumen umgebenen Teich und gutes Weideland für die Rinder, die Russell nie zu sehen bekommen sollte.

»Dieses Objekt ist seit fünf Monaten auf dem Markt. Die Hinterbliebenen des Besitzers verlangen 400 000, aber wir können sie bestimmt auf 350 000 drükken«, sagte die Maklerin.

»Klingt okay«, gab Russell zurück, der sich gerade auf der Karte die Zufahrt zur Autobahn I-76 anschaute. »Wenn wir diese Woche den Vertrag unterschreiben, zahle ich 50 000 in bar an, und der Rest folgt dann in vier oder fünf Wochen. Die Finanzierung ist kein Problem. Sobald der Rest meines Geldes eingegangen ist, bezahle ich alles in bar. Allerdings möchte ich sofort einziehen. In Hotels habe ich lange genug gelebt. Meinen Sie, das ließe sich einrichten?«

Die Maklerin strahlte ihn an. »Das kann ich garantieren.«

»Bestens. Wie stehen die Broncos dieses Jahr da?«

»Acht Spiele gewonnen, acht verloren. Man baut gerade eine neue Mannschaft auf. Mein Mann und ich haben Plätze abonniert. Wollen Sie versuchen, eine Karte fürs Endspiel zu erwischen?«

»Aber klar!«

»Das wird nicht einfach sein«, warnte die Maklerin.

»Das werde ich schon deichseln.« Eine Stunde später nahm die Maklerin von ihrem Mann, dem Filialleiter, einen Bankscheck über 50 000 Dollar entgegen. Russell hatte sie den Weg zu einem Möbelhändler und einem Elektrogeschäft erklärt. Nachdem er dort eingekauft und beim Fordhändler am Ort einen weißen Transporter erstanden hatte, fuhr er zur Ranch, wo er das Fahrzeug in einen Schuppen stellte. Er beschloß, den Mietwagen noch eine Weile zu behalten, eine weitere Nacht im Motel zu verbringen und dann in sein neues Haus zu ziehen. Er hatte nicht das Gefühl, etwas vollbracht zu haben; dazu gab es noch viel zuviel zu tun.

Cathy Ryan las inzwischen aufmerksamer Zeitung. Die Stärke der *Washington Post* waren Berichte über Skandale und Indiskretionen, und Cathy achtete nun besonders auf Artikel, die mit »Robert Holtzman« gezeichnet waren. Leider waren die neueren Berichte über die Probleme bei der CIA allgemeiner gehalten und befaßten sich vorwiegend mit den Veränderungen in der Sowjetunion, die sie nur mit Mühe verstand. Sie interessierte sich nun mal nicht besonders für dieses Thema – so wie Jack Fortschritte in der Augenchirurgie längst nicht so aufregend fand wie seine Frau. Endlich erschien ein Artikel über die »finanziellen Unregelmäßigkeiten« eines »sehr hohen Beamten«. Darüber wurde nun zum zweiten Mal berichtet, und Cathy wurde klar, daß, sollte Jack gemeint sein, sie alle fraglichen Dokumente im Haus hatte. Es war Sonntag, und trotzdem war Jack zur Arbeit gefahren, hatte sie mit den Kindern wieder mal zu Hause gelassen. Die Kleinen verbrachten den kalten Morgen vor dem Fernseher. Cathy machte sich an die Finanzakten.

Sie waren eine Katastrophe. Auch für Geldangelegenheiten interessierte sich Dr. Caroline Ryan nicht besonders, so daß die Vermögensverwaltung Jack zufiel – so wie ihr das Kochen. Sie wußte noch nicht einmal, nach welchem System die Unterlagen geordnet waren, und bezweifelte, daß dieses Chaos für ihren Blick gedacht war. Zuerst erfuhr sie, daß die Anlageberater, die das Portefeuille der Ryans blind verwalteten, recht erfolgreich arbeiteten. Normalerweise bekam sie nur die Abrechnung am Jahresende zu sehen; Geld war ihr, wie gesagt, nicht wichtig. Das Haus war bezahlt, der Betrag für die Ausbildung der Kinder bereits auf den Konten. Im Grunde lebten die Ryans von ihren Gehältern und ließen ihre Investitionen wachsen. Das verkomplizierte ihre Steuererklärung, um die sich Jack mit Hilfe des Familienanwalts ebenfalls kümmerte. Die neueste Übersicht über das Gesamtvermögen der Familie war eine große Überraschung, und Cathy beschloß, den Anlageberatern eine Weihnachtskarte zu schicken. Aber das war es nicht, wonach Cathy suchte. Fündig wurde sie am Nachmittag um halb drei: »Zimmer« stand einfach auf der Akte, die sie natürlich in der untersten Schublade gefunden hatte.

Die Akte war mehrere Zentimeter dick. Cathy, die bedauerte, gegen die von überanstrengten Augen ausgelösten Kopfschmerzen keine Tylenol genommen zu haben, setzte sich im Schneidersitz damit auf den Boden und schlug sie auf. Das erste Dokument war ein Brief von Jack an einen Anwalt – nicht an den Juristen, der ihre Testamente aufbewahrte und sich um ihre Steuerangelegenheiten kümmerte –, in dem er ihn anwies, eine Stiftung für die Ausbildung von sieben Kindern einzurichten. Einige Monate später war die Zahl der Kinder auf acht geändert worden. In die Stiftung waren ursprünglich mehr als 500000 Dollar in Form von Aktien eingebracht worden, die Jacks Anlageberater verwaltete. Zu ihrer Überraschung sah Cathy, daß Jack hier anders als bei seinem eigenen Aktienpaket mit Empfehlungen eingriff. Er hatte sein Gespür für die Börse nicht verloren, denn das Zimmer-Portefeuille wies einen Ertrag von 23 Prozent auf. Weitere 100000 Dollar waren in eine Firma investiert worden, ein Franchise-Unternehmen, dessen Lizenzgeber die Southland Corporation war. Aha, ein 7-Eleven, erkannte Cathy, mit Sitz in Maryland, Adresse...

Das ist ja nur ein paar Meilen von hier! dachte sie. Das Geschäft befand sich exakt an der B 50, und das bedeutete, daß Jack zweimal am Tag auf dem Weg von und zur Arbeit dort vorbeikam.

Wie praktisch!

Und wer war diese Carol Zimmer?

Cathy stieß auf die Rechnung einer Gynäkologin: Dr. Marsha Rosen erlaubte sich, für die Assistenz bei einer Geburt zu berechnen...

Cathy kannte Dr. Rosen und hätte die Ärztin, die einen sehr guten Ruf genoß, wohl auch bei ihren Schwangerschaften konsultiert, wenn ihr nicht die Einrichtungen in ihrer eigenen Klinik zur Verfügung gestanden hätten.

Ein Kind? Jacqueline Zimmer? Jacqueline? Cathy wurde rot, und dann rannen ihr die Tränen über die Wangen.

Du Widerling! Mir kannst du kein Kind machen, aber ihr...

Sie schaute auf das Datum und strengte dann ihr Gehirn an. Jack war an diesem Tag sehr spät nach Hause gekommen; das wußte sie deshalb so genau, weil sie eine Einladung zum Abendessen hatte absagen müssen.

Er war also bei der Geburt dabeigewesen! Welchen weiteren Beweis brauchte sie noch? Der Triumph über die Entdeckung schlug in tiefe Verzweiflung um.

Wie schnell so etwas gehen kann, dachte Cathy. Ein Fetzen Papier, und alles ist aus.

War es wirklich vorbei?

Aber wie konnte es weitergehen? Wollte sie ihn denn überhaupt noch, selbst wenn er auf sie zukam?

Und was soll aus den Kindern werden? fragte sich Cathy, klappte die Akte zu und legte sie zurück, ohne aufzustehen. »Du bist Ärztin«, sagte sie laut, »und mußt erst denken und dann handeln.«

Die Kinder brauchten einen Vater. Aber was war das für ein Vater? Dreizehn oder vierzehn Stunden am Tag fort, manchmal sieben Tage in der Woche. Er hatte es gerade *einmal* fertiggebracht, mit seinem Sohn zum Baseball zu gehen. Mit Glück schaffte er es zur Hälfte der T-Ball-Spiele des kleinen Jack. Er versäumte *jede* Schulveranstaltung, ging weder zum Weihnachtsspiel noch zu den anderen Aufführungen. Ein Wunder, daß er am Weihnachtsmorgen zur Bescherung daheim gewesen war. Am Abend des 24. hatte er sich beim Zusammensetzen des Spielzeugs wieder so betrunken, daß sie gar nicht erst versucht hatte, ihn später zu verführen. Wozu auch? Sein Geschenk für sie ... nun, es war schön gewesen, aber so etwas schnappt man sich beim Einkaufen in ein paar Minuten ...

Einkaufen!

Cathy stand auf, sah die Post auf Jacks Schreibtisch durch und fand seine Kreditkartenabrechnungen. Sie öffnete einen Umschlag und stieß auf mehrere Belastungen von ... Hamleys in London. Insgesamt 600 Dollar? Dabei hatte er nur ein Spielzeug für den kleinen Jack und zwei Kleinigkeiten für Sally gehabt. 600 Dollar!

Jack, hast du Weihnachtseinkäufe für *zwei* Familien gemacht?

»Welche Beweise brauchst du noch, Cathy?« fragte sie sich laut. »O Gott ...«

Sie stand unbeweglich da und nahm außer ihrem Elend nichts wahr. Nur ihr Mutterinstinkt ließ sie auf die Geräusche aus dem Spielzimmer achten.

Jack kam kurz vor sieben heim und war ein bißchen stolz, weil er es eine Stunde früher geschafft hatte und weil die Operation in Mexiko nun stand. Nun brauchte er sie nur noch vom Weißen Haus genehmigen zu lassen – mit Fowlers Billigung war trotz der Risiken zu rechnen; eine so fette Beute würde er sich als Politiker nicht entgehen lassen. Und wenn Clark und Chavez es dann geschafft hatten, mußten seine Aktien wieder steigen, würde alles besser und sein Leben wieder in Ordnung kommen. Zuerst einmal Urlaub; der war längst überfällig. Ein, zwei Wochen, und sollte so ein Geier von der CIA mit Lagedokumenten erscheinen, würde Ryan ihm den Hals umdrehen. Er wollte von der Arbeit nichts hören und sehen und das auch sicherstellen. Zwei anständige Wochen Urlaub. Die Kinder aus der Schule nehmen und ihnen die Mickymaus zeigen, wie Clark vorgeschlagen hatte. Ryan nahm sich vor, gleich morgen zu buchen.

»Ich bin wieder da!« verkündete er laut. Schweigen. Sonderbar. Er ging ins Erdgeschoß und fand die Kinder vor dem Fernseher. Sie guckten viel zuviel, aber das war seine Schuld. Auch das würde sich ändern. Ryan beschloß, weniger zu arbeiten. Es wurde Zeit, daß Marcus mal zupackte, anstatt sich den Arbeitstag eines Bankers zu leisten und Jack alles aufzubürden.

»Wo ist die Mama?«

»Weiß ich nicht«, sagte Sally, ohne von ihrem grünen Schlabberschleim und orangen Glibber aufzublicken.

Jack ging zurück in den ersten Stock und ins Schlafzimmer, um sich umzuziehen. Seine Frau kam ihm mit einem Wäschekorb entgegen. Jack stellte sich ihr in den Weg und beugte sich vor, um sie zu küssen, aber sie wich zurück und schüttelte den Kopf. Na ja, keine Katastrophe.

»Was gibt's zum Abendessen?« fragte er leichthin.

»Keine Ahnung. Mach dir doch selbst was.« Warum war sie so aggressiv, so kurz angebunden?

»Was hab' ich denn angestellt?« fragte Jack. Er war überrascht, hatte ihre Haltung aber noch nicht interpretiert. Ihr feindseliger Blick war ihm fremd, und der Ton ihrer Antwort ließ ihn zusammenfahren.

»Nichts, Jack. Überhaupt nichts.« Sie drängte sich mit dem Wäschekorb an ihm vorbei und verschwand um die Ecke.

Er blieb mit dem Rücken zur Wand und mit offenem Mund stehen, wußte nicht, was er sagen sollte, und konnte nicht verstehen, warum seine Frau ihn auf einmal verachtete.

Die Strecke Latakia–Piräus legte das Schiff in nur anderthalb Tagen zurück. Bock hatte einen Frachter gefunden, der gleich den richtigen Hafen anlief, so daß das Umladen in Rotterdam entfiel. Kati mißbilligte zunächst die Abweichung vom Plan, aber als sich herausstellte, daß sie auf diese Weise fünf Tage sparten, war er einverstanden. Zusammen mit Ghosn sah er zu, wie ein Kran die Holzkiste anhob und auf dem Deck des griechischen Containerschiffs *Carmen Vita* absetzte. Der Frachter sollte am Abend auslaufen und elf Tage später in den Staaten eintreffen. Kati hatte erwogen, ein Flugzeug für den Transport der Bombe zu chartern, diesen Weg aber als zu riskant verworfen. Elf Tage also. So blieb noch Zeit für einen Arztbesuch; anschließend wollte er nach Amerika fliegen und alle Vorkehrungen überprüfen. Dockarbeiter zurrten die Kiste fest. Ihre Position in der Mitte des Schiffes und achtern war sicher, und andere Kisten wurden darauf gestapelt und schützten sie vor der direkten Einwirkung der Winterstürme. Die beiden Männer zogen sich in ein Café zurück und warteten, bis die *Carmen Vita* ausgelaufen war. Dann flogen sie nach Damaskus und fuhren zu ihrem Hauptquartier. Die Bombenwerkstatt war bereits aufgelöst beziehungsweise eingemottet worden. Man hatte die Stromleitungen gekappt und die Eingänge zugeschüttet. Wer mit einem schweren Lkw über das getarnte Dach fuhr, würde eine böse Überraschung erleben. Aber das war unwahrscheinlich. Möglich hingegen war, daß man die Einrichtung noch einmal benutzte, und statt die Maschinen mühsam an einer anderen Stelle zu vergraben, hatte man die Werkstatt einfach zugedeckt.

Russell flog nach Chicago, um sich die erste Runde der Ausscheidungsspiele anzusehen. Er hatte eine teure Nikon F4 mitgebracht und verschoß beim Fotografieren der Ü-Wagen des TV-Netzes ABC zwei Filme. Das Team der Sportsendung *Monday Night Football* übertrug die Begegnung. Russell fuhr mit dem Taxi zurück zum Flughafen und war so rechtzeitig wieder in Denver, daß er auf der Fahrt vom Stapleton-Flughafen zu seinem neuen Haus einen Teil der Übertragung des Spiels im Radio hören konnte. Die Bears gewannen in der Verlängerung 23:20, womit Chicago die Ehre haben würde, am kommenden Wochenende im Metrodome gegen die Vikings verlieren zu dürfen. In einem weiteren Spiel der Punktbesten setzte sich Minnesota durch. Tony Wills' Leistenzerrung war ausgeheilt, wie der Kommentator erklärte, und dieser junge Spieler hatte bereits in seiner ersten Saison in der Profiliga knapp 2000

Yard stürmend zurückgelegt und noch einmal 800 als Receiver. Dieses Spiel bekam Russell fast ganz mit, weil es an der Westküste ausgetragen wurde.

USS *Maine* lief ohne Zwischenfälle aus dem Dock. Schlepper drehten das U-Boot herum, bis sein Bug auf die Fahrrinne wies, und hielten sich für weitere Unterstützung bereit. Captain Ricks stand auf der Kommandobrücke des Turms und stützte sich auf die Reling. Lieutenant Commander Claggett hatte Wache in der Zentrale. Die eigentliche Arbeit tat der Navigator, der durchs Periskop Positionen fixierte, die ein Steuermannsmaat dann auf der Seekarte markierte. So stellte man sicher, daß das Unterseeboot in der Mitte der Fahrrinne und in die rechte Richtung fuhr. Die Fahrt zum offenen Meer zog sich hin. Überall im Boot verstauten die Männer Gerät und Proviant. Wer keinen Dienst hatte, lag in der Koje und machte ein Nickerchen. Die Seeleute waren bemüht, sich nach dem Landurlaub wieder auf das Leben in See umzustellen. Familien und Freundinnen waren nun so weit entfernt, als lebten sie auf einem anderen Planeten. Für die nächsten zwei Monate war die Welt dieser Männer auf den Raum im Stahlrumpf ihres Bootes beschränkt.

Wie immer sah Mancuso seinem Boot beim Auslaufen nach. Ein Jammer, dachte er, daß ich Ricks die *Maine* nicht abnehmen konnte. Aber so einfach ging das nicht. Bei einer Routinebesprechung der Gruppe in einigen Tagen wollte er seine Vorbehalte gegen Ricks äußern. Er konnte aber beim ersten Mal nicht zu weit gehen und wollte deshalb der Gruppe nur mitteilen, daß er an dem Kommandanten der Besatzung »Gold« zweifelte. Das quasipolitische Manöver ging ihm, der seine Bedenken lieber offen aussprach, wie es bei der Navy üblich war, auf die Nerven, aber gewisse Spielregeln mußten eingehalten werden. Solange kein triftiger Grund zum Handeln vorlag, konnte er lediglich Vorbehalte anmelden. Zudem war der Chef der Gruppe auch so ein Überflieger von Ingenieur, dem Harry wohl sympathisch war.

Mancuso versuchte erfolglos, seine Empfindungen in diesem Augenblick zu definieren. Die schiefergraue Silhouette verlor sich in der Ferne, glitt durch das ölglatte Wasser des Hafens und hinaus auf die fünfte Abschreckungspatrouille – so, wie es die Unterseeboote der US-Navy seit 30 Jahren getan hatten. Ganz normaler Betrieb trotz aller Veränderungen auf der Welt. *Maine* lief aus, um durch Drohung mit der unmenschlichsten aller Waffen den Frieden zu erhalten. Der Commodore schüttelte den Kopf. Verrückt. Allein aus diesem Grund hatte er Jagd-U-Boote vorgezogen. Aber die Strategie der Abschreckung hatte gewirkt und mußte wohl noch einige Jahre lang beibehalten werden. Nicht jeder Skipper eines strategischen Bootes war so ein As wie Mush Morton, aber sie brachten wenigstens alle ihre U-Kreuzer heil zurück. Er stieg in seinen marineblauen Dienstwagen und wies den Fahrer an, ihn zurück in die Zentrale zu bringen. Der Papierkram wartete.

Zum Glück merken die Kinder nichts, dachte Jack. Kinder lebten als Zuschauer in einer hochkomplizierten Welt, die sie erst nach jahrelanger Ausbildung verstehen lernten. So nahmen sie vorwiegend wahr, was sie verstanden, und dazu gehörten keinesfalls Eltern, die einfach nicht miteinander redeten. Vielleicht ließ sich die Sache bereinigen, bevor die Kinder etwas merkten. Bestimmt, dachte Jack.

Er hatte keine Ahnung, was nicht stimmte, und wußte auch nicht, wie der Knoten zu lösen war. Er könnte natürlich zu einer annehmbaren Zeit heimkommen und sie vielleicht zum Essen in ein nettes Restaurant ausführen und – aber das fiel natürlich flach, wenn man zwei Schulkinder hatte. Ein Babysitter war mitten in der Woche und so weit von der Stadt entfernt nur schwer aufzutreiben. Eine andere Möglichkeit wäre, einfach heimzukommen, sich mehr um Cathy zu kümmern und dann mit ihr…

Doch er konnte sich auf seine Potenz nicht verlassen, und ein weiterer Fehlschlag hätte alles noch verschlimmert.

Er schaute von seinem Schreibtisch hinüber zu den Kiefern jenseits der Umzäunung des CIA-Komplexes. Die Symmetrie war perfekt. Seine Arbeit ruinierte sein Familienleben, und nun begann das Familienleben negative Auswirkungen auf seine Arbeit zu nehmen. Inzwischen war er an einem Punkt angelangt, an dem er überhaupt nichts mehr recht machen konnte. Einfach toll. Ryan stand auf, ging aus seinem Zimmer, schlenderte zum nächsten Kiosk und kaufte dort die erste Packung Zigaretten seit.. fünf oder sechs Jahren? Egal. Er riß die Packung auf und schüttelte ein Stäbchen heraus. Der Luxus eines eigenen Büros bedeutete, daß er ungehindert qualmen konnte. Wie bei allen anderen Regierungsbehörden konnte man bei der CIA inzwischen praktisch nur noch auf der Toilette rauchen. Er tat so, als nähme er Nancys mißbilligende Miene nicht wahr, ging in sein Zimmer und durchwühlte den Schreibtisch nach einem Aschenbecher.

Eine Minute später, als ihm ein bißchen schwummerig wurde, kam er zu dem Schluß, daß Nikotin und Alkohol zu den verläßlicheren Annehmlichkeiten des Lebens gehörten. Man führte sich diese Substanzen zu und wurde mit der entsprechenden Wirkung belohnt – damit war ihre Beliebtheit trotz der bekannten negativen Auswirkungen auf die Gesundheit erklärt. Alkohol und Nikotin machten das unerträgliche Leben erträglich und verkürzten es zugleich.

Super. Beinahe hätte Ryan über seine unglaubliche Dummheit laut gelacht. Was konnte er an sich sonst noch kaputtmachen? Und kam es überhaupt drauf an?

Wichtig war seine Arbeit, das stand fest. Sie hatte ihn in diese miese Situation gebracht. Sie war der entscheidende destruktive Faktor in seinem Leben, aber daran konnte er ebensowenig ändern wie an anderen Sachen.

»Nancy, schicken Sie bitte Mr. Clark rein.«

Zwei Minuten später erschien John. »Himmel noch mal, Doc!« rief er sofort. »Was wird Ihre Frau sagen?«

»Keinen Pieps.«

»Da irren Sie sich aber.« Clark machte ein Fenster auf. Er hatte das Rauchen, das seinen Vater umgebracht hatte, schon lange aufgegeben. »Was gibt's?«

»Wie steht es mit den Geräten für unseren Lauschangriff?«

»Sie können auf Ihr Signal hin sofort zusammengebaut werden.«

»Dann mal zu«, sagte Jack.

»Haben Sie schon eine Genehmigung für die Operation?«

»Nein, wir brauchen keine. Wir geben das einfach als Machbarkeitsstudie aus. Bis wann können wir den Kram zusammenschustern?«

»In drei Tagen, sagen die Jungs. Wir brauchen auch Unterstützung von der Air Force.«

»Klappt das mit den Computern?«

»Das Programm ist validiert. Man hat die Innengeräusche sechs verschiedener Flugzeugtypen aufgenommen und dann eliminiert. Länger als zwei oder drei Stunden pro Band dauert der Prozeß nicht.«

»Der Flug von Mexico City nach Washington dauert...«

»Je nach Witterung maximal knapp vier Stunden. Die Reinigung des Bandes wird eine ganze Nacht in Anspruch nehmen«, schätzte Clark. »Wann soll der Präsident den japanischen Premier treffen?«

»Die Begrüßungszeremonie ist am Montag nachmittag, und die erste Verhandlungsrunde ist für den nächsten Morgen angesetzt. Das Festessen findet dann am Dienstagabend statt.«

»Gehen Sie hin?«

Ryan schüttelte den Kopf. »Nein, wir gehen eine Woche vorher zu einem Empfang – Mensch, das ist ja gar nicht mehr lange hin. Aufgepaßt, ich rufe das 89. Lufttransportgeschwader auf dem Stützpunkt Andrews an, die Jungs machen oft Trainingsflüge und nehmen Ihr Team bestimmt mit.«

»Ich habe drei Spürtrupps ausgewählt«, erklärte Clark. »Alles Spezialisten für elektronische Aufklärung, die früher bei Luftwaffe und Marine waren. Die verstehen ihr Handwerk.«

»Sehr schön, lassen Sie die Sache anlaufen.«

»Alles klar, Doc.«

Jack wartete, bis er gegangen war, und steckte sich dann eine neue Zigarette an.

29
Wendepunkt

MS *Carmen Vita*, die, angetrieben von ihren Pielstick-Dieseln, konstant 19 Knoten lief, glitt pünktlich durch die Straße von Gibraltar, und ihre vierzigköpfige Mannschaft (weibliche Besatzungsmitglieder waren nicht an Bord, wohl aber die Ehefrauen dreier Offiziere) machte sich für das normale Routineprogramm der Wachen und der Instandhaltung bereit. In sieben Tagen sollte mit Kap Charles und Kap Henry die Küste der USA in Sicht kommen. Auf und unter Deck waren zahlreiche in ihren Abmessungen genormte Container verstaut, deren Inhalt dem Kapitän und der Mannschaft ziemlich gleichgültig war. Sinn und Zweck dieser Container war, das Schiff praktisch wie den Lkw einer Spedition verkehren zu lassen; die Besatzung brauchte sich lediglich um das Gewicht der Container zu kümmern, das wegen der im Straßenverkehr vorgeschriebenen Höchstgrenzen nur geringen Schwankungen unterworfen war.

Da das Schiff den Atlantik auf der Südroute überquerte, versprach die Fahrt ruhig und ereignislos zu verlaufen. Die heftigen Winterstürme zogen höher im Norden ihre Bahn, und der indische Kapitän war zufrieden. Mit 37 war er relativ jung für diesen verantwortungsvollen Posten, doch er hoffte, bald ein größeres und komfortableres Schiff zu bekommen. Gutes Wetter bedeutete eine rasche Überfahrt und geringen Treibstoffverbrauch, und wenn er die *Carmen Vita* pünktlich und mit geringen Unkosten in den Bestimmungshafen brachte, konnte er zu gegebener Zeit mit einer Beförderung rechnen.

Clark hatte Mrs. Ryan nun zehn Tage hintereinander nicht zu Gesicht bekommen. John Clark hatte ein gutes Gedächtnis für solche Dinge, geschärft durch jahrelange Tätigkeit als Agent im Ausland, bei der man nur überlebte, wenn man auf alles achtete, ob es nun wichtig erschien oder nicht. Gewiß, Jack mußte früh aufstehen – sie aber auch, denn sie hatte zweimal in der Woche früh Operationen. Clark konnte durch das Küchenfenster ihren Kopf sehen; vermutlich saß sie am Tisch, trank Kaffee und las Zeitung oder sah fern. Doch als ihr Mann aus dem Haus ging, hatte sie noch nicht einmal den Kopf gewandt. Normalerweise stand sie auf, um ihn mit einem Kuß zu verabschieden. Aber seit zehn Tagen hintereinander nichts.

Kein gutes Zeichen. Was war hier los? Jack kam mit finsterer Miene und gesenktem Kopf auf den Wagen zu. Wieder diese Grimasse, dachte Clark.

»Morgen, Doc!« rief Clark munter.

Ryan erwiderte den Gruß bedrückt. Wie Clark feststellte, hatte er die Zeitung wieder nicht dabei und ging sofort an die Dokumente. Als sie den

Autobahnring erreichten, starrte er nur noch ins Leere und rauchte eine Zigarette nach der anderen. Nun hielt Clark es einfach nicht mehr aus.

»Probleme daheim, Doc?«

»Ja, aber das ist meine Sache.«

»Stimmt wohl. Geht es den Kindern gut?«

»Es geht nicht um die Kinder, John. Lassen wir das Thema fallen, klar?«

»Klar.« Clark konzentrierte sich auf den Verkehr, Ryan auf seine Meldungen.

Was, zum Kuckuck, ist hier los, dachte Clark. Sei analytisch, denk die Sache durch.

Sein Chef litt nun schon seit mehr als vier Wochen unter dieser Depression, aber seit ein paar Tagen hatte sich sein Zustand noch verschlimmert. Was war der Grund – etwa Holtzmans Artikel? Ryan hatte ein familiäres Problem, aber die Kinder waren nicht betroffen. Also mußte er Ärger mit Cathy haben. Clark nahm sich vor, den Artikel und etwaige andere Berichte im Büro noch einmal durchzulesen. 70 Minuten, nachdem er Ryan abgeholt hatte – an diesem Morgen hatte nicht viel Verkehr geherrscht –, betrat Clark die ausgesprochen beeindruckend wirkende Bibliothek der CIA und setzte mit seiner Rechercheanfrage das Personal in Trab. Schwer war die Arbeit nicht, denn der Dienst bewahrte alle Presseberichte, die es über ihn gab, nach Verfassern geordnet auf. Als sie vor ihm lagen, wurde Clark das Problem sofort klar.

Holtzman hatte einen Finanz- und Sexskandal erwähnt. Und gleich nach Erscheinen des Artikels...

»Scheiße!« flüsterte Clark. Er ließ sich vier Artikel neueren Datums kopieren und machte dann einen Spaziergang, um einen klaren Kopf zu bekommen. Ein Vorteil der Arbeit beim Personenschutz – besonders, wenn man auf Ryan aufzupassen hatte – war, daß es nicht viel zu tun gab. In Langley war Ryan ein Stubenhocker, der den Gebäudekomplex nur selten verließ. Clark drehte eine flotte Runde im Gelände, las die Zeitungsartikel noch einmal und stellte eine zweite Querverbindung fest: Ein Bericht war am Sonntag erschienen. An diesem Tag war Ryan früher nach Hause zurückgekehrt und auf der Fahrt gut aufgelegt gewesen. Er hatte erwogen, gleich nach der mexikanischen Operation Urlaub zu machen, und sich sogar von Clark Tips über Florida geben lassen – aber am nächsten Morgen hatte er ausgesehen wie eine Leiche und auch die Zeitung nicht dabeigehabt. Seine Frau mußte sie gelesen haben, und vermutlich war es zwischen den beiden zu schweren Spannungen gekommen. Clark fand diese Möglichkeit recht plausibel, und das genügte ihm.

Er ging durch den elektronisch gesicherten Eingang zurück ins Gebäude und machte sich auf die Suche nach Chavez, der seinen Arbeitsplatz im neuen Bau der Hauptverwaltung hatte. Chavez saß in seinem Büro und studierte Einsatzpläne.

»Ding, holen Sie Ihren Mantel.« Zehn Minuten später waren sie auf der Ringautobahn. Chavez hatte einen Stadtplan von Baltimore auf den Knien.

»Ich hab's«, sagte er. »Ecke Broadway und Monument Street, gleich überm Hafen.«

Russell trug einen Overall. Die Fotos von den Übertragungswagen in Chicago waren gut geworden und von einem Labor in Boulder auf Posterformat vergrößert worden. Er verglich die Fahrzeuge mit seinem weißen Ford – es handelte sich um denselben Typ Transporter – und nahm exakte Messungen vor. Die nächste Aufgabe war nicht einfach. Er hatte ein Dutzend flexible Kunststoffplatten gekauft. Daraus schnitt er nun Schablonen für das ABC-Logo, klebte sie mit Kreppband auf die Seiten des Kastenwagens und malte die Buchstaben mit Filzstift ein. Erst beim sechsten Versuch war er zufrieden und markierte die Position der Schablonen mit dem Messer. Er fand es schade, den Lack zerkratzen zu müssen, bis ihm einfiel, daß das Fahrzeug ja sowieso in die Luft fliegen würde. Im großen und ganzen war er mit seinen künstlerischen Fähigkeiten, die er seit seiner Zeit in der Gefängnislehrwerkstatt nicht mehr eingesetzt hatte, zufrieden. Wenn das Logo in Schwarz auf das weiße Fahrzeug gemalt war, würde niemand den Unterschied merken.

Anschließend fuhr er zur Zulassungsstelle, um sich gewerbliche Schilder zu besorgen. Er gab vor, den Ford für seine Elektronikfirma, die Telefonanlagen installierte, zu brauchen. Er verließ das Amt mit provisorischen Pappnummernschildern. Die endgültigen Kennzeichen aus Blech würden nach vier Arbeitstagen fertig sein. Der Führerschein war noch leichter zu ergattern. Nachdem er den von Ghosn besorgten internationalen Führerschein und seinen Paß vorgelegt und eine schriftliche Prüfung bestanden hatte, stellte ihm der Staat Colorado die kleine Karte mit dem Paßbild aus. Beim Ausfüllen eines Formulars machte er einen »Fehler«, und die Beamtin ließ ihn ein neues unterschreiben. Das verpatzte warf Russell in den Papierkorb. Oder wenigstens sah es so aus. In Wirklichkeit verschwand der Bogen in der Tasche seines Parkas.

Das Johns-Hopkins-Hospital liegt nicht im besten Viertel. Um diesen Nachteil zu kompensieren, bewachte es die Polizei von Baltimore auf eine Art und Weise, die Clark an seine Zeit in Vietnam erinnerte. Er fand gleich gegenüber vom Haupttor am Broadway einen Parkplatz und ging zusammen mit Chavez hinein, vorbei an einer Jesusstatue, deren Dimensionen und Ausführung beide bewunderten. Das richtige Gebäude in dem riesigen Komplex war nicht so leicht zu finden, aber zehn Minuten später saßen sie im Vorzimmer von Professor Caroline M. Ryan. M.D., F.A.C.S. Clark schaute in eine Illustrierte, Chavez starrte lüstern die Sprechstundenhilfe an. Mrs. Ryan erschien um 12.35 Uhr mit einem Stoß Akten unterm Arm, warf den beiden CIA-Leuten einen fragenden Blick zu und segelte wortlos in ihr Zimmer. Clark stellte mit einem Blick fest, was los war. Sie war ihm immer als eine sehr attraktive und selbstsichere Frau erschienen, aber heute sah sie fast noch schlimmer aus als ihr Mann. Das geht wirklich zu weit, dachte Clark. Er zählte bis zehn und marschierte dann einfach an der verdutzt guckenden Sprechstundenhilfe vorbei, um seine neueste Karriere zu beginnen: als Eheberater.

»Was soll das?« fragte Cathy. »Ich habe heute keine Termine.«

»Verzeihung, ich muß Sie kurz sprechen.«

»Wer sind Sie überhaupt? Wollen Sie mich über meinen Mann ausfragen?«

»Mein Name ist Clark.« Er griff in die Hemdtasche und zog den Dienstausweis hervor, den er an einer Kette um den Hals trug. »Es gibt so einiges, über das ich Sie informieren möchte.«

Cathys Blick wurde fast sofort hart, als der Zorn die Oberhand über den Schmerz gewann. »Ich weiß, das habe ich alles schon gehört.«

»Das bezweifle ich, Mrs. Ryan. Können wir uns anderswo unterhalten? Darf ich Sie zum Mittagessen einladen?«

»In dieser Gegend? Die Straßen sind alles andere als sicher.«

»So?« Clark lächelte nur, um ihr zu zeigen, für wie absurd er ihre Bemerkung hielt.

Zum ersten Mal musterte Caroline Ryan den Besucher fachmännisch. Er hatte Jacks Größe, war aber stämmiger gebaut. Seine Hände waren groß und sahen stark aus, und seine Körpersprache verriet, daß er sich vor nichts fürchtete. Sie hatte Jacks Gesicht einmal für männlich gehalten, aber dieser Mann hatte markige Züge. Er kann praktisch jeden einschüchtern, dachte sie, aber nun tut er alles, um wie ein Gentleman zu wirken, und das gelingt ihm auch. Er erinnerte sie an die Footballspieler, die hier manchmal die kleinen Patienten besuchten. Das ist auch so ein großer Teddybär, dachte sie, aber nur, weil er sich so geben will.

»Ein Stück weiter in der Monument Street ist ein Lokal.«

»Gut.« Clark nahm ihren Mantel vom Garderobenständer und half ihr geschickt hinein. Draußen gesellte sich Chavez zu ihnen. Er war kleiner und zierlicher als Clark, wirkte aber demonstrativ bedrohlicher und sah aus wie ein Mitglied einer Gang, das gute Manieren zeigen will. Cathy wußte, daß die Straßen hier nicht sicher waren – zumindest für eine Frau ohne Begleitung –, aber Chavez ging in einer Weise vor, als überquerte er ein Schlachtfeld. Interessant, dachte sie. Bald hatten sie das kleine Restaurant erreicht, wo Clark alle in eine Ecknische plazierte. Beide Männer saßen mit dem Rücken zur Wand, damit sie die Tür und jede mögliche Bedrohung sehen konnten. Äußerlich wirkten sie entspannt und hatten beide die Jacketts aufgeknöpft.

»Sagen Sie mir erst einmal, wer Sie genau sind.« Cathy kam sich vor wie im Gangsterfilm.

»Ich bin der Fahrer Ihres Mannes«, erwiderte John, »und war früher einmal im paramilitärischen Einsatz. Bei der CIA bin ich seit fast zwanzig Jahren und arbeite nun vorwiegend im Personenschutz.«

»So etwas dürfen Sie mir doch gar nicht verraten.«

Clark schüttelte nur den Kopf. »Mrs. Ryan, wir haben noch gar nicht begonnen, gegen die Vorschriften zu verstoßen. Mein Kollege hier, Ding Chavez, ist ebenfalls beim Personenschutz.«

»Angenehm, Dr. Ryan. Eigentlich heiße ich Domingo.« Er streckte die Hand aus. »Ich arbeite ebenfalls für Ihren Mann und beschütze ihn im Auto und auf Reisen.«

»Sind Sie beide bewaffnet?«

Ding sah fast betreten drein. »Ja, Dr. Ryan.«

Damit dürfte der abenteuerliche Teil des Gesprächs wohl beendet sein, dachte Cathy. Die beiden zweifellos sehr harten Männer hatten mit Erfolg ihren ganzen Charme aufgebracht, aber damit war ihr Problem nicht gelöst. Sie setzte zu einer Bemerkung an, aber Clark kam ihr zuvor.

»Mrs. Ryan, es scheint zwischen Ihnen und Ihrem Mann Spannungen zu geben. Den Grund kann ich nur vermuten, aber fest steht für mich, daß er darunter leidet. Und das ist nicht gut für den Dienst.«

»Gentlemen, ich weiß Ihre Anteilnahme zu schätzen, aber das ist eine Privatangelegenheit.«

»Gewiß, Mrs. Ryan«, erwiderte Clark in gespenstisch höflichem Ton und holte die Fotokopien von Holtzmans Artikeln aus der Tasche. »Ist das der Stein des Anstoßes?«

»Das geht Sie gar...« Cathy kniff die Lippen zusammen.

»Dacht' ich mir's doch, Mrs. Ryan. Nichts davon ist wahr; ich meine den Vorwurf des unsittlichen Verhaltens. Ihr Mann verläßt praktisch nie das Haus, ohne daß einer von uns ihn begleitet. Die Natur seiner Arbeit und seiner Position verlangt, daß er jedesmal, wenn er aus dem Haus geht, das Fahrtziel einträgt – ganz wie ein Arzt, der in Bereitschaft ist. Wenn Sie wollen, kann ich Ihnen Kopien dieser Blätter besorgen – so weit zurückliegend, wie Sie wollen.«

»Das ist bestimmt nicht legal.«

»Wahrscheinlich nicht«, stimmte Clark zu. »Na und?«

Sie wollte ihm glauben, brachte es aber nicht fertig und entschied, ihnen auch den Grund zu sagen. »Ihre Loyalität Jack gegenüber ist beeindruckend, aber ich weiß Bescheid. Ich habe unsere Finanzakten durchgesehen und bin dahintergekommen, daß er diese Zimmer und ein Kind von ihr hat!«

»Was wissen Sie denn genau?«

»Daß Jack bei der Geburt dabei war, daß er ihr viel Geld gegeben und es mir und aller Welt verheimlicht hat. Ich weiß auch, daß die Regierung gegen ihn ermittelt.«

»Was meinen Sie damit?«

»Ein Ermittlungsbeamter war hier bei mir in der Klinik!«

»Dr. Ryan, weder die CIA noch das FBI ermitteln gegen Ihren Mann.«

»Wer hat mich dann aufgesucht?«

»Das weiß ich leider nicht«, antwortete Clark. Er hatte zwar eine Ahnung, fand aber, daß seine Vermutung hier nichts zur Sache tat.

»Ich weiß über Carol Zimmer Bescheid«, begann sie wieder.

»Und was wissen Sie?« fragte Clark leise. Die Reaktion überraschte ihn.

»Jack geht fremd, und zwar mit ihr!« schrie Cathy fast. »Sie hat ein Kind von ihm, und er ist so oft bei ihr, daß er keine Zeit für mich hat und mich sogar nicht mehr...« Sie hielt inne und sah aus, als wollte sie gleich in Tränen ausbrechen.

Clark wartete, bis sie sich etwas beruhigt hatte, wandte aber den Blick nicht von ihrem Gesicht und erkannte nun alles klar und deutlich. Ding, der zu jung war, um so etwas zu verstehen, sah nur peinlich berührt drein.

»Lassen Sie mich bitte ausreden?«

»Sicher, warum nicht? Es ist aus, und verlassen habe ich ihn nur nicht, weil die Kinder da sind. Nur zu, setzen Sie sich für ihn ein. Erzählen Sie mir, daß er mich noch liebt und den ganzen Kram. Er ist ja zu feige, selbst mit mir darüber zu reden. Wetten, daß er Sie geschickt hat?« schloß sie bitter.

»Erstens weiß er nicht, daß wir hier sind. Wenn er das erfährt, bin ich wahrscheinlich meinen Job los, aber das macht nichts. Ich habe ja meine Pension. Außerdem habe ich vor, gegen noch strengere Vorschriften zu verstoßen. Tja, wo fange ich an?« Clark machte eine Pause und fuhr dann fort.

»Carol Zimmer ist die Witwe des Sergeants Buck Zimmer, Air Force. Er kam im Dienst ums Leben; genau gesagt, starb er in den Armen Ihres Mannes. Das weiß ich, weil ich selbst dabei war. Buck bekam fünf Geschosse in die Brust, die beide Lungen perforierten. Der Todeskampf dauerte fünf oder sechs Minuten. Er hatte sieben Kinder – acht, wenn man das Ungeborene mitzählt. Von diesem Kind wußte Buck bei seinem Tod nichts. Carol wollte ihn mit der Nachricht überraschen.

Sergeant Zimmer war Chief bei einer Hubschrauber-Spezialeinheit der Air Force. Wir flogen in ein fremdes Land, um eine Gruppe von Soldaten der Army zu retten, die dort im verdeckten Einsatz waren.«

»Und ich war einer davon«, warf Ding zu Clarks Mißvergnügen ein. »Ich säße nicht auf diesem Stuhl, wenn Ihr Mann nicht sein Leben aufs Spiel gesetzt hätte.«

»Die Soldaten waren von hier aus absichtlich von Nachschub und Unterstützung abgeschnitten worden...«

»Von wem?«

»Tut nichts zur Sache. Er ist tot«, antwortete Clark in einem Ton, der keinen Raum für Zweifel ließ. »Ihr Mann fand heraus, daß die Operation illegal war, und stellte mit Dan Murray vom FBI eine Rettungsmannschaft zusammen. Ein harter Einsatz, den wir nur mit Glück schafften. Es erstaunt mich, daß Ihnen nichts aufgefallen ist – hat Ihr Mann vielleicht Alpträume?«

»Er schläft nicht besonders gut und – ja, manchmal spricht er im Schlaf.«

»Eine Kugel verfehlte seinen Kopf um vielleicht fünf Zentimeter. Wir hatten einen Zug Soldaten, der unter Feuer lag, von einem Berg zu holen. Jack bediente die eine Schnellfeuerkanone, Buck Zimmer die andere. Buck wurde getroffen, als wir abhoben. Jack und ich versuchten ihm zu helfen, aber ich bezweifle, daß selbst die Spezialisten hier in der Klinik ihn noch hätten retten können. Es war schlimm. Er starb...« Clark mußte eine Pause machen, und Cathy erkannte, daß sein Schmerz nicht gespielt war. »In seinen letzten Worten drückte er Sorge um seine Kinder aus. Ihr Mann hielt ihn im Arm und versprach ihm, ihre Ausbildung zu sichern und die Familie zu versorgen. Mrs. Ryan, ich bin schon ewig in diesem Geschäft, aber einen anständigeren Mann als Ihren Gatten habe ich noch nie erlebt.

Als wir wieder zurück waren, löste Jack sein Versprechen ein. Natürlich. Es überrascht mich nicht, daß er Ihnen die Sache verschwieg. Gewisse Aspekte der Gesamtoperation kenne selbst ich nicht. Aber eines weiß ich: Wenn dieser Mann sein Wort gibt, hält er es auch. Und ich habe ihm geholfen. Wir holten die Familie von Florida hierher. Jack kaufte ihr ein kleines Geschäft. Ein Kind studiert schon in Georgetown, das zweite bekommt einen Studienplatz am MIT! Ah, ich habe vergessen, Ihnen von Carol Zimmer zu erzählen, die eigentlich nicht Carol heißt. Sie ist Laotin. Zimmer holte sie heraus, als der Pathet Lao die Macht übernahm, heiratete sie und zeugte ein Kind nach dem anderen. Wie auch immer, als typische ostasiatische Mutter hält sie Bildung für ein Gottesgeschenk und läßt ihre Kinder fleißig lernen. Die Familie verehrt Jack wie einen Heiligen. Wir schauen dort mindestens einmal in der Woche herein.«

»Ich will Ihnen ja glauben«, sagte Cathy. »Aber das Baby?«

»Ah, die Geburt meinen Sie? Ja, wir waren beide dort. Meine Frau half Carol – Jack fand es unschicklich, im Zimmer zu sein, und ich habe so etwas noch nie erlebt und bekomme allein schon bei der Vorstellung Angst«, gestand Clark. »Also warteten wir Feiglinge draußen. Wenn Sie wollen, stelle ich Sie der Familie Zimmer vor. Wenn nötig, wird auch Dan Murray vom FBI die Geschichte bestätigen.«

»Werden Sie da keine Schwierigkeiten bekommen?« Cathy wußte, daß sie dem sittenstrengen FBI-Mann trauen konnte.

»Meinen Job werde ich mit Sicherheit los und vielleicht sogar angeklagt – immerhin habe ich gerade gegen ein Bundesgesetz verstoßen –, bezweifle aber, daß es soweit kommt. Und Ding verliert seine Stellung wahrscheinlich auch, weil er nicht auf mich gehört und den Mund gehalten hat.«

»Scheiße«, sagte Ding und guckte dann verlegen. »Verzeihung, Dr. Ryan. John, das war Ehrensache. Wenn der Doc nicht gewesen wäre, läge ich jetzt in Kolumbien unter der Erde. Ich verdanke ihm mein Leben. Das ist wichtiger als ein Job, *'mano*.«

Clark reichte ihr eine Karteikarte. »Hier sind die Daten der Operation. Sie mögen sich entsinnen, daß Jack nicht auf Admiral Greers Beerdigung war.«

»Stimmt! Bob Ritter rief mich an und...«

»Sehen Sie, damals ist es passiert. Sie können es sich von Mr. Murray bestätigen lassen.«

»Mein Gott!« Cathy erkannte mit einem Mal die Wahrheit.

»Bitte. Und alles, was in diesen Artikeln steht, ist erstunken und erlogen.«

»Wer steckt dahinter?«

»Das weiß ich nicht, aber ich werde es herausbekommen. Dr. Ryan, ich muß seit sechs Monaten mit ansehen, wie Ihr Mann langsam kaputtgeht. Ich habe so etwas in Vietnam im Gefecht erlebt, aber was Ihr Mann durchmacht, ist schlimmer. Jack spielte beim Vatikanabkommen, der Friedensregelung im Nahen Osten, eine wichtige Rolle, aber man sprach ihm überhaupt keinen Verdienst zu. Welchen Part er nun genau spielte, weiß ich nicht; er ist sehr verschwiegen. Und das ist sein Problem: Er frißt alles in sich hinein. Wenn man das übertreibt, wirkt es wie ein Krebsgeschwür oder Säure. Es verzehrt einen. Und dieser Unsinn in der Presse hat alles noch schlimmer gemacht.

Eines kann ich Ihnen sagen, Dr. Ryan: Ich habe allerhand erlebt, aber einem besseren Menschen als Ihrem Mann bin ich nicht begegnet. Sie können nicht wissen, wie oft er seine Haut riskiert hat, aber er ist bei gewissen Leuten unbeliebt, und diese Leute versuchen, ihn mit Methoden zu bekämpfen, gegen die er sich nicht wehren kann. Die typische dreckige und hinterfotzige Tour, aber ein Mann wie Jack wird mit so etwas nicht fertig, weil er sich an die Regeln hält. Sehen Sie, und das macht ihm zu schaffen.«

Nun begann Cathy zu weinen. Clark gab ihr ein Taschentuch.

»Ich dachte mir: Ich muß Ihnen das sagen. Wenn Sie wollen, prüfen Sie die Geschichte ruhig nach. Die Entscheidung liegt bei Ihnen; machen Sie sich keine Gedanken um mich oder Ding. Ich nehme Sie mit zu Carol Zimmer und ihren Kindern. Wenn ich meinen Job loswerde – zum Teufel damit. Ich bin sowieso schon viel zu lange im Geschäft.«

»Hat Jack Weihnachtsgeschenke gekauft?«

»Für Carol Zimmers Kinder? Sicher, ich habe sie selbst eingepackt. Ihr Mann kann das ja nicht, wie Sie bestimmt wissen. Ich habe sogar selbst Geschenke abgeliefert. Meine Kinder sind zu alt für Spielzeug, und die kleinen Zimmers sind prächtig. Ich spiele ganz gerne den Onkel«, fügte John mit einem aufrichtigen Lächeln hinzu.

»Das Ganze ist also gelogen?«

»Über Jacks Finanzen bin ich nicht informiert, aber der Rest ist frei erfunden. Offenbar hat man versucht, ihn über Sie zu treffen.«

In diesem Augenblick versiegten die Tränen. Cathy trocknete sich die Augen und schaute auf. »Sie haben recht. Und Sie wissen nicht, wer dahintersteckt?«

»Ich bin entschlossen, das herauszubekommen«, versprach Clark. Cathys Verhalten hatte sich radikal geändert. Beachtliche Frau, dachte Clark.

»Sagen Sie mir bitte Bescheid, wenn Sie etwas erfahren haben. Und ich möchte gerne die Zimmers kennenlernen.«

»Wann machen Sie hier Schluß?«

»Ich habe nur noch ein paar Telefonate und Notizen zu erledigen. Treffen wir uns in einer Stunde?«

»Das schaffe ich gerade noch, wenn ich früher aus dem Büro gehe. Carol Zimmers 7-Eleven ist zehn Meilen von Ihrem Haus entfernt.«

»Ja, aber ich weiß nicht, wo der Markt genau liegt.«

»Dann fahren Sie mir am besten hinterher.«

»Gehen wir.« Cathy versuchte, als erste hinauszugehen, aber Chavez kam ihr zuvor und marschierte ihnen auf dem Weg zurück zur Klinik voran. Clark und

Chavez beschlossen, draußen zu warten, und sahen zwei Jugendliche auf der Haube ihres Autos sitzen.

Merkwürdig, dachte Clark beim Überqueren der Straße. Zu Beginn des Gesprächs war Caroline Ryan zornig gewesen, weil sie sich betrogen gefühlt hatte. Er hingegen hatte als Stimme der Vernunft fungiert. Nun sah es umgekehrt aus. Ihr ging es viel besser, wenngleich sie nun etwas anderes bedrückte, aber ihn hatte die kalte Wut gepackt. Die konnte er gleich abreagieren.

»Runter vom Auto, du Scheißer!«

»John, langsam!« mahnte Ding.

»Sacht wer?« Der Halbwüchsige drehte sich kaum herum, wandte nur den Kopf und sah, wie eine Hand seine Schulter packte. Dann drehte sich die Welt, und eine Backsteinmauer kam rasend schnell auf sein Gesicht zu. Zum Glück bekam die meiste Wucht des Aufpralls sein Ghettoblaster ab.

»Wichser!« fauchte der Junge und zog ein Messer. Auch sein Freund, der knapp zwei Meter entfernt stand, ließ eine Klinge aufschnappen.

Clark lächelte ihnen nur zu. »Wer kommt als erster dran?«

Den Plan, das ruinierte Kofferradio zu rächen, gaben sie rasch auf. Die beiden Jugendlichen hatten ein gutes Gespür für Gefahr.

»Kannst froh sein, daß ich meine Knarre nich dabei hab'!«

»Die Messer könnt ihr auch hierlassen.«

»Bist du 'n Bulle?«

»Nein, von der Polizei bin ich nicht.« Clark ging mit ausgestreckter Hand auf die beiden zu, flankiert von Chavez, dessen Jackett, wie die beiden Lümmel feststellten, ebenfalls offen war. Sie ließen die Messer fallen und verzogen sich.

»Was geht hier vor?«

Clark drehte sich um und sah einen Polizisten mit einem großen Hund auf sie zukommen. Beide sahen sehr scharf aus. John zeigte seinen CIA-Ausweis vor. »Mir gefielen ihre Manieren nicht.«

Chavez gab dem Beamten die Messer. »Die haben sie weggeworfen, Sir.«

»Solche Dinge sollten Sie wirklich uns überlassen.«

»Da haben Sie recht, Sir«, stimmte Clark zu. »Schöner Hund.«

Der Cop steckte die Messer ein. »Schönen Tag noch«, sagte er und fragte sich, worum es hier gegangen war.

»Danke gleichfalls«, erwiderte Clark und drehte sich zu Chavez um. »Ah, hat das gutgetan!«

»Alles klar für Mexiko, John?«

»Ja. Aber vorher habe ich noch etwas zu erledigen.«

»Wer will dem Doc eins auswischen?«

»Kann ich noch nicht genau sagen.«

»Quatsch«, merkte Ding an.

»Sicher kann ich erst sein, wenn ich mit Holtzman geredet habe.«

»Wie Sie meinen. Die Frau ist übrigens toll.«

»Stimmt. Die bringt ihn schon wieder auf die Reihe«, meinte Clark.

»Ob sie wohl bei diesem Murray anruft?«

»Ist das denn wichtig?«

»Nein.« Chavez schaute die Straße entlang. »Ehrensache, Mr. Clark.«

»Ich wußte doch, daß Sie das verstehen, Ding.«

Jacqueline Zimmer ist ein bildhübsches Kind, dachte Cathy, die die Kleine auf dem Arm hielt. Sie selbst sehnte sich so nach einem dritten Kind, einem Mädchen, wenn sie und Jack Glück hatten…

»Wir haben so viel von Ihnen gehört«, sagte Carol. »Sie sind Ärztin?«

»Ja, ich bilde als Professorin Ärzte aus.«

»Dann muß mein Ältester mal mit Ihnen reden. Er studiert in Georgetown Medizin.«

»Vielleicht kann ich ihm ein bißchen helfen. Darf ich Sie etwas fragen?«

»Gerne.«

»Ihr Mann…«

»Buck? Der ist tot. Genaues weiß ich nicht, aber er ist im Dienst umgekommen. Alles geheim, und sehr schwer für mich«, sagte Carol ernst, ohne ihre Trauer offen zu zeigen. Sie hatte sich mit dem Verlust inzwischen abgefunden. »Buck war ein guter Mann – wie Ihr Jack. Seien Sie lieb zu ihm«, fügte Mrs. Zimmer hinzu.

»Bestimmt«, versprach Cathy. »So, können wir nun etwas unter uns lassen?«

»Wieder ein Geheimnis?«

»Ja. Jack weiß nicht, daß ich Sie kenne.«

»So? Ich weiß, daß es viele Geheimnisse gibt – na gut, ich verstehe und verrate nichts.«

»Ich will mit Jack darüber reden. Sie sollten uns einmal besuchen und meine Kinder kennenlernen. Aber fürs erste halten wir das noch geheim, ja?«

»Einverstanden. Wollen Sie ihn überraschen?«

»Genau.« Cathy reichte ihr das Kind zurück. »Wir sehen uns bald wieder.«

»Fühlen Sie sich jetzt besser, Dr. Ryan?« fragte Clark draußen auf dem Parkplatz.

»Ich möchte Ihnen danken, Mr.…?«

»Sagen Sie einfach John zu mir.«

»Danke, John«, sagte sie mit einem strahlenden Lächeln, wie er es seit der Weihnachtsbescherung nicht mehr gesehen hatte.

»Gern geschehen.«

Clark fuhr auf der Bundesstraße 50 nach Westen, Cathy wollte heim und wandte sich nach Osten. Ihre Fingerknöchel am Steuerrad waren weiß. Nun loderte der Zorn wieder auf, aber sie war vorwiegend wütend über sich selbst. Wie hatte sie Jack so etwas zutrauen können? Wie dumm, wie kleinmütig, wie ekelhaft egozentrisch. Aber im Grunde genommen war es nicht ihre Schuld, erkannte sie, als sie in die Garage fuhr. Kaum war sie im Haus, ging sie sofort ans Telefon. Eines mußte noch erledigt werden. Sie wollte absolute Gewißheit haben.

»Hallo, Dan.«

»Cathy! Wie geht's in der Klinik?«

»Ich habe eine Frage an Sie.«

»Schießen Sie los.«

Sie hatte sich ihren Vers bereits zurechtgelegt. »Jack macht mir Kummer...«

Murray klang nun zurückhaltend. »So?«

»Er hat Alpträume«, sagte Cathy, und das war nicht gelogen, wohl aber das Folgende: »Er spricht im Schlaf von einem Hubschrauber und einem Buck Soundso... darauf ansprechen kann ich ihn nicht, aber...«

Murray unterbrach. »Cathy, darüber kann ich am Telefon nicht reden. Das ist eine dienstliche Angelegenheit.«

»Wirklich?«

»Jawohl, Cathy. Ich bin über den Fall informiert, darf aber mit Ihnen nicht darüber reden. Tut mir leid, so lauten die Vorschriften.«

Cathy fuhr etwas besorgter fort. »Ist Jack im Augenblick davon betroffen? Will sagen...«

»Das liegt lange zurück, Cathy. Mehr kann ich nicht sagen. Wenn Sie meinen, daß Jack einen Psychiater braucht, kann ich mich umhören und...«

»Nein, so schlimm ist es inzwischen nicht mehr. Vor ein paar Monaten war es arg, scheint sich aber nun zu bessern. Ich hatte nur Angst, daß es etwas mit seinem Beruf zu tun hat...«

»Das liegt alles hinter ihm, Cathy. Ehrlich.«

»Bestimmt, Dan?«

»Absolut sicher. In einem solchen Fall würde ich Ihnen doch nichts vormachen.«

Und damit war, wie Cathy wußte, die Sache geklärt. Dan war so ehrlich wie Jack.

»Vielen Dank, Dan«, sagte sie in ihrer besten Sprechstundenstimme, die nichts verriet.

»Gern geschehen, Cathy.« Als Murray aufgelegt hatte, fragte er sich, ob er irgendwie übers Ohr gehauen worden war. Nein, entschied er dann, über diese Operation konnte sie nichts erfahren haben.

Hätte er in Cathys Küche schauen können, hätte er zu seiner Überraschung festgestellt, wie sehr er sich irrte. Cathy weinte ein letztes Mal. Sie hatte sich Gewißheit verschaffen müssen und wurde nun von ihren Gefühlen übermannt. Jetzt war sie aber ganz sicher, daß Clark die Wahrheit gesagt hatte. Jemand versuchte, ihrem Mann zu schaden, und schreckte nicht davor zurück, seine Frau und seine Kinder zu instrumentalisieren. Wer hat einen solchen Haß auf ihn, daß er so weit geht? fragte sie sich.

Wer immer es auch sein mochte, war ihr Feind. Diese Person, die sie und ihre Familie so kaltblütig wie damals diese Terroristen, nur feiger, angegriffen hatte, würde dafür büßen müssen.

»Wo waren Sie?«

»Verzeihung, Doc, ich hatte etwas zu erledigen.« Clark war über das Direktorat W&T zurückgekehrt. »Hier.«

»Was ist das?« Ryan nahm eine teure Flasche Whisky entgegen – Chivas Regal in der Steingutflasche.

»Da steckt unser Sender-Empfänger drin. Die Jungs haben vier Stück gebaut. Saubere Arbeit, was? Und hier ist das Mikrofon.« Clark gab Ryan einen grünen Stab, der nicht ganz so dick wie ein Trinkhalm war. »Sieht aus wie so ein Dingsda, das die Schnittblumen zusammenhält. Wir setzen drei ein. Die Techniker sagen, die Übertragung aus der Maschine funktioniere nach dem Multiplexverfahren, und es sei ihnen gelungen, die Verarbeitungszeit im Computer auf eins zu eins zu drücken. Wenn wir ihnen ein paar Monate zum Basteln an den Funkverbindungen gäben, meinen sie, bekämen wir die Aufzeichnung praktisch in Echtzeit.«

»Was wir haben, reicht«, meinte Jack. ›Fast perfekt‹ und dafür sofort war besser als ›perfekt‹ und zu spät. »Ich habe schon genug Mittel für Forschungsprojekte beschaffen müssen.«

»Einverstanden. Wann finden die Testflüge statt?«

»Morgen früh um zehn.«

»Super.« Clark stand auf. »Doc, Sie machen jetzt besser Schluß. Sie sehen kaputt aus.«

»Da haben Sie wohl recht. Geben Sie mir noch eine Stunde, dann verschwinde ich.«

»Gut so.«

Russell holte sie in Atlanta am Flughafen ab. Sie waren über Mexico City und Miami gekommen, wo sich der US-Zoll sehr für Drogen interessierte, nicht aber für zwei griechische Geschäftsleute, die unaufgefordert ihre Koffer öffneten. Russell, der nun Robert Friend aus Roggen, Colorado, war und sogar einen Führerschein auf diesen Namen besaß, begrüßte sie mit Handschlag und ging mit ihnen zur Gepäckausgabe.

»Waffen?« fragte Kati.

»Doch nicht hier! Daheim habe ich alles, was wir brauchen.«

»Irgendwelche Probleme?«

»Keine.« Russell hielt inne. »Nun, vielleicht gibt es doch eins.«

»Und was?« fragte Ghosn besorgt. Im Ausland fühlte er sich immer nervös, und dies war sein erster Besuch in den Staaten.

»Wo wir hinwollen, ist es tierisch kalt. Sie sollten sich dicke Mäntel besorgen.«

»Das hat Zeit«, meinte der Kommandant. Inzwischen ging es ihm sehr schlecht. Nach der letzten Chemotherapie hatte er fast zwei Tage nichts essen können, und obwohl er sich danach sehnte, drehte sich ihm schon beim Anblick der Schnellimbisse auf dem Flughafen der Magen um. »Wann geht unser Flug?«

»In anderthalb Stunden. Besorgt euch doch wenigstens ein paar dicke Pullover. In Denver ist's null Grad.«

»Ist doch gar nicht so kalt«, wandte Kati ein, aber dann meldete sich der Naturwissenschaftler Ghosn: »Moment, hier wird in Fahrenheit gerechnet. Das wären dann ja minus 18 Grad Celsius!«

»Hab' ich's nicht gesagt?« fiel Russell ein. »Bei uns ist null Grad eiskalt, klar?«

»Wie Sie meinen«, sagte Kati. Eine Stunde später trugen sie dicke Wollpullover unter ihren dünnen Regenmänteln. Die fast leere Maschine der Delta Airlines startete pünktlich nach Denver. Drei Stunden später traten sie dort aus dem Abfertigungsgebäude. Ghosn hatte noch nie so viel Schnee gesehen.

»Ich kann ja kaum atmen«, klagte Kati.

»An die dünne Luft hier oben gewöhnt man sich rasch. Holt mal euer Gepäck; ich wärme das Auto für euch auf.«

»Wenn er uns verraten hat«, sagte Kati, als Russell sich entfernte, »werden wir das in ein paar Minuten merken.«

»Keine Sorge«, beruhigte Ghosn. »Er ist seltsam, aber treu.«

»Er ist ein Ungläubiger – und Heide obendrein.«

»Gewiß, aber er war wenigstens höflich genug, in meiner Gegenwart dem Imam zuzuhören. Keine Angst, er ist treu.«

»Wir werden ja sehen«, meinte Kati und ging erschöpft und schnaufend zur Gepäckausgabe. Beim Gehen schauten sich die beiden mißtrauisch um, denn Blicke, die auf einem ruhen, sind immer ein verräterisches Signal. Selbst Profis fällt es schwer, die Augen von observierten Personen zu wenden.

Ohne Zwischenfälle fanden sie ihr Gepäck, und draußen wartete Marvin. Er konnte nicht verhindern, daß sie vom eisigen Wind getroffen wurden; eine solche Kälte hatten sie noch nie erlebt. Das warme Wageninnere war also sehr willkommen.

»Wie steht es mit den Vorbereitungen?«

»Alles läuft nach Plan, Kommandant«, erwiderte Russell und fuhr an. Die beiden Araber waren von dem weiten Land und der breiten Autobahn, auf der nur knapp 90 Stundenkilometer gefahren werden durfte, und dem offenkundigen Wohlstand in der Gegend recht beeindruckt, schwiegen aber. Einen positiven Eindruck auf sie machte auch Russell, der offenbar sehr ordentlich gearbeitet und sie nicht verraten hatte. Nun konnten sie freier atmen. Kati hatte zwar eigentlich nicht mit einem Verrat gerechnet, wußte aber, daß er, je mehr er sich seinem Ziel näherte, um so verwundbarer wurde. Das war normal.

Das Farmhaus war recht geräumig. Russell hatte es vorsorglich etwas überheizt. Doch das fiel Kati nicht zuerst auf, sondern wie leicht es zu verteidigen war: rundum freies Schußfeld. Russell führte sie ins Haus und holte ihre Koffer.

»Ihr müßt todmüde sein«, merkte Russell an. »Legt euch doch erst mal aufs Ohr. Hier seid ihr sicher.« Kati befolgte den Rat, Ghosn blieb auf und ging mit Russell in die Küche, wo er erfreut feststellte, daß Marvin ein guter Koch war.

»Was ist das für ein Fleisch?« fragte Ibrahim.

»Wild – vom Reh. Daß du kein Schweinefleisch essen darfst, weiß ich, aber Reh ist doch bestimmt nicht verboten.«

Ghosn schüttelte den Kopf. »Nein, aber ich habe es noch nie gegessen.«

»Es ist gut, das kann ich dir versprechen. Ich habe es heute früh gekauft und nach der Art meiner Vorfahren zubereitet. Ein Rancher hier in der Gegend züchtet Maultierhirsche. Auch Beefalo solltest du mal probieren.«

»Was, bei Allah, ist das?«

»Beefalo? Eine Kreuzung zwischen Rind und Büffel. Mein Volk ernährte sich von Büffeln, das sind die größten Kühe, die du je gesehen hast!« Russell grinste. »Gutes, mageres und gesundes Fleisch. Aber Wild ist am leckersten, Ibrahim.«

»Nenn mich bloß nicht bei meinem Namen«, sagte Ghosn, der nun seit 27 Stunden wach war, müde.

»Ich habe die Ausweise für dich und den Kommandanten besorgt.« Russell holte zwei Umschläge aus einer Schublade und warf sie auf den Tisch. »Mit den Namen, die ihr wolltet. Nun brauchen wir nur noch die Paßbilder auf den Karten zu befestigen. Das Gerät dazu habe ich hier.«

»War das schwer zu besorgen?«

Marvin lachte. »Ach was, das kriegt man in jedem Laden. Ich habe meinen eigenen Führerschein als Vorlage benutzt, Farbkopien gezogen und mir dann die Geräte für erstklassige Fälschungen besorgt. Viele Firmen benutzen Ausweiskarten mit Bild, und die Ausrüstung zu ihrer Herstellung ist genormt. Das Ganze dauert nur drei Stunden. Morgen und übermorgen haben wir dann Zeit, alles durchzugehen.«

»Gut gemacht, Marvin.«

»Trinkst du einen mit mir?«

»Meinst du Alkohol?«

»Klar, ich hab' doch gesehen, wie du mit diesem Deutschen ein Bier gezischt hast – wie hieß er noch mal?«

»Manfred Fromm.«

»Stimmt. Komm schon, ein Glas ist bestimmt nicht so schlimm wie Schweinefleisch.«

»Danke, aber ich verzichte lieber.«

»Wie du willst. Was macht Fromm?« fragte Marvin beiläufig und schaute nach dem Fleisch, das fast weich geschmort war.

»Dem geht's gut«, erwiderte Ghosn lässig. »Er besucht gerade seine Frau.«

»Was habt ihr da eigentlich zusammengebastelt?« fragte Russell und goß sich einen Schuß Jack Daniel's ein.

»Er hat uns beim Sprengstoff geholfen. Er ist Experte auf diesem Gebiet.«

»Super.«

Der erste Lichtblick seit Tagen, vielleicht sogar Wochen, dachte Ryan. Es gab eine leckere Mahlzeit, und er war so früh heimgekommen, daß er sie zusammen mit den Kindern einnehmen konnte. Cathy war offenbar zeitig aus der Klinik zurückgekehrt und hatte sich bei der Zubereitung Mühe gegeben. Am schönsten aber war, daß sie sich am Tisch unterhalten hatten – belangloses Geplauder zwar, aber sie hatten wenigstens wieder kommuniziert. Anschließend hatte Jack beim Abräumen geholfen. Zuletzt brachte Cathy die Kinder ins Bett, und dann waren sie allein.

»Tut mir leid, daß ich dich angekeift habe«, sagte Cathy.

»Macht nichts, ich hatte es wahrscheinlich verdient.« Ryan wollte den Frieden um jeden Preis.

»Nein, Jack, das war mein Fehler. Ich war eklig und hatte Krämpfe und Rückenschmerzen. Und du solltest weniger arbeiten und trinken.« Sie ging zu ihm hinüber und küßte ihn. »Nanu, rauchst du etwa wieder?«

Er war verdutzt; mit einem Kuß hatte er nicht gerechnet, wohl aber mit einer Explosion, wenn sie merkte, daß er wieder mit den Zigaretten angefangen hatte. »Tut mir leid, Schatz, ich hatte einen harten Tag und bin schwach geworden.«

Cathy nahm seine Hände. »Jack, ich will, daß du weniger trinkst und dir mehr Ruhe gönnst. Zuviel Alkohol und Streß, zuwenig Schlaf – das ist dein Problem. Das Rauchen gehen wir später an, aber qualme wenigstens nicht bei den Kindern. Ich war ziemlich abweisend, und das war auch falsch, aber du mußt dich mehr um deine Gesundheit kümmern. Was du treibst, ist weder für dich noch für uns gut.«

»Ich weiß.«

»So, und jetzt gehst du ins Bett. Du hast vor allem Schlaf nötig.«

Mit einer Ärztin verheiratet zu sein hat seine Nachteile – wenn es um die Gesundheit geht, duldet sie keine Widerrede. Jack gab ihr einen Kuß und ging brav ins Bett.

30
Ostraum

Clark fuhr zur üblichen Zeit vor und mußte, was ganz ungewöhnlich war, warten. Nach zwei Minuten, als er schon anklopfen wollte, ging die Haustür auf. Heraus trat Dr. Ryan (männlich), blieb stehen, drehte sich um und gab Dr. Ryan (weiblich) einen Kuß. Sie sah ihm nach und bedachte, als er ihr den Rücken kehrte, Clark mit einem strahlenden Lächeln.

Na also? dachte Clark. Habe ich meinen Beruf etwa verfehlt? Jack sah auch annehmbar aus, und Clark gab gleich seinen Kommentar dazu ab.

»Stimmt, ich bin früh ins Bett geschickt worden«, meinte Jack lachend und warf die Zeitung auf den Vordersitz. »Sogar das Trinken hab' ich vergessen.«

»Wenn Sie noch zwei Tage so weitermachen, sehen Sie wieder menschlich aus.«

»Da haben Sie vielleicht recht.« Er steckte sich aber trotzdem eine Zigarette an, was Clark ärgerte. Dann erkannte er, wie klug Caroline Ryan war. Eins nach dem anderen ... Patente Frau, dachte er.

»Alles bereit für den Testflug um zehn.«

»Gut. Es freut mich, Ihnen mal wieder eine vernünftige Arbeit geben zu können. Beim Personenschutz müssen Sie sich ja zu Tode langweilen«, meinte Ryan und klappte den Dokumentenkoffer auf.

»Auch diese Arbeit hat ihre Höhepunkte«, erwiderte Clark und bog in die Falcon's Nest Road ein. Da über Nacht nicht viel eingegangen war, steckte Ryans Kopf bald hinter der *Washington Post*.

Drei Stunden später erreichten Clark und Chavez den Luftstützpunkt Andrews. Zwei VC-20B standen schon startklar bereit. Die Piloten und das Bodenpersonal des 89. »präsidentialen« Lufttransportgeschwaders hatten ein strenges Wartungsprogramm. Die beiden Maschinen hoben im Zeitabstand von wenigen Minuten ab und flogen nach Osten, damit sich zwei neue Kopiloten mit den Flugsicherheitsprozeduren, die sie bereits in- und auswendig kannten, vertraut machen konnten.

Hinten in der Maschine spielte ein Techniker der Air Force mit den hochmodernen Kommunikationsgeräten. Dieser Mann, ein Sergeant, warf hin und wieder einem Zivilisten, der in einen Blumentopf oder ein grünes Stäbchen zu sprechen schien, Seitenblicke zu. Sehr merkwürdig, dachte der Sergeant, das ist bestimmt ein Geheimprojekt. Und da hatte er ganz recht.

Zwei Stunden später setzten die beiden Gulfstreams wieder in Andrews auf und rollten an den VIP-Terminal. Clark sammelte seine Geräte ein und stieß zu einem anderen Zivilisten, der an Bord der zweiten Maschine gewesen war. Schon auf dem Weg zu ihrem Wagen waren die beiden ins Gespräch vertieft.

»Einen Teil Ihres Spruchs konnte ich verstehen – laut und deutlich, meine ich«, meldete Chavez. »Ungefähr ein knappes Drittel.«

»Na, mal sehen, was die Technofreaks damit anfangen können.« 35 Minuten später waren sie wieder in Langley und fuhren von dort aus weiter nach Washington hinein, um ein verspätetes Mittagessen einzunehmen.

Am Vorabend hatte Bob Holtzman den Anruf über seinen nicht eingetragenen Privatanschluß erhalten. Die kurze, knappe Botschaft weckte sein Interesse. Um zwei am Nachmittag betrat er Esteban's, ein kleines mexikanisches Restaurant in Georgetown. Die meisten Leute, die hier zum Mittagessen herkamen, waren schon wieder bei der Arbeit, so daß das Lokal nun nur noch zu einem Drittel besetzt war, vorwiegend von Studenten der Uni Georgetown. Ein Mann an einem Tisch in der hinteren Ecke des Restaurants winkte ihm zu.

»Tag«, sagte Holtzman und setzte sich.

»Bob Holtzman?«

»Der bin ich«, erwiderte der Reporter. »Und Sie?«

»Zwei nette Menschen«, sagte der Ältere. »Darf ich Sie zum Essen einladen?«

»Einverstanden.« Der Jüngere stand auf, begann die Musikbox mit 25-Cent-Stücken zu füttern und ließ mexikanischen Pop laufen. Holtzman wurde sofort klar, daß er sein kleines Tonband umsonst mitgebracht hatte.

»Warum wollten Sie mich sprechen?«

»Sie haben eine Reihe von Artikeln über die CIA verfaßt«, begann der Ältere. »Ihre Artikel zielten auf den Stellvertretenden Direktor, Dr. John Ryan.«

»Das habe ich nie geschrieben«, versetzte Holtzman.

»Ihre Quelle hat Sie belogen. Das Ganze ist eine abgekartete Sache.«

»Wer sagt das?«

»Wie steht es eigentlich mit Ihrer Berufsethik?«

»Wie meinen Sie das?« fragte Holtzman.

»Wenn ich Ihnen jetzt ganz inoffiziell und im Vertrauen etwas verrate – werden Sie es dann drucken?«

»Das hängt von der Natur der Information ab. Was ist eigentlich Ihre genaue Absicht?«

»Mr. Holtzman, ich beabsichtige, Ihnen zu beweisen, daß man Sie angelogen hat, aber der Beweis darf nie an die Öffentlichkeit kommen, weil es Menschenleben gefährden könnte. Ich möchte Ihnen auch beweisen, daß jemand Sie für seine eigenen Zwecke mißbraucht hat.«

»Sie wissen, daß ich meine Quellen nicht verraten kann. Das wäre ein Verstoß gegen die Berufsethik.«

»Ein ethischer Journalist«, sagte der Mann gerade so laut, daß er über die Musik zu verstehen war. »Das gefällt mir. Schützen Sie auch Quellen, die Sie belügen?«

»Nein, das tun wir nicht.«

»Gut, dann will ich Ihnen eine kleine Geschichte erzählen, aber nur unter der Bedingung, daß Sie sie nie publik machen. Können Sie mir das versprechen?«

»Und wenn ich feststelle, daß Sie mich irregeführt haben?«

»Dann können Sie es meinetwegen in Druck geben. Einverstanden?« Clark bekam ein Nicken zur Antwort. »Vergessen Sie eines nicht: Ich werde sehr ungehalten, wenn Sie doch etwas darüber schreiben. Und noch etwas: Sie dürfen meinen Hinweis auch nicht als Ansatzpunkt für eigene Recherchen benutzen.«

»Sie verlangen ja allerhand.«

»Die Entscheidung liegt bei Ihnen, Mr. Holtzman. Sie stehen in dem Ruf, ein ehrlicher und gewitzter Journalist zu sein. Es gibt Dinge, über die man einfach nicht berichten kann – halt, das geht zu weit. Sagen wir, es gibt Dinge, die sehr lange geheim bleiben müssen, jahrelang. Ich will auf folgendes hinaus: Sie sind ausgenutzt worden. Man hat Sie beschwatzt, Lügen zu melden, um jemandem Schaden zuzufügen. Ich bin nun kein Reporter, aber wenn ich einer wäre, würde mich das ärgern. Erstens, weil es unfair ist, und zweitens, weil ich mich nicht gerne für dumm verkaufen lasse.«

»Sie haben mich durchschaut. Gut, ich bin mit Ihren Bedingungen einverstanden.«

»Recht so.« Clark erzählte seine Geschichte.

Nach zehn Minuten fragte Holtzman: »Und was war das für ein Einsatz? Wo kam der Mann ums Leben?«

»Tut mir leid, aber das kann ich Ihnen nicht sagen. Und versuchen Sie bloß nicht, es auf eigene Faust herauszubekommen. Die Antwort wissen keine zehn Leute«, log Clark geschickt. »Und selbst wenn Sie ihre Namen erfahren sollten, werden sie alle schweigen. Niemand redet freiwillig über illegale Aktivitäten.«

»Und diese Mrs. Zimmer?«

»Diesen Aspekt können Sie selbst nachprüfen – ihre Adresse, ihr Geschäft, das Geburtsdatum des Kindes, den Namen der Gynäkologin und der Anwesenden.«

Holtzman schaute sich seine Notizen an. »Da steckt ein Knüller dahinter, stimmt's?«

Clark starrte ihn nur an. »Ich brauche nur einen Namen.«

»Und was unternehmen Sie dann?«

»Nichts, was Sie etwas angeht.«

»Was wird Ryan tun, wenn er den Namen erfährt?«

»Er weiß noch nicht einmal, daß wir hier sind.«

»Das glaube ich nie im Leben.«

»Das ist die Wahrheit, Mr. Holtzman.«

Bob Holtzman, schon lange Reporter, war von Experten angelogen und zum Ziel sehr organisierter und wohlgeplanter Lügen, zum Instrument politischer Hetzkampagnen gemacht worden. Dieser Aspekt seines Berufs gefiel ihm überhaupt nicht. Seine Verachtung für Politiker rührte vor allem von ihrer Bereitschaft her, gegen alle Spielregeln und Gesetze zu verstoßen. Wenn ein Politiker die unverschämtesten Lügen erzählte, sein Wort brach, Geldspenden entgegennahm und sich dem Spender dann sofort erkenntlich zeigte, sagte man nur: So geht das eben in der Politik. In Holtzman steckte noch immer der Idealist, als der er an der Columbia-Universität Journalistik studiert hatte. Zwar hatte das Leben einen Zyniker aus ihm gemacht, aber er gehörte zu den wenigen Menschen in Washington, die ihre Ideale nicht vergessen hatten und manchmal um sie trauerten.

»Was kommt für mich heraus, wenn ich diese Story verifizieren kann?«

»Vielleicht nicht mehr als Genugtuung. Ich bezweifle, daß es mehr wird, aber falls ich etwas für Sie tun kann, melde ich mich.«

»Nur Genugtuung?« fragte Holtzman.

»Wäre es nicht schön, es einem Ellenbogenmenschen mal heimzuzahlen?« fragte Clark leichthin.

Darüber ging der Reporter hinweg. »Was ist Ihre Funktion bei der CIA?«

Clark lächelte. »Darüber darf ich nicht reden.«

»Man hört, daß einmal ein sehr hoher sowjetischer Beamter zu uns überlief, direkt auf dem Rollfeld des Moskauer Flughafens.«

»Von dieser Geschichte habe ich auch gehört. Wehe, wenn Sie die bringen...«

»Tja, das würde unsere Beziehungen zur Sowjetunion schädigen«, bemerkte Holtzman.

»Seit wann wissen Sie das?«

»Ich erfuhr es kurz vor der letzten Wahl. Der Präsident bat mich um Diskretion.«

»Fowler?«

»Nein, sein Vorgänger.«

»Und Sie haben wirklich geschwiegen.« Clark war beeindruckt.

»Der Mann hatte eine Frau und eine Tochter. Kamen die wirklich bei einem Flugzeugabsturz ums Leben, wie es in der Presseerklärung hieß?«

»Wollen Sie die Story jemals veröffentlichen?«

»Das geht erst in vielen Jahren, aber irgendwann möchte ich ein Buch schreiben...«

»Sie kamen auch heil heraus«, sagte Clark. »Und ich bin der Mann, der sie außer Landes schaffte.«

»An Zufälle glaube ich nicht.«

»Die Frau heißt Maria, die Tochter Katrin.«

Holtzman reagierte nicht, aber er wußte, daß nur eine Handvoll Leute bei der CIA diese Details kannten. Er hatte eine Fangfrage gestellt und die richtige Antwort bekommen.

»In fünf Jahren möchte ich die Einzelheiten dieser Flucht erfahren.«

Nun schwieg Clark einen Augenblick lang. Wenn der Reporter bereit war, fünf gerade sein zu lassen, mußte auch Clark mitspielen. »Einverstanden.«

»Aber John!« rief Chavez.

»Ich muß mich dem Mann erkenntlich zeigen.«

»Wie viele Leute im Dienst kennen die Einzelheiten?«

»Dieser Operation? Nicht viele. Über alle Details sind vielleicht zwanzig informiert, und von denen sind nur noch fünf bei uns.«

»Wer denn?«

»Ich würde zuviel verraten, wenn ich Ihnen das sagte.«

»Eine Kommandoeinheit der Air Force«, spekulierte Holtzman. »Oder vielleicht der Army, Task Force 180. Die wilden Kerle, die in der Nacht vor der Offensive in den Irak eindrangen.«

»Spekulieren Sie, soviel Sie wollen, aber von mir erfahren Sie nichts. Später, wenn ich mein Versprechen einlöse, will ich aber wissen, woher Sie von dieser Operation erfahren haben.«

»Manche Leute reden einfach gern«, sagte Holtzman schlicht.

»Wie wahr. Sind wir uns nun einig, Sir?«

»Wenn ich Ihre Angaben verifizieren kann, wenn feststeht, daß ich belogen wurde, werde ich meine Quelle identifizieren. Sie dürfen das aber nie an die Presse geben.«

Hier geht es ja zu wie bei diplomatischen Verhandlungen, dachte Clark. »Gut. Ich rufe Sie in zwei Tagen an. Sie sind übrigens der erste Reporter, mit dem ich gesprochen habe.«

»Na, und was ist Ihr Eindruck?« fragte Holtzman und grinste.

»Ich bleibe lieber unter Spionen.« John machte eine Pause. »Sie hätten es im Nachrichtendienst aber auch zu etwas gebracht.«

»Was Wunder? Nachrichten sind mein Geschäft.«

»Wie schwer ist das Ding eigentlich?« fragte Russell.

»700 Kilo.« Ghosn rechnete im Kopf. »Das sind drei Viertel einer amerikanischen Tonne.«

»Kein Problem«, meinte Russell, »mein Laster schafft das. Aber wie laden wir den Klotz um?«

Ghosn wurde blaß. »Darüber habe ich gar nicht nachgedacht.«

»Wie wurde die Kiste denn aufgeladen?«

»Sie steht auf einer Plattform aus Holz.«

»Einer Palette? Wurde sie mit einem Gabelstapler aufgeladen?«

»Ja, richtig«, erwiderte Ghosn.

»Dann hast du Glück gehabt. Komm, ich will dir was zeigen.« Russell führte Ibrahim hinaus in die Kälte. Kurz darauf konnte sich der Araber in der Scheune von einer zementierten Laderampe und einem rostigen, gasgetriebenen Gabelstapler überzeugen. Ungünstig war nur, daß die unbefestigte Zufahrt mit Schnee und hartgefrorenem Schlamm bedeckt war. »Wie empfindlich ist die Bombe?«

»Bomben können sehr empfindlich sein, Marvin.«

Darüber mußte Russell herzhaft lachen. »Ja, kann ich mir denken.«

In Syrien war es zehn Stunden früher. Dr. Wladimir Moisejewitsch Kaminskij hatte, wie es seine Angewohnheit war, zeitig mit der Arbeit begonnen. Der

Professor und Lungenspezialist aus Moskau war nach Syrien geschickt worden, um dort sein Fach zu lehren. Wer sich mit Lungenkrankheiten befaßte, hatte wenig Grund zum Optimismus. Bei den meisten Fällen, mit denen er es in der Sowjetunion und auch hier in Syrien zu tun hatte, handelte es sich um Lungenkrebs, ein ebenso vermeidbares wie tödliches Leiden.

Der erste Patient war von einem syrischen praktischen Arzt, den er sehr schätzte, an ihn überwiesen worden. Der Kollege hatte in Frankreich studiert und schickte nur interessante Fälle an ihn weiter.

Kaminskij betrat das Untersuchungszimmer und fand einen fit aussehenden Mann Anfang Dreißig vor. Erst auf den zweiten Blick sah er das graue, verhärmte Gesicht. Krebs, war seine erste Vermutung, aber Kaminskij war ein vorsichtiger Mann. Immerhin konnte es auch eine ansteckende Krankheit wie TB sein. Die Untersuchung nahm mehr Zeit in Anspruch als erwartet, weil mehrere Röntgenaufnahmen gemacht und zusätzliche Tests durchgeführt werden mußten. Noch ehe die Befunde vorlagen, wurde er in die sowjetische Botschaft gerufen.

Clark brachte alle Geduld auf und ließ fast drei Tage verstreichen, weil er mit der Möglichkeit rechnete, daß Holtzman nicht so schnell vorankam. Um halb neun am Abend ging John aus dem Haus und fuhr zu einer Tankstelle. Er bat den Tankwart, den Benzintank zu füllen – selbst tat er das nur ungern –, ging zum Münztelefon und wählte Holtzmans Privatnummer.

Als der Reporter sich meldete, nannte Clark seinen Namen nicht, sondern fragte nur: »Hatten Sie Gelegenheit, die Fakten zu überprüfen?«

»Ja, die meisten konnte ich bestätigen. Sieht so aus, als hätten Sie recht gehabt. Wirklich ärgerlich, wenn man belogen wird, nicht wahr?«

»Wer war es?«

»Ich sage Liz zu ihr. Der Präsident nennt sie Elizabeth. Wollen Sie noch einen Bonus haben?« fügte Holtzman hinzu.

»Sicher.«

»Nehmen Sie das zum Beweis für meinen guten Willen. Sie hat ein Verhältnis mit Fowler. Darüber hat niemand berichtet, weil wir fanden, daß so etwas die Öffentlichkeit nichts angeht.«

»Anständig von Ihnen«, lobte Clark. »Vielen Dank. Ich stehe in Ihrer Schuld.«

»Vergessen Sie nicht: in fünf Jahren …«

»Ich melde mich dann.« Clark legte auf. Hab' ich's doch gewußt, dachte er und warf eine zweite Münze ein. Er hatte Glück; es meldete sich sofort eine Frau.

»Dr. Caroline Ryan?«

»Ja, wer spricht da?«

»Die Person, deren Namen Sie wissen wollen, heißt Elizabeth Elliot und ist die Sicherheitsberaterin des Präsidenten.« Den Rest der Information unterschlug er, denn sie tat nichts zur Sache.

»Sind Sie auch ganz sicher?«
»Absolut.«
»Recht herzlichen Dank.« Es wurde aufgelegt.
Cathy hatte Jack wieder früh ins Bett geschickt. Endlich nimmt er Vernunft an, dachte sie. Na, ist ja auch kein Wunder; schließlich hat er mich geheiratet.
Der Zeitpunkt hätte günstiger sein können. Vor ein paar Tagen hatte sie sich vorgenommen, nicht zu dem Empfang zu gehen und Arbeitsüberlastung vorzutäuschen, aber nun…
So dachte sie grimmig: Wie fange ich das an…?

»Morgen, Bernie«, sagte Cathy, die sich gerade Hände und Unterarme wusch.
»Morgen, Cathy. Wie geht's?«
»Viel besser, Bernie.«
»Wirklich?« Dr. Katz drehte das Wasser auf.
»Ja, wirklich.«
»Das hört man gerne«, bemerkte Katz zweifelnd.
Cathy war fertig und stellte mit dem Ellbogen den Wasserhahn ab. »Bernie, wie sich herausstellte, war das eine arge Überreaktion von mir.«
»Und der Mann von der Regierung?«
»Hat dir etwas Falsches erzählt. Ich erkläre dir das ein andermal. Könntest du mir einen Gefallen tun?«
»Klar, worum geht es?«
»Ich habe am Mittwoch eine Hornhautimplantation. Könntest du die übernehmen?«
»Was ist bei dir los?«
»Ich muß mit Jack zu einem Staatsempfang für den finnischen Ministerpräsidenten. Der Eingriff ist simpel, mit Komplikationen ist nicht zu rechnen. Ich schicke dir am Nachmittag die Akte rüber. Jenkins führt die eigentliche Operation aus. Ich wollte ihm nur auf die Finger sehen.« Jenkins war ein vielversprechender junger Anstaltsarzt.
»Gut, mache ich.«
»Tausend Dank. Ich revanchiere mich«, sagte Cathy auf dem Weg zur Tür.

Eine knappe Stunde später erreichte die *Carmen Vita* die Hampton-Reede, ging auf Backbordkurs und glitt an den Marinedocks vorbei nach Süden. Kapitän und Lotse standen an Backbord auf der Brückennock und sahen zu, wie Hunderte von Frauen und Kindern dem auslaufenden Flugzeugträger *Theodore Roosevelt* nachwinkten. Zwei Kreuzer, zwei Zerstörer und eine Fregatte hatten den Hafen schon verlassen; sie stellten, wie der Lotse erklärte, den schützenden Ring um den Träger dar. Der indische Kapitän grunzte und konzentrierte sich wieder auf seine Arbeit. Eine halbe Stunde später näherte sich das Containerschiff der Pier am Ende des Terminal Boulevard. Drei Schlepper bugsierten die *Carmen Vita* sanft längsseits. Kaum hatte das Schiff festgemacht, da begannen die mächtigen Kräne schon die Ladung zu löschen.

»Roggen, Colorado?« fragte der Fernfahrer, schlug seinen Straßenatlas auf und fuhr mit dem Finger an der Autobahn 76 entlang, bis er den Ort gefunden hatte. »Ah, hier liegt das.«

»Wie lange dauert das?« fragte Russell.

»Die Fahrzeit? Hm, das sind 1800 Meilen. Zwei Tage, mit einem bißchen Glück auch nur vierzig Stunden. Das wird aber nicht billig.«

»Was verlangen Sie?« fragte Russell und fügte auf die Antwort des Truckers hinzu: »Kann ich bar bezahlen?«

»Aber klar. Dafür lasse ich Ihnen zehn Prozent nach«, sagte der Fernfahrer. Von Bartransaktionen erfuhr das Finanzamt nie etwas.

»Die Hälfte im voraus.« Russell blätterte die Scheine hin. »Den Rest bei Ablieferung, und wenn Sie es in weniger als vierzig Stunden schaffen, gibt es einen saftigen Bonus.«

»Klingt gut. Was wird aus der Kiste?«

»Die bringen Sie gleich hierher zurück. In einem Monat trifft die nächste Ladung ein«, log Russell. »Vielleicht können wir ins Geschäft kommen.«

»Da wäre ich interessiert.«

Russell kehrte zu seinen Freunden zurück und beobachtete dann aus einem gemütlich warmen Gebäude und bei einer Tasse Kaffee, wie die Container an Land gehievt wurden.

Die *Theodore Roosevelt* verließ in Rekordzeit den Hafen und lief nun schon knapp 20 Knoten. Über ihr kreisten bereits die ersten Flugzeuge – F-14 Tomcat, die vom Stützpunkt Oceana der Marineflieger aufgestiegen waren. Sobald der Träger auf offener See war, drehte er in den Nordwind, und die Landungen begannen. Die erste anfliegende Maschine trug die mit »00« beginnende Nummer des Geschwaderkommandeurs Captain Robby Jackson. Seine Tomcat geriet über dem Heck in eine Bö und blieb deshalb – ärgerlich, dachte Jackson – an Fangleine 2 hängen. Der nächste Jäger, gesteuert von Commander Rafael Sanchez, legte eine perfekte Landung an Seil 3 hin. Beide Maschinen rollten aus dem Weg. Jackson kletterte aus dem Flugzeug und spurtete sofort auf seinen Platz auf der »Geiergalerie« hoch oben auf der Insel des Trägers, um sich die Ankunft seiner restlichen Maschinen anzusehen. Ein Einsatz begann folgendermaßen: Der Kommandeur und die ihm unterstehenden Offiziere beobachteten ihre Männer beim Aufsetzen. Jede Landung wurde auf Videoband aufgenommen und später durchgesprochen. Fängt ja gut an, dachte Jackson und griff nach seinem ersten Becher Bordkaffee. Seine übliche Ia-Landung hatte er verpatzt.

»Na, Skipper, wie halten sich meine Jungs?« fragte Sanchez und nahm seinen Platz hinter Jackson ein.

»Nicht übel, Bud. Wie ich sehe, haben auch Sie wieder eine Musterlandung hingelegt.«

»Kleinigkeit, Captain. Man achtet beim Anflug auf den Wind. Ich sah die Bö, die Sie erwischte. Hätte Sie warnen sollen.«

»Hochmut kommt vor dem Fall, Commander«, merkte Robby an. Sanchez hatte siebzehn Ia-Landungen hintereinander hingelegt. Na, vielleicht kann er den Wind tatsächlich sehen, dachte Jackson. Siebzig ereignislose Minuten später ging die *TR* wieder auf Ostkurs und begann die Fahrt zur Straße von Gibraltar.

Der Trucker stellte sicher, daß die große Kiste gut auf der Ladefläche festgezurrt war, und kletterte dann ins Führerhaus seiner Kenworth-Zugmaschine. Er ließ den Dieselmotor an und winkte Russell zu, der den Gruß erwiderte.

»Sollen wir ihm nicht doch lieber hinterherfahren?« fragte Ghosn.

»Das merkt er bestimmt, und dann stellt er dumme Fragen«, versetzte Marvin. »Und was sollen wir tun, wenn etwas schiefgeht? Den Krater auffüllen, den das Ding in die Autobahn reißt? Dem Schiff bist du ja auch nicht gefolgt.«

»Stimmt.« Ghosn warf Kati einen Blick zu und hob die Schultern. Dann gingen sie zu ihrem Wagen und fuhren nach Charlotte, von wo aus sie direkt nach Denver fliegen wollten.

Jack war wie üblich früher fertig, aber Cathy ließ sich Zeit. Nur selten sah sie im Spiegel, daß ihr Haar so wie bei richtigen Frauen aussah und nicht wie bei einer Chirurgin, die ständig Plastikhauben trug und der das Chaos auf ihrem Kopf gleichgültig war. Zwei Stunden hatte sie für ihre Frisur gebraucht, aber diesen Preis war sie zu zahlen bereit gewesen. Ehe sie nach unten ging, holte Cathy zwei Koffer aus dem begehbaren Kleiderschrank und stellte sie mitten ins Schlafzimmer.

»Hilfst du mir mal?« fragte sie ihren Mann.

»Natürlich, Schatz.« Jack ergriff das goldene Halsband, legte es ihr um und ließ den Verschluß einschnappen. Er hatte ihr das Stück einmal zu Weihnachten geschenkt, kurz vor der Geburt des kleinen Jack, und es waren angenehme Erinnerungen damit verbunden. Er trat zurück. »Dreh dich mal um.«

Cathy tat wie geheißen. Ihr Abendkleid war aus königsblauer Seide, die schimmerte und das Licht reflektierte. Von Damenmode verstand Jack Ryan zwar nicht viel – da interpretierte er lieber die Absichten der Russen –, aber was im Augenblick en vogue war, gefiel ihm. Der kräftige Farbton des Kleides und der Goldschmuck betonten das Rosa ihrer hellen Haut und ihr honigblondes Haar. »Toll siehst du aus«, sagte er. »Bist du jetzt fertig?«

»Ja, Jack.« Sie lächelte ihm zu. »Laß schon mal den Wagen warmlaufen.«

Cathy sah ihm nach, bis er in der Tür zur Garage verschwunden war, und sprach dann kurz mit der Babysitterin. Sie zog ihren Pelzmantel an – Chirurgen haben gemeinhin wenig Verständnis für die Ansichten von Tierschützern – und ging dann zu Jack, der in der Garage im Auto wartete, und sie fuhren los.

Clark mußte lachen. Ryan hatte noch immer keine Ahnung, wie man sich einer Observation entzog. Er wartete, bis die Rücklichter kleiner wurden und dann um die Ecke verschwanden. Dann stellte er seinen Wagen in die Einfahrt der Ryans.

»Sind Sie Mr. Clark?« fragte die Babysitterin.

»Ja, der bin ich.«

»Die Sachen stehen im Schlafzimmer.« Das Mädchen wies zur Treppe.

»Danke.« Eine Minute später kam Clark wieder ins Erdgeschoß. Typisch Frau, dachte er, sie hat natürlich viel zuviel eingepackt. Selbst Caroline Ryan war nicht perfekt. »Schönen Abend noch.«

»Gleichfalls.« Die Babysitterin saß schon gebannt vor dem Fernseher.

Die Fahrt von Annapolis in Maryland ins Zentrum von Washington dauerte eine Stunde. Ryan vermißte seinen Dienstwagen, aber Cathy hatte darauf bestanden, daß sie selbst fuhren. Sie bogen von der Pennsylvania Avenue in die Osteinfahrt des Weißen Hauses; Polizisten in Uniform wiesen ihnen einen Parkplatz zu. Ihr Kombi nahm sich zwischen den Cadillacs und Lincolns recht bescheiden aus, aber das störte Jack nicht. Die Ryans gingen die kleine Steigung zum Osteingang hoch, wo Leute vom Secret Service ihre Einladungen mit der Gästeliste verglichen und ihre Namen abhakten. Jacks Wagenschlüssel lösten den Metalldetektor aus. Er quittierte das mit einem verlegenen Lächeln.

Ganz gleich, wie oft man schon dort war, ein Besuch im Weißen Haus hat immer etwas Magisches, besonders abends. Gleich neben dem kleinen Kino gaben sie ihre Mäntel ab, erhielten Marken und gingen dann weiter. An einer strategisch günstig gelegenen Ecke hatten sich wie üblich die Klatschbasen versammelt, Frauen über sechzig, die für die Gesellschaftsspalten berichteten und Jack mit ihrem maskenhaften Lächeln an die Hexen in Macbeth erinnerten. Offiziere aller Waffengattungen – Ryan nannte sie insgeheim »Oberkellner« – hatten sich in Ausgehuniform in Reihen aufgestellt und übernahmen den Eskortendienst. Wie immer sahen die Marines mit ihren roten Schärpen am tollsten aus, und ein unverschämt attraktiv wirkender Captain geleitete sie die Treppe hinauf. Jack quittierte den bewundernden Blick, den seine Frau zugeworfen bekam, mit einem Lächeln.

Am oberen Ende der Treppe empfing sie ein weiblicher Leutnant der Army und führte sie in den Ostraum. Dort wurden ihre Namen ausgerufen – als ob jemand hinhörte –, und ein Diener in Livree kam sofort mit einem silbernen Getränketablett auf sie zu.

»Du mußt fahren, Jack«, flüsterte Cathy. Jack nahm sich Mineralwasser mit Zitrone. Cathy bekam ein Glas Champagner.

Der Ostraum des Weißen Hauses hat die Größe einer kleinen Turnhalle. Die Stucksäulen an den elfenbeinfarbenen Wänden sind mit Blattgold verziert. In einer Ecke spielte ein Streichquartett, und Ryan fand den Sergeant der Army am Flügel recht begabt. Die Hälfte der Gäste, die Männer im Smoking, die Frauen im Abendkleid, war bereits erschienen. Es mag Leute geben, die sich bei solchen Anlässen ganz unbefangen fühlen, dachte Ryan, aber ich gehöre nicht zu ihnen. Zusammen mit Cathy begann er seine Runde und stieß bald auf Verteidigungsminister Bunker und seine Frau Charlotte.

»Hallo, Jack.«

»Guten Abend, Dennis. Kennen Sie meine Frau?«

»Caroline«, sagte Cathy und streckte die Hand aus.

»Na, was halten Sie vom Spiel?«

Jack lachte. »Sir, ich weiß, wie heftig Sie sich deswegen mit Brent Talbot gestritten haben. Ich stamme aus Baltimore. Jemand hat unsere Mannschaft geklaut.«

»Kein schwerer Verlust, oder? Dies ist unser Jahr.«

»Das sagen die Vikings auch.«

»Die setzten sich nur mit Mühe gegen New York durch.«

»Wenn ich mich recht entsinne, war Ihr Spiel gegen die Raiders auch eine Zitterpartie.«

»Die hatten bloß Glück«, grummelte Bunker. »In der zweiten Hälfte haben wir sie niedergemacht.«

Caroline Ryan und Charlotte Bunker warfen sich vielsagende Blicke zu: *Football!* Cathy drehte sich um und erblickte ihre Feindin. Mrs. Bunker entfernte sich und ließ die kleinen Buben mit ihrem Footballgespräch allein.

Cathy holte tief Luft. Sie fragte sich zwar, ob dies der rechte Ort und Zeitpunkt war, konnte aber nicht anders. Sie ließ Jack, der in die entgegengesetzte Richtung schaute, stehen und marschierte schnurstracks los.

Dr. Elizabeth Elliots Kleid war mit Cathys fast identisch. Es gab zwar kleine Unterschiede beim Schnitt und den Falten, aber ansonsten sahen sich die beiden teuren Stücke so ähnlich, als kämen sie aus demselben Geschäft. Dr. Elliots Hals zierte eine dreifache Perlenkette. Sie unterhielt sich mit einem Paar. Als sie die herannahende Gestalt sah, wandte sie den Kopf.

»Guten Abend, Dr. Elliot. Erinnern Sie sich noch an mich?« fragte Cathy und lächelte freundlich.

»Nein. Woher sollte ich Sie kennen?«

»Caroline Ryan. Sagt Ihnen das etwas?«

»Natürlich. Verzeihung«, erwiderte Liz und fragte, da sie nichts weiter wußte: »Kennen Sie Bob und Libby Holtzman?«

»Ich lese Ihre Artikel«, sagte Cathy und ergriff Holtzmans Hand.

»Das hört man immer gerne.« Holtzman spürte die zarte Berührung ihrer Hand und bekam ein schlechtes Gewissen. War das die Frau, deren Ehe er angegriffen hatte? »Das ist meine Frau Libby.«

»Sie sind auch bei der Presse«, merkte Cathy an. Libby Holtzman war größer als sie und trug ein Kleid, das ihren üppigen Busen betonte. Eine Brust von ihr wiegt mehr als meine beiden, dachte sie und verkniff sich ein Seufzen. Solche Brüste benutzten Männer zu gerne als Kopfkissen.

»Sie haben vor einem Jahr eine Kusine von mir operiert«, meinte Libby Holtzman. »Ihre Mutter sagt, Sie seien die beste Chirurgin der Welt.«

»Das hören alle Ärzte gerne.« Cathy fand Mrs. Holtzman trotz ihrer physischen Attribute sympathisch.

»Daß Sie Chirurgin sind, weiß ich«, sagte Liz Elliot so lässig, als redete sie mit einem Hundezüchter. »Aber woher kennen wir uns?«

»Von der Uni Bennington. In meinem ersten Semester hörte ich Ihre Einführung in die Politikwissenschaft.«

»Ach, wirklich? Erstaunlich, daß Sie sich noch daran erinnern.« Sie gab deutlich zu verstehen, daß sie Cathy vergessen hatte.

»Ja. Na, Sie wissen ja, wie das ist. Am Anfang ist das Medizinstudium sehr hart, da muß man sich auf das Wesentliche konzentrieren. Die unwichtigen Kurse macht man mit links und bekommt trotzdem Einser.«

Elliots Miene blieb unverändert. »Ich gab nie leichtfertig gute Noten.«

»Aber doch. Man brauchte im Examen bloß Ihre Vorlesungen wiederzukäuen.« Cathy lächelte noch breiter.

Bob Holtzman war versucht, sich in Sicherheit zu bringen, blieb aber standhaft. Seine Frau hatte die Signale früher erkannt als er und machte große Augen. Hier war gerade ein erbitterter Krieg ausgebrochen.

»Was ist eigentlich aus Dr. Brooks geworden?«

»Wer ist das?« fragte Liz.

Cathy wandte sich an die Holtzmans. »Tja, Anfang der Siebziger ging es hoch her. Dr. Elliot hatte gerade ihren Magister gemacht, und ihre Fakultät war... nun, ziemlich radikal. Sie wissen ja, was damals ›in‹ war.« Sie drehte sich wieder zu Liz um. »An Dr. Brooks und Dr. Hemmings erinnern Sie sich doch bestimmt. Haben Sie nicht mit ihnen zusammengewohnt?«

»Nein.« Liz rang um Beherrschung. Diese Szene mußte bald ein Ende finden. Aber sie konnte jetzt nicht einfach weglaufen.

»Sie wohnten zusammen in einem Haus nicht weit vom Campus. ›Marx Brothers‹ nannten wir die Gruppe, oder ›Dreierbob‹«, erklärte Cathy kichernd. »Brooks hatte nie Socken an – oben in Vermont, wohlgemerkt, er muß sich gräßliche Erkältungen geholt haben –, und Hemmings wusch sich nie die Haare. Ein wilder Verein. Nun, Dr. Brooks ging nach Berkeley, und Sie folgten ihm, um Ihren Doktor zu machen. Na, es machte Ihnen wohl Spaß, unter ihm zu arbeiten. Sagen Sie, wie ist es inzwischen in Bennington?«

»So angenehm wie immer.«

»Ich finde nie die Zeit, zu dem Alumnae-Treffen zu fahren«, sagte Cathy.

»Ich war auch seit einem Jahr nicht mehr dort«, erwiderte Liz.

»Ich frage mich immer noch, was aus Dr. Brooks geworden ist.«

»Soviel ich weiß, lehrt er an der Uni Vassar.«

»Ah, Sie halten Kontakt mit ihm? Der versucht bestimmt immer noch, jede Frau, die er kriegen kann, ins Bett zu lotsen. *Radical chic,* sagte Tom Wolfe. Wie oft treffen Sie sich mit ihm?«

»Ich habe ihn seit zwei Jahren nicht mehr gesehen.«

»Wir haben nie verstanden, was Sie an den beiden attraktiv fanden«, bemerkte Cathy.

»Jetzt mal langsam, Caroline, wir waren damals alle keine Jungfrauen.«

Cathy trank einen Schluck Champagner. »Stimmt, das waren andere Zeiten, und wir haben alles mögliche dumme Zeug getrieben. Aber ich hatte Glück: Jack machte eine anständige Frau aus mir.«

Autsch, das hat gesessen! dachte Libby Holtzman.

»Wir hatten nicht alle die Zeit, eine Familie zu gründen.«

»Ich weiß nicht, wie Sie es ohne Familie aushalten. Ich fände die Einsamkeit unerträglich.«

»Nun, ich habe wenigstens keinen Kummer mit einem untreuen Mann«, versetzte Liz eisig. Sie hatte nun ihre Waffe gefunden, ohne zu wissen, daß sie keine Wirkung mehr hatte.

Cathy wirkte erheitert. »Ja, darunter müssen manche Frauen leiden. Zum Glück habe ich dieses Problem nicht.«

»Wie kann man da jemals sicher sein?«

»Nur eine Närrin zweifelt an ihrem Mann, wenn sie ihn richtig kennt und weiß, wozu er fähig ist und wozu nicht.«

»Sie fühlen sich ganz sicher?« fragte Liz.

»Selbstverständlich.«

»Man sagt, daß es die Ehefrau immer als letzte erfährt.«

Cathy legte den Kopf schief. »Ist das eine theoretische Diskussion, oder wollen Sie mir etwas ins Gesicht sagen, was Sie sonst hinter meinem Rücken verbreiten?«

Holtzman kam sich vor wie bei einem Schaukampf.

»Habe ich Ihnen diesen Eindruck vermittelt? Tut mir leid, Caroline...«

»Schon gut, Liz.«

»Verzeihung, aber die Anrede ist...«

»Und ich bin Professorin, Medizinerin am Johns-Hopkins-Hospital.«

»Ich dachte, Sie seien nur *außerordentliche* Professorin.«

Dr. Caroline Ryan nickte. »Richtig. Die Virginia-Universität bot mir einen Lehrstuhl an, aber da hätte ich umziehen und den Kindern einen Schulwechsel zumuten müssen, ganz zu schweigen von den Problemen, die sich mit Jacks Karriere ergeben hätten. Also lehnte ich ab.«

»Tja, da sind Sie wohl ziemlich gebunden.«

»Ich habe viel Verantwortung und einen Beruf, den ich liebe. Bei Johns Hopkins wird Pionierarbeit geleistet. So ein Umzug nach Washington muß viel einfacher gewesen sein, wo Sie doch nirgendwo jemand hielt. Außerdem – was tut sich in der Politikwissenschaft schon groß?«

»Ich bin mit meinem Leben recht zufrieden.«

»Bestimmt«, erwiderte Cathy, die den schwachen Punkt erkannte und auszunutzen wußte. »Man sieht einem Menschen immer an, wenn er sich in seinem Beruf wohl fühlt.«

»Und Sie, Professor?«

»Es könnte mir kaum bessergehen. Wir unterscheiden uns nur in einem Punkt«, sagte Caroline Ryan.

»Und der wäre?«

»Ich weiß nicht, wohin meine Frau verschwunden ist«, sagte Bunker mittlerweile. »Ah, da steht Ihre bei Liz Elliot und den Holtzmans. Was haben die sich wohl zu erzählen?«

»Daheim, in der Nacht«, erklärte Cathy inzwischen liebenswürdig, »habe ich einen Mann im Bett. Und das Schönste ist, daß ich nie frische Batterien einsetzen muß.«

Jack drehte sich um und sah seine Frau mit Liz Elliot, die nun so blaß geworden war, daß ihre Perlenkette fast braun aussah. Seine Frau war kleiner als die Sicherheitsberaterin und wirkte neben Libby Holtzman wie eine Elfe. Was immer auch gerade vorgefallen sein mochte, Cathy wich nicht von der Stelle wie eine Bärenmutter, die ihre Beute im Blick hat, und schaute Liz Elliot unverwandt an. Er ging hinüber, um nachzusehen, was vorgefallen war.

»Ah, da bist du ja, Schatz.«

»Hallo, Jack«, sagte Cathy und ließ ihr Ziel nicht aus den Augen. »Kennst du Bob und Libby Holtzman?«

»Angenehm.« Jack gab den beiden die Hand und wurde mit rätselhaften Blicken bedacht. Libby Holtzman schien gleich platzen zu wollen, holte aber dann tief Luft und beherrschte sich.

»Sind Sie der Glückspilz, der diese Frau geheiratet hat?« fragte Libby. Diese Bemerkung bewog Liz, sich der Konfrontation zu entziehen.

»Man könnte eher sagen, daß sie mich ausgesucht hat«, sagte Jack in die allgemeine Konfusion hinein.

»Würden Sie mich bitte entschuldigen?« meinte Liz Elliot und räumte so würdevoll wie möglich das Schlachtfeld. Cathy nahm Jack am Arm und ging mit ihm in die Ecke, wo der Pianist saß.

»Himmel noch mal, was war das?« fragte Libby Holtzman ihren Mann, obwohl sie glaubte, den Anlaß des Streits zu kennen. Bei dem Versuch, sich das Lachen zu verkneifen, wäre sie beinahe erstickt.

»Alles meine Schuld, Liebling, weil ich gegen die Berufsethik verstoßen habe. Und weißt du was?«

»Du hast richtig gehandelt«, erklärte Libby. »Die Marx Brothers? Der ›Dreierbob‹? Liz Elliot an der vordersten Front der sexuellen Revolution? Ich krieg' mich nicht ein!«

»Jack, ich hab' fürchterliche Kopfschmerzen«, flüsterte Cathy ihrem Mann zu.

»Ist es denn so schlimm?«

Sie nickte. »Gehen wir, ehe es mir übel wird?«

»Cathy, von so einem Empfang kann man nicht einfach verschwinden.«

»Ach was. Bitte, laß uns gehen.«

»Worüber hast du mit Liz gesprochen?«

»Ich mag sie nicht besonders.«

»Da stehst du nicht allein. Na schön, gehen wir.« Jack wandte sich mit Cathy am Arm zur Tür. Der Captain an der Treppe war sehr verständnisvoll. Fünf Minuten später waren sie im Freien. Jack half seiner Frau ins Auto und fuhr dann hinaus auf die Pennsylvania Avenue.

»Geradeaus«, sagte Cathy.

»Aber...«

»Fahr bitte geradeaus weiter, Jack«, sagte sie in ihrem Chirurgenton, der keinen Widerspruch duldete. Ryan steuerte den Wagen am Lafayette-Park vorbei. »So, jetzt nach links.«

»Wo willst du hin?«

»Hier rechts abbiegen – und dann links in die Einfahrt.«

»Aber...«

»Jack, ich bitte dich«, sagte sie leise.

Der Portier des Hay-Adams-Hotels half Caroline beim Aussteigen. Jack gab dem Parkwächter den Zündschlüssel und folgte seiner Frau in die Halle. Nachdem Cathy vom Empfangschef einen Schlüssel entgegengenommen hatte, marschierte sie fröhlich zum Aufzug. Jack folgte ihr brav, und oben gingen sie dann zur Tür einer Ecksuite.

»Cathy, was soll das?«

»Jack, wir haben uns zu viel um die Arbeit und die Kinder gekümmert und nicht genug um uns. So, heute sind wir mal an der Reihe.« Als sie ihm die Arme um den Hals schlang, blieb ihm nichts anderes übrig, als sie zu küssen. Dann gab sie ihm den Schlüssel. »So, jetzt schließt du besser auf, ehe wir die Leute schockieren.«

»Aber was wird aus...«

»Jack, sei bitte still.«

»Na gut, Schatz.« Ryan führte seine Frau ins Zimmer.

Cathy stellte zufrieden fest, daß ihre Anweisungen so genau befolgt worden waren, wie man es vom Personal dieses erstklassigen Hotels erwarten konnte. Auf dem Tisch stand ein leichtes Abendessen, daneben eine eisgekühlte Flasche Moët et Chandon. Sie war sicher, daß auch alles andere seine Ordnung hatte, und legte ihren Pelz auf die Couch.

»Schenkst du schon mal ein? Ich bin gleich wieder zurück. Und mach es dir bequem«, fügte sie auf dem Weg ins Schlafzimmer hinzu.

»Zu Befehl«, sagte Jack zu sich selbst. Er wußte nicht, was hier vorging oder was Cathy plante, aber die kleine Überraschung störte ihn nicht. Nachdem er seine Smokingjacke auf Cathys Nerz abgelegt hatte, löste er die Folie vom Hals der Champagnerflasche, öffnete den Draht und drückte behutsam den Korken heraus. Dann goß er zwei Gläser ein und stellte die Flasche zurück in den silbernen Kühler. Er trat ans Fenster und schaute hinüber zum Weißen Haus. Jack hörte sie zwar nicht zurück ins Zimmer kommen, aber spürte ihre Gegenwart. Als er sich umdrehte, stand sie in der Tür.

Sie trug es erst zum zweiten Mal, das bodenlange Nachthemd aus weißer Seide. Zum ersten Mal hatte sie es in der Hochzeitsnacht angehabt. Cathy ging auf bloßen Füßen über den Teppich auf ihren Mann zu.

»Deine Kopfschmerzen sind wohl weggegangen.«

»Mein Durst aber nicht.« Sie lächelte ihn an.

»Wird gleich geregelt.« Jack nahm ein Glas und hielt es an ihre Lippen. Sie trank nur einen Schluck und hielt es dann an seinen Mund.

»Hast du Hunger?«

»Nein.«

Sie lehnte sich an ihn und ergriff seine Hände. »Jack, ich liebe dich. Komm.«

Jack drehte sich um, faßte sie an der Taille und folgte ihr. Das Bett war, wie er sah, schon aufgeschlagen, und der Schein der Flutlichter des Weißen Hauses fiel durch die Fenster.

»Erinnerst du dich noch an das erste Mal und an die Hochzeitsnacht?«

Jack lachte leise. »Wie kann ich das vergessen?«

»Das soll jetzt wieder ein erstes Mal werden, Jack.« Sie machte seinen Kummerbund auf. Jack verstand. Als er nackt war, umarmte sie ihn, so fest sie konnte, und er spürte die kühle Seide auf seiner Haut. »Komm, leg dich hin.«

»Du warst noch nie so schön, Cathy.«

»Niemand darf dich mir wegnehmen.« Cathy glitt neben ihm aufs Bett. Er war nun bereit – und sie auch. Caroline hob das Nachthemd bis zur Taille und bestieg ihn. Seine Hände fanden ihre Brüste. Sie hielt sie dort fest, während sie sich auf und ab bewegte und wußte, daß er sich nicht lange würde zurückhalten können. Aber auch sie stand kurz vorm Höhepunkt.

Was hab' ich doch für ein Glück, dachte Jack und versuchte, sich zu beherrschen, aber obwohl ihm das mißlang, wurde er mit einem Lächeln belohnt, das ihm fast das Herz brach.

»Nicht übel«, sagte Cathy eine Minute später und küßte seine Hände.

»Ich bin aus der Übung.«

»Die Nacht ist noch jung«, meinte sie und legte sich neben ihn. »Und ich hatte ja auch lange genug nichts abgekriegt. So, hast du jetzt Appetit?«

Ryan schaute sich im Zimmer um. »Hmmm...«

»Moment.« Sie stand auf und kam mit einem Bademantel, der das Monogramm des Hotels trug, zurück. »Da, halte dich warm.«

Sie aßen schweigend. Es brauchte auch nichts gesagt zu werden. Während der folgenden Stunden fühlten sie sich wie frisch verliebte Teenager, die beginnen, die Liebe zu erkunden wie ein neues, wunderschönes Land, in dem jede Biegung des Weges neue Aussichten eröffnete. Nach dem Dessert schenkte er den Rest des Champagners ein.

»Ich muß mit dem Trinken aufhören«, sagte er und fügte in Gedanken hinzu: Aber nicht heute nacht.

Cathy leerte ihr Glas und stellte es auf den Tisch. »Ja, das würde dir guttun, aber ein Alkoholiker bist du nicht; das haben wir letzte Woche bewiesen. Du brauchtest nur Schlaf, und den bekamst du. So, und jetzt bin ich hungrig auf dich.«

»Mal sehen, ob ich noch was habe.«

Cathy stand auf und nahm ihn an der Hand. »Es ist bestimmt noch allerhand übrig.«

Diesmal ergriff Jack die Initiative. Im Schlafzimmer zog er ihr das Nachthemd über den Kopf und warf seinen Bademantel auf den Boden.

Der erste Kuß schien eine Ewigkeit zu dauern. Er hob sie aufs Bett, ließ sich neben ihr nieder und streichelte sie. Dann legte er sich behutsam auf sie, spürte ihre Wärme und ihr Verlangen. Diesmal war er beherrschter, hielt sich zurück, bis sie den Rücken wölbte und jener seltsam schmerzliche Ausdruck in ihr Gesicht trat, der jeden Mann erregt. Am Schluß schob er seine Arme unter ihren Rücken, hob sie vom Bett und drückte sie an seine Brust. Cathy hatte das zu gerne und liebte die Kraft ihres Mannes fast so sehr wie seine Güte. Und dann war es vorbei; er lag an ihrer Seite. Cathy zog ihn an sich, preßte sein Gesicht an ihre kleinen Brüste.

»Dir hat überhaupt nichts gefehlt«, flüsterte sie ihm ins Ohr. Die Reaktion überraschte sie nicht. Sie hatte nur aus Dummheit vergessen, wie gut sie ihn kannte. Jack schluchzte, daß er am ganzen Körper zitterte. Cathy hielt ihn stumm umschlungen und spürte seine Tränen an ihren Brüsten. Was für ein phantastischer, starker Mann, dachte sie.

»Ich war ein miserabler Ehemann und Vater.«

Sie legte die Wange an seinen Kopf. »Wir waren beide in letzter Zeit nicht gerade rekordverdächtig, Jack, aber das ist jetzt vorbei, okay?«

»Ja.« Er küßte ihren Busen. »Wie hab' ich dich nur gefunden?«

»Du hast mich gewonnen, Jack, in der großen Lotterie des Lebens. Meinst du nicht auch, daß Eheleute einander immer verdienen? In der Klinik bekomme ich so oft mit, wie Ehen zerbrechen. Vielleicht, weil sich die Partner keine Mühe mehr geben und vergessen, was sie bei der Trauung gelobt haben.« Was mir beinahe auch passiert wäre, dachte Cathy. »Habe ich nicht auch geschworen, dich zu lieben und zu ehren, in guten und bösen Tagen, wenn du gesund bist ebensosehr, wie wenn du krank bist? Jack, ich weiß, wie gut du sein kannst, und das ist mir mehr als gut genug. Ich war letzte Woche so eklig zu dir ... es tut mir jetzt so leid. Aber das kommt nie wieder vor.«

Endlich hörte Jack auf zu weinen. »Wie lieb du bist.«

»Du auch, Jack.« Sie fuhr ihm mit dem Zeigefinger über den Rücken. »Und vielen Dank.«

»Wie bitte?« Er hob den Kopf, schaute ihr ins Gesicht und sah das sanfte Lächeln, das eine Frau nur für ihren Mann reserviert.

»Ich glaube, es hat geklappt. Vielleicht wird es diesmal ein Mädchen.«

»Das wäre schön.«

»Komm, schlaf jetzt.«

»Moment noch.« Er ging ins Bad und anschließend noch in den Wohnraum, bevor er zurückkam. Zehn Minuten später war er eingeschlafen. Cathy stand auf, um ihr Nachthemd wieder anzuziehen, und machte, als sie wieder aus dem Bad kam, den Weckauftrag, den Jack gerade bestellt hatte, rückgängig. Sie stellte sich ans Fenster und schaute hinüber auf den Amtssitz des Präsidenten. Nie war ihr die Welt schöner vorgekommen. Nun brauchte sie Jack nur noch dazu zu bewegen, nicht mehr für diese Leute zu arbeiten ...

Der Sattelschlepper machte in Lexington, Kentucky, einen Tankstopp. Der Fahrer nahm sich zehn Minuten Zeit, um Kaffee zu trinken und Pfannkuchen zu essen – seiner Erfahrung nach hielt ein gutes Frühstück munter. Dann rollte er wieder los. Der Bonus von 1000 Dollar war verlockend, und wenn er ihn verdienen wollte, mußte er den Mississippi überqueren, ehe in St. Louis der Berufsverkehr begann.

31
Tänzer

Ryan wußte, daß es zu spät war, als der Verkehrslärm ihn weckte und das Tageslicht durch die Fenster fiel. Ein Blick auf die Armbanduhr: 8.15 Uhr. Fast wäre er in Panik geraten, aber das hätte auch nichts geändert. Er stand auf und ging in den Wohnraum, wo seine Frau bereits ihren Kaffee trank.

»Mußt du denn heute nicht zur Arbeit?«

»Eigentlich hatte ich heute früh eine Operation, aber Bernie ist für mich eingesprungen. Vielleicht ziehst du dir mal was an.«

»Und wie komme ich zur Arbeit?«

»John wird um neun hier sein.«

»Na gut.« Ryan ging hinaus, um zu duschen und sich zu rasieren. Auf dem Weg schaute er in den Kleiderschrank und stellte fest, daß Anzug, Hemd und Krawatte für ihn bereithingen. Cathy hatte also sorgfältig geplant. Er mußte lächeln. Als eine Meisterin der Verschwörung hatte er seine Frau noch nicht gesehen. Um 8.45 Uhr war er gewaschen und rasiert.

»Weißt du, daß ich um elf einen Termin im Weißen Haus habe?«

»Nein. Grüße die biestige Elliot von mir.« Cathy lächelte.

»Du magst sie also auch nicht?« fragte er.

»Sie hat kaum etwas Liebenswertes an sich. Als Dozentin war sie miserabel, und sie ist längst nicht so helle, wie sie glaubt. Das große Ego steht ihr im Weg.«

»Ist mir auch schon aufgefallen. Sie hat etwas gegen mich.«

»Diesen Eindruck gewann ich auch. Wir hatten gestern einen kleinen Zusammenstoß, bei dem sie den kürzeren zog«, bemerkte Cathy.

»Und worum ging es?«

»Ach, nur eine Frauengeschichte.« Cathy machte eine Pause. »Jack...?«

»Ja, Schatz?«

»Ich finde, es ist Zeit, daß du dort aufhörst.«

Ryan starrte auf den Frühstücksteller. »Da hast du vielleicht recht. Zwei Projekte muß ich noch zu Ende bringen... aber dann...«

»Wie lange noch? «

»Höchstens zwei Monate. Ich kann den Kram nicht so einfach hinschmeißen, Schatz. Ich bin vom Präsidenten ernannt und vom Senat bestätigt, vergiß das nicht. Da kann man nicht von heute auf morgen aussteigen. Das wäre wie Fahnenflucht. An gewisse Regeln muß man sich halten.«

Cathy nickte. Im entscheidenden Punkt hatte sie ja schon gewonnen. »Gut, ich verstehe, Jack. Zwei Monate sind kein Problem. Was willst du anschließend tun?«

»Einen Forschungsauftrag übernehmen, am Zentrum für Strategische und

Internationale Studien, bei der Heritage Foundation. Das habe ich in England mit Sir Basil besprochen. Auf meiner Ebene ist man nie ganz weg vom Fenster. Hmm, ich könnte mich sogar wieder an ein Buch machen...«

»Zuerst machen wir aber einen schönen langen Urlaub, sobald die Kinder Ferien haben.«

»Bist du dann nicht...?«

»Nein, da bin ich noch nicht zu schwanger.«

»Glaubst du denn wirklich, daß es letzte Nacht passiert ist?«

Sie zog die Augenbrauen hoch und machte ein freches Gesicht. »Der Zeitpunkt stimmte, und außerdem hattest du ja zwei Chancen. Stört dich das? Fühlst du dich ausgenutzt?«

Ryan grinste. »Ich bin schon auf unangenehmere Weise ausgenutzt worden.«

»Sehen wir uns heute abend?«

»Weißt du eigentlich, wie toll ich dieses Nachthemd finde?«

»Mein Hochzeitshemd? Es ist ein bißchen zu keusch, hatte aber den gewünschten Effekt. Schade, daß wir nicht mehr Zeit haben.«

Jack beschloß, sich zu verziehen, solange er noch die Gelegenheit dazu hatte. »Ja, Schatz, aber wir haben beide zu tun.«

»Wie schaaade«, schmollte Cathy.

»Soll ich dem Präsidenten etwa sagen, ich käme zu spät, weil ich gegenüber im Hotel mit meiner Frau bumsen mußte?« Jack ging auf Cathy zu und küßte sie. »Danke, Schatz.«

»Es war mir ein Vergnügen, Jack.«

Ryan trat aus dem Hotel, sah Clark mit dem Wagen in der Einfahrt warten und stieg sofort ein.

»Guten Morgen, Doc.«

»Morgen, John. Sie haben sich nur einen Schnitzer geleistet.«

»So?«

»Woher weiß Cathy Ihren Namen?«

»Das brauchen Sie nicht zu wissen«, versetzte Clark und reichte ihm den Dokumentenkoffer. »Manchmal penne ich mich auch mal gerne aus.«

»Sie haben bestimmt irgend etwas Illegales getan.«

»Kann sein.« Clark fuhr los. »Wann bekommen wir grünes Licht für die Operation in Mexiko?«

»Deswegen habe ich den Termin im Weißen Haus.«

»Um elf?«

»Ja.«

Ryan stellte zu seiner Befriedigung fest, daß die CIA auch ohne seine Anwesenheit funktionierte. Im sechsten Stock arbeiteten alle, und selbst Marcus war an seinem Platz.

»Sind Sie reisefertig?« fragte Jack den Direktor.

»Ja, heute abend geht es los. Unsere Station in Japan hat einen Treff mit Lyalin arrangiert.«

»Marcus, sein Deckname ist MUSASHI, und seine Meldungen laufen unter

NIITAKA. Es ist eine schlechte Angewohnheit, seinen tatsächlichen Namen zu benutzen, selbst hier.«

»Jaja, Jack. Tragen Sie dem Präsidenten heute das Projekt in Mexiko vor?«

»Ja, richtig.«

»Der Plan gefällt mir.«

»Er stammt von Clark und Chavez. Darf ich einen Vorschlag machen?« fragte Jack.

»Nur zu.«

»Setzen wir sie wieder bei Operationen ein.«

»Wenn die beiden diese Sache deichseln, wird der Präsident nichts dagegen haben und ich auch nicht.«

»Na gut.« Erstaunlich einfach, dachte Jack. Warum wohl?

Dr. Kaminskij sah sich die Röntgenaufnahmen an und fluchte: Er hatte am Vortag etwas übersehen. Diese Art von Vergiftung war zwar unwahrscheinlich, aber...

Ausgeschlossen. Doch nicht hier! Oder? Er mußte weitere Tests durchführen, aber erst verbrachte er eine Stunde damit, seinen syrischen Kollegen zu suchen. Der Patient wurde in ein anderes Krankenhaus verlegt. Selbst wenn Dr. Kaminskij sich irrte, gehörte dieser Mann auf die Isolierstation.

Russell stieg auf den Gabelstapler und brauchte ein paar Minuten, um sich mit der Bedienung vertraut zu machen. Dabei überlegte er, was der Vorbesitzer wohl mit dem Gerät angefangen hatte. Er prüfte die Propanflaschen: noch genug Gas, also kein Problem. Dann ging er zurück ins Haus.

Die Leute hier in Colorado waren freundlich. Die Lokalzeitung hatte am Ende der Einfahrt schon einen Kasten aufgestellt. Russell trank nun seinen Morgenkaffee und las die *Denver Post.*

»Auwei«, sagte er leise.

»Was ist, Marvin?«

»So was gab es noch nie. Die Fans der Vikings rollen im Konvoi an, insgesamt über tausend Autos und Busse. Verdammt«, bemerkte er, »da sind die Straßen zu.« Er blätterte um und schaute sich die Wettervorhersage an.

»Was meinst du?« fragte Ghosn.

»Wenn sie nach Denver wollen, müssen sie über die Autobahn 76. Da gibt's bestimmt Staus. Wir wollen um zwölf am Stadion sein, vielleicht ein bißchen später... und gerade um die Zeit soll der Konvoi dort eintreffen.«

»Konvoi? Was soll das heißen? Ein Konvoi zur Verteidigung gegen was?« fragte Kati.

»Ach was, kein Konvoi wie im Krieg, sondern eine Fahrzeugkolonne«, erklärte Russell. »Für die Fans aus Minnesota steht viel auf dem Spiel... Wißt ihr was? Wir nehmen uns ein Motelzimmer, am besten in der Nähe des Flughafens. Wann geht unser Flug?« Er hielt inne. »Verdammt, da hab' ich was nicht bedacht!«

»Was meinst du?« fragte Ghosn wieder.

»Ich rede vom Wetter«, erwiderte Russell. »Es ist Januar, und wir sind in Colorado. Was machen wir, wenn wieder ein Schneesturm kommt?« Er überflog die Seite. »Auwei ...«

»Wegen der Straßenverhältnisse?«

»Genau. Bestellen wir gleich in einem Motel am Flughafen die Zimmer, am besten für drei Nächte, damit wir nicht auffallen. Wir fahren dann am Abend vorher hin und ... verdammt, hoffentlich ist noch was frei.« Russell ging ans Telefon und blätterte in den Gelben Seiten. Beim vierten Versuch erreichte er ein kleines Privatmotel, das noch zwei Doppelzimmer frei hatte. Er mußte die Reservierung mit seiner Kreditkarte garantieren, die er bisher noch nicht hatte benutzen müssen. Die Nummer gab er nur widerwillig durch, denn sie bedeutete ein Stück Papier mehr und damit eine Spur mehr.

»Guten Morgen, Liz.« Ryan betrat das Büro und setzte sich. »Wie geht es Ihnen heute?«

Die Sicherheitsberaterin ließ sich gar nicht gerne triezen. Sie hatte der Frau dieses Widerlings eine kleine Schlacht geliefert – vor Reportern! – und in aller Öffentlichkeit Prügel bezogen. Ganz gleich, ob Ryan etwas damit zu tun gehabt hatte oder nicht, er mußte sich gestern abend kaputtgelacht haben. Schlimmer noch war, daß die Bemerkungen dieser dürren kleinen Hexe auch auf Bob Fowler gezielt hatten. Jedenfalls war der Präsident dieser Auffassung gewesen, als sie ihm von dem Vorfall berichtet hatte.

»Sind Sie bereit für Ihren Vortrag?«

»Aber gewiß.«

»Gut, dann kommen Sie mit.« Diese Sache überließ sie Bob.

Helen D'Agustino sah die beiden das Oval Office betreten. Natürlich wußte sie Bescheid. Ein Agent des Secret Service hatte den Wortwechsel mitgehört, und die bissige Art, mit der Dr. Elliot heruntergeputzt worden war, hatte Anlaß zu diskretem Gelächter gegeben.

»Guten Morgen, Mr. President«, hörte sie Ryan sagen, als die Tür geschlossen wurde.

»Morgen, Ryan. Schießen Sie los.«

»Sir, unser Plan ist im Grunde genommen recht simpel. In Mexiko bringen wir auf dem Flughafen zwei als Wartungspersonal der Luftlinie getarnte CIA-Agenten unter. Die erledigen normale Reinigungsarbeiten, leeren Aschenbecher aus und putzen die Toiletten. Am Ende ihrer Schicht stellen sie Blumenarrangements in die obere Kabine. Zwischen den Blüten versteckt sind Mikrofone wie dieses.« Ryan nahm ein spitzes grünes Plastikteil aus der Tasche und reichte es Fowler. »Was sie aufnehmen, wird von einem in einer Flasche versteckten Sender-Empfänger aufgefangen. Dieses Gerät wiederum überträgt das Signal über EHF – das steht für ›extrem hohe Frequenz‹ – aus dem Flugzeug zu Sendern auf unseren Maschinen, die einen Parallelkurs fliegen. Ein zusätzlicher Empfänger mit Tonbandgerät wird in der 747 installiert –

erstens als flankierende Maßnahme und zweitens als Tarnung für die Operation. Sollte man das Gerät finden, wird man einen Lauschangriff der japanischen Journalisten an Bord auf den Ministerpräsidenten vermuten. Damit rechnen wir jedoch nicht. Auf dem Dulles Airport werden Leute von uns die Geräte wieder von Bord holen. Die Aufzeichnungen beider Einrichtungen werden elektronisch verarbeitet. Mit einer Transkription der Aufnahmen können Sie wenige Stunden nach Landung der Maschine rechnen.«

»Nicht übel. Und wie stehen die Erfolgschancen?« fragte Arnold van Damm, der Stabschef, der bei diesem Gespräch, bei dem es mehr um Politik als um Staatskunst ging, natürlich anwesend sein mußte. Ein Mißerfolg konnte sehr ernste politische Auswirkungen haben.

»Sir, bei einer solchen Operation gibt es keine Garantien. Es ist wahrscheinlich, daß wir zu hören bekommen, was gesagt wird, aber es kann natürlich sein, daß das Thema überhaupt nicht berührt wird. Alle Geräte sind gründlich getestet; das System funktioniert. Der Agent, der die Aktion leitet, ist sehr erfahren und hat schon andere heikle Sachen erledigt.«

»Zum Beispiel?« fragte van Damm.

»Zum Beispiel holte er vor ein paar Jahren Gerasimows Frau und Tochter heraus.« Ryan erklärte die Umstände näher.

»Ist die Operation das Risiko wert?« fragte Fowler.

Ryan war ziemlich überrascht. »Sir, diese Entscheidung liegt bei Ihnen.«

»Ich wollte Ihre Meinung hören.«

»Ja, Mr. President, sie ist es wert. Wir konnten NIITAKA Hinweise auf ein beträchtliches Ausmaß an Arroganz der Japaner entnehmen. Ein solcher Schock könnte sie bewegen, sich in Zukunft an die Regeln zu halten.«

»Sie billigen also unsere Japanpolitik?« fragte van Damm überrascht.

»Meine persönliche Meinung ist unerheblich, aber die Antwort auf Ihre Frage ist: ›Ja.‹«

Der Stabschef konnte ein Erstaunen nicht verbergen. »Die frühere Administration war viel konzilianter – warum haben Sie uns nie etwas gesagt?«

»Weil ich nicht gefragt wurde. Als Nachrichtendienstler mache ich keine Regierungspolitik, sondern führe nur aus, was Sie mir befehlen – solange es legal ist.«

»Sind Sie von der Legalität dieser Operation überzeugt?« fragte Fowler mit einem kaum unterdrückten Lächeln.

»Mr. President, ich bin kein Jurist wie Sie und kenne die betreffenden Gesetze nicht. Daher muß ich davon ausgehen, daß Sie mir als ehemaliger Staatsanwalt keine illegalen Befehle geben.«

»Das war der beste Spitzentanz, den ich erlebt habe, seit das Kirow-Ballett im Kennedy-Center aufgetreten ist«, warf van Damm lachend ein.

»Ryan, Sie kennen sich aus. Gut, Sie haben meine Genehmigung«, meinte Fowler. »Was tun wir, wenn wir wie erwartet etwas auffangen?«

»Das müssen wir mit dem Außenministerium besprechen«, warf Liz Elliot ein.

»Das kann gefährlich werden«, wandte Ryan ein. »Die Japaner haben viele ehemalige Mitglieder der Außenhandelsdelegation angeheuert. Es steht zu erwarten, daß sie auch Informanten im Ministerium sitzen haben.«

»Wirtschaftsspionage?« fragte Fowler.

»Sicher, warum nicht. NIITAKA gab uns bisher zwar keine klaren Hinweise, aber wenn ich ein Bürokrat wäre, der die Regierung verlassen und sich für eine halbe Million im Jahr bei den Japanern als Berater verdingen will, würde ich doch versuchen, mich als wertvolle Quelle zu präsentieren. Meinen guten Willen würde ich so beweisen, wie es sowjetische Beamte und Agenten uns gegenüber auch tun: Ich würde erst einmal was Saftiges vorab liefern. Das ist zwar illegal, aber wir haben keine Leute, die sich mit diesem Komplex auseinandersetzen. Aus diesem Grund ist die Weitergabe von Informationen aus dieser Operation sehr gefährlich. Sicherlich wollen Sie den Rat Minister Talbots und einiger anderer einholen, aber ich würde mit der Weiterverbreitung sehr vorsichtig sein. Vergessen Sie auch nicht, daß Sie unsere Methode der Datensammlung gefährden, wenn Sie den japanischen Ministerpräsidenten mit Aussagen konfrontieren, von denen er weiß, daß er sie nur an einem Ort gemacht haben kann.« Der Präsident zog eine Braue hoch.

»Wir erwecken also den Eindruck, die undichte Stelle sei in Mexiko?« fragte van Damm.

»Das ist das naheliegende Strategem«, stimmte Ryan zu.

»Und wenn ich ihn direkt mit seinen Erklärungen konfrontierte?«

»Sie haben alle Asse, Mr. President, dagegen kommt man kaum an. Und wenn das jemals herauskommt, geht der Kongreß an die Decke. Das ist eines meiner Probleme; ich bin gezwungen, die Operation mit Trent und Fellows zu besprechen. Fellows wird mitspielen, aber Trent hat aus politischen Gründen eine Abneigung gegen die Japaner.«

»Ich könnte Ihnen befehlen, ihn nicht zu informieren ...«

»Sir, gegen dieses Gesetz darf ich unter keinen Umständen verstoßen.«

»Vielleicht bin ich gezwungen, Ihnen diesen Befehl zu geben«, bemerkte Fowler.

Wieder war Ryan überrascht. Er kannte die Konsequenzen einer solchen Anweisung ebensogut wie der Präsident. Vielleicht ein guter Vorwand, aus dem Regierungsdienst auszuscheiden.

»Nun, vielleicht wird das nicht nötig sein«, fuhr Fowler fort. »Ich bin es leid, diese Leute mit Samthandschuhen anzufassen. Sie haben ein Abkommen unterschrieben und sind verpflichtet, es einzuhalten, sonst bekommen sie es mit mir zu tun. Es ist ein Skandal, daß der Präsident eines Landes auf so niedrige Weise bestochen und beeinflußt werden kann. Gott, wie ich Korruption hasse!«

»Weiter so, Boß!« warf van Damm ein. »Das hören die Wähler gern!«

»Diese Frechheit!« fuhr Fowler später fort. Ryan konnte nicht beurteilen, ob sein Zorn echt oder gespielt war. »Mir erzählt er, er käme nur vorbei, um ein paar Details zu regeln, mich besser kennenzulernen, aber in Wirklichkeit will er uns sitzenlassen. Na warte, bei dem Kerl werde ich die Bandagen ablegen.« Die Rede endete. »Ryan, ich habe Sie gestern überhaupt nicht gesehen.«

»Ich mußte früher gehen, weil meine Frau Kopfschmerzen hatte. Tut mir leid, Sir.«

»Geht es ihr wieder besser?«

»Ja, Sir.«

»Gut, lassen Sie Ihre Leute los.«

Ryan erhob sich. »Wird gemacht, Mr. President.«

Van Damm folgte ihm hinaus und begleitete ihn zum Westeingang. »Gut gemacht, Jack.«

»Herrje, bin ich denn auf einmal beliebt?« fragte Jack ironisch. Die Besprechung war viel zu glatt verlaufen.

»Ich weiß nicht, was gestern abend vorgefallen ist, aber Liz ist stocksauer auf Ihre Frau.«

»Sie unterhielten sich, aber ich weiß nicht, worüber.«

»Jack, soll ich Ihnen reinen Wein einschenken?«

Wie günstig, wie symbolisch, daß man ihm so freundlich die Tür wies. Ryan wußte, was los war. »Wann, Arnie?«

»Ich würde ja lieber sagen, es seien dienstliche Gründe, aber die Sache ist persönlich. Tut mir leid, Jack, aber das kommt manchmal vor. Der Präsident will Sie wegloben.«

»Wie nett von ihm«, versetzte Jack nüchtern.

»Ich habe versucht, ihn umzustimmen, Jack. Ich mag Sie. Aber es geht einfach nicht anders.«

»Keine Angst, ich nehme still meinen Hut. Aber...«

»Ich weiß. Keine Schüsse aus dem Hinterhalt kurz vor Ihrem Rücktritt oder nachher. Man wird Sie hin und wieder konsultieren und Ihnen vielleicht Sonderaufträge im Ausland geben. Sie werden ehrenhaft entlassen, Jack. Sie haben mein Ehrenwort und das des Präsidenten. Er ist ein knallharter Politiker, aber einer der ehrlichsten Männer, die ich kenne. Leider denkt er anders als Sie – und er ist der Präsident.«

Jack hätte anmerken können, daß ein Zeichen intellektueller Ehrlichkeit die Bereitschaft sei, sich auch Gegenmeinungen anzuhören. Statt dessen sagte er: »Keine Sorge, ich gehe friedlich. Ich war lange genug in diesem Job. Es ist Zeit, ein bißchen auszuspannen, das Leben zu genießen, mit den Kindern zu spielen.«

»Vernünftig, Jack.« Van Damm tätschelte ihm den Arm. »Erledigen Sie die Sache in Mexiko, und dann wird der Chef Sie mit einer Lobesrede verabschieden. Wir lassen sie sogar von Callie Weston verfassen.«

»Schon fast eine Überdosis Streicheleinheiten, Arnie.« Ryan gab ihm die Hand und machte sich auf den Weg zu seinem Wagen. Van Damm wäre überrascht gewesen, wenn er sein Lächeln gesehen hätte.

»Muß das denn unbedingt so laufen?«

»Elizabeth, wir hatten unsere ideologischen Differenzen, aber er diente dem Land gut und treu. Ich bin in vielen Punkten nicht mit ihm einig, aber er hat mich nie angelogen und war immer bemüht, mich gut zu beraten«, erwiderte Fowler und betrachtete dabei das Plastikstäbchen mit dem Mikrofon. Funktioniert es etwa in diesem Augenblick? fragte er sich plötzlich.

»Ich habe dir doch erzählt, was gestern abend vorgefallen ist.«

»Ich bitte dich, dein Wunsch ist in Erfüllung gegangen. Ryan geht. Leute seines Ranges wirft man nicht einfach hinaus; man gibt ihnen einen ehrenhaften Abschied. Alles andere wäre engstirnig und politisch unklug. Ich bin mit dir einig, daß er ein Dinosaurier ist, aber selbst die bekommen im Museum einen Ehrenplatz.«

»Aber...«

»Und damit ist das Thema erledigt. Gut, du hattest gestern einen Wortwechsel mit seiner Frau. Das finde ich bedauerlich, aber wer bestraft schon einen Mann für die Worte seiner Frau?«

»Bob, ich habe ein Recht auf deine Unterstützung!«

Das gefiel Fowler nun nicht, aber er antwortete ruhig: »Die hast du auch, Elizabeth. Aber dies ist weder die Zeit noch der Ort für eine solche Diskussion.«

Marcus Cabot traf kurz nach dem Mittagessen auf dem Luftstützpunkt Andrews ein, um den Flug nach Korea anzutreten. Die Einrichtungen waren luxuriöser, als es den Anschein hatte. Die Maschine, eine viermotorige C-141B Starlifter der Air Force, hatte einen seltsam schlangenförmigen Rumpf, und ihr Laderaum enthielt eine wohnwagenähnliche Einheit mit Küche, Wohnraum und Schlafzimmer. Diese war gut isoliert, denn in der C-141 ist es laut – besonders im rückwärtigen Teil des Laderaums. Cabot ging durch die Tür zum Flugdeck, um die Besatzung zu begrüßen. Der Pilot war ein blonder, 30jähriger Captain. An Bord waren zwei komplette Crews für diesen langen Flug. Der ersten Zwischenlandung zum Auftanken auf dem Luftstützpunkt Travis in Kalifornien sollten drei Lufttankmanöver über dem Pazifik folgen. Da der Flug höchst langweilig zu werden drohte, nahm Cabot sich vor, ihn nach Möglichkeit zu verschlafen. Er fragte sich, ob der Regierungsdienst die Unannehmlichkeiten eigentlich wert war, und Ryans baldiger Abgang, über den ihn van Damm informiert hatte, machte die Aussichten alles andere als rosig. Der Direktor der CIA schnallte sich an und sah sich die seine Mission betreffenden Unterlagen an. Ein Unteroffizier der Air Force bot ihm ein Glas Wein an, und er trank den ersten Schluck, als die Maschine anrollte.

John Clark und Domingo Chavez bestiegen später an diesem Nachmittag ihr Flugzeug nach Mexiko. Gut, daß wir etwas früher eintreffen, dachte der Ältere, da können wir uns einrichten und akklimatisieren. Mexico City war eine hochgelegene Metropole mit verschmutzter, sauerstoffarmer Luft. Ihre Ausrüstung war sorgfältig weggepackt, und sie rechneten nicht mit Problemen am Zoll. Waffen hatten sie natürlich nicht dabei, weil diese Mission sie nicht erforderte.

Genau 38 Stunden und 40 Minuten, nachdem der Lastzug den Frachtterminal in Norfolk verlassen hatte, fuhr er von der Autobahn ab. Bisher war die Fahrt reibungslos verlaufen, aber nun mußte der Fernfahrer alle seine Künste aufbringen, um den Auflieger an die Laderampe vor der Scheune zu bugsieren. Die Sonne hatte den Boden aufgetaut und in eine fünfzehn Zentimeter tiefe Schlammwüste verwandelt, die ihn fast an der Vollendung des Manövers gehindert hätte. Beim dritten Versuch schaffte er es. Der Mann sprang aus seiner Zugmaschine und ging nach hinten zur Laderampe.

»Wie macht man den Kasten auf?« fragte Russell.

»Das zeige ich Ihnen gleich.« Der Fahrer kratzte sich den Matsch von den Schuhen und öffnete den Verschluß. »Soll ich Ihnen beim Abladen helfen?«

»Nein, das erledige ich selbst. Im Haus steht Kaffee bereit.«

»Danke, Sir, ich könnte eine Tasse vertragen.«

»Na, das war ja einfach«, sagte Russell zu Kati, als der Mann sich entfernte. Marvin öffnete den Behälter und sah einen großen Pappkarton, der die Aufschrift »SONY« trug. Pfeile zeigten an, wo oben war, und ein aufgedrucktes Champagnerglas wies auch Analphabeten auf die Zerbrechlichkeit des Inhalts hin. Das Ganze stand auf einer Holzpalette. Marvin löste die Verankerung, ließ den Gabelstapler an, und eine Minute später stand die Bombe in der Scheune. Russell stellte den Gabelstapler ab und legte eine Plane über den Karton. Als der Fernfahrer zurückkam, war der Frachtbehälter schon wieder zu.

»Sie haben sich Ihren Bonus verdient«, sagte Marvin und gab ihm sein Geld.

Der Fahrer blätterte die Scheine durch. Bevor er die Kiste zurück nach Norfolk brachte, wollte er sich aber erst einmal in der nächsten Fernfahrerrast acht Stunden aufs Ohr legen. »Angenehm, mit Ihnen zu arbeiten, Sir. Sagten Sie, Sie hätten in einem Monat wieder einen Auftrag für mich?«

»Richtig.«

»Gut. Und hier steht, wo ich zu erreichen bin.« Der Trucker gab Marvin seine Karte.

»Fahren Sie sofort zurück?«

»Erst schlafe ich mich mal aus. Im Radio habe ich gehört, daß morgen abend ein Schneesturm kommt; ein großer, hieß es.«

»Typisch für diese Jahreszeit.«

»Stimmt. Schönen Tag noch, Sir.«

»Fahren Sie vorsichtig«, mahnte Russell und schüttelte dem Mann noch einmal die Hand.

»Es war ein Fehler, ihn gehen zu lassen«, sagte Ghosn auf arabisch zum Kommandanten.

»Glaube ich nicht. Schließlich hat er ja nur Marvin zu Gesicht bekommen.«

»Stimmt.«

»Ist die Bombe in Ordnung?« fragte Kati.

»Die Verpackung ist nicht beschädigt. Morgen sehe ich genauer nach. Ich würde sagen, daß wir fast soweit sind.«

»Ja.«

»Was willst du zuerst hören: die guten Nachrichten oder die schlechten?« fragte Jack.

»Die guten«, erwiderte Cathy.

»Ich soll von meinem Posten zurücktreten.«

»Und die schlechten?«

»Tja, ganz weg vom Fenster ist man ja nie. Ich soll hin und wieder als Berater zurückkehren.«

»Willst du das?«

»Diese Arbeit geht einem in Fleisch und Blut über. Könntest du denn deine Klinik aufgeben und eine ganz normale Praxis eröffnen und Brillen verschreiben?«

»Wie oft sollst du konsultiert werden?«

»Zweimal im Jahr wahrscheinlich, wenn es um Spezialgebiete geht, auf denen ich mich auskenne. Aber nicht auf regelmäßiger Basis.«

»Das ist annehmbar. Du hast recht, ich möchte weiter junge Ärzte ausbilden. Wann steigst du aus?«

»Zwei Dinge habe ich noch zu erledigen, und dann muß ein Nachfolger gefunden werden...« Ryan dachte an die Foleys. Aber wer war besser qualifiziert – Pat oder ihr Mann?

»Zentrale, hier Sonar.«

»Aye, Zentrale«, erwiderte der Navigator.

»Sir, möglicher Kontakt in Richtung zwei-neun-fünf. Ein sehr schwaches Signal, das aber immer wieder auftaucht.«

»Bin gleich da.« Es waren nur fünf Schritte zum Sonarraum. »Lassen Sie mal sehen.«

»Hier, Sir.« Der Sonarmann wies auf eine Linie auf dem Display. Sie sah verwaschen aus und bestand in Wirklichkeit aus einzelnen gelben Punkten in einem bestimmten Frequenzbereich. Als das Bild weiterlief, erschienen am unteren Ende des Displays erneut Punkte, die eine vage, undeutliche Linie zu bilden schienen. Die einzige Veränderung war eine leichte seitliche Verschiebung der Linie. »Ich kann noch nicht sagen, was das ist.«

»Dann sagen Sie mir, was es nicht ist.«

»Kein Oberflächenkontakt, Sir, und wahrscheinlich auch kein Hintergrundgeräusch.« Der Maat markierte die Linie mit Fettstift bis zum oberen Rand des Displays. »An diesem Punkt begann ich einen Kontakt zu vermuten.«

»Was haben wir sonst noch?«

»Sierra-15 dort drüben ist ein Handelsschiff auf Südostkurs und weit von uns entfernt. Das wäre der dritte KZ-Kontakt seit der letzten Wachablösung,

Mr. Pitney. Der Seegang dürfte so stark sein, daß sich die Fischtrawler nicht so weit hinauswagen.«

Lieutenant Pitney klopfte auf den Schirm. »Designieren Sie das Sierra-16. Ich lasse es eintragen. Wie ist das Wasser?«

»In der Tiefe heute schön still, Sir. Die Oberfläche ist aber ziemlich laut. Da ist es schwer, diesen Kontakt zu halten.«

»Behalten Sie ihn im Auge.«

»Aye, aye.« Der Sonarmann konzentrierte sich wieder auf sein Display.

Lieutenant Jeff Pitney kehrte in die Zentrale zurück, ging ans Bordtelefon und drückte auf den Knopf, der die Verbindung mit der Kabine des Captains herstellt. »Hier Navigator, Captain. Wir haben einen möglichen Sonarkontakt in zwei-neun-fünf, sehr schwach. Vielleicht ist unser Freund wieder da, Sir... Jawohl, Sir.« Pitney hängte ein und schaltete die Bordsprechanlage an. »Feuerleittrupp auf Station.«

Eine Minute später erschien Captain Ricks in Overall und Turnschuhen. Zuerst prüfte er Kurs, Fahrt und Tiefe. Dann ging er in den Sonarraum.

»Lassen Sie mal sehen.«

»Das Signal ist gerade wieder verschwunden, Sir«, sagte der Sonarmann verlegen und wischte mit einem Stück Toilettenpapier – über jedem Display hing eine Rolle – die alte Markierung weg. »Ah, das hier könnte etwas sein.« Er zog eine neue Linie.

»Hoffentlich haben Sie mich nicht umsonst aus dem Schlaf geholt«, grollte Ricks. Lieutenant Pitney sah, wie zwei andere Sonarmänner vielsagende Blicke tauschten.

»Ah, es kommt zurück, Sir. Wenn das ein Akula ist, sollten wir in diesem Frequenzbereich Pumpengeräusche auffangen...«

»Die Aufklärung sagt, das Boot sei gerade generalüberholt worden. Der Iwan hat gelernt, es leiser zu machen«, merkte Ricks an.

»Denkbar... driftet langsam nach Norden ab, Richtung nun zwei-neun-sieben.« Beide Männer wußten, daß dieser Wert um plus/minus zehn Grad abweichen konnte. Peilungen über große Entfernungen fielen trotz der astronomisch teuren Ausrüstung der *Maine* recht vage aus.

»Wer ist sonst noch in der Gegend?« fragte Pitney.

»*Omaha* soll sich irgendwo südlich von Kodiak befinden. Sie kann es aber nicht sein; falsche Richtung. Ist das auch bestimmt kein Oberflächenkontakt?«

»Ausgeschlossen, Captain. Einen Diesel oder eine Turbine könnte ich identifizieren, ebenso das Stampfen eines Rumpfes in grober See. Es muß also ein Unterwasserkontakt sein, Captain.«

»Pitney, sind wir auf Kurs zwei-acht-eins?«

»Jawohl, Sir.«

»Gehen Sie auf zwei-sechs-fünf. Schaffen wir uns eine bessere Grundlinie für die Zielbewegungsanalyse. Versuchen wir, die Distanz zu bestimmen, ehe wir herangehen.«

Herangehen? dachte Pitney. Seit wann verfolgen strategische Boote derart aggressive Taktiken? Den Befehl gab er natürlich trotzdem weiter.

»Wo liegt die Schicht?«

»In fünfzig Meter, Sir. Dem Oberflächenlärm nach zu urteilen, geht die See da oben gut sieben Meter hoch«, fügte der Sonarmann hinzu.

»Er bleibt also tief, um ruhige Fahrt zu haben.«

»Verdammt, ich hab' ihn wieder verloren... warten wir ab, bis unser Schwanz wieder ausgerichtet ist.«

Ricks steckte den Kopf aus dem Sonarraum und sagte ein einziges Wort: »Kaffee.« Die Möglichkeit, daß auch die Sonarleute gerne eine Tasse getrunken hätten, kam ihm nicht in den Sinn.

Nach fünf Minuten erschienen die Punkte erneut an der richtigen Stelle.

»Ah, ich glaube, da ist er wieder«, meldete der Sonarmann, »Richtung sieht aus wie drei-null-zwei.«

Ricks ging hinaus an den Kartentisch. Ensign Shaw stellte zusammen mit einem Steuermannsmaat die Berechnungen an. »Er muß über 55 Meilen entfernt sein. Der Drift der Peilung nach gehe ich von Nordkurs und einer Fahrt von weniger als zehn Knoten aus. Die Distanz muß also mehr als hundert T betragen.« Rasche, saubere Arbeit.

Ricks nickte knapp und ging zurück in den Sonarraum.

»Werte werden fester; inzwischen tut sich auf der 50-Hertz-Linie etwas. Kommt mir langsam vor wie Mr. Akula.«

»Die Bedingungen müssen günstig sein.«

»Jawohl, Captain, und sie verbessern sich sogar noch ein wenig. Das wird sich aber ändern, wenn die Turbulenzen unsere Tiefe erreichen, Sir.«

Ricks ging zurück in die Zentrale. »Mr. Shaw?«

»Geschätzte Distanz nun eins-eins-fünf T, Kurs Nordost, Fahrt fünf Knoten, vielleicht ein, zwei mehr, Sir. Sollte seine Geschwindigkeit höher sein, ist die Entfernung sehr groß.«

»Gut, gehen wir behutsam auf null-acht-null.«

»Aye aye, Sir. Steuermann: Ruder an fünf rechts, neuer Kurs null-acht-null.«

»Ruder an fünf rechts, aye, Sir. Ruder ist an fünf rechts, neuer Kurs null-acht-null.«

Ganz langsam, um das Schleppsonar nicht zu weit aus der Kiellinie zu bringen, ging *Maine* auf Gegenkurs. Drei Minuten später war sie auf dem neuen Kurs und tat etwas, das bislang kein amerikanisches Raketen-U-Boot getan hatte. Kurz darauf erschien Lieutenant Commander Claggett in der Zentrale.

»Wie lange wird er diesen Kurs wohl halten?« fragte er Ricks.

»Was würden Sie an seiner Stelle tun?«

»Ich würde ganz gemütlich ein Leitermuster fahren«, antwortete Dutch, »und nach Süden driften statt nach Norden – also umgekehrt, wie wir es in der Barentssee halten. Das Intervall zwischen den Peilungen hängt von der Leistung seines Schleppsonars ab. Das ist eine feste Information, die wir gewinnen können. Von diesem Wert hängt unsere Taktik bei der Verfolgung ab, nicht wahr?«

»Näher als auf 20 Meilen kann ich unter keinen Umständen herangehen. Also gehen wir auf knapp dreißig, bis wir ein besseres Gespür für ihn haben, und tasten uns dann je nach den Umständen weiter heran. Solange dieses Akula in der Gegend ist, sollte eines unserer Boote präsent sein.«

»Einverstanden.« Claggett nickte und machte eine kurze Pause, ehe er fortfuhr. »Warum, zum Teufel«, sagte der IA sehr leise, »hat OP-02 das gebilligt?«

»Es ist inzwischen sicherer auf der Welt.«

»Wohl wahr, Sir.«

»Sind Sie etwa neidisch, weil strategische Boote die Aufgabe eines Jagdbootes erledigen können?«

»Sir, ich bin der Ansicht, daß OP-02 entweder nicht alle Tassen im Schrank hat – oder versucht, irgendwo mit unserer Flexibilität Eindruck zu schinden.«

»Gefällt Ihnen diese Taktik denn nicht?«

»Nein, Captain. Ich weiß, daß wir die Aufgabe bewältigen können, finde aber, daß wir die Finger davon lassen sollten.«

»War das das Thema Ihres Gesprächs mit Mancuso?«

Claggett schüttelte den Kopf. »Nein, Sir. Gewiß, er fragte mich, und ich sagte, wir könnten die Rolle übernehmen. Es steht mir noch nicht zu, an solchen Entscheidungen Kritik zu üben.«

Worüber hast du dann mit ihm geredet? hätte Ricks am liebsten gefragt.

Oleg Kirilowitsch Kadischow war sehr enttäuscht von den Amerikanern. Er war von ihnen rekrutriert worden, um Interna aus der sowjetischen Regierung zu liefern, und das hatte er seit Jahren präzise getan. Er hatte die grundlegenden Veränderungen in seinem Land vorausgesehen, und zwar früh, weil er Andrej Il'itsch Narmonows Stärken und Schwächen kannte. Der Präsident seines Landes war ein hochbegabter Politiker, der über den Mut eines Löwen und das taktische Geschick eines Mungos verfügte. Nur einen Plan hatte er nicht. Narmonow hatte keine Ahnung, wohin er sein Land führte, und das war seine Schwäche. Er hatte die alte politische Ordnung zerschlagen und die Auflösung des Warschauer Pakts mit der Bemerkung ausgelöst, die Sowjetunion werde die Entscheidungen souveräner Staaten respektieren. Letzteres wuchs aus der Erkenntnis, daß der Bestand des marxistischen Systems einzig durch sowjetische Gewaltandrohung gesichert worden war. Die osteuropäischen Kommunisten, sich der Liebe und Achtung ihrer Völker sicher, hatten törichterweise mitgespielt; eine der kolossalsten und noch immer nicht ganz verstandenen Fehlleistungen der Geschichte. Vollendet wurde die Ironie durch die Tatsache, daß Narmonow in bezug auf sein eigenes Land blind gegenüber diesem Mechanismus war. Hinzu kam noch eine weitere katastrophale Variable.

Das sowjetische Volk – schon immer ein Begriff, der keinerlei Bedeutung hatte – wurde nur mit Gewalt zusammengehalten. Die Gewehre der Roten Armee sorgten dafür, daß die Moldawier, Letten und Tadschiken der Moskauer Linie folgten. Die kommunistische Führung liebten sie noch weniger als ihre Urgroßväter die Zaren. Narmonow schaffte die führende Rolle der Partei ab und verlor damit die Kontrolle über sein Volk. Leider hatte er der alten Ordnung aber keine neuen Werte entgegenzusetzen. In einer Nation, die seit über achtzig Jahren immer nach Plan gewirtschaftet hatte, gab es plötzlich keinen Plan mehr. Das führte notwendigerweise dazu, daß es, als Aufruhr die Ordnung ablöste, kein Handlungsmuster, keine Linie, kein Ziel gab. Narmonows glänzende politische Manöver waren letzten Endes sinnlos. Das hatte Kadischow klar erkannt. Warum aber sahen das die Amerikaner nicht, die alles auf das Überleben ihres Mannes in Moskau setzten?

Bei dem Gedanken schnaubte der 46jährige Abgeordnete verächtlich. *Er* war schließlich ihr Mann. Er hatte die Amerikaner seit Jahren gewarnt, und sie hatten ihm auch zugehört, nur um dann mit Hilfe seiner Meldungen einen Mann zu stützen, der zwar viel Geschick, aber keine Vision hatte – und was war ein Führer ohne Vision?

Die Amerikaner, ebenso dumm und blind, hatten sich von der Gewalt in Georgien und im Baltikum überraschen lassen. Den aufkeimenden Bürgerkrieg in den südlichen Republiken ignorierten sie. Beim Rückzug aus Afghanistan waren eine halbe Million Waffen verschwunden; zwar überwiegend Gewehre, aber auch *Panzer*! Die sowjetische Armee hatte die Situation noch nicht einmal ansatzweise im Griff. Narmonow kämpfte Tag für Tag damit wie ein überforderter Jongleur, kam kaum nach, konzentrierte sich mal auf das eine, mal auf ein anderes Objekt und hielt seine Teller nur mit knapper Mühe in der Luft. Verstanden die Amerikaner denn nicht, daß es eines Tages Scherben geben *mußte*? Bei dem Gedanken an die Konsequenzen mußte jedem angst werden. Narmonow brauchte eine Vision, einen Plan. Er hatte jedoch weder das eine noch das andere.

Bei Kadischow aber sah das anders aus. Die Sowjetunion mußte aufgelöst werden. Die Republiken mit islamischer Bevölkerung mußten ziehen, die Balten, die Moldauische SSR. Er hatte auch vor, die westliche Ukraine zu entlassen – den Ostteil wollte er behalten. Er mußte die Armenier vor einem Massaker durch die Moslems schützen und sich zugleich den Zugang zu Aserbaidschans Öl sichern – so lange jedenfalls, bis er mit westlicher Hilfe die Ölfelder Sibiriens erschließen konnte.

Kadischow war mit Herz und Seele Russe. Rußland, das Herzstück der Union, mußte wie eine gute Mutter ihre Kinder ins Leben entlassen, wenn die Zeit gekommen war. Übrig blieb dann ein Land, das sich von der Ostsee zum Pazifik erstreckte, eine vorwiegend homogene Bevölkerung hatte und riesige, kaum erfaßte und erst recht nicht erschlossene Ressourcen. Es konnte und sollte ein großes, starkes Land sein, mächtig, reich an Kunst und Geschichte, führend in den Wissenschaften. Er wollte ein Rußland leiten, das eine echte

Supermacht war, Partner und Freund der anderen europäischen Länder. Das war seine Vision. Es war seine Aufgabe, das Land ins Licht der Freiheit und des Wohlstands zu führen. Und er war bereit, notfalls dafür die Hälfte der Bevölkerung und 25 Prozent der Fläche aufzugeben.

Aber aus unerfindlichen Gründen halfen ihm die Amerikaner nicht. Ihnen mußte doch klar sein, daß Narmonows Kurs in eine Sackgasse, wenn nicht sogar an den Rand eines Abgrunds führte.

Wenn ihm die Amerikaner nicht helfen wollten, mußte er sie eben dazu zwingen. Die Mittel dazu hatte er. Allein aus diesem Grund hatte er sich von Mary Pat Foley anwerben lassen.

Es war noch früh am Morgen in Moskau, aber Kadischow hatte schon vor langer Zeit gelernt, mit einem Minimum an Schlaf auszukommen. Seine Berichte verfaßte er auf einer alten und schweren, aber leisen Schreibmaschine. Kadischow benutzte ein Baumwollfarbband, dem nicht anzusehen war, was er damit geschrieben hatte. Das Papier stammte aus der zentralen Versorgungsstelle für Bürobedarf, zu der mehrere hundert Leute Zugang hatten. Wie alle professionellen Glücksspieler war Kadischow ein vorsichtiger Mann. Sobald er fertig war, zog er sich Lederhandschuhe an, wischte etwaige Fingerabdrücke vom Papier, faltete den Bogen und steckte ihn in eine Manteltasche. In zwei Stunden sollte die Meldung weitergegeben werden und knapp zwanzig Stunden später in andere Hände gelangen.

Agent SPINNAKER hätte sich die Umstände ersparen können. Der KGB hatte Anweisung, die Volksdeputierten nicht zu belästigen. Die Garderobenfrau steckte das Papier ein und bald darauf einem Mann zu, dessen Name sie nicht kannte. Dieser Mann verließ das Gebäude und fuhr zu seinem Arbeitsplatz. Zwei Stunden später lag die Meldung in einem Behälter in der Tasche eines Kuriers, der zum Flughafen fuhr, um eine 747 nach New York zu besteigen.

»Wohin geht es diesmal, Dr. Kaminskij?« fragte der Fahrer.

»Kurven Sie einfach herum.«

»Wie bitte?«

»Ich muß mit Ihnen reden«, sagte der Arzt.

»Worüber?«

»Ich weiß, daß Sie vom KGB sind.«

»Aber Dr. Kaminskij«, erwiderte der Fahrer lachend. »Ich bin nur Chauffeur bei der Botschaft.«

»Ihr Krankenblatt hat Dr. Feodor Ilitsch Gregoriew unterschrieben, ein KGB-Arzt. Wir haben zusammen studiert. Darf ich weitersprechen?«

»Haben Sie schon mit anderen geredet?«

»Nein, natürlich nicht.«

Der Fahrer seufzte. Da war wohl nichts zu machen. »Was möchten Sie besprechen?«

»Sind Sie vom Auslandsdirektorat?«

Der Chauffeur konnte der Frage nicht ausweichen. »Korrekt. Hoffentlich ist die Sache wichtig.«

»Sie könnte bedeutsam sein. Jemand aus Moskau muß kommen. Ich habe einen Patienten mit einer sehr ungewöhnlichen Lungenkrankheit.«

»Warum sollte mich das interessieren?«

»Weil ich ähnliche Symptome schon einmal gesehen habe – bei einem Arbeiter aus Belojarskij. Nach einem Betriebsunfall.«

»So? Und was ist in Belojarskij?«

»Eine Atomwaffenfabrik.«

Der Fahrer bremste ab. »Ist das Ihr Ernst?«

»Es könnte auch ein anderes Leiden sein, aber um das sicher feststellen zu können, muß ich ganz spezielle Tests ausführen. Wenn wir es mit einem Projekt der Syrer zu tun haben, können wir nicht mit deren Unterstützung rechnen. Deshalb brauche ich die Spezialgeräte aus Moskau.«

»Wie schnell?«

»Der Zustand des Patienten ist hoffnungslos. Er wird uns nicht entkommen.«

»Diese Anfrage muß ich über den Regierungsvertreter leiten, und der kommt erst am Sonntag wieder zurück.«

»Das würde reichen.«

32
Abschluß

»Kann ich mithelfen?« fragte Russell.

»Nett von dir, Marvin«, erwiderte Ghosn. »Aber das erledige ich lieber allein und ungestört.«

»Kann ich verstehen. Ruf mich, wenn du etwas brauchst.«

Ibrahim zog seine dicksten Sachen an und ging hinaus. Es schneite heftig. Gelegentlich fiel auch im Libanon Schnee, aber so etwas wie hier hatte Ghosn noch nie erlebt. Der Sturm hatte vor einer knappen Stunde begonnen, und jetzt lagen schon mehr als drei Zentimeter Schnee. Er spürte den schneidenden Nordwind bis in die Knochen, als er die 60 Meter zur Scheune zurücklegte. Den Verkehr auf der nahen Autobahn konnte er zwar hören, die Scheinwerfer der Fahrzeuge aber nicht sehen. Er betrat die Scheune durch eine Seitentür und bedauerte schon, daß das Gebäude unbeheizt war. Laß dich von solchen Widrigkeiten nicht beeinflussen, ermahnte er sich.

Der Pappkarton, der die Bombe vor neugierigen Blicken schützte, war nicht befestigt und ließ sich leicht abheben. Nun kam ein mit Knöpfen, Schaltern und Skalen besetzter Metallkasten zum Vorschein, der aussah wie ein Videobandgerät, wie es von Fernsehanstalten benutzt wird. Der Vorschlag war von Günther Bock gekommen, und das Gehäuse des Geräts hatten sie der Nachrichtenabteilung des syrischen Fernsehens abgekauft. Die Klappen in dem Gehäuse erfüllten fast perfekt Ghosns Zwecke, und drinnen war sogar noch genug Platz für die Vakuumpumpe, falls sie gebraucht wurde. Das war nicht der Fall, wie Ghosn gleich feststellte. Ein Instrument an der Bombenhülle zeigte an, daß keine Luft eingedrungen war. Das war für den jungen Ingenieur, der gegenüber dem verstorbenen Fromm behauptet hatte, so gut schweißen zu können, aber doch ein Anlaß, Befriedigung zu empfinden. Nun prüfte er die drei neuen Nickel-Kadmium-Batterien: Sein Testgerät zeigte volle Ladung an. Neben den Batterien war der Zeitzünder eingebaut. Nachdem er sich davon überzeugt hatte, daß die Zündklemmen nicht belegt waren, schaute er auf seine Armbanduhr, die er schon auf Ortszeit gestellt hatte, und verglich. Der Digitalanzeiger des Zünders wich um drei Sekunden ab, aber das war für Ghosns Zwecke genau genug. Drei Gläser, die man in das Gehäuse gelegt hatte, waren noch intakt. Die Sendung war auf dem Transport also vorsichtig behandelt worden.

»Du bist bereit, mein Freund«, sagte Ghosn leise, schloß die Klappe, überprüfte, ob der Verschluß eingerastet war, und stülpte dann den Pappkarton wieder über die Waffe. Dann hauchte er sich in die kalten Hände und ging zurück zum Haus.

»Wie wird sich das Wetter auf unsere Pläne auswirken?« fragte Kati.
»Diesem Sturm soll ein zweiter folgen. Am besten fahren wir morgen abend ab, kurz bevor er losbricht. Die zweite Front ist schmal und soll nur um die drei Zentimeter Schnee bringen, heißt es. Wenn wir die Ruhe dazwischen ausnutzen, müßten die Straßen frei sein. Dann gehen wir in unser Motel und warten den genauen Zeitpunkt ab. Richtig?« fragte Russell.
»Stimmt. Wann wird der Transporter fertig?«
»Sobald ich die Heizkörper aufgestellt habe, fange ich mit dem Lackieren an. Das dauert nur zwei Stunden, denn die Schablonen sind alle fertig.«
»Wie lange dauert es, bis die Farbe trocken ist?« fragte Ghosn.
»Höchstens drei Stunden. Es soll doch ordentlich aussehen, oder?«
»Sicher, Marvin. Das geht in Ordnung.«
Russell, der den Frühstückstisch abräumte, lachte auf einmal. »Was wohl die Leute denken, die den Film gedreht haben?«
Er drehte sich um und sah die verdutzten Gesichter seiner Gäste. »Hat Günther euch denn nicht davon erzählt?« Nun schauten die beiden Araber verständnislos drein. »Der Film lief mal im Fernsehen und heißt *Schwarzer Sonntag*. Ein Typ hatte die Idee, das ganze Superbowl mit allen Zuschauern von einem Luftschiff aus zu zerstören.«
»Das ist wohl ein Witz«, bemerkte Kati.
»Nein. Im Film war unten am Luftschiff so ein Menschenvernichtungsding montiert, aber die Israelis kamen dahinter, und die CIA verhinderte die Aktion im letzten Augenblick – ihr wißt schon, wie. Im Western kommt immer die Kavallerie gerade noch rechtzeitig, um die Indianer abzuschlachten.«
»Die Absicht im Film war, alle Zuschauer im Stadion zu töten?« fragte Ghosn ganz leise.
»Ja, so ungefähr.« Russell tat das Geschirr in die Spülmaschine. »Viel heftiger als das, was wir vorhaben.« Er drehte sich um. »Keine Sorge, wenn die Fernsehübertragung ausfällt, gibt es im ganzen Land einen Aufstand. Und da das Stadion überdacht ist, kann der Trick mit dem Luftschiff nicht funktionieren. Für so was bräuchte man eine Atombombe.«
»Keine üble Idee«, meinte Ghosn kichernd, um Marvins Reaktion zu testen.
»Scheißidee. Echt, das könnte einen Atomkrieg auslösen – Mann, wer lebt denn in den Dakotas zwischen den Raketensilos? Mein Volk! Nee, bei so was passe ich.« Russell schüttete Spülmittel in die Maschine und stellte sie an. »Was ist in eurem Dingsda eigentlich genau drin?«
»Ein sehr kompakter und brisanter Sprengstoff. Das Stadion wird natürlich auch Schaden nehmen.«
»Dacht' ich mir schon. Na, das Fernsehen läßt sich leicht ausknipsen, die Geräte sind ja empfindlich. Aber die Aktion wird einen unglaublichen Effekt haben.«
»Das glaube ich auch, Marvin, aber eigentlich würde ich gern hören, was Sie von der Sache halten«, sagte Kati.
»Einen wirklich destruktiven Terroranschlag hat es bei uns noch nie gege-

ben. Dieser Knall wird eine Menge verändern. Keiner kann sich mehr sicher fühlen. Da gibt es dann überall Straßensperren und Sicherheitskontrollen. Das macht die Leute sauer und zwingt sie zum Nachdenken. Vielleicht erkennen sie dann, wo die wirklichen Probleme liegen. Und darum geht es uns doch, oder?«

»Korrekt, Marvin«, erwiderte Kati.

»Kann ich dir beim Lackieren helfen?« fragte Ghosn, der verhindern wollte, daß der Indianer zu neugierig wurde.

»Gerne.«

»Du mußt aber versprechen, die Heizung anzuschalten«, meinte der Ingenieur lächelnd.

»Kannst dich drauf verlassen, sonst trocknet die Farbe nicht richtig. Hier ist es dir wohl zu kalt.«

»Dein Volk muß sehr abgehärtet sein.«

Russell zog seine Jacke an und griff nach den Handschuhen. »Klar. Hier ist unsere Heimat.«

»Glauben Sie denn wirklich, daß wir ihn finden?« fragte der *Starpom*.

»Ich denke, wir haben eine gute Chance«, versetzte Dubinin und beugte sich über den Kartentisch. »Er wird irgendwo in diesem Gebiet sein – weit vor den Küstengewässern; dort gibt es zu viele Trawler mit Netzen – und nördlich von diesem.«

»Großartig, Käpt'n, da brauchen wir ja nur zwei Millionen Quadratkilometer abzusuchen.«

»Und können nur ein Drittel dieser Fläche abdecken. Ich sagte ›eine gute Chance‹, nicht ›mit Sicherheit‹. In drei oder vier Jahren ist der Roboter fertig, an dem unsere Konstrukteure arbeiten, und dann können wir unsere Sonarempfänger in die Tiefe schicken.« Dubinin bezog sich auf die nächste Stufe der U-Boot-Technologie, ein kleines, unbemanntes und vom Mutterboot über Glasfaserkabel gesteuertes Unterseeboot. Es sollte sowohl Sensoren als auch Waffen an Bord haben und tief genug tauchen können, um die Sonarbedingungen zwischen 1000 und 2000 Metern, die nach Meinung der Theoretiker besonders günstig waren, zu erkunden. Das würde eine radikale Veränderung im Spiel bedeuten.

»Zeigen die Sensoren Turbulenzen an?«

»Nein, Käpt'n«, antwortete ein Leutnant.

»Ich frage mich, ob diese Dinger den Aufwand wert sind«, murrte der Erste Offizier.

»Beim letzten Mal funktionierten sie.«

»Gewiß, aber damals war die Oberfläche ruhig. Wie oft herrscht nicht im Nordpazifik und im Winter schwerer Seegang?«

»Das Gerät könnte uns trotzdem etwas verraten. Wir müssen jeden Trick anwenden. Warum sind Sie so pessimistisch?«

»Selbst Ramius gelang es nur einmal, ein Ohio zu verfolgen, und das war auf einer Probefahrt, als es Probleme mit einer schadhaften Welle hatte. Und selbst unter diesen Bedingungen konnte er den Kontakt nur für siebzig Minuten halten.«

»Dieses Ohio haben wir aber schon einmal erwischt.«

»Auch wieder richtig, Käpt'n.« Der *Starpom* tippte mit einem Bleistift auf die Seekarte.

Dubinin dachte an die Einsatzbesprechung, bei der man ihn über seinen Gegner informiert hatte – alte Gewohnheiten hielten sich hartnäckig. Captain Harrison Sharpe Ricks, Absolvent der Marineakademie, zum zweiten Mal Kommandant eines strategischen Bootes, dem Vernehmen nach ein genialer Ingenieur und Techniker, der bei der Navy in hohem Ansehen stand. Der Mann wird seinen Fehler wohl kaum wiederholen, sagte sich Dubinin.

»Exakt 27 Meilen«, meldete Ensign Shaw.

»Der Kerl legt keine Manöver à la ›irrer Iwan‹ hin«, erkannte Claggett zum ersten Mal.

»Er rechnet doch bestimmt nicht damit, selbst gejagt zu werden, oder?« fragte Ricks.

»Vermutlich nicht, aber sein Schleppsonar ist nicht so gut, wie er glaubt.« Das Akula fuhr bei seiner Suche ein Leitermuster. Die Holme der imaginären Leiter waren etwa 45000 Meter lang und liefen von Südwesten nach Nordosten. Hatte das Akula das Ende einer solchen Strecke erreicht, wandte es sich nach Südosten, fuhr eine kürzere »Sprosse« und dann den nächsten Holm. Hierdurch ergab sich eine geschätzte Distanz von dreizehn Meilen zu seinem Schleppsonar. Zumindest war das die Einschätzung, die Claggett bei der Aufklärung gehört hatte.

»So, wir halten jetzt sicherheitshalber eine Distanz von 27 Meilen«, erklärte Ricks nach kurzem Nachdenken. »Dieses Boot ist sehr viel leiser, als ich erwartet hatte.«

»Stimmt, man hat die Reaktorgeräusche stark reduziert. Wenn dieser Bursche nur Schleichfahrt macht, anstatt zu suchen...« Claggett war froh, daß sein Kommandant wieder wie ein vorsichtiger Ingenieur sprach. Eine besondere Überraschung war das für ihn allerdings nicht. Wenn es drauf ankam, brach Ricks' alte Natur wieder durch, und das war dem IA, der nicht viel von Jagdszenen mit einem strategischen Boot, das eine Milliarde wert war, hielt, ganz recht.

»Bis auf 40, minimal 35 könnten wir schon herangehen.«

»Meinen Sie? Um welchen Faktor erhöht sich die Leistung seines Schleppsonars bei verringerter Fahrt?«

»Gutes Argument. Es wird mehr leisten, aber die Leute von der Aufklärung sagten, es ließe sich in der Konstruktion mit unserem vergleichen... viel mehr wird er also nicht hören. Wie auch immer – bekommen wir nicht ein ziemlich gutes Profil von diesem Burschen?« fragte Ricks rhetorisch. Er war sicher, wieder eine Eins plus geschafft zu haben.

»Und was halten Sie davon, Mary Pat?« fragte Ryan, der die Übersetzung des Dokuments in der Hand hielt. Mrs. Foley hatte das russische Original.

»Jack, ich habe ihn angeworben und traue ihm.«

Ryan schaute auf die Armbanduhr; es war fast Zeit. Sir Basil Charleston war immer pünktlich. Zur vollen Stunde ging das Geheimtelefon.

»Ryan.«

»Hier Bas.«

»Was gibt's?«

»Wir haben unseren Mann die Geschichte, von der wir sprachen, überprüfen lassen. Es ist nichts dran.«

»Läßt sich nicht einmal sagen, daß unser Eindruck falsch war?«

»Richtig, Jack. Ich muß gestehen, daß ich das etwas seltsam finde, aber es ist plausibel, wenn nicht wahrscheinlich, daß unser Mann nichts weiß.«

»Vielen Dank für die Mühe, alter Freund. Wir stehen in Ihrer Schuld.«

»Bedaure, daß wir nicht weiterhelfen konnten.« Es wurde aufgelegt.

Die schlechteste Nachricht, dachte Ryan und starrte kurz an die Decke.

»Die Briten sind nicht in der Lage, SPINNAKERs Behauptungen zu bestätigen oder zu entwerten«, verkündete Jack. »Was bleibt uns da?«

»Bleiben uns denn wirklich nur Meinung und Spekulation?« fragte Ben Goodley.

»Ben, wenn wir Wahrsager wären, verdienten wir ein Vermögen an der Börse«, versetzte Ryan schroff.

»Das haben Sie doch getan«, erinnerte Goodley.

»Ich hatte Glück mit ein paar heißen Papieren, das war alles«, tat Ryan den Einwand ab. »Mary Pat, was meinen Sie?«

Mrs. Foley, die einen Säugling zu versorgen hatte, sah erschöpft aus. »Ich muß für meinen Agenten eintreten, Jack. Er ist unsere beste politische Quelle und spricht unter vier Augen mit Narmonow. Das macht ihn so wertvoll, und aus diesem Grund ließen sich seine Informationen schon immer nicht so leicht bestätigen – aber falsch waren sie doch nie, oder?«

»Was mir angst macht, ist, daß er anfängt, mich zu überzeugen.«

»Warum ist das beängstigend, Dr. Ryan?«

Jack steckte sich eine Zigarette an. »Weil ich Narmonow kenne. Damals, in dieser kalten Nacht bei Moskau, hätte er mich einfach verschwinden lassen können. Wir gelangten zu einer Übereinkunft, besiegelten sie mit Handschlag, und das war's dann. So etwas tut nur ein selbstsicherer Mann. Wenn er sein Selbstvertrauen verloren hat, kann seine Regierung ganz rasch und plötzlich zusammenbrechen. Können Sie sich etwas Beängstigenderes denken?« fragte Ryan und schaute in die Runde.

»Wohl kaum«, stimmte der Chef der Rußlandabteilung im Direktorat Intelligence zu. »Wir werden SPINNAKER wohl glauben müssen.«

»Finde ich auch«, erklärte Mary Pat.

»Ben?« fragte Jack. »Sie haben ihm von Anfang an geglaubt. Was er sagt, bestätigt Theorien, die Sie schon in Harvard vertraten.«

Dr. Benjamin Goodley ließ sich nur ungern auf diese Weise in die Enge treiben. Im Laufe der Monate bei der CIA hatte er eine harte, aber wichtige Lektion gelernt: Sich in einem akademischen Umfeld eine Meinung zu bilden, beim Mittagessen in der Mensa Optionen zu wägen war eine Sache, die Beratungen hier aber eine andere. Auf der Basis von Meinungen, die man hier aussprach, wurde Außenpolitik gemacht. Und nun erkannte er, was es bedeutete, ein Gefangener des Systems zu sein.

»Ich sage das nur ungern, aber ich habe meine Meinung geändert. Es mag hier eine Dynamik geben, die wir noch nicht untersucht haben.«

»Und die wäre?« fragte der Chef der Rußlandabteilung.

»Sehen wir das einmal abstrakt. Wenn Narmonow stürzt, wer tritt dann an seine Stelle?«

»Einer der Kandidaten ist Kadischow. Seine Chancen stehen eins zu drei, würde ich sagen«, antwortete Mary Pat.

»Besteht da nicht ein Interessenkonflikt?« gab Goodley zu bedenken.

»Mary Pat, was meinen Sie?«

»Na und? Hat er uns denn jemals belogen?«

Goodley beschloß, sein Argument weiter zu verfolgen, und tat so, als wäre das eine akademische Diskussion. »Mrs. Foley, ich bekam den Auftrag, SPINNAKERs Meldungen auf die Möglichkeit hin zu überprüfen, daß er sich irrt. Ich sah mir alles Material, zu dem ich Zugang hatte, genau an. Mir fiel nur eine Veränderung seines Tons im Lauf der vergangenen zwei Monate auf. Er bedient sich der Sprache auf subtil andere Weise und klingt nun, was gewisse Themen betrifft, eindeutiger, weniger spekulativ. Nun, das mag zum Inhalt seiner Meldungen passen... aber es könnte auch seine eigene Bedeutung haben.«

»Basiert Ihre Analyse auf der Art und Weise, wie er seine I-Punkte malt?« Der Rußlandexperte schnaubte verächtlich. »Junger Mann, mit solchen Spielereien geben wir uns hier nicht ab.«

»Ich werde das dem Präsidenten vortragen und ihm sagen müssen, daß wir SPINNAKER Glauben schenken. Aber ich möchte Andrews und Kantrowitz ins Haus holen und um Gegengutachten bitten – Einwände?« Niemand meldete sich. »Gut, ich danke Ihnen. Ben, würden Sie bitte noch einen Augenblick hierbleiben? Und Sie, Mary Pat, genehmigen sich ein langes Wochenende. Das ist eine dienstliche Anweisung.«

»Die Kleine hat Bauchschmerzen und läßt mich nachts kaum zur Ruhe kommen«, erklärte Mrs. Foley.

»Dann lassen Sie Ed doch mal Nachtdienst schieben«, schlug Jack vor.

»Ed hat keine Milch. Vergessen Sie nicht, ich stille.«

»Mary Pat, ist Ihnen schon mal der Gedanke gekommen, daß Stillen das Resultat einer Verschwörung fauler Männer ist?« fragte Jack und grinste.

Ihr böser Blick täuschte über ihre eigentlich gute Stimmung hinweg. »Klar, jede Nacht so um zwei. Bis Montag dann.«

Goodley setzte sich wieder, nachdem die beiden anderen gegangen waren. »Okay, jetzt können Sie mich zur Sau machen.«

Ryan winkte ab. »Wieso denn?«

»Weil ich eine blöde Theorie zur Sprache gebracht habe.«

»Unsinn, Sie haben Ihre Zweifel nur als erster ausgesprochen. Das war gute Arbeit.«

»Ich habe nicht die Bohne gefunden«, grollte der Harvard-Akademiker.

»Gewiß, aber Sie haben an allen richtigen Stellen gesucht.«

»Wie stehen die Chancen, SPINNAKERs Meldungen aus anderen Quellen zu bestätigen – vorausgesetzt, er hat recht?« fragte Goodley.

»Fünfzig Prozent, bestenfalls sechzig. Mary Pat hat recht. Dieser Mann liefert uns Informationen, die wir nicht immer auch anderswo bekommen. Aber auch Ihr Standpunkt ist korrekt: Wenn er recht hat, kann er selbst von der Situation profitieren. Ich muß mit diesem Fall noch vor dem Wochenende ins Weiße Haus. Dann rufe ich Jake Andrews und Eric Kantrowitz an, lasse sie anfliegen und das Material betrachten. Haben Sie am Wochenende etwas Besonderes vor?«

»Nein.«

»Na, dann haben Sie ab sofort Pläne. Gehen Sie alle Ihre Notizen durch und verfassen Sie ein gutes Positionspapier.« Ryan klopfte auf den Tisch. »Montag früh will ich es auf dem Schreibtisch haben.«

»Warum?«

»Weil Sie unvoreingenommen sind, Ben. Wenn Sie etwas untersuchen, schauen Sie genau hin.«

»Aber mit meinen Schlußfolgerungen sind Sie nie einverstanden!« wandte Goodley ein.

»Gewiß, ich gehe nicht oft mit Ihnen konform, aber die Daten, mit denen Sie Ihre Analysen untermauern, sind immer erstklassig. Niemand kann immer recht haben. Und niemand liegt immer falsch. Wichtig ist der Prozeß selbst, die intellektuelle Disziplin, und da stehen Sie ziemlich gut da, Dr. Goodley. Hoffentlich gefällt es Ihnen in Washington. Ich habe nämlich vor, Ihnen eine feste Anstellung anzubieten. Wir stellen eine neue Gruppe in der DI auf, deren Aufgabe es ist, Gegenpositionen zu beziehen, eine B-Mannschaft sozusagen, die dem DDI direkt unterstellt ist. Sie sollen der zweite Mann der Rußlandsektion werden. Trauen Sie sich das zu? Überlegen Sie sich das gut, Ben«, fügte Jack hastig hinzu. »Sie müssen mit viel Druck vom A-Team, langer Arbeitszeit, mittelmäßiger Bezahlung rechnen und werden abends nur selten mit dem befriedigenden Gefühl heimgehen, etwas bewirkt zu haben. Aber Sie bekommen viel interessantes Material zu sehen, und hin und wieder wird man auch einmal auf Sie hören. Wie auch immer, das Positionspapier, um das ich Sie gebeten habe, stellt Ihre Aufnahmeprüfung dar – vorausgesetzt, Sie sind interessiert. Zu welchem Ergebnis Sie kommen, ist mir egal, aber ich will etwas sehen, das im Kontrast zu allen anderen Analysen steht. Nun, haben Sie Lust?«

Goodley rutschte auf seinem Sessel herum und gab erst nach einigem Zögern eine Antwort. Was er nun sagen mußte, konnte seine Karriere torpedieren. Aber es ging nicht, daß er es einfach verschwieg. Er atmete aus und sagte: »Ich muß Ihnen erst etwas gestehen.«

»Gut, schießen Sie los.«

»Als Dr. Elliot mich hierherschickte...«

»Sollten Sie mich kritisieren, ich weiß.« Ryan war sehr amüsiert. »Aber ich habe Sie geschickt umgedreht, nicht wahr?«

»Jack, das war nicht alles... sie wollte, daß ich Sie durchleuchtete, nach Belastungsmaterial suchte, das sie gegen Sie einsetzen kann.«

Ryans Miene wurde eiskalt. »Und?«

Goodley wurde rot, redete aber rasch weiter. »Ich tat auch wie geheißen. Ich fand in Ihrer Akte Unterlagen über die Ermittlungen der Börsenaufsicht und gab Informationen über Ihre finanziellen Transaktionen weiter – im Fall Zimmer zum Beispiel.« Er hielt inne. »Dafür schäme ich mich jetzt sehr.«

»Und haben Sie hier etwas gelernt?«

»Über Sie? Ja, daß Sie ein guter Chef sind. Marcus ist stinkfaul, Elizabeth Elliot ein zimperliches, gehässiges Biest, das zu gerne andere manipuliert. Mich hat sie auf Sie angesetzt wie einen Spürhund. Dabei habe ich in der Tat etwas gelernt: So etwas tue ich niemals wieder. Sir, so wie jetzt habe ich mich noch nie bei jemandem entschuldigt. Aber ich fand, daß Sie Bescheid wissen müssen. Sie haben ein Recht darauf.«

Ryan schaute dem jungen Mann lange in die Augen, wartete, daß er seinem Blick auswich, fragte sich, was in ihm steckte. »Schon gut, Ben. Liefern Sie mir ein anständiges Positionspapier.«

»Ich gebe mein Bestes, Sir.«

»Das haben Sie bereits getan, Dr. Goodley.«

»Nun?« fragte Präsident Fowler.

»Mr. President, SPINNAKER meldet, daß definitiv eine Anzahl taktischer Kernwaffen aus sowjetischen Arsenalen verschwunden ist und daß der KGB verzweifelt danach sucht.«

»Wo?«

»In ganz Europa und in der Sowjetunion selbst. Narmonow glaubt, daß der KGB loyal zu ihm steht, zumindest die meisten Agenten, aber unser Mann hat da seine Zweifel. Das sowjetische Militär unterstütze ihn nicht mehr, und ein Putsch sei durchaus möglich, aber Narmonow ergreife keine entschiedenen Maßnahmen. Es sei tatsächlich denkbar, daß er erpreßt wird. Wenn diese Meldung stimmt, besteht die Möglichkeit einer jähen Machtverschiebung mit unabsehbaren Konsequenzen.«

»Und was halten Sie davon?« fragte Dennis Bunker nüchtern.

»Dem Konsens in Langley zufolge ist diese Information vielleicht verläßlich. Wir haben eine gründliche Prüfung aller relevanten Daten begonnen, können uns vorerst aber noch nicht festlegen. Die beiden ersten externen Experten lehren an den Universitäten Princeton und Berkeley. Ich lasse sie Montag früh zu uns in die Behörde kommen und die Daten ansehen.«

»Bis wann haben Sie eine feste Einschätzung fertig?« fragte Minister Talbot.

»Hängt ganz davon ab, wie fest sie sein soll. Bis Ende nächster Woche liegt ein vorläufiges Gutachten vor. Festlegen können wir uns erst später. Ich habe versucht, die Information von unseren britischen Kollegen bestätigen zu lassen, aber ihre Nachforschungen blieben ergebnislos.«

»Wo könnten diese Atomwaffen auftauchen?« fragte Liz Elliot.

»Die Sowjetunion ist ein großes Land«, erwiderte Ryan.

»Die Welt ist auch nicht gerade klein«, versetzte Bunker. »Womit ist schlimmstenfalls zu rechnen?«

»Mit dieser Analyse haben wir noch nicht begonnen«, antwortete Jack. »Wenn es um verschwundene Kernwaffen geht, kann das Szenarium sehr finster aussehen.«

»Besteht Anlaß zu der Vermutung, daß wir direkt bedroht sind?« fragte Fowler.

»Nein, Mr. President. Das sowjetische Militär ist rational und wird einen solchen Wahnsinn nicht erwägen.«

»Daß Sie so viel Vertrauen in die Mentalität von Männern in Uniform haben, finde ich rührend«, merkte Liz Elliot an. »Glauben Sie wirklich, daß die russischen Militärs intelligenter sind als unsere?«

»Wenn es sein muß, erfüllen unsere Streitkräfte ihren Auftrag«, fuhr Bunker scharf dazwischen. »Ich wollte, Sie brächten mehr Respekt für sie auf.«

»Diskutieren wir das ein andermal«, dämpfte Fowler. »Was könnte den Russen eine solche Drohung eintragen?«

»Nichts, Mr. President«, erwiderte Ryan.

»Der Meinung bin ich auch«, sagte Brent Talbot.

»Ich fühle mich erst wohler, wenn diese SS-18 verschrottet sind«, ließ sich Dennis Bunker vernehmen. »Aber Dr. Ryan hat recht.«

»Ich möchte auch zu diesem Thema eine Analyse sehen«, erklärte Liz Elliot. »Und zwar so bald wie möglich.«

»Die bekommen Sie auch«, versprach Jack.

»Wie steht es mit der Operation in Mexiko?« fragte Fowler.

»Mr. President, unsere Aktiva sind an Ort und Stelle.«

»Worum geht es hier?« fragte der Außenminister.

»Brent, ich glaube, es ist an der Zeit, daß Sie über die Sache informiert werden. Ryan, weihen Sie ihn ein.«

Jack gab einen Überblick über die Hintergrundinformationen und das operative Konzept. Das nahm einige Minuten in Anspruch.

»Ich kann einfach nicht glauben, daß die so etwas fertigbringen«, sagte Talbot. »Das wäre skandalös.«

»Kommen Sie aus diesem Grund nicht zum Spiel?« fragte Bunker und lächelte. »Brent, ich traue ihnen das durchaus zu. Ryan, wie bald können Sie die Transkriptionen liefern?«

»Der Lauschangriff endet mit der Landung der japanischen Maschine in Washington. Anschließend müssen die Bänder bearbeitet werden... sagen wir, so um 22.00 Uhr herum.«

»Dann können Sie sich das Spiel ja doch noch ansehen, Bob«, meinte Bunker. Ryan erlebte zum ersten Mal, daß jemand den Präsidenten so anredete.

Fowler schüttelte den Kopf. »Ich setze mich lieber in Camp David vor den Fernseher. Bei dem Treffen mit dem japanischen Premier möchte ich ausgeruht sein. Außerdem könnte es am Sonntag in Denver einen Schneesturm geben. Der Rückflug wäre dann schwierig; hinzu kommt, daß mir der Secret Service gerade zwei Stunden lang klargemacht hat, wie ungünstig Footballspiele für mich sind – oder eher für die Agenten.«

»Das wird eine spannende Begegnung«, sagte Talbot.

»Wie stehen die Wetten?« fragte Fowler.

Himmel noch mal! dachte Ryan.

»Drei zu eins für die Vikings«, erwiderte Bunker. »Ich setze, was ich kann.«

»Wir fliegen gemeinsam rüber«, sagte Talbot. »Aber nur, wenn Dennis nicht am Knüppel sitzt.«

»Und lassen mich in den Hügeln von Maryland sitzen. Na, irgendwer muß sich ja um den Laden kümmern.« Fowler lächelte. »So, zurück zum Geschäft. Ryan, Sie sagten, dies stelle keine Bedrohung für uns dar?«

»Lassen Sie mich das relativieren, Sir. Zuerst muß ich unterstreichen, daß SPINNAKERs Meldung nach wie vor unbestätigt ist.«

»Sie sagten aber, daß die CIA ihr Glauben schenkt.«

»Dem Konsens zufolge ist die Quelle wahrscheinlich zuverlässig. Wir sind nun mit aller Kraft dabei, die Meldung zu verifizieren. Und das war der springende Punkt meines Vortrags.«

»Na schön«, meinte Fowler. »Wenn es nicht stimmt, brauchen wir uns also keine Sorgen zu machen.«

»Richtig, Mr. President.«

»Und wenn es wahr ist?«

»Dann reichen die Risiken von politischer Erpressung in der Sowjetunion bis, schlimmstenfalls, zum Bürgerkrieg mit Einsatz von Kernwaffen.«

»Sind ja herrliche Aussichten. Sind auch wir bedroht?«

»Direkt vermutlich nicht.«

Fowler lehnte sich zurück. »Das leuchtet mir ein. Aber ich möchte so bald wie möglich eine wirklich gute Einschätzung der Lage sehen.«

»Jawohl, Sir. Glauben Sie mir, Mr. President, wir prüfen alle Aspekte dieser Entwicklung.«

»Das war ein guter Vortrag, Dr. Ryan.«

Jack stand auf und wandte sich zum Gehen. Nun, da man ihn abgesägt hatte, war der Ton viel ziviler.

Die Märkte waren wie Pilze aus dem Boden geschossen, vorwiegend in Ostberlin. Sowjetische Soldaten, die nie ein freies Leben geführt hatten, fanden sich plötzlich in einer ungeteilten *westlichen* Stadt, die ihnen die Möglichkeit bot, einfach zu verschwinden. Verwunderlich war nur, daß so wenige desertierten, und ein Grund dafür waren die Straßenmärkte. Immer wieder waren die Soldaten über die Nachfrage an Memorabilien der Roten Armee erstaunt – Koppel, Pelzmützen (sogenannte Schapkas), Stiefel, komplette Uniformen, alles mögliche an Kleinkram –, und die dummen Kunden, meist Deutsche und Amerikaner, zahlten *bar* in harten Devisen, D-Mark, Sterling, Dollar, die in der Sowjetunion ein Vielfaches an Wert hatten. Bei anderen Transaktionen mit anspruchsvolleren Kunden war es um Objekte wie den Panzer T-80 gegangen. Dazu war das stillschweigende Einverständnis des Regimentskommandeurs erforderlich gewesen, der das Fahrzeug dann in seinen Akten als Brandschaden deklariert hatte. In einem Fall war für den Oberst ein Mercedes 560 SEL und so viel Kapital, daß er für den Rest seines Lebens ausgesorgt hatte, herausgekommen. Die westlichen Nachrichtendienste hatten sich inzwischen alles verschafft, was sie interessierte, und die Märkte den Amateuren und Touristen überlassen; sie vermuteten, daß die Sowjets die Schieberei duldeten, weil dadurch viele Devisen zu günstigen Kursen ins Land kamen. Kunden aus dem Westen zahlten grundsätzlich mehr als das Zehnfache der Produktionskosten. Manche Russen glaubten, daß diese Einführung in den Kapitalismus den Wehrpflichtigen nach ihrer Entlassung nützen würde.

Erwin Keitel ging auf einen solchen Soldaten, einen Hauptfeldwebel, zu. »Guten Tag«, sagte er auf deutsch.

»Nicht spreche Deutsch. Englisch?«

»Englisch okay, yes?«

»Da.« Der Russe nickte.

»Zehn Uniformen.« Keitel hob beide Hände, um die Zahl zu verdeutlichen.

»Zehn?«

»Zehn, alle groß, meine Größe«, sagte Keitel. Er hätte natürlich in perfektem Russisch verhandeln können, aber das hätte ihm nur Ärger eingetragen. »Uniform Oberst, alle Oberst, okay?«

»Colonel – *Powodnik,* yes? Regiment? Drei Sterne hier?« Der Mann tippte sich auf die Schulter.

Keitel nickte. »Panzeruniform, muß für Tank sein.«

»Warum?« fragte der Feldwebel vorwiegend aus Höflichkeit. Er war bei den Panzern und konnte so etwas ganz leicht beschaffen.

»Machen Film – Television?«

»Television?« Die Augen des Mannes leuchteten auf. »Auch Gürtel, Stiefel?«

»Ja.«

Der Mann schaute sich um und fragte dann leise: »Pistol?«

»Geht das?«

Der Feldwebel lächelte und nickte eifrig. »Für money.«

»Muß aber russisch sein, richtige Pistole«, radebrechte Keitel, so gut er konnte.

»Okay, kann besorgen.«

»Wann?«

»Eine Stunde.«

»How much?«

»5000 Mark, kein Pistol. Zehn Pistol 5000 extra.« Die reinste Halsabschneiderei, dachte Keitel.

Er hob wieder die Hände. »10 000 Mark, okay.« Um seine ernsthaften Kaufabsichten zu beweisen, zog er ein Bündel Hunderter hervor und steckte dem Soldaten einen Schein in die Tasche. »Ich warte eine Stunde.«

»Komme wieder, eine Stunde.« Der Feldwebel entfernte sich eilig. Keitel ging in die nächste Kneipe und bestellte sich ein Bier.

»Wenn das noch einfacher wäre«, sagte er zu einem Kollegen, »würde ich eine Falle vermuten.«

»Hast du von dem Panzer gehört?«

»Dem T-80? Ja, warum?«

»Den hat Willi Heydrich für die Amis organisiert.«

»Der Willi?« Keitel schüttelte den Kopf. »Was hat er dafür verlangt?«

»500 000 Mark. Idioten, diese Amis. Das hätte doch jeder einfädeln können.«

»Das wußten sie aber damals nicht.« Der Mann lachte höhnisch. Oberstleutnant Wilhelm Heydrich hatte sich mit dem Geld eine Wirtschaft gekauft und nun ein weitaus besseres Auskommen als jemals zuvor in seiner Stasi-Zeit. Bevor er sich an den Klassenfeind verkauft, seinen Beruf an den Nagel gehängt, seinem politischen Erbe den Rücken gekehrt und sich in einen neudeutschen Bürger verwandelt hatte, war er einer von Keitels vielversprechendsten Untergebenen gewesen. Seine Geheimdiensterfahrung hatte er nun als Vehikel benutzt, um den Amerikanern ein letztes Mal eine Nase zu drehen.

»Und was sprang für den Russen heraus?«

»Der den T-80 verscherbelte? Ha!« Der Mann schnaubte. »Zwei *Millionen* Mark! Zweifellos gab er dem Divisionskommandeur seinen Anteil, kaufte sich selbst einen Mercedes und tat den Rest auf die Bank. Kurz darauf wurde die Einheit zurück in die Sowjetunion verlegt, und ein Panzer weniger in einer Division ... Vielleicht ist das dem Direktorat überhaupt nicht aufgefallen.«

Sie bestellten noch eine Runde und starrten auf den Fernseher über der Theke; auch das ist so eine widerwärtige amerikanische Sitte, dachte Keitel. Nach 40 Minuten ging er wieder hinaus und ließ seinen Kollegen Blickkontakt halten; immerhin war es möglich, daß man ihm eine Falle stellte.

Der russische Feldwebel kam früher und mit leeren Händen zurück.

»Wo Sachen?« fragte Keitel den lächelnden Soldaten.

»In Jeep, um ...« Der Mann gestikulierte.

»*Corner?* Um die Ecke?«

»*Da,* um die Ecke.« Der Feldwebel nickte eifrig.

Keitel gab seinem Kollegen einen Wink, der daraufhin das Auto holen ging. Gerne hätte er den Soldaten gefragt, welchen Schnitt sein Leutnant bei diesem

Geschäft machte, denn Vorgesetzte steckten grundsätzlich einen satten Prozentsatz ein.

Der Armee-Geländewagen GAZ-90 parkte eine Straße weiter. Nun brauchte man nur noch mit dem Auto der Agenten bis an die Heckklappe des eigenen zurückzustoßen und den Kofferraum zu öffnen. Vorher aber mußte Keitel die Ware inspizieren. Er sah zehn Kampfanzüge im Tarnmuster aus einem leichten Stoff besserer Qualität, denn diese Stücke waren für Offiziere gedacht. Dazu gehörten schwarze Felduniformmützen und die etwas antiquiert wirkenden Rangabzeichen eines Panzeroffiziers. Die Schulterstücke der Uniform trugen die drei Sterne eines Oberst. Der Feldwebel hatte auch Koppel und Stiefel mitgebracht.

»Und die Pistolen?« fragte Keitel.

Der Soldat schaute sich mit prüfenden Blicken um und holte dann zehn Pappkartons hervor. Keitel ließ einen öffnen und erblickte eine 9-Millimeter-Makarow PM, einen Nachbau der deutschen Walther PPK. Die Russen hatten großzügigerweise sogar noch fünf Kästen Munition draufgelegt.

»Ausgezeichnet«, meinte Keitel, holte sein Geld heraus und zählte 99 Hunderter ab.

»*Thank you*«, sagte der Russe. »Wenn mehr brauchen, kommen zu mir.«

Keitel bedankte sich, gab ihm die Hand und stieg in seinen Wagen.

»Was ist bloß aus der Welt geworden?« fragte sein Kollege, als er anfuhr. Noch vor drei Jahren wäre der Feldwebel für diesen Handel vors Kriegsgericht gestellt und vielleicht sogar erschossen worden.

»Wir haben die Sowjetunion um 10 000 Mark bereichert.«

Der Mann am Steuer grunzte. »Stimmt, und der Herstellungspreis der Sachen muß mindestens 2000 betragen haben. Wie nennt man das ...?«

»Mengenrabatt.« Keitel wußte nicht, ob er lachen sollte. »Unsere russischen Freunde lernen schnell. Oder der Muschik konnte nur bis zehn zählen.«

»Unser Plan ist gefährlich.«

»Gewiß, aber wir werden gut bezahlt.«

»Meinen Sie vielleicht, ich täte das des Geldes wegen?« fragte der Mann scharf.

»Nein, und ich auch nicht, aber wenn wir schon den Hals riskieren, kann ruhig etwas dabei herauskommen.«

»Wie Sie meinen, Herr Oberst.«

Keitel dachte überhaupt nicht darüber nach, daß er im Grunde nicht wußte, was er tat, daß Bock ihm nicht alles gesagt hatte. Trotz seiner Erfahrung als Fachmann hatte er einfach vergessen, daß er mit einem Terroristen paktierte.

Ghosn fand die Stille wundervoll. Soviel Schnee hatte er noch nie gesehen. Das Tief zog langsamer als erwartet, und am Boden lag schon ein halber Meter Schnee, der zusammen mit den Flocken in der Luft alle Geräusche dämpfte. Eine Stille, die man fast hören kann, dachte Ghosn, der auf der Veranda stand.

»Schön, was?« fragte Marvin.

»Ja, sehr schön.«

»Als ich noch klein war, hat es viel mehr geschneit, meterhoch an einem Stück, und dann ist es echt kalt geworden, bis zu – 30 Grad. Wenn man rausging, kam man sich vor wie auf einem anderen Planeten und fragte sich, wie es vor hundert Jahren gewesen sein mochte, als die Indianer mit ihren Squaws und Kindern in Tipis wohnten. Draußen standen die Pferde, und alles war so sauber und rein, wie es sein soll. Muß irre gewesen sein, echt irre.«

Ein Narr mit einer poetischen Ader, dachte Ibrahim. Dieses Volk hatte so primitiv gelebt, daß die meisten Kinder schon im Säuglingsalter gestorben waren, und im Winter hatte es hungern müssen, weil es kein Wild zu jagen gab. Womit hatte man die Pferde gefüttert, wie waren sie an das abgestorbene Gras unter dem Schnee herangekommen? Trotzdem idealisierte Russell dieses Leben, und das fand Ghosn dumm. Marvin war mutig, zäh, stark und treu, aber er haderte mit der Welt, kannte Gott nicht und lebte in einer Phantasiewelt. Eigentlich schade; er hätte ein wertvoller Mitstreiter sein können.

»Wann fahren wir los?«

»Geben wir den Räumtrupps zwei Stunden Zeit. Nehmt ihr den Pkw – der hat Frontantrieb und zieht gut im Schnee. Ich nehme den Transporter. Wir haben ja keine Eile und wollen nichts riskieren, oder?«

»Richtig.«

»So, und jetzt gehen wir lieber wieder rein, ehe wir uns den Arsch abfrieren.«

»Gegen diesen Dreck in der Luft muß unbedingt was getan werden«, sagte Clark, als sein Hustenanfall vorüber war.

»Ja, es ist ziemlich finster«, stimmte Chavez zu.

Sie hatten eine kleine Wohnung nicht weit vom Flughafen gemietet. Alles, was sie brauchten, hatten sie in Schränken versteckt. Mit dem Bodenpersonal hatten sie Kontakt aufgenommen; das normale Team würde, gegen ein entsprechendes Honorar natürlich, krank sein, wenn die 747 landete. Es war den beiden CIA-Agenten gar nicht so schwergefallen, an Bord zu kommen. Japaner, zumindest japanische Regierungsvertreter, waren in Mexiko nicht besonders beliebt und standen in dem Ruf, welch Wunder, noch arroganter als die Amerikaner zu sein. Clark schaute auf die Uhr. In neun Stunden würde die Boeing den Dunstschleier durchbrechen. Der Ministerpräsident wollte dem mexikanischen Staatsoberhaupt angeblich nur einen kurzen Höflichkeitsbesuch abstatten und dann weiter nach Washington fliegen, um sich mit Fowler zu treffen. Das erleichterte Clark und Chavez die Arbeit.

Um Mitternacht fuhren sie los nach Denver. Die Räumtrupps hatten gründliche Arbeit geleistet. Was die Schneepflüge nicht beseitigen konnten, war mit Salz und Splitt bestreut worden, so daß sie für die sonst einstündige Fahrt nur fünfzehn Minuten länger brauchten. Marvin meldete sie beim Empfang an und bestand auf einer Quittung für seine Reisekostenabrechnung. Als der Mann am Empfang das ABC-Logo auf dem Kastenwagen sah, bedauerte er, der Gruppe die Zimmer an der Rückfront gegeben zu haben. Vor dem Motel geparkt, hätte der Wagen vielleicht Gäste angelockt. Sobald Marvin gegangen war, setzte sich der Mann wieder vor den Fernseher und döste vor sich hin. Am nächsten Tag würden die Fans aus Minnesota kommen; bestimmt ein wilder, undisziplinierter Haufen.

Der Treff mit Lyalin war leichter als erwartet zu arrangieren gewesen. Auch Cabots Besuch bei dem neuen Chef des koreanischen Geheimdienstes war glatter verlaufen, als er zu hoffen gewagt hatte – seine koreanischen Kollegen waren sehr professionell –, und so konnte er zwölf Stunden früher als geplant nach Japan abfliegen. Der Chef der CIA-Station Tokio hatte ein diskretes und leicht zu überwachendes Geishahaus in einer der zahllosen verwinkelten Gassen nicht weit von der amerikanischen Botschaft ausgesucht.

»Hier ist meine neueste Meldung«, sagte Agent MUSASHI und händigte Cabot einen Umschlag aus.

»Unser Präsident ist von der Qualität Ihrer Informationen sehr beeindruckt«, erwiderte Cabot.

»So wie ich von meinem Gehalt.«

»Nun, was kann ich für Sie tun?«

»Ich wollte nur sicherstellen, daß Sie mich ernst nehmen«, sagte Lyalin.

»Das tun wir«, versicherte Cabot und dachte: Glaubt er denn, daß wir die Millionen aus Jux und Tollerei rauswerfen? Es war Cabots erste Begegnung mit einem Agenten. Zwar hatte er mit einem Gespräch dieser Art gerechnet, war aber dennoch überrascht.

»Ich habe vor, in einem Jahr zusammen mit meiner Familie zu Ihnen überzulaufen. Was exakt werden Sie dann für mich tun?«

»Nun, wir werden Sie erst einmal gründlich befragen und Ihnen dann helfen, ein komfortables Haus und einen angenehmen Arbeitsplatz zu finden.«

»Wo?«

»Wo Sie wollen. Sie können sich praktisch überall niederlassen.«

»Praktisch überall?«

»Eine Wohnung gegenüber der sowjetischen Botschaft käme natürlich nicht in Frage. Haben Sie schon eine Vorstellung?«

»Nein.«

Warum bringt er die Sache dann zur Sprache? dachte Cabot und fragte: »Welches Klima mögen Sie?«

»Bevorzugt ein warmes.«

»Dann käme das sonnige Florida in Frage.«

»Ich will es mir überlegen.« Der Agent hielt inne. »Lügen Sie auch nicht?«

»Mr. Lyalin, wir versorgen unsere Gäste gut.«

»Na schön. Ich werde Ihnen weiterhin Informationen zukommen lassen.« Damit stand der Mann einfach auf und ging.

Marcus Cabot unterdrückte einen Fluch, doch sein wütender Blick brachte den Stationschef zum Lachen.

»War das Ihre erste hautnahe Begegnung mit einem Agenten?«

»Ja. War es das etwa schon?« Cabot konnte es kaum glauben.

»Direktor, das ist ein seltsames Gewerbe. Es mag verrückt klingen, aber Sie haben gerade etwas sehr Wichtiges getan«, sagte Sam Yamata. »Nun weiß er, daß wir uns wirklich um ihn kümmern. Es war übrigens geschickt von Ihnen, den Präsidenten zu erwähnen.«

»Wenn Sie meinen...« Cabot öffnete den Umschlag und begann zu lesen. »Du lieber Himmel!«

»Mehr Interna über die Reise des Premiers?«

»Ja, Einzelheiten, die wir bisher noch nicht kannten. Auf welche Bank das Geld kommt, welche Regierungsvertreter noch geschmiert werden. Vielleicht brauchen wir jetzt die Maschine gar nicht zu verwanzen...«

»Wie bitte? Ein Lauschangriff auf ein Flugzeug?« fragte Yamata.

»Das haben Sie mich niemals sagen gehört.«

Der Stationschef nickte. »Wie sollte ich? Offiziell waren Sie ja niemals hier.«

»Ich muß das sofort nach Washington schicken.«

Yamata schaute auf die Uhr. »Den Direktflug erwischen wir nicht mehr.«

»Dann faxen wir es über eine sichere Leitung.«

»Dafür sind wir nicht eingerichtet.«

»Und wenn wir es an die NSA senden?«

»Die hat die Anlage, aber man hat uns gewarnt, daß ihr System nicht unbedingt sicher ist.«

»Der Präsident muß das sofort zu sehen bekommen. Es muß raus. Machen Sie, ich nehme es auf meine Kappe.«

»Jawohl, Sir.«

33
Passagen

Es war angenehm, an diesem Samstagmorgen erst um acht Uhr und ohne einen dicken Kopf aufzuwachen. Das hatte er schon seit Monaten nicht mehr getan. Er hatte fest vor, den Tag daheim zu verbringen, und außer sich rasieren wollte er nichts tun. Die Rasur war nur nötig, weil er am Abend zur Messe gehen wollte. Ryan bemerkte bald, daß seine Kinder den Samstagvormittag vor der Glotze verbrachten und sich Zeichentrickfilme ansahen, in denen unter anderem grüne Schildkröten auftraten, die er bislang nur vom Hörensagen kannte. Nach kurzem Überlegen beschloß er, auch aufs Fernsehen zu verzichten.

»Wie fühlst du dich?« fragte er Cathy auf dem Weg in die Küche.

»Nicht übel. Ich – Mist!«

Sie hörte das unverwechselbare Zwitschern des Geheimtelefons. Ryan eilte in sein Arbeitszimmer und nahm ab.

»Dr. Ryan, der Lageraum. ›Schwertkämpfer‹.«

»Verstanden.« Ryan legte auf. »Verdammt!«

»Was gibt's?« fragte Cathy von der Tür her.

»Ich muß ins Büro. Und morgen übrigens auch.«

»Jack, ich bitte dich –«

»Schatz, du mußt verstehen, daß ich vor meinem Abgang noch zwei Dinge zu erledigen habe. Eines ist im Augenblick akut – vergiß das am besten gleich wieder –, und da werde ich gebraucht.«

»Wo mußt du diesmal hin?«

»Nur ins Büro. Auslandsreisen sind keine geplant.«

»In der Nacht soll es viel Schnee geben.«

»Auch das noch. Na, zur Not kann ich immer noch im Büro übernachten.«

»Ich freu' mich schon so auf den Tag, an dem du diesen verdammten Job hinschmeißt.«

»Hast du noch zwei Monate Geduld?«

»Zwei Monate?«

»Am ersten April steige ich aus. Abgemacht?«

»Jack, gegen deine Arbeit an sich habe ich nichts, aber –«

»Die Arbeitszeit stinkt dir. Mir auch. Inzwischen habe ich mich mit dem Gedanken abgefunden, dort wegzugehen und wieder ein normaler Mensch zu werden. Es muß sich vieles ändern.«

Cathy fügte sich in das Unvermeidliche und ging zurück in die Küche. Jack zog sich leger an. An Wochenenden brauchte er keinen Anzug zu tragen. Außerdem beschloß er, auf eine Krawatte zu verzichten und selbst zu fahren. 30 Minuten später war er auf der Autobahn.

Es war ein herrlich klarer Nachmittag über der Straße von Gibraltar. Im Norden lag Europa, im Süden Afrika. Hier hatte sich, sagten die Geologen, einmal eine Bergkette erhoben, und das Mittelmeer war eine trockene Senke gewesen, ehe der Atlantik einbrach. Von hier, aus 10 000 Meter Höhe, mußte das ein spektakuläres Schauspiel gewesen sein.

Und damals hätte er sich nicht um den zivilen Flugverkehr kümmern müssen. Nun aber hatte er eine spezielle Frequenz abzuhören, um sicherzustellen, daß ihm kein schußliger Airline-Pilot in die Quere kam. Oder, was eher möglich war, daß er nicht einer Verkehrsmaschine vor der Nase vorbeizischte.

»Ah, da ist unsere Gesellschaft«, bemerkte Robby Jackson.

»Die hab' ich noch nie gesehen, Sir«, sagte Lieutenant Walters.

»Die«, das war der sowjetische Flugzeugträger *Kusnezow,* der erste richtige Träger der Flotte: 65 000 BRT, 30 Starrflügler, zehn oder mehr Hubschrauber. Seine Eskorte bildeten die Kreuzer *Slawa* und *Marschall Ustinow* und drei Zerstörer – einer der Sowremenny- und zwei der Udaloy-Klasse. Der Verband fuhr in enger Formation nach Osten und lag 200 Meilen hinter der Gruppe der *Theodore Roosevelt.* Ein halber Tag Entfernung oder eine halbe Stunde, dachte Robby, je nachdem, ob man flog oder durchs Mittelmeer pflügte.

»Stoßen wir mal zu und zischen vorbei?« fragte Walters.

»Nein. Wozu die Russen ärgern?«

»Die haben's ganz schön eilig«, meinte der Kampfbeobachter, der durch ein Fernglas schaute. »Laufen 25 Knoten, würde ich sagen.«

»Vielleicht wollen sie nur die Meerenge so rasch wie möglich passieren.«

»Das bezweifle ich, Skipper. Was die wohl hier wollen?«

»Dasselbe, was wir auch tun, würden die Jungs von der Aufklärung sagen. Üben, Flagge zeigen, Freunde gewinnen.«

»Hatten Sie nicht mal einen Zusammenstoß ...?«

»Ja, vor ein paar Jahren schoß mir eine Forger eine Rakete hinten rein. Ich schaffte es aber mit meiner Tomcat zurück zum Träger.« Robby machte eine Pause. »Die Russen sagten, es sei ein Versehen gewesen. Der Pilot wurde angeblich bestraft.«

»Glauben Sie das?«

Jackson warf einen letzten Blick auf den russischen Trägerverband. »Ja, das glaube ich tatsächlich.«

»Als ich das Ding zum ersten Mal sah, dachte ich gleich: Wow, da kann sich jemand ein Navy Cross verdienen.«

»Jetzt mal halblang, Shredder. Okay, wir haben sie gesehen. Fliegen wir zurück.« Robby bewegte den Knüppel, um zurück nach Osten zu kurven. Dies tat er in einem sanften Manöver und riß die Maschine nicht scharf herum, wie es ein junges Fliegeras versuchen mochte. Warum die Struktur des Vogels unnötig belasten? Lieutenant Henry »Shredder« Walters auf dem Hintersitz fand, daß der Kommandeur langsam alt wurde.

So alt nun auch wieder nicht. Captain Jackson war so wachsam wie eh und je. Weil er nicht besonders groß war, hatte er den Sitz so hoch wie möglich eingestellt und deshalb eine besonders gute Übersicht. Er schaute unablässig nach rechts und links, nach oben und unten, und einmal pro Minute auf seine Instrumente. Seine Hauptsorge waren Verkehrsmaschinen und auch Privatflugzeuge, denn es war Wochenende, und da umflogen die Leute gerne den Felsen von Gibraltar und machten Fotos. Ein Zivilist in einem Learjet konnte gefährlicher sein als eine wildgewordene Sidewinder...

»Achtung! Da kommt was aus neun!«

Captain Jackson riß den Kopf nach links. Fünfzehn Meter von ihnen entfernt war eine MiG-29 Fulcrum-N aufgetaucht, die Marineversion des besten russischen Kampfflugzeugs. Der Pilot, der Helm und Blende trug, starrte ihn an. Robby sah unter den Tragflächen vier Raketen hängen. Seine Tomcat hatte im Augenblick nur zwei.

»Kam von unten«, meldete Shredder.

»Nicht dumm.« Robby reagierte gelassen. Der russische Pilot winkte. Robby erwiderte den Gruß.

»Verdammt, der hätte uns glatt...«

»Langsam, Shredder. Ich spiele seit fast zwanzig Jahren mit dem Iwan und habe mehr Bears abgefangen, als Sie Mädchen flachgelegt haben. Das ist keine taktische Situation. Ich wollte mir nur mal ihren Verband ansehen. Und der Iwan da drüben schickte jemanden hoch, um uns zu mustern. Das geht ganz gutnachbarlich ab.« Robby drückte den Knüppel nach vorne und ging zwei Meter tiefer, weil er sich den Bauch der russischen Maschine betrachten wollte. Keine Zusatztanks, nur vier Luftkampfraketen AA-11 »Archer«, wie sie bei der Nato hießen. Der Haken am Schwanz wirkte nicht so solide wie an einem amerikanischen Jäger, und Robby fielen Meldungen ein, daß die Russen Probleme hatten. Nun, Träger waren für sie ein neues Feld, da würden sie über Jahre hinweg ihre Lektionen lernen müssen. Ansonsten sah die Maschine eindrucksvoll aus. Frisch lackiert in einem angenehmen Grau, im Gegensatz zu amerikanischen Flugzeugen, die seit einigen Jahren mit einer grauen Substanz, die Infrarotstrahlen absorbierte, beschichtet waren. Die russische Version war hübscher, die amerikanische war mehr auf Tarnung angelegt und sah ekelhaft leprös aus. Er prägte sich die Nummer am Seitenleitwerk ein, um sie der Aufklärung zu melden. Vom Piloten selbst, der Helm, Blende und Handschuhe trug, sah er nichts. Die Distanz von nur 15 Metern war ein bißchen riskant, aber kein Problem... vermutlich wollte der Russe nur demonstrieren, daß er ein Könner war. Robby zog seine Tomcat wieder hoch und bedankte sich bei dem Russen mit einer Geste für dessen stetigen Kurs. Wieder wurde der Gruß erwidert.

Na, Kollege, wie heißt du wohl? dachte Robby. Er hätte auch gerne gewußt, was der Russe von der kleinen Flagge unterm Cockpit hielt, die einen Sieg im Luftkampf anzeigte. Und unter ihr stand MiG-29, 17. 1. 91. Sei also lieber nicht ganz so großspurig, Iwan, dachte er.

Als die 747 nach dem langen Flug über den Pazifik aufsetzte, dachte Clark, daß die Besatzung nun sicherlich Erleichterung verspüren würde. Zwölfstündige Flüge mußten unangenehm sein, besonders, wenn man am Ende in einem Smogkessel landete. Die Maschine rollte aus, drehte dann und hielt an einer von einer Militärkapelle, Soldaten in Ehrenformation, Zivilisten und dem unvermeidlichen roten Teppich markierten Stelle.

»Wenn ich so lange im Flugzeug gehockt hab', bin ich total fertig und krieg' überhaupt nichts mehr auf die Reihe«, merkte Chavez leise an.

»Dann bewerben Sie sich lieber nicht um die Präsidentschaft«, versetzte Clark.

Die Treppen wurden herangerollt, und die Türen öffneten sich. Die Kapelle stimmte ein Stück an, das die beiden CIA-Leute über die Entfernung nicht deutlich hören konnten. Die üblichen Fernsehteams flatterten herum. Der japanische Ministerpräsident wurde vom mexikanischen Außenminister begrüßt, hörte sich eine kurze Rede an, hielt selbst eine kleine Ansprache, inspizierte die Ehrenkompanie, die sich 90 Minuten die Beine in den Bauch gestanden hatte, und tat dann zum ersten Mal an diesem Tag etwas Vernünftiges: Er bestieg eine Limousine, um sich zu seiner Botschaft bringen zu lassen, wo er eine Dusche oder ein heißes Bad zu nehmen gedachte. Die Japaner haben wohl das beste Mittel gegen die Auswirkungen einer langen Flugreise, dachte Clark – sie legen sich in über vierzig Grad heißes Wasser und lassen sich genüßlich einweichen. Das glättete die Hautfalten und entspannte die Muskeln. Eigentlich schade, daß die Amerikaner das noch nicht gelernt hatten. Zehn Minuten nach der Abfahrt des letzten Würdenträgers marschierten die Soldaten ab, der rote Teppich wurde eingerollt, und man rief das Wartungspersonal zur Maschine.

Der Pilot sprach kurz mit dem Chefmechaniker. Eines der vier großen Pratt & Whitney-Triebwerke lief eine Spur zu heiß. Ansonsten hatte er keine Klagen. Dann ging die Besatzung weg, um sich auszuruhen. Drei Männer von der Sicherheit bezogen vor dem Flugzeug ihre Posten. Zwei weitere marschierten in der Kabine auf und ab. Clark und Chavez traten ein, zeigten mexikanischen und japanischen Beamten ihre Ausweise und machten sich an die Arbeit. Ding begann in den Toiletten und war ganz besonders gründlich, weil er wußte, daß die Japaner es mit der Sauberkeit sehr genau nehmen. In der Kabine brauchte man nur einmal zu schnüffeln, um zu wissen, daß Japaner während des Fluges rauchen durften. Jeder Aschenbecher mußte inspiziert werden, und über die Hälfte war zu leeren und zu reinigen. Zeitungen und Zeitschriften wurden eingesammelt. Ein anderer Trupp staubsaugte.

Als Clark vorne in das Spirituosenfach schaute, kam er zu dem Schluß, daß die Hälfte aller Passagiere mit einem Kater angekommen sein mußte. Zufrieden stellte er fest, daß die Techniker in Langley korrekt vorhergesagt hatten, welche Whiskymarke JAL gerne servierte. Schließlich betrat er das Oberdeck hinter der Kanzel. Es stimmte genau mit der Computersimulation überein, die er sich vor dieser Reise stundenlang betrachtet hatte. Als er mit dem Säubern fertig war, konnte er sicher sein, diese Aktion mit Leichtigkeit durchziehen zu können. Er half Ding, die Müllsäcke hinauszutragen, und verließ die Maschine. Auf dem Weg zu seinem Mietwagen steckte er einem CIA-Mann von der Station Mexiko einen Zettel zu.

»Verdammt noch mal!« fluchte Ryan. »Und das kam übers Außenministerium?«

»Jawohl, Sir, auf Direktor Cabots Anweisung hin über eine Faxleitung. Er wollte die Zeit für die Transkription sparen.«

»Hat sich Sam Yamata denn nicht die Mühe gemacht, ihn über Datumsgrenzen und Zeitzonen aufzuklären?«

»Leider nicht.«

Es war nun sinnlos, den Mann von der Japan-Abteilung weiter anzufauchen. Ryan las die Seiten noch einmal durch. »Nun, was halten Sie davon?«

»Ich finde, daß der Ministerpräsident in einen Hinterhalt läuft.«

»Der Ärmste«, merkte Ryan sarkastisch an. »Schicken Sie das mit Boten ins Weiße Haus. Der Präsident wird es sofort sehen wollen.«

»Wird gemacht.« Der Mann entfernte sich. Nun wählte Ryan das Direktorat Operationen an. »Was macht Clark?« fragte er ohne Umschweife.

»Alles in Butter, sagte er, er sei jetzt bereit, die Sachen in die Maschine zu schmuggeln. Die Flugzeuge mit den Empfängern sind alle startklar. Die Pläne des japanischen Premiers haben sich, soweit wir wissen, nicht geändert.«

»Ich danke Ihnen.«

»Bis wann sind Sie heute im Haus?«

Jack schaute aus dem Fenster. Es hatte bereits zu schneien begonnen. »Vielleicht bis morgen.«

Man konnte sich auf etwas gefaßt machen. Vom Mittleren Westen her einströmende Kaltluft traf auf ein Tief, das von Süden her die Küste hochzog. In Washington kommen die schwersten Schneestürme immer von Süden, und der Wetterdienst sagte bis zu zwanzig Zentimeter Schnee voraus. Noch vor wenigen Stunden hatte er nur zehn prophezeit. Jack konnte entweder sofort heimfahren und sich dann am Morgen durch verschneite Straßen kämpfen oder in Langley bleiben. Letztere Option war bedauerlicherweise die bessere.

Auch Golowko war in seinem Büro, obwohl es in Moskau schon acht Stunden später war. Diese Tatsache verbesserte Sergejs miserable Laune nicht.

»Nun?« fragte er den Mann vom Kommunikations-Aufklärungsstab.

»Wir haben mal wieder Glück gehabt. Dieses Dokument wurde als Fernkopie von der amerikanischen Botschaft in Tokio nach Washington gesandt.« Er reichte Golowko den Bogen.

Das glatte Papier aus dem Thermoprinter war vorwiegend von einem Wirrwarr aus unleserlichen und leserlichen, aber isolierten Buchstaben bedeckt, ganz abgesehen von den schwarzweißen Flecken, die von Störungen erzeugt wurden. Aber ungefähr 20 Prozent der Zeichen waren verständliches Englisch, darunter zwei komplette Sätze und ein ganzer Absatz.

»Nun?« fragte Golowko wieder.

»Als ich es der Japan-Abteilung mit der Bitte um einen Kommentar vorlegte, erhielt ich dies.« Ein weiteres Dokument ging von Hand zu Hand. »Ich habe den betreffenden Absatz angestrichen.«

Golowko las den russischen Text und verglich ihn dann mit dem englischen – »Verflucht, das ist ja eine Übersetzung! Auf welchem Weg wurde unser Dokument gesandt?«

»Mit Botschaftskurier. Es ging nicht über die Leitung, weil zwei Chiffriermaschinen in Tokio repariert wurden und der Resident die Nachricht für nicht so dringend hielt. So landete sie in der Diplomatenpost. Die Amerikaner haben unsere Chiffre zwar nicht geknackt, sich das hier aber trotzdem verschafft.«

»Wer bearbeitet diesen Fall...? Lyalin? Ja«, sagte Golowko fast zu sich selbst. Dann rief er den ranghöchsten Wachoffizier im Ersten Hauptdirektorat an. »Oberst, hier Golowko. Bitte schicken Sie eine Blitzmeldung an den Residenten Tokio. Lyalin hat sich sofort in Moskau einzufinden.«

»Was ist passiert?«

»Wir haben wieder eine undichte Stelle.«

»Lyalin ist ein sehr tüchtiger Offizier. Ich kenne das Material, das er liefert.«

»Und die Amerikaner auch. Lassen Sie die Meldung sofort herausgehen. Und dann möchte ich alles sehen, was wir von DISTEL haben.« Golowko legte auf und sah den Major an, der vor seinem Schreibtisch stand. »Was hätte ich vor fünf Jahren für diesen Mathematiker gegeben, der das alles ausgetüftelt hat!«

»Er arbeitete zehn Jahre an seiner Theorie, wie Ordnung in ein Chaos zu bringen ist. Sollte sie jemals veröffentlicht werden, verleiht man ihm bestimmt die Max-Planck-Medaille. Auf der Grundlage der Arbeit von Mandelbrot in Harvard und MacKenzie in Cambridge –«

»Ich glaub's Ihnen ja, Major. Sie haben schon einmal versucht, mir diese Hexerei zu erklären, und für mich kam außer Kopfschmerzen nichts dabei heraus. Wie geht Ihre Arbeit voran?«

»Wir werden jeden Tag besser. Nur das neue System, das die CIA gerade einführt, können wir nicht knacken. Es scheint auf einem neuen Prinzip zu basieren. Aber wir arbeiten an einer Lösung.«

Präsident Fowler bestieg den VH-3-Hubschrauber der Marines, ehe der Schneesturm zu heftig wurde. Der unten olivgrün und oben weiß lackierte VH-3 trug sonst kaum Markierungen und stand ausschließlich ihm zur Verfügung. Sein Rufzeichen war »Marine One«. Elizabeth Elliot stieg gleich nach ihm ein, wie die Pressevertreter feststellten. Die Liaison mußte bald gemeldet werden, dachten einige. Oder vielleicht nahm ihnen der Präsident die Arbeit ab, indem er das Biest heiratete.

Der Pilot, ein Lieutenant-Colonel der Marines, brachte die beiden Turbinen auf Volleistung, zog dann sachte am Knüppel, ließ die Maschine abheben und nach Nordwesten abdrehen. Bei diesem Wetter konnte er sich nur noch nach den Instrumenten richten, was er äußerst ungern tat. Normalerweise hatte er nichts dagegen, blind und nur nach Instrumenten zu fliegen, aber mit dem Präsidenten an Bord... Fliegen bei Schneetreiben war so ungefähr das Unangenehmste, das es gab. Externe visuelle Referenzen gab es nicht mehr. Wenn er durch die Windschutzscheibe starrte, konnte sich selbst der erfahrenste Pilot binnen kürzester Zeit in ein desorientiertes, luftkrankes Nervenbündel verwandeln. So konzentrierte er sich lieber auf seine Instrumente. In den Drehflügler waren alle möglichen Sicherheitseinrichtungen eingebaut, darunter Antikollisionsradar, und er hatte die volle Aufmerksamkeit zweier leitender Luftlotsen. Auf perverse Art war dies ein sicherer Flugmodus. Bei klarem Wetter mochte ein Irrer mit einer Cessna versuchen, Marine One in der Luft zu rammen, und der Colonel übte für solche Fälle regelmäßig Ausweichmanöver, sowohl in der Luft als auch im Simulator des Stützpunkts Anacostia.

»Der Wind kommt rascher als erwartet auf«, bemerkte der Kopilot, ein Major.

»Über den Bergen kann's Turbulenzen geben.«

»Wir hätten etwas früher starten sollen.«

Der Pilot stellte seine Sprechanlage an, so daß er mit den beiden Agenten des Secret Service hinten im Hubschrauber verbunden war. »Bitte sorgen Sie dafür, daß alle fest angeschnallt sind. Es wird böig.«

»Gut, danke«, erwiderte Pete Connor und überzeugte sich davon, daß die Gurte stramm saßen. Alle an Bord waren zu flugerfahren, um sich Sorgen zu machen, aber Pete zog wie jeder andere einen ruhigen Flug vor. Der Präsident wirkte, wie er sah, ganz entspannt und las eine Akte durch, die erst wenige Minuten vor dem Start eingetroffen war. Auch Connor machte es sich gemütlich. Er und Helen D'Agustino waren für ihr Leben gern in Camp David. Eine Kompanie ausgewählter Scharfschützen von den Marines sicherte die Einfriedung des Anwesens. Zusätzlich war das beste elektronische Warnsystem installiert, das Amerika je gebaut hatte. Und weitere Sicherheit boten die üblichen Agenten des Secret Service. Niemand sollte an diesem Wochenende das Grundstück betreten oder verlassen, abgesehen vielleicht von einem CIA-Boten, der dann mit dem Auto kam. Wir können uns also alle entspannen, dachte Connor, inklusive der Präsident und seine Freundin.

»Das wird immer dichter. Die Wetterfrösche sollen mal den Kopf aus dem Fenster stecken.«

»20 Zentimeter sagten sie voraus.«

»Ich setze einen Dollar auf 30.«

»Wenn es ums Wetter geht, wette ich nie gegen Sie«, erinnerte der Kopilot den Colonel.

»Klug von Ihnen, Scotty.«

»Morgen abend soll es aufklaren.«

»Auch das glaube ich erst, wenn ich es sehe.«

»Und die Temperaturen sollen bis auf −20 Grad fallen.«

»*Das* glaube ich«, sagte der Pilot und prüfte Höhenmesser, Kompaß und den künstlichen Horizont. Dann schaute er wieder nach draußen, sah aber nur Schneeflocken in den vom Rotor erzeugten Turbulenzen tanzen. »Wie schätzen Sie die Sichtweite ein?«

»Bestenfalls 30 Meter... hier und dort vielleicht auch 40...« Der Major wandte den Kopf, um den Colonel anzugrinsen, doch das Grinsen verging ihm, als er daran dachte, daß die Maschine vereisen könnte. »Außentemperatur?« murmelte er vor sich hin.

»Minus zwölf«, sagte der Colonel, ehe sein Kopilot aufs Thermometer schauen konnte.

»Steigend?«

»Ja. Gehen wir ein bißchen tiefer.«

»Scheißwetter. Typisch Washington.«

Dreißig Minuten später kreisten sie über Camp David. Blinkleuchten markierten den Landeplatz – nach unten war die Sicht besser als in jede andere Richtung. Der Pilot schaute nach hinten auf die Fahrwerksverkleidung. »Wir haben inzwischen etwas Eis auf der Außenhaut, Colonel. Bringen wir den Vogel lieber runter, ehe etwas Unangenehmes passiert. Wind 30 Knoten aus drei-null-null.«

»Das zusätzliche Gewicht macht sich langsam bemerkbar.« Unter ungünstigen Witterungsbedingungen konnten sich fast 200 Kilo Eis pro Minute an dem VH-3 bilden. »Scheiß-Meteorologen. Okay, Landezone in Sicht.«

»70 Meter, Eigengeschwindigkeit 30 Knoten«, las der Major von den Instrumenten ab. »50 bei 25... 35 bei knapp 20... sieht gut aus... 17 Meter und null über Grund...«

Der Pilot nahm die zyklische Steuerung etwas zurück. Der Luftstrudel des Rotors wirbelte nun den Schnee am Boden auf; ein häßliches Phänomen, das man »Whiteout« nannte. Die soeben erst ausgemachten visuellen Referenzpunkte verschwanden sofort wieder. Die Besatzung fühlte sich, als befände sie sich in einem Tischtennisball. Dann drückte eine Bö den Hubschrauber nach links und brachte ihn in Schräglage. Der Blick des Piloten zuckte sofort zum künstlichen Horizont. Die Abweichung von der Waagerechten kam unerwartet und war sehr gefährlich. Er bewegte die zyklische Steuerung, um die Maschine auszurichten und knallte die Blattwinkelsteuerung zum Boden. Besser eine harte Landung riskieren, als mit den Rotorblättern Bäume streifen, die er nicht sehen konnte. Der Hubschrauber plumpste wie ein Stein – gerade einen Meter tief. Ehe die Passagiere an Bord begriffen, daß etwas nicht stimmte, war der Helikopter sicher am Boden.

»Sehen Sie, und deswegen dürfen Sie den Chef fliegen«, sagte der Kopilot. »Sauber, Colonel.«

»Ich glaube, es ist was kaputtgegangen.«

»Glaube ich auch.«

Der Pilot schaltete die Sprechanlage ein. »Tut mir leid. Über dem Landeplatz erwischte uns eine Bö. Ist hinten alles in Ordnung?«

Der Präsident war schon aufgestanden und schaute nun ins Cockpit. »Sie hatten recht, Colonel. Wir hätten früher abfliegen sollen. Meine Schuld«, sagte Fowler liebenswürdig und dachte: Macht nichts, ich freu' mich auf das Wochenende.

Die Camp-David-Mannschaft öffnete die Tür des Hubschraubers. Ein geschlossener HMMWV fuhr vor, damit der Präsident und sein Anhang nicht durch die Kälte laufen mußten. Als das Geländefahrzeug anrollte, sprang die Besatzung aus der Maschine und untersuchte die Schäden.

»Dacht' ich's mir doch.«

»Dosierbolzen?« Der Major beugte sich vor und schaute genauer hin. »Klar, keine Frage.« Bei der harten Landung war ein Bolzen, der die Wirkung des rechten Stoßdämpfers regulierte, gebrochen.

»Ich gehe mal nachsehen, ob wir ein Ersatzteil haben«, sagte der Chief und mußte zehn Minuten später überrascht feststellen, daß kein Ersatz an Bord war. Ärgerlich. Er rief Anacostia an und ließ einen Satz Bolzen mit dem Auto schicken. Bis die Teile eintrafen, war nichts zu machen. Im Notfall war der Hubschrauber natürlich flugfähig. Einige Scharfschützen von den Marines bewachten wie immer die Maschine, und ein anderes Team ging im Wald um den Landeplatz Streife.

»Was gibt's, Ben?«

»Gibt's hier einen Schlafsaal?« fragte Goodley.

Jack schüttelte den Kopf. »Sie könnnen sich aber auf die Couch in Nancys Zimmer legen. Was macht Ihr Papier?«

»Ich arbeite die Nacht durch. Mir ist gerade etwas eingefallen.«

»Und das wäre?«

»Es klingt vielleicht ein bißchen verrückt – aber es hat niemand nachgeprüft, ob diese Gespräche zwischen unserem Freund Kadischow und Narmonow überhaupt stattgefunden haben.«

»Was wollen Sie damit sagen?«

»Narmonow war den größten Teil der letzten Woche nicht in Moskau. Wenn das Gespräch nicht stattfand, lügt Kadischow uns an, oder?«

Jack schloß die Augen und neigte den Kopf. »Nicht übel, Dr. Goodley, nicht übel.«

»Was Narmonow vergangene Woche tat, wissen wir. Nun lasse ich Kadischows Aktivitäten überprüfen, und zwar bis in den August zurück. Wenn wir ihn schon durchleuchten, können wir das ruhig gründlich tun. Aus diesem Grund werden Sie mein Positionspapier wohl ein wenig später bekommen, aber dieser Einfall kam mir als letzter – heute früh. Ich habe den ganzen Tag lang versucht, diesen Verdacht zu erhärten, aber das ist schwerer, als ich geglaubt habe.«

Jack wies auf das Schneegestöber draußen. »Sieht so aus, als säße ich für eine Weile hier fest. Brauchen Sie Hilfe?«

»Das wäre angenehm.«

»Gut, aber essen wir erst einmal was zu Abend.«

Oleg Juriewitsch Lyalin bestieg die Maschine nach Moskau mit gemischten Gefühlen. Er war zwar schon öfter einmal in die Zentrale zitiert worden, aber daß der Ruf so kurz nach seinem Treffen mit dem CIA-Direktor kam, beunruhigte ihn. Nun, vielleicht war das nur ein Zufall. Vermutlich ging es um die Informationen, die er Moskau über die USA-Reise des japanischen Premiers geliefert hatte. Eine Überraschung, die er der CIA nicht verraten hatte, war Japans Vorschlag an die Sowjetunion, Hochtechnologie gegen Erdöl und Holz zu tauschen. Eine solche Übereinkunft hätte die Amerikaner noch vor wenigen Jahren sehr aufgebracht; sie war die Krönung eines Projekts, an dem Lyalin seit fünf Jahren gearbeitet hatte. Er machte es sich auf seinem Sitz bequem und entspannte sich. Schließlich hatte er sein Land ja nie verraten.

Die Übertragungswagen waren in zwei Gruppen geparkt. Elf Fahrzeuge der Fernsehanstalten standen an der Stadionmauer; 200 Meter weiter waren 31 kleinere Transporter gruppiert, die wohl Lokalsendern gehörten und Satellitenantennen auf den Dächern hatten. Der erste Schneesturm hatte aufgehört, und nun räumte eine ganze Panzerdivision von schweren Schneepflügen den riesigen Parkplatz.

Das ist der richtige Platz, dachte Ghosn, gleich neben der »A«-Einheit von ABC. Dort war eine 20 Meter breite Lücke. Die laschen Sicherheitsmaßnahmen erstaunten ihn. Er zählte nur drei Polizeifahrzeuge, deren Besatzungen wohl lediglich die Aufgabe hatten, Betrunkene von den TV-Teams fernzuhalten. Wie sicher sich die Amerikaner fühlten! Die Russen hatten sie gezähmt, den Irak niedergeschlagen, seinem eigenen Volk den Frieden aufgezwungen, und nun waren sie so ruhig und gelassen, wie eine Nation es nur sein konnnte. Ihre Bequemlichkeit müssen sie über alles lieben, dachte Ibrahim. Selbst ihre Stadien waren zum Schutz gegen die Witterung überdacht und beheizt.

»Die Dinger schmeißt's um wie Dominosteine«, bemerkte Marvin, der am Steuer saß.

»Und ob«, stimmte Ghosn zu.

»Glaubst du jetzt, was ich über die Sicherheit gesagt habe?«

»Es war falsch, an deinem Wort zu zweifeln, mein Freund.«

»Vorsicht kann nie schaden.« Russell fuhr ein weiteres Mal um das Stadion herum. »Wir kommen durch dieses Tor und stellen uns einfach in die Lücke.« Die Scheinwerfer erhellten die wenigen Flocken der zweiten Schneefront. Für heftigen Schneefall sei es zu kalt, hatte Russell erklärt. Kanadische Kaltluft strömte nach Süden, erwärmte sich über Texas und führte dort und nicht in Denver, wo nach Ghosns Schätzung bereits ein halber Meter Schnee lag, zu Niederschlägen. Die Räumtrupps waren tüchtig; wie sonst überall schätzten die Amerikaner auch auf den Straßen den Komfort. Kaltes Wetter – einfach das Stadion überdachen. Schnee auf den Straßen – weg damit. Lästige Palästinenser – stopf ihnen mit Geld den Mund. Sein Gesicht verriet nicht, daß er Amerika in diesem Augenblick haßte wie nie zuvor. Was immer dieses Land auch tat, verriet seine Macht und Arroganz. Es schützte sich vor allen Unannehmlichkeiten, großen und kleinen, und trompetete dies auch noch in alle Welt hinaus.

Bei Allah, diesen Koloß zu stürzen!

Das Kaminfeuer war angenehm warm. Das Haus des Präsidenten in Camp David war im traditionellen amerikanischen Stil aus dicken, übereinanderliegenden Balken erbaut, innen aber mit einer Panzerung aus Kevlar gesichert. Die Fensterscheiben bestanden aus kugelfestem Polycarbonat. Die Einrichtung war ein kurioser Mischmasch aus ultramodern und ultrabequem. Vor der Couch, auf der Fowler saß, standen drei Drucker, über die Meldungen der drei großen Nachrichtenagenturen laufen konnten, denn seine Vorgänger hatten das gerne gesehen. Auf einem der drei großen Fernseher im Raum war meist CNN eingestellt. Heute abend aber nicht; der Sender seiner Wahl war der auf Spielfilme spezialisierte Kabelkanal CINEMAX. Eine halbe Meile entfernt befand sich eine diskret versteckte Antennenfarm, wo die Signale aller kommerziellen und militärischen Satelliten empfangen wurden. Über dieses teuerste und exklusivste Kabelsystem der Welt hatte Fowler Zugang zu allen Unterhaltungskanälen – selbst jenen, die Pornos brachten, für die er sich nicht interessierte.

Fowler griff nach einer Flasche und schenkte sich ein Bier ein; Dortmunder Union, eine beliebte deutsche Marke, die von der Air Force eingeflogen wurde. Als Präsident genießt man angenehme und inoffizielle Privilegien. Liz Elliot trank französischen Weißwein, und Fowler spielte mit ihrem Haar.

Der Film war eine belanglose Liebeskomödie, die Bob Fowler gefiel. Die Hauptdarstellerin erinnerte ihn in Aussehen und Eigenheiten an Liz. Ein bißchen zu patzig, ein bißchen zu herrisch, aber doch mit Qualitäten, die das wieder wettmachten. Nun, da Ryan fort war – oder bald ging –, beruhigte sie sich vielleicht ein wenig.

»Für uns ist alles gut gelaufen, meinst du nicht auch?«

»Ja, Bob.« Sie hielt inne und trank einen Schluck Wein. »Was Ryan angeht, hattest du recht. Es ist besser, ihn in Ehren ziehen zu lassen.« Hauptsache, er ist weg vom Fenster mit seinem mickrigen Hausdrachen, dachte sie.

»Das höre ich gern. Ryan ist nicht schlecht, aber altmodisch.«

»Total überholt«, fügte Liz hinzu.

»Richtig. Aber warum reden wir eigentlich von ihm?« fragte der Präsident.

»Ich könnte mir was Angenehmeres vorstellen.« Sie wandte den Kopf und küßte seine Hand.

»Ich auch«, murmelte der Präsident und stellte sein Glas ab.

»Die Straßen sind zu«, berichtete Cathy. »Du hast wohl das Richtige getan.«

»Ja, draußen auf dem Parkway vor dem Tor hat's gerade gewaltig gekracht. Morgen abend komme ich heim. Notfalls schnappe ich mir einen von den Allradwagen aus der Tiefgarage.«

»Wo ist John?«

»Der ist im Augenblick nicht hier.«

»So?« sagte Cathy und dachte: Und was treibt der jetzt wohl für wilde Sachen?

»Da ich nun einmal hier bin, kann ich einiges erledigen. Ich rufe morgen früh wieder an.«

»Gut, tschüs.«

»Das ist ein Aspekt dieses Jobs, den ich nicht vermissen werde«, sagte Jack zu Goodley. »So, und was haben Sie zusammengetragen?«

»Wir konnten alle Begegnungen bis zurück in den September verifizieren.«

»Sie sehen so aus, als wollten Sie gleich umfallen. Wie lange sind Sie jetzt auf den Beinen?«

»Seit gestern wohl.«

»In den Zwanzigern schafft man das noch. Aber nun hauen Sie sich draußen auf die Couch«, befahl Ryan.

»Und Sie?«

»Ich will das hier noch einmal durchlesen.« Jack klopfte auf eine Akte auf seinem Schreibtisch. »Mit dieser Sache haben Sie noch nichts zu tun. Los, legen Sie sich aufs Ohr.«

»Bis morgen dann.«

Die Tür schloß sich hinter Goodley. Jack machte sich an die NIITAKA-Dokumente, verlor aber bald die Konzentration. Er schloß die Akte in seinen Schreibtisch ein und legte sich ebenfalls hin, konnte aber nicht einschlafen. Nachdem er ein paar Minuten lang die Decke angestarrt hatte, beschloß er, sich etwas weniger Langweiliges anzusehen, und schaltete den Fernseher ein. Eigentlich wollte er Nachrichten sehen, drückte aber auf der Fernbedienung einen falschen Knopf und erwischte das Ende eines Werbeblocks auf Kanal 20, ein unabhängiger Sender in Washington. Ehe er den Fehler korrigieren konnte, kam das Programm zurück. Er erkannte den Schwarzweißfilm nicht sofort. Mit Gregory Peck und Ava Gardner ... Schauplatz Australien.

»Aber klar«, sagte Ryan zu sich selbst. *Das letzte Ufer.* Diesen Klassiker aus der Zeit des kalten Krieges nach dem Buch von Nevil Shute hatte er seit einer Ewigkeit nicht mehr gesehen.

Der Streifen zeigte die Folgen eines Atomkriegs. Jack war überrascht, wie todmüde er sich fühlte. Er begann zu schlafen und doch nicht zu schlafen. Der Film drang in sein Bewußtsein ein und setzte sich als Traum in Farbe fort, was allemal besser war als die alte Schwarzweißkopie im Fernsehen. Jack Ryan begann mehrere Rollen zu übernehmen. Er steuerte Fred Astaires Ferrari in dem blutigen und letzten australischen Grand Prix. Er fuhr nach San Francisco mit USS *Sawfish,* SSN-623 (Moment, widersprach sein Verstand, 623 ist die Nummer eines anderen U-Bootes, USS *Nathan Hale?*). Und das Morsesignal und die Colaflasche auf dem Fensterbrett waren gar nicht komisch, denn es bedeutete, daß er mit seiner Frau die Tasse Tee trinken mußte und das wollte er nicht weil dann auch die Tablette in Babys Fläschchen mußte damit das Kleine auch starb aber seine Frau brachte das noch nicht fertig immerhin war sie

Ärztin und er mußte wie immer die Verantwortung übernehmen schade daß er Ava Gardner am Strand zurückließ da schaute sie ihm nach wie er in See stach damit er mit seinen Männern in der Heimat sterben konnte wenn sie es schafften was unwahrscheinlich war die Straßen waren nun so leer. Cathy und Sally und der kleine Jack nun alle tot alles seine Schuld weil er ihnen die Pillen gegeben hatte damit sie nicht an etwas anderem starben was noch schlimmer war aber das war dumm und falsch obwohl es keine Alternative gab oder vielleicht doch einfach die Pistole –

Jack stieß einen Schrei aus und fuhr hoch. Fassungslos starrte er seine zitternden Hände an. Ein böser Traum, bei dem es diesmal nicht um Buck und John im Hubschrauber gegangen war. Er war noch schlimmer gewesen.

Ryan griff nach der Packung und steckte sich eine Zigarette an; dann stand er auf. Es schneite immer noch. Unten auf dem Parkplatz kam der Räumtrupp nicht nach. Es dauerte eine Weile, bis er die Traumbilder von seiner sterbenden Familie abgeschüttelt hatte. Diese Alpträume kamen nun zu häufig. Ich muß hier raus, dachte er. Zu viele unangenehme Erinnerungen. Sein Fehler vor dem Angriff auf seine Familie, der Kampf im U-Boot, die Nacht auf dem Flughafen Scheremetjewo, als er in die Mündung der Pistole des guten alten Sergej Nikolajewitsch gestarrt hatte, und, am schlimmsten, die Flucht aus Kolumbien mit dem Hubschrauber. Es war einfach zuviel. Zeit zum Aussteigen. Im Grunde taten ihm Fowler und sogar Liz Elliot einen Gefallen.

Ob sie das nun wußten oder nicht.

Wie schön die Welt draußen war. Er hatte seinen Part gespielt, sie ein kleines bißchen besser gemacht und anderen geholfen, sie weiter zu verbessern. Der Film, den er gerade durchlebt hatte, diese Hölle, hätte auf die eine oder andere Weise durchaus Wirklichkeit werden können. Inzwischen war das ausgeschlossen. Draußen sah es weiß und sauber aus; die Laternen auf dem Parkplatz erhellten den Schnee gerade noch und ließen alles viel hübscher als sonst aussehen. Seine Aufgabe war erfüllt. Nun konnte sich jemand anderes an den einfacheren Problemen versuchen.

»Ja.« Jack blies den Rauch aus dem Fenster. Erst mußte er sich das einmal abgewöhnen; darauf würde Cathy bestimmt bestehen. Und dann? Ein langer Urlaub im kommenden Sommer, vielleicht in England – und vielleicht mit dem Schiff anstatt mit dem Flugzeug? In Europa herumkurven, vielleicht den ganzen Sommer lang. Wieder ein freier Mensch sein. Am Strand spazierengehen. Irgendwann aber mußte er sich wieder eine Beschäftigung suchen. Die Marineakademie Annapolis – nein, die schied aus. Bei einer privaten Gruppe? Vielleicht lehren, in Georgetown etwa?

»Einführung in die Spionage«, sagte er laut und lachte vor sich hin. Genau, er wollte Vorlesungen über alle illegalen Aktivitäten halten.

Wie hatte James Greer in diesem miesen Gewerbe so lange durchhalten können? fragte sich Jack. Wie war er mit dem Streß fertiggeworden? Diese Weisheit hatte er nie weitergegeben. Jack legte sich wieder schlafen, schaltete diesmal aber vorsorglich den Fernseher aus.

34
Plazierung

Ryan stellte überrascht fest, daß es immer noch schneite. Auf dem Balkon vor seinem Büro im obersten Stock lag ein halber Meter Schnee, und die Räumtrupps waren über Nacht überhaupt nicht nachgekommen. Ein starker Wind fegte den Schnee rascher über die Straßen und Parkplätze, als er beseitigt werden konnte, und selbst das, was zu Haufen zusammengeschoben war, wurde weggeblasen und bildete anderswo wieder hinderliche Wehen. So einen Schneesturm hatte Washington seit Jahren nicht mehr erlebt. Die Stimmung der Bürger reicht von Panik bis Verzweiflung, dachte Jack. Bald mußte die Klaustrophobie einsetzen, und es würde nicht einfach sein, die Regale der Supermärkte aufzufüllen. Schon musterten Frauen und Männer ihre Ehepartner und spekulierten, wie man sie kulinarisch verwerten könnte... Endlich mal was zu lachen, dachte Jack, als er Wasser für die Kaffeemaschine holte. Im Vorzimmer packte er Ben Goodley an der Schulter und rüttelte ihn wach.

»Aus den Federn, Dr. Goodley.«

Die Augen öffneten sich langsam. »Wie spät ist es?«

»Zwanzig nach sieben. Wo in Neuengland sind Sie aufgewachsen?«

»In Littleton, das liegt im Norden von New Hampshire.«

»Dann schauen Sie mal aus dem Fenster; das wird Sie an die Heimat erinnern.«

Als Jack mit frischem Wasser zurückkam, stand der junge Mann am Fenster. »Ein halber Meter oder ein bißchen mehr. Na und? Bei uns daheim ist so was ein Schneegestöber.«

»Für Washingtoner Begriffe ist das die Eiszeit. In ein paar Minuten ist der Kaffee fertig.« Ryan beschloß, die Sicherheit unten in der Eingangshalle anzurufen. »Wie sieht es aus?«

»Viele Leute rufen an und sagen, daß sie es nicht zur Arbeit schaffen. Kein Wunder, fast die ganze Nachtschicht kann nicht heim. Der George Washington Parkway ist gesperrt, der Ostabschnitt der Ringautobahn auch, und die Wilsonbrücke ist schon wieder zu.«

»Großartig. Achtung, ein wichtiger Hinweis. Jeder, der zur Arbeit erscheint, ist zwangsläufig KGB-trainiert. Auf der Stelle erschießen.« Goodley konnte aus drei Metern Entfernung das Gelächter am anderen Ende hören. »Halten Sie mich über die Wetterlage auf dem laufenden. Und reservieren Sie mir ein Allradfahrzeug für den Fall, daß ich aus dem Haus muß – den GMC.« Jack legte auf und schaute Goodley an. »Rang bringt Privilegien.«

»Und die Leute, die unbedingt zur Arbeit müssen?«

Jack sah zu, wie der Kaffee aus der Maschine zu tröpfeln begann. »Wenn

Ring und Parkway zu sind, schaffen es zwei Drittel unseres Personals nicht. Jetzt wissen Sie, warum die Russen soviel für Programme zur Wetterbeeinflussung ausgeben.«

»Trifft man hier im Süden denn keine Vorkehrungen?«

»Ach wo, hier tut man so, als käme Schnee nur auf Skipisten vor. Wenn es nicht bald zu schneien aufhört, ist die Stadt bis Mittwoch früh lahmgelegt.«

»So chaotisch ist das hier?«

»Warten Sie ab, Sie werden es erleben, Ben.«

»Und ich hab' meine Langlaufski in Boston gelassen.«

»So hart war die Landung auch wieder nicht«, wandte der Major ein.

»Sir, der Sicherungskasten ist anderer Meinung«, erwiderte der Chief und drückte eine Sicherung hinein. Die kleine schwarze Kunststoffplatte verharrte kurz und sprang dann wieder heraus. »Diese hier bedeutet: kein Funkgerät, und ohne die andere dort funktioniert die Hydraulik nicht. Wir sitzen leider für eine Weile am Boden fest.«

Die Bolzen für das Fahrwerk waren beim zweiten Versuch um zwei Uhr nachts eingetroffen. Der erste Versuch mit einem Pkw blieb erfolglos, und jemand hatte beschlossen, ein Militärfahrzeug einzusetzen. Gebracht hatte die Teile schließlich ein HMMWV, und selbst der war auf dem Weg von Washington nach Camp David mehrmals von liegengebliebenen Fahrzeugen aufgehalten worden. Mit der nicht so schwierigen Reparatur sollte in einer Stunde begonnen werden, aber nun sah alles viel komplizierter aus.

»Nun?« fragte der Major.

»Wahrscheinlich ein paar lose Kabel da drin, Sir. Ich muß den ganzen Kasten ausbauen und durchprüfen. Das dauert mindestens einen ganzen Arbeitstag. Ich schlage vor, daß man eine Ersatzmaschine warmlaufen läßt.«

Der Major schaute nach draußen. An so einem Tag flog er sowieso nicht gerne. »Wir sollen ja erst morgen früh zurückfliegen. Wann ist der Schaden behoben?«

»Wenn ich sofort anfange ... um Mitternacht herum.«

»Frühstücken Sie erst einmal. Ich kümmere mich um eine Ersatzmaschine.«

»Roger, Major.«

»Ich lasse Ihnen ein Kabel für einen Heizlüfter rüberziehen und schicke Ihnen auch ein Radio.« Der Major wußte, daß sein Chief aus dem warmen San Diego stammte und bestimmt das Spiel hören wollte.

Er stapfte zurück ins Blockhaus. Der Hubschrauber stand auf einer Kuppe, von der der Wind den Schnee verwehte, so daß dort nur 15 Zentimeter lagen. Weiter unten waren die Wehen bis zu einen Meter tief. Die Marines im Wald freuen sich bestimmt, dachte er.

»Wie ernst ist es?« fragte der Pilot, der sich gerade rasierte.

»Im Sicherungskasten ist etwas faul. Der Chief meint, er bräuchte für die Reparatur den ganzen Tag.«

»So hart war die Landung doch gar nicht«, wandte der Colonel ein.

»Das sagte ich auch schon. Soll ich Ersatz anfordern?«

»Ja, tun Sie das. Haben Sie auf die Gefahrenkonsole geschaut?«

»Ja, Sir. Auf der Welt herrscht Frieden, Sir.«

Die »Gefahrenkonsole« war nur ein Ausdruck und existierte als solche nicht. Der Bereitschaftsgrad diverser Regierungsbehörden hing von dem erwarteten Ausmaß von Spannungen in der Welt ab. Je größer die mögliche Gefahr, desto mehr Personal und Einrichtungen wurden in Bereitschaft gehalten. Und da im Augenblick den Vereinigten Staaten keine Gefahr zu drohen schien, wurde für den VH-3 des Präsidenten nur eine Ersatzmaschine bereitgehalten. Der Major rief in Anacostia an.

»Halten Sie Strich-Zwo warm. Strich-Eins ist wegen Problemen mit der Elektrik flugunfähig... nein, das können wir hier regeln. Um Mitternacht sollte er wieder startklar sein. Gut. Wiederhören.« Gerade, als der Major auflegte, betrat Pete Connor das Blockhaus.

»Was gibt's?«

»Der Vogel ist kaputt«, verkündet der Colonel.

»So hart haben wir doch gar nicht aufgesetzt«, wandte Connor ein.

»Damit ist es offiziell«, bemerkte der Major. »Der einzige, der glaubt, daß wir aufgeknallt sind, ist der Hubschrauber.«

»Die Ersatzmaschine wird in Bereitschaft gehalten«, sagte der Colonel und beendete seine Rasur. »Tut mir leid, Pete. Kupferwurm in der Elektrik, hat vielleicht überhaupt nichts mit der Landung zu tun. Der Ersatzvogel kann binnen 35 Minuten hier sein. Keine Anzeige auf der Gefahrenkonsole. Ist etwas vorgefallen, von dem wir noch nichts wissen?«

»Nein, Ed. Von einer Bedrohung ist uns nichts bekannt.«

»Ich kann die Ersatzmaschine rüberbringen lassen, aber da wäre sie dem Wetter ausgesetzt. In Anacostia ist sie sicherer. Die Entscheidung liegt bei Ihnen, Sir.«

»Lassen wir sie fürs erste mal dort unten stehen.«

»Plant der Chef nach wie vor, sich das Spiel hier oben anzusehen?«

»Ja. Wir haben alle miteinander den Tag freibekommen. Start nach Washington morgen um 6.30 Uhr. Schaffen Sie das?«

»Kein Problem. Bis dahin sollte der Vogel repariert sein.«

»Gut.« Connor ging hinaus und zurück zu seinem Blockhaus.

»Wie ist's da draußen?« fragte Daga.

»So eisig, wie's aussieht«, versetzte Pete. »Und der Hubschrauber ist kaputt.«

»Die hätten besser aufpassen sollen«, bemerkte Helen D'Agustino, die sich gerade kämmte.

»Die Crew konnte nichts dafür.« Connor nahm den Hörer ab und wählte die Nummer der Befehlszentrale des Secret Service, die sich einige Straßen südlich des Weißen Hauses befindet. »Hier Connor. Der Hubschrauber ist defekt. Die Ersatzmaschine bleibt wegen der Witterung in Anacostia. Irgend etwas auf der Konsole, das ich wissen sollte?«

»Nein, Sir«, erwiderte der junge Agent. Laut Leuchtdiodenanzeige auf seiner Konsole befand sich der *President of the United States* (»POTUS« auf dem Display) in Camp David. Der für die *First Lady* – »FLOTUS« – vorgesehene Raum war leer. Der Vizepräsident war zusammen mit seiner Familie in seiner Dienstvilla auf dem Gelände des Marineobservatoriums an der Massachusetts Avenue. »Von hier aus gesehen ist alles schön friedlich.«

»Wie ist das Wetter bei euch?« fragte Pete.

»Fürchterlich. Alle Suburbans sind unterwegs, um Personal einzusammeln.«

»Zum Glück gibt's Chevrolet.« Wie das FBI setzte auch der Secret Service den Chevrolet Suburban, einen gigantischen Kombi in der gepanzerten Version, mit Allradantrieb ein. Das Gefährt war mit seinem 7,4-Liter-V8 so sparsam, aber auch so geländegängig wie ein Panzer. »Na, hier ist's schön gemütlich.«

»Bloß die Marines frieren sich bestimmt die Eier ab.«

»Wie sieht's auf Dulles International aus?«

»Der japanische PM soll um 18 Uhr eintreffen. Die Jungs sagen, auf Dulles sei eine Landebahn geräumt. Bis zum Nachmittag soll alles frei sein. Hier läßt der Schneesturm endlich nach. Komisch, bei uns ...«

»Jaja.« Den Rest brauchte Connor nicht zu hören. Komisch war, daß solches Wetter dem Secret Service die Arbeit erleichterte. »Okay, Sie wissen ja, wo wir zu erreichen sind.«

»Ja. Bis morgen dann, Pete.«

Connor hörte ein Geräusch und schaute aus dem Fenster. Ein Marine saß auf einem Schneepflug und versuchte, die Wege zwischen den Blockhäusern zu räumen. Seltsam: Das Fahrzeug war im Waldtarnmuster des US-Militärs lackiert, aber der Marineinfantrist trug Weiß. Selbst die Gewehre M-16A2 hatten weiße Überzüge. Wer heute hier eindringen wollte, würde zu spät erkennen, daß die Wachmannschaft völlig unsichtbar war und sich aus gefechtserfahrenen Soldaten zusammensetzte. An Tagen wie heute konnte sich selbst der Secret Service entspannen, und das kam selten genug vor. Es klopfte. Daga ging an die Tür.

»Die Morgenzeitungen«, sagte ein Corporal der Marines.

»Zeitungsausträger«, meinte Daga, nachdem sie die Tür wieder geschlossen hatte, »sind die einzigen Leute, auf die man sich wirklich verlassen kann.«

»Und die Marines?« fragte Pete lachend.

»Die sind auch zuverlässig.«

»Aspektänderung bei Sierra-16!« rief der Sonarmann. »Ziel bewegt sich nach links.«

»Verstanden«, erwiderte Dutch Claggett. »Mr. Pitney, Sie übernehmen die Zentrale.«

»Aye aye, Sir«, bestätigte der Navigator, als der IA in den Sonarraum ging. Die Männer vom Feuerleittrupp hoben die Köpfe und warteten auf Angaben, um neue Berechnungen vorzunehmen.

»Da ist er, Sir«, sagte der Sonarmann und tippte mit seinem Stift auf den Schirm. »Scheint jetzt querab zu liegen. Zentrale, hier Sonar. Richtung nun eins-sieben-null, Ziel bewegt sich nach links. Schallpegel konstant, geschätzte Fahrt unverändert.«

Das war nun der dritte Haken, den der Kontakt schlug, nachdem sie ihn aufgefaßt hatten. Der Russe fuhr in seinem Patrouillengebiet ein sehr methodisches, konservatives und geschicktes Suchmuster – so, wie es die 688 taten, wenn sie nach russischen Booten Ausschau hielten. Der Abstand zwischen den »Sprossen« seiner Leiter schien rund 23 Meilen zu betragen.

»IA, ihre neue Umwälzpumpe ist erstklassig«, merkte der Sonarmann an. »Obwohl sie laut Feuerleittrupp zehn Knoten fahren, ist das Reaktorgeräusch viel schwächer als früher.«

»Passen Sie auf, in zwei Jahren fangen die Kerle an, uns Kummer zu machen.«

»Achtung, mechanischer Lärm von Sierra-16, Richtung nun eins-sechs-vier, driftet weiter nach links. Fahrt konstant.« Der Maat kreiste den Leuchtfleck auf dem Schirm ein. »Mag sein, Sir, aber die haben noch eine Menge zu lernen.«

»Distanz zum Ziel nun 26 Meilen.«

»Mr. Pitney, vergrößern wir den Abstand ein wenig. Steuern Sie nach rechts«, befahl der Erste Offizier.

»Aye, Ruder an fünf rechts, neuer Kurs zwei-null-vier.«

»Schlägt er wieder einen Haken?« Captain Ricks betrat den Sonarraum.

»Ja, das scheint er ziemlich regelmäßig zu tun, Captain.«

»Unser Freund ist methodisch.«

»Er änderte den Kurs zwei Minuten vor unserer Zeitschätzung«, erwiderte Claggett. »Ich ließ gerade rechts steuern, um Distanz zu halten.«

»Gut so.« Ricks genoß dieses Spiel. Seit seiner ersten Fahrt als stellvertretender Chef einer Abteilung auf einem Jagd-U-Boot, das war 15 Jahre her, hatte er nicht mehr mit einem Russen Fangen gespielt. Wenn er sie, was selten genug vorkam, überhaupt gehört hatte, hatte er immer die gleiche Maßnahme ergriffen: das andere Boot so lange verfolgen, bis sein Kurs bestimmt werden konnte, dann im rechten Winkel abdrehen und wegfahren, bis sich seine akustische Signatur im Hintergrundlärm verlor.

Gezwungenermaßen hatte man die Taktik ein wenig ändern müssen, denn die russischen Unterseeboote wurden leiser. Was vor wenigen Jahren noch ein störender Trend gewesen war, entwickelte sich nun zu einem echten Problem, das die amerikanische Marine vielleicht zum Umdenken zwingen würde.

»Was, wenn das zur Standardtaktik wird, IA?«

»Wie meinen Sie das, Captain?« Claggett kam nicht ganz mit.

»Diese Kerls werden so leise, daß dies vielleicht ein geschickter Schachzug ist...«

»Wie bitte?« Claggett verstand immer noch nicht.

»Wenn man diesen Kerl verfolgt, weiß man wenigstens immer, wo er ist.

Man kann sogar eine Funkboje ausstoßen und mit ihr Hilfe herbeiholen, um ihn auszuschalten. Denken Sie darüber einmal nach. Die Russen werden recht leise. Wenn man den Kontakt gleich nach der Ortung wieder abbricht, ist trotzdem nicht garantiert, daß er einem nicht noch mal in die Quere kommt. Statt dessen verfolgen wir ihn über eine sichere Entfernung und behalten ihn im Auge.«

»So weit, so gut, Captain. Aber was wird, wenn das andere Boot uns auffaßt oder einfach auf Gegenkurs geht und mit großer Fahrt auf uns losrauscht?«

»Gutes Argument. So, und aus diesem Grund verfolgen wir ihn nicht in seiner Kiellinie, sondern leicht seitlich versetzt... da ist eine zufällige Gegenortung unwahrscheinlich. Sich direkt gegen einen Verfolger zu wenden ist zwar eine logische Defensivmaßnahme, aber er kann ja nicht andauernd Löcher in den Ozean bohren, oder?«

Himmel noch mal, Ricks definiert die Taktik neu, dachte Claggett. »Sir, sagen Sie mir Bescheid, wenn Sie das OP-02 verkauft haben.«

»Anstatt ihm direkt hinterherzufahren, bleibe ich seitlich versetzt auf seiner Nordseite. In dieser Position ist auch unser Schleppsonar effektiver. Das sollte sicherer sein.«

Wenigstens dieser Aspekt klingt vernünftig, dachte Claggett. »Wie Sie meinen, Captain. Distanz bleibt bei 27 Meilen?«

»Ja. Sehen wir uns weiterhin vor.«

Wie vorhergesagt, hatte der zweite Sturm nicht viel ausgerichtet, stellte Ghosn fest. Eine dünne Schneeschicht lag auf den Autos und dem Parkplatz. Für hiesige Verhältnisse eigentlich nichts Besonderes, aber es entsprach dem schwersten Schneesturm, den er im Libanon erlebt hatte.

»Sollen wir was frühstücken?« fragte Marvin. »Ich arbeite nicht gern mit leerem Magen.«

Ein erstaunlicher Mann, dachte Ibrahim, der hat Nerven wie Drahtseile. Entweder ist er sehr tapfer oder... Oder was? fragte sich Ghosn. Er hatte den griechischen Polizisten getötet, ohne mit der Wimper zu zucken, hatte einem Ausbilder der Organisation eine brutale Lektion erteilt, sein Geschick als Schütze bewiesen und beim Ausgraben der israelischen Bombe keine Spur von Angst gezeigt. Irgend etwas fehlt diesem Mann, schloß Ghosn. Er war völlig furchtlos, und das war nicht normal. Er lernte nicht etwa wie die meisten Soldaten, mit seiner Angst zu leben – nein, er schien überhaupt keine zu empfinden. War das echt, oder wollte er nur seine Umgebung beeindrucken? Vermutlich echt, dachte Ghosn, und wenn das der Fall ist, muß dieser Mann wirklich geistesgestört sein und war somit eher gefährlich als nützlich. Dieser Gedanke erleichterte Ghosns Gewissen ein wenig.

Das Motel hatte nur eine kleine Frühstücksbar und keinen Zimmerservice. Die drei mußten also hinaus in die Kälte. Auf dem Weg zum Frühstückszimmer kaufte Russell eine Zeitung, um sich über das Spiel zu informieren.

Kati und Ghosn fanden schon auf den ersten Blick einen weiteren Grund, die

Amerikaner zu hassen. Die Ungläubigen fraßen Eier mit Frühstücksspeck oder Schinken und Pfannkuchen mit Wurst – in allen drei Fällen Produkte vom unreinsten aller Tiere, dem Schwein. Beide Moslems fanden den Anblick und Geruch ekelerregend, und Marvin machte alles noch schlimmer, indem er sich den Frühstücksspeck mit der gleichen Selbstverständlichkeit bestellte wie seinen Kaffee. Der Kommandant ließ Haferbrei kommen, wie Ghosn feststellte. Aber mitten während der Mahlzeit wurde er plötzlich blaß und verließ den Tisch.

»Was ist eigentlich mit ihm los?« fragte Russell. »Ist er krank?«

»Ja, Marvin, er ist sehr krank.« Ghosn betrachtete den fetten Speck auf Russells Teller. Er wußte, daß Kati von dem Geruch übel geworden war.

»Hoffentlich kann er fahren.«

»Das schafft er bestimmt.« Ghosn fragte sich, ob diese Einschätzung korrekt war. Natürlich, dachte er, der Kommandant hat schon Schwereres durchgestanden – und vor anderen sein Gesicht gewahrt. Aber diese Situation nun war einmalig, und der Kommandant würde bestimmt tun, was getan werden mußte. Russell zahlte in bar und legte ein großzügiges Trinkgeld auf den Tisch, weil die Bedienung wie eine Indianerin aussah.

Kati war immer noch blaß, als er zurückkam; er wischte sich den Mund, weil er sich offenbar erbrochen hatte.

»Kann ich Ihnen etwas bestellen?« fragte Russell. »Etwas für den Magen, Milch vielleicht?«

»Danke, im Augenblick nicht.«

»Wie Sie wollen.« Marvin schlug die Zeitung auf. In den nächsten paar Stunden gab es nichts zu tun außer Warten. Wie er sah, schätzte das Blatt die Gewinnchancen für Minnesota auf sechseinhalb zu eins. Auch er hätte auf die Vikings getippt.

Special Agent Walter Hoskins, stellvertretender Chef der Abteilung OK&K (Organisierte Kriminalität und Korruption) in Denver, hatte gewußt, daß er es nicht zum Spiel schaffen würde, und die Karte, die ihm seine Frau zu Weihnachten geschenkt hatte, für 200 Dollar an den SAC verkauft. Hoskins hatte viel zu tun, denn eine Vertrauensperson hatte am Vorabend bei dem alljährlichen Empfang des NFL-Vorsitzenden etwas aufgeschnappt. Dieses Fest zog – ähnlich wie die Veranstaltungen vor dem Kentucky Derby – immer die Reichen, Mächtigen und Prominenten an. Gestern waren beide Senatoren der Staaten Colorado und Kalifornien erschienen, eine Horde Kongreßabgeordnete, die Gouverneure der beiden Staaten und schätzungsweise 300 andere Gäste. Seine VP hatte mit dem Gouverneur von Colorado, Senatoren und der Kongreßabgeordneten aus dem 3. Wahlbezirk an einem Tisch gesessen – gegen alle diese Personen ermittelte er wegen Korruption. Der Alkohol war geflossen, und der *vino* hatte die übliche Menge *veritas* enthalten. Gestern abend war man übereingekommen: Der Damm sollte gebaut werden. Auch über die Schmiergelder war man sich einig. Selbst der Vorsitzende des Ortsverbands des grünen Sierra Clubs kungelte mit. Für eine großzügige Spende von einem Bauunternehmer und die Bereitschaft des Gouverneurs, einen neuen Naturpark auszuweisen, waren die Umweltschützer bereit, ihre Einwände gegen das Projekt zu dämpfen. Traurig nur, dachte Hoskins, ist die Tatsache, daß die Gegend das Wasserprojekt wirklich braucht. Es war gut für alle Bürger, einschließlich der Angler. Aber es wurden Bestechungsgelder gezahlt, und das machte die Sache illegal. Er konnte fünf Bundesgesetze anwenden, darunter den vor 20 Jahren verabschiedeten, sehr scharfen »RICO Act«, der organisiertes Verbrechen und Korruption mit hohen Strafen belegte. Einen Gouverneur hatte er bereits hinter Gitter eines Bundesgefängnisses gebracht, und diese vier gewählten Volksvertreter sollten ihm bald Gesellschaft leisten. Der Skandal würde die politische Landschaft des Staates Colorado verheeren. Hoskins' Informantin war die persönliche Referentin des Gouverneurs, eine idealistische junge Frau, die vor acht Monaten entschieden hatte, daß das Maß voll sei. An einer Frau lassen sich Abhörgeräte leicht anbringen, ganz besonders dann, wenn es sich, wie bei dieser VP, um ein vollbusiges Geschöpf handelt. Das Mikrofon verschwand im Büstenhalter und war dort akustisch günstig plaziert. Dieser Platz war auch sicher, weil der Gouverneur ihre Reize bereits gewogen und für zu leicht befunden hatte. Die alte Weisheit stimmte: Es hat die Hölle nicht den Haß eines verschmähten Weibes.

»Nun?« fragte Murray. Er war ungehalten, weil er wieder einmal einen Sonntag im Büro verbringen mußte. Die U-Bahn, mit der er gekommen war, fuhr inzwischen auch nicht mehr, und es war gut möglich, daß er den ganzen Tag hier festsaß.

»Dan, wir haben zwar genug Beweise, um Anklage zu erheben, aber ich warte lieber ab und schlage erst zu, wenn das Geld übergeben wird. Meine VP hat erstklassige Arbeit geleistet. Ich transkribiere das Band gerade.«

»Faxen Sie mir das rüber?«

»Sowie ich fertig bin. Dan, jetzt haben wir sie am Kragen, alle miteinander.«

»Walt, vielleicht setzen wir Ihnen noch ein Denkmal«, sagte Murray, der seinen Ärger vergessen hatte. Wie die meisten hohen Polizeibeamten haßte er Korruption fast so sehr wie Entführer.

»Dan, die Versetzung hierher war für mich ein Glücksfall.« Hoskins lachte am Apparat. »Vielleicht sollte ich mich um einen der verwaisten Senatssitze bewerben.«

»Colorado könnte einen schlechteren Mann abkriegen«, merkte Dan an und dachte: Dann läufst du wenigstens nicht mehr mit 'ner Waffe rum. Er wußte, daß das ungerecht war. Im direkten Einsatz taugte Walt nichts, aber er hatte sich – wie von Murray im Vorjahr prophezeit – zu einem brillanten Ermittler gemausert, einem Schachmeister, der sogar Bill Shaw das Wasser reichen konnte. Bloß eine Festnahme konnte er nicht ordentlich durchziehen. Nun, räumte Murray ein, solche Künste sind in diesem Fall ja nicht gefragt. Politiker verstecken sich hinter Anwälten und Pressesprechern, nicht hinter Waffen. »Was halten Sie von dem Bundesanwalt?«

»Er ist ein tüchtiger, aufgeweckter junger Mann, der gute Teamarbeit leistet. Ein bißchen Unterstützung vom Justizministerium könnte nicht schaden, aber der Junge schafft es notfalls auch allein.«

»Gut, dann senden Sie mir die Niederschrift rüber, sobald sie fertig ist.« Murray drückte auf einen Knopf und rief Shaw zu Hause in Chevy Chase an.

»Ja?«

»Bill, hier Dan«, sagte Murray über die sichere Leitung. »Hoskins hat gestern abend ins Schwarze getroffen und sagt, er hätte alles auf Band – die fünf Hauptverdächtigten bekakelten beim Roastbeef, wer welchen Schnitt macht.«

»Ihnen ist wohl klar, daß wir den Kerl nun womöglich befördern müssen«, meinte der FBI-Direktor lachend.

»Machen Sie ihn zum zweiten stellvertretenden Direktor«, schlug Dan vor.

»Das hat Sie auch nicht aus den Schwierigkeiten rausgehalten. Muß ich rüberkommen?«

»Nicht nötig. Wie sieht's bei Ihnen aus?«

»Ich überlege gerade, in der Einfahrt eine Sprungschanze zu bauen. Die Straßen sehen wüst aus.«

»Ich kam mit der U-Bahn, aber die hat jetzt wegen vereister Schienen den Betrieb eingestellt.«

»In Washington herrscht Panik«, versetzte Shaw. »Nun denn. Ich habe vor, es mir gemütlich zu machen und mir das Spiel anzusehen, Mr. Murray.«

»Und ich, Mr. Shaw, verzichte auf mein Vergnügen und arbeite weiter für den Ruhm des FBI.«

»Vorzüglich. Engagierte Untergebene sehe ich gern. Außerdem habe ich meinen Enkel hier«, meldete Shaw, der zusah, wie seine Schwiegertochter dem Kleinen das Fläschchen gab.

»Was macht der Kenny junior?«

»Na, aus dem wird vielleicht mal ein Agent. Also, Dan, wenn Sie mich nicht unbedingt brauchen...«

»Viel Spaß mit dem Kleinen, aber vergessen Sie nicht, ihn zurückzugeben, wenn er die Windeln vollgemacht hat.«

»Keine Angst. Halten Sie mich auf dem laufenden. Kann sein, daß ich mit diesem Fall persönlich zum Präsidenten muß.«

»Rechnen Sie dort mit Problemen?«

»Nein. Wenn es um Korruption geht, ist der Mann beinhart.«

»Ich melde mich wieder.« Murray legte auf und ging aus seinem Büro zur Kommunikationsabteilung. Draußen traf er Inspektor Pat O'Day, der das gleiche Ziel hatte.

»Sind das Ihre Schlittenhunde in der Durchfahrt, Pat?«

»Es gibt hier auch Leute, die vernünftige Autos fahren.« O'Day besaß einen Pickup mit Allradantrieb. »Die Schranke an der Einfahrt Ninth Street ist übrigens in geöffneter Stellung eingefroren. Ich habe Anweisung gegeben, die andere geschlossen zu halten.«

»Warum sind Sie hier?«

»Ich habe Dienst in der Befehlszentrale. Meine Ablösung wohnt draußen in Frederick; die bekomme ich vor Donnerstag nicht zu sehen. Und die I-270 wird wohl erst im Frühjahr wieder aufgemacht.«

»Schlaffe Stadt. Wenn's hier mal schneit, läuft überhaupt nichts mehr.«

»Wem sagen Sie das?« O'Day war zuletzt in Wyoming eingesetzt gewesen und vermißte die Jagd immer noch.

Murray informierte das Personal in der Kommunikationsabteilung darüber, daß das erwartete Fax aus Denver geheim und fürs erste nur für ihn bestimmt sei.

»Diesen einen Treff kann ich nicht abgleichen«, sagte Goodley kurz nach dem Mittagessen.

»Welchen?«

»Den ersten, der uns aufrüttelte – halt, Verzeihung, den zweiten. Ich kann Narmonows und SPINNAKERs Zeitpläne nicht in Einklang bringen.«

»Das muß nicht unbedingt etwas bedeuten.«

»Ich weiß. Merkwürdig ist nur der Ton der Meldungen. Erinnern Sie sich noch an das, was ich über den Stil sagte?«

»Ja, aber mit meinem Russisch ist es nicht so weit her. Ich erkenne die Nuancen nicht so gut wie Sie.«

»In dieser Meldung taucht die Änderung zum ersten Mal auf, und das fragliche Treffen ist auch das erste, das ich nicht verifizieren kann.« Goodley machte eine Pause. »Ich glaube, da bin ich auf etwas gestoßen.«

»Vergessen Sie nicht, daß Sie die Rußlandabteilung überzeugen müssen.«

»Das wird nicht so einfach sein.«

»Genau«, stimmte Ryan zu. »Untermauern Sie Ihre Theorie mit weiteren Indizien, Ben.«

Ein Mann vom Sicherheitsdienst half Clark, den Kasten mit den Flaschen in die Maschine zu tragen. Clark füllte die Bar auf und ging dann mit den restlichen vier Flaschen Chivas zum Oberdeck. Chavez trottete mit den Blumen hinterher. John Clark stellte die Flaschen an ihren Platz und überzeugte sich, daß in der Kabine alles seine Ordnung hatte. Er rückte einige kleine Gegenstände zurecht, um zu demonstrieren, daß er seine Arbeit ernst nahm. Da die Flasche mit dem Sender-Empfänger einen gesprungenen Hals hatte, konnte er sicher sein, daß niemand versuchen würde, sie zu öffnen. Clever, die Jungs von W&T, dachte er. Die simpelsten Tricks klappten gewöhnlich am besten.

Die Blumenarrangements, die vorwiegend aus schönen weißen Rosen bestanden, mußten befestigt werden, und zwar mit den grünen Stäben, die, wie Chavez fand, genauso aussahen, als seien sie einzig und dafür gemacht. Ding ging nach unten in die vorderen Toiletten, wo er ein sehr kleines japanisches Tonbandgerät in einen Abfalleimer legte, nachdem er sich davon überzeugt hatte, daß es auch richtig arbeitete. Am Fuß der Wendeltreppe traf er sich mit Clark, und die beiden verließen das Flugzeug. Der Voraustrupp der Sicherheit traf gerade ein, als sie in der unteren Ebene des Empfangsgebäudes verschwanden.

Drinnen suchten sich die beiden Männer einen abschließbaren Raum, in dem sie sich umzogen. Heraus kamen sie wie Geschäftsleute gekleidet, anders frisiert und mit Sonnenbrille.

»Sind Operationen immer so einfach, Mr. Clark?«

»Nein.« Die beiden marschierten nun zum anderen Ende des Gebäudes. Sie waren dort etwa 800 Meter von der 747 der JAL entfernt, hatten sie aber immer noch im Blick. Außerdem sahen sie einen Business-Jet Gulfstream-IV, der als Privatflugzeug markiert war. Dieser sollte kurz vor dem japanischen Passagierflugzeug abheben und dann einen Parallelkurs mit ihm halten. Clark nahm einen Sony Walkman aus der Aktentasche, legte eine Kassette ein und setzte den Kopfhörer auf. Er vernahm das Murmeln der Leute von der Sicherheit in der Maschine, das nun von dem in einem Taschenbuch versteckten Tonbandgerät aufgenommen wurde. Schade, daß ich kein Japanisch kann, dachte Clark. Jetzt begann das untätige Warten, das fast immer einen Großteil von verdeckten Operationen ausmacht. Clark hob den Kopf und beobachtete, wie der rote Teppich ausgerollt wurde, die Ehrenkompanie sich aufstellte und das Rednerpult herangetragen wurde. Was für ein bescheuerter Job für die armen Kerle, dachte er.

Nun aber kam Bewegung auf. Der mexikanische Präsident begleitete den japanischen Premier höchstpersönlich zu seinem Flugzeug und schüttelte ihm an der Treppe herzlich die Hand. Na, haben wir da schon einen Beweis? fragte sich Clark, der frohgemut war, weil die Operation gut zu laufen schien, aber auch traurig, weil es so heimtückische Abmachungen überhaupt geben konnte. Die Japaner gingen die Stufen hinauf, die Tür wurde geschlossen, die Treppe weggerollt, und dann liefen die Triebwerke der 747 an.

Clark hörte, wie die Unterhaltung auf dem Oberdeck der Maschine begann. Sobald die Triebwerke liefen, fiel die Tonqualität drastisch ab. Nun rollte die Gulfstream an. Zwei Minuten später setzte sich die Boeing in Bewegung. Der Zeitvorsprung hatte einen guten Grund: Man flog nicht hinter einem Jumbo her, weil die Turbulenzschleppe dieses Großraumflugzeugs sehr gefährlich sein konnte. Die beiden CIA-Leute blieben auf der Aussichtsterrasse, bis die 747 abgehoben hatte. Damit war ihre Arbeit getan.

Die Gulfstream stieg auf ihre Reiseflughöhe von 13 000 Meter und ging auf Kurs null-zwei-sechs in Richtung New Orleans. Auf Anweisung der Männer hinter ihm nahm der Pilot die Schubhebel etwas zurück. Weit rechts von ihnen hatte die Boeing die gleiche Höhe erreicht und flog nun Kurs zwei-drei-eins. Die Whiskyflasche in dem Riesenvogel sendete ihr Signal auf EHF durchs Fenster, das Antennen in der Gulfstream empfingen. Die sehr günstige Datenbandbreite garantierte ein sehr gutes Signal. Für die beiden Seitenbandkanäle lief je ein Bandgerät. Der Pilot flog die Gulfstream so nahe heran, wie er sich traute, und als die beiden Maschinen über dem Meer waren, drehte er nach links ab. Nun ging ein zweites Flugzeug, eine EC-135, die vom Luftstützpunkt

Tinker in Oklahoma herangeeilt war und in der Gegend gewartet hatte, 50 Kilometer östlich und 600 Meter hinter der Boeing in Position.

Die Gulfstream landete in New Orleans, wo die Männer mit ihren Geräten von Bord gingen, tankte auf und flog wieder zurück nach Mexico City.

Dort war Clark in der amerikanischen Botschaft. Zu seinem Team für diese Operation gehörte auch ein Mann vom Direktorat Intelligence, der das Japanische beherrschte. Clark war zu dem Schluß gekommen, daß sich mit einem Testempfang die Effektivität des Systems ermitteln ließ und daß es auch besser sei, die abgehörten Gespräche gleich übersetzen zu lassen. Wenn das mal keine operative Initiative ist, dachte er. Der Sprachkundige ließ sich Zeit und hörte sich das Band dreimal an, ehe er zu tippen begann. Daß Clark ihm dabei über die Schulter sah, störte ihn.

»›Wenn es doch bloß so einfach wäre, mit der parlamentarischen Opposition zu einer Übereinkunft zu kommen‹«, las Clark laut. »›Wir brauchten nur noch einige seiner Partner zu versorgen.‹«

»Da haben wir wohl, was wir wollen«, bemerkte der Übersetzer.

»Wo ist Ihr Kommunikationsmann?« fragte Clark den Stationschef.

»Das sende ich selbst.« Das war in der Tat einfach genug. Der Stationschef gab die zwei Schreibmaschinenseiten in einen Computer ein, der mit einem Gerät verbunden war, das einem Videogerät ähnelte. Auf der großen Platte waren nach dem Zufallsprinzip Milliarden digitaler Zahlen gespeichert. Jeder Buchstabe, den er eingab, wurde ebenfalls nach dem Zufallsprinzip transponiert, dann nach Langley gesendet und dort im MERCURY-Raum aufgezeichnet. Ein Kommunikationstechniker holte die entsprechende Dechiffrier-CD aus dem streng bewachten Archiv, schob sie in sein Abspielgerät und drückte auf einen Knopf. Binnen Sekunden kamen zwei Seiten Klartext aus einem Laserdrucker. Der Techniker tat sie in einen Umschlag, den er versiegelte und einem Boten übergab. Dieser eilte zum Büro des stellvertretenden Direktors im sechsten Stock.

»Dr. Ryan, hier ist die Meldung, auf die Sie gewartet haben.«

»Vielen Dank.« Jack bestätigte den Empfang mit seiner Unterschrift. »Dr. Goodley, Sie müssen mich einen Augenblick entschuldigen.«

»Kein Problem.« Ben ging zurück zu seinen Papierbergen.

Ryan nahm die beiden Seiten heraus und las sie zweimal aufmerksam und langsam durch. Dann griff er zum Telefon und bat um eine sichere Leitung nach Camp David.

»Befehlszentrale«, meldete sich jemand.

»Hier Dr. Ryan in Langley. Ich muß den Chef sprechen.«

»Moment, Sir«, erwiderte der Maat von der Navy. Ryan steckte sich eine Zigarette an.

»Fowler«, sagte eine neue Stimme.

»Mr. President, hier Ryan. Ich habe ein Bruchstück der Konversation in der 747.«

»Jetzt schon?«

»Es wurde vor dem Anlassen der Triebwerke abgehört. Eine unidentifizierte Stimme, die vermutlich dem Ministerpräsidenten gehört, sagt, daß der Handel zustande gekommen ist.« Jack las drei Zeilen vor.

»Dieser Hund!« grollte Fowler. »Mit einem solchen Beweis könnte ich hier jemanden vors Gericht bringen.«

»Ich dachte mir, daß Sie das so bald wie möglich hören wollten, Sir. Die Niederschrift kann ich Ihnen per Fax schicken. Mit der Gesamttranskription ist um 21 Uhr zu rechnen.«

»Gut, da hab' ich nach dem Spiel was zu lesen. Faxen Sie es rüber.« Es wurde aufgelegt.

»Gern geschehen, Sir«, sagte Jack ins Telefon.

»Es ist soweit«, sagte Ghosn.

»Okay.« Russell stand auf und zog seine dicke Jacke an. Der Wetterbericht hatte eine Mindesttemperatur von −14 Grad vorhergesagt, und die war noch nicht erreicht. Aus Nebraska, wo es noch kälter war, kam ein eisiger Wind. Wenigstens brachte diese Wetterlage einen klaren Himmel mit sich. Auch Denver hatte unter Smog zu leiden, den die im Winter häufig auftretenden Inversionen noch verschlimmerten. Heute aber war keine Wolke am Himmel. In der Ferne konnte Marvin sehen, wie der Schnee in weißen Bannern von den Gipfeln der Front Range geweht wurde. Das mußte ein gutes Omen sein, und das klare Wetter bedeutete auch, daß ihr Flug pünktlich und nicht, wie er befürchtet hatte, mit witterungsbedingter Verspätung abging. Er ließ den Motor des Transporters an, wiederholte, was er zu sagen hatte, und ging, während er die Maschine warmlaufen ließ, noch einmal den Plan durch. Marvin drehte sich um und betrachtete die Ladung. Fast eine Tonne hochbrisanter Sprengstoff, dachte er. Die Leute werden ganz schön sauer sein. Dann ließ er den Mietwagen an und drehte die Heizung auf. Schade, daß es dem Kommandanten so schlechtgeht, dachte Russell. Vielleicht sind es die Nerven.

Wenige Minuten später kamen sie heraus. Ghosn stieg neben Marvin ein. Auch er wirkte nervös.

»Alles klar?«

»Ja.«

»Okay.« Russell legte den Rückwärtsgang ein und fuhr vom Parkplatz. Dann begann er vorwärts zu fahren, überzeugte sich durch einen Blick in den Rückspiegel, daß der Mietwagen auch folgte, und hielt weiter auf die Straße zu.

Die Fahrt zum Stadion verlief ohne Zwischenfälle und dauerte nur wenige Minuten. Ein großes Polizeiaufgebot war da, und er sah, daß Ghosn die Polizisten argwöhnisch beäugte. Marvin machten sie keinen Kummer, denn er wußte, daß sie nur zur Verkehrsregelung da waren und nun, da der große Ansturm noch nicht begonnen hatte, einfach nur herumstanden. Das Spiel begann erst in sechs Stunden. Er bog von der Straße ab zum Tor des Parkplatzes, der für die Medien reserviert war. Dort stand ein Polizist, mit dem er reden wollte. Kati hatte sich bereits von ihm getrennt und fuhr ein paar Straßen weiter ums Viereck. Marvin hielt an und kurbelte die Scheibe herunter.

»Guten Tag«, sagte er zu dem Beamten.

Pete Dawkins von der Denver-Polizei war ein Einheimischer, fror aber trotzdem schon. Er hatte die Aufgabe, das Tor für die Medien und die Prominenz zu bewachen, und war nur auf diesen Posten gestellt worden, weil er noch sehr jung war. Die höheren Dienstränge hatten wärmere Plätze.

»Wer sind Sie?« fragte Dawkins.

»Von der Technik«, erwiderte Russell. »Das ist das Tor für die Medien, oder?«

»Stimmt, aber Sie stehen nicht auf meiner Liste.« Auf dem VIP-Parkplatz war nur eine begrenzte Zahl von Plätzen frei, und Dawkins konnte nicht jeden einlassen.

»Bei der ›A‹-Einheit da drüben ist eine Bandmaschine kaputtgegangen«, erklärte Russell mit einer Geste. »Wir mußten Ersatz ranschaffen.«

»Davon hat mir niemand etwas gesagt«, meinte der Beamte.

»Davon hab' ich auch erst gestern abend um sechs erfahren. Wir mußten das verdammte Ding von Omaha rüberkarren.« Russell winkte vage mit seinem Blockhalter. Ghosn wagte kaum zu atmen.

»Warum hat man es nicht eingeflogen?«

»Weil Federal Express sonntags nicht arbeitet und weil der Brocken nicht durch die Tür des Learjets paßt. Aber wissen Sie, ich beklage mich nicht. Ich bin in Chicago Techniker beim Sender und kriege für diesen Job das Dreieinhalbfache meines Lohns – von wegen Sonntagsüberstunden, Reisezuschlag und so weiter.«

»Klingt anständig«, meinte der Polizist.

»Dabei kommt für mich mehr raus als sonst in der ganzen Woche. Reden Sie ruhig weiter.« Russell grinste. »Im Augenblick verdiene ich nämlich 1,25 Dollar pro Minute.«

»Sie müssen eine starke Gewerkschaft haben.«

»Stimmt.« Marvin lachte.

»Wissen Sie, wohin Ihre Ladung soll?«

»Klar, Sir.« Russell fuhr an. Ghosn atmete erleichtert auf, als der Wagen sich wieder bewegte. Er hatte alles mitbekommen und eine Katastrophe befürchtet.

Dawkins sah dem Transporter nach, schaute auf die Uhr und machte sich eine Notiz auf seinem Blockhalter. Aus unerfindlichen Gründen wollte der Captain wissen, wer wann eintraf. Dawkins kam das überflüssig vor, aber Captains hatten manchmal einfach unsinnige Ideen. Erst nach einer Weile ging ihm auf, daß der Wagen in Colorado zugelassen war. Seltsam, dachte er, als ein schwerer Lincoln vorfuhr. Dieses Fahrzeug stand auf seiner Liste; es brachte den Vorsitzenden der American Conference der NFL. Wahrscheinlich kommen die VIPs früher, dachte Dawkins, damit sie es sich in ihren Logen gemütlich machen und eher zu saufen anfangen können. Er hatte am Vorabend beim Empfang des FNL-Vorsitzenden Dienst geschoben und mit angesehen, wie sich alle reichen Clowns des Staates mit diversen Politikern und anderen VIPs – alles Arschlöcher, dachte der junge Beamte – aus ganz Amerika einen angedudelt hatten. F. Scott Fitzgerald hatte doch recht, dachte er: Sehr Reiche sind in der Tat anders als du und ich.

Russell hielt 200 Meter weiter, zog die Handbremse an und ließ den Motor laufen. Das Spiel sollte um 16.20 Uhr Ortszeit beginnen. Ghosn kniete hinten vor dem Timer. Er ging davon aus, daß der Anpfiff, der bei so wichtigen Begegnungen immer verspätet erfolgt, um halb fünf kam. Der Zeitpunkt der Detonation war schon vor Wochen eingestellt worden: 17.00 Uhr Rocky-Mountain-Standardzeit, exakt zur ersten vollen Stunde nach Spielbeginn.

Die Sicherung der Zündeinrichtung war recht primitiv. An den Luken waren Klammern angebracht, aber für komplexe Vorrichtungen war keine Zeit mehr gewesen. Um so besser, dachte Ghosn, denn der böige Nordwestwind ließ das Fahrzeug schaukeln und hätte einen empfindlichen Kippschalter womöglich ausgelöst.

Was das betraf, erkannte er erst jetzt, hätte nur das Zuschlagen einer Fahrzeugtür... Was hast du sonst noch nicht bedacht? fragte sich Ghosn und ging dann rasch alle seine Arbeitsschritte durch. Alles war mehr als hundertmal geprüft worden. Alles war bereit. Selbstverständlich war es bereit. Hatte er sich monatelang sorgfältig auf diesen Augenblick vorbereitet?

Der Ingenieur prüfte zum letzten Mal seine Testschaltungen. Sie funktionierten einwandfrei, und die Kälte hatte den Ladungszustand der Batterien nicht zu sehr beeinträchtigt. Nun schloß er die Kabel an den Zeitzünder an – oder versuchte das zumindest. Seine Hände waren steif von der Kälte und zitterten, weil er nervös war. Ghosn hielt inne, sammelte sich kurz und hatte beim zweiten Mal Erfolg. Zuletzt zog er die Muttern fest.

Damit, entschied er, war es getan. Ghosn schloß die Luke, aktivierte die simple Sicherung und wich von dem Apparat, der nun eine scharfe Bombe war, zurück.

»Fertig?« fragte Russell.

»Ja, Marvin«, antwortete er leise und kletterte auf den Beifahrersitz.

»Dann verschwinden wir.« Marvin wartete, bis der jüngere Mann ausgestiegen war, und verriegelte dann die Beifahrertür. Anschließend sprang er heraus und schloß das Fahrzeug ab. Sie gingen nach Westen, vorbei an den großen Übertragungswagen mit den riesigen Parabolantennen. Die müssen Millionen gekostet haben, dachte Marvin, und bald werden alle ruiniert sein, zusammen mit den Scheißern vom Fernsehen, die aus dem Tod meines Bruders einen Medienzirkus gemacht haben, eine Sportveranstaltung. Daß die draufgehen mußten, rührte ihn nicht im geringsten. Bald erreichten sie den Windschatten des Stadions, gingen vorbei an den ersten Fans und den Autoschlangen, die sich auf den Parkplatz wanden. Viele Wagen kamen aus Minnesota und waren mit Anhängern der Vikings besetzt, die warm angezogen waren und die Mützen ihres Teams trugen, manche sogar mit Hörnern besetzt.

Kati wartete mit dem Mietwagen in einer Seitenstraße. Wortlos rutschte er vom Fahrersitz und ließ Marvin ans Steuer. Da der Verkehr nun dichter wurde, wählte Russell einen Schleichweg, den er in den vergangenen Tagen ausgekundschaftet hatte.

»Eigentlich eine Schande, daß wir das Spiel verderben.«

»Was soll das heißen?« fragte Kati.

»Die Vikings haben es jetzt fünfmal geschafft, ins Endspiel zu kommen, und diesmal sieht es so aus, als würden sie gewinnen. Der junge Wills ist der beste Stürmer seit Sayers, und unseretwegen wird niemand die Aktion mitkriegen. Schade.« Russell schüttelte den Kopf und grinste über die Ironie der Situation. Weder Kati noch Ghosn ließen sich zu einer Antwort herab, aber Russell hatte auch keinen Kommentar erwartet. Den Burschen fehlte halt jeder Sinn für Humor. Der Parkplatz des Motels war fast leer. Alle Gäste müssen Fans der einen oder anderen Mannschaft sein, dachte Marvin, als er die Tür öffnete.

»Ist alles gepackt?«

»Ja.« Ghosn tauschte einen Blick mit dem Kommandanten. Eigentlich schade, aber da war nichts zu machen.

Das Zimmermädchen war noch nicht da gewesen, aber das war kein Problem. Marvin ging ins Bad und machte die Tür hinter sich zu. Als er wieder herauskam, sah er, daß die beiden Araber aufgestanden waren.

»Ist alles soweit?«

»Ja«, sagte Kati. »Könnten Sie meinen Koffer runterholen, Marvin?«

»Klar.« Russell drehte sich um und griff nach dem Gepäckstück auf dem Stahlregal. Die Eisenstange, die ihn ins Genick traf, hörte er nicht. Der kleine, aber stämmige Mann fiel auf den schäbigen Teppichboden aus Synthetik. Kati hatte fest zugeschlagen, aber nicht fest genug, wie er nun erkannte. Der Kommandant wurde von Tag zu Tag schwächer. Ghosn half ihm, den Bewußtlosen ins Bad zu schleifen, wo sie ihn auf den Rücken drehten. Das Bad des billigen Motels war zu klein für ihre Zwecke. Sie wollten Russell in die Badewanne legen, aber da für sie beide nicht genug Platz war, kniete sich Kati einfach neben den Amerikaner. Ghosn zuckte enttäuscht die Achseln und nahm ein Handtuch vom Halter.

Dieses wickelte er um Russells Hals. Der Indianer war eher benommen als bewußtlos und begann die Hände zu bewegen. Ghosn mußte rasch handeln. Kati reichte ihm ein Steakmesser, das er am Vorabend beim Essen hatte mitgehen lassen. Ghosn bohrte es dicht unter dem Ohr tief in Russells Hals. Blut schoß heraus wie aus einem Schlauch, und Ibrahim drückte das Handtuch wieder auf die Wunde, damit nichts auf seine Kleidung spritzte. Dann durchtrennte er die linke Halsschlagader.

In diesem Augenblick riß Marvin die Augen auf. Sein Blick war voller Unverständnis, und er hatte nicht mehr genug Zeit, zu begreifen, was geschah. Er versuchte, die Arme zu bewegen, aber die beiden stürzten sich mit ihrem ganzen Gewicht darauf, um den Amerikaner an jeder Gegenwehr zu hindern. Russell öffnete den Mund, sagte aber nichts, und nach einem letzten vorwurfsvollen Blick auf Ghosn wurden seine Augen verträumt und verdrehten sich dann. Inzwischen waren Kati und Ghosn zurückgewichen, um nicht mit dem Blut, das durch die Fugen zwischen den Fliesen rann, in Berührung zu kommen. Ibrahim zog das Handtuch weg. Die Blutung war nun nur noch ein Rinnsal, nichts, worum man sich noch kümmern mußte. Der Stoff aber hatte sich vollgesogen. Ghosn warf das Frotteehandtuch in die Badewanne. Kati reichte ihm ein neues.

»Hoffentlich ist Allah ihm gnädig«, sagte Ghosn leise.

»Er war ein Heide.« Für gegenseitige Beschuldigungen war es nun zu spät.

»War es denn sein Fehler, daß er nie einem Gottesmann begegnete?«

»Waschen wir uns«, versetzte Kati. Vor dem Bad gab es zwei Waschbecken. Die beiden seiften sich gründlich die Hände ein und prüften ihre Kleidung auf Blutflecken. Alles sauber.

»Was passiert hier, wenn die Bombe hochgeht?« fragte Kati.

Darüber dachte Ghosn erst nach. »So nahe ... wird das Motel zwar nicht vom Feuerball verschlungen, aber –« Er trat ans Fenster und zog die Vorhänge ein paar Zentimeter weit auf. Das Stadion befand sich in Sichtweite, und damit war leicht vorherzusagen, was geschehen würde. »Die Hitzewelle setzt es in Brand, und die Druckwelle reißt es um. Von dem Gebäude bleibt nichts übrig.«

»Sind Sie sicher?«

»Absolut. Die Auswirkungen der Bombe lassen sich leicht vorhersagen.«

»Gut.« Kati entledigte sich aller Ausweise, die er und Ghosn bis zu diesem Zeitpunkt benutzt hatten. Sie hatten noch eine Zollkontrolle vor sich und das Schicksal schon genug herausgefordert. Die überflüssigen Dokumente flogen in den Papierkorb. Ghosn nahm beide Koffer und trug sie hinaus zum Auto. Nachdem sie das Zimmer noch einmal überprüft hatten, setzte sich Kati in den Wagen. Ghosn schloß zum letzten Mal die Tür und hängte das Schild »Nicht stören« an den Knopf. Die Fahrt zum Flughafen, wo ihre Maschine in zwei Stunden starten sollte, war kurz.

Das Gelände füllte sich rasch. Bereits drei Stunden vor Spielbeginn war der VIP-Parkplatz zu Dawkins' Überraschung schon voll. Die traditionelle Schau vor dem Spiel hatte gerade begonnen. Ein Fernsehteam schlenderte mit einer Handkamera auf dem Platz herum, dessen eine Hälfte die Anhänger der Vikings in einen gigantischen Picknickplatz verwandelt hatten. Von den Holzkohlengrills stieg weißer Dampf auf. Dawkins wußte, daß die Fans der Vikings ein bißchen verrückt waren, aber das hier war der Gipfel. Sie brauchten doch einfach nur ins Stadion zu gehen, wo es +20 Grad hatte und es alle möglichen Speisen und Getränke gab, die sie dann auf gepolsterten Sitzen zu sich nehmen konnten. Aber nein – sie wollten beweisen, was für harte Burschen sie waren, indem sie bei −15 Grad im Freien grillten. Dawkins fuhr Ski und hatte sich als Student bei der Sicherheitspatrouille auf den Pisten bei Aspen etwas hinzuverdient. Er kannte also die Kälte und wußte Wärme zu schätzen. Kälte und Wind waren erbarmungslos und auch mit solchem Imponiergehabe nicht zu beeindrucken.

»Wie läuft's, Pete?«

Dawkins drehte sich um. »Keine Probleme, Sergeant. Alle Positionen auf der Liste sind abgehakt.«

»Ich löse Sie für ein paar Minuten ab. Gehen Sie rein und wärmen Sie sich auf. Am Sicherheitsposten gleich hinter dem Tor gibt's Kaffee.«

Dawkins, der ein warmes Getränk vertragen konnte, bedankte sich und ging. Er wußte, daß er die ganze Spielzeit auf Streife im Freien verbringen mußte, um sicherzustellen, daß niemand etwas stahl. Beamte in Zivil hielten nach Taschendieben und Schwarzhändlern Ausschau, durften sich aber später drinnen das Spiel anschauen. Dawkins hingegen hatte nur ein Radio. Kein Wunder, er war erst seit drei Jahren bei der Polizei und war fast noch ein Rekrut. Der junge Beamte ging die leichte Anhöhe zum Stadion hinauf und vorbei an dem weißen Transporter, den er durchgelassen hatte. Er schaute hinein und sah das Gerät von Sony. Seltsam, es schien nicht angeschlossen zu sein. Er fragte sich, wo die beiden Techniker waren, aber die Lust auf Kaffee war größer als seine Neugierde. Selbst Unterwäsche aus Polypropylen hielt nur begrenzt warm, und Dawkins fror wie noch nie zuvor in seinem Leben.

Kati und Ghosn gaben den Mietwagen zurück und ließen sich mit dem kostenlosen Bus zur Abflughalle bringen, wo sie ihr Gepäck aufgaben und sich dann bei der Abfertigung nach ihrem Flug erkundigten. Dort erfuhren sie, daß ihre MD-80 der American Airlines nach Dallas-Fort Worth wegen schlechten Wetters in Texas Verspätung hatte. Nach dem Schneesturm, der Denver in der vergangenen Nacht nur gestreift hatte, waren die Startbahnen vereist, wie die Frau am Schalter erklärte.

»Ich muß unbedingt pünktlich nach Mexiko. Könnten Sie mich über eine andere Stadt umbuchen?« fragte Ghosn.

»Wir haben einen Flug nach Miami, der um die gleiche Zeit abgeht wie Ihr geplanter nach Dallas. In Miami hätten Sie dann Anschluß...« Sie gab die Daten in ihren Computer ein. »Dort hätten Sie eine Stunde Aufenthalt. Ah, gut, da kämen Sie nur 15 Minuten später in Mexico City an.«

»Könnten Sie das bitte buchen? Ich habe einen Termin in Mexiko.«

»Soll ich beide Flugscheine umbuchen?«

»Natürlich, Verzeihung.«

»Kein Problem.« Die junge Frau lächelte ihren Computer an. Ghosn fragte sich, ob sie die Explosion überleben würde. Die riesige Glasscheibe würde der Druckwelle ausgesetzt sein... nun, dachte er, wenn sie sich rasch genug duckt... Aber da hatte sie der Atomblitz schon geblendet. Schade, sie hatte so schöne, dunkle Augen. »Bitte sehr. Ich werde dafür sorgen, daß Ihr Gepäck umgeladen wird«, versprach sie. Ghosn nahm das nicht ganz für bare Münze.

»Ich danke Ihnen.«

»Ihr Ausgang ist dort drüben.«

»Noch einmal herzlichen Dank.«

Die Frau sah ihnen nach. Der Jüngere ist niedlich, dachte sie, aber sein älterer Bruder – oder sein Chef? – ist ein Sauertopf. Na, vielleicht fliegt er nicht gerne.

»Nun?« fragte Kati.

»Der Verbindungsflug paßt so ziemlich in unseren Zeitplan und verkürzt unsere Wartezeit in Mexiko um 15 Minuten. Schlechtes Wetter herrscht nur in Texas. Es sollte also keine weiteren Schwierigkeiten geben.«

Die Abflughalle war fast leer. Wer Denver verlassen wollte, wartete offenbar auf spätere Flüge, um sich das Spiel im Fernsehen anzusehen. Es warteten kaum 20 Leute auf ihren Abflug.

»Und hier kann ich die Terminpläne auch nicht in Einklang bringen«, sagte Goodley. »Ich würde fast sagen, daß wir es mit einem rauchenden Revolver zu tun haben.«

»Wie kommt's?« fragte Ryan.

»Letzte Woche war Narmonow nur am Montag und am Freitag in Moskau. Dienstag, Mittwoch und Donnerstag befand er sich in Lettland, Litauen und der Westukraine. Anschließend flog er nach Wolgograd, um das Fußvolk bei Laune zu halten. Freitag fällt aus, denn an diesem Tag ging SPINNAKERs Meldung ein. Unser Freund aber verbrachte praktisch den ganzen Montag im Parlamentsgebäude. Ich bezweifle, daß sie sich letzte Woche getroffen haben, doch sein Brief deutet eine Begegnung an. Ich glaube, er lügt.«

»Zeigen Sie mir das mal«, sagte Jack.

Goodley breitete sein Blatt mit den Daten auf Ryans Schreibtisch aus. Gemeinsam gingen sie Termine und Pläne durch.

»Das ist ja hochinteressant«, meinte Ryan ein paar Minuten später. »Dieses Schlitzohr.«

»Finden Sie das überzeugend?« fragte Goodley.

»Völlig, meinen Sie?« Der stellvertretende Direktor schüttelte den Kopf. »Nein.«

»Und warum nicht?«

»Weil die Möglichkeit besteht, daß Ihre Daten nicht korrekt sind. Es könnte ja sein, daß sie sich heimlich getroffen haben, am Sonntag vielleicht, als Andrej Iljitsch in seiner Datsche war. Eine Schwalbe macht noch keinen Sommer«, sagte Jack mit einer Kopfbewegung nach draußen. »Das muß in allen Einzelheiten geprüft werden, ehe wir es weitergeben. Aber Ihre Entdeckung ist hochinteressant, Ben.«

»Verdammt –«

»Ben, in solchen Fällen geht man behutsam vor. Wegen unklarer Daten wirft man nicht gleich die Arbeit eines wertvollen Agenten weg. Und das ist doch wohl nicht eindeutig, oder?«

»Strenggenommen nicht. Glauben Sie, daß er umgedreht wurde?«

»Zum Doppelagenten gemacht?« Ryan grinste. »Sie fangen an, den Jargon aufzuschnappen, Dr. Goodley. Beantworten Sie die Frage doch einmal.«

»Hm, wenn man ihn umgedreht hätte, würde er uns nicht Daten dieser Art liefern. Es kann den Russen wenig daran gelegen sein, uns solche Signale zu senden – es sei denn, Elemente im KGB …«

»Durchdenken, Ben«, warnte Jack.

»Klar, natürlich, dann wären diese Kreise ja auch kompromittiert. Sie haben recht, diese Möglichkeit ist unwahrscheinlich. Als Doppelagent würde er andere Informationen liefern.«

»Genau. Wenn Sie recht haben und er uns in die Irre geführt hat, ist das Motiv, das Sie isoliert haben, das wahrscheinlichste. Er kann von Narmonows Abgang nur profitieren. In unserem Gewerbe ist es nützlich, wenn man wie ein Kriminalbeamter denkt. Wer profitiert – wer hatte ein Motiv? Diesen Test wendet man hier an. Das übernimmt am besten Mary Pat.«

»Holen wir sie?« fragte Goodley.

»Bei diesem Wetter?«

Kati und Ghosn bestiegen gleich nach dem ersten Aufruf die Maschine, nahmen auf ihren Sitzen in der ersten Klasse Platz und schnallten sich an. Zehn Minuten später löste sich die Maschine vom Flugsteig und rollte hinaus an den Start. Ghosn glaubte, eine kluge Entscheidung getroffen zu haben, denn der Flug nach Dallas war immer noch nicht aufgerufen worden. Zwei Minuten später hob das Flugzeug ab und ging bald auf Südostkurs, dem milden Klima Floridas entgegen.

Das Zimmermädchen hatte ohnehin schon einen schlechten Tag. Die meisten Gäste waren spät abgereist, so daß sie mit ihrem Pensum nicht hinterherkam. Sie schnalzte mißbilligend, als sie das Schild »Nicht stören« an einer Tür hängen sah, stellte dann aber fest, daß es an der Tür des angrenzenden und verbundenen Zimmers fehlte. Die grüne Rückseite des Schildes bedeutete, daß das Zimmer gereinigt werden sollte, und die Gäste hängten es oft aus Versehen verkehrt herum auf. Zuerst ging sie ins Nebenzimmer. Dort hatte sie nicht viel zu tun, weil nur ein Bett benutzt worden war. Betten abziehen und wieder überziehen ging ihr schnell von der Hand – das machte sie mehr als 50mal am Tag. Dann reinigte sie das Bad, tauschte die schmutzigen Handtücher gegen frische aus, legte ein neues Stück Seife in die Schale und leerte den Abfalleimer in einen Sack, der an ihrem Wagen hing. Nun mußte sie sich entscheiden, ob sie gleich im Nebenzimmer saubermachte oder nicht. Laut Schild an der Tür durfte sie das nicht, aber warum hatte man sich dann nicht auch für das Zimmer, in dem sie stand, jede Störung verbeten? Sie beschloß, einen Blick zu riskieren und sich rasch zurückzuziehen, wenn das Zimmer noch belegt war. Das Zimmermädchen schaute durch die offenstehende Verbindungstür und sah nur zwei zerwühlte Betten. Auf dem Boden lagen keine Kleider. Sie steckte den Kopf durch die Tür und schaute hinüber zum Waschbecken. Dort war ebenfalls alles normal. So entschied sie, auch in diesem Zimmer aufzuräumen. Das Zimmermädchen schob den Wagen durch die Tür, machte flink die Betten und ging dann weiter –

Wie konnte sie das übersehen haben? Zwei Männerbeine. Was? Sie ging darauf zu und –

Der Manager mußte sie eine Minute lang beruhigen, ehe er verstehen konnte, was sie sagte. Zum Glück sind in diesem Flügel keine anderen Gäste, dachte er, die sind alle beim Spiel. Der junge Mann holte tief Luft, ging an der Frühstücksbar vorbei nach draußen und zur Rückseite des Gebäudes. Die Tür, die sich inzwischen automatisch geschlossen hatte, öffnete er mit seinem Hauptschlüssel.

»Mein Gott!« hauchte er nur. Wenigstens war er auf den gräßlichen Anblick gefaßt gewesen. Er rührte nichts an, sondern verließ den Schauplatz durch die Verbindungstür und das Nebenzimmer. Neben dem Telefon am Empfang klebte eine kleine Karte mit den Notrufnummern. Er tippte die zweite ein.

»Polizei.«

»Ich muß einen Mord melden«, sagte der Manager so ruhig wie möglich.

Präsident Fowler legte das Fax auf den Ecktisch und schüttelte den Kopf. »Diese Unverfrorenheit ist unglaublich.«

»Was wirst du nun unternehmen?« fragte Liz.

»Nun, wir werden das natürlich erst verifizieren müssen, aber das dürfte uns gelingen. Brent kommt in der Nacht vom Spiel zurück. Ich will mich gleich morgen früh mit ihm beraten. Aber für mich steht schon jetzt fest, daß wir den Japaner mit dieser Schweinerei konfrontieren. Und wenn ihm das nicht paßt, hat er Pech gehabt. Das sind ja Zustände wie bei der Mafia!«

»Und so was kannst du nicht vertragen, stimmt's?«

Fowler machte eine Flasche Bier auf. »Einmal Staatsanwalt, immer Staatsanwalt. Und Gauner bleibt Gauner.«

Die 747 der JAL landete drei Minuten früher als geplant auf dem Dulles International Airport. Wegen der Witterung und mit Zustimmung des japanischen Botschafters wurde die Empfangszeremonie abgekürzt. Abgesehen davon war ein formloser Empfang ein eindeutiges Indiz für die Ankunft eines sehr wichtigen Besuchers in Washington, eine Eigenheit, die der Botschafter dem Amtsvorgänger des derzeitigen Premiers hatte erklären müssen. Nach einer kurzen, aber freundlichen Begrüßung durch den stellvertretenden Außenminister Scott Adler bestiegen der Regierungschef und sein Gefolge von der Botschaft kurzfristig beschaffte Geländewagen und wurden zu dem nur wenige Straßen vom Weißen Haus entfernt gelegenen Madison Hotel gebracht. Der Präsident, so hörte der Japaner, war noch in Camp David und sollte am nächsten Morgen nach Washington zurückkehren. Dem Ministerpräsidenten, der noch unter den Nachwirkungen der Zeitverschiebung litt, war das sehr recht, und er beschloß, ein paar Stunden länger zu schlafen. Noch ehe er den Mantel abgelegt hatte, ging ein Reinigungstrupp an Bord der 747. Ein Mann holte die noch ungeöffneten Whiskyflaschen aus der Maschine, darunter die mit dem gesprungenen Hals. Ein anderer leerte die Abfalleimer der Toiletten in einen großen Müllsack. Bald waren die beiden unterwegs nach Langley. Mit Ausnahme einer Maschine landeten alle Begleitflugzeuge auf dem Luftstützpunkt Andrews, wo die Besatzungen die vorgeschriebenen Ruhepausen einlegten – in diesem Fall im Offizierskasino. Die Aufzeichnungen wurden nach Langley gebracht und trafen dort später ein als das kleine Bandgerät von Dulles. Da sich herausstellte, daß die Kassette aus dem Flugzeug die beste Tonqualität hatte, begannen die Techniker mit dieser.

Die Gulfstream kehrte ebenfalls pünktlich nach Mexico City zurück. Die kleine Düsenmaschine rollte ans Terminal, und die dreiköpfige Besatzung – Air-Force-Personal in Zivil – ging ins Gebäude, um zu Abend zu essen. Auch sie mußten nun ihre Ruheperiode einhalten. Clark war noch in der Botschaft und wollte sich wenigstens das erste Viertel der Begegnung in Denver ansehen, ehe er nach Washington und in den verdammten Schnee zurückflog.

»Tu langsam, sonst schläfst du während des Spiels ein«, warnte die Sicherheitsberaterin.

»Ich bin doch erst beim zweiten Bier«, gab Fowler zurück.

Neben dem Sofa stand eine Kühlbox, und auf dem Tisch stand ein Silbertablett mit Häppchen. Liz Elliot konnte immer noch nicht begreifen, daß J. Robert Fowler, Präsident der Vereinigten Staaten, ein intelligenter und entschlossener Mann, sich plötzlich zum fanatischen Footballfan gemausert hatte und fressend und saufend vor der Glotze hockte wie Archie Bunker.

»Einen Schaltkreis hab' ich repariert, aber im anderen steckt der Kupferwurm«, meldete der Chief. »Ich krieg' einfach nicht raus, wo's hängt, Colonel.«

»Kommen Sie lieber mal rein und wärmen sich auf«, sagte der Pilot. »Sie sind schon viel zu lange hier draußen.«

»Wetten, daß da wieder ein Drogendeal schiefgegangen ist?« meinte der jüngere Kriminalbeamte.

»Dann waren Amateure am Werk«, merkte sein Partner an. Der Fotograf hatte die üblichen vier Rollen Film verschossen, und nun legte man Russell für den Transport ins Leichenschauhaus in einen schwarzen Kunststoffsack. Die Todesursache stand zweifelsfrei fest. Ein ganz besonders brutaler Mord, dachte der ältere Beamte; die Täter – es mußten zwei gewesen sein – hatten dem Opfer die Arme festgehalten, ihm die Halsschlagadern durchtrennt und dann mit zugesehen, wie es verblutete. Mit dem Handtuch hatten sie verhindert, daß ihre Kleider beschmutzt wurden. Vielleicht waren hier Schulden irgendwelcher Art eingetrieben worden. Möglicherweise hatte das Opfer sie gelinkt, oder es war eine alte Rechnung beglichen worden. Diese grausame und berechnende Tat war eindeutig nicht im Affekt begangen worden.

Die Beamten stellten aber bald fest, daß sie Glück hatten. Das Opfer trug noch seine Brieftasche, die alle seine Papiere enthielt, und man fand, was noch besser war, die kompletten Ausweise zweier anderer Personen, die nun überprüft wurden. Wie üblich am Empfang des Motels waren die Kennzeichen der Fahrzeuge in Verbindung mit den beiden Zimmern aufgeschrieben worden, und diese glich man nun über den Computer der Zulassungsstelle ab.

»Das ist ein Indianer«, sagte ein Mann aus dem Stab des Coroners. »Verzeihung, heute sagt man ja politisch korrekt ›amerikanischer Ureinwohner‹.«

Irgendwo hab' ich das Gesicht schon mal gesehen, dachte der jüngere Beamte. »Moment mal.« Etwas stach ihm ins Auge. Als er das Hemd des Mannes aufknöpfte, kam die obere Hälfte einer Tätowierung zum Vorschein.

»Der hat gesessen«, sagte der Ältere. Die primitive, mit Tintenstift und Spucke angefertigte Tätowierung zeigte ein Motiv, das er schon einmal gesehen hatte. »Moment, das bedeutet etwas ...«

»Warrior Society!«

»Genau. Er stand auf der Fahndungsliste des FBI ... im Zusammenhang mit der Schießerei in Norddakota?« Der ältere Beamte dachte kurz nach. »Wenn wir die Daten von der Zulassungsstelle haben, schicken wir das gleich nach Washington. Gut, schaffen Sie ihn jetzt weg.« Die Leiche wurde aufgehoben und hinausgetragen. »Holen Sie jetzt das Zimmermädchen und den Manager herein.«

Inspektor Pat O'Day hatte das Glück, zum Dienst in der Befehlszentrale des FBI, Zimmer 5005 im Hoover Building, eingeteilt worden zu sein. Der seltsame Raum hatte die Form eines groben Dreiecks. In seinen Winkeln standen die Tische des Kommunikationsstabs; die Seiten säumten Bildschirme. Da heute nicht viel los war – das halbe Land litt unter schlechtem Wetter, und das war für kriminelle Aktivitäten weitaus hinderlicher als die Polizei –, saß er vor dem Fernseher und schaute auf die beiden Mannschaften, die sich aufgestellt hatten und auf das Los warteten. Gerade als die Vikings den Münzwurf gewonnen und sich für die Offensive entschieden hatten, kam eine junge Frau aus der Kommunikationsabteilung herein und brachte zwei Faxe von der Polizei in Denver.

»Ein Mordfall, Sir. Man meint, wir könnten das Opfer kennen.«

Die Qualität eines Automatenpaßbilds kann einen Profi nun nicht gerade beeindrucken, und schon gar nicht dann, wenn man es stark vergrößert und als Fax schickt. O'Day starrte das Bild ein paar Sekunden lang an und war fast schon zu dem Schluß gelangt, daß er den Mann nicht kannte, als ihm etwas aus seiner Dienstzeit in Wyoming einfiel.

»Den habe ich doch schon mal gesehen ... ist das ein Indianer? Marvin Russell?« Er wandte sich an einen anderen Agenten. »Stan, kennen Sie den?«

»Nein.«

O'Day sah sich den Rest der Meldung an. Wer immer der Mann auch war, er hatte den Hals aufgeschnitten bekommen und lebte nicht mehr. »Mord, vermutlich im Zusammenhang mit Rauschgifthandel«, war die erste Einschätzung der Mordkommission in Denver. Plausibel: John Russell hatte auch mit

Drogen gehandelt. Ferner war der Meldung zu entnehmen, daß am Tatort weitere Ausweise gefunden worden waren, sehr geschickte Fälschungen, wie es hieß. Auf das Opfer war ein Transporter zugelassen, und zum Motel war es mit einem Mietwagen gekommen, den es sich unter dem Namen Robert Friend, auf den auch sein Führerschein ausgestellt war, genommen hatte. Die Polizei suchte nun nach den Fahrzeugen und bat das FBI um sachdienliche Hinweise zum Opfer und seinen möglichen Partnern.

»Faxen Sie zurück, daß man uns auch die Paßbilder der beiden anderen schicken soll.«

»Wird gemacht, Sir.«

Pat sah die beiden Mannschaften zum Kickoff aufs Spielfeld gehen und griff dann zum Telefon. »Dan? Hier Pat. Würden Sie bitte einmal herunterkommen? Ein alter Freund von uns ist gerade tot aufgefunden worden... Nein, so ein Freund nicht.«

Murray erschien gerade rechtzeitig zum Anspiel, und das hatte Vorrang vor den Telekopien. Minnesota schaffte den Ball bis zur 24-Yard-Linie und begann die Offensive. Die Fernsehanstalt kleisterte den Bildschirm sofort mit allen möglichen überflüssigen Informationen zu, so daß die Fans die Spieler nicht mehr sehen konnten.

»Finden Sie auch, daß der wie Marvin Russell aussieht?« fragte Pat.

»Allerdings. Wo ist er?«

O'Day wies auf den Bildschirm. »Ob Sie es glauben oder nicht – in Denver. Man fand ihn vor 90 Minuten mit aufgeschlitzter Kehle. Die Polizei dort mutmaßt, er sei im Zusammenhang mit einem Drogendeal ermordet worden.«

»Nun, das hat seinen Bruder ja auch das Leben gekostet. Was sonst?« Murray nahm O'Day die Seiten aus der Hand.

Tony Wills ergatterte seinen ersten Ball und trug ihn fünf Yard weiter nach vorne – fast sogar noch weiter. Beim zweiten Down sahen Murray und O'Day ihn einen Kurzpaß fangen und über 20 Yard verwandeln.

»Der Junge ist phänomenal«, sagte Pat. »Ich erinnere mich an ein Spiel, in dem Jimmy Brown...«

Bob Fowler hatte sich gerade an das dritte Bier dieses Nachmittags gemacht und bedauerte nun, nicht nach Denver gefahren zu sein. Natürlich wäre der Secret Service im Dreieck gesprungen und hätte die Sicherheitsmaßnahmen im Stadion so weit verschärfen müssen, daß die Zuschauer gerade noch eingelassen wurden. Und das wäre politisch unklug gewesen, oder? Liz Elliot, die neben dem Präsidenten saß, stellte auf einem anderen Fernseher HBO ein, um sich einen Film anzusehen, und setzte Kopfhörer auf, weil sie den großen Häuptling nicht stören wollte. Geht überhaupt nicht zusammen, dachte sie. Wie kann sich dieser Mann für so eine Kinderei begeistern?

Als letzte Pflicht vor Spielbeginn sperrte Pete Dawkins sein Tor mit einer Kette ab. Wer nun aufs Gelände wollte, mußte eine der beiden anderen bewachten

Zufahrten benutzen, die noch offen waren. Bei der letzten Superbowl hatte eine sehr gerissene Diebesbande auf dem Parkplatz Gegenstände im Wert von 200 000 Dollar abgeräumt, vorwiegend Autoradios. Das durfte in Denver nicht passieren. Er begann mit drei anderen Beamten seinen Streifengang. Sie waren übereingekommen, sich nicht auf bestimmte Gebiete zu konzentrieren – dafür war es zu kalt –, sondern um den Parkplatz herumzugehen. Die Bewegung sollte sie wenigstens einigermaßen warm halten. Dawkins' Beine waren stocksteif; Laufen würde die Muskeln lockern. Im Grunde rechnete er gar nicht damit, Straftaten verhindern zu müssen. Welcher Autodieb war schon dumm genug, bei siebzehn Grad minus herumzutigern? Plötzlich befand er sich in dem Gebiet, das die Fans aus Minnesota besetzt hatten. Ein ordentlicher Haufen, das mußte er ihnen lassen. Sie hatten ihre »Heckklappen-Parties« pünktlich beendet und gründlich aufgeräumt. Abgesehen von ein paar gefrorenen Kaffeelachen wies nichts darauf hin, daß hier ein Fest stattgefunden hatte. Vielleicht waren die Anhänger der Vikings doch besser als ihr Ruf.

Dawkins hatte ein Radio mit Ohrhörer dabei. So ein Spiel im Rundfunk mitzuverfolgen ist wie Sex in voller Kleidung, dachte er, aber zumindest wußte man, warum gejubelt wird. Minnesota schaffte den ersten Touchdown, den Wills über 15 Yard über die linke Flanke erzielte. Der erste Vorstoß der Vikings hatte nur sieben Spielzüge und vier Minuten, fünfzehn Sekunden in Anspruch genommen. Minnesota schien heute sehr stark zu sein.

»Mann, muß Dennis sich mies fühlen«, merkte Fowler an. Liz, die sich auf ihren Film konzentrierte, hörte ihn nicht. Gleich darauf hatte der Verteidigungsminister Anlaß, sich noch mieser zu fühlen. Angespielt wurde an der 5-Yard-Linie, und der Running Back von der Reservebank der Chargers schaffte es 35 Yard weiter, als er plötzlich – ohne angegriffen worden zu sein – den Ball verlor, auf den sich natürlich sofort ein Viking warf.

»Es hieß ja, daß Marvin ein gerissener Hund ist. Sehen Sie sich die Nummern der beiden anderen Führerscheine an. Abgesehen von den ersten vier Ziffern sind sie mit seiner identisch. Wetten, daß er – oder sonst jemand – sich einen Ausweisdrucker beschaffte?« sagte Murray.

»Ja, sogar Reisepässe«, erwiderte O'Day und sah zu, wie Tony Wills wieder die Reihen der Verteidiger durchbrach und den Ball acht Yard weiter trug. »Die Chargers müssen diesen Jungen stoppen, sonst ist das Spiel gelaufen.«

»Was für Pässe?«

»Hat man mir nicht mitgeteilt. Ich habe um weitere Informationen gebeten. Sie wollen mir die Bilder faxen, wenn sie wieder im Dienst sind.«

In Denver liefen die Computer auf Hochtouren. Nachdem die Autovermietung identifiziert worden war, ließ sich anhand ihres Computers feststellen, daß der Wagen erst vor wenigen Stunden am Stapleton International Airport zurückgegeben worden war. Das war eine heiße Spur. Nachdem die Kriminalbeamten im Motel die Aussagen der beiden ersten »Zeugen« aufgenommen hatten, fuhren sie sofort zum Flughafen. Die Personenbeschreibungen der zwei anderen Motelgäste stimmten mit den Bildern in ihren Pässen überein, und diese Fotos waren bereits unterwegs zum Polizeipräsidium. Das FBI war absolut scharf auf Informationen; das Ganze klang mehr und mehr nach einem großen Drogenfall. Die beiden Leute von der Kriminalpolizei fragten sich, was aus dem Transporter des Opfers geworden war.

Gerade als Dawkins seine erste Runde ums Stadion beendete, erzielte Minnesota den zweiten Touchdown. Wieder hatte Wills die Hand im Spiel gehabt, diesmal mit einem Paß über vier Yard. Das junge Talent hatte bereits 51 Yard stürmend zurückgelegt und zwei Pässe verwandelt. Dawkins' Blick fiel auf den ABC-Wagen, den er durchgelassen hatte. Warum war er in Colorado zugelassen? Der Techniker hatte behauptet, er arbeite in Chicago und habe das Bandgerät aus Omaha hierhertransportiert. Der Transporter trug aber das Logo der überregionalen Fernsehanstalt. Lokalsender gehörten nicht dem Netzwerk, sondern übernahmen nur Programmaterial von ABC, und ihre Fahrzeuge waren nur mit ihren Kennbuchstaben beschriftet. Dawkins beschloß, seinen Sergeant zu fragen, kreiste die Eintragung auf seinem Blockhalter ein und malte ein Fragezeichen daneben. Dann ging er ins Stadion hinein und zum Wachhäuschen.

»Wo ist der Sergeant?«

»Draußen auf dem Parkplatz«, erwiderte ein Kollege. »Der Depp hat 20 Dollar auf die Chargers gesetzt und hält's im Kopf nicht aus.«

»Mal sehen, ob ich ihn überreden kann, noch was draufzulegen«, versetzte Dawkins grinsend. »In welche Richtung ist er gegangen?«

»Nach Norden, glaube ich.«

»Danke.«

Beim Spielstand 14:0 führten die Vikings wieder einen Kickoff aus. Ein Verteidiger der Chargers fing den Ball in der Endzone auf, ignorierte den Rat eines Kameraden und stürmte wie der Blitz in der Mitte des Spielfelds los. An der 16-Yard-Linie wehrte er einen Störversuch ab und umging eine klassische Verteidigungsformation des Gegners. 15 Yard weiter war klar, daß ihn nur noch der Kicker stoppen konnte, aber der war zu langsam. Dieser Gegenzug über 103 Yard war der längste in der Geschichte der Superbowl. Der Punkt war gültig, und nun stand es 14:7.

»Na, Dennis, fühlen Sie sich jetzt wohler?« fragte der Außenminister den Verteidigungsminister.

Bunker stellte seine Kaffeetasse ab. Er hatte beschlossen, keinen Alkohol zu trinken, weil er stocknüchtern sein wollte, wenn er vom Vorsitzenden der NFL die Lombardi-Trophäe entgegennahm.

»Ja. Jetzt müssen wir bloß noch Ihren Wunderknaben stoppen.«

»Viel Glück.«

»Er ist toll, Brent. Läuft wie der Wind.«

»Aber er ist mehr als nur ein guter Sportler. Der Junge hat Köpfchen und ein gutes Herz.«

»Wenn er Sie als Lehrer hatte, muß er gewitzt sein«, gestand Bunker großzügig zu. »Aber im Augenblick wäre es mir am liebsten, wenn seine Achillessehne risse.«

Wenige Minuten später fand Dawkins seinen Sergeant. »Hier stimmt was nicht«, sagte er.

»Was wäre das?«

»Es geht um den weißen Transporter, der da drüben neben den schweren Ü-Wagen von ABC steht. Er trägt das Logo von ABC und ist in Colorado zugelassen, soll aber aus Chicago oder Omaha stammen. Ich ließ ihn durch; der Fahrer sagte, er brächte Ersatz für eine defekte Bandmaschine, aber als ich vor ein paar Minuten vorbeiging, war das Gerät nicht angeschlossen, und der Fahrer war verschwunden.«

»Was wollen Sie damit sagen?« fragte der Sergeant.

»Ich finde, wir sollten uns das Fahrzeug einmal genauer ansehen.«

»Gut, ich melde das und gehe mal vorbei.« Der Sergeant machte auf seinem Blockhalter das Kennzeichen des verdächtigen Fahrzeugs aus. »Ich wollte gerade den Leuten von Wells Fargo an der Laderampe helfen. Übernehmen Sie das für mich?«

»Klar, Sergeant.« Dawkins entfernte sich.

Der Sergeant hob sein Funktelefon. »Lieutenant Vernon, hier Sergeant Yankevich. Können wir uns bei den Ü-Wagen treffen?«

Yankevich wandte sich vor dem Stadion zurück nach Süden. Er hatte ein kleines Radio dabei, aber keinen Ohrhörer. San Diego blockte die Vorstöße der Vikings an den Downs ab. Ein Spieler der Mannschaft aus Minnesota ließ den Ball überraschend fallen und trat ihn aus der Luft in die Hälfte der Chargers, wo er an der 30-Yard-Linie mit knapper Not gefangen wurde. Na, vielleicht schafft meine Mannschaft den Ausgleich, dachte Yankevich. Diesen Wills sollte man erschießen.

Dawkins ging zum Nordende des Stadions und sah einen Geldtransporter von Wells Fargo an der unteren Laderampe stehen. Ein Mann mühte sich damit ab, Säcke, die vermutlich Münzen enthielten, hinauszuwuchten.

»Wo hakt's?«

»Der Fahrer hat sich das Knie aufgeschlagen und läßt sich gerade verarzten. Packen Sie mal mit an?«

»Drinnen oder draußen?« fragte Dawkins.

»Reichen Sie mir die Säcke raus. Aber seien Sie vorsichtig, die Dinger sind schwer.«

»Kapiert.« Dawkins sprang in den Laderaum. Das Innere des gepanzerten Fahrzeugs war von Regalen gesäumt, in denen zahllose Säcke mit Kleingeld, offenbar vorwiegend Vierteldollarmünzen, lagen. Er hob einen Beutel an und stellte fest, daß er tatsächlich viel wog. Der Beamte schob sich den Blockhalter unter den Gürtel und ging an die Arbeit, reichte die Säcke hinaus auf die Laderampe, wo der Mann von Wells Fargo sie auf einem zweirädrigen Karren stapelte. Typisch, daß mir der Sergeant so was zuschiebt, dachte Dawkins.

Yankevich traf den Lieutenant am Tor für die Medien und ging mit ihm auf das verdächtige Fahrzeug zu. Der Lieutenant schaute durchs Fenster. »Ein großer Kasten, auf dem ›Sony‹ steht... Moment, laut Aufdruck ist das ein Videobandgerät.«

Sergeant Yankevich wiederholte, was Dawkins berichtet hatte. »Ist wahrscheinlich harmlos, aber...«

»Genau – aber. Ich gehe den Chef des ABC-Teams suchen und verständige den Bombenräumtrupp. Sie warten hier und behalten das Fahrzeug im Auge.«

»Ich habe ein Brecheisen im Wagen. Wenn Sie wollen, knacke ich den Transporter.« Auf so etwas verstehen sich alle Polizisten.

»Wird wohl nicht erforderlich sein. Darüber sollen sich die Sprengstoffexperten den Kopf zerbrechen. Außerdem haben wir es wahrscheinlich wirklich nur mit einem Bandgerät zu tun. Vielleicht wurde das ursprünglich defekte Gerät repariert, und dieses hier ist jetzt überflüssig.«

»Okay, Lieutenant.« Yankevich holte sich noch einen Kaffee und ging dann zurück ins Freie, wo er sich so gerne aufhielt. Hinter den Rocky Mountains ging die Sonne unter, und das war trotz der arktischen Temperaturen und des eisigen Winds ein herrliches Schauspiel. Der Polizist ging an den Satellitenübertragungswagen vorbei, um die orangeglühende Scheibe hinter den Schleiern wehenden Schnees versinken zu sehen. Es gab noch schönere Dinge als Football. Als die Sonne hinter dem Kamm verschwunden war, machte er kehrt, um sich den Kasten in dem Transporter noch einmal anzusehen. Er sollte ihn nicht erreichen.

35
Dreißig Nanosekunden

Die Schaltuhr an der Bombenhülle sprang auf 17:00:00, und der Ablauf begann.

Zuerst wurden Hochspannungskondensatoren geladen, und kleine, neben den Tritiumreservoirs angebrachte Sprengsätze zündeten und trieben Kolben durch zwei enge Metallrohre, die zur Primär- und Sekundärladung führten. Hier war keine Eile; der Zweck des Vorgangs war, Lithium-Deuterid mit dem fusionsfreundlichen Tritium zu mischen. Er dauerte zehn Sekunden.

Bei 17:00:10 sandte die Schaltuhr einen zweiten Impuls aus.

Zündzeitpunkt.

Die Kondensatoren gaben ihre Ladung über ein 50 Zentimeter langes Kabel an ein Verteilernetz ab, und dazu brauchten sie 1,66 Nanosekunden. Der Impuls fuhr durch das Verteilernetz und erreichte die Krytron-Schalter – kleine und überaus schnell arbeitende Einrichtungen, die unter Einsatz von ionisiertem und radioaktivem Krypton eine Ladung mit bemerkenswerter Präzision abgaben. Im Verteilernetz wurde die Stromstärke mittels Pulskompression erhöht und der Impuls in 70 verschiedene und jeweils exakt einen Meter lange Kabel geleitet. Diese Distanz legte der Impuls innerhalb von 3 Nanosekunden zurück. Gleich lang mußten die Kabel natürlich sein, weil alle 70 Sprengstoffplatten zur selben Zeit zu detonieren hatten. Dies wurde mit Hilfe der exakt abgemessenen Kabel und der Krytron-Schalter erreicht.

Die Impulse trafen also gleichzeitig in den Krytron-Schaltern ein. Jede Sprengstoffplatte hatte drei Zünder, sehr dünne Metallfäden, die explodierten, als der Stromstoß sie erreichte. Alle Zünder lösten einwandfrei aus, und ihre Energie erreichte nun den Sprengstoff und setzte 4,4 Nanosekunden nach dem Signal der Schaltuhr die eigentliche Detonation in Gang. Das Resultat war keine Explosion, sondern eine *Im*plosion, da der Druck vorwiegend nach innen wirkte.

Bei den Sprengstoffplatten handelte es sich eigentlich um sehr raffinierte Laminate aus zwei mit Leicht- und Schwermetallstaub versetzten Materialien. Die äußere Schicht bestand aus einem relativ trägen Sprengstoff mit einer Detonationsgeschwindigkeit von gerade 7000 Metern pro Sekunde. Von den Zündern breitete sich die Explosionsfront radial aus und erreichte bald die Ränder der Platte. Da diese von der Außenseite gezündet worden war, raste die Front nach innen. Der Grenzbereich zwischen trägem und brisantem Sprengstoff enthielt Blasen, sogenannte Hohlräume, die die Form der Druckwelle nun von sphärisch in plan umzuwandeln begannen und sie exakt auf ihre metallischen Ziele, die sogenannten Treiber, konzentrierten. Bei den »Treibern« handelte es sich um sorgfältig geformte Stücke aus Wolfram-Rhenium, die nun von einer Druckwelle getroffen wurden, deren Geschwindigkeit 9800 Meter pro Sekunde betrug. Unter dem Wolfram-Rhenium verbarg sich eine Schicht aus Beryllium von einem Zentimeter Stärke, und diese deckte ein Millimeter starkes Uran 235 ab, das trotz seiner geringen Masse fast das Gewicht des Berylliums hatte. Diese gesamte Metallmasse wurde nun durch ein Vakuum gejagt, und da die Explosion auf einen zentralen Punkt fokussiert war, betrug die Begegnungsgeschwindigkeit der Teile 19 600 Meter pro Sekunde.

Das exakte Ziel der Druckwelle und der Metallprojektile war eine zehn Kilo schwere Masse radioaktiven Plutoniums 239. Diese hatte die Gestalt eines U-förmigen Rohrs. Das Plutonium, das normalerweise eine größere Dichte hat als Blei, wurde von dem mehrere Millionen Atmosphären betragenden Implosionsdruck komprimiert, und dies mußte sehr rasch geschehen. Plutonium 239 enthält nämlich auch eine geringe, aber störende Menge des weniger stabilen und zur Frühzündung neigenden Plutonium 240. Die Wandungen des U-Rohrs wurden zusammengepreßt, und das Pu flog in die Richtung des geometrischen Mittelpunkts der Waffe.

Der dritte externe Einfluß kam von einer »Zipper« genannten Einrichtung. Auf ein drittes Signal der noch intakten Schaltuhr hin beschoß ein Teilchenbeschleuniger in Miniaturformat, ein hochkompaktes Minizyklotron, das einem Fön verblüffend ähnlich sah, ein Ziel aus Beryllium mit Deuteriumatomen und setzte riesige Mengen von Neutronen frei, die mit zehn Prozent der Lichtgeschwindigkeit durch ein Metallrohr ins Zentrum der Primärladung, die sogenannte »Arena«, jagten. Die Neutronen trafen genau zu dem Zeitpunkt ein, als das Plutonium 50 Prozent seiner Maximaldichte erreicht hatte. Dieses Metall, das normalerweise doppelt so schwer wie Blei ist, war bereits zehnmal dichter und wurde rasch weiter zusammengedrückt und dabei von dem Neutronenbombardement getroffen.

Kernspaltung.

Das Plutonium hat ein Atomgewicht von 239, das die Gesamtmasse der Neutronen und Protonen in seinem Kern wiedergibt. Was nun begann, spielte sich buchstäblich an Millionen von Stellen gleichzeitig und immer auf identische Weise ab. Ein eindringendes thermisches oder »langsames« Neutron kam einem Plutoniumkern nahe genug, um in den Anziehungsbereich der Kernbindungskräfte zu gelangen. Das Neutron wurde ins Zentrum des Atoms gerissen, wo es das Energiegleichgewicht des Wirtskerns störte und ihn in einen instabilen Zustand versetzte. Der bisher stabile Kern begann wild herumzuwirbeln und wurde von Kräftefluktuationen auseinandergerissen. In den meisten Fällen verschwand ein Neutron oder Proton ganz und verwandelte sich gemäß Einsteins Formel $E = mc^2$ in Energie, die in Form von Gamma- und Röntgenstrahlen freigesetzt wurde. Außerdem gab der Kern noch zwei oder drei zusätzliche Neutronen ab. Das war der entscheidende Faktor. Der Prozeß, der von nur einem Neutron, das zwei oder drei weitere freisetzte, in Gang gebracht worden war, setzte sich nun als Kettenreaktion fort. In einer Plutoniummasse, die 200mal dichter war als Wasser, flogen mit zehn Prozent der Lichtgeschwindigkeit – knapp 30 000 Kilometer pro Sekunde – die gerade freigesetzten Neutronen herum und trafen neue Ziele.

»Kettenreaktion« bedeutet, daß sich der Prozeß von selbst intensiviert fortsetzt, daß die freigesetzte Energie ohne äußere Einwirkung weitere Kernspaltungen auslöst. Die Zahl der Reaktionen verdoppelte sich nun bei jedem Schritt. Was mit einer geringen Energiemenge begonnen und nur eine Handvoll Partikel freigesetzt hatte, verdoppelte sich in Zeitabständen, die in Bruchteilen von Nanosekunden gemessen werden, immer wieder. Die Beschleunigung der Kettenreaktion wird in »Alpha« gemessen und ist die wichtigste Variable des Prozesses der Kernspaltung. Tausend Alpha bedeutet, daß die Zahl der Verdoppelungen per Mikrosekunde 2^{1000} beträgt – ungeheuer, das ist die Zwei 1000mal mit sich selbst multipliziert. Auf dem Höhepunkt des Spaltungsprozesses – zwischen 2^{50} und 2^{53} – erzeugte die Bombe 10^{18} Watt, das ist das Hunderttausendfache der Kapazität aller Kraftwerke auf der Welt. Fromm hatte die Bombe auf diese Energieausbeute hin konzipiert – und das waren nur zehn Prozent der spezifizierten Gesamtleistung. Noch war die Sekundärladung nicht betroffen, noch blieb sie von den nur wenige Zentimeter weiter wütenden Kräften unberührt.

Aber der Spaltungsprozeß hatte kaum begonnen.

Schon durchdrangen Gammastrahlen, die sich mit Lichtgeschwindigkeit bewegen, die Bombenhülle, während drinnen die Druckwelle des Sprengstoffs das Plutonium weiter komprimierte. Selbst nukleare Reaktionen brauchen ihre Zeit. Andere Gammastrahlen begannen die Sekundärladung zu treffen. Die Mehrzahl der Gammateilchen jagte durch eine Gaswolke, die erst vor wenigen Mikrosekunden bei der Detonation des konventionellen Sprengstoffs entstanden war, und brachten sie auf eine Temperatur, die mit Chemikalien allein niemals zu erzielen war. Diese aus leichten Atomen wie Kohlenstoff und Sauerstoff bestehende Wolke emittierte nun eine gewaltige Menge niederfrequenter oder »weicher« Röntgenstrahlen. Bis zu diesem Punkt funktionierte die Waffe exakt so, wie Fromm und Ghosn es geplant hatten.

Der Spaltungsprozeß war gerade sieben Nanosekunden oder 0,7 Wack alt, als etwas schiefging.

Strahlung von den zerfallenden Plutoniumkernen traf das mit Tritium versetzte Lithium-Deuterid im geometrischen Mittelpunkt der Arena. Manfred Fromm, der konservativ denkende Ingenieur, hatte sich die Extraktion des Tritiums bis zuletzt aufgehoben. Tritium ist ein instabiles Gas mit einer Halbwertzeit von 12,3 Jahren, was bedeutet, daß reines Tritium nach Ablauf dieser Zeit jeweils zur Hälfte aus Tritium und zur Hälfte aus ^{3}He besteht. »Helium drei« ist eine Form dieses leichtesten aller Elemente, deren Kern ein Neutron fehlt. Nun ließ sich dieses Element durch eine Palladiumplatte leicht herausfiltern, aber das hatte Ghosn nicht gewußt. Die Folge war ein zu einem guten Fünftel verseuchtes Tritium, und zwar mit dem denkbar ungünstigsten Material.

Das heftige Bombardement durch die Kernspaltung nebenan heizte die Lithiumverbindung auf. Dieses Material, das normalerweise nur halb so dicht ist wie Kochsalz, wurde zu einem metallischen Aggregatzustand komprimiert und erreichte eine Dichte, die größer war als die des Erdkerns. Was nun begann, war eine kleine Fusionsreaktion, die gewaltige Mengen neuer Neutronen freisetzte und außerdem zahlreiche Lithiumatome in weiteres Tritium verwandelte, dessen Kerne unter dem starken Druck verschmolzen und noch mehr Neutronen ausstrahlten. Die zusätzlich erzeugten Neutronen hatten eigentlich in das Plutonium eindringen, den Alphawert und damit die Sprengleistung der Waffe erhöhen sollen. Mit Hilfe dieser Methode hatte man Atomwaffen der zweiten Generation stärker gemacht. Doch die Gegenwart des Helium drei vergiftete die Reaktion und verwandelte fast ein Viertel aller Neutronen in nutzlose, stabile Heliumatome.

Im Lauf der nächsten paar Nanosekunden machte das nichts aus. Die Kettenreaktion im Plutonium beschleunigte sich weiter, und der Alphawert stieg um einen Faktor, der sich nur in Zahlen ausdrücken läßt.

Nun strömte Energie in die Sekundärladung. Die metallbeschichteten Halme blitzten auf und verwandelten sich in Plasma, das in die Sekundärladung gepreßt wurde. Strahlenenergie von einer Intensität, wie sie an der Oberfläche der Sonne nicht auftritt, wurde von elliptischen Flächen reflektiert, ehe sie diese verdampfen ließ, und gelangte in den Hohlraum der Sekundärladung, wo sie auf das zweite Tritiumreservoir zujagte. Auch die Lamellen aus dichtem Uran 238 vor der Arena der Sekundärladung verwandelten sich in Plasma, das durch das Vakuum flog und dann die zylindrische Hülle aus U 238, die den zentralen Behälter mit der größten Menge Lithium-Deuterid/Tritium umgab, traf und zusammendrückte. Die einwirkenden Kräfte waren so gewaltig, daß die Struktur einem Druck ausgesetzt wurde, der größer war als im Kern eines gesunden Sternes.

Aber es reichte nicht.

Die Reaktion der Primärladung war bereits am Abklingen. Die Gegenwart des Giftes ^{3}He führte zu Neutronenmangel, und die Sprengkraft der Bombe begann die Reaktionsmasse gerade in dem Moment auseinanderzureißen, in dem die physikalischen Kräfte ein Gleichgewicht erreichten. Nur kurz stabilisierte sich die Kettenreaktion, konnte jedoch ihre geometrische Wachstumsrate nicht beibehalten; die beiden letzten Verdoppelungen fanden überhaupt nicht statt, und die geplante Gesamtleistung der Primärladung von 70 000 Tonnen TNT wurde halbiert, dann noch einmal um 50 Prozent reduziert, so daß sie am Ende nur noch 11 200 Tonnen betrug.

Fromms Konstruktion war so perfekt gewesen, wie es die Umstände und verfügbaren Materialien erlaubt hatten. Eine Waffe identischer Leistung, aber mit nur einem Viertel der Größe, wäre möglich gewesen, aber Fromms Spezifikationen waren mehr als adäquat. Ins Energiebudget war ein massiver Sicherheitsfaktor eingebaut worden. Selbst eine Leistung von 30 Kilotonnen hätte genügt, mit der »Zündkerze« in der Sekundärladung eine massive Kernfusion auszulösen, aber diese 30 Kilotonnen wurden nicht erreicht. Die Bombe war nicht explodiert, sondern nur verpufft.

Doch dieses Verpuffen entsprach 11 200 Tonnen TNT, also einem Würfel aus hochbrisantem Sprengstoff mit den Seitenlängen von 22,8 Metern, zu dessen Transport fast 400 Lastwagen oder ein mittelgroßer Frachter erforderlich gewesen wären – doch man hätte konventionellen Sprengstoff nie mit dieser tödlichen Effizienz zur Explosion bringen können. Mehr noch, eine konventionelle Bombe von diesen Dimensionen ist ein Ding der Unmöglichkeit. Wie auch immer, es hatte nur eine Verpuffung stattgefunden.

Bislang waren wahrnehmbare physikalische Effekte nicht über die Bombenhülle und erst recht nicht über den Transporter hinausgedrungen. Noch war die Stahlhülle relativ intakt, aber das sollte sich bald ändern. Sie war bereits von unsichtbaren Gamma- und Röntgenstrahlen durchdrungen worden. Immer noch war von der Plasmawolke, in die sich das genial konstruierte Wunderwerk vor drei Wack aufgelöst hatte, kein sichtbares Licht ausgegangen ... doch es war bereits alles geschehen, was sich ereignen mußte. Nun ging es nur noch um die Ausbreitung der durch Naturgesetze bereits erzeugten Energie, für die ihre Manipulatoren und deren Absichten irrelevant waren.

36
Waffenwirkungen

Sergeant Ed Yankevich hätte eigentlich als erster merken sollen, was da vorging, aber das menschliche Nervensystem arbeitet in Tausendstelsekunden und nicht schneller. Seinen Blick fest auf den Transporter gerichtet, näherte er sich dem Fahrzeug und war gut zehn Meter davon entfernt, als die Verpuffung gerade geendet hatte und die erste Strahlung den Polizeibeamten erreichte. Getroffen wurde er von Gammateilchen, die eigentlich Photonen sind, aus denen auch das Licht besteht, aber in diesem Fall war die Energie wesentlich größer. Diese griffen bereits das Blech des Transporters an und ließen es aufleuchten wie Neon. Unmittelbar hinter der Gammastrahlung folgten Röntgenstrahlen, ebenfalls Photonen, aber von geringerer Energie. Den Unterschied sollte Yankevich, der als erster sterben mußte, nicht spüren. Die intensive Strahlung wurde von seinen Knochen absorbiert, die sich rasch zur Rotglut erhitzten; gleichzeitig wurde jedes Neuron in seinem Hirn erregt, als wäre es eine Glühbirne. Von alledem merkte Sergeant Yankevich nichts. Er löste sich buchstäblich auf, explodierte, nachdem sein Körper einen winzigen Bruchteil der Energie absorbiert hatte. Der Rest raste durch ihn hindurch. Die Gamma- und Röntgenstrahlen breiteten sich in alle Richtungen aus und hatten eine Wirkung, die niemand vorausgesehen hatte.

Neben dem Transporter, dessen Karosserie nun in ihre Moleküle zerfallen war, stand die Satelliteneinheit »A« von ABC. In dem Ü-Wagen befanden sich mehrere Leute, die ebenso wie Sergeant Yankevich keine Zeit bekamen, ihr Schicksal zu erahnen. Auch die komplizierten und teuren elektronischen Geräte im Fahrzeug wurden auf der Stelle zerstört. Doch am Heck war die nach Süden und nach oben ausgerichtete große Parabolantenne angebracht. In ihrer Mitte ragte wie der Stempel einer Blüte der Hohlwellenleiter auf, ein Metallrohr mit quadratischem Querschnitt, dessen innere Abmessungen in etwa der Wellenlänge des Signals entsprachen, das gerade zu dem 37 000 Kilometer über dem Äquator schwebenden Satelliten gesendet wurde.

Der Hohlwellenleiter der Einheit »A« und in der Folge die Antennen der elf anderen hinter ihr aufgestellten Ü-Wagen wurden von der Gamma- und Röntgenstrahlung getroffen, die den Metallatomen die Elektronen wegriß – in manchen Fällen war das Innere der Wellenleiter mit Gold beschichtet, was den Prozeß noch intensivierte –, und diese Atome gaben ihre Energie auf der Stelle in Form von Photonen ab. Diese Photonen formten Wellen, deren Frequenz ungefähr der des zum Satelliten gesendeten Signals entsprach, mit einem entscheidenden Unterschied allerdings: Die Sender der Ü-Wagen hatten eine Maximalleistung von 1000 Watt gehabt, meist wesentlich weniger. Der Energietransfer in den Wellenleitern aber setzte eine Million Watt in einem kurzen, orgasmischen Puls frei, der nach einer knappen Mikrosekunde endete, als das Fahrzeug mit seiner Antenne in der Energiefront verdampfte. Als nächstes wurde die B-Einheit von ABC zerstört, gefolgt von den Fahrzeugen von Trans World International und NHK, das die Superbowl nach Japan übertragen hatte. Auch die acht anderen Wagen wurden atomisiert. Dieser Prozeß dauerte ungefähr fünfzehn Wack. Da die empfangenden Satelliten weit entfernt waren, würde die Energie sie erst in einer Achtelsekunde erreichen – vergleichsweise eine Ewigkeit.

Als nächstes gingen von der Explosion, die das Fahrzeug nun verschlungen hatte, Licht und Hitze aus. Zuerst ein kurzer Blitz, der vom Feuerball abgeblendet wurde, dann ein zweiter, der sich in alle Richtungen verbreitete: der für eine Kernexplosion typische zweiphasige Puls.

Der nächste Energieeffekt, die Druckwelle, war eigentlich ein sekundärer. Die Luft absorbierte die »weichen« Röntgenstrahlen und verbrannte zu einer trüben Masse, die weitere elektromagnetische Strahlung abblockte und in mechanische Energie verwandelte, die sich mit mehrfacher Schallgeschwindigkeit ausbreitete. Doch ehe die Druckwelle am Boden etwas zerstören konnte, ereignete sich in weiter Ferne etwas anderes.

ABCs Video-Hauptverbindung war ein Glasfaserkabel – eine Überlandleitung mit hoher Übertragungsqualität –, aber diese lief über die A-Einheit und war schon unterbrochen, als das Stadion selbst noch keinen Schaden genommen hatte. Die Ersatzverbindung lief über den Satelliten Telstar 301; die Pazifikküste wurde von Telstar 302 versorgt. ABC benutzte die Hauptverbindungen Netz-1 und Netz-2 dieser Relaisstationen in der Umlaufbahn. Auch Trans World International, kurz TWI, die die weltweiten Rechte für die NFL-Spiele hatte und sie nach Europa, Israel und Ägypten übertrug, bediente sich des Telstar 301. TWI sendete das Videosignal an ihre europäischen Abnehmer und lieferte auch Audioverbindungen für alle europäischen Sprachen, was meist mehr als einen Kanal pro Land bedeutete. Allein in Spanien werden zum Beispiel fünf Dialekte gesprochen, die alle ihren eigenen Audiokanal auf dem Seitenband bekamen. Die NHK, die nach Japan übertrug, benutzte sowohl den JISO-F2R als auch ihren üblichen Satelliten Westar 4, der von Hughes Aerospace betrieben wurde. Das italienische Fernsehen bediente sich des Hauptkanals 1 des Trabanten Teleglobe, der dem Konglomerat Intelsat gehört, und versorgte nicht nur seine eigenen Zuschauer, sondern auch Dubai. Außerdem lieferte es den Israelis eine Alternative zu dem Material, das TWI und Telstar in den Spielpausen sendeten. Teleglobes Hauptkanal 2 übertrug nach Südamerika. Am Stadion oder in seiner Nähe waren auch CNN, ABC-Nachrichten, CBS Newsnet und der Sportkanal ESPN vertreten. Auch Lokalsender aus Denver hatten Satelliten-Ü-Wagen an Ort und Stelle und meist an Außenseiter vermietet.

Insgesamt gab es 37 aktive Ü-Wagen, die entweder über Mikrowelle oder Ku-Band 48 aktive Video- und 168 aktive Audiosignale an eine Milliarde

Sportfans in 71 Ländern sendeten, als der Gamma- und Röntgenfluxus zuschlug. In den meisten Fällen erzeugte die Strahlung ein Signal in den Wellenleitern, doch in sechs Fahrzeugen wurden die Röhren im Sender selbst erregt und strahlten einen gigantischen Puls auf ihrer exakten Frequenz aus, aber das war im Grunde nebensächlich. Resonanzen und normalerweise harmlose Unregelmäßigkeiten in den Wellenleitern hatten zur Folge, daß weite Segmente der Satellitenfrequenzen von einem Störimpuls abgedeckt wurden. Nur zwei der sich über der westlichen Hemisphäre im Orbit befindlichen Satelliten wurden von den TV-Teams in Denver nicht benutzt. Was mit dem Rest geschah, ist leicht erklärt. Ihre empfindlichen Antennen waren auf den Empfang von Milliardstel Watt eingerichtet, wurden nun aber auf einmal mit einem bis zu zehntausendmal stärkeren Signal bombardiert, und das auf vielen Kanälen. Diese Spitze überlastete die Eingangsverstärker. Das die Satelliten steuernde Computerprogramm registrierte diese Überbelastung und aktivierte Trennschaltungen, um die empfindlichen Geräte vor der Überspannung zu schützen. Wäre nur ein Empfänger so in Mitleidenschaft gezogen worden, würde der Betrieb sofort wiederaufgenommen worden sein, aber kommerzielle Nachrichtensatelliten sind immens teuer. Der Bau kostet Hunderte von Millionen, und das Verbringen in die Umlaufbahn noch einmal Millionen. Als mehr als fünf Verstärker Spitzen meldeten, begann das Programm automatisch Schaltkreise zu deaktivieren, um zu verhindern, daß der Satellit ernsthaften Schaden nahm. Und als zwanzig oder mehr betroffen waren, unterbrach die Software die Stromversorgung aller Empfangseinrichtungen und sendete ein Notsignal an die Bodenstation, um ihr mitzuteilen, daß gerade etwas Ernstes passiert war. Die Sicherheitsprogramme der Satelliten waren kundenspezifisch variierte Versionen eines einzigen, sehr konservativen Programms, dessen Aufgabe der Schutz fast unersetzlicher Aktiva im Wert von Milliarden Dollar war. In einer winzigen Zeitspanne wurde ein beträchtlicher Teil der globalen Satellitenkommunikation deaktiviert. Kabel-TV und Telefonverbindungen verstummten, noch ehe die sie steuernden Techniker merkten, daß etwas katastrophal schiefgegangen war.

Pete Dawkins ruhte sich einen Augenblick aus und glaubte, den Geldtransporter zu schützen. Der Mann von Wells Fargo hatte sich entfernt, um wieder ein paar hundert Kilo Münzen abzuliefern, und der Beamte saß nun mit dem Rücken zu den mit Geldsäcken gefüllten Regalen auf dem Fahrzeugboden und hörte Radio. Die Chargers stellten sich gerade an der 47-Yard-Linie der Vikings auf. In diesem Augenblick glühte der Abendhimmel draußen erst gelb und dann rot auf – aber nicht in dem friedlichen, milden Licht des Sonnenuntergangs, sondern in einem unnatürlich intensiven, grellen Violett. Sein Verstand hatte kaum Zeit, das wahrzunehmen, als er von einer Million anderer Wahrnehmungen überflutet wurde. Unter Dawkins bäumte sich die Erde auf. Der gepanzerte Geldtransporter wurde hoch und auf die Seite geschleudert wie ein Spielzeug. Die offene Hecktür knallte zu, als wäre sie von einer

Kanonenkugel getroffen worden. Die Karosserie des Geldtransporters schützte ihn vor der Druckwelle – die Stadionmauern übrigens auch, aber das merkte Dawkins nicht. Dennoch war er von dem Blitz, der ihn erreicht hatte, geblendet, und der Überdruck, der wie die zerschmetternde Hand eines Riesen über ihn hinweggefahren war, hatte ihn taub gemacht. Wäre Dawkins weniger desorientiert gewesen, mochte er an ein Erdbeben gedacht haben, aber diese Idee kam ihm nicht. Er hatte nur das Überleben im Sinn. Während draußen der Lärm und die Erschütterungen weitergingen, erkannte er plötzlich, daß er in einem Fahrzeug gefangen war, dessen Tank bis zu 200 Liter Benzin enthalten konnte. Er blinzelte, bis er wieder einigermaßen sehen konnte, und kroch durch die zerschmetterte Windschutzscheibe auf einen hellen Fleck zu. Daß seine Handrücken böser aussahen als der schlimmste Sonnenbrand, den er je gehabt hatte, merkte er nicht. Ebensowenig fiel ihm auf, daß er stocktaub war. Er wollte nur unbedingt ans Licht.

Bei Moskau befindet sich unter 60 Metern Beton das nationale Hauptquartier der sowjetischen Luftverteidigung *Wojska PWO.* Die neue Einrichtung war nach dem Vorbild ihrer westlichen Pendants wie ein Theater angelegt, damit so viele Personen wie möglich die Daten auf den großen Kartendisplays an der Wand sehen konnten. Die Digitaluhr über dem Display zeigte 03:00:13 Uhr Ortszeit an, 00:00:13 Uhr Zulu (Weltzeit) und 19:00:13 Uhr in Washington, D.C.

Dienst hatte Generalleutnant Iwan Grigorijewitsch Kuropatkin, ein ehemaliger (»ehemalig« hörte er gar nicht gern) Kampfpilot, der nun 51 Jahre alt war. Als dritthöchster Offizier dieses Postens arbeitete er nach dem normalen Dienstplan. Sein Rang hätte es ihm zwar erlaubt, eine angenehmere Schicht zu wählen, aber die neue sowjetische Armee sollte professionell werden, und ein professioneller Offizier, dachte er, geht mit gutem Beispiel voran. Umgeben war er von seinem üblichen Gefechtsstab, der sich aus Obersten und Majoren zusammensetzte; dazu gab es ein paar Hauptleute und Leutnants für die untergeordneten Aufgaben.

Wojska PWO hatte den Auftrag, die Sowjetunion gegen Angriffe zu verteidigen. Im Raketenzeitalter und angesichts des Fehlens wirksamer Abwehrmaßnahmen gegen ballistische Flugkörper – daran arbeiteten beide Seiten noch – war seine Pflicht weniger die Verteidigung als die Vorwarnung. Kuropatkin gefiel das zwar nicht, aber er konnte es auch nicht ändern. In einer geostationären Umlaufbahn über der Küste von Peru überwachten zwei Satelliten – Adler-I und Adler-II – die Vereinigten Staaten und hatten die Aufgabe, einen Raketenabschuß zu melden, sobald der Flugkörper sein Silo verließ. Diese Satelliten waren auch in der Lage, einen seegestützten Abschuß aus dem Golf von Alaska zu registrieren, aber ihr Beobachtungsbereich nach Norden hin war vom Wetter abhängig, das im Augenblick scheußlich war. Das Display für die Signale der Adler im Orbit zeigte das Infrarot-Spektrum an, also vorwiegend Wärmestrahlung. Auf dem Schirm erschien nur das, was die

Kamera wahrnahm; auf einen Rand oder andere computererzeugte Daten hatten die russischen Konstrukteure verzichtet, weil sie der Ansicht waren, daß so etwas nur zu überflüssigem Wirrwarr führte. Es war nicht Kuropatkin, sondern ein junger Offizier, dem etwas ins Auge fiel, als er von seinen Berechnungen aufschaute. Er wandte automatisch und ganz unwillkürlich den Blick und erkannte den Grund erst eine volle Sekunde später.

In der Mitte des Displays war ein weißer Punkt erschienen.

»*Nitschewo* ...« Das verwarf er sofort. »Isolieren und vergrößern!« befahl er laut. Der Oberst an den Bedienungselementen neben ihm war schon dabei.

»Zentrale USA, General. Thermische Signatur in Form eines Doppelblitzes, wahrscheinlich eine nukleare Explosion«, sagte der Oberst mechanisch. Sein fachmännisches Urteil gewann die Oberhand über seinen Verstand, der das nicht glauben wollte.

»Koordinaten?«

»Werden gerade ermittelt, General.« Die große Entfernung zwischen Satellit und Zentrale brachte eine Verzögerung mit sich. Als das Teleobjektiv im Satelliten die Signatur näher heranzuholen begann, vergrößerte sich der von dem Feuerball erzeugte Lichtfleck rasch. Das kann doch kein Fehler sein, war Kuropatkins erster Eindruck, und bei dem Anblick des heißen Flecks bekam er das Gefühl, einen Klumpen Eis in der Magengrube zu haben.

»Zentrale USA, scheint die Stadt *Densva* zu sein.«

»Denver? Was, zum Kuckuck, ist in Denver?« herrschte Kuropatkin ihn an. »Stellen Sie das fest.«

»Sofort, General.«

Kuropatkin griff bereits nach einem Telefon. Die Leitung verband ihn direkt mit dem Verteidigungsministerium und auch mit dem Amtssitz des sowjetischen Präsidenten. Er sprach rasch, aber klar.

»Achtung: Hier Generalleutnant Kuropatkin, PWO-Zentrale Moskau. Wir haben soeben eine nukleare Explosion in den Vereinigten Staaten registriert. Ich wiederhole: Wir haben soeben eine nukleare Explosion in den Vereinigten Staaten registriert.«

Jemand fluchte, wohl ein Mitglied von Narmonows Nachtstab.

Eine zweite Stimme, die des Offiziers vom Dienst im Verteidigungsministerium, klang sachlicher. »Wie sicher können Sie sein?«

»Doppelblitz-Signatur«, erwiderte Kuropatkin, der von seiner eigenen Gelassenheit überrascht war. »Ich sehe gerade mit an, wie sich der Feuerball ausbreitet. Diese Detonation ist eindeutig nuklear. Ich gebe weitere Daten durch, sobald sie vorliegen – ja, was ist?« fragte er einen Major.

»General, Adler-II bekam gerade eine gewaltige Energiespitze ab. Vier SHF-Kanäle schalteten sich vorübergehend ab, ein anderer ist ganz ausgefallen«, meldete der Offizier, über den Schreibtisch des Generals gebeugt.

»Was ist passiert, was war das?«

»Das weiß ich nicht.«

»Stellen Sie es fest.«

Gerade als San Diego sich an der 47-Yard-Linie aufstellte, fiel das Bild aus. Fowler trank sein viertes Bier zu Ende und stellte das Glas ärgerlich ab. Blödes Fernsehvolk; wahrscheinlich war jemand über ein Kabel gestolpert, und ihm entging jetzt ein Teil des spannenden Spieles. Ich hätte dabeisein sollen, dachte er, trotz der Warnungen des Secret Service. Er warf einen Blick zu Elizabeth hinüber, um zu sehen, was sie sich anschaute, aber auch ihr Bild war ausgefallen. Hatte womöglich ein Marine mit dem Schneepflug das Kabel zerrissen? Gutes Personal ist schwer zu finden, motzte der Präsident insgeheim. Aber halt, es mußte an etwas anderem liegen. Baltimores Kanal 13 (WJZ), ein ABC angegliederter Sender, ließ »Störung – wir bitten um Geduld« erscheinen, während Elizabeths Kanal nun nur rosa Rauschen sendete. Sehr merkwürdig. Wie jeder männliche Fernsehzuschauer griff Fowler nach der Fernbedienung und schaltete um. Auch CNN sendete nicht, aber die Lokalstationen in Baltimore und Washington brachten ihr normales Programm. Er hatte gerade begonnen, sich Gedanken zu machen, was das zu bedeuten hatte, als es schrillte: ein mißtönendes, durchdringendes Signal, das von einem der vier Telefone auf der Ablage unter dem Couchtisch ausging. Er streckte die Hand aus und merkte erst dann, welcher Apparat das Geräusch erzeugte; er bekam eine Gänsehaut. Es war das rote Telefon, das ihn mit dem Befehlszentrum NORAD (*N*orth *A*merican *A*erospace *Com*mand) im Berg Cheyenne, Colorado, verband.

»Hier spricht der Präsident«, sagte Fowler mit einer heiseren, auf einmal ängstlich klingenden Stimme.

»Mr. President, hier Major General Joe Borstein, NORAD. Sir, wir haben gerade eine nukleare Explosion in der Mitte der Vereinigten Staaten registriert.«

»Wie bitte?« fragte der Präsident nach einer Pause von zwei oder drei Sekunden.

»Sir, es hat eine nukleare Explosion stattgefunden. Wo genau, stellen wir eben noch fest, aber sie scheint sich in der Umgebung von Denver ereignet zu haben.«

»Sind Sie auch sicher?« fragte Fowler und wahrte nur mit Mühe die Fassung.

»Wir prüfen zwar im Augenblick unsere Instrumente noch einmal durch, Sir, sind aber ziemlich sicher. Sir, wir wissen nicht, was passiert ist oder auf welche Weise eine Bombe dort hinkam, aber es hat eine nukleare Explosion gegeben. Ich muß Sie dringend ersuchen, sich an einen sicheren Platz zu begeben. Mittlerweile versuchen wir herauszufinden, was sich tut.«

Fowler schaute auf. Auf den Bildschirmen hatte sich nichts geändert, und nun gingen überall in Camp David die Alarmhörner los.

Der Luftstützpunkt Offutt bei Omaha im Staat Nebraska war früher einmal als Fort Crook bekannt. Die ehemalige Kavalleriekaserne hat schöne, wenn auch etwas anachronistisch anmutende Unterkünfte für die höchsten Offiziere, Ziegelbauten mit rückwärtigen Ställen für Pferde, die man nicht mehr brauchte, und vor den Gebäuden einen ebenen Paradeplatz, der so groß war, daß ein Kavallerieregiment auf ihm exerzieren konnte. Nicht weit davon entfernt liegt das Hauptquartier der Befehlszentrale Strategic Air Command (SAC), ein sehr viel modernerer Komplex, vor dem in Form einer B-17 »Flying Fortress« aus dem Zweiten Weltkrieg eine Antiquität steht. Außerhalb des Gebäudes und unterirdisch liegt der 1989 fertiggestellte Befehlsstand. Dieser große Raum, witzelten Lästerzungen, war gebaut worden, weil Hollywoods Version der SAC-Zentrale immer viel eindrucksvoller wirkte als der Befehlsstand, den die SAC ursprünglich eingerichtet hatte, und da wollte die Air Force die Realität wohl der Fiktion angleichen.

Major General Chuck Timmons, stellvertretender Stabschef (Operationen), hatte die Gelegenheit genutzt, seine Wache hier und nicht in seinem Büro oben zu stehen, und aus dem Augenwinkel auf einem der acht großen Bildschirme die Superbowl mitverfolgt. Zwei andere Schirme aber zeigten in Echtzeit, was die Kameras der DPS (Abwehrunterstützungsprogramm-)Satelliten aufnahmen, und er hatte den Doppelblitz in Denver so rasch wie seine Kollegen anderswo wahrgenommen. Timmons ließ seinen Stift fallen. Hinter seinem Gefechtsstabsplatz befanden sich mehrere verglaste Räume (Einrichtungen wie diese haben zwei Geschosse), in denen rund um die Uhr über 50 Personen arbeiteten. Timmons nahm den Hörer ab und drückte den Knopf für die Leitung, die ihn mit dem leitenden Aufklärungsoffizier verband.

»Ich hab's gesehen, Sir.«

»Ist ein Fehler möglich?«

»Negativ, Sir. Laut Testschaltung funktioniert der Satellit einwandfrei.«

»Halten Sie mich auf dem laufenden.« Timmons wandte sich an seinen Stellvertreter. »Rufen Sie den Chef. Alarmieren Sie alles Personal. Ich brauche ein volles Krisenteam und einen vollen Gefechtsstab, und zwar sofort!« Seinem für Operationen zuständigen Offizier befahl er: »Bringen Sie ›Spiegel‹ in die Luft! Und alarmieren Sie die strategischen Bombergeschwader, sie sollen sich zum sofortigen Start bereithalten. Alarm an alle betroffenen Einheiten.«

In einem verglasten Raum links hinter dem General drückte ein Sergeant auf einige Knöpfe. Die SAC hielt zwar schon seit langem ihre Flugzeuge nicht mehr rund um die Uhr in der Luft, wohl aber um die 30 Prozent der Maschinen in Alarmbereitschaft. Der Befehl ging über eine Landleitung und in Form einer computererzeugten Stimme heraus, da man zu dem Schluß gekommen war, daß ein Mensch, wenn er erregt war, undeutlich sprechen mochte. Innerhalb von 20 Sekunden war er übertragen, und die Operationsoffiziere der betroffenen Geschwader wurden sofort aktiv.

In Alarmbereitschaft waren im Moment zwei Geschwader, das 416. des Luftstützpunktes Griffiss in Plattsburg, Staat New York, das die B-52 flog, und das 384., auf der McConnell Air Force Base in Kansas; diese Einheit hatte den neuen Bomber B-1B. In Kansas hasteten die Besatzungen aus ihren Bereitschaftsräumen, wo sie sich fast alle ebenfalls die Superbowl angesehen hatten, zu bereitstehenden Fahrzeugen, die sie zu ihren bewachten Flugzeugen brachten. Der erste Mann jeder vierköpfigen Besatzung schlug auf den Notstartknopf am Bugfahrwerk und rannte dann nach hinten, um über die Leiter in die Maschine zu klettern. Noch ehe die Crews angeschnallt waren, liefen die Triebwerke an. Die Bodenmannschaften rissen die mit roten Fähnchen markierten Sicherungsbolzen heraus. Mit Gewehren bewaffnete Posten traten dem Flugzeug aus dem Weg und brachten ihre Waffen nach außen in Anschlag, um jede denkbare Bedrohung abzuwehren. Zu diesem Zeitpunkt wußte noch niemand, daß man es keinesfalls mit einer ungünstig angesetzten Übung zu tun hatte.

Die erste Maschine, die in Kansas anrollte, war die B-1B des Geschwaderkommandeurs. Der athletische 45jährige Colonel genoß auch das Privileg, sein Flugzeug dem Bereitschaftsgebäude am nächsten abstellen zu dürfen. Sobald seine vier Triebwerke liefen und der Weg frei war, löste er die Bremsen und rollte zur Startbahn, die er zwei Minuten später erreichte. Als er an Ort und Stelle war, erhielt er Anweisung zum Warten.

Eine KC-135 auf dem Stützpunkt Offutt unterlag solchen Restriktionen nicht. Die modifizierte – und 25 Jahre alte – Boeing 707 mit dem Codenamen »Spiegel« hatte einen General und einen reduzierten Gefechtsstab an Bord und startete gerade in die Abenddämmerung. Funk- und Kommunikationsgeräte an Bord waren soeben erst eingeschaltet worden, und der Offizier hatte noch nicht erfahren, was der Grund für den ganzen Aufruhr war. Am Boden wurden drei weitere identische Maschinen startklar gemacht.

»Was ist los, Chuck?« fragte der Oberbefehlshaber der SAC, CINC-SAC genannt, als er eintrat. Er trug Freizeitkleidung und hatte sich die Schuhe noch nicht zugebunden.

»Nukleare Explosion in Denver. Außerdem sind, wie wir gerade erfahren haben, Satellitenverbindungen ausgefallen. ›Spiegel‹ hat abgehoben. Ich weiß immer noch nicht genau, was los ist, aber Denver ist in die Luft geflogen.«

»Lassen Sie die Bomber aufsteigen«, befahl der CINC-SAC. Timmons gab einem Kommunikationsoffizier einen Wink, und der Befehl wurde weitergegeben. 20 Sekunden später donnerte die erste B-1B über die Startbahn.

Feinheiten waren jetzt fehl am Platze. Ein Captain der Marines stieß die Tür zum Blockhaus des Präsidenten auf und warf Fowler und Liz Elliot zwei weiße Parkas zu, noch ehe der erste Agent des Secret Service erschienen war.

»Bitte Beeilung, Sir!« drängte er. »Der Hubschrauber ist noch defekt.«

»Wohin?« Pete Connor kam mit aufgeknöpftem Mantel herein und bekam gerade noch mit, was der Captain gesagt hatte.

»Zum Befehlsstand, wenn Sie nichts dagegen haben. Der Hubschrauber ist defekt«, sagte der Marine noch einmal. »Kommen Sie mit, Sir!« schrie er den Präsidenten fast an.

»Bob!« rief Liz Elliot etwas besorgt. Sie wußte nicht, was der Präsident am Telefon erfahren hatte; fest stand nur, daß er blaß und geschockt aussah. Beide zogen die Parkas an und gingen ins Freie. Dort sahen sie eine ganze Korporalschaft Marines im Schnee liegen und mit geladenen Gewehren nach außen zielen. Sechs Soldaten umringten den HMMWV, kurz »Hummer« genannt, dessen Motor mit hoher Drehzahl lief.

Vom Stützpunkt der Marineflieger Anacostia in Washington startete die Besatzung von Marine Two – als Marine One wurde der Hubschrauber erst bezeichnet, wenn der Präsident an Bord war – in einer besorgniserregend dichten Schneewolke, gewann aber rasch an Höhe und ließ den Bodeneffekt hinter sich. Nun war die Sicht besser. Der Pilot, ein Major, drehte nach Nordwesten ab und fragte sich, was eigentlich los war. Wer überhaupt etwas wußte, konnte nur sagen, daß er nichts wußte. Aber das war für die nächsten paar Minuten nicht entscheidend. Wie bei jeder Organisation waren auch hier die Maßnahmen für den Notfall geplant und gründlich geübt worden, damit im Fall der Fälle eine Mischung aus Unentschlossenheit und Gefahr keine Panik auslöste.

»Was, zum Teufel, tut sich in Denver, das ich wissen sollte?« fragte General Kuropatkin in seinem Bunker bei Moskau.

»Ich habe keine Ahnung«, erwiderte sein Aufklärungsoffizier aufrichtig.

Wie hilfreich, dachte der General, griff nach dem Hörer und rief den militärischen Nachrichtendienst GRU an.

»Operationen/Lageraum«, meldete sich jemand.

»General Kuropatkin, POW Moskau.«

»Ich weiß, warum Sie anrufen«, versicherte der Oberst des GRU.

»Was gibt es in Denver? Vielleicht ein Atomwaffenlager oder so etwas Ähnliches?«

»Nein, General. In der Nähe befindet sich das Rocky Mountain Arsenal, wo für die Vernichtung bestimmte C-Waffen zwischengelagert werden. Es soll in ein Panzerdepot der Nationalgarde – das ist die amerikanische Reservearmee – umgewandelt werden. Und bei Denver gibt es auch die Anlage Rocky Flats, wo früher einmal Waffenkomponenten hergestellt wurden –«

»Wo genau liegt Rocky Flats?« fragte Kuropatkin.

»Nordwestlich der Stadt. Ich glaube aber, daß sich die Explosion am südlichen Stadtrand ereignet hat.«

»Korrekt. Fahren Sie fort.«

»Auch Rocky Flats wird stillgelegt. Unseren besten Informationen nach sind dort keinen Waffenkomponenten mehr zu finden.«

»Kommen Waffen beim Transport durch diese Anlage? Zum Donner, irgend etwas muß ich wissen!« Der General regte sich langsam auf.

»Mehr kann ich Ihnen leider nicht sagen. Wir tappen ebenso im dunkeln wie Sie. Vielleicht weiß der KGB mehr.«

Für Ehrlichkeit konnte man einen Mann nicht bestrafen, das wußte Kuropatkin, der nun eine andere Nummer wählte. Wie die meisten Berufssoldaten hatte er für die Spione nicht viel übrig, aber dieser Anruf war notwendig.

»Staatssicherheit, Offizier vom Dienst«, sagte ein Mann.

»Bitte die Amerika-Abteilung, Offizier vom Dienst.«

»Moment, bitte.« Nach dem üblichen Klicken und Piepen meldete sich eine Frau. »Amerika-Abteilung.«

»Hier Generalleutnant Kuropatkin, PWO-Zentrale Moskau. Ich muß wissen, was sich in Denver tut.«

»Nicht sehr viel. Denver ist eine Großstadt und nach Washington das zweitgrößte Verwaltungszentrum der Bundesregierung. Im Augenblick ist es dort Sonntagabend, und da sollte nicht viel los sein.« Kuropatkin hörte Papier rascheln. »Ah, noch etwas.«

»Ja?«

»Das Endspiel um die Meisterschaft im amerikanischen Football. Es wird gerade in Denver in einem neuen Stadion ausgetragen, das meines Wissens überdacht ist.«

Kuropatkin mußte sich beherrschen, um die Frau nicht zurechtzuweisen. Nebensächlichkeiten! »*Das* interessiert mich nicht. Gibt es dort Unruhen, Demonstrationen oder sonstige Probleme? Oder ein Waffenarsenal, eine geheime Einrichtung, von der ich nichts weiß?«

»General, Sie haben Zugang zu allen Informationen, die uns vorliegen. Was ist der Grund Ihrer Anfrage?«

»Gute Frau, es hat dort eine Atomexplosion gegeben.«

»In Denver?«

»*Ja!*«

»Und wo genau?« fragte sie und blieb gelassener als der General.

»Augenblick.« Kuropatkin drehte sich um. »Ich brauche sofort die Koordinaten der Explosion.«

»39° 40′ nördlicher Breite, 105° 6′ westlicher Länge. Das sind nur ungefähre Werte«, fügte der Leutnant an der Satellitenkonsole hinzu. »Die Auflösung im Infrarotspektrum ist nicht sehr hoch, General.« Kuropatkin gab die Koordinaten weiter.

»Moment, bitte«, sagte die Frau. »Ich muß eine Karte holen.«

Andrej Iljitsch Narmonow schlief. In Moskau war es 3.10 Uhr am Morgen. Das Telefon weckte ihn, und einen Augenblick später ging seine Schlafzimmertür auf, was Narmonow fast in Panik versetzte, denn niemand durfte sein Schlafzimmer ohne Erlaubnis betreten. Herein kam der KGB-Major Pawel Chrulow, der stellvertretende Chef der Leibwache des Präsidenten.

»Herr Präsident, es liegt ein Notfall vor. Sie müssen sofort mit mir kommen.«

»Was ist los, Pascha?«

»In Amerika hat es eine nukleare Explosion gegeben.«

»Was? Wer hat –«

»Mehr weiß ich nicht. Wir müssen sofort in den Befehlsbunker. Ihr Wagen steht bereit. Zum Anziehen ist keine Zeit.« Chrulow warf ihm einen Morgenmantel zu.

Ryan drückte seine Zigarette aus und ärgerte sich immer noch über die »Störung«, wegen der er das Spiel nicht sehen konnte. Goodley kam mit zwei Dosen Coke herein. Ihr Abendessen hatten sie bereits bestellt.

»Was ist los?« fragte Goodley.

»Bildausfall.« Ryan nahm seine Dose und machte sie auf.

Im SAC-Hauptquartier schaute ein weiblicher Lieutenant-Colonel ganz links in der dritten Reihe der Gefechtsstabssitze auf die Übersicht der Kabel-TV-Stationen. Im Raum gab es acht in zwei Viererreihen übereinander angeordnete Fernsehgeräte, auf deren Schirme man über 50 separate Displays bringen konnte. Als Frau vom Geheimdienst wählte sie instinktiv zuerst die Nachrichtensender. Sie griff nach der Fernbedienung und stellte fest, daß weder CNN noch der Schwesterkanal CNN Headline News sendete. Nun wußte sie, daß diese Programme über verschiedene Satellitenkanäle ausgestrahlt wurden, und das weckte ihre Neugier, den vielleicht wichtigsten Aspekt der Geheimdienstarbeit. Da sie über das System auch Zugang zu anderen Kabelsendern hatte, ging sie einen nach dem anderen durch. Kein Signal von HBO. Keine Filme auf Showtime. Statt Sport gab es bei ESPN nur Gries. Sie schlug nach und stellte fest, daß mindestens vier Satelliten nicht funktionierten. An diesem Punkt stand sie auf und ging hinüber zum CINC-SAC.

»Sir, ich bin auf etwas sehr Merkwürdiges gestoßen.«

»Ja?« gab der CINC-SAC zurück, ohne sich umzudrehen.

»Mindestens vier kommerzielle Satelliten sind ausgefallen, darunter ein Telstar, ein Intelsat und ein Hughes.«

Auf diese Eröffnung hin drehte sich der CINC-SAC um. »Was können Sie mir noch sagen?«

»Sir, NORAD meldet, die Explosion habe sich im Großraum Denver ereignet, in der Nähe des Skydome, wo die Superbowl stattfindet. Der Außenminister und der Verteidigungsminister waren beim Spiel.«

»Mein Gott! Sie haben recht.«

Auf dem Luftstützpunkt Andrews wartete der fliegende Befehlsstand NEACP am Flugsteig auf das Eintreffen des Präsidenten oder seines Vize. Zwei der vier Triebwerke liefen.

Captain Jim Rosselli hatte gerade eine Stunde Dienst getan, als sein Alptraum begann. Er saß im Lageraum des National Military Command Center (NMCC) und bedauerte, daß kein Flaggoffizier anwesend war. Früher war immer ein General oder Admiral zugegen gewesen, aber seit dem Tauwetter zwischen Ost und West und den Etatkürzungen im Pentagon waren Offiziere dieses Ranges zwar immer erreichbar, aber die normale Verwaltungsarbeit wurde von Captains und Colonels erledigt. Rosselli fand, daß es auch schlimmer hätte kommen können. Wenigstens wußte er nun, wie man sich fühlte, wenn man die Verfügungsgewalt über eine Menge Atomwaffen hatte.

»Verdammt, was geht hier vor?« fragte Lieutenant Colonel Richard Barnes und starrte auf die Wand. Daß auch Rosselli keine Antwort hatte, wußte er.

»Rocky, heben wir uns das für ein andermal auf?« schlug Rosselli ruhig und in völlig gelassenem Ton vor. Gesicht und Stimme des Captains verrieten keine Erregung, aber die Hände des ehemaligen U-Boot-Kommandanten waren so feucht, daß er sie immer wieder an seinen Hosenbeinen abwischen mußte. Zum Glück ließ der marineblaue Stoff die nassen Flecken unsichtbar.

»Da haben Sie recht, Jim.«

»Holen wir General Wilkes.«

»Ja.« Barnes drückte auf einen Knopf am Geheimtelefon und rief Brigadegeneral Paul Wilkes an, einen ehemaligen Bomberpiloten, der eine Dienstunterkunft auf dem Luftstützpunkt Bolling jenseits des Potomac hatte.

»Ja«, meldete sich Wilkes bärbeißig.

»Hier Barnes. Sir, Sie werden sofort im NMCC gebraucht.« Mehr brauchte der Colonel nicht zu sagen. »Sofort« hat für Flieger eine besondere Bedeutung.

»Schon unterwegs.« Wilkes legte auf und murmelte weiter: »Zum Glück gibt's Allradantrieb.« Er zog einen gefütterten olivgrünen Parka an, verzichtete auf Stiefel und ging hinaus. Privat fuhr er einen Toyota Land Cruiser, mit dem er gerne die Provinz erkundete. Der Motor sprang sofort an. Wilkes stieß zurück und begann die riskante Fahrt über noch nicht geräumte Straßen.

Der Krisenbunker in Camp David war nach Bob Fowlers Auffassung ein anachronistisches Überbleibsel aus der bösen alten Zeit. Er war unter Eisenhower gebaut worden und sollte auch einen Atomschlag überstehen können – in einer Ära, in der man die Treffgenauigkeit einer Rakete in Kilometern und nicht in Metern maß. Der Raum, in den Granit der Catoctin Mountains im Westen Marylands gesprengt, lag unter einer 18 Meter dicken Felsschicht und war bis 1975 sehr sicher und überlebensfähig gewesen. Er war neun Meter breit, zwölf Meter lang und drei Meter hoch, und in ihm arbeiteten zwölf Personen, vorwiegend Kommunikationsexperten der Navy, sechs davon Mannschaftsgrade. Die Ausrüstung war nicht ganz so modern wie in NEACP oder anderen Einrichtungen, die dem Präsidenten zur Verfügung standen. Er saß an einer Konsole, die im Stil an NASA-Geräte aus den Sechzigern erinnerte. In die Schreibtischplatte war sogar ein Aschenbecher eingelassen. Davor stand eine Reihe von Fernsehern. Der Sessel war gemütlich, die augenblickliche Lage aber nicht. Elizabeth Elliot setzte sich neben ihn.

»So«, sagte Präsident J. Robert Fowler. »Was, zum Teufel, geht hier vor?«

Der ranghöchste Offizier war, wie er sah, ein Lieutenant Commander der Navy. Nicht besonders vielversprechend, dachte er.

»Sir, Ihr Hubschrauber kann wegen eines technischen Defekts nicht starten. Eine zweite Maschine ist unterwegs, um sie zu NEACP zu bringen. Wir haben CINC-SAC und CINC-NORAD an der Leitung.« Hiermit meinte der Marineoffizier die Oberbefehlshaber aller Waffengattungen in den Großräumen: CINCLANT war der OB Atlantik, Admiral Joshua Painter; es gab einen CINCPAC, dem alle Streitkräfte im Atlantik unterstanden; beide Posten hielten traditionell Marineoffiziere inne. Der CINC-SOUTH saß in Panama, der CINC-CENT in Bahrain, CINC-FOR in Fort McPherson in Atlanta, Georgia. Diese drei Stellen besetzte traditionell die Army. Es gab auch noch andere OBs, darunter den SACEUR (OB der alliierten Streitkräfte in Europa); dieser höchste Offizier der Nato war im Augenblick ein Viersternegeneral der Air Force. Innerhalb dieses existierenden Führungssystems hatten die OBs keine Befehlsgewalt, sondern berieten nur den Verteidigungsminister, der wiederum den Präsidenten beriet, und dessen Anweisungen gingen über den Verteidigungsminister an die CINCs.

Der Verteidigungsminister aber...

Fowler suchte den mit »NORAD« markierten Knopf und drückte darauf.

»Hier spricht der Präsident. Ich bin in meinem Lageraum in Camp David.«

»Mr. President, hier ist immer noch Major General Borstein. Der CINC-NORAD ist nicht hier; er war zur Superbowl nach Denver gefahren. Mr. President, es ist meine Pflicht, Ihnen mitzuteilen, daß laut unseren Instrumenten die Explosion entweder in dem Superbowl-Stadion oder in seiner Nähe stattgefunden hat. Wir müssen wohl davon ausgehen, daß die Minister Bunker und Talbot und der CINC-NORAD tot sind.«

»Ja«, sagte Fowler, der bereits zu diesem Schluß gelangt war, emotionslos.

»Der Vize-CINC ist im Augenblick hierher unterwegs. Bis auf weiteres bin ich der ranghöchste Offizier in NORAD.«

»Gut. So, und nun sagen Sie mir, was eigentlich passiert ist.«

»Sir, das wissen wir nicht. Der Detonation gingen keine ungewöhnlichen Vorkommnisse voraus. Es wurden keine – ich wiederhole: *keine* – anfliegenden ballistischen Raketen festgestellt. Wir versuchen, mit der Flugsicherung des Stapleton International Airport in Denver Kontakt aufzunehmen; man soll dort die Radarbänder auf einen möglichen Abwurf aus der Luft prüfen. Auf unseren Schirmen erschien jedenfalls nichts.«

»Hätten Sie eine anfliegende Maschine erfaßt?«

»Nicht unbedingt, Sir«, erwiderte General Borstein. »Unser System ist gut, aber man kann es überlisten, besonders mit einem einzigen Flugzeug. Mr. President, können wir einen Augenblick über Dinge reden, die sofort erledigt werden müssen?«

»Ja.«

»Sir, aufgrund meiner Befugnisse als stellvertretender CINC-NORAD habe ich meine Stelle in Alarmstufe DEFCON-1 versetzt. Wie Sie wissen, ist NORAD dazu befugt und kann auch zu reinen Verteidigungszwecken nukleare Waffen freigeben.«

»Ohne meine ausdrückliche Genehmigung werden keine Kernwaffen freigegeben«, versetzte Fowler heftig.

»Sir, die einzigen Kernwaffen in unserem Arsenal sind gelagert«, entgegnete Borstein. Die anderen Leute in Uniform fanden seine Stimme bewundernswert mechanisch. »Nun schlage ich eine Telefonkonferenz mit dem CINC-SAC vor.«

»Tun Sie das«, befahl Fowler. Die Verbindung war im Nu hergestellt.

»Mr. President, hier spricht der CINC-SAC«, erklärte General Peter Fremont von der Air Force in ganz geschäftsmäßigem Ton.

»Was, zum Teufel, geht hier vor?«

»Sir, das wissen wir nicht, aber es gibt Maßnahmen, die wir sofort ergreifen müssen.«

»Fahren Sie fort.«

»Sir, ich empfehle, daß wir alle unsere strategischen Streitkräfte in eine höhere Alarmstufe versetzen. Ich schlage DEFCON-2 vor. Wenn wir es mit einem nuklearen Angriff zu tun haben, müssen unsere Kräfte in einem maximalen Bereitschaftszustand sein. Das versetzt uns in die Lage, mit dem größtmöglichen Effekt auf eine Attacke zu antworten. Dies sollte auch den Angreifer abschrecken und zum Überdenken zwingen.

Und wenn ich dem etwas hinzufügen darf, Sir: Wir sollten auch unseren Bereitschaftsgrad durch die Bank erhöhen. Zumindest könnten Militäreinheiten Hilfe leisten und Panik unter der Zivilbevölkerung verhindern. Ich empfehle DEFCON-3 für unsere konventionellen Streitkräfte.«

»Tu das lieber selektiv, Robert«, sagte Liz Elliot.

»Wer war das?« fragte Borstein.

»Ich bin die Sicherheitsberaterin«, sagte Liz eine Spur zu laut. Ihr Gesicht war nun so weiß wie ihre Seidenbluse. Fowler hatte sich noch in der Gewalt, aber Liz Elliot mußte kämpfen, um seinem Beispiel zu folgen.

»Dr. Elliot, ich habe Ihre Bekanntschaft noch nicht gemacht. Leider läßt unser Kommando- und Führungssystem selektiven Alarm nicht zu, zumindest nicht kurzfristig. Wenn wir jetzt DEFCON-3 erklären, können wir alle Einheiten aktivieren, die wir brauchen, und dann später jene auswählen, für die wir eine Aufgabe haben. Damit sparen wir mindestens eine Stunde. Das ist meine Empfehlung.«

»Dem pflichte ich bei«, erklärte General Fremont sofort.

»Gut, dann tun Sie das«, sagte Fowler. Ihm kam es vernünftig vor.

Die Kommunikation lief über separate Kanäle. Der CINC-SAC alarmierte die strategischen Kräfte. Dieselbe Roboterstimme, die den Alarmstart der strategischen Bomber ausgelöst hatte, gab nun die Blitzmeldung heraus. Auf den Bomberbasen des SAC war man zwar schon über den Alarm informiert, aber die Stufe DEFCON-2 machte ihn offiziell und unheilverkündend. Überlandleitungen aus Glasfaserkabeln trugen ähnliche Mitteilungen zum ELF-Funksystem der Marine im Norden der Halbinsel zwischen Michigan- und Huronsee, von wo es im Morsecode weitergegeben wurde. Die extrem niedrige Frequenz ELF ist die einzige, die auch getauchte Unterseeboote erreicht, hat aber eine sehr niedrige Übertragungsgeschwindigkeit und gibt den Booten nur das Zeichen zum Auftauchen, um ein Hochfrequenzsignal von einem Satelliten zu empfangen.

In King's Bay (Georgia), Charleston (North Carolina) und Groton (Connecticut) und an drei anderen Orten im Pazifik erhielten die Wachoffiziere der strategischen U-Geschwader, die meist auf Versorgungsschiffen saßen, Signale über Kabel oder Satellit. Amerika hatte zu diesem Zeitpunkt 36 Raketen-U-Boote im Dienst, und von diesen waren 19 in See – auf »Abschreckungspatrouille«, wie man das nannte. Zwei wurden generalüberholt und standen daher nicht zur Verfügung. Der Rest lag mit Ausnahme von USS *Ohio*, das sich in Bangor in einem überdachten Dock befand, längsseits seiner Versorgungsschiffe. Alle hatten reduzierte Mannschaften an Bord, keines aber an diesem Sonntagabend seinen Kommandanten. Das machte nichts, denn alle strategischen Boote hatten zwei Besatzungen, und in jedem Fall war einer der beiden kommandierenden Offiziere höchstens 30 Autominuten von seinem Boot entfernt. Alle trugen Rufgeräte bei sich, die fast gleichzeitig lospiepten. Die Crews an Bord begannen die Boote sofort klar zum Auslaufen zu machen. Auf jedem Boot hatte der Offizier vom Dienst eine strenge Prüfung bestehen müssen, ehe er als »fürs Kommando qualifiziert« galt. Der Einsatzbefehl war klar: Wenn ein solcher Alarm einging, mußten sie so schnell wie möglich auslaufen. Die meisten Offiziere hielten das DEFCON-2 für eine Übung, aber bei den strategischen Kräften sind Übungen eine ernste Angelegenheit. Schon ließen Schlepper ihre Dieselmaschinen anlaufen, um die schiefergrauen Boote von ihren Versorgungsschiffen zu bugsieren. Deckmannschaften machten Sicherheitsleinen und Stützen los; Männer, die sich auf den Versorgungsschiffen aufgehalten hatten, kletterten über Leitern hinunter zu ihren Booten. An Bord schauten Offiziere und ihre Helfer auf den Dienstplan, um festzustellen, wer anwesend war und wer nicht. Wie alle Kriegsschiffe waren diese strategischen Boote überbemannt und konnten, falls erforderlich, ohne weiteres mit einer halben Crew auslaufen und operieren. DEFCON-2 bedeutete, daß dies angesagt war.

Captain Rosselli und der Stab im NMCC alarmierten die konventionellen Streitkräfte. Man brauchte nur auf Band aufgezeichnete Befehle an die individuellen Einheiten weiterzugeben: im Fall der Army an die Divisionen, bei der Luftwaffe und der Marine an die Geschwader. Die konventionellen Streitkräfte gingen auf DEFCON-2. Captain Rosselli und Colonel Barnes verständigten höhere Befehlsebenen telefonisch. Selbst Dreisternegenerälen mit 25jähriger Dienstzeit mußten sie jedesmal versichern: *Nein, Sir, das ist, ich wiederhole, keine Übung.*

Überall auf der Welt wurden amerikanische Einheiten in Alarmbereitschaft versetzt. Wie zu erwarten war, reagierten an hohe Bereitschaftsstufen gewöhnte Einheiten am raschesten. Zu ihnen gehörte die in Berlin stationierte amerikanische Panzerbrigade.

37
Menschliche Reaktionen

»Captain, Alarmmeldung über ELF.«

»Wie bitte?« fragte Ricks und wandte sich vom Kartentisch ab.

»Hier ist der Spruch, Captain.« Der Kommunikationsoffizier überreichte ihm das Blatt mit der kurzen Codegruppe.

»Ausgerechnet jetzt eine Übung.« Ricks schüttelte den Kopf und sagte: »Auf Gefechtsstationen.«

Ein Maat schaltete sofort die Bordsprechanlage ein und machte die Durchsage. »Alarm, Alarm, alle Mann auf Gefechtsstation.« Als nächstes kam ein elektronisches akustisches Signal, das auch die fesselndsten Träume unterbrach.

»Mr. Pitney«, rief Ricks über das Getöse. »Antennentiefe.«

»Aye, Captain. Tauchoffizier: Gehen Sie auf 20 Meter.«

»20 Meter, aye. Rudergänger: Vordere Tiefenruder an zehn.«

»Vorne an zehn, aye.« Der junge Rudergänger zog das Steuer, das dem Knüppel in einem Flugzeug ähnelte, zurück. »Sir, meine Tiefenruder sind an zehn.«

»Recht so.«

Kaum war der Befehl ausgeführt worden, strömten Männer in die Zentrale. Der Chief – *Maines* ranghöchster Mannschaftsgrad – ging an der Tauchkonsole auf Station. Lieutenant Commander Claggett kam herein, um den Captain zu unterstützen. Pitney, der Navigator, war bereits auf seinem Posten und überwachte die Steuerung. Verschiedene Mannschaftsgrade nahmen ihre Plätze an den Waffenkonsolen ein. Achtern fanden sich Offiziere und Matrosen in der Raketenzentrale MCC, wo der Status der 24 Trident-ICBM überwacht wurde, und im Hilfsmaschinenraum ein, von wo aus der Notdiesel gesteuert wurde.

In der Zentrale sagte der für die interne Kommunikation zuständige Mann die Namen der Abteilungen an, die sich als bemannt und klar meldeten.

»Was ist los, Captain?« fragte Claggett. Ricks reichte ihm nur den Zettel mit dem Alarmcode.

»Eine Übung?«

»Vermutlich. Warum auch nicht?« fragte Ricks. »Es ist Sonntag, nicht wahr?«

»Ist oben noch schwere See?«

Wie auf ein Stichwort hin begann *Maine* zu schlingern. Als der Tiefenmesser 89 Meter anzeigte, bekam das mächtige U-Boot jäh 10 Grad Schlagseite. In allen Abteilungen verdrehten die Männer die Augen und murrten. Es gab kein

Besatzungsmitglied, das sich nicht schon einmal erbrochen hatte. In diesem engen, fensterlosen Raum, wo alle äußeren Bezugspunkte fehlen, wurde man sehr leicht seekrank, denn das Auge nahm keine Bewegung wahr, wohl aber das Innenohr. Dieser Effekt, unter dem auch fast alle Apollo-Astronauten gelitten hatten, traf nun auch die Seeleute. Unwillkürlich schüttelten sie heftig die Köpfe, als verscheuchten sie ein lästiges Insekt, und hofften alle miteinander, daß das Boot so bald wie möglich wieder in 122 Meter Tiefe zurückkehrte, wo seine Bewegung nicht wahrnehmbar war und wo es hingehörte. Den Grund für das Manöver kannte bisher nur Ricks.

»20 Meter, ausgependelt, Sir.«

»Recht so«, erwiderte Pitney.

»Zentrale, hier Sonar. Kontakt Sierra-16 verloren. Ging im Oberflächenlärm unter.«

»Was war seine letzte Position?« fragte Ricks.

»Letzte Peilung zwei-sieben-null, geschätzte Distanz 27 Meilen«, erwiderte Fähnrich Shaw.

»Gut. UHF-Antenne und Periskop ausfahren«, befahl Ricks dem Steuermannsmaat. *Maine* schlingerte nun um 20 Grad, und der Captain wollte sehen, warum. Der Steuermannsmaat drehte an dem rotweißen Rad, und hydraulische Kraft ließ den geölten Zylinder zischend aufsteigen.

»Donnerwetter«, sagte der Captain, als er die Hände an den Griffen hatte, denn er konnte bis hier unten spüren, wie heftig die Seen auf das aufgetauchte Oberteil des Instruments einschlugen. Er bückte sich und schaute ins Okular.

»UHF-Signal geht ein«, meldete der Kommunikationsoffizier.

»Sehr gut«, sagte Ricks. »Leute, ich würde sagen, wir haben zehn Meter hohe Seen, zum Teil Brecher. Na, wenn's sein muß, rauschen wir auch da durch«, fügte er im Scherz hinzu. Es war ja nur eine Übung.

»Wie sieht der Himmel aus?« fragte Claggett.

»Bedeckt – keine Sterne.« Ricks richtete sich auf und klappte die Griffe hoch. »Periskop einfahren.« Er wandte sich an Claggett. »IA, versuchen wir so bald wie möglich, unseren Freund wieder aufzufassen.«

»Aye, Captain.«

Ricks wollte schon den Hörer abnehmen und den Leuten in der Raketenzentrale befehlen, die Übung so rasch wie möglich zu beenden, doch da kam der Kommunikationsoffizier herein.

»Captain, das ist keine Übung.«

»Was soll das heißen?« Ricks merkte, daß der Lieutenant gar nicht froh aussah.

»DEFCON-2, Sir«, meldete der Mann und gab Ricks den Befehl.

»Was?« Ricks überflog die knappe und eiskalt sachliche Meldung. »Was geht hier vor?« Er reichte den Bogen an Dutch Claggett weiter.

»DEFCON-2? Auf dieser Alarmstufe waren wir noch nie, seit ich dabei bin ... An ein DEFCON-3 kann ich mich erinnern, aber da war ich noch an der Marineakademie ...«

Die Männer in der Zentrale tauschten Blicke. Das amerikanische Militär hat fünf Alarmstufen, die von fünf bis eins numeriert sind. DEFCON-5 bedeutete normale Operationen im Frieden. 4 war etwas höher und verlangte die verstärkte Bemannung bestimmter Posten; es blieben also mehr Leute, vorwiegend Piloten und Soldaten, in der Nähe ihrer Flugzeuge oder Panzer. DEFCON-3 bezeichnete eine sehr viel ernstere Lage; an diesem Punkt hatten sich alle Einheiten voll einsatzbereit zu halten. Bei DEFCON-2 begannen sie in Stellung zu gehen; diese Alarmstufe galt nur bei unmittelbarer Kriegsgefahr. In DEFCON-1 waren die amerikanischen Streitkräfte noch nie versetzt worden. Diese Stufe bedeutete, daß Krieg nicht länger nur drohte; man lud und richtete die Waffen und wartete auf den Feuerbefehl.

Doch das ganze DEFCON-System war willkürlicher eingerichtet, als man glaubt. U-Boote operierten normalerweise auf einer höheren Alarmstufe. Auf strategischen Booten, die immer bereit sein müssen, ihre Raketen binnen Minuten abzuschießen, galt effektiv immer DEFCON-2. Die Nachricht von FLTSATCOM machte das nur offiziell und sehr viel ominöser.

»Was kam noch?« fragte Ricks den Kommunikationsoffizier.

»Das ist alles, Sir.«

»Gingen keine Nachrichten ein? Existiert irgendwo eine Bedrohung?«

»Sir, wir empfingen gestern die übliche Nachrichtensendung. Die nächste wollte ich in fünf Stunden auffangen, damit wir das Ergebnis der Superbowl erfahren.« Der Lieutenant machte eine Pause. »Sir, weder in den Nachrichten noch über offizielle Kanäle gab es Hinweise auf eine Krise.«

»Was, zum Teufel, ist dann los?« fragte Ricks, ohne eine Antwort zu erwarten. »Na, ist egal.«

»Captain«, sagte Claggett, »zuerst einmal sollten wir den Kontakt zu unserem Freund in zwei-sieben-null abbrechen, finde ich.«

»Ja. Bringen Sie uns auf Nordwestkurs. Da er den Kurs nicht so bald ändern wird, schaffen wir damit eine gute Distanz. Dann setzen wir uns nach Norden ab.«

Claggett blickte aus Gewohnheit auf die Seekarte, um nachzusehen, wie tief das Wasser war. Im Augenblick befanden sie sich auf der Seeroute von Seattle nach Japan. Auf seinen Befehl hin drehte *Maine* nach Backbord ab. Man hätte zwar auch eine Wendung nach Steuerbord vollführen können, aber auf diese Weise schaffte das Boot sofort Distanz zu dem Akula, das sie seit mehreren Tagen verfolgt hatten. Eine Minute später lag *Maine* quer zur See, die zehn Meter hoch ging, und der Turm des Bootes wurde zum Ziel der Naturgewalten. Es krängte um 40 Grad; überall an Bord hielten sich die Männer fest, griffen nach herumfliegenden Gegenständen.

»Sollen wir ein wenig tiefer gehen, Captain?« fragte Claggett.

»In ein paar Minuten. Warten wir erst einmal ab, ob noch etwas über den Satellitenkanal kommt.«

Der Stamm des majestätischsten aller Nadelbäume in Oregon schwamm nun in drei Teilen seit mehreren Wochen im Pazifik. Seit er Treibgut geworden war, hatte er sich weiter mit Wasser vollgesogen, und die Ketten, die die drei Teile zusammenhielten, gaben ihm einen leicht negativen Auftrieb. Ganz an die Oberfläche kam das Holz nicht, schon gar nicht bei diesem Wetter. So schwebten die drei Teile träge wie Luftschiffe und drehten sich langsam, als die See versuchte, ihre Ketten zu zerreißen.

Ein junger Sonarmann der *Maine* hörte etwas in null-vier-eins, fast genau voraus. Ein seltsames Geräusch, wie ein Klingeln, aber tiefer. Kein Schiff, dachte er, und auch kein Tier. Die Schallquelle verlor sich fast im Oberflächenlärm, und ein Kurs ließ sich nicht feststellen...

»Scheiße!« Er schaltete sein Mikrofon ein. »Zentrale, hier Sonar – Sonarkontakt in nächster Nähe!«

»Was?« Ricks stürzte in den Sonarraum.

»Ich weiß nicht, was es ist, Sir, aber es ist ganz in unserer Nähe!«

»Wo?«

»Das kann ich noch nicht sagen; der Kontakt liegt links und rechts von unserem Bug. Ein Schiff scheidet aus, aber ich weiß nicht, was das ist, Sir!« Der Maat starrte auf den Leuchtfleck auf seinem Display und lauschte angestrengt. »Nicht eindeutig auszumachen, aber ganz nahe, Sir!«

»Aber –« Ricks hielt inne und schrie automatisch: »Alarmtauchen!« Aber er wußte, daß es dazu zu spät war.

Im ganzen Rumpf der USS *Maine* hallte es wie in einer großen Trommel, als Holz die Fiberglasverkleidung des Bugsonars traf.

Der Baumstamm war in drei Teile zersägt worden. Das erste bekam axial Berührung mit der Seite des Sonardoms und richtete nur wenig Schaden an, weil das U-Boot nur ein paar Knoten lief und solide gebaut war. Aber der Lärm war schlimm genug. Das erste Stück wurde also beiseite geschoben, aber es folgten noch zwei weitere, und eines kollidierte gerade in Höhe der Zentrale mit dem Rumpf.

Der Rudergänger reagierte sofort auf den Befehl des Captains und stieß das Steuer bis zum Anschlag nach vorne. Augenblicklich hob sich das Heck des Bootes in die Bahn der Stammsegmente. *Maines* Heck endete in einem Kreuz. Über und unter der Schraubenwelle waren Ruder befestigt. Rechts und links befanden sich die Hecktiefenruder, die wie die Höhenflossen eines Flugzeuges funktionierten. An ihrem Ende gab es eine weitere vertikale Einrichtung, die wie ein Hilfsruder aussah, in Wirklichkeit aber ein Fitting für Sonarsensoren war. Daran blieb die Kette zwischen zwei Stammteilen hängen; zwei Teile außenbords, eines innenbords, und letzteres war gerade lang genug, um die sich drehende Schraube zu erreichen. Das Resultat war der fürchterlichste Lärm, den die Mannschaft an Bord je gehört hatte. Die siebenflügelige Schraube der *Maine* bestand aus einer Mangan-Bronze-Legierung und war in einem sieben Monate langen Fertigungsprozeß in ihre fast perfekte Form gebracht worden. Sie war widerstandsfähig, aber nicht unverwüstlich. Ihre krummsäbelähnlichen Flügel trafen nun nacheinander den Stamm wie eine langsame, stumpfe Kreissäge, und jeder Aufprall riß Scharten in die Kanten oder verbog sie. Der Offizier im achtern liegenden Maschinenraum hatte die Wellenkupplung schon ausgerückt, als er den Befehl dazu erhielt. Von draußen hörte er ein häßliches, metallisches Kreischen, als das Sonarfitting vom Steuerbordtiefenruder gerissen wurde; dabei ging auch die Vorrichtung, die das Schleppsonar hielt, verloren. An diesem Punkt trieben die drei Stammteile (eines nun sehr zersplittert) ins Kielwasser der *Maine*, und der ärgste Lärm hörte auf.

»Verdammt, was war das?« schrie Ricks fast.

»Schleppsonar ist weg«, meldete ein Sonarmann. »Und die rechte laterale Batterie ist beschädigt, Sir.« Ricks hatte den Raum bereits verlassen. Der Maat redete nur noch zu sich selbst.

»Zentrale, hier Maschinenraum«, drang es aus einem Lautsprecher. »Etwas ist gerade in unsere Schraube geraten. Ich prüfe nun die Welle auf Schäden.«

»Hecktiefenruder beschädigt, Sir«, sagte der Rudergänger. »Steuerung spricht nur träge an.« Der Chief zog den jungen Mann vom Sitz, nahm seinen Platz ein und bewegte langsam und vorsichtig das Rad.

»Fühlt sich nach defekter Hydraulik an. Die Trimmruder« – diese wurden elektrisch bewegt – »scheinen in Ordnung zu sein.« Er drehte das Rad nach links und rechts. »Ruder ist unbeschädigt, Sir.«

»Hecktiefenruder in Neutralstellung bringen. Vordere Tiefenruder an zehn.« Dieser Befehl kam vom IA.

»Aye.«

»Und was war das?« fragte Dubinin.

»Metall – ein unglaublich starker metallischer Schallimpuls in null-fünfeins.« Der Offizier tippte auf den grellen Fleck auf seinem Schirm. »Eine niedrige Frequenz, wie Sie sehen, wie eine Trommel ... aber dieser Ton hier ist viel heller. Ich bekam ihn über meine Kopfhörer mit; er klang wie ein Maschinengewehr. Moment«, sagte Leutnant Rykow, der angestrengt nachdachte. »Die Frequenz ... will sagen, die Intervalle der Impulse – da muß etwas in eine Schraube geraten sein. Etwas anderes kommt nicht in Frage.«

»Und nun?« fragte der Kapitän.

»Ist die Schraube im Eimer.«

»Die ganze Sonarmannschaft auf Station.« Kapitän Dubinin kehrte in die Zentrale zurück. »Neuer Kurs null-vier-null, Fahrt zehn.«

Einen GAZ der sowjetischen Armee zu organisieren war eine Kleinigkeit. Sie stahlen ihn einfach, zusammen mit einem Befehlsfahrzeug. Es war nach Mitternacht in Berlin, der lebhaften Metropole, deren Straßen jetzt aber verlassen dalagen, weil am Montag wieder gearbeitet wurde. Die Deutschen nahmen ihre Arbeit ernst. Ein paar Leute trieben sich herum, die vielleicht spät ihre Kneipe verlassen hatten oder von der Schicht kamen. Insgesamt war es ruhig auf den Straßen, und das war entscheidend, damit sie ihr Ziel rechtzeitig erreichen konnten.

Hier hat einmal die Mauer gestanden, dachte Günther Bock. Auf einer Seite amerikanische, auf der anderen sowjetische Truppen mit kleinen, aber häufig benutzten Übungsplätzen an ihren Kasernen. Die Mauer war nun verschwunden, und die beiden Panzereinheiten trennte nur noch Gras. Das Befehlsfahrzeug hielt am Tor der sowjetischen Kaserne. Der Wachposten war ein 20jähriger pickliger Oberfeldwebel in schlampiger Uniform, der große Augen machte, als er die drei Sterne auf Keitels Schulterstücken sah.

»Nehmen Sie gefälligst Haltung an!« brüllte Keitel in perfektem Russisch. Der Junge gehorchte sofort. »Ich komme vom Oberkommando der Armee und werde eine unangekündigte Inspektion durchführen. Sie dürfen unser Eintreffen niemandem melden. Ist das klar?«

»Jawohl, Herr Oberst!«

»So, und wenn ich zurückkomme und Sie immer noch in dieser verdreckten Uniform vorfinde, versetze ich Sie an die chinesische Grenze. Losfahren!« befahl Keitel Bock, der am Steuer saß.

»Zu Befehl, Herr Oberst«, versetzte Bock spöttisch, als sie wieder rollten. Im Grunde war die Situation komisch. Die Sache hat witzige Aspekte, dachte Bock, wenngleich nur ein paar. Man mußte eben den richtigen Sinn für Humor haben.

Das Hauptquartier des Regiments befand sich in einer alten Wehrmachtskaserne, die die Russen mehr benutzt als instand gehalten hatten. Umgeben war es von einer Anlage, in der im Sommer die Blumen eines Beets das Symbol der Einheit bilden. Bei der Truppe hier handelte es sich um ein Gardepanzerregiment mit einer Tradition, der seine Soldaten, nahm man den Wachposten am Tor zum Maßstab, wenig Beachtung schenkten. Bock hielt direkt vor dem Eingang an. Keitel und die anderen stiegen aus ihren Fahrzeugen und schritten wie übellaunige Götter hinein.

»Wer ist der Offizier vom Dienst in diesem Puff?« dröhnte Keitel. Ein Gefreiter zeigte nur in die entsprechende Richtung. Gefreite hatten gegen die Befehle von Offizieren im Stabsrang keine Einwände zu erheben. Der Offizier vom Dienst war, wie sie feststellten, ein etwa 30jähriger Major.

»Was soll das?« fragte der junge Offizier.

»Ich bin Oberst Iwanenko vom Inspektorat. *Das* ist eine unangekündigte Prüfung Ihrer Einsatzbereitschaft. Geben Sie Alarm!« Der Major machte zwei Schritte und drückte auf einen Knopf, der überall im Lager Sirenen losheulen ließ.

»So, und jetzt rufen Sie Ihren Regimentskommandeur an und richten ihm aus, er soll mit seinem Suffkopp hierherkommen. Was ist Ihr Bereitschaftsgrad?« herrschte Bock den Mann an und ließ ihn nicht zu Atem kommen. Der junge Offizier, der gerade zum Telefon greifen wollte, hielt inne und wußte nicht, welchen Befehl er zuerst befolgen sollte. *»Nun?«*

»Unser Bereitschaftsgrad entspricht der für die Einheit festgesetzten Norm, Herr Oberst.«

»Sie bekommen Gelegenheit, das unter Beweis zu stellen.« Keitel wandte sich an einen seiner Begleiter. »Schreiben Sie den Namen dieses Jüngelchens auf!«

2000 Meter weiter gingen die Lichter einer amerikanischen Kaserne im ehemaligen Westberlin an.

»Aha, da drüben wird auch geübt«, bemerkte Keitel/Iwanenko. »Bestens. Mal sehen, ob wir schneller sind als die.«

»Was soll das?« Der Regimentskommandeur, ebenfalls ein Oberst, erschien mit noch nicht zugeknöpfter Uniformjacke.

»*Das* ist ein trauriger Verein hier!« brüllte Keitel. »*Dies* ist eine unangekündigte Inspektion. Sie haben ein Regiment zu führen, Herr Oberst. Machen Sie sich an die Arbeit, ohne weitere Fragen zu stellen.«

»Aber –«

»Was heißt hier aber?« herrschte Keitel. »Wissen Sie denn nicht, was eine Inspektion ist?«

Eines darf man nicht vergessen, wenn man mit den Russen umgeht, dachte Keitel. Sie sind arrogant und anmaßend und hassen die Deutschen, auch wenn sie das Gegenteil behaupten, aber wenn man sie unter Druck setzt, sind sie berechenbar. Sein Rang war zwar nicht höher als der dieses Mannes, aber er hatte eine lautere Stimme, und das genügte.

»Ich werde Ihnen zeigen, was meine Männer leisten.«

»Und wir werden uns das draußen ansehen«, versicherte Keitel.

»Dr. Ryan, kommen Sie einmal rüber.« Es wurde aufgelegt.

»Na gut«, brummte Jack, schnappte seine Zigaretten und ging ins Zimmer 7-F-27, den Lageraum der CIA. Dieser befand sich auf der Nordseite des Gebäudes und hatte die Größe von sechs auf zehn Meter. Sobald man die Tür mit dem Schloß, das sich nur auf einen bestimmten Code öffnete, passiert hatte, erblickte man einen großen runden Tisch, auf dessen Mitte ein drehbares Bücherregal stand, und sechs Sessel. Über jedem davon hingen Schilder: Offizier vom Dienst, Presse, Afrika · Lateinamerika, Europa · UdSSR, Naher Osten · Terrorismus und Südasien · Ostasien · Pazifik. Uhren an der Wand zeigten die Zeit in Moskau, Peking, drei anderen Zeitzonen und natürlich auch die Weltzeit an. Angrenzend gab es ein Konferenzzimmer, das sich zum Innenhof des Gebäudes öffnete. Ryan erschien mit Goodley im Schlepptau. »Was gibt's?«

»Laut NORAD ist in Denver gerade eine Atombombe explodiert.«

»Das ist doch wohl hoffentlich ein Witz!« gab Jack zurück. Auch das war nur ein Reflex. Doch ehe der Mann antworten konnte, krampfte sich Ryans Magen zusammen. Mit so etwas scherzte man nicht.

»Schön wär's«, erwiderte der Offizier vom Dienst.

»Was wissen wir?«

»Nicht viel.«

»Gar nichts? Ist etwas auf der Gefahrenkonsole?« Auch das war nur ein Reflex. Wenn etwas vorgelegen hätte, würde er es inzwischen erfahren haben. »Okay. Wo ist Marcus?«

»Auf dem Heimflug in der C-141, irgendwo zwischen Japan und den Aleuten. Sie leiten, Sir«, betonte der Offizier und dankte dem gütigen Gott, daß er die Verantwortung nicht übernehmen mußte. »Der Präsident ist in Camp David. Verteidigungsminister und Außenminister –«

»Sind tot?« fragte Ryan.

»Es hat den Anschein, Sir.«

Ryan schloß die Augen. »Mein Gott. Und der Vizepräsident?«

»In seinem Amtssitz. Das Ganze läuft erst seit drei Minuten. Der Offizier vom Dienst im NMCC ist Captain James Rosselli. General Wilkes ist unterwegs. Wir haben Verbindung zur DIA. Sie – will sagen, der Präsident, hat gerade DEFCON-2 für unsere strategischen Kräfte angeordnet.«

»Was tun die Russen?«

»Nichts Ungewöhnliches. In Ostsibirien findet eine regionale Luftabwehrübung statt, das ist alles.«

»Gut, alarmieren Sie alle Stationen. Ich will alle Informationen haben, die vorliegen – alle. Man soll so rasch wie möglich jede verfügbare Quelle anzapfen.« Jack machte eine Pause. »Sind Sie auch sicher, daß das passiert ist?«

»Sir, zwei DSP-Satelliten haben den Atomblitz registriert. Ein KH-11 wird Denver in ungefähr 20 Minuten überfliegen, und ich habe NPIC angewiesen, jede verfügbare Kamera im All auf Denver zu richten. NORAD sagt, es habe definitiv eine nukleare Detonation stattgefunden, aber zu Sprengleistung und Schäden gibt es noch keine Angaben. Die Bombe scheint in der unmittelbaren Umgebung des Stadions explodiert zu sein – wie im *Schwarzen Sonntag,* Sir, aber real. Dies ist keine Übung, Sir. Wie würden wir die strategischen Streitkräfte sonst in DEFCON-2 versetzen?«

»Raketenangriff oder Abwurf vom Flugzeug?«

»Im ersten Punkt negativ, Sir. Es wurde weder ein Raketenstart noch eine ballistische Flugbahn erfaßt.«

»Etwa ein FOBS?« fragte Goodley. Das sogenannte Orbitalraketensystem brachte Kernwaffen als Satelliten in eine Umlaufbahn, aus der sie dann »abgerufen« werden konnten.

»Auch das wäre ausgemacht worden«, erwiderte der Offizier. »Nach dieser Möglichkeit habe ich mich bereits erkundigt. Was einen Abwurf durch ein Flugzeug betrifft, kann man noch nichts Genaues sagen und prüft im Augenblick die Bänder der Flugsicherung.«

»Wir wissen also überhaupt nichts.«

»Korrekt.«

»Hat der Präsident schon Kontakt aufgenommen?«

»Nein, aber wir haben dort eine Standleitung. Die Sicherheitsberaterin ist ebenfalls in Camp David.«

»Welches Szenarium halten Sie für am wahrscheinlichsten?«

»Terrorismus, würde ich sagen.«

Ryan nickte. »Finde ich auch. So, ich übernehme nun das Konferenzzimmer. DO, DI und DS&T sollen sofort kommen. Falls sie mit Hubschraubern geholt werden müssen, fordern Sie welche an.« Ryan ging ins Nebenzimmer und ließ die Tür offen.

»Himmel noch mal«, sagte Goodley. »Wollen Sie mich überhaupt dabeihaben?«

»Ja, und wenn Ihnen was einfällt, sagen Sie es laut. An ein FOBS hatte ich gar nicht gedacht.« Jack nahm den Hörer ab und drückte auf den Knopf für eine Verbindung mit dem FBI.

»Befehlszentrale.«

»Hier CIA, stellvertretender Direktor Ryan. Wer ist am Apparat?«

»Inspektor Pat O'Day. Der stellvertretende Direktor Murray ist ebenfalls hier. Sie sind auf Lautsprecher, Sir.«

»Um Himmels willen, Dan, was geht hier vor?«

»Keine Ahnung, Jack. Wir wissen nichts Konkretes. Denken Sie an Terrorismus?«

»Das scheint mir im Augenblick die plausibelste Alternative zu sein.«

»Können Sie das mit einiger Sicherheit sagen?«

»Sicherheit?« Goodley sah, wie Ryan den Kopf schüttelte. »Was soll das heißen?«

»Ich verstehe. Auch wir sind noch bemüht, uns ein Bild zu verschaffen. Im Fernsehen bekomme ich noch nicht einmal CNN.«

»Was?«

»Ein Mann von der Kommunikation sagt, die Satelliten seien alle ausgefallen«, erklärte Murray. »Wußten Sie das nicht?«

»Nein.« Mit einer Geste schickte Jack Goodley in den Lageraum, um weiteres in Erfahrung zu bringen. »Wenn das stimmt, scheidet Terrorismus aus. Verdammt, das ist beängstigend!«

»Es stimmt, Jack. Wir haben nachgeprüft.«

»Wie ich höre, funktionieren zehn kommerzielle Nachrichtensatelliten nicht«, meldete Goodley. »Die militärischen funktionieren aber alle. Unsere Nachrichtenverbindungen sind in Ordnung.«

»Machen Sie einen Fachmann von S&T ausfindig und fragen Sie ihn, was Satelliten deaktivieren kann. Los!« befahl Jack. »Wo ist Shaw?«

»Auf dem Weg hierher. Angesichts der Straßenzustände wird es eine Weile dauern, bis er ankommt. Jack, ich gebe alles, was ich hier erfahre, an Sie weiter.«

»Wir halten das auch so.« Es wurde aufgelegt.

Das Schlimmste in diesem Moment war, daß Jack nicht wußte, was er als nächstes tun sollte. Er hatte die Aufgabe, Daten zu sammeln und an den Präsidenten weiterzugeben, die aber einfach nicht vorlagen, Informationen würden nur über militärische Kanäle eingehen. Die CIA hat mal wieder versagt, dachte Ryan. Jemand hatte seinem Land Schaden zugefügt, aber niemanden gewarnt. Menschen waren tot, weil seine Behörde ihrem Auftrag nicht gerecht geworden war. In Wirklichkeit schmiß Ryan als stellvertretender Direktor den Laden, nicht die politische Drohne, die man ihm vor die Nase gesetzt hatte. Das Versagen war also seine persönliche Schuld. Vielleicht hatte es eine Million Tote gegeben, und er saß hier in einem netten, kleinen Konferenzzimmer und starrte untätig eine kahle Wand an. Er stellte eine Verbindung zu NORAD her.

»NORAD«, meldete sich eine geisterhafte Stimme.

»Lageraum CIA, stellvertretender Direktor Ryan. Ich brauche Informationen.«

»Viel liegt nicht vor, Sir. Wir glauben, daß die Bombe in der unmittelbaren Nähe des Skydome explodierte. Wir versuchen im Augenblick die Sprengleistung einzuschätzen, aber bisher liegt noch nichts vor. Vom Luftstützpunkt Lowery ist ein Hubschrauber unterwegs.«

»Würden Sie uns bitte auf dem laufenden halten?«

»Jawohl, Sir.«

»Danke.« Damit ist mir auch nicht geholfen, dachte Ryan. Jetzt weiß ich nur, daß man anderswo nichts weiß.

Daß eine pilzförmige Wolke nichts Magisches an sich hatte, wußte Brandmeister Mike Callaghan von der Berufsfeuerwehr Denver bereits. Als junger Feuerwehrmann hatte er eine solche Wolke schon einmal gesehen. Damals, 1968, war auf dem Güterbahnhof Burlington direkt neben einer Zugladung Bomben, die für den Munitionsterminal Oakland in Kalifornien bestimmt war, ein Tankwagen mit Propan explodiert. Sein Brandmeister war so klug gewesen, seine Leute zurückzunehmen, als der Tank barst, und aus 400 Meter Entfernung hatten sie mit angesehen, wie 100 Tonnen Bomben wie eine Serie höllischer Kracher losgingen. Auch damals war eine pilzförmige Wolke entstanden. Eine gewaltige Masse heißer Luft war wirbelnd aufgestiegen und hatte einen Ring gebildet, durch den kühlere Luft nach oben gerissen wurde und den Stiel des Pilzes bildete ...

Doch diese Wolke war sehr viel größer.

Er saß am Steuer seines roten Kommandowagens und begann auf den ersten Alarm hin mit drei Seagrave-Löschgruppenfahrzeugen, einem Drehleiterfahrzeug und zwei Krankenwagen den Einsatz. Eine kümmerliche erste Maßnahme. Callaghan griff nach dem Mikrofon des Funkgeräts und befahl Großalarm. Dann wies er seine Leute an, sich der Brandstelle aus der Windrichtung her zu nähern.

Guter Gott, dachte er, was ist hier passiert?

Eine Atombombe? Nein, die Stadt war größtenteils intakt.

Viel wußte Brandmeister Callaghan nicht, aber fest stand, daß Brände zu bekämpfen und Menschen zu retten waren. Als sein Wagen in den zum Stadion führenden Boulevard einbog, erblickte er eine riesige Rauchwolke. Natürlich der Parkplatz, dachte er. Die pilzförmige Wolke wurde rasch nach Südwesten zu den Bergen geweht. Der Parkplatz war ein einziges Flammenmeer von brennenden Autos und Benzin. Eine heftige Bö verwehte den Rauch kurz, so daß er gerade noch erkennen konnte, daß hier Minuten zuvor noch ein Stadion gestanden hatte ... das ließ sich an ein paar leichter beschädigten Teilen noch ausmachen. Callaghan verdrängte Gedanken daran und konzentrierte sich auf die Brandbekämpfung. Das erste Löschgruppenfahrzeug mit der Pumpe an Bord hielt an einem Hydranten. Zum Glück gab es hier genug Wasser. Das ganze Stadion hatte eine Sprinkleranlage, die von zwei 90 Zentimeter starken Hochdruckleitungen gespeist wurde.

Er hielt neben dem ersten großen Seagrave an und kletterte auf das Dach dieses Fahrzeuges. Schwere Strukturteile – das Stadiondach, vermutete er – lagen rechts von ihm auf dem Parkplatz. Weitere Trümmer waren 400 Meter entfernt auf dem glücklicherweise leeren Parkplatz eines Einkaufszentrums gelandet. Über sein Funktelefon dirigierte er die nächsten Einheiten zum Einkaufszentrum und in das Wohngebiet dahinter. Die kleineren Brände konnten warten. Im Stadion mußte es Menschen geben, die Hilfe brauchten, doch seine Leute mußten sich erst einen Weg durch eine 200 Meter breite Barriere aus brennenden Fahrzeugen bahnen ...

Nun schaute er auf und erblickte einen blauen Rettungshubschrauber der Air Force. Der UH-1N landete 30 Meter von dem Fahrzeug entfernt; Callaghan eilte darauf zu. Hinten in der Maschine saß ein Major der Army.

»Brandmeister Callaghan«, stellte er sich vor.

»Griggs«, erwiderte der Major. »Wollen Sie sich einen Überblick verschaffen?«

»Ja, gerne.«

»Gut, dann steigen Sie ein.« Der Major sprach in das an seinem Kopfhörer befestigte Mikrofon, und der Helikopter hob ab. Callaghan hielt sich an einem Gurt fest, schnallte sich aber nicht an.

Bald sah er mehr. Was sich von der Straße her wie eine Rauchwand ausgenommen hatte, entpuppte sich nun aus der Luft gesehen als eine Reihe grauer und schwarzer Rauchsäulen. Ungefähr die Hälfte der Autos war in Brand geraten. Der Anfahrtsweg für seine Löschfahrzeuge war stellenweise von zerstörten und brennenden Wagen blockiert. Der Hubschrauber umflog einmal das Stadion und wurde von den Turbulenzen der heißen, wirbelnden Luft durchgeschüttelt. Callaghan schaute nach unten und sah eine Masse geschmolzenen Asphalts, der stellenweise noch rot glühte. Nur von einer Stelle an der Südseite, die seltsam glitzerte, stieg kein Rauch auf. Auszumachen war ein Krater, dessen Ausmaße nicht abzuschätzen waren, da sie ihn immer nur teilweise zu Gesicht bekamen. Erst nach einiger Zeit konnten sie feststellen, daß Teile der Tribüne noch standen, vier oder fünf Abschnitte vielleicht. Dort muß es Überlebende geben, dachte Callaghan.

»Gut, ich habe genug gesehen«, sagte Callaghan zu Griggs. Der Offizier reichte ihm einen Kopfhörer, damit sie sich besser verständigen konnten.

»Was ist hier passiert?«

»Sieht wie eine Atomexplosion aus«, erwiderte Griggs. »Was brauchen Sie?«

»Schwere Kranwagen. In den Überresten des Stadions sind wahrscheinlich noch Überlebende, und an die müssen wir heran. Aber – was ist mit der Strahlung?«

Der Major zuckte die Achseln. »Keine Ahnung. Wenn ich wieder zurückfliege, hole ich ein Team aus Rocky Flats. Ich arbeite im Arsenal und kenne mich ein wenig aus, aber die Spezialisten sitzen in Rocky Flats, darunter ein NEST-Team; das sind Fachleute für Fälle, wie dies einer ist, und die bringe ich hierher. Ich verständige die Nationalgarde im Arsenal und lasse sie schwere Räumfahrzeuge heranschaffen. Halten Sie Ihre Leute in Windrichtung, bleiben Sie hier. Nähern Sie sich von keiner anderen Seite dem Stadion, klar?«

»Verstanden.«

»Richten Sie bei Ihren Fahrzeugen einen Dekontaminationsplatz ein. Wenn Leute herauskommen, spritzen Sie sie ab – ausziehen und abspritzen. Verstanden?« fragte der Major, als der Hubschrauber aufsetzte. »Dann schaffen Sie sie ins nächste Krankenhaus – und zwar in Windrichtung. Alles muß nach Nordosten abtransportiert werden; nur dort sind sie sicher.«

»Und der Fallout?«

»Ich bin kein Fachmann, will Ihnen aber sagen, was ich weiß. Es sieht so aus, als sei hier eine kleine Bombe explodiert; der radioaktive Niederschlag ist also gering. Der Aufwärtssog im Feuerball und der Wind sollten den größten Teil des strahlenden Drecks hochgerissen und verweht haben. Nicht alles zwar, aber doch das meiste. Der Strahlung können Sie sich für eine Stunde oder so aussetzen. Bis dahin habe ich das NEST-Team hier, und das kann Ihnen dann genauer Auskunft geben. Mehr kann ich im Augenblick nicht für Sie tun. Viel Glück.«

Callaghan sprang hinaus und rannte geduckt aus dem Bereich der Rotorblätter. Der Helikopter hob ab und flog Richtung Nordwesten nach Rocky Flats.

»Nun?« fragte Kuropatkin.

»General, wir messen die Sprengkraft anhand der Anfangs- und Restwärmestrahlung. Irgend etwas kommt mir hier komisch vor, aber meine beste Schätzung liegt zwischen 150 und 200 Kilotonnen.« Der Major zeigte seinem Vorgesetzten die Berechnungen.

»Was ist daran komisch?«

»Die Wärmeenergie des ersten Blitzes war schwach; da mögen Wolken im Weg gewesen sein. Aber die Restwärme ist sehr intensiv. Fest steht, daß es sich um eine sehr große Explosion handelt, vergleichbar der Wirkung eines großen taktischen oder kleinen strategischen Gefechtskopfes.«

»Hier ist das Zielbuch«, sagte ein Leutnant. Und es sah auch in der Tat wie ein normaler, in Leinen gebundener Band im Quartformat aus, dessen dicke Seiten in Wirklichkeit gefaltete Karten waren. Es wurde zur Einschätzung der bei einem Atomschlag entstehenden Schäden benutzt. Über der Karte des Großraums Denver lag eine durchsichtige, mit den Zielen sowjetischer Raketen bedruckte Plastikfolie. Die Stadt sollte mit insgesamt acht Raketen angegriffen werden, fünf SS-18 und drei SS-19 mit insgesamt 64 Gefechtsköpfen und einer Gesamtleistung von 20 Megatonnen. Jemand muß in Denver ein wichtiges Ziel gesehen haben, überlegte Kuropatkin.

»Gehen wir von einer Detonation am Bodennullpunkt aus?« fragte Kuropatkin.

»Korrekt«, erwiderte der Major und zog mit dem Zirkel einen Kreis um den Stadionkomplex. »Eine 200-Kilotonnen-Bombe würde schon durch die Druckwelle innerhalb dieses Radius tödlich wirken.«

Die Karte war farbig gekennzeichnet. Schwer zu zerstörende Gebäude waren braun, Wohnhäuser gelb. Grün bedeutete Geschäftsgebäude und andere »weiche« Ziele. Das Stadion und seine Umgebung waren, wie Kuropatkin sah, grün schraffiert. Innerhalb des tödlichen Radius standen Hunderte von Einfamilienhäusern und niedrigen Wohnblocks.

»Wie viele Besucher waren im Stadion?«

»Danach habe ich mich beim KGB erkundigt«, sagte der Leutnant. »Das Gebäude ist überdacht, denn die Amerikaner schätzen Komfort. Es faßt über 60 000 Personen.«

»Mein Gott«, hauchte Kuropatkin. »60 000 allein dort, 100 000 innerhalb dieses Kreises ... Die Amerikaner müssen wie von Sinnen sein.« Und wenn sie glauben, daß *wir* verantwortlich sind ... fügte er in Gedanken hinzu.

»Nun?« fragte Borstein.

»Ich habe dreimal nachgerechnet. 150 KT ist unsere beste Schätzung, Sir«, sagte der Captain, eine Frau.

Borstein rieb sich das Gesicht. »Guter Gott. Und die Zahl der Opfer?«

»200 000. Diese Zahl basiert auf einem Computermodell und einem kurzen Studium der Karten im Archiv«, erwiderte sie. »Sir, die Bombe ist zu groß, um von Terroristen gelegt worden zu sein.«

Borstein aktivierte die Konferenzschaltung zum Präsidenten und dem CINC-SAC.

»Hier liegen erste Werte vor.«

»Gut, ich warte«, sagte der Präsident und starrte den Lautsprecher an, als wäre er eine Person.

»Ersten Schätzungen zufolge betrug die Sprengleistung 150 Kilotonnen.«

»So hoch?« fragte General Fremont.

»Wir haben dreimal nachgerechnet.«

»Und die Zahl der Opfer?« fragte der CINC-SAC dann.

»Schätzungsweise 200 000, die sofort starben. 50 000 werden den Nachwirkungen erliegen.«

Der Präsident fuhr zurück, als hätte er einen Schlag ins Gesicht erhalten. Im Lauf der letzten fünf Minuten hatte er sich gegen die Erkenntnis gesträubt, aber das ging nun nicht mehr. 200 000 Tote, seine Bürger. Im Amtseid hatte er geschworen, sie zu schützen und Schaden von ihnen zu wenden.

»Was noch?« fragte er mit brüchiger Stimme.

»Verzeihung, ich habe Sie nicht verstanden«, meinte Borstein.

Fowler holte tief Luft. »Was liegt noch vor?«

»Sir, wir sind hier der Auffassung, daß die Sprengleistung für eine Terroristenbombe zu hoch ist.«

»Damit muß ich konform gehen«, erklärte der CINC-SAC. »Eine improvisierte Waffe des Typs, den wir von Terroristen, also Laien, erwarten, sollte nicht mehr als 20 KT leisten. Dies aber klingt nach einer Mehrstufenbombe.«

»Und was wäre das?« fragte Liz Elliot dazwischen.

»Eine thermonukleare Waffe«, erwiderte General Borstein. »Eine Wasserstoffbombe.«

»Hier Ryan, wer spricht?«

»Major Fox, Sir, NORAD. Wir haben eine ungefähre Vorstellung von der Sprengleistung und der Zahl der Opfer.« Der Major gab die Werte durch.

»Zu groß für eine Terroristenwaffe«, erklärte ein Mann vom Direktorat Wissenschaft und Technik.

»Das finden wir auch, Sir.«

»Und die Zahl der Opfer?« fragte Ryan.

»Auf der Stelle tot so um die 200 000, die Menschen im Stadion eingeschlossen.«

Du mußt aufwachen, sagte sich Ryan und kniff die Augen zu. Das muß alles nur ein böser Traum sein, aus dem ich gleich aufwache. Doch als er die Augen wieder öffnete, hatte sich nichts verändert.

Robby Jackson saß in der Kajüte des Skippers der *Theodore Roosevelt,* Captain Ernie Richards. Sie hatten mit halbem Ohr das Spiel verfolgt, aber vorwiegend Taktiken für ein bevorstehendes Manöver besprochen. Der Trägerverband sollte sich Israel von Westen nähern und die Rolle eines angreifenden Feindes spielen, in diesem Fall die Russen. Das Szenarium war natürlich sehr unwahrscheinlich, aber von irgendeiner Konfrontation mußte man bei dem Manöver ja schließlich ausgehen. Die Russen sollten schlau die enge taktische Formation ihres Verbandes auflösen, um den Eindruck zu erwecken, als näherte sich nur eine Ansammlung von Frachtern. Die erste Angriffswelle von Jägern und Jagdbombern sollte auf der IFF (Identität Freund/Feind-)Frequenz »International« senden und versuchen, als Verkehrsmaschinen getarnt unerkannt im Anflug auf den Flughafen Ben Gurion in den israelischen Luftraum einzudringen. Jacksons Leute hatten sich schon Flugpläne verschafft und versuchten nun, den richtigen Zeitfaktor zu finden, um ihre erste Attacke so plausibel wie möglich zu machen. Ihre Chancen standen nicht gut. Es war nicht zu erwarten, daß die *Theodore Roosevelt* gegen die israelische Luftwaffe und das neue Kontingent der USAF mehr als ein Störfaktor sein konnte. Aber Jackson gefielen Unternehmungen mit schlechten Erfolgschancen.

»Stellen Sie mal das Radio ein bißchen lauter, Rob. Ich habe den Spielstand vergessen.«

Jackson beugte sich über den Tisch und drehte am Lautstärkeregler, hörte aber nur Musik. Der Träger hatte sein eigenes Bordfernsehen und übertrug auch AFN. »Vielleicht ist die Antenne kaputt«, meinte der Geschwaderkommandeur.

Richards lachte. »Ausgerechnet jetzt? Das könnte eine Meuterei geben.«

»Und das würde sich in Ihrer Personalakte gar nicht gut ausmachen.« Es klopfte an. »Herein!« rief Richards. Es war ein Verwaltungsoffizier.

»Blitzmeldung, Sir«, sagte der Mann und reichte Richards einen Blockhalter.

»Was Wichtiges?« fragte Robby.

Richards gab ihm nur die Meldung. Dann griff er nach dem Bordtelefon und rief die Brücke an. »Generalalarm!«

»Was, zum Teufel...«, murmelte Jackson. »DEFCON-3 – warum, um Himmels willen?«

Ernie Richards, ein ehemaliger Kampfpilot, stand in dem Ruf, ein Individualist zu sein, und hatte die alte Sitte der Navy, Übungen mit einem Hornsignal anzukündigen, wieder aufleben lassen. Nun schallten aus den Lautsprechern die ersten Takte von John Williams' Titelmusik aus dem »Krieg der Sterne«, der Ruf zu den Waffen, gefolgt von dem üblichen elektronischen Gong.

»Auf geht's, Rob.« Die beiden Männer rannten los zur Gefechtszentrale.

»Was können Sie mir sagen?« fragte Andrej Iljitsch Narmonow.

»Die Bombe hatte eine Stärke von fast 200 Kilotonnen, muß also eine Wasserstoffbombe gewesen sein«, erwiderte General Kuropatkin. »Es ist mit über 100 000 Toten zu rechnen. Außerdem haben wir Hinweise auf einen starken elektromagnetischen Puls, der einen unserer Frühwarnsatelliten traf.«

»Was könnte den ausgelöst haben?« fragte einer von Narmonows Militärberatern.

»Das wissen wir nicht.«

»Fehlen uns Kernwaffen?« hörte Kuropatkin seinen Präsidenten fragen.

»Ganz bestimmt nicht«, erwiderte eine dritte Stimme.

»Sonst noch etwas?«

»Mit Ihrer Genehmigung möchte ich *Wojska PWO* in höhere Alarmbereitschaft versetzen. In Ostsibirien findet bereits eine Übung statt.«

»Ist das nicht provokativ?« fragte Narmonow.

»Nein, rein defensiv. Der Aktionsradius unserer Abfangjäger reicht nur ein paar hundert Kilometer über unsere Grenzen hinaus; jenseits davon können sie niemandem etwas anhaben. Vorerst halte ich meine Flugzeuge im sowjetischen Luftraum.«

»Gut, tun Sie das.«

Kuropatkin gab in seinem unterirdischen Befehlsstand nun einem anderen Offizier ein Zeichen, der daraufhin nach einem Telefon griff. Die sowjetischen Luftverteidigungskräfte waren natürlich schon vorgewarnt. Binnen einer Minute nach Eingang der Funksprüche gingen überall an den Grenzen des Landes die Suchradare an. Sowohl die Funksprüche als auch die Radarimpulse wurden sofort von Antennen der amerikanischen NSA am Boden und im All aufgefangen.

»Was soll ich sonst noch tun?« fragte Narmonow seine Berater.

Ein Vertreter des Außenministeriums sprach für alle. »Am besten nichts. Wenn Fowler mit uns reden will, wird er sich melden. Er hat auch ohne unsere Einmischung schon genug um die Ohren.«

Die MD-80 der American Airlines landete auf dem Miami International Airport und rollte ans Terminal. Kati und Ghosn erhoben sich von ihren Sitzen in der ersten Klasse und verließen das Flugzeug. Ihr Gepäck sollte automatisch auf den Anschlußflug umgeladen werden, aber das kümmerte sie nicht besonders. Die beiden Männer waren nervös, aber doch nicht so unruhig, wie man erwartet hätte. Auf die Möglichkeit, daß diese Mission mit ihrem Tod endete, waren sie gefaßt; und wenn sie überlebten ... um so besser. Ghosn geriet erst in Panik, als er keine ungewöhnliche Aktivität wahrnahm. Eigentlich müßte doch auch hier Aufruhr herrschen, dachte er. Er fand eine Bar und schaute auf den wie üblich hoch angebrachten Fernseher. Das Spiel wurde nicht übertragen. Er erwog, sich zu erkundigen, verzichtete aber darauf. Eine kluge Entscheidung, denn eine Minute später hörte er, wie jemand nach dem Spielstand fragte.

»14:7 für die Vikings«, antwortete eine zweite Stimme. »Aber dann fiel das Signal aus.«

»Wann?«

»Vor zehn Minuten. Komisch, noch immer kein Bild.«

»Ein Erdbeben vielleicht, wie bei dem Baseballspiel in San Francisco?«

»Da kann ich auch nur raten«, versetzte der Mann hinter der Theke.

Ghosn stand auf und ging zurück in den Warteraum.

»Was hat die CIA?« fragte Fowler.

»Im Augenblick nichts, Sir. Wir sammeln Daten, aber Sie sind über alles informiert, was wir – Moment.« Ryan nahm vom Offizier vom Dienst einen Zettel entgegen. »Sir, Blitzmeldung von der NSA. Die russischen Luftverteidigungssysteme sind gerade in höhere Alarmbereitschaft versetzt worden. Radare aktiviert, viel Funkverkehr.«

»Was bedeutet das?« fragte Liz Elliot.

»Lediglich eine Schutzmaßnahme. PWO stellt eine Bedrohung nur für jene dar, die sich dem sowjetischen Luftraum nähern oder in ihn eindringen.«

»Und *warum* haben sie das getan?«

»Vielleicht, weil sie einen Angriff befürchten.«

»Verdammt noch mal, Ryan!« rief der Präsident.

»Verzeihung, Mr. President, das war keine schnodderige Bemerkung, sondern entspricht der Wahrheit. *Wojska PWO* ist ein Verteidigungssystem wie unsere NORAD. Unsere Luftverteidigungs- und Frühwarnsysteme sind nun auf einer höheren Alarmstufe, und die Russen haben eine vergleichbare und rein defensive Maßnahme getroffen. Sie müssen wissen, was bei uns geschehen ist.

Angesichts eines solchen Vorfalls ist es nur natürlich, wenn man seine Verteidigung aktiviert, so wie wir es auch getan haben.«

»Das ist potentiell beunruhigend«, sagte General Borstein im NORAD-Hauptquartier. »Ryan, Sie vergessen, daß *wir* angegriffen worden sind, die Russen aber nicht. Und nun schlagen sie Alarm, ohne uns vorher verständigt zu haben. Das finde ich etwas besorgniserregend.«

»Ryan, könnten diese Berichte über verschwundene sowjetische Kernwaffen etwas mit dieser Situation zu tun haben?« fragte Fowler.

»Verschwundene Kernwaffen?« rief der CINC-SAC entsetzt. »Warum hat man mich darüber nicht informiert?«

»Kernwaffen welchen Typs?« wollte Borstein sofort wissen.

»Das stammt aus dem unbestätigten Bericht von einem unserer Agenten in Moskau. Einzelheiten liegen nicht vor«, antwortete Ryan. »Insgesamt erhielten wir folgende Informationen: Man sagte uns, daß Narmonow politische Probleme mit seinem Militär hat, weil es mit seinen Entscheidungen und seinem Führungsstil nicht einverstanden ist; daß beim Truppenabzug aus Deutschland eine unbekannte Anzahl von Kernwaffen – vermutlich taktische – verschwunden ist; und daß der KGB eine Suchaktion gestartet hat, um sie, sollten sie überhaupt abhanden gekommen sein, ausfindig zu machen. Angeblich befürchtet Narmonow Erpressungsversuche von nuklearen Dimensionen. Aber, und ich möchte das ABER betonen, wir waren trotz wiederholter Versuche nicht in der Lage, diese Berichte zu bestätigen, und prüfen nun die Möglichkeit, daß unser Agent lügt.«

»Warum haben Sie uns davon nichts gesagt?« fragte Fowler.

»Mr. President, wir formulieren im Augenblick noch unsere Analyse. Wir haben das Wochenende durchgearbeitet, sind aber noch nicht fertig.«

»Auf jeden Fall war es keine von unseren Bomben«, sagte General Fremont hitzig. »Für eine Terroristenbombe war sie viel zu groß. Und Sie erzählen uns jetzt, daß in den russischen Arsenalen womöglich etwas fehlt. Das ist mehr als bedenklich, Ryan.«

»Das könnte auch die höhere Alarmbereitschaft der PWO erklären«, fügte Borstein in unheilverkündendem Ton hinzu.

»Wollen Sie beide etwa sagen, daß dies eine sowjetische Bombe gewesen sein kann?« fragte Fowler.

»Nun, so viele Atommächte gibt es ja nicht«, erwiderte Borstein als erster. »Und für das Werk von Amateuren war die Sprengkraft zu groß.«

»Langsam«, fuhr Jack dazwischen. »Vergessen Sie nicht, daß wir hier nur sehr spärliche Fakten haben. Es gibt einen Unterschied zwischen Information und Spekulation.«

»Wie groß sind eigentlich die sowjetischen taktischen Kernwaffen?« wollte Liz Elliot wissen.

Die Erklärung übernahm der CINC-SAC. »Ungefähr so stark wie unsere. Sie reichen von Artilleriegranaten mit einer KT zu Gefechtsköpfen von bis zu 500 KT, die aus den abgeschafften SS-20 stammen.«

»Mit anderen Worten: Die Sprengkraft dieser Explosion fällt in den Leistungsbereich der verschwundenen sowjetischen Kernwaffen?«

»Korrekt, Dr. Elliot«, antwortete General Fremont.

In Camp David lehnte sich Elizabeth Elliot in ihrem Sessel zurück und wandte sich an den Präsidenten. Sie sprach so leise, daß das Mikrofon der Konferenzschaltung ihre Worte nicht auffing.

»Robert, du wolltest doch mit Brent und Dennis zu diesem Spiel.«

Seltsam, dieser Gedanke war Fowler noch gar nicht gekommen. Auch er setzte sich nun zurück. »Nein«, erwiderte er, »ich kann nicht glauben, daß die Russen so etwas versucht haben.«

»Was war das?« fragte eine Stimme aus dem Lautsprecher.

»Augenblick«, sagte der Präsident zu leise.

»Mr. President, ich habe Sie nicht verstanden.«

»*Augenblick,* hab' ich gesagt!« brüllte Fowler und legte die Hand übers Mikrofon. »Elizabeth, wir müssen die Lage unter Kontrolle bringen und werden das auch schaffen. Lassen wir diesen persönlichen Kram erst mal beiseite.«

»Mr. President, Sie sollten so rasch wie möglich NEACP besteigen«, sagte der CINC-SAC. »Die Lage könnte sehr ernst sein.«

»Wenn wir die Situation unter Kontrolle bringen wollen, Robert, müssen wir rasch handeln.«

Fowler wandte sich an einen Marineoffizier, der hinter ihm stand. »Wann trifft der Hubschrauber ein?«

»In 25 Minuten, Sir. Die Flugzeit nach Andrews zum fliegenden Befehlsstand beträgt 30 Minuten.«

»Also fast eine Stunde...« Fowler schaute auf die Wanduhr, so wie man es tut, wenn man bereits weiß, wie spät es ist, weiß, wieviel Zeit etwas in Anspruch nimmt, aber trotzdem auf das Zifferblatt starrt. »Die Funkverbindungen des Hubschraubers sind für diese Situation unzureichend. Der Hubschrauber soll Vizepräsident Durling abholen und zum NEACP bringen. General Fremont?«

»Ja, Mr. President.«

»Sie haben auch noch andere NEACP-Maschinen zur Verfügung, nicht wahr?«

»Jawohl, Sir.«

»Ich lasse den Vizepräsidenten mit NEACP-1 aufsteigen. Und Sie schicken uns eine Ersatzmaschine. Kann sie in Hagerstown landen?«

»Jawohl, Sir, wir können den Flugplatz von Fairchild-Republic benutzen. Dort wurde früher die A-10 gebaut.«

»Gut, tun Sie das. Bis ich auf Andrews bin, vergeht eine Stunde, und soviel Zeit kann ich nicht vergeuden. Ich muß diese Sache in den Griff bekommen und brauche diese Stunde.«

»Das, Sir, ist ein Fehler«, sagte Fremont in seinem eisigsten Tonfall. Es konnten nämlich zwei Stunden vergehen, ehe die Ersatzmaschine in Maryland landete.

»Mag sein, aber das ist meine Entscheidung. Ich will jetzt nicht einfach weglaufen.«

Hinter dem Präsidenten tauschten Pete Connor und Helen D'Agustino einen bösen Blick. Sie machten sich keine Illusionen über das Ergebnis eines Atomschlages gegen die USA. Mobilität war die beste Verteidigung des Präsidenten, und diese hatte er gerade leichtfertig verspielt.

Von Camp David ging der Funkspruch sofort heraus. Der Hubschrauber des Präsidenten, der gerade Washingtons Autobahnring überflog, machte kehrt und wandte sich zurück nach Südosten. Auf dem Gelände des Observatoriums der Marine ging er nieder. Vizepräsident Durling und seine ganze Familie sprangen an Bord und schnallten sich noch nicht einmal an. In der Maschine knieten Agenten des Secret Service mit Uzi-MPs im Anschlag. Durling wußte lediglich, was seine Leibwächter ihm mitgeteilt hatten. Er ermahnte sich zur Ruhe und beschloß, einen kühlen Kopf zu wahren. Nun schaute er sein jüngstes Kind an, einen vierjährigen Jungen. Noch einmal so jung sein, hatte er erst gestern gedacht, und in einer Welt aufwachsen, der kein großer Krieg mehr droht. Die Schrecken seiner Jugend, die Kubakrise, die er als Erstsemester miterlebt hatte, seine Dienstzeit bei der 82. Luftlandedivision, das Jahr, das er als Zugführer in Vietnam verbracht hatte. Die Erfahrungen in diesem Krieg hatten aus Durling einen höchst ungewöhnlichen liberalen Politiker gemacht. Er hatte sich nicht gedrückt, sondern sein Leben aufs Spiel gesetzt; zwei seiner Männer waren in seinen Armen gestorben. Erst gestern hatte er, als er seinen Sohn betrachtete, Gott gedankt, daß dem Kleinen solche Erlebnisse erspart bleiben würden.

Und jetzt das. Sein Sohn, der gerne flog, wußte nur, daß es einen überraschenden Hubschrauberflug gab. Seine Frau war besser informiert und hatte Tränen in den Augen.

Der VH-3 setzte 50 Meter von dem Flugzeug entfernt auf. Ein Agent des Secret Service sprang hinaus und erblickte einen Zug Militärpolizisten der Air Force, die den Weg zur Treppe sicherten. Der Vizepräsident wurde praktisch hingeschleift; ein stämmiger Agent schnappte sich seinen Sohn und rannte mit ihm los. Zwei Minuten später, noch ehe die Passagiere angeschnallt waren, ließ der Pilot des fliegenden Befehlsstandes NEACP die Triebwerke aufheulen und jagte die Maschine die Startbahn 01 links entlang. Er ging auf Ostkurs zum Atlantik, wo bereits eine KC-10 kreiste, um die Tanks der Boeing aufzufüllen.

»Das ist ein ernstes Problem«, sagte Ricks im Maschinenraum. Sie hatten gerade versucht, wieder Fahrt aufzunehmen, aber bei mehr als drei Knoten heulte die Schraube gespenstisch. Die Welle war leicht verbogen, würde aber wohl noch eine Weile halten. »Alle sieben Flügel müssen beschädigt sein. Wenn wir versuchen, Umdrehungen für mehr als drei Knoten zu machen, erzeugen wir Lärm. Bei über fünf Knoten fliegen die Drucklager der Welle binnen Minuten raus. Der Außenborder brächte uns auf fünf Knoten, ist aber ebenfalls laut. Kommentare?« Niemand sagte etwas. Niemand an Bord zweifelte an Ricks' Qualifikationen als Ingenieur. »Optionen?«

»So gut wie keine«, meinte Claggett. »Sieht finster aus.«

Die *Maine* mußte bei dieser Alarmstufe nahe der Oberfläche bleiben, um innerhalb von Minuten ihre Raketen abfeuern zu können. Normalerweise wäre sie nun auf eine größere Tiefe gegangen, um wenigstens dem scheußlichen Schlingern zu entkommen, das die Turbulenz an der Oberfläche erzeugte, aber wegen der reduzierten Fahrt dauerte dann das Auftauchen zu lange.

»Wie weit ist *Omaha* entfernt?« fragte der leitende Ingenieur.

»Wohl hundert Meilen, und auf Kodiak sind P-3 stationiert – aber das Akula macht uns immer noch Kummer«, meinte Claggett. »Sir, wir können das hier abwettern.«

»Kommt nicht in Frage. Wir haben ein havariertes strategisches Boot und brauchen Unterstützung.«

»Das bedeutet Schallausstrahlung«, mahnte der IA.

»Lassen wir eine SLOT-Boje los.«

»Das bringt uns bei zwei Knoten Fahrt auch nicht viel, Sir. Captain, Lärm erzeugen ist ein Fehler.«

Ricks schaute seinen leitenden Ingenieur fragend an. Der sagte: »Ich finde die Idee, einen Freund in der Nähe zu haben, angenehm.«

»Ich auch«, meinte der Captain. Sekunden später war die Boje an der Oberfläche und begann sofort auf UHF einen kurzen Spruch zu senden. Sie war darauf programmiert, ihn stundenlang zu wiederholen.

»Das gibt eine landesweite Panik«, sagte Fowler. Das war nicht gerade seine scharfsinnigste Bemerkung. Er wußte, daß in seiner eigenen Befehlszentrale Panik auszubrechen begann. »Irgendwelche Nachrichten aus Denver?«

»Über Radio und Fernsehen meines Wissens nichts«, erwiderte jemand bei NORAD.

»Gut. Bleiben Sie an der Leitung.« Fowler suchte an seiner Konsole nach einem anderen Knopf.

»FBI-Befehlszentrale, Inspektor O'Day.«

»Hier spricht der Präsident«, erklärte Fowler überflüssigerweise. Es war eine Standleitung, und die Leuchte an der Konsole beim FBI war deutlich gekennzeichnet. »Wer ist bei Ihnen der Verantwortliche?«

»Ich bin stellvertretender Direktor Murray, Mr. President, und im Augenblick hier der höchste Beamte.«

»Wie sind Ihre Nachrichtenverbindungen?«

»Gut, Sir. Wir haben Zugang zu militärischen Fernmeldesatelliten.«

»Kummer macht mir die Möglichkeit einer landesweiten Panik. Um dies zu verhindern, weise ich Sie an, dafür zu sorgen, daß Leute in die Zentralen der TV-Netze geschickt werden und dort erklären, daß über diesen Vorfall nicht berichtet werden darf. Wenn erforderlich, sind sie befugt, Sendungen mit Gewalt zu verhindern.«

Das gefiel Murray überhaupt nicht. »Mr. President, das verstößt –«

»Das Gesetz kenne ich, klar. Schließlich war ich selbst mal Staatsanwalt. Dieser Befehl sichert Menschenleben und die öffentliche Ordnung und ist auszuführen, Mr. Murray. Das ist eine Anweisung der Exekutive. Gehen Sie an die Arbeit.«

»Jawohl, Sir.«

38
Erste Kontakte

Die diversen Betreiber der kommerziellen Nachrichtensatelliten waren unabhängige Gesellschaften, die sich oft rücksichtslos Konkurrenz machten, aber nicht verfeindet waren. Zwischen ihnen bestanden Übereinkünfte, die umgangssprachlich Pakte hießen. Es bestand immer die Möglichkeit, daß ein Satellit ausfiel, entweder wegen eines internen Defekts oder wegen einer Kollision mit Weltraummüll, der den Firmen immer mehr ernsthafte Sorgen bereitete. Dementsprechend war man übereingekommen, einander in einem solchen Fall beizustehen und Überhangkapazitäten zur Verfügung zu stellen – so wie Zeitungsverlage einer Stadt traditionell im Falle eines Brandes oder einer Naturkatastrophe einem Konkurrenzblatt Druckkapazität überlassen. Im Zuge dieser Vereinbarung hatte man Standleitungen zwischen den verschiedenen Firmenzentralen eingerichtet. Bei Telstar ging zuerst ein Anruf von Intelsat ein.

»Bert, uns sind gerade zwei Vögel ausgefallen«, meldete Intelsats Ingenieurin vom Dienst mit etwas zittriger Stimme. »Was ist los?«

»Scheiße, wir haben gerade drei verloren, und Westar 4 und Teleglobe arbeiten auch nicht. Hier gab es einen totalen Systemausfall. Jetzt haben wir Tests laufen – Sie auch?«

»Ja, Bert. Spekulationen?«

»Keinen blassen Schimmer. Verdammt, neun Satelliten vom Netz, Stacy!« Der Mann machte eine Pause. »Spekulationen? Moment, da kommt was ... aha, Software. Wir fragen gerade 301 ab ... ah, Spannungsspitze ... Himmel noch mal! 301 bekam über hundert Frequenzen eine Spitze ab! Da hat wer versucht, unsere Vögel kaputtzumachen.«

»So sieht es hier auch aus. Aber wer?«

»Bestimmt kein Hacker ... man bräuchte ja schon Mengen von Megawatt, um so einen Effekt auch nur auf einem einzigen Kanal zu erzeugen.«

»Bert, meine Resultate sind ähnlich. Telefonverbindungen, alles von Überspannung lahmgelegt. Wollen Sie bald wieder auf Sendung gehen?«

»Ist das Ihr Ernst? Ich habe Milliardenwerte in der Umlaufbahn. Erst wenn ich weiß, was sie da getroffen hat, schalte ich sie wieder ein. Ein Direktor ist gerade hierher unterwegs. Der Chef war in Denver«, fügte Bert hinzu.

»Meiner auch, und mein Chefingenieur ist eingeschneit. Da will ich nichts riskieren. Arbeiten wir in diesem Fall zusammen, Bert?«

»Keine Frage, Stacy. Ich rufe jetzt Fred Kent bei Hughes an; mal sehen, was der meint. Eine volle Systemprüfung wird eine Weile dauern. Meine Satelliten bleiben abgeschaltet, bis ich genau weiß, was hier passiert ist. Die ganze Branche ist gefährdet.«

»Einverstanden. Bevor ich wieder auf Sendung gehe, sage ich Ihnen Bescheid.«

»Halten Sie mich auf dem laufenden?«

»Klar, Bert. In einer Stunde melde ich mich wieder.«

Die Sowjetunion ist ein riesiges Land und sowohl was ihre Fläche als auch die Länge ihrer Grenzen angeht bei weitem das größte der Welt. Alle ihre Grenzen sind bewacht, denn der gegenwärtige Staat und seine Vorgänger hatten zahlreiche Invasionen erlitten. Zu den Sicherheitsmaßnahmen gehörten so offenkundige wie Truppenkonzentrationen, Fliegerhorste und Radarstationen und so raffinierte wie Empfangsantennen. Mit letzteren wurden Funk- und andere elektronische Emissionen abgehört. Die gewonnenen Informationen gingen über Leitungen oder Mikrowelle an die Moskauer Zentrale des Komitees für Staatssicherheit (KGB) am Dserschinskiplatz 2, dessen achtes Hauptdirektorat den Funkhorchdienst betreibt und die Kommunikation sichert. In seiner langen und ruhmvollen Geschichte profitierte es von einer anderen traditionellen Stärke der Russen: der Begeisterung für die theoretische Mathematik. Der Zusammenhang zwischen Chiffren und Mathematik ist logisch, und seine jüngste Manifestation war das Werk eines 30jährigen, zwergenhaften, bärtigen Mannes, der sich für die Arbeiten von Benoit Mandelbrot, der an der Harvard University die Fraktalgeometrie praktisch erfunden hatte, brennend interessierte. Dieses junge russische Genie brachte Mandelbrots Überlegungen mit der Chaostheorie in Verbindung, die MacKenzie in Cambridge entwickelt hatte, und erfand eine grundlegend neue Theorie. Die wenigen Leute, die ihn überhaupt verstanden, waren sich einig, daß er die Planck-Medaille verdient hatte. Wie es der Zufall wollte, war sein Vater General im KGB-Hauptdirektorat Grenzschutz, und in der Folge war das Komitee für Staatssicherheit sofort auf seine Arbeit aufmerksam geworden. Der Mathematiker genoß nun alle Privilegien, die ihm das dankbare Mutterland bieten konnte, und irgendwann winkte ihm wahrscheinlich auch die Planck-Medaille.

Er hatte zwei Jahre gebraucht, um seinen theoretischen Durchbruch in etwas praktisch Anwendbares umzusetzen. Zunächst war es ihm gelungen, aus der STRIPE genannten sichersten Chiffre des US-Außenministeriums die ersten Daten zu »bergen«. Dann hatte er den Beweis erbracht, daß STRIPE strukturell allen anderen vom US-Militär benutzten Geheimcodes ähnlich war. In Zusammenarbeit mit einem Team anderer Kryptoanalytiker, die Zugang zu den Daten des Walker-Spionagerings und der noch schädlicheren Arbeit des Maulwurfs Pelton hatten, war in der Folge vor sechs Monaten die systematische Durchdringung des amerikanischen Geheimverkehrs gelungen. Perfekt war das Ganze allerdings noch nicht, denn manchmal waren die täglich wechselnden Codes einfach nicht zu knacken. Zuweilen verging eine Woche, in der man keinen einzigen Spruch entschlüsselte; dann aber decodierte man drei Tage hintereinander über die Hälfte des abgehörten Materials, und die Resultate verbesserten sich von Monat zu Monat. Das Hauptproblem der Gruppe war mangelnde Computerkapazität, und das 8. Direktorat bildete eifrig Übersetzer für die Auswertung des gewonnenen Materials aus.

Sergej Nikolajewitsch Golowko war aus seinem gesunden Schlaf geweckt und zur Arbeitsstelle gefahren worden, wo er, ebenso wie die vielen anderen Menschen überall auf der Welt, auf die schockierende Nachricht mit Angst und Ernst reagierte. Er war schon immer beim Ersten Hauptdirektorat gewesen und hatte die Aufgabe, die kollektive Psyche Amerikas zu untersuchen und seinen Präsidenten über Entwicklungen zu beraten. Hierbei waren die entschlüsselten Meldungen, die ihm auf den Schreibtisch flatterten, ein nützliches Werkzeug.

Nun lagen ihm über dreißig solcher Meldungen vor, die allesamt zwei Botschaften enthielten. Alle strategischen Kräfte wurden in Alarmstufe 2, die konventionellen in Alarmstufe drei versetzt. Der amerikanische Präsident ist in Panik geraten, dachte der erste stellvertretende Vorsitzende des KGB. Eine andere Erklärung konnte es nicht geben. Hielt er es denn für möglich, daß die Sowjetunion diese infame Tat begangen hatte? Das war der furchteinflößendste Gedanke seines Lebens.

»Wieder ein Spruch, diesmal von der Marine.« Der Bote legte ihm den Bogen auf den Tisch.

Golowko brauchte nur einen Blick auf das Papier zu werfen. »Geben Sie das als Blitzmeldung an die Marine weiter.« Über den Rest mußte er den Präsidenten informieren. Golowko griff nach dem Telefon.

Zur Abwechslung arbeitete die sowjetische Bürokratie einmal rasch. Minuten später wurde ein ELF-Spruch abgesetzt, und das Unterseeboot *Admiral Lunin* kam an die Oberfläche, um die volle Nachricht zu empfangen. Kapitän Dubinin las mit, als sie aus dem Drucker kam.

AMERIKANISCHES U-BOOT USS MAINE MELDET SEINE POSITION ALS 50g-55m-09sN/153g-01m-23sW. ANTRIEB WEGEN KOLLISION UNGEKLÄRTER URSACHE AUSGEFALLEN. Dubinin verließ die Funkerkabine und ging an den Kartentisch.

»Wo befanden wir uns, als wir den metallischen Schallimpuls hörten?«

»Hier, Käpt'n, und er kam aus dieser Richtung.« Der Navigator zog mit Bleistift eine Linie.

Dubinin schüttelte nur den Kopf und reichte ihm die Meldung. »Sehen Sie sich das mal an.«

»Was wird er jetzt wohl tun?«

»Sich dicht an der Oberfläche halten. So ... wir gehen jetzt knapp unter die Schicht und rauschen los. Wegen des Oberflächenlärms wird sein Sonar uns nicht hören. 15 Knoten.«

»Glauben Sie, daß er uns verfolgte?«

»Für diese Erkenntnis haben Sie aber lange gebraucht.« Dubinin maß die Entfernung zum Ziel. »Sehr stolz, dieser Bursche. Na, wir werden ja sehen. Prahlen die Amerikaner nicht, sie könnten unsere Rümpfe knipsen? Diesmal, mein junger Leutnant, sind wir an der Reihe!«

»Was bedeutet das?« fragte Narmonow den ersten stellvertretenden Vorsitzenden.

»Die Amerikaner sind von unbekannten Kräften angegriffen worden. Die Attacke war ernst und hat viele Menschenleben gekostet. Es ist also zu erwarten, daß sie ihre Streitkräfte in Alarmbereitschaft versetzen. Eine Priorität wäre die Wahrung der öffentlichen Ordnung«, erklärte Golowko über eine gesicherte Leitung.

»Und?«

»Und leider sind alle ihre strategischen Waffen auf die *Rodina* gerichtet.«

»Aber wir hatten mit dieser Sache überhaupt nichts zu tun!« wandte der sowjetische Präsident ein.

»Sicher, aber solche Reaktionen erfolgen automatisch. Sie sind vorausgeplant und laufen fast unwillkürlich ab. Wer angegriffen worden ist, reagiert mit äußerster Vorsicht. Gegenmaßnahmen werden im voraus geplant und laufen an, damit man ohne zusätzliche und unnötige Ablenkungen rasch handeln und sich mit der Analyse des Problems befassen kann.«

Der sowjetische Präsident wandte sich an seinen Verteidigungsminister. »So, und was unternehmen wir nun?«

»Ich empfehle eine erhöhte Alarmbereitschaft, aber natürlich rein defensiver Natur. Wer diesen Angriff geführt hat, mag versuchen, auch uns zu treffen.«

»Genehmigt«, sagte Narmonow unverblümt. »Höchste Alarmstufe in Friedenszeiten.«

Golowko runzelte am Telefon die Stirn. Seine Wortwahl war absolut korrekt gewesen: unwillkürlich. »Darf ich einen Vorschlag machen?«

»Bitte«, sagte der Verteidigungsminister.

»Wenn es möglich ist, sollten wir unsere Truppen über den Anlaß für den Alarm informieren. Das mag die Schockwirkung des Befehls mindern.«

»Eine überflüssige Komplikation«, war die Meinung des Verteidigungsministers.

»Die Amerikaner haben das unterlassen«, fuhr Golowko dringlich fort. »Und das war gewiß ein Fehler. Bitte bedenken Sie die Gemütsverfassung von Menschen, die plötzlich in Friedenszeiten in eine so hohe Alarmstufe versetzt werden. Es bedarf doch nur weniger erklärender Worte, und die könnten sich als wichtig erweisen.«

»Richtig«, meinte Narmonow und befahl dem Verteidigungsminister: »Gut, so ausführen.«

»Bald werden wir über den heißen Draht von den Amerikanern hören«, sprach Narmonow weiter. »Was werden sie sagen?«

»Das ist schwer abzuschätzen, aber wir sollten auf jeden Fall eine Antwort bereit haben, einfach um sie zu beruhigen und ihnen zu versichern, daß wir unbeteiligt sind.«

Narmonow nickte; das klang vernünftig. »Gut, lassen Sie das ausarbeiten.«

Die Kommunikationsexperten des sowjetischen Militärs murrten, als sie das Signal sahen, das sie zu senden hatten. Um die Übertragung zu erleichtern, sollte der Kern der Botschaft in einer aus fünf Buchstaben bestehenden Codegruppe gesendet werden, die von allen Beteiligten sofort zu verschlüsseln, zu dechiffrieren und zu verstehen war. Im vorliegenden Fall war dies nicht möglich. Die zusätzlichen Sätze mußten zusammengestrichen werden, damit die Nachricht nicht zu lang wurde. Diese Aufgabe übernahm ein Major, der seine Arbeit, bevor er sie dann über nicht weniger als 30 Kommunikationsverbindungen sendete, einem Generalmajor zum Absegnen vorlegte. Bestimmte Waffengattungen erhielten weiter abgewandelte Befehle.

Die *Admiral Lunin* war erst seit fünf Minuten auf ihrem neuen Kurs gewesen, als wieder ein ELF-Signal einging. Diesmal kam der Kommunikationsoffizier fast in die Zentrale gerannt.

GENERALALARM STUFE ZWEI. IN DEN USA HAT EINE ATOMEXPLOSION STATTGEFUNDEN; GRUND UNBEKANNT. AMERIKANISCHE STRATEGISCHE UND KONVENTIONELLE KRÄFTE FÜR MÖGLICHEN KRIEGSZUSTAND ALARMIERT. ALLE MARINEEINHEITEN SOFORT AUSLAUFEN. ALLE ERFORDERLICHEN SCHUTZMASSNAHMEN TREFFEN.

»Ist die Welt denn wahnsinnig geworden?« sagte der Kapitän und starrte auf die Meldung. »Ist das alles?«

»Jawohl, Sir. Das Stichwort zum Ausfahren der Antenne fehlt.«

»Das ist doch kein vernünftiger Befehl«, wandte Dubinin ein. »›Alle erforderlichen Schutzmaßnahmen?‹ Was soll das heißen? Wen haben wir zu schützen – uns selbst oder das Mutterland? Unfug!«

»Käpt'n«, meinte der *Starpom,* »Generalalarm II geht mit bestimmten Regeln einher.«

»Das weiß ich«, erwiderte Dubinin. »Aber sind die hier gültig?«

»Hätte man sonst das Signal gesendet?«

Generalalarm II hatte es beim sowjetischen Militär noch nie gegeben; er bedeutete einen Zustand zwischen Krieg und Frieden. Wie jedem anderen sowjetischen Kapitän waren Dubinin seine Pflichten klar, aber die Implikationen des Befehls kamen ihm viel zu furchterregend vor ... doch diesen Gedanken verdrängte er rasch. Er war Marineoffizier und hatte seine Befehle auszuführen. Wer sie erteilt hatte, mußte einen besseren Überblick haben als er. Der Kommandant der *Admiral Lunin* richtete sich kerzengerade auf und wandte sich an seinen Ersten Offizier.

»Auf 25 Knoten gehen. Alle Mann auf Gefechtsstation.«

Die Aktion lief so rasch an, wie es menschliche Schnelligkeit nur ermöglichte. Das FBI New York, das seinen Sitz im Jacob-Javits-Bau an der Südspitze von Manhattan hat, schickte seine Leute nach Norden, und weil am Sonntag nur wenig Verkehr herrschte, kamen sie rasch voran. Die nicht markierten, aber starken Fahrzeuge rasten zu den Zentralen der verschiedenen Fernsehnetze. Auch in Atlanta verließen Agenten den Martin-Luther-King-Bau und fuhren zu

CNN. In beiden Fällen marschierten nicht weniger als drei Beamte in die Sendekomplexe und untersagten jegliche Berichterstattung über Denver. Und in keinem Fall erfuhren die Angestellten, die verzweifelt versuchten, die Verbindungen wiederherzustellen, dort den Grund. Ähnlich ging es in Colorado zu. Unter der Leitung von Walter Hoskins drangen dort Agenten in die Tochteranstalten und auch die Telefongesellschaft ein, wo sie unter den lautstarken Protesten der Bell-Angestellten alle Fernleitungen unterbrachen. Aber Hoskins unterlief ein Fehler. Der Grund dafür war, daß er nicht viel fernsah.

KOLD war ein unabhängiger Sender und im Begriff, sich zu einer überregionalen Kabel-Superstation wie TBS, WOR und andere zu entwickeln. Finanziell war der Versuch riskant, und der Sender, der seine Investoren noch nicht ausgezahlt hatte, arbeitete mit einem sehr knappen Budget in einem alten, fast fensterlosen Gebäude im Nordosten der Stadt. Über kanadische Satelliten der Anik-Serie erreichte er mit seinem Programm, das vorwiegend aus alten TV-Serien bestand, Alaska, Kanada und den Norden der zentralen USA.

Das KOLD-Gebäude hatte einmal der ersten Fernsehanstalt von Denver gehört und entsprach den Vorschriften, wie sie in den 30er Jahren von der Rundfunk-Aufsichtskommission erlassen worden waren: ein bombensicherer Monolith aus Stahlbeton, dessen Spezifikationen man noch vor der Entwicklung der Atombombe festgelegt hatte. Fenster gab es nur in den Büros der Senderleitung auf der Südseite. Zehn Minuten nach der Detonation ging jemand an der offenen Tür des Programmdirektors vorbei, blieb wie angewurzelt stehen, machte kehrt und rannte zurück in die Nachrichtenredaktion. Eine Minute später fuhr ein Kameramann mit dem Lastenaufzug aufs Dach. Das Bildsignal erreichte über Kabel den Sendekomplex und ging von dort aus auf dem Ku-Band an den unbeschädigt gebliebenen Anik-Satelliten.

In Alaska, Montana, Norddakota und drei kanadischen Provinzen wurde die Wiederholung einer Komödienserie für Teenager aus den Fünfzigern unterbrochen. In Calgary in der Provinz Alberta sah eine Lokalreporterin, die immer noch für Dwayne Hickman, den Star der Serie, schwärmte, verblüfft das Bild, hörte den Kommentar aus dem Off und rief ihre Redaktion an. Ihr atemloser Bericht wurde sofort von der Nachrichtenagentur Reuters weiterverbreitet. Kurz darauf sendete die kanadische Rundfunk- und Fernsehgesellschaft CBC das Video über ihren intakt gebliebenen Anik nach Europa.

Inzwischen drangen zwei FBI-Agenten in das KOLD-Gebäude ein und verkündeten in der Nachrichtenredaktion ihr Sendeverbot. Angesichts der Tatsache, daß die beiden Männer Schußwaffen trugen, hatte der Protest der Journalisten wegen verfassungswidriger Verletzung der Pressefreiheit wenig Gewicht. Wenigstens entschuldigten sich die Agenten, als sie die Stromzufuhr des Senders kappten. Die Mühe hätten sie sich allerdings sparen können. Denn was als nutzloses Unterfangen begonnen hatte, war nun vollends zur Farce geworden.

»So, und was tut sich?« fragte Richards seinen Stab.

»Wir haben keine Ahnung, Sir. Ein Grund für den Alarm wurde nicht angegeben«, erwiderte der Kommunikationsoffizier lahm.

»Wir sitzen also zwischen zwei Stühlen, nicht wahr?« Das war eine rhetorische Frage. Der Gefechtsverband der *Theodore Roosevelt* passierte gerade Malta und war nun in Reichweite der Ziele in der Sowjetunion. Das bedeutete, daß die Erdkampfflugzeuge A-6E Intruder starteten, rasch auf ihre Reiseflughöhe gingen und kurz darauf in der Luft betankt wurden; nun hatten sie genug Treibstoff, um ihre Ziele auf oder in der Nähe der Halbinsel Kertsch zu erreichen. Noch vor einem Jahr hatten die Flugzeugträger der US-Marine, obwohl sie eine beträchtliche Anzahl von thermonuklearen Bomben an Bord trugen, nicht zu den SIOP-Einheiten gehört. Das Akronym (sprich: »Sai-Op«) stand für »Singulärer integrierter Operations-Plan«; die Absicht war die Zerschlagung der Sowjetunion. Mit der Reduzierung der strategischen Raketen – im Fall der USA meist landgestützt – hatte sich auch die Anzahl der verfügbaren Gefechtsköpfe radikal verringert, und wie es Planer überall tun, hatte auch der SAC angegliederte, für die Auswahl der Ziele zuständige Stab mit allen Mitteln versucht, die Kürzungen zu kompensieren. Das Resultat war, daß ein Flugzeugträger unter SIOP-Bedingungen operierte, sobald er in Reichweite seiner sowjetischen Ziele gelangte. Im Fall der USS *Theodore Roosevelt* bedeutete dies, daß sie beim Passieren Maltas keine konventionelle »Theater«-Einheit mehr war, sondern zu einer nuklearstrategischen Kraft wurde. Um diesen Auftrag erfüllen zu können, hatte der Träger 50 für den Abwurf von Flugzeugen bestimmte Kernwaffen B-61-Mod-8 an Bord, die in einem besonderen, scharf bewachten Magazin gelagert wurden. Die B-61 hatte eine einstellbare Sprengleistung von mindestens 10 und höchstens 500 Kilotonnen, war 3,6 Meter lang, knapp 30 Zentimeter dick, stromlinienförmig und wog nur um die 300 Kilo. Eine A-6E konnte zwei dieser Waffen tragen; alle anderen Aufhängungspunkte waren mit Zusatztanks belegt, um den Gefechtseinsatzradius von über 1700 Kilometern zu ermöglichen. Zehn A-6E hatten die Sprengkraft eines ganzen Geschwaders Interkontinentalraketen des Typs Minuteman an Bord und waren gemäß dem Prinzip, daß Menschen meistens Freunde oder zumindest Kollegen statt Fremde töten, auf Marineziele angesetzt. Ein SIOP-Auftrag war zum Beispiel, die Nikolajew-Werft am Dnjepr in eine radioaktive Pfütze zu verwandeln. Dort war übrigens der sowjetische Träger *Kusnezow* auf Kiel gelegt worden.

Ein weiteres Problem des Captains war, daß der Befehlshaber der Gruppe, ein Admiral, die Gelegenheit genutzt hatte, zu einer Besprechung mit dem Chef der 6. Flotte nach Neapel zu fliegen. Richards war also auf sich allein gestellt.

»Wo ist unser Freund?« fragte er.

»Liegt etwa 200 Meilen zurück«, erwiderte der Operationsoffizier. »Also unangenehm nahe.«

»Bringen wir die Tomcats in die Luft, Skipper«, sagte Jackson. »Ich nehme zwei und kreise hier, um die Hintertür zu bewachen.« Er tippte auf die Karte.

»Ich bitte um Zurückhaltung, Rob.«

»Keine Sorge, Ernie.« Jackson ging an ein Telefon. »Wer steht zur Verfügung?« fragte er einen Mann in Bereitschaftsraum VF-1. »Gut.« Jackson entfernte sich, um seine Kombination und seinen Helm zu holen.

»Gentlemen«, erklärte Richards, als Jackson gegangen war, »da wir uns nun östlich von Malta befinden, unterliegen wir SIOP, sind eine strategische und keine konventionelle Einheit, und es gilt DEFCON-2. Wer vergessen hat, was DEFCON-2 bedeutet, sollte sich rasch informieren. Alles, was als Bedrohung aufgefaßt werden kann, ist auf meinen Befehl hin anzugreifen und zu zerstören. Noch Fragen?«

»Sir, wir wissen nicht, was eigentlich los ist«, erklärte der Operationsoffizier.

»Richtig. Versuchen wir, erst zu denken und dann zu handeln. Reißen wir uns zunächst mal zusammen. Es tut sich etwas Finsteres, und wir sind auf DEFCON-2.«

Es war eine schöne, klare Nacht. Draußen auf dem Flugdeck informierte Jackson Commander Sanchez und die beiden Kampfbeobachter. Anschließend wurden sie vom fliegertechnischen Personal zu ihren Maschinen gebracht. Jackson und Walters bestiegen ihre Tomcat. Der Chef der Bodenmannschaft half ihnen beim Anschnallen, verschwand dann nach unten und zog die Leiter weg. Captain Jackson ging die Startsequenz durch, bis sich seine Instrumente auf normalen Leerlauf ausgependelt hatten. Die F-14D war im Augenblick mit vier Phoenix-Luftkampfraketen (Radarsuchkopf) und vier des Typs Sidewinder (IR-Suchkopf) bewaffnet.

»Alles klar da hinten, Shredder?« fragte Jackson.

»Ab die Post, Spade«, erwiderte Walters.

Robby drückte die Schubhebel bis zum Anschlag durch und dann über die Kulisse auf Nachbrenner. Danach signalisierte er dem Katapultoffizier seine Bereitschaft. Dieser überzeugte sich, daß das Deck klar war, und salutierte.

Jackson erwiderte den Gruß, packte den Knüppel und legte den Kopf zurück an die Stütze. Eine Sekunde später berührte der Leuchtstab des Katapultoffiziers das Deck. Ein Maat drückte auf den Startknopf, und Dampf zischte in den Katapultmechanismus. Trotz seiner langjährigen Erfahrung kam ihm seine Wahrnehmung in einer Situation wie dieser immer noch zu langsam vor. Die Beschleunigung des Katapults preßte seine Augäpfel in ihre Höhlen, die schwache Befeuerung des Decks verschwand hinter ihm. Das Heck der Maschine senkte sich, und sie waren frei. Jackson überzeugte sich, ehe er den Nachbrenner abschaltete, daß sie tatsächlich flogen, zog dann Klappen und Fahrwerk ein und ging gemächlich in den Steigflug. Als er 300 Meter erreicht hatte, holten »Bud« Sanchez und »Lobo« Alexander auf.

»Da gehen die Radare aus«, sagte Shredder nach einem Blick auf seine Instrumente. Der gesamte *TR*-Verband stellte binnen Sekunden sämtliche Emissionen ein und war anhand seines elektronischen Lärms nun nicht mehr zu orten.

Jackson machte es sich auf seinem Sitz bequem. Was immer auch los ist, sagte er sich, kann so schlimm nicht sein. Die Nacht war herrlich klar, und durch das Kabinendach konnte er beim Aufsteigen die Sterne zunehmend deutlicher sehen. Als er auf 10 000 Meter war, hatten sie fast aufgehört zu funkeln. In der Ferne konnte er die Positionslichter von Passagierflugzeugen und die Küsten mehrerer Länder sehen. Eine Nacht wie diese, dachte er, macht selbst einen Bauern zum Poeten. Um solche Augenblicke zu erleben, war er Pilot geworden. Mit Sanchez' Maschine an der Seite drehte er nach Westen ab. Dort war der Himmel bewölkt; nun sah man nicht mehr so viele Sterne.

»Sehen wir uns mal kurz um«, befahl Jackson.

Der Kampfbeobachter auf dem Rücksitz aktivierte seine Systeme. Die F-14 war gerade mit einem LPI-Radar von Hughes ausgerüstet worden, das weniger Strom brauchte als das Vorgängermodell AWG-9, aber weitaus empfindlicher und vom Gegner nur sehr schwer aufzufassen war. Zudem war seine Fähigkeit, auch Ziele weit unter der Maschine zu erfassen, drastisch verbessert worden.

»Aha, da sind sie«, meldete Walters. »Schöne Kreisformation.«

»Emissionen?«

»Alles, was ich sehe, hat den Transponder an.«

»Okay, in ein paar Minuten sind wir auf Station.«

50 Meilen hinter ihnen startete eine Radarmaschine E-2C Hawkeye vom Katapult 2. Anschließend wurden zwei Tanker KA-6 und weitere Kampfflugzeuge startklar gemacht. Die Tanker sollten bald Jacksons Station erreichen und seine Treibstoffbehälter auffüllen; dies versetzte ihn dann in die Lage, weitere vier Stunden in der Luft zu bleiben. Das wichtigste Element war die E-2C. Sie stieg mit Maximalschub auf, drehte nach Süden ab und ging 50 Meilen vom Mutterschiff entfernt auf Station. Sowie sie 8000 Meter erreicht hatte, ging ihr Suchradar an, und die drei Operatoren an Bord begannen Kontakte zu katalogisieren. Ihre Daten schickten sie über eine digitalisierte Funkverbindung an den Träger und an einen den Luftkampf koordinierenden Offizier an Bord des Aegis-Kreuzers USS *Thomas Gates,* dessen Rufzeichen »Stetson« war.

»Es gibt nicht viel zu sehen, Skipper.«

»Gut, wir sind auf Station. Kreisen wir und leuchten herum.« Jackson flog eine weite Rechtskurve, dicht gefolgt von Sanchez.

Die Hawkeye entdeckte die Kontakte zuerst. Sie befanden sich fast direkt unter Jacksons beiden Tomcats und im Augenblick außerhalb der Keule ihres Suchradars.

»Stetson, hier Falcon-2. Vier Maschinen in geringer Höhe, Richtung zwei-acht-eins, Distanz 100 Meilen.« Die Entfernung wurde von der Position der *TR* aus gemessen.

»IFF?«

»Negativ. Geschwindigkeit 400, Höhe 700, Kurs eins-drei-fünf.«

»Genaueres?« fragte »Stetson« auf der *Thomas Gates*.

»Vier Maschinen in loser Formation, Stetson«, kam die Antwort von der Hawkeye. »Sind wohl taktische Kampfflugzeuge.«

»Ich hab' was«, meldete Shredder einen Augenblick später. »Tief unten, sieht aus wie zwei – nein, vier Maschinen auf Südostkurs.«

»Unsere?«

»Nein.«

In der Gefechtszentrale der *TR* hatte immer noch keiner eine Ahnung, was eigentlich vorging, aber der Aufklärungsstab gab sich die beste Mühe, das herauszufinden. Bis jetzt hatte man erfahren, daß die meisten Satelliten-Nachrichtenkanäle inaktiv waren, aber alle militärischen Satellitenverbindungen normal funktionierten. Eine Suche auf den Satellitenfrequenzen ergab, daß auch zahlreiche Video- und Telefonverbindungen unerklärlicherweise nicht aktiv waren. Die Kommunikationsspezialisten waren so in die High-Tech-Kanäle verrannt, daß es des Vorschlags eines Funkers dritter Klasse bedurfte, doch einmal die Kurzwellenbänder abzusuchen. Als ersten Sender fand man die BBC, die gerade mit einer Sondermeldung ihr Programm unterbrochen hatte. Die Kurzmeldung wurde aufgenommen und im Laufschritt in die Gefechtszentrale gebracht. Sie war in dem gelassen-distanzierten Ton zu hören, für den die British Broadcasting Corporation bekannt ist.

»Reuters meldet eine nukleare Explosion in den zentralen Vereinigten Staaten. Der Fernsehsender KOLD in Denver, Colorado, übertrug via Satellit das Bild einer pilzförmigen Wolke über der Stadt und berichtete von einer gewaltigen Explosion. KOLD sendet inzwischen nicht mehr, und Versuche, Denver telefonisch zu erreichen, blieben erfolglos. Offizielle Kommentare zu diesem Vorfall liegen bisher nicht vor.«

»Himmel noch mal!« sagte jemand stellvertretend für alle anderen. Captain Richards sah sich im Raum um und musterte seinen Stab.

»Na, jetzt wissen wir wenigstens, warum wir auf DEFCON-2 sind. Starten wir weitere Maschinen; F-18 vor uns, F-14 achterlich. Vier A-6 sind mit B-61 zu beladen und ihre Besatzungen über ihre SIOP-Ziele zu informieren. Bewaffnen Sie eine Staffel F-18 mit Anti-Schiff-Raketen, und beginnen Sie mit der Planung eines Alpha-Schlags gegen den *Kusnezow*-Verband.«

»Captain«, rief ein Sprecher. »Falcon meldet vier taktische Maschinen im Anflug.«

Richards brauchte sich nur umzudrehen, um auf das taktische Hauptdisplay zu schauen, einen Radarschirm mit einer Diagonalen von 90 Zentimetern. Die vier neuen Kontakte erschienen als auf den Kopf gestellte Vs mit Kursvektoren. Der nächste Annäherungspunkt war weniger als 20 Meilen entfernt, *TR* also in Reichweite von Luft-Boden-Raketen.

»Spade soll diese Banditen sofort identifizieren!«

»... herangehen und identifizieren«, kam der Befehl von der Hawkeye.

»Roger«, bestätigte Jackson. »Bud, Distanz.«

»Roger.« Commander Sanchez zog seinen Knüppel leicht nach links und vergrößerte die Entfernung zwischen seiner und Jacksons Maschine. Diese Formation, »offener Zweier« genannt, versetzte die Piloten in die Lage, einander zu unterstützen, und machte es zugleich unmöglich, beide Flugzeuge gleichzeitig anzugreifen. Nach diesem Manöver rasten die beiden Jäger mit vollem Schub dem Meer entgegen und hatten eine Sekunde später Mach 1 überschritten.

»Sie kommen ins Visier«, meldete Shredder seinem Piloten. »Ich schalte das TV-System an.«

Die Tomcat war mit einer simplen Vorrichtung zur Identifizierung ausgerüstet, einer Fernsehkamera mit zehnfach vergrößerndem Teleobjektiv, die nachts ebensogut arbeitete wie am Tag. Lieutenant Walters konnte das Signal der Kamera in die Radaranlage eingeben und sah wenige Sekunden später vier Flecke, die rasch größer wurden, als die Tomcats aufholten. »Doppelleitwerk-Konfiguration.«

»Falcon, hier Spade. Informieren Sie Stick, daß die Kontakte in Sicht, aber noch nicht identifiziert sind. Wir gehen heran.«

Major Pjotr Arabow war nicht angespannter als gewöhnlich. Er war Fluglehrer und brachte drei Libyern die Feinheiten der Navigation bei Nacht über Wasser bei. Vor 30 Minuten hatten sie über der italienischen Insel Pantelleria abgedreht und waren nun auf dem Rückflug nach Tripolis. Obwohl die Libyer schon 300 Flugstunden auf diesem Typ absolviert hatten, fiel ihnen der Formationsflug bei Nacht schwer, und über Wasser war das ganz besonders gefährlich. Zum Glück hatten sie eine günstige Nacht erwischt; dank des sternenklaren Himmels konnten sie sich gut an dem Horizont orientieren. Besser, man fängt unter einfachen Bedingungen an, dachte Arabow, und auf dieser Höhe. Ein echtes taktisches Profil in 100 Metern, bei höherer Geschwindigkeit und in einer wolkigen Nacht konnte überaus gefährlich sein. Von den Künsten der libyschen Flieger war er ebensowenig beeindruckt, wie die Piloten der US-Navy es anläßlich mehrerer Gelegenheiten gewesen waren, aber sie waren wenigstens lerneifrig – immerhin etwas. Außerdem hatte das ölreiche Land seine Lektion am Beispiel der Iraker gelernt und beschlossen, wenn überhaupt, dann eine gut ausgebildete Luftwaffe zu haben. Das wiederum gab der Sowjetunion Gelegenheit, mehr von ihren MiG-29 zu verkaufen; ein Ausgleich für die strengen Obergrenzen in den Nachbarländern Israels. Außerdem erhielt Major Arabow einen Teil seines Soldes in Devisen.

Der Fluglehrer schaute nach rechts und links und prüfte die Formation – nicht gerade eng, aber doch dicht genug beisammen. Die Maschinen reagierten träge, weil unter den Tragflächen zwei Treibstofftanks hingen. Diese hatten Stabilisierungsflossen und sahen Bomben recht ähnlich.

»Skipper, die haben etwas unter den Tragflächen. Eindeutig MiG-29.«
»Gut.« Jackson schaute selbst aufs Display und schaltete dann sein Funkgerät an. »Stick, hier Spade, over.«
»Meldung machen.« Die Übertragungsqualität der Digitalverbindung war so hoch, daß Jackson Captain Richards' Stimme erkennen konnte.
»Stick, wir haben die Kontakte identifiziert. Vier MiG-29. Scheinen Bordwaffen zu tragen. Kurs, Geschwindigkeit und Höhe unverändert.« Es entstand eine kurze Pause.
»Abschießen.«
Jackson riß den Kopf hoch. »Bitte wiederholen, Stick.«
»Spade, hier Stick. Die Banditen abschießen. Bitte bestätigen.«
»Banditen« hat er sie genannt, dachte Jackson. Und er weiß mehr als ich.
»Roger, wir greifen an. Out.« Nun funkte Jackson seinen Flügelmann an. »Bud, folgen Sie mir.«
»Scheiße!« bemerkte Shredder. »Empfehle zwei Phoenix, linkes Paar und rechtes Paar.«
»Gut«, erwiderte Jackson und stellte den Waffenselektor oben an seinem Knüppel auf AIM-54. Lieutenant Walters programmierte die Raketen so, daß ihr Radar erst eine Meile vor dem Ziel aktiv wurde.
»Bereit. Distanz 16 000. Vögel aufgefaßt.«
Auf Jacksons Head-up-Display erschienen die entsprechenden Symbole. Ein Piepton in seinem Kopfhörer verriet, daß der erste Flugkörper abschußbereit war. Er drückte einmal ab, wartete eine Sekunde und drückte dann noch einmal.
»Scheiße!« rief Michael »Lobo« Alexander eine halbe Meile weiter.
»Klappe!« fauchte Sanchez nach hinten.
Jackson schloß die Augen, um von dem gelblichweißen Feuerstrahl der Raketen nicht geblendet zu werden. Die Lenkflugkörper lösten sich rasch von der Maschine und beschleunigten auf über 5000 Kilometer pro Stunde. Jackson sah sie auf ihre Ziele zujagen und brachte sein Flugzeug für den Fall, daß eine Phoenix nicht richtig funktionierte, wieder in Feuerposition.

Arabow schaute auf seine Instrumente – alles normal. Sein Warngerät zeigte nur Suchradare an; ein Signal aber war vor ein paar Minuten verschwunden. Abgesehen davon war dies ein stinknormaler Trainingsflug; sie hielten einen Direktkurs auf einen festen Punkt zu. Seine Sensoren hatten das LPI-Radarsignal, das seine vier Maschinen seit fünf Minuten verfolgt hatte, nicht wahrgenommen. Es fing jedoch den starken Impuls des Zielsuchradars der Phoenix auf.

Eine grelle rote Warnleuchte ging an, und ein kreischender Ton fuhr ihm in die Ohren. Arabow schaute auf seine Instrumente. Alle schienen zu funktionieren; nur dieses eine nicht. Nun wandte er den Kopf und sah gerade noch einen Halbmond aus gelbem Licht, eine gespenstische, vom Schein der Sterne erhellte Rauchschleppe, und dann einen Blitz.

Die auf das rechte Paar gerichtete Phoenix explodierte nur einen guten Meter von den Maschinen entfernt. Der 60 Kilo schwere Sprengkopf erfüllte die Luft mit Splittern, die beide MiGs zerfetzten. Dem Paar zur Linken widerfuhr ein ähnliches Schicksal. Eine leuchtende Wolke aus brennendem Treibstoff und Flugzeugteilen breitete sich aus. Drei Piloten wurden durch die Explosion direkt getötet. Arabow wurde von seinem Schleudersitz aus der zerbrechenden Maschine katapultiert; der Fallschirm öffnete sich gerade noch 60 Meter über dem Wasser. Eine Kombination aus lebensrettenden Systemen war für den russischen Major, der beim Herausschleudern ohnmächtig geworden war, die erste Hilfe. Ein Kragen blies sich auf und hielt seinen Kopf über Wasser, ein Notfunkgerät rief über UHF nach einem Rettungshubschrauber, und in der Dunkelheit begann ein starkes, blauweißes Blinklicht zu blitzen. Um ihn herum trieben ein paar kleine brennende Treibstofflachen, sonst nichts.

Jackson hatte alles mit angesehen und nun vermutlich einen absoluten Rekord aufgestellt: vier Abschüsse mit einer Raketensalve. Aber sein Können war dabei nicht auf die Probe gestellt worden. Seine Opfer hatten ihn, genauso wie damals der Iraker, überhaupt nicht wahrgenommen. Dieser Sieg wäre jedem grünen Pilotenjüngling gelungen. Das war Mord, kein Krieg – Moment, was heißt hier Krieg? fragte er sich, ist denn Krieg? Und warum mußte ich überhaupt feuern?

»Vier MiG abgeschossen«, meldete er über Funk. »Stick, hier Spade, vier abgeschossen. Kehre auf Gefechtspatrouillenstation zurück. Wir brauchen Sprit.«

»Roger, Spade, Tanker sind aufgestiegen. Verstanden, vier abgeschossen.«

»Spade, was ist eigentlich los?« fragte Lieutenant Walters.

»Das wüßte ich auch gerne, Shredder.« Habe ich gerade den ersten Kriegsschuß abgefeuert? überlegte Jackson. Und *was* für ein Krieg soll das sein?

Nach anfänglichem Herumbrüllen mußte Keitel einsehen, daß die russische Einheit in bester Verfassung war. Ihre Kampfpanzer T-80 erinnerten mit ihrer reaktiven Panzerung, mit der ihre Türme und Flanken behängt waren, ein wenig an Spielzeug, waren aber auch geduckte, gefährlich aussehende Fahrzeuge, deren enorm lange 125-Millimeter-Kanonen keinen Zweifel über ihre Natur und ihren Zweck aufkommen ließen. Das angebliche Inspektionsteam marschierte in Dreiergruppen herum. Keitel, der den Regimentskommandeur begleitete, hatte den gefährlichsten Auftrag. Der falsche Oberst Iwanenko ging hinter dem echten Oberst und schaute auf die Uhr.

200 Meter weiter näherten sich Bock und zwei ehemalige Stasi-Offiziere einer Panzerbesatzung, die gerade ihr Fahrzeug bestieg.

»Halt!« rief einer.

»Zu Befehl, Herr Oberst«, antwortete der Panzerkommandant, ein junger Feldwebel.

»Absitzen. Ihr Fahrzeug wird inspiziert.«

Kommandant, Fahrer und Schütze stellten sich vor ihrem Panzer auf. Die anderen Besatzungen bestiegen ihre Fahrzeuge. Bock wartete, bis die Luken des Panzers neben ihnen zugefallen waren, und erschoß dann alle drei Russen mit seiner schallgedämpften automatischen Pistole. Die Leichen wurden unter den Panzer geworfen. Bock nahm den Platz des Schützen ein und musterte die Bedienungselemente, mit denen er zuvor vertraut gemacht worden war. Keine 1200 Meter entfernt standen über 50 amerikanische Tanks M1A1 Abrams im rechten Winkel zu seinem. Auch ihre Besatzungen bestiegen ihre Fahrzeuge.

»Motor an«, meldete der Fahrer über die Bordsprechanlage. Bock stellte am Selektor flügelstabilisierte Munition mit getrennter Ladung und verbrennbaren Kartuschen ein. Die automatische Ladevorrichtung öffnete den Verschluß der Kanone, führte Munition und Treibsatz ein und schloß ihn dann wieder. Na, das war einfach, dachte Bock. Anschließend schaltete er das Visier ein und richtete die Kanone auf einen amerikanischen Panzer. Diese waren leicht auszumachen, denn ihr Abstellplatz war zum Schutz gegen Eindringlinge grell beleuchtet. Ein Lasergerät zeigte die Entfernung an, und Bock stellte das Rohr so hoch, bis die entsprechende Markierung auf der Strichplatte erschien. Die Windgeschwindigkeit schätzte er auf Null. Nun schaute er auf die Uhr und wartete, bis der Sekundenzeiger die Zwölf erreicht hatte. Dann drückte er ab. Sein T-80 und drei andere bäumten sich unter dem Rückstoß auf. Zwei Drittelsekunden später traf sein Geschoß einen amerikanischen Panzer knapp hinter dem Turm und drang in den Munitionsbehälter ein. Das Resultat war spektakulär. 40 Granaten zündeten sofort. Zwar entwich der größte Teil des Explosionsdrucks durch Öffnungen nach oben, aber da beim Einschlag des Geschosses die feuerfeste Tür zum Stand des Schützen zerstört worden war, verbrannte die Besatzung in ihrem zwei Millionen Dollar teuren Fahrzeug, das sich wie zwei andere in einen grünbraun gefleckten Vulkan verwandelt hatte.

100 Meter weiter nördlich erstarrte der Regimentskommandeur mitten im Satz und drehte sich fassungslos nach dem Lärm um.

»Was geht hier vor?« brüllte er. Im selben Moment schoß Keitel ihn in den Hinterkopf.

Bocks zweites Geschoß hatte inzwischen einen weiteren Panzer in den Motorraum getroffen; nun lud er wieder nach. Ehe der erste amerikanische Schütze laden konnte, standen sieben M1A1 in Flammen. Nun aber begann sich der mächtige Turm eines M1A1 zu drehen. Panzerkommandanten schrien ihren Fahrern und Schützen Befehle zu. Bock sah den US-Panzer zielen und beschoß ihn, verfehlte aber und traf einen dahinterstehenden Abrams. Der Schuß des Amerikaners ging über seinen T-80 hinweg, weil der Schütze vermutlich zu aufgeregt gewesen war. Dieser lud sofort nach und machte den Fehler gut, indem er einen T-80 links von Bock abschoß. Günther beschloß, diesen Amerikaner in Ruhe zu lassen.

»Wir werden angegriffen – Feuer!« schrien die »sowjetischen« Panzerkommandanten über ihre Befehlskreise.

Keitel rannte zum Fahrzeug des Kommandeurs. »Ich bin Oberst Iwanenko.

Ihr Vorgesetzter ist tot – greifen Sie an! Schießen Sie diese Wahnsinnigen ab, solange von unserem Regiment noch etwas übrig ist.«

Der Offizier zögerte, weil er keine Ahnung hatte, was sich abspielte, und nur die Schüsse hören konnte. Doch da der Befehl von einem Obersten kam, nahm er sein Funkgerät und gab ihn weiter.

Wie erwartet, entstand nun eine kurze Pause. Inzwischen brannten mindestens zehn amerikanische Panzer, aber vier davon schossen zurück. Dann eröffneten alle sowjetischen Panzer das Feuer und ließen drei der aktiven Amerikaner explodieren. Der Rest der Abrams zog sich nun im Schutz der Rauchwolken zurück. Mit Bewunderung verfolgte Keitel, wie die sowjetischen T-80 zum Angriff übergingen. Sieben blieben zurück, vier davon brannten. Zwei weitere flogen in die Luft, ehe sie die Linie, auf der einmal die Mauer gestanden hatte, überqueren konnten.

Dieser Augenblick allein war die ganze Sache wert, dachte Keitel. Was immer Günther auch planen mochte, es war ein Vergnügen gewesen, mit anzusehen, wie die Russen und Amerikaner sich gegenseitig umbrachten.

Gerade als Admiral Painter im Hauptquartier CINCLANT erschien, ging die Meldung von der *Theodore Roosevelt* ein.

»Wer hat dort den Befehl?«

»Sir, der Oberbefehlshaber flog nach Neapel. Ranghöchster Offizier des Verbandes ist Captain Richards«, erklärte ein Offizier der Aufklärung. »Es seien vier MiG im Anflug gewesen, die er, da DEFCON-2 gilt, als potentielle Bedrohung für die Gruppe abgeschossen habe.«

»MiG welcher Nationalität?«

»Sie könnten vom Verband der *Kusnezow* gekommen sein, Sir.«

»Moment – sagten Sie gerade DEFCON-2?«

»Ja, Sir. Da die *TR* sich nun östlich von Malta befindet, gilt SIOP«, erklärte der Operationsoffizier.

»Weiß denn niemand, was hier gespielt wird?«

»Ich jedenfalls nicht«, erwiderte der Offizier von der Aufklärung ehrlich.

»Stellen Sie eine Sprachverbindung zu Richards her.« Painter hielt inne. »Was ist der Status der Flotte?«

»Alle im Hafen liegenden Einheiten machen sich klar zum Auslaufen, Sir. Das ist ein automatischer Vorgang.«

»Und warum sind wir hier auf DEFCON-3?«

»Sir, das hat man uns nicht gesagt.«

»Ist ja großartig.« Painter zog sich den Pullover über den Kopf und verlangte Kaffee.

»*Roosevelt* auf Leitung zwei, Sir«, kam es durch die Sprechanlage. Painter schaltete durch Knopfdruck den Lautsprecher ein.

»Hier CINCLANT.«

»Richards, Sir.«

»Was ist bei Ihnen los?«

»Sir, wir sind seit 15 Minuten auf DEFCON-2. Es war ein Schwarm MiG im Anflug, den ich abschießen ließ.«

»Warum?«

»Die Flugzeuge schienen bewaffnet zu sein. Außerdem hörten wir über Kurzwelle von der Explosion.«

Painter bekam eine Gänsehaut. »Von welcher Explosion?«

»Sir, BBC meldet eine nukleare Detonation in Denver. Der Bericht stamme von einer lokalen TV-Station, heißt es, die inzwischen nicht mehr sende. Angesichts dieser Information gab ich den Feuerbefehl. Ich bin im Augenblick der ranghöchste Offizier des Verbandes. Sir, wenn Sie nun keine weiteren Fragen haben, ginge ich gerne wieder an die Arbeit.«

Painter wußte, daß er den Mann nicht länger aufhalten durfte. »Ernie, tun Sie bitte nichts Unbedachtes.«

»Aye aye, Sir. Out.« Die Verbindung wurde unterbrochen.

»Eine Atomexplosion?« fragte der Aufklärungsoffizier.

Painter hatte einen heißen Draht zum NMCC, den er nun aktivierte. »Hier CINCLANT.«

»Captain Rosselli, Sir.«

»Hat es bei uns eine nukleare Explosion gegeben?«

»Affirmativ, Sir, im Großraum Denver. NORAD geht von einer Sprengleistung von über 100 KT und schweren Verlusten aus. Mehr wissen wir nicht. Bisher haben wir die Nachricht nicht weitergegeben.«

»Nun, ich habe eine für sie: *Theodore Roosevelt* hat gerade vier anfliegende MiG-29 abgefangen und abgeschossen. Halten Sie mich auf dem laufenden. Sofern ich keinen anderslautenden Befehl erhalte, lasse ich alle Einheiten auslaufen.«

Bob Fowler war bereits bei der dritten Tasse Kaffee und bereute nun, die vier Flaschen Bier getrunken zu haben wie ein Archie Bunker. Deutsches Bier ist für amerikanische Verhältnisse stark, und er befürchtete, einer der Anwesenden könnte seine Fahne riechen. Sein Verstand sagte ihm, daß der Alkohol seine intellektuelle Kapazität beeinträchtigen mußte. Andererseits hatte er ihn über einen Zeitraum von mehreren Stunden zu sich genommen, und sein Körper sollte ihn bald abgebaut haben. Zudem tat der Kaffee seine Wirkung.

Zum ersten Mal war er dankbar für die Erfahrungen, die er beim Tod seiner Frau Marion gemacht hatte. Er hatte an ihrem Bett gesessen und zugesehen, wie sie starb. Er kannte Trauer und Tragik. Wie schrecklich der Tod der vielen Menschen in Denver auch sein mag, sagte er sich, ich muß mich innerlich davon distanzieren, muß mich darauf konzentrieren, weitere Verluste zu verhindern. So weit, so gut, dachte Fowler. Die Verbreitung der Nachricht hatte er rasch unterbunden, denn eine landesweite Panik konnte er nun nicht gebrauchen. Sein Militär war in einen höheren Bereitschaftsgrad versetzt worden und konnte nun weitere Angriffe auf unbestimmte Zeit entweder abwehren oder abschrecken.

»So«, sagte er über die Konferenzschaltung zu NORAD und SAC. »Fassen wir einmal zusammen, was sich bisher zugetragen hat.«

NORAD antwortete: »Sir, es gab eine einzige nukleare Explosion im Hundert-KT-Bereich. Berichte von der Szene liegen noch nicht vor. Unsere Streitkräfte sind in Alarmbereitschaft versetzt worden. Satellitenverbindungen sind ausgefallen –«

»Warum?« fragte Elizabeth Elliot mit brüchiger Stimme dazwischen. »Woran kann das liegen?«

»Das wissen wir nicht. Eine Kernexplosion im Weltraum könnte solche Folgen haben, und zwar durch den sogenannten EMP-Effekt, das steht für ›elektromagnetischer Puls‹. Detoniert eine Kernwaffe in großer Höhe, wird der Hauptteil ihrer Energie in Form von elektromagnetischer Strahlung freigesetzt. Über die praktischen Auswirkungen sind die Russen besser informiert als wir; ihnen liegen empirische Daten von Testexplosionen über Nowaja Semlja in den 60er Jahren vor. Wir haben jedoch keinen Hinweis auf eine solche Explosion, die unmöglich zu übersehen wäre. Ein nuklearer Angriff auf die Satelliten ist also höchst unwahrscheinlich. Die nächste Möglichkeit wäre ein gewaltiger, von einer Quelle am Boden ausgehender elektromagnetischer Puls. Nun haben die Russen viel Geld in die Mikrowellenforschung mit Waffenapplikation gesteckt. Ein russisches Schiff mit zahlreichen Antennen an Bord, die *Jurij Gagarin,* befindet sich im Augenblick im Ostpazifik. Es ist als Boden-Kommunikationsstelle für Raumschiffe klassifiziert und mit vier riesigen, hochempfindlichen Antennen ausgerüstet. Im Augenblick liegt es 300 Meilen vor Peru, also durchaus in Reichweite der in Mitleidenschaft gezogenen Satelliten. Angeblich hält es Verbindung mit der Raumstation *Mir.* Abgesehen davon können wir keine weiteren Spekulationen anstellen. Im Augenblick spricht einer unserer Offiziere mit Hughes Aerospace, um in Erfahrung zu bringen, was man dort von der Sache hält.

Wir bemühen uns noch immer, die Bänder der Flugsicherung Stapleton zu bekommen, um herauszufinden, ob die Bombe von einem Flugzeug abgeworfen wurde, und erwarten auch Berichte von Rettungs- und anderen Teams, die an die Explosionsstelle entsandt worden sind. Das ist alles, was wir haben.«

»Wir haben zwei Geschwader in der Luft, und weitere machen sich in diesem Augenblick startklar«, erklärte der CINC-SAC. »Alle meine Raketengeschwader sind in Alarmbereitschaft versetzt. Mein Vize-CINC befindet sich an Bord von Spiegel-2, und ein zweiter NEACP ist im Begriff, zu starten und Sie abzuholen, Sir.«

»Tut sich in der Sowjetunion etwas?«

»Ihre Luftabwehrkräfte sind alarmiert, wie ich bereits sagte«, erwiderte General Borstein. »Wir empfangen verstärkten Funkverkehr, aber bislang nichts, was wir klassifizieren können. Es besteht kein Hinweis auf einen bevorstehenden Angriff auf die Vereinigten Staaten.«

»Gut.« Der Präsident atmete erleichtert auf. Die Lage war ernst, aber noch unter Kontrolle. Nun brauchte er nur noch dafür zu sorgen, daß man sich rundum beruhigte, und dann konnte er Schritte unternehmen. »Ich werde die Direktleitung nach Moskau aktivieren.«

»Gut, Sir«, erwiderte NORAD.

Zwei Plätze weiter saß ein Chief der Navy, dessen Computerterminal bereits in Betrieb war. »Rutschen Sie mal rüber, Mr. President?« fragte der Chief, ein Verwaltungsunteroffizier. »Ich kann meine Daten nicht auf Ihren Schirm bringen.«

Fowler schob seinen Drehsessel neben den Platz des Chiefs.

»Sir, die Sache funktioniert folgendermaßen: Ich gebe ein, was Sie sagen, und die Nachricht läuft dann über den NMCC-Computer im Pentagon, von wo aus sie übertragen wird. Die Antwort der Russen geht in Russisch im Pentagon ein, wird dort übersetzt und an uns weitergeleitet. Für den Fall, daß in Washington etwas schiefgeht, gibt es in Fort Richie ein Ausweichsystem. Wir verfügen über Landleitungen und zwei separate Satellitenverbindungen. Ich schreibe etwa so schnell, wie Sie reden.« Auf dem Namensschild des Verwaltungsunteroffiziers stand »Orontia«; Fowler konnte nicht beurteilen, welcher Abstammung er war. Orontia hatte mindestens zehn Kilo Übergewicht, klang aber entspannt und kompetent. Fowler war mit ihm zufrieden. Außerdem lag neben seiner Tastatur eine Packung Zigaretten. Der Präsident ignorierte die Verbotsschilder an der Wand und schnappte sich ein Stäbchen. Orontia gab ihm mit einem Zippo Feuer.

»Alles bereit, Sir.« Chief Pablo Orontia warf dem Staatschef einen Seitenblick zu. Seine Miene verriet nicht, daß er in Pueblo, Colorado, geboren worden war und sich um seine dort noch lebende Familie sorgte. Er war überzeugt, daß der Präsident seine Aufgabe erfüllen und den Frieden sichern würde. Orontias Aufgabe war es, ihm dabei nach Kräften zu helfen. Er hatte seinem Land in zwei Kriegen und zahlreichen Krisen gedient, vorwiegend auf Flugzeugträgern, und verdrängte nun, ganz wie er es gelernt hatte, seine Gefühle.

»Sehr geehrter Präsident Narmonow ...«

Zum ersten Mal seit seinem Eintreffen in Washington sah Captain Rosselli eine echte Übertragung über den heißen Draht. Die Nachricht erschien auf dem Schirm eines IBM-PC/AT, wurde verschlüsselt und dann vom Operator durch einen Druck auf die Rücklauftaste gesendet. Eigentlich sollte ich ja hinten an meinem Schreibtisch sitzen, dachte Jim, aber was hier vorgeht, ist vielleicht von entscheidender Wichtigkeit für meine Arbeit.

WIE MAN IHNEN VERMUTLICH MITGETEILT HAT, GAB ES IN DER MITTE MEINES LANDES EINE GROSSE EXPLOSION. ICH HABE ERFAHREN, DASS SIE NUKLEAR WAR UND DASS ES SCHWERE VERLUSTE VON MENSCHENLEBEN GAB, las Präsident Narmonow, der von seinen Beratern umgeben war.

»Was wohl zu erwarten war«, sagte Narmonow. »Geben Sie unsere Antwort durch.«

»Donnerwetter, das ging aber schnell!« kommentierte ein Colonel der Army und machte sich an die Übersetzung. Ein Sergeant der Marines tippte die englische Version, die dann automatisch an Camp David, Fort Richie und das Außenministerium weitergeleitet wurde. Gleichzeitig druckte ein Printer die Nachricht aus, die dann fast ebenso rasch über Fax an SAC, NORAD und die Nachrichtendienste ging.

AUTHENTIFIZIERUNG: FAHRPLAN FAHRPLAN FAHRPLAN
ANTWORT AUS MOSKAU
PRÄSIDENT FOWLER:
WIR HABEN KENNTNIS VON DEM VORFALL. ICH SPRECHE AUCH IM NAMEN DES SOWJETISCHEN VOLKES MEIN MITGEFÜHL AUS. WIE KANN EIN SOLCHER UNFALL MÖGLICH SEIN?

»Unfall?« fragte Fowler.

»Robert, das ging viel zu schnell«, merkte Liz Elliot sofort an. »Narmonows Englisch ist nicht besonders gut. Unsere Nachricht mußte also erst übersetzt werden, und wenn man so etwas liest, läßt man sich Zeit. Sie hatten ihre Antwort also bereits fertig vorliegen ... was bedeutet das?« fragte Liz und sprach eher zu sich selber. Fowler formulierte seine Entgegnung. Was geht hier vor? dachte er. Wer steckt dahinter, und was ist das Motiv?

PRÄSIDENT NARMONOW:
ICH MUSS IHNEN LEIDER MITTEILEN, DASS ES KEIN UNFALL WAR. IM UMKREIS VON HUNDERT MEILEN GIBT ES KEINE AMERIKANISCHEN KERNWAFFEN, UND ES WURDEN AUCH KEINE DURCH DAS GEBIET TRANSPORTIERT. DIES WAR EIN VORSÄTZLICHER AKT UNBEKANNTER KRÄFTE.

»Nun, das überrascht mich nicht«, meinte Narmonow und beglückwünschte sich, weil er die erste Nachricht aus Amerika korrekt antizipiert hatte. »Senden Sie die nächste Antwort«, wies er den Operator an und sagte dann zu seinen Beratern: »Fowler hat alle Schwächen, die mit Arroganz einhergehen, aber er ist kein Narr. Er wird sehr emotional auf den Vorfall reagieren. Wir müssen ihn beruhigen, besänftigen. Wenn er die Selbstbeherrschung nicht verliert, wird er dank seiner Intelligenz die Lage in den Griff bekommen.«

»Mein Präsident«, sagte Golowko, der gerade die Befehlszentrale betreten hatte, »ich halte das für einen Fehler.«

»Wie meinen Sie das?« fragte Narmonow überrascht.

»Ich halte es für unklug, Ihre Worte Ihrer Einschätzung des Mannes, seines Charakters und seiner emotionalen Verfassung anzupassen. Menschen ändern sich, wenn sie unter Streß geraten. Der Mann am anderen Ende der Leitung könnte sich von der Person, die Sie in Rom kennenlernten, sehr unterscheiden.«

Der sowjetische Präsident verwarf diese Idee. »Unsinn, Menschen wie er ändern sich nie. Typen wie ihn haben wir auch hier genug. Mit Leuten seines Schlags bin ich mein Leben lang fertiggeworden.«

PRÄSIDENT FOWLER:

WENN ES SICH UM EINE VORSÄTZLICHE TAT HANDELT, IST DAS EIN IN DER GESCHICHTE DER MENSCHHEIT BEISPIELLOSES VERBRECHEN. WELCHER WAHNSINNIGE TUT SO ETWAS UND IN WELCHER ABSICHT? DIES KANN ALLZULEICHT ZU EINER GLOBALEN KATASTROPHE FÜHREN. SIE MÜSSEN GLAUBEN, DASS DIE SOWJETUNION MIT DIESEM NIEDERTRÄCHTIGEN AKT NICHTS ZU TUN HATTE.

»Das geht mir viel zu flott, Robert«, sagte Liz Elliot. »›Sie müssen glauben‹? Was will er damit sagen?«

»Elizabeth, Sie lesen zu viel hinein«, gab Fowler zurück.

»Diese Antworten sind allesamt Konserven, Robert! Vorgekaut, vorformuliert. Er reagiert viel zu rasch. Das hat etwas zu bedeuten.«

»Was denn?«

»Sollten wir nicht beim Spiel sein, Robert? Ich habe den Eindruck, daß diese Nachrichten auf einen anderen zugeschnitten sind – auf Durling zum Beispiel. Was, wenn die Bombe nicht nur Brent und Dennis, sondern auch Sie töten sollte?«

»Sagte ich nicht schon, daß das kein Kriterium ist«, versetzte Fowler zornig, machte eine Pause und holte tief Luft. Er durfte nicht böse werden, mußte ruhig bleiben. »Bitte, Elizabeth –«

»So etwas kann man nicht einfach abtun! Sie müssen die Möglichkeit berücksichtigen, denn wenn der Anschlag so geplant war, verrät uns das etwas über den Hintergrund.«

»Dr. Elliot hat recht«, sagte NORAD über die Leitung. »Mr. President, es ist völlig korrekt, daß Sie sich von Ihren Gefühlen distanzieren, aber Sie müssen alle denkbaren Aspekte des operativen Konzepts hinter diesem Anschlag berücksichtigen.«

»Ich bin gezwungen, damit konform zu gehen«, fügte der CINC-SAC hinzu.

»Was schlagen Sie dann vor?« fragte Fowler.

»Sir, dieses ›Sie müssen glauben‹ mißfällt mir ebenfalls«, kam es von NORAD. »Vielleicht sollten wir ihm zu verstehen geben, daß wir bereit sind, uns zu verteidigen.«

»Jawohl«, stimmte General Fremont zu. »Das weiß er ohnehin, wenn seine Leute ihre Arbeit ordentlich tun.«

»Und wenn er unsere Alarmstufe als Bedrohung auffaßt?«

»Unwahrscheinlich, Sir«, versicherte NORAD. »Das ist in einem Fall wie diesem eine ganz normale Reaktion. Die Führung des sowjetischen Militärs handelt sehr professionell.«

Auf diese Bemerkung hin machte Dr. Elliot eine mißmutige Geste, wie Fowler feststellte. »Gut, ich werde ihm mitteilen, daß wir unsere Streitkräfte in Alarmbereitschaft versetzt, aber keine bösen Absichten haben.«

PRÄSIDENT NARMONOW:

WIR HABEN KEINEN GRUND ZU DER ANNAHME, DASS DIE SOWJETUNION IN DIESEN VORFALL VERWICKELT IST. WIR MÜSSEN JEDOCH UMSICHTIG HANDELN. GEGEN UNS IST EIN HEIMTÜCKISCHER ANGRIFF GEFÜHRT WORDEN, UND WIR MÜSSEN UNS GEGEN EINEN WEITEREN SCHÜTZEN. ALS VORSICHTSMASSNAHME HABE ICH UNSERE STREITKRÄFTE IN DEN ALARMZUSTAND VERSETZT – UNTER ANDEREM, UM DIE ÖFFENTLICHE ORDNUNG ZU WAHREN UND UM BEI RETTUNGSMASSNAHMEN ZU HELFEN. ICH KANN IHNEN PERSÖNLICH VERSICHERN, DASS WIR NICHT GRUNDLOS OFFENSIV HANDELN WERDEN.

»Wie tröstlich. Nett von ihm, uns über den Alarm zu informieren.«

»Ihm muß doch klar sein, daß wir bereits darüber Bescheid wissen«, meinte Golowko.

»Daß wir das Ausmaß des Alarms kennen, weiß er nicht«, sagte der Verteidigungsminister. »Er kann nicht ahnen, daß wir den amerikanischen Code geknackt haben. Die Alarmstufen ihrer Streitkräfte sind mehr als nur Vorsichtsmaßnahmen. Seit 1962 waren die amerikanischen strategischen Kräfte nicht mehr auf DEFCON-2, wie das dort heißt.«

»Wirklich?« fragte Narmonow.

»General, das ist im Grunde nicht wahr«, wandte Golowko dringlich ein. »Der Bereitschaftsgrad der amerikanischen strategischen Kräfte ist normalerweise sehr hoch, selbst wenn DEFCON-5 gilt. Die Änderung, auf die Sie sich beziehen, ist ohne Belang.«

»Stimmt das?« fragte Narmonow.

Der Verteidigungsminister zuckte die Achseln. »Kommt darauf an, wie man es ansieht. Ihre landgestützten Raketen sind weniger wartungsintensiv und daher immer in einem höheren Bereitschaftsgrad als unsere. Das trifft auch auf ihre Unterseeboote zu, die wesentlich länger in See bleiben als unsere. Der technische Unterschied mag gering sein, der psychologische aber nicht. Die höhere Alarmstufe sagt ihren Soldaten, daß etwas Fürchterliches bevorsteht. Das halte ich für signifikant.«

»Ich nicht«, schoß Golowko zurück.

Ist ja großartig, dachte Narmonow. Meine beiden wichtigsten Berater können sich über einen so wichtigen Punkt nicht einigen ...

»Wir müssen eine Antwort geben«, sagte der Außenminister.

PRÄSIDENT FOWLER:

WIR HABEN VON IHRER ERHÖHTEN ALARMBEREITSCHAFT KENNTNIS GENOMMEN. DA FAST ALLE IHRE WAFFEN AUF DIE SOWJETUNION GERICHTET SIND, MÜSSEN AUCH WIR VORSICHTSMASSNAHMEN ERGREIFEN! ICH HALTE ES FÜR ENTSCHEIDEND WICHTIG, DASS KEINE SEITE SCHRITTE UNTERNIMMT, DIE ALS PROVOKATIV ANGESEHEN WERDEN KÖNNEN.

»Aha, die erste spontane Reaktion«, sagte Liz Elliot. »Erst behauptet er, von nichts zu wissen, und jetzt sagt er, wir sollten ihn besser nicht provozieren. Was denkt er wirklich?«

Ryan sah sich die Telekopien aller sechs Nachrichten an und gab sie an Goodley weiter. »Nun, was denken Sie?«

»Klammer-Kram. Sieht so aus, als seien alle Beteiligten sehr vorsichtig, und das ist auch korrekt. Wir versetzen vorsorglich unsere Streitkräfte in Alarmbereitschaft, und die Sowjets tun das auch. Fowler sagt, wir hätten keinen Anlaß zu glauben, die Sowjets seien verantwortlich – das ist gut. Narmonow meint, Provokationen sollten vermieden werden – auch gut. Bislang nicht übel«, war Goodleys Einschätzung.

»Dem stimme ich zu«, erklärte der Offizier vom Dienst.

»Dann stimmen wir also überein«, sagte Jack und fügte in Gedanken hinzu: Gott sei Dank! Bob, das hätte ich dir nicht zugetraut.

Rosselli ging zurück an seinen Schreibtisch. Die Lage schien mehr oder weniger unter Kontrolle zu sein.

»Wo, zum Teufel, waren Sie?« fragte Rocky Barnes.

»Ich hab' mir den Verkehr über den heißen Draht angesehen. Die Lage hat sich so ziemlich entspannt.«

»Das sieht inzwischen anders aus, Jim.«

General Paul Wilkes hatte sein Ziel fast erreicht. Für die Fahrt von seinem Haus über die Autobahnen I-295 und I-395, eine Strecke von insgesamt acht Kilometern, hatte er fast 20 Minuten gebraucht. Die Schneepflüge hatten auf dieser Straße kaum etwas ausrichten können, und nun war es so kalt geworden, daß selbst gestreute Abschnitte vereisten. Schlimmer noch, die wenigen Washingtoner Automobilisten, die unterwegs waren, stellten ihre üblichen Fahrkünste unter Beweis. Selbst jene, die Fahrzeuge mit Vierradantrieb besaßen, verhielten sich so, als machten die zusätzlichen Kräfte sie gegen die Gesetze der Physik immun. Wilkes war gerade über die Brücke gefahren, die die South Capital Street überspannt, und hielt nun auf abschüssiger Strecke auf die Ausfahrt Main Avenue zu. Ein Irrer mit einem Toyota überholte ihn und schnitt ihn dann, um die Ausfahrt zum Zentrum noch zu erwischen. Auf einer vereisten Stelle, wo auch der Frontantrieb nichts half, stellte er sich quer. Wilkes konnte nicht mehr ausweichen und fuhr ihm mit 25 Stundenkilometern in die Seite.

»Scheiß drauf«, sagte er laut. »Für so was hab' ich jetzt keine Zeit.« Der General stieß ein Stück zurück und begann das querstehende Auto zu umfahren, noch ehe dessen Fahrer ausgestiegen war. Allerdings schaute er nicht in den Rückspiegel. Beim Spurwechsel fuhr ein Sattelschlepper mit 40 Stundenkilometern auf ihn auf. Der Aufprall war so heftig, daß der Wagen des Generals über die Leitplanke und in die Bahn eines entgegenkommenden Fahrzeugs geschleudert wurde. Wilkes war sofort tot.

39
Echos

Elizabeth Elliot starrte ausdruckslos die Wand gegenüber an und trank Kaffee. Das ist die einzige Erklärung, dachte sie. Alle Warnungen waren ignoriert worden. Nun paßte alles zusammen. Das sowjetische Militär hatte einen Machtkampf begonnen und dabei Bob Fowler zum Ziel gewählt. Eigentlich hätten wir beim Spiel sein sollen, dachte sie. Bob wollte hin, und jeder rechnete mit seinem Erscheinen, weil Dennis Bunker eine Mannschaft gehörte. Auch ich wäre dort gewesen. Und wäre jetzt tot. Wenn sie Bob umbringen wollten, hatten sie auch die Absicht, mich zu töten...

PRÄSIDENT NARMONOW:

ICH STELLE MIT BEFRIEDIGUNG FEST, DASS WIR UNS ÜBER DIE NOTWENDIGKEIT VON VORSICHT UND VERNUNFT EINIG SIND. ICH WERDE NUN ZUSAMMEN MIT MEINEN BERATERN VERSUCHEN, DEN GRUND FÜR DIESEN ENTSETZLICHEN VORFALL FESTZUSTELLEN, UND WERDE SIE WEITER INFORMIERT HALTEN.

Die Antwort ging fast augenblicklich ein.

PRÄSIDENT FOWLER:

WIR BLEIBEN AN DER LEITUNG.

»Das war recht einfach«, meinte Fowler und blickte auf den Bildschirm.

»Wirklich?« fragte Liz Elliot.

»Was meinen Sie?«

»Robert, es fand eine nukleare Explosion an einem Ort statt, an dem Sie sich eigentlich aufhalten sollten. Das wäre Nummer eins. Nummer zwei: Es gingen Berichte über verschwundene sowjetische Kernwaffen ein. Nummer drei: Können wir denn sicher sein, daß es wirklich Narmonow ist, der da am anderen Ende sitzt?«

»Wie bitte?«

»Unsere besten Informationen weisen auf die Möglichkeit eines Putschs in Rußland hin. Wir verhalten uns aber so, als hätten wir diese Hinweise nie erhalten – *obwohl* hier bei uns eine Bombe explodiert ist, die gut eine taktische Kernwaffe genau des Typs gewesen sein mag, der unseren Vermutungen nach verschwunden ist. Wir haben es bislang versäumt, alle politischen Dimensionen zu berücksichtigen.« Dr. Elliot sprach ins Mikrofon: »General Borstein, wie leicht ist es, eine Atombombe in die USA einzuschmuggeln?«

»Angesichts unserer Grenzkontrollen wäre das ein Kinderspiel«, kam die Antwort von NORAD. »Was wollen Sie damit sagen, Dr. Elliot?«

»Ich will damit sagen, daß wir nun schon seit einiger Zeit deutliche Hinweise auf Narmonows politische Schwierigkeiten bekommen – sein Militär macht Ärger, hieß es, und es gäbe eine nukleare Dimension. Was, wenn es putscht, am günstigsten in der Nacht von Sonntag auf Montag, wenn alles schläft? Wir gingen bisher immer von der Annahme aus, daß der nukleare Aspekt ein innenpolitisches Druckmittel ist – aber was, wenn die Operation sehr viel heimtückischer ist? Wenn man versuchte, unsere Regierung zu enthaupten, um uns an Maßnahmen gegen den Putsch zu hindern? Gut, die Bombe geht hoch, Durling ist wie jetzt gerade im NEACP, und sie nehmen Kontakt mit ihm auf. Da sie seine Reaktion voraussagen können, verfassen sie ihre Erklärungen über den heißen Draht im voraus. Wir gehen automatisch auf eine höhere Alarmstufe, sie auch – verstehen Sie jetzt? Wir sind nicht mehr in der Lage, uns in den Putsch einzumischen.«

»Mr. President, Sie sollten erst den Rat der Nachrichtendienste einholen, ehe Sie diese Möglichkeit in Betracht ziehen«, sagte der CINC-SAC.

An einem anderen Telefon ging eine Leuchte an. Der Verwaltungsunteroffizier hob ab.

»Für Sie, Mr. President. NMCC.«

»Wer spricht?« fragte Fowler.

»Sir, hier Captain Jim Rosselli, National Military Command Center. Es liegen zwei Berichte über Zusammenstöße zwischen amerikanischen und sowjetischen Streitkräften vor. USS *Theodore Roosevelt* meldet, vier anfliegende russische MiG-29 abgeschossen zu haben –«

»Was? Warum?«

»Sir, gemäß den derzeit geltenden Regeln hat der Kapitän das Recht, Verteidigungsmaßnahmen zu ergreifen. Auf *Theodore Roosevelt* gilt nun DEFCON-2, was bedeutet, daß er einen größeren Entscheidungsspielraum hat. Sir, die zweite Meldung lautet wie folgt: Unbestätigten Berichten zufolge kam es in Berlin zu einem Gefecht zwischen russischen und amerikanischen Panzern. Laut SACEUR wurde ein Funkspruch unterbrochen – offenbar mit Gewalt. Ehe er abbrach, meldete ein Captain der US-Army, sowjetische Panzer hätten das Lager der Brigade im Süden Berlins angegriffen und eines unserer Bataillone praktisch aufgerieben. Diese beiden Meldungen gingen fast gleichzeitig, in einem Zeitabstand von nur zwei Minuten, ein, Mr. President. Wir sind nun bemüht, den Kontakt mit Berlin wiederherzustellen, und stehen in Verbindung mit SACEUR in Mons, Belgien.«

»Himmel noch mal«, sagte Fowler. »Elizabeth, wie paßt das in Ihr Szenarium?«

»Das beweist, daß sie es ernst meinen und uns vor Einmischung warnen.«

Die meisten amerikanischen Kräfte waren aus dem Lager entkommen. Der höchste Offizier vor Ort hatte auf der Stelle beschlossen, im Wald und in dem das Hauptquartier der Brigade umgebenden Wohnviertel Deckung zu nehmen. Er war ein Lieutenant Colonel, der stellvertretende Kommandeur der Einheit.

Der Oberst, der sonst den Befehl führte, war nirgends aufzufinden, und sein Stellvertreter wog nun seine Optionen ab. Die Brigade setzte sich aus zwei mechanisierten Infanteriebataillonen und einem Panzerbataillon zusammen, von dessen 52 M1A1 nur neun entkommen waren. Er sah noch den Feuerschein der in ihrem Lager brennenden Fahrzeuge.

Erst DEFCON-3 aus heiterem Himmel, und nur Minuten später dieser Überraschungsangriff. Über 40 Panzer und 100 Mann verloren, ohne Warnung abgeschossen. Er war entschlossen, das nicht hinzunehmen.

Verteilt über das Lager der Brigade, die schon vor seiner Geburt in Berlin stationiert gewesen war, existierten Verteidigungsstellungen. Der Oberst ließ die verbliebenen Abrams anrollen und seine Schützenpanzer »Bradley« Salven von Panzerabwehrraketen TOW-2 abfeuern.

Die russischen Panzer hatten inzwischen das Lager überrannt und machten nun halt, weil keine weiteren Befehle vorlagen. Die Bataillonskommandeure waren hinter dem wilden Sturmangriff der T-80 über die Linie zurückgeblieben und hatten ihre Formationen daher nicht im Griff, und vom Regimentskommandeur fehlte jede Spur. Die Panzer hielten also an und nach Zielen Ausschau. Auch der stellvertretende Chef des Regiments war verschollen, und als der ranghöchste Bataillonskommandeur das erkannte, raste sein Fahrzeug zum Befehlspanzer, den er nun zu übernehmen hatte. Erstaunliche Situation, dachte er. Erst die Inspektion, dann der Alarm aus Moskau, und gleich darauf hatten die Amerikaner zu schießen begonnen. Er wußte nicht, was vorging. Wie er feststellte, brannte in den Gebäuden der Kaserne noch Licht, das seinen Panzer von hinten illuminierte, als sei er ein Ziel auf dem Übungsgelände.

»Befehlspanzer in zwei Uhr, zeichnet sich ab, fährt von links nach rechts«, sagte ein Sergeant zu einem Corporal.

»Identifiziert«, erwiderte der Schütze über die Sprechanlage.

»Feuer.«

»Schon unterwegs.« Der Corporal drückte ab. Die Abdeckung flog vom Raketenrohr, die TOW-2 fauchte heraus und zog einen dünnen Lenkdraht hinter sich her. Das Ziel war ungefähr 2500 Meter entfernt. Der Schütze hielt es im Fadenkreuz und sah acht Sekunden später mit Befriedigung eine Detonation in der Mitte des Turmes.

»Ziel«, sagte der Kommandant des Bradley und meinte damit einen Volltreffer. »Feuer einstellen. Suchen wir uns den nächsten Kerl... Panzer in zehn Uhr, kommt hinterm PX hervor!«

Der Turm drehte sich nach links. »Identifiziert!«

»So, und was hält die CIA von der Sache?« fragte Fowler.

»Sir, wir haben nach wie vor nur vereinzelte und unzusammenhängende Informationen«, erwiderte Ryan.

»Wenige hundert Meilen hinter *Roosevelt* liegt ein sowjetischer Trägerverband, der mit MiG-29 ausgerüstet ist«, sagte Admiral Painter.

»Libyen ist noch näher, und unser Freund, der Oberst, hat hundert solcher Maschinen.«

»Die um Mitternacht übers Meer fliegen?« fragte Painter. »Wann haben die Libyer das je getan – und außerdem nur gut zwanzig Meilen von einem unserer Trägerverbände entfernt?«

»Was tut sich in Berlin?« fragte Liz Elliot.

»Das wissen wir nicht!« Ryan hielt inne und atmete tief ein. »Vergessen Sie nicht, daß die Lage verworren ist.«

»Und wenn SPINNAKER recht hatte, Ryan?« hakte Liz Elliot nach.

»Was meinen Sie damit?«

»Was, wenn in Moskau im Augenblick ein Putsch im Gang ist? Wenn man hier eine Bombe gezündet hat, um uns zu enthaupten, am Eingreifen zu hindern?«

»Das ist völliger Unsinn«, versetzte Ryan. »Einen Krieg riskieren? Wozu? Was würden wir im Falle eines Coups denn unternehmen? Sofort angreifen?«

»Mag sein, daß das sowjetische Militär damit rechnet«, erklärte Liz Elliot.

»Unwahrscheinlich. Ich glaube eher, daß uns SPINNAKER von Anfang an angelogen hat.«

»Haben Sie sich das aus den Fingern gesogen?« fragte Fowler, dem erst jetzt aufging, daß die Bombe ihm gegolten haben mochte und daß Elizabeths theoretisches Modell des russischen Plans das einzig plausible war.

»Nein, Sir!« gab Ryan aufgebracht zurück. »Vergessen Sie nicht, daß *ich* hier der angebliche Falke bin. Das russische Militär ist zu intelligent, um einen solchen Wahnsinn zu versuchen. Das Risiko wäre viel zu groß.«

»Dann erklären Sie mal die Angriffe auf unsere Einheiten!« forderte Liz Elliot.

»Es steht noch nicht mit Sicherheit fest, daß sie überhaupt stattgefunden haben.«

»Glauben Sie nun etwa, daß unsere eigenen Leute lügen?« fragte Fowler.

»Mr. President, Sie haben das nicht durchdacht. Gut, nehmen wir einmal an, daß in der Sowjetunion gerade ein Putsch im Gange ist – ich kann diese Hypothese zwar nicht akzeptieren, aber gehen wir einmal davon aus. Die Bombenexplosion sollte verhindern, daß wir uns einmischen. Warum dann unsere Einheiten angreifen, wenn man uns untätig halten will?«

»Um uns zu beweisen, daß man es ernst meint«, schoß Liz Elliot zurück.

»Unfug! Das liefe ja darauf hinaus, uns zu beweisen, daß man die Bombe hier zur Explosion gebracht hat. Erwartet man vielleicht, wir würden auf einen nuklearen Angriff nicht reagieren?« fragte Ryan und antwortete dann selbst: »Das ergibt überhaupt keinen Sinn!«

»Dann machen Sie doch mal einen besseren Vorschlag«, meinte Fowler.

»Mr. President, wir sind in den allerersten Stadien einer Krise. Bisher liegen nur vereinzelte und verworrene Informationen vor. Es ist gefährlich, da etwas hineinzuinterpretieren, bevor wir mehr wissen.«

»Es ist Ihre Aufgabe, mir Informationen zu liefern, und nicht, mir Lektionen im Krisenmanagement zu erteilen!« brüllte Fowler ins Mikrofon. »Wenn Sie etwas Vernünftiges haben, können Sie sich wieder bei mir melden.«

»Himmel noch mal, was denken die eigentlich?« fragte Ryan.

»Geht hier etwas vor, von dem ich nichts weiß?« fragte Goodley. Der junge Akademiker sah so beunruhigt aus, wie Ryan sich fühlte.

»Warum sollte es Ihnen bessergehen als dem Rest der Welt?« fauchte Jack zurück und bereute das gleich. »Willkommen im Krisenmanagement. Niemand weiß einen Dreck, und trotzdem werden von Ihnen die richtigen Entscheidungen erwartet. Aber hier geht's leider nicht.«

»Die Sache mit dem Träger macht mir angst«, bemerkte der Mann von W&T.

»Falsch. Wenn wir nur vier Flugzeuge abgeschossen haben, ist lediglich ein halbes Dutzend Menschen betroffen«, erklärte Ryan. »Der Bodenkampf ist eine andere Sache. Kummer sollte uns eher das Gefecht in Berlin machen, falls es stattfindet. Das wäre fast so ernst wie ein Angriff auf unsere strategischen Einheiten. Versuchen wir einmal, SACEUR zu erreichen.«

Die in Berlin verbliebenen neun M1A1 rasten zusammen mit einer Gruppe von Schützenpanzern durch die Stadt nach Norden. Die Straßenbeleuchtung brannte, Menschen steckten die Köpfe aus den Fenstern, und es mußte den wenigen Zuschauern sofort klar sein, daß dies keine Übung war. Von den Motoren aller Fahrzeuge waren die Drehzahlbegrenzer entfernt worden, und sie verstießen allesamt gegen das auf Amerikas Autobahnen gültige Tempolimit von 107 Stundenkilometern. 1,5 Kilometer nördlich ihres Lagers wandten sie sich nach Osten. Führer der Formation war ein altgedienter Unteroffizier, der nun schon zum dritten Mal in der einstmals geteilten Stadt stationiert war und sich gut auskannte. Er hatte eine günstige Stelle im Sinn und hoffte nur, daß die Russen sie nicht vor ihm erreichten: einen Bauplatz, an dem ein Mahnmal für die Opfer der Mauer entstand. Von hier aus waren die in Kürze aufzulösenden Lager der Russen und Amerikaner zu übersehen, und Planierraupen hatten einen hohen Erdwall aufgeschüttet, auf dem eine Plastik aufgestellt werden sollte. Die russischen Panzer kurvten ziellos auf dem eingenommenen Gebiet herum und warteten offenbar auf ihre Infanterie. Sie wurden von den Bradleys mit TOW belegt und schossen zurück in den Wald.

»Verdammt, die machen die Jungs in den Bradleys ein«, sagte der Kommandeur der Einheit, ein Captain, dessen Panzer der letzte seiner Kompanie war. »In Stellung gehen.« Das nahm eine weitere Minute in Anspruch. Die Panzer waren nun in Deckung, nur ihre Türme und Kanonen ragten noch über den Erdwall hinaus. »Feuer frei!«

Alle neun Panzer schossen gleichzeitig. Der Abstand betrug nur gut 2000 Meter, und nun kam die Überraschung von der anderen Seite. Fünf russische Panzer fielen der ersten Salve zum Opfer und Sekunden darauf, als die Abrams zum Schnellfeuer übergingen, sechs weitere.

Im Wald bei den Bradleys sah der stellvertretende Kommandeur der Brigade die Nordflanke der Russen zusammenbrechen. Eine bessere Bezeichnung fiel ihm nicht ein. Das nördlichste russische Bataillon versuchte, sich zu reorientieren, aber seine Gegner hatten alle Gefechtserfahrung und waren nun im Vorteil. Er fragte sich zwar, warum die Russen ihren Angriff nicht weiter vortrugen, hatte aber im Augenblick keine Zeit, solche Gedanken weiterzuverfolgen. Fest stand für ihn nur, daß sie Mist gebaut hatten, und das war gut für ihn und seine Männer.

»Sir, ich habe die 7. Armee.« Ein Sergeant reichte ihm ein Mikrofon. »Was ist bei Ihnen los?«

»General, hier spricht Lieutenant Colonel Long. Wir wurden gerade von dem uns gegenüberliegenden sowjetischen Regiment angegriffen. Sie kamen ohne Warnung in unsere Kaserne gestürmt wie General Stuart. Wir haben den Angriff zum Stillstand gebracht, aber fast alle unsere Panzer verloren. Nun brauchen wir Verstärkung, Sir.«

»Verluste?«

»Sir, ich habe über 40 Panzer, acht Bradleys und mindestens zweihundert Mann verloren.«

»Ihr Gegner?«

»Ein Panzerregiment. Mehr bisher nicht, aber die haben ja in der Gegend viele Freunde, Sir. Ich könnte auch ein paar brauchen.«

»Ich will sehen, was ich tun kann.«

General Kuropatkin schaute auf seine Statuskonsole. Alle Radarsysteme, die nicht gerade gewartet wurden, waren in Betrieb. Spähsatelliten hatten ihm verraten, daß zwei Stützpunkte strategischer Bombergeschwader leer waren. Das bedeutete, daß die Maschinen nun begleitet von ihren Tankern KC-135 in der Luft und im Anflug auf die Sowjetunion waren. Bei den landgestützten Interkontinentalraketen mußte ebenfalls die höchste Alarmstufe herrschen. Seine Adlersatelliten würden ihm Raketenstarts melden, was bedeutete, daß es sein Land noch genau 30 Minuten lang geben würde. 30 Minuten, dachte der General. 30 Minuten und die Geistesverfassung des amerikanischen Präsidenten entschieden über Leben und Tod seines Landes.

»Verstärkte Luftaktivität über Deutschland«, meldete ein Oberst. »Von Ramstein und Bitburg sind insgesamt acht amerikanische Kampfflugzeuge aufgestiegen und auf Ostkurs gegangen.«

»Was wissen wir über den amerikanischen Stealth-Bomber?«

»Eine Staffel von 18 Maschinen ist in Ramstein. Angeblich führen die Amerikaner sie ihren kaufinteressierten Nato-Verbündeten vor.«

»Diese Maschinen könnten jetzt alle in der Luft sein«, stellte Kuropatkin fest, »und zwar mit Kernwaffen an Bord.«

»Korrekt, der Typ kann leicht zwei B-61 tragen. Wenn sie in großer Höhe anfliegen, können sie über Moskau sein, ehe wir uns versehen ...«

»Und mit ihrer Technologie bringen sie ihre Bomben exakt ins Ziel...

zweieinhalb Stunden nach dem Start... mein Gott.« Wenn eine Bombe so eingestellt wurde, daß sie erst in den Boden eindrang und dann detonierte, konnte sie den Bunker des Präsidenten zerstören. Kuropatkin griff zum Telefon. »Ich muß den Präsidenten sprechen.«

»Ja, General, was gibt's?« fragte Narmonow.

»Wir haben Hinweise auf amerikanische Aktivität im deutschen Luftraum.«

»Das ist noch nicht alles. Ein Garderegiment in Berlin meldet einen Angriff durch amerikanische Truppen.«

»Das ist ja Wahnsinn!«

Und die Meldung kam keine fünf Minuten nach der Versicherung meines Freundes Fowler, er werde nichts Provokatives unternehmen, dachte Narmonow. »Fassen Sie sich kurz. Ich habe hier schon genug zu tun.«

»Präsident Narmonow, vor zwei Wochen landete eine Staffel F-117A Stealth auf dem Stützpunkt Ramstein und sollte angeblich den Nato-Alliierten vorgeführt werden. Die Amerikaner behaupten, sie verkaufen zu wollen. Jedes dieser Flugzeuge kann zwei Bomben mit einer Sprengleistung von je einer halben Megatonne tragen.«

»Und?«

»Ich kann sie nicht orten. Für unseren Radar sind sie praktisch unsichtbar.«

»Was wollen Sie damit sagen?«

»Nachdem sie ihren Stützpunkt verlassen haben und in der Luft betankt worden sind, können sie in weniger als drei Stunden über Moskau sein. Wir würden genauso überrascht wie die Iraker.«

»Sind sie wirklich so effektiv?«

»Wir ließen deshalb soviel Personal im Irak zurück, um die Wirkung der amerikanischen Waffen genau beobachten zu können. Diese Flugzeuge erschienen nie auf den Radarschirmen – weder auf unseren noch den französischen, die Saddam hatte. So gut sind sie.«

»Warum sollten die Amerikaner so etwas tun?« fragte Narmonow.

»Warum sollten sie unser Regiment in Berlin angreifen?«

»Ich dachte, dieser Bunker sei vor allem, was sie in ihrem Arsenal haben, sicher.«

»Gegen eine mit großer Zielgenauigkeit abgeworfene Kernwaffe nützen auch die hundert Meter Erde über uns nichts«, erklärte der Verteidigungsminister und fügte in Gedanken hinzu: Den alten Wettstreit zwischen Geschoß und Panzer gewinnt immer das Geschoß...

»Zurück zu Berlin«, meinte Narmonow. »Wissen Sie, was sich dort zugetragen hat?«

»Nein. Meldungen kamen bisher nur von Offizieren niederer Ränge.«

»Lassen Sie jemanden vor Ort erkunden. Weisen Sie unsere Leute an, sich zurückzuziehen, falls es ihre Sicherheit erlaubt, und ausschließlich Defensivmaßnahmen zu ergreifen. Irgendwelche Einwände?«

»Nein, das halte ich für klug.«

Das National Photographic Intelligence Center (NPIC) befindet sich auf der Marinewerft Washington in einem von mehreren fensterlosen Gebäuden, in denen hochgeheime Aktivitäten der Regierung stattfinden. Im Augenblick waren zwei mit Kameras bestückte Aufklärungssatelliten KH-12 und zwei Radarbilder aufnehmende Trabanten KH-12 »Lacrosse« in der Umlaufbahn. Um 00:26:46 Uhr Zuluzeit kam ein KH-11 in Sichtweite von Denver. Alle Kameras an Bord wurden auf die Stadt und besonders auf die südlichen Vororte gerichtet. Die Bilder sandte der Späher in Echtzeit nach Fort Belvoir in Virginia; von dort aus gingen sie über Glasfaserkabel ans NPIC, wo sie auf Zweizollvideoband aufgenommen wurden. Mit der Analyse begann man sofort.

Die Maschine war eine DC-10. Kati und Ghosn, die über ihr Glück erfreut und überrascht waren, gönnten sich wieder Sitze in der ersten Klasse. Bekanntgeworden war die Nachricht erst wenige Minuten vor Aufruf ihres Fluges. Nachdem Reuters die Meldung verbreitet hatte, war die Katastrophe nicht mehr geheimzuhalten.

AP und UPI, die natürlich auch alle Fernsehstationen mit Nachrichten versorgten, hatten sie sofort aufgegriffen. Bei den Lokalsendern war man überrascht, daß die drei großen Netze keine Sondersendungen brachten, und unterbrach die Programme mit der Sensationsmeldung. Kati hingegen war bloß überrascht von der Stille. Als sich die Nachricht wie eine Woge im Terminal ausbreitete, hatte es weder Geschrei noch Panik gegeben, sondern nur ein gespenstisches Schweigen, das einem auf einmal erlaubte, die sonst vom Stimmengewirr übertönten Hintergrundgeräusche zu vernehmen. Also so reagieren die Amerikaner auf Tod und Tragik, dachte der Kommandant. Der Mangel an Leidenschaft überraschte ihn.

Nun, bald hatte er das Ganze ja sowieso hinter sich. Die DC-10 beschleunigte und hob ab. Wenige Minuten später schwebte sie über internationalen Gewässern einem neutralen, sicheren Land entgegen. Nur noch ein Anschlußflug, dachte jeder für sich. Noch einmal umsteigen, und dann waren sie ganz untergetaucht.

Wer hätte mit soviel Glück gerechnet?

»Die Infrarot-Emissionen sind bemerkenswert«, dachte der Fotoanalytiker laut. Er wertete zum ersten Mal die Nachwirkungen einer Kernexplosion aus. »Schäden und Sekundärbrände bis zu einer Meile vom Stadion, von dem nicht viel zu sehen ist. Zuviel Rauch und IR-Störungen. Beim nächsten Vorbeiflug müßten wir, wenn wir Glück haben, Bilder aus dem sichtbaren Spektrum bekommen.«

»Wie hoch schätzen Sie die Zahl der Opfer?« fragte Ryan.

»Mir liegen keine eindeutigen Werte vor. Auf der Aufnahme im sichtbaren Spektrum ist alles von Rauch eingehüllt. Die IR-Pegel sind erstaunlich hoch. Zahlreiche Brände in der unmittelbaren Umgebung des Stadions. Autos wahrscheinlich, deren Tanks explodiert sind.«

Jack wandte sich an den Mann von W&T. »Wen haben wir in der Fotoabteilung?«

»Niemanden«, erwiderte der Mann von W&T. »Am Wochenende überlassen wir diese Arbeit dem NPIC, wenn nichts Besonderes los ist.«

»Wer ist der beste Mann?«

»Andy Davis, aber der wohnt in Manassas und schafft es nie hierher.«

»Verfluchter Mist.« Ryan griff wieder zum Telefon. »Senden Sie uns die zehn besten Aufnahmen rüber«, wies er das NPIC an.

»In zwei, drei Minuten haben Sie sie.«

»Haben Sie jemanden, der die Bombeneffekte abschätzen kann?«

»Das kann ich übernehmen«, meinte der Mann von W&T. »Ich war bei der Air Force und beim Aufklärungsstab des SAC.«

»Gut, dann machen Sie sich dran.«

Die neun Abrams hatten inzwischen fast 30 russische T-80 abgeschossen, und die Russen waren nach Süden zurückgewichen, um Deckung zu suchen. Ihr Gegenfeuer hatte drei weitere M1A1 ausgeschaltet, aber das Kräfteverhältnis war nun ausgeglichener. Der Captain, der die Panzer kommandierte, ließ seine Bradleys weiter östlich aufklären. Wie bei ihrem ersten Angriff wurden sie aus Fenstern von Zivilisten beobachtet, die aber nun das Licht in ihren Zimmern gelöscht hatten. Dem Kommandanten machte die Straßenbeleuchtung Sorgen; zum Entsetzen der zuschauenden Berliner schoß er sie mit einem Gewehr aus.

»Was nun?« fragte Keitel.

»Jetzt machen wir, daß wir verschwinden. Unsere Arbeit ist getan«, erwiderte Bock und drehte das Steuerrad nach links. Eine nördliche Fluchtroute kam ihm am günstigsten vor. Sie wollten ihre beiden Fahrzeuge abstellen, sich umziehen und dann untertauchen. Vielleicht überleben wir die Sache sogar, dachte Bock. Wäre das nicht unglaublich? Am wichtigsten aber war ihm, daß er Petra gerächt hatte. Letzten Endes waren die Amerikaner und Russen schuld an ihrem Tod gewesen. Die beiden deutschen Staaten waren nur Schachfiguren gewesen. Nun hatten die großen Spieler zahlen müssen, sagte sich Bock, und der Preis sollte noch höher steigen. So kalt wurde die Rache hier gar nicht genossen.

»Russisches Kommandofahrzeug«, sagte der Schütze. »Und ein GAZ.«

»Schnellfeuerkanone.« Der Kommandant ließ sich beim Identifizieren der herankommenden Fahrzeuge Zeit. »Abwarten.«

»Offiziere knalle ich zu gern ab.« Der Schütze richtete sein Visier. »Ziel erfaßt, Sergeant.«

Trotz aller Erfahrungen, die er als Terrorist gemacht hatte, war Bock kein Soldat. Er hielt den dunklen, eckigen Umriß zwei Straßen weiter für einen großen Laster. Sein Plan hatte geklappt. Der Alarm bei den Amerikanern, der genau zum richtigen Zeitpunkt erfolgt war, konnte nur bedeuten, daß Kati und Ghosn ihr Vorhaben, genauso wie vor fünf Monaten geplant, ausgeführt hatten. Seine Augen zuckten, als er einen Blitz sah, gefolgt von einer Leuchtspur, die über ihn hinwegsauste.

»Draufhalten!«

Der Schütze hatte Dauerfeuer eingestellt. Die 25-Millimeter-Schnellfeuerkanone war sehr akkurat, und Leuchtspurmunition ermöglichte es ihm, das Feuer direkt ins Ziel zu führen. Die erste lange Garbe traf den Zweieinhalbtonner, in dem bewaffnete Soldaten sitzen mochten. Zuerst wurde der Motorblock getroffen und auseinandergerissen. Dann, als das Fahrzeug einen Satz machte, drangen die nächsten Geschosse in Führerhaus und Ladefläche ein. Die Vorderreifen platzten, die Felgen bohrten sich in den Asphalt, und der GAZ kam zum Stehen. Inzwischen hatte sich der Schütze ein neues Ziel gesucht und einen kurzen Feuerstoß in das Kommandofahrzeug gejagt. Dieses geriet ins Schleudern und rammte einen geparkten BMW. Sicherheitshalber zielte der Schütze noch einmal auf die beiden Fahrzeuge. Aus dem GAZ kam ein Mann, der seiner Bewegung nach zu urteilen verwundet war. Zwei 25-Millimeter-Geschosse regelten das.

Der Kommandant des Schützenpanzers wechselte sofort die Stellung, denn man entfernt sich so rasch wie möglich von dem Ort, an dem man einen Abschuß erzielt hat. Zwei Minuten später fanden sie einen neuen Beobachtungspunkt. Streifenwagen rasten mit Blaulicht durch die Straße. Ein Polizeifahrzeug bremste ein paar hundert Meter von dem Bradley entfernt ab, wendete dann und fuhr rasch weg. Ich hab' doch schon immer gewußt, daß die deutschen Cops smart sind, dachte der Kommandant.

Fünf Minuten später, nachdem der Bradley weitergefahren war, wagte sich der erste Berliner, ein sehr mutiger Arzt, aus seiner Haustür und ging zum Kommandofahrzeug. Die Geschosse der Schnellfeuerkanone hatte den beiden Insassen die Rümpfe zerrissen, aber ihre Gesichter, wenngleich blutverschmiert, waren noch zu erkennen. In dem GAZ sah es noch schlimmer aus. Einer der Männer dort mochte noch ein paar Minuten gelebt haben, doch als der Mediziner ihn erreichte, war es schon zu spät. Daß alle Toten russische Offiziersuniformen trugen, fand er seltsam. Da er nicht wußte, was er weiter tun konnte, verständigte er die Polizei. Erst später sollte ihm aufgehen, wie verzerrt seine Wahrnehmung der Vorgänge vor seinem Haus gewesen war.

»Das mit der IR-Signatur war keine Übertreibung. Muß eine gewaltige Bombe gewesen sein«, meinte der Mann von W&T. »Nur die Schäden kommen mir komisch vor... hmmm.«

»Was meinen Sie, Ted?« fragte Ryan.

»Die Verwüstungen am Boden hätten viel schlimmer sein sollen... muß an Schatten und Reflexionen liegen.« Er schaute auf. »Verzeihung. Die Druckwelle geht nicht durch Hindernisse wie Hügel hindurch. Es muß also Reflexionen und Schatten gegeben haben, das ist alles. Diese Häuser hier zum Beispiel sollten eigentlich nicht mehr stehen.«

»Ich verstehe Sie immer noch nicht«, erwiderte Ryan.

»In solchen Fällen gibt es immer Anomalien. Wenn ich mehr weiß, melde ich mich wieder«, sagte Ted Ayres.

Walter Hoskins saß in seinem Büro, weil er sonst nichts zu tun wußte und als ranghöchster Agent das Telefon bedienen mußte. Wenn er das Stadion sehen wollte, brauchte er sich nur umzudrehen. Von seinen Fenstern – eine Scheibe hatte einen Sprung – war die Rauchwolke nur acht Kilometer entfernt. Er erwog, ein Team an den Ort der Katastrophe zu schicken, hatte aber keinen entsprechenden Befehl erhalten. Nun drehte er seinen Sessel herum, schaute wieder hinaus und wunderte sich, daß die Fenster fast noch intakt waren. Dabei war angeblich nur acht Kilometer entfernt eine Atombombe explodiert. Der Atompilz hatte seine Form so weit gewahrt, daß er als solcher zu identifizieren war, und hing nun über der ersten Kette der Rocky Mountains. Er zog den schwarzen Qualm der Brände von der Explosionsstelle hinter sich her. Die Zerstörung mußte...

...nicht groß genug gewesen sein? Was für eine irre Idee! Da er nichts anderes zu tun hatte, griff Hoskins zum Telefon und wählte Washington an. »Bitte geben Sie mir Murray.«

»Was gibt's, Walt?«

»Sind Sie sehr beschäftigt?«

»Nicht zu sehr. Wie sieht es bei Ihnen aus?«

»Wir haben die Fernsehsender abgestellt und die Telefonleitungen unterbrochen. Hoffentlich tritt der Präsident in den Zeugenstand, wenn ich mich vor Gericht verantworten muß.«

»Walt, jetzt ist nicht die Zeit –«

»Das ist nicht der Grund meines Anrufes.«

»Was haben Sie mir dann zu sagen?«

»Dan, ich kann es von hier aus sehen«, sagte Hoskins und klang fast verträumt.

»Wie schlimm sieht es aus?«

»Mehr als Rauch sehe ich im Grunde genommen nicht. Der Atompilz hängt nun über den Bergen und glüht orange. Muß der Schein der untergehenden Sonne sein. Ich kann zahlreiche kleine Brände ausmachen, die den vom Stadion aufsteigenden Rauch erhellen. Dan?«

»Ja, Walt?« antwortete Murray, der den Verdacht hatte, daß sein Mann unter Schockeinwirkung stand.

»Hier stimmt was nicht.«

»Und was?«

»Meine Fenster sind intakt. Ich bin nur acht Kilometer von der Explosionsstelle entfernt, aber nur eine Scheibe hat einen Sprung. Ist das nicht merkwürdig?« Hoskins machte eine Pause. »Ich habe die Sachen hier, die Sie haben wollten, Bilder und Daten.« Hoskins suchte in der Ablage für Eingänge nach den Dokumenten. »Marvin Russell hat sich ja wirklich einen hektischen Todestag ausgesucht. Ich habe jedenfalls die Pässe. Ist der Fall wichtig?«

»Er kann warten.«

»Gut.« Hoskins legte auf.

»Walt blickt nicht mehr ganz durch«, kommentierte Murray.

»Kann man ihm das zum Vorwurf machen?« fragte Pat O'Day.

Dan schüttelte den Kopf. »Nein.«

»Aber wenn es schlimmer wird…«, meinte Pat.

»Wie weit draußen wohnt Ihre Familie?«

»Nicht weit genug.«

»Acht Kilometer«, sagte Murray leise.

»Wie bitte?«

»Walt sagt, sein Büro sei nur acht Kilometer von der Stelle entfernt und seine Fenster seien noch ganz.«

»Unsinn«, versetzte O'Day. »Er muß total daneben sein. Acht Kilometer? Ausgeschlossen.«

»Wieso?«

»Laut NORAD war die Bombe über hundert Kilotonnen stark. Da gehen noch über eine große Distanz die Scheiben zu Bruch.«

»Woher wissen Sie das?«

»Ich war bei der Marine, Aufklärung, und hatte die Druck- und Hitzewirkung russischer taktischer Gefechtsköpfe zu evaluieren. Hundert KT über 8000 Meter versenken ein Schiff zwar nicht, zerstören aber alles über Deck, versengen Farbe und lösen kleine Brände aus. Sehr unangenehm.«

»Vorhänge müßten also brennen?«

»Sicher«, dachte O'Day laut. »Ja, Vorhänge aus normalem Stoff, besonders wenn sie dunkel sind, sollten in Flammen aufgehen.«

»So konfus, daß er ein Feuer in seinem Büro übersieht, ist Walt nun auch wieder nicht…« Murray rief Langley an.

»Was gibt's, Dan?« fragte Jack.

»Wie groß soll die Sprengleistung gewesen sein?« fragte Murray über Lautsprecher.

»Laut NORAD 150 bis 200 Kilotonnen. Entweder eine große taktische oder eine kleine strategische Waffe«, antwortete Ryan. »Wieso?« Der Mann von W&T, der gegenüber am Tisch saß, schaute von den Bildern auf.

»Ich habe gerade mit meinem leitenden Agenten in Denver telefoniert. Er sitzt acht Kilometer von der Explosionsstelle in seinem Büro und kann das Stadion sehen. Und nur eine Fensterscheibe hat einen Sprung.«

»Unsinn«, merkte Ted Ayres an.

»Wieso?« fragte Ryan.

»Achttausend Meter, das sind fünf Meilen«, erklärte der Mann von W&T.

»Der Wärmepuls allein sollte das Haus in eine Fackel verwandeln, und der Druckwelle hielte keine Fensterscheibe stand.«

Murray hatte das gehört. »Genau, das sagt mein Experte hier auch. Mag sein, daß mein Agent unter Schockeinwirkung steht, aber ein Feuer neben seinem Schreibtisch sollte er doch bemerken, oder?«

»Liegen schon Nachrichten von Leuten vor Ort vor?« fragte Jack Ted Ayres.

»Nein. Das NEST-Team ist noch unterwegs, aber den Satellitenbildern läßt sich viel entnehmen, Jack.«

»Dan, wie rasch können Sie jemanden an die Szene schicken?« fragte Ryan.

»Das stelle ich gleich fest.«

»Hoskins.«

»Dan Murray. Walt, schicken Sie so rasch wie möglich Leute an den Schauplatz. Sie bleiben, wo Sie sind, und übernehmen die Koordination.«

»Wird gemacht.«

Hoskins gab die entsprechenden Anweisungen und fragte sich, welchen Gefahren er seine Leute aussetzte. Anschließend schaute er, da er nichts anderes zu tun hatte, noch mal die Akte auf seinem Schreibtisch an. Marvin Russell, dachte er, wieder so ein kleiner Krimineller, den seine eigene Dummheit das Leben gekostet hatte. Drogenhandel, was für ein Schwachsinn. Wurden die Kerle denn nie schlau?

Roger Durling war erleichtert, als sich der NEACP wieder von dem Tanker löste. Die modifizierte 747, die sonst seidenweich flog, wurde hinter einer KC-135 arg durchgeschüttelt, und das fand nur Durlings Sohn unterhaltsam. Im Konferenzraum saßen ein Brigadier der Luftwaffe, ein Captain der Marine, ein Major der Marines und vier andere hohe Offiziere. Alle Daten, die der Präsident erhielt, gingen automatisch an den fliegenden Befehlsstand weiter, die Transkriptionen des Verkehrs über den heißen Draht eingeschlossen.

»Was man sagt, klingt ja ganz vernünftig, aber ich wüßte trotzdem gerne, was alle Beteiligten denken«, meinte der Vizepräsident.

»Was, wenn es sich tatsächlich um einen russischen Angriff handelt?« fragte der Brigadier.

»Warum sollten die Sowjets so etwas tun?«

»Sie haben den Meinungsaustausch zwischen dem Präsidenten und der CIA gehört, Sir.«

»Gewiß, aber ich glaube, daß Ryan recht hat«, meinte Durling. »Dr. Elliots Interpretation ist völlig unlogisch.«

»Wer sagt denn, daß es auf der Welt logisch zugeht? Wie sind die Zusammenstöße in Berlin und im Mittelmeer einzuschätzen?«

»Die fanden zwischen Einheiten der vordersten Front statt. Wir gaben Alarm, sie zogen nach, und dann machte jemand einen Fehler. Ein Funke genügt schon; Gavrilo Princip erschoß den österreichischen Thronfolger, und die Welt rutschte in eine Katastrophe.«

»Um das zu verhindern, haben wir den heißen Draht, Mr. Vice President.«
»Richtig«, konzedierte Durling. »Und bislang scheint er zu funktionieren.«

Die ersten 50 Meter überwanden sie mit Leichtigkeit, aber dann wurde es immer schwerer und schließlich unmöglich. Callaghan hatte insgesamt 50 Feuerwehrleute mit der Räumung beauftragt, unterstützt von 100 weiteren. Nach einigem Nachdenken hatte er sich entschlossen, seine Männer und Frauen bei der Arbeit berieseln zu lassen, da er glaubte, das Wasser würde strahlenden Staub von seinen Leuten ab- und hinein in die Kanalisation spülen – nur das Wasser allerdings, das nicht gefror. Auf den Jacken der Männer in der vordersten Reihe hatte sich eine durchscheinende Eisschicht gebildet.

Das größte Problem stellten die Autos dar. Sie waren wie Spielzeug herumgeworfen worden, lagen auf der Seite oder dem Dach und leckten Benzin in brennende Lachen. Callaghan setzte ein Löschfahrzeug ein. Seine Leute befestigten Stahlseile an den Fahrgestellen der Autos, die dann von dem Löschfahrzeug weggeschleift wurden, aber dieses Verfahren war entsetzlich zeitraubend. Wenn sie so weitermachten, würden sie erst in einer Ewigkeit ins Stadion eindringen, in dem es noch Überlebende geben mußte. Callaghan stand im Trockenen und hatte Schuldgefühle, weil er es wärmer hatte als seine Leute. Als er das Grollen eines schweren Diesels hörte, drehte er sich um.

»Tag«, sagte ein Mann, der die Uniform eines Colonels der Army trug. Auf dem Namensschild an seinem Parka stand LYLE. »Wie ich höre, brauchen Sie schweres Gerät.«

»Was haben Sie mitgebracht?«

»Drei Pionierpanzer M728, die gerade anrollen, und noch etwas anderes.«

»Was wäre das?«

»100 MOPP, das sind Schutzanzüge gegen chemische Kampfstoffe. Perfekt sind sie für diese Situation nicht, aber doch besser als das, was Ihre Leute tragen. Und wärmer obendrein. Rufen Sie Ihre Leute zurück und lassen sie sich umziehen. Die Anzüge sind dort drüben auf dem Lkw.«

Callaghan zögerte kurz, kam aber dann zu dem Schluß, daß er dieses Angebot nicht ausschlagen konnte. Er zog seine Leute zurück und ließ sie Schutzkleidung anlegen. Colonel Lyle warf ihm einen Anzug zu.

»Berieseln war eine gute Idee; das sollte verhindern, daß sich verseuchter Staub festsetzt. So, und was können wir nun tun?«

»Man sieht es von hier aus zwar nicht, aber ein Teil des Stadions steht noch, und ich glaube, daß es dort Überlebende geben könnte. Könnten Sie uns einen Weg durch die Autowracks bahnen?«

»Klar.« Der Colonel hob sein Sprechfunkgerät und forderte das erste Fahrzeug an. Der M728 war ein Panzer mit Planierschild am Bug und einem Kran mit Winde hinterm Turm. Außerdem war er mit einer merkwürdig aussehenden kurzläufigen Kanone ausgerüstet.

»Besonders elegant wird diese Aktion nicht. Stört Sie das?«

»Nein, egal. Brechen Sie durch!«

»Gut.« Der Colonel ging an die Sprechanlage am Heck des Panzers. »Machen Sie eine Gasse frei«, befahl er.

Gerade als die ersten Feuerwehrleute zurückkehrten, ließ der Fahrer den Motor aufheulen. Er gab sich zwar die beste Mühe, die Wasserschläuche zu vermeiden, riß aber dennoch acht Zweieinhalbzöller auf. Er senkte das Planierschild, rammte mit über 30 Stundenkilometer die Masse brennender Fahrzeuge und drang zehn Meter weit vor. Dann stieß er zurück und begann, die Bresche zu erweitern.

»Himmel noch mal«, merkte Callaghan an. »Was wissen Sie über die Strahlung?«

»Nicht viel. Ehe ich hierherkam, erkundigte ich mich bei den Leuten vom NEST. Sie sollten jeden Augenblick hier sein. Bis dahin...« Lyle zuckte die Achseln. »Rechnen Sie wirklich mit Überlebenden?«

»Vom Hubschrauber aus habe ich gesehen, daß Teile des Stadions noch stehen.«

»Ehrlich?«

»Sicher.«

»Verrückt. Laut NORAD war es eine große Bombe.«

»Wie bitte?« Callaghan mußte brüllen, um den Lärm des Panzers zu übertönen.

»Es hieß, die Bombe sei sehr stark gewesen. Eigentlich dürfte da von dem Parkplatz nichts mehr übrig sein.«

»Sie sagen, das sei eine *kleine* Bombe gewesen?« Callaghan starrte den Colonel an, als zweifelte er an seinem Geisteszustand.

»Ja, natürlich!« erwiderte Lyle und hielt inne. »Moment, wenn da noch Menschen drin sind...« Er rannte an den Panzer und schnappte sich den Hörer der Sprechanlage. Kurz darauf blieb der M728 stehen.

»Wenn wir so brutal vorgehen, könnten wir Überlebende zerquetschen. Ich habe den Fahrer angewiesen, vorsichtiger zu sein. Verdammt, Sie haben recht. Und ich hatte Sie für wahnsinnig gehalten.«

»Wie bitte?« schrie Callaghan wieder und wies seine Leute mit Gesten an, auch den Panzer zu berieseln.

»Es mag in der Tat Überlebende geben. Diese Bombe war sehr viel kleiner, als man mir am Telefon sagte.«

»*Maine,* hier Sea Devil 13«, funkte die P-3C Orion. »Wir sind 40 Flugminuten von Ihrer Position entfernt. Was ist Ihr Problem?«

»Schraube und Welle beschädigt, und es ist ein Akula in der Nähe – letzte Peilung 27 Meilen südwestlich.«

»Roger. Wenn wir ihn ausmachen, verscheuchen wir ihn. Melden uns wieder, wenn wir auf Station sind. Out.«

»Captain, wir schaffen drei Knoten. Ich schlage vor, daß wir uns so weit wie möglich nach Norden absetzen.«

Ricks schüttelte den Kopf. »Nein, wir bleiben still.«

»Sir, unser Freund da draußen muß den Kollisionslärm gehört haben und nun zu uns unterwegs sein. Unser bestes Sonar haben wir verloren. Es wäre am klügsten, ihm nach Möglichkeit auszuweichen.«

»Nein, wir bleiben lieber in Deckung.«

»Dann lassen Sie wenigstens einen MOSS los.«

»Eine vernünftige Idee, Sir«, meinte der Waffenoffizier.

»Gut, dann programmieren Sie ihm das Geräusch ein, das wir im Augenblick erzeugen, und lassen Sie ihn nach Süden laufen.«

»Jawohl.« *Maines* Torpedorohr 3 wurde mit einem MOSS geladen, einem Mobilen Submarine-Simulator. Hierbei handelte es sich um einen Torpedo, der statt eines Sprengkopfes einen Lärmgenerator und einen Sonar-Überträger enthielt. Seine Aufgabe war, die Geräusche zu erzeugen, die ein beschädigtes U-Boot der Ohio-Klasse macht. Und da eine defekte Welle einer der wenigen Gründe ist, aus denen ein Ohio laut wird, war diese Option bereits einprogrammiert. Der Waffenoffizier stellte das entsprechende Band ein und schoß den Simulator wenige Minuten später ab. Der MOSS jagte nach Süden und begann nach 2000 Metern sein Signal auszustrahlen.

Über Charleston in South Carolina hatte es aufgeklart. Hier war, anders als in Virginia und Maryland, nur Schneeregen gefallen. Was liegengeblieben war, hatte die Nachmittagssonne geschmolzen, so daß die alte Stadt aus der Kolonialzeit wieder blitzsauber aussah. Der Kommandeur der U-Gruppe 6, ein Admiral, sah von einem Versorgungsschiff aus zu, wie zwei seiner Boote den Cooper River hinunter Richtung See und damit in Sicherheit fuhren. Er war allerdings nicht der einzige Beobachter. Gut 300 Kilometer über ihm zog ein sowjetischer Aufklärungssatellit seine Bahn und folgte der Küste bis nach Norfolk, wo die Wolkendecke ebenfalls aufriß. Der Späher sandte seine Bilder an eine russische Station auf der Westspitze von Kuba. Von dort aus gingen die Daten über Nachrichtensatellit weiter. Da die meisten russischen Trabanten dieses Typs in einem hohen polaren Orbit kreisten, waren sie von dem elektromagnetischen Puls nicht in Mitleidenschaft gezogen worden. Sekunden später lagen die Aufnahmen in Moskau vor.

»Ja?« fragte der Verteidigungsminister.

»Wir haben Bilder von drei amerikanischen Marinestützpunkten. Von Charleston und King's Bay laufen strategische U-Boote aus.«

»Danke.« Der Minister legte auf. Eine weitere Bedrohung, über die er sofort Präsident Narmonow informierte.

»Was bedeutet das?«

»Es bedeutet, daß die militärischen Maßnahmen der Amerikaner nicht rein defensiv sind. Diese Boote haben zum Teil Interkontinentalraketen Trident D-5 an Bord, eine Waffe, mit der ein Erstschlag geführt werden kann. Erinnern Sie sich noch, wie sehr den Amerikanern an der Abschaffung unserer SS-18 gelegen war?«

»Sicher, aber sie stellen auch eine große Zahl ihrer Minuteman außer Dienst«, erwiderte Narmonow. »Und?«

»Und das bedeutet, daß sie für einen Erstschlag auf landgestützte Raketen nicht angewiesen sind. Bei uns sieht das anders aus. Wir müssen uns dabei auf unsere landgestützten Interkontinentalraketen verlassen.«

»Und unsere SS-18?«

»In diesem Augenblick werden aus vielen die Sprengköpfe entfernt, und wenn diese verdammte Entsorgungsanlage erst einmal läuft, haben wir die Bedingungen des Abkommens voll erfüllt – das ist übrigens schon jetzt so, nur daß die Amerikaner es nicht zugestehen wollen.« Der Verteidigungsminister hielt inne, weil Narmonow ihn offensichtlich nicht verstand. »Mit anderen Worten: Wir haben einen Teil unserer treffsichersten Raketen eliminiert, während die Amerikaner ihre immer noch besitzen. Strategisch gesehen sind wir also im Nachteil.«

»Ich habe kaum geschlafen und kann nicht sehr klar denken«, sagte Narmonow gereizt. »Vor einem Jahr waren Sie mit dem Abrüstungsvertrag einverstanden. Und jetzt soll es eine Bedrohung für uns darstellen?«

Die alte Leier, dachte der Minister. Man hört nicht auf mich. Ich kann es hundertmal sagen, aber man hört einfach nicht zu.

»Die Abschaffung so vieler Raketen und Gefechtsköpfe verändert die Wechselbeziehung der Kräfte –«

»Ausgemachter Quatsch! Wir sind den USA in jeder Hinsicht ebenbürtig«, wandte Narmonow ein.

»Darum geht es nicht. Der entscheidende Faktor ist das Verhältnis zwischen den beiden Seiten zur Verfügung stehenden Raketen – und ihrer jeweiligen Verwundbarkeit – und die Zahl der Gefechtsköpfe. Wir können noch immer als erste zuschlagen und mit unseren landgestützten Raketen die amerikanischen ICBM in ihren Silos ausschalten. Aus diesem Grund gaben die USA so bereitwillig die Hälfte ihrer landgestützten Systeme auf. Die Mehrzahl ihrer Gefechtsköpfe aber befindet sich auf See, und nun sind sie mit diesen seegestützten Raketen zum ersten Mal in der Lage, einen entwaffnenden Erstschlag zu führen.«

»Kuropatkin«, meinte Narmonow, »haben Sie das gehört?«

»Ja. Der Verteidigungsminister hat recht. Eine zusätzliche Dimension ist die durch die Verringerung der Startsysteme veränderte Ratio zwischen Raketen und Gefechtsköpfen. Zum ersten Mal seit einer Generation ist ein vernichtender Erstschlag möglich, insbesondere, wenn es den Amerikanern gelingt, mit ihrer ersten Angriffswelle unsere Regierung zu enthaupten.«

»Und das würden die Stealth-Jagdbomber, die sie nach Deutschland gebracht haben, schaffen«, schloß der Verteidigungsminister.

»Langsam. Wollen Sie mir einreden, Fowler hätte seine eigene Stadt in die Luft gesprengt, um einen Vorwand für einen Angriff gegen uns zu haben? Was ist das für ein Irrsinn?« Nun bekam es der sowjetische Präsident mit der Angst zu tun.

Der Verteidigungsminister sprach langsam und deutlich. »Es tut nichts zur Sache, wer diese Waffe detonieren ließ. Wenn Fowler zu dem Schluß gelangt, daß wir an dem Vorfall schuld sind, ist er in der Lage, gegen uns zu handeln. Genosse Präsident, Ihnen muß folgendes klar sein: Theoretisch gesehen steht unser Land kurz vor der totalen Vernichtung. Die Flugzeit der landgestützten US-Raketen beträgt 30 Minuten, die ihrer seegestützten 20, und diese verfluchten unsichtbaren Bomber können schon in zwei Stunden über uns sein; das wäre der für die Amerikaner günstigste Eröffnungszug. Ob unser Land überlebt, hängt von Präsident Fowlers Geisteszustand ab.«

»Ich verstehe.« Der sowjetische Präsident schwieg eine halbe Minute lang und starrte auf die Anzeigen und Karten an der Wand. Als er wieder sprach, schwang in seiner Stimme die Wut eines in die Ecke Getriebenen mit. »Was schlagen Sie vor? Sollen wir die Amerikaner etwa angreifen? Das lasse ich nicht zu.«

»Selbstverständlich nicht, aber wir wären wohl beraten, unsere strategischen Kräfte in volle Alarmbereitschaft zu versetzen. Die Amerikaner werden das merken, erkennen, daß ein entwaffnender Schlag nicht möglich ist, und wir können so die Lage stabilisieren, bis wieder Vernunft herrscht.«

»Golowko?«

Der Erste Stellvertretende Vorsitzende des KGB schreckte vor der Frage zurück. »Wir wissen, daß sie in voller Alarmbereitschaft sind. Unser Nachziehen könnte sie provozieren.«

»Und wenn wir es unterlassen, bieten wir ein viel einladenderes Ziel.« Der Verteidigungsminister war von einer schon übermenschlichen Gelassenheit und vielleicht der einzige unter den Anwesenden, der völlig beherrscht war. »Wir wissen, daß der amerikanische Präsident unter großem Streß steht, daß er Tausende seiner Bürger verloren hat. Es ist vorstellbar, daß er wild um sich schlägt, aber wenn er weiß, daß wir in der Lage sind, Gleiches mit Gleichem zu vergelten, wird er sich zurückhalten. In einer Lage wie dieser dürfen wir keine Schwäche zeigen. Schwäche fordert immer Angriffe heraus.«

Narmonow sah sich im Raum um und wartete auf Widerspruch. Als dieser ausblieb, sagte er: »Gut, so ausführen.«

»Immer noch keine Nachrichten aus Denver«, sagte der Präsident und rieb sich die Augen.

»Viel ist auch nicht zu erwarten«, erwiderte General Borstein.

Die Befehlszentrale NORAD befindet sich buchstäblich im Innern eines Berges. Den Eingangstunnel sichern zahlreiche druckfeste Stahltüren. Stoßdämpfende Federn und Hochdruck-Luftkissen isolieren Menschen und Maschinen vom Granitboden. Über ihnen schützen Stahldecken vor Felsbrocken. Das Ganze war darauf ausgelegt, auch dem massivsten Angriff standzuhalten, aber Borstein rechnete nicht damit, einen solchen zu überleben. Ein ganzes Regiment SS-18 Mod 4 hatte den Auftrag, diesen Befehlsstand und eine Reihe anderer zu zerstören. Anstelle von zehn oder mehr individuell lenkbaren Gefechtsköpfen trugen diese Raketen nur einen Sprengkopf von 25 Kilotonnen, und das konnte nur einen plausiblen Zweck haben: den Berg Cheyenne in den See Cheyenne zu verwandeln. Ein angenehmer Gedanke. Borstein war Kampfpilot gewesen. Auf der F-100, von ihren Piloten »der Hunne« genannt, hatte er begonnen, war zur F-4 Phantom aufgestiegen und hatte zuletzt in Europa eine Staffel F-15 befehligt. Er war schon immer ein Draufgänger gewesen – Knüppel und Pedale, Schutzbrille und Halstuch: ein Tritt ans Fahrwerk, Feuer ins Triebwerk und ab die Post. Bei diesem Gedanken zog Borstein die Stirn kraus. Selbst er war nicht alt genug, um diese Zeit vergessen zu haben. Seine Aufgabe war die Verteidigung des kontinentalen Luftraums; er hatte zu verhindern, daß jemand sein Land in die Luft jagte. Und er hatte versagt. Ganz in seiner Nähe war eine Stadt zerbombt worden, zusammen mit seinem Chef, und er hatte keine Ahnung, wer das getan hatte oder warum. An Versagen war Borstein nicht gewöhnt, aber eben damit sah er sich nun konfrontiert, als er auf seinen riesigen Kartendisplay schaute.

»General!« rief ein Major.

»Was gibt's?«

»Wir fangen Funk- und Mikrowellenverkehr auf; vermutlich versetzt der Iwan seine Raketenregimeter in Alarmbereitschaft. Ähnliches ist von Marinestützpunkten zu vernehmen. Moskau gibt Blitzmeldungen heraus.«

»Himmel noch mal!« Borstein griff wieder zum Telefon.

»Wirklich? Noch nie?« fragte Liz Elliot.

»Seltsam, aber wahr«, erwiderte Borstein. »Selbst während der Kubakrise versetzten die Russen ihre ICBM nicht in Alarmbereitschaft.«

»Unglaublich«, schnaubte Fowler. »Wirklich nie?«

»Der General hat recht«, meinte Ryan. »Der Grund ist ein schon immer miserabel gewesenes Telefonnetz. Ich nehme an, man hat es inzwischen soweit verbessert –«

»Was soll das heißen?«

»Mr. President, der Teufel steckt im Detail. So wie wir geben die Sowjets solche Befehle telefonisch durch. Anweisungen von solcher Tragweite kann man nicht über ein Netz geben, das immer wieder mal zusammenbricht. Die Russen haben also große Summen in seine Verbesserung gesteckt, so wie wir viel für unser neues Kommando- und Führungssystem aufgewendet haben. Inzwischen benutzen sie Glasfaserkabel und ein ganz neues Mikrowellen-Richtfunksystem. Und deshalb erfuhren wir auch von dem Alarm«, erklärte Jack. »Wir fingen Streusignale von Relaisverstärkern auf.«

»In ein paar Jahren, wenn die Umstellung auf Glasfaserkabel komplett ist, erfahren wir dann überhaupt nichts mehr«, fügte General Fremont hinzu. »Das gefällt mir nicht.«

»Mir auch nicht«, meinte Ryan. »Aber wir sind schließlich auf DEFCON-2, oder?«

»Unsinn, das wissen sie doch gar nicht«, warf Liz Elliot ein. »Haben wir ihnen das mitgeteilt?«

»Nein, aber vielleicht hören sie bei uns mit. Ich sagte doch bereits, daß sie Berichten zufolge unser Chiffriersystem entschlüsselt haben.«

»Die NSA sagt, Sie wären nicht ganz bei Trost.«

»Mag sein, aber die NSA irrt sich nicht zum ersten Mal.«

»Wie schätzen Sie Narmonows Geisteszustand ein?«

Hat er ebensoviel Schiß wie ich? dachte Ryan. »Sir, das ist von hier aus nicht zu beurteilen.«

»Wir wisen ja noch nicht einmal, ob er selbst an der Leitung ist«, warf Liz Elliot ein.

»Liz, ich lehne Ihre Hypothese ab«, bellte Jack über die Konferenzschaltung. »Gestützt wird sie nur von Hinweisen aus meiner Behörde, an denen wir unsere Zweifel haben.« Jack bereute nun bitter, mit diesem Material ins Weiße Haus gegangen zu sein.

»Schluß jetzt, Jack!« fauchte der Präsident zurück. »Ich brauche Fakten, keine Diskussionen. Verstanden?«

»Sir, ich muß Sie erneut darauf hinweisen, daß nicht genug Informationen vorliegen, auf denen sich eine Entscheidung basieren ließe.«

»Alles Käse«, meinte ein Colonel neben General Fremont.

»Was wollen Sie damit sagen?« Der CINC-SAC wandte sich vom Telefon ab.

»Dr. Elliot hat recht, Sir. Was sie vorhin sagte, klang plausibel.«

»Mr. President«, hörten sie eine Stimme sagen. »Es geht eine Nachricht über den heißen Draht ein.«

PRÄSIDENT FOWLER:

WIR ERFUHREN GERADE, DASS EINE US-EINHEIT IN BERLIN OHNE WARNUNG EINE SOWJETISCHE EINHEIT ANGEGRIFFEN HAT. DER MELDUNG NACH SIND DIE VERLUSTE SCHWER. ICH BITTE UM EINE ERKLÄRUNG.

»Scheiße!« flüsterte Ryan, als er das Fax gelesen hatte.

»Ich bitte um Stellungnahme«, sagte Fowler über die Konferenzschaltung.

»Am besten sagen wir, daß wir von dem Vorfall nichts wissen«, riet Liz Elliot. »Geben wir die Sache zu, übernehmen wir einen Teil der Verantwortung.«

»Jetzt zu lügen wäre katastrophal«, erwiderte Ryan heftig und hatte dabei das Gefühl, es zu übertreiben. Wenn du zu brüllen anfängst, hören sie nicht mehr auf dich, dachte er. Also mit der Ruhe...

»Das können Sie Narmonow erzählen«, schoß Liz Elliot zurück. »Schließlich sind wir von ihnen angegriffen worden.«

»Den Meldungen nach schon, aber –«

»Ryan, bezichtigen Sie unsere Leute der Lüge?« grollte Borstein.

»Nein, General, aber Sie wissen genausogut wie ich, daß die Informationen in Krisen oft unzuverlässig sind.«

»Wenn wir alle Kenntnis abstreiten, brauchen wir keine Positionen einzunehmen, die wir später wieder räumen müßten«, beharrte die Sicherheitsberaterin. »Außerdem forderten wir die Gegenseite nicht heraus. Und warum bringen Sie das eigentlich jetzt zur Sprache?«

»Mr. President«, meinte Ryan, »als ehemaliger Staatsanwalt müssen Sie wissen, wie unzuverlässig Augenzeugen sein können. Es ist möglich, daß Narmonow die Frage in gutem Glauben gestellt hat. Ich rate, sie ehrlich zu beantworten.« Jack drehte sich zu Goodley um, der den Daumen hob.

»Robert, wir haben es hier nicht mit Zivilisten, sondern mit Berufssoldaten zu tun, und die müssen scharfe Beobachter sein«, konterte Liz Elliot. »Sowjetische Truppen fangen doch kein Gefecht an, ohne einen entsprechenden Befehl zu haben. Demnach muß er wissen, daß er eine falsche Anschuldigung erhebt. Wenn wir zugeben, über den Vorfall informiert zu sein, erwecken wir den Eindruck, als sei sein Vorwurf begründet. Ich weiß nun nicht, welches Spiel er – oder wer sonst am anderen Ende der Leitung sitzt – spielt, aber wenn wir einfach Unwissenheit vortäuschen, gewinnen wir Zeit.«

»Dem muß ich heftig widersprechen«, sagte Jack so ruhig wie möglich.

PRÄSIDENT NARMONOW:

WIE SIE WISSEN, BEFASSE ICH MICH IM AUGENBLICK VORWIEGEND MIT DEN EREIGNISSEN INNERHALB UNSERER GRENZEN. AUS BERLIN LIEGEN MIR NOCH KEINE INFORMATIONEN VOR. ICH DANKE FÜR IHRE ANFRAGE UND HABE MEINE LEUTE ANGEWIESEN, DIE ANGELEGENHEIT ZU PRÜFEN.

»Stellungnahmen?«

»Der Kerl lügt uns die Hucke voll«, meinte der Verteidigungsminister. »Das amerikanische Kommunikationssystem ist zu gut.«

»Robert, Robert, warum lügst du so schamlos...?« sagte Narmonow mit gesenktem Kopf. Der sowjetische Präsident war nun gezwungen, sich Fragen zu stellen. Die Beziehungen zu den USA hatten sich in den vergangenen Monaten leicht abgekühlt. Er hatte um zusätzliche Kredite gebeten und war vertröstet worden. Die Amerikaner bestanden auf der uneingeschränkten Erfüllung der Bedingungen des Abrüstungsvertrags, obwohl sie das Entsorgungsproblem kannten und obwohl er Fowler von Angesicht zu Angesicht versichert hatte, es würde alles ausgeführt. Was hatte sich verändert? Warum löste Fowler nun seine Versprechungen nicht ein? Was trieb er?

»Es steckt mehr als nur eine Lüge dahinter«, bemerkte der Verteidigungsminister nach kurzem Nachdenken.

»Was meinen Sie damit?«

»Er betont erneut, daß er sich vorwiegend mit der Rettungsaktion in Denver befaßt, aber wir wissen, daß er seine strategischen Kräfte in volle Alarmbereitschaft versetzt hat. Warum hat er uns darüber nicht informiert?«

»Weil er uns nicht provozieren will...?« spekulierte Narmonow. Diese Worte klangen selbst ihm hohl.

»Denkbar«, räumte der Verteidigungsminister ein. »Aber sie wissen nicht, mit welchem Erfolg wir ihren Chiffrenverkehr mitlesen. Vielleicht bilden sie sich ein, uns das verheimlicht zu haben.«

»Nein«, wandte Kuropatkin aus seiner Befehlszentrale ein. »Dem kann ich nicht zustimmen. Die Hinweise sind unübersehbar. Die Amerikaner müssen wissen, daß uns Aspekte ihres strategischen Alarms nicht verborgen geblieben sein können.«

»Gewisse Aspekte, aber nicht alle.« Der Verteidigungsminister wandte sich an Narmonow. »Wir müssen uns darauf einstellen, daß der amerikanische Präsident möglicherweise nicht mehr rational handelt.«

»Zum ersten Mal?« fragte Fowler.

Elizabeth Elliot, die nun recht blaß war, nickte. »Robert, es ist zwar allgemein nicht bekannt, stimmt aber. Die Russen haben ihre strategischen Raketenstreitkräfte noch nie in Alarm versetzt. Bis heute.«

»Und warum ausgerechnet jetzt?« fragte der Präsident.

»Die einzig logische Antwort ist, daß wir es nicht mehr mit Narmonow zu tun haben.«

»Wie läßt sich das mit Sicherheit feststellen?«

»Überhaupt nicht. Wir haben nur die Computerverbindung und weder Telefon noch TV-Leitung.«

»Guter Gott.«

40
Kollisionen

»Ryan, können wir sicher sein, daß wir es mit Narmonow zu tun haben?«

»Mit wem sonst, Mr. President?«

»Verflucht noch mal, Ryan, diese Meldungen stammten von Ihnen!«

»Mr. President, bitte beruhigen Sie sich«, sagte Ryan, der selbst nicht unbedingt gelassen klang. »Jawohl, ich brachte Ihnen diese Information, teilte Ihnen aber auch mit, daß sie unbestätigt ist. Außerdem erwähnte ich vor einigen Minuten, wir hätten Anlaß zu der Vermutung, daß sie von Anfang an falsch war.«

»Kennen Sie Ihre eigenen Daten nicht? Sie waren doch derjenige, der uns vor verschwundenen Kernwaffen warnte!« rief Liz Elliot. »Nun, jetzt sind sie wieder aufgetaucht – wie beabsichtigt hier bei uns!«

Himmel, die ist ja noch konfuser als er, dachte Helen D'Agustino und tauschte einen Blick mit Pete Connor, der kreidebleich geworden war. Das ging alles viel zu schnell...

»Liz, ich muß immer wieder betonen, daß unsere Informationen zu spärlich sind. Für eine fundierte Einschätzung liegen nicht genug Daten vor.«

»Warum haben die Russen ihre nuklearen Kräfte alarmiert?«

»Aus demselben Grund wie wir!« schrie Ryan zurück. »Wenn beide Seiten Zurückhaltung übten, kämen wir vielleicht –«

»Ryan, machen Sie mir keine Vorschriften«, sagte Fowler leise. »Von Ihnen will ich nur Informationen haben. Die Entscheidungen werden hier getroffen.«

Jack wandte sich vom Telefon ab. Jetzt verliert er die Nerven, dachte Goodley. Der stellvertretende Direktor, der blaß und schlecht aussah, starrte aus dem Fenster auf den Innenhof und das fast leere Gebäude dahinter. Nach ein paar tiefen Atemzügen drehte er sich wieder um.

»Mr. President«, sagte Jack sehr beherrscht, »unserer Auffassung nach führt Präsident Narmonow die sowjetische Regierung. Die Ursache der Explosion in Denver ist uns unbekannt, aber es weist bei uns nichts darauf hin, daß die Waffe sowjetischen Ursprungs war. Unserer Meinung nach wäre eine solche sowjetische Operation der pure Wahnsinn, und selbst wenn das Militär die Macht übernommen haben sollte – aber auch darauf weist nichts hin, Sir –, ist die Wahrscheinlichkeit einer solchen Fehlkalkulation gleich Null. Soweit die Position der CIA.«

»Und Kadischow?« fragte Fowler.

»Sir, erst gestern und heute stießen wir auf Indizien, die darauf hindeuten könnten, daß seine Meldungen falsch sind. Eine Begegnung mit Narmonow läßt sich nicht verifizieren, und –«

»*Eine?* Sie können nur *einen* Treff nicht bestätigen?« fragte Liz Elliot dazwischen.

»Würden Sie mich bitte ausreden lassen?« fauchte Jack zurück und verlor erneut die Beherrschung. »Verdammt, darauf ist Goodley gestoßen, nicht ich!« Er machte eine Atempause. »Dr. Goodley fielen feine Varianten in den Meldungen auf, und er beschloß, sie zu überprüfen. Kadischows Meldungen basierten angeblich alle auf persönlichen Begegnungen mit Narmonow. In einem Fall können wir die Terminpläne der beiden Männer nicht in Einklang bringen und sind daher nicht sicher, daß ein Treffen stattgefunden hat. Und wenn die beiden sich nicht getroffen haben, ist Kadischow ein Lügner.«

»An die Möglichkeit eines geheimen Treffens haben Sie wohl gedacht«, kommentierte Liz Elliot beißend. »Oder meinen Sie, daß ein solches Thema bei einem normalen Termin behandelt wird? Glauben Sie, daß er sich bei einer Routinebesprechung über die Möglichkeit eines Putsches ausläßt?«

»Ich kann nur wiederholen, daß diese Meldung nie bestätigt worden ist – nicht von uns, nicht von den Briten und auch sonst von niemandem.«

»Ryan, man muß doch davon ausgehen, daß eine auf einen Putsch hinarbeitende Verschwörung streng geheim bleiben muß, besonders in einem Land wie der Sowjetunion«, meinte Fowler.

»Natürlich.«

»Mit einer Bestätigung aus anderen Quellen ist dann nicht unbedingt zu rechnen?« Nun kehrte Fowler wieder den Staatsanwalt heraus.

»Nein, Sir«, räumte Ryan ein.

»Dann sind seine Informationen also die besten, die wir haben, oder?«

»Jawohl, Mr. President, vorausgesetzt, sie sind wahr.«

»Und es liegen Ihnen keine eindeutigen Beweise zu ihrer Bestätigung vor?«

»Korrekt, Mr. President.«

»Es gibt aber auch keine harten Fakten, die sie entwerten?«

»Sir, wir haben Anlaß –«

»Beantworten Sie meine Frage!«

Ryan ballte die rechte Faust. »Nein, Mr. President, harte Fakten haben wir nicht.«

»Und im Lauf der letzten Jahre hat Kadischow uns gute und verläßliche Informationen geliefert?«

»Jawohl, Sir.«

»Sind dies angesichts seiner bisherigen Leistungen die besten verfügbaren Informationen?«

»Ja, Sir.«

»Danke. Dr. Ryan, versuchen Sie, sich weitere Informationen zu verschaffen. Wenn Sie etwas haben, höre ich es mir an.« Die Verbindung wurde unterbrochen.

Jack erhob sich langsam. Seine Beinmuskeln waren vom Streß verkrampft und schmerzten. Er trat ans Fenster und steckte sich eine Zigarette an. »Verdammt, ich hab' Mist gebaut«, erklärte er der Welt. »Ich hab's vermasselt.«

»Das war nicht Ihre Schuld, Jack«, tröstete Goodley.

Jack fuhr herum. »Das wird sich auf meinem Grabstein aber toll ausnehmen: ›Es war nicht seine Schuld, daß die Welt in die Luft flog!‹«

»Langsam, Jack, so schlimm ist es nun auch wieder nicht.«

»Wirklich nicht? Haben Sie ihre Stimmen gehört?«

Der sowjetische Flugzeugträger *Kusnezow* brachte seine Maschinen anders als die amerikanischen Träger in die Luft. Sein Bug ähnelte einer Sprungschanze. Die erste MiG-29 raste los, die steile Rampe hinauf und schoß in die Luft. Diese Startmethode belastete zwar Piloten und Maschinen, funktionierte aber. Ein zweites Flugzeug folgte und ging zusammen mit dem ersten auf Ostkurs. Kaum waren sie aufgestiegen, da hörte der Pilot des Führerflugzeugs ein Summen im Kopfhörer.

»Klingt wie unsere Notruffrequenz«, sagte er zu seinem Flügelmann.

»*Da,* Ostsüdost. Eindeutig von uns. Wer ist das wohl?«

»Keine Ahnung.« Der Pilot des Führerflugzeugs verständigte die *Kusnezow* und erhielt Anweisung, einmal nachzusehen.

»Hier Falcon-2«, meldete die Hawkeye. »Zwei Maschinen des russischen Trägers im Anflug, hohe Geschwindigkeit, Richtung drei-eins-fünf und zwo-fünfnull Meilen von Stick.«

Captain Richards schaute aufs taktische Display. »Spade, hier Stick. Herangehen und verscheuchen.«

»Roger«, erwiderte Jackson. Da seine Maschine gerade betankt worden war, konnte er nun weitere drei Stunden in der Luft bleiben. Außerdem hatte er noch sechs Raketen übrig.

»›Verscheuchen?‹« fragte Lieutenant Walters.

»Shredder, ich weiß auch nicht, was hier gespielt wird.« Jackson zog den Knüppel nach links. Sanchez folgte seinem Beispiel und ging auf Distanz.

Die beiden Paare flogen mit einer Begegnungsgeschwindigkeit von rund 1600 Stundenkilometern aufeinander zu. Vier Minuten später wurden die Radare der Tomcats aktiv. Normalerweise hätte das den russischen Piloten zu verstehen gegeben, daß amerikanische Jäger in der Gegend waren und Gefahr drohte. Doch da die Signale der neuen amerikanischen Radare ganz verstohlen tasteten, wurden sie von den Russen nicht erfaßt.

Wie sich herausstellte, war das unerheblich. Wenige Sekunden später gingen die Suchradare der Russen an.

»Zwei Jäger im Anflug!«

Der Pilot der russischen Führermaschine schaute auf seinen Radarschirm und runzelte die Stirn. Die beiden MiGs sollten nur ihren eigenen Verband schützen. Nach Eingang des Alarms waren die beiden Jäger aufgestiegen. Der Pilot flog nun einen Rettungseinsatz und hatte nicht die geringste Lust, mit den Amerikanern dumme Spiele zu treiben, obendrein bei Nacht. Daß die Amerikaner ihn ausgemacht hatten, wußte er. Sein Warngerät registrierte die Impulse des Frühwarnsystems an Bord der Hawkeye.

»Rechtskurve«, befahl er. »Gehen wir auf 1000 Meter runter und suchen nach dem Summer.« Sein Radar ließ er eingeschaltet, um zu beweisen, daß er nicht mit sich spaßen ließ.

»Sie weichen nach links aus und gehen tiefer.«

»Bud, Sie übernehmen die Führung«, sagte Jackson. Sanchez hatte die meisten Raketen. Robby wollte ihm Rückendeckung geben.

»Stick, hier Falcon-2. Die beiden anfliegenden Jäger weichen nach Süden aus und gehen in den Tiefflug.«

Richards sah, wie die Kursvektoren für die beiden russischen Maschinen sich änderten. Sie waren im Augenblick zwar nicht auf einem Direktkurs zum Verband der *Theodore Roosevelt,* würden ihm aber recht nahe kommen.

»Was haben die vor?«

»Nun, sie wissen nicht, wo wir sind«, meinte der Operationsoffizier. »Ihre Radare sind aber aktiv.«

»Dann suchen sie wohl nach uns?«

»Das würde ich vermuten.«

»Na, jetzt wissen wir wenigstens, woher die anderen vier kamen.« Captain Richards griff nach dem Mikrofon, um mit Jackson und Sanchez zu reden.

»Abschießen«, lautete der Befehl. Robby setzte sich über Sanchez, der schräg hinter den MiGs in Position ging.

»Ich habe die Amerikaner verloren.«

»Vergessen wir die! Schließlich suchen wir nach dem Summer.« Der Pilot des Führungsflugzeugs verdrehte den Hals. »Moment, ist das ein Blinklicht? An der Oberfläche in zwei Uhr?«

»Ja, ich hab's.«

»Ich gehe runter. Folgen Sie mir!«

»Achtung, sie weichen nach rechts unten aus«, rief Bud. »Ich greife an.«

Er lag nun knapp 2000 Meter hinter den MiGs. Sanchez wählte eine Sidewinder und setzte sich hinter den dem Führungsflugzeug folgenden Jäger. Als die Tomcat weiter aufholte, hörte er ein Trillern im Kopfhörer und feuerte seinen Flugkörper ab. Die AIM-9M Sidewinder fauchte von ihrer Startschiene und traf das Steuerbordtriebwerk der MiG-29, die explodierte. Gleich darauf ließ er eine zweite Sidewinder los.

»Ein Abschuß.«

»Was zum ...!« Der Pilot des russischen Führerflugzeugs hatte den Blitz aus dem Augenwinkel mitbekommen und sah nun, wie die Maschine seines Kameraden abstürzte und einen Feuerschweif hinter sich herzog. Er riß mit der einen Hand den Knüppel nach links, mit der anderen gab er Leuchtkugeln und Düppelstreifen frei. Seine Augen suchten die Nacht nach dem Angreifer ab.

Sanchez' zweite Rakete flog rechts vorbei, aber das machte nichts. Er folgte dem Gegner weiter, und als die MiG nach rechts abdrehte, geriet sie genau in den Schußbereich seiner 20-Millimeter-Bordkanone. Ein kurzer Feuerstoß riß der MiG einen Teil der Tragfläche weg. Der Pilot betätigte gerade noch rechtzeitig den Schleudersitz. Sanchez sah, wie sich der Fallschirm öffnete. Als er eine Minute später einen Kreis flog, stellte er fest, daß beide Russen offenbar überlebt hatten. Bud war das recht.

»Zwei Abschüsse. Stick, zwei Fallschirme öffneten sich... Moment, da unten sind ja drei Blinklichter«, rief Jackson und gab die Position durch. Gleich darauf startete ein Hubschrauber von der *Theodore Roosevelt.*

»Spade, ist das immer so einfach?« fragte Walters.

»Ich hatte die Russen für gewitzter gehalten«, gab der Captain zu. »Das ist ja wie am ersten Tag der Entenjagdzeit.«

Zehn Minuten später setzte die *Kusnezow* einen Funkspruch an ihre beiden MiGs ab und erhielt keine Antwort.

Der Hubschrauber der Air Force kehrte von Rocky Flats zurück. Major Griggs stieg mit fünf Männern aus; alle trugen Schutzanzüge. Zwei rannten los und fanden Brandmeister Callaghan in der Nähe der Pionierpanzer.

»Wenn wir Glück haben, sind wir in zehn Minuten durch«, rief Colonel Lyle vom Führerfahrzeug.

»Wer hat hier den Befehl?« fragte ein Mann vom NEST-Team.

»Wer sind Sie?«

»Parsons, Teamleiter.« Laurence Parsons führte den Trupp vom Dienst der Organisation Nuclear Emergency Search Team. Auch sie hatte heute versagt, denn sie hatte die Aufgabe, nukleare Waffen ausfindig zu machen, *ehe* sie explodierten. Drei solcher Teams waren rund um die Uhr einsatzbereit: eines bei Washington, ein zweites in Nevada und seit kurzem ein drittes in Rocky Flats, um nach der Einstellung der Kernwaffenproduktion Arbeitsplätze zu erhalten. Man hatte natürlich damit gerechnet, daß die Teams immer rechtzeitig eingreifen konnten. Parsons hatte einen Geigerzähler in der Hand, und was er sah, gefiel ihm überhaupt nicht. »Wie lange sind Ihre Leute schon hier?«

»Ungefähr eine halbe Stunde, vielleicht auch 40 Minuten.«

»Ich gebe Ihnen noch zehn Minuten, dann müssen alle von hier weg. Sie kriegen hier massive Strahlung ab.«

»Was soll das heißen? Der Major sagte gerde, der Fallout sei –«

»Die Strahlung rührt von Neutronenaktivierung her. Hier ist es heiß!«

Callaghan zog bei der Vorstellung, daß ihn etwas Unsichtbares, nicht Spürbares angriff, eine Grimasse. »Im Stadion sind noch Menschen, zu denen wir fast vorgedrungen sind.«

»Dann holen Sie sie raus, aber schnell!« Parsons und seine Kollegen gingen zurück zum Hubschrauber, um sich an ihre Arbeit zu machen. Dort fanden sie einen Zivilisten vor.

»Wer sind Sie?« herrschte Parsons den Mann an.

»FBI! Was ist hier passiert?«

»Raten Sie mal!«

»Washington verlangt Informationen!«

»Larry, hier ist es heißer als am Stadion«, meldete ein Mann vom NEST.

»Kann ich mir denken«, meinte Parsons. »Detonation am Bodennullpunkt.« Er streckte die Hand aus. »Auf der anderen Seite, in Lee. Diese Seite lag im Schatten des Gebäudes.«

»Was können Sie mir sagen?« fragte der FBI-Agent.

»Nicht viel«, schrie Parsons, um den Lärm des Rotors zu übertönen. »Explosion am Boden, Leistung unter zwanzig KT. Mehr weiß ich noch nicht.«

»Ist es hier gefährlich?«

»Und ob! Wo richten wir unseren Posten ein?«

»Vielleicht im Aurora Presbyterian Hospital«, schlug ein Mann vom NEST vor. »Gegenüber vom Aurora-Center. Zwei Meilen in Windrichtung. Dort sollte es erträglich sein.«

»Wissen Sie, wo das ist?« fragte Parsons.

»Ja!«

»Dann nichts wie los. Ken, sagen Sie diesen Leuten, sie sollen so schnell wie möglich verschwinden. Hier ist es 20 Prozent heißer als am Stadion. Wir müssen Proben nehmen. Ken, Sie sorgen dafür, daß die Gegend in zehn, maximal fünfzehn Minuten geräumt wird. Schleifen Sie die Männer weg, wenn's sein muß. Fangen Sie hier an!«

»Ja.«

Der FBI-Agent duckte sich, als der Hubschrauber abhob. Nun rannte der Mann vom NEST an den Löschfahrzeugen entlang und gab den Besatzungen mit Gesten zu verstehen, sie sollten sich zurückziehen. Auch der FBI-Agent beschloß, Parsons' Rat zu beherzigen. Nach einigen Minuten stieg er in seinen Wagen und fuhr nach Nordosten.

»Verdammt, ich hab' den Gammaschein vergessen«, sagte Major Griggs.

»Besten Dank!« Callaghan mußte schreien, um den Lärm des Panzers zu übertönen.

»Schon gut, bei hundert machen Sie Schluß. Hundert sind nicht so tragisch.«

Callaghan hörte die Löschfahrzeuge abfahren. »Und die Menschen im Stadion?« Der Brandmeister ging an die Sprechanlage am Heck des Panzers. »Hören Sie, wir müssen in zehn Minuten hier verschwinden. Treten Sie mal aufs Gas!«

»Wird gemacht«, erwiderte der Kommandant. »Bringen Sie sich in Sicherheit. Ich zähle bis zehn.«

Griggs sprang vom Fahrzeug. Callaghan rannte zur Seite. Der Fahrer stieß zehn Meter zurück, jagte den Motor auf seine Maximaldrehzahl hoch und löste dann die Bremse. Der M728 zerquetschte fünf Autos und schob sie beiseite.

Seine Geschwindigkeit war auf 1,5 Stundenkilometer gefallen, aber er blieb nicht stehen. Seine Ketten rissen den Asphalt auf, und dann brach er durch.

Die unmittelbare Umgebung des Stadionbaus war erstaunlich intakt. Die Trümmer des Daches und der oberen Wand waren Hunderte von Metern weit geschleudert worden, aber hier lagen nur kleine Haufen Ziegel- und Betonbrocken. Mit einem Fahrzeug kam man hier nicht durch, wohl aber zu Fuß. Die Feuerwehrleute gingen vor und bespritzten den Asphalt, der noch so heiß war, daß das Wasser verdampfte. Callaghan lief vor dem Panzer her und winkte seine Leute zur Seite.

»Wissen Sie, woran mich das erinnert?« fragte ein Mitglied des NEST-Teams, als der Hubschrauber über dem Stadion kreiste.

»Ja. An Tschernobyl. Auch dort war die Feuerwehr im Einsatz.« Parsons verdrängte diesen Gedanken gleich wieder. »Fliegen Sie mal mit dem Wind«, wies er den Piloten an. »Andy, wie schätzen Sie das ein?«

»Detonation am Bodennullpunkt, und 100 KT sind ausgeschlossen, Larry. Das waren noch nicht einmal 25.«

»Warum lag NORAD mit seiner Schätzung so schief?«

»Schuld war der Parkplatz. Asphalt und die ganzen brennenden Fahrzeuge – echt, Asphalt ist der perfekte schwarze Strahler! Überraschend, daß der thermische Puls nicht noch stärker aussah –, und obendrein ist die ganze Umgebung mit Schnee und Eis bedeckt. NORAD erhielt also eine Megareflexion plus einen gewaltigen Energiekontrast.«

»Klingt plausibel, Andy«, stimmte Parsons zu. »Terroristen?«

»Darauf würde ich im Augenblick tippen. Aber sicher können wir erst sein, wenn wir Rückstände haben.«

Der Gefechtslärm war abgeklungen. Vereinzelte Schüsse verrieten dem Kommandanten des Bradley, daß sich die Russen zurückzogen, vielleicht sogar in ihre eigene Kaserne. Vernünftig, denn beide Seiten hatten viele Panzer verloren, und der Kampf sollte nun eher von der Infanterie und ihren Kampffahrzeugen weitergeführt werden. Fußsoldaten sind gewitzter als die Männer von der Panzertruppe, weil sie nur ein Hemd am Leib und keinen Bleifuß haben. Sie sind verwundbar, und das zwingt zum Denken. Nun wechselte er wieder die Stellung. Der Schützenpanzer hielt kurz vor einer Straßenecke, und ein Mann sprang ab, um zu spähen.

»Nichts, Sergeant, alles ist – halt! Da bewegt sich was, drei Kilometer entfernt...« Der Soldat schaute durchs Fernglas. »BRDM mit Lenkflugkörpern!«

Aha, dachte der Sergeant, das wären dann die Späher der nächsten Angriffswelle. Seine Aufgabe war fest umrissen. Späher hatten zwei Funktionen zu erfüllen: den Feind ausmachen und an der Gewinnung von Erkenntnissen zu hindern.

»Und noch einer!«

»Bereit zum Abfahren!« befahl er dem Fahrer und fügte für den Schützen hinzu: »Ziele rechts.«

»Bereit, Sergeant.«

»Los!« Der Bradley fuhr mit einem Ruck an und rasch auf die Kreuzung. Wie an der Schießbude, dachte der Schütze, und schwenkte seinen Turm. Zwei Spähpanzer BRDM hielten direkt auf sie zu. Der Schütze griff das erste Fahrzeug an und zerstörte das auf dem Dach montierte Abschußgerät für Panzerabwehrraketen. Der BRDM brach nach links aus und rammte geparkte Fahrzeuge. Nun zielte der Schütze auf das zweite Fahrzeug, das scharf nach rechts ausweichen wollte – aber die Straße war zu schmal. Der Schütze führte das Feuer seiner Schnellfeuerkanone ins Ziel und sah es explodieren. Aber –

»Los, sofort zurück!« schrie der Sergeant in die Bordsprechanlage. Weiter hinten hatte ein dritter BRDM gelauert. Der Bradley zog sich auf seine alte Stellung zurück und hatte kaum den Schutz der Häuser erreicht, als eine Rakete über die Kreuzung fauchte und einen Lenkdraht hinter sich herzog. Ein paar hundert Meter weiter explodierte sie.

»Zeit, daß wir verschwinden«, sagte der Kommandant. »Wenden!« Dann schaltete er sein Funkgerät ein. »Hier Delta 33. Wir haben Kontakt mit Spähpanzern. Zwei abgeschossen, aber ein Dritter hat uns entdeckt. Der Gegner geht wieder vor, Sir.«

»General, wir haben sie über die Linie zurückgedrängt und können unsere Stellung halten, aber wenn der Feind Verstärkung heranführt, sind wir erledigt«, meldete Colonel Long. »Sir, wir brauchen Hilfe.«

»Gut, in zehn Minuten erhalten Sie Luftunterstützung.«

»Ein guter Anfang, aber das reicht nicht, Sir.«

Der SACEUR wandte sich an seinen Operationsoffizier. »Was ist verfügbar?«

»Die Zweite der 11. Kavallerie, Sir. Sie verläßt gerade ihre Kaserne.«

»Was steht zwischen ihr und Berlin?«

»An Russen? So gut wie nichts. Wenn sie sich beeilen ...«

»Setzen Sie sie in Bewegung.« Der SACEUR ging zurück an seinen Schreibtisch und rief Washington an.

»Ja, was gibt's?« fragte Fowler.

»Sir, die Russen bringen offenbar Verstärkung nach Berlin. Ich habe gerade die 2. Schwadron des 11. gepanzerten Kavallerieregiments nach Berlin beordert. Es sind auch Flugzeuge unterwegs, die eingreifen und aufklären sollen.«

»Haben Sie eine Ahnung, was die Russen vorhaben?«

»Nein, Sir. Das Ganze macht überhaupt keinen Sinn, aber wir erleiden weitere Verluste. Was sagt Moskau, Mr. President?«

»Man will wissen, warum wir sie angegriffen haben, General.«

»Sind die total verrückt geworden?« rief der SACEUR und fragte sich insgeheim: Oder steckt da etwas anderes, sehr Beängstigendes dahinter?

»General«, sagte eine Frau – wahrscheinlich diese Elliot, dachte der SACEUR. »Ich muß hier Klarheit haben. Sind Sie sicher, daß die Sowjets zuerst angegriffen haben?«

»Absolut«, erwiderte der SACEUR hitzig. »Der Kommandeur unserer Brigade ist wahrscheinlich gefallen. Sein Stellvertreter ist Lieutenant Colonel Edward Long, ein guter Mann, den ich persönlich kenne. Er meldet, die Russen hätten ohne Warnung das Feuer eröffnet, als die Brigade auf den Alarm aus Washington reagierte. Unsere Kanonen waren noch nicht einmal geladen. Ich wiederhole: Die Russen haben definitiv zuerst geschossen. Darf ich nun Verstärkung nach Berlin schicken?«

»Was passiert, wenn Sie das unterlassen?« fragte Fowler.

»Sir, dann haben Sie 5000 Beileidschreiben zu verfassen.«

»Gut, dann schicken Sie Verstärkung. Offensivoperationen haben aber zu unterbleiben. Wir sind bemüht, die Lage in den Griff zu bekommen.«

»Viel Glück, Mr. President. So, und nun muß ich mich um mein Kommando kümmern.«

PRÄSIDENT NARMONOW:

WIR HABEN AUS EUROPA ERFAHREN, DASS EIN SOWJETISCHES PANZERREGIMENT OHNE WARNUNG UNSERE DORT STATIONIERTE BRIGADE ANGEGRIFFEN HAT. ICH SPRACH GERADE MIT UNSEREM OB EUROPA UND BEKAM DAS BESTÄTIGT. WAS IST LOS? WARUM HABEN IHRE TRUPPEN ANGEGRIFFEN?

»Haben wir schon etwas aus Berlin gehört?« fragte Narmonow.

Der Verteidigungsminister schüttelte den Kopf. »Nein, die ersten Späher sollten sich erst jetzt in Bewegung setzen. Die Funkkommunikation ist katastrophal, weil VHF sich quasioptisch ausbreitet und in bebauten Gebieten kaum funktioniert. Uns liegen nur Fragmente vor, überwiegend Funkverkehr zwischen Unterführern. Es ist uns nicht gelungen, Verbindung mit dem Regimentskommandeur aufzunehmen. Gut möglich, daß er nicht mehr lebt. Schließlich haben es die Amerikaner immer zuerst auf die Führer abgesehen.«

»Wir wissen also nicht, was vorgeht?«

»So ist es. Aber ich bin absolut sicher, daß kein sowjetischer Kommandeur ohne guten Grund das Feuer auf Amerikaner eröffnen würde.«

Golowko schloß die Augen und fluchte leise. Beim Verteidigungsminister begann sich der Streß bemerkbar zu machen.

»Sergej Nikolajewitsch?« fragte Narmonow.

»Das KGB hat nichts weiter zu melden. Es ist damit zu rechnen, daß alle landgestützten amerikanischen Raketen und auch alle strategischen U-Boote in See in voller Alarmbereitschaft sind. Wir gehen davon aus, daß alle amerikanischen Raketen-U-Boote binnen weniger Stunden ihre Häfen verlassen haben.«

»Und unsere?«

»Eines läuft gerade aus, der Rest macht sich klar. Es wird wohl ein Gutteil des Tages vergehen, bis sie alle in See sind.«

»Warum geht das bei uns so langsam?« wollte Narmonow wissen.

»Weil die Amerikaner für jedes Boot zwei komplette Besatzungen haben, wir aber nur eine. Diese Art von Alarmstart fällt ihnen also leichter.«

»Soll das heißen, daß ihre strategischen Kräfte ganz oder fast bereit sind, unsere aber nicht?«

»Alle unsere landgestützten Raketen sind startbereit.«

»Präsident Narmonow, was wollen Sie den Amerikanern zu Antwort geben?«

»Tja, was sage ich nun?« fragte Andrej Iljitsch.

Ein Oberst trat ein und reichte dem Verteidigungsminister ein Stück Papier. »Meldung aus Berlin.«

»Die Amerikaner befinden sich im Ostteil von Berlin und nahmen unsere ersten vier Spähpanzer unter Feuer. Der Kommandeur kam in seinem Fahrzeug um. Wir erwiderten das Feuer und schossen zwei amerikanische Panzer ab ... noch immer kein Kontakt mit unserem Regiment.« Der Verteidigungsminister sah sich die andere Meldung an. »Träger *Kusnezow* meldet, daß der Funkkontakt mit zwei Patrouillenflugzeugen verlorenging. Die Maschinen empfingen ein Notsignal und gingen auf Suche. 400 Kilometer weiter östlich liegt ein amerikanischer Trägerverband. *Kusnezow* bittet um Anweisungen.«

»Was hat das zu bedeuten?«

Der Verteidigungsminister prüfte die Zeitangaben auf der zweiten Meldung. »Wenn unsere Maschinen jetzt nicht zurückgekehrt sind, muß ihnen sehr bald der Treibstoff ausgehen. Wir müssen annehmen, daß sie aus unbekannten Gründen verlorengingen. Die Nähe des amerikanischen Trägers macht mir Kummer ... Was, zum Teufel, treiben diese Kerle?«

PRÄSIDENT FOWLER:

ICH BIN SICHER, DASS KEIN SOWJETISCHER KOMMANDEUR AMERIKANISCHE TRUPPEN OHNE BEFEHL ANGREIFEN WÜRDE, UND EINEN SOLCHEN BEFEHL GAB ES NICHT. WIR SANDTEN WEITERE TRUPPEN ZWECKS AUFKLÄRUNG NACH BERLIN, ABER SIE WURDEN IM OSTEN DER STADT VON IHREN EINHEITEN, DIE WEIT VON IHREM LAGER ENTFERNT WAREN, ANGEGRIFFEN. WAS TUN SIE?

»Wovon redet er? Was tue ich? Verdammt, was treibt er?« grollte Fowler. Eine Leuchte flammte auf; die Leitung von der CIA. Der Präsident drückte auf einen Knopf und fügte der Konferenzschaltung einen neuen Teilnehmer hinzu.

»Kommt darauf an, mit wem wir es zu tun haben«, warnte Liz Elliot.

»Ja, was gibt's?«

»Mr. President, bei uns hier herrscht schlicht und einfach Konfusion.«

»Ryan! Wir wollen keine Analysen, sondern Daten! Haben Sie welche?« kreischte Liz.

»Die Schiffe der sowjetischen Nordflotte laufen aus, darunter ein Raketen-U-Boot.«

»Ihre landgestützten Raketen sind also in voller Alarmbereitschaft?«

»Korrekt.«

»Und sie verstärken auch ihre seegestützten Raketenkräfte?«

»Jawohl, Mr. President.«

»Haben Sie auch gute Nachrichten?«

»Sir, ich kann nur melden, daß derzeit keine verläßlichen Nachrichten vorliegen, und daß Sie –«

»Hören Sie, Ryan. Zum letzten Mal: Ich will von Ihnen Daten haben und sonst nichts. Sie haben mir diesen Kadischow-Kram gebracht, und jetzt behaupten Sie auf einmal, er wäre falsch. Warum sollte ich Ihnen nun glauben?«

»Sir, ich sagte ausdrücklich, die Meldung sei unbestätigt.«

»Ich glaube, daß die Bestätigung jetzt vorliegt«, sagte Liz. »General Borstein, mit welcher Bedrohung haben wir zu rechnen, wenn alle sowjetischen Raketen startbereit sind?«

»Am schnellsten erreichen uns ihre ICBM. Vermutlich zielt ein Regiment SS-18 auf den Großraum Washington. Die meisten anderen sind auf unsere Silos in den Dakotas und die U-Boot-Stützpunkte in Charleston, King's Bay, Bangor und anderswo gerichtet. Die Vorwarnzeit beträgt 25 Minuten.«

»Und wir stellen hier auch ein Ziel dar?« fragte Liz.

»Das muß man annehmen, Dr. Elliot.«

»Man wird also versuchen, mit SS-18 zu erledigen, was der ersten Waffe entging?«

»Ja, vorausgesetzt, die Russen steckten hinter dem Anschlag in Denver.«

»General Fremont, wann trifft der zweite NEACP ein?«

»Dr. Elliot, die Maschine startete vor zehn Minuten und wird in 95 Minuten in Hagerstown landen. Es weht ein kräftiger Rückenwind.« Der CINC-SAC bereute den letzten Satz fast sofort.

»Wenn sie also an einen Angriff denken und ihn im Lauf der nächsten anderthalb Stunden führen, sind wir hier erledigt?«

»Jawohl.«

»Elizabeth, es ist unsere Aufgabe, das zu verhindern. Vergessen Sie das nicht«, mahnte Fowler leise.

Die Sicherheitsberaterin schaute zum Präsidenten hinüber. Ihr Gesicht wirkte so zerbrechlich wie Glas. So hatte sie sich das nicht vorgestellt. Sie war die wichtigste Beraterin des mächtigsten Mannes der Welt und befand sich, bewacht von treuen Dienern, in einem der sichersten Räume, aber in weniger als 30 Minuten konnte sie auf die Entscheidung eines gesichts- und namenlosen Russen hin, der womöglich schon auf den Knopf gedrückt hatte, tot sein. Tot, nur noch Asche im Wind, mehr nicht. Alles, wofür sie gearbeitet hatte, die Bücher, Vorlesungen und Seminare, endete dann in einem grellen, alles vernichtenden Blitz.

»Robert, wir wissen ja noch nicht einmal, mit wem wir kommunizieren«, sagte sie mit unsicherer Stimme.

»Zurück zur Nachricht aus Moskau, Mr. President«, meinte General Fremont. »›Weitere Truppen zwecks Aufklärung.‹ Sir, das klingt nach Verstärkung.«

Ein junger Feuerwehrmann fand den ersten Überlebenden, der von der Laderampe im Erdgeschoß nach oben kroch. Erstaunlich, daß er die Detonation überhaupt überstanden hatte. Er hatte Verbrennungen zweiten Grades an den Händen erlitten und sich beim Kriechen Glas- und Betonsplitter in seine Wunden gepreßt. Der Feuerwehrmann hob den Verletzten, einen Polizisten, auf und trug ihn zum Evakuierungssammelpunkt. Aus zwei verbliebenen Löschfahrzeugen wurden beide Männer mit Wasser besprüht. Anschließend wurden sie ausgezogen und noch einmal abgespritzt. Der Polizeibeamte war halb bei Bewußtsein und versuchte während der Fahrt, dem Feuerwehrmann etwas zu verstehen zu geben. Aber dieser war zu ausgekühlt, erschöpft und verängstigt, um ihm Beachtung zu schenken. Er hatte seine Pflicht getan, und es würde ihm vielleicht sein Leben kosten. Die Erfahrung war viel zu überwältigend für den Zwanzigjährigen, der nur auf den nassen Boden des Krankenwagens starrte und unter seiner Decke fröstelte.

Den Haupteingang hatte ein Sturz aus Spannbeton gekrönt, der von der Druckwelle zerschmettert worden war und dessen Trümmer den Weg versperrten. Ein Soldat stieg aus dem Panzer und schlang das Stahlseil der hinter dem Turm montierten Winde um den größten Betonbrocken. Währenddessen schaute Brandmeister Callaghan auf die Uhr. Zum Aufgeben war es nun zu spät. Er war entschlossen, den Einsatz zu Ende zu führen, auch wenn er ihn mit dem Leben bezahlen müßte.

Das Seil straffte sich, und das Trümmerteil wurde aus dem Weg gezogen. Ein Wunder, daß der Rest des Eingangs nicht einstürzte. Callaghan ging voran durch die schuttübersäte Öffnung, gefolgt von Colonel Lyle.

Die Notbeleuchtung brannte, alle Sprinkler schienen zu laufen. Callaghan fiel wieder ein, daß an dieser Stelle die Hauptwasserleitung ins Stadium geführt wurde; das erklärte die rauschenden Wasserschleier. Er hörte auch noch andere Geräusche, solche, die von Menschen kamen. Callaghan betrat eine Herrentoilette und fand zwei Frauen im Wasser sitzend vor. Ihre Jacken waren mit Erbrochenem bespritzt.

»Holt sie raus!« rief er seinen Männern zu. »Ausschwärmen, rasch umsehen und so rasch wie möglich wieder hierher zurückkommen!« Callaghan suchte die Kabinen in der Toilette ab – alle leer. Sie hatten sich die ganze Mühe gemacht, um dann zwei Frauen in der falschen Toilette zu finden. Nur zwei. Der Brandmeister warf Colonel Lyle einen Blick zu. Zu sagen gab es eigentlich nichts. Sie traten hinaus in die Eingangshalle.

Callaghan erkannte erst nach einem Augenblick, daß er vor einem Zugang zu der unteren Ebene des Stadions stand. Vor kurzer Zeit hätte er von diesem Punkt auf die südlichen Ränge und das Dach sehen sollen, aber nun erblickte er die Berge, die sich gegen den orangenen Abendhimmel abzeichneten. Wie in Trance ging er auf die Öffnung zu.

Es bot sich eine Szene wie aus der Hölle. Aus irgendwelchen Gründen war dieser Abschnitt gegen die Druckwelle abgeschirmt gewesen, nicht aber gegen die Hitze. Vielleicht 300 Sitze waren intakt geblieben, und es saßen Menschen darauf – die Überreste von Menschen. Sie waren tiefschwarz, verkohlt wie auf dem Grill vergessenes Fleisch, und sahen schlimmer aus als jedes Brandopfer, das Callaghan in seiner fast 30jährigen Dienstzeit bei der Feuerwehr gesehen hatte. Mindestens 300 saßen da, der Stelle zugewandt, an dem sich das Spielfeld befunden hatte.

»Geh'n wir, Brandmeister«, sagte Colonel Lyle und zog ihn weg. Callaghan brach jäh zusammen, und Lyle sah, daß er sich unter seiner Gasmaske erbrach. Er riß ihm die Maske weg und richtete ihn auf. »Zeit zum Verschwinden. Hier gibt es nichts mehr zu tun. Sie haben Ihre Pflicht getan.« Wie sich herausstellte, waren noch vier weitere Menschen am Leben. Die Feuerwehrleute legten sie auf das Heck des Panzers, der zum Evakuierungssammelpunkt fuhr. Die restlichen Männer von der Feuerwehr wuschen sich ab und entfernten sich dann ebenfalls.

Der vielleicht einzig günstige Aspekt des Tages war die Schneedecke, dachte Larry Parsons. Sie hatte die Hitzeeinwirkung auf die umstehenden Gebäude gemildert. Statt Hunderten von Gebäuden brannten nur wenige. Besser noch, die Nachmittagssonne des Vortages hatte den Schnee in den Gärten und auf den Dächern angeschmolzen, und als er wieder gefror, hatte sich eine Eiskruste gebildet. Diese Kruste suchte Parsons nun nach Materialresten ab. Er und seine Leute arbeiteten mit Szintillometern. Eine fast unglaubliche Tatsache war, daß eine Atombombe bei der Explosion einen Großteil ihrer Masse in Energie verwandelte, der Gesamtverlust an Materie aber minimal war. Abgesehen davon ist Materie nur sehr schwer zu zerstören. Parsons Suche nach Bombenrückständen war einfacher, als man glaubt. Das Material war schwarz, lag auf einer ebenen weißen Fläche und war hoch radioaktiv. Nun konnte er gut drei Kilometer vom Stadion entfernt unter sechs heißen Flecken wählen. Er hatte sich für den heißesten entschieden. In seinem bleibeschichteten Schutzanzug trottete er über einen schneebedeckten Rasen. Hier wohnt wohl ein älteres Ehepaar, dachte er, denn es gab keine Hinweise auf Kinder, die einen Schneemann gebaut oder sich hingelegt hatten, um einen Adler zu machen. Das Prasseln seines Instruments wurde lauter ... da.

Die Partikel waren kaum größer als Staubkörner, aber sehr zahlreich; wahrscheinlich handelte es sich um pulverisierten Splitt und Überreste der Decke des Parkplatzes. Wenn Parsons Glück hatte, waren sie in der Mitte des Feuerballs in die Höhe gerissen worden, und es hatten sich Rückstände der Bombe an ihnen festgesetzt. Aber nur, wenn er Glück hatte. Parsons schaufelte eine Kelle voll auf und schüttete die Probe in einen Plastikbeutel, den er einem Kollegen zuwarf. Dieser warf die strahlenden Reste in einen Eimer aus Blei.

»Heißes Zeug, Larry!«

»Ich weiß. Ich nehme noch ein paar Proben.« Nachdem er eine zweite in den Beutel getan hatte, hob er sein Sprechfunkgerät.

»Hier Parsons. Haben Sie was?«

»Ja, drei Prachtexemplare, Larry. Das reicht wohl für eine Analyse.«

»Wir treffen uns am Hubschrauber.«

»Schon unterwegs.«

Parsons und sein Partner entfernten sich und achteten nicht auf die Menschen, die an den Fenstern standen und sie mit großen Augen musterten; die gingen ihn im Augenblick nichts an. Zum Glück haben sie mich nicht mit Fragen belästigt, dachte er. Der Hubschrauber stand mit kreisendem Rotor mitten auf einer Straße.

»Wohin?« fragte Andy Bowler.

»Zu unserem Posten im Einkaufszentrum. Dort sollte es schön kalt sein. Sie fliegen mit den Proben zurück in die Zentrale und untersuchen sie im Spektrometer.«

»Sie sollten besser mitkommen.«

»Geht nicht«, meinte Parsons und schüttelte den Kopf. »Ich muß Washington verständigen. Irgend jemand hat Mist gebaut; die Bombe war wesentlich kleiner, als man uns sagte. Das muß ich weitergeben.«

Im Konferenzraum endeten mindestens 40 Telefonleitungen, und eine verband Ryan direkt mit zu Hause. Ein elektronisches Zwitschern weckte seine Aufmerksamkeit. Jack drückte auf den blinkenden Knopf und nahm den Hörer ab.

»Ryan.«

»Jack, was ist los?« fragte Cathy Ryan ihren Mann. Ihre Stimme klang besorgt, aber nicht panisch.

»Was meinst du?«

»Im Regionalfernsehen hieß es, in Denver sei eine Atombombe losgegangen. Ist denn Krieg?«

»Cathy, ich kann jetzt – nein, Schatz, es ist kein Krieg.«

»Jack, die Bilder waren im Fernsehen. Ist da etwas, das ich wissen sollte?«

»Viel mehr als du weiß ich auch nicht. Es ist etwas passiert, aber was es war, wissen wir nicht genau. Wir bemühen uns gerade, es herauszufinden. Der Präsident und die Sicherheitsberaterin sind in Camp David, und –«

»Elliot?«

»Ja. Sie stehen im Augenblick mit den Russen in Verbindung. So, Schatz, ich hab' jetzt zu tun.«

»Soll ich die Kinder anderswo unterbringen?«

Die richtige, anständige Entscheidung wäre nun gewesen, seiner Frau zu sagen, sie solle daheim bleiben und das Risiko mit allen anderen Bürgern teilen. Tatsache aber war, daß Jack keinen sicheren Platz kannte. Er schaute aus dem Fenster und suchte nach einer Antwort. – »Nein.«

»Berät Liz Elliot den Präsidenten?«

»Ja.«

»Jack, sie ist kleinlich und hat einen schwachen Charakter. Sie mag intelligent sein, aber innerlich ist sie schwach.«

»Ich weiß, Cathy. So, und jetzt hab' ich hier wirklich zu tun.«

»Ich hab' dich lieb.«

»Ich dich auch, mein Herz. Mach's gut.« Jack legte auf. »Die Sache ist publik«, verkündete er. »Das Fernsehen bringt sogar Bilder.«

»Jack!« rief der Diensthabende. »AP meldet gerade Feuergefechte zwischen amerikanischen und sowjetischen Einheiten in Berlin. Reuters berichtet über die Explosion in Denver.«

Ryan rief Murray an. »Bekommen Sie die Meldungen der Nachrichtenagenturen?«

»Jack, ich wußte, daß das nicht klappen kann.«

»Wie bitte? Was meinen Sie?«

»Der Präsident wies uns an, die Fernsehanstalten an der Berichterstattung zu hindern. Wahrscheinlich haben wir irgendwo Mist gebaut.«

»Ist ja toll. Sie hätten diesen Befehl verweigern sollen, Dan.«

»Versucht hab' ich's.«

Es gab einfach zu viele Redundanzen, zu viele Knotenpunkte der Kommunikation. Zwei die USA versorgenden Satelliten funktionierten noch, ebenso fast alle Mikrowellen-Relaisstationen des Vorgängersystems. Die TV-Netze waren nicht nur in New York und Atlanta aktiv. Nach einem diskreten Anruf aus dem Rockefeller Center übernahm NBC Los Angeles die Rolle der Zentrale. CBS und ABC gelang ähnliches in Washington und Chicago. Wütende Reporter teilten der Öffentlichkeit mit, FBI-Agenten hielten in der bisher schändlichsten Verletzung des 1. Verfassungszusatzes das Personal der Sendezentralen ›wie Geiseln‹. ABC war über den Tod seines Teams empört, aber das wurde angesichts der Sensationsstory zur Nebensache. Die sprichwörtliche Katze war aus dem Sack, und in der Pressestelle des Weißen Hauses liefen die Drähte heiß. Viele Reporter kannten auch die Nummer von Camp David. Ein Kommentar des Präsidenten blieb aus, und das machte alles noch schlimmer. CBS-Reporter in Omaha, Nebraska, brauchten nur am SCA-Hauptquartier vorbeizufahren, um die verstärkten Wachen und die fehlenden Bomber zu bemerken. Ihre Fotos wurden binnen Minuten landesweit verbreitet, aber die beste und schlechteste Arbeit leisteten die Nachrichtenredaktionen der Lokalsender. Kaum eine Stadt in den USA hat nicht ein Arsenal der Nationalgarde oder eine Kaserne für die Reservisten. Die Aktivität dort ließ sich ebenso verbergen wie der Sonnenaufgang, und aus den Druckern kamen Meldungen der Nachrichtenagenturen über geschäftiges Treiben auf allen Basen. Man brauchte diese Berichte also nur noch mit dem wenige Minuten langen Videoband von KOLD Denver, das nun fast permanent ausgestrahlt wurde, zu unterstreichen, um den Bürgern zu erklären, was sich warum abspielte.

Alle Telefone des Aurora Presbyterian Hospitals wurden benutzt. Parsons hätte sich mit Gewalt Zugang zu einer Leitung verschaffen können, fand es aber einfacher, über die Straße in das so gut wie verlassene Einkaufszentrum zu rennen. Dort stieß er auf einen FBI-Agenten in der blauen »Razzia«-Jacke, die ihn in großen Blockbuchstaben identifizierte.

»Waren Sie gerade am Stadion?«

»Ja.«

»Ich muß telefonieren.«

»Sparen Sie Ihr Kleingeld.« Sie standen vor einem Herrenbekleidungsgeschäft. Die Tür war mit einer Alarmanlage gesichert, wirkte aber billig. Der Agent zog seine Dienstpistole und feuerte fünfmal durch die Scheibe. »Nach Ihnen, Kollege.«

Parsons rannte an die Theke und wählte die Nummer der FBI-Zentrale in Washington. Schweigen.

»Wo rufen Sie an?«

»Washington, D.C.«

»Die Fernleitungen sind unterbrochen.«

»Wie bitte? Die Telefonleitungen sollten doch nicht betroffen sein.«

»Wir haben die Leitungen gekappt. Befehl aus Washington«, erklärte der Agent.

»Welcher Idiot hat das angeordnet?«

»Der Präsident.«

»Ist ja super. Ich muß unbedingt eine Nachricht durchgeben.«

»Augenblick.« Der Agent wählte seine Dienststelle an.

»Hoskins.«

»Hier Larry Parsons, Teamleiter NEST. Könnten Sie etwas nach Washington weitergeben?«

»Sicher.«

»Die Bombe detonierte am Bodennullpunkt und war weniger als 15 Kilotonnen stark. Wir haben Proben der Rückstände, die nun zur spektroskopischen Untersuchung nach Rocky Flats geflogen werden. Können Sie das weitermelden?«

»Ja, das geht.«

»Okay.« Parsons legte auf.

»Sie haben Teile der Bombe?« fragte der FBI-Agent ungläubig.

»Klingt verrückt, was? Ja, das ist der Fallout – Bombenrückstände, die sich an Erdpartikeln festsetzen.«

»Und was fangen Sie damit an?«

»Dem läßt sich allerhand entnehmen. Kommen Sie«, sagte Parsons zu dem Agenten. Die beiden rannten über die Straße und zurück ins Krankenhaus. Ein FBI-Agent ist ein nützlicher Begleiter, fand Parsons.

»Jack, über Walt Hoskins ging eine Nachricht aus Denver ein. Die Bombe explodierte am Boden und hatte eine Sprengleistung von rund 50 Kilotonnen. Die Leute vom NEST haben Rückstände geborgen und werden sie nun analysieren.«

Ryan machte sich Notizen. »Die Zahl der Opfer?«

»Davon sagte man nichts.«

»50 Kilotonnen«, merkte der Mann von W&T an. »Kleiner, als die Werte von den Satelliten vermuten ließen, aber immer noch viel zu groß für eine Terroristenwaffe.«

Die F-16C war für diesen Einsatz nicht gerade ideal, aber schnell. Vier Maschinen waren erst vor 20 Minuten in Ramstein auf den DEFCON-3-Alarm hin gestartet und nach Osten und an die ehemalige innerdeutsche Grenze, die man immer noch als solche bezeichnete, geflogen. Dort hatte sie ein neuer Befehl erreicht und über den Südrand Berlins beordert, wo sie feststellen sollten, was sich in der Kaserne der Berliner Brigade tat. Vier F-15 Eagle aus Bitburg stießen dazu und gaben ihnen Deckung aus der Höhe. Alle acht Kampfflugzeuge der US-Luftwaffe waren für den Luftkampf bewaffnet und trugen statt Bomben Zusatz-Treibstofftanks unter den Rümpfen. Aus 3000 Meter sahen die Piloten Blitze und Explosionen am Boden. Der Schwarm F-16 spaltete sich in zwei Paare auf und ging in den Sturzflug, um sich die Szene aus der Nähe anzusehen; die Eagles kreisten darüber. Wie sich später herausstellen sollte, bekamen es die Piloten mit zwei Problemen zu tun. Erstens waren sie von der plötzlichen Wendung der Dinge zu überrascht, um alle Möglichkeiten in Betracht zu ziehen, und zweitens hatten die geringen Flugzeugverluste über dem Irak sie vergessen lassen, daß hier andere Bedingungen herrschten.

Das russische Panzerregiment war mit Luftabwehrraketen SA-8 und SA-11 und der üblichen Anzahl von Fla-Panzern Schilka 23 Millimeter ausgerüstet. Der Kommandeur der Fla-Batterie hatte auf diesen Augenblick gewartet und sein Radar, anders als es die Iraker getan hatten, schlau inaktiv gelassen. Den Feuerbefehl gab er erst, als die amerikanischen Flugzeuge bis auf knapp 1000 Meter waren.

Kaum hatten ihre Warngeräte angesprochen, da stieg vom Rand des russischen Militärlagers auch schon ein Schwarm von Raketen auf, dem die in größerer Höhe fliegenden Eagles leicht ausweichen konnten. Die F-16 Fighting Falcons aber, die direkt in die SAM-Falle flogen, hatten so gut wie keine Chance. Zwei wurden binnen Sekunden zerrissen. Das zweite Paar wich der ersten Salve aus, doch eine Maschine geriet in die Splitterwolke der zweiten. Der Pilot rettete sich mit dem Schleudersitz, kam aber bei dem zu harten Aufprall auf das Dach eines Mietshauses ums Leben. Die vierte F-16 floh in Firsthöhe und jagte mit vollem Nachbrenner nach Westen. Zwei Eagles stießen zu ihr. Insgesamt stürzten fünf amerikanische Maschinen im Stadtgebiet ab. Nur ein Pilot überlebte. Die entkommenen Flugzeuge funkten die Nachricht an den OB der US-Luftwaffe Europa in Ramstein, der sofort zwölf F-16 mit schwereren Waffen ausrüsten ließ. Die zweite Welle sollte mehr Eindruck machen.

PRÄSIDENT NARMONOW:

WIR ENTSANDTEN FLUGZEUGE NACH BERLIN, UM DIE LAGE EINZUSCHÄTZEN. SIE WURDEN OHNE WARNUNG VON SOWJETISCHEN RAKETEN ABGESCHOSSEN. WARUM?

»Was soll das bedeuten?«

»›Ohne Warnung abgeschossen‹? Die Flugzeuge schickte man, weil dort *gekämpft* wird! Das Regiment hat Luftabwehrkräfte«, erklärte der Verteidigungsminister, »die aber nur aus Raketen bestehen, die nicht in große Höhen reichen. Hätten die Amerikaner sich aus 10 000 Metern informiert, hätten wir ihnen nichts anhaben können. Sie müssen also im Tiefflug angekommen sein, um ihren Truppen Luftunterstützung zu geben. Nur unter diesen Bedingungen konnten wir sie erwischen.«

»Uns liegen aber keine Informationen vor?«

»Richtig, und wir haben immer noch keinen Kontakt hergestellt.«

»Dann werden wir diese Nachricht aus Washington nicht beantworten.«

»Das wäre ein Fehler«, sagte Golowko.

»Die Lage ist ohnehin schon gefährlich genug«, rief Narmonow ärgerlich. »Wir haben keine Ahnung, was dort vor sich geht. Wie kann ich reagieren, wenn er behauptet, Informationen zu haben, über die wir nicht verfügen?«

»Mit Ihrem Schweigen bestätigten Sie den Vorfall.«

»Wir geben nichts zu!« schrie der Verteidigungsminister. »Es wäre überhaupt nicht so weit gekommen, wenn man uns nicht angegriffen hätte, und außerdem steht nicht fest, ob sich der Vorfall überhaupt ereignete.«

»Teilen wir ihnen das mit«, schlug Golowko vor. »Wenn sie erkennen, daß wir ebenso konfus sind wie sie, verstehen sie vielleicht, daß –«

»Sie werden uns weder verstehen noch glauben. Man hat uns bereits beschuldigt, den Angriff geführt zu haben, und wird uns auch nicht abnehmen, daß wir die Lage in Berlin nicht unter Kontrolle haben.«

Narmonow zog sich an einen Ecktisch zurück und schenkte sich eine Tasse Tee ein, während Golowko und der Verteidigungsminister diskutierten. Der sowjetische Präsident schaute zur Decke. Die Befehlszentrale ging auf Stalin zurück und war am Ende eines Nebengleises der Moskauer U-Bahn von Lasar Kaganowitsch erbaut worden, Stalins liebstem jüdischen Antisemiten und treuestem Handlanger. Sie lag 100 Meter tief in der Erde, und nun erfuhr er von seinen Leuten, daß auch sie keine wirkliche Sicherheit bot.

Was denkt Fowler nur? fragte sich Narmonow. Der Tod so vieler amerikanischer Bürger mußte den Mann erschüttert haben, aber wie konnte er glauben, daß die Sowjets dafür verantwortlich waren? Und was ging im Augenblick eigentlich wirklich vor? Ein Gefecht in Berlin, ein möglicher Zusammenstoß zwischen Marineeinheiten im Mittelmeer, Ereignisse, die in keinem Zusammenhang standen – oder?

Kam es darauf überhaupt an? Narmonow starrte auf ein Bild an der Wand und erkannte, daß diese Punkte in der Tat nebensächlich waren. Mit Fowler hatte er gemeinsam, daß für sie als Politiker der Schein mehr Gewicht hatte als die Realität, und Wahrnehmungen wichtiger waren als Fakten. Der Amerikaner hatte ihn in Rom in einer trivialen Angelegenheit angelogen. Log er jetzt auch? Und wenn das der Fall war, galt aller Fortschritt der vergangenen zehn Jahre nichts mehr. Alles war umsonst gewesen.

Wie brechen Kriege aus? fragte sich Narmonow still in seiner Ecke. In der Geschichte waren Eroberungskriege von starken Führern vom Zaun gebrochen worden, denen es nach mehr Macht gelüstet hatte. Die Zeit der Männer mit imperialistischen Ambitionen aber war vorbei; den letzten dieser Verbrecher hatte der Tod vor nicht allzu langer Zeit ereilt. Der Umschwung war im 20. Jahrhundert gekommen. Wie hatte der Erste Weltkrieg begonnen? Ein Attentäter mit TB hatte einen dröhnenden Hanswurst umgebracht, der bei seiner eigenen Familie so unbeliebt gewesen war, daß sie noch nicht einmal zu seiner Beerdigung kommen wollte. Eine anmaßende diplomatische Note hatte Zar Nikolaus bewogen, einem Volk, für das er geringe Sympathien empfand, zu Hilfe zu kommen, und dann hatten die Fahrpläne für die Mobilisierung das Geschehen bestimmt. Wie sich Narmonow entsann, hatte Nikolaus die letzte Chance gehabt. Es hatte in seiner Macht gestanden, den Krieg zu verhindern. Aber da ihm die Kraft fehlte, hatte er aus Furcht und Schwäche den Mobilisierungsbefehl unterzeichnet, einen Schlußstrich unter eine Ära gezogen und eine neue beginnen lassen. Ausgebrochen war der Konflikt, weil kleine, furchtsame Männer weniger Angst vor einem Krieg hatten als davor, Schwäche zeigen zu müssen.

Fowler ist so ein Mensch, sagte sich Narmonow. Stolz und arrogant, ein Mann, der mich in einer Kleinigkeit anlog, weil er befürchtete, er könne in meiner Achtung sinken. Er muß empört über die vielen Toten sein und weitere Opfer fürchten, aber mehr noch fürchtet er, Schwäche zu zeigen. Und mein Land ist einem solchen Mann ausgeliefert.

Narmonow saß in einer netten Falle. Die Ironie der Lage hätte ein verkniffenes, bitteres Lächeln auslösen können, aber der sowjetische Präsident stellte die Tasse ab, weil sein Magen keine heiße, bittere Flüssigkeit mehr vertrug. Auch er durfte keine Schwäche zeigen – oder? Das würde Fowler nur zu noch irrationaleren Akten ermuntern. Andrej Iljitsch Narmonow fragte sich, ob das, was er von Jonathan Robert Fowler hielt, vielleicht auch auf ihn zutraf... Aber nun mußte er eine Antwort formulieren. Passivität konnte als Schwäche ausgelegt werden.

»Keine Antwort?« fragte Fowler den Verwaltungsunteroffizier.

»Nein, Sir, noch nichts«, antwortete Orontia, ohne den Blick vom Monitor zu wenden.

»Mein Gott«, murmelte der Präsident. »Die vielen Toten...«

Und ich könnte auch zu ihnen gehören, dachte Liz Elliot. Der Gedanke ließ ihr keine Ruhe, rollte an wie die Brandung am Strand, brach sich, wich zurück und kehrte wieder. Jemand wollte uns töten, und mich auch. Dabei wissen wir nicht einmal, wer das getan hat und warum.

»Das darf nicht so weitergehen.«

Wir wissen noch nicht einmal, was wir verhindern wollen. Wer steckt dahinter? Und was ist das Motiv? Liz schaute auf die Uhr und berechnete die Zeit bis zum Eintreffen des NEACP. Wir hätten den Hubschrauber nehmen sollen, dachte sie. Warum haben wir uns nicht nach Hagerstown bringen lassen? Nun sitzen wir hier fest, stellen ein perfektes Ziel dar, und wenn sie uns umbringen wollen, werden sie uns diesmal erwischen.

»Wie können wir dem Einhalt gebieten? Er antwortet ja nicht einmal.«

Sea Devil 13, ein U-Abwehrflugzeug Orion P-3C, war von seinem Stützpunkt Kodiak aufgestiegen und wurde nun in der geringen Höhe von 170 Metern von Turbulenzen durchgeschüttelt. Zehn Meilen südwestlich der Position der *Maine* legte es die erste, aus zehn DIFAR-Sonarbojen bestehende Linie. Hinten in der Maschine waren die Sonaroperatoren fest in ihren Sitzen mit den hohen Rücklehnen angeschnallt, hatten meist die Flüstertüren griffbereit und versuchten, die Werte auf ihren Displays zu analysieren. Erst nach einigen Minuten ergab sich ein klareres Bild.

»Verdammt, das ist ja mein Boot«, sagte Jim Rosselli, wählte Bangor an und verlangte Commodore Mancuso.

»Bart, was ist los?«

»*Maine* meldet eine Kollision, Schrauben- und Wellenschaden. Im Augenblick gibt ihr eine P-3Deckung, und *Omaha* läuft mit voller Kraft auf sie zu. Soweit die guten Nachrichten. Die schlechten sind, daß *Maine* ein Akula verfolgte.«

»*Maine* hat *was* getan?«

»Harrys Idee, von der er mich und OP-02 überzeugte. Zu spät, sich jetzt darüber aufzuregen. Die Lage sollte entspannt sein; das Akula war weit entfernt. Sie wissen ja, was Harry letztes Jahr mit der *Omaha* anstellte.«

»Allerdings. Ich dachte, er hat nicht alle Tassen im Schrank.«

»Hören Sie, das geht bestimmt gut. Ich lasse im Augenblick meine Boote auslaufen, Jim. Wenn Sie mich nicht weiter brauchen, würde ich mich jetzt gerne um meine Arbeit kümmern.«

»Gut.« Rosselli legte auf.

»Was gibt's?« fragte Rocky Barnes.

Rosselli reichte ihm die Meldung. »Mein altes Boot hat im Golf von Alaska eine Havarie erlitten, und in der Gegend schnüffelt ein Russe herum.«

»Sagten Sie nicht, das Ohio sei sehr leise? Die Russen wissen bestimmt nicht, wo *Maine* liegt.«

»Richtig.«

»Kopf hoch, Jim. Ich habe wahrscheinlich ein paar von den Piloten, die es über Berlin erwischte, gekannt.«

»Wo, zum Kuckuck, bleibt Wilkes? Er sollte schon längst hier sein«, meinte Rosselli. »Mit seinem Allradantrieb muß er doch durchkommen.«

»Keine Ahnung. Was läuft hier eigentlich?«

»Weiß der Teufel, Rocky.«

»Ah, da geht eine Antwort ein«, meldete Chief Orontia. »Eine lange.«

PRÄSIDENT FOWLER:
ÜBER DIE VON IHNEN ERWÄHNTE ANGELEGENHEIT LIEGEN UNS KEINE INFORMATIONEN AUS BERLIN VOR. MEIN BEFEHL GING AN UNSERE TRUPPEN, UND WENN SIE IHN ERHALTEN HABEN, WERDEN SIE NUR MASSNAHMEN ZUR SELBSTVERTEIDIGUNG ERGREIFEN. UNSERE VERSUCHE, MIT IHNEN KONTAKT AUFZUNEHMEN, GEHEN WEITER, ABER UNSER ERSTER VERSUCH, SIE ZU ERREICHEN, WURDE VON AMERIKANISCHEN TRUPPEN VERHINDERT, DIE WEIT VON IHREM LAGER ENTFERNT WAREN. SIE BESCHULDIGEN UNS, DAS FEUER ERÖFFNET ZU HABEN. ICH VERSICHERTE IHNEN BEREITS, DASS UNSERE STREITKRÄFTE KEINEN BEFEHL ZUM ANGRIFF ERHIELTEN. EINDEUTIG STEHT FÜR UNS NUR FEST, DASS IHRE VERBÄNDE SICH WEIT IN UNSERER ZONE DER STADT BEFANDEN, ALS SIE ANGRIFFEN.

MR. PRESIDENT, ICH KANN IHRE WORTE NICHT MIT DEN UNS VORLIEGENDEN FAKTEN IN EINKLANG BRINGEN. DIES SOLL KEIN VORWURF SEIN, ABER ICH WEISS NICHT, WIE ICH IHNEN SONST NOCH VERSICHERN KANN, DASS SOWJETISCHE KRÄFTE NICHTS GEGEN AMERIKANISCHE TRUPPEN UNTERNOMMEN HABEN.

SIE HABEN IHRE STREITKRÄFTE IN ALARMBEREITSCHAFT VERSETZT UND BEZEICHNEN DAS ALS REINE DEFENSIVMASSNAHME. WIR HABEN ABER HINWEISE, DASS IHRE STRATEGISCHEN KRÄFTE IN HÖCHSTER BEREITSCHAFT SIND. EINERSEITS SAGEN SIE, SIE HÄTTEN KEINEN ANLASS ZU GLAUBEN, DASS WIR FÜR DIESE INFAMIE VERANTWORTLICH SIND, ANDERERSEITS SIND IHRE STRATEGISCHEN WAFFEN IN ALARMBEREITSCHAFT UND AUF MEIN LAND GERICHTET. WAS SOLL ICH DAVON HALTEN? SIE VERLANGEN EINEN BEWEIS UNSERER GUTEN ABSICHTEN, ABER ALLE IHRE MASSNAHMEN WEISEN AUF DAS GEGENTEIL HIN.

»Nur großes Geschrei«, bemerkte Liz Elliot sofort. »Wer da am anderen Ende sitzt, ist durcheinander. Sehr gut, vielleicht gewinnen wir doch noch die Oberhand.«

»Gut?« fragte der CINC-SAC. »Ist Ihnen klar, daß dieser Mensch zwar Angst hat, aber auch eine ganze Menge Raketen? Ich interpretiere das anders, Dr. Elliot. Ich habe den Eindruck, daß er zornig ist und uns unsere Anfragen glatt wieder auftischt.«

»Wie meinen Sie das, General?«

»Er sagt, er sei über unseren Alarmzustand informiert. Gut, das überrascht mich nicht, aber er betont auch, daß unsere Waffen auf ihn zielen. Er beschuldigt uns nun, ihn zu bedrohen – mit Kernwaffen, Mr. President. Und das halte ich für wichtiger als diesen Kleinkram in Berlin.«

»Dem stimme ich zu«, erklärte General Borstein. »Er versucht, uns mit

Gepolter einzuschüchtern. Wir fragen nach ein paar abgeschossenen Flugzeugen, aber er serviert uns das.«

Fowler stellte wieder die Verbindung zur CIA her. »Ryan, haben Sie die letzte Nachricht gelesen?«

»Jawohl, Sir.«

»Was halten Sie von Narmonows geistiger Verfassung?«

»Im Augenblick ist er ein bißchen aufgebracht, und unsere Verteidigungsbereitschaft macht ihm Sorgen. Er versucht wohl, einen Ausweg aus der Sackgasse zu finden.«

»Ich sehe das anders. Der Mann ist durcheinander.«

»Wer ist das nicht?« fragte Jack. »Natürlich ist er durcheinander. Geht uns das nicht allen so?«

»Ryan, wir haben die Lage hier im Griff.«

»Das Gegenteil habe ich nie behauptet, Liz«, versetzte Jack und verkniff sich, was er wirklich sagen wollte. »Die Situation ist ernst, und er ist über sie so besorgt wie wir. Wie alle Beteiligten versucht er herauszufinden, was eigentlich passiert. Der Haken ist nur, daß niemand so richtig Bescheid weiß.«

»Und wessen Schuld ist das?« fragte Fowler gereizt. »Das ist schließlich Ihre Aufgabe.«

»Jawohl, Mr. President, und wir arbeiten an dem Fall. Viele Leute geben sich die beste Mühe.«

»Robert, klingt dieser Mann wie Narmonow? Sie kennen ihn doch, haben Zeit mit ihm verbracht.«

»Das kann ich wirklich nicht sagen, Elizabeth.«

»Die einzig plausible Erklärung ...«

»Liz, wer sagt denn, daß es hier mit Logik zugehen muß?« fragte Ryan.

»General Borstein, die Waffe hatte eine hohe Sprengleistung, nicht wahr?«

»Ja, das zeigten unsere Instrumente an.«

»Wer verfügt über so starke Bomben?«

»Wir, die Russen, die Briten und Franzosen. Vielleicht hat China solche Waffen, aber das bezweifeln wir; sie wären klotzig und primitiv. Israel besitzt Gefechtsköpfe dieses Kalibers. Indien, Pakistan und Südafrika haben Fisionswaffen, aber nicht in dieser Größenordnung.«

»Ryan, ist diese Information korrekt?« fragte Liz Elliot.

»Jawohl.«

»Großbritannien, Frankreich und Israel scheiden aus. Wer steckt also dahinter?«

»Verflucht noch mal, Liz, *das wissen wir nicht!* Wir spielen hier keinen Sherlock-Holmes-Krimi durch. Kombiniere dies, eliminiere das; dabei erfahren wir nicht, wer es war! Aus dem Fehlen von Informationen lassen sich keine Schlüsse ziehen.«

»Kennt die CIA alle Staaten, die über solche Waffen verfügen?« fragte Fowler.

»Jawohl, Sir, dieser Auffassung bin ich.«

»Und wie sicher können Sie sein?«

»Bis heute hätte ich mein Leben darauf gewettet.«

»Sie sagen also wieder mal nicht die Wahrheit.«

Jack erhob sich von seinem Sessel. »Sir, Sie mögen Präsident der Vereinigten Staaten sein, aber ich muß Sie bitten, mich nie wieder der Lüge zu beschuldigen! Meine Frau rief gerade an und wollte wissen, ob sie die Kinder in Sicherheit bringen soll. Wenn Sie glauben, daß ich in einer solchen Situation dumme Spiele treibe, dann sind Sie derjenige, der Hilfe braucht!«

»Danke, Ryan, das genügt.« Die Verbindung wurde unterbrochen.

»Guter Gott!« rief der Offizier vom Dienst.

Ryan schaute sich nach einem Papierkorb um und schaffte es gerade noch, fiel auf die Knie und erbrach sich. Dann griff er nach einer Dose Coke, spülte sich den Mund aus und spuckte die Flüssigkeit in den Papierkorb. Niemand sagte ein Wort.

Jack richtete sich auf. »Sie blicken nicht durch«, sagte er leise und steckte sich eine Zigarette an. »Sie blicken einfach nicht durch. Im Grunde ist das ganz einfach. Es besteht ein Unterschied zwischen Unwissenheit und der Erkenntnis seiner eigenen Unwissenheit. Wir stecken in einer Krise, und bei allen Beteiligten bricht ihre alte Natur wieder durch. Der Präsident denkt wie ein Jurist, versucht die Fassade zu wahren, tut, worauf er sich versteht, geht die Beweismittel durch, baut seine Anklage auf, vernimmt Zeugen, versucht alles aufs Wesentliche zu reduzieren. Liz ist auf die Tatsache fixiert, daß sie hätte in die Luft fliegen können, und unfähig, das zu vergessen. Nun denn.« Ryan zuckte die Achseln. »Das kann ich wohl verstehen. Ich war auch schon einmal in einer solchen Situation. Als Politikwissenschaftlerin sucht sie nach einem theoretischen Modell und bläst das nun dem Präsidenten ein. Ihr Szenarium ist elegant, basiert aber auf Unsinn. Habe ich recht, Ben?«

»Sie haben etwas ausgelassen, Jack«, meinte Goodley.

Ryan schüttelte den Kopf. »Nein, Ben, dazu komme ich noch. Weil ich die Beherrschung verloren habe, hört man jetzt nicht mehr auf mich. Ich hätte das wissen sollen; ich wurde ja gewarnt und sah es sogar kommen, aber trotzdem brauste ich auf. Und der Clou ist, daß Fowler sein Amt mir zu verdanken hat. Wäre ich nicht gewesen, säße er noch heute in Columbus, Ohio, und Liz Elliot hielte in Bennington jungen Studentinnen Vorlesungen.« Jack trat wieder ans Fenster. Draußen war es dunkel, und die Raumbeleuchtung machte aus der Scheibe einen Spiegel.

»Wovon reden Sie?«

»Das, meine Herren, ist geheim. Na, vielleicht setzt man mal folgendes auf meinen Grabstein: Hier ruht John Patrick Ryan. Er versuchte, das Richtige zu tun – und seht nur, was er anrichtete. Hoffentlich kommen Cathy und die Kinder durch...«

»Immer mit der Ruhe, so schlimm ist es noch nicht«, besänftigte der Offizier vom Dienst, aber alle Anwesenden fröstelten nun.

Jack drehte sich um. »Wirklich nicht? Sehen Sie denn nicht, worauf die Sache hinausläuft? Fowler und Elliot hören auf niemanden. Sie sind wie taub. Dennis Bunkers Rat oder Brent Talbots hätten sie vielleicht befolgt, aber diese beiden sind nun nur noch Fallout irgendwo über Colorado. Ich bin der einzige Berater, den sie im Augenblick haben, und ich bin abgesägt worden.«

41
Das Feld am Camlann

Admiral Lunin fuhr gefährlich schnell. Kapitän Dubinin wußte, daß das riskant war, aber eine solche Chance bot sich nur selten. Es war in der Tat seine erste – und auch die letzte? fragte er sich. Warum hatten die Amerikaner ihre nuklearen Streitkräfte in volle Alarmbereitschaft versetzt? Gewiß, eine mögliche Kernexplosion in ihrem Land war eine schwerwiegende Angelegenheit, aber wie konnten sie so wahnsinnig sein und annehmen, die Sowjets hätten sie ausgelöst?

»Die Karte des Polargebiets, bitte«, sagte er zu seinem Steuermannsmaat. Dubinin wußte zwar, was er zu sehen bekommen würde, aber in dieser Situation durfte er sich nicht auf sein Gedächtnis verlassen, sondern durfte nur aufgrund harter Fakten entscheiden. Die einen Quadratmeter große, auf Karton aufgezogene Karte wurde einen Augenblick später auf den Tisch gelegt. Mit einem Stechzirkel maß Dubinin die Distanz zwischen Moskau und der geschätzten Position der *Maine* einerseits und zu den ICBM-Silos in der Mitte seines Landes andererseits.

»Ja.« Klarer konnte die Lage kaum sein.

»Was ist, Käpt'n?« fragte der *Starpom.*

»USS *Maine* befindet sich unseren Informationen zufolge im nördlichsten Patrouillensektor der in Bangor stationierten strategischen Boote. Plausibel, nicht wahr?«

»Gewiß. Allerdings wissen wir nur wenig über ihre Kurse.«

»Sie hat die Rakete D-5 an Bord, insgesamt 24, mit je acht Gefechtsköpfen...« Er hielt inne. Früher hätte er das auf der Stelle im Kopf ausrechnen können.

»192, Käpt'n«, sagte der Erste Offizier.

»Korrekt, ich danke Ihnen. Sie deckten fast alle unsere SS-18 mit Ausnahme der im Zuge des Abrüstungsvertrags deaktivierten Raketen ab. Angesichts der Treffsicherheit der D-5 ist zu erwarten, daß diese 192 Sprengköpfe rund 160 ihrer Ziele zerstören, also ein gutes Fünftel unserer Gefechtsköpfe, und die akkuratesten obendrein. Erstaunlich, nicht wahr?« fragte Dubinin leise.

»Halten Sie sie denn wirklich für so zielgenau?«

»Wie sicher die Amerikaner treffen können, haben sie über dem Irak demonstriert. Ich jedenfalls habe nie an der Qualität ihrer Waffen gezweifelt.«

»Käpt'n, wir wissen, daß bei einem Erstschlag höchstwahrscheinlich die D-5 eingesetzt wird...«

»Führen Sie den Gedanken weiter.«

Der *Starpom* schaute auf die Karte. »Aber natürlich! Dieses Boot ist am nächsten.«

»Genau. USS *Maine* ist die Spitze einer auf unser Land gerichteten Lanze.« Dubinin klopfte mit dem Stechzirkel auf die Karte. »Sollten die Amerikaner einen Angriff starten, fliegen die ersten Raketen von diesem Punkt aus los und werden 19 Minuten später treffen. Ob unsere Genossen von den strategischen Raketenkräften wohl so rasch reagieren können...?«

»Aber wie sollen wir das verhindern?« fragte der Erste Offizier zweifelnd.

Dubinin nahm die Karte vom Tisch und schob sie zurück in die offene Schublade. »Was wir tun können? Nichts. Ein Präventivangriff ohne Befehl oder schwere Provokation kommt nicht in Frage. Unseren besten Informationen zufolge kann er seine Raketen in einem Zeitabstand von 15 Sekunden, wahrscheinlich sogar weniger, starten. Im Krieg achtet man nicht so sehr auf die technischen Handbücher. Sagen wir, er hat binnen vier Minuten alles abgeschossen. Die Bahnen der Gefechtsköpfe müssen aufgefächert werden, damit sie sich bei der Detonation nicht gegenseitig zerstören. Kein Problem, wenn man sich mit den physikalischen Aspekten befaßt, wie ich das an der Frunse-Akademie tat. Da unsere Raketen Flüssigtreibstoff haben, können sie während eines Angriffs nicht gestartet werden. Selbst wenn ihre Elektronik den elektromagnetischen Puls übersteht, wird die Struktur der Flugkörper den physikalischen Kräften nicht standhalten. Sie müssen also entweder vor dem Einschlag der ersten Sprengköpfe starten oder den Schlag aushalten und ein paar Minuten später abgeschossen werden. Was uns hier angeht: Wir müssen bis auf 6000 Meter an ihn herangehen, wenn wir auf sein erstes Abschußgeräusch hin einen Torpedo abfeuern und ihn noch am Start seiner letzten Raketen hindern wollen.«

»Eine schwierige Aufgabe.«

Der Kapitän schüttelte den Kopf. »Eine unmögliche Aufgabe. Vernünftig wäre nur, ihn auszuschalten, ehe er den Befehl zum Abschuß bekommt. Aber dazu brauchen wir eine Anweisung, und die liegt uns nicht vor.«

»Und was tun wir nun?«

»Viel können wir nicht ausrichten.« Dubinin beugte sich über den Kartentisch. »Nehmen wir einmal an, daß er tatsächlich manövrierunfähig ist und daß wir seine Position akkurat bestimmen können. Dann müssen wir ihn aber immer noch orten. Läuft sein Antrieb nur ganz langsam, ist er praktisch unmöglich zu vernehmen, besonders, wenn das Boot nahe der lauten Oberfläche liegt. Wir könnten ihn natürlich mit Aktivsonar anpeilen, aber was hindert ihn dann, einen Torpedo auf uns loszulassen? In diesem Fall könnten wir nur zurückschießen und hoffen, daß wir überleben. Mag sein, daß unsere Waffe ihn trifft, aber garantiert ist das nicht. Schießt er auf unsere Peilung hin nicht sofort, könnten wir herangehen und ihn einschüchtern, zum Tauchen zwingen. Natürlich verlieren wir dann den Kontakt, wenn er unter der Schicht verschwindet... aber wenn wir ihn in die Tiefe zwingen... und dann über der Schicht bleiben und ihn mit Aktivsonar beharken... hindern wir ihn vielleicht daran, so weit aufzutauchen, daß er seine Raketen abschießen kann.« Dubinin zog die Stirn kraus. »Hm, nicht gerade ein brillanter Plan. Hätte das einer von denen da vorgeschlagen« – er wies auf die jungen Offiziere, die das Boot steuerten, – »hätte ich ihn zur Schnecke gemacht. Aber etwas Besseres will mir nicht einfallen. Haben Sie eine Idee?«

»Käpt'n, da wären wir aber völlig wehrlos gegen Angriffe.« Der *Starpom* fand den Plan eher selbstmörderisch, war aber sicher, daß Dubinin das auch wußte.

»Richtig, aber wenn es erforderlich ist, um den Kerl am Erreichen seiner Abschußtiefe zu hindern, werde ich genau das tun. Alle Mann auf Gefechtsstation.«

PRÄSIDENT NARMONOW:

BITTE VERSETZEN SIE SICH IN UNSERE LAGE. DIE WAFFE, DIE DENVER ZERSTÖRTE, LÄSST ANGESICHTS IHRER GRÖSSE UND IHRES TYPS EINEN TERRORANSCHLAG SEHR UNWAHRSCHEINLICH ERSCHEINEN. DENNOCH HABEN WIR KEINEN VERSUCH UNTERNOMMEN, GEGEN IRGEND JEMANDEN ZURÜCKZUSCHLAGEN. WÜRDEN NICHT AUCH SIE IHRE STRATEGISCHEN KRÄFTE IN ALARMBEREITSCHAFT VERSETZEN, WENN IHR LAND SO ANGEGRIFFEN WURDE? DEMENTSPRECHEND HABEN WIR UNSERE NUKLEAREN UND KONVENTIONELLEN KRÄFTE ALARMIERT. AUS TECHNISCHEN GRÜNDEN MUSSTE DAS GLOBAL UND KONNTE NICHT SELEKTIV ERFOLGEN. ICH HABE ABER ZU KEINEM ZEITPUNKT OFFENSIVE OPERATIONEN BEFOHLEN. UNSERE BISHERIGEN MASSNAHMEN WAREN REIN DEFENSIV UND SEHR ZURÜCKHALTEND.

HINWEISE, DASS IHR LAND EINEN ANGRIFF GEGEN UNSER LAND EINGELEITET HAT, EXISTIEREN HIER NICHT, ABER ES IST UNS MITGETEILT WORDEN, DASS IHRE TRUPPEN IN BERLIN US-TRUPPEN ANGEGRIFFEN HABEN UND AUCH FLUGZEUGE, DIE WIR ZUR AUFKLÄRUNG ENTSANDTEN, ABSCHOSSEN. MELDUNGEN ZUFOLGE HABEN SICH SOWJETISCHE KAMPFFLUGZEUGE AUCH EINEM AMERIKANISCHEN FLUGZEUGTRÄGER IM MITTELMEER GENÄHERT.

PRÄSIDENT NARMONOW, ICH MUSS SIE DRINGEND ERSUCHEN, IHREN STREITKRÄFTEN ZURÜCKHALTUNG ZU BEFEHLEN. WENN WIR DIE PROVOKATIONEN BEENDEN, KANN AUCH DIESE KRISE ENDEN, ABER ICH KANN MEINEN TRUPPEN DAS RECHT DER SELBSTVERTEIDIGUNG NICHT NEHMEN.

»›Zurückhaltung befehlen‹? Unverschämtheit!« rief der Verteidigungsminister. »Wir haben doch überhaupt nichts getan! Er beschuldigt *uns, ihn* zu provozieren! *Seine* Panzer sind nach Ostberlin vorgedrungen, *seine* Jagdbomber haben unsere Einheiten angegriffen, und er bestätigt gerade, daß die Flugzeuge seines Trägers unsere attackiert haben! Was erwartet er denn von uns – daß wir jedesmal, wenn wir einen Amerikaner sehen, weglaufen?«

»Das könnte der vernünftigste Kurs sein«, merkte Golowko an.

»Fliehen wie ein Dieb vor der Polizei?« fragte der Verteidigungsminister sarkastisch. »Verlangen Sie das von uns?«

»Ich schlug das lediglich als Option vor.« Der erste stellvertretende Vorsitzende des KGB stand tapfer seinen Mann, fand Narmonow.

»Der springende Punkt dieser Nachricht ist der zweite Satz«, meinte der Außenminister, dessen sachlicher Ton seine Analyse noch bedrohlicher machte. »Dort heißt es, man glaube nicht an einen Terroranschlag. Welche möglichen Angreifer bleiben dann übrig? Er fährt fort und betont, Amerika habe *noch* nicht zurückgeschlagen. Verglichen mit dem ersten Absatz klingt die folgende Erklärung, es bestünden keine Hinweise auf unsere Schuld an dieser Infamie, recht hohl.«

»Und wenn wir die Flucht ergreifen, machen wir ihm nur noch deutlicher klar, daß wir die Sache angezettelt haben«, fügte der Verteidigungsminister hinzu.

»›Noch deutlicher klar‹? Wieso?« fragte Golowko.

»Dem muß ich zustimmen«, sagte Narmonow und schaute auf. »Ich muß nun annehmen, daß Fowler nicht mehr rational handelt. Dieses Kommuniqué ist nicht durchdacht. Er gibt uns klar und deutlich die Schuld.«

»Was können Sie zur Natur der Explosion sagen?« fragte Golowko.

»Für Terroristen war diese Waffe tatsächlich zu groß. Unsere Studien haben ergeben, daß man unter Umständen eine Fissionsbombe der ersten oder zweiten Generation bauen könnte, aber deren Leistung läge deutlich unter hundert – wahrscheinlicher sogar unter 40 Kilotonnen. In Denver muß eine Fissionswaffe der dritten Generation oder eher eine mehrphasige Wasserstoffbombe detoniert sein. Daß das die Arbeit von Amateuren war, ist ausgeschlossen.«

»Und wer ist dann verantwortlich?« fragte Narmonow.

Golowko schaute zu seinem Präsidenten hinüber. »Keine Ahnung. Wir deckten ein mögliches Atomwaffenprogramm der DDR auf. Wie Sie alle wissen, produzierte man Plutonium, aber wir haben Grund zu der Annahme, daß das Projekt nie richtig anlief. Wir haben uns auch Programme in Südamerika angeschaut; dort ist man noch nicht soweit. Israel verfügt über solche Fähigkeiten, aber warum sollte es seine Schutzmacht angreifen? Steckte China dahinter, wäre der Angriff eher gegen uns gerichtet worden. Wir haben das Land und die Ressourcen, die China braucht, und China hat die USA lieber als Handelspartner denn als Feind. Nein, ein Nationalstaat scheidet aus. Nur wenige verfügen über die Technologie, und die Probleme bei der Geheimhaltung wären praktisch unüberwindlich. Für ein solches Unternehmen braucht man erstklassig ausgebildete, intelligente und hochengagierte Leute, und das sind Eigenschaften, die man bei Psychoten nicht findet. Mord in einem solchen Maßstab, der eine solche Krise auslöst, kann nur ein Geisteskranker begehen. Selbst wenn Sie das KGB *anwiesen,* Andrej Iljitsch, schafften wir das nicht, denn solche Personen gibt es bei uns aus naheliegenden Gründen nicht.«

»Kurz: Sie haben keine Informationen und können auch mit keiner schlüssigen Hypothese die Ereignisse dieses Morgens erklären?«

»So ist es, Genosse Präsident. Ich wollte, ich könnte Ihnen etwas anderes melden.«

»Wer berät Fowler?«

»Das kann ich leider nicht sagen«, gestand Golowko. »Die Minister Talbot und Bunker sind tot. Beide waren beim Spiel – Verteidigungsminister Bunker gehörte sogar eine der beiden Mannschaften. Der Direktor der CIA ist entweder noch in Japan oder auf dem Rückflug.«

»Sein Stellvertreter ist Ryan, nicht wahr?«

»Richtig.«

»Ich kenne den Mann. Er ist vernünftig.«

»Sicher, aber er ist entlassen worden. Fowler mag ihn nicht und hat ihn unseren Informationen zufolge um seinen Rücktritt gebeten. Ich kann also leider nicht sagen, wer ihn berät – außer Elizabeth Elliot, die Sicherheitsberaterin, von der unser Botschafter nicht beeindruckt ist.«

»Wollen Sie damit sagen, daß dieser schwache, eitle Mann vermutlich von niemandem guten Rat bekommt?«

»Ja.«

»Damit ist allerhand erklärt.« Narmonow lehnte sich zurück und schloß die Augen. »Ich bin also der einzige, der ihm guten Rat geben kann, aber er glaubt, daß ich seine Stadt zerstört habe. Großartig.« Vielleicht die scharfsinnigste Analyse der Nacht, aber eine falsche.

PRÄSIDENT FOWLER:

ZUERST MÖCHTE ICH IHNEN MITTEILEN, DASS ICH DIE ANGELEGENHEIT MIT MEINEN MILITÄRBEFEHLSHABERN BESPROCHEN UND DIE VERSICHERUNG ERHALTEN HABE, DASS KEIN SOWJETISCHER ATOMSPRENGKOPF FEHLT.

ZWEITENS: WIR SIND UNS BEGEGNET, UND ICH HOFFE, SIE WISSEN, DASS ICH EINEN SOLCHEN KRIMINELLEN BEFEHL NIE GEBEN WÜRDE.

DRITTENS: ALLE BEFEHLE, DIE UNSER MILITÄR ERHIELT, WAREN DEFENSIVER NATUR. ICH HABE KEINE OFFENSIVMASSNAHMEN JEDWEDER ART GENEHMIGT.

VIERTENS: ICH HABE MICH AUCH BEI UNSEREN NACHRICHTENDIENSTEN ERKUNDIGT UND MUSS IHNEN LEIDER MITTEILEN, DASS AUCH WIR NICHT WISSEN, WER DIESE UNMENSCHLICHE TAT BEGANGEN HAT. WIR ERMITTELN NUN UND WERDEN INFORMATIONEN, DIE WIR GEWINNEN, SOFORT AN SIE WEITERLEITEN.

MR. PRESIDENT, WENN PROVOKATIONEN AUSBLEIBEN, WERDE ICH MEINEN STREITKRÄFTEN KEINE WEITEREN BEFEHLE ERTEILEN. DIE HALTUNG DES SOWJETISCHEN MILITÄRS IST DEFENSIV UND WIRD AUCH SO BLEIBEBN.

»Ach du meine Güte«, krächzte Liz Elliot. »Wie viele Lügen haben wir da?« Sie fuhr mit dem Zeigefinger an den Zeilen auf dem Schirm entlang.

»Erstens: Wir wissen, daß ihnen Kernwaffen abhanden gekommen sind. Das ist also eine Lüge.

Zweitens: Warum betont er das Treffen in Rom? Um zu beweisen, daß es tatsächlich er ist, der am anderen Ende sitzt? Die Mühe macht er sich doch nur, weil er glaubt, wir könnten daran zweifeln? Der echte Narmonow hätte das nicht nötig. Wahrscheinlich eine Unwahrheit.

Drittens: Wir wissen, daß wir in Berlin angegriffen wurden. Lüge!

Viertens: Zum ersten Mal erwähnt er das KGB. Warum wohl? Vielleicht haben sie eine Legende... nachdem sie uns eingeschüchtert haben – ist ja toll –, nachdem sie uns also eingeschüchtert haben, servieren sie uns diese Legende, und wir müssen sie ihnen abnehmen.

Fünftens: Nun warnt er, wir sollten ihn nicht provozieren. Ihre Haltung sei ›defensiv‹. Von wegen.« Liz hielt inne. »Robert, das ist pure Manipulation. Er macht uns etwas vor.«

»So sehe ich das auch. Hat jemand einen Kommentar abzugeben?«

»Die Warnung vor Provokationen finde ich besorgniserregend«, erwiderte der CINC-SAC. General Fremont behielt seine Statuskonsole im Auge. Inzwischen hatte er 96 Bomber und über 100 Tanker in der Luft. Seine Interkontinentalraketen waren startbereit. Die Teleobjektive der Frühwarnsatelliten waren nun nicht mehr in ihrem flächendeckenden Modus, sondern holten die sowjetischen ICBM-Stellungen heran. »Mr. President, es muß jetzt gleich etwas besprochen werden.«

»Und das wäre?«

Fremont sprach nun mit der ruhigen, selbstsicheren Stimme des Fachmannes. »Sir, die Reduzierung der strategischen Raketen auf beiden Seiten hat die nukleare Gleichung verändert. Früher, als wir noch über tausend ICBM hatten, hielten weder wir noch die Sowjets einen entwaffnenden Erstschlag für möglich. Inzwischen sieht das anders aus. Fortschritte in der Raketentechnologie und die Reduzierung fester und wertvoller Ziele haben einen solchen Schlag theoretisch in den Bereich des Möglichen gerückt. Fügt man dem die Verzögerung beim Abbau der alten SS-18 bei den Sowjets hinzu, würde man zu einer strategischen Haltung der anderen Seite gelangen, die in einem Erstschlag eine attraktive Option sehen könnte. Vergessen Sie nicht: Wir haben unsere Raketenbestände rascher reduziert als sie. Ich weiß nun, daß Narmonow Ihnen persönlich die volle Erfüllung der Vertragsbedingungen innerhalb von vier Wochen zugesichert hat, aber soweit wir es beurteilen können, sind die fraglichen Raketenregimenter noch aktiv.

So«, fuhr General Fremont fort, »wenn Ihre Information, Narmonow werde von seinem Militär bedroht, korrekt ist – nun, Sir, dann wäre die Lage recht klar.«

»Würden Sie das bitte verdeutlichen?« fragte Fowler so leise, daß der CINC-SAC ihn kaum verstand.

»Was, wenn Dr. Elliot recht hat und man Sie tatsächlich beim Spiel vermutete? Zusammen mit Minister Bunker? Angesichts der Funktionsweise unseres Kommando- und Führungssystems hätte uns das so ziemlich aktionsunfähig gemacht. Ich will nun nicht behaupten, daß sie einen Angriff geführt hätten, aber sie wären definitiv dazu in der Lage gewesen. Man hätte jede Schuld an der Explosion in Denver abgestritten, gleichzeitig den Führungswechsel bekanntgegeben und uns so eingeschüchtert, daß wir nichts dagegen hätten unternehmen können. Gut, und was denken sie nun? Sie mögen glauben, daß Sie eine solche Taktik vermuten und empört genug sind, um auf irgendeine Weise zurückzuschlagen. Und wenn sie das glauben, Sir, mögen sie der Ansicht sein, daß ihr bester Schutz ein rascher Entwaffnungsschlag gegen uns ist. Mr. President, für mich steht nicht fest, daß sie so denken, aber ich kann es nicht ausschließen.« Ein kalter Abend wurde noch eisiger.

»Und wie hindern wir sie daran, General?« fragte Fowler.

»Sir, nur eines kann sie am Abschuß hindern: Die Gewißheit, daß der Schlag keinen Erfolg haben wird. Das trifft besonders zu, wenn wir es mit dem Militär zu tun haben. Diese Leute sind gut, klug und rational. Und wie alle guten Soldaten denken sie, ehe sie handeln. Wenn ihnen klar wird, daß wir beim ersten Anzeichen eines Angriffes losschlagen, wird diese Attacke militärisch sinnlos und daher nicht eingeleitet.«

»Das war ein guter Rat, Robert«, sagte Liz Elliot.

»Was meint NORAD?« fragte Fowler und merkte gar nicht, daß er einen Zweisternegeneral bat, den Standpunkt eines Offiziers mit vier Sternen zu bewerten.

»Mr. President, wenn wir erreichen wollen, daß die Lage rundum rationaler gesehen wird, scheint das die richtige Methode zu sein.«

»Gut. General Fremont, was schlagen Sie vor?«

»Sir, an diesem Punkt können wir den Bereitschaftsgrad unserer strategischen Kräfte auf DEFCON-1 steigern. Das Codewort lautet SNAPCOUNT und steht für die höchste Alarmstufe.«

»Würde sie das nicht provozieren?«

»Nein, Mr. President, und zwar aus zwei Gründen. Erstens wissen sie bereits, daß wir in Alarmbereitschaft sind. Das muß ihnen Sorgen machen, aber sie haben bisher keine Einwände erhoben; der einzige Hinweis auf Rationalität, den wir bislang haben. Zweitens werden sie das erst merken, wenn wir ihnen mitteilen, daß wir eine Stufe höher gegangen sind. Und das brauchen wir ihnen nur zu sagen, wenn sie etwas Provokatives tun.«

Fowler trank einen Schluck Kaffee. Dabei merkte er, daß es Zeit für einen Gang zur Toilette wurde.

»General, ich möchte diese Entscheidung nicht sofort treffen. Lassen Sie mich ein paar Minuten nachdenken.«

»Jawohl, Sir.« Fremonts Stimme verriet keine Enttäuschung, aber 1600 Kilometer von Camp David entfernt drehte sich der CINC-SAC zu seinem Stellvertreter um und warf ihm einen vielsagenden Blick zu.

»Was haben wir hier?« fragte Parsons, der im Moment nichts weiter zu tun hatte. Nachdem er den wichtigen Anruf erledigt und die Arbeit im Labor seinen Kollegen vom NEST-Team überlassen hatte, beschloß er, den Ärzten zu helfen. Er hatte Instrumente mitgebracht, um die Strahlenbelastung zu messen, der die wenigen Überlebenden und die Feuerwehrleute ausgesetzt gewesen waren; normale Mediziner haben da nur wenig Erfahrung. Positiv war die Lage nicht. Fünf der sieben Überlebenden aus dem Stadion zeigten bereits die Symptome schwerer Strahlenkrankheit. Parsons schätzte ihre Belastung zwischen 400 und 1000 Rem ein. 600 war die Obergrenze, wenn ein Patient überleben sollte, aber dank heroischer Behandlung hatten Menschen auch schon höhere Werte überstanden – wenn man zwei Jahre mit drei oder vier Arten von Krebs noch als »überleben« bezeichnen kann. Der letzte Patient schien am wenigsten abbekommen zu haben. Obwohl er an Gesicht und Händen schwere Verbrennungen hatte, fror er noch, hatte sich aber noch nicht erbrochen. Außerdem war er stocktaub.

Ein junger Mann, wie Parsons feststellte. Bei der Kleidung in dem Sack neben seinem Bett lagen eine Handfeuerwaffe und eine Dienstmarke – also ein Polizist. Er hielt auch etwas in der Hand, und als er aufschaute, sah er den FBI-Agenten neben dem NEST-Mann stehen.

Pete Dawkins hatte einen schweren Schock erlitten und war fast gefühllos. Er zitterte nicht nur, weil er durchnäßt war und fror, sondern auch wegen der Nachwirkungen des schlimmsten Schreckens, den je ein Mensch erlebt hatte. Seine Gedanken liefen in drei oder vier verschiedenen Strängen und waren allesamt nicht sehr zusammenhängend. Während Parsons mit einem Instrument die Uniform des Polizisten abtastete, sah Dawkins neben ihm einen Mann stehen, der eine Windjacke trug. Auf Brust und Ärmel war »FBI« gedruckt. Der junge Mann fuhr hoch und riß sich dabei den Tropf aus dem Arm. Ein Arzt und eine Schwester drückten ihn zurück in die Kissen, aber Dawkins wehrte sich mit der Kraft eines Wahnsinnigen und streckte die Hand nach dem FBI-Agenten aus.

Auch Special Agent Bill Clinton saß der Schreck noch in den Knochen, denn er war nur durch Zufall mit dem Leben davongekommen. Er hatte ebenfalls eine Karte fürs Spiel gehabt, sie aber wegen einer Änderung des Dienstplans einem Kollegen überlassen müssen. Dieses Pech, über das sich der junge Agent noch vor vier Tagen aufgeregt hatte, hatte ihm nun das Leben gerettet. Von dem Anblick, der sich ihm im Stadion geboten hatte, war er noch ganz benommen. Seine Strahlendosis – laut Parsons nur 40 Rem – machte ihm angst, aber andererseits war Clinton als Polizist pflichtbewußt und nahm Dawkins das Stück Papier aus der Hand.

Eine Liste von Fahrzeugen, wie er sah. Eines war eingekreist, und neben seiner Zulassung stand ein Fragezeichen.

»Was bedeutet das?« fragte Clinton und drängte sich an einer Schwester vorbei, die versuchte, die IV-Kanüle wieder einzuführen.

»Transporter«, stieß Dawkins hervor, der die Frage nicht gehört hatte, aber verstand, was der Polizist wissen wollte. »Fuhr rein... ich bat den Sergeant, ihn mal zu überprüfen, aber – Südseite, bei den Ü-Wagen. Ein Transporter von ABC, zwei Männer, ich ließ sie durch. Standen aber nicht auf meiner Liste.«

»Südseite... hat das etwas zu bedeuten?« fragte Clinton den Mann vom NEST.

»Dort fand die Explosion statt.« Parsons beugte sich vor. »Wie sahen die beiden Männer aus?« Er wies erst auf das Papier und dann auf sich selbst und Clinton.

»Weiß, um die dreißig, normal... sagten, sie kämen aus Omaha... mit einem Bandgerät. Omaha kam mir aber komisch vor... sagte ich Sergeant Yankevich... der ging kurz vorher hin.«

»Ich bitte Sie«, sagte ein Arzt. »Dieser Mann ist in sehr schlechter Verfassung. Ich muß Sie –«

»Verschwinden Sie«, sagte Clinton.

»Schauten Sie in den Transporter?«

Dawkins starrte sie nur an. Parsons schnappte sich ein Stück Papier, zeichnete einen Transporter und wies mit dem Bleistift auf die Skizze.

Dawkins, der kaum noch bei Bewußtsein war, nickte. »Großer Karton, Seitenlänge ein Meter, darauf stand ›Sony‹ – angeblich ein Bandgerät. Transporter kam aus Omaha, aber –« Er deutete auf die Liste.

Clinton schaute genauer hin. »In Colorado zugelassen!«

»Ich ließ sie durch«, stieß Dawkins hervor, ehe er ohnmächtig wurde.

»Seitenlänge ein Meter...«, sagte Parsons leise.

»Los, kommen Sie mit.« Clinton eilte aus der Intensivstation in die Aufnahme, wo die nächsten Telefone standen. Alle vier Apparate wurden benutzt. Clinton nahm einer Krankenhausangestellten den Hörer aus der Hand und legte auf, um die Leitung freizumachen.

»Was fällt Ihnen ein!«

»Ruhe«, befahl der Agent. »Ich muß Hoskins sprechen... Walt, hier Clinton im Krankenhaus. Bitte lassen Sie ein Kennzeichen abgleichen – Colorado E-R-P-fünf-zwo-null. Verdächtiger Transporter am Stadion. Zwei Insassen, männlich, weiß, um die dreißig, normal aussehend. Der Zeuge, ein Polizeibeamter, ist inzwischen bewußtlos.«

»Gut. Wen haben Sie bei sich?«

»Parsons vom NEST.«

»Kommen Sie her – nein, lieber nicht, aber bleiben Sie an der Leitung.« Hoskins schaltete die Verbindung auf Wartestellung und wählte aus dem Gedächtnis die Nummer der Zulassungsstelle des Staates Colorado. »FBI. Ich möchte rasch ein Kennzeichen prüfen lassen. Funktioniert Ihr Computer?«

»Ja, Sir«, versicherte eine Frau.

»Emil Richard Paula fünf-zwo-null.« Hoskins starrte auf seinen Schreibtisch. Warum kam ihm das so bekannt vor?

»Augenblick.« Hoskins hörte das Klacken der Tastatur. »Ah, da haben wir's.

Ein fabrikneuer Transporter, zugelassen auf Mr. Robert Friend, wohnhaft in Roggen. Brauchen Sie Mr. Friends Führerscheinnummer?«

»Guter Gott«, sagte Hoskins.

»Wie bitte, Sir?« Er gab die Nummer durch. »Das ist korrekt.«

»Könnten Sie zwei andere Führerscheinnummern abgleichen?«

»Sicher.« Er las sie vor. »Die erste Nummer ist nicht korrekt... und die zweite auch nicht... Moment, die entsprechen ja –«

»Ich weiß. Vielen Dank.« Hoskins legte auf. »Okay, Walt, jetzt ganz schnell nachdenken...« Erst brauchte er weitere Informationen von Clinton.

»Murray.«

»Dan, hier Walt Hoskins. Es ist gerade etwas Wichtiges hereingekommen.«

»Schießen Sie los.«

»Unser Freund Marvin Russell stellte einen Transporter am Stadion ab, und zwar an einer Stelle, an der laut NEST die Bombe explodierte. Mindestens eine Person – halt, Moment. Er hatte einen Beifahrer; der Dritte mußte den Mietwagen gefahren haben. Im Transporter stand ein großer Karton. Das Fahrzeug trug das ABC-Logo. Russell wurde gut drei Kilometer weiter tot aufgefunden. Offenbar stellte er nur das Fahrzeug ab und entfernte sich. Dan, es sieht so aus, als sei die Bombe so hintransportiert worden.«

»Was haben Sie noch, Walt?«

»Paßbilder und Ausweise der beiden anderen Personen.«

»Faxen Sie mir die.«

»Schon unterwegs.« Hoskins ging zum Kommunikationsraum und schnappte sich unterwegs einen anderen Agenten. »Rufen Sie die Mordkommission an oder wer sonst den Fall Russell bearbeitet – ich muß sie sofort sprechen.«

»Denken Sie wieder an Terrorismus?« fragte Pat O'Day. »Ich dachte, dafür sei die Bombe zu groß gewesen.«

»Russell stand unter Terrorismusverdacht, und wir glauben – verdammt!« rief Murray aus.

»Was ist los, Dan?«

»Ich will vom Archiv aus Russells Akte die Athener Fotos haben.« Der stellvertretende Direktor wartete, bis der Anruf erledigt war. »Wir erhielten eine Anfrage von der griechischen Polizei. Einer ihrer Beamten wurde ermordet, und man schickte uns Bilder. Damals dachte ich schon, es sei Marvin, aber es saß noch jemand im Fahrzeug, der nur im Profil zu sehen war.«

»Fax aus Denver«, verkündete eine Frau.

»Bringen Sie es rüber«, befahl Murray.

»Hier ist Seite eins.« Der Rest ging rasch ein.

»Flugschein, Ticket für den Anschlußflug, Pat –«

O'Day nahm den Bogen. »Ich prüfe das sofort nach.«

»Verflucht noch mal, sehen Sie sich das an!«

»Kommt Ihnen das Gesicht bekannt vor?«

»Der Mann sieht aus wie... Ismael Kati vielleicht? Den anderen kenne ich nicht.«

»Schnurrbart und Haar stimmen nicht«, fand O'Day und wandte sich von seinem Telefon ab. »Außerdem sieht er zu mager aus. Fragen Sie mal beim Archiv an, ob neuere Daten über den Kerl vorliegen. Handeln wir lieber nicht übereilt.«

»Richtig.« Murray griff nach dem Hörer.

»Gute Nachrichten, Mr. President«, meldete Borstein aus dem Berg Cheyenne. »Ein KH-11 wird gleich die zentrale Sowjetunion überfliegen. Dort wird es gerade hell, der Himmel ist zur Abwechslung einmal klar, und wir werden ICBM-Anlagen zu sehen bekommen. Programmiert haben wir den Satelliten bereits. NPIC sendet die Bilder in Echtzeit an uns und an Offutt.«

»Zu uns aber nicht«, murrte Fowler. Camp David war für solche Übertragungen nicht eingerichtet; ein bemerkenswertes Versäumnis, wie Fowler fand. Die Signale gingen allerdings an den NEACP, den er hätte besteigen sollen, als sich die Chance bot. »Na gut, dann sagen Sie mir, was Sie sehen.«

»Wird gemacht, Sir. Das sollte sehr nützlich für uns sein«, versprach Borstein.

»Es geht los, Sir«, sagte eine neue Stimme. »Sir, hier spricht Major Costello, NORAD Aufklärung. Der Zeitpunkt könnte nicht günstiger sein. Der Satellit wird dicht an vier Regimenter herankommen und auf einem Kurs von Süden nach Norden Schangis Tobe, Alejsk, Uschur und Gladkaja aufnehmen. Dort sind mit Ausnahme von Gladkaja, wo alte SS-11 stehen, SS-18 stationiert. Sir, Alejsk gehört zu den Basen, die eigentlich geschlossen werden sollten, aber noch immer...«

Der Morgenhimmel über Alejsk war klar. Über dem Nordosthorizont wurde es hell, aber die Soldaten der strategischen Raketenstreitkräfte achteten nicht darauf. Sie lagen um Wochen hinter dem Zeitplan zurück und hatten nun den Befehl, den Rückstand wettzumachen. Daß solche Befehle praktisch unausführbar waren, tat nichts zur Sache. Neben jedem der 40 Raketensilos stand ein schwerer Sattelschlepper. Die SS-18 – die bei den Russen übrigens RS-20 heißen, »Rakete, strategisch, Nr. 20« – waren über elf Jahre alt, und deswegen hatten sich die Sowjets auch bereit erklärt, sie abzuschaffen. Ihre Motoren verbrannten flüssigen Treibstoff, gefährliche, korrosive Substanzen – unsymmetrisches Dimethylhydrazin und Distickstofftetroxid –, die nur begrenzt als »lagerfähig« gelten konnten. Sie waren zwar stabiler als Flüssigwasserstoff und -sauerstoff, die gekühlt werden mußten, aber auch hochgiftig und sehr reaktiv. Aus Sicherheitsgründen umgab man die Raketen mit Stahlhüllen, die wie gewaltige Gewehrpatronen in die Silos geladen wurden, um die empfindliche Elektronik vor den Chemikalien zu schützen. Daß sich die Sowjets überhaupt mit solchen Systemen abgaben, hatte seinen Grund nicht, wie amerikanische

Geheimdienstler murrten, in der höheren Leistungsabgabe, sondern war auf die Unfähigkeit der Sowjets, einen zuverlässigen und starken Feststoff zú entwickeln, zurückzuführen. Abhilfe hatte erst die neue Feststoffrakete SS-25 geschaffen. Die SS-18, die den ominösen Nato-Code »SATAN« trug, war unbestreitbar groß und leistungsfähig, aber ein bösartiges, schwer zu wartendes Ungeheuer, dem die Mannschaften nur zu gerne den Rücken kehrten. Mehr als ein Soldat der strategischen Raketenstreitkräfte war bei Übungs- oder Instandhaltungsunfällen ums Leben gekommen, und auch in Amerika hatte die vergleichbare Titan-II Todesopfer gefordert. Alle Raketen der Anlage Alejsk waren für die Vernichtung bestimmt, und das war auch der Grund für die Anwesenheit der Männer und der Lkws. Erst aber mußten die Gefechtsköpfe entfernt werden. Inspekteure der Amerikaner konnten bei der Zerstörung der Raketen zusehen, aber die Sprengköpfe selbst waren immer noch streng geheim. Unter dem aufmerksamen Blick eines Obersten wurde die Nasenverkleidung der Rakete Nr. 31 mit Hilfe eines kleinen Krans entfernt, so daß die MIRV sichtbar wurden. Diese konischen »individuell lenkbaren Wiedereintritts-Gefechtskörper« maßen an der Basis 40 Zentimeter und liefen in 150 Zentimeter Höhe nadelspitz aus. Jede dieser Einheiten enthielt eine dreiphasige Wasserstoffbombe mit einer Sprengleistung von einer halben Megatonne. Die Soldaten brachten den MIRV allen gebührenden Respekt entgegen.

»Ah, nun gehen Bilder ein«, hörte Fowler Major Costello sagen. »Kaum Aktivität ... Sir, wir isolieren nur diejenigen Silos, die wir am besten sehen können – die Anlage befindet sich in dichtem Wald, Mr. President, doch der Blickwinkel des Satelliten verrät uns, welche wir am deutlichsten erkennen können ... aha, da ist ein Silo, Tobe 05 ... nichts Ungewöhnliches ... dort befindet sich der Befehlsbunker ... ich kann die Wachposten sehen ... fünf, nein, sieben Personen. Da es dort sehr kalt ist, kann man sie im Infrarotspektrum gut erkennen, Sir. Sonst nichts ... alles normal, Sir. Okay, jetzt kommt die Anlage Alejsk ins Bild – Himmel noch mal!«

»Was ist?«

»Sir, wir haben vier Kameras auf vier verschiedene Silos gerichtet ...«

»Das sind Wartungs-Lkws«, sagte General Fremont aus der SAC-Befehlszentrale. »Lkws an allen vier Silos. Siloklappen offen, Mr. President.«

»Was hat das zu bedeuten?«

Costello antwortete: »Sir, das sind alte Raketen, SS-18 Mod 2, die inzwischen eigentlich außer Dienst gestellt sein sollten, aber noch aktiv sind. Wir haben nun fünf Silos in Sicht; an allen stehen Fahrzeuge. In zwei Fällen kann ich Leute erkennen, die an den Raketen hantieren.«

»Was ist ein Wartungs-Lkw?« fragte Liz Elliot.

»Mit diesen Fahrzeugen transportiert man die Raketen. Sie haben auch alles notwendige Werkzeug an Bord. Jedem Flugkörper ist ein Lkw zugeordnet. Es handelt sich um große Tieflader mit Behältern für Werkzeug und Ausrüstung –

Jim, sie haben die Abdeckung entfernt! Da sind die Sprengköpfe, beleuchtet sogar, und man stellt etwas mit ihnen an... was, frage ich mich.«

Fowler war kurz davor, zu explodieren. Es war, als müßte er ein Footballspiel im Radio verfolgen. »Was hat das zu bedeuten?«

»Sir, das können wir nicht beurteilen... jetzt kommt Uschur in Sicht. Dort herrscht nur wenig Aktivität. In Uschur ist die neue SS-18 Mod 5 stationiert... keine Lkws, aber es sind wieder Wachposten zu sehen. Mr. President, die Wachmannschaft kommt mir stärker als gewöhnlich vor. In zwei Minuten kommt Gladkaja vor die Objektive...«

»Warum stehen die Laster da?« fragte Fowler.

»Sir, ich kann lediglich sagen, daß man an den Raketen zu arbeiten scheint.«

»Verdammt noch mal! *Was* treiben die da!« schrie Fowler ins Mikrofon.

Major Costello klang nun nicht mehr so gelassen wie noch vor wenigen Minuten. »Sir, das läßt sich unmöglich feststellen.«

»Dann sagen Sie mir wenigstens, was Sie wissen!«

»Mr. President, wie ich bereits sagte, sind die Raketen alt, wartungsintensiv und zur Vernichtung vorgesehen. Wir haben verschärfte Sicherheitsmaßnahmen an den drei Anlagen mit SS-18 festgestellt, und in Alejsk waren die Silos offen. Daneben standen Lkws, und Wartungsmannschaften arbeiteten an den Raketen. Mehr läßt sich den Bildern nicht entnehmen, Sir.«

»Mr. President«, sagte General Borstein, »Major Costello hat Ihnen alles gesagt, was es mitzuteilen gibt.«

»General, Sie versprachen nützliche Ergebnisse dieses Satellitendurchgangs. Was ist nun dabei herausgekommen?«

»Sir, die Arbeiten in Alejsk könnten von Bedeutung sein.«

»Aber Sie wissen doch noch nicht einmal, *was* die da treiben!«

»Nein, Sir, das wissen wir nicht«, gestand Borstein ziemlich verlegen.

»Ist es möglich, daß man die Raketen startklar macht?«

»Ja, Sir, das kann nicht ausgeschlossen werden.«

»Mein Gott!«

»Robert«, sagte die Sicherheitsberaterin, »ich bekomme es wirklich mit der Angst zu tun.«

»Elizabeth, dafür haben wir jetzt keine Zeit.« Fowler sammelte sich. »Wir müssen uns selbst und die Lage in den Griff bekommen, unbedingt. Wir müssen Narmonow überzeugen –«

»Robert, ist Ihnen denn nicht klar, daß wir es überhaupt nicht mehr mit ihm zu tun haben? Das ist die einzig plausible Erklärung. Wir wissen nicht, mit wem wir verhandeln!«

»Was können wir da unternehmen?!«

»Keine Ahnung.«

»Nun, wer immer es auch sein mag, wird keinen Atomkrieg wollen. Daran kann niemandem gelegen sein. Das wäre Wahnsinn«, versicherte der Präsident und klang fast väterlich.

»Bestimmt, Robert? Sind Sie da ganz sicher? Immerhin hat man versucht, *uns* zu töten!«

»Selbst wenn das zutreffen sollte, darf es jetzt kein Kriterium sein.«

»Unsinn! Wer einmal zum Töten bereit war, wird es wieder versuchen! Verstehen Sie das denn nicht?«

Helen D'Agustino, die hinter Fowler stand, erkannte nun, daß sie Liz Elliot im vergangenen Sommer korrekt eingeschätzt hatte: Die Sicherheitsberaterin war ebenso aggressiv wie feige. Und wer außer ihr beriet den Präsidenten nun? Fowler stand auf und ging zur Toilette. Pete Connor folgte ihm bis an die Tür, denn selbst diesen Gang durfte der Präsident nicht allein tun. »Daga« schaute auf Dr. Elliot hinab. Deren Gesicht verriet nicht nur Furcht, sondern auch Panik. Agentin D'Agustino hatte selbst Angst, war aber – halt, das war unfair. Niemand fragte sie um Rat, niemand bat sie, Logik in dieses Chaos zu bringen. Nichts ergab einen Sinn. Wenigstens fragte niemand sie nach ihrer Meinung. Aber das war auch nicht ihre Aufgabe; diese Funktion hatte Liz Elliot zu erfüllen.

»Kontakt«, sagte ein Sonaroperator an Bord der Sea Devil 13. »Von Boje 3, Richtung zwei-eins-fünf ... zähle jetzt Umdrehungen ... nur eine Schraube ... Atom-U-Boot. Schraubengeräusche weisen auf sowjetischen Kontakt hin. Wiederhole: kein amerikanisches Boot.«

»Ich hab' ihn über die Vier«, meinte ein anderer Sonarmann. »Donnerwetter, der hat's eilig, macht Umdrehungen für über 20, vielleicht sogar 25 Knoten. Meine Boje peilt Richtung drei-null-null.«

»Gut«, sagte der taktische Offizier, »ich habe eine Position. Können Sie mir Daten für eine Kursbestimmung geben?«

»Richtung nun zwei-eins-null«, meldete der erste Operator. »Der Bursche tritt mächtig drauf!«

Zwei Minuten später stand fest, daß der Kontakt direkt auf USS *Maine* zuhielt.

»Ist das möglich?« fragte Jim Rosselli. Der Funkspruch war von Kodiak direkt an das NMCC gegangen. Der Kommandeur des Geschwaders wußte nicht, was er tun sollte, und bat verzweifelt um Anweisungen. Die Meldung kam unter dem Codewort RED ROCKET und ging auch an den CINCPAC, der ebenfalls um Instruktionen von oben nachsuchen würde.

»Was meinen Sie?« fragte Barnes.

»Er hält direkt auf *Maines* Position zu. Wie konnte er sie orten?«

»Wie hätten wir das gemacht?«

»SLOT-Bojen ausgestoßen, Funkverkehr abgehört – mein Gott, hat sich dieser Idiot Ricks nach dem Funkspruch womöglich nicht abgesetzt?«

»Teilen wir das dem Präsidenten mit?« fragte Colonel Barnes.

»Müssen wir wohl.« Rosselli griff nach dem Hörer.

»Hier spricht der Präsident.«

»Sir, hier Captain Jim Rosselli, NMCC. Eines unserer Boote, USS *Maine*, ein strategisches Boot der Ohio-Klasse, hat im Golf von Alaska einen Schraubenschaden erlitten und ist manövrierunfähig. Ein sowjetisches Jagd-U-Boot hält darauf zu und ist nur noch zehn Meilen entfernt. Eine U-Jagd-Maschine Orion P-3C hat den Russen geortet. Man bittet um Anweisungen.«

»Ich dachte, unsere Raketen-U-Boote seien nicht auszumachen.«

»Gewiß, Sir, aber in diesem Fall muß man *Maines* Position mittels Funkpeilung festgestellt haben, als sie ihren Hilferuf sendete. *Maine* ist als Raketen-U-Boot Teil von SIOP und operiert nach den unter DEFCON-2 gültigen Regeln. Diese gelten nun auch für die Orion, die sie schützt. Sir, man bittet um Anweisungen.«

»Wie wichtig ist die *Maine*?« fragte Fowler.

Die Antwort gab General Fremont. »Sir, das Boot ist ein wichtiger Aspekt von SIOP und hat über 200 sehr treffsichere Gefechtsköpfe an Bord. Wenn es den Russen gelingt, sie auszuschalten, haben sie uns einen schweren Schaden zugefügt.«

»Wie schwer?«

»Sir, das risse ein großes Loch in unseren Kriegsplan. *Maine* hat Raketen D-5 an Bord und die Aufgabe, gegnerische ICBM-Anlagen und Führungsbunker anzugreifen. Stieße ihr etwas zu, bräuchten wir buchstäblich Stunden, um die Lücke zu stopfen.«

»Captain Rosselli, Sie sind von der Navy, nicht wahr?«

»Jawohl, Mr. President – ich muß Ihnen auch mitteilen, daß ich bis vor wenigen Monaten befehlshabender Offizier, Besatzung ›Gold‹, der *Maine* war.«

»Wie rasch müssen wir unsere Entscheidung treffen?«

»Sir, das Akula nähert sich mit 25 Knoten und ist im Augenblick noch rund zehn Meilen von unserem Boot entfernt. Technisch gesehen befindet sich *Maine* bereits in Torpedoreichweite.«

»Welche Optionen habe ich?«

»Sie können den Befehl zum Angriff geben oder nicht geben«, erwiderte Rosselli.

»General Fremont?«

»Mr. President – halt, Captain Rosselli?«

»Ja, General?«

»Sind Sie auch sicher, daß die Russen direkt auf unser Boot zulaufen?«

»Das Signal ist ziemlich eindeutig, Sir.«

»Mr. President, wir müssen unsere Aktiva schützen. Erfreut werden die Russen über einen Angriff auf ihr Boot zwar nicht sein, aber es ist ein Jäger und kein strategischer Aktivposten. Wenn sie uns zur Rede stellen, können wir ihnen eine Erklärung geben. Ich möchte aber wissen, warum die Russen dem Akula diesen Kurs befohlen haben. Es muß ihnen doch klar sein, daß uns das in Aufregung versetzt.«

»Captain Rosselli, Sie haben meine Genehmigung, das Boot von Flugzeugen angreifen und versenken zu lassen.«

»Aye, aye, Sir.« Rosselli griff nach einem anderen Telefon. »GREY BEAR, hier MARBLEHEAD« – das war der derzeitige Codename des NMCC –, »Ihre Anfrage ist positiv, ich wiederhole: positiv beschieden. Bitte bestätigen.«

»MARBLEHEAD, hier GREY BEAR. Angriffsbefehl erhalten.«

»Affirmativ.«

»Roger. Out.«

Die Orion flog eine Kurve. Selbst die Piloten bekamen nun die Auswirkungen der Witterung zu spüren. Es war zwar noch Tag, aber unter der tiefhängenden Wolkendecke und über der groben See hatten sie das Gefühl, einen gewaltigen und holprigen Korridor entlangzufliegen. Soweit die negativen Aspekte. Positiv war, daß ihr Kontakt sich dumm verhielt, weit unter der Schicht sehr schnell fuhr und fast unmöglich zu verfehlen war. Am Heck der umgebauten Lockheed Electra war ein sogenannter Magnetanomaliedetektor (MAD) befestigt, ein Gerät, das auf Variationen, verursacht durch die Metallmasse eines Unterseebootes im Magnetfeld der Erde, ansprach.

»Madman! Nebel frei!« rief der Systemoperator und warf durch Knopfdruck eine Nebelboje ab. Vorne zog der Pilot die Maschine sofort nach links und begann einen zweiten und dann einen dritten Anflug.

»Wie sieht's da hinten aus?« fragte er dann.

»Solider Kontakt, atomgetriebenes U-Boot, eindeutig russisch. Schlagen wir diesmal zu, meine ich.«

»Finde ich auch«, meinte der Pilot.

»Mein Gott!« murmelte der Kopilot.

»Klappen öffnen.«

»Öffnen sich. Sicherungen frei, Abwurfeinrichtung scharf, Torpedo ist heiß.«

»Okay, alles eingestellt«, meinte der taktische Offizier. »Klar zum Abwurf.«

Es war fast zu einfach. Der Pilot richtete die Maschine entlang der beinahe geraden Linie der Nebelbojen aus und überflog die erste, zweite, dritte...

»Abwurf! Torpedo frei!« Der Pilot gab Gas und ließ die Orion höher klettern.

Der Torpedo Mark 50 ASW kam frei, zurückgehalten von einem kleinen Fallschirm, der sich beim Aufprall des Fisches auf die Wasseroberfläche automatisch löste. Diese neue, hochkomplexe Waffe wurde nicht von einer Schraube, sondern durch einen fast geräuschlosen Propulsor angetrieben und war darauf programmiert, inaktiv zu bleiben, bis sie die Zieltiefe von 160 Metern erreicht hatte.

Zeit, mit den Umdrehungen zurückzugehen, dachte Dubinin, nur noch ein paar tausend Meter bis zum Ziel. Mit seinem Vabanquespiel war er zufrieden. Die Annahme, das amerikanische Boot würde in der Nähe der Oberfläche bleiben, war durchaus logisch. Wenn er richtig geraten hatte, würde der Amerikaner ihn, der in hundert Metern Tiefe knapp unter der Schicht dahingejagt war, nicht gehört haben. Nun, da er sich in der Nähe befand, konnte er seine Suche verstohlener fortsetzen. Er wollte sich gerade zu seiner klugen taktischen Entscheidung beglückwünschen, als ein Ruf aus dem Sonarraum schallte.

»Torpedo an Steuerbord voraus!« schrie Leutnant Rykow.

»Ruder links, AK voraus! Wo ist der Torpedo?«

Rykow antwortete: »Fünfzehn Grad abwärts! Unter uns!«

»Alarm-Auftauchen! Tiefenruder voll anstellen! Neuer Kurs drei-null-null!« Dubinin hetzte in den Sonarraum.

»Was, zum Teufel, ist los?«

Rykow war blaß. »Ich höre keine Schraube, nur dieses verdammte Peilsignal ... geht nicht in unsere Richtung – nein, jetzt hat er uns erfaßt!«

Dubinin fuhr herum. »Gegenmaßnahmen – dreimal!«

»Kanister frei!«

Die auf *Admiral Lunin* für die Gegenmaßnahmen verantwortlichen Seeleute feuerten in rascher Folge drei 15 Zentimeter dicke Behälter mit einer gaserzeugenden Substanz ab. Diese gaben im Wasser Blasen frei, die dem Torpedo ein stationäres Ziel boten. Der Mark 50 hatte das U-Boot bereits geortet und kurvte auf einen Kurs in seine Richtung.

»Tiefe nun 100 Meter«, rief der *Starpom.* »Fahrt 28 Knoten.«

»In fünfzehn auspendeln, aber wenn wir durchbrechen, macht das auch nichts.«

»Verstanden! 29 Knoten!«

»Kontakt verloren, Auslenkung des Schleppsonars zu groß, hat Empfang ruiniert!« Rykow warf verzweifelt die Hände hoch.

»Nun, dann müssen wir eben Geduld haben«, meinte Dubinin. Ein müder Witz, aber die Sonarmannschaft war ihm trotzdem dankbar.

»Die Orion hat den Kontakt angegriffen, Sir. Wir empfingen gerade ein schwaches Ultraschall-Sonarsignal, Richtung zwei-vier-null. Einer von unseren Torpedos, Mark 50.«

»Der sollte ihn erledigen«, merkte Ricks an. »Gott sei gedankt.«

»Tiefe nun 50 Meter, pendeln aus, vorne an zehn. Fahrt 31.«

»Die Gegenmaßnahmen haben nicht gewirkt«, meinte Rykow. Das Schleppsonar lag nun fast wieder in Kiellinie, und er konnte den Torpedo immer noch hören.

»Keine Schraubengeräusche?«

»Nein ... sollte ich eigentlich selbst bei dieser Geschwindigkeit auffangen.«

»Muß ein neuer Torpedo sein.«

»Der Mark 50? Ein sehr gewitzter kleiner Fisch, wie ich höre.«

»Wir werden ja sehen. Jewgenij, Sie wissen ja, was an der Oberfläche los ist.« Dubinin lächelte.

Der *Starpom* gab sich die beste Mühe, aber angesichts der zehn Meter hohen Seen war garantiert, daß das Boot die Oberfläche zwischen Wellenbergen und -tälern durchbrach. Der Torpedo war nur noch knapp 300 Meter entfernt, als das Akula wieder in die Horizontale ging. Der Mark 50 war keine »smarte«, sondern eine »brillante« Waffe der nächsten Generation. Er hatte die Gegenmaßnahmen identifiziert und ignoriert und suchte nun mit seinem leistungsfähigen Ultraschallsonar sein Ziel, doch hier griffen die Gesetze der Physik zugunsten des Russen ein. Man nimmt gemeinhin an, daß Sonar vom stählernen Rumpf eines Schiffes reflektiert wird, aber das trifft nicht zu. Sonarimpulse werden eher von der Luft im Innern eines Unterseebootes zurückgeworfen, genauer gesagt, von der Grenze zwischen Wasser und Luft, die Schallwellen nicht durchdringen können. Und Mark 50 war darauf programmiert, diese Grenzschicht als Schiff zu identifizieren. Als der Torpedo wie eine Rakete auf seine Beute zujagte, begann er riesige, schiffartige Umrisse zu orten, die sich bis außerhalb der Reichweite seines Sonars erstreckten: Wellen. Sein Programm wies ihn zwar an, glatten Oberflächen keine Beachtung zu schenken, um zu vermeiden, daß er von der Grenze zwischen Meer und Atmosphäre »eingefangen« wurde, aber Probleme, die bei schwerer See entstanden, hatten seine Konstrukteure nicht gelöst. Der Mark 50 wählte sich einen solchen Schemen aus, raste auf ihn zu – und sprang in die Luft wie ein Lachs. Dann bohrte er sich in die Flanke der nächsten Welle, faßte wieder ein riesiges Ziel auf und durchbrach erneut die Oberfläche. Diesmal schlug er schräg auf, und hydrodynamische Kräfte lenkten ihn nach Norden ab. Nun lief er im Innern einer riesigen Welle und spürte rechts und links gewaltige Schiffe. Er wandte sich nach links, verließ erneut das Wasser und traf diesmal eine Woge so heftig, daß sein Kontaktzünder ausgelöst wurde.

»Das war knapp!« seufzte Rykow.

»So knapp nun auch wieder nicht. 1000 Meter vielleicht, wahrscheinlich mehr.« Der Kapitän lehnte sich in die Zentrale. »Runter auf zehn Knoten und 30 Meter.«

»Treffer?«

»Läßt sich nicht sagen, Sir«, erwiderte der Operator. »Er ging mit Höchstfahrt an die Oberfläche, verfolgt von dem Fisch, der einige Kreise zog.« Der Sonarmann fuhr mit dem Zeigefinger über sein Display. »Dann explodierte er hier, also nicht weit von der Stelle, an der das Akula im Oberflächenlärm verschwand. Schwer zu sagen – nein, keine Geräusche, die darauf hinweisen, daß das Akula beschädigt ist. Wohl ein Fehlschuß.«

»Richtung und Distanz des Ziels?« fragte Dubinin.

»Null-fünf-null, grob geschätzt 9000 Meter«, antwortete der *Starpom*. »Was machen wir nun?«

»Wir werden das Ziel orten und zerstören«, erklärte Valentin Borissowitsch Dubinin, Kapitän ersten Ranges.

»Aber –«

»Wir sind angegriffen worden. Der Kerl versuchte, uns zu töten!«

»Diese Waffe war aus der Luft abgeworfen«, erinnerte der Erste Offizier.

»Ich habe kein Flugzeug gehört. Wir sind angegriffen worden und werden uns verteidigen.«

»Nun?«

Inspektor Pat O'Day machte sich hastig Notizen. American Airlines hatte, wie alle großen Fluglinien, einen Buchungscomputer. Mit Hilfe der Flugschein- und Flugnummer konnte jeder Passagier ausfindig gemacht werden. »Gut«, sagte er zu der Frau am anderen Ende der Leitung, »warten Sie einen Augenblick.« Dann drehte er sich um. »Dan, für den Flug von Denver nach Dallas/Fort Worth waren nur sechs Erster-Klasse-Tickets gebucht; die Maschine ist also fast leer – aber sie hat wegen Eis und Schnee in Dallas noch nicht abgehoben. Wir haben die Namen von zwei Erster-Klasse-Passagiere, die sich auf einen Flug nach Miami umbuchen ließen. Ursprünglich hatten sie in Dallas Anschluß an einen Flug nach Mexico City. Und in Miami stiegen sie in eine DC-10 um, die ebenfalls nach Mexico City geht und nun nur noch eine Flugstunde von dort entfernt ist.«

»Lassen wir sie umkehren?«

»Die Fluglinie sagt, dazu reichte der Treibstoff nicht.«

»Eine Stunde – verdammt noch mal!« fluchte Murray.

O'Day fuhr sich übers Gesicht. Er hatte ebensoviel Angst wie alle Menschen in Amerika – mehr noch sogar, da er in der Befehlszentrale über weitreichendere Informationen verfügte. Inspektor Patrick Sean O'Day bemühte sich mit aller Kraft, die Furcht zu verdrängen und sich auf seine Arbeit zu konzentrieren. Die Indizien, die ihm bisher vorlagen, waren noch zu schwach, um als feste Beweise gelten zu können. In seinen 20 Jahren beim FBI hatte er viele Koinzidenzen dieser Art erlebt; andererseits waren aber auch große Fälle mit Hilfe kleiner Hinweise gelöst worden. Man hielt sich an das, was man zur Verfügung hatte, und mehr als die gegenwärtigen Informationen lag nicht vor.

»Dan, ich –«

Eine Frau vom Archiv kam herein und reichte Murray zwei Akten. Der stellvertretende Direktor schlug Russells Dossier zuerst auf und suchte nach dem Lichtbild aus Athen. Dann nahm er das neueste Foto von Ismael Kati heraus und legte die beiden Aufnahmen neben die Paßbilder, die gerade als Fax aus Denver gekommen waren.

»Nun, was meinen Sie, Pat?«

»Der Bursche auf dem Paßfoto ist hagerer als Kati... Backenknochen und Augen stimmen, der Schnurrbart nicht. Wenn das Kati ist, hat er auch Haarausfall.«

»Halten wir uns an die Augen?«

»Die Augen stimmen, Dan, die Nase auch – ja, das ist er. Wer ist dieser andere Typ?«

»Ich habe keinen Namen, sondern nur diese Aufnahmen aus Athen. Helle Haut, dunkles Haar, gepflegt. Frisur stimmt, Haaransatz stimmt.« Er prüfte noch einmal die Daten auf Führerschein und Paß. »Kleinwüchsig, zierlich gebaut... paßt, Pat.«

»Finde ich auch... die Chance, daß wir richtig liegen, ist 80 Prozent. Wer leitet die Rechtsabteilung unserer Botschaft in Mexico City?«

»Bernie Montgomery – verdammt! Der ist zu einer Besprechung in Washington.«

»Versuchen wir Langley?«

»Ja.« Murray schaltete auf die Standleitung zur CIA um. »Wo ist Ryan?«

»Hier, Dan. Was gibt's?«

»Wir haben etwas. Erstens: Ein gewisser Marvin Russell, Sioux-Indianer und Mitglied der Warrior Society, tauchte letztes Jahr ab, nach Europa, wie wir glaubten. Heute wurde er mit durchschnittener Kehle in Denver aufgefunden. Zwei Personen, die ihn begleiteten, sind mit dem Flugzeug geflohen. Von einer haben wir ein Bild, aber keinen Namen. Bei dem anderen könnte es sich um Ismael Kati handeln.«

Dieser Hund! dachte Ryan. »Wo sind sie?«

»In einer Maschine der American Airlines von Miami nach Mexico City. Sie fliegen erster Klasse und sollen in einer Stunde landen.«

»Und Sie glauben, daß ein Zusammenhang mit der Explosion besteht?«

»Ein auf Marvin Russell alias Robert Friend, wohnhaft Roggen, Colorado, zugelassenes Fahrzeug war auf dem Stadiongelände. An der Mordszene fanden wir gefälschte Ausweise für Kati und den Unbekannten. Für eine Festnahme wegen Mordverdachts reicht das aus.«

Wäre die Lage nicht so gräßlich gewesen, hätte Ryan jetzt gelacht. »Aha, Mord. Wollen Sie versuchen, sie festzunehmen?«

»Ja, wenn Ihnen nichts Besseres einfällt.«

Ryan schwieg kurz. »Möglich. Augenblick, bitte.« Er nahm einen anderen Hörer ab und wählte die US-Botschaft in Mexico City an. »Hier Ryan, ich möchte den Stationschef sprechen. Tony? Jack Ryan. Ist Clark noch da? Gut, verbinden Sie mich mit ihm.«

»Himmel noch mal, Jack, was ist –«

Jack schnitt ihm das Wort ab. »Still, John. Aufgepaßt, in einer Stunde soll eine Maschine der American Airlines aus Miami in Mexico City landen. An Bord sind zwei Personen, die etwas mit der Explosion zu tun haben könnten. In ein paar Minuten faxe ich Ihnen ihre Bilder.«

»Also ein Terroranschlag?«

»Bislang unsere beste Information, John. Diese beiden wollen wir so bald wie möglich vernehmen.«

»Das könnte Probleme mit der mexikanischen Polizei geben«, warnte John. »Ich kann ja hier nicht einfach eine Schießerei inszenieren.«

»Ist der Botschafter im Haus?«

»Ich glaube schon.«

»Stellen Sie mich durch und bleiben Sie am Apparat.«

»Wird gemacht.«

Aus dem Vorzimmer des Botschafters meldete sich eine Frau.

»CIA-Zentrale. Ich muß sofort den Botschafter sprechen.«

»Sicher.« Diese Frau läßt sich nicht aus dem Konzept bringen, dachte Ryan.

»Ja, was kann ich für Sie tun?«

»Mr. Ambassador, hier Jack Ryan, stellvertretender Direktor der CIA –«

»Sie sprechen über eine offene Leitung.«

»Weiß ich! Jetzt hören Sie zu. Zwei Personen treffen mit einem Flug der American Airlines aus Miami in Mexico City ein. Sie müssen festgenommen und so rasch wie möglich hierher zurückgebracht werden.«

»US-Bürger?«

»Nein, wir halten sie für Terroristen.«

»Sie müßten aber erst vor ein mexikanisches Gericht gestellt werden und –«

»Dazu ist keine Zeit!«

»Ryan, Brachialmethoden lassen sich die Leute hier nicht bieten.«

»Mr. Ambassador, ich bitte Sie, sofort den mexikanischen Präsidenten anzurufen und um seine Unterstützung zu bitten – es geht hier um Leben und Tod, klar? Wenn er nicht sofort zustimmt, bitte ich Sie, ihm folgendes zu sagen – schreiben Sie sich das auf. Richten Sie ihm aus, wir seien über seine Altersversorgung informiert. Verstanden? Drücken Sie sich genau so aus: *Wir sind über seine Altersversorgung informiert.*«

»Was bedeutet das?«

»Das bedeutet, daß Sie diese exakte Formulierung zu benutzen haben, verstanden?«

»Hören Sie, solche Spiele mißfallen mir, und –«

»Mr. Ambassador, wenn Sie meine Anweisungen nicht exakt befolgen, lasse ich Sie von einem meiner Leute bewußtlos schlagen. Den Anruf erledigt dann der Stationschef.«

»So können Sie mir nicht drohen!«

»Aber doch. Und wenn Sie mir nicht glauben, stellen Sie mich ruhig auf die Probe.«

»Langsam, Jack«, mahnte Goodley.

Jack wandte den Blick vom Telefon. »Verzeihung, Sir. Die Lage hier ist sehr gespannt, weil in Denver eine Atombombe losging, und dies könnte unsere beste Spur sein. Aber wir haben jetzt keine Zeit für Details. Bitte spielen Sie mit.«

»Na gut.«

Ryan atmete erleichtert aus. »Okay, richten Sie ihm bitte auch aus, daß einer meiner Leute, ein Mr. Clark, in wenigen Minuten ins Büro der Flughafensicherheit kommt. Mr. Ambassador, ich kann die Wichtigkeit dieses Falles nicht genug betonen. Bitte handeln Sie sofort.«

»Ja. Und Sie beruhigen sich besser«, riet der Karrierediplomat.

»Wir bemühen uns, Sir. Bitte weisen Sie Ihre Sekretärin an, mich wieder mit dem Stationschef zu verbinden. Ich danke Ihnen.« Ryan schaute zu Goodley hinüber. »Geben Sie mir ruhig eins auf den Deckel, wenn Sie es für notwendig halten, Ben.«

Nun meldete sich Clark wieder.

»John, wir faxen Ihnen Bilder der beiden und ihre Namen und Sitznummern. Ehe Sie zugreifen, stimmen Sie sich mit dem Chef der Flughafensicherheit ab. Ist Ihre Maschine noch da?«

»Ja.«

»Wenn Sie die beiden geschnappt haben, bringen Sie sie an Bord und so rasch wie möglich hierher.«

»Wird gemacht, Jack.«

Ryan unterbrach diese Verbindung und ging wieder an die Leitung zu Murray. »Faxen Sie die Daten an unseren Stationschef Mexiko. Ich habe zwei gute Agenten vor Ort, Clark und Chavez.«

»Clark?« fragte Murray, als er Pat O'Day die Unterlagen für den Telekopierer reichte. »Der Mann, der –«

»Genau.«

»Ich wünsche ihm Glück.«

Das taktische Problem war komplex. Dubinin hatte eine U-Jagd-Maschine über sich und konnte sich keinen einzigen Fehler leisten. Irgendwo vor ihm lag ein amerikanisches Raketen-U-Boot, das zu versenken er entschlossen war. Er hatte den Befehl, sich zu verteidigen, und war mit einer scharfen Waffe angegriffen worden. Das änderte die Lage drastisch. Eigentlich sollte er das Oberkommando der Flotte über Funk um Instruktionen bitten oder ihm wenigstens seine Absichten bekanntgeben, aber angesichts des feindlichen Flugzeugs über ihm war Auftauchen Selbstmord. Er war heute schon einmal knapp dem Tod entronnen und wollte das Schicksal nicht noch einmal herausfordern. Die Attacke auf die *Admiral Lunin* konnte nur bedeuten, daß die Amerikaner einen Angriff auf sein Land planten. Sie hatten gegen ihr Lieblingsprinzip verstoßen – die Freiheit der Meere – und ihn in internationalen Gewässern angegriffen, ehe er nahe genug herangekommen war, um eine feindselige Handlung begehen zu können. Jemand mußte also annehmen, daß Krieg herrschte. Nun denn, dachte Dubinin.

Das Schleppsonar des Unterseebootes hing nun tief unter der Kielebene, und die Sonarleute arbeiteten so konzentriert wie nie zuvor.

»Kontakt«, rief Leutnant Rykow. »Sonarkontakt in eins-eins-drei, eine Schraube ... laut, klingt wie ein beschädigtes U-Boot.«

»Sind Sie auch sicher, daß es kein Überwasserkontakt ist?«

»Absolut ... Überwasserschiffe bleiben wegen des Sturmes weiter südlich. Das Geräusch ist definitiv charakteristisch für einen Atomantrieb ... aber laut, als wäre etwas schadhaft ... driftet nach Süden, Richtung nun eins-eins-fünf.«

Valentin Borissowitsch drehte sich um und rief in die Zentrale: »Geschätzte Distanz zur gemeldeten Position des Ziels?«

»7000 Meter!«

»Hm, sehr weiter Schuß... driftet nach Süden... Geschwindigkeit?«

»Schwer zu sagen... auf jeden Fall unter sechs Knoten... Umdrehungen sind zu hören, aber so schwach, daß ich sie nicht zählen kann.«

»Mehr als einen Schuß werden wir kaum abgeben können...«, flüsterte Dubinin und ging zurück in die Zentrale. »WO, stellen Sie einen Torpedo auf Kurs eins-eins-fünf ein, Suchtiefe anfangs 70 Meter, Aktivierung nach... 4000 Metern.«

»Zu Befehl.« Der Leutnant nahm an seiner Konsole die entsprechenden Einstellungen vor. »Rohr 1... Waffe scharf! Äußere Klappe geschlossen, Käpt'n.«

Dubinin drehte sich um und schaute den Ersten Offizier an. Der *Starpom,* ein Mann, der dafür bekannt war, daß er selbst bei Festessen stocknüchtern blieb, nickte. Dubinin war auf seine Zustimmung zwar nicht angewiesen, aber trotzdem dankbar.

»Äußere Klappe öffnen.«

»Äußere Klappe offen.« Der Waffenoffizier klappte die Kunststoffabdekkung des Feuerknopfes hoch.

»Feuer!«

Der Leutnant drückte auf den Knopf. »Waffe frei.«

»Zentrale, hier Sonar! Abschußgeräusch in eins-sieben-fünf, *Torpedo im Wasser!*«

»AK voraus!« rief Ricks dem Rudergänger zu.

»Captain!« schrie Claggett. »Widerrufen Sie diesen Befehl!«

»Wie bitte?« Der Rudergänger war gerade neunzehn und hatte noch nie Widerspruch gegen den Befehl eines Captains gehört. »Was soll ich tun, Sir?«

»Captain, wenn Sie so drauftreten, ist in 15 Sekunden die Welle im Eimer!«

»Verflucht, Sie haben recht.« Ricks' Gesicht sah in der roten Gefechtsbeleuchtung rosa aus. »Befehlen Sie dem Maschinenraum, auf die größte vertretbare Fahrt zu gehen. Ruder zehn Grad rechts, neuer Kurs null-null-null.«

»Ruder zehn rechts, aye«, bestätigte der Junge mit zittriger Stimme und drehte am Rad. Angst ist ansteckend. »Sir, Ruder an zehn rechts, neuer Kurs null-null-null liegt an.«

Ricks schluckte und nickte. »Recht so.«

»Zentrale, hier Sonar. Torpedo nun in eins-neun-null, bewegt sich von links nach rechts und peilt im Augenblick nicht.«

»Danke«, erwiderte Claggett.

»Ohne unseren Schwanz werden wir ihn sehr bald verlieren.«

»Leider richtig, Captain. Sollen wir der Orion mitteilen, was sich hier tut?«

»Gute Idee. Antenne ausfahren.«

»Sea Devil 13, hier *Maine*.«

»*Maine*, hier 13, wir bewerten noch immer die Wirkung unseres Torpedos und –«

»13, wir haben in eins-acht-null einen Torpedo im Wasser. Sie haben den Kerl verfehlt. Suchen Sie südlich von uns nach ihm. Ich glaube, daß sein Fisch unser MOSS angreift.«

»Roger, schon unterwegs.« Der taktische Offizier teilte Kodiak mit, daß inzwischen ein echtes Gefecht im Gang war.

»Mr. President«, sagte Ryan, »wir könnten eine wichtige Information haben.« Jack saß am Telefon, und seine Hände, die er flach auf dem Tisch liegen hatte, waren so feucht, daß sie Spuren auf dem Resopal hinterließen, wie Goodley sah. Trotzdem bewunderte er Ryans Selbstbeherrschung.

»Und was wäre das?« versetzte Fowler schroff.

Auf diesen Ton hin ließ Ryan den Kopf sinken. »Sir, das FBI teilt uns gerade mit, daß es Daten über zwei, möglicherweise auch drei Personen in Denver hat, die wegen Terrorismus gesucht werden. Zwei sollen sich in einer Linienmaschine nach Mexiko befinden. Ich habe dort Leute, die versuchen werden, sie festzunehmen.«

»Moment mal«, sagte Fowler. »Wir wissen doch genau, daß das kein Terroranschlag war.«

»Ryan, hier General Fremont. Wie wurde diese Information gewonnen?«

»Alle Einzelheiten kenne ich nicht, aber es wurde ein Fahrzeug – ein Transporter – auf das Stadiongelände geschmuggelt. Man glich das Kennzeichen ab, stellte den Besitzer fest – dieser wurde tot aufgefunden – und machte die beiden anderen über die Fluggesellschaft ausfindig. Außerdem –«

»Halt!« Der CINC-SAC schnitt Ryan das Wort ab. »Was soll das? So etwas kann doch nur ein Überlebender vom Detonationspunkt wissen! Himmel noch mal, Mann, das war eine Waffe mit 100 KT –«

»Äh, General, das FBI meldet inzwischen 50 KT, und –«

»Das FBI?« redete Borstein von NORAD dazwischen. »Was verstehen die denn davon? Wie auch immer, selbst eine Waffe mit 50 KT ließe im Umkreis von einer Meile niemanden am Leben. Mr. President, diese Information kann nicht zuverlässig sein.«

»Mr. President, hier NMCC«, klang es über eine andere Leitung. »Es ging gerade ein Spruch aus Kodiak ein. Das sowjetische U-Boot greift USS *Maine* an. Torpedo im Wasser, *Maine* versucht Ausweichmanöver.«

Ein seltsames Geräusch, das Jack nicht identifizieren konnte, kam aus dem Lautsprecher.

»Sir«, sagte Fremont sofort, »das ist eine sehr bedrohliche Entwicklung.«

»Das ist mir klar, General«, sagte Fowler so leise, daß man ihn gerade noch verstehen konnte. »General – SNAPCOUNT.«

»Was, zum Teufel, ist das?« fragte Goodley leise.

»Mr. President, das wäre ein Irrtum. Uns liegen solide Informationen vor. Sie wollten welche haben, und wir haben sie geliefert!« bellte Ryan und hätte beinahe wieder den Kopf verloren. Die Hände hatte er nun zu Fäusten geballt. Er kämpfte mit sich und gewann die Beherrschung wieder. »Sir, das ist ein wichtiger Hinweis.«

»Ryan, ich habe das Gefühl, daß Sie mich den ganzen Tag belogen und in die Irre geführt haben«, sagte Fowler in einer Stimme, die kaum noch menschlich klang. Die Verbindung wurde ein letztes Mal unterbrochen.

Der schärfste Alarm ging über Dutzende von Kanälen gleichzeitig heraus. Die Duplikation dieser Kanäle, ihre bekannte Funktion, die Kürze des Befehls und das identische Verschlüsselungsmuster verrieten den Sowjets viel, noch ehe ein abgefangenes Signal in ihre Computer eingegeben wurde. Als das eine Wort dechiffriert war, wurde es nur Sekunden später im Befehlsbunker des Kremls ausgedruckt. Golowko nahm den Bogen aus dem Gerät und sagte schlicht: »SNAPCOUNT.«

»Was bedeutet das?« fragte Präsident Narmonow.

»Das ist ein Codewort.« Golowko verkniff den Mund so heftig, daß seine Lippen weiß wurden. »Soviel ich weiß, ist das ein Begriff aus dem amerikanischen Football und bedeutet die Zurufe vor dem Anspiel.«

»Das verstehe ich nicht«, meinte Narmonow.

»Früher hieß das amerikanische Codewort für höchste strategische Bereitschaft COCKED PISTOL, entsicherte Pistole. Sehr eindeutig, nicht wahr?« Der stellvertretende Vorsitzende des KGB fuhr wie im Traum fort: »Für einen Amerikaner hat SNAPCOUNT die Bedeutung: Gleich geht's los! Daraus kann ich nur schließen, daß –«

»Ja.«

42
Viper und Schwert

PRÄSIDENT NARMONOW:

DIES IST EINE WARNUNG AN SIE ODER IHREN NACHFOLGER. WIR HABEN GERADE ERFAHREN, DASS EIN SOWJETISCHES UNTERSEEBOOT IN DIESEM AUGENBLICK EIN AMERIKANISCHES RAKETEN-U-BOOT ANGREIFT. EIN ANGRIFF AUF UNSERE STRATEGISCHEN AKTIVA WIRD NICHT GEDULDET UND ALS VORSPIEL ZU EINEM SCHLAG GEGEN DIE VEREINIGTEN STAATEN AUSGELEGT.

WEITERHIN MUSS ICH IHNEN MITTEILEN, DASS UNSERE STRATEGISCHEN KRÄFTE IN HÖCHSTER ALARMBEREITSCHAFT SIND. WIR SIND ENTSCHLOSSEN, UNS ZU VERTEIDIGEN.

WENN SIE ES MIT IHREN UNSCHULDSBETEUERUNGEN ERNST MEINEN, MUSS ICH SIE DRINGEND BITTEN, ALLE AGGRESSIVEN AKTIONEN EINZUSTELLEN, SOLANGE NOCH ZEIT IST.

»›Nachfolger‹? Teufel noch mal, was soll das heißen?« Narmonow wandte sich kurz ab und schaute dann Golowko an. »Was tut sich da? Ist Fowler krank? Oder wahnsinnig geworden? Was geht hier vor? Was ist das für eine Geschichte mit diesen U-Booten?« Er riß den Mund auf wie ein Fisch am Haken und schnappte nach Luft.

»Uns liegen Meldungen über ein havariertes amerikanisches strategisches Boot im Ostpazifik vor. Wir sandten eines unserer Boote zwecks Aufklärung aus, aber es hatte keine Genehmigung zum Angriff«, erklärte der Verteidigungsminister.

»Gibt es Umstände, unter denen unsere Männer trotzdem so handeln könnten?«

»Nein. Ohne Genehmigung aus Moskau dürfen sie nur im Zuge der Selbstverteidigung handeln.« Der Verteidigungsminister wandte sich ab, weil er dem Blick seines Präsidenten nicht standhalten konnte. Eigentlich wollte er nicht weitersprechen, hatte aber keine andere Wahl. »Ich halte die Lage nun für nicht mehr kontrollierbar.«

»Mr. President«, sagte ein Offizier der Army, öffnete eine Aktentasche, »Football« genannt, und entnahm ihr einen Ringhefter. Die erste Unterteilung hatte einen roten Rand. Auf dem Karton stand:

SIOP
OPTION GROSSANGRIFF
SKYFALL

»Und was bedeutet SNAPCOUNT?« fragte Goodley.

»Die höchste aller Alarmstufen, Ben. Die Pistole ist gespannt und gerichtet, und man spürt den Druckpunkt.«

»Wie konnten wir es so weit –«

»Unwichtig, Ben. Ganz gleich, wie wir an diesen Punkt geraten sind – die Situation ist da.« Ryan stand auf und ging im Raum umher. »So, Leute, jetzt müssen wir ganz schnell denken.«

Der Offizier vom Dienst begann. »Wir müssen Fowler klarmachen –«

»Fowler ist nichts klar«, fuhr Goodley schroff dazwischen. »Er versteht nichts, weil er nicht zuhört.«

»Bunker und Talbot scheiden aus – sie sind tot«, sagte Ryan.

»Der Vizepräsident im NEACP?«

»Sehr gut, Ben ... haben wir dafür einen Knopf ... ja!« Ryan schaltete die Verbindung ein.

»NEACP.«

»Hier CIA, DDCI Ryan. Ich muß den Vizepräsidenten sprechen.«

»Moment bitte, Sir.« Der Moment war nur kurz.

»Roger Durling. Hallo, Ryan.«

»Hallo, Mr. Vice President. Wir haben hier ein Problem«, erklärte Jack.

»Was ist schiefgegangen? Über den heißen Draht bekamen wir hier den Verkehr mit. Der Ton war etwas gespannt, aber bis vor 20 Minuten vernünftig. Was ist passiert?«

»Sir, der Präsident ist überzeugt, daß in der Sowjetunion ein Putsch stattgefunden hat.«

»Was? Wessen Schuld ist das?«

»Meine, Sir«, gestand Ryan. »Ich war der Blödmann, der ihm die Informationen lieferte. Lassen wir das bitte beiseite. Der Präsident hört nicht auf mich.«

Jack vernahm zu seinem Erstaunen ein kurzes, bitteres Lachen. »Ja, auf mich hört er auch nicht sehr oft.«

»Sir, wir müssen an ihn herankommen. Es gibt Hinweise darauf, daß die Explosion ein Terroranschlag war.«

»Worauf basiert diese Theorie?« Jack informierte ihn kurz. »Das ist dünn«, meinte Durling.

»Mag sein, Sir, aber das ist alles, was wir haben, und es ist verdammt noch mal besser als alles andere, was wir haben.«

»Gut, Moment. Bitte geben Sie mir Ihre Einschätzung der Lage.«

»Sir, meiner Auffassung nach irrt der Präsident; wir haben es in der Tat mit Andrej Iljitsch Narmonow zu tun. In Moskau geht bald die Sonne auf. Präsident Narmonow wird unter Schlafmangel leiden und hat bestimmt ebensoviel Angst wie wir. Auf die letzte Nachricht hin muß er sich fragen, ob Präsident Fowler noch bei Sinnen ist. Eine ungute Kombination also. Es liegen Meldungen über isolierte Zusammenstöße zwischen amerikanischen und sowjetischen Streitkräften vor. Weiß der Himmel, was wirklich passiert ist, aber beide Seiten fassen das als Aggression auf. Im Grunde haben wir es schlicht mit einem

Chaos zu tun – vorgeschobene Einheiten prallen aufeinander, schießen aber nur, weil beide Seiten in so hoher Alarmbereitschaft stehen. Der reinste Induktionseffekt.«

»Gut, damit bin ich soweit einverstanden. Fahren Sie fort.«

»Jemand muß nachgeben, und zwar sehr bald. Sir, Sie müssen mit dem Präsidenten reden. Mittlerweile nimmt er noch nicht einmal mehr meine Anrufe an. Talbot und Bunker sind tot; es gibt niemanden mehr, auf den er hört.«

»Und Arnie van Damm?«

»Verdammt!« rief Ryan. Arnie hatte er ganz vergessen. »Wo ist er?«

»Das weiß ich nicht, aber der Secret Service kann das ganz schnell feststellen. Und Liz?«

»Die geniale Idee, daß Narmonow nicht am anderen Ende sitzt, stammt von ihr.«

»Biest«, merkte Durling an. Er hatte sich sehr angestrengt und viel politisches Kapital vergeudet, um Charlie Alden diesen Posten zu verschaffen. »Gut, ich will versuchen, ihn zu erreichen. Bleiben Sie an der Leitung.«

»Der Vizepräsident auf Leitung 6, Sir.«

Fowler drückte auf den entsprechenden Knopf. »Fassen Sie sich kurz, Roger.«

»Bob, Sie müssen die Lage wieder in den Griff bekommen.«

»Was glauben Sie, was ich hier die ganze Zeit treibe!«

Durling, der in einem Ledersessel mit hoher Rückenlehne saß, schloß die Augen. Der Ton der Antwort sprach Bände. »Bob, Sie haben alles nur noch schlimmer gemacht. Distanzieren Sie sich einmal für einen Moment von der Sache. Holen Sie tief Luft, gehen Sie durch den Raum – denken Sie nach! Es besteht kein Grund zu der Annahme, daß die Russen die Explosion ausgelöst haben. Ich sprach gerade mit der CIA und erfuhr –«

»Von Ryan etwa?«

»Ja, er hat mir den Erkenntnisstand geschildert und –«

»Ryan hat mich angelogen.«

»Unsinn, Bob.« Durling bemühte sich, gelassen und sachlich zu bleiben, und schlug seinen Landarztton an. »Der Mann ist doch ein Profi.«

»Roger, ich weiß, daß Sie es gut meinen, aber für Psychoanalyse habe ich jetzt keine Zeit. Es ist gut möglich, daß jeden Augenblick ein Atomschlag gegen uns geführt wird. Ihr Glück, daß Sie ihn wahrscheinlich überleben werden. Alles Gute, Roger. Halt – da geht etwas über den heißen Draht ein.«

PRÄSIDENT FOWLER:

MIT IHNEN IN VERBINDUNG STEHE ICH, ANDREJ ILJITSCH NARMONOW.

DIE SOWJETUNION HAT KEINE AGGRESSIVEN HANDLUNGEN GEGEN DIE VEREINIGTEN STAATEN UNTERNOMMEN. WIR WOLLEN IHREM LAND KEINEN SCHADEN ZUFÜGEN, SONDERN IN RUHE GELASSEN WERDEN UND IN FRIEDEN LEBEN.

OBWOHL ICH KEINE MASSNAHMEN JEGLICHER ART GEGEN AMERIKANISCHE TRUPPEN ODER BÜRGER ANGEORDNET HABE, BEDROHEN SIE UNS. WENN SIE ANGREIFEN, MÜSSEN WIR ZURÜCKSCHLAGEN, UND DAS WIRD MILLIONEN MENSCHENLEBEN KOSTEN. ALLES NUR WEGEN EINES DUMMEN ZUFALLS?

DIE WAHL LIEGT BEI IHNEN. ICH KANN SIE AN IRRATIONALEN HANDLUNGEN NICHT HINDERN UND HOFFE, DASS SIE DIE SELBSTBEHERRSCHUNG ZURÜCKGEWINNEN WERDEN. WIR MÜSSEN BEIDE VERNÜNFTIG BLEIBEN. ES STEHEN ZU VIELE LEBEN AUF DEM SPIEL.

»Wenigstens gehen noch Nachrichten ein«, merkte Goodley an.

»Schon, aber diese macht alles nur noch schlimmer und wird Fowler in Rage versetzen«, meinte Ryan. »Das ist der Auslöser. Einem irrationalen Menschen darf man nicht sagen, daß er den Kopf verloren hat...«

»Ryan, hier Durling.« Jack sprang ans Telefon.

»Ja, Mr. Vice President?«

»Er hörte nicht auf mich und reagierte sehr negativ auf die letzte Kommunikation aus Moskau.«

»Sir, können Sie eine Verbindung mit SAC herstellen?«

»Nein, leider nicht. Ich bin über eine Konferenzschaltung mit NORAD und Camp David verbunden. Ein Teil des Problems ist, daß der Präsident sich verwundbar fühlt und, nun ja, Angst hat...«

»Das geht uns doch allen so, oder?«

Es entstand ein kurzes Schweigen, und Ryan fragte sich, ob Durling ein schlechtes Gewissen hatte, weil er sich an einem relativ sicheren Platz befand.

In Rocky Flats gab man die Proben der Rückstände in ein Gammastrahl-Spektrometer. Der Prozeß war durch eine kleine Fehlfunktion verzögert worden. Das Bedienungspersonal stand hinter einem Schutzschild, trug bleibeschichtete Gummihandschuhe und holte die Proben mit 90 Zentimeter langen Zangen aus dem Bleieimer, trat zurück und wartete, daß die Techniker das Gerät einschalteten.

»So, mal sehen – das ist in der Tat heiß.«

Das Spektrometer zeigte seine Meßergebnisse auf einer Kathodenstrahlröhre und über einen Drucker an und maß die Energie der von der Gammastrahlung im Instrument erzeugten Photo-Elektronen. Der exakte Energiezustand dieser Elektronen identifizierte das Element und die Isotope der Strahlenquelle, und die Werte erschienen in Form von Linien oder Spitzen auf dem graphischen Display. Die relative Intensität der verschiedenen Energielinien, dargestellt durch die Höhe der Spitzen, bestimmte die Proportionen. Zu einer exakteren Messung mußte man die Probe zwecks Reaktivierung in einen kleinen Reaktor geben, aber dieses System war vorerst gut genug.

Der Techniker schaltete auf den Beta-Kanal um. »Schauen Sie sich diese Tritiumlinie an! Wie hoch soll die Sprengleistung gewesen sein?«

»Unter 15 KT.«

»Da war eine Unmenge Tritium drin, Doc – sehen Sie sich das an!« Der Techniker, der kurz vor der Magisterprüfung stand, schrieb etwas auf seinen Block und schaltete zurück auf den Gamma-Kanal. »So... Plutonium, da haben wir 239 und 240; Neptunium, Americium, Gadolinium, Curium, Promethium, Uran 235 und 238... Jungs, das war ein hochkomplexes Biest.«

»Eine Verpuffung«, sagte ein Mann vom NEST, als er die Werte sah. »Wir haben es mit den Überresten einer Verpuffung zu tun. Das war keine Terroristenwaffe. Diese Menge Tritium... Verflucht, das sollte ein Zweiphaser sein, das ist viel zuviel für eine verstärkte Fissionswaffe – Himmel noch mal, das war eine H-Bombe!«

Der Techniker nahm eine Feineinstellung vor und schaute auf den Schirm. »Sehen wir uns mal das 239/240-Verhältnis an.«

»Holen Sie das Buch!«

In einem Regal gegenüber vom Spektrometer stand ein 7,5 Zentimeter dicker roter Plastikhefter.

»Savannah River«, meinte der Techniker. »Dort hatte man immer Probleme mit dem Gadolinium... Hanford benutzt einen anderen Prozeß... aber dabei kommt immer zuviel Promethium heraus.«

»Sind Sie verrückt geworden?«

»Trauen Sie mir«, erwiderte der Magisterkandidat. »Meine Prüfungsarbeit befaßt sich mit Kontaminationsproblemen in Plutoniumfabriken. Hier sind die Werte!« Er las sie vor.

Ein Mann vom NEST schlug erst das Register und dann eine Seite auf. »Sehr nahe dran. Sagen Sie das Gadolinium noch einmal an.«

»0,058 mal 10^{-7} plus oder minus 0,002.«

»Mein Gott!« Der Mann drehte das Buch herum.

»Savannah River... ausgeschlossen.«

»1968, ein gutes Jahr. Verflucht, das ist unser eigenes Plutonium!«

Der höchste NEST-Mann blinzelte. »Gut, ich rufe in Washington an.«

»Geht nicht«, meinte der Techniker, der gerade noch exaktere Werte ermittelte. »Die Fernleitungen sind alle unterbrochen.«

»Wo ist Larry?«

»Der arbeitet im Aurora Presbyterian mit den FBI-Leuten zusammen. Die Nummer steht auf der Haftnotiz überm Telefon in der Ecke. Ich glaube, es funktioniert noch. Soviel ich weiß, kann Larry über das FBI Washington erreichen.«

»Murray.«

»Hoskins – ich habe gerade Nachricht von Rocky Flats bekommen. Dan, das klingt irre: Das NEST-Team sagt, die Bombe habe amerikanisches Plutonium enthalten. Ich bat um Bestätigung und bekam sie auch. Das Plutonium stammte aus der Anlage Savannah River des Verteidigungsministeriums und wurde im Februar 1968 im Reaktor K hergestellt. Die Experten können das genau belegen und sogar sagen, in welchem Teil des Reaktors das Plutonium erzeugt wurde. Kommt mir spanisch vor, aber die Fachleute sagen es.«

»Walt, wer wird mir das glauben?«

»Dan, das meinte der Physiker auch.«

»Ich muß mit ihm sprechen.«

»Sie wissen ja, daß die Telefonleitungen unterbrochen sind. Aber ich kann ihn in ein paar Minuten hier haben.«

»Holen Sie ihn, und zwar schnellstens.«

»Ja, Dan?«

»Jack, das NEST-Team hat unserem Büro in Denver gerade mitgeteilt, daß das Material in der Bombe aus Amerika stammte.«

»Wie bitte?«

»Schon gut, Jack, das haben wir alle gesagt. NEST nahm Fallout-Proben, analysierte sie und kam zu dem Schluß, das Uran – nein, Plutonium – sei 1968 in Savannah River hergestellt worden. Der Leiter des Teams ist zu unserer Außenstelle in Denver unterwegs. Die Fernleitungen sind unterbrochen, aber ich kann ihn über unser System durchstellen, und dann können Sie ihn persönlich sprechen.«

Ryan schaute den Mann von W&T an. »Was halten Sie davon?«

»In Savannah River kamen 450 Kilo spaltbares Material abhanden.«

»Also eine Terroristenwaffe«, sagte Ryan bestimmt.

»Klingt langsam plausibel«, stimmte der Mann von W&T zu.

»Verflucht, und ausgerechnet jetzt hört man oben nicht mehr auf mich!« Zum Glück gab es noch Durling.

»Kaum zu glauben«, sagte der Vizepräsident.

»Das sind exakte Daten, geprüft vom NEST-Team in Rocky Flats, wissenschaftlich ermittelte Werte. Es mag verrückt klingen, ist aber eine objektive Tatsache.« *Hoffentlich!* dachte Ryan, und Durling spürte das. »Sir, das war eindeutig keine russische Waffe – das ist der entscheidende Punkt. Wir sind *sicher,* daß sie nicht aus der Sowjetunion stammte. Bitte, teilen Sie das dem Präsidenten sofort mit.«

»Wird gemacht.« Durling nickte dem Sergeant, der mit der Kommunikation betraut war, zu.

»Ja, Roger«, sagte der Präsident.

»Sir, wir haben gerade eine wichtige Information erhalten.«

»Was gibt's jetzt?« fragte der Präsident und klang todmüde.

»Sie kam über die CIA, stammt aber vom FBI. Das NEST-Team hat festgestellt, daß das Bombenmaterial nicht sowjetischen Ursprungs ist, sondern aus den USA stammt.«

»Schwachsinn!« rief Borstein. »Uns fehlen keine Kernwaffen. Wir passen sehr gut auf diese Dinger auf!«

»Roger, das haben Sie von Ryan erfahren, nicht wahr?«
»Richtig, Bob.«
Durling hörte einen langen Seufzer. »Danke.«
Die Hand des Vizepräsidenten zitterte, als er den Hörer des anderen Telefons abhob. »Er hat es mir nicht abgenommen.«

»Er *muß* es glauben, Sir, es ist die *Wahrheit*!«
»Ich weiß nun auch nicht mehr weiter. Sie hatten recht, Jack, er hört auf niemanden mehr.«
»Neue Nachricht über den heißen Draht, Sir.«

PRÄSIDENT NARMONOW, las Jack,
SIE BEZEICHNEN MICH ALS IRRATIONAL. WIR HABEN ZWEIHUNDERTTAUSEND TOTE, EINEN ANGRIFF AUF UNSERE TRUPPEN IN BERLIN, ANGRIFFE AUF UNSERE MARINE IM MITTELMEER UND DEM PAZIFIK...
»Verdammt, gleich drückt er auf den Knopf. Wir verfügen über die Informationen, um diesem Wahnsinn ein Ende setzen zu können, aber –«
»Mir fällt nichts mehr ein«, sagte Durling. »Dieser heiße Draht macht alles nur noch schlimmer, und –«
»Und das scheint der Kern des Problems zu sein.« Ryan schaute auf. »Ben, verstehen Sie sich aufs Fahren im Schnee?«
»Schon, aber –«
»Los!« Ryan hastete aus dem Zimmer. Sie fuhren mit dem Aufzug ins Erdgeschoß, wo Ryan in den Sicherheitsraum rannte. »Autoschlüssel!«
»Hier, Sir!« Ein verängstigter junger Mann warf sie ihm zu. Die CIA-Sicherheit stellte ihre Fahrzeuge am Rand des VIP-Parkplatzes ab. Der blaue GMC, ein großer Geländewagen, war nicht abgeschlossen.
»Wohin?« fragte Goodley, als er links einstieg.
»Pentagon, Osteingang, und so schnell wie möglich.«

»Was war das?« Der Torpedo hatte etwas umkreist, ohne zu detonieren, und nun war ihm der Treibstoff ausgegangen.
»Nicht genug Masse, um den Magnetzünder auszulösen, zu klein für einen Direkttreffer... muß ein Köder gewesen sein«, sagte Dubinin. »Wo ist die erste abgefangene Meldung?« Ein Matrose reichte sie ihm. »›Schraubenschaden nach Kollision‹. Verflucht, wir haben ein lautes Antriebssystem verfolgt und keine beschädigte Schraube!« Der Kapitän hieb so heftig auf den Kartentisch, daß seine Hand zu bluten begann. »Nordkurs, Aktivsonar an!«

»Zentrale, hier Sonar. Niederfrequenz-Aktivsonar in eins-neun-null.«
»Torpedos klarmachen!«
»Sir, mit dem Außenborder könnten wir zwei oder drei Knoten schneller fahren«, riet Claggett.

»Zu laut!« bellte Ricks zurück.

»Sir, wir sind im Bereich des Oberflächenlärms. Hier oben machen die hohen Frequenzen des Außenborders keinen großen Unterschied. Der Russe setzt niederfrequentes Aktivsonar ein, mit dem er uns orten wird, ob wir nun leise sind oder nicht. Wir sollten nun Distanz schaffen, Sir, denn wenn er uns zu nahe kommt, kann die Orion nicht zu unserem Schutz eingreifen.«

»Wir müssen ihn ausschalten.«

»Keine gute Entscheidung, Sir. Wir sind auf SNAPCOUNT, das heißt, das Abfeuern der Raketen hat Vorrang. Wenn wir jetzt einen Torpedo ins Wasser bringen, verraten wir nur unsere Position. Captain, wir müssen Distanz schaffen und uns außerhalb der Reichweite seines Aktivsonars halten. Da können wir keinen Schuß riskieren.«

»*Nein!* WO, Zielkoordinaten einstellen!«

»Aye, Sir.«

»Kommunikation: Von der Orion Unterstützung anfordern!«

»So, das wäre der letzte, Herr Oberst.«

»Das ging ja flott«, erwiderte der Regimentskommandeur.

»Die Jungs sind gut in Übung«, meinte ein Major, der neben ihm stand und zuschaute, wie in Alejsk der zehnte und letzte Gefechtskopf aus der SS-18 gehoben wurde. »Vorsicht, Feldwebel.«

Schuld war das Eis. Vor wenigen Minuten war Schnee in die Raketenkapsel geweht und von den Stiefeln zertreten worden. Dabei war er geschmolzen, doch die Minustemperaturen hatten ihn bald zu einer unsichtbaren, papierdünnen Eisschicht erstarren lassen. Der Feldwebel wollte gerade von dem klappbaren Laufsteg treten, als er ausrutschte und dabei einen schweren Schraubenschlüssel fallen ließ. Das Werkzeug prallte gegen das Geländer und wirbelte durch die Luft. Der Feldwebel griff danach, erreichte es aber nicht mehr und sah es abstürzen.

»LOS, WEG!« schrie der Oberst. Das brauchte er dem Feldwebel nicht zweimal zu sagen. Der Gefreite auf dem Kran schwenkte den Gefechtskopf in Sicherheit und sprang dann vom Fahrzeug. Alle wußten, daß sie sich in Windrichtung zu entfernen hatten.

Der Schraubenschlüssel hatte den Boden des Silos fast erreicht, traf nun aber eine Stützvorrichtung, wurde seitlich abgelenkt und riß an zwei Stellen die Außenhaut der ersten Stufe auf. Da die Hülle der Rakete gleichzeitig auch die Tankwandung war, wurden Treibstoff und Oxidator freigesetzt. Die beiden Chemikalien bildeten kleine Wolken – es waren jeweils nur wenige Gramm ausgetreten –, aber die Verbindungen waren hypergolisch, das heißt, sie zündeten spontan, wenn sie miteinander in Kontakt kamen. Das geschah zwei Minuten nachdem der Schraubenschlüssel gefallen war.

Die Explosion war so stark, daß der Oberst noch in 200 Meter Entfernung vom Silo zu Boden geschleudert wurde. Er rollte sich instinktiv hinter einen dicken Kiefernstamm, als die Druckwelle über ihn hinwegfegte. Als er einen

Augenblick später den Kopf hob, sah er eine Feuersäule vom Silo aufsteigen. Wie durch ein Wunder waren alle seine Männer davongekommen. Und mit dem seltsamen Humor, der Menschen überkommt, die gerade dem Tod ein Schnippchen geschlagen haben, dachte er: Eine Rakete weniger, wegen der uns die Amerikaner in den Ohren liegen können.

Der Sensor des DSPS-Satelliten war bereits auf die russischen Raketenanlagen gerichtet. Die Energiesignatur war unverkennbar. Das Signal ging an eine Bodenstation bei Alice Springs in Australien und von dort aus an einen Kommunikationssatelliten der US-Luftwaffe, der es nach Nordamerika sandte. Das Ganze nahm eine gute halbe Sekunde in Anspruch.

»Achtung! Möglicher Raketenstart von Alejsk!«

In diesem Augenblick änderte sich für Major General Joe Borstein jäh die ganze Welt. Als er sich auf das Echtzeitdisplay konzentrierte, war sein erster Gedanke: Jetzt ist es passiert, trotz aller Veränderungen, allen Fortschritts, aller Verträge. Irgendwie war es geschehen, und nun konnte er nur noch dasitzen und abwarten, bis die SS-18, die seinen Namen trug, auf dem Berg Cheyenne landete. Dies war anders als Bombenangriffe auf Brücken in Indochina oder Drohgebärden gegen sowjetische Jäger im deutschen Luftraum – dies war das Ende des Lebens.

Borsteins Stimme war rauh wie Sandpapier. »Ich sehe nur einen Abschuß ... wo ist der Vogel?«

»Kein Vogel, kein Vogel, kein Vogel«, verkündete eine Frau im Rang eines Captains. »Energiesignatur zu groß, sieht eher nach einer Explosion aus. Keine Rakete. Kein Start, ich wiederhole: kein Start.«

Borstein sah, daß seine Hände zitterten. Das hatten sie weder damals, als er abgeschossen worden war, getan noch nach der Bruchlandung auf Edwards und ebensowenig, als er seine Maschine durch Hagelstürme gesteuert hatte. Er schaute in die Runde und sah in den Gesichtern seiner Leute die Angst, die er gerade in der Magengrube gespürt hatte. Bis zu diesem Punkt war ihm das Ganze wie eine Szene aus einem furchterregenden Film vorgekommen, aber nun hatte die Realität zugeschlagen. Er nahm den Hörer für die Verbindung mit dem SAC ab und unterbrach durch Knopfdruck die Leitung »Gold« nach Camp David.

»Pete, haben Sie das mitbekommen?«

»Allerdings, Joe.«

»Wir sollten dafür sorgen, daß sich die Lage wieder beruhigt. Der Präsident verliert den Kopf.«

Der CINC-SAC antwortete erst nach einer kurzen Pause. »Das wäre mir beinahe auch so gegangen, aber ich habe mich wieder zusammengerissen.«

»Verstanden, Pete.«

»Was, zum Teufel, war das?«

Borstein schaltete »Gold« wieder ein. »Mr. President, das war unserer Auffassung nach eine Explosion auf dem Raketenfeld Alejsk. Für einen Augenblick bekamen wir es mit der Angst zu tun, aber es stieg keine Rakete auf. Ich wiederhole, Mr. President: Keine Rakete in der Luft. Eindeutig ein blinder Alarm.«

»Und was hatte das zu bedeuten?«

»Sir, das kann ich nicht sagen. Vielleicht gab es bei der Wartung der Raketen einen Unfall. Das käme nicht zum ersten Mal vor – wir hatten ebenfalls Probleme mit der Titan-II.«

»General Borstein hat recht«, bestätigte der CINC-SAC nüchtern. »Aus diesem Grund schafften wir die Titan-II ab. Mr. President?«

»Ja, General?«

»Ich schlage vor, daß wir die Lage etwas abkühlen, Sir.«

»Und wie, wenn ich fragen darf?« wollte Fowler wissen. »Was, wenn dieser Vorfall etwas mit ihrer Alarmbereitschaft zu tun hatte?«

Die Fahrt über den George Washington Parkway verlief ohne Zwischenfälle. Goodley war mit Vierradantrieb kontinuierlich 60 gefahren und hatte kein einziges Mal die Kontrolle über das Fahrzeug verloren. Liegengebliebene Autos umsegelte er wie ein Rennfahrer. Nun hatte er den Osteingang des Pentagons erreicht. Der zivile Wächter hatte Verstärkung von einem Soldaten bekommen, dessen Gewehr M-16 zweifellos geladen war.

»CIA!« sagte Goodley.

»Moment.« Ryan händigte seinen Dienstausweis aus. »Stecken Sie das in den Schlitz. Es sollte funktionieren.«

Goodley tat wie geheißen. Ryans Karte hatte den richtigen Magnetcode für diese Sicherheitseinrichtung. Das Tor öffnete sich, die Straßenbarriere versank im Asphalt, und der Weg war frei. Der Soldat nickte. Wenn die Karte funktionierte, mußte alles in Ordnung sein.

»Ganz nach oben, erste Tür.«

»Soll ich parken?«

»Ach was, lassen Sie die Mühle einfach stehen. Sie kommen mit mir.«

Auch im Gebäude selbst waren die Sicherheitsmaßnahmen verschärft worden. Als er durch den Metalldetektor gehen wollte, löste Kleingeld in seiner Tasche den Alarm aus. Er warf die Münzen wütend auf den Boden. »Zum NMCC?«

»Bitte folgen Sie mir, Sir.«

Den Eingang zu der Befehlszentrale versperrte eine kugelsichere Scheibe, hinter der eine schwarze, mit einem Revolver bewaffnete Sergeantin stand.

»CIA, ich muß rein.« Ryan hielt seine Karte auf das schwarze Sensorfeld, und wieder klappte es.

»Wer sind Sie, Sir?« fragte ein Maat.

»Der DDCI. Bitte führen Sie mich zu dem Mann, der hier den Befehl hat.«

»Bitte folgen Sie mir, Sir. Ich bringe Sie zu Captain Rosselli.«

»*Captain?* Kein Flaggoffizier?«

»General Wilkes ist verschollen, Sir, wir wissen nicht, wo er steckt.« Der Maat ging durch eine Tür.

Ryan sah einen Captain der Navy, einen Lieutenant Colonel der Army, ein riesiges Lagedisplay und zahlreiche Telefone. »Sind Sie Rosselli?«

»Der bin ich. Und wer sind Sie?«

»Jack Ryan, DDCI.«

»Sie kommen an einen schlechten Platz«, bemerkte Colonel Barnes.

»Gibt es was Neues?«

»Wir hatten gerade was, das nach einem Raketenstart in Rußland aussah –«

»Mein Gott!«

»Es stieg aber nichts auf. Offenbar eine Explosion im Silo. Bringen Sie Informationen mit?«

»Ich brauche eine Verbindung mit der FBI-Befehlszentrale und muß mit Ihnen beiden reden.«

»Nicht zu glauben«, sagte Rosselli zwei Minuten später, nachdem der DDCI ihn informiert hatte.

»Warten Sie ab«, meinte Ryan und hob den Hörer ab. »Dan, hier Jack.«

»Jack, wo stecken Sie? Ich habe gerade versucht, Sie in Langley zu erreichen.«

»Im Pentagon. Was wissen Sie über die Bombe?«

»Bleiben Sie dran, ich stelle Sie zu Dr. Larry Parsons durch. Er leitet das NEST-Team.«

»Hier Ryan, stellvertretender Direktor der CIA. Was können Sie mir sagen?«

»Die Bombe wurde mit amerikanischem Plutonium gebaut. Das steht eindeutig fest. Die Proben wurden viermal geprüft. Ursprung: Savannah River, Februar 1968, Reaktor K.«

»Sind Sie auch ganz sicher?« fragte Jack und hoffte auf eine positive Antwort.

»Absolut. Klingt verrückt, aber es war unser Material.«

»Was wissen Sie noch?«

»Von Murray höre ich, daß Sie Probleme bei der Einschätzung der Sprengleistung hatten. Ich war persönlich an der Explosionsstelle und kann Ihnen mitteilen, daß es eine kleine Detonation von weniger als 15 KT war – eins fünf. Es gibt sogar Überlebende – nicht viele zwar, aber ich habe sie selbst gesehen. Ich weiß nun nicht, wer die ursprüngliche Fehleinschätzung verbrochen hat, aber ich war vor Ort und kann Ihnen sagen, daß die Detonation vergleichsweise schwach war. Außerdem sieht es so aus, als sei die Bombe nur verpufft. Mit dieser Frage befassen wir uns nun näher, aber entscheidend ist, daß das spaltbare Material eindeutig aus den USA stammte. Das steht hundertprozentig fest.«

Rosselli beugte sich vor, um nachzusehen, daß auch tatsächlich über die gesicherte Leitung zur FBI-Zentrale gesprochen wurde. »Augenblick. Ich bin Captain Jim Rosselli, US-Navy, und habe meinen Magister in Kernphysik gemacht. Bitte geben Sie mir die Proportion 239/240 durch.«

»Moment ... 239 war 98,93; 240 war 0,045. Wollen Sie auch die Spurenelemente?«

»Danke, das genügt.« Rosselli schaute auf und sagte leise: »Entweder sagt er die Wahrheit, oder er ist ein ganz raffinierter Lügner.«

»Captain, ich bin froh über Ihre Zustimmung. Nun habe ich eine Bitte.«

»Ja?«

»Ich muß an den heißen Draht.«

»Das kann ich nicht zulassen.«

»Captain, haben Sie die Nachrichten gesehen, die hin- und hergingen?«

»Nein, dazu hatten Rocky und ich keine Zeit. Im Augenblick finden drei separate Gefechte statt, und –«

»Sehen wir uns mal an, was über den heißen Draht lief.«

In diesem Raum war Ryan noch nie gewesen, was ihm nun seltsam vorkam. Die Ausdrucke der Nachrichten wurden in einem Blockhalter aufbewahrt. Anwesend waren sechs Leute, die allesamt aschgrau aussahen.

»Himmel noch mal, Ernie!« sagte Rosselli.

»Ging in letzter Zeit etwas ein?« fragte Ryan.

»Nein, auf die Nachricht des Präsidenten vor 20 Minuten kam bisher keine Antwort.«

»Es lief alles so gut, als ich zuletzt hier war – guter Gott!« rief Rosselli aus, als er das letzte Blatt sah.

»Der Präsident hat die Nerven verloren«, sagte Ryan. »Er weigert sich, von mir Informationen anzunehmen, und er hört auch nicht auf Vizepräsident Durling. Nun habe ich eine einfache Lösung. Ich kenne Präsident Narmonow persönlich. Angesichts dessen, was wir gerade vom FBI erfahren haben, Captain, könnte ich vielleicht etwas Positives bewirken. Wenn nicht –«

»Sir, das ist ausgeschlossen«, erwiderte Rosselli.

»Und warum?« fragte Jack. Sein Herz schlug heftig, aber er hielt seine Atemfrequenz mit Gewalt normal. Er mußte jetzt unbedingt die Fassung wahren.

»Sir, der Sinn der Sache ist, daß die Leitung zwei Personen verbindet, die –«

»Von denen einer – inzwischen vielleicht auch schon der andere – nicht mehr ganz bei Sinnen ist. Captain, Sie sehen, wo wir angelangt sind. Zwingen kann ich Sie nicht, aber ich bitte Sie, nachzudenken. Benutzen Sie Ihren Verstand, wie Sie es vor einem Augenblick getan haben«, sagte Ryan ruhig.

»Sir, das bringt uns ins Gefängnis«, gab der für den Draht nach Moskau zuständige Kommunikationstechniker zu bedenken.

»Überflüssig, wenn man tot ist«, meinte Jack. »Im Augenblick sind wir bei SNAPCOUNT. Sie müssen doch wissen, wie ernst das ist. Captain Rosselli, Sie sind hier der höchste Offizier. Die Entscheidung liegt bei Ihnen.«

»Gut, aber ich will alles, was Sie schreiben, sehen, bevor es gesendet wird.«

»Soll mir recht sein. Darf ich selbst tippen?«

»Ja. Sie geben Ihre Nachricht ein. Anschließend wird sie in einen anderen Computer geladen und verschlüsselt.«

Ein Sergeant der Marines machte seinen Platz frei. Ryan setzte sich, ignorierte die Verbotsschilder an der Wand und steckte sich eine Zigarette an.

ANDREJ ILJITSCH, tippte Ryan langsam, SORGEN SIE IMMER NOCH SELBST FÜR DAS KAMINFEUER IN DER DATSCHE?

»In Ordnung?«

Rosselli nickte dem Unteroffizier neben Ryan zu. »Senden.«

»Was soll das?« fragte der Verteidigungsminister. Vier Männer beugten sich über das Terminal. Ein Major der sowjetischen Armee übersetzte.

»Da stimmt was nicht«, meinte ein Kommunikationsoffizier. »Das ist doch –«

»Antworten Sie: ›Wissen Sie noch, wer Ihnen das Knie verbunden hat?‹«

»Wie bitte?«

»Senden!« befahl Narmonow.

Sie warteten zwei Minuten lang.

IHR LEIBWÄCHTER ANATOLIJ VERSORGTE MICH, ABER MEINE HOSE WAR RUINIERT.

»Das ist Ryan!«

»Gehen wir lieber auf Nummer Sicher«, riet Golowko.

Der Übersetzer schaute auf seinen Schirm. »Hier steht: *›Und unserem Freund geht es gut?‹*«

Ryan schrieb: ER WURDE MIT ALLEN EHREN IN CAMP DAVID BEGRABEN.

»Was soll das bedeuten?« fragte Rosselli.

»Darüber sind auf der ganzen Welt nur 20 Personen informiert. Er will sich nur vergewissern, daß ich es auch bestimmt bin.« Jacks Finger schwebten über der Tastatur.

»Kommt mir ziemlich blödsinnig vor.«

»Schön, meinetwegen ist es Blödsinn, aber kann es etwas schaden?« fragte Ryan.

»Senden.«

»Verdammt, was soll das?« brüllte Fowler. »Wer fuhrwerkt da –«

»Sir, Befehl vom Präsidenten. Wir sollen Sie –«

»Einfach ignorieren«, versetzte Jack kalt.

»Verdammt, das kann ich nicht!«

»Captain, der Präsident hat die Beherrschung, die Übersicht verloren. Wenn Sie ihm erlauben, mich mundtot zu machen, muß Ihre Familie sterben und meine auch. Es wird Millionen Tote geben. Nun gehen Sie noch einmal diese Nachricht durch und sagen Sie mir, daß ich mich irre!«

»Aus Moskau«, sagte der Übersetzer. »*›Ryan, was ist bei Ihnen los?‹*«

PRÄSIDENT NARMONOW:

GEGEN UNS IST EIN TERRORANSCHLAG GEFÜHRT WORDEN. ES

HERRSCHTE GROSSE VERWIRRUNG, ABER NUN HABEN WIR EINDEUTIGE HINWEISE AUF DEN URSPRUNG DER WAFFE.
WIR SIND SICHER, DASS ES KEINE SOWJETISCHE WAFFE WAR. ICH WIEDERHOLE: WIR SIND SICHER, DASS ES KEINE SOWJETISCHE WAFFE WAR.
WIR VERSUCHEN NUN, DIE TERRORISTEN FESTZUNEHMEN, UND DAS KÖNNTE UNS IN DEN NÄCHSTEN MINUTEN GELINGEN.

»Senden Sie zurück: ›Warum beschuldigte Ihr Präsident uns dieser Tat?‹«
Wieder eine Pause von zwei Minuten.

PRÄSIDENT NARMONOW:
HIER HERRSCHTE GROSSE KONFUSION. UNS LAGEN GEHEIMDIENSTMELDUNGEN ÜBER POLITISCHE INSTABILITÄT IN DER SOWJETUNION VOR. DIESE INFORMATIONEN ERWIESEN SICH ALS FALSCH, STIFTETEN ABER GROSSE VERWIRRUNG. DARÜBER HINAUS FACHTEN DIE ANDEREN ZWISCHENFÄLLE AUF BEIDEN SEITEN DIE LEIDENSCHAFTEN AN.
»Wohl wahr.«

»Pete, Sie schicken auf der Stelle Leute ins Pentagon und lassen diesen Mann verhaften!«
Obwohl Helen D'Agustino ihm einen wütenden Blick zuwarf, konnte Connor nicht nein sagen. Er rief die Zentrale des Secret Service an und gab den Befehl weiter.

»Er fragt: ›Was schlagen *Sie* vor?‹«
ICH BITTE SIE, UNS ZU VERTRAUEN UND UNS EINE CHANCE ZU GEBEN, AUCH IHNEN ZU VERTRAUEN. WIR MÜSSEN BEIDE VON DIESEM ABGRUND ZURÜCKWEICHEN. ICH SCHLAGE VOR, DASS WIR DIE ALARMBEREITSCHAFT DER STRATEGISCHEN KRÄFTE REDUZIEREN UND ALLEN TRUPPEN BEFEHLEN, ENTWEDER IN IHREN DERZEITIGEN STELLUNGEN ZU BLEIBEN ODER SICH VON AMERIKANISCHEN ODER SOWJETISCHEN EINHEITEN IN IHRER NÄHE ABZUSETZEN. NACH MÖGLICHKEIT SOLL DAS FEUER SOFORT EINGESTELLT WERDEN.
»Recht so?« fragte Ryan.
»Senden.«

»Kann das ein Trick sein?« fragte der Verteidigungsminister. »Kann das *kein* Trick sein?«
»Golowko?«
»Ich glaube, daß es Ryan ist und daß er es ehrlich meint – aber kann er seinen Präsidenten überzeugen?«

Narmonow entfernte sich einen Moment und dachte an die Geschichte, an Nikolaus II. »Und wenn wir unsere Alarmbereitschaft reduzieren...?«

»Dann können sie einen Schlag führen und unsere Fähigkeit zu einem Gegenschlag um die Hälfte verringern!«

»Genügt die Hälfte denn nicht?« fragte Narmonow, der einen Ausweg sah und nur hoffte, daß er real war. »Können wir die USA denn nicht auch mit der Hälfte vernichten?«

»Nun...« Der Verteidigungsminister nickte. »Sicher, wir haben genug, um die Amerikaner zweimal zu zerstören. ›Overkill‹ sagen sie dazu.«

RYAN:

ICH HABE GERADE BEFOHLEN, DIE ALARMBEREITSCHAFT DER SOWJETISCHEN STRATEGISCHEN KRÄFTE ZU REDUZIEREN. WIR BLEIBEN IN ERHÖHTER VERTEIDIGUNGSBEREITSCHAFT, GEHEN ABER AUF EINE NIEDRIGERE STUFE, DIE JEDOCH IMMER NOCH HÖHER IST ALS ZU FRIEDENSZEITEN. WENN SIE ÄHNLICHE MASSNAHMEN ERGREIFEN, SCHLAGE ICH VOR, DASS BEIDE SEITEN IM LAUF DER NÄCHSTEN FÜNF STUNDEN IHRE ALARMBEREITSCHAFT ZUG UM ZUG REDUZIEREN.

Jacks Kopf sank auf das Tastenfeld und ließ Buchstaben auf dem Bildschirm erscheinen. »Könnte ich bitte ein Glas Wasser haben? Meine Kehle ist ein bißchen trocken.«

»Mr. President?« fragte Fremont.

»Ja, General?«

»Was empfehlen Sie?«

»Sir, um ganz sicherzugehen, sollten wir abwarten, bis eindeutige Hinweise auf eine Entspannung vorliegen, und dann selbst die Alarmbereitschaft reduzieren. Für den Anfang schlage ich vor, SNAPCOUNT zu widerrufen. Das würde unsere Schlagkraft kaum verringern.«

»General Borstein?«

»Einverstanden, Sir«, kam es von NORAD.

»General Fremont: Sie haben meine Erlaubnis.«

»Ich danke Ihnen, Mr. President. Wir handeln sofort.« General Peter Fremont von der US-Air Force, Oberbefehlshaber des strategischen Luftkommandos, wandte sich an seinen stellvertretenden Stabschef (Operationen): »Halten Sie den Alarm aufrecht und die Vögel startbereit, aber am Boden. Sichern wir die Raketen.«

»Kontakt in drei-fünf-zwei... Distanz 7600 Meter.« Auf diese Peilung hatten sie mehrere Minuten lang gewartet.

»Zielkoordinaten einstellen. Kein Lenkdraht, Aktivierung nach 4000 Metern.« Dubinin hob den Kopf. Er wußte nicht, warum das Flugzeug über ihm keinen weiteren Angriff geführt hatte.

»Eingestellt!« rief der Waffenoffizier einen Augenblick später.

»Feuer!«

»Käpt'n, ELF-Spruch«, meldete der Kommunikationsoffizier über die Bordsprechanlage.

»Das ist der Spruch, der das Ende der Welt verkündet«, seufzte der Kapitän. »Na, wenigstens haben wir gefeuert.« Die Vorstellung, daß ihre Aktion Menschenleben gerettet hatte, wäre angenehm gewesen, aber er machte sich keine Illusionen. Ihr Resultat war lediglich, daß die Sowjets nun mehr Amerikaner töten konnten. Kernwaffen sind ein Teufelswerk, dachte Dubinin.

»Tiefer gehen?«

Dubinin schüttelte den Kopf. »Nein. Die Turbulenz an der Oberfläche scheint ihnen mehr Probleme zu bereiten, als ich erwartete. Vermutlich sind wir hier sicherer. Neuer Kurs null-neun-null. Peilen einstellen. Auf zehn Knoten gehen.«

Wieder die Bordsprechanlage. »Wir haben den Spruch – Fünf-Buchstaben-Gruppe: ›Alle Feindseligkeiten einstellen!‹«

Die mexikanische Polizei erwies sich als sehr hilfsbereit, und Clarks und Chavez' gutes Spanisch hatte auch nicht geschadet. Vier Beamte der Bundespolizei in Zivil warteten zusammen mit den CIA-Agenten in der Ankunftshalle; vier Polizisten in Uniform und mit Maschinenpistolen hatten sich unauffällig in der Nähe postiert.

»Wir haben nicht genug Leute, um das richtig durchzuziehen«, meinte der höchste der *Federales* besorgt.

»Dann schnappen wir sie am besten gleich am Flugzeug.«

»*Muy bueno, Señor.* Glauben Sie, daß sie bewaffnet sind?«

»Das würde ich bezweifeln. Zu riskant.«

»Hatten die beiden etwas mit der Sache in Denver zu tun?«

Clark drehte sich um und nickte. »Ja, das glauben wir.«

»Ich bin schon gespannt, wie solche Menschen aussehen.« Der Leutnant meinte natürlich ihre Augen. Die Bilder hatte er gesehen.

Die DC-10 hielt am Flugsteig an, und ihre drei Triebwerke wurde abgestellt. Die Fluggastbrücke legte an der vorderen Tür an.

»Sie fliegen erster Klasse«, bemerkte John überflüssigerweise.

»*Si.* Die Fluggesellschaft meldete 15 Passagiere in der ersten Klasse und wurde angewiesen, den Rest zurückzuhalten. Sie werden sehen, Señor Clark, daß wir uns auf unser Handwerk verstehen.«

»Das bezweifle ich nicht. Falls ich einen anderen Eindruck erweckt haben sollte, bedaure ich das, *Teniente.*«

»Sie sind von der CIA, nicht wahr?«

»Das darf ich nicht beantworten.«

»Also ja. Was werden Sie mit den Männern anfangen?«

»Mit ihnen reden«, erwiderte Clark schlicht.

Die Tür zur Fluggastbrücke wurde geöffnet. Zwei Beamte der Bundespolizei stellten sich links und rechts davon auf, mit offenen Jacketts. Clark hoffte nur, daß es nicht zu einer Schießerei kommen würde. Die Fluggäste kamen heraus und wurden wie üblich von Angehörigen, die in der Wartehalle standen, mit Rufen begrüßt.

»Na also«, sagte Clark leise. Der Leutnant zog sich die Krawatte zurecht; das war das Signal für seine Männer an der Tür. Günstig, die beiden erschienen als letzte Erster-Klasse-Passagiere. Kati sah blaß und krank aus. Vielleicht war der Flug unangenehm gewesen, dachte Clark, und stieg über die Absperrung. Chavez folgte seinem Beispiel und rief und lächelte einen Passagier an, der verblüfft zurückstarrte.

»Ernesto!« rief John und eilte auf ihn zu.

»Sie müssen mich verwechseln –«

Clark ging dicht an dem Mann aus Miami vorbei.

Ghosn, noch benommen von dem Flug und entspannt, weil sie entkommen waren, reagierte zu langsam. Als er sich in Bewegung setzen wollte, wurde er von hinten angesprungen und zu Boden gerissen. Ein zweiter Polizist setzte ihm eine Pistole an den Kopf, und er bekam Handschellen angelegt, ehe man ihn wieder auf die Beine stellte.

»Da soll doch ...«, meinte Chavez. »Der Typ mit den Büchern! Wir sind uns schon mal begegnet, Freundchen.«

»Kati«, sagte John zum anderen. Sie waren bereits abgetastet worden. Keiner hatte eine Waffe dabei. »Sie wollte ich schon seit Jahren kennenlernen.«

Clark nahm ihnen die Tickets ab. Ihr Gepäck würde die Polizei abholen. Die *Federales* führten die beiden rasch ab. Die anderen Passagiere der Touristenklasse würden von dem Zwischenfall erst später von Freunden und Verwandten erfahren.

»Sehr elegant«, sagte John zu dem Leutnant.

»Wie ich sagte, verstehen wir unser Geschäft.«

»Könnten Sie die Botschaft anrufen und ausrichten lassen, daß wir die beiden lebend festgenommen haben?«

»Selbstverständlich.«

Die acht Männer warteten in einem kleinen Raum, bis das Gepäck abgeholt war. Es konnte Beweisstücke enthalten, und zu eilig hatte man es nicht. Der Leutnant von der mexikanischen Bundespolizei sah sich die Gesichter der beiden genau an, entdeckte aber nichts, was ihm nicht schon an hundert anderen Männern aufgefallen war, und reagierte leicht enttäuscht. Die Koffer wurden durchsucht, aber außer einigen rezeptpflichtigen Medikamenten, welche, wie sich bei einer Prüfung herausstellte, keine narkotische Wirkung hatten, fand man nichts Ungewöhnliches. Für den Transport zur Gulfstream borgte die Polizei einen Kleinbus.

»Hoffentlich hatten Sie einen angenehmen Aufenthalt in Mexiko«, sagte der Leutnant zum Abschied.

»Was geht hier vor?« fragte die Pilotin, die Zivil trug, aber eine Majorin der Air Force war.

»Das würde ich am besten folgendermaßen erklären«, meinte Clark. »Sie fliegen die Maschine zurück nach Andrews. Mr. Chavez und ich werden hinten diese Herren vernehmen. Und sie werden nichts sehen, nichts hören und an das, was sich hinten abspielt, noch nicht einmal denken.«

»Was –«

»Major, Sie sollen sich über die ganze Sache keine Gedanken machen. Muß ich das nun noch einmal erklären?«

»Nein, Sir.«

»Gut, dann nichts wie weg hier.«

Pilotin und Kopilot gingen nach vorne. Die beiden Kommunikationstechniker setzten sich an ihre Konsolen und zogen einen Vorhang zu, der sie von der Hauptkabine trennte.

Clark drehte sich um und sah, daß seine Gäste Blicke tauschten. Das war ungünstig. Er nahm Kati die Krawatte ab und verband ihm die Augen damit. Chavez machte mit Ghosn das gleiche. Dann wurden die beiden geknebelt, und Clark holte vorne Ohropax. Zuletzt brachten sie die beiden so weit voneinander entfernt unter, wie es die Größe der Kabine erlaubte. John wartete, bis die Maschine abgehoben hatte, und fing dann an. Er haßte Folterungen, aber er brauchte sofort Informationen, und deshalb war er zu allem bereit.

»Torpedo im Wasser!«

»Verdammt, direkt achtern!« Ricks drehte sich um. »Neuer Kurs zwo-sieben-null. IA, feuern Sie zurück!«

»Aye! Schnappschuß«, rief Claggett. »Eins-acht-null, aktiviert nach 3000, Anfangssuchtiefe 200.«

»Klar!«

»Feuer!«

»Rohr drei: Torpedo frei, Sir.« Das war eine Standardtaktik. Der auf Gegenkurs abgefeuerte Torpedo sollte den Feind zumindest zwingen, die Lenkdrähte seiner Waffe zu kappen. Ricks war bereits im Sonarraum. »Das Abschußgeräusch haben wir nicht gehört, Sir, und den Fisch wegen des Oberflächenlärms auch erst recht spät aufgefaßt.«

»Gehen wir tiefer?« fragte Ricks Claggett.

»Dieser Oberflächenlärm mag unser bester Freund sein.«

»Na gut, Dutch … Sie hatten ja auch vorhin recht. Ich hätte den Außenborder einsetzen sollen.«

»ELF-Spruch, Sir – SNAPCOUNT widerrufen.«

»Widerrufen?« fragte Ricks ungläubig.

»Jawohl, Sir, widerrufen.«

»Wie tröstlich«, meinte Claggett.

»Und was jetzt?« fragte sich der taktische Offizier in der Orion, der dem Spruch in seiner Hand keinen Sinn entnehmen konnte.

»Sir, wir haben den Kerl endlich geortet.«
»Bleiben Sie auf Kurs.«
»Aber Sir, er hat auf die *Maine* geschossen!«
»Weiß ich, aber ich darf ihn nicht angreifen.«
»Was für ein Unsinn, Sir.«
»Allerdings«, stimmte der taktische Offizier zu.

»Fahrt?«
»Sechs Knoten, Sir. Der Maschinenraum sagt, die Wellenlager klängen sehr rauh.«
»Wenn wir schneller fahren...« Ricks runzelte die Stirn.
Claggett nickte. »...fliegt alles auseinander. Zeit für Gegenmaßnahmen, finde ich.«
»Gut, tun Sie das.«
»Fünfzollraum, einen Fächer abschießen.« Claggett drehte sich wieder um. »Für eine nützliche Wendung ist unsere Fahrt zu gering.«
»Unsere Chancen stehen fifty-fifty, schätze ich.«
»Es hätte schlimmer kommen können. Ich frage mich, warum man SNAPCOUNT rückgängig gemacht hat«, meinte der Erste Offizier und starrte aufs Sonardisplay.
»Die Kriegsgefahr ist wohl vorüber, IA... Besonders gut habe ich das wohl nicht gemacht.«
»Verdammt, Skipper, wer ist schon auf so was gefaßt?«
Ricks drehte sich um. »Danke, IA.«
»Der Torpedo ist nun aktiv und in Peil- und Lauschmodus. Richtung eins-sechs-null.«

»Torpedo, amerikanischer Mark 48, in drei-vier-fünf, wurde gerade aktiv!«
»AK voraus, Kurs beibehalten«, befahl Dubinin.
»Gegenmaßnahmen?« fragte der *Starpom.*
Der Kapitän schüttelte den Kopf. »Nein, wir sind am Rande seines Ortungsbereichs; das würde den Fisch nur auf uns aufmerksam machen. Die Bedingungen an der Oberfläche sind nützlich. Auf Gefechte in schwerem Wetter ist niemand eingerichtet«, erklärte Dubinin. »Da kommen die Instrumente nicht mit.«
»Käpt'n, ein Satellitensignal an alle Einheiten: ›Kampfhandlungen einstellen und Feindkräften ausweichen. Operationen nur zur Selbstverteidigung gestattet.‹«
»Ich komme vors Kriegsgericht«, merkte Valentin Borissowitsch Dubinin leise an.
»Sie haben nichts falsch gemacht. Alle Ihre Maßnahmen waren korrekt, und –«
»Danke. Ich hoffe, daß Sie das auch im Zeugenstand sagen.«
»Achtung, neue Peilung – Torpedo hat abgedreht und läuft nun von uns weg

nach Westen«, sagte Leutnant Rykow. »Zuerst muß eine Rechtswendung einprogrammiert gewesen sein.«

»Zum Glück schlug er keinen Haken nach links. Ich glaube, wir haben es überstanden. So, und jetzt muß nur noch unser Torpedo sein Ziel verfehlen...«

»Sir, der Fisch kommt näher und hat uns wahrscheinlich aufgefaßt – peilt nun kontinuierlich, Sir.«

»Weniger als 2000 Meter«, sagte Ricks.

»So ist es«, stimmte Claggett zu.

»Versuchen Sie es weiter mit Gegenmaßnahmen – bleiben Sie dran!« Die taktische Situation verschlechterte sich. *Maine* fuhr für wirkungsvolle Ausweichmanöver zu langsam. Durch die Gegenmaßnahmen wurden im Wasser Gasblasen produziert, die den russischen Torpedo vielleicht zum Abdrehen bewegen konnten; das war ihre einzige Hoffnung. Andererseits aber konnte der Fisch den Blasenvorhang durchdringen und die *Maine* dann wieder mit seinem Sonar orten. Es war aber möglich, daß eine ununterbrochen ausgestoßene Reihe falscher Ziele seinen Suchkopf überlud. Das war nun ihre beste Chance. »Bleiben wir nahe an der Oberfläche«, meinte Ricks. Claggett schaute ihn an und nickte zustimmend.

»Es wirkt nicht, Sir... Sir, ich habe den Fisch verloren, er liegt jetzt in unserem Kielwasser.«

»Auftauchen!« befahl Ricks. »Anblasen!«

»Hoffen Sie auf eine Selbstzerstörung an der Oberfläche?«

»Ja. Und jetzt bin ich mit meinem Latein am Ende.«

»Nach links, parallel zu den Seen?«

»Gut, übernehmen Sie das.«

Claggett ging in die Zentrale. »Periskop ausfahren!« Er schaute rasch in die Runde und prüfte den Kurs des Bootes. »Neuer Kurs null-fünf-fünf!«

USS *Maine* tauchte zum letzten Mal in zehn Meter hohe Seen und eine fast totale Finsternis auf. Ihr runder Rumpf rollte in den Brechern, und sie drehte nur langsam ab. Die Gegenmaßnahmen waren ein Fehler gewesen. Der Torpedo peilte zwar, war aber vorwiegend auf das Verfolgen von Kielwasser eingerichtet. Sein Suchkopf sprach auf Blasen an, und die Gegenmaßnahmen legten eine perfekte Spur, die plötzlich endete. Als die *Maine* auftauchte, verließ er den Blasenstrom. Wieder kamen technische Faktoren ins Spiel. Da die Turbulenz das Kielwasser-Suchprogramm verwirrte, begann der Torpedo knapp unter der Oberfläche kreisend zu suchen. Auf der dritten Runde fand er unter den verwirrenden Umrissen über sich ein ungewöhnlich hartes Echo. Nun hielt er darauf zu und aktivierte seinen Magnetzünder. Die russische Waffe war nicht so hochentwickelt wie der amerikanische Mark 50, konnte über 20 Meter Tiefe nicht hinaus und wurde daher nicht an die Oberfläche gelockt. Sie erzeugte nun ein Magnetfeld, das sich ausbreitete wie ein unsichtbares Spinnennetz, und als eine metallische Masse dieses Netz störte –

Der 1000-Kilo-Sprengkopf detonierte nur fünfzehn Meter vom bereits beschädigten Heck der *Maine* entfernt. Das 20 000-Tonnen-Boot wurde wie von einem Rammstoß erschüttert.

Sofort gab es Alarm: »*Wassereinbruch im Maschinenraum!*«

Ricks griff nach dem Hörer. »Wie ernst ist es?«

»Schaffen Sie die Leute von Bord, Sir!«

»Das Boot verlassen! Rettungsgerät ausgeben! Funkspruch absetzen: ›Sind beschädigt und sinken‹. Position durchgeben!«

»Captain Rosselli! Blitzmeldung!«

Ryan schaute auf. Er hatte sein Glas Wasser getrunken und danach etwas Kaltes, das mit Kohlensäure versetzt war. Mit dieser Meldung konnte der Marineoffizier allein fertigwerden.

»Sind Sie Mr. Ryan?« fragte ein Mann, der einen Anzug trug. Hinter ihm standen zwei weitere.

»Dr. Ryan, ja.«

»Secret Service, Sir. Der Präsident hat uns befohlen, Sie festzunehmen.«

Darüber mußte Jack lachen. »Weswegen?«

Der Agent wurde sofort verlegen. »Das hat er uns nicht gesagt, Sir.«

»Ich bin nun kein Polizist, aber mein Vater war einer. Das Gesetz schreibt vor, daß Sie mich nicht ohne Grund und Haftbefehl festnehmen können. Vergessen Sie die Verfassung nicht ... ›Bewahren, beschützen, verteidigen.‹«

Nun steckte der Agent in der Zwickmühle. Einerseits hatte er den Befehl von einem Mann, dem er gehorchen mußte, andererseits war er zu gewissenhaft, um gegen das Gesetz zu verstoßen. »Sir, der Präsident sagte ...«

»Ich mache Ihnen einen Vorschlag. Ich bleibe einfach hier sitzen, und Sie können über dieses Telefon beim Präsidenten rückfragen. Keine Angst, ich fliehe nicht.« Jack steckte sich eine Zigarette an und hob den Hörer eines anderen Telefons.

»Hallo?«

»Hallo, Schatz.«

»Jack? Was ist los?«

»Keine Angst. Die Lage war ein bißchen gespannt, aber nun haben wir sie wieder im Griff. Cathy, ich sitze hier nun noch eine Weile fest, aber es ist alles wieder in Ordnung, ehrlich.«

»Ganz bestimmt?«

»Sorge dich um dein Baby und um sonst nichts. Das ist ein Befehl.«

»Meine Periode ist um einen Tag überfällig, aber –«

»Gut.« Jack lehnte sich zurück, schloß die Augen und lächelte glücklich. »Du wünschst dir ein Mädchen, stimmt's?«

»Ja.«

»Gut, dann will ich das auch. So, Schatz, ich hab' jetzt zu tun, aber du kannst dich wirklich beruhigen. Muß jetzt Schluß machen. Bis bald.« Er legte wieder auf. »Gut, daß ich daran gedacht habe.«

»Sir, der Präsident möchte Sie sprechen.«

Der Agent hielt Ryan den Hörer hin. Wie kommen Sie auf die Idee, daß ich mit ihm reden will? hätte Jack beinahe gefragt, aber das wäre unprofessionell gewesen. Er nahm den Hörer. »Hier Ryan, Sir.«

»Sagen Sie, was Sie wissen«, sagte Fowler knapp.

»Mr. President, geben Sie mir 15 Minuten, dann kann ich Sie umfassender informieren. Dan Murray vom FBI weiß ebensoviel wie ich, und ich muß Kontakt mit zwei Agenten aufnehmen. Recht so, Sir?«

»Na gut.«

»Danke, Mr. President.« Ryan reichte den Hörer zurück und rief den Lageraum der CIA an. »Hier Ryan. Hatte Clark Erfolg?«

»Sir, das ist eine offene Leitung.«

»Ist mir gleichgültig. Beantworten Sie die Frage.«

»Ja, Sir, sie sind auf dem Rückflug. Wir haben eine Funkverbindung zu der Maschine. Sie ist von der Air Force, Sir.«

»Wer ist am besten für die Analyse der Bombe qualifiziert?«

»Moment, Sir.« Der Offizier vom Dienst erkundigte sich bei Ted Ayres von W&T. »Dr. Lowell von Lawrence-Livermore, meint Ted.«

»Er soll sich in Bewegung setzen. Der nächste Luftstützpunkt ist wahrscheinlich Travis. Besorgen Sie ihm eine Maschine.« Ryan legte auf und wandte sich an den für den heißen Draht zuständigen Offizier.

»In Mexico City ist gerade eine VC-20 gestartet und nun auf dem Weg nach Andrews. Ich habe zwei Agenten und zwei – andere Personen an Bord. Bitte lassen Sie eine Funkverbindung mit der Maschine herstellen.«

»Von hier aus geht das leider nicht, Sir, aber wenn Sie in den Konferenzsaal auf der anderen Seite gehen ...«

Ryan stand auf. »Kommen Sie mit?« fragte er die Agenten vom Secret Service.

Bitterer konnte es nicht kommen, dachte Kati, erkannte aber einen Augenblick später, daß das nicht stimmte. Er war nun schon seit einem Jahr auf den Tod gefaßt gewesen. Seinen Verfolgern hätte er entkommen können, aber vor dem Tod gab's kein Entrinnen.

»So, dann reden wir mal.«

»Ich verstehe Sie nicht«, erwiderte Kati auf arabisch.

»Ihre Aussprache bereitet mir Schwierigkeiten«, erwiderte Clark und kam sich sehr schlau vor. »Ich habe die Sprache nämlich von einem Saudi gelernt. Bitte sprechen Sie langsamer.«

Seine Muttersprache aus dem Mund des Ungläubigen brachte Kati nur kurz aus dem Konzept. Er beschloß, in Englisch zu antworten und seine Klugheit unter Beweis zu stellen. »Von mir erfahren Sie nichts.«

»O doch.«

Kati wußte, daß er so lange wie möglich Widerstand leisten mußte. Das war die Sache wert.

43
Mordreds Rache

Dubinin hatte so gut wie keine Wahl. Sobald feststand, daß der amerikanische Torpedo keine Gefahr mehr darstellte, ließ er die Satellitenantenne ausfahren und sendete seine Meldung. Die amerikanische Orion warf ringsum Sonarbojen ab, griff ihn aber nicht an und bestätigte so seine Vermutung, daß er ein Verbrechen begangen hatte, daß dem Mord gleichkam. Sobald das Signal empfangen worden war, machte er kehrt und hielt auf die Explosionsstelle zu. Als Seemann konnte er nicht anders handeln.

PRÄSIDENT FOWLER:

ICH MUSS IHNEN ZU MEINEM BEDAUERN MITTEILEN, DASS EIN SOWJETISCHES UNTERSEEBOOT, NACHDEM ES ANGEGRIFFEN WORDEN WAR, EINEN GEGENANGRIFF AUF EIN AMERIKANISCHES UNTERSEEBOOT FÜHRTE UND ES MÖGLICHERWEISE BESCHÄDIGTE. ES HAT DEN ANSCHEIN, ALS HABE SICH DIES KURZ NACH MEINEM BEFEHL ZUM ABBRUCH ALLER KAMPFHANDLUNGEN EREIGNET. FÜR DIESEN FEHLER KANN ES KEINE RECHTFERTIGUNG GEBEN. WIR WERDEN DEN VORFALL ERMITTELN UND DEN KAPITÄN UNSERES BOOTES, SOLLEN ES DIE UMSTÄNDE RECHTFERTIGEN, STRENG BESTRAFEN.

»Nun?«

»Mr. President, ich schlage vor, die Botschaft zu bestätigen, dem Mann zu danken und die Sache schleifen zu lassen«, erwiderte Jack.

»Einverstanden. Danke.« Die Verbindung wurde unterbrochen.

»Das war mein Boot!« fauchte Rosselli.

»Das tut mir leid«, meinte Ryan. »Ich bin selbst einmal auf einem U-Boot gefahren, mit Bart Mancuso übrigens. Kennen Sie ihn?«

»Er befehligt das Geschwader in Bangor.«

Ryan drehte sich um. »Wirklich? Das wußte ich nicht. Der Fall ist bedauerlich, aber was bleibt uns anderes übrig?«

»Ich weiß«, sagte Rosselli leise. »Wenn wir Glück haben, können wir wenigstens die Mannschaft retten.«

Jackson hatte kaum noch Treibstoff und war bereit zur Rückkehr. Auf der *Theodore Roosevelt* war gerade ein Alphaschlag vorbereitet worden, als die neuen Anweisungen eingingen. Der Verband machte sofort größere Fahrt, um mehr Distanz zur *Kusnezow* zu schaffen. Keine feige Flucht, fand Jackson. Von der Hawkeye kam die Warnung, die Russen hätten nach Westen abgedreht –

vielleicht in den Wind, um Flugzeuge zu starten. Über dem Verband kreisten zwar vier Jäger, aber die Schiffe blieben auf Westkurs. Ihre Suchradare waren aktiv, die Raketenradare aber nicht, und das war, wie Robby wußte, ein gutes Zeichen.

Damit, dachte Robby, endet mein zweiter Krieg, sofern es überhaupt einer war … Zusammen mit Sanchez an seinem rechten Flügel zog er die Tomcat herum. Im Lauf der nächsten paar Stunden sollten hier vier andere Tomcat kreisen, um die Lage im Auge zu behalten.

Gerade als Jacksons Maschine vom Fangseil zum Stillstand gebracht wurde, landete vorne ein Rettungshubschrauber. Als er aus der Kanzel geklettert war, hatte man drei Personen ins Schiffslazarett gebracht. Er ging unter Deck, weil er wissen wollte, wer sie waren und was eigentlich vorgefallen war. Wenige Minuten später erkannte er, daß er sich für diese Abschüsse keine Triumphsymbole ans Flugzeug pinseln lassen konnte. Heldentaten waren das nicht gewesen.

Die Lage in Berlin beruhigte sich sehr viel rascher als erwartet. Die zur Verstärkung anrollende Panzersäule des 11. Kavallerieregiments hatte erst 30 Kilometer zurückgelegt, als sie den Befehl zum Anhalten bekam; sie fuhr von der Autobahn ab und wartete. In Berlin selbst ging die Nachricht zuerst bei der amerikanischen Brigade ein, die sich zur Westhälfte des Kasernengeländes zurückzog. Die Russen sandten abgesessene Infanterie vor, die aber keinen Befehl zur Erneuerung des Angriffs hatte und nur wachsam in Stellung verharrte. Zum Erstaunen der Soldaten erschienen zahlreiche Polizeifahrzeuge. 20 Minuten nach dem Rückzug der Amerikaner wurde die Verbindung mit Moskau wiederhergestellt, und die Russen gingen zurück in ihre Verteidigungsstellungen. Es wurde eine Anzahl von Leichen gefunden, darunter die des Regimentskommandeurs, seines Stellvertreters und dreier Panzerbesatzungen, die seltsamerweise Einschüsse kleinkalibriger Geschosse aufwiesen. Die wichtigste Entdeckung aber machte ein Berliner Polizist, der als erster auf ein Kommandofahrzeug und einen Geländewagen stieß, die von 25-Millimeter-Feuer zerfetzt worden waren. Die »russischen« Insassen waren alle tot, trugen aber keine Erkennungsmarken. Der Polizist forderte sofort Hilfe an, die auf der Stelle losgeschickt wurde. Zwei Gesichter kamen dem Polizisten irgendwie bekannt vor.

»Jack.«

»Hallo, Arnie. Nehmen Sie Platz.«

»Was war los, Jack?«

Ryan schüttelte nur den Kopf. Ihm war schwindlig. Sein Verstand sagte ihm zwar, daß 60 000 Menschen umgekommen waren, aber er hatte etwas hundertmal Schlimmeres verhindert und war darüber so erleichtert, daß er sich ein wenig berauscht fühlte. »Genau weiß ich das noch nicht, Arnie, aber über das Wichtigste sind Sie ja informiert.«

»Der Präsident klingt fürchterlich.«

Ryan grunzte. »Dann hätten Sie ihn mal vor zwei Stunden hören sollen. Der Mann drehte total durch.«

»War es so schlimm?«

Jack nickte. »Ja.« Dann machte er eine Pause. »Nun ja, vielleicht wäre das jedem so gegangen, vielleicht kann man von niemandem erwarten, daß er mit einer solchen Situation fertigwird, aber – aber das ist sein Job, Arnie.«

»Mir sagte er einmal, wie dankbar er Reagan und den anderen für die Veränderungen sei und wie froh, daß so etwas nun nicht mehr vorkommen könne.«

»Arnie, solange dieses Teufelszeug existiert, ist so etwas möglich.«

»Befürworten Sie totale Abrüstung?« fragte van Damm.

Ryan schaute wieder auf. Das Schwindelgefühl hatte sich gelegt. »Ich habe meine Illusionen schon vor langer Zeit verloren. Ich will nur sagen: Wenn so eine Situation möglich ist, muß man sich gedanklich damit befassen. Fowler hat das nie getan, hat sich nie die Protokolle unserer Kriegsspiele angesehen. Er war felsenfest davon überzeugt, daß so etwas nie passieren würde. Aber es geschah.«

»Wie hat sich Liz gehalten?«

»Fragen Sie mich nicht. Der Chef brauchte guten Rat, aber von ihr bekam er ihn nicht.«

»Und Sie?«

»Auf mich hörte er nicht, und das war zum Teil auch meine Schuld.«

»Beruhigen Sie sich. Es ist vorbei.«

Jack nickte wieder. »Ja.«

»Ryan, Telefon.«

Jack hob ab. »Hier Ryan. Ja, alles in Ordnung. Reden Sie langsamer.« Er lauschte mehrere Minuten lang und machte sich Notizen. »Vielen Dank, John.«

»Was war das?«

»Ein Geständnis. Steht der Hubschrauber bereit?«

»Auf dem Landeplatz auf der anderen Seite«, erwiderte ein Agent des Secret Service.

Ryan, van Damm und die drei Agenten bestiegen den VH-60 und schnallten sich an. Der Helikopter hob sofort ab. Es klarte auf. Zwar wehte noch ein kräftiger Wind, aber im Westen sah man Sterne.

»Wo ist der Vizepräsident?« fragte van Damm.

»Im NEACP«, antwortete ein Agent. »Er bleibt noch sechs Stunden in der Luft, bis wir sicher sein können, daß es auch wirklich vorbei ist.«

Das bekam Jack nicht mehr mit. Er hatte Ohrschützer aufgesetzt, sich zurückgelehnt und starrte nun ins Leere. Im Hubschrauber gab es sogar eine Bar, stellte er fest. Welch angenehme Art zu reisen.

»Sie wollten einen Atomkrieg auslösen?« fragte Chavez.

»Ja, das sagten sie.« Clark wusch sich die Hände. Zu schlimm war es nicht gewesen. Er hatte Kati nur vier Finger brechen und dann die gebrochenen Knochen noch etwas bearbeiten müssen. Bei Ghosn – er kannte nun seinen Namen – waren etwas drastischere Maßnahmen erforderlich gewesen, aber die Aussagen der beiden waren fast identisch.

»Ich hab's auch gehört, aber –«

»Ganz schön ambitioniert, diese Schweine.« Clark füllte eine Plastiktüte mit Eisbeuteln, trug sie nach hinten und legte sie auf Katis Hand. Schließlich hatte er nun seine Informationen, und er war kein Sadist. Am besten wäre, sagte er sich, die Kerle jetzt einfach aus dem Flugzeug zu schmeißen, aber das ist nicht meine Aufgabe. Die beiden Terroristen waren mit Handschellen an ihre Sitze gefesselt. Clark setzte sich in die letzte Reihe, um sie im Auge behalten zu können. Hinten stand auch ihre Gepäck. Nun, da er Zeit hatte, beschloß er, es einmal zu durchsuchen.

»Hallo, Ryan«, sagte der Präsident von seinem Sessel. »Hi, Arnie.«

»Das war ein schlimmer Tag, Bob«, meinte van Damm.

»Allerdings.« Der Mann war gealtert. Ein Klischee, aber es stimmte. Seine Haut war fahl, dunkle Ringe umgaben seine Augen. Fowlers sonst immer sorgfältig gekämmtes Haar war zerzaust. »Ryan, haben Sie die Kerle?«

»Ja, Sir. Zwei unserer Agenten schnappten sie in Mexico City: Ismael Kati und Ibrahim Ghosn. Wer Kati ist, wissen Sie ja; ihn suchen wir schon seit Jahren. Er war an dem Bombenanschlag auf die Marines in Beirut beteiligt und hat alle möglichen anderen Aktionen inszeniert, darunter zwei Flugzeugentführungen und weitere Terroranschläge, vorwiegend in Israel. Ghosn gehört zu seiner Organisation und ist anscheinend Ingenieur. Irgendwie gelang es ihnen, die Bombe zu bauen.«

»Wer finanzierte das?« fragte der Präsident.

»Wir – das heißt, unsere Leute – mußten das mit Gewalt aus ihnen herausholen. Sir, das ist streng genommen illegal –«

Nun kam wieder Leben in Fowlers Augen. »Ich vergebe ihnen! Weiter!«

»Sir, sie sagten aus, die Operation sei von Ajatollah Mahmoud Hadschi Darjaei finanziert und unterstützt worden.«

»Iran.« Das war keine Frage, sondern eine Feststellung. Fowlers Augen begannen wieder zu glänzen.

»Korrekt. Wie Sie wissen, ist der Iran über den Ausgang des Golfkrieges nicht gerade begeistert. Unseren Agenten zufolge sagten die Terroristen folgendes aus:

Der Plan sah zwei Operationen vor, die Bombe in Denver und den Zwischenfall in Berlin. Beteiligt war auch Günther Bock, ehemals RAF, dessen Frau im vergangenen Jahr in Deutschland verhaftet wurde und sich später im Gefängnis erhängte. Die Absicht war, uns und die Russen in einen nuklearen Schlagabtausch zu treiben oder zumindest unsere Beziehungen so zu vergiften, daß die Golfregion wieder ins Chaos zurückverfiele. Angeblich glaubt Darjaei, dies sei den Interessen des Irans förderlich.«

»Wo hatten sie die Waffe her?«

»Sie behaupten, es sei eine israelische Bombe gewesen, die offenbar 1973 verlorenging. Wir müssen das noch mit den Israelis abklären, aber ich halte es für plausibel. Das Plutonium stammte aus der Anlage Savannah River, wo vor einigen Jahren eine große Menge spaltbaren Materials abhanden kam. Wir vermuteten schon immer, daß die erste Generation der israelischen Kernwaffen mit dem von dort beschafften Material hergestellt wurde.«

Fowler stand auf. »Sie sagen, daß dieser verfluchte Mullah dahintersteckte? Daß ihm hunderttausend tote Amerikaner nicht genügten? Daß er einen Atomkrieg vom Zaun brechen wollte?«

»So lauten unsere Informationen, Sir.«

»Wo ist der Kerl?«

»Mr. President, wir wissen allerhand über ihn. Er unterstützte mehrere terroristische Gruppen. Er war die lauteste islamische Stimme gegen das Vatikan-Abkommen, verlor aber viel an Prestige, als es Wirkung zu zeitigen begann, und das verbesserte nicht gerade seine Laune. Er lebt in Ghom im Iran. Seine Fraktion hat an Macht eingebüßt, und es gab bereits einen Anschlag auf ihn.«

»Halten Sie die Aussagen für plausibel?«

»Jawohl, Mr. President.«

»Glauben Sie, daß Darjaei zu so etwas fähig ist?«

»Unter Berücksichtigung seiner bisherigen Aktionen – ja.«

»Und er wohnt in Ghom?«

»Korrekt. Ghom ist ein Wallfahrtsziel der Schiiten mit über 100 000 Einwohnern. Die exakte Zahl kenne ich nicht.«

»Und wo wohnt er genau?«

»Das ist das Problem. Seit er im letzten Jahr beinahe einem Attentat zum Opfer fiel, wechselt er täglich das Quartier. Allerdings bewegt er sich nur innerhalb eines bestimmten Stadtviertels. Eine genauere Position kann ich Ihnen nur mit einer Toleranz von plusminus einer Meile oder so geben.«

»Und er ist wirklich verantwortlich?«

»Unseren besten Daten zufolge sieht es so aus, Mr. President.«

»Aber Sie können ihn nicht punktgenau lokalisieren.«

»So ist es, Sir.«

Darüber dachte Fowler einige Sekunden lang nach, und als er wieder sprach, erstarrte Ryan das Blut in den Adern.

»Das ist genau genug.«

PRÄSIDENT NARMONOW:

WIR HABEN DIE TERRORISTEN FESTGENOMMEN UND DEN UMFANG DER OPERATION FESTGESTELLT...

»Kann das möglich sein?«

»Ich würde sagen, ja«, erwiderte Golowko. »Darjaei ist ein Fanatiker, der die Amerikaner abgrundtief haßt.«

»Diese *Barbaren* versuchten, uns ...«

»Überlassen Sie das den Amerikanern«, riet Golowko. »Sie sind diejenigen, die die schwersten Verluste erlitten haben.«

»Sie wissen, was Fowler vorhat?«

»Jawohl, Genosse Präsident, so gut wie Sie.«

PRÄSIDENT FOWLER:

BIS DIE BEWEISE UNTERSUCHT SIND, AKZEPTIERE ICH IHRE LETZTE NACHRICHT ALS DEN TATSACHEN ENTSPRECHEND. WIR WOLLEN MIT DIESER SACHE NICHTS ZU TUN HABEN. TUN SIE, WAS IMMER SIE FÜR NÖTIG HALTEN; WIR WERDEN WEDER JETZT NOCH IN DER ZUKUNFT EINWÄNDE ERHEBEN. DIESE WAHNSINNIGEN WOLLTEN UNS BEIDE ZERSTÖREN. ZUR HÖLLE MIT IHNEN.

»Mein Gott, Andruschka«, murmelte Ryan. Klarer konnte man sich nicht ausdrücken. Der Präsident las die Nachricht vom Schirm ab.

Bislang hatte Ryan den Eindruck gehabt, daß Narmonow seine Emotionen unter Kontrolle hatte, aber nun schien das Gegenteil der Fall zu sein. Fowler saß kerzengerade auf seinem Sessel und musterte ruhig den Raum.

»Daraus wird die Welt lernen«, erklärte der Präsident. »Ich werde dafür sorgen, daß so etwas nie wieder vorkommt.«

Ein Telefon ging. »Für Sie, Mr. President. Das FBI.«

»Ja?«

»Mr. President, hier Murray. Es ging gerade eine Blitzmeldung vom Bundeskriminalamt in Deutschland ein. In Berlin wurde die Leiche von Günther Bock aufgefunden. Er trug die Uniform eines Obersten des sowjetischen Heeres. Neun andere, darunter ein ehemaliger Oberst im Staatssicherheitsdienst, waren ähnlich gekleidet. Diesen Teil der Aussagen von Kati und Ghosn können wir also bestätigen.«

»Murray, halten Sie die Geständnisse für glaubwürdig?«

»Sir, im allgemeinen singen diese Kerle wie die Kanarienvögel, wenn wir sie geschnappt haben. Bei ihnen gibt es kein Schweigegebot wie bei der Mafia.«

»Vielen Dank, Mr. Murray.« Fowler hob den Kopf und schaute Ryan an. »Nun?«

»Sieht so aus, als hätten sie uns gute Informationen geliefert.«

»Na, da sind wir uns zur Abwechslung mal einig.« Fowler drückte auf den Knopf, der ihn mit dem SAC verband. »General Fremont?«

»Ja, Mr. President?«

»Wie rasch läßt sich eine Rakete auf ein neues Ziel umprogrammieren? Ich möchte eine Stadt im Iran angreifen.«

»Wie bitte?«

»Das lasse ich Dr. Ryan erklären.«

»Diese Schweine.« Fremont sprach allen Anwesenden aus dem Herzen.

»Jawohl, General. Ich beabsichtige, den Verantwortlichen auszuschalten, und zwar auf eine Weise, die kein Mensch je vergessen wird. Der Führer des Irans hat eine Kriegshandlung gegen die Vereinigten Staaten von Amerika begangen, und ich werde exakt im gleichen Maßstab antworten. Stellen Sie eine Rakete auf Ghom ein. Wie lange wird das dauern?«

»Mindestens zehn Minuten, Sir. Ich will mich bei meinem Operationsstab erkundigen.« Der CINC-SAC schaltete sein Mikrofon ab. »Mein Gott!«

»Pete«, sagte der stellvertretende Stabschef (Operationen), »der Mann hat recht. Dieser Dreckskerl hätte uns um ein Haar alle miteinander umgebracht – und die Russen dazu! Und nur für politischen Profit!«

»Die Sache gefällt mir trotzdem nicht.«

»Wie auch immer, wir müssen eine Rakete umprogrammieren. Ich schlage eine Minuteman-III von der Anlage Minot vor. Ihre drei Sprengköpfe sollten die Stadt dem Erdboden gleichmachen.«

Fremont nickte.

»Mr. President, das hat doch Zeit.«

»Nein, Ryan, ich kann nicht warten. Sie wissen ja, was sie getan haben, uns angetan haben. Das war eine Kriegshandlung –«

»Ein Terroranschlag, Sir.«

»Staatlich geförderter Terrorismus ist Krieg – das schrieben Sie vor sechs Jahren in einem Positionspapier!«

Jack hatte nicht gewußt, daß Fowler es gelesen hatte; nun wurde ihm zu seiner Überraschung sein eigenes Zitat unter die Nase gerieben. »Gewiß, Sir, das sagte ich, aber –«

»Dieser *Geistliche* hat Tausende von Amerikanern auf dem Gewissen und wollte uns und die Russen mit einer List dazu bringen, 200 *Millionen* zu töten! Und das wäre ihm beinahe gelungen.«

»Ja, Sir, richtig, aber –« Fowler gebot ihm mit erhobener Hand Einhalt und sprach in dem gelassenen Tonfall eines Mannes, der seine Entscheidung getroffen hat, weiter.

»Das war eine Kriegshandlung, die ich entsprechend beantworten werde. So habe ich entschieden. Ich bin der Präsident. Ich bin der Oberbefehlshaber. Ich bin derjenige, der die Sicherheit der Vereinigten Staaten zu wahren und in ihrem Interesse zu handeln hat. Welche Maßnahmen die Streitkräfte dieses Landes ergreifen, entscheide ich. Dieser Mann hat mit einer Atombombe Tausende unserer Bürger hingeschlachtet. Ich bin entschlossen, ihm das mit gleicher Münze heimzuzahlen. Laut Verfassung ist das mein Recht und meine Pflicht.«

»Mr. President«, sagte van Damm. »Das amerikanische Volk –«

Fowler brauste kurz auf. »Das amerikanische Volk wird *fordern*, daß ich handele! Aber das ist nicht der einzige Grund. Ich muß handeln. Ich muß auf diese Untat reagieren – um sicherzustellen, daß so etwas nie wieder vorkommt!«

»Bitte denken Sie das noch einmal durch, Sir.«

»Arnold, das habe ich.«

Ryan warf einen Blick hinüber zu Pete Connor und Helen D'Agustino. Die beiden verbargen ihre Gefühle bewundernswert geschickt. Der Rest der Anwesenden billigte Fowlers Absicht, und Ryan war klar, daß er mit dem Mann nicht argumentieren konnte. Er schaute auf die Uhr und fragte sich, was nun als nächstes bevorstand. »Mr. President, hier General Fremont.«

»Ja, General?«

»Sir, wir haben eine in Norddakota stationierte Minuteman-III auf das gewünschte Ziel umprogrammiert. Ich – Sir, haben Sie diese Entscheidung auch durchdacht?«

»General, ich bin Ihr Oberbefehlshaber. Ist die Rakete startbereit?«

»Sir, die Startsequenz wird nach Ihrem Befehl rund eine Minute in Anspruch nehmen.«

»Der Befehl ist hiermit erteilt.«

»Sir, so einfach ist das nicht. Sie müssen sich ausweisen. Über die Prozedur hat man Sie informiert.«

Fowler holte eine Plastikkarte aus seiner Brieftasche, auf der zehn achtstellige Zahlengruppen standen. Nur er wußte, welche er abzulesen hatte.

»Drei-drei-sechs-null-vier-zwei-null-neun.«

»Sir, ich bestätige Ihren Code. Nun, Mr. President, muß der Befehl bestätigt werden.«

»Was?«

»Sir, hier gilt die Zweimannregel. Im Fall eines eindeutigen Angriffs kann ich die Rolle des zweiten Mannes übernehmen, aber da dies nicht zutrifft, muß jemand, der auf meiner Liste steht, den Befehl bestätigen.«

»Ich habe meinen Stabschef hier.«

»Sir, laut Vorschrift stehen nur solche Personen auf der Liste, die entweder gewählt oder vom Senat bestätigt sind – Kabinettsmitglieder zum Beispiel.«

»Ich stehe auf der Liste«, sagte Jack.

»Ist das Jack Ryan, DDCI?«

»Korrekt, General.«

»Deputy Director Ryan, ich bin der CINC-SAC.« Fremont hatte einen roboterhaften Ton angeschlagen, eben jenen, in dem SAC-Befehle erteilt wurden. »Sir, ich habe den Befehl zum Nuklearabschuß erhalten. Sie müsen diesen Befehl bestätigen, aber erst muß ich Ihre Identität feststellen. Würden Sie bitte Ihren ID-Code ablesen?«

Ryan holte seine Karte heraus und sagte seinen ID-Code an. Er konnte Fremont oder einen seiner Leute in einem Buch blättern hören. »Sir, ich bestätige Ihre Identität als Dr. John Patrick Ryan, stellvertretender Direktor, CIA.«

Jack schaute Fowler an. Wenn ich nicht mitspiele, dachte er, sucht er sich einen anderen. So einfach war das. Und war Fowler überhaupt im Irrtum?

»Die Entscheidung liegt bei mir, Jack«, sagte Fowler, der neben Ryan getreten war und ihm nun die Hand auf die Schulter legte. »Sie brauchen sie nur zu bestätigen.«

»Dr. Ryan, hier CINC-SAC. Ich wiederhole, Sir: Es liegt der Befehl des Präsidenten vor, eine nukleare Interkontinentalrakete zu starten. Dies bedarf Ihrer Bestätigung, Sir.«

Ryan schaute seinen Präsidenten an und beugte sich dann über das Mikrofon, rang um Atem. »CINC-SAC, hier John Patrick Ryan. Ich bin der DDCI.« Jack machte eine Pause und fuhr dann rasch fort: »Sir, ich bestätige diesen Befehl *nicht.* Ich wiederhole, General, dies ist *kein* gültiger Startbefehl. Bitte sofort bestätigen!«

»Sir, ich bestätige: Abschußgenehmigung verweigert.«

»Korrekt«, sagte Jack, dessen Stimme nun fester wurde. »General, es ist meine Pflicht, Ihnen mitzuteilen, daß der Präsident meiner Auffassung nach nicht, ich wiederhole: *nicht* Herr seiner Sinne ist. Bitte berücksichtigen Sie das im Fall eines weiteren Abschußbefehls.« Jack legte die Hände auf den Tisch, holte tief Atem und setzte sich kerzengerade auf.

Fowler reagierte nicht sofort, aber dann ging er so dicht an Ryan heran, daß er fast sein Gesicht berührte. »Ryan, ich befehle Ihnen –«

Jack explodierte ein letztes Mal. »Was befehlen Sie? 100 000 Menschen zu töten? Und warum?«

»Was die versucht haben –«

»Was *Sie* beinahe ermöglicht hätten!« Ryan tippte dem Präsidenten mit dem Zeigefinger an die Brust. »*Sie* haben Mist gebaut! *Sie* haben uns an den Rand des Abgrunds geführt. Und nun wollen Sie eine ganze Stadt abschlachten, weil Sie wütend sind, in Ihrem Stolz verletzt und es ihnen heimzahlen wollen. Sie wollen beweisen, daß Sie sich von niemandem rumschubsen lassen! Das ist doch der wahre Grund, nicht wahr? NICHT WAHR?« Fowler wurde weiß. Ryan senkte die Stimme. »Zum Töten braucht man einen triftigeren Grund. Ich weiß das, ich mußte das tun. Ich *habe* Menschen getötet. Wir können diesen Mann liquidieren, wenn Sie das wollen, aber ich trage nicht dazu bei, 100 000 andere zu töten, nur um diesen einen Mann auszuschalten.«

Ryan trat zurück, warf seinen Dienstausweis auf den Tisch und verließ den Raum.

»Jesus!« stieß Chuck Timmons hervor, der wie alle in der SAC-Zentrale den Wortwechsel übers Mikrophon mitgehört hatte.

»Ja«, meinte Fremont. »Danken Sie ihm. Aber erst deaktivieren Sie diese Rakete!« Der Oberbefehlshaber des strategischen Luftkommandos mußte einen Augenblick nachdenken. Ob der Kongreß gerade tagte, wußte er nicht, aber das war nun nebensächlich. Er wies seinen Kommunikationsoffizier an, die Vorsitzenden der Verteidigungsausschüsse von Senat und Repräsentantenhaus und ihre Stellvertreter – letztere grundsätzlich als Mitglieder der Opposition – anzurufen. Wenn alle vier an der Leitung waren, wollte er eine Konferenzschaltung mit dem Vizepräsidenten herstellen lassen, der noch an Bord des NEACP war.

»Jack?« Ryan drehte sich um.

»Ja, Arnie?«

»Warum?«

»Jetzt wissen wir, warum wir die Zweimannregel haben. In dieser Stadt leben 100 000 Menschen – wahrscheinlich noch mehr; ich weiß nicht, wie groß sie genau ist.« Jack schaute zum kalten klaren Himmel. »Das konnte ich nicht auf mein Gewissen laden. Wenn wir Darjaei ausschalten wollen, gibt es andere Mittel und Wege.« Ryan blies Rauch in den Wind.

»Sie haben richtig gehandelt. Das wollte ich Ihnen nur sagen.«

Jack drehte sich um. »Danke, Sir. – Ach ja, und wo ist Liz?«

»Im Blockhaus des Präsidenten. Sie hat ein Beruhigungsmittel bekommen. Tja, die hat's wohl nicht gebracht, was?«

»Arnie, heute haben alle versagt und hauptsächlich Glück gehabt. Sie können dem Präsidenten ausrichten, daß ich zurücktrete, und zwar – am Freitag, ach was, kommt ja nicht drauf an. Die Entscheidung über meinen Nachfolger muß jemand anderes treffen.«

Der Stabschef des Präsidenten schwieg kurz und kam dann auf das zentrale Thema zurück. »Ihnen ist wohl klar, was Sie da gerade ausgelöst haben.«

»Eine Verfassungskrise?« Jack schnippte seinen Stummel in den Schnee. »Das wäre nicht meine erste, Arnie. So, und jetzt muß ich mit dem Hubschrauber nach Andrews.«

»Ich gebe die entsprechenden Anweisungen.«

Sie hatten gerade die amerikanische Grenze überflogen, als John Clark etwas einfiel. Kati hatte Medikamente im Koffer gehabt, Prednison und Compasin. Prednison war ein Kortisonpräparat, das oft zur Linderung von Nebenwirkungen verabreicht wurde – er stand auf und schaute sich Kati an. Dessen Augen waren zwar noch verbunden, aber es war doch zu erkennen, daß er anders aussah als auf seinen neuesten Bildern. Er war abgemagert, sein Haar war. Der Mann hat Krebs, dachte Clark. Was bedeutete das? Er ging ans Funkgerät und gab diese Information durch.

Die Gulfstream landete mit einigen Minuten Verspätung. Ryan, der auf einer Couch im VIP-Raum am Südrand des Luftstützpunktes Andrews lag, wurde geweckt. Murray saß neben ihm und war noch wach. Drei FBI-Fahrzeuge standen bereit. Clark, Chavez, Kati und Ghosn stiegen ein, und dann rollten die Allradfahrzeuge nach Washington.

»Was fangen wir mit den Kerlen an?« fragte Murray.

»Ich habe schon eine Idee, aber erst steht etwas anderes an.«

»Und was genau?«

»Haben Sie im Hoover Building ein Vernehmungszimmer?«

»Nein, aber in Buzzard's Point, das ist die Außenstelle Washington«, sagte Murray. »Hat Ihr Mann die Festgenommenen über ihre Rechte informiert?«

»Ja, das habe ich ihm eingeschärft.« Ryan hörte ein lautes Geräusch. NEACP landete gerade auf dem Runway 01, von dem er vor zehn Stunden gestartet war. Die strategischen Systeme mußten rascher als erwartet abgeschaltet worden sein.

Die *Admiral Lunin* tauchte zwischen den von der P-3 abgeworfenen Leucht- und Nebelbojen auf. Rettungsschiffe konnten die Stelle wegen der großen Entfernung und des schlechten Wetters nicht erreichen. Die See ging noch immer hoch, und die Sicht war schlecht, aber da Dubinins Boot das einzige Schiff in der Umgebung war, begann er mit der Rettungsaktion.

Das Vernehmungszimmer war neun Quadratmeter groß und enthielt einen billigen Tisch und fünf ebenso billige Stühle. Einen Spionspiegel gab es nicht; dieser Trick war viel zu alt. Statt dessen waren zwei versteckte Überwachungskameras eingebaut – eine in einem Lichtschalter, die andere spähte durch ein Loch im Türrahmen. Die beiden Terroristen, die recht angeschlagen aussahen, wurden plaziert. Daß ihre Finger gebrochen waren, verstieß gegen das Berufsethos des FBI, doch Murray beschloß, darüber hinwegzusehen. Clark und Chavez gingen Kaffee holen.

»Wie Sie sehen, hatten Sie keinen Erfolg«, sagte Ryan zu den beiden. »Washington steht noch.«

»Und Denver?« fragte Ghosn. »Das steht nicht mehr.«

»Gewiß, dort ist Ihnen etwas gelungen, aber die Schuldigen mußten bereits büßen.«

»Was meinen Sie damit?« fragte Kati.

»Damit meine ich, daß Ghom nicht mehr existiert. Ihr Freund Darjaei beichtet nun Allah seine Sünden.«

Sie sind einfach übermüdet, dachte Ryan. Die Erschöpfung hatte Kati mehr mitgenommen als der dumpfe Schmerz in seiner Hand, und seine Miene verriet kein Entsetzen. Dann aber machte er einen schwerwiegenden Fehler.

»Damit haben Sie sich den ganzen Islam zum Feind und alle Ihre Friedensbemühungen in der Region zunichte gemacht!«

»War *das* Ihre Absicht?« fragte Ryan vollkommen überrascht. »*Das* wollten Sie erreichen? Mein Gott!«

»Ihr Gott?« fauchte Kati.

»Und was ist aus Marvin Russell geworden?« fragte Murray.

»Den haben wir getötet. Er war nur ein Ungläubiger«, erwiderte Kati.

Murray schaute Ghosn an. »Stimmt das? War er nicht Gast in Ihrem Lager?«

»Ja, ein paar Monate. Der Narr war unentbehrlich.«

»Und Sie ermordeten ihn.«

»Ja, und 200 000 andere.«

»Steht nicht im Koran: ›Betritt ein Mann dein Zelt und ißt von deinem Salz, so sollst du ihm Schutz gewähren, auch wenn er ein Ungläubiger ist‹?«

»Falsch zitiert. Und was kümmert Sie schon der Koran?«

»Sie werden sich noch wundern.«

44
Abendbrise

Ryan rief van Damm an und berichtete, was er erfahren hatte.

»Mein Gott! Sie waren wirklich bereit –«

»Ja, und es wäre ihnen beinahe gelungen«, sagte Ryan heiser. »Clever, nicht wahr?«

»Ich sage ihm Bescheid.«

»Arnie, das muß ich melden. Ich sage es dem Vizepräsidenten selbst.«

»Gut, das verstehe ich.«

»Noch etwas.«

»Ja?«

Seine Bitte wurde erfüllt, und zwar deshalb, weil niemand eine bessere Idee hatte. Nachdem man die Hände der beiden Terroristen verarztet hatte, kamen sie in getrennte Haftzellen des FBI.

»Was meinen Sie dazu, Dan?«

»Mir fehlen die Worte für so etwas.«

»Der Mann hat Krebs«, sagte Clark. »Er dachte wohl: Wenn ich schon sterben muß, kann ich ruhig noch einen Haufen anderer mitnehmen. So was nennt man engagiert.«

»Was haben Sie mit ihnen vor?« fragte Murray.

»Das Bundesrecht sieht die Todesstrafe nicht vor, richtig?«

»Stimmt, und das Gesetz des Staates Colorado auch nicht.« Erst nach einem Moment merkte Murray, worauf Ryan hinauswollte. »Also –«

Golowko hatte beträchtliche Mühe, Ryan telefonisch zu erreichen. Der Report von Dr. Moisejew, der bei den vielen anderen Akten auf seinem Schreibtisch lag, hatte ihn verblüfft. Als er von Ryans Plänen erfuhr, war es leicht, ein Treffen einzurichten.

Die vielleicht einzige gute Nachricht der Woche war die Rettungsaktion. Bei Tagesanbruch lief die *Admiral Lunin* in den Hafen Kodiak ein und setzte ihre Gäste an der Pier ab. Von der 157köpfigen Besatzung der *Maine* war es vielleicht hundert gelungen, von Bord zu gehen, ehe das Boot sank. Dubinin und seine Mannschaft hatten 81 gerettet und elf Tote geborgen, darunter die Leiche von Captain Harry Ricks. Fachlich gesehen war die Aktion eine seemännische Meisterleistung, über die die Medien aber erst berichteten, als das sowjetische Boot schon wieder ausgelaufen war. Als einer der ersten rief Ensign Ken Shaw zu Hause an.

Mit in der Maschine, die vom Luftstützpunkt Andrews gestartet war, saß Dr. Woodrow Lowell von Lawrence-Livermore, ein bärtiger, bulliger Mann, den seine Freunde wegen seiner Haarfarbe »Red« nannten. Lowell hatte sechs Stunden in Denver die Schadenscharakteristika untersucht.

»Ich habe eine Frage«, sagte Jack zu ihm. »Warum waren die Einschätzungen der Sprengleistung so falsch? Wir hätten fast den Russen die Schuld gegeben.«

»Schuld war der Parkplatz«, erklärte Lowell. »Er war asphaltiert. Die Energie der Bombe setzte verschiedene komplexe Kohlenwasserstoff-Verbindungen aus der Oberschicht frei und entzündete sie – das wirkte wie eine riesige Aerosolbombe. Zudem schmolz der Schnee blitzartig, und der Wasserdampf führte zu einer Reaktion, die weitere Energie freisetzte. Das Resultat: eine Flammenfront, die doppelt so groß war wie der nukleare Feuerball. So etwas kann jeden irreführen. Anschließend verursachte die Parkplatzdecke einen weiteren Effekt: Sie strahlte ihre Restwärme sehr rasch ab. Kurz: die Energiesignatur war sehr viel größer, als die tatsächliche Sprengleistung es rechtfertigte. So, und wollen Sie jetzt die schlechte Nachricht hören?« fragte Lowell.

»Meinetwegen.«

»Die Bombe verpuffte nur.«

»Was meinen Sie damit?«

»Ich will damit sagen, daß sie viel stärker hätte sein sollen. Warum, wissen wir nicht. Der Tritiumanteil der Rückstände war sehr hoch. Eigentlich war die Bombe auf eine zehnfach größere Sprengleistung konzipiert.«

»Damit wollen Sie sagen ...?«

»Wenn dieses Ding richtig funktioniert hätte ...«

»Tja, wir hatten wirklich Glück.«

»Nun, wenn Sie das Glück nennen ...«

Jack verschlief den Großteil des Fluges.

Die Maschine landete am nächsten Morgen in Beer Scheba. Vertreter des israelischen Militärs empfingen die Gäste. Die Presse hatte Wind von der Sache bekommen, maß ihr aber keine große Bedeutung bei und wollte auch nicht an einen streng bewachten israelischen Fliegerhorst heran. Vor dem VIP-Gebäude wartete Prinz Ali bin Scheich.

»Hoheit.« Jack neigte den Kopf. »Danke, daß Sie gekommen sind.«

»Hatte ich denn eine andere Wahl?« Ali gab Jack eine Zeitung.

Ryan überflog die Schlagzeilen. »Ja, das konnte nicht lange geheim bleiben.«

»Es ist also wahr?«

»Jawohl, Hoheit.«

»Und Sie haben es verhindert?«

»Verhindert?« Ryan zuckte die Achseln. »Ich weigerte mich einfach – es war eine Lüge. Zu meinem Glück vermutete ich – nein, das stimmt nicht. Das erfuhr ich erst später. Ich wollte nur meinen Namen nicht mit so etwas in Verbindung bringen. Aber das ist ja jetzt unwichtig, Hoheit. Ich habe einiges zu tun. Wollen Sie uns helfen?«

»Sie brauchen nur zu fragen, mein Freund.«

»Iwan Emmettowitsch!« rief Golowko. Und zu Ali: »Königliche Hoheit.«

»Guten Morgen, Sergej Nikolajewitsch. Guten Morgen, Avi.« Der Russe kam mit Avi Ben Jakob an seiner Seite auf sie zu.

»Jack«, sagte Clark. »Suchen wir uns einen günstigeren Platz. Eine Mörsergranate könnte einen Haufen Topspione erledigen.«

»Kommen Sie mit«, sagte Avi und führte sie ins Gebäude. Golowko teilte ihnen mit, was er erfahren hatte.

»Lebt der Mann noch?« fragte Ben Jakob.

»Er leidet Höllenqualen, aber ein paar Tage wird er noch durchhalten.«

»Ich kann nicht nach Damaskus«, sagte Avi.

»Warum haben Sie uns die verlorengegangene Bombe verschwiegen?« fragte Ryan.

»Worauf beziehen Sie sich?«

»Sie wissen, was ich meine. Noch weiß die Presse nichts davon, aber in ein, zwei Tagen wird sie es erfahren. Avi, Sie haben uns nie ein Wort davon gesagt. Wissen Sie, wie wichtig das für uns gewesen wäre?« fragte Ryan.

»Wir nahmen an, sie sei zerschellt und versuchten, nach ihr zu suchen, aber –«

»Geologie«, sagte Dr. Lowell. »Der Golan ist vulkanisch, besteht aus Basaltgesteinen, die eine hohe Hintergrundstrahlung haben. Gegen diese ist ein heißer Fleck nur schwer auszumachen, aber Sie hätten uns trotzdem informieren sollen. Wir bei Livermore kennen ein paar Tricks, von denen nur wenige Leute wissen.«

»Bedaure, aber geschehen ist geschehen«, meinte General Ben Jakob. »Fliegen Sie dann nach Damaskus?«

Sie nahmen Prinz Alis Privatmaschine, eine Boeing 727, deren Crew ehemalige Piloten aus dem Geschwader des US-Präsidenten waren. Es war angenehm, erster Klasse zu reisen. Die Mission war geheim, und die Syrer kooperativ. Vertreter der amerikanischen, sowjetischen und saudischen Botschaft nahmen an einer kurzen Besprechung im syrischen Außenministerium teil, und dann fuhr man zur Klinik.

Der Mann war einmal kräftig gewesen, wie Jack sah, aber jetzt nur noch ein Schatten seiner selbst. Trotz der Sauerstoffzufuhr war seine Haut fast blau. Alle seine Besucher mußten Schutzkleidung tragen, und Jack hielt sich vorsichtshalber im Hintergrund. Ali vernahm den Sterbenden.

»Wissen Sie, warum ich hier bin?«

Der Mann nickte.

»Wenn Sie hoffen, Allah zu sehen, sagen Sie mir jetzt, was Sie wissen.«

Die Panzerkolonne der 10. Kavallerie rollte aus der Negev an die libanesische Grenze. Über ihr kreiste eine Staffel F-16 und ein Geschwader Tomcat von USS *Theodore Roosevelt.* Auch die syrische Armee war in voller Stärke erschienen, aber die syrische Luftwaffe blieb eingedenk der Demonstration amerikanischer Luftmacht im Golfkrieg am Boden. Der Nahe Osten hatte seine Lektion gelernt. Die Machtdemonstration war massiv und unzweideutig und vermittelte die Botschaft: Bleibt uns aus dem Weg. Die Fahrzeuge drangen tief in das kleine, mißhandelte Land ein und erreichten schließlich eine Straße, die in ein Tal führte. Die Stelle war von dem Sterbenden, der den Rest seiner Seele retten wollte, auf der Karte angekreuzt worden. Pioniere fanden nach einer Stunde den Eingang und winkten die anderen erst heran, nachdem sie ihn auf Sprengfallen abgesucht hatten.

»Allmächtiger Gott!« rief Dr. Lowell und leuchtete mit einem starken Scheinwerfer in die Runde. Pioniere durchkämmten den Raum, prüften die Zuleitungen der Maschinen und durchsuchten alle Schubladen, ehe der Rest sich der Tür nähern durfte. Dann ging Lowell an die Arbeit. Er fand Blaupausen, die er mit nach draußen nahm und bei Tageslicht betrachtete.

»Erstaunlich«, sagte er nach einer langen Pause, »mir war nie so richtig klar, wie einfach das ist. Wir gaben uns der Illusion hin, daß man aufwendige Einrichtungen braucht –« Er hielt inne. »Illusion, das ist das richtige Wort.«

»Was wollen Sie damit sagen?«

»Die Bombe war auf 500 Kilotonnen konzipiert.«

»Hätte sie wie geplant funktioniert, wären als Urheber nur die Russen in Frage gekommen«, sagte Jack. »Niemand hätte die Katastrophe verhindern können. Wir stünden jetzt nicht hier.«

»Ja, es sieht so aus, als müßten wir unsere Einschätzung der Bedrohung revidieren.«

»Doc, ich glaube, wir haben etwas gefunden«, meldete ein Offizier der Army. Dr. Lowell ging in die Werkstatt und kam dann wieder heraus, um Schutzkleidung anzulegen.

»So stark?« fragte Golowko und starrte auf die Baupläne.

»Die Kerle waren teuflisch schlau. Wissen Sie, wie schwer es mir fiel, den Präsidenten zu überzeugen – Moment, Verzeihung, es gelang mir ja nicht. Wäre die Explosion so stark gewesen, hätte ich der Meldung Glauben geschenkt.«

»Welcher Meldung?« fragte Golowko.

»Können wir mal kurz zum Geschäft kommen?«

»Wenn Sie wollen.«

»Sie haben einen Mann inhaftiert, an dem wir interessiert sind«, sagte Jack.

»Lyalin?«

»Ja.«

»Er hat sein Land verraten und wird dafür büßen müssen.«

»Sergej, zuerst einmal lieferte er uns nichts, was wir gegen Sie einsetzen konnten. Das war seine Bedingung. Wir bekamen nur, was er über sein japanisches Netz DISTEL erfuhr. Zweitens: Wären er und sein Material nicht gewesen, stünden wir jetzt nicht hier. Bitte, lassen Sie ihn frei.«

»Und die Gegenleistung?«

»Wir haben einen Agenten, der uns meldete, Narmonow würde von Ihrem Militär erpreßt, das als Druckmittel fehlende taktische Kernwaffen benutzt. Aus diesem Grund hatten wir den Verdacht, daß die Bombe in Denver von Ihnen kam.«

»Das ist eine Lüge!«

»Er klang sehr überzeugend«, versetzte Ryan. »Fast hätte ich ihm geglaubt. Der Präsident und Dr. Elliot fanden, daß er die Wahrheit sagt, und deshalb ging bei uns alles schief. Ich werfe diesen Kerl gerne den Wölfen vor, aber damit bräche ich ein Versprechen... erinnern Sie sich noch an unser Gespräch in meinem Arbeitszimmer, Sergej? Umsonst bekommen Sie den Namen nicht.«

»Dieser Mann wird erschossen«, versprach Golowko.

»Nein, das dürfen Sie nicht.«

»Wieso?«

»Wir haben ihn kaltgestellt, und ich sage ja nur, daß er uns belogen hat. Wenn er uns falsches Material lieferte, ist selbst in Ihrem Land der Tatbestand der Spionage nicht erfüllt. Lassen Sie ihn lieber am Leben. Den Grund werden Sie schon verstehen, falls wir zu einer Übereinkunft kommen.«

Darüber dachte der erste stellvertretende Vorsitzende einen Augenblick lang nach. »Gut, Sie können Lyalin haben«, sagte er dann. »In drei Tagen. Ich gebe Ihnen mein Wort, Jack.«

»Unser Mann trägt den Codenamen SPINNAKER. Oleg Kirilowitsch –«

»Kadischow? *Kadischow!*«

»Sind Sie enttäuscht? Dann sehen Sie das einmal von unserer Warte.«

»Und das ist wirklich die Wahrheit, Ryan? Kein Spiel?«

»Sergej, Sie haben mein Ehrenwort. Meinetwegen können Sie ihn auch erschießen, aber er ist Politiker und hat im Grunde genommen überhaupt nicht spioniert. Lassen Sie sich etwas Kreatives einfallen. Machen Sie ihn irgendwo zum Hundefänger.«

Golowko nickte. »So werden wir es halten.«

»Angenehm, mit Ihnen Geschäfte zu machen, Sergej. Schade um Lyalin.«

»Wie meinen Sie das?«

»Ein Jammer, daß die Daten, die er uns – und Ihnen – lieferte, nun ausbleiben. Sie waren sehr wertvoll.«

»So intensiv können wir leider nicht ins Geschäft kommen, Ryan, aber ich bewundere Ihren Sinn für Humor.«

Nun kam Dr. Lowell mit einem Bleieimer in der Hand aus der Werkstatt.

»Was haben Sie da?«

»Vermutlich Plutonium. Wenn Sie es sich aus der Nähe anschauen, könnten Sie so enden wie unser Freund in Damaskus.« Lowell gab einem Soldaten den Eimer und sagte zu dem Kommandeur der Pioniere: »Räumen Sie die Werkstatt aus, verpacken Sie alles und schaffen Sie es in die Staaten. Ich möchte alles untersuchen. Achten Sie darauf, daß nichts zurückbleibt.«

»Jawohl, Sir«, meinte der Colonel. »Die Probe auch?«

Vier Stunden später waren sie in Dimona, der israelischen Kernforschungsanlage, wo ebenfalls ein Gammastrahl-Spektrometer stand. Während Techniker die Analyse durchführten, sah sich Lowell noch einmal die Blaupausen an und schüttelte dabei den Kopf. Sie erinnerten Ryan an das Schaltbild eines Computerchips oder andere komplizierte technische Zeichnungen, die er nicht begriff.

»Das Ding ist klobig und primitiv. Unsere Kernwaffen haben weniger als ein Viertel seiner Größe... aber wissen Sie, wie lange wir für den Bau einer vergleichbaren Bombe brauchten?« Lowell schaute auf. »Zehn Jahre. Diese Burschen hier schafften das innerhalb von fünf Monaten in einer Höhle. Das nennt man Fortschritt, Dr. Ryan.«

»Ich wußte nicht, daß so etwas möglich ist. Wir hatten immer geglaubt, eine Terroristenwaffe müßte – aber warum hat diese hier versagt?«

»Das lag wahrscheinlich am Tritium. Bei uns gab es in den 50er Jahren zwei Verpuffungen wegen Helium-Kontamination. Das wissen nur wenige Leute. Ich muß mir die Konstruktion näher ansehen und dazu ein Computermodell erstellen, aber auf den ersten Blick wirkt sie kompetent – ah, danke.« Lowell nahm von einem israelischen Techniker den Spektrometrie-Ausdruck entgegen, warf einen Blick darauf und schüttelte den Kopf. »Savannah River, Reaktor K, 1968 – ein *sehr* gutes Jahr.«

»Das ist das Bombenmaterial? Sind Sie auch ganz sicher?«

»Ja. Die Israelis informierten mich über den Typ der Bombe, die verlorenging, die Plutoniummenge – und abgesehen von den Überresten landete alles hier.« Lowell tippte auf die Baupläne. »Und das war's. Bis zum nächsten Mal«, fügte er hinzu.

Daniel E. Murray, der stellvertretende Direktor des FBI, der sich immer für das Recht und seine Durchführung interessierte, verfolgte die Verhandlung aufmerksam. Seltsam nur, daß Geistliche auftraten statt Anwälte. Aber es klappte trotzdem. Der Prozeß nahm nur einen Tag in Anspruch und war ausgesprochen fair. Auch gegen das Urteil hatte Murray nichts einzuwenden.

Sie flogen in Prinz Alis Boeing 727 nach Riad und ließen die Maschine der US-Air Force in Beer Scheba stehen. Das Urteil sollte nicht überhastet gefällt werden. Man mußte sich Zeit für Gebet und Versöhnung nehmen und wollte diesen Fall nicht anders als alltäglichere Prozesse behandeln. Die Menschen hatten also Zeit zur Besinnung, und in Ryans Fall tat sich eine weitere Überraschung auf. Prinz Ali brachte einen Mann in seine Suite.

»Ich bin Mahmoud Hadschi Darjaei«, stellte sich der Besucher überflüssigerweise vor. Jack kannte sein Gesicht aus der CIA-Akte. Er wußte auch, daß Darjaei zum letzten Mal mit einem Amerikaner gesprochen hatte, als der Herrscher des Iran noch Mohammed Resa Pahlawi hieß.

»Was kann ich für Sie tun?« fragte Ryan. Ali dolmetschte.

»Ist es wahr, was man mir gesagt hat? Ich will wissen, ob es wirklich wahr ist.«

»Jawohl, es ist wahr.«

»Und warum sollte ich Ihnen glauben?« Der Mann war fast siebzig und hatte ein tief zerfurchtes Gesicht und zornige schwarze Augen.

»Warum fragen Sie mich dann?«

»Ihre Unverschämtheit mißfällt mir.«

»Und mir mißfallen Angriffe auf amerikanische Bürger«, versetzte Ryan.

»Sie wissen, daß ich mit dieser Sache nichts zu tun hatte.«

»Ja, das weiß ich jetzt. Würden Sie mir bitte eine Frage beantworten? Hätten Sie die Gruppe unterstützt, wenn Sie darum gebeten worden wären?«

»Nein«, erwiderte Darjaei.

»Und warum sollte ich das glauben?«

»So viele Menschen zu töten, selbst Ungläubige, ist eine Sünde vor Allah.«

»Außerdem wissen Sie nun«, fügte Ryan hinzu, »wie wir auf so etwas reagieren würden.«

»Beschuldigen Sie mich, zu einer solchen Untat fähig zu sein?«

»Sie beschuldigen uns mit schöner Regelmäßigkeit aller möglichen Verbrechen. Aber in diesem Fall irrten Sie.«

»Sie hassen mich.«

»Ich kann nicht behaupten, Sympathie zu empfinden«, gab Jack bereitwillig zu. »Sie sind ein Feind meines Landes. Sie haben die Mörder meiner Mitbürger unterstützt. Ihnen hat der Tod von Menschen gefallen, die Sie noch nicht einmal kannten.«

»Und doch ließen Sie nicht zu, daß Ihr Präsident mich tötete.«

»Das stimmt nicht ganz. Ich hinderte meinen Präsidenten an der Zerstörung der Stadt.«

»Warum?«

»Wie können Sie eine solche Frage stellen, wenn Sie sich wahrhaft für einen Mann Gottes halten?«

»Sie sind ein Ungläubiger!«

»Falsch. Ich glaube an Gott wie Sie, aber auf eine andere Weise. Sind wir denn so verschieden? Prinz Ali ist anderer Ansicht. Fürchten Sie denn so den Frieden zwischen uns? Oder fürchten Sie Dankbarkeit mehr als Haß? Wie auch immer, Sie fragten mich nach dem Grund, und ich will Ihnen eine Antwort geben. Ich sollte am Tod unschuldiger Menschen mitwirken. So einfach war das. Menschen, die ich vielleicht als Ungläubige ansehen sollte. Das wollte ich nicht auf dem Gewissen haben. Ist das so schwer zu verstehen?«

Prinz Ali sagte etwas, das er nicht übersetzte, ein Zitat aus dem Koran vielleicht. Es klang stilisiert und poetisch. Darjaei nickte und wandte sich ein letztes Mal an Ryan.

»Ich will darüber nachdenken. Leben Sie wohl.«

Durling nahm zum ersten Mal auf dem Sessel Platz. Arnold van Damm saß ihm gegenüber.

»Das haben Sie geschickt erledigt.«

»Was hätten wir sonst tun können?«

»Wohl nichts. Es ist heute, nicht wahr?«

»Ja.«

»Und Ryan kümmert sich darum?« fragte Durling und ging seine Zusammenfassungen durch.

»Ja, er schien mir die beste Wahl.«

»Wenn er wieder zurück ist, möchte ich ihn sprechen.«

»Wissen Sie denn nicht, daß er seinen Posten ab heute zur Verfügung gestellt hat?« fragte van Damm.

»Ausgeschlossen!«

»Ryan ist zurückgetreten«, wiederholte Arnie.

Durling wackelte mit dem Zeigefinger. »Richten Sie ihm aus, daß ich ihn im Oval Office sprechen will.«

»Jawohl, Mr. President.«

Die Hinrichtungen waren auf Samstag angesetzt, sechs Tage nachdem die Bombe explodiert war. Das Volk versammelte sich, und Kati und Ghosn wurden auf den Marktplatz geführt. Man ließ ihnen Zeit für ein Gebet. Ryan erlebte so etwas zum ersten Mal mit. Murray stand mit steinerner Miene neben ihm. Clark und Chavez behielten zusammen mit einer Gruppe anderer Sicherheitsbeamter vorwiegend die Menge im Auge.

»Irgendwie kommt mir das jetzt belanglos vor«, meinte Ryan, als die Zeremonie begann.

»Falsch! Davon wird die ganze Welt lernen«, erwiderte Prinz Ali feierlich. »Das wird vielen eine Lektion sein. Hier wird der Gerechtigkeit Genüge getan.«

»Erstaunliche Lektion.« Ryan betrachtete die Leute, die mit ihm auf dem Dach standen. Er hatte Zeit zum Nachdenken gehabt und sah nun – was? Er wußte es nicht. Er hatte seine Pflicht getan, aber was war die tiefere Bedeutung? »60 000 Unschuldige, die nicht hätten sterben sollen, stehen für das Ende von Kriegen, die nie hätten geführt werden sollen? Ist das der Gang der Geschichte, Ali?«

»Alle Menschen müssen sterben, Jack. Inschallah, doch nie wieder so viele auf einmal. Sie haben etwas noch Schlimmeres verhindert. Was Sie getan haben, mein Freund … Allah segne Sie.«

»Ich hätte den Abschußbefehl bestätigt«, sagte Avi ehrlich und fühlte sich dabei unbehaglich. »Und dann? Dann hätte ich mir vielleicht eine Kugel in den Kopf gejagt. Wer weiß? Eines steht für mich fest: Ich hätte nicht den Mut gehabt, nein zu sagen.«

»Und ich auch nicht«, fiel Golowko ein.

Jack schwieg und schaute hinunter auf den Platz. Die erste Exekution hatte er nicht mitbekommen, aber das störte ihn nicht.

Kati war vorbereitet gewesen, aber wie bei so vielen Dingen im Leben wurde die Todessituation von Reflexen gesteuert. Ein Soldat stieß ihn mit der Schwertspitze in die Seite, gerade fest genug, um die Haut anzuritzen. Augenblicklich wölbte Kati den Rücken und reckte dabei unwillkürlich den Hals. Der Hauptmann der saudischen Kommandos schwang bereits das Schwert. Er mußte geübt sein, erkannte Ryan, denn er trennte den Kopf mit scheinbar spielerischer Leichtigkeit in einem Schlag ab. Er landete einen Meter weiter, und dann brach Katis Körper zusammen. Blut sprudelte aus den durchtrennten Gefäßen. Ryan sah, wie die gefesselten Arme und Beine zuckten, aber auch das war nur ein Reflex. Das Blut schoß weiter rhythmisch heraus, denn Katis Herz schlug noch, ganz so, als wollte es ein Leben erhalten, das bereits erloschen war. Endlich blieb es stehen. Der saudische Hauptmann wischte das Schwert mit einem Ballen Seide sauber, steckte es in die Scheide und schritt durch die Menge, die ihm respektvoll Platz machte.

Das Volk jubelte nicht, sondern war ganz still, tat vielleicht nur einen kollektiven Atemzug. Wessen Seele die gemurmelten Gebete der Frommen galten, wußten nur sie selbst und ihr Gott. Die ersten Reihen zerstreuten sich sofort. Wer weiter hinten gestanden und nichts gesehen hatte. trat an die Absperrung, hielt sich aber nicht auf, sondern ging bald seiner Wege. Nach der vorgeschriebenen Pause würde man die Leichen entfernen und nach den Riten der Religion, die Kati und Ghosn geschändet hatten, beerdigen.

Jack wußte nicht, was er nun empfinden sollte. Er hatte genug Tote gesehen. Doch diese beiden Leichen hier rührten sein Herz überhaupt nicht – eine Tatsache, die ihn verwunderte und zugleich ein wenig besorgte.

»Sie fragten nach dem Gang der Geschichte, Jack«, sagte Ali. »Sie haben gerade miterlebt, wie Geschichte gemacht wird.«

»Wie meinen Sie das?«

»Das brauchen wir Ihnen nicht zu sagen«, erklärte Golowko.

Männer, die versuchten, einen Krieg anzuzetteln, wurden wie gewöhnliche Kriminelle auf dem Marktplatz hingerichtet, dachte Ryan. Ein Präzedenzfall, der nicht übel ist.

»Vielleicht haben Sie recht. Vielleicht werden es sich die nächsten Terroristen zweimal überlegen«, meinte Ryan und fügte in Gedanken hinzu: Es wäre an der Zeit.

»In allen unseren Ländern«, sagte Ali, »ist das Schwert das Symbol der Gerechtigkeit... vielleicht ein Anachronismus. Es stammt aus einer Zeit, in der die Männer noch ritterlich handelten. Aber ein Schwert hat noch immer seinen Sinn und Zweck.«

»Auf jeden Fall ist es präzise«, merkte Golowko an.

»Und Sie, Jack, haben den Regierungsdienst nun verlassen?« fragte Ali einen Moment später. Ryan hatte sich wie alle anderen von der Szene abgewandt.

»Ja, Hoheit.«

»Gut, dann gelten diese dummen Vorschriften über Geschenke an Amtsinhaber für Sie nicht mehr.« Ali drehte sich um. Wie durch einen Zauber war der Offizier der saudischen Kommandos erschienen. Sein Salut vor dem Prinzen hätte Kipling beeindruckt. Nun kam das Schwert. Die Scheide bestand aus geschmiedetem Gold und war mit Juwelen besetzt. Der Griff war aus Elfenbein und von den starken Händen vieler Generationen abgenutzt. Eindeutig die Waffe eines Königs.

»Das Stück ist 300 Jahre alt«, sagte Ali und drehte sich zu Ryan um. »Meine Vorfahren haben es in Krieg und Frieden getragen. Es hat sogar einen Namen – *Abendbrise,* besser kann ich es auf englisch nicht ausdrücken; in unserer Sprache bedeutet der Name natürlich noch mehr. Wir wollen es Ihnen zum Geschenk machen, Dr. Ryan, als Erinnerung an alle, die starben, und an jene, die durch Ihr Verdienst noch am Leben sind. Es hat viele Male getötet. Oft genug nun, findet Seine Majestät.«

Ryan nahm das Krummschwert entgegen. Die Scheide trug die Spuren vieler Sandstürme und Schlachten, aber sein Spiegelbild im polierten Gold war nicht so verzerrt, wie er erwartet hatte. Er zog die Klinge ein Stück heraus und stellte fest, daß sie noch die Hammerspuren des damaszenischen Schmieds trug, der sie in ihre tödlich wirksame Form gebracht hatte. Was für ein Widerspruch, dachte Ryan und lächelte unwillkürlich. Welche Ironie. Wie kann ein so herrliches Stück einen so schrecklichen Zweck haben? Und doch –

Er wollte das Schwert behalten, ihm einen Ehrenplatz geben, es von Zeit zu Zeit anschauen und sich erinnern, was es getan hatte, was er getan hatte. Und vielleicht –

»Genug getötet?« Ryan ließ die Klinge zurück in die Scheide gleiten und die Waffe an seine Seite fallen. »Ja, Hoheit, das gilt für uns alle.«

Nachwort

Nun, da die Geschichte erzählt ist, müssen einige Dinge klargestellt werden. Alles Material in diesem Roman über die Herstellung von Kernwaffen ist in einem Dutzend Büchern frei verfügbar. Aus für den Leser wohl naheliegenden Gründen habe ich gewisse technische Einzelheiten verändert und damit die Plausibilität im Interesse der Unklarheit geopfert. Dies geschah nur, um mein Gewissen zu erleichtern, und nicht in der Erwartung, daß es irgendeinen Unterschied macht.

Nach wie vor stellt das Manhattan-Projekt des Zweiten Weltkriegs die größte und nie wieder erreichte Konzentration naturwissenschaftlicher Talente in der Geschichte der Menschheit dar. Dieses unglaublich kostspielige Unternehmen war bahnbrechend und führte zu zusätzlichen Entdeckungen. Zum Beispiel geht die moderne Datenverarbeitungstheorie vorwiegend auf die Kernwaffenforschung zurück, und die ersten großen Mainframe-Computer wurden hauptsächlich für die Konstruktion von Atombomben benutzt.

Zunächst war ich verwundert und dann aber wie vor den Kopf geschlagen, als ich im Zuge meiner Recherchen feststellte, wie einfach ein solches Projekt heutzutage wäre. Es ist allgemein bekannt, daß nukleare Geheimnisse nicht so sicher sind, wie es wünschenswert wäre – mehr noch, die Lage ist schlimmer, als selbst gutinformierte Leute ahnen. Was in den 40er Jahren Milliarden kostete, ist heute vergleichsweise günstig zu haben. Ein moderner Personalcomputer ist wesentlich leistungsfähiger und zuverlässiger als der erste Eniac, und die »Hydrocodes«, mit deren Hilfe sich eine Bombenkonstruktion im Computer bewerten und testen läßt, sind mit Leichtigkeit zu kopieren. Die raffinierten Werkzeugmaschinen zur Herstellung der Teile braucht man nur zu bestellen. Als ich ausdrücklich um die technischen Daten der Maschinen nachfragte, die in Oak Ridge und anderswo eingesetzt werden, trafen die Prospekte am nächsten Tag mit Federal Express ein. Bestimmte Komponenten, die eigens für die Herstellung von Kernwaffen entwickelt wurden, findet man inzwischen in Stereolautsprechern. Tatsache ist, daß ein einigermaßen wohlhabender Mensch über einen Zeitraum von fünf bis zehn Jahren eine mehrphasige Wasserstoffbombe bauen könnte. Die Erkenntnisse der Naturwissenschaft sind allgemein zugänglich und lassen nur eine begrenzte Geheimhaltung zu.

Eine solche Waffe ins Ziel zu bringen, wäre ein Kinderspiel. Wenngleich ich diese Aussage auf »ausführliche Gespräche« mit Vertretern diverser Polizei- und Sicherheitsbehörden zurückführen kann, würde es nicht lange dauern, bis jemand sagt: »Ist das Ihr Ernst?« Diesen Satz hörte ich mehr als einmal.

Vermutlich kann kein Land – auf jeden Fall keine liberale Demokratie – seine Grenzen gegen diese Bedrohung absichern.

Und da liegt der Hase im Pfeffer. Welche Lösung bietet sich an? Zuerst einmal müßten die internationalen Kontrollen des Transfers von nuklearem Material, die im Augenblick ein schlechter Witz sind, deutlich verschärft werden. Was einmal erfunden ist, Kernwaffen nämlich, kann nicht rückgängig gemacht werden. Ich persönlich bin der Ansicht, daß Kernkraftwerke eine sichere und umweltschonende Alternative zu fossilen Brennstoffen darstellen, aber jedes Werkzeug muß mit Vorsicht gebraucht werden. Und dieses Werkzeug läßt einen Mißbrauch zu, der zu fürchterlich ist, um von uns ignoriert zu werden.

Peregrine Cliff, Februar 1991

27.000 Atomwaffen!
Eine fehlt!
Eine Katastrophe...
...die nicht zu verhindern ist!
Du übernimmst die Jagd auf die Täter!
DER ANSCHLAG
PC CD ROM
PlayStation 2
GAME BOY ADVANCE
Ubi Soft